Het lied van de grotten

De serie *De Aardkinderen* bestaat uit de volgende delen:

De stam van de holenbeer
De vallei van de paarden
De mammoetjagers
Het dal der beloften
Een vuurplaats in steen
Het lied van de grotten

JEAN M. AUEL

Het lied van de grotten

Deel 6 van De Aardkinderen

A.W. Bruna Uitgevers B.V., Utrecht

Oorspronkelijke titel
The Land of Painted Caves

Vertaling
Henny van Gulik en Ingrid Tóth
Illustratie kaart
Rodica Prato naar Jean Auel
Kleine kaart

NUR 302

FSC www.fsc.org MIX Papier van verantwoorde herkomst FSC® C013683

Dit boek is gedrukt op papier dat het keurmerk van de Forest Stewardship Council (FSC) mag dragen. Bij dit papier is het zeker dat de productie niet tot bosvernietiging heeft geleid. Een flink deel van de grondstof is afkomstig uit bossen en plantages die worden beheerd volgens de regels van FSC. Van het andere deel van de grondstof is vastgesteld dat hiervoor geen houtkap in de laatste resten waardevol bos heeft plaatsgevonden. Daarom mag dit papier het FSC Mixed Sources label dragen. Voor dit boek is het FSC-gecertificeerde Munkenprint gebruikt. Dit papier is 100% chloor- en zwavelvrij gebleekt en wordt geleverd door Arctic Paper Munkedals AB, Zweden.

Voor Raeann
Eerstgeborene, laatst genoemd, altijd geliefd,
en voor Frank,
die aan haar zij staat,
en voor Amelia en Bret, Alecia en Emory,
fijne jonge mensen,
veel liefs.

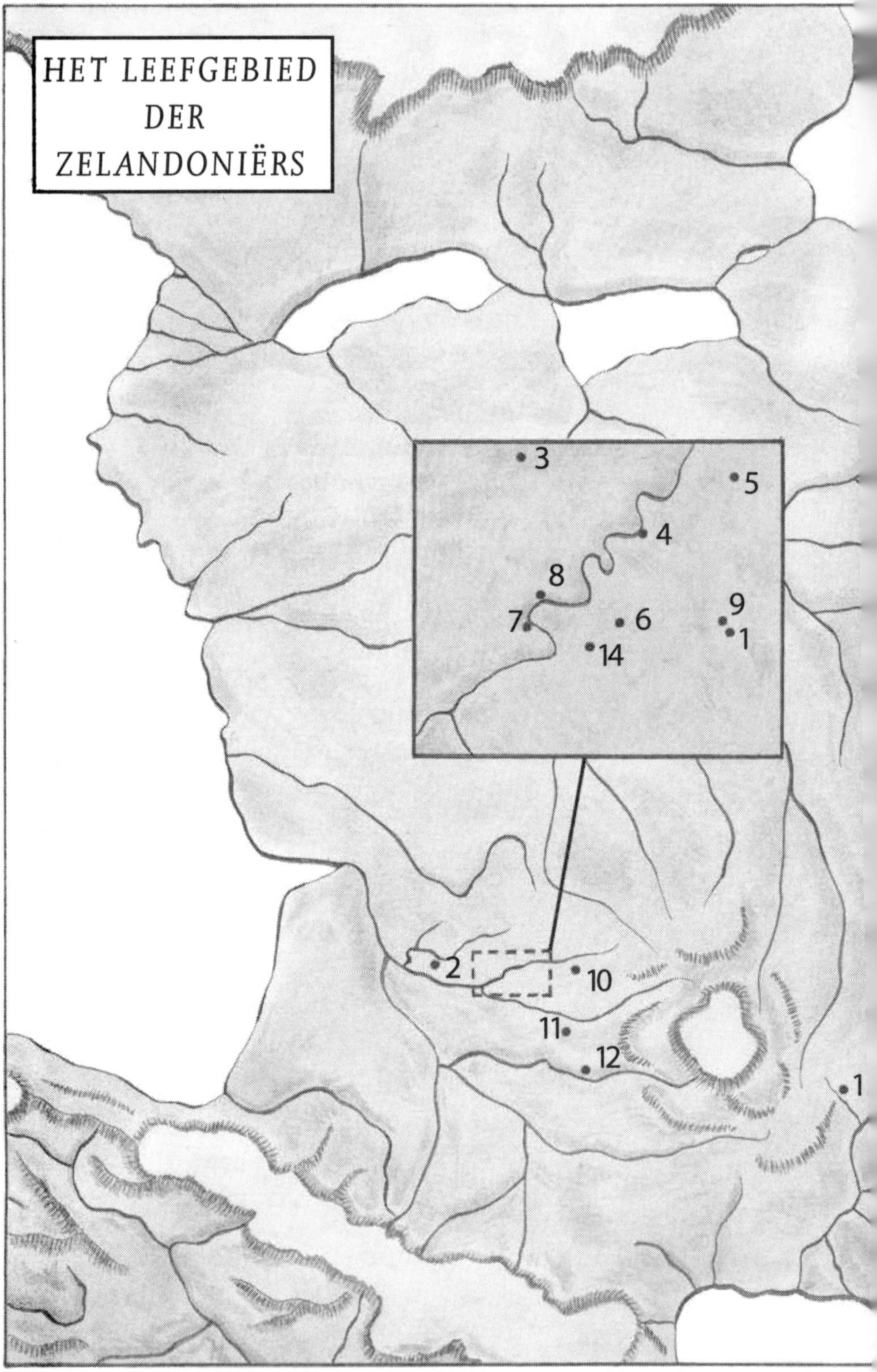
HET LEEFGEBIED
DER
ZELANDONIËRS
3
5
4
8
9
7
6
1
14
2
10
11
12
1

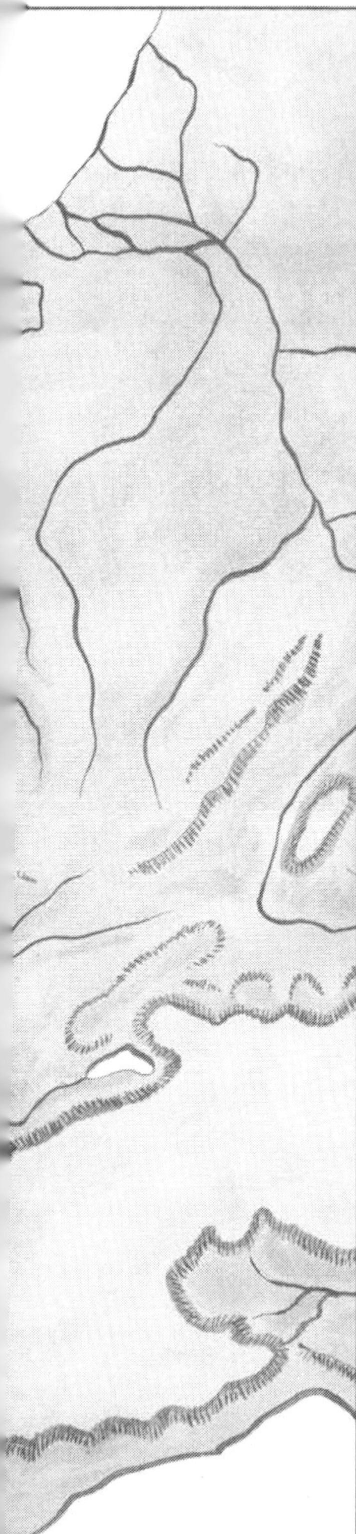

HEILIGE PLAATSEN

1. Paardenhoofdrots – de Zevende Grot van de Zelandoniërs
2. Nieuwe, kleine grot bij Zonzicht – de Zesentwintigste Grot van de Zelandoniërs
3. Mammoetgrot
4. Zomerkamp – Westtak van de Negenentwintigste Grot
5. De Vijfde Grot van de Zelandoniërs
6. De Vrouwenplek
7. Kleindal – Veertiende Grot van de Zelandoniërs
8. Negende Grot van de Zelandoniërs
9. Paardenhart
10. Witte Holte
11. Heilige Plaats van de Vierde Grot van de Zuidland Zelandoniërs
12. Heilige Plaats van de Zevende Grot van de Zuidland Zelandoniërs
13. De Oudste Heilige Plaats van de Grote Aardmoeder
14. De Diepte van Fonteinrots

AARDKINDEREN

PREHISTORISCH EUROPA GEDURENDE DE IJSTIJD

De omvang van de ijskap en de veranderingen in de kustlijnen gedurende een 10.000 jaar durend interstadiaal, een warmere periode in de Würm-ijstijd in het laat-pleistoceen, 35.000-25.000 jaar geleden.

GROTTEN VAN DE HEILIGE PLAATSEN

1. Comarque
2. Gabillou
3. Rouffignac
4. La Forêt
5. Castelmerle
6. Combarelles
7. Gorge d'Enfer
8. Laugerie Haute
9. Cap Blanc
10. Lascaux
11. Cougnac
12. Pech Merle
13. Chauvet
14. Font-de-Gaume

Dankwoord

Ik ben veel mensen dank verschuldigd voor hun hulp bij het schrijven van De Aardkinderen-reeks. Ik wil nogmaals twee Franse archeologen bedanken die me door de jaren heen enorm hebben geholpen: dr. Jean-Philippe Rigaud en dr. Jean Clottes. Zij hebben me inzicht gegeven in de achtergrond en me in staat gesteld me een beeld te vormen van de prehistorische setting van deze boeken.
Al die jaren, vanaf mijn eerste researchbezoek aan Frankrijk, is dr. Rigauds hulp van onschatbare waarde geweest. Ik heb vooral genoten van het door hem geregelde bezoek aan een stenen schuilplaats in Gorge d'Enfer, die nog steeds is zoals die in de ijstijd was: een diepe, beschutte plek, open aan de voorkant, met een rotsplafond en achterin een natuurlijke bron. Het was niet moeilijk me voor te stellen hoe die tot een gerieflijk onderkomen kon worden gemaakt. Ook ben ik hem zeer dankbaar voor zijn bereidheid om aan verslaggevers en andere mediamensen uit veel landen de interessante en belangrijke informatie uiteen te zetten over sommige prehistorische plaatsen in en rondom Les Eyzies-de-Tayac, toen boek 5, *Een vuurplaats in steen*, vanaf die locatie in Frankrijk internationaal werd gelanceerd.
Verder ben ik veel dank verschuldigd aan dr. Jean Clottes, die ervoor heeft gezorgd dat Ray en ik veel opmerkelijke, beschilderde grotten in Zuid-Frankrijk konden bezoeken. Wat me vooral is bijgebleven is het bezoek aan de grotten op het grondgebied van graaf Robert Begouën in de Volp-vallei – L'Enlene, Trois Frères en Tuc d'Audoubert. De kunst in deze grotten wordt dikwijls opgenomen in studie- en kunstboeken. Om met eigen ogen een deel van die opmerkelijke kunst in haar natuurlijke omgeving te zien, begeleid door zowel dr. Clottes als graaf Begouën, was een hele belevenis, en ook die is te danken aan Robert Begouën. Zijn grootvader en diens twee broers waren de eersten die de grotten hebben verkend en zich ervoor hebben ingezet om ze in stand te houden, wat tot op de dag van vandaag wordt voortgezet. Niemand bezoekt de grotten zonder toestemming van graaf Begouën en doorgaans zijn begeleiding.

Met dr. Clottes hebben we nog veel meer grotten bezocht, waaronder Gargas, een van mijn favoriete grotten, met zijn vele handafdrukken, waaronder die van een kind, en de nis, zo groot dat een volwassene die kan betreden, waarvan de rotsmuren volledig bedekt zijn met rode verf van de okers uit de streek. Ik ben ervan overtuigd dat Gargas een vrouwengrot is. Je waant je in de schoot van de aarde. Ik ben Jean Clottes vooral dankbaar voor het bezoek aan de buitengewone Grotte Chauvet. Geveld door de griep was hij te ziek om ons te vergezellen, maar hij heeft geregeld dat Jean-Marie Chauvet, de man die de grot heeft ontdekt en naar wie die is genoemd, en Dominique Baffier, curator van de Grotte Chauvet, ons die opmerkelijke grot toonden. We kregen gezelschap van een jongeman die in de grot aan het werk was, en hij hielp me door de moeilijk begaanbare delen.

Het was een onvergetelijke ervaring en ik ben M. Chauvet en dr. Baffier buitengewoon dankbaar voor hun duidelijke, scherpzinnige uitleg. We zijn via het plafond naar binnen gegaan door een opening die was vergroot nadat M. Chauvet en zijn collega's de eerste keer naar binnen gingen, en zijn langs een ladder die aan de rotswand was bevestigd afgedaald; de oorspronkelijke ingang was duizenden jaren geleden door een aardverschuiving afgesloten. Ze zetten uiteen welke veranderingen er hadden plaatsgevonden in de afgelopen vijfendertigduizend jaar sinds de eerste kunstenaars hun schitterende schilderingen hebben gemaakt.

Bovendien wil ik Nicholas Conard bedanken, een Amerikaan die in Duitsland woont en aan het hoofd staat van de afdeling Archeologie van de universiteit van Tübingen, voor de gelegenheid om verscheidene grotten aan de Donau in Duitsland te bezoeken. Hij heeft ons tevens een aantal eeuwenoude uit ivoor gesneden artefacten laten zien die meer dan dertigduizend jaar oud zijn, waaronder mammoeten, een sierlijke vliegende vogel die hij met een tussenruimte van enkele jaren in twee delen heeft gevonden, en een verbazingwekkend leeuw-mensfiguur. Zijn recentste vondst is een vrouwenfiguurtje in dezelfde stijl als andere uit Frankrijk, Spanje, Oostenrijk, Duitsland en de Tsjechische Republiek uit dezelfde tijd, maar op unieke wijze vervaardigd.

Ook wil ik dr. Lawrence Guy Strauss bedanken voor zijn bereidwillige hulp bij het regelen van bezoeken aan sites en grotten, en zijn gezelschap tijdens verscheidene reizen naar Europa. Die reizen kenden veel hoogtepunten, maar een van de interessantste was het bezoek aan Abrigo do Lagar Velho in Portugal, de site van het 'Lapedodal-kind', wiens skelet het bewijs leverde dat uit contact tussen neanderthalers en anatomisch moderne mensen hybriden voortkwamen. De gedachtewisselingen met dr. Strauss over die mensen uit de ijstijd waren niet alleen leerzaam, maar altijd fascinerend.

Ik heb gesprekken gevoerd met en talloze vragen gesteld aan veel andere archeologen, paleoantropologen en specialisten die ik heb ontmoet over die specifieke periode in onze prehistorie, toen duizenden jaren lang beide soorten mensen tegelijkertijd Europa bewoonden. Ik heb hun bereidwilligheid om vragen te beantwoorden en van gedachten te wisselen over de diverse mogelijkheden van hoe ze leefden zeer op prijs gesteld.

Mijn speciale dank gaat uit naar het Franse ministerie van Cultuur voor de publicatie van een boek dat voor mij van onschatbare waarde is geweest: *L'Art des Cavernes, Atlas des Grottes Ornées Paléolithiques Françaises*, Parijs, 1984, Ministère de la Culture. Het bevat uiterst volledige beschrijvingen, waaronder plattegronden, foto's en tekeningen, evenals een verklarende beschrijving van de meeste bekende met schilderingen en gravures versierde grotten in Frankrijk in 1984. Cosquer, waarvan de ingang onder het oppervlak van de Middellandse Zee ligt, en Chauvet zijn daarin niet opgenomen. Beide zijn pas na 1990 ontdekt.

Ik heb veel grotten bezocht, sommige meer dan eens, en ik herinner me de sfeer en het gevoel van het zien van buitengewone kunst geschilderd op de muren, maar ik weet niet meer precies wat de eerste figuur was of op welke muur die stond of in welke richting ik keek. Het boek gaf me deze antwoorden. Het enige probleem was dat het natuurlijk in het Frans was uitgegeven, en hoewel ik in de loop der jaren een beetje Frans heb geleerd, laat mijn beheersing van de taal veel te wensen over. Ik ben dus veel dank verschuldigd aan mijn vriendin Claudine Fisher, honorair Franse consul van de staat Oregon, professor Frans en directeur van Canadese Studies aan de Portland State-universiteit. Ze is geboren in Frankrijk en Frans is haar moedertaal, en ze heeft alle informatie die ik nodig had van elke grot voor me vertaald. Het was veel werk, maar zonder haar hulp had ik dit boek niet kunnen schrijven, en mijn dank aan haar is groter dan ik in woorden kan uitdrukken. Naast haar vriendschap heeft ze me ook veel hulp gegeven.

Er zijn nog een aantal andere vrienden die ik wil bedanken voor hun bereidwilligheid om een lang manuscript in kladvorm te lezen en van lezerscommentaar te voorzien: Karen Auel-Feuer, Kendall Auel, Cathy Humble, Deanna Sterett, Gin DeCamp, Claudine Fisher en Ray Auel.

Een postume dankbetuiging gaat naar dr. Jan Jelinek, een archeoloog uit Tsjecho-Slowakije, de tegenwoordige Tsjechische Republiek, die me op veel manieren heeft geholpen. Aanvankelijk via onze briefwisseling, vervolgens tijdens de bezoeken van Ray en mij aan de paleolithische sites bij Brno en later toen hij en zijn vrouw (Kveta) naar Oregon kwamen. Zijn hulp was van onschatbare waarde. Hij was altijd vriendelijk en gul met zijn tijd en kennis, en ik mis hem.

Ik heb het geluk Betty Prashker als redacteur te hebben. Haar opmerkingen zijn altijd inzichtelijk en ze tilt mijn werk naar een hoger plan. Hartelijk dank.

Mijn eeuwige dankbaarheid gaat uit naar degene die er vanaf het begin is geweest: mijn geweldige literair agent, Jean Naggar. Met elk boek ben ik haar meer gaan waarderen. Ook wil ik Jennifer Weltz bedanken, Jeans compagnon bij het Jean V. Naggar Literary Agency. Ze blijven wonderen verrichten met deze reeks, die in veel vreemde talen is vertaald en over de hele wereld verkrijgbaar is.

Delores Rooney Pander was de afgelopen negentien jaar mijn secretaresse en persoonlijke assistente. Helaas is ze wegens ziekte met pensioen gegaan, maar ik wil haar bedanken voor haar jarenlange dienstbaarheid. Je weet pas hoeveel zo'n vrouw voor je betekent als ze weg is. Ik mis meer dan het werk dat ze voor me deed. Ik mis onze gesprekken en gedachtewisselingen. In de loop der tijd is ze een goede vriendin geworden.

Bovenal dank ik Ray, mijn man, die er altijd voor me is. Mijn liefde en dankbaarheid kent geen grenzen.

1

De groep reizigers liep over het pad langs de rechteroever van de Grasrivier, tussen het heldere, sprankelende water van de rivier en de zwart dooraderde witte kalkstenen rotswand. Ze liepen in ganzenpas om de kromming van de rotswand, waar die tot vlak langs de waterrand uitstak. Voor hen splitste het pad zich; een smallere aftakking voerde naar de oversteekplaats, waar het stromende water breder en ondieper was en rondkolkte boven de rotsen die uit het water staken.

Voor ze de tweesprong in het pad bereikten, bleef een jonge vrouw die bijna vooraan liep opeens staan. Roerloos en met grote ogen keek ze naar iets voor hen uit. Ze wees met haar kin en ze durfde zich niet te bewegen. 'Kijk! Daar!' fluisterde ze angstig. 'Leeuwen!'

Joharran, de leider, stak zijn arm omhoog als teken dat de stoet tot stilstand moest komen. Vlak achter de plek waar het pad zich splitste zagen ze nu lichtgeelbruine holenleeuwen in het gras lopen. Het gras bood zo'n effectieve camouflage dat ze de dieren waarschijnlijk pas zouden hebben opgemerkt als ze veel dichterbij waren, als Thefona niet zo'n scherpe blik had gehad. De jonge vrouw van de Derde Grot had een buitengewoon goed gezichtsvermogen, en hoewel ze nog erg jong was, stond ze bekend om haar vermogen om verder en beter te zien dan wie dan ook. Haar aangeboren gave was al op zeer jonge leeftijd herkend en ze waren begonnen haar te scholen toen ze nog maar een klein meisje was. Ze was hun beste uitkijk.

Ayla en Jondalar liepen achteraan in de stoet, met achter zich drie paarden, en ze keken op om te zien wat de oorzaak van het oponthoud was. 'Ik vraag me af waarom we halt houden,' zei Jondalar, met een zorgelijke frons.

Ayla keek nauwlettend naar de leider en de mensen die om hem heen stonden en bracht instinctief haar hand beschermend naar het warme bundeltje in de zachte leren draagdoek op haar buik. Jonayla had pas de borst gekregen en sliep, maar ze bewoog even bij de aanraking van haar moeder. Ayla had een buitengewoon vermogen om lichaamstaal te lezen, dat had ze op jonge leeftijd geleerd toen ze bij de Stam leefde.

Ze wist dat Joharran verontrust was en Thefona bang.
Ayla had ook een uitzonderlijk scherp gezichtsvermogen. Daarbij kon ze geluiden horen die boven het bereik van het menselijk gehoor lagen, en de diepe tonen voelen van de geluiden daaronder. Haar reuk- en smaakzin waren eveneens buitengewoon scherp, maar ze had zich nooit met iemand vergeleken en besefte dus niet hoe bijzonder haar waarnemingen waren. Ze was geboren met uiterst fijngevoelige zintuigen, wat ongetwijfeld had bijgedragen tot haar kans op overleving nadat ze op haar vijfde haar ouders en alles wat haar vertrouwd was had verloren. Al haar kennis had ze opgedaan uit het leven zelf. Ze had haar aangeboren vaardigheden ontwikkeld gedurende de jaren dat ze dieren had bestudeerd, met name carnivoren, toen ze zichzelf had leren jagen.
In de stilte bespeurde ze de nauwelijks waarneembare, maar vertrouwde bromgeluiden van leeuwen. Ze rook in een zachte bries hun kenmerkende geur, en ze zag dat verschillende mensen vooraan in de groep naar voren keken. Toen ze hun blik volgde, zag ze iets bewegen. Plotseling leken de katten in het hoge gras scherp in beeld te komen. Ze onderscheidde nu twee jonge en drie of vier volwassen holenleeuwen. Terwijl ze naar voren liep ging haar ene hand naar haar speerwerper die aan een lus aan haar riem hing, en met de andere pakte ze een speer uit de houder op haar rug.
'Waar ga je heen?' vroeg Jondalar.
Ze bleef staan. 'Er zijn leeuwen vlak achter de splitsing in het pad,' zei ze zacht.
Jondalar keek naar voren en zag iets bewegen wat hij herkende als leeuwen nu hij wist waarnaar hij keek. Ook hij greep naar zijn wapens. 'Jij kunt beter hier blijven met Jonayla. Ik zal gaan.'
Ayla keek neer op haar slapende kindje en keek toen naar hem op.
'Jij bent goed met de speerwerper, Jondalar, maar er zijn minstens twee welpen en drie volwassen leeuwen, waarschijnlijk meer. Als de leeuwen het gevoel krijgen dat er gevaar dreigt voor de welpen en ze besluiten aan te vallen, zul je hulp nodig hebben, iemand om je bij te staan, en je weet dat ik beter ben dan wie dan ook, op jou na.'
Hij fronste zijn voorhoofd en dacht even na terwijl hij haar bleef aankijken. Toen knikte hij. 'Goed dan... maar blijf achter me.' Hij zag vanuit zijn ooghoek iets bewegen en keek achterom. 'En de paarden?'
'Ze weten dat er leeuwen in de buurt zijn. Kijk maar,' zei Ayla.
Jondalar keek. Alle drie de paarden, ook het jonge merrieveulen, staarden strak voor zich uit, zich duidelijk bewust van de grote katten. Jondalar fronste weer zijn voorhoofd. 'Zullen ze zich rustig houden? Vooral kleine Grijs?'

'Ze weten heel goed dat ze bij die leeuwen uit de buurt moeten blijven, maar ik zie Wolf nergens,' zei Ayla. 'Ik kan hem maar beter fluiten.'
'Dat is niet nodig,' zei Jondalar, en hij wees een andere kant op. 'Hij voelt kennelijk dat er iets is. Moet je hem zien rennen.'
Ayla draaide zich om en zag een wolf op zich af stuiven. Het was een prachtig dier, groter dan de meeste wolven, maar een knik in zijn oor door een verwonding die hij had opgelopen in een gevecht met andere wolven, gaf hem iets guitigs. Ze gaf hem het speciale teken dat ze altijd gebruikte wanneer ze samen op jacht waren. Hij wist dat dat betekende dat hij dicht bij haar moest blijven en goed op haar moest letten. Ze liepen haastig zigzaggend tussen de mensen door naar de voorkant van de stoet, waarbij ze hun best deden om geen onnodige onrust te veroorzaken en zo onopvallend mogelijk te blijven.
'Ik ben blij dat jullie er zijn,' zei Joharran zacht, toen zijn broer en Ayla met de wolf en met hun speerwerpers in de hand naast hem opdoken.
'Weet je hoeveel het er zijn?' vroeg Ayla.
'Meer dan ik dacht,' zei Thefona, die haar best deed rustig te klinken en haar angst niet te tonen. 'Aanvankelijk dacht ik een stuk of drie, misschien vier, maar ze lopen rond in het gras, en nu geloof ik dat het er een stuk of tien of meer zijn. Het is een grote troep.'
'En ze zijn zelfverzekerd,' zei Joharran.
'Hoe weet je dat?' vroeg Thefona.
'Ze besteden geen aandacht aan ons.'
Jondalar wist dat zijn gezellin erg vertrouwd was met de grote katachtigen. 'Ayla kent holenleeuwen,' zei hij. 'Misschien moeten we haar vragen wat ze denkt.' Joharran knikte in haar richting, een zwijgend, vragend gebaar.
'Joharran heeft gelijk. Ze weten dat we er zijn. En ze weten met hoeveel zij zijn en met hoeveel wij zijn,' zei Ayla, en toen voegde ze eraan toe: 'Mogelijk zien ze ons als een kudde paarden of oerossen en denken ze dat ze een zwak exemplaar kunnen verschalken. Volgens mij zijn ze nog maar pas in deze streek.'
'Waarom denk je dat?' vroeg Joharran. Hij stond altijd verbaasd over Ayla's overvloedige kennis over vierpotige jagers, maar om de een of andere reden viel haar vreemde accent hem op momenten als dit meer op dan gewoonlijk.
'Ze kennen ons niet, daarom zijn ze zo zelfverzekerd,' vervolgde Ayla. 'Als het een troep was die in de buurt van mensen leefde die ze hadden achtervolgd of jacht op ze hadden gemaakt, geloof ik niet dat ze zo rustig zouden zijn.'

'Nou, misschien moeten we ze dan iets geven om zich ongerust over te maken,' zei Jondalar.

Joharran fronste zijn voorhoofd net als zijn langere, jongere broer. Daar moest Ayla altijd om lachen, al gebeurde het doorgaans op momenten dat lachen ongepast was. 'Misschien doen we er verstandiger aan om ze gewoon uit de weg te gaan,' zei de donkerharige leider.

'Dat denk ik niet,' zei Ayla, met haar hoofd gebogen en haar ogen neergeslagen. Ze vond het nog steeds moeilijk om publiekelijk een man, vooral een leider, tegen te spreken. Hoewel ze wist dat het onder de Zelandoniërs heel gewoon was – per slot van rekening waren sommige leiders vrouwen, onder wie vroeger ook de moeder van Joharran en Jondalar – zou zulk gedrag van een vrouw in de Stam, die haar had grootgebracht, niet getolereerd worden.

'Waarom niet?' vroeg Joharran; zijn frons had zich verdiept.

'Die leeuwen bevinden zich te dicht bij het thuis van de Derde Grot,' zei Ayla zacht. 'Er zullen altijd leeuwen in de omgeving zijn, maar als ze zich hier te zeer op hun gemak voelen, zullen ze het gaan beschouwen als een plek waar ze heen kunnen als ze willen uitrusten, en dan zouden ze mensen die in de buurt komen als prooi zien, vooral kinderen of ouderen. Ze zouden een gevaar kunnen vormen voor de mensen die in Twee-Rivierenrots wonen, en ook de andere Grotten in de buurt, waaronder de Negende.'

Joharran haalde een keer diep adem en keek toen naar zijn blonde broer. 'Je gezellin heeft gelijk, en jij ook, Jondalar. Misschien kunnen we het best die leeuwen nu laten weten dat ze niet welkom zijn om zich zo dicht bij onze schuilplaatsen op te houden.'

'Dit zou een goed moment zijn om onze speerwerpers te gebruiken; dan kunnen we op een veiligere afstand blijven. Verschillende jagers hebben ermee geoefend,' zei Jondalar. Precies voor gelegenheden als deze had hij naar huis willen gaan om iedereen het wapen te tonen dat hij had ontwikkeld. 'Misschien hoeven we er niet eens een te doden en alleen een paar te verwonden om ze te leren uit de buurt te blijven.'

'Jondalar,' zei Ayla zacht. Ze bereidde zich nu voor om hem tegen te spreken of op z'n minst hem iets te zeggen om over na te denken. Ze sloeg haar ogen weer neer, maar keek toen naar hem op. Ze was niet bang om tegenover hem voor haar mening uit te komen, maar ze wilde wel respectvol blijven. 'Het is waar dat een speerwerper een bijzonder goed wapen is. Daarmee kan een speer vanaf een veel grotere afstand worden geworpen dan met de hand en dat maakt het veiliger. Maar veiliger is niet hetzelfde als veilig. Een gewond dier is onvoorspelbaar. En een dier met de kracht en de snelheid van een holenleeuw, gewond

en krankzinnig van de pijn, is tot alles in staat. Als je besluit deze wapens tegen die leeuwen op te nemen, dan moeten ze niet gebruikt worden om te verwonden, maar om te doden.'
'Ze heeft gelijk, Jondalar,' zei Joharran.
Jondalar keek fronsend naar zijn broer en toen lachte hij schaapachtig. 'Ja, ze heeft gelijk, maar hoe gevaarlijk ze ook zijn, ik vind het altijd afschuwelijk om een holenleeuw te doden als dat niet echt noodzakelijk is. Ze zijn zo prachtig, zo lenig en sierlijk in hun bewegingen. Holenleeuwen hebben niet veel te vrezen. Hun kracht verleent ze zelfvertrouwen.' Hij keek naar Ayla met een schittering van trots en liefde in zijn ogen. 'Ik heb altijd gevonden dat Ayla's Holenleeuw-totem precies bij haar past.' In verlegenheid gebracht door zijn vertoon van zijn sterke gevoelens voor haar begon hij licht te blozen. 'Maar ik vind ook dat dit een moment is waarop speerwerpers bijzonder nuttig zouden kunnen zijn.'
Joharran merkte dat de meeste reizigers nu om hen samendromden. 'Hoeveel van ons kunnen ermee omgaan?' vroeg hij zijn broer.
'Nou, jij en ik, en Ayla, natuurlijk,' zei Jondalar, terwijl hij zijn blik over de groep liet gaan. 'Rushemar heeft ermee geoefend en kan er al heel aardig mee overweg. Solaban is druk bezig geweest met het vervaardigen van ivoren handgrepen voor gereedschap en heeft weinig tijd gehad om te oefenen, maar hij heeft de grondbeginselen onder de knie.'
'Ik heb enkele keren een speerwerper geprobeerd, Joharran. Ik bezit er zelf geen en ik ben er niet erg goed mee,' zei Thefona, 'maar ik kan een speer werpen zonder een speerwerper.'
'Dank je, Thefona, dat je me daaraan herinnert,' zei Joharran. 'Bijna iedereen kan zonder een speerwerper met een speer omgaan, inclusief de vrouwen. Dat mogen we niet vergeten.' Toen richtte hij zich tot de groep in het algemeen. 'We moeten die leeuwen laten weten dat dit geen goede plek voor ze is. Degenen die achter ze aan willen gaan, met of zonder speerwerper, kom naar voren.'
Ayla knoopte de draagdoek van haar kindje los. 'Folara, wil jij voor mij op Jonayla passen?' vroeg ze, terwijl ze naar Jondalars jongere zus liep. 'Tenzij je natuurlijk liever blijft om jacht te maken op holenleeuwen.'
'Ik ben mee geweest op drijfjachten, maar was nooit erg goed met een speer, en met de speerwerper gaat het al niet veel beter,' zei Folara. 'Ik ontferm me wel over Jonayla.' Het kleintje was nu klaarwakker en toen de jonge vrouw haar armen naar de baby uitstrekte, ging ze gewillig naar haar tante.
'Ik help haar wel,' zei Proleva tegen Ayla. Joharrans gezellin had een dochtertje in een draagdoek, enkele dagen ouder dan Jonayla, en een

actief jongetje van zes jaar, dat ze ook in de gaten moest houden. 'Ik vind dat we alle kinderen hiervandaan moeten halen, misschien terug tot achter de vooruitspringende rots, of naar boven naar de Derde Grot.'

'Dat is een uitstekend idee,' zei Joharran. 'De jagers blijven hier; de rest van jullie gaat terug, maar langzaam. Geen plotselinge bewegingen. We willen dat die holenleeuwen denken dat we gewoon een beetje rondlopen, als een kudde oerossen. En als we ons opsplitsen, blijf je bij je groep. Ze zullen waarschijnlijk elke eenling najagen.'

Ayla richtte haar aandacht weer op de vierpotige jagers en zag veel leeuwengezichten hun kant op kijken, uiterst waakzaam. Ze sloeg de dieren gade terwijl ze rondliepen en begon kenmerkende eigenschappen te zien, wat haar hielp de dieren te tellen. Ze zag dat een grote leeuwin zich nonchalant omdraaide, nee, het was een mannetjesleeuw, besefte ze toen ze zijn geslachtsorgaan van achteren zag. Ze had er even niet aan gedacht dat de mannetjes hier geen manen hadden. De mannelijke holenleeuwen in de buurt van haar dal in het oosten, waaronder een dier dat ze heel goed kende, hadden wel haar rond de kop en nek, al was het dun. Dit is een grote troep, dacht ze, meer dan twee handen vol telwoorden, mogelijk wel drie, inclusief de jonge dieren.

Terwijl ze toekeek liep de grote leeuw nog enkele stappen het veld in en verdween in het hoge gras. Het was wonderlijk dat de lange, dunne stengels dieren die zo groot waren zo goed konden verbergen.

Hoewel de botten en tanden van holenleeuwen – katachtigen die zich graag schuilhielden in grotten waarin de botten die ze achterlieten bewaard bleven – dezelfde vorm hadden als die van hun afstammelingen die op een dag in de landen van het continent ver naar het zuiden zouden ronddwalen, waren ze anderhalf maal, sommige zelfs tweemaal zo groot. 's Winters kregen ze een dikke wintervacht, zo licht dat die bijna wit was, een doelmatige schutkleur voor roofdieren die het hele jaar op jacht gingen. Hun zomervacht was ook licht, maar meer getaand, en bij sommige dieren was de vachtwisseling nog niet voltooid, waardoor ze een nogal rommelige, vlekkerige aanblik boden.

Ayla zag hoe de groep die voor het merendeel uit vrouwen en kinderen bestond zich afsplitste van de jagers en terugliep naar de rotswand waar ze zojuist langs waren getrokken, begeleid door enkele jonge mannen en vrouwen gewapend met speren, die Joharran had meegestuurd om de groep te beschermen. Toen viel haar op dat de paarden behoorlijk zenuwachtig leken, en ze besloot een poging te doen de dieren te kalmeren. Ze gaf Wolf een teken om haar te volgen en liep naar de paarden.

Toen ze de paarden naderden leek Whinney blij zowel haar als Wolf te zien. Het paard was niet bang voor de grote wolf. Ze had Wolf zien opgroeien uit een kleine pluizige bol vacht en had geholpen hem groot te brengen. Maar Ayla maakte zich zorgen. Ze wilde dat de paarden zich met de vrouwen en kinderen achter de rotswand zouden terugtrekken. Ze kon met woorden en tekens met Whinney communiceren, maar ze wist niet precies hoe ze de merrie duidelijk moest maken dat ze met de anderen mee moest gaan en haar niet moest volgen.

Renner hinnikte toen ze naderbij kwam; hij leek erg verontrust. Ze begroette de bruine hengst liefdevol, aaide en kroelde toen het jonge grijze merrieveulen en sloeg vervolgens haar arm om de stevige hals van de hooikleurige merrie die haar enige vriendin was geweest tijdens de eerste eenzame jaren na haar vertrek bij de Stam.

Whinney leunde tegen de jonge vrouw aan met haar hoofd over Ayla's schouder, in een vertrouwde houding van wederzijdse steun. Ze communiceerde met de merrie door een combinatie van handgebaren en woorden van de Stam en dierengeluiden die ze imiteerde, de speciale taal die ze had ontwikkeld toen Whinney nog een veulen was, voordat Jondalar haar zijn taal had geleerd. Ayla zei tegen de merrie dat ze met Folara en Proleva moest meegaan. Hoewel ze niet wist of het paard het begreep of gewoon aanvoelde dat het veiliger was voor haar en haar veulen, zag Ayla tot haar opluchting dat de merrie achter de andere moeders aan terugliep naar de rotswand toen ze haar die kant op stuurde.

Maar Renner was zenuwachtig en gespannen en dat werd nog erger toen de merrie wegliep. Zelfs nu hij volwassen was, was de jonge hengst gewend het moederdier te volgen, vooral wanneer Ayla en Jondalar samen reden, maar deze keer ging hij haar niet onmiddellijk achterna. Hij steigerde en zwaaide hinnikend met zijn hoofd. Jondalar hoorde hem, keek naar de hengst en de vrouw, en kwam naar hen toe. Het jonge paard hinnikte naar de man toen hij naderbij kwam. Jondalar vroeg zich af of zijn beschermende hengsteninstinct zich liet gelden met twee vrouwtjes in zijn kleine 'kudde'. De man praatte tegen hem, streelde en krabbelde hem op zijn favoriete plekjes om hem tot bedaren te brengen, zei dat hij met Whinney mee moest gaan en gaf hem een klap op zijn achterste. Dat was genoeg om hem de gewenste kant op te sturen.

Ayla en Jondalar liepen terug naar de jagers. Joharran en zijn twee beste vrienden en raadslieden, Solaban en Rushemar, stonden midden in de groep die was overgebleven. Die leek nu veel kleiner.

'We hebben besproken wat de beste manier zou zijn om jacht op ze te maken,' zei Joharran toen het paar terugkwam. 'Ik weet eigenlijk niet wat de beste strategie zou zijn. Moeten we proberen ze te omsingelen? Of moeten we ze in een bepaalde richting drijven? Ik weet precies hoe ik moet jagen voor vlees: herten of bizons of oerossen, zelfs mammoet. Ik heb met de hulp van andere jagers weleens een leeuw gedood die te dicht bij een kamp kwam, maar leeuwen zijn geen dieren waarop ik doorgaans jacht maak, vooral niet een hele troep.'

'Ayla kent leeuwen,' zei Thefona, 'dus laten we het haar vragen.'

Iedereen keek naar haar. De meesten hadden het verhaal gehoord over het gewonde leeuwenwelpje waarover ze zich had ontfermd en dat ze had grootgebracht tot hij volwassen was. Toen Jondalar hun had verteld dat de leeuw haar had gehoorzaamd zoals de wolf dat deed, hadden ze dat geloofd.

'Wat denk jij, Ayla?' vroeg Joharran.

'Zie je hoe de leeuwen ons in de gaten houden? Precies zoals wij hen in de gaten houden. Ze beschouwen zichzelf als de jagers. Het zal waarschijnlijk als een verrassing komen dat ze voor de verandering prooi zijn,' zei Ayla. Ze dacht even na en zei toen: 'Ik denk dat we bij elkaar moeten blijven en als groep op ze af moeten lopen, misschien schreeuwend en luid pratend, om te zien of ze zich dan terugtrekken. Maar we houden de speren in de aanslag voor het geval er eentje, of misschien meer, tot de aanval overgaat voor we besluiten om achter ze aan te gaan.'

'Gewoon recht op ze af lopen?' zei Rushemar fronsend.

'Het zou kunnen werken,' zei Solaban. 'En als we bij elkaar blijven, kunnen we elkaar beschermen.'

'Het lijkt mij een goed plan, Joharran,' zei Jondalar.

'Ik kan niets beters bedenken, en het idee om bij elkaar te blijven en elkaar te beschermen staat me wel aan,' zei de leider.

'Ik ga als eerste,' zei Jondalar. Hij stak de speer omhoog die hij al op zijn speerwerper had gezet, klaar om te werpen. 'Hiermee kan ik snel een speer wegslingeren.'

'Dat zal best, maar laten we wachten tot we dichterbij zijn zodat we allemaal op werpafstand zijn,' zei Joharran.

'Natuurlijk,' zei Jondalar. 'En Ayla geeft me rugdekking voor het geval er iets onverwachts gebeurt.'

'Dat is goed,' zei Joharran. 'We hebben allemaal een partner nodig die diegenen die als eerste hun speer werpen rugdekking kan geven, voor het geval ze missen en die leeuwen ons aanvallen in plaats van ervandoor te gaan. De partners kunnen onderling beslissen wie als eerste zijn speer zal werpen, maar het zal minder verwarrend zijn als iedereen wacht op een teken voordat die zijn speer werpt.'

'Wat voor teken?' vroeg Rushemar.
Joharran dacht even na en zei toen: 'Houd Jondalar in de gaten. Wacht tot hij zijn speer werpt. Dat kan ons teken zijn.'
'Ik zal jouw partner zijn, Joharran,' bood Rushemar aan.
De leider knikte.
'Ik heb rugdekking nodig,' zei Morizan. Hij was de zoon van Manvelars gezellin, herinnerde Ayla zich. 'Ik weet niet hoe goed ik ben, maar ik heb er wel op geoefend.'
'Ik kan je partner zijn. Ik heb met de speerwerper geoefend.'
Ayla draaide zich om bij het horen van de vrouwenstem en zag dat Galeya, Folara's roodharige vriendin, had gesproken.
Jondalar draaide zich ook om om te kijken. Dat is ook een manier om aan te pappen met de zoon van de gezellin van een leider, dacht hij, waarbij hij vluchtig naar Ayla keek en zich afvroeg of zij het ook doorhad.
'Ik kan Thefona's partner zijn, als ze dat wil,' zei Solaban, 'aangezien ik net als zij een speer en geen speerwerper zal gebruiken.'
De jonge vrouw glimlachte naar hem, blij dat ze een volwassen, ervaren jager vlak bij zich in de buurt zou hebben.
'Ik heb met een speerwerper geoefend,' zei Palidar. Hij was een vriend van Tivonan, de leerjongen van Willamar, de Meester-Handelaar.
'Wij kunnen elkaars partner zijn,' zei Tivonan, 'maar ik kan alleen een speer gebruiken.'
'Ik heb ook niet echt veel met die werper geoefend,' zei Palidar.
Ayla glimlachte naar de jonge mannen. Als leerjongen van Willamar zou Tivonan ongetwijfeld de volgende Meester-Handelaar van de Negende Grot worden. Zijn vriend Palidar was met Tivonan meegekomen na een bezoek aan diens Grot op een korte handelsmissie, en Palidar was degene die de plek had gevonden waar Wolf in een hevig gevecht was geraakt met de andere wolven en die haar daarheen had gebracht. Ze beschouwde hem als een goede vriend.
'Ik heb niet veel met die werper gedaan, maar ik kan wel met een speer omgaan.'
Dat is Mejera, acoliet van de Zelandoni van de Derde, dacht Ayla. Ze herinnerde zich dat de jonge vrouw erbij was geweest toen Ayla voor het eerst naar de Diepe Grot in Fonteinrots ging om de levenskracht van Jondalars jongere broer op te sporen om zijn elan te helpen zijn weg te vinden naar de geestenwereld.
'Iedereen heeft al een partner gekozen, dus dan blijven wij samen over. Ik heb niet alleen nooit met de speerwerper geoefend, ik heb die zelfs nauwelijks gebruikt zien worden,' zei Jalodan, Morizans neef, de zoon

van Manvelars zus, die op bezoek was bij de Derde Grot. Hij was van plan met hen naar de Zomerbijeenkomst te reizen om daar zijn Grot te treffen.

Dat waren ze dan. De twaalf mannen en vrouwen die op het punt stonden de strijd aan te binden met een even groot aantal leeuwen, dieren die veel sneller, krachtiger en woester waren en die zich in leven hielden met de jacht op zwakkere prooidieren. Ayla werd plotseling overvallen door twijfel en huiverde van angst. Ze wreef over haar armen en voelde kippenvel opkomen. Hoe konden twaalf zwakke mensen het zelfs maar in hun hoofd halen een troep leeuwen aan te vallen? Haar oog viel op dat andere roofdier, het dier dat ze kende, en ze gaf het een teken om bij haar te blijven. Twaalf mensen, dacht ze... en Wolf.

'Goed, daar gaan we dan,' zei Joharran, 'maar blijf bij elkaar.'

De twaalf jagers van de Derde en de Negende Grot van de Zelandoniers liepen op de troep grote katachtigen af. Ze waren gewapend met speren die gladgeschuurde scherpe punten van vuursteen, bot of ivoor hadden. Sommigen hadden een speerwerper waarmee een speer veel verder en met veel meer kracht en snelheid geworpen kon worden dan met de hand, maar leeuwen waren al eerder met slechts speren gedood. Jondalars wapen zou op de proef worden gesteld, maar de moed van de jagers nog meer.

'Ga weg!' schreeuwde Ayla toen de groep zich in beweging zette. 'We willen jullie hier niet!'

Verscheidene anderen volgden haar voorbeeld en schreeuwden tegen de dieren dat ze weg moesten gaan.

Aanvankelijk sloegen de leeuwen, jong en oud, de naderende groep alleen maar gade. Toen trokken enkele zich terug in het gras dat ze zo goed verborg, om even later weer tevoorschijn te komen alsof ze niet wisten wat ze moesten doen. De dieren die zich met welpen terugtrokken, kwamen zonder de jonge dieren terug.

'Ze weten niet wat ze van ons moeten denken,' zei Thefona. Ze liep midden tussen de jagers en voelde zich iets zekerder dan toen ze net in beweging waren gekomen, maar toen het grote mannetje opeens naar hen gromde, bleef iedereen van schrik als aan de grond genageld staan.

'Dit is niet het moment om te blijven staan,' zei Joharran, en hij zette zich weer in beweging.

De groep volgde zijn voorbeeld en liep in gesloten gelederen op de groep af. Alle leeuwen liepen nu heen en weer, sommige keerden de groep zelfs de rug toe en verdwenen in het hoge gras, maar het grote mannetje gromde weer, zette een gebrul in en wist niet van wijken.

Enkele van de andere grote katten hadden zich achter hem opgesteld. Ayla pikte de geur van angst van de menselijke jagers op en ze wist dat de leeuwen die ook bespeurden. Zelf was ze ook bang, maar angst was iets wat mensen konden overwinnen.

'We moeten ons gereedhouden,' zei Jondalar. 'Dat mannetje ziet er niet blij uit, en hij heeft versterkingen.'

'Kun je hem hiervandaan niet raken?' vroeg Ayla. Ze hoorde het aanhoudende grommen dat doorgaans voorafging aan het gebrul van een leeuw.

'Waarschijnlijk wel,' zei Jondalar, 'maar voor een grotere trefzekerheid doe ik het liever van iets dichterbij.'

'En ik weet ook niet of ik vanaf deze afstand goed kan richten. We moeten echt dichterbij zien te komen,' zei Joharran, terwijl hij verder liep.

De groep liep al schreeuwend dicht op elkaar door, al vond Ayla het geluid van hun stemmen onzekerder klinken naarmate ze de troep dichter naderden. De holenleeuwen keken stil en gespannen naar de vreemde kudde naderende dieren die zich niet als prooidieren gedroegen.

Toen gebeurde alles plotseling tegelijkertijd.

Het grote mannetje brulde, een onthutsend, oorverdovend geluid, vooral van zo dichtbij. Hij kwam in vliegende vaart op hen af. Toen hij zich klaarmaakte voor de sprong wierp Jondalar zijn speer.

Ayla had het vrouwtje rechts van het mannetje in de gaten gehouden. Op het moment dat Jondalar zijn speer wierp, kwam de leeuwin met grote sprongen op hen af.

Ayla legde aan. Bijna uit eigen wil kwam de speerwerper met de speer omhoog en slingerde de speer weg. Het was voor Ayla zo'n natuurlijke beweging dat het bijna onbewust gebeurde. Jondalar en zij hadden het wapen gedurende hun reis naar de Zelandoniërs, die een jaar had geduurd, dikwijls gebruikt en ze was er zo vaardig mee geworden dat het bijna een tweede natuur was.

De leeuwin sprong hoog de lucht in, maar Ayla's speer ontmoette haar halverwege. De speer begroef zich van onderaf in de keel van de grote kat. Het bloed spoot eruit toen de leeuwin op de grond neerstortte.

Ayla pakte snel een volgende speer uit haar houder, zette die op haar speerwerper en keek om zich heen om te zien wat er gebeurde. Ze zag Jondalars speer door de lucht vliegen en een hartslag later volgde nog een speer. Ze zag dat Rushemar in de houding stond van iemand die zojuist een speer had geworpen. Ze zag nog een grote leeuwin vallen. Een tweede speer trof het dier voor ze op de grond landde. Een andere leeuwin kwam aanstormen. Ayla wierp een speer en zag dat nog iemand dat had gedaan, een fractie van een seconde voor haar.

Ze pakte weer een speer en zette die zorgvuldig op de speerwerper: de punt, die was vastgemaakt op een korte, taps toelopende schacht, die zo was gemaakt dat hij zich van de lange schacht zou losmaken, zat stevig op zijn plaats, en de haak achter in de speerwerper zat vast in het gat in het uiteinde van de lange speerschacht. Toen keek ze weer om zich heen. Het grote mannetje lag op de grond maar bewoog nog; hij bloedde maar was niet dood. Haar vrouwtje bloedde ook, maar bewoog zich niet meer.

De leeuwen trokken zich zo snel ze konden in het hoge gras terug; minstens één liet een bloedspoor achter. De menselijke jagers werden zichzelf langzaam weer meester, keken om zich heen en lachten aarzelend naar elkaar.

'Ik geloof dat we het hebben klaargespeeld,' zei Palidar, en hij begon te grijnzen.

Hij had de woorden nauwelijks uitgesproken toen Wolfs dreigende gegrom Ayla's aandacht trok. De wolf rende bij de menselijke jagers vandaan en Ayla stormde achter hem aan. De zwaar bloedende mannetjesleeuw was overeind gekomen en viel weer aan. Met een gebrul sprong hij op hen af. Ze kon bijna zijn woede voelen en kon hem die niet echt kwalijk nemen.

Op het moment dat Wolf de leeuw bereikte en opsprong om hem aan te vallen, waarbij hij ervoor zorgde tussen Ayla en de grote kat te blijven, wierp ze haar speer met volle kracht. Haar blik viel op een andere speer die tegelijkertijd was geworpen. Ze troffen met een hoorbare plof bijna gelijktijdig doel. Zowel de leeuw als de wolf zakte in elkaar. Ayla's adem stokte toen ze de dieren zag vallen, gehuld in bloed, bang dat Wolf gewond was.

2

Ayla zag de zware klauw van de leeuw bewegen en hield haar adem in. Ze vroeg zich af of het grote mannetje nog steeds in leven kon zijn met al die speren in zijn lichaam. Toen zag ze Wolfs bebloede kop van onder de reusachtige poot tevoorschijn komen, en ze rende naar hem toe; ze wist nog steeds niet of hij gewond was. De wolf wurmde zich onder de voorpoot van de leeuw vandaan, pakte de klauw tussen zijn tanden en schudde zo heftig met zijn kop dat ze wist dat het dier besmeurd was met het bloed van de leeuw en niet met zijn eigen bloed. Jondalar verscheen naast haar en samen liepen ze naar de leeuw, lachend van opluchting om de capriolen van de wolf.

'Ik zal met Wolf naar de rivier moeten gaan om hem schoon te maken,' zei Ayla. 'Hij zit onder het bloed van de leeuw.'

'Ik vind het jammer dat we hem moesten doden,' zei Jondalar zacht. 'Het was een prachtig dier en hij verdedigde alleen maar zijn troep.'

'Ik vind het ook spijtig. Hij deed me aan Kleintje denken, maar ook wij moesten ons verdedigen. We zouden ons veel ellendiger voelen als een van die leeuwen een kind had gedood,' zei Ayla, met een blik op het grote roofdier.

Even later zei Jondalar: 'We kunnen hem beiden opeisen. Alleen onze speren hebben hem getroffen en alleen jouw speer heeft dit vrouwtje gedood dat hem heeft bijgestaan.'

'Ik geloof dat ik ook nog een andere leeuwin heb verwond, maar daar wil ik niets van hebben,' zei Ayla. 'Neem jij maar wat je wilt van het mannetje. Ik neem de vacht en staart van dit vrouwtje, en haar klauwnagels en tanden, als aandenken aan deze jacht.'

Ze keken een poosje zwijgend op de dieren neer, en toen zei Jondalar: 'Ik ben dankbaar dat de jacht geslaagd was en dat niemand gewond is geraakt.'

'Ik zou ze graag op de een of andere manier eer bewijzen, Jondalar, als blijk van respect voor de Geest van de Holenleeuw en als uiting van dank aan mijn totem.'

'Ja, dat moeten we doen. Het is gebruikelijk om de geest te bedanken

wanneer we een dier doden en de geest te vragen om de Grote Aardmoeder te bedanken voor het voedsel dat ze ons heeft laten nemen. We kunnen de Geest van de Holenleeuw bedanken en de geest vragen om de Moeder te bedanken dat ze ons deze leeuwen heeft laten doden om onze families en onze Grotten te beschermen.' Jondalar zweeg even. 'We kunnen deze leeuw wat water te drinken geven opdat de geest niet dorstig in de volgende wereld aankomt. Sommigen begraven ook het hart, geven het terug aan de Moeder. Ik vind dat we beide moeten doen voor deze prachtige leeuw die zijn leven heeft gegeven terwijl hij zijn troep verdedigde.'
'Ik zal hetzelfde doen voor het vrouwtje dat hem heeft bijgestaan en aan zijn zijde heeft gevochten,' zei Ayla. 'Ik geloof dat mijn Holenleeuw-totem me heeft beschermd en misschien wel onze hele groep. De Moeder had ervoor kunnen kiezen om de Geest van de Holenleeuw iemand te laten doden als compensatie voor het grote verlies van de troep. Ik ben Haar dankbaar dat Ze dat niet heeft gedaan.'
'Ayla! Je had gelijk!'
Ze draaide zich met een ruk om bij het geluid van de stem en glimlachte naar de leider van de Negende Grot die achter hen opdook. 'Je zei: "Een gewond dier is onvoorspelbaar. En een dier met de kracht en snelheid van een holenleeuw, gewond en krankzinnig van de pijn, is tot alles in staat." We hadden er niet van uit mogen gaan dat die leeuw alleen maar omdat hij bloedend op de grond lag niet meer zou proberen om aan te vallen.' Joharran wendde zich tot de rest van de jagers die waren gekomen om naar de leeuwen te kijken die ze hadden gedood. 'We hadden ons ervan moeten vergewissen dat hij dood was.'
'Waar ik me echt over heb verbaasd is die wolf,' zei Palidar. Hij keek naar het dier dat besmeurd met bloed, met zijn tong uit zijn bek, rustig bij Ayla's voeten zat. 'Hij heeft ons gewaarschuwd, maar ik zou nooit hebben gedacht dat een wolf een holenleeuw zou aanvallen, gewond of niet.'
Jondalar glimlachte. 'Wolf beschermt Ayla,' zei hij. 'Het maakt niet uit tegen wie of wat. Als het haar bedreigt, valt hij het aan.'
'Zelfs jou, Jondalar?' vroeg Palidar.
'Zelfs mij.'
Er viel even een ongemakkelijke stilte, en toen zei Joharran: 'Hoeveel leeuwen hebben we gedood?' Verscheidene van de grote katten lagen op de grond, sommige met een aantal speren in hun lichaam.
'Ik tel er vijf,' zei Ayla.
'De leeuwen met speren van meer dan één persoon moeten worden

gedeeld,' zei Joharran. 'Die jagers kunnen met elkaar beslissen wat ze ermee doen.'

'De enige speren in het mannetje en dit vrouwtje zijn van Ayla en mij, dus wij eisen ze voor ons op,' zei Jondalar. 'We deden wat we moesten doen, maar zij verdedigden hun familie en we willen hun geest eer bewijzen. We hebben hier geen Zelandoni, maar we kunnen elk een beetje water geven voor we ze op weg sturen naar de geestenwereld, en we kunnen hun hart begraven, ze teruggeven aan de Moeder.'

De andere jagers knikten instemmend.

Ayla liep naar de leeuwin die ze had gedood en haalde haar waterzak tevoorschijn. Die was gemaakt van de zorgvuldig gewassen maag van een hert waarvan de onderste opening was dichtgebonden. De opening aan de bovenkant was rondom een ruggenwervel van een hert getrokken, waarvan de uitsteeksels waren verwijderd, en strak omwonden met pezen. Het natuurlijke gat in de ruggenwervel vormde een uitstekende schenktuit. De stop bestond uit een dun reepje leer waarin aan het ene uiteinde een aantal knopen over elkaar waren gelegd tot de knoop groot genoeg was om het gat te dichten. Ze trok de stop eruit en nam een mondvol water. Toen boog ze zich over de kop van de leeuwin, trok die naar zich toe, opende de kaken en liet het water uit haar mond in de bek van de grote kat stromen.

'We zijn dankbaar Doni, Grote Moeder van Allen, en we zijn de Geest van de Holenleeuw dankbaar,' zei ze hardop. Toen begon ze te spreken met de stille handgebaren van de formele taal van de Stam, de taal die werd gebruikt bij het spreken tot de geestenwereld, maar met een zachte stem vertaalde ze de tekens die ze maakte. 'Deze vrouw is de Geest van de Grote Holenleeuw, de totem van deze vrouw, dankbaar dat hij heeft toegelaten dat enkele van de levende exemplaren van de Geest werden geveld door de speren van de mensen. Deze vrouw wil aan de Grote Geest van de Holenleeuw spijt betuigen voor het verlies van de levende exemplaren. De Grote Moeder en de Geest van de Holenleeuw weten dat het nodig was voor de veiligheid van de mensen, maar deze vrouw wil haar dankbaarheid betuigen.'

Ze draaide zich om naar de groep jagers die haar gadesloeg. Ze deed het niet op de manier waaraan zij gewoon waren, maar het was fascinerend om naar haar te kijken, en het voelde volkomen juist aan voor de jagers die hun angst hadden overwonnen om hun leefgebied voor zichzelf en anderen veiliger te maken. Het maakte hen duidelijk waarom hun Zelandoni die de Eerste was, deze vrouw uit den vreemde tot haar acoliet had gemaakt.

'Ik zal geen andere leeuwen opeisen die mogelijk door een van mijn

speren zijn doorboord, maar wil wel graag de speer terug,' zei Ayla. 'Deze leeuwin heeft alleen mijn speer in haar lichaam, dus haar eis ik op. Ik zal de huid en staart, de klauwnagels en de tanden bewaren.'
'En het vlees?' vroeg Palidar. 'Ga je daarvan eten?'
'Nee. Wat mij betreft mogen de hyena's dat hebben,' zei Ayla. 'Ik vind de smaak van vleeseters, vooral holenleeuwen, niet lekker.'
'Ik heb nog nooit leeuwenvlees geproefd,' zei hij.
'Ik ook niet,' zei Morizan van de Derde Grot, die met Galeya een paar had gevormd.
'Heeft geen enkele van jullie speren een leeuw geraakt?' vroeg Ayla. Ze zag dat ze triest met hun hoofd schudden. 'Als jullie willen mag je het vlees van deze leeuwin hebben nadat ik het hart heb begraven, maar als ik jullie was zou ik de lever niet eten.'
'Waarom niet?' vroeg Tivonan.
'Het volk waarbij ik ben opgegroeid geloofde dat de lever van vleeseters je kan doden, als vergif,' zei ze. 'Ze vertelden er verhalen over, vooral over een zelfzuchtige vrouw die de lever van een kat, een lynx, geloof ik, at en stierf. Misschien moeten we de lever samen met het hart begraven.'
'Is de lever van alle dieren die vlees eten slecht voor je?' vroeg Galeya.
'Volgens mij dat van beren niet. Die eten vlees, maar ook allerlei andere dingen. Holenberen eten helemaal niet veel vlees en die smaken goed. Ik ken mensen die hun lever aten en niet ziek werden,' zei Ayla.
'Ik heb al in geen jaren een holenbeer gezien,' zei Solaban. Hij had vlakbij gestaan en het gesprek gevolgd. 'Er zijn er hier niet zoveel meer. Heb jij echt holenbeer gegeten?'
'Ja,' zei Ayla. Ze overwoog te vertellen dat het vlees van de holenbeer bij de Stam heilig was en alleen bij bepaalde rituele feestmalen werd gegeten, maar besloot dat dit nog meer vragen zou uitlokken die veel te veel tijd zouden vergen om te beantwoorden.
Ze keek naar de leeuwin en haalde een keer diep adem. Het was een groot dier en het zou een heel karwei zijn om haar te villen. Ze kon best wat hulp gebruiken en keek naar de vier jonge mensen die haar al die vragen hadden gesteld. Geen van hen had een speerwerper gebruikt, maar ze vermoedde dat dat nu snel zou veranderen, en hoewel ze geen leeuw hadden geveld, hadden ze gewillig deelgenomen aan de jacht en zich aan gevaar blootgesteld. Ze glimlachte naar hen. 'Ik geef ieder van jullie een klauwnagel als jullie me helpen deze leeuwin te villen,' zei ze, en ze zag dat ze haar glimlach beantwoordden.
'Met alle plezier,' zeiden Palidar en Tivonan bijna in koor.
'Dat geldt ook voor mij,' zei Morizan.

'Fijn. Ik kan jullie hulp goed gebruiken.' Toen zei ze tegen Morizan: 'Ik geloof niet dat we formeel aan elkaar zijn voorgesteld.'

Ze ging recht voor de jonge man staan en stak haar handen uit, de handpalmen omhoog, in het formele gebaar van openheid en vriendschap. 'Ik ben Ayla van de Negende Grot van de Zelandoniërs, acoliet van Zelandoni, Eerste Onder Hen Die de Grote Aardmoeder Dienen, gezellin van Jondalar, Meester-Vuursteenklopper en broer van Joharran, leider van de Negende Grot van de Zelandoniërs, voorheen was ik Dochter van de Mammoetvuurplaats van het Leeuwenkamp van de Mamutiërs, Uitverkoren door de geest van de Holenleeuw, Beschermd door de Holenbeer, vriendin van de paarden Whinney, Renner en Grijs en de vierpotige jager Wolf.'

Dat volstond wel als formele introductie, dacht ze, terwijl ze naar zijn gezichtsuitdrukking keek. Ze wist dat het eerste deel van de formele opsomming van haar namen en verbintenissen waarschijnlijk ietwat overweldigend was – ze had banden met de hoogste gelederen van de Zelandoniërs – en het laatste deel zou hem helemaal niets zeggen.

Hij pakte haar handen en begon aan zijn opsomming. 'Ik ben Morizan van de Derde Grot van de Zelandoniërs,' zei hij zenuwachtig, maar toen leek hij moeite te hebben met het bedenken wat hij verder moest zeggen. 'Ik ben de zoon van Manvelar, leider van de Derde Grot, neef van...'

Ayla besefte dat hij nog jong was en niet gewend aan kennismaken met nieuwe mensen en formele introducties. Ze besloot om het hem gemakkelijk te maken en maakte een eind aan het formele ritueel. 'In de naam van Doni, de Grote Aardmoeder, groet ik je, Morizan van de Derde Grot van de Zelandoniërs,' zei ze, en toen voegde ze eraan toe: 'En ik maak dankbaar gebruik van je hulp.'

'Ik wil ook helpen,' zei Galeya. 'Ik zou graag een klauwnagel willen hebben als aandenken aan deze jacht. Hoewel ik geen enkel dier met een speer heb geraakt, was het opwindend. Een beetje beangstigend, maar opwindend.'

Ayla knikte begrijpend. 'Laten we maar snel beginnen. Maar ik moet jullie waarschuwen om voorzichtig te zijn bij het uitsnijden van de klauwnagels en tanden en ervoor te zorgen dat je je huid er niet aan openhaalt. Je moet ze uitkoken voor je ze veilig kunt vastpakken. Als je je eraan openhaalt kan dat een ernstige wond tot gevolg hebben, die opzwelt en stinkende etter afscheidt.'

Ze keek op en zag in de verte mensen aankomen van achter de uitspringende rotswand. Ze herkende verscheidene mensen van de Derde Grot die niet bij de eerste groep waren geweest die zich eerder bij hen hadden gevoegd. Manvelar, de sterke, energieke oude man die hun leider was, was er ook bij.

'Daar komen Manvelar en een paar anderen,' zei Thefona. Ook zij had hen dus gezien en herkend.

Toen ze de jagers bereikten liep Manvelar naar Joharran. 'Gegroet Joharran, Leider van de Negende Grot van de Zelandoniërs, in de naam van Doni, de Grote Aardmoeder,' zei hij, en hij stak beide handen uit. Joharran pakte de handen in de zijne en beantwoordde de korte formele begroeting als erkenning van de andere leider: 'In de naam van de Grote Aardmoeder, Doni, groet ik je, Manvelar, leider van de Derde Grot van de Zelandoniërs.' Het was een gebruikelijke beleefdheidsbetuiging tussen leiders.

'De mensen die je hebt teruggestuurd zijn ons komen vertellen wat er aan de hand was,' zei Manvelar. 'We hadden de leeuwen hier al een paar dagen zien rondlopen en we zijn gekomen om jullie te helpen. Ze kwamen regelmatig terug en we vroegen ons af wat we ertegen moesten doen. Het ziet ernaar uit dat jullie het probleem hebben opgelost. Ik zie vier, nee, vijf gevelde leeuwen, waaronder het mannetje. De vrouwtjes zullen nu een nieuw mannetje moeten zoeken. Mogelijk splitst de groep zich op en vinden ze er meer dan één. Het zal de hele structuur van de troep veranderen. Ik geloof niet dat we binnenkort weer last van ze zullen hebben. We zijn jullie dank verschuldigd.'

'We dachten niet dat we er veilig langs konden en wilden niet dat ze een gevaar vormden voor de Grotten in de buurt, dus besloten we om ze weg te jagen, vooral aangezien we verschillende mensen bij ons hadden die een speerwerper konden gebruiken. En dat was maar goed ook. Hoewel dat mannetje ernstig gewond was, heeft hij ons weer aangevallen toen we dachten dat hij was geveld,' zei Joharran.

'De jacht op holenleeuwen is gevaarlijk. Wat gaan jullie ermee doen?'

'Ik geloof dat de vachten, tanden en klauwnagels zijn opgeëist, en sommigen willen graag het vlees proeven,' zei Joharran.

'Dat is scherp van smaak,' zei Manvelar, en hij trok zijn neus op. 'We zullen je helpen met het villen, maar dat zal enige tijd vergen. Jullie kunnen beter de nacht bij ons doorbrengen. We kunnen een boodschapper vooruit sturen om de Zevende te laten weten dat jullie zijn opgehouden en waarom.'

'Goed. We blijven. Dank je, Manvelar,' zei Joharran.

De Derde Grot vergastte de bezoekers van de Negende de volgende ochtend op een maaltijd voor ze zich op weg begaven. Joharran, Proleva, Proleva's zoontje Jaradal en haar dochtertje Sethona, zaten met

Jondalar, Ayla en haar dochtertje Jonayla op het zonnige stenen voorportaal en genoten tijdens het eten van het uitzicht.
'Zo te zien heeft Morizan opeens erg veel belangstelling voor Folara's vriendin Galeya,' zei Proleva. Ze keken met het toegeeflijke oog van oudere broers en zussen met een gezin naar de groep jonge mensen die nog geen verbintenis waren aangegaan.
'Ja,' zei Jondalar met een grijns. 'Ze was gisteren tijdens de leeuwenjacht zijn rugdekking. Samen jagen en op elkaar moeten vertrouwen kan snel een speciale band scheppen, al hebben ze geen speer geworpen en konden ze geen leeuw opeisen. Maar ze hebben Ayla geholpen met het villen van haar leeuwin en ze heeft ieder van hen een klauwnagel gegeven. Ze waren erg snel klaar en toen hebben ze mij ook geholpen. Ook ik heb ze een kleine klauwnagel gegeven, zodat iedereen een aandenken aan de jacht heeft.'
'Daar zaten ze gisteravond bij die kookmand dus over op te scheppen,' zei Proleva.
'Mag ik ook een klauwnagel als aandenken, Ayla?' vroeg Jaradal. Het jongetje had duidelijk aandachtig zitten luisteren.
'Jaradal, dat zijn aandenkens aan een jacht,' zei zijn moeder. 'Wanneer jij oud genoeg bent om mee op jacht te gaan, krijg je je eigen aandenkens.'
'Laat maar, Proleva. Ik geef hem er wel een,' zei Joharran, met een liefdevolle lach naar het zoontje van zijn gezellin. 'Ik heb ook een leeuw gedood.'
'Echt waar?' zei het jongetje van zes opgewonden. 'En krijg ik een klauwnagel? Ik kan niet wachten om die aan Robenan te laten zien!'
'Je moet de klauwnagel wel uitkoken voor je hem die geeft,' zei Ayla.
'Dat is wat Galeya en de anderen gisteravond deden,' zei Jondalar. 'Ayla stond erop dat iedereen de klauwnagels en tanden uitkookte voor ze die vastpakten. Ze zegt dat een kras van een leeuwenklauw gevaarlijk kan zijn als die niet is uitgekookt.'
'Waarom zou uitkoken een verschil maken?' vroeg Proleva.
'Toen ik klein was, nog voor ik door de Stam werd gevonden, werd ik gekrabd door een holenleeuw. Zo kom ik aan de littekens op mijn been. Ik herinner me niet veel van het moment dat het gebeurde, maar wel dat mijn been erg veel pijn deed tot de wond was geheeld. De Stam bewaarde ook altijd de tanden en klauwnagels van dieren,' zei Ayla. 'Toen Iza me de beginselen van kruidengeneeskunde leerde, was een van de eerste dingen die ze me vertelde dat ik tanden en klauwnagels altijd zorgvuldig moest uitkoken voor ik ze vastpakte. Ze zei dat ze vol boze geesten zaten en dat de hitte van het koken die verdreef.'

'Wanneer je bedenkt wat die dieren met hun klauwen doen, moeten ze wel vol boze geesten zitten,' zei Proleva. 'Ik zal erop toezien dat Jaradals klauwnagel wordt uitgekookt.'

'Die leeuwenjacht heeft wel het nut van je wapen bewezen, Jondalar,' zei Joharran. 'Degenen met alleen een speer zouden die goed hebben kunnen gebruiken als de leeuwen dichterbij waren gekomen, maar de dieren die werden gedood, zijn allemaal gesneuveld dankzij de speerwerpers. Ik denk dat dit meer mensen zal aanmoedigen om ermee te oefenen.'

Ze zagen Manvelar aankomen en begroetten hem hartelijk.

'Jullie kunnen de leeuwenvachten hier laten en ze op de terugweg ophalen,' zei hij. 'We kunnen ze achter in de onderste grot leggen. Het is daar koel genoeg om ze een paar dagen goed te houden en dan kunnen jullie ze bewerken als je weer thuis bent.'

De hoge kalkstenen rotswand waar ze vlak voor de jacht langs waren gekomen heette Twee-Rivierenrots omdat de Grasrivier en de Rivier daar samenvloeiden. Er waren drie richels boven elkaar, die beschutting boden aan de diepe holten eronder. De Derde Grot gebruikte alle stenen schuilplaatsen, maar de grote middelste ruimte, die een schitterend uitzicht bood op beide rivieren en het gebied rondom de rotswand, werd voornamelijk als leefgedeelte gebruikt. De andere dienden met name als opslagruimten.

'Dat zou handig zijn,' zei Jondalar. 'We hebben al genoeg mee te slepen, vooral met de baby's en kinderen, en we zijn al opgehouden. Als dit tochtje naar Paardenhoofdrots niet al een tijdlang op het programma had gestaan, zouden we waarschijnlijk niet eens zijn gegaan. Per slot van rekening zullen we iedereen zien bij de Zomerbijeenkomst en we moeten nog veel doen voor ons vertrek. Maar de Zevende Grot wilde echt graag dat Ayla op bezoek kwam en Zelandoni wil haar het Paardenhoofd laten zien. En aangezien dat zo dichtbij is, willen ze naar de Ouderen Vuurplaats en ook de Tweede Grot bezoeken, en laten zien wat de voorouders in de muur van hun onderste grot hebben gegrift.'

'Waar is De Eerste Onder Hen Die De Grote Aardmoeder Dienen?' vroeg Manvelar.

'Ze is daar al enkele dagen,' zei Joharran. 'Ze beraadslaagt met een aantal van de zelandonia. Het heeft iets te maken met de Zomerbijeenkomst.'

'Over de Zomerbijeenkomst gesproken: wanneer zijn jullie van plan om te vertrekken?' vroeg Manvelar. 'Misschien kunnen we samen reizen.'

‘Ik vertrek altijd het liefst bijtijds. Met zo’n grote Grot hebben we tijd nodig om ons te installeren. En we hebben nu dieren waarmee we rekening moeten houden. Ik ben al eerder naar de Zesentwintigste Grot geweest, maar ik ben niet echt bekend met de omgeving.’

‘Het is een groot vlak veld, vlak naast de Westrivier,’ zei Manvelar. ‘Er is ruimte voor veel zomerverblijven, maar ik geloof niet dat het een goede plek voor paarden is.’

‘De plek die we vorig jaar vonden was heel prettig, al was die tamelijk ver van alle activiteiten, maar ik weet niet wat we dit jaar zullen aantreffen. Ik was van plan er vooraf een kijkje te gaan nemen, maar toen kwamen die zware voorjaarsregens en ik had geen zin om door de modder te ploeteren,’ zei Joharran.

‘Als je het niet erg vindt om iets verder weg je kamp op te slaan, zul je misschien een meer afgezonderde plek vinden dichter bij Zonzicht, de schuilplaats van de Zesentwintigste Grot. Die is in een rotswand bij de oever van de vroegere rivierbedding, iets verder weg van de tegenwoordige rivier.’

‘Dat kunnen we misschien proberen,’ zei Joharran. ‘Ik zal een boodschapper vooruitsturen als we hebben besloten wanneer we vertrekken. Als de Derde Grot dan ook wil vertrekken, kunnen we samen reizen. Je hebt daar verwanten, nietwaar? Heb je een route in gedachten? Ik weet dat de Westrivier in dezelfde algemene richting stroomt als de Rivier, dus zal die niet moeilijk te vinden zijn. We hoeven alleen maar zuidwaarts naar de Grote Rivier te gaan, dan westwaarts tot we de Westrivier bereiken en die dan noordwaarts volgen. Maar als jij een directere route kent, zou die waarschijnlijk sneller zijn.’

‘Die ken ik inderdaad,’ zei Manvelar. ‘Zoals je weet kwam mijn gezellin van de Zesentwintigste Grot, en we hebben dikwijls haar familie bezocht toen de kinderen jonger waren. Ik ben er na haar dood niet meer geweest en ik verheug me op de Zomerbijeenkomst en de ontmoeting met een aantal mensen die ik al een tijdlang niet heb gezien. Morizan en zijn broer en zus hebben daar neven en nichten.’

‘We kunnen er verder over praten als we terugkomen voor de leeuwenvachten. Bedankt voor de gastvrijheid van de Derde Grot, Manvelar,’ zei Joharran, en hij draaide zich om om te vertrekken. ‘We moeten nu echt gaan. De Tweede Grot verwacht ons en Zelandoni Die De Eerste Is heeft een grot met een verrassing die ze Ayla wil laten zien.’

De eerste voorjaarsscheuten hadden smaragdgroene vegen op de koude, bruine, ontdooiende aarde aangebracht. Naarmate het korte seizoen vorderde en geknoopte stengels en ranke bladeren tot volle groei kwamen, vervingen sappige weiden de koude kleuren langs de uiterwaarden. De grasvelden die voor hen lagen, deinden in de warmere winden van een vroege zomer die het groen van snelgroeiende gewassen vervaagde tot het goud van volgroeidheid, en gaven de naam aan de rivier ernaast.

De groep reizigers, sommigen van de Negende Grot en sommigen van de Derde, liepen langs de Grasrivier en volgden dezelfde route als de dag daarvoor. Ze liepen in ganzenpas om de kromming van de rotswand over het pad tussen het heldere stromende water van de Grasrivier en de rotswand. Toen het pad weer breder werd gingen ze met z'n tweeën of drieën naast elkaar lopen.

Ze volgden het pad dat afboog naar de oversteekplaats – die nu al 'de Plek van de Leeuwenjacht' werd genoemd. Door de natuurlijke ligging van de stenen was het geen makkelijke oversteek. Voor lenige jonge mannen was het niet moeilijk om van de ene gladde steen naar de volgende te springen, maar voor een vrouw die zwanger was of een baby in een draagdoek droeg of misschien bundels voedsel, kleding of gebruiksvoorwerpen, en oudere vrouwen of mannen, was dat niet zo eenvoudig. Er waren dus meer stenen neergelegd tussen de stenen die boven het ondiepe water uitstaken om de ruimten tussen de stapstenen kleiner te maken. Toen de hele groep de overkant van de zijrivier had bereikt waar het pad breed genoeg was, gingen ze weer met z'n tweeën of drieën naast elkaar lopen.

Morizan wachtte op Jondalar en Ayla, die in de achterhoede voor de paarden uit liepen, en ging naast hen lopen. Na een informele begroeting over en weer zei Morizan: 'Ik had er geen idee van dat je speerwerper zo goed werkte, Jondalar. Ik heb ermee geoefend, maar nu ik Ayla en jou ermee heb zien werken, ben ik er diep van onder de indruk.'

'Je doet er goed aan je vertrouwd te maken met de speerwerper, Morizan. Het is een bijzonder effectief wapen. Heeft Manvelar je voorgesteld ermee te oefenen of was dat je eigen beslissing?' vroeg Jondalar.

'Het was mijn idee, maar toen ik ermee begon, heeft hij me aangemoedigd. Hij zei dat ik een goed voorbeeld stelde,' zei Morizan. 'Eerlijk gezegd maakte dat me niet veel uit. Het leek me gewoon een wapen waarmee ik graag wilde leren omgaan.'

Jondalar lachte naar de jonge man. Hij had al gedacht dat de jongeren als eersten zijn nieuwe wapen zouden willen uitproberen, en Morizans reactie was precies waarop hij had gehoopt.

'Heel goed. Hoe meer je oefent, hoe beter je zult worden. Ayla en ik gebruiken de speerwerper al heel lang, gedurende de reis van een jaar terug naar huis en ruim een jaar daarvoor. Zoals je hebt gezien, kun-

nen vrouwen ook heel goed met een speerwerper omgaan.'
Ze volgden de Grasrivier stroomopwaarts tot ze bij een kleinere zijrivier aankwamen, die de Kleine Grasrivier heette. Toen ze hun weg vervolgden, stroomopwaarts langs de kleinere rivier, bespeurde Ayla een verandering in de lucht, een koele, vochtige frisheid vervuld van rijkere geuren. Zelfs het gras had een zwaardere tint groen, en op sommige plekken was de grond zachter. Het pad liep langs moerassige gebieden met lange rietstengels en lisdodden toen ze door het welige dal naar een kalkstenen rotswand liepen.
Buiten stond een groepje mensen te wachten, onder wie twee jonge vrouwen. Ayla lachte toen ze de vrouwen zag. Ze hadden op de Zomerbijeenkomst van het jaar daarvoor dezelfde Verbinteniscceremonie ondergaan, en ze had een hechte band met hen.
'Levela! Janida! Ik heb me er erg op verheugd om jullie weer te zien,' zei ze, terwijl ze naar hen toe liep. 'Ik heb gehoord dat jullie hadden besloten om naar de Tweede Grot te verhuizen.'
'Ayla!' zei Levela. 'Welkom bij Paardenhoofdrots. We zijn met Kimeran meegekomen om je te zien, zodat we niet hoefden te wachten tot je bezoek aan de Tweede. Het is heerlijk om je weer te zien.'
'Ja,' viel Janida haar bij. Ze was jonger dan de twee andere vrouwen en nogal verlegen, maar haar glimlach was uitnodigend. 'Ik vind het ook fijn om je weer te zien, Ayla.'
De drie vrouwen omhelsden elkaar heel voorzichtig. Zowel Ayla als Janida had een zuigeling in een draagdoek en Levela was zwanger.
'Ik heb gehoord dat je een zoontje hebt gekregen, Janida,' zei Ayla.
'Ja, ik heb hem Jeridan genoemd,' zei Janida, terwijl ze haar baby toonde.
'Ik heb een dochtertje gekregen. Ze heet Jonayla,' zei Ayla. De kleine was door al die drukte wakker geworden en Ayla haalde haar terwijl ze sprak uit de draagdoek en keek toen naar het kleine jongetje. 'O, hij is volmaakt. Mag ik hem even vasthouden?'
'Ja, natuurlijk, en ik wil je dochtertje vasthouden,' zei Janida.
'Geef mij jouw baby maar, Ayla,' zei Levela. 'Dan kun jij Jeridan van Janida overnemen en geef ik... Jonayla?' – ze zag Ayla knikken – '... aan Janida.'
De vrouwen verwisselden van baby en kirden naar hen terwijl ze het kleintje van de ander bekeken en met hun eigen kindje vergeleken.
'Je weet toch dat Levela zwanger is, hè?' zei Janida.
'Dat kan ik wel zien,' zei Ayla. 'Weet je wanneer de kleine komt, Levela? Ik zou graag naar je toe komen om je bij te staan, en ik weet zeker dat Proleva ook wil komen.'

'Dat weet ik niet precies; het duurt nog wel enkele manen. Ik zou het heerlijk vinden als je bij me was, en mijn zus natuurlijk ook,' zei Levela. 'Maar je hoeft niet hiernaartoe te komen. Waarschijnlijk zijn we allemaal bij de Zomerbijeenkomst.'

'Je hebt gelijk,' zei Ayla. 'Het zal fijn voor je zijn om iedereen om je heen te hebben. Zelfs Zelandoni, de Eerste, zal er zijn, en zij is een fantastische hulp bij een bevalling.'

'Er zijn er misschien te veel,' zei Janida. 'Iedereen is dol op Levela en ze zullen niet iedereen bij je laten blijven. Dat zou veel te druk zijn. Mij wil je er misschien niet bij hebben. Ik heb weinig ervaring, maar ik zou er graag bij zijn, zoals jij bij mij was, Levela. Maar ik begrijp het als je liever iemand erbij hebt die je al langer kent.'

'Natuurlijk wil ik jou erbij hebben, Janida, en Ayla ook. Per slot van rekening hebben we dezelfde Verbintenisceremonie ondergaan en dat schept een bijzondere band,' zei Levela.

Ayla begreep precies wat Janida bedoelde. Ook zij had zich afgevraagd of Levela misschien liever vriendinnen erbij zou hebben die ze al langer kende. Ayla werd overspoeld door een warm gevoel voor de jonge vrouw en ze moest vechten tegen de onverwachte tranen die in haar ogen prikten bij Levela's spontane aanvaarding van haar. Toen Ayla opgroeide had ze niet veel vriendinnen gehad. Meisjes van de Stam gingen al op jonge leeftijd een verbintenis aan, en Oga, het meisje dat misschien haar vriendin had kunnen worden, was Brouds gezellin geworden, en hij stond haar niet toe vriendschap te sluiten met het meisje van de Anderen dat hij was gaan haten. Ze had gehouden van Iza's dochter, Uba, haar Stam-zus, maar zij was veel jonger en meer een dochter dan een vriendin. En hoewel de andere vrouwen haar op den duur hadden aanvaard en zelfs op haar gesteld waren geraakt, hadden ze haar nooit echt begrepen. Pas toen ze bij de Mamutiërs was gaan wonen en Deegie leerde kennen, had ze ontdekt hoe leuk het was om een vriendin van haar eigen leeftijd te hebben.

'Over Verbinteniceremoniën en levensgezellen gesproken: waar zijn Jondecam en Peridal? Volgens mij heeft Jondalar ook een bijzondere band met hen. Ik weet dat hij zich erop verheugde ze weer te zien,' zei Ayla.

'Zij willen hem ook graag zien,' zei Levela. 'Jondalar en zijn speerwerpwapen. Jondecam en Peridal hebben over niets anders kunnen praten sinds we hoorden dat jullie zouden komen.'

'Wisten jullie dat Tishona en Marsheval nu bij de Negende Grot wonen?' zei Ayla, verwijzend naar een ander paartje dat tegelijkertijd met hen een verbintenis was aangegaan. 'Ze hebben een poosje bij de Veertiende gewoond, maar Marsheval was zo dikwijls bij de Negende Grot – of preciezer gezegd bij Rivierafwaarts, waar hij mammoetivoor leerde bewerken en dan bij de Negende bleef overnachten – dat ze besloten te verhuizen.'

De drie Zelandonia hielden zich op de achtergrond en keken toe terwijl de jonge vrouwen stonden te babbelen. Het viel de Eerste op dat Ayla zo ongedwongen met hen sprak; ze vergeleken baby's en spraken opgewonden over de dingen die belangrijk waren voor vrouwen die pas een verbintenis waren aangegaan en een kind hadden of er een verwachtten. Ze had een begin gemaakt met Ayla de beginselen te leren van de kennis die ze nodig zou hebben om een ten volle ontwikkelde Zelandoni te worden, en de jonge vrouw was zonder twijfel geïnteresseerd en een snelle leerling, maar de Eerste besefte nu hoe makkelijk Ayla kon worden afgeleid. Ze had zich op de achtergrond gehouden en Ayla laten genieten van haar nieuwe leven als moeder en vrouw met een levensgezel. Misschien werd het tijd om meer druk op haar uit te oefenen en haar interesse zo sterk te wekken dat ze er uit eigen beweging voor zou kiezen meer tijd te wijden aan verplichte leerstof.

'We moeten gaan, Ayla,' zei de Eerste. 'Ik wil je graag de grot laten zien voor we het te druk krijgen met maaltijden en bezoekjes en mensen ontmoeten.'

'Ja, dat is goed,' zei Ayla. 'Ik heb de drie paarden en Wolf bij Jondalar achtergelaten, en we moeten de dieren nog ergens onderbrengen. En ik weet zeker dat hij ook mensen wil zien.'

Ze liepen naar de steile kalkstenen wand. De ondergaande zon scheen er recht op en het kleine vuur dat vlakbij was aangelegd, was in het felle zonlicht bijna onzichtbaar. Een donkere opening was zichtbaar, maar viel niet op. Er stonden verscheidene fakkels tegen de muur en alle drie de Zelandonia staken er een aan. Ayla liep achter de anderen aan het donkere gat in; ze huiverde toen de duisternis haar omhulde. De lucht in de holte in de rotswand was kil en vochtig, maar dat ze rilde kwam niet louter door de plotselinge temperatuurdaling. Ayla was daar nog nooit geweest en ze werd altijd overvallen door een onrustig gevoel als ze een onbekende grot binnenging.

De opening was niet groot, maar hoog genoeg om niet te hoeven bukken om naar binnen te gaan. Ze had buiten een fakkel aangestoken en hield het licht met haar linkerhand hoog voor zich uit, terwijl ze met haar rechterhand steun zocht bij de ruwe stenen muur. Het warme bundeltje in de zachte draagdoek die ze op haar borst droeg was nog wakker en ze haalde haar hand van de muur om de baby geruststellend te strelen. Jonayla merkt waarschijnlijk ook de verandering in temperatuur, dacht Ayla, en terwijl ze om zich heen keek liep ze verder naar binnen. De grot was niet groot en werd op een natuurlijke manier in kleinere ruimten opgesplitst.

'Het is hier in de volgende ruimte,' zei de Zelandoni van de Tweede Grot. Ook zij was een lange, blonde vrouw, al was ze iets ouder dan Ayla.

De Zelandoni Die Eerste Was Onder Degenen Die De Grote Aardmoeder Dienen deed een stap opzij om Ayla voor te laten gaan en de vrouw te volgen die hen leidde. 'Ga jij maar voor. Ik heb het al eerder gezien,' zei ze, terwijl ze haar omvangrijke lichaam tegen de muur drukte.

Een oudere man volgde haar voorbeeld. 'Ook ik heb het eerder gezien,' zei hij, 'vele malen.' Het was Ayla opgevallen dat de oude Zelandoni van de Zevende Grot sterk leek op de vrouw die voor hen uit liep. Ook hij was lang, maar hij liep iets voorovergebogen en zijn haar was meer wit dan blond.

De Zelandoni van de Tweede Grot hield haar fakkel hoog zodat die het licht voor hen uit wierp. Ayla deed hetzelfde. Ze meende in het voorbijgaan vage afbeeldingen te zien op de grotmuren, maar aangezien niemand was blijven staan om haar daarop te wijzen, wist ze het niet zeker. Ze hoorde dat iemand begon te neuriën, een prachtig geluid, en ze herkende de stem van haar mentrix, de Zelandoni Die Eerste Was. Haar stem galmde in de kleine stenen ruimte, maar nog sterker toen ze een andere ruimte betraden en een hoek om gingen. Toen de Zelandonia hun fakkels omhoogstaken om een muur te verlichten, stokte Ayla's adem.

Ze was niet voorbereid op wat ze voor zich zag. Het profiel van een paardenhoofd was zo diep in de kalkstenen muur van de grot uitgesneden dat het eruit leek te groeien, en zo realistisch dat het bijna leek te leven. Het was groter dan levensgroot, of het was de beeltenis van een veel groter dier dan ze ooit had gezien, maar ze kende paarden, en de verhoudingen waren perfect. De vorm van de snuit, het oog, het oor, het opengesperde neusgat, de lijn van de mond en kaak, alles was precies zoals in werkelijkheid. En in het flakkerende licht van de fakkels leek het dier te bewegen, te ademen.

Ze liet met een snik haar adem ontsnappen; ze had zonder het te beseffen haar adem ingehouden. 'Het is een volmaakt paard, al is het alleen maar het hoofd!' zei Ayla.

'Daarom heet de Zevende Grot Paardenhoofdrots,' zei de oude man. Hij stond vlak achter haar.

Ayla staarde naar de beeltenis, vervuld van ontzag en verwondering, en stak haar hand uit om het steen aan te raken, zonder zich af te vragen of ze dat eigenlijk wel mocht doen. Ze werd ertoe aangetrokken. Ze legde haar hand op de zijkant van de kaak, op de plek waar ze een levend paard zou hebben aangeraakt, en na een tijdje leek het koude steen warm te worden, alsof het dier tot leven wilde komen en uit de stenen muur wilde stappen. Ze trok haar hand weg en legde hem toen weer terug. Het stenen oppervlak straalde nog steeds warmte uit, maar toen werd het weer koud, en het drong tot haar door dat de Eerste was blijven neuriën toen ze het steen aanraakte, maar was gestopt toen ze haar hand wegtrok.

'Wie heeft dit gemaakt?' vroeg Ayla.

'Dat weet niemand,' zei de Eerste. Ze was na de Zelandoni van de Zevende Grot binnengekomen. 'Het is zo lang geleden gemaakt dat niemand dat nog weet. Een van de Ouden, natuurlijk, maar we hebben geen legende of geschiedverhaal waarin wordt verteld wie.'

'Misschien dezelfde beeldhouwer die De Moeder van de Ouderen Vuurplaats heeft gemaakt,' zei de Zelandoni van de Tweede Grot.

'Waarom denk je dat?' vroeg de oude man. 'Dat zijn twee totaal verschillende afbeeldingen. De ene is een vrouw met een bizonhoorn in haar hand en de andere een paardenhoofd.'

'Ik heb beide afbeeldingen bestudeerd. Er lijkt een overeenkomst in de techniek te zijn,' zei ze. 'Kijk hoe nauwkeurig de neus en de mond en de kaak van dit paard zijn afgebeeld. Als je naar de Ouderen Vuurplaats gaat, moet je maar eens kijken naar de heupen van de Moeder, de vorm van de buik. Ik heb vrouwen gezien die er precies zo uitzien, vooral vrouwen die kinderen hebben gebaard. Net als dit paard is de afbeelding van de vrouw die Doni voorstelt in de grot bij de Ouderen Vuurplaats bijzonder levensecht.'

'Dat is bijzonder scherpzinnig,' zei de Ene Die Eerste Was. 'Wanneer we de Ouderen Vuurplaats bezoeken zullen we doen wat je voorstelt en de afbeelding nauwkeurig bekijken.' Ze keken nog een tijdje zwijgend naar het paard en toen zei de Eerste: 'We moeten gaan. Er zijn hier nog andere dingen, maar die kunnen we later bekijken. Ik wilde Ayla graag het Paardenhoofd laten zien voor we het druk kregen met bezoekjes en dergelijke.'

'Ik ben blij dat je dat hebt gedaan,' zei Ayla. 'Ik wist niet dat gravures in steen zo levensecht konden zijn.'

3

'Daar zijn jullie dan eindelijk!' zei Kimeran. Hij stond op van zijn stenen zitplaats op de richel voor de schuilplaats van de Zevende Grot om Ayla en Jondalar te begroeten, die zojuist langs het pad naar boven waren geklommen. Wolf kwam achter hen aan en Jonayla was wakker en zat op Ayla's heup. 'We wisten dat jullie waren aangekomen, maar toen wist niemand waar jullie waren.'

Jondalars oude vriend, Kimeran, de leider van de Ouderen Vuurplaats, de Tweede Grot van de Zelandoniërs, had op hem zitten wachten. De bijzonder lange, blonde man vertoonde een oppervlakkige gelijkenis met de een meter achtennegentig lange Jondalar met zijn lichtblonde haar. Hoewel veel mannen lang waren – langer dan een meter tachtig – had zowel Jondalar als Kimeran tijdens hun puberteitsriten boven hun leeftijdsgenoten uitgetorend. Ze hadden zich tot elkaar aangetrokken gevoeld en waren al snel bevriend geraakt. Kimeran was de broer van de Zelandoni van de Tweede Grot en de oom van Jondecam, maar meer als een broer voor hem. Zijn zus, die een stuk ouder was, had hem na de dood van hun moeder, samen met haar eigen zoon en dochter, opgevoed. Haar levensgezel was ook gestorven en niet lang daarna was ze aan de opleiding tot Zelandoni begonnen.

'De Eerste wilde Ayla jullie Paardenhoofd laten zien en toen moesten we onze paarden nog ergens onderbrengen,' zei Jondalar.

'Ze zullen jullie weide heerlijk vinden. Het gras is zo groen en welig,' voegde Ayla eraan toe.

'We noemen de weide Zoetdal. De Kleine Grasrivier loopt er dwars doorheen en de uiterwaarden zijn verbreed tot een groot weiland. Het terrein kan moerassig worden door de smeltende sneeuw in het voorjaar en de regens in het najaar, maar 's zomers, wanneer verder alles dor is, blijft die weide fris en groen,' zei Kimeran, toen ze naar de leefruimte onder de overhangende richel liepen. 'Het terrein trekt de hele zomer een aardige stoet grazers, wat de jacht makkelijk maakt. De Tweede of de Zevende Grot heeft altijd iemand op de uitkijk staan.'

Ze naderden meer mensen. 'Ken je Sergenor nog, de leider van de

Zevende Grot?' zei Kimeran tegen het bezoekende paar, en hij wees naar een donkerharige man van middelbare leeftijd die wat achteraf was gebleven en ongemakkelijk de wolf in de gaten had gehouden terwijl de jongere leider zijn vrienden begroette.
'Ja, natuurlijk,' zei Jondalar. Hij zag dat Wolf de man onrustig maakte en bedacht dat dit bezoek misschien een goede gelegenheid zou zijn om mensen aan het dier te laten wennen. 'Ik weet nog dat Sergenor vroeger altijd met Marthona kwam praten toen hij pas tot leider van de Zevende was gekozen. Ik meen me te herinneren dat je hebt kennisgemaakt met Ayla.'
'Ik was een van de velen aan wie ze verleden jaar is voorgesteld toen jullie er net waren, maar ik heb nog geen gelegenheid gehad om haar persoonlijk te begroeten,' zei Sergenor. Hij stak beide handen uit, met de palm naar boven. 'In de naam van Doni heet ik je welkom in de Zevende Grot van de Zelandoniërs, Ayla van de Negende Grot. Ik weet dat je veel meer namen en banden hebt, sommige heel uitzonderlijk, maar ik moet bekennen dat ik me die niet herinner.'
Ayla nam zijn handen in de hare. 'Ik ben Ayla van de Negende Grot van de Zelandoniërs,' begon ze, 'acoliet van de Zelandoni van de Negende Grot, Eerste Onder Hen Die Dienen...' Toen aarzelde ze en vroeg zich af hoeveel van Jondalars banden ze moest noemen. Tijdens de Verbinteniseremonie de afgelopen zomer waren al Jondalars namen en banden aan de hare toegevoegd en dat zorgde voor een bijzonder lange opsomming, maar de hele lijst was alleen verplicht bij de hoogst formele ceremoniën. Aangezien dit haar officiële introductie bij de leider van de Zevende Grot was, wilde ze die formeel maken, maar niet de hele lijst afwerken.
Ze besloot zijn belangrijkste banden te noemen en dan te vervolgen met die van haar, waaronder haar banden van vroeger. Ze besloot met de titels die er in een meer luchtige geest aan toegevoegd waren. 'Vriendin van de paarden Whinney, Renner en Grijs en de vierpotige jager Wolf. In de naam van de Grote Moeder van alle groet ik je, Sergenor, leider van de Zevende Grot van de Zelandoniërs, en ik wil je bedanken voor de uitnodiging om Paardenhoofdrots te bezoeken.'
Ze is beslist geen Zelandoniër, dacht Sergenor toen hij haar hoorde spreken. Ze mag dan Jondalars namen en banden dragen, maar ze is een vrouw uit den vreemde met vreemde gebruiken, vooral waar het dieren betreft. Toen hij haar handen losliet, keek hij met een scheef oog naar de wolf, die dichterbij was gekomen.
Ayla zag zijn ongemak toen het grote roofdier in de buurt was. Het was haar opgevallen dat Kimeran zich in de nabijheid van het dier

evenmin op zijn gemak voelde, hoewel hij het jaar daarvoor, vlak na hun komst, aan Wolf was voorgesteld en hij hem meer dan eens had gezien. De leiders waren geen van beiden gewend een jagende vleeseter zo ongedwongen tussen mensen te zien rondlopen. Haar gedachten gingen dezelfde kant op als die van Jondalar: dit zou een goede gelegenheid zijn om ze aan Wolf te laten wennen.

Het nieuwtje dat het paar van de Negende Grot over wie iedereen sprak was aangekomen, verspreidde zich snel onder de mensen van de Zevende Grot en er kwamen meer mensen aangelopen om de vrouw met de wolf te zien. Alle in de buurt gelegen Grotten hadden de voorgaande zomer binnen een dag gehoord van Jondalars terugkeer na zijn vijf jaar durende Tocht. Het feit dat hij te paard en met een vrouw uit den vreemde was gearriveerd had daarvoor gezorgd. Ze hadden mensen van de meeste in de buurt gelegen Grotten ontmoet wanneer die de Negende Grot bezochten, en bij de laatste Zomerbijeenkomst, maar dit was de eerste keer dat ze zelf een bezoek brachten aan de Zevende en de Tweede Grot. Ayla en Jondalar waren van plan geweest het najaar daarvoor te gaan, maar dat was er niet van gekomen. Niet omdat hun Grotten zo ver van elkaar lagen, maar er leek altijd iets tussen te komen, en toen was de winter gekomen en had Ayla's voortschrijdende zwangerschap een belemmering gevormd. Al die uitgestelde verwachtingen hadden hun bezoek tot een groots evenement gemaakt, vooral toen de Eerste had besloten hier tegelijkertijd een bijeenkomst te houden met de plaatselijke Zelandonia.

'Degene die het Paardenhoofd in de grot heeft gegraveerd, moet paarden wel heel goed hebben gekend. Het is prachtig gemaakt,' zei Ayla.

'Dat vind ik ook, maar het is leuk om dat te horen van iemand die paarden zo goed kent als jij,' zei Sergenor.

Wolf zat met zijn tong uit zijn mondhoek naar de man te kijken; zijn geknikte oor gaf hem iets brutaals en zelfvoldaans. Ayla wist dat hij verwachtte om voorgesteld te worden. Hij had toegekeken terwijl ze de leider van de Zevende Grot begroette en was gewend geraakt dat hij aan elke onbekende werd voorgesteld die ze op die manier begroette.

'Ik wil je ook bedanken dat ik Wolf mocht meebrengen. Hij is altijd ongelukkig als hij niet bij me is, en nu heeft hij hetzelfde met Jonayla, aangezien hij zo dol is op kinderen,' zei Ayla.

'Is die wolf dol op kinderen?' vroeg Sergenor.

'Wolf is niet met andere wolven opgegroeid. Hij is grootgebracht met de Mamutische kinderen van het Leeuwenkamp en ziet mensen als zijn roedel, en alle wolven zijn dol op de jonkies van hun roedel,' zei Ayla. 'Hij heeft gezien dat wij elkaar begroetten en verwacht nu dat hij aan je wordt voorgesteld. Hij heeft geleerd iedereen te accepteren aan wie ik hem voorstel.'

Sergenor fronste zijn voorhoofd. 'Hoe stel je een wolf aan iemand voor?' vroeg hij. Hij keek naar Kimeran en zag dat die lachte.

De jongere man dacht terug aan zijn introductie aan Wolf, en hoewel hij zelf nog altijd ietwat zenuwachtig was in de nabijheid van het roofdier, genoot hij van de verlegenheid van de oudere man.

Ayla gaf Wolf een teken om naar voren te komen, liet zich op haar knieën zakken, sloeg haar arm om de wolf heen en pakte toen Sergenors hand. Hij trok zijn hand met een ruk terug.

'Hij hoeft er alleen aan te ruiken,' zei Ayla, 'om zich bekend te maken met je geur. Dat is hoe wolven elkaar leren kennen.'

'Heb jij dit ook gedaan, Kimeran?' vroeg Sergenor, die opeens besefte dat bijna zijn hele Grot en hun bezoekers toekeken.

'Ja, inderdaad. Afgelopen zomer, toen ze naar de Derde Grot gingen om te jagen voor de Zomerbijeenkomst. Later tijdens de Bijeenkomst, had ik elke keer wanneer ik de wolf zag het gevoel dat hij me herkende, hoewel hij me negeerde,' zei Kimeran.

Sergenor wilde het eigenlijk niet, maar aangezien al die mensen stonden te kijken, voelde hij zich min of meer gedwongen om het te doen. Hij wilde niet dat iemand zou denken dat hij bang was om iets te doen wat de jongere leider al had gedaan. Langzaam, aarzelend, strekte hij zijn hand uit naar het dier. Ayla pakte zijn hand vast en bracht hem naar de neus van het dier. Wolf trok zijn neus op en ontblootte met zijn bek dicht zijn tanden, waarbij hij zijn grote verscheurende hoektanden onthulde in wat Jondalar altijd zijn zelfingenomen grijns noemde. Maar dat was niet hoe Sergenor het zag. Ayla voelde de man beven en rook de zure stank van zijn angst. Ze wist dat Wolf die ook bespeurde.

'Wolf zal je niets doen, geloof me,' zei Ayla zacht. Sergenor klemde zijn kaken op elkaar en dwong zichzelf rustig te blijven staan terwijl de wolf zijn bek vol grote tanden dicht bij zijn hand bracht. Wolf besnuffelde de hand en likte er toen aan.

'Wat doet hij?' vroeg Sergenor. 'Wil hij weten hoe ik smaak?'

'Nee, volgens mij probeert hij je gerust te stellen, zoals hij bij een jong zou doen. Kom, raak zijn kop eens aan.' Ze trok zijn hand bij de scherpe tanden vandaan en sprak op sussende toon. 'Heb je ooit de vacht van een levende wolf gevoeld? Zie je dat achter zijn oren en rond zijn nek de vacht iets dikker en ruwer is? Hij vindt het lekker om achter zijn oren gekrabbeld te worden.' Toen ze eindelijk zijn hand losliet, trok Sergenor die terug en pakte hem met zijn andere hand vast.

'Nu zal hij je herkennen,' zei ze. Ze had nog nooit iemand meegemaakt die zo bang was voor Wolf of dapperder was in het overwinnen van zijn angst. 'Heb je ooit eerder wolven meegemaakt?' vroeg ze.
'Ik ben een keer door een wolf gebeten toen ik nog heel klein was. Ik weet het zelf niet meer, maar mijn moeder heeft het me verteld, en ik heb nog steeds de littekens van die beet,' zei Sergenor.
'Dat betekent dat de Wolf-geest jou heeft uitgekozen. De Wolf is je totem. Dat zou het volk dat me heeft grootgebracht zeggen.' Ze wist dat totems door de Zelandoniërs anders werden gezien dan door de Stam. Niet iedereen had er een, maar door degenen die er wel een hadden werden ze als een geluksbrenger beschouwd. 'Ik ben door een holenleeuw gegrepen toen ik klein was, toen ik misschien vijf jaren telde. Ik heb er nog steeds de littekens van en soms droom ik er nog van. Het is niet makkelijk om te leven met een krachtig totem als een Leeuw of een Wolf, maar mijn totem heeft me geholpen en me veel geleerd,' zei Ayla.
Sergenor was onwillekeurig geïntrigeerd. 'Wat heb je van een holenleeuw geleerd?'
'Hoe ik mijn angsten onder ogen moet zien, bijvoorbeeld,' zei ze. 'En volgens mij heb jij dat ook geleerd. Je Wolf-totem heeft je misschien geholpen zonder dat je het wist.'
'Misschien, maar hoe kun je weten dat je door een totem bent geholpen? Heeft een Holenleeuw-geest je echt geholpen?' vroeg Sergenor.
'Meerdere keren. De vier littekens die de leeuwenklauw op mijn been heeft achtergelaten, is bij de Stam het totemteken voor een Holenleeuw. Doorgaans wordt alleen een man zo'n krachtig totem gegeven, maar het was zo'n duidelijk Stam-teken dat de leider me accepteerde ondanks het feit dat ik bij de Anderen werd geboren – dat is hun naam voor mensen als wij. Ik was erg jong toen ik mijn volk verloor. Als de Stam me niet had opgenomen en grootgebracht, zou ik niet meer leven,' legde Ayla uit.
'Interessant, maar je zei "meerdere keren",' bracht Sergenor haar in herinnering.
'Een andere keer, nadat ik vrouw was geworden en de nieuwe jonge leider me dwong te vertrekken, heb ik heel lang gelopen op zoek naar de Anderen, zoals mijn Stam-moeder, Iza, me voor haar dood had gezegd te doen. Maar toen ik ze niet kon vinden en ik een onderkomen moest zoeken voordat de winter kwam, heeft mijn totem een troep leeuwen gestuurd om me van koers te laten veranderen, waardoor ik in een dal terechtkwam waar ik kon overleven. Mijn holenleeuw heeft me zelfs naar Jondalar geleid,' zei Ayla.

De mensen die om hen heen stonden luisterden gefascineerd naar haar verhaal. Zelfs Jondalar had haar nooit zo duidelijk uitleg horen geven over haar totem.
Een van de toehoorders vroeg: 'En die mensen die je hebben opgenomen, de mensen die je de Stam noemt, zijn dat werkelijk Platkoppen?'
'Dat is jullie naam voor hen. Ze noemen zichzelf de Stam, de Stam van de Holenbeer, omdat ze allemaal de geest van de Holenbeer vereren. Hij is de totem van hen allemaal, de Stam-totem,' zei Ayla.
'Ik geloof dat het tijd is om deze reizigers te laten zien waar ze hun slaaprollen kunnen neerleggen. Dan kunnen ze zich installeren en daarna een maaltijd met ons delen,' zei een vrouw die zojuist was aangekomen. Ze was een mollige, aantrekkelijke vrouw met een intelligente, levendige schittering in haar ogen.
Sergenor glimlachte liefdevol naar haar. 'Dit is mijn gezellin, Jayvena van de Zevende Grot van de Zelandoniërs,' zei hij tegen Ayla. 'Jayvena, dit is Ayla van de Negende Grot van de Zelandoniërs. Ze heeft veel meer namen en banden, maar die mag ze je zelf vertellen.'
'Maar niet nu,' zei Jayvena. 'In de naam van de Moeder, welkom, Ayla van de Negende Grot. Ik weet zeker dat je je nu liever installeert dan dat je namen en banden opsomt.'
Toen ze wilde weglopen raakte Sergenor Ayla's arm aan, keek haar aan en zei zacht: 'Ik droom soms van wolven.' Ze glimlachte.
Toen ze uiteengingen kwam een jonge vrouw met donkerbruin haar en weelderige vormen aanlopen. Ze had twee kinderen in haar armen: een donkerharig jongetje en een blond meisje. Ze glimlachte naar Kimeran, die met zijn wang licht langs haar wang streek en toen tegen de bezoekers zei: 'Jullie hebben afgelopen zomer mijn gezellin Beladora ontmoet, nietwaar?' En hij voegde er trots aan toe: 'En haar zoon en dochter, de kinderen van mijn vuurplaats?'
Ayla herinnerde zich dat ze de vrouw de zomer daarvoor vluchtig had gezien, maar dat ze geen gelegenheid had gehad om haar te leren kennen. Ze wist dat Beladora het leven had geschonken aan haar tweesamen-geborenen tijdens de Zomerbijeenkomst, omstreeks de tijd van de eerste Verbinteniceremonie, toen Jondalar en zij een verbintenis waren aangegaan. Iedereen had het erover gehad. Dat betekende dat de twee kleintjes binnenkort één jaar konden tellen, dacht ze.
'Ja, natuurlijk,' zei Jondalar, met een glimlach naar de vrouw en haar tweeling. En toen, zonder het zich echt bewust te zijn, keek hij met meer aandacht naar de aantrekkelijke jonge moeder, zijn helderblauwe ogen vol waardering. Ze glimlachte terug. Kimeran kwam dichterbij en sloeg een arm om haar middel.

Ayla was zeer bedreven in het lezen van lichaamstaal, maar volgens haar had iedereen kunnen begrijpen wat er op dat moment gebeurde. Jondalar vond Beladora aantrekkelijk en had dat niet kunnen verhullen, net zomin als zij had kunnen voorkomen dat ze daarop had gereageerd. Jondalar was zich niet bewust van zijn eigen charisma, van zijn uitstraling, maar Beladora's levensgezel was zich daar zeer goed van bewust. Zonder een woord was Kimeran tussenbeide gekomen en had zijn aanspraak doen gelden.

Ayla nam het woordloze spel waar en was er dermate door geïntrigeerd dat ze, hoewel Jondalar haar levensgezel was, geen jaloezie voelde. Ze begon echter wel de opmerkingen te begrijpen die ze sinds hun komst over hem had gehoord. Diep vanbinnen wist ze dat Jondalar vrouwelijk schoon waardeerde, maar dat hij geen behoefte had meer te doen dan kijken. Hij had ook een andere kant, een kant die hij maar zelden toonde, zelfs aan haar, en dan alleen maar wanneer ze alleen waren.

Jondalars emoties waren altijd te intens geweest, zijn hartstocht te sterk. Zijn hele leven had hij geworsteld om ze onder controle te krijgen, en daar was hij uiteindelijk in geslaagd door te leren zijn gevoelens niet te uiten. Het was voor hem niet makkelijk om de volle intensiteit van zijn gevoelens te tonen. Daarom gaf hij in het openbaar nooit uiting aan zijn diepe gevoelens voor haar, maar soms, wanneer ze alleen waren, kon hij die niet meer in toom houden. Zijn liefde was zo intens dat die hem soms overweldigde.

Toen Ayla haar hoofd draaide, zag ze dat Zelandoni Die Eerste Was haar gadesloeg en ze besefte dat ook zij zich bewust was geweest van de woordloze wisselwerking en dat ze haar reactie probeerde te peilen. Ayla schonk haar een blik van verstandhouding en richtte haar aandacht op haar baby, die onrustig in haar draagdoek lag te draaien en een borst zocht om te drinken. Ze benaderde de aantrekkelijke jonge moeder, die naast Jayvena stond.

'Gegroet, Beladora. Ik ben blij je te zien, vooral met je kinderen,' zei ze. 'Jonayla heeft haar windsel bevuild. Ik heb extra mos meegebracht om haar te verschonen, maar kun jij me laten zien waar ik dat kan doen?'

De vrouw met op elke heup een baby glimlachte. 'Kom maar mee,' zei ze, en de drie vrouwen liepen naar de schuilplaats.

Beladora had mensen horen praten over Ayla's vreemde accent, maar ze had haar nog niet eerder horen spreken. Tijdens de Verbinteniсceremonie, toen Jondalar een verbintenis aanging met zijn vrouw uit den vreemde, had zij in barensnood verkeerd, en later had ze geen gelegenheid gehad om met Ayla te praten. Ze had het druk gehad met haar eigen beslommeringen, maar nu begreep ze wat men had bedoeld. Ayla sprak de taal van de Zelandoniërs erg goed, alleen de uitspraak klopte niet helemaal. Maar Beladora vond het leuk om haar te horen praten. Ze kwam zelf uit een streek ver in het zuiden en hoewel haar uitspraak minder vreemd was dan die van Ayla, sprak ze Zelandonisch met haar eigen, kenmerkende accent.

Ayla glimlachte toen ze haar hoorde praten. 'Volgens mij ben jij geen geboren Zelandoniër,' zei ze. 'Net als ik.'

'Mijn volk heet de Giornadoniërs. We zijn buren van een Grot van Zelandoniërs ver ten zuiden van hier, waar het veel warmer is.' Beladora glimlachte. 'Ik heb Kimeran leren kennen toen hij zijn zus vergezelde op haar doniërreis.'

Ayla vroeg zich af wat een doniërreis was. Het had kennelijk iets te maken met Zelandoni zijn, aangezien doniër een ander woord was voor Een Die de Grote Moeder Dient, en Ayla nam zich voor het later aan de Eerste te vragen.

De dansende vlammen van het vuur in de langwerpige vuurplaats wierpen een warme, rode gloed op de kalkstenen muren van de schuilplaats. Het stenen plafond van de vooruitspringende richel boven het vuur kaatste de gloed terug op het tafereel eronder, wat de mensen iets stralends verleende. Men had gemeenschappelijk een verrukkelijke maaltijd genuttigd, een feestmaal van onder andere een grote bout van een reuzenhert die was geroosterd aan een stevig spit, ondersteund door grote, gevorkte takken boven het vuur in de langwerpige vuurplaats, waaraan een heleboel mensen veel tijd en moeite hadden besteed. Nu zat de Zevende Grot van de Zelandoniërs samen met hun verwanten van de Tweede Grot en hun bezoekers van de Negende en Derde Grot bij te komen van de copieuze maaltijd.

Er waren drankjes aangeboden: verscheidene soorten thee, een gefermenteerde vruchtenwijn en het alcoholische brouwsel dat barma heette, dat van berkensap was gemaakt waaraan granen, honing en soms verschillende vruchten werden toegevoegd. Iedereen had een nap van zijn favoriete drank genomen en liep nu rond op zoek naar een zitplaats bij de uitnodigende vuurplaats. Er hing een sfeer van verwachting en vreugde. Bezoekers brachten altijd opwinding met zich mee, maar de vrouw uit den vreemde met haar dieren en exotische verhalen beloofde meer opwinding dan gewoonlijk.

Ayla en Jondalar zaten in een groep met onder anderen Joharran en Proleva, Sergenor en Jayvena en Kimeran en Beladora, de leiders van de Negende, de Zevende en de Tweede Grot, en diverse anderen, onder wie de jonge vrouwen Levela en Janida en hun levensgezellen Jondecam en Peridal. De leiders bespraken met de mensen van de Zevende Grot wanneer de bezoekers Paardenhoofdrots moesten verlaten om naar de Ouderen Vuurplaats te gaan. Dit gebeurde schertsend en in een gemoedelijke rivaliteit met de Tweede Grot over waar de bezoekers het langst moesten blijven.

'De Ouderen Vuurplaats is ouder en dus hoger geplaatst en van hoger aanzien,' zei Kimeran met een plagerige grijns. 'Dus is het niet meer dan billijk dat ze langer bij ons verblijven.'

'Wil dat zeggen dat ik, omdat ik ouder ben dan jij, in hoger aanzien sta?' zei Sergenor met een veelzeggende glimlach. 'Dat zal ik onthouden.'

Ayla had glimlachend zitten luisteren, maar er kwam een vraag in haar op, en toen er even een stilte viel in het gesprek vroeg ze: 'Nu jullie de ouderdom van de Grotten ter sprake hebben gebracht, is er iets wat ik graag zou willen weten.' Iedereen keek naar haar.

'Je mag vragen wat je wilt,' zei Kimeran, zo overdreven hoffelijk en vriendelijk dat de suggestie werd gewekt dat hij er meer mee bedoelde. Hij had een paar nappen barma gedronken en zag opeens hoe aantrekkelijk de gezellin van zijn lange vriend was.

'De afgelopen zomer heeft Manvelar me verteld over de telwoordnamen van de Grotten, maar ik begrijp het nog niet helemaal,' zei Ayla. 'Toen we vorig jaar naar de Zomerbijeenkomst gingen, hebben we overnacht bij de Negenentwintigste Grot. Zij wonen in drie afzonderlijke schuilplaatsen rondom een groot dal, elk met een leider en een Zelandoni, maar ze worden alle drie bij hetzelfde telwoord genoemd: de Negenentwintigste. De Tweede Grot is nauw verwant aan de Zevende Grot en jullie wonen elk aan een kant van hetzelfde dal, dus waarom hebben jullie een Grot met een ander telwoord als naam? Waarom maken jullie geen deel uit van de Tweede Grot?'

'Daar heb ik geen antwoord op. Ik weet het niet,' zei Kimeran, en hij gebaarde naar de oudere man. 'Dat zul je de oudere leider moeten vragen. Sergenor?'

Sergenor glimlachte maar dacht even over de vraag na. 'Eerlijk gezegd weet ik dat ook niet. Ik heb er nog nooit bij stilgestaan. En ik ken geen Geschiedverhalen of Oude Legenden waarin daarvan gewag wordt gemaakt. Er zijn bepaalde verhalen over de oorspronkelijke bewoners van de streek, de Eerste Grot van de Zelandoniërs, maar die zijn sinds lang verdwenen. Niemand weet zelfs precies waar hun schuilplaats was.'

'Je weet toch wel dat de Tweede Grot van de Zelandoniërs de oudste nederzetting van Zelandoniërs is die nog bestaat?' zei Kimeran, met ietwat dubbele tong. 'Daarom heet die de Ouderen Vuurplaats.'

'Ja, dat wist ik,' zei Ayla, terwijl ze zich afvroeg of hij het katerbrouwsel nodig zou hebben dat ze voor Talut, de Mamutische leider van het Leeuwenkamp had bereid.

'Ik zal je vertellen wat ik denk,' zei Sergenor. 'Toen de families van de Eerste en de Tweede Grot te groot werden voor hun schuilplaats, is een aantal mensen van beide Grotten, samen met nieuwe mensen die naar de streek waren gekomen, naar een plek verder weg verhuisd en hebben ze het volgende telwoord gebruikt toen ze een nieuwe Grot stichtten. Tegen de tijd dat de mensen van de Tweede Grot die onze Grot hadden gesticht, besloten om te verhuizen, was zeven het volgende ongebruikte telwoord. Het waren voornamelijk jonge families, paartjes die pas een verbintenis waren aangegaan, de kinderen van de Tweede Grot, en ze wilden dicht bij hun verwanten blijven, dus verhuisden ze naar hier, naar de overkant van Zoetdal, om een nieuw thuis te maken. Hoewel de twee Grotten nauw verwant waren, in wezen een en dezelfde Grot, hebben ze vermoedelijk een nieuw telwoord gekozen omdat dat nu eenmaal gebruikelijk was. Dus werden we twee afzonderlijke Grotten: Ouderen Vuurplaats, de Tweede Grot van de Zelandoniërs en Paardenhoofdrots, de Zevende Grot. We zijn nog altijd verschillende takken van dezelfde familie.

De Negenentwintigste is een nieuwere Grot,' vervolgde Sergenor. 'Ik vermoed dat ze toen ze naar hun nieuwe schuilplaatsen verhuisden dezelfde telwoordnaam wilden behouden omdat hoe kleiner het telwoord, hoe ouder de nederzetting. Er ligt een zeker aanzien in het hebben van een lagere telwoordnaam, en Negenentwintig was al tamelijk hoog. Ik denk dat niemand van de mensen die de nieuwe Grotten stichtten een hogere wilde. Ze besloten zich Drie Rotsen te noemen, de Negenentwintigste Grot van de Zelandoniërs, en daarbij de namen te gebruiken die ze al aan de locaties hadden gegeven om het verschil duidelijk te maken.

De oorspronkelijke nederzetting heet Weerkaatsingsrots, omdat je vanaf sommige plekken jezelf in het water eronder kunt zien. Het is een van de weinige schuilplaatsen die op het noorden gericht zijn en daardoor niet makkelijk warm te houden, maar het is een opmerkelijke locatie met veel andere voordelen. Het is de Zuidtak van de Negenentwintigste Grot, of de Zuidtak van Drie Rotsen. Zuidfront werd de Noordtak en Zomerkamp de Westtak van de Negenentwintigste Grot. Ik vind de benamingen erg ingewikkeld en verwarrend, maar het was hun eigen keus.'

'Als de Tweede Grot de oudste is, dan moet de op een na oudste groep die nog steeds bestaat Twee-rivierenrots zijn, de Derde Grot van de Zelandoniërs. Daar hebben we vannacht overnacht,' zei Ayla, terwijl ze begrijpend knikte.
'Dat klopt,' zei Proleva, die zich nu in ook in het gesprek mengde.
'Maar er is geen Vierde Grot, toch?'
'Er was wel een Vierde Grot,' antwoordde Proleva, 'maar niemand schijnt te weten wat daarmee is gebeurd. Er zijn Legenden die zinspelen op een ramp die meer dan één Grot heeft getroffen, en de Vierde is mogelijk rondom die tijd verdwenen, maar niemand weet dat zeker. Het is een donkere periode in de Geschiedenis. Er wordt ook gerefereerd aan gevechten met de Platkoppen.'
'De Vijfde Grot, Ouddal, stroomopwaarts langs de Rivier, volgt op de Derde,' zei Jondalar. 'We wilden vorig jaar op weg naar de Zomerbijeenkomst bij hen op bezoek gaan, maar ze waren al vertrokken, weet je nog?' Ayla knikte. 'Ze hebben verschillende schuilplaatsen aan weerszijden van Korte-Rivierdal, sommige dienen als leefruimte, sommige als opslagruimte, maar die hebben ze geen eigen telwoordnaam gegeven. Het hele Ouddal is de Vijfde Grot.'
'De Zesde Grot is ook verdwenen,' vervolgde Sergenor. 'Er zijn verschillende verhalen over wat daarmee is gebeurd. De meeste mensen denken dat een ziekte de bevolking sterk heeft uitgedund. Anderen geloven dat er sprake was van een verschil van mening tussen verschillende groepen. Hoe dan ook, de diverse verhalen geven aan dat de overgebleven mensen van de Zesde Grot zich bij andere Grotten hebben aangesloten, zodat wij, de Zevende Grot, de volgende zijn. Er is ook geen Achtste Grot, dus jullie Grot, de Negende, komt na de onze.'
Het bleef even stil terwijl de informatie werd verwerkt. Toen vroeg Jondecam aan Jondalar of die even naar de speerwerper wilde kijken die hij had gemaakt, en Levela zei tegen haar oudere zus, Proleva, dat ze overwoog naar de Negende Grot te gaan om daar haar kindje te krijgen, wat Proleva een glimlach ontlokte. De groep splitste zich al snel in kleinere groepjes op.
Jondecam was niet de enige die Jondalar vragen wilde stellen over de speerwerper, vooral na het verhaal over de leeuwenjacht van de dag daarvoor. Jondalar had het jachtwapen ontwikkeld in de tijd dat hij met Ayla in haar dal in het oosten woonde en hij had het kort na zijn terugkeer vorige zomer gedemonstreerd. Bij de Zomerbijeenkomst had hij ook demonstraties gegeven.
Eerder die middag, toen Jondalar op Ayla wachtte terwijl ze de Paardenhoofd-grot bezocht, hadden verscheidene mensen geoefend met

het werpen van speren met werpers die ze zelf hadden gemaakt naar het voorbeeld van het wapen dat ze Jondalar hadden zien gebruiken, waarbij Jondalar hun instructies en advies gaf. Nu had zich een groep mensen, voornamelijk mannen maar ook enkele vrouwen, om hem heen verzameld en werd hij bestookt met vragen over de techniek van het maken van speerwerpers en de lichtgewicht speren die zo trefzeker waren.

Aan de andere kant van de vuurplaats, bij de muur die de warmte vasthield, zat een aantal vrouwen met kleintjes, onder wie Ayla, hun kleintje te zogen of te wiegen of de slapende baby's in het oog te houden terwijl ze met elkaar babbelden.

In een meer afgezonderd deel van de schuilplaats had Zelandoni Die Eerste Was zitten praten met de andere Zelandonia en hun acolieten, en ze was licht geërgerd omdat Ayla, die haar acoliet was, niet bij hen was komen zitten. Ze wist dat ze Ayla min of meer voor het blok had gezet, maar Ayla was voor haar komst al een bedreven genezeres geweest en ze had bovendien ook andere opmerkelijke gaven, waaronder het beheersen van dieren. Ze hoorde bij de zelandonia thuis!

De Zelandoni van de Zevende had de Eerste een vraag gesteld en wachtte geduldig op een antwoord. Het was hem opgevallen dat de Zelandoni van de Negende Grot ietwat afwezig leek en een tikje geërgerd. Hij had gezien dat haar ergernis na de komst van de bezoekers steeds meer was toegenomen en had geraden waaraan dat lag. Wanneer de Zelandonia elkaar met hun acolieten bezochten, was dat een goede gelegenheid om de beginnelingen een deel van de kennis en overlevering bij te brengen die ze moesten leren en onthouden, en haar acoliet was er niet. Maar, dacht hij, toen de Eerste een acoliet met een levensgezel en een pasgeboren baby koos, had ze kunnen weten dat haar volledige aandacht niet aan de zelandonia gewijd zou zijn.

'Excuseer me even,' zei de Eerste, terwijl ze overeind kwam van een mat op een lage stenen richel en naar de groep babbelende jonge moeders liep. 'Ayla,' zei ze glimlachend. Ze was een meester in het verbergen van haar ware gevoelens. 'Het spijt me dat ik je stoor, maar de Zelandoni van de Zevende Grot heeft me zojuist een vraag gesteld over het zetten van een gebroken bot en ik bedacht dat jij daar zinnige ideeën over had.'

'Natuurlijk, Zelandoni,' zei ze. 'Ik zal Jonayla even pakken. Ze ligt daar.'

Ayla stond op, maar aarzelde toen ze neerkeek op haar slapende baby. Wolf keek naar haar op en jankte, waarbij hij met zijn staart tegen de grond sloeg. Hij lag naast het kleintje, dat hij als zijn speciale beschermelinge beschouwde. Wolf was de laatste van een nest van een solitaire wolvin die Ayla had gedood omdat het dier haar vallen had leeggeroofd, voor ze wist dat het een zogend moederdier was. Ze had het hol gezocht en één levend jong aangetroffen, dat ze had meegenomen. Hij was opgegroeid in de beslotenheid van het winterverblijf van de Mamutiërs. Hij was nog zo jong toen Ayla hem vond – hij had misschien vier weken geteld – dat hij mensen als zijn soort was gaan zien, en hij adoreerde de kleintjes, vooral het kindje dat Ayla ter wereld had gebracht.

'Ik wil haar eigenlijk niet storen. Ze is zojuist in slaap gevallen. Ze is niet gewend aan bezoeken afleggen en was vanavond erg druk,' zei Ayla.

'Wij kunnen wel op haar passen,' zei Levela, en toen lachte ze. 'Dat wil zeggen: Wolf helpen. Hij zal haar geen moment uit het oog verliezen. Als ze wakker wordt, brengen we haar wel naar je toe. Maar nu ze eindelijk in slaap is gevallen, vermoed ik dat ze voorlopig wel rustig blijft.'

'Bedankt, Levela,' zei Ayla. Toen lachte ze naar haar en de vrouw naast haar. 'Je bent echt Proleva's zus. Weet je wel hoeveel jullie op elkaar lijken?'

'Ik weet dat ik haar mis sinds ze een verbintenis is aangegaan met Joharran,' zei Levela, en ze keek naar haar zus. 'We hebben altijd een hechte band gehad. Proleva was bijna een tweede moeder voor me.'

Ayla volgde de Ene Die Eerste Was terug naar de groep van Zij Die De Moeder Dienden. Ze zag dat de meeste plaatselijke Zelandonia er waren. Behalve de Eerste, die de Zelandoni van de Negende Grot was, en natuurlijk de Zelandoni van de Tweede en de Zelandoni van de Zevende Grot, waren ook de Zelandoni van de Derde en de Zelandoni van de Elfde Grot aanwezig. De Zelandoni van de Veertiende was niet gekomen, maar ze had haar eerste acoliet gestuurd. Er waren verscheidene andere acolieten. Ayla herkende de twee jongere vrouwen en een jonge man van de Tweede en de Zevende Grot. Ze glimlachte naar Mejera van de Derde Grot en groette de oude man, die de Zelandoni van de Zevende Grot was, en toen de vrouw die de kleindochter van zijn vuurplaats was, de Zelandoni van de Tweede, die tevens de moeder van Jondecam was. Ayla had de Tweede graag beter willen leren kennen. Niet veel van de zelandonia hadden kinderen, maar zij was een vrouw die een levensgezel had gehad en twee kinderen had grootgebracht – en haar broer Kimeran na de dood van hun moeder – en ze was nu een Zelandoni.

'Ayla heeft meer ervaring dan de meesten met het zetten van gebroken botten, Zelandoni van de Zevende. Je kunt je vraag beter aan haar stel-

len,' zei de Eerste, terwijl ze weer op haar mat ging zitten en gebaarde dat Ayla op de mat naast haar moest gaan zitten.
'Ik weet dat een verse breuk die recht wordt gezet, recht zal helen. Dat heb ik vele malen gedaan. Maar iemand vroeg me of er iets gedaan kon worden aan een breuk die niet recht was gezet en dus scheef genas,' zei de oudere man onmiddellijk. Hij was niet alleen geïnteresseerd in haar antwoord, maar hij had zoveel over haar vaardigheden gehoord van de Ene Die Eerste Was dat hij wilde zien of ze in verwarring zou raken door een directe vraag van iemand van zijn leeftijd en ervaring.
Ayla had plaatsgenomen op de mat en draaide zich nu naar hem om. De soepele, elegante manier waarop ze zich op de mat neerliet viel hem op en ze keek hem recht in de ogen, maar toch niet helemaal, hetgeen respect uitdrukte. Hoewel ze had verwacht dat ze formeel aan de andere acolieten zou worden voorgesteld en de vraag haar overrompelde, antwoordde ze zonder aarzeling.
'Dat hangt af van de breuk en van hoe lang geleden die is gezet,' zei Ayla. 'Als het een oude breuk is, valt er weinig aan te doen. Een geheeld bot, zelfs als dat verkeerd is geheeld, is dikwijls sterker dan een bot dat nooit gebroken is geweest. Als je probeert het opnieuw te breken om het recht te zetten, zal het gezonde bot waarschijnlijk eerder breken. Maar als de breuk nog maar net is gezet, kan het soms weer gebroken worden en worden rechtgezet.'
'Heb jij dat ooit gedaan?' vroeg de Zevende, ietwat van de wijs gebracht door de manier waarop ze sprak; die was vreemd, maar anders dan de manier waarop Kimerans mooie gezellin sprak, met een opvallende verschuiving in bepaalde klanken. Wanneer Jondalars vrouw uit den vreemde sprak, was het net alsof ze bepaalde geluiden inslikte.
'Ja,' zei Ayla. Ze had het gevoel dat ze op de proef werd gesteld, een beetje zoals Iza haar vragen had gesteld over helende praktijken en het gebruik van planten. 'Op onze reis hierheen hebben we een bezoek gebracht aan mensen die Jondalar eerder had ontmoet, de Sharamudiers. Bijna een maan voor onze komst had een vrouw die hij kende een lelijke val gemaakt en haar arm gebroken. Het bot genas verkeerd; haar arm was gebogen op een manier die het haar onmogelijk maakte hem te gebruiken, en het was bijzonder pijnlijk. Hun genezer was eerder die winter gestorven en ze hadden nog geen nieuwe, en er was niemand die wist hoe een arm gezet moest worden. Het is me gelukt haar arm opnieuw te breken en weer te zetten. Het was niet perfect, maar veel beter. Ze zou hem niet meer volledig kunnen gebruiken, maar wel beter dan daarvoor, en tegen de tijd dat we vertrokken, genas de arm goed en had ze geen pijn meer,' legde Ayla uit.

'Was het niet pijnlijk om haar arm opnieuw te breken?' vroeg een jonge man.
'Ik geloof niet dat ze de pijn heeft gevoeld. Ik heb haar iets gegeven om haar te laten slapen en haar spieren te ontspannen. Ik ken het als datura...'
'Datura?' vroeg de oude man. Haar accent was uitermate zwaar toen ze het woord uitsprak.
'Dat is een Mamutisch woord dat in het Zelandonisch "doornappel" zou kunnen betekenen omdat de plant op een gegeven moment een vrucht draagt die zo kan worden beschreven. Het is een sterk ruikende, grote plant met grote trechtervormige witte bloemen,' zei Ayla.
'Ja, ik geloof dat ik die plant ken,' zei de oude Zelandoni van de Zevende Grot.
'Hoe wist je wat je moest doen?' vroeg de jonge vrouw die naast de oude man zat, op een toon waarin verwondering doorklonk omdat iemand die gewoon een acoliet was zoveel had kunnen weten.
'Ja, dat is een goede vraag,' zei de Zevende. 'Hoe wist je wat je moest doen? Waar heb je je ervaring opgedaan? Je lijkt er erg veel verstand van te hebben voor iemand die zo jong is.'
Ayla keek vluchtig naar de Eerste, die er vergenoegd uitzag. Ze wist niet precies waarom, maar ze had de indruk dat de vrouw erg ingenomen was met haar uitleg.
'De vrouw die zich toen ik nog klein was over me heeft ontfermd en me heeft opgevoed, was een medicijnvrouw van haar volk, een genezeres. Ze heeft me de beginselen van de geneeskunst geleerd om me tot medicijnvrouw te maken. De mannen van de Stam gebruiken bij de jacht een ander soort speer dan de Zelandoniërs. De speren die zij gebruiken zijn langer en dikker, en ze werpen ze niet maar steken ermee, zodat ze dicht bij hun prooi moeten komen. Dat is veel gevaarlijker en ze raakten dikwijls gewond. De jagers van de Stam legden soms tijdens de jacht grote afstanden af. Iemand die een bot brak, kon niet altijd meteen terugkeren, en dan begon het bot te helen voordat het gezet kon worden. Ik heb Iza een paar keer geholpen toen ze botten opnieuw moest breken en zetten, en ik heb de medicijnvrouwen bij de Stam-bijeenkomst ook daarbij geassisteerd.'
'De mensen die je de Stam noemt, zijn die werkelijk dezelfde als Platkoppen?' vroeg de jonge man.
Die vraag was haar al eerder gesteld, en ze meende door dezelfde jonge man. 'Dat is jullie woord voor hen,' zei Ayla nog eens.
'Het is moeilijk te geloven dat ze zoveel konden,' zei hij.
'Voor mij niet. Ik heb bij ze gewoond.'

Er viel een korte, ongemakkelijke stilte en toen ging de Eerste op een ander onderwerp over. 'Ik geloof dat dit een goed moment is om de acolieten iets te leren over het gebruik en de betekenis van telwoorden, en voor sommigen is het goed om die kennis op te halen. Jullie kennen allemaal de telwoorden, maar wat kun je doen als er grote hoeveelheden geteld moeten worden? Zelandoni van de Tweede Grot, wil jij dit uiteenzetten?'

Ayla's belangstelling was gewekt. Ze boog zich gefascineerd naar voren. Ze wist dat tellen ingewikkelder en krachtiger kon zijn dan alleen de simpele telwoorden, als je begreep hoe het moest. De Eerste merkte met voldoening Ayla's belangstelling op. Ze was ervan overtuigd dat Ayla bijzonder nieuwsgierig was over het concept van tellen.

'Je kunt je handen gebruiken,' zei de Tweede, terwijl ze beide handen omhoogbracht. 'Met de rechterhand kun je terwijl elk woord wordt gezegd tot vijf op je vingers tellen.' Ze maakte een vuist en stak haar vingers een voor een op terwijl ze telde, beginnend met de duim. 'Je kunt op je linkerhand nog eens tot vijf tellen tot je bij tien komt, maar verder kom je niet met alleen maar tellen. Maar in plaats van de linkerhand te gebruiken om de tweede vijf te tellen, kun je één vinger, de duim, ombuigen om de eerste vijf vast te houden,' – ze stak haar linkerhand op met de palm naar zich toe gericht – 'en dan nog eens op de rechterhand tot vijf tellen en de tweede telvinger op de linkerhand ombuigen om die vast te houden.' Ze boog haar wijsvinger om boven op haar duim. Ze hield nu de vingers van beide handen gestrekt, behalve de wijsvinger en duim van haar linkerhand, die omgebogen waren. 'Dat betekent tien,' zei ze. 'Als ik de volgende vinger ombuig, betekent dat vijftien. De volgende vinger is twintig en de volgende vijfentwintig.'

Ayla keek verwonderd toe. Ze begreep het onmiddellijk, hoewel het ingewikkelder was dan de simpele telwoorden die Jondalar haar had geleerd. Ze moest denken aan de eerste keer dat ze het concept had geleerd van het aantal van dingen uitrekenen. Creb, De Mog-ur van de Stam, had het haar laten zien, maar eigenlijk had hij maar tot tien kunnen tellen. De eerste keer dat hij haar zijn manier van tellen had uitgelegd toen ze nog klein was, had hij elke vinger van zijn ene hand op vijf verschillende steentjes gelegd, maar aangezien een van zijn armen tot de elleboog was geamputeerd, had hij het de tweede keer gedaan met de steentjes als vingers van een hand. Met veel moeite en inzet van zijn hele verbeeldingskracht had hij tot twintig kunnen tellen en daarom was hij geschokt en van streek geraakt toen zij met gemak tot vijfentwintig had geteld.

Ze had geen woorden gebruikt, zoals Jondalar dat deed. Zij had het met steentjes gedaan en had Creb vijfentwintig laten zien door haar vijf vingers vijf keer op verschillende steentjes te leggen. Creb had er erg veel moeite mee gehad om te leren tellen, maar zij had het principe onmiddellijk begrepen. Hij had haar gezegd dat ze niemand mocht vertellen wat ze had gedaan. Hij wist dat ze anders was dan de Stam, maar had tot op dat moment niet beseft hóé anders, en hij wist dat het de leden van de Stam, vooral Brun en de mannen, zou verontrusten, misschien wel zodanig dat ze haar zouden verjagen.
De meeste Stam-leden konden alleen maar één, twee, drie en veel tellen, hoewel ze wel enige gradaties van 'veel' konden aangeven, en ze hadden andere manieren om hoeveelheden te begrijpen. Ze hadden bijvoorbeeld geen telwoorden voor de jaren van een kinderleven, maar ze wisten dat een kind in het jaar van zijn geboorte jonger was dan een kind dat liep of was gespeend. Het was ook een feit dat Brun de mensen van zijn stam niet hoefde te tellen. Hij kende de naam van iedereen en een snelle blik was voor hem genoeg om te weten of er iemand ontbrak en wie dat was. De meeste mensen hadden dat vermogen tot op zekere hoogte. Als ze voor een bepaalde periode met een beperkt aantal mensen waren, wisten ze intuïtief of er iemand ontbrak.
Ayla wist dat als Creb van streek raakte omdat zij kon tellen, de rest van de Stam zich er nog meer aan zou storen, dus had ze er nooit over gesproken. Maar ze was het niet vergeten. Ze gebruikte haar beperkte kennis van tellen voor zichzelf, vooral toen ze alleen in het dal woonde. Ze had het verstrijken van de tijd bijgehouden door elke dag een streepje in een stok te kerven. Ze wist hoeveel seizoenen en jaren ze in het dal had gewoond zonder dat ze telwoorden had, maar toen Jondalar kwam, kon hij de kerfjes op haar stokken tellen en haar vertellen hoe lang ze daar al was. Voor haar was dat als magie. Nu ze een idee had hoe hij dat had gedaan, wilde ze er heel graag meer over leren.
'Er zijn manieren om nog verder te tellen, maar dat is ingewikkelder,' vervolgde de Tweede, en toen glimlachte ze. 'Zoals voor de meeste dingen geldt die met de zelandonia in verband staan.' Degenen die naar haar keken glimlachten ook. 'De meeste tekens hebben meer dan één betekenis. Beide handen kunnen tien of vijfentwintig betekenen, en het is niet moeilijk om te begrijpen wat er wordt bedoeld wanneer je erover praat, omdat je als je tien bedoelt, de handpalmen van je af draait en als je vijfentwintig bedoelt, de handpalmen naar je toe draait. Wanneer je ze naar je toe houdt, kun je weer tellen, maar ditmaal gebruik je de linkerhand en hou je het getal met de rechter vast.' Ze demonstreerde het en de acolieten deden haar na. 'In die positie betekent

de duim ombuigen dertig, maar wanneer je tot vijfendertig telt en vasthoudt, buig je niet de duim om, maar alleen de volgende vinger. Voor veertig buig je de middelvinger, voor vijfenveertig de volgende en voor vijftig wordt de pink van de rechterhand omgebogen en zijn alle andere vingers van beide handen gestrekt. De rechterhand met omgebogen vingers wordt soms alleen gebruikt om deze hogere telwoorden te laten zien. Er kunnen zelfs nog hogere telwoorden worden gemaakt door meer dan één vinger om te buigen.'

Ayla vond het moeilijk om alleen haar pink om te buigen en die positie vast te houden. Het was duidelijk dat de anderen daar meer in geoefend waren, maar ze had geen enkele moeite om de manier van tellen te begrijpen. De Eerste zag dat Ayla verwonderd en opgetogen lachte en knikte bij zichzelf. Dit is de manier om haar betrokkenheid te vergroten, dacht ze.

'Een handafdruk kan worden gemaakt op een oppervlak zoals een stuk hout of de muur van een grot, zelfs op de oever van een rivier,' voegde de Eerste eraan toe. 'De handafdruk kan verschillende dingen betekenen, telwoorden bijvoorbeeld, maar ook iets totaal anders. Als je een handafdrukteken wilt achterlaten, kun je je handpalm in een kleurstof dopen en het teken zetten, of je kunt je hand op het oppervlak leggen en kleur op en rondom de bovenkant blazen, waardoor een ander soort afdruk wordt achtergelaten. Als je een teken wilt maken dat een telwoord betekent, doop je de handpalm in kleur voor de lage telwoorden en blaas je kleur op de bovenkant van je hand voor de hogere. Een Grot in het zuidoosten van hier maakt het teken van een grote stip door alleen kleur op de handpalm te gebruiken, zonder de vingers te tonen.'

Allerlei gedachten raasden door Ayla's hoofd; het idee van tellen intrigeerde haar enorm. Creb, de grootste mog-ur van de Stam, kon met veel moeite tot twintig tellen. Zij kon tot vijfentwintig tellen en dat met twee handen aangeven op een manier die anderen konden begrijpen, en dan dat getal vermeerderen. Je kon iemand vertellen hoeveel edelherten er in het voorjaar op hun werpgrond waren samengekomen, hoeveel jongen er waren geboren: een klein getal als vijf, een kleine groep, vijfentwintig, of nog veel meer. Het zou moeilijker zijn om een grote kudde te tellen, maar het kon dan allemaal aan anderen worden doorgegeven. Hoeveel vlees er opgeslagen moest worden om hoeveel mensen door de winter heen te helpen. Hoeveel strengen gedroogde wortels. Hoeveel manden met noten. Hoeveel dagen het zou vergen om naar de Zomerbijeenkomst te reizen. Hoeveel mensen daar zouden zijn. De mogelijkheden waren onvoorstelbaar. Telwoorden waren van ontzagwekkende betekenis, zowel letterlijk als symbolisch.

De Een Die Eerste Was sprak weer en Ayla moest zich losrukken uit haar overdenkingen. Ze hield één hand omhoog. 'Het aantal vingers aan één hand, vijf, is een belangrijk telwoord op zichzelf. Het vertegenwoordigt het aantal vingers aan elke hand en natuurlijk het aantal tenen aan elke voet, maar dat is slechts de oppervlakkige betekenis. Vijf is ook het heilige telwoord van de Moeder. Onze handen en voeten brengen ons dat in herinnering. Iets anders wat ons daaraan herinnert is de appel.' Ze haalde een kleine, onrijpe appel tevoorschijn en hield die omhoog. 'Als je een appel op zijn kant legt en hem doormidden snijdt alsof je door de steel binnen in de vrucht snijdt,' – ze demonstreerde wat ze bedoelde terwijl ze sprak – 'zul je zien dat het patroon van de zaadjes de appel in vijf parten verdeelt. Daarom is de appel de heilige vrucht van de Moeder.'

Ze gaf beide helften door zodat de acolieten ze konden bekijken, waarbij ze de bovenste helft aan Ayla gaf. 'Er zijn ook andere belangrijke aspecten van het telwoord vijf. Zoals jullie zullen leren, zijn er aan de hemel vijf sterren te zien, die zich elk jaar in een willekeurig patroon verplaatsen, en er zijn vijf seizoenen: voorjaar, zomer, najaar en de twee koude perioden: vroege winter en late winter. De meeste mensen denken dat het jaar begint met het voorjaar wanneer het nieuwe groen begint te groeien, maar de zelandonia weten dat het begin van het jaar wordt aangegeven met de Winter Kortdag, de scheiding tussen vroege winter en late winter. Het ware jaar begint met late winter, dan komt het voorjaar, dan zomer, najaar en vroege winter.'

'De Mamutiërs tellen ook vijf seizoenen,' zei Ayla. 'Eigenlijk drie hoofdseizoenen: voorjaar, zomer en winter, en twee bijseizoenen: najaar en midwinter. Misschien zou dat eigenlijk late winter moeten heten.' Sommige anderen waren erg verbaasd dat ze het waagde een opmerking te plaatsen terwijl de Eerste een begrip uitlegde, maar de Eerste lachte bij zichzelf, tevreden omdat Ayla zo betrokken raakte. 'Ze beschouwen drie als een hoofdtelwoord omdat het een vrouw symboliseert,' vervolgde Ayla, 'zoals de driehoek met de punt naar beneden een vrouw vertegenwoordigt, en de Grote Moeder. Als ze de twee andere, najaar en midwinter toevoegen, seizoenen die veranderingen aankondigen, komen ze ook op vijf uit. Mamut zei dat vijf Haar telwoord van verborgen gezag was.'

'Dat is bijzonder interessant, Ayla. Wij zeggen dat vijf Haar heilige telwoord is. Wij beschouwen drie ook als een belangrijk concept, om vergelijkbare redenen. Ik zou graag meer willen horen over de mensen die jij de Mamutiërs noemt, en hun gebruiken. Misschien de volgende keer wanneer de zelandonia bij elkaar komen,' zei de Eerste.

Ayla luisterde gefascineerd. De Eerste had een stem die de aandacht vasthield, zelfs opeiste wanneer ze zich daarop toelegde, maar het was niet alleen de stem. De kennis en informatie die ze aan hen overbracht waren stimulerend en boeiend. Ayla wilde meer weten.

'Er zijn ook vijf heilige kleuren en vijf heilige elementen, maar het wordt al laat en daarom zullen we daar de volgende keer op ingaan,' zei de Ene Die Eerste Was Onder Hen Die De Grote Aardmoeder Dienden.

Ayla was teleurgesteld. Ze had de hele nacht kunnen zitten luisteren, maar toen ze opkeek zag ze Folara aankomen met Jonayla. Haar baby was wakker.

4

De opwinding over de Zomerbijeenkomst nam met de dag toe nadat de groep van de Negende Grot weer terug was na het bezoek aan de Zevende en de Tweede Grot. Iedereen was druk in de weer met de voorbereidingen voor het vertrek, en de opwinding was voelbaar. Elke familie was bezig met haar eigen voorbereidingen, maar de leiders moesten ook nog alles in goede banen leiden en regelen voor de gehele Grot. Dat ze bereid en in staat waren die verantwoordelijkheid op zich te nemen, was de reden waarom ze leiders waren.

Alle Grot-leiders waren gespannen voor een Zomerbijeenkomst, maar Joharran in het bijzonder. Terwijl de meeste Grotten bestonden uit vijfentwintig tot vijftig mensen, sommige uit wel zeventig of tachtig, doorgaans allemaal aan elkaar verwant, vormde zijn Grot een uitzondering. De Negende Grot van de Zelandoniërs bestond uit bijna tweehonderd individuen.

Het was een uitdaging om zoveel mensen te leiden, maar Joharran was toegerust voor de taak. Niet alleen was Joharrans moeder, Marthona, leider van de Negende Grot geweest, maar Joconan, de eerste man met wie ze een verbintenis was aangegaan en bij wiens vuurplaats Joharran was geboren, was vóór haar de leider geweest. Zijn broer Jondalar was geboren bij de vuurplaats van Dalanar, de man met wie Marthona na de dood van Joconan een verbintenis was aangegaan, en had zich bekwaamd in een ambacht waarvoor hij een natuurlijke aanleg had en waarin hij een grote vaardigheid aan de dag legde. Net als Dalanar werd hij gezien als een meester-vuursteenklopper omdat dat was wat hij het beste kon. Maar Joharran groeide op in de sfeer van leiderschap en hij gaf al snel blijk van de benodigde eigenschappen om die verantwoordelijkheden op zich te nemen. Dat was wat híj het beste kon.

De Zelandoniërs hadden geen formele methode om een leider te kiezen. In het leven met elkaar leerden ze wie de beste persoon was om een conflict uit de weg te ruimen of een probleem op te lossen. En ze neigden ertoe degenen te volgen die het organiseren van een activiteit op zich namen en dat tot een goed einde brachten.

Als bijvoorbeeld een aantal mensen besloot op jacht te gaan, volgden ze niet per se de beste jager, maar degene die de groep zodanig kon leiden dat de jacht voor iedereen een succes werd. Dikwijls, maar niet altijd, was de beste probleemoplosser ook de beste organisator. Soms werkten twee of drie mensen die bekendstonden om hun eigen specifieke gebied van expertise, samen. Na een tijdje werd degene die het doeltreffendst conflicten oploste en activiteiten organiseerde erkend als de leider, niet op een officiële manier, maar door zwijgende instemming.
Degenen die een leiderschapspositie kregen, wonnen aan status, maar ze leidden de Grot door middel van overtuigingskracht en overwicht; ze hadden geen dwingende macht. Er waren geen specifieke regels of wetten die gehoorzaamd moesten worden of middelen om gehoorzaamheid af te dwingen. Dat maakte het leiderschap moeilijker, maar er was een sterke groepsdwang om aanwijzingen van het hoofd van de Grot te erkennen en te aanvaarden. De spirituele leiders, de zelandonia, hadden nog minder dwingend gezag, maar misschien meer overredingskracht; ze werden in hoge mate gerespecteerd en enigermate gevreesd. Hun kennis van het onbekende en hun bekendheid met de schrikwekkende wereld van de geesten, een belangrijk element in het leven van de gemeenschap, dwongen respect af.

Ayla's opwinding over de komende Zomerbijeenkomst nam toe naarmate het tijdstip van vertrek naderde. Daar had ze het jaar daarvoor minder last van gehad, maar toen waren ze kort voor de jaarlijkse samenkomst van de Zelandoniërs na een reis van een jaar bij Jondalar thuis aangekomen en was ze erg opgewonden en gespannen geweest bij het vooruitzicht zijn volk te leren kennen en aan hun gewoonten en gebruiken te moeten wennen. Dit jaar was ze zich al sinds het begin van het voorjaar bewust van haar toenemende enthousiasme, en met het verstrijken van de dagen werd ze net zo druk en opgewonden als iedereen. Er kwam heel wat bij kijken om zich voor te bereiden op de zomer, vooral in de wetenschap dat ze zouden rondreizen en niet het hele seizoen op één plek zouden blijven.
De Zomerbijeenkomst was waar iedereen na het lange koude jaargetijde bijeenkwam om de onderlinge banden te versterken, om een levensgezel te vinden, en om goederen en nieuws uit te wisselen. De locatie werd een soort basiskamp vanwaaruit individuen en kleine groepen jachtexpedities ondernamen en eropuit trokken om voedsel te verzamelen, hun land verkenden om te kijken wat er was veranderd en bezoeken aflegden aan andere Grotten om vrienden, verwanten en

verre buren weer te zien. De zomer was het reisseizoen; de Zelandoniers hadden in wezen alleen 's winters een vaste verblijfplaats.

Ayla had Jonayla verschoond en gevoed en haar te slapen gelegd. Wolf was al eerder naar buiten gegaan, waarschijnlijk om te jagen of op verkenning. Ze had net haar reisslaaprol uitgespreid om te kijken of die nog reparaties behoefde, toen ze getik hoorde op de stijl naast het gordijn dat de ingang van hun onderkomen afsloot. Haar onderkomen lag achter in de schuilplaats, maar dicht bij de zuidwestelijke, rivierafwaartse kant van de leefruimte, aangezien het een van de nieuwere constructies was. Ze stond op, trok het gordijn opzij en was blij toen ze de Ene Die Eerste Was zag staan.

'Leuk om je te zien, Zelandoni,' zei ze glimlachend. 'Kom binnen.'

Toen de vrouw binnenkwam zag Ayla vanuit haar ooghoek buiten iets bewegen, en ze keek op naar een andere constructie die Jondalar en zij iets verderop aan de andere kant van de open ruimte hadden opgetrokken, waar de paarden bij slecht weer konden schuilen. Ze zag dat Whinney en Grijs zojuist vanaf de grazige oever van de Rivier naar boven waren gekomen.

'Ik wilde net thee voor mezelf maken. Wil jij misschien ook een nap?'

'Graag, dank je,' zei de grote vrouw, terwijl ze naar een blok kalksteen met een groot kussen erop liep, dat speciaal voor haar naar binnen was gebracht om op te zitten. Het was een stevige, gerieflijke zitplaats.

Ayla legde kookstenen op de hete kolen die ze in de vuurplaats had gestookt en legde er nog wat hout op. Toen goot ze water uit de waterzak – de schoongemaakte maag van een oeros – in een dicht geweven mand en voegde er enkele brokjes bot aan toe om de kookmand te beschermen tegen de hete kookstenen.

'Heb je zin in een bepaalde soort thee?' vroeg ze.

'Nee hoor. Kies jij maar; iets kalmerends zou misschien lekker zijn,' antwoordde Zelandoni.

De zitsteen met het kussen was kort na hun terugkeer van de Zomerbijeenkomst het jaar daarvoor in hun onderkomen verschenen. De Eerste had er niet om gevraagd en ze wist niet of het Ayla's of Jondalars idee was geweest, maar ze wist wel dat die voor haar was bedoeld en waardeerde het gebaar. Zelandoni had zelf twee stenen zitplaatsen: eentje in haar onderkomen en eentje achter in de buitenste gemeenschappelijke werkruimte. Vervolgens hadden Joharran en Proleva in hun onderkomen ook voor een stevige zitplaats voor haar gezorgd. Naarmate ze ouder werd, werd ze steeds dikker, en hoewel ze nog steeds als het moest op de grond kon zitten, kostte het haar steeds meer moeite om overeind te komen. Ze ging ervan uit dat aangezien ze door de Grote Aardmoeder was uitgekozen om Eerste te zijn, Zij een reden had om haar elk jaar meer op Haar te laten lijken. Niet iedere Zelandoni die Eerste was geworden, was dik, maar ze wist dat de meeste mensen haar graag zo zagen. Haar omvang leek haar tegenwoordigheid en gezag te verlenen. Dat ze minder beweeglijk werd had ze daar graag voor over.

Ayla pakte een hete steen op met een houten tang. De tang was gemaakt van een dunne strook hout van vlak onder de schors van een levende boom, waarvan de beide uiteinden waren ingesneden en vervolgens met stoom omgebogen. Vers hout bleef langer veerkrachtig, maar om te voorkomen dat de boom stierf, werd het hout maar van één kant van de stam gepeld. Ze tikte met de kooksteen tegen een van de stenen die rond de vuurkuil lagen om de as eraf te slaan en liet hem toen in een wolk van stoom in het water vallen. Een tweede hete steen bracht het water aan de kook, al hield het borrelen snel op. De stukjes bot zorgden ervoor dat de hete stenen de onderkant van de mand niet schroeiden, en schonken de kookpot van vezels daarmee een langer leven.

Ayla bekeek haar voorraad gedroogde en drogende kruiden. Kamille was altijd kalmerend maar erg alledaags, en ze wilde iets speciaals. Haar oog viel op een plant die ze nog maar pas had geplukt en ze glimlachte bij zichzelf. De citroenmelisse was nog niet helemaal gedroogd, maar ze besloot dat dat niet uitmaakte. Het was goed voor thee te gebruiken. Een beetje daarvan met de kamille en wat linde voor de zoetigheid zou voor een heerlijk, kalmerend aftreksel zorgen. Ze deed de kamilleblaadjes, de citroenmelisse en linde in het water en liet het een poosje trekken, waarna ze twee nappen inschonk en er een aan de doniër gaf.

De vrouw blies er even in en nam toen een klein slokje. Ze hield haar hoofd schuin en probeerde de smaak thuis te brengen. 'Kamille, natuurlijk, maar... even denken. Is het citroenmelisse met misschien wat lindebloesem?' vroeg ze.

Ayla glimlachte. Dat was precies wat zij ook deed wanneer ze iets onbekends kreeg: ze probeerde het thuis te brengen. En Zelandoni had natuurlijk de ingrediënten herkend. 'Ja,' zei Ayla. 'Ik had gedroogde kamille en lindebloesem, maar de citroenmelisse heb ik pas een paar dagen geleden gevonden. Ik ben blij dat het hier in de buurt groeit.'

'Misschien kun je voor mij ook wat citroenmelisse plukken als je weer wat voor jezelf gaat halen. Het zou handig zijn om wat naar de Zomerbijeenkomst mee te nemen.'

'Met alle plezier. Ik zou vandaag nog kunnen gaan. Ik weet precies waar die groeit. Op het plateau boven, vlak bij de Vallende Rots,' zei ze. Ayla refereerde aan de unieke formatie van een eeuwenoude zuil van basalt die vroeger zijn weg had gevonden naar de bodem van de oerzee en nu in een schuine hoek uit de kalkstenen wand stak waardoor de zuil leek te vallen, hoewel het uiteinde nog altijd diep in de steile rotswand begraven lag.

'Wat weet je over het gebruik hiervan?' vroeg Zelandoni, terwijl ze de nap thee omhooghield.

'Kamille is ontspannend en als je het 's avonds inneemt, kan het helpen in slaap te vallen. Citroenmelisse is kalmerend, vooral als je zenuwachtig en gejaagd bent. Het kruid kan zelfs maagkramp verlichten die soms met spanning gepaard gaat, en het is een natuurlijk slaapmiddel. Het heeft een aangename smaak die goed samengaat met kamille. Lindebloesem helpt tegen hoofdpijn, vooral wanneer je gespannen bent, maar werkt ook als zoetmiddel.' Ayla dacht aan Iza en de manier waarop ze haar met vergelijkbare vragen op de proef had gesteld om te zien hoeveel ze onthield van de kennis die ze haar bijbracht. Ze vroeg zich af of Zelandoni ook probeerde uit te vinden hoeveel ze wist.

'Ja, deze thee kan in de juiste sterkte als een mild kalmerend middel worden gebruikt.'

'Wanneer iemand erg gespannen en bezorgd is en niet kan slapen, en er een sterker middel nodig is, is het vocht van gekookte valeriaanwortel bijzonder rustgevend,' zei Ayla.

'Vooral 's avonds, om de slaap te kunnen vatten. Maar als de maag ook van streek is, dan is verbena, een thee van de bloemstengels en bladeren, effectiever,' zei de Eerste.

'Ik heb verbena ook gebruikt voor iemand die herstellende was van een langdurige ziekte, maar het mag niet aan een zwangere vrouw worden gegeven. Het kan weeën opwekken en zelfs de melkvloei op gang brengen.' De twee vrouwen zwegen, keken elkaar grinnikend aan, en toen zei Ayla: 'Ik kan je niet zeggen hoe gelukkig ik ben om iemand te hebben met wie ik over medicijnen en geneeswijzen kan praten. Iemand die er zoveel van weet.'

'Volgens mij weet je net zoveel als ik; in zekere zin zelfs meer, Ayla, en het is een genoegen om daar met jou over te kunnen praten en ideeën uit te wisselen. Ik verheug me op veel jaren van zulke waardevolle gedachtewisselingen,' zei Zelandoni. Toen keek ze om zich heen en gebaarde naar de slaaprol die op de vloer was uitgespreid. 'Zo te zien tref je voorbereidingen voor de reis.'

'Ik wilde net de slaaprol nakijken om te zien of die gerepareerd moest worden. Het is al een tijd geleden dat we hem hebben gebruikt,' zei

Ayla. 'Het is een goede slaaprol voor reizen in alle weersomstandigheden.'
De slaaprol bestond uit verscheidene dierenhuiden die aan elkaar waren genaaid en waren aangepast aan Jondalars lengte. De onderkant was dichtgestikt, en er zaten gaten in de zijkanten waar reepjes leer doorheen waren geregen die strak aangetrokken konden worden of los werden gelaten of zelfs verwijderd konden worden als het warm was. Aan de buitenkant van het onderste deel waren dikke vachten genaaid, die een isolerend kussen vormden op de harde en dikwijls koude grond. Daarvoor konden verschillende vachten worden gebruikt, maar doorgaans werd gebruikgemaakt van de vacht van een dier dat in koud weer was gedood. Voor deze slaaprol had Ayla de dichte, natuurlijke wintervacht van een rendier gebruikt. De bovenkant van de slaaprol was lichter in gewicht; daarvoor had ze de zomervacht van oerossen gebruikt, die groot waren en niet zoveel naaiwerk vergden. Een extra huid of vacht kon erbovenop gelegd worden als het frisser werd, en als het echt koud werd, werd de rol gevoerd met extra vachten en werden de zijkanten dichtgeregen.
'Volgens mij zul je die goed kunnen gebruiken,' zei Zelandoni, die de veelzijdigheid van de slaaprol herkende. 'Ik ben gekomen om over de Zomerbijeenkomst te praten, of liever gezegd over de tijd na het vroege ceremoniële deel van de bijeenkomst. Ik wilde je zeggen dat je voor geschikte reisbenodigdheden moet zorgen. Er zijn een aantal heilige plaatsen in deze streek die je moet zien. Later, over een paar jaar, wil ik je andere heilige plaatsen laten zien en je meenemen om je voor te stellen aan Zelandonia die verder weg wonen.'
Ayla glimlachte. Ze verheugde zich op het bekijken van nieuwe plekken, als ze maar niet te ver weg lagen. Ze had genoeg van verre reizen. Ze dacht aan Whinney en Grijs, die ze net had gezien, en er kwam een idee bij haar op om reizen met de Eerste makkelijker te maken. 'Als we de paarden gebruiken, kunnen we veel sneller reizen.'
De vrouw schudde haar hoofd en nam een slokje thee. 'Ik zou onmogelijk op de rug van een paard kunnen klimmen, Ayla.'
'Dat zou niet hoeven. Je kunt achter Whinney op het sleepraam rijden. Daarop kunnen we een gerieflijke zitplaats maken.' Ze had er weleens eerder over nagedacht hoe ze het sleepraam kon aanpassen aan het vervoer van passagiers, vooral Zelandoni.
'En jij denkt dat dat paard iemand van mijn omvang op dat sleepgeval zou kunnen trekken?'
'Whinney heeft veel zwaardere lasten dan jou voortgetrokken. Ze is een bijzonder sterk paard. Ze kan jou en je reisspullen en medicijnen

voorttrekken. Nu we het daar toch over hebben: ik was van plan je te vragen of je wilt dat we jouw medicijnen samen met die van mij naar de Zomerbijeenkomst vervoeren,' zei Ayla. 'We nemen geen passagiers mee op de weg daar naartoe. We zullen zelf niet eens rijden. We hebben een aantal mensen beloofd om Whinney en Renner bepaalde spullen naar de Bijeenkomst te laten vervoeren. Joharran wil dat we palen en andere bouwbenodigdheden meenemen voor de zomeronderkomens van de Negende Grot. En Proleva vroeg of we een aantal van haar speciale grote kookmanden kunnen meenemen, en kommen en andere benodigdheden voor feestmalen en gemeenschappelijke maaltijden. En Jondalar wil Marthona's last verlichten.'

'Het schijnt dat er goed gebruik zal worden gemaakt van je paarden,' zei de Eerste, die nog een slokje van haar thee nam, terwijl haar geest al plannen formuleerde.

De Eerste had diverse reizen voor Ayla gepland. Ze wilde haar meenemen naar een aantal Zelandonische Grotten die verder weg lagen en de heilige plaatsen daar bezoeken, en misschien een aantal mensen bezoeken die buren waren van de Zelandoniërs die in de buurt van de grenzen van hun woongebied woonden. Maar Zelandoni had het gevoel dat de jonge vrouw na de lange reis hierheen niet veel zin zou hebben in de lange reis die ze voor haar op het oog had. Ze had nog nooit gerept over de donierreis die acolieten geacht werden te maken.

Ze begon te denken dat ze misschien zou moeten instemmen met het idee om door de paarden op dat ding voortgetrokken te worden. Dat zou Ayla er misschien toe kunnen brengen om de tocht te maken. De grote vrouw vond het helemaal niet zo'n prettig idee om door paarden te worden rondgesleept, en als ze eerlijk was moest ze bekennen dat het idee haar eigenlijk beangstigde, maar ze had in haar leven ergere angsten overwonnen. Ze wist welk effect Ayla's beheersing van de dieren op mensen zou hebben: het zou hun schrik aanjagen, maar ze zouden tegelijkertijd diep onder de indruk zijn. Misschien zou ze op een dag maar eens moeten proberen hoe het was om op dat sleepraamgeval te zitten.

'Misschien kunnen we een keer proberen of jouw Whinney mij kan trekken,' zei Zelandoni, en ze zag toen een brede lach op het gezicht van de jonge vrouw verschijnen.

'Geen beter moment dan nu,' zei Ayla, met het idee dat ze maar beter gebruik kon maken van de meegaande houding van de vrouw voor ze van gedachten kon veranderen. De Eerste keek haar verschrikt aan.

Op dat moment werd het gordijn voor de ingang opzij getrokken en kwam Jondalar binnen. Hij zag Zelandoni's verschrikte uitdrukking en vroeg zich af wat daarvan de oorzaak was. Ayla stond op en ze begroetten elkaar met een lichte omhelzing en een beroering van wangen, maar hun sterke gevoelens voor elkaar waren duidelijk en ontgingen hun bezoeker niet. Jondalar keek vluchtig naar de baby, die lag te slapen, waarna hij naar de oude vrouw liep en haar op dezelfde manier groette, waarbij hij zich nog steeds afvroeg wat haar van haar stuk kon hebben gebracht.

'En Jondalar kan ons helpen,' voegde Ayla eraan toe.

'Waarmee?' vroeg hij.

'Zelandoni had het erover om deze zomer enkele tochtjes te maken om andere Grotten te bezoeken, en ik bedacht dat het makkelijker en sneller zou zijn als we de paarden gebruiken.'

'Daar heb je waarschijnlijk gelijk in, maar denk je dat Zelandoni kan leren rijden?' vroeg Jondalar.

'Dat zou niet hoeven. We kunnen voor haar een gerieflijke zitplaats maken op het sleepraam en dan kan Whinney haar voorttrekken,' zei Ayla.

Jondalar fronste zijn voorhoofd terwijl hij daarover nadacht, en toen knikte hij. 'Ik zou niet weten waarom niet,' zei hij.

'Zelandoni zei dat ze bereid is om te proberen of Whinney haar kan trekken, en ik zei "geen beter moment dan nu".'

Zelandoni keek naar Jondalar en zag een schittering van plezier in zijn ogen, en toen keek ze naar Ayla en probeerde iets te verzinnen om het uit te stellen. 'Je zei dat je een zitplaats zou moeten maken. Dat heb je nog niet gedaan,' zei ze.

'Dat is waar, maar je geloofde niet dat Whinney je zou kunnen trekken. Je hebt geen zitplaats nodig om dat uit te proberen. Ik twijfel er niet aan, maar het zou jou geruststellen en ons de kans geven te bedenken hoe we een zitplaats moeten maken,' zei Ayla.

Zelandoni had het gevoel dat ze in de val was gelokt. Ze wilde het helemaal niet doen, en al helemaal niet nu meteen, maar ze dacht niet dat ze er nog onderuit kon komen. Maar toen besefte ze dat ze zich dit zelf had aangedaan door haar gretigheid om Ayla aan haar donierreis te laten beginnen. Ze slaakte een diepe zucht en kwam overeind. 'Goed, laten we dan maar door de zure appel heen bijten,' zei ze.

Toen ze in haar dal woonde had Ayla een manier bedacht om met haar paard grote, zware dingen te vervoeren, zoals een dier dat ze had gedood, en ook een keer Jondalar, gewond en bewusteloos. Het apparaat bestond uit twee palen die bij de schouders van het paard met elkaar verbonden waren door een soort tuig van repen leer over Whinneys borst. De andere uiteinden rustten op de grond achter het paard.

Doordat alleen het uiteinde van de palen over de grond sleepte, waren ze voor de krachtige paarden betrekkelijk makkelijk voort te trekken, zelfs over ongelijk terrein. Een draagvlak van planken, dierenhuiden of mandenvlechtwerk werd over de palen gelegd om de lasten te dragen, maar Ayla wist niet of het buigzame draagvlak de grote vrouw kon dragen zonder door te zakken.

'Drink maar rustig je thee op,' zei Ayla toen de vrouw overeind wilde komen. 'Ik moet Folara zoeken of iemand anders die even op Jonayla wil passen. Ik wil haar niet wakker maken.'

Ze kwam al snel terug, maar in plaats van Folara kwam Lanoga, Tremeda's dochter, achter haar naar binnen met haar jongste zusje Lorala. Vanaf het moment dat ze naar de Grot was gekomen had Ayla haar best gedaan om Lanoga en de rest van de kinderen te helpen. Ze kon zich niet herinneren ooit zo woedend op iemand te zijn geweest als op Tremeda en Laramar, omdat ze hun kinderen zo schandelijk verwaarloosden, maar er was niets wat ze kon doen, niets wat wie dan ook kon doen, behalve de kinderen helpen.

'We blijven niet lang weg, Lanoga. Ik ben waarschijnlijk terug voordat Jonayla wakker wordt. We gaan alleen even naar het paardenverblijf,' zei Ayla. En toen voegde ze eraan toe: 'Er staat nog een restje soep achter de vuurplaats, met een paar flinke stukken vlees en wat groenten, mocht jij of Lorala honger hebben.'

'Lorala heeft misschien wel honger. Ze heeft niet meer gegeten sinds ik haar vanmorgen naar Stelona heb gebracht om te zogen,' zei Lanoga.

'Jij moet ook iets eten, Lanoga,' zei Ayla toen ze vertrokken. Stelona had haar waarschijnlijk iets te eten gegeven, maar ze wist bijna zeker dat het meisje sinds het ochtendmaal ook niets meer had gegeten.

Toen ze op enige afstand van het onderkomen waren en Ayla er zeker van was dat niemand haar zou horen, gaf ze eindelijk uiting aan haar woede. 'Ik zal daar naartoe moeten gaan om te zien of er wel eten is voor de kinderen.'

'Je hebt ze twee dagen geleden ook al eten gebracht,' zei Jondalar. 'Dat kan toch niet allemaal al op zijn.'

'Tremeda en Laramar eten daar ook van,' zei Zelandoni. 'Dat kun je niet verhinderen. En als je graan of fruit brengt, alles wat fermenteert, zal Laramar dat aan het berkensap toevoegen voor zijn barma. Ik ga op de terugweg wel bij hun onderkomen langs en neem dan de kinderen mee. Ik zal iemand zoeken die hun een avondmaal wil geven. Jij zou niet de enige moeten zijn die ze te eten geeft, Ayla. Er zijn bij de Negende Grot genoeg mensen om te zorgen dat die kinderen goed te eten hebben.'

Toen ze het paardenverblijf bereikten schonken Ayla en Jondalar Whinney en Grijs elk wat persoonlijke aandacht. Toen pakte Ayla het harnas dat ze voor het sleepraam gebruikte van de paal waar het overheen hing en leidde de merrie naar buiten. Jondalar vroeg zich af waar Renner was en keek over de rand van het stenen voorportaal naar de Rivier om te zien of hij het paard kon ontdekken, maar hij was niet in de buurt. Hij wilde hem fluiten, maar veranderde toen van gedachten. Hij had de hengst nu niet nodig. Hij zou later naar hem op zoek gaan, nadat ze Zelandoni op het sleepraam hadden geïnstalleerd.

Ayla keek om zich heen in het paardenverblijf en haar blik viel op een stapel planken die met wiggen en een grote hamer uit een boomstam waren gewrikt. Ze was van plan geweest daarvan extra voederkisten voor de paarden te maken, maar toen werd Jonayla geboren en waren ze de kisten blijven gebruiken die ze eerder had gemaakt; ze was er nooit aan toegekomen om nieuwe te maken. Aangezien ze onder de uitstekende richel hadden gelegen, beschermd tegen het weer, leken ze nog heel bruikbaar.

'Jondalar, we moeten voor Zelandoni een draagvlak maken dat niet zo makkelijk doorbuigt. Denk je dat we deze planken op de palen kunnen bevestigen als grondvlak voor een zitplaats?' vroeg Ayla.

Hij keek naar de palen en planken en toen naar de weelderige vormen van de vrouw. Zijn voorhoofd rimpelde, zoals altijd wanneer hij nadacht. 'Dat is een goed idee, Ayla, maar de palen zijn ook buigzaam. We kunnen het proberen, maar we moeten waarschijnlijk palen gebruiken die niet doorbuigen.'

Er lagen altijd reepjes leer of koordjes in het paardenverblijf. Jondalar en Ayla gebruikten ze om de planken op de palen vast te zetten. Toen ze klaar waren deden ze een stap achteruit en bekeken het resultaat.

'Wat denk je, Zelandoni? De planken liggen schuin, maar dat kunnen we later herstellen,' zei Jondalar. 'Denk je dat je erop kunt zitten?'

'Ik zal het proberen, maar het is misschien een beetje hoog voor me.'

Terwijl Ayla en Jondalar met het sleepraam bezig waren, had de donier aandachtig toegekeken en ze was benieuwd of het zou werken. Jondalar had voor Whinney net zo'n halster gemaakt als hij voor Renner gebruikte, al gebruikte Ayla die zelf maar zelden. Ze reed meestal met alleen een leren rijdeken en ze stuurde het dier met haar houding en de druk van haar benen. Maar onder speciale omstandigheden, vooral wanneer er andere mensen bij betrokken waren, zorgde de halster voor een grotere mate van beheersing.

Terwijl Ayla Whinney de halster omdeed en ervoor zorgde dat de merrie rustig bleef, gingen Jondalar en Zelandoni naar het versterkte sleepraam achter het paard. De planken waren een beetje hoog, maar Jondalar gaf haar met zijn sterke arm een duwtje omhoog. De palen bogen inderdaad onder haar gewicht door, zodat ze met haar voeten de grond kon aanraken, maar dat gaf haar het gevoel dat ze er weer makkelijk af kon stappen. De schuine zitplaats voelde wel vreemd aan, maar het was niet zo vreselijk als ze had gedacht.

'Ben je er klaar voor?' vroeg Ayla.

'Dat moet dan maar, hè,' zei Zelandoni.

Ayla bracht Whinney in beweging en leidde haar langzaam in de richting van Rivierafwaarts. Jondalar liep achter het sleepraam en lachte bemoedigend naar Zelandoni. Toen leidde Ayla het paard onder de overhangende richel, liet haar met een wijde bocht omdraaien en leidde haar toen naar het oostelijke uiteinde van de voorste richel, waar de onderkomens waren.

'Je moest nu maar stoppen, Ayla,' zei de vrouw.

Ayla bleef onmiddellijk staan. 'Zit je niet gerieflijk?' vroeg ze.

'Nee. Maar zei je niet dat je een echte zitplaats voor me wilde maken?'

'Ja.'

'Dan geloof ik dat het beter is om me pas aan iedereen te tonen als de zitplaats erop zit, want je weet dat de mensen zullen kijken en oordelen,' zei de grote vrouw.

Ayla en Jondalar waren even van hun stuk gebracht, maar toen zei Jondalar: 'Ja, je hebt waarschijnlijk gelijk.'

Ayla liet er meteen op volgen: 'Dat betekent dat je bereid zou zijn om op het sleepraam te rijden!'

'Ja, ik geloof dat ik daar wel aan zal kunnen wennen. Ik kan er per slot van rekening van af stappen wanneer ik maar wil,' zei de grote doniër.

Ayla was niet de enige die druk in de weer was met reisbenodigdheden. De hele Grot had allerlei voorwerpen in hun onderkomen of buitenwerkplaats uitgespreid. Ze moesten slaaprollen maken of repareren, maar ook reistenten en bepaalde bouwelementen voor de zomerschuilplaatsen, al zou het meeste materiaal daarvoor bij het kampeerterrein worden verzameld. Degenen die voorwerpen hadden gemaakt die als geschenk of ruilartikel waren bedoeld, vooral degenen die bedreven waren in bepaalde ambachten, moesten beslissen wat en hoeveel ze zouden meenemen. Een voetreiziger kon maar een beperkte last dragen en ze moesten natuurlijk eten meenemen, zowel voor onderweg als voor geschenken en speciale feestmalen, en kleren, slaaprollen en andere noodzakelijkheden.

Ayla en Jondalar hadden al besloten om voor Whinney en Renner nieuwe sleepramen te maken. De uiteinden van de palen die over de grond sleepten waren het eerste deel dat versleet, vooral wanneer er zware lasten werden vervoerd. Nadat verscheidene mensen daarom hadden gevraagd, hadden ze familie en naaste vrienden de extra draagkracht van de paarden aangeboden, maar er was een grens aan wat zelfs de krachtigste paarden konden voorttrekken.

Vanaf het begin van het voorjaar was de Grot op jacht gegaan voor vlees en hadden ze planten verzameld: bessen, vruchten, noten, paddenstoelen, eetbare stengels, bladeren en wortels van groenten, wilde granen, zelfs korstmos en de binnenschors van bepaalde bomen. Hoewel ze een kleine hoeveelheid vers voedsel meenamen, dat pas bij de jacht was buitgemaakt of verzameld, was het grootste deel van hun voedsel gedroogd. Gedroogd voedsel bleef lange tijd goed en was lichter, waardoor ze meer etenswaren konden meenemen voor onderweg en voor de eerste tijd na aankomst, tot de jacht- en verzamelschema's waren opgesteld op de locatie van de Zomerbijeenkomst van dat jaar.

De locatie van de jaarlijkse bijeenkomst veranderde elk jaar in een regelmatige cyclus van geschikte plaatsen. Er was maar een beperkt aantal locaties die een Zomerbijeenkomst konden herbergen en een locatie kon slechts een seizoen worden gebruikt en moest dan verscheidene jaren met rust worden gelaten voor die weer gebruikt kon worden. Zo'n groot aantal mensen – ergens tussen één- en tweeduizend – bij elkaar op één plek pleegde roofbouw op de natuurlijke rijkdommen van het terrein en de onmiddellijke omgeving, en de grond had tijd nodig om daarvan te herstellen. Het jaar daarvoor hadden ze de Rivier ongeveer veertig kilometer gevolgd. Dit jaar zouden ze westwaarts reizen tot ze een andere rivier, de Westrivier, bereikten, die min of meer parallel aan de Rivier liep.

Joharran en Proleva zaten met Solaban en Rushemar in hun onderkomen na een middagmaal. Ramara, Solabans gezellin, en haar zoontje Robenan, waren zojuist vertrokken met Jaradal, Proleva's zoontje, die allebei zes jaar konden tellen. Sethona, Proleva's kleine dochtertje, was in Proleva's armen in slaap gevallen en ze was juist overeind gekomen om haar neer te leggen. Toen ze iemand hoorden tikken op het harde paneel van ongelooide huid naast de ingang, dacht Proleva dat Ramara iets vergeten was en daarvoor was teruggekomen, maar ze keek verrast op toen een veel jongere vrouw gehoor gaf aan haar roep om binnen te komen.

'Galeya!' zei Proleva, stomverbaasd. Hoewel Galeya al bijna vanaf hun geboorte bevriend was met Joharrans zus, Folara, en ze dikwijls naar hun onderkomen kwam met haar vriendin, kwam ze zelden in haar eentje.

Joharran keek op. 'Ben je nu al terug?' vroeg hij, en toen wendde hij zich tot de anderen. 'Omdat ze zo snel kan rennen, heb ik Galeya vanochtend naar de Derde Grot gestuurd om te vragen wanneer Manvelar van plan is te vertrekken.'

'Toen ik daar aankwam, stond hij op het punt een boodschapper naar jou te sturen,' zei Galeya. Ze was een beetje buiten adem en haar haar was nat van het zweet van haar inspanning. 'Manvelar zei dat de Derde Grot klaar is om te vertrekken. Hij wil morgenochtend vroeg op weg gaan. Als de Negende Grot ook klaar is, wil hij graag samen met ons reizen.'

'Dat is een beetje eerder dan ik had gepland. Ik had in mijn hoofd om in de loop van de dag daarna te vertrekken,' zei Joharran, met diepe fronslijnen in zijn voorhoofd. Hij keek de anderen aan. 'Denken jullie dat we morgenochtend klaar kunnen zijn voor vertrek?'

'Ik wel,' zei Proleva, zonder aarzeling.

'Wij waarschijnlijk ook,' zei Rushemar. 'Salova heeft de manden die ze mee wil nemen af. We hebben nog niet ingepakt, maar alles is klaar.'

'Ik ben nog steeds mijn grepen aan het sorteren,' zei Solaban. 'Marsheval kwam gisteren langs om te praten over wat hij moet meenemen. Hij schijnt ook een gave voor werken met ivoor te hebben en hij wordt er steeds beter in,' voegde hij er met een glimlach aan toe. Solaban was grepenmaker, voornamelijk voor messen, beitels en andere werktuigen. Hoewel hij grepen kon maken van geweien en hout, werkte hij het liefst met ivoor van mammoettanden, en daarvan maakte hij nu ook andere voorwerpen, zoals kralen en beeldjes, vooral sinds Marsheval zijn leerling was geworden.

'Kun je morgenochtend klaar zijn om te vertrekken?' vroeg Joharran. Hij wist dat Solaban zich dikwijls tot het laatste moment het hoofd brak over welke grepen hij moest meenemen naar de Zomerbijeenkomst, als geschenken en als ruilobjecten.

'Ik denk van wel,' zei Solaban, en toen nam hij een besluit. 'Ja, dan ben ik klaar, en ik weet zeker dat Ramara dat ook redt.'

'Goed, maar van de rest van de Grot moeten we ook weten hoe iedereen ervoor staat zodat ik een boodschapper naar Manvelar kan terugsturen. Rushemar, Solaban, we moeten iedereen laten weten dat ik een korte bespreking wil beleggen, zo spoedig mogelijk. Als iemand ernaar vraagt, kunnen jullie zeggen waarover het gaat, en vertel ze ook dat degene die komt als vertegenwoordiger van zijn of haar vuurplaats, voor de rest moet kunnen beslissen,' zei hij. Hij gooide de restjes uit zijn eetkom in het vuur en veegde de kom en zijn eetmes af aan een vochtig lapje bokkenvel voor hij ze in een draagbuidel aan zijn riem

stopte. Hij zou ze met water afspoelen zodra hij de gelegenheid had. Terwijl hij opstond zei hij tegen Galeya: 'Jij hoeft niet nog eens naar Manvelar te rennen; ik zal een andere renner sturen.'
Ze leek opgelucht en lachte toen. 'Palidar is een snelle renner. We hebben gisteren een wedstrijdje gehouden en hij heeft me bijna verslagen.'
Joharran moest even nadenken; de naam kwam hem niet meteen bekend voor. Toen dacht hij aan de leeuwenjacht. Galeya had gejaagd met een jonge man van de Derde Grot, maar Palidar was er ook bij geweest. 'Is hij niet een vriend van Tivonan, de jonge man die Willamar een paar keer op handelsmissies heeft meegenomen?'
'Ja. Hij is de laatste keer mee teruggekomen met Willamar en Tivonan en heeft toen besloten dat hij net zo goed met ons naar de Zomerbijeenkomst kan meereizen en daar zijn Grot ontmoeten,' zei Galeya.
Joharran knikte. Voorlopig wist hij genoeg. Hij wist nog niet of hij de bezoeker of een lid van de Negende Grot naar Manvelar zou sturen, maar hij was zich er wel van bewust dat Palidar de belangstelling van Folara's vriendin Galeya had gewekt, en de jonge man had klaarblijkelijk een reden gevonden om te blijven. Als de mogelijkheid bestond dat hij zich op een dag bij de Negende Grot zou aansluiten, wilde Joharran meer over hem weten, en hij sloeg die gedachte in zijn geheugen op. Op dat moment waren er dringender zaken om aan te denken.
Joharran wist dat minstens één persoon van elk onderkomen bij zijn bespreking aanwezig zou zijn, maar toen de mensen naar buiten kwamen, zag hij dat bijna iedereen wilde weten waarom de leider een spoedvergadering bijeen had geroepen. Toen iedereen zich in de werkruimte had verzameld klom Joharran op de grote platte steen die daar was neergelegd zodat hij, of ieder ander die iets te zeggen had, beter te zien was.
'Ik heb kortgeleden met Manvelar gesproken,' begon Joharran zonder inleiding. 'Zoals jullie weten is de locatie van de Zomerbijeenkomst dit jaar het grote veld bij de Westrivier en een zijrivier in de buurt van de Zesentwintigste Grot. Manvelars gezellin kwam van de Zesentwintigste Grot en toen haar kinderen jong waren gingen ze dikwijls bij haar moeder en familie op bezoek. Ik ken de weg: zuidwaarts naar de Grote Rivier, dan westwaarts naar een andere rivier, die samenvloeit met de Westrivier, die we dan noordwaarts volgen tot de locatie van de Zomerbijeenkomst. Maar Manvelar kent een kortere weg: westwaarts vanaf de Woudrivier. Dan zouden we er sneller zijn, en ik had gehoopt dat we samen met de Derde Grot konden reizen, maar zij vertrekken morgenochtend al.'
Onder de aanwezigen steeg gemompel op, maar voordat iemand iets

kon zeggen, vervolgde Joharran: 'Ik weet dat jullie het liefst enkele dagen voor het geplande vertrek daarvan op de hoogte worden gebracht en dat probeer ik doorgaans ook te doen, maar ik vermoed dat de meesten van jullie al bijna klaar zijn. Als jullie kunnen inpakken en tegen de ochtend klaar zijn, kunnen we samen met de Derde Grot reizen en zijn we veel sneller ter plekke. Hoe eerder we de locatie bereiken, hoe beter onze kans om een goede plek te vinden om ons kamp op te zetten.'

De aanwezigen spraken allemaal tegelijk en Joharran hoorde verscheidene opmerkingen en vragen. 'Ik weet niet of we dat redden.' 'Dat moet ik met mijn levensgezel bespreken.' 'We hebben nog niet ingepakt.' 'Kan hij niet een dag langer wachten?'

De leider liet alles even over zich heen komen en zei toen: 'Ik vind het niet redelijk om de Derde Grot te vragen op ons te wachten. Ook zij willen een goede plek vinden. Ik moet nu een antwoord hebben zodat ik een boodschapper naar Manvelar kan sturen,' zei hij. 'Eén persoon van elke vuurplaats moet de beslissing nemen. Als de meesten denken dat jullie klaar kunnen zijn, dan vertrekken we morgenochtend. Ik vraag degenen die dat willen om rechts van me te komen staan.'

Na een korte aarzeling kwamen Solaban en Rushemar naar voren en stelden ze zich rechts van Joharran op. Jondalar keek naar Ayla, die glimlachend knikte, en toen ging hij naast Solaban en Rushemar staan. Marthona deed hetzelfde. Toen kwamen er nog enkelen bij hen staan. Niemand ging links van hem staan, wat op onwil zou hebben geduid om zo snel te vertrekken, maar diverse mensen aarzelden.

Ayla gebruikte de telwoorden bij iedere persoon die zich bij de groep voegde. Ze sprak zachtjes het woord uit en tikte tegelijkertijd met een vinger op haar dij. 'Negentien, twintig, eenentwintig; hoeveel vuurplaatsen zijn er?' vroeg ze zich hardop af. Toen ze dertig bereikte was het duidelijk dat de meesten hadden besloten dat ze de volgende ochtend klaar konden zijn. Het denkbeeld om sneller hun doel te bereiken met een grotere kans om een geschikte locatie te vinden, was een krachtige aansporing. Toen nog eens vijf mensen bij hen kwamen staan probeerde ze de vuurplaatsen te tellen die over waren. Er liepen nog aardig wat mensen rond die nog geen beslissing hadden genomen, maar ze meende dat die slechts zeven of acht vuurplaatsen vertegenwoordigden.

'En hoe zit het met degenen die morgenochtend nog niet klaar zijn?' vroeg iemand uit de groep die nog geen beslissing had genomen.

'Die kunnen later komen, op eigen houtje,' zei Joharran.

'Maar we reizen altijd samen als Grot. Ik wil niet alleen reizen,' zei iemand.

Joharran glimlachte. 'Zorg dan dat je morgenochtend klaarstaat. Zoals je kunt zien hebben de meesten besloten dat ze dan kunnen vertrekken. Ik stuur een boodschapper naar Manvelar om hem te vertellen dat we morgenochtend samen met de Derde Grot zullen afreizen.'

Bij een Grot zo groot als de Negende waren er altijd mensen die de reis niet konden ondernemen, althans niet op dat moment: mensen die ziek waren of gewond, bijvoorbeeld. Joharran wees een paar mensen aan om bij hen te blijven om voor de achterblijvers te jagen en te zorgen. De helpers zouden na ongeveer een halve maan worden afgelost zodat ze niet de hele Zomerbijeenkomst zouden mislopen.

De mensen van de Negende Grot waren de volgende ochtend veel later op dan normaal, en toen iedereen zich verzamelde, waren er enkelen duidelijk vermoeid en humeurig. Manvelar en de Derde Grot waren betrekkelijk vroeg aangekomen en wachtten in de open ruimte bij Rivierafwaarts vlak achter de onderkomens, niet ver van de plek waar Ayla en Jondalar woonden. Marthona, Willamar en Folara waren al vroeg klaar en waren naar hun onderkomen gekomen zodat een deel van hun spullen op de paarden of de sleepramen geladen kon worden. Ze brachten ook eten mee voor een ochtendmaal met Manvelar en enkele anderen. De avond daarvoor had Marthona tegen haar zoons gezegd dat het haar wel gepast leek dat zij en Jondalar Manvelar en zijn familie in Ayla's onderkomen – dat zo werd genoemd omdat Jondalar het voor haar had ingericht – zouden ontvangen om Joharran en Proleva de gelegenheid te geven de rest van de Grot klaar te maken voor de tocht naar Zonzicht, het thuis van de Zesentwintigste Grot van de Zelandoniërs, de locatie van de Zomerbijeenkomst.

5

Het was een grote groep – een kleine tweehonderdvijftig mensen – die later die ochtend op weg ging, bijna de hele Negende en Derde Grot. Manvelar en de Derde Grot namen de leiding en liepen de helling af bij het oostelijke uiteinde van de stenen schuilplaats. In tegenstelling tot de vegetatie van het Grasrivierdal bij de Derde Grot, waar ze de leeuwen hadden gevonden, voerde het pad vanaf de noordoostelijke rand van het stenen voorportaal van de Negende Grot omlaag naar een kleine zijtak van de Rivier, die de Woudrivier heette omdat het beschutte dal ongewoon dicht met bomen was begroeid.

Bosrijke streken waren zeldzaam gedurende de ijstijd. De rand van de gletsjers die een kwart van het aardoppervlak bedekten lag niet ver naar het noorden en zorgde voor permafrostcondities in de nabijliggende periglaciale gebieden. 's Zomers ontdooide de bovenste laag tot verschillende diepten, afhankelijk van de omstandigheden. In koele, beschaduwde gebieden met dichte mosbegroeiing of andere isolerende vegetatie, ontdooide de grond maar een paar centimeter, maar daar waar het land aan direct zonlicht was blootgesteld, werd het veel zachter, zacht genoeg om een welige grasgroei mogelijk te maken.

Over het algemeen waren de omstandigheden voor de groei van bomen met hun diepere wortelsystemen niet gunstig. Alleen op plekken die beschut waren tegen de koudste winden en de strengste vorst ontdooide genoeg van de bovengrond om het bomen mogelijk te maken wortel te schieten. Stroken bos verschenen dikwijls langs de met water verzadigde oevers van rivieren.

Woudrivierdal was een van die uitzonderingen. Daar groeide een betrekkelijke overvloed aan zowel naalddragende als loofbomen en struikgewas, waaronder verschillende soorten fruit- en notenbomen. Het was een verbazingwekkend rijke bron van materiaal, vooral brandhout, voor degenen die er dicht genoeg bij in de buurt woonden om daarvan te profiteren, maar het was geen dicht bos. Het dal was meer een grasland met prachtige open plekken tussen zwaarder beboste stukken grond.

De grote groep trok noordwestwaarts door Woudrivierdal over een kleine tien kilometer licht stijgend terrein, een zeer aangenaam begin van de trektocht. Bij een zijrivier die links van hen als een waterval langs een helling naar beneden stroomde, hield Manvelar halt. Het was tijd voor een rustpauze en om de achterblijvers de kans te geven de groep in te halen. De meeste mensen legden een klein vuur aan om thee te zetten, ouders gaven kinderen te eten en nuttigden zelf ook wat van het reisproviand: gedroogde repen vlees of vruchten of noten die nog over waren van de oogst van het jaar daarvoor. Een paar aten van de speciale reiskoeken, die bijna iedereen bij zich had: een mengsel van fijngemalen gedroogd vlees, gedroogde bessen of kleine stukjes van andere vruchten en vet, dat tot koeken was gevormd en in eetbare bladeren was gewikkeld. Het was vullend, energierijk voedsel, maar het bereiden vergde heel wat werk en de meeste mensen bewaarden ze voor later, voor wanneer ze lange afstanden snel wilden overbruggen of als ze wild beslopen en geen vuur wilden aanleggen.
'Hier veranderen we van richting,' zei Manvelar. 'Als we hiervandaan westwaarts trekken, zijn we als we de Westrivier bereiken vlak bij de Zesentwintigste Grot en de uiterwaarden, de locatie waar de Zomerbijeenkomst wordt gehouden.' Hij zat bij Joharran en enkele anderen. Ze keken naar de heuvels die op de westoever verrezen en de woeste zijrivier die langs de helling naar beneden stroomde.
'Moeten we vannacht hier ons kamp opslaan?' vroeg Joharran, en hij keek op naar de zon om te zien waar die aan de hemel stond. 'Het is een beetje vroeg, maar we zijn vanochtend nogal laat vertrokken, en dat ziet eruit als een zware klim. Die kunnen we misschien beter aan na een goede nachtrust.' Hij was bang dat het voor sommigen erg moeilijk zou worden.
'Alleen de eerste paar kilometer; op hogere grond wordt het pad vlakker, min of meer,' zei Manvelar. 'Doorgaans stop ik pas na de klim voor de nacht.'
'Je zult wel gelijk hebben,' zei Joharran. 'Het is beter om de klim maar achter de rug te hebben en dan morgenochtend weer fris op pad te gaan, maar sommige mensen zullen waarschijnlijk meer moeite hebben met de klim dan anderen.' Hij keek zijn broer doordringend aan en keek toen vluchtig naar hun moeder, die zojuist was aangekomen en dankbaar leek te zijn dat ze kon gaan zitten uitrusten. Het was hem opgevallen dat ze het moeilijker had dan anders.
Jondalar begreep de stille wenk en keek naar Ayla. 'Als wij nu eens de rij sluiten zodat we eventuele achterblijvers de weg kunnen wijzen.' Hij gebaarde naar de mensen die nu pas aankwamen.

'Ja, dat is een goed idee. De paarden lopen toch liever achteraan,' zei ze, terwijl ze Jonayla optilde en op haar ruggetje klopte. Ze had net gedronken en lag nu te spartelen aan de borst van haar moeder. Ze was wakker en levendig en giechelde naar Wolf, die toevallig achter hen stond. Hij likte haar gezichtje en de melk die over haar kin druppelde, waardoor ze nog meer moest giechelen. Ook Ayla had de stille wenk van Joharran naar Jondalar gezien en net als Joharran was het ook haar opgevallen dat Marthona in de loop van de dag steeds langzamer was gaan lopen. Ze had ook gemerkt dat Zelandoni, die zojuist was aangekomen, ook achterbleef, maar ze wist niet of dat door vermoeidheid kwam of dat ze bij Marthona in de buurt wilde blijven.
'Is er heet water om thee te zetten?' vroeg Zelandoni toen ze hen bereikte. Ze haalde de buidel waarin ze haar medicijnen bewaarde tevoorschijn en ging druk in de weer met voorbereiding om haar thee te zetten. 'Heb jij al thee gehad, Marthona?' Nog voor de vrouw ontkennend haar hoofd schudde, vervolgde de doniër: 'Ik zal voor jou ook een nap maken.'
Ayla sloeg nauwlettend de twee vrouwen gade en ze besefte al snel dat het Zelandoni ook was opgevallen dat Marthona moeite leek te hebben met de voetreis en dat ze medicinale thee voor haar ging bereiden. Marthona wist dat ook. Veel mensen leken zich zorgen te maken over de vrouw, maar ze deden hun best dat niet te tonen. Maar hoe goed ze ook hun best deden om het te bagatelliseren, Ayla wist dat ze oprecht bezorgd waren. Ze besloot te gaan kijken wat de Zelandoni deed.
'Jondalar, wil jij je even over Jonayla ontfermen. Ze is gevoed en klaarwakker en wil spelen,' zei Ayla, terwijl ze de baby aan hem gaf.
Jonayla zwaaide met haar armpjes en glimlachte naar hem toen hij haar aanpakte, en Jondalar glimlachte terug. Het was duidelijk dat hij het meisje, dit kind van zijn vuurplaats, verafgoodde. Hij vond het nooit vervelend als ze hem vroeg om op haar te passen. Volgens Ayla had hij zelfs meer geduld met de kleine dan zij. Jondalar zelf verbaasde zich een beetje over de kracht van zijn gevoelens voor Jonayla en hij vroeg zich af of dat misschien kwam doordat hij een tijdlang had getwijfeld of er ooit een kind van zijn vuurplaats zou komen. Hij vreesde dat hij toen hij nog jong was de Grote Aardmoeder had ontstemd omdat hij een verbintenis had willen aangaan met zijn donii-vrouw en hij wist niet of Zij ooit een stukje van zijn geest zou uitkiezen om samen met de geest van een vrouw een nieuw leven te scheppen.
Dat was wat hem was geleerd. Het scheppen van leven gebeurde doordat de geesten van vrouwen zich met de hulp van de Moeder mengden met de geesten van mannen, en de meeste mensen die hij kende, onder

wie ook de mensen die hij op zijn Tocht had ontmoet, geloofden in wezen hetzelfde... behalve Ayla. Zij had een andere kijk op de manier waarop nieuw leven ontstond. Zij was ervan overtuigd dat er meer bij kwam kijken dan alleen het mengen van geesten. Ze had hem verteld dat dit nieuwe persoontje niet alleen was ontstaan doordat zijn geest zich met die van haar had versmolten, maar ook doordat hij zijn zaad in haar plantte wanneer ze het Genot deelden. Ze zei dat Jonayla evenzeer zijn kind was als het hare, en hij wilde haar geloven. Hij wilde dat dit kind evenzeer het zijne als het hare was, maar hij wist niet of dat werkelijk zo was.

Hij wist dat Ayla dat was gaan geloven toen ze bij de Stam woonde, hoewel de Stam zelf dat niet geloofde. Ze had hem verteld dat zij geloofden dat de totemgeesten een nieuw leven in een vrouw lieten groeien, het idee dat de totemgeest van een man de totemgeest van een vrouw overweldigde. Ayla was de enige die hij kende die geloofde dat een nieuw leven werd begonnen door iets meer dan geesten. Maar Ayla was een acoliet, die opgeleid werd om een Zelandoni te worden, en de zelandonia waren degenen die Doni, de Grote Aardmoeder, aan Haar kinderen uitlegden. Dus vroeg hij zich af wat er zou gebeuren wanneer de tijd kwam dat zij aan de mensen moest uitleggen hoe nieuw leven begon. Zou ze zeggen dat de Moeder de geest van een bepaalde man koos om zich te vermengen met de geest van een vrouw zoals de andere zelandonia deden, of zou ze volhouden dat de man zijn zaad in de vrouw plantte? En wat zouden de zelandonia daarvan zeggen?

Toen Ayla de twee vrouwen naderde, zag ze dat Zelandoni in haar buidel met medicinale kruiden rommelde en dat Marthona in de schaduw van een boom op de oever van de Woudrivier op een boomstronk zat. Jondalars moeder zag er vermoeid uit, maar Ayla had de indruk dat ze daar geen ophef over maakte. Ze zat met een paar mensen te lachen en te babbelen, maar ze zag eruit alsof ze liever haar ogen dicht zou doen om even uit te rusten.

Nadat ze Marthona en de anderen had begroet ging Ayla naar de Ene Die Eerste Was. 'Heb je alles wat je nodig hebt?' vroeg ze zacht.

'Ja, al had ik liever de tijd gehad om een verse melange van vingerhoedskruid te maken, maar ik zal het moeten doen met de gedroogde bereiding,' zei de vrouw.

Ayla zag dat Marthona's benen opgezet waren. 'Ze moet eigenlijk rusten, nietwaar? Niet praten met die mensen die alleen maar op een gezellig babbeltje uit zijn,' zei Ayla. 'Ik ben er minder goed in dan jij om mensen te laten weten dat ze haar een poosje rust moeten gunnen,

zonder haar in verlegenheid te brengen. Ik geloof niet dat ze wil dat mensen weten hoe moe ze is. Waarom vertel je mij niet hoe ik de thee voor haar moet maken?'
Zelandoni glimlachte en zei bijna onhoorbaar: 'Dat was opmerkzaam van je, Ayla. Het zijn vrienden uit de Derde Grot die ze al een hele tijd niet heeft gezien.' Toen legde ze snel uit hoe het aftreksel moest worden gemaakt, waarna ze naar de babbelende vrienden liep.
Ayla concentreerde zich op de instructies die haar waren gegeven en toen ze opkeek, zag ze dat Zelandoni wegliep met Marthona's vrienden en dat Marthona haar ogen had gesloten. Ayla knikte bij zichzelf. Dat zal anderen ervan weerhouden voor een praatje te blijven staan, dacht ze. Ze wachtte een poosje om het hete drankje te laten afkoelen en net toen ze het naar Marthona wilde brengen, kwam Zelandoni terug. Ze bogen zich samen over de voormalige leider van de Negende Grot heen en onttrokken de vrouw aan het zicht terwijl ze haar thee dronk. Wat er ook in Zelandoni's thee zat, het leek na een tijdje goed te werken en Ayla nam zich voor om de doniër daar later naar te vragen.
Toen Manvelar zich weer op weg begaf en de groep de helling op leidde, liep Zelandoni achter hem aan, maar Ayla bleef naast Marthona zitten. Willamar had zich bij hen gevoegd en zat aan de andere kant naast zijn gezellin. 'Waarom laat je Folara niet vooruit gaan terwijl jij hier met ons wacht,' zei ze. 'Jondalar heeft aangeboden om te blijven wachten tot we zeker weten dat iedereen de goede kant op gaat. Proleva heeft beloofd eten voor ons te bewaren.'
'Dat doe ik,' zei Willamar, zonder enige aarzeling. 'Manvelar zei dat we hiervandaan een paar dagen pal westwaarts moeten trekken. Hoeveel dagen hangt af van hoe snel we willen reizen. Niemand hoeft zich te haasten. Maar het is goed als iemand de rij sluit na zich ervan overtuigd te hebben dat er niemand achterblijft doordat ze gewond zijn geraakt of dat ze op een ander probleem zijn gestuit.'
'Of dat ze moeten wachten op een trage oude vrouw,' zei Marthona. 'Er kan een tijd komen dat ik niet meer naar de Zomerbijeenkomst kan.'
'Dat geldt voor ieder van ons,' zei Willamar. 'Maar zover is het nog niet, Marthona.'
'Hij heeft gelijk,' zei Jondalar, die aan kwam lopen met een slapende baby in zijn armen. Hij had even met een familiegroep met enkele jonge kinderen gesproken en zich ervan vergewist dat ze de juiste richting namen. De wolf liep achter hem en bewaakte de baby. 'Het maakt niet uit of we er langer over doen om er te komen. We zijn echt niet de enigen.' Hij gebaarde naar de familie die net aan de klim begon. 'En

zodra we er zijn, zal iedereen je om advies en raad vragen, moeder.'
'Wil je dat ik Jonayla in mijn draagdoek leg, Jondalar?' vroeg Ayla. 'Zo te zien zijn we de laatsten.'
'Nee hoor, het gaat best zo en ze lijkt lekker genoeg te liggen. Ze is vast in slaap. Maar we moeten een makkelijke manier vinden om de paarden naar de top van die waterval te krijgen,' zei hij.
'Die zoek ik ook. Een makkelijke manier. Misschien moet ik jullie paarden maar volgen,' zei Marthona half schertsend.
'De paarden zijn niet zozeer het probleem; het zijn goede klimmers, maar het gaat om de zware sleepramen en de bepakking op hun rug,' zei Ayla. 'We moeten zigzaggend naar boven en ruime bochten maken vanwege de palen die ze achter zich aan slepen.'
'Wat jij zoekt is dus een makkelijke route met een lichte helling,' zei Willamar. 'Zoals Marthona al zei: die zoeken wij ook. Als ik me niet vergis zijn we onderweg langs een minder steile helling gekomen. Ayla, waarom lopen wij niet een stukje terug om te zien of we die kunnen vinden?'
'Aangezien Jondalar de baby wil blijven vasthouden, kan hij hier blijven en mij gezelschap houden,' voegde Marthona eraan toe.
En op haar passen, dacht Ayla toen ze met Willamar op weg ging. Ik heb liever niet dat ze hier alleen achterblijft. Er zijn veel dieren die haar als een makkelijke prooi zouden kunnen zien: leeuwen, beren, hyena's, noem maar op. Wolf, die op de grond had gelegen met zijn kop tussen zijn poten, kwam overeind en leek niet te weten wat hij moest doen toen hij zag dat Jonayla bleef terwijl Ayla zich klaarmaakte om te vertrekken.
'Wolf, blijf!' zei ze, terwijl ze hem tegelijkertijd het teken gaf. 'Blijf bij Jondalar en Jonayla, en Marthona.' De wolf ging weer liggen, met zijn kop omhoog en zijn oren gespitst, bedacht op andere woorden of tekens van haar toen ze met Willamar wegliep.
'Als we de paarden niet zo zwaar hadden beladen, kon Marthona op een sleepraam die helling oprijden,' zei Ayla na een tijdje.
'Alleen als ze daartoe bereid zou zijn,' zei Willamar. 'Er is me iets interessants opgevallen sinds jullie met de dieren zijn gekomen. Ze kent totaal geen angst voor die wolf, die een krachtige jager is en haar makkelijk zou kunnen doden als hij dat zou willen, maar de paarden zijn een andere kwestie. Ze blijft het liefst bij ze uit de buurt. Ze heeft toen ze jonger was op paarden gejaagd, maar ze vreest ze veel meer dan de wolf, terwijl ze alleen maar gras eten.'
'Misschien komt dat doordat ze de paarden minder goed kent. Ze zijn groter en kunnen schichtig zijn als ze zenuwachtig zijn of wanneer ze

ergens van schrikken,' zei Ayla. 'Paarden komen niet in het onderkomen. Als ze meer tijd met ze zou doorbrengen, zou ze misschien minder bang voor ze worden.'
'Misschien, maar daar zul je haar eerst van moeten overtuigen, en als ze in haar hoofd heeft dat ze dat niet wil, dan is ze er erg goed in om wat jij wilt uit de weg te gaan en te doen wat ze zelf wil, zonder dat dat opvalt. Ze is een bijzonder stijfkoppige vrouw.'
'Daar twijfel ik niet aan,' zei Ayla.

Hoewel Ayla en Willamar niet lang wegbleven was Jonayla toen ze terugkwamen wakker en lag ze in de armen van haar Grootam. Jondalar was bij de paarden en controleerde hun bepakking; hij vergewiste zich ervan dat alles stevig vastzat.
'We hebben een betere plek gevonden om naar boven te klimmen. Op sommige plekken is de helling een beetje steil, maar goed beklimbaar,' zei Willamar.
'Ik zal Jonayla even halen,' zei de jonge vrouw, terwijl ze naar Marthona liep. 'Ze heeft zich waarschijnlijk bevuild en zal niet erg lekker ruiken. Dat is meestal het geval wanneer ze 's middags wakker wordt.'
'Inderdaad,' zei Marthona, die de baby op haar schoot had met haar gezichtje naar haar toe. 'Maar ik was nog niet vergeten hoe ik een baby moet verschonen, hè, Jonayla?' Ze liet de baby op haar schoot wippen en lachte naar haar, en haar lach werd beantwoord, vergezeld van zachte kirgeluidjes. 'Het is zo'n lief klein schatje,' voegde ze eraan toe, terwijl ze het kind aan haar moeder gaf.
Ayla glimlachte naar haar dochtertje toen ze haar oppakte en zag haar teruglachen toen ze haar in haar draagdoek legde en de doek stevig ombond. Marthona leek uitgerust en kwieker toen ze overeind kwam, daar was Ayla blij om. Ze liepen terug langs de Woudrivier en om een bocht en begonnen aan de klim over de minder steile helling. Toen ze de top hadden bereikt, trokken ze weer noordwaarts tot ze de kleine rivier bereikten die zich als een waterval in de lagergelegen rivier stortte; daarna trokken ze westwaarts. De zon scheen hun bijna recht in de ogen in zijn afdaling naar de horizon, toen ze het kamp bereikten dat door de Negende en de Derde Grot was opgezet. Proleva had voor hen op de uitkijk gestaan en was opgelucht toen ze hen eindelijk zag aankomen.
'Ik heb eten bij het vuur warm gehouden. Waar bleven jullie zo lang?' zei ze, terwijl ze voor hen uit liep naar de reistent die ze zouden delen. Ze leek bijzonder bezorgd om Joharrans moeder.
'We zijn een eindje teruggelopen langs de Woudrivier en hebben een

helling gevonden die minder steil was en makkelijker te beklimmen voor de paarden, en ook voor mij,' zei Marthona.

'Ik had niet gedacht dat de paarden er moeite mee zouden hebben. Ayla zei dat ze sterk waren en de lasten makkelijk konden vervoeren,' zei Proleva.

'De grootte van de last was het probleem niet. Het kwam door de sleepramen,' zei Marthona.

'Dat klopt,' zei Jondalar. 'De paarden hebben een breder, makkelijker pad nodig om een steile helling te beklimmen. Ze kunnen niet zo'n scherpe bocht maken wanneer ze de sleepramen trekken. We hebben een helling gevonden die het de dieren mogelijk maakte om zigzaggend naar boven te gaan, maar daarvoor moesten we wel een eindje terug langs de Woudrivier.'

'Nou, de rest van de weg is voor het merendeel vlak en open,' zei Manvelar. Hij en Joharran waren zojuist aan komen lopen en hadden Jondalars opmerkingen gehoord.

'Dat zal het voor iedereen makkelijker maken. Hou het eten nog even warm voor ons, Proleva. We moeten de paarden afladen en een plekje voor ze zoeken om te grazen,' zei Jondalar.

'Als je een lekker stukje bot hebt waar nog wat vlees op zit voor Wolf, zou hij dat bijzonder op prijs stellen,' voegde Ayla eraan toe.

Het was donker toen ze eindelijk zelf tijd hadden om te eten, na de paarden te hebben verzorgd. Iedereen die gebruikmaakte van hun familiereisschuilplaats zat om het vuur: Marthona, Willamar en Folara; Joharran en Proleva en haar twee kinderen; Jaradal en Sethona; Jondalar, Ayla en Jonayla, en Wolf; en Zelandoni. In wezen maakte ze geen deel uit van de familie, maar aangezien ze in de Negende Grot geen familie had verbleef ze tijdens het reizen doorgaans bij de familie van de leider.

'Hoe lang duurt het voor we de Zomerbijeenkomst bereiken, Joharran?' vroeg Ayla.

'Dat hangt af van hoe snel we reizen, maar volgens Manvelar niet meer dan drie tot vier dagen.'

Tijdens het grootste deel van de verdere tocht was het regenachtig en iedereen was blij toen ze op de middag van de derde dag in de verte tenten zagen staan. Joharran en Manvelar, en Joharrans twee beste vrienden en raadslieden Rushemar en Solaban, snelden vooruit om een plek te zoeken om hun kamp op te zetten. Manvelar koos een plek langs de zijrivier, vlak bij het samenvloeiingspunt met de Westrivier, en vorderde de plek door er zijn rugbepakking neer te leggen. Daarna zocht hij de leider van Zonzicht en werkten ze allemaal een korte vorm van de formele begroeting af.

'... In de naam van Doni groet ik je, Stevadal, leider van Zonzicht, de Zesentwintigste Grot van de Zelandoniërs,' besloot Joharran.

'Ik heet je welkom op de Verzamelwei van de Zesentwintigste Grot, Joharran, leider van de Negende Grot van de Zelandoniërs,' zei Stevadal, en toen liet hij Joharrans handen los.

'We zijn blij dat we er zijn, maar ik wil je raad vragen over waar we het best ons kamp kunnen opslaan. Je weet hoe groot we zijn, en nu mijn broer van zijn Tocht is teruggekeerd met enkele nogal ongewone... metgezellen, moeten we een plek vinden waar ze geen buren zullen hinderen en waar ze het niet benauwd krijgen tussen te veel mensen die ze nog niet kennen.'

'Ik heb de wolf en twee paarden vorig jaar gezien. Het zijn inderdaad ongewone "metgezellen",' zei Stevadal met een grijns. 'Ze hebben zelfs namen, toch?'

'De merrie heet Whinney; dat is het paard dat Ayla doorgaans berijdt. Jondalar noemt de hengst waarop hij rijdt Renner; de merrie is zijn moeder. Maar er zijn inmiddels drie paarden. De Grote Moeder heeft de merrie gezegend met nog een jong, een kleine merrie. Ze noemen haar Grijs, naar de kleur van haar vacht.'

'Nog even en je hebt een hele kudde paarden bij je Grot!' zei Stevadal.

Dat hoop ik toch niet, dacht Joharran, maar hij zei niets en glimlachte alleen.

'Wat voor plek zoek je, Joharran?'

'Misschien weet je nog dat we vorig jaar een plek vonden op enige afstand van de anderen. Aanvankelijk was ik bang dat die te ver weg was van alle activiteiten, maar het bleek precies goed te zijn. Er was een plek waar de paarden konden grazen en de wolf uit de buurt te houden van de mensen van de andere Grotten. Ayla heeft hem volledig in de hand; hij luistert soms zelfs als ik iets zeg, maar ik wil niet dat hij iemand angst aanjaagt. En de meesten van ons vonden het prettig dat we de ruimte hadden.'

'Als ik het me goed herinner had je ook genoeg brandhout, helemaal tot aan het eind van het seizoen,' zei Stevadal. 'Wij zijn zelfs voor de laatste paar dagen wat komen halen.'

'Ja, daar hadden we geluk mee. Dat hadden we niet eens gezocht. Manvelar zei dat er misschien een geschikte plek was iets dichter bij Zonzicht. Een klein dal met wat gras?'

'Ja, daar houden we soms kleine bijeenkomsten met Grotten uit de buurt. Er groeien hazelnoten en bosbessen,' zei Stevadal. 'Het is niet

ver van een heilige grot. Het dal ligt op enige afstand van hier, maar dat zal voor jullie waarschijnlijk geen probleem zijn. Waarom kom je niet mee om daar even een kijkje te nemen?' Joharran wenkte Solaban en Rushemar, en die kwamen Stevadal en hem achterna.
'Dalanar en zijn Lanzadoniërs zijn vorig jaar bij jullie op bezoek geweest, nietwaar? Komen ze dit jaar naar de bijeenkomst?' vroeg Stevadal, terwijl ze liepen.
'We hebben niets van hem gehoord. Hij heeft geen boodschapper naar ons toe gestuurd, dus ik betwijfel het,' zei Joharran.
Sommige leden van de Negende Grot hadden het plan opgevat om bij andere verwanten of vrienden te logeren, en verlieten de groep om die te zoeken. Zelandoni ging op zoek naar het grote speciale onderkomen dat altijd voor de zelandonia werd opgetrokken, pal in het midden van alles. De rest wachtte net buiten het veld waarop de meeste Grotten zich voor de Zomerbijeenkomst hadden verzameld. Ze begroetten veel vrienden die naar hen toe kwamen. Terwijl ze wachtten begon de regen af te nemen.
Joharran kwam terug en liep naar de wachtende groep. 'Met Stevadals hulp heb ik volgens mij een geschikte plek voor ons gevonden,' zei hij. 'Net als vorig jaar ligt die op enige afstand van de hoofdbijeenkomst, maar dat hoeft geen probleem te zijn.'
'Hoe ver is het?' vroeg Willamar. Hij dacht aan Marthona. De reis naar de bijeenkomst was voor haar niet makkelijk geweest.
'Je kunt het hiervandaan zien, als je weet waar je moet kijken.'
'Nou, laten we daar dan maar snel een kijkje gaan nemen,' zei Marthona.
Een groep van ruim honderdvijftig mensen volgde Joharran. Tegen de tijd dat ze de plek bereikten, was het opgehouden met regenen en brak de zon door, die zijn licht wierp op een knus, klein, beschut dal met genoeg ruimte voor iedereen die bij de Negende Grot zou bivakkeren, op z'n minst tijdens het begin van de Zomerbijeenkomst. Na de eerste ceremoniën van de samenkomst zou het rondtrekkende zomerleven van foerageren, verkennen en bezoeken afleggen een aanvang nemen.
Het leefgebied van de Zelandoniërs was veel groter dan de onmiddellijke omgeving. Het aantal mensen dat tot de Zelandoniërs behoorde was zo sterk toegenomen dat ze hun leefgebied hadden moeten vergroten om iedereen te herbergen. Er waren ook andere Zelandonische Zomerbijeenkomsten, en sommige individuen, families of Grotten gingen niet elk jaar met dezelfde mensen naar Zomerbijeenkomsten. Soms gingen ze naar bijeenkomsten die verder weg werden gehouden, vooral wanneer ze goederen wilden verhandelen of verre verwanten

hadden. Het was een manier om contacten te onderhouden. En sommige Zomerbijeenkomsten werden georganiseerd door Zelandoniërs en naburige volkeren die woonden in de buurt van de slecht afgebakende grens van hun leefgebied.

Doordat het vergeleken met de andere groepen zo'n groot, welvarend volk was, bracht de titel Zelandoniër een zeker prestige mee, een distinctie waarmee anderen graag geassocieerd wilden worden. Zelfs degenen die zichzelf niet als Zelandoniërs beschouwden, maakten aanspraak op een relatie met hen in hun namen en banden. Maar hoewel hun populatie in verhouding tot andere volkeren groot was, viel die in het niet in het enorme gebied dat ze bewoonden.

Mensen waren in de minderheid onder de bewoners van dat koude, eeuwenoude land. Dieren waren veel talrijker en de lijst van verschillende soorten levende wezens was lang. Terwijl sommige, zoals reeën of elanden, solitair of in kleine familiegroepjes leefden in de paar verspreide bosrijke streken, trokken de meeste in reusachtige kuddes door open graslanden – steppen, vlakten en weiden. Op bepaalde tijden van het jaar en in gebieden die niet eens zo ver van elkaar af lagen, verzamelden zich kuddes van honderden mammoeten en paarden en duizenden bizons, oerossen en rendieren. Trekvogels verduisterden de hemel soms dagen achtereen.

Er waren weinig geschillen tussen de Zelandoniërs en hun buren, doordat er zoveel land en zo weinig mensen waren, maar ook omdat hun voortbestaan van hen afhing. Als een schuilplaats te dicht bevolkt raakte, splitste zich een kleine groep van de hoofdgroep af om zich te vestigen op de dichtstbijzijnde beschikbare locatie die hen aanstond. Weinigen wilden verhuizen naar een plek ver weg van familie en vrienden. Niet alleen vanwege banden of genegenheid, maar omdat ze in tijden van tegenspoed in de buurt van mensen wilden en moesten zijn op wie ze konden rekenen voor hulp. In gebieden waar het land rijk was en in hun levensbehoeften voorzag, leefden mensen in grote groepen bij elkaar, maar er waren grote stukken land waar geen mensen woonden en waar ze alleen maar af en toe kwamen tijdens een jacht- of een voedselverzamelexpeditie.

De wereld tijdens de ijstijd, met de fonkelende gletsjers, kristalheldere rivieren, donderende watervallen en massa's dieren op uitgestrekte graslanden, was van een spectaculaire schoonheid maar onmenselijk hard; en de weinige mensen die toen leefden hadden een intuïtief besef van de noodzaak van sterke banden. Je hielp iemand vandaag omdat je waarschijnlijk morgen zelf hulp nodig had. Daardoor waren er gebruiken, gewoonten, zeden en tradities ontstaan die tot doel hadden vij-

andschap tussen mensen te ontkrachten, wrevel te verzwakken en gevoelens in toom te houden. Jaloezie werd ontmoedigd en wraakacties pakte de leefgemeenschap aan met straffen als genoegdoening van de gekwetste partijen en als verlichting van hun pijn of woede, en die tegelijkertijd recht deden aan alle betrokkenen. Zelfzucht, bedrog en de weigering iemand te helpen die hulp behoefde werden als een misdaad beschouwd en de gemeenschap bedacht manieren om zulke misdadigers te straffen, maar de straf was dikwijls subtiel en inventief.
De mensen van de Negende Grot vonden al snel een geschikte plek voor hun zomerverblijf en gingen meteen aan de slag met het opzetten van semipermanente onderkomens. Ze hadden er genoeg van om zich te laten natregenen en verlangden naar een droge plek. De meeste palen die de belangrijkste bouwelementen vormden, hadden ze meegebracht, zorgvuldig verzameld in het nabijgelegen beboste dal, voor het vertrek op maat gesneden en van uitsteeksels ontdaan. Veel daarvan waren gebruikt voor de reistenten. Ze hadden ook kleinere, lichtgewicht, verplaatsbare onderkomens die makkelijker mee te dragen waren voor tijdelijk onderdak tijdens jachtpartijen of andere tochten.
De zomerverblijven werden in het algemeen op dezelfde manier gebouwd. Ze waren rond, met ruimte rondom de middelste paal waar verscheidene mensen konden staan, met een strodak dat schuin omlaag liep naar de verticale buitenmuren, waar de slaaprollen werden uitgespreid. De top van de hoge middenpaal was gevormd tot een lange, spits toelopende diagonaal. De paal werd verlengd door er een andere paal op vast te maken met een vergelijkbare spits toelopende diagonaal aan de onderkant. Ze werden aan elkaar bevestigd door er een stevig touw omheen te wikkelen en dat strak aan te trekken.
Een tweede stuk touw werd gebruikt om de afstand van de middenpaal naar de rond lopende buitenmuur af te meten. Op de omtreklijn zetten ze dezelfde palen neer die ze hadden gebruikt voor de tent, aangevuld met een aantal extra palen.
Panelen van gevlochten lisdoddenbladeren of rietstengels, of ongelooide huiden of andere materialen, sommige meegebracht en sommige ter plekke gemaakt, werden zowel aan de buitenkant als aan de binnenkant van de palen bevestigd, waardoor een dubbele wand ontstond met lucht ertussen voor isolatie. Het gronddoek werd iets boven de grond aan de binnenkant van de muur vastgemaakt, maar dat was genoeg om te voorkomen dat het ging tochten. Zo zette het condensvocht zich op koele avonden aan de binnenkant van de buitenste muur af, en bleef de binnenste wand droog.
Het dak van de schuilplaats werd gevormd door dunne palen van jong

sparrenhout of kleinbladige loofbomen, zoals wilgen of berken. De palen werden vanaf de middenpaal naar de buitenmuur geplaatst. Daartussen werden takken en stokken bevestigd en erbovenop kwam een ruw dak van gras en riet, dat een waterdicht plafond vormde. Aangezien het maar één seizoen hoefde mee te gaan, maakten de meeste mensen het dak niet echt dik, maar sterk genoeg om regen en wind buiten te houden. Voor het eind van de zomer moesten de meeste daken echter verschillende malen worden gerepareerd.

Tegen de tijd dat de meeste onderkomens klaar waren en alles naar binnen was gebracht en een plek had gekregen, was het laat in de middag. Het zou al snel donker worden, maar dat weerhield de mensen er niet van naar het hoofdkamp te gaan om te zien wie daar allemaal waren en vrienden en verwanten te begroeten. Ayla en Jondalar moesten nog voorzieningen treffen voor de paarden. Net als het jaar daarvoor omheinden ze met palen een stukje grond op enige afstand van het kamp, sommige meegebracht en sommige ter plekke gevonden. Ze gebruikten alles wat bruikbaar leek; soms groeven ze jonge bomen uit die ze tussen de palen van de omheining opnieuw plantten. Als dwarsverbindingen gebruikten ze hout of takken of zelfs touw, voor het merendeel in de buurt verzameld. Het was niet zo dat de paarden niet over de omheining hadden kunnen springen of eruit hadden kunnen ontsnappen, maar het was bedoeld om hun ruimte af te bakenen, zowel voor hen als voor nieuwsgierige bezoekers.

Ayla en Jondalar waren bijna de laatsten die het kamp van de Negende Grot verlieten. Toen ze eindelijk op weg gingen naar het hoofdkamp kwamen ze langs de elf jaar oude Lanoga en haar dertien jaar oude broer, Bologan, die zich inspanden om een klein zomeronderkomen aan de rand van het kamp op te richten. Aangezien niemand een onderkomen met Laramar, Tremeda en hun kinderen wilde delen, hoefde het alleen hun familie te huisvesten, maar Ayla zag dat geen van beide ouders er was om de kinderen te helpen.

'Lanoga, waar is je moeder? En Laramar?' vroeg Ayla.

'Dat weet ik niet. Bij de Zomerbijeenkomst, denk ik.'

'Bedoel je dat ze jullie hebben achtergelaten om zonder hulp jullie zomerverblijf te bouwen?'

6

Ayla was ontsteld. De vier jongere kinderen stonden met grote ogen toe te kijken. Ze leken bang te zijn.

'Hoe lang gebeurt dit al?' vroeg Jondalar. 'Wie heeft vorig jaar jullie onderkomen gebouwd?'

'Voornamelijk Laramar en ik,' zei Bologan, 'met een paar van zijn vrienden, nadat hij ze wat barma had beloofd.'

'Waarom bouwt hij het onderkomen nu niet?' vroeg Jondalar.

Bologan haalde zijn schouders op. Ayla keek naar Lanoga.

'Laramar kreeg ruzie met moeder en zei dat hij met de mannen in een van de vreghutten zou bivakkeren. Hij heeft zijn spullen verzameld en is vertrokken. Moeder is hem achternagegaan, maar ze is niet teruggekomen,' zei Lanoga.

Ayla en Jondalar keken elkaar aan en zonder een woord te wisselen, knikten ze. Ayla legde Jonayla op haar draagdoek op de grond en toen gingen ze aan de slag om de kinderen te helpen. Jondalar had al snel door dat ze de palen van hun reistent gebruikten, wat niet genoeg was om een zomerhut te bouwen. Maar ze konden de tent niet opzetten omdat de natte leren huiden en de vochtige vloermatten uit elkaar vielen. Ze moesten alles maken: de wandpanelen, vloermatten en het dak, met materialen die ze ter plekke verzamelden.

Jondalar begon met het zoeken naar palen. Hij vond er een paar in de buurt van hun hut en hakte toen ook enkele bomen om. Lanoga had nog nooit iemand matten en panelen zien weven zoals Ayla dat deed, en ook zo snel, maar het meisje was een snelle leerling toen Ayla het haar voordeed. Trelara, het meisje van negen, en Lavogan, de jongen van zeven, wilden ook helpen, maar Lanoga gaf hun de opdracht om zich bezig te houden met Lorala van anderhalf en hun drie jaar oude broertje Ganamar. Hoewel hij niets zei, zag Bologan terwijl ze bezig waren dat met Jondalars techniek een veel steviger onderkomen tot stand kwam dan hij eerder had gebouwd.

Ayla hield even op om Jonayla te zogen en toen ook Lorala, en ging toen uit hun hut wat te eten halen voor de andere kinderen, aangezien de ouders klaarblijkelijk niets hadden meegebracht. Om de hut af te kunnen maken, moesten ze een paar vuren aanleggen om te kunnen zien wat ze deden. Tegen de tijd dat ze bijna klaar waren, kwamen de mensen alweer terug van het hoofdkamp. Ayla was naar hun onderkomen gegaan om voor Jonayla een dekentje te halen omdat het fris begon te worden. Ze had net haar baby in hun nieuwe zomerhut te slapen gelegd toen ze mensen zag aankomen. Proleva, met Sethona op haar heup, kwam aanlopen met Marthona en Willamar, die in zijn ene hand een fakkel droeg en met de andere Jaradal leidde.

'Waar was je, Ayla? Ik heb je in het hoofdkamp niet gezien,' zei Proleva.

'Daar zijn we nog helemaal niet geweest,' zei Ayla. 'We hebben Bologan en Lanoga geholpen met het bouwen van hun hut.'

'Bologan en Lanoga?' zei Marthona. 'Waar zijn Laramar en Tremeda dan?'

'Lanoga zei dat ze ruzie kregen, waarop Laramar besloot naar een vreghut te gaan. Hij heeft zijn spullen verzameld en is vertrokken, en Tremeda is achter hem aan gegaan en is niet meer teruggekomen,' zei Ayla. Het was duidelijk dat het haar moeite kostte haar woede in te tomen. 'Die kinderen probeerden op eigen houtje een hut te bouwen met niets dan tentpalen en natte vloermatten. Ze hadden niets te eten. Ik heb Lorala een beetje te drinken gegeven, maar waarschijnlijk niet genoeg. Heb jij misschien nog wat melk voor haar, Proleva?'

'Waar is hun hut?' vroeg Willamar.

'Aan de rand van het kamp, niet ver van de paarden,' zei Ayla.

'Ik pas wel op de kinderen, Proleva,' zei Marthona. 'Waarom gaan jij en Willamar niet even kijken wat jullie kunnen doen?' Ze wendde zich tot Ayla. 'Ik kan ook op Jonayla passen, als je dat wilt.'

'Ze slaapt bijna,' zei Ayla, wijzend naar de plek waar de baby lag. 'De kinderen van Tremeda kunnen nog wel een paar vloermatten gebruiken, vooral omdat ze niet genoeg slaaprollen hebben. Toen ik bij ze wegging, legden Jondalar en Bologan juist de laatste hand aan het dak.'

Met z'n drieën haastten ze zich naar het bijna voltooide onderkomen. Toen ze naderbij kwamen, hoorden ze Lorala huilen. In Proleva's oren klonk het als het gedrein van een baby die oververmoeid was en misschien hongerig. Lanoga hield haar in haar armen en probeerde haar te kalmeren.

'Ik zal even proberen of ze nog wat wil drinken,' zei Proleva tegen het meisje.

'Ik heb net haar windsel verschoond en haar het schapenwol omge-

daan dat ze 's nachts altijd om heeft,' zei Lanoga, terwijl ze het kleintje aan Proleva gaf.
Toen ze de baby haar borst aanbood, hapte ze gretig toe. Aangezien de melk van haar eigen moeder al ruim een jaar daarvoor was opgedroogd, hadden veel andere vrouwen haar om de beurt gevoed, en ze was gewend te drinken bij elke vrouw die melk aanbood. Ze at ook diverse soorten vast voedsel. Ayla had Lanoga geleerd hoe ze dat moest klaarmaken. Gelet op haar moeilijke begin was Lorala een opmerkelijk gezond, vrolijk, sociaal kind, al was ze wel aan de kleine kant voor haar leeftijd. De vrouwen die haar zoogden waren zeer tevreden met haar goede gezondheid en vrolijke aard, in de wetenschap dat zij daaraan hadden bijgedragen. Ayla wist dat zij de baby in leven hadden gehouden, maar Proleva wist dat het oorspronkelijk Ayla's idee was geweest; ze had het bedacht toen ze erachter kwam dat Tremeda geen melk meer had.
Ayla, Proleva en Marthona hadden extra huiden en vachten bij zich die ze makkelijk konden missen en die de kinderen als deken konden gebruiken, en ook nog iets te eten. Willamar, Jondalar en Bologan verzamelden wat hout.
De hut was bijna klaar toen Jondalar Laramar zag aankomen. Hij bleef op enige afstand staan en staarde fronsend naar de kleine zomerhut.
'Waar komt dit vandaan?' vroeg hij aan Bologan.
'We hebben het gebouwd,' zei de jongen.
'Dat hebben jullie niet alleen gedaan,' zei Laramar.
'Nee, wij hebben hem geholpen,' zei Jondalar. 'Aangezien jij er niet was om dat te doen, Laramar.'
'Niemand heeft je gevraagd om je ermee te bemoeien,' snauwde Laramar.
'Die kinderen hadden geen plek om te slapen!' zei Ayla.
'Waar is Tremeda? Het zijn haar kinderen en zij hoort voor ze te zorgen,' zei Laramar.
'Ze is achter jou aangegaan,' zei Jondalar.
'Dan is zij degene die ze alleen heeft gelaten en niet ik,' zei Laramar.
'Het zijn de kinderen van jouw vuurplaats, ze zijn jouw verantwoordelijkheid,' zei Jondalar, met afschuw vervuld; hij moest moeite doen om zijn woede in bedwang te houden. 'En je hebt ze zonder schuilplaats achtergelaten.'
'Ze hadden de reistent,' zei Laramar.
'Het leer van je reistent is vergaan. Het is uit elkaar gevallen toen het nat werd,' zei Ayla. 'Ze hadden ook geen eten, en een paar zijn nauwelijks meer dan baby's!'

‘Ik ging ervan uit dat Tremeda voor eten zou zorgen,’ zei Laramar.
‘En jij vraagt je af waarom je de laagste in rang bent,’ zei Jondalar met een minachtende blik.
Wolf bespeurde dat er zich iets verontrustends afspeelde tussen de mensen van zijn roedel en de man die hij niet mocht. Hij trok zijn neus op en gromde naar Laramar, die achteruit sprong om bij de wolf uit de buurt te komen.
‘Wie ben jij om mij te vertellen wat ik moet doen?’ zei Laramar. Hij nam een verdedigende houding aan. ‘Het is niet billijk dat ik de laagste in rang ben. Dat is jouw schuld, Jondalar. Jij bent degene die opeens met een vrouw uit den vreemde van een Tocht terugkeerde, en jij en je moeder spannen samen om haar voor mij te plaatsen. Ik ben hier geboren, zij niet. Zij hoort de laagste in rang te zijn. Sommige mensen mogen dan denken dat ze bijzonder is, maar iemand die bij Platkoppen heeft gewoond is niet bijzonder. Ze is een gruwel en ik ben niet de enige die er zo over denkt. Ik hoef die beledigingen van jou niet te pikken,’ zei Laramar, en toen draaide hij zich om en liep stampvoetend weg.
Ayla en Jondalar keken elkaar aan. ‘Is dat waar?’ vroeg Ayla. ‘Zou ik eigenlijk de laagste in rang moeten zijn omdat ik een vreemde ben?’
‘Nee,’ zei Willamar. ‘Jij hebt je eigen bruidsprijs meegebracht. Je verbinteniskleed alleen al zou je onder degenen met de hoogste status hebben geplaatst, bij welke Grot ook, maar bovendien heb je bewezen een waardevol persoon te zijn. Zelfs als je als een laaggeplaatste vreemde was begonnen, zou je die status niet lang hebben behouden. Trek je niets aan van wat Laramar zegt over jouw plaats bij ons. Iedereen weet wat zijn status is. Die kinderen aan hun lot overlaten zonder eten of schuilplaats, bevestigt dat.’
Toen de bouwers van de kleine zomerhut zich klaarmaakten om naar hun eigen hut te vertrekken, raakte Bologan Jondalars arm aan. Toen Jondalar zich omdraaide sloeg Bologan zijn ogen neer en kreeg hij een hoogrode kleur, wat zelfs in het licht van het vuur opviel.
‘Ik... eh... wil alleen maar zeggen dat dit een mooie hut is, de beste zomerhut die we ooit hebben gehad,’ zei Bologan, en toen ging hij snel naar binnen.
Terwijl ze terugliepen zei Willamar zacht: ‘Volgens mij probeerde Bologan je te bedanken, Jondalar. Ik geloof niet dat hij ooit eerder iemand heeft bedankt. Hij weet waarschijnlijk niet hoe dat moet.’
‘Daar zou je weleens gelijk in kunnen hebben, Willamar. Maar hij heeft het uitstekend gedaan.’

De ochtend brak helder aan en na het ochtendmaal en een snel bezoek aan de paarden om te controleren of die tevreden waren, wilden Ayla en Jondalar zo snel mogelijk naar het hoofdkamp om te zien wie er allemaal waren. Ayla wikkelde Jonayla in haar draagdoek en zette haar op haar heup. Toen gaf ze Wolf een teken om bij haar te komen en gingen ze op weg. Het was een behoorlijke wandeling, maar niet al te ver, besloot Ayla. En ze vond het erg prettig om een plek te hebben die op enige afstand van het hoofdkamp lag. Soms had ze daar behoefte aan.

Ze werden van alle kanten begroet toen ze bij het kamp verschenen en Ayla was blij dat ze zoveel mensen herkende, in tegenstelling tot de zomer daarvoor toen ze nauwelijks iemand kende, en degenen die ze had ontmoet kende ze niet goed. De meeste Grotten verheugden zich erop bepaalde vrienden en verwanten elk jaar te zien, maar doordat ze de locatie van de Zomerbijeenkomst regelmatig veranderden en andere groepen Zelandoniërs dat ook deden, waren het elk jaar verschillende Grotten die op een bepaalde plek bijeenkwamen.

Ayla zag een aantal mensen van wie ze zeker wist dat ze die nog nooit had gezien; dat waren in het algemeen degenen die naar Wolf staarden, maar veel mensen, vooral kinderen, verwelkomden het dier met een glimlach of een groet. Hij bleef echter dicht bij Ayla in de buurt, die de baby droeg die hem na aan het hart lag. Hij had moeite met grote groepen, vooral als daar vreemden tussen zaten. Zijn instinct om zijn roedel te beschermen was naarmate hij ouder werd sterk toegenomen, en diverse voorvallen in zijn leven hadden dat gevoel nog versterkt. In zekere zin was de Negende Grot zijn roedel geworden, en hun leefgebied het gebied dat hij bewaakte, maar hij kon niet de volledige groep beschermen, laat staan de vele mensen van andere Grotten aan wie Ayla hem had 'voorgesteld'. Hij had geleerd niemand vijandig te bejegenen, maar ze waren met te veel om in zijn instinctieve begrip van een roedel te passen. Hij had dus besloten dat de mensen van wie hij wist dat ze tot Ayla's naaste omgeving behoorden zijn roedel vormden, degenen die hij moest beschermen, vooral het nieuwe kleintje dat hij aanbad.

Hoewel ze hen kort voor het vertrek had bezocht, was Ayla erg blij om Janida met haar baby en Levela te zien. Ze stonden met Tishona te praten. Marthona had haar verteld dat mensen dikwijls hecht bevriend raakten met de paren die tegelijk met hen een verbintenis waren aangegaan, en dat was waar. Ze was blij om de vrouwen te zien, die alle drie Ayla en Jondalar begroetten met een omhelzing waarbij ze hun wangen tegen elkaar drukten. Tishona was er zo aan gewend geraakt om de wolf te zien dat ze hem nauwelijks opmerkte, maar de beide anderen, die nog steeds een beetje bang voor hem waren, gaven zich

veel moeite om hem te begroeten, al raakten ze hem niet aan.
Janida en Ayla bewonderden elkaars baby en merkten op dat ze zoveel waren gegroeid en dat ze er zo geweldig uitzagen. Ayla zag dat Levela ook aardig in omvang was toegenomen.
'Levela, zo te zien zal je baby niet lang op zich laten wachten,' zei Ayla.
'Dat hoop ik maar. Ik ben er klaar voor,' zei Levela.
'Aangezien we allemaal hier zijn kan ik naar je toe komen als je baby zich aandient, als je dat wilt. En je zus Proleva ook,' zei Ayla.
'En onze moeder is hier. Ik was erg blij om haar te zien. Je hebt Velima toch ontmoet?' zei Levela.
'Ja,' zei Ayla. 'Maar ik ken haar niet goed.'
'Waar zijn Jondecam, Peridal en Marsheval?' vroeg Jondalar.
'Marsheval is met Solaban op zoek gegaan naar een oude vrouw die veel over het snijden van ivoor weet,' zei Tishona.
'Jondecam en Peridal hebben jou lopen zoeken,' zei Levela. 'Ze konden je gisteravond niet vinden.'
'Dat verbaast me niets, aangezien we hier gisteravond niet waren,' zei Jondalar.
'O nee? Maar ik heb veel mensen van de Negende Grot gezien,' zei Levela.
'Wij zijn in ons kamp gebleven,' zei Jondalar.
'Ja,' zei Ayla. 'We hebben Bologan en Lanoga geholpen met het bouwen van een zomerhut.'
Jondalar schrok een beetje van Ayla's indiscretie toen ze zo openlijk vertelde over iets wat hij beschouwde als vertrouwelijk, als een intern probleem van hun Grot. Niet dat het expliciet verkeerd was om daarover te praten, maar hij was opgevoed door een leider en wist dat de meeste leiders het zich persoonlijk aantrokken als er problemen in hun Grot waren die ze niet hadden kunnen oplossen. Laramar en Tremeda waren al enige tijd een probleem voor de Negende Grot. Marthona noch Joharran had daar iets aan kunnen veranderen. Ze woonden al vele jaren bij de Grot en hadden het recht om te blijven. Zoals hij had verwacht lokte Ayla's opmerking nieuwsgierige vragen uit.
'Bologan en Lanoga? Zijn dat niet Tremeda's kinderen?' vroeg Levela. 'Waarom moesten jullie hun zomerhut bouwen?'
'Waar waren Laramar en Tremeda?' vroeg Tishona.
'Die hadden ruzie. Laramar besloot in een vreghut te gaan slapen, Tremeda is hem achternagegaan en is niet teruggekomen,' legde Ayla uit.
'Ik geloof dat ik haar heb gezien,' zei Janida.
'Waar dan?' vroeg Ayla.

'Aan de rand van het kamp, bij een groepje mannen die barma dronken en zaten te gokken, in de buurt van de vreghutten van de mannen,' zei Janida. Ze sprak zachtjes en leek het gênant te vinden om het hardop te zeggen. Ze verschoof haar baby en keek even naar hem en vervolgde toen: 'Er waren ook een paar andere vrouwen bij. Ik weet nog dat ik me erover verbaasde dat ik Tremeda daar zag omdat ik wist dat ze kleine kinderen heeft. Ik geloof niet dat die andere vrouwen jonge kinderen hadden.'
'Tremeda heeft zes kinderen; de jongste is nauwelijks ouder dan een jaar. Het oudste zusje, Lanoga, zorgt voor ze, en zij is zelf nog maar net elf,' zei Ayla, die haar best deed zich in te houden, maar haar ergernis niet kon verhullen. 'Haar broer Bologan probeert te helpen, maar hij is pas dertien. Ze probeerden gisteravond een tent voor zichzelf op te zetten toen we er op weg hierheen langs kwamen. Maar de tent was nat en viel uit elkaar, en ze hadden geen ander materiaal voor een zomerhut. Dus zijn we gebleven en hebben we een hut voor ze gebouwd.'
'Hebben jullie samen een zomerhut voor hen gebouwd? Met louter plaatselijk verzamelde materialen?' zei Tishona, vol ontzag.
'Het is maar een kleine hut, hoor,' zei Jondalar glimlachend. 'Net groot genoeg voor hun familie. Niemand deelt een onderkomen met hen.'
'Dat verbaast me niets,' zei Levela, 'maar het is een schande. Die kinderen hebben hulp nodig.'
'De Grot helpt,' zei Tishona, ter verdediging van de Negende Grot, waarvan ze nu lid was. 'De andere moeders zogen zelfs om de beurt de baby.'
'Op die manier. Ik vond het al vreemd toen je zei dat Tremeda niet terug was gekomen terwijl de jongste nog maar net een jaar oud was,' zei Levela.
'Tremeda heeft al een jaar geen melk meer,' zei Ayla.
Dat gebeurt wanneer je niet vaak genoeg zoogt, dacht ze, maar ze zei het niet hardop. Er waren redenen, soms goede redenen, waarom de melk van een moeder opdroogde. Ze moest denken aan de tijd dat ze zo diepbedroefd was geweest na de dood van haar Stammoeder, Iza, dat ze geen oog had gehad voor de behoeften van haar eigen zoontje. De andere zogende moeders van Bruns Stam hadden Durc gevoed, maar diep vanbinnen zou ze daar nooit overheen raken.
De andere vrouwen van de Stam begrepen beter dan zij dat het evenzeer Crebs schuld was als de schuld van wie dan ook. Wanneer Durc huilde van de honger legde hij het kind niet in de armen van zijn treurende moeder om haar wakker te schudden, maar bracht hij het naar een van de andere vrouwen om gevoed te worden. Die beseften dat hij

het goed bedoelde, dat hij Ayla tijdens haar verdriet niet wilde storen, en ze konden niet weigeren. Maar door het niet-zogen had ze melkkoorts gekregen, en tegen de tijd dat ze was hersteld, was haar melk opgedroogd. Ayla drukte de baby in haar armen dichter tegen zich aan.
'Daar ben je, Ayla!' zei Proleva, die aan kwam lopen. Ze had vier andere vrouwen bij zich.
Ayla herkende Beladora en Jayvena, de gezellinnen van de leiders van de Tweede en de Zevende Grot, en ze knikte naar hen. Ze beantwoordden haar groet. Ze vroeg zich af of de twee andere vrouwen ook gezellinnen van leiders waren. Ze meende een van hen te herkennen. De andere deinsde achteruit toen ze Wolf zag.
'Zelandoni heeft je lopen zoeken,' zei Proleva. 'En verschillende jonge mannen vroegen naar jou, Jondalar. Ik heb gezegd dat als ik je zag, ik je zou doorgeven dat ze in Manvelars hut zijn in het kamp van de Derde Grot.'
'Proleva, waar is het onderkomen van de zelandonia?' vroeg Ayla.
'Niet ver van het kamp van de Derde Grot, vlak naast het kamp van de Zesentwintigste Grot,' zei Proleva, wijzend in de richting van het kamp.
'Ik wist niet dat de Zesentwintigste een kamp had opgezet,' zei Jondalar.
'Stevadal is graag te midden van de bedrijvigheid,' zei Proleva. 'Zijn hele Grot verblijft niet in het kamp, maar er staan een paar hutten voor degenen die tot laat blijven en een plek willen om te slapen. Het zal ongetwijfeld een druk komen en gaan zijn, in elk geval tot na de Eerste Verbintenisceremonie.'
'Wanneer vindt die plaats?' vroeg Jondalar.
'Dat weet ik niet. Ik geloof niet dat ze dat al hebben besloten. Misschien kan Ayla het aan Zelandoni vragen,' zei Proleva. En toen vervolgden de vijf vrouwen hun weg.
Ayla en Jondalar namen afscheid en sloegen de richting in van de kampen waar ze werden verwacht. Toen ze het kamp van de Derde Grot naderden, herkende Ayla de grote zelandoniahut te midden van de bijbehorende hutten. Op dit moment, dacht ze, denkend aan de Zomerbijeenkomst van het jaar daarvoor, zaten de jonge vrouwen die werden voorbereid op de Riten van het Eerste Genot bij elkaar in een van de speciale hutten, terwijl er geschikte mannen voor hen werden uitgekozen. In de andere hut zaten de vrouwen die hadden besloten de rode franje te dragen en dit jaar donii-vrouw te zijn. Ze hadden zich bereid verklaard zich beschikbaar te stellen aan de jonge mannen die een puberteitsceintuur droegen, om ze de behoeften van een vrouw te leren begrijpen.

Genot was een Gave van de Moeder en de zelandonia beschouwden het als een heilige plicht ervoor te zorgen dat de eerste ervaring van jonge volwassenen gepast en leerzaam was. Men was van mening dat zowel jonge vrouwen als jonge mannen op de juiste manier de Grote Gave van de Moeder dienden te leren waarderen, en dat oudere, meer ervaren mensen die moesten demonstreren en uitleggen en de Gave de eerste keer met hen moesten delen onder de discrete, zij het waakzame ogen van de zelandonia. Het was een overgangsrite die te belangrijk was om aan toevallige ontmoetingen te worden overgelaten.
Beide bijhutten werden streng bewaakt aangezien de meeste mannen ze bijna onweerstaanbaar vonden. Sommige mannen konden niet eens in de richting van de hutten kijken zonder opgewonden te raken. Andere mannen, vooral jonge mannen die hun mannelijkheidsriten al achter de rug hadden maar nog geen verbintenis waren aangegaan, probeerden naar binnen te turen en soms zelfs stiekem de hut van de jonge vrouwen binnen te glippen, en sommige oudere mannen hingen graag in de buurt van de hut rond in de hoop een glimp op te vangen. Bijna iedere beschikbare man wilde uitgekozen worden voor de Eerste Riten van een jonge vrouw, hoewel dat meestal gepaard ging met de nodige spanning. Ze wisten dat ze zouden worden gadegeslagen en vreesden dat ze niet goed zouden presteren, maar het gevoel van voldoening wanneer dat wel gebeurde was groot. De meeste mannen hadden ook opwindende herinneringen aan hun eigen donii-vrouw toen ze voor het eerst man werden.
Aan degenen die de belangrijke taak hadden de Gave van Genot van de Moeder te delen en te onderrichten werden echter beperkende bepalingen opgelegd. De uitgekozen mannen en de donii-vrouwen mochten tot een jaar na de ceremonie geen hechte banden onderhouden met de jongeren. Die werden als te beïnvloedbaar, te kwetsbaar beschouwd, en niet zonder reden. Het was niet ongewoon dat een jonge vrouw na een aangename eerste ervaring met een oudere man datzelfde nog eens wilde beleven, al was dat verboden. Na de Eerste Riten mocht ze het Genot delen met iedere andere man die ook haar begeerde, maar dat maakte haar eerste genotsgenoot des te aantrekkelijker. Jondalar was dikwijls uitgekozen voor hij zijn Tocht ondernam en hij had geleerd de soms bijzonder vasthoudende jonge vrouwen met wie hij een tedere ceremoniële ervaring had gedeeld en die hem probeerden nog eens zover te krijgen, tactvol uit de weg te gaan. Maar in zekere zin was het voor de mannen makkelijker. Voor hen was het een enkele gebeurtenis, één nacht van bijzonder Genot.
Van de donii-vrouwen werd verwacht dat ze de hele zomer, soms nog

langer, beschikbaar waren, vooral als ze een acoliet waren. Jonge mannen hadden herhaaldelijk behoeften en het duurde even voor ze hadden geleerd dat vrouwen andere behoeften hadden en dat de manier waarop ze bevrediging vonden verschilde van die van de mannen. Maar de donii-vrouwen moesten ervoor waken dat de jonge mannen zich niet blijvend aan hen hechtten, wat soms erg moeilijk was.

Jondalars donii-vrouw was de Eerste, toen ze nog Zolena heette, en ze had hem goed onderricht. Later, na zijn terugkeer naar de Negende Grot, na enkele jaren bij Dalanar te hebben gewoond, was hij dikwijls uitgekozen. Maar tijdens zijn puberteit was hij zo in de ban van Zolena geweest dat hij geen andere donii-vrouw wilde. Hij wilde haar zelfs als gezellin, ondanks het leeftijdsverschil. Het probleem was dat ook Zolena sterke gevoelens ontwikkelde voor de lange, knappe, bijzonder charismatische jonge man met het lichtblonde haar en de opvallend helderblauwe ogen, en dat had bij beiden voor grote problemen gezorgd.

Toen ze Manvelars hut bereikten, klopten ze op een houten paneel naast de ingang en maakten zich op luide toon bekend. Hij riep dat ze binnen mochten komen.

'Wolf is bij ons,' zei Ayla.

'Neem hem maar mee naar binnen,' zei Morizan toen hij het gordijn voor de ingang opentrok.

Ayla had Manvelars zoon sinds de leeuwenjacht nauwelijks gezien en ze glimlachte hartelijk naar hem. Nadat iedereen elkaar had begroet, zei Ayla: 'Ik moet naar de hut van de zelandonia. Kun jij Wolf bij je houden, Jondalar? Hij zorgt soms voor verwarring, wat erg storend kan zijn. Ik vraag het altijd liever eerst aan Zelandoni voor ik hem meebreng.'

'Als niemand daar iets op tegen heeft,' zei Jondalar, met een vragende blik naar Morizan en Manvelar en de anderen in de hut.

'Nee hoor. Hij mag blijven,' zei Manvelar.

Ayla ging op haar hurken zitten en keek het dier aan. 'Blijf bij Jondalar,' zei ze, terwijl ze hem tegelijkertijd met haar hand het teken gaf. Hij drukte zijn neus tegen de baby, wat haar aan het giechelen bracht, en ging toen zitten. Jankend van bezorgdheid keek hij Ayla na toen ze met de baby vertrok, maar hij volgde haar niet.

Toen ze de indrukwekkende hut van de zelandonia bereikte, klopte ze op het paneel en zei: 'Ik ben het, Ayla.'

'Kom binnen,' zei de bekende stem van de Eerste Onder Hen Die De Grote Aardmoeder Dienden. Het gordijn voor de ingang werd door een mannelijke acoliet opzijgetrokken en Ayla liep naar binnen. Hoewel er olielampen brandden was het binnen donker en ze bleef even staan om haar ogen aan de duisternis te laten wennen. Toen ze eindelijk kon zien waar ze liep, zag ze een groep mensen bij de omvangrijke gedaante van de Eerste zitten. 'Kom bij ons zitten, Ayla,' zei ze. Ze had gewacht met spreken omdat ze wist dat de duisternis in de hut mensen even verblindde.

Toen Ayla naar de groep liep, begon Jonayla te dreinen. De verandering van licht had de baby onrustig gemaakt. Twee acolieten maakten ruimte voor haar en ze ging tussen hen in zitten, maar voor ze haar aandacht op de anderen kon richten, moest ze eerst haar kind sussen. In de veronderstelling dat ze honger kon hebben ontblootte ze haar borst en legde de baby aan. Iedereen wachtte. Ze was de enige aanwezige met een kind en ze vroeg zich af of ze iets belangrijks had onderbroken, maar ze had de boodschap gekregen dat Zelandoni haar wilde spreken.

Toen Jonayla weer rustig was, zei de Eerste: 'Ik ben blij dat je er bent, Ayla. We hebben je gisteravond niet gezien.'

'Nee, we zijn gisteravond niet meer in het kamp geweest,' zei ze.

De mensen die haar nooit eerder hadden ontmoet, werden verrast door de manier waarop ze bepaalde woorden uitsprak. Het wekte hun nieuwsgierigheid. Zoiets hadden ze nog nooit gehoord. Ze hadden geen moeite om haar te verstaan; ze kende de taal goed en ze had een prettig in het gehoor liggende zachte stem, maar ze sprak vreemd.

'Voelde jij of de baby zich niet goed?' vroeg de Eerste.

'Nee, dat was het niet. Jondalar en ik gingen kijken of alles met de paarden goed ging en op de terugweg zagen we Lanoga en Bologan, die probeerden een schuilplaats te bouwen. Ze hadden geen materiaal voor een hut en probeerden de tentpalen op te zetten. We zijn bij ze gebleven en hebben een hut voor ze gebouwd.'

De Eerste fronste haar voorhoofd. 'Waar waren Tremeda en Laramar?'

'Lanoga zei dat ze ruzie hadden gekregen. Laramar is toen vertrokken en zei dat hij naar een vreghut ging om te slapen. Tremeda is hem achternagegaan en ze zijn geen van beiden teruggekomen. Janida vertelde me zojuist dat ze Tremeda gisteravond heeft gezien bij een groepje mannen dat barma zat te drinken en te gokken. Ik denk dat ze afgeleid raakte,' zei Ayla.

'Daar heeft het wel de schijn van,' zei de Zelandoni van de Negende Grot. Hoewel ze Eerste was, was ze nog altijd verantwoordelijk voor het welzijn van haar Grot. 'De kinderen hebben nu dus een onderkomen?'

'Hebben jullie een complete hut voor ze gebouwd?' zei een man die Ayla niet kende.
'Niet zo groot als deze,' zei Ayla met een glimlach, wuivend met haar hand om de bijzonder grote hut van de zelandonia aan te duiden. Jonayla leek genoeg te hebben gedronken en liet Ayla's borst los. Ayla pakte haar op, legde de baby over haar schouder en klopte zachtjes op haar ruggetje. 'Ze delen met niemand, dus het onderkomen hoefde slechts groot genoeg te zijn voor de familie: de kinderen, Tremeda en Laramar, als die besluit terug te komen.'
'Bijzonder aardig van je,' zei iemand. De toon klonk nogal spottend. Ayla keek en zag dat Zelandoni van de Veertiende had gesproken, een oude, magere vrouw, wier dunne haar altijd uit haar knot leek te ontsnappen.
Ayla zag dat Madroman, die met de Zelandoni van de Vijfde Grot bij de Veertiende zat, haar met een minachtende uitdrukking op zijn gezicht bekeek. Hij was degene bij wie Jondalar de tanden uit zijn mond had geslagen toen ze nog jong waren. Ze wist dat Jondalar hem niet mocht en ze vermoedde dat dit gevoel wederzijds was. Zij vond hem ook niet aardig. Door haar vermogen om nuances in houdingen en gezichtsuitdrukkingen te duiden, herkende ze altijd iets achterbaks in zijn manier van doen, valsheid in zijn lachende groet, en een ontbreken van oprechtheid in zijn verwelkomende woorden en vriendelijkheid, maar ze had altijd haar best gedaan hem beleefd tegemoet te treden.
'Ayla trekt zich het lot van die kinderen bijzonder aan,' zei de Eerste, waarbij ze erop lette haar ergernis niet in haar stem te laten doorklinken. De Zelandoni van de Veertiende was vanaf het moment dat ze Eerste was geworden een bron van ergernis geweest; ze was er altijd op uit anderen te prikkelen, vooral haar. De vrouw had het gevoel gehad dat zij de volgende was en had verwacht tot Eerste te worden benoemd. Ze was er nooit overheen gekomen dat in plaats van haar de jongere Zelandoni van de Negende was gekozen.
'Het schijnt dat ze zo iemand nodig hebben,' zei dezelfde man die eerder een opmerking had geplaatst.
Jonayla was op haar schouder in slaap gevallen. Ayla spreidde haar draagdoek uit op de grond; de jonge acoliet die rechts van haar zat schoof een stukje opzij om ruimte te maken, en toen legde ze de kleine op de deken.
'Ja, dat klopt,' zei de Eerste, hoofdschuddend. Opeens kwam het bij haar op dat Ayla de man niet kende en hoewel hij ongetwijfeld over haar had horen spreken, had hij haar nog nooit ontmoet. 'Ik geloof

niet dat iedereen hier mijn nieuwe acoliet heeft ontmoet. Introducties zijn dus aan de orde.'

'Wat is er met Jonokol gebeurd?' vroeg Zelandoni van de Vijfde Grot.

'Hij is naar de Negentiende Grot verhuisd,' zei de Eerste. 'De Witte Holte die daar vorig jaar is ontdekt heeft hem verlokt. Hij was altijd meer kunstenaar dan acoliet, al neemt hij de zelandonia nu wel serieus. Hij wil er zeker van zijn dat wat er met de nieuwe grot gaat gebeuren, gepast is... nee, meer nog. Hij wil dat het juist is. Die witte grot heeft hem nu geroepen, meer dan welke opleiding ook zou kunnen.'

'Waar is de Negentiende Grot? Komen ze dit jaar?'

'Ik geloof van wel, al zijn ze er nog niet,' zei de Ene Die Eerste Was. 'Ik verheug me erop Jonokol te zien. Ik mis zijn vaardigheden, maar gelukkig heb ik nu Ayla met haar eigen vele vaardigheden. Ze is al een uitstekende genezeres en brengt ons heel wat interessante kennis en technieken. Ik ben blij dat ze met de opleiding is begonnen. Ayla, wil je even gaan staan zodat ik je formeel kan voorstellen?'

Ayla stond op en ging naast de Eerste staan, die wachtte tot iedereen naar hen keek, en zei toen: 'Mag ik jullie voorstellen aan Ayla van de Zelandoniërs, moeder van Jonayla, gezegende van Doni, acoliet van de Zelandoni van de Negende Grot, de Ene Die Eerste Is Onder Hen Die De Grote Aardmoeder Dienen. Ze is een verbintenis aangegaan met Jondalar, zoon van Marthona, voormalige leider van de Negende Grot en broer van Joharran, huidige leider. Vroeger was ze een Mamutiër van het Leeuwenkamp, de Mammoetjagers die ver naar het oosten wonen, en een acoliet van Mamut, die haar heeft geadopteerd als Dochter van de Mammoetvuurplaats, hun zelandonia. Ze werd eveneens gekozen en fysiek gemerkt door de geest van de Holenleeuw, haar totem, en wordt beschermd door de geest van de Holenbeer. Ze is een vriendin van de paarden Whinney en Renner en het jonge merrieveulen Grijs, en de vierpotige jager die ze Wolf noemt.'

Ayla vond het een bijzonder uitvoerige opsomming van haar namen en banden, compleet met verklaringen. Ze wist niet of ze echt een acoliet van Mamut was geweest, al had hij haar wel geadopteerd als Dochter van de Mammoetvuurplaats en had hij haar inderdaad opgeleid. De donier had niet vermeld dat ze ook was geadopteerd door de Stam, die zij de Platkoppen noemden. De enige verwijzing daarnaar was dat ze werd beschermd door de geest van de Holenbeer. Ayla betwijfelde of Zelandoni ten volle begreep dat dat betekende dat ze een van hen was, een lid van de Stam, dat wil zeggen tot het moment dat Broud haar had verstoten, haar had vervloekt en haar had gedwongen te vertrekken.

De man die eerder had gesproken kwam naar Ayla en de Eerste. 'Ik ben Zelandoni van de Zesentwintigste Grot en in de naam van Doni heet ik je welkom bij de Zomerbijeenkomst die wij hebben georganiseerd.' Hij stak beide handen uit.

Ayla pakte zijn handen vast. 'In de naam van de Grote Moeder van Allen groet ik jou, Zelandoni van de Zesentwintigste Grot,' zei ze.

'Wij hebben een nieuwe, diepe holte gevonden. De galm is prachtig wanneer we zingen, maar de holte is erg klein,' zei de man. In zijn stem klonk opwinding door. 'Om naar binnen te gaan moet je kruipen als een slang, en er kunnen makkelijk een of twee mensen in, al zou drie of vier misschien ook wel kunnen. Helaas moet ik zeggen dat de opening waarschijnlijk te klein is voor de Eerste, al laat ik het natuurlijk aan haar over om dat te beslissen. Ik heb Jonokol beloofd dat ik hem de holte zou laten zien als hij er is. Aangezien jij nu de acoliet van de Eerste bent, Ayla, wil jij die misschien ook bekijken.'

De uitnodiging overrompelde haar, maar ze glimlachte en zei: 'Ja, graag.'

7

De Zelandoni Die Eerste Was werd overvallen door gemengde gevoelens toen ze over de nieuwe grot hoorde vertellen. Ontdekkingen van nieuwe holten die waarschijnlijk toegang gaven tot de Heilige Onderwereld van de Moeder waren altijd opwindend, maar het idee dat ze om zuiver lichamelijke redenen buitengesloten werd was teleurstellend, al was het denkbeeld op haar buik een kleine ruimte binnen te kruipen ook niet bepaald aanlokkelijk. Het deed haar echter een groot genoegen dat Ayla voldoende geaccepteerd werd om uitgenodigd te worden om de grot te bezoeken. Ze hoopte dat dat betekende dat iedereen zich schikte in het feit dat ze een nieuwkomer als acoliet had gekozen. Waarschijnlijk was het voor veel mensen een opluchting dat de vrouw met haar opmerkelijke gaven veilig onder het gezag van de zelandonia was ondergebracht. Dat ze tevens een gewone, aantrekkelijke jonge moeder was, maakte haar acceptatie makkelijker.

'Dat is een uitstekend idee, Zelandoni van de Zesentwintigste Grot. Ik ben van plan om later deze zomer, na de eerste Verbinteniscceremonie en de Riten van het Eerste Genot, een begin te maken met haar doniërreis. Een bezoek aan een nieuwe heilige grot zou een inleiding daartoe kunnen zijn en haar een kans geven om vanaf het begin te begrijpen wat heilige locaties voor de zelandonia betekenen,' zei de eerste doniër. 'En nu we het toch hebben over introducties en opleiding: ik zie dat er een aantal nieuwe acolieten aanwezig zijn. Dit lijkt me een goed tijdstip om enige wetenswaardigheden te openbaren die voor hen belangrijk zijn. Wie kan me vertellen hoeveel seizoenen er zijn?'

'Ik,' zei een jonge man. 'Dat zijn er drie.'

'Nee,' zei een jonge vrouw. 'Dat zijn er vijf.'

De Eerste glimlachte. 'Een van jullie zegt drie, een ander zegt vijf. Kan iemand me zeggen welk antwoord juist is?'

Het bleef even stil en toen zei de acoliet die links van Ayla zat: 'Volgens mij allebei.'

De Eerste glimlachte weer. 'Dat klopt. Er zijn zowel drie als vijf seizoenen, afhankelijk van hoe je ze telt. Kan iemand me dat uitleggen?'

Niemand deed zijn mond open. Ayla dacht aan wat Mamut haar had geleerd, maar was te verlegen en onzeker om iets te zeggen. Eindelijk, toen de stilte ongemakkelijk werd, zei ze: 'De Mamutiërs hebben ook zowel drie als vijf seizoenen. Ik weet niet hoe dat bij de Zelandoniërs zit, maar ik kan je wel vertellen wat Mamut mij heeft verteld.'

'Dat lijkt me bijzonder interessant,' zei de Eerste. Ze keek om zich heen en zag dat anderen instemmend knikten.

'De neerwaarts wijzende driehoek is voor de Mamutiërs een zeer belangrijk symbool,' begon Ayla. 'Het is het symbool van de vrouw en het wordt gevormd door drie lijnen, dus drie is het getal van de kracht van... ik weet niet goed wat het juiste woord is... moederschap, leven schenken, nieuw leven scheppen, en erg heilig voor Mut, voor de Moeder. Mamut zei ook dat de drie zijden van een driehoek de drie hoofdseizoenen vertegenwoordigen: voorjaar, zomer en winter. Maar de Mamutiërs erkennen nog twee seizoenen, de seizoenen die verandering aankondigen: najaar en midwinter, en dat maakt samen vijf seizoenen. Mamut zei dat vijf het geheime krachtgetal van de Moeder is.'

Niet alleen de jonge acolieten luisterden verwonderd en geïnteresseerd, ook de oudere Zelandonia waren gefascineerd door wat ze vertelde. Zelfs degenen die haar het jaar daarvoor hadden leren kennen en haar hadden horen praten, viel de manier waarop ze sprak, haar accent, op. Voor degenen die haar voor het eerst zagen, vooral zij die nog erg jong waren en niet veel gereisd hadden, leek haar stem volstrekt uitheems. Voor de meeste van de zelandonia was de informatie die ze gaf onbekend, al sloot die wel aan bij hun manier van denken en werd hun eigen overtuiging erdoor bevestigd. Dat vergrootte haar geloofwaardigheid en verleende haar meer aanzien. Ze was bereisd, beschikte over veel kennis, maar vormde niet echt een bedreiging.

'Ik heb nooit beseft dat de wegen van de Moeder over zo'n grote afstand zo'n grote gelijkenis vertonen,' zei Zelandoni van de Derde. 'Ook wij spreken over drie hoofdseizoenen: voorjaar, zomer en winter, maar de meeste mensen spreken over vijf: voorjaar, zomer, najaar, vroege winter en late winter. Ook voor ons vertegenwoordigt de omgekeerde driehoek de vrouw en is drie het getal van voortplantingskracht en vijf een nog krachtiger symbool.'

'Dat is waar. De wegen van de Moeder zijn opmerkelijk,' zei de Eerste, en toen ging ze verder met de les. 'We hebben al eerder over het telwoord vijf gesproken: de vijf parten van een appel, vijf vingers aan elke hand, vijf tenen aan elke voet, en hoe de handen en telwoorden op een krachtigere manier gebruikt kunnen worden. Er zijn ook vijf primaire of heilige kleuren. Alle andere kleuren zijn facetten van die hoofdkleuren. De eerste kleur is rood. Het is de kleur van bloed, de kleur van leven, maar zoals het leven niet voortduurt, blijft de kleur rood zelden lang bestaan. Wanneer bloed opdroogt wordt het donkerder, bruin, soms nog donkerder.

Bruin is een facet van rood en wordt soms oudrood genoemd. Het is de kleur van de stammen en takken van veel bomen. De rode okers van de aarde zijn het opgedroogde bloed van de Moeder, en hoewel sommige bijna even helder van kleur zijn als nieuw rood, worden ze allemaal als oudrood beschouwd. Sommige bloemen en vruchten hebben de ware kleur rood, maar een bloem is een kort leven beschoren, net als de rode kleur van vruchten. Wanneer rode vruchten zoals aardbeien gedroogd worden, worden ze oudrood. Kan iemand iets anders noemen wat rood is of een aspect van rood?'

'Sommige mensen hebben bruin haar,' zei een acoliet die achter Ayla zat.

'En sommige mensen hebben bruine ogen,' zei Ayla.

'Ik heb nog nooit iemand met bruine ogen gezien. De ogen van iedereen die ik ken zijn blauw of grijs, soms met een beetje groen erin,' zei de jonge mannelijke acoliet die eerder had gesproken.

'De mensen van de Stam die me hebben grootgebracht, hadden allemaal bruine ogen,' zei Ayla. 'Ze vonden mijn ogen vreemd, misschien zelfs zwak, omdat ze zo licht waren.'

'Je hebt het over Platkoppen, nietwaar? Dat zijn eigenlijk geen mensen. Andere dieren hebben ook bruine ogen en veel hebben ook een bruine vacht,' zei hij.

Ayla voelde woede oplaaien. 'Hoe kun je dat zeggen? De leden van de Stam zijn geen dieren. Het zijn mensen!' zei ze verontwaardigd. 'Heb je er ooit zelfs maar een gezien?'

De Eerste kwam tussenbeide om het beginnende twistgesprek de kop in te drukken. 'Acoliet van de Zelandoni van de Negenentwintigste Grot, het is waar dat sommige mensen bruine ogen hebben. Je bent jong en duidelijk onervaren. Dat is een van de redenen waarom jullie alvorens een volwaardige Zelandoni te kunnen worden, een doniërreis moeten maken. Wanneer je naar het zuiden reist zul je mensen met bruine ogen ontmoeten. Maar je hebt haar vraag niet beantwoord. Heb je ooit het "dier" gezien dat jij een Platkop noemt?'

'Nou... nee, maar iedereen zegt dat ze op beren lijken,' zei de jonge man.

'Als kind woonde Ayla bij de mensen die de Zelandoniërs Platkoppen noemen, maar die zij de Stam noemt. Ze hebben haar leven gered toen ze haar ouders had verloren, ze hebben voor haar gezorgd, haar grootgebracht. Volgens mij heeft zij meer ervaring met hen dan jij. Je zou het ook Willamar, de Meester-Handelaar kunnen vragen, die meer contact met hen heeft gehad dan de meeste anderen. Hij zegt dat ze er anders uitzien, maar dat ze zich als mensen gedragen, en hij gelooft dat ze dat zijn. Tot je zelf contact met die mensen hebt gehad, moet je de mening respecteren van degenen die wel ervaring met ze hebben,' zei de Eerste, op strenge, berispende toon.

De jonge man voelde woede opkomen. Hij kreeg niet graag de les gelezen en het stond hem tegen dat aan de ideeën van iemand uit den vreemde meer geloof werd gehecht dan aan dingen die hij zijn hele leven had gehoord. Maar toen zijn Zelandoni hem hoofdschuddend aankeek, besloot hij geen discussie aan te gaan met de Ene Die Eerste Was Onder Hen Die De Grote Aardmoeder Dienden.

'We hadden het dus over de vijf heilige kleuren. Zelandoni van de Veertiende Grot, waarom vertel jij ons niet over de volgende,' zei de Eerste.

'De tweede primaire kleur is groen,' zei de Zelandoni van de Veertiende. 'Groen is de kleur van bladeren en gras. Het is ook een kleur van leven, van voortgang, plantenleven. In de winter zul je zien dat veel bomen en planten bruin zijn, waarmee ze aantonen dat hun ware kleur oudrood is, de kleur van leven. 's Winters rusten de planten alleen maar en verzamelen ze kracht voor hun nieuwe groene groei in het voorjaar. Met hun bloemen en vruchten vertonen planten ook de meeste andere kleuren.'

Ayla vond haar spreektrant vlak, en als de informatie niet zo interessant was geweest, zou het uit haar mond waarschijnlijk zelfs saai hebben geklonken. Geen wonder dat de rest van de zelandonia haar niet tot Eerste hadden gekozen. Toen vroeg Ayla zich af of ze dat alleen maar dacht omdat ze wist dat de vrouw haar Zelandoni mateloos ergerde.

'Wellicht wil de Zelandoni wiens Grot deze Zomerbijeenkomst heeft georganiseerd ons over de volgende heilige kleur vertellen?' zei de Eerste toen de Veertiende een korte stilte liet vallen voor ze verderging. Onder de omstandigheden kon de Veertiende daar geen bezwaar tegen maken.

'Ja, natuurlijk,' zei hij. 'De derde primaire kleur is geel, de kleur van de zon, Bali, en de kleur van vuur, hoewel er in beide ook veel rood is, wat aangeeft dat ze een eigen leven hebben. Het rood in de zon is voornamelijk in de ochtend en in de avond te zien. De zon geeft ons licht en warmte, maar hij kan ook gevaarlijk zijn. Te veel zon kan de huid verbranden en planten en waterpoelen opdrogen. We hebben geen controle over de zon. Zelfs Doni, de Moeder, heeft geen zeggenschap over haar zoon, Bali. Het enige wat we kunnen doen is ons tegen hem beschermen, hem uit de weg gaan. Vuur kan nog gevaarlijker zijn dan de zon. We hebben er wel enige greep op en het is zeer nuttig, maar we mogen nooit onvoorzichtig zijn met vuur en moeten altijd alert blijven op gevaar.

Niet alle gele dingen zijn heet. Soms is aarde geel; er is zowel gele als rode oker. Sommige mensen hebben geel haar,' zei hij, waarbij hij naar Ayla keek, 'en natuurlijk vertonen veel bloemen de ware kleur geel. Bij het verouderen worden ze altijd bruin, wat een aspect van rood is. Om die reden stellen sommigen dat geel eigenlijk als een aspect van rood beschouwd zou moeten worden en niet als een opzichzelfstaande heilige kleur, maar de meesten vinden het een primaire kleur die rood, de kleur van leven, aantrekt.'

Ayla luisterde geboeid naar de Zelandoni van de Zesentwintigste Grot en bekeek hem wat nauwkeuriger. Hij was lang en gespierd en hij had donkerblond, bijna bruin haar met lichtere strepen en donkere wenkbrauwen, waarvan de linker op zijn voorhoofd overliep in zijn Zelandonische tatoeage. De tatoeage was minder complex dan die van sommige anderen, maar uiterst precies. Zijn baard was bruin met een zweem van rood, maar klein en onberispelijk getrimd. Dat deed hij waarschijnlijk met een scherp lemmet van vuursteen, dacht ze. Door zijn karaktervolle gezicht schatte ze dat hij de middelbare leeftijd naderde, maar hij leek jong en krachtig en beheerst.

Ze dacht dat de meeste mensen hem knap zouden vinden. Zij in elk geval wel, al vertrouwde ze niet volledig haar eigen gevoel voor wie in de ogen van haar eigen soort mensen, het soort dat de Stam 'Anderen' noemde, aantrekkelijk was. Haar perceptie van wie er goed uitzag werd sterk beïnvloed door de normen van de mensen die haar hadden grootgebracht. Zij vond mensen van de Stam knap, maar de meeste Anderen vonden dat niet, al hadden de meesten van hen nog nooit een 'Platkop' gezien; sommigen wel, maar dan meestal vanaf een afstand. Ze sloeg een paar van de jonge vrouwelijke acolieten een poosje gade en besloot dat die werden aangetrokken tot de man die sprak. Dat gold ook voor sommige oudere vrouwen. Hoe dan ook, hij was een boeiend verteller. De Eerste vond dat kennelijk ook, want ze vroeg hem om door te gaan.

'De vierde primaire kleur is klaar,' zei hij. 'Klaar is de kleur van de wind, de kleur van water. Klaar kan alle kleuren vertonen, bijvoorbeeld wanneer je in het stilstaande water van een poel een weerspiegeling ziet, of wanneer regendruppels in alle kleuren fonkelen als de zon tevoorschijn komt. Zowel blauw als wit zijn aspecten van klaar. Wanneer je naar de wind kijkt, is die klaar, maar wanneer je naar de lucht kijkt, zie je blauw. Water in een meer of in de Grote Wateren van het Westen is dikwijls blauw, en het water op gletsjers is diep, helderblauw.'

Net als Jondalars ogen, dacht Ayla. Ze herinnerde zich dat de enige keer dat ze een kleur blauw had gezien die met zijn ogen overeenkwam was toen ze de gletsjer overstaken. Ze vroeg zich af of de Zelandoni van de Zesentwintigste Grot ooit op een gletsjer was geweest.

'Sommige vruchten zijn blauw,' zei hij, 'vooral bessen; en sommige bloemen, al zijn blauwe bloemen zeldzamer. Veel mensen hebben blauwe ogen, of blauw met grijs vermengd, wat ook een aspect van klaar is. Sneeuw is wit, net als wolken in de lucht, of grijs wanneer ze met donker zijn vermengd om regen te maken, maar hun ware kleur is klaar. IJs is klaar, hoewel het dikwijls wit lijkt, maar je ziet de ware kleur van sneeuw en ijs wanneer die smelten, en wolken wanneer ze regenen. Er zijn veel witte bloemen en op bepaalde plaatsen is witte aarde te vinden. Er is een plek niet ver van de Negende Grot waar witte aarde, kaolien, te vinden is,' zei hij, waarbij hij Ayla aankeek, 'maar dat is toch een aspect van klaar.'

De Zelandoni Die Eerste Was nam het nu van hem over. 'De vijfde heilige kleur is donker, soms wordt die zwart genoemd. Het is de kleur van nacht, de kleur van houtskool nadat vuur het leven uit het hout heeft gebrand. Het is de kleur die de kleur van leven, rood, overmeestert, vooral wanneer die veroudert. Er wordt weleens gezegd dat zwart de donkerste schakering van oudrood is, maar dat is niet zo. Donker is de afwezigheid van licht en de afwezigheid van leven. Het is de kleur van de dood. Het heeft niet eens een kortstondig leven; er zijn geen zwarte bloemen. Diepe grotten vertonen de primaire kleur van donker in zijn meest ware vorm.'

Toen ze uitgesproken was, keek ze naar de verzamelde acolieten. 'Zijn er vragen?' vroeg ze. In de stilte die volgde werd beschroomd heen en weer geschoven, maar niemand sprak. Ze was ervan overtuigd dat er vragen waren, maar niemand wilde de eerste zijn en de indruk wekken niet te begrijpen wat de anderen allemaal wel begrepen of leken te begrijpen. Dat was niet erg, de vragen kwamen later wel, dat wist ze. Aangezien er zoveel acolieten aanwezig waren en de Eerste hun volle aandacht had, vroeg ze zich af of het verstandig zou zijn om met de les door te gaan. Te veel informatie tegelijkertijd was moeilijk te onthouden en dan kon de geest afdwalen. 'Willen jullie nog meer horen?'

Ayla wierp een blik op haar dochtertje en zag dat ze nog steeds sliep. 'Ik wel,' zei ze zacht. Uit de groep stegen gemompel en andere geluiden op, de meeste positief.

'Wil iemand iets vertellen over iets anders waardoor we weten dat vijf een krachtig symbool is?' vroeg de Ene Die Eerste Was.
'In de lucht zijn vijf dwalende sterren te zien,' zei de oude Zelandoni van de Zevende Grot.
'Dat klopt,' zei de Eerste, glimlachend naar de lange, oude man. Toen zei ze tegen de anderen: 'En Zelandoni van de Zevende Grot is degene die die sterren heeft ontdekt en ze ons heeft laten zien. Het kost tijd om ze alle vijf te zien en de meesten van jullie zullen ze niet zien tot je Jaar van Nachten.'
'Wat is het Jaar van Nachten?' vroeg Ayla. Verscheidene anderen waren blij met haar vraag.
'Dat is het jaar dat jullie 's nachts wakker moeten blijven en overdag moeten slapen,' antwoordde de Eerste. 'Het is een van de beproevingen die jullie tijdens de opleiding moeten ondergaan, maar het houdt nog meer in. Er zijn bepaalde dingen die jullie moeten zien en die alleen 's nachts te zien zijn, zoals waar de zon opkomt en ondergaat, vooral tijdens midzomer en midwinter, wanneer de zon stopt en van richting verandert, en het opkomen en ondergaan van de maan. De Zelandoni van de Vijfde is degene die daarover het meest weet. Hij heeft een halfjaar lang aantekeningen gemaakt om de ontwikkeling te volgen.'
Ayla wilde vragen welke andere beproevingen ze tijdens de opleiding moest ondergaan, maar ze zei niets. Ze veronderstelde dat ze daar vanzelf wel achter zou komen.
'Waarin zien we nog meer de kracht van vijf?' vroeg de Eerste.
'De vijf heilige elementen,' zei de Zelandoni van de Zesentwintigste.
'Heel goed!' zei de grote vrouw Die Eerste Was. Ze verschoof op haar zitplaats zodat ze makkelijker zat. 'Begin maar.'
'Het is altijd beter om eerst over de heilige kleuren te praten en dan pas over de heilige elementen omdat kleur een van hun kenmerken is. Het eerste element, soms een essentie genoemd, is aarde. Aarde is solide en heeft substantie, grond en steen. Je kunt met je hand een brok aarde oppakken. De kleur die het meest met aarde wordt geassocieerd is oudrood. Aarde is niet alleen een opzichzelfstaand element, maar ook het materiële aspect van alle andere essenties; aarde kan die vasthouden of er op de een of andere manier door beïnvloed worden,' zei hij, en toen keek hij naar de Eerste om te zien of ze wilde dat hij doorvertelde, maar zij keek al naar iemand anders.
'Zelandoni van de Tweede Grot, ga jij eens verder.'
Ze stond op en zei: 'Het tweede element is water. Water valt soms uit de lucht, soms rust het op het aardoppervlak of stroomt het erover-

heen of erdoor in grotten. Soms wordt het geabsorbeerd en in de aarde opgenomen. Water is beweeglijk; de kleur van water is meestal klaar of blauw, zelfs wanneer het modderig lijkt. Wanneer water bruin is, is dat omdat je de kleur van aarde ziet die met water vermengd is. Water kun je zien en voelen en doorslikken, maar je kunt het niet met je vingers oppakken, al kun je je hand wel tot een kom vormen,' zei ze, terwijl ze het met haar handen voordeed.

Ayla vond het leuk om naar haar te kijken omdat ze haar handen gebruikte wanneer ze dingen beschreef, al was dat niet doelbewust zoals bij de Stam.

'Water moet ergens in gevat worden: een drinknap, een waterzak, je eigen lichaam. Je lichaam heeft water nodig, zoals je zult ontdekken wanneer je je beproeving doorstaat van water ontberen. Alle levende dingen hebben water nodig, planten en dieren,' besloot de Tweede, en ze ging weer zitten.

'Is er nog iemand die iets over water wil zeggen?' vroeg de leider van de zelandonia.

'Water kan gevaarlijk zijn. Je kunt erin verdrinken,' zei de jonge acoliet die aan de andere kant naast Jonayla zat. Ze sprak zacht en zag er verdrietig uit, en Ayla vroeg zich af of ze dit uit eigen ervaring wist.

'Dat klopt,' zei Ayla. 'Tijdens onze Tocht moesten Jondalar en ik veel rivieren oversteken. Water kan erg gevaarlijk zijn.'

'Ja, ik heb iemand gekend die op een rivier door het ijs zakte en verdronk,' zei de Zelandoni van Zuidfront van de Negenentwintigste Grot. Hij begon aan een opgesmukt verhaal over verdrinken, maar de hoofd-Zelandoni van de Negenentwintigste viel hem in de rede en kapte zijn verhaal af.

'We beseffen dat water erg gevaarlijk kan zijn, maar dat geldt ook voor wind, en dat is het derde element.' Ze was een aantrekkelijke vrouw met een innemende glimlach, waarachter grote kracht schuilde, en ze wist dat dit niet het tijdstip was voor een uitweiding vol anekdotes. De Eerste besprak een ernstige kwestie, en het ging om informatie die voor iedereen belangrijk was.

De Eerste glimlachte naar haar; ze wist precies wat ze had gedaan. 'Vertel jij ons dan maar over het derde element,' zei ze.

'Net als water kan wind niet worden opgepakt, vastgehouden of gezien, al is de uitwerking wel te zien,' zei ze. 'Als wind stil is, kan die niet eens worden gevoeld, maar wind kan zo krachtig zijn dat die bomen kan oppakken en omver kan gooien. Wind kan zo hard blazen dat je er niet tegenop kunt. Wind is overal. Er is geen plek waar je geen wind zult vinden, zelfs niet in de diepste grot, hoewel die daar meestal stil is.

Je weet dat die er is omdat je hem in beweging kunt brengen door met iets te flapperen. Wind beweegt ook in een levend lichaam. Hij is voelbaar wanneer je je adem inhoudt en die dan uitblaast. Wind is essentieel voor leven. Mensen en dieren hebben wind nodig om te leven. Wanneer hun wind stopt, weet je dat ze dood zijn,' besloot de Zelandoni van de Negenentwintigste Grot.

Ayla zag dat Jonayla onrustig begon te worden; ze zou nu snel wakker worden. De Eerste was zich ook bewust van de baby en bespeurde ook een zekere ongedurigheid onder de aanwezigen. Ze moest de sessie maar snel afronden.

'Het vierde element is koude,' vervolgde de Eerste. 'Net als wind kan koude niet worden opgepakt of vastgehouden, maar wel gevoeld. Koude brengt veranderingen teweeg, maakt dingen harder en trager. Koude kan de aarde verharden en koude kan water verharden, het in ijs veranderen en stilleggen, en regen in sneeuw of ijs veranderen. De kleur van koude is klaar of wit. Sommigen beweren dat donker koude brengt. Het wordt inderdaad koeler als de avond valt en het donker wordt. Koude kan gevaarlijk zijn. Koude kan donker helpen leven te laten wegstromen, maar donker wordt niet beïnvloed door koude, dus dingen die voor een deel donker zijn, worden minder door koude beïnvloed. Koude kan ook nuttig zijn. Als voedsel in een koude kuil in de aarde wordt gestopt of in water bedekt met ijs, kan koude voorkomen dat het bederft. Wanneer koude ophoudt, kunnen dingen die klaar zijn meestal terugkeren naar hoe ze waren, zoals ijs terug naar water. Oude rode dingen of elementen kunnen doorgaans herstellen van koude: de aarde en de schors van bomen bijvoorbeeld, maar dingen die groen, geel of van het ware rood zijn, kunnen dat maar zelden.'

De Eerste overwoog even om te informeren of er nog vragen waren, maar besloot om snel verder te gaan. 'Het vijfde element is hitte. Hitte kan niet worden opgepakt of vastgehouden, maar ook hitte kan worden gevoeld. Je voelt het wanneer je iets heets aanraakt. Ook hitte verandert dingen. Koude werkt vertragend, maar hitte is snel. Waar koude leven laat wegstromen, kunnen hitte en warmte leven herstellen, terugbrengen. Vuur en zon kunnen hitte maken. De hitte van de zon maakt de koude, harde aarde zachter en verandert sneeuw in regen, wat helpt om groen leven te doen ontspruiten. De hitte van de zon verandert ijs in water en helpt het weer in beweging te komen. De hitte van vuur kan voedsel koken, zowel vlees als groente, en een onderkomen verwarmen, maar hitte kan gevaarlijk zijn. Hitte kan ook donker helpen. De primaire kleur van hitte is geel, dikwijls vermengd met rood, maar soms vermengd met donker. Hitte kan het ware rood van leven helpen, maar te veel hitte kan het donker aanmoedigen dat leven vernietigt.'

De timing van de Eerste was perfect. Ze was nog niet uitgesproken of Jonayla werd huilend wakker. Ayla pakte haar snel op en wiegde haar in haar armen om haar tot rust te brengen, maar ze wist dat de baby verzorgd moest worden.

'Ik wil dat ieder van jullie nadenkt over wat je vandaag hebt geleerd en eventuele vragen die bij je zijn opgekomen onthoudt zodat we daar de volgende keer dat we bij elkaar komen over kunnen praten. Degenen die willen vertrekken, mogen nu gaan,' besloot de Ene Die Eerste Was.

'Ik hoop dat we snel weer bijeen kunnen komen,' zei Ayla, terwijl ze opstond. 'Het was bijzonder interessant. Ik verheug me erop om meer te leren.'

'Daar ben ik blij om, acoliet van de Zelandoni van de Negende Grot,' zei de Eerste. Hoewel Zelandoni haar Ayla noemde als ze onder elkaar waren, noemde ze iedereen bij zijn of haar formele titel wanneer ze tijdens een Zomerbijeenkomst in de zelandoniahut bijeen zaten.

'Proleva, ik moet je iets vragen,' zei Ayla, niet helemaal op haar gemak.

'Zeg het maar, Ayla.' Alle mensen die het onderkomen deelden zaten aan hun ochtendmaal en draaiden nieuwsgierig hun hoofd haar kant op.

'Er is een heilige grot, niet ver van het thuis van de Zesentwintigste Grot, en hun Zelandoni heeft me uitgenodigd om met hem mee te gaan om die te bekijken, aangezien ik acoliet van de Eerste ben. De grot is erg klein en de Eerste wil graag dat ik ga, als haar vertegenwoordiger.'

Jondalar was niet de enige wiens aandacht was geprikkeld. Hij keek om zich heen en zag dat iedereen naar Ayla keek en dat Willamar huiverde. De Meester-Handelaar hield van verre reizen maar verafschuwde kleine benauwde ruimten. Als dat nodig was kon hij zichzelf dwingen een grot binnen te gaan, vooral als die niet te klein was, maar hij gaf de voorkeur aan de openlucht.

'Ik heb iemand nodig om op Jonayla te passen en haar te voeden als ze honger krijgt,' legde Ayla uit. 'Ik zal haar natuurlijk zogen voor ik vertrek, maar ik weet niet precies hoe lang ik wegblijf. Ik zou haar kunnen meenemen, maar mij is verteld dat ik als een slang naar binnen moet kruipen en ik geloof niet dat ik dat met Jonayla kan. Volgens mij doet het Zelandoni genoegen dat ik werd uitgenodigd.'

Proleva dacht even na. Ze had het altijd druk bij Zomerbijeenkomsten; de Negende was een grote, belangrijke Grot en ze had voor die dag veel dingen op het programma staan. Ze wist niet of ze tijd had om naast haar eigen baby ook voor een andere te zorgen, maar ze vond het vervelend om het verzoek af te wijzen. 'Haar voeden is geen probleem, Ayla, maar ik heb met enkele mensen afgesproken en ik denk niet dat ik op haar kan passen.'

'Ik heb een idee,' zei Marthona. Iedereen keek naar de voormalige leider. 'Misschien kunnen we iemand vinden die met Proleva mee wil gaan om op zowel Jonayla als Sethona te passen terwijl Proleva bezig is en de baby's naar haar toe te brengen als ze gevoed moeten worden.'

Marthona keek Folara doordringend aan en gaf haar toen heimelijk een por; ze wilde dat Folara haar diensten aanbood. Het meisje begreep de boodschap. Ze had het zelf ook al overwogen, maar ze wist eigenlijk niet of ze wel een hele dag op de baby's wilde passen, al was ze dol op de kleintjes en zou het misschien interessant zijn om te horen wat er allemaal besproken werd tussen Proleva en de mensen met wie ze had afgesproken.

'Ik pas wel op ze,' zei ze, en in een ingeving voegde ze eraan toe: 'Als Wolf me wil helpen.' Dat zou haar heel wat aandacht opleveren.

Ayla dacht even na. Ze wist niet zeker of Wolf de jonge vrouw zou gehoorzamen in het drukke hoofdkamp te midden van al die vreemden, al zou hij het waarschijnlijk heerlijk vinden om bij de kleine meisjes te zijn.

Volwassen wolven waren verknocht aan hun jongen en zorgden om de beurt voor ze terwijl de rest van de roedel op jacht ging, maar een roedel kon niet meer dan één worp grootbrengen. Ze moesten niet alleen voor zichzelf voedsel zoeken maar ook voor verscheidene groeiende, hongerige jonge wolven. Als aanvulling op het zogen en om te helpen de worp te spenen, brachten de jagers vlees terug dat ze hadden fijngekauwd en doorgeslikt om het deels verteerde voedsel vervolgens uit te braken en de jongen daarmee te voeden, wat het de jongen makkelijker maakte om het te eten. Het was de taak van het alfavrouwtje om ervoor te zorgen dat geen andere vrouwtjes van de roedel paarden wanneer ze loops werden. Dikwijls onderbrak ze haar eigen paring om mannetjes bij ze weg te jagen, opdat haar eigen jongen de enige zouden zijn die werden geboren en grootgebracht.

Wolf schonk zijn aangeboren wolfse verknochtheid aan de mensenbaby's van zijn roedel. Ayla had in haar jeugd wolven geobserveerd en bestudeerd en daardoor begreep ze Wolf zo goed. Zolang niemand de kleintjes bedreigde was het niet waarschijnlijk dat hij voor moeilijkheden zou zorgen, en wie zou de baby's tijdens een Zomerbijeenkomst kunnen bedreigen?

'Goed dan, Folara,' zei Ayla. 'Wolf kan je helpen op de baby's te passen, maar Jondalar, wil jij af en toe bij Wolf en Folara gaan kijken of alles goed gaat? Volgens mij zal hij haar wel gehoorzamen, maar hij wordt misschien wat al te beschermend jegens de kleintjes en zal dan niemand bij ze in de buurt laten. Hij luistert altijd naar jou als ik er niet ben.'

'Ik was van plan om vanochtend in de buurt van ons kamp te blijven en enkele werktuigen te maken,' zei hij. 'Ik ben een paar mensen die me hebben geholpen met het bouwen van ons onderkomen bij de Negende Grot nog een speciaal werktuig schuldig. Er is een plek voor het kloppen van steen aan de rand van het hoofdkamp. De plek is geplaveid met stenen en is dus niet modderig. Ik kan daar werken en af en toe bij Folara en Wolf gaan kijken. Ik heb wel vanmiddag met een paar mensen afgesproken. Na de leeuwenjacht zijn veel meer mensen geïnteresseerd in de speerwerper.' Zijn voorhoofd rimpelde in zijn kenmerkende frons terwijl hij erover nadacht. 'Maar misschien kunnen we elkaar ergens treffen waar ik een oogje op ze kan houden.'

'Ik hoop dat we tegen de middag weer terug zijn, maar ik weet niet hoeveel tijd het grotbezoek zal vergen,' zei Ayla.

Niet lang daarna gingen ze allemaal op weg naar het hoofdkamp, waar ze ieder hun eigen weg zouden gaan. Ayla en Proleva met hun twee baby's, Folara, Jondalar en de wolf gingen eerst naar de grote zelandoniahut. De doniër van de Zesentwintigste Grot stond al buiten te wachten in het gezelschap van een acoliet die Ayla al enige tijd niet had gezien.

'Jonokol!' zei ze, en ze rende naar de man die vóór haar de acoliet van de Eerste was geweest en die als een van de beste kunstenaars van de Zelandoniërs werd beschouwd. 'Wanneer ben je aangekomen? Heb je Zelandoni al gezien?' vroeg ze nadat ze elkaar hadden omarmd en hun wangen tegen elkaar hadden gedrukt.

'We zijn gisteravond vlak voor donker aangekomen,' zei hij. 'De Negentiende Grot is wat aan de late kant vertrokken en toen werden we ook nog door de regen opgehouden. En ja, ik heb de Eerste Onder Hen Die De Moeder Dienen gezien. Ze ziet er geweldig uit.'

De andere leden van de Negende Grot begroetten de man die tot voor kort een gewaardeerd lid van hun Grot en een goede vriend was geweest, hartelijk. Zelfs Wolf herkende en besnuffelde hem en werd beloond met een krabbel achter zijn oren.

'Ben je al Zelandoni?' vroeg Proleva.

'Als ik de toets doorsta zal dat waarschijnlijk tijdens deze Zomerbijeenkomst gebeuren. Zelandoni van de Negentiende maakt het niet goed.

Ze is dit jaar niet meegekomen; ze kon zo ver niet meer lopen.'
'Het spijt me dat te horen,' zei Ayla. 'Ik had me erop verheugd haar te zien.'
'Ze is een goede leermeesteres geweest en ik heb al veel van haar taken uitgevoerd. Tormaden en de Grot zouden graag zien dat ik zo snel mogelijk al haar taken overneem en ik geloof niet dat onze Zelandoni daar bezwaar tegen zal hebben,' zei Jonokol. Toen keek hij naar de bundeltjes in de armen van Ayla en Proleva en zei: 'Ik zie dat jullie een kleintje hebben. Ik heb gehoord dat jullie allebei een meisje hebben gekregen, de gezegenden van Doni. Ik ben blij voor jullie. Mag ik ze zien?'
'Natuurlijk,' zei Proleva, terwijl ze haar baby uit de draagdoek haalde en omhooghield. 'Haar naam is Sethona.'
'En dit is Jonayla,' zei Ayla, die ook haar kindje omhooghield.
'Ze zijn binnen een paar dagen van elkaar geboren en worden vast goede vriendinnen,' zei Folara. 'Ik ga vandaag op ze passen en Wolf gaat me daarbij helpen.'
'O ja?' zei Jonokol, en toen zei hij tegen Ayla: 'Ik begrijp dat we vanochtend een nieuwe heilige grot gaan bezoeken.'
'Ga jij ook mee? Wat leuk,' zei Ayla, en toen keek ze naar de Zelandoni van de Zesentwintigste Grot. 'Heb je enig idee hoe lang we weg blijven? Ik zou graag tegen de middag terug zijn.'
'Ik verwacht dat we in de loop van de middag terug zijn,' zei hij. Hij had de hereniging van de kunstenaar-acoliet met zijn voormalige Grot en hun reacties op elkaar gadegeslagen. Hij had zich afgevraagd hoe Ayla het had willen aanpakken om met een jonge baby een moeilijke grot te bezoeken en begreep al snel dat ze zo verstandig was geweest regelingen te treffen voor de zorg van de kleine. Hij was niet de enige die zich afvroeg hoe een jonge moeder de taken van een Zelandoni op zich kon nemen. Klaarblijkelijk met de hulp van familie en vrienden in de Negende Grot. Het was niet zomaar dat er onder de zelandonia maar weinigen waren die een verbintenis aangingen en een familie stichtten. Over een paar jaar, als het kind gespeend was, zou het makkelijker voor haar zijn... tenzij ze opnieuw werd gezegend. Het zou interessant zijn om de ontwikkeling van deze jonge, aantrekkelijke acoliet te volgen, dacht hij.
Met de belofte dat ze snel terug zou zijn vertrok Ayla met de anderen van de Negende Grot met Proleva naar haar afspraak. De Zelandoni van de Zesentwintigste Grot slenterde achter hen aan. Ayla probeerde Jonayla te zogen, maar het kind was voldaan en glimlachte naar haar moeder terwijl de melk uit haar mondhoek droop en ze probeerde

overeind te gaan zitten. Ayla gaf de baby aan Folara, ging toen voor de wolf staan en klopte zachtjes net onder haar schouders. Het dier sprong op en legde zijn grote voorpoten op de plek die ze had aangetikt en ze moest zich schrap zetten om zijn gewicht te dragen.

Bij de demonstratie die volgde staarden de mensen die het nooit eerder hadden gezien geschokt en ongelovig naar haar. Ayla hief haar kin en de wolf likte voorzichtig haar hals, waarna hij haar tere keel tussen zijn tanden nam in een wolfs gebaar van erkenning van het alfavrouwtje van zijn roedel. Ze deed hetzelfde bij hem, vlak naast zijn bek, en kreeg een mondvol haren; toen pakte ze hem bij zijn kraag en keek hem in de ogen. Toen ze hem losliet liet hij zich op de grond zakken, en zij hurkte voor hem neer zodat hun ogen op gelijke hoogte waren.

'Ik ga een poosje weg,' zei ze zacht tegen het dier, waarbij ze hetzelfde zei in de gebarentaal van de Stam, al viel dat de meesten die toekeken niet eens op. Soms leek Wolf gebarentaal beter te begrijpen dan woorden, maar als ze hem iets belangrijks wilde vertellen gebruikte ze vaak beide methoden. 'Folara gaat op Jonayla en Sethona passen. Jij moet hier blijven met de baby's en op ze letten, en je moet doen wat Folara zegt. Jondalar zal in de buurt zijn.'

Ze stond op, knuffelde haar baby en nam afscheid van de anderen. Jondalar omhelsde haar vluchtig terwijl ze hun wangen tegen elkaar drukten, en toen vertrok ze. Ze hield zichzelf voor dat Wolf heus niet werkelijk alles begreep wat ze zei, maar wanneer ze op die manier tegen hem sprak, luisterde hij vol aandacht toe, en hij leek haar instructies wel altijd op te volgen. Het was haar opgevallen dat de Zelandoni van de Zesentwintigste Grot hen was gevolgd en ze wist dat hij haar communicatie met Wolf had gezien. De verwondering was nog van zijn gezicht af te lezen, al was dat niet voor iedereen duidelijk. Ayla was gewend subtiele uitdrukkingsnuancen te duiden – dat was een belangrijk element in de taal van de Stam – en ze had geleerd de vaardigheid toe te passen bij het interpreteren van onbewuste gezichtsuitdrukkingen van haar eigen soort.

De man zei niets toen ze naast elkaar terugliepen naar het onderkomen van de zelandonia, maar hij had geschokt toegekeken toen ze haar keel had blootgesteld aan de scherpe tanden van de wolf. De Zesentwintigste Grot was het jaar daarvoor naar een andere Zomerbijeenkomst gegaan en hij had haar nooit eerder met het dier gezien. Het had hem verbaasd een roofdier zo rustig in het gezelschap van de mensen van de Negende Grot te zien en hij had zich verwonderd over de grootte van het dier. Toen Wolf op zijn achterpoten ging staan leek het de grootste wolf te zijn die hij ooit had gezien. Hij was natuurlijk nooit eerder zo dicht in de buurt van een levende wolf geweest, maar het dier was bijna even lang als de vrouw!

Hij had horen vertellen dat de nieuwe acoliet van de Eerste op een bijzondere manier met dieren omging en dat een wolf haar achternaliep, maar hij wist dat mensen soms erg overdreven, en hoewel hij ze niet had tegengesproken, had hij de verhalen nooit helemaal geloofd. Misschien was er een wolf in de buurt van de bijeenkomst gesignaleerd en waren mensen tot de overtuiging gekomen dat het dier haar in de gaten hield. Maar dit was niet een dier dat aan de rand van de groep rondsloop en haar vanaf een afstand in de gaten hield, zoals hij zich had voorgesteld. Er was tussen de vrouw en de wolf sprake van rechtstreekse communicatie, begrip en vertrouwen. De Zelandoni van de Zesentwintigste Grot had nog nooit zoiets gezien en zijn nieuwsgierigheid naar Ayla werd nog sterker geprikkeld. Jonge moeder of niet, misschien hoorde ze toch bij de zelandonia thuis.

De ochtend was al gevorderd tegen de tijd dat het groepje de onopvallende grot in de lage kalkstenen wand naderde. Ze waren met z'n vieren: de Zelandoni van de Zesentwintigste Grot, zijn acoliet – een rustige jonge man die Falithan heette en die zich dikwijls voorstelde als de eerste acoliet van de Zelandoni van de Zesentwintigste – Jonokol, de getalenteerde kunstenaar die het jaar daarvoor de acoliet van de Eerste was geweest, en Ayla.

Ze had ervan genoten om onderweg met Jonokol te praten, al besefte ze wel hoeveel er in het afgelopen jaar was veranderd. Toen ze hem leerde kennen was hij meer kunstenaar dan acoliet geweest. Hij had zich bij de zelandonia aangesloten omdat hij daardoor de gelegenheid kreeg zijn kunstzinnigheid de vrije hand te geven. Hij had geen aspiraties om een Zelandoni te worden en was er content mee om een acoliet te blijven, maar dat was veranderd. Hij was serieuzer geworden. Hij wilde de witte Grot beschilderen die zij, of liever gezegd Wolf, de zomer daarvoor had ontdekt; maar niet louter uit het oogpunt van kunst. Hij wist dat het een bijzondere, gewijde plek was, een door de Moeder geschapen heilige schuilplaats. De witte wanden van calciet waren een expliciete uitnodiging om van de grot een plek te maken om met de wereld van de geesten te communiceren. Hij wilde die wereld als een Zelandoni leren kennen, om in staat te zijn de heiligheid van de grot recht te doen wanneer hij de afbeeldingen uit de volgende wereld zou scheppen die, en daarvan was hij overtuigd, tot hem zou spreken. Jonokol zou binnen korte tijd Zelandoni van de Negentiende Grot zijn en zijn eigen naam opgeven, wist Ayla.

De ingang van de kleine grot leek nauwelijks groot genoeg om naar binnen te kunnen gaan, en toen Ayla naar binnen keek, leek de gang verderop nog kleiner te worden. Ayla vroeg zich onwillekeurig af waarom iemand naar binnen zou willen. Toen hoorde ze een geluid dat haar nekhaartjes overeind liet staan en haar kippenvel op haar armen bezorgde. Het leek op gejodel, maar sneller en hoger, een jammerklacht die de grotopening voor hen leek te vullen. Ze draaide zich om en zag dat Falithan het geluid maakte. Toen kwam een eigenaardig gedempte echo naar hen terug die niet helemaal gelijkliep met het oorspronkelijke geluid, maar van diep in de grot leek te komen. Toen hij zweeg zag Ayla dat Zelandoni van de Zesentwintigste naar haar glimlachte.

'Een opmerkelijk geluid, nietwaar?' zei de man.

'Ja,' zei Ayla. 'Maar waarom deed hij dat?'

'Het is een manier om de grot te testen. Wanneer iemand in een holte zingt of fluit speelt of een geluid maakt zoals Falithan zojuist deed en de grot daarop antwoordt met een vergelijkbaar geluid, betekent dat dat de Moeder ons zegt dat Ze ons hoort en ons vertelt dat men hier de geestenwereld kan betreden. Dan weten we dat het een heilige plaats is,' zei de Zesentwintigste.

'Zingen alle heilige grotten terug?' vroeg Ayla.

'Niet allemaal, maar de meeste wel, en sommige op bepaalde plaatsen, maar er is altijd iets bijzonders aan heilige plaatsen,' zei hij.

'Ik weet zeker dat de Eerste in staat zou zijn om op deze manier een grot te testen; ze heeft een prachtige, zuivere stem,' zei Ayla, en toen fronste ze haar voorhoofd. 'Maar stel dat je een grot wilt testen en dat je niet kunt zingen of fluit spelen of een geluid maken zoals Falithan zojuist deed. Ik kan geen van die dingen.'

'Je kunt vast wel een beetje zingen.'

'Nee, dat kan ze niet,' zei Jonokol. 'Ze spreekt de woorden van *Het Lied van de Moeder* en neuriet monotoon.'

'Je moet in staat zijn een heilige grot met geluid te testen,' zei de Zelandoni van de Zesentwintigste Grot. 'Dat is een belangrijk element van een Zelandoni zijn. En het moet een waarachtig geluid zijn. Je kunt niet gewoon schreeuwen of gillen.' Hij leek ernstig verontrust en Ayla was ontmoedigd.

'Wat als ik het juiste soort geluid niet kan maken? Een waarachtig geluid?' zei Ayla, die op dat moment besefte dat ze echt graag op een dag een Zelandoni wilde zijn. Maar stel dat dat niet kon alleen maar omdat ze geen waarachtig geluid kon maken?

Jonokol leek even ongelukkig als Ayla. Hij mocht de vrouw uit den vreemde die Jondalar van zijn Tocht had meegebracht erg graag en hij had het gevoel dat hij haar iets verschuldigd was. Ze was niet alleen degene die de prachtige nieuwe grot had ontdekt, maar ze had er ook voor gezorgd dat hij een van de eersten was die de grot te zien kreeg, en toen had ze ermee ingestemd de acoliet van de Eerste te worden, waardoor hij naar de Negentiende Grot kon verhuizen, die er vlakbij lag.

'Maar je kunt wel een waarachtig geluid maken, Ayla,' zei Jonokol. 'Je kunt fluiten. Ik heb je als een vogel horen fluiten, en je kunt nog veel meer dierengeluiden nadoen. Je kunt hinniken als een paard, je kunt zelfs brullen als een leeuw.'

'Dat zou ik graag eens horen,' zei de doniër.

'Vooruit, Ayla, laat maar horen,' zei Jonokol.

Ayla deed haar ogen dicht en concentreerde zich. Ze ging in gedachten terug naar de tijd dat ze in haar dal woonde en een jonge leeuw en een paard grootbracht, alsof die haar kinderen waren. Ze dacht terug aan de eerste keer dat Kleintje luidkeels had gebruld. Ze had besloten te oefenen om ook dat geluid te kunnen maken en had hem een paar dagen later beantwoord met een brul. Het geluid was iets minder donderend dan dat van hem, maar hij herkende het als een fatsoenlijke brul. Net als Kleintje liet ze haar gebrul altijd voorafgaan door een reeks kenmerkende gromgeluiden die steeds luider werden. Toen deed ze haar mond open en gaf ze het luidste gebrul waartoe ze in staat was. Het geluid vulde de kleine grot. Na een korte stilte kwam de echo van het gebrul naar hen terug, een gedempt geluid dat hun kippenvel bezorgde en ieder van hen het gevoel gaf dat een andere leeuw had geantwoord vanaf een verre plek diep in de grot of nog verder weg.

'Als ik niet beter wist zou ik zweren dat er een leeuw in de grot zat,' zei de jonge acoliet van de Zesentwintigste lachend toen de echo's wegstierven. 'Is het waar dat je ook kunt hinniken als een paard?'

Dat was makkelijk. Het klonk als de ware naam van Ayla's paard, Whinney, de naam die ze haar had gegeven toen ze nog een veulen was, al gebruikte ze nu vaker een woord dan een hinnikend geluid. Ze maakte het geluid waarmee ze haar vriendin doorgaans begroette als ze haar een poosje niet had gezien, een blij, verwelkomend '*whiiiiineeeey*'.

De doniër van de Zesentwintigste Grot barstte in lachen uit. 'En je kunt natuurlijk ook fluiten als een vogel.'

Ayla lachte, een brede opgetogen grijns, en floot toen een reeks vogelgeluiden die ze zichzelf had geleerd toen ze nog in haar eentje in haar dal woonde en vogels had geleerd uit haar hand te eten. Het gekwinkeleer en getjilp en gefluit kwam als een eigenaardig gedempte echo uit de grot naar hen terug.

'Nou, als ik al twijfels had gehad over of dit wel of niet een heilige grot is, waren die nu weggenomen. En al kun je niet zingen of fluit spelen, je zult geen enkele moeite hebben met testen met geluid, Ayla. Net als Falithan heb je daarvoor je eigen manier,' zei de Zelandoni. Toen gaf hij zijn acoliet een teken en de man deed zijn rugbepakking af en haalde vier kommetjes met handgrepen tevoorschijn die uit kalksteen waren gesneden.

Toen pakte de acoliet een voorwerp dat leek op een klein wit worstje: het was een stukje van de darm van een dier gevuld met vet. Hij draaide het ene uiteinde open en kneep wat van het licht gestolde vet in elk van de vier kommen en daarop legde hij een reepje van een gedroogde boleet. Toen ging hij zitten en trof hij voorbereidingen om vuur te maken. Ayla keek toe en bood bijna aan om vuur te maken met een van haar vonkstenen, maar het voorgaande jaar had de Eerste er een ceremonie van gemaakt om de vonksteen te demonstreren; en hoewel veel Zelandoniërs wisten hoe die gebruikt moest worden, wist Ayla niet hoe ze het degenen wilde laten zien die de eerste demonstratie hadden gemist.

Met gebruikmaking van de materialen die hij had meegebracht had hij al snel een vuurtje gemaakt en met een ander reepje gedroogde boleet bracht hij het vuur over naar de kommen om een deel van het vet te smelten zodat het makkelijker geabsorbeerd zou worden, waarna hij de boleetpitten aanstak.

Toen alle vier de vetlampen goed brandden zei de Zelandoni van de Zesentwintigste: 'Goed, zullen we deze krappe kleine grot dan maar gaan verkennen? Maar je zult je moeten voorstellen een ander dier te zijn, Ayla: een slang. Denk je dat je naar binnen kunt kruipen?'

Ayla knikte, al had ze wel haar twijfels.

Met de greep van de kleine komvormige lamp in zijn hand stak de Zelandoni van de Zesentwintigste Grot als eerste zijn hoofd in de kleine opening. Toen liet hij zich op zijn knieën en één hand zakken en vervolgens op zijn buik. Terwijl hij de kleine olielamp voor zich uit schoof, wurmde hij zich de unieke kleine ruimte binnen. Ayla volgde hem, toen Jonokol en als laatste Falithan, ieder met een lamp. Ayla begreep nu waarom de Zelandoni de Eerste had afgeraden te proberen de grot binnen te gaan. Hoewel Ayla soms verbaasd had opgekeken van wat de grote vrouw allemaal kon als ze haar zinnen op iets had gezet, was deze grot echt te klein voor haar.

De lage wanden stonden min of meer loodrecht op de vloer, maar bogen zich vanboven naar elkaar toe om een gewelfd plafond te vormen, dat zo te zien bestond uit steen bedekt met vochtige aarde. De vloer was van natte, kleiachtige modder die aan hen bleef plakken, maar het hun makkelijker maakte om door de krappe plekken heen te glijden, al duurde het niet lang of de koude, klamme modder doorweekte hun kleren. Door de koude werd Ayla zich ervan bewust dat haar borsten vol melk waren en ze probeerde zich op haar ellebogen omhoog te duwen zodat ze niet met haar volle gewicht erop hoefde te drukken, hoewel dat moeilijk was omdat ze de lamp moest vasthouden. Ayla had nooit moeite gehad met kleine ruimten, maar toen ze in een bocht klem kwam te zitten, voelde ze toch een lichte paniek in zich opkomen.

'Rustig maar, Ayla. Je redt het wel,' hoorde ze Jonokol zeggen, en toen voelde ze dat hij tegen haar voeten duwde. Met zijn hulp wurmde ze zich erdoorheen.

De grot was niet overal even klein. Toen ze de vernauwing door waren, kwamen ze in een iets grotere ruimte. Ze konden rechtop zitten en als ze hun lamp omhooghielden, elkaar zien. Ze bleven er even uitrusten. Jonokol kon de verleiding niet weerstaan en haalde een klein beitelvormig stukje vuursteen uit een buidel die aan het koord om zijn middel hing. Met een paar halen graveerde hij een afbeelding van een paard op de muur en toen nog een voor de eerste.

Ayla had zich altijd verbaasd over zijn vaardigheid. Toen hij nog bij de Negende Grot woonde had ze dikwijls toegekeken terwijl hij oefende op de buitenmuur van een kalkstenen wand of op een afgebroken stuk steen of met houtskool op een stuk ongelooide huid of zelfs op een gladgestreken stukje grond. Hij deed het zo dikwijls en het ging hem zo makkelijk af dat hij bijna verkwistend met zijn talent leek om te gaan. Maar zoals zij had moeten oefenen om vaardig met haar slinger of Jondalars speerwerper te worden, had Jonokol moeten oefenen om zijn niveau van vaardigheid te bereiken. Het kwam haar echter voor dat het vermogen om te denken aan een levend dier en dan een afbeelding daarvan op een oppervlak weer te geven, zo bijzonder was dat het alleen maar een grote, wonderbaarlijke Gave van de Moeder kon zijn. Ayla was niet de enige die daar zo over dacht.

Nadat ze een poosje hadden gerust, ging de Zelandoni van de Zesentwintigste Grot de anderen weer voor verder de grot in. Ze moesten zich door nog een paar krappe doorgangen wurmen voor ze een plek bereikten waar brokken steen de doorgang versperden. Het was het eind van de grot. Ze konden niet verder.

'Het viel me op dat je je gedwongen voelde om tekeningen te maken op de muren van deze grot,' zei de Zelandoni van de Zesentwintigste, glimlachend naar Jonokol.

Jonokol wist eigenlijk niet of hij het ook zo zou hebben verwoord, maar aangezien hij twee paarden had getekend, knikte hij instemmend.
'Ik loop al een tijdje met het idee rond dat Zonzicht eigenlijk een ceremonie moet houden voor deze ruimte. Ik ben nu zekerder dan ooit dat het een heilige plek is en dat zou ik graag erkennen. Het kan een plek zijn voor jonge mensen die zichzelf op de proef willen stellen, zelfs voor heel jonge mensen.'
'Daar zit wat in,' zei de kunstenaar-acoliet. 'Het is een moeilijke grot, maar rechttoe, rechtaan. Het is moeilijk om hierbinnen te verdwalen.'
'Wil jij deelnemen aan de ceremonie, Jonokol?'
Ayla vermoedde dat de Zelandoni wilde dat Jonokol meer tekeningen zou maken in deze heilige grot die zo dicht bij hun Grot lag, en ze vroeg zich af of zijn tekeningen de plek meer status zouden verlenen.
'Ik vind dat hier een merkteken moet komen om aan te geven dat je niet verder kunt in deze grot... in deze wereld,' zei Jonokol en toen glimlachte hij. 'Volgens mij sprak Ayla's leeuw uit de volgende wereld. Laat me maar weten wanneer je de ceremonie wilt houden.'
Zowel de Zelandoni als zijn acoliet, Falithan, lachte verheugd. 'Ook jij bent welkom, Ayla,' zei de Zesentwintigste.
'Ik zal eerst moeten kijken wat de Eerste voor mij op het programma heeft staan,' antwoordde ze.
'Natuurlijk.'
Tot Ayla's opluchting draaiden ze zich om en begaven zich op weg naar de uitgang. Haar kleren waren doorweekt en zaten onder de modder en ze begon het koud te krijgen. De terugweg leek minder lang dan de heenweg en ze was blij dat ze niet weer klem kwam te zitten. Toen ze de ingang bereikten slaakte Ayla een zucht van opluchting. Haar olielamp was uitgegaan vlak voor ze het licht zagen dat van buiten naar binnen viel. Dit mocht dan een heilige grot zijn, dacht ze, maar niet bepaald een prettige, vooral omdat ze bijna voortdurend op haar buik had moeten kruipen.
'Wil je misschien een bezoek brengen aan Zonzicht, Ayla? We zijn er vlakbij,' zei Falithan.
'Het spijt me. Een andere keer kom ik graag op bezoek, maar ik heb tegen Proleva gezegd dat ik in de loop van de middag terug zou zijn. Ze past op Jonayla en ik moet nu echt terug naar het kamp,' zei Ayla. Ze voegde er niet aan toe dat haar borsten pijn deden; ze moest zogen en begon zich erg ongemakkelijk te voelen.

8

Toen Ayla terugkwam zat Wolf aan de rand van het zomerkamp op haar te wachten. Hij had op de een of andere manier geweten dat ze in aantocht was. 'Waar is Jonayla, Wolf? Breng me naar haar toe.' Het dier rende voor haar uit en draaide zich toen om, om zich ervan te overtuigen dat ze hem volgde.

Hij bracht haar linea recta naar Proleva, die in het kamp van de Derde Grot Jonayla zoogde. 'Ayla! Je bent er weer! Als ik had geweten dat je onderweg was, zou ik hebben gewacht. Ik ben bang dat ze nu verzadigd is,' zei de vrouw.

Ayla pakte haar kind aan en probeerde haar te zogen, maar het kleintje had geen honger meer, wat de pijn in Ayla's borsten leek te verergeren. 'Heb je Sethona al gezoogd? Ik ben ook vol. Vol melk.'

'Stelona heeft me vandaag geholpen en zij heeft altijd melk in overvloed, hoewel haar baby nu ook af en toe vast voedsel eet. Nog niet zo lang geleden, toen ik met Zelandoni in bespreking was over de Verbintenisceremonie, bood ze aan om Sethona te zogen. Aangezien ik wist dat ik Jonayla moest zogen kwam dat heel goed uit. Ik wist jammer genoeg niet wanneer je terug zou zijn, Ayla.'

'Ik ook niet,' zei Ayla. 'Ik zal wel even kijken of ik iemand kan vinden die melk nodig heeft, en dank je dat je vandaag voor Jonayla hebt gezorgd.'

Onderweg naar de grote zelandoniahut zag Ayla Lanoga met Lorala op haar heup. De drie jaar oude Ganamar, de op een na jongste in de familie, hield zich met één hand aan haar tuniek vast, terwijl de duim van zijn andere hand stevig in zijn mond zat. Ayla hoopte dat Lorala zou willen drinken, wat doorgaans het geval was. Toen ze het vroeg zei Lanoga tot haar opluchting dat ze juist op zoek was naar iemand die de kleine kon zogen.

Ze namen plaats op een van de van zitkussens voorziene boomstammen die rondom een vuurplaats voor de ingang van de grote hut waren gerangschikt en Ayla verruilde haar dochtertje voor de oudere baby. Wolf ging vlak naast Jonayla zitten en Ganamar plofte naast de wolf neer. Alle kinderen van Laramars vuurplaats voelden zich bij het dier op hun gemak, behalve Laramar. Hij deinsde nog steeds gespannen achteruit als de grote wolf bij hem in de buurt kwam.

Ayla moest haar borst afvegen voor ze het kind kon zogen; de natte modder was doorgedrongen tot op haar huid. Terwijl Ayla Lorala zoogde, keerde Jondalar terug van een middag oefenen met de speerwerper. Lanidar was bij hem. Hij glimlachte verlegen naar haar en hartelijker naar Lanoga. Ayla liet haar blik keurend over hem heen glijden. Hij was twaalf, bijna dertien en hij was in het afgelopen jaar behoorlijk gegroeid. Zijn zelfvertrouwen nog het meest, zag ze. Hij was langer en hij droeg een unieke speerwerphouder, een soort tuig dat was aangepast aan zijn mismaakte rechterarm. Er was ook een koker aan bevestigd met een aantal van de speciale speren die in een speerwerper werden gebruikt. Ze waren korter en lichter dan de speren die met de hand werden geworpen; het waren eigenlijk lange pijlen met een scherpe punt van vuursteen. Zijn goed ontwikkelde linkerarm zag er bijna even sterk uit als de arm van een volwassen man, en ze vermoedde dat hij met het wapen had geoefend.

Lanidar droeg ook een mannelijkheidsceintuur met een rode franje, een smalle met de vinger geweven strook van verscheidene kleuren en vezels. Sommige waren natuurlijke plantaardige kleuren zoals ivoorkleurig vlas, beige hennep en taupekleurige netels. Andere waren de natuurlijke vezels van dierenvachten, voor het merendeel de dichte lange vacht van in de winter gedode prooidieren zoals witte moeflon, grijze steenbok, donkerrode mammoet en zwarte paardenstaart. De meeste vezels konden ook worden geverfd om de natuurlijke kleur te veranderen of te versterken. De ceintuur gaf niet alleen aan dat hij lichamelijk volwassen was en klaar voor een donii-vrouw en mannelijkheidsriten, maar de patronen gaven zijn banden aan. Ayla herkende het symbool dat aangaf dat hij van de Negentiende Grot van de Zelandoniërs was, maar de patronen die zijn namen en banden symboliseerden kende ze niet.

De eerste keer dat Ayla een mannelijkheidsceintuur had gezien, had ze die prachtig gevonden. Ze had toen echter geen flauw idee gehad van de betekenis, en Marona, de vrouw die had verwacht dat Jondalar met haar een verbintenis zou aangaan, had geprobeerd haar in verlegenheid te brengen door haar ertoe te brengen de ceintuur te dragen, samen met het winterondergoed van een jonge man. Ze vond de ceintuurs nog steeds prachtig, hoewel ze haar altijd herinnerden aan dat onplezierige voorval. Ze had echter de zachte leren kledingstukken die de vrouw haar had gegeven, gehouden. Ayla was geen geboren Zelandonische en hoewel de kledingstukken als mannenondergoed waren bedoeld, had ze niet het ingewortelde door cultuur ingegeven gevoel dat ze ongepast waren. Ze waren gemaakt van gerieflijk zittend zacht suèdeleer en voelden fluweelachtig aan, en ze besloot dat ze ze af en toe zou aantrekken, nadat ze kleine veranderingen in de beenkappen en tuniek had aangebracht zodat ze beter zouden passen om haar vrouwelijke vormen.

De mensen van de Negende Grot hadden haar vreemd aangekeken toen ze de eerste keer bij warm weer om op jacht te gaan het ondergoed van een jonge man als gemakkelijke buitenkleding had aangetrokken, maar ze raakten eraan gewend. Na een poosje viel het haar op dat enkele jonge vrouwen vergelijkbare kleding gingen dragen. Maar Marona vond het pijnlijk en het wekte haar woede als Ayla ze droeg, omdat ze eraan werd herinnerd dat haar list bij de Negende Grot niet in goede aarde was gevallen. Ze hadden het gevoel gehad dat ze de Grot schande had aangedaan door de vrouw uit den vreemde, die voorbestemd was om een van hen te worden, zo wreed te behandelen. Marona van streek maken was niet Ayla's opzet geweest toen ze voor het eerst in het ondergoed van een tienerjongen in het openbaar verscheen, maar de reactie van de vrouw was haar niet ontgaan.

Toen Ayla en Lanoga de baby's weer omruilden kwam een groep lachende jonge mannen aanlopen; de meesten hadden een mannelijkheidsceintuur om hun middel en verscheidenen droegen een speerwerper. Jondalar trok altijd mensen aan, waar hij ook was, maar vooral jonge mannen bewonderden hem en zwermden bij elke gelegenheid om hem heen. Ze was blij te zien dat ze Lanidar vriendelijk begroetten. Sinds hij zo'n grote vaardigheid met het nieuwe wapen had ontwikkeld, gingen de andere jonge mannen hem niet langer uit de weg vanwege zijn mismaakte arm. Ze was ook blij toen ze zag dat Bologan bij hen was, al droeg hij geen mannelijkheidsceintuur en had hij geen eigen wapen. Ze wist dat Jondalar een aantal jachtwapens had gemaakt zodat mensen ermee konden oefenen.

Ayla wist dat zowel mannen als vrouwen deelnamen aan de oefensessies met de speerwerper die Jondalar was gaan organiseren, maar hoewel de twee seksen zich zeer bewust van elkaar waren, gingen de jonge mannen het liefst om met leeftijdgenoten die dezelfde ontwikkelingsfase doormaakten en die dezelfde rituelen te wachten stonden; en jonge vrouwen neigden ertoe om de 'jongens met ceintuurs' uit de weg te gaan. De meeste jonge mannen keken vluchtig naar Lanoga, maar veinsden dat ze haar negeerden, behalve Bologan. Hij keek zijn zus aan en zij keek terug, en hoewel ze niet naar elkaar glimlachten of knikten, was het een soort erkenning.

Alle jongens lachten naar Ayla, ondanks haar modderige kleren, de meesten schuchter, maar een paar waren vrijpostiger in het uiten van hun bewondering voor de mooie oudere vrouw die Jondalar mee naar huis had gebracht en met wie hij een verbintenis was aangegaan. Donii-vrouwen waren altijd wat ouder en wisten hoe ze moesten omgaan met brutale jongens die probeerden man te zijn, en hoe ze die knapen in bedwang moesten houden zonder ze te veel te ontmoedigen. De vrijpostige glimlach van enkele jongens die ze nooit eerder had gezien maakte plaats voor een verontruste blik toen Wolf op haar teken overeind kwam.

'Heb je al met Proleva gesproken over de plannen voor vanavond?' vroeg Jondalar aan Ayla toen ze opstond en in de richting van het kamp van de Negende Grot wilde lopen. Hij lachte naar de baby en kietelde haar en ze giechelde verrukt.

'Nee. Ik ben net terug van de nieuwe heilige grot waarvan de Eerste vond dat ik die moest zien, en toen heb ik eerst Jonayla opgehaald. Ik zal het haar vragen als ik me heb verkleed,' zei Ayla, terwijl ze hun wangen tegen elkaar drukten. Enkele van de jonge mannen, voornamelijk degenen die een beetje bang waren voor Wolf, keken verbaasd op toen Ayla sprak; haar verre afkomst was hoorbaar.

'Je kleren zitten helemaal onder de modder,' zei Jondalar. Hij veegde zijn hand af aan zijn broek.

'De grot had een erg natte vloer van klei en we moesten als een slang naar binnen kruipen. De modder is ook koud en zwaar. Daarom moet ik me verkleden.'

'Ik loop met je mee terug,' zei Jondalar; hij had Ayla de hele dag nauwelijks gezien. Hij nam Jonayla in zijn armen om te voorkomen dat de baby ook onder de modder kwam te zitten.

Toen Ayla later Proleva trof, hoorde ze dat de Negende Grot en de Derde Grot in het kamp van de Derde een vergadering hielden van de leiders van de overige Grotten en hun assistenten die op de Zomerbijeenkomst waren. Al hun families zouden bij hen aanschuiven voor het avondmaal. Proleva had het druk met de voorbereidingen en had een paar mensen gevraagd voor de kinderen te zorgen zodat hun moeders konden helpen.

Ayla gaf Wolf een teken dat hij mee moest lopen. Ze zag dat een of twee vrouwen angstig naar het roofdier keken, maar ze was blij toen ze zag dat anderen Wolf herkenden en verwelkomden, wetend dat hij een grote hulp kon zijn bij het passen op de kinderen. Lanoga bleef om te helpen voor de kinderen te zorgen en Ayla ging terug naar Proleva om te vragen wat ze voor haar kon doen.

In de loop van de avond nam ze even pauze om Jonayla te zogen, maar er moest zoveel worden gedaan aan het voorbereiden en bereiden van het grote feestmaal dat ze nauwelijks de tijd had om haar baby in haar armen te nemen nadat iedereen had gegeten, en toen werd ze naar de zelandoniahut ontboden. Ze nam Jonayla mee en gaf Wolf een teken haar te volgen.

Het was al laat en donker toen ze over een pad van platte stenen naar het grote zomerverblijf liep. Ze had een fakkel bij zich, hoewel het licht van diverse vuurplaatsen haar weg redelijk goed verlichtte. Ze liet de fakkel buiten, rechtop in een stapel stenen die speciaal was bedoeld om er hete fakkels in te zetten. Binnen brandde een klein vuur vlak bij de rand van een grotere vuurkring, en hier en daar stonden flakkerende lampen, die zacht gloeiden maar weinig licht gaven. Achter de dansende vlammen in de vuurplaats was weinig te zien. Ze meende te horen dat iemand aan de andere kant van het onderkomen zacht lag te snurken, maar ze zag alleen Jonokol en de Eerste. Ze zaten net binnen de kring van licht en nipten van nappen hete thee.

Zonder hun gesprek te onderbreken knikte de Eerste naar Ayla en gebaarde dat ze plaats moest nemen. Ayla was blij dat ze eindelijk de gelegenheid had om even rustig te gaan zitten en installeerde zich op een dik zitkussen, waarvan er verscheidene rondom de vuurplaats verspreid lagen, en begon al luisterend haar dochtertje te zogen. Wolf ging naast hen zitten. Hij was meestal welkom in de zelandoniahut. Ayla was overdag behoorlijk lang weggeweest en hij wilde haar en Jonayla nu niet alleen laten.

'Wat was je indruk van de grot?' vroeg de grote vrouw aan de jonge man.

'De grot is erg klein, op sommige plaatsen nauwelijks groot genoeg om je erdoorheen te wurmen, maar behoorlijk lang. Een interessante grot,' zei Jonokol.

'Geloof je dat die heilig is?' vroeg ze.

'Ja.'

De Eerste knikte. Ze had niet getwijfeld aan de woorden van de Zelandoni van de Zesentwintigste Grot, maar het was fijn om een bevestigende mening te horen.

'En Ayla vond haar Stem,' voegde Jonokol eraan toe, met een glimlach naar Ayla, die naar het gesprek luisterde en onbewust haar drinkende dochtertje wiegde.

'O ja?' zei de oude vrouw.

'Ja,' zei Jonokol met een glimlach. 'De Zesentwintigste vroeg haar om de grot te testen en was verbaasd toen ze zei dat ze niet kon zingen of fluit spelen of wat dan ook. Zijn acoliet, Falithan, zingt een krachtige, hoge jammerklacht die erg uniek is. Toen herinnerde ik me opeens Ayla's vogelroepen en bracht ik haar in herinnering dat ze kon fluiten als een vogel en hinniken als een paard, zelfs brullen als een leeuw. Dus dat deed ze. Alle drie. De Zesentwintigste was diep onder de indruk, vooral door die brul. Haar test staafde de heiligheid van de grot. Toen het gebrul terugkwam, was die gedempt, maar helder, heel goed hoorbaar, en het geluid leek te komen van een plaats heel ver weg. De andere plaats.'

'Wat denk jij, Ayla?' vroeg de Eerste, terwijl ze een nap thee inschonk, die ze aan Jonokol gaf om aan Ayla te geven. Ze had gezien dat de baby verzadigd was en in Ayla's armen in slaap was gevallen, terwijl een beetje melk uit haar mondhoek druppelde.

'Het is een moeilijke grot om binnen te gaan en lang, maar niet ingewikkeld. Hij zou beangstigend kunnen zijn, vooral waar de doorgang erg nauw wordt, maar niemand kan erin verdwalen,' zei Ayla.

'Door je beschrijving heb ik het idee dat de grot heel goed zou zijn voor jonge acolieten die zichzelf op de proef willen stellen om erachter te komen of ze wel geschikt zijn voor het leven van een Zelandoni. Als ze bang worden in een kleine, donkere grot waar geen sprake is van reëel gevaar, betwijfel ik of ze de andere beproevingen aankunnen, waarvan sommige echt gevaarlijk kunnen zijn,' zei de Vrouw Die Eerste Was.

Ayla vroeg zich onwillekeurig af wat die beproevingen zouden kunnen inhouden. Ze was in haar leven in heel wat hachelijke situaties beland en ze wist eigenlijk niet of ze met nog meer geconfronteerd wilde worden, maar misschien moest ze maar gewoon afwachten wat er van haar gevraagd zou worden.

De zon stond nog laag aan de oostelijke hemel, maar een hoogrode strook lucht die aan de randen tot paars vervaagde, kondigde de komende dag aan. Een zweem van roze lichtte de smalle nevelige bank laaghangende wolken aan de westelijke horizon op, een weerkaatsing van de achterkant van de stralende zonsopgang. Ondanks het vroege tijdstip was bijna iedereen in het hoofdkamp. Het had een aantal dagen af en aan geregend, maar deze dag zag er veelbelovend uit. Kamperen als het regende was draaglijk, maar nooit plezierig.

'Zodra de Eerste Riten en Verbinteniceremoniën voorbij zijn, wil Zelandoni met me op reis,' zei Ayla, opkijkend naar Jondalar. 'Ze wil mijn doniërreis beginnen met een bezoek aan enkele heilige plaatsen niet al te ver hiervandaan. We moeten die zitplaats op een sleepraam voor haar maken.' Ze hadden net de paarden verzorgd en gingen nu op weg naar het hoofdkamp voor een ochtendmaal. Wolf had hen aanvankelijk vergezeld, maar hij werd onderweg afgeleid en was het struikgewas in gerend. Jondalar fronste zijn voorhoofd. 'Zo'n tocht zou interessant kunnen zijn, maar er wordt gesproken over een grote jacht na de ceremoniën. Misschien een zomerkudde najagen zodat we kunnen beginnen met vlees drogen voor de komende winter. Joharran heeft het erover gehad dat de paarden handig kunnen zijn om dieren een omheind veld binnen te drijven. Ik geloof dat hij rekent op onze hulp. Hoe moeten we beslissen wat we gaan doen?'

'Als de Eerste niet al te ver weg wil, kunnen we misschien beide doen,' zei Ayla. Ze wilde met de Eerste heilige plaatsen bezoeken maar ze ging ook graag op jacht.

'Misschien,' zei Jondalar. 'We kunnen het natuurlijk met zowel Joharran als Zelandoni bespreken en het aan hen overlaten om een beslissing te nemen. Maar we kunnen hoe dan ook een sleepraamzitplaats voor Zelandoni maken. Toen we het zomeronderkomen voor Bologan en Lanoga aan het bouwen waren heb ik een paar bomen gezien die volgens mij wel geschikt zijn.'

'Wanneer hebben we tijd om eraan te beginnen?'

'Vanmiddag, misschien. Ik zal even rondvragen om te zien of ik een paar mensen kan vinden die willen helpen,' zei Jondalar.

'Gegroet, Ayla en Jondalar,' zei een bekende jonge stem. Het was Lanoga's jongere zusje, de negen jaar oude Trelara.

Ze draaiden zich allebei om en zagen alle zes de kinderen uit hun zomerhut naar buiten komen. Bologan sloot de flap voor de ingang en haalde hen in. Tremeda en Laramar waren er niet bij. Ayla wist dat de volwassenen de schuilplaats soms gebruikten, maar ze waren of vroeg vertrokken of de avond daarvoor niet teruggekomen, wat waarschijnlijker was. Ayla vermoedde dat de kinderen naar het hoofdkamp gingen in de hoop iets te eten te vinden. Mensen maakten dikwijls te veel eten klaar en er was doorgaans wel iemand die hun de restjes gaf. Er viel voor hen weinig te kiezen, maar hun hongergevoel werd gestild.

'Gegroet, kinderen,' zei Ayla.

Ze glimlachten allemaal naar haar, behalve Bologan, die zijn best deed ernstig over te komen. Ayla wist dat Bologan, de oudste van de kinderen, vroeger dikwijls van huis was omdat hij liever het gezelschap zocht van andere jongens, vooral jongens van het bijdehante slag. Maar het kwam haar voor dat hij zich de laatste tijd verantwoordelijker gedroeg tegenover de jongere kinderen, vooral tegenover zijn broertje Lavogan, die zeven was. En ze had hem verscheidene keren met Lanidar gezien,

wat ze als een goed teken beschouwde. Bologan ging een beetje timide naast Jondalar lopen.
'Gegroet, Jondalar,' zei hij, met neergeslagen ogen, en toen keek hij de man aan.
'Gegroet, Bologan,' zei Jondalar, terwijl hij zich afvroeg wat de jongen van hem wilde.
'Mag ik je iets vragen?' zei Bologan.
'Natuurlijk.'
De jongen stak zijn hand in een zakachtige plooi van zijn tuniek en haalde een kleurige mannelijkheidsceintuur tevoorschijn. 'Zelandoni heeft gisteren met me gepraat en me dit gegeven. Ze heeft me laten zien hoe ik hem om moet doen, maar het lijkt nergens op als ik het probeer,' zei hij.
Hij was dus dertien, dacht Ayla, terwijl ze een glimlach onderdrukte. Hij had Jondalar niet rechtstreeks om hulp gevraagd, maar de lange man wist wat hij wilde. Normaal gesproken gaf de man van de vuurplaats van een jongen hem zijn mannelijkheidsceintuur, die doorgaans door zijn moeder was gemaakt. Bologan vroeg Jondalar om de man te vervangen die er voor hem had horen te zijn, maar dat niet was.
Jondalar liet de jonge man zien hoe hij de ceintuur moest ombinden en toen riep Bologan zijn broertje en liep hij in de richting van het hoofdkamp; de anderen liepen langzamer achter hen aan. Ayla keek hen na: de dertien jaar oude Bologan liep naast de zeven jaar oude Lavogan, Lanoga van elf met Lorala van anderhalf op haar heup en de negen jaar oude Trelara met de drie jaar oude Ganamar aan haar hand. Ze herinnerde zich dat iemand haar had verteld dat er ook een kind heel jong was gestorven, dat nu vijf jaar zou zijn geweest. Hoewel Jondalar en zij en verscheidene anderen van de Negende Grot de kinderen hielpen, brachten ze zich in wezen zelf groot. Hun moeder noch de man van hun vuurplaats schonk aandacht aan hen en geen van beiden voorzagen ze in hun levensbehoeften. Volgens haar hield Lanoga de kinderen bij elkaar, al was ze nu blij om te zien dat Trelara haar hielp en Bologan zich meer met hen bezighield.
Ze voelde dat Jonayla bewoog in haar draagdoek; ze werd wakker. Ze trok de deken van haar rug naar voren en haalde de baby eruit. Ze was naakt en droeg geen absorberend windsel. Ayla hield haar voor zich uit terwijl het kind op de grond plaste. Jondalar glimlachte. Geen van de andere vrouwen deed dat, en toen hij haar ernaar vroeg zei Ayla dat de moeders bij de Stam dat dikwijls deden. Ayla deed het niet altijd, maar het bespaarde haar veel tijd omdat ze Jonayla minder vaak hoefde te verschonen en ze niet de hele tijd materiaal hoefde te verzamelen dat

vocht absorbeerde. En Jonayla was er al zo aan gewend dat ze haar plas meestal ophield tot ze uit de draagdoek was.
'Denk je dat Lanidar nog steeds in Lanoga geïnteresseerd is?' vroeg Jondalar, die duidelijk ook over Tremeda's kinderen nadacht.
'Hij heeft haar de eerste keer dat hij haar dit jaar zag absoluut met een warme glimlach begroet,' zei Ayla. 'Hoe brengt hij het ervan af met de speerwerper? Zo te zien is hij flink met zijn linkerarm aan het oefenen geweest.'
'Hij is goed!' zei Jondalar. 'Het is verbazingwekkend om te zien. Zijn rechterarm is niet helemaal onbruikbaar en hij gebruikt hem om de speer op de werper te zetten, maar hij werpt bijzonder krachtig en accuraat met zijn linkerarm. Hij is een goed jager geworden en heeft het respect van zijn Grot verworven, en meer status. Op deze Zomerbijeenkomst bekijkt iedereen hem met andere ogen. Zelfs de man van zijn vuurplaats, die zijn moeder na zijn geboorte heeft verlaten, heeft belangstelling voor hem getoond. En zijn moeder en grootmoeder eisen niet langer met alle geweld dat hij met hen meegaat om bessen te plukken en voedsel te verzamelen uit vrees dat hij op geen enkele andere manier in zijn onderhoud zal kunnen voorzien. Zij hebben dat tuig gemaakt dat hij draagt, maar hij heeft ze verteld wat hij wilde. Ze zien het als jouw verdienste omdat je hem zoveel hebt geleerd.'
'Jij hebt hem ook veel geleerd,' zei ze, en even later voegde ze eraan toe: 'Hij mag dan een goed jager zijn geworden, maar ik betwijfel nog steeds of de meeste moeders zouden willen dat hij een verbintenis met hun dochter aangaat. Ze zouden bang zijn dat de kwade geest die zijn arm heeft mismaakt nog steeds om hem heen hangt en dat die de kinderen van hun dochters hetzelfde zou kunnen aandoen. Toen hij vorig jaar zei dat hij als ze ouder waren een verbintenis met Lanoga wilde aangaan en haar wilde helpen haar zusjes en broertjes groot te brengen, zei Proleva dat haar dat een perfecte paring leek. Aangezien Laramar en Tremeda de laagste status hebben, zou geen enkele moeder willen dat haar zoon een verbintenis met haar aangaat, maar ik geloof niet dat iemand bezwaar zou maken tegen een verbintenis tussen Lanidar en Lanoga, vooral nu hij een goed jager is.'
'Nee, maar ik ben bang dat Tremeda en Laramar een manier zullen vinden om misbruik van hem te maken,' zei Jondalar. 'Ik zie dat Lanoga nog niet klaar is voor de Eerste Riten.'
'Maar dat duurt niet lang meer. Ze begint tekenen te vertonen. Misschien nog voor de zomer voorbij is, de laatste Eerste Riten-ceremonie van het seizoen. Hebben ze jou deze zomer gevraagd om te helpen met

Eerste Riten?' vroeg ze, waarbij ze haar best deed onverschillig te klinken.

'Ja, maar ik heb gezegd dat ik nog niet klaar was om die verantwoordelijkheid op me te nemen,' zei hij, grijnzend naar haar. 'Hoezo? Vind jij dat ik het moet doen?'

'Alleen als jij dat zelf wilt. Er zijn enkele jonge vrouwen die waarschijnlijk erg blij zouden zijn als je het zou doen. Misschien zelfs Lanoga,' zei Ayla, met haar blik op Jonayla gericht zodat hij haar gezicht niet kon zien.

'Niet Lanoga!' zei hij. 'Dat zou net zo zijn als Eerste Riten delen met het kind van mijn eigen vuurplaats!'

Ze draaide haar hoofd om en lachte naar hem. 'Dat ben je waarschijnlijk meer dan de man die dat in werkelijkheid is,' zei Ayla. 'Jij hebt die familie beter verzorgd dan Laramar.'

Ze naderden het hoofdkamp en ze werden van links en rechts begroet.

'Denk je dat het veel tijd zal kosten om een sleepraam met een zitplaats te maken?' vroeg Ayla.

'Als ik hulp kan krijgen en we zo snel mogelijk beginnen, misschien later vanochtend, dan zijn we waarschijnlijk in de loop van de middag klaar,' zei hij. 'Hoezo?'

'Zal ik haar dan vragen of ze vanmiddag tijd heeft om het uit te proberen? Ze zei dat ze dat graag wilde voordat ze het in het bijzijn van anderen deed.'

'Doe dat maar. Ik zal vragen of Joharran en een paar anderen me willen helpen. Dan moet het ons lukken.' Jondalar grijnsde. 'Het zal interessant zijn om te zien hoe de mensen reageren als ze haar achter de paarden zien rijden.'

Jondalar was bezig met het omhakken van een rechte, stevige jonge boom, die flink wat dikker was dan de stammen die ze doorgaans voor een sleepraam gebruikten. De stenen bijlkop die hij gebruikte was zo gemaakt dat het wat dikkere uiteinde taps toeliep in een soort punt en de snijkant was geklopt tot een smalle dwarsdoorsnede met een scherp afgeronde onderrand. In de houten steel was een gat gemaakt waarin de taps toelopende kant van de bijlkop paste en die was zodanig vastgemaakt dat bij elke houw de bijlkop steviger in het gat in de steel werd geduwd. De twee stukken werden aan elkaar gebonden met repen natte, ongelooide huid, die tijdens het opdrogen kromp en straktrok.

Een stenen bijl was niet sterk genoeg om recht door de stam van een boom te hakken; het vuursteen zou verbrijzelen en breken als het op die manier werd gebruikt. Om met een dergelijk werktuig een boom om te kunnen hakken, moesten de houwen in een schuine hoek worden gemaakt tot de stam zo dun werd dat die doorbrak. De stronk zag er dikwijls uit alsof de boom door een bever was doorgeknaagd. Zelfs met die methode sprongen er dikwijls splinters van het bijlblad waardoor die voortdurend verscherpt moest worden. Dit werd gedaan met nauwkeurige slagen met een klopsteen of met een scherpgepunte priem van bot waarop met een klopsteen werd geslagen, om dunne steensplinters te verwijderen en de snijkant weer scherp te maken. Omdat Jondalar een ervaren vuursteenklopper was, werd hem dikwijls gevraagd om bomen om te hakken. Hij gebruikte de bijl op de juiste manier en wist hem ook zeer bedreven weer scherp te maken.

Jondalar had zojuist een tweede boom van ongeveer dezelfde dikte omgehakt toen een groep mannen arriveerde: Joharran met Solaban en Rushemar; Manvelar, de leider van de derde Grot met Morizan, de zoon van zijn gezellin; Kimeran, de leider van de Tweede Grot en Jondecam, zijn even oude neef; Willamar, de Meester-Handelaar, zijn leerjongen, Tivonan en diens vriend, Palidar; en Stevadal, de leider van de Zesentwintigste Grot, op wiens terrein de Zomerbijeenkomst werd gehouden. Er waren elf mensen gekomen om één sleepraam te maken, twaalf met Jondalar mee. Als Ayla zichzelf meetelde dertien. Ayla had haar eerste sleepraam in haar eentje gemaakt.

Ze zijn nieuwsgierig, dacht ze, en daarom zijn ze gekomen. De meesten in de groep waren bekend met het hulpmiddel dat ze een sleepraam noemde en dat Ayla gebruikte om met haar paarden goederen te vervoeren. De basis werd gevormd door twee palen, hele boomstammen met taps toelopende uiteinden, waarvan alle takken waren verwijderd. Afhankelijk van het soort boom werd soms ook de schors verwijderd, vooral als die makkelijk te verwijderen was. De taps toelopende uiteinden werden aan elkaar vastgebonden en met een tuig van stevige koorden of repen leer aan de schoft van een paard bevestigd. De twee boomstammen staken aan de voorkant iets uit, maar aan de achterkant veel meer, terwijl alleen de uiteinden achter het zware draagvlak over de grond sleepten, wat betrekkelijk weinig wrijving tot gevolg had waardoor zelfs een zware last tamelijk makkelijk was voort te trekken. Het draagvlak bestond uit stukken hout, leer of touwwerk, als het maar een last kon dragen, die aan beide stammen werden bevestigd en de ruimte ertussen overbrugden.

Jondalar legde aan de mannen die waren gekomen om te helpen uit dat hij een sleepraam wilde maken met speciale dwarsverbindingen die op een bepaalde manier in elkaar moesten worden gezet. Er werden nog een paar bomen omgehakt en enkele ideeën geopperd en uitgeprobeerd voor ze op iets uitkwamen wat geschikt leek. Ayla had al snel door dat ze haar niet nodig hadden en besloot Zelandoni te gaan halen terwijl de mannen aan het werk waren.

Ze glipte weg met Jonayla, en onderweg naar het hoofdkamp dacht ze na over de aanpassingen aan een sleepraam en het sleepraam dat ze tijdens hun lange terugreis naar Jondalars thuis hadden gemaakt. Toen ze bij een brede rivier kwamen die ze moesten oversteken, hadden ze een komboot gemaakt die leek op de komboten die de Mamutiërs gebruikten om rivieren over te steken: een raamwerk van hout dat tot een komvorm werd omgebogen, met aan de buitenkant een dikke ingevette oeroshuid. De kom was makkelijk te maken maar in het water moeilijk te besturen. Jondalar vertelde haar toen over de boten die de Sharamudiërs maakten door grote boomstammen uit te hollen en met stoom te verwijden, en met aan beide uiteinden een punt. Die waren veel moeilijker te maken, maar veel makkelijker te besturen, legde hij uit.

De eerste keer dat ze een rivier overstaken hadden ze hun spullen in de komboot gelegd, waren er zelf ook in geklommen en hadden de kom met kleine roeispanen over de rivier voortgedreven, terwijl de paarden achter hen aan zwommen. Ze pakten hun spullen weer over in de pakmanden en besloten toen om een sleepraam voor Whinney te maken zodat ze de komboot konden meenemen. Later bedachten ze dat ze de komboot tussen de palen van het sleepraam konden bevestigen. De paarden konden dan een rivier over zwemmen terwijl ze de last trokken en Ayla en Jondalar op hun rug zaten of naast hen mee zwommen. De boot was niet zwaar, en aangezien hij dreef, bleven hun spullen droog. Op een keer dat ze weer een rivier waren overgestoken, besloten ze hun spullen gewoon in de komboot te laten liggen. Hoewel het sleepraam met de boot het oversteken van rivieren vergemakkelijkte en op open vlakten meestal geen problemen opleverde, vormden de lange palen en de komvormige boot wel een belemmering in bossen of op hellingen waar scherpe bochten moesten worden gemaakt. Ze lieten hem een paar keer bijna achter, maar deden dat uiteindelijk pas toen ze veel dichterbij waren en een veel betere reden hadden.

Ayla had Zelandoni eerder die dag al verteld wat ze van plan waren en ze stond gereed toen Ayla haar kwam halen. Toen ze bij het kamp van de Negende Grot aankwamen, waren de mannen dichter bij het omheinde veld van de paarden bezig, waardoor ze de vrouwen niet zagen. De Eerste glipte met de slapende baby de slaaphut van Jondalars familie binnen en Ayla ging kijken hoe ver ze met de sleepraamzitplaats waren opgeschoten. Jondalar had gelijk gehad. Met al die hulp had hij niet lang werk gehad. Tussen de twee stevige palen hadden ze een diepe, op een bank lijkende zitplaats met een rugleuning en een opstapje gemaakt. Jondalar had Whinney uit de omheining gehaald en bevestigde het sleepraam aan de merrie met een tuig van banden over haar borst en hoog op haar schouders.

'Wat ga je daarmee doen?' vroeg Morizan. Hij was nog jong genoeg om zo'n directe vraag te stellen.

Het werd niet als beleefd beschouwd als volwassenen zo botweg iets vroegen, maar de vraag speelde iedereen door het hoofd. Als een volwassen Zelandoniër zo direct was, zou dat niet gepast zijn. Het was niet echt verkeerd maar louter een kwestie van naïviteit en onervarenheid. Ervaren mensen hadden geleerd subtieler en implicieter te zijn. Ayla was echter aan onbevangenheid gewend. Bij de Mamutiërs was het heel gewoon en in het geheel niet ongepast om openhartig te zijn. Het was een cultuurverschil, hoewel zij hun eigen soort subtiliteiten hadden. En de Stam was net zo bedreven in het lezen van lichaamstaal als van hun gebarentaal, en hoewel ze daardoor niet konden liegen, begrepen ze wel nuances en konden ze uiterst discreet zijn.

'Ik heb wel een bepaald idee van hoe ik het wil gebruiken, maar ik weet nog steeds niet zeker of het wel zal werken. Ik wil het eerst uitproberen en als het niet werkt... Nou ja, het is een stevig sleepraam en het zal dan beslist voor iets anders van pas komen,' zei Ayla.

Hoewel haar antwoord niet echt een antwoord was op de vraag, waren de mannen er tevreden mee. Ze veronderstelden dat ze niets wilde zeggen over een experiment dat misschien niet zou werken. Niemand gaf graag ruchtbaarheid aan mislukkingen. In feite wist Ayla redelijk zeker dat het wel zou werken; ze wist alleen niet of de Eerste bereid zou zijn om het te gebruiken.

Jondalar liep langzaam terug naar hun kamp; hij wist dat de anderen hem achterna zouden komen. Ayla liep het omheinde veld in om de paarden tot rust te brengen na de opwinding van al die mensen in de buurt, en ze knikte naar de mannen als afscheidsgroet. Ze aaide Grijs en bewonderde haar mooie jonge merrieveulen. Toen praatte ze tegen Renner en krabbelde ze zijn favoriete kriebelige plekjes. Paarden zijn bijzonder sociale dieren en ze zijn graag in het gezelschap van hun soort en andere soorten waarvoor ze genegenheid voelen. Als hij met wilde paarden had geleefd, was hij oud genoeg geweest om bij zijn moeder weg te gaan en zich bij een kudde jonge hengsten aan te sluiten. Maar aangezien Grijs en Whinney zijn enige paardenmetgezellen waren, had hij zich sterk aan Grijs gehecht en gedroeg hij zich erg beschermend jegens zijn zusje.

Ayla verliet het omheinde veld en liep naar Whinney, die geduldig met het sleepraam stond te wachten. Toen de vrouw haar arm om de hals van het paard sloeg, legde de merrie haar hoofd op Ayla's schouder, een vertrouwd intiem gebaar tussen de vrouw en het paard. Jondalar had de merrie een halster omgedaan omdat hij haar daar makkelijker mee kon sturen. Ayla bedacht dat die goed van pas zou komen als de Eerste haar nieuwe transportmiddel uitprobeerde. Ze pakte het leidsel dat aan de halster was bevestigd en leidde Whinney in de richting van hun slaaphut. Tegen de tijd dat ze daar aankwam waren de mannen die hadden geholpen alweer onderweg naar het hoofdkamp. Jondalar zat met een uiterst voldane Jonayla in zijn armen in de hut met Zelandoni te praten.

'Zullen we het uitproberen?' vroeg Jondalar.

'Is iedereen weg?' vroeg de grote vrouw.

'Ja, de mannen zijn weg en er is verder niemand in het kamp,' zei Ayla.

'Vooruit dan maar. Ik kan maar beter door de zure appel heen bijten,' zei de Eerste.

Toen ze de hut verlieten keken ze alle drie om zich heen om zich ervan te vergewissen dat er verder niemand was, en liepen toen naar Whinney en om haar heen naar de achterkant.

Plotseling zei Ayla: 'Wacht even.' Ze ging het zomeronderkomen in en kwam even later terug met een dik kussen. Ze legde het op de zitting die was gemaakt van stukjes dunne boomstam die met sterk touwwerk aan elkaar waren gebonden. Een smalle rugleuning, loodrecht op de zitting en op dezelfde manier gemaakt, hield het kussen op zijn plaats. Jondalar gaf Jonayla aan Ayla en draaide zich om om Zelandoni te helpen.

Maar toen de doniër haar gewicht op het opstapje zette dat zich vlak boven de grond bevond, bogen de veerkrachtige lange polen een beetje door, en deed Whinney door het verschuiven van het gewicht een stap naar voren. De Eerste haalde haastig haar voet van het opstapje.

'Het paard bewoog!' zei ze.

'Ik zal ervoor zorgen dat ze rustig blijft staan,' zei Ayla.

Ze liep naar de voorkant van de merrie om haar te kalmeren; ze had de baby op haar arm en pakte met haar vrije hand het leidsel. Het paard snuffelde aan het babybuikje, wat Jonayla deed giechelen en haar moeder glimlachen. Whinney en Jonayla waren helemaal vertrouwd en op hun gemak met elkaar. De kleine had regelmatig op het paard gereden, in de armen van haar moeder of in haar draagdoek op de rug van de vrouw. Ze had ook met Jondalar op Renner gereden en was op de rug van Grijs gezet terwijl de man haar stevig vasthield, om de baby en het merrieveulen aan elkaar te laten wennen.

'Probeer het nog maar eens,' riep Ayla.
Jondalar stak zijn hand uit om de grote vrouw te steunen en moedigde haar met een glimlach aan. Zelandoni was niet gewend aangemoedigd of aangespoord te worden om iets te doen. Zij was doorgaans degene die die taak op zich nam en ze keek Jondalar doordringend aan om te zien of hij haar neerbuigend behandelde. Eerlijk gezegd bonkte haar hart, al wilde ze niet bekennen dat ze bang was. Ze wist eigenlijk niet meer waarom ze met het plan had ingestemd.
De verse bomen die als palen waren gebruikt bogen weer iets door toen de Eerste haar gewicht op de dunnere palen zette die het opstapje vormden, maar Ayla hield de merrie rustig en Jondalars schouder ondersteunde de Eerste. Ze stak haar hand uit naar de zitting, stammen die met repen ongelooide huid aan elkaar waren gebonden, draaide zich om en ging met een zucht van opluchting op het kussen zitten.
'Ben je er klaar voor?' riep Ayla.
'Nou?' zei Jondalar zacht tegen de doniër.
'Dat moet dan maar.'
'Ga je gang,' zei Jondalar, iets harder.
'Rustig aan, Whinney,' zei Ayla, terwijl ze een stap naar voren deed en de merrie aan het leidsel leidde.
Het paard kwam in beweging en trok het stevige sleepraam en de Eerste Onder Hen Die De Grote Aardmoeder Dienden achter zich aan. De vrouw klemde haar handen om de voorrand van de zitting toen ze voelde dat ze naar voren ging, maar toen Whinney eenmaal liep was het niet meer zo angstwekkend, al liet ze de zitting niet los. Ayla keek achterom om te zien of alles goed ging en zag Wolf, die naar hen zat te kijken. Waar heb jij uitgehangen? Je bent de hele dag weg geweest, dacht ze.
Het was geen gladde rit; er waren onderweg hier en daar hobbels en kuilen en op een plek gleed een van de palen in een greppel die was ontstaan door het afvloeien van overtollig water uit een kreek. Zelandoni zakte scheef naar links, maar het sleepraam kwam meteen weer recht te liggen toen Ayla Whinney iets liet draaien. Ze gingen in de richting van het paardenveld.
Het was een vreemde gewaarwording om vooruit te gaan zonder je eigen voeten te gebruiken, dacht Zelandoni. Natuurlijk waren kinderen die door hun ouders werden gedragen daaraan gewend, besefte ze, maar zij was al jarenlang niet klein genoeg geweest om door iemand rondgedragen te worden, en rijden op de zitplaats op het sleepraam was niet hetzelfde. Ze zat bijvoorbeeld achterstevoren; ze keek naar waar ze was geweest en niet waar ze heen ging.

Voor ze bij het paardenveld terug waren, liet Ayla Whinney een wijde bocht maken en leidde het paard weer in de richting van het kamp van de Negende Grot. Haar oog viel op een pad dat in een andere richting liep dan het pad dat ze altijd naar het hoofdkamp volgden. Ze had het eerder gezien en zich afgevraagd waar het uitkwam, maar had nooit tijd gehad om het te volgen. Dit leek haar een goede gelegenheid. Ze leidde het paard in de richting van het pad, keek achterom en ving Jondalars blik. Ze gebaarde met haar hoofd naar het onbekende pad. Jondalar knikte onopvallend in de hoop dat hun passagier het niet zou zien en bezwaar zou maken. Misschien was het haar ontgaan of ze had er geen bezwaar tegen, want ze reageerde niet en Ayla vervolgde haar weg. Wolf had naast Jondalar meegetrippeld, maar rende naar voren toen Ayla van richting veranderde.

Ze had het leidsel over Whinneys nek gedrapeerd; het paard gehoorzaamde makkelijker de tekens van de vrouw dan een leidsel aan de halster. Ze legde Jonayla in haar draagdoek en hing haar op haar rug, waar het kind om zich heen kon kijken terwijl de moeder niet voortdurend het gewicht van de kleine op haar arm voelde. Het pad voerde naar de rivier die de Negende Grot als de Westrivier kende en volgde de waterweg over enige afstand. Ayla vroeg zich juist af of ze niet beter terug kon gaan toen ze voor hen uit een groep bekende mensen zag. Ze liet het paard halt houden en liep terug naar Jondalar en Zelandoni.

'Ik geloof dat we bij Zonzicht zijn aangekomen, Zelandoni,' zei ze. 'Wil je een bezoek brengen? En zo ja, wil je dan op het sleepraam blijven zitten?'

'Nu we hier toch zijn kunnen we net zo goed op bezoek gaan. Het duurt misschien geruime tijd voor ik hier weer in de buurt ben. En ik wil er graag vanaf. Zitten op de bewegende zitplaats is best te doen, maar het is af en toe wel een beetje hobbelig.' De vrouw kwam overeind en met gebruikmaking van Jondalar voor evenwicht en steun, stapte ze van het sleepraam.

'Vind je het gerieflijk genoeg om te gebruiken voor een bezoek aan de heilige plaatsen die je Ayla wilt laten zien?' vroeg Jondalar.

'Het lijkt me heel handig, al is het maar voor een deel van de tocht.' Ayla glimlachte.

'Jondalar, Ayla, Zelandoni!' riep een bekende stem. Ayla zag een glimlach op Jondalars gezicht toen ze zich omdraaide. Willamar kwam aanlopen, samen met Stevadal, de leider van de Zesentwintigste Grot.

'Wat leuk dat jullie hebben besloten om langs te komen,' zei Stevadal. 'Ik wist niet of de Eerste gelegenheid zou hebben om Zonzicht te bezoeken.'

'Zomerbijeenkomsten brengen altijd veel taken mee voor de zelandonia, maar ik probeer altijd minstens één beleefdheidsbezoek te brengen aan de Grot die de bijeenkomst organiseert, Stevadal. We waarderen de moeite die jullie je hebben getroost,' zei ze.
'Het is ons een eer,' zei de leider van de Zesentwintigste.
'En een genoegen,' zei een vrouw die zojuist was aangekomen en naast Stevadal ging staan.
Ayla vermoedde dat het Stevadals gezellin was, al had ze haar nog niet ontmoet en kon ze zich niet herinneren haar in het hoofdkamp te hebben gezien. Ze bekeek de vrouw wat nauwkeuriger. Ze was jonger dan Stevadal, maar er was nog iets. Haar tuniek hing om haar magere lichaam en ze zag er zwak en broos uit. Ayla vroeg zich af of de vrouw ziek was geweest of een smartelijk verlies had geleden.
'Ik ben blij dat jullie zijn gekomen,' zei Stevadal. 'Danella keek ernaar uit om de Eerste te zien en de gezellin van Jondalar te leren kennen. Ze heeft het nog niet aangekund om naar het hoofdkamp te gaan.'
'Als je me had verteld dat ze ziek was, zou ik wel eerder zijn gekomen, Stevadal,' zei de Eerste.
'Onze Zelandoni was er voor haar,' zei Stevadal. 'Ik wilde jou niet storen. Ik weet hoe druk je het altijd hebt op Zomerbijeenkomsten.'
'Niet te druk om je gezellin te bezoeken.'
'Misschien straks, als de anderen je allemaal hebben gezien,' zei Danella tegen de Eerste, en toen tegen de lange, blonde man: 'Maar ik wil graag aan je gezellin worden voorgesteld, Jondalar. Ik heb zoveel over haar gehoord.'
'Natuurlijk,' zei hij, terwijl hij Ayla wenkte. Ze liep naar de vrouw met haar handen uitgestrekt, de palmen naar boven gericht, in de traditionele groet van openheid waarmee ze liet zien dat ze niets te verbergen had. Toen stak Jondalar van wal.
'Danella van de Zesentwintigste Grot van de Zelandoniërs, gezellin van de leider, Stevadal, mag ik je voorstellen aan Ayla van de Negende Grot van de Zelandoniërs...' Hij vervolgde haar introductie tot hij aankwam bij 'beschermd door de geest van de Holenbeer'.
'Je vergeet "vriendin van paarden en de vierpotige jager die ze Wolf noemt",' voegde Willamar er grinnikend aan toe.
Hij was in het gezelschap van de rest van de mannen die hadden geholpen met het maken van het nieuwe sleepraam. Aangezien ze toch in de buurt waren had Willamar voorgesteld om een bezoek aan Zonzicht te brengen, het thuis van de Zesentwintigste Grot van de Zelandoniërs, die de Zomerbijeenkomst had georganiseerd, en ze waren uitgenodigd om thee te blijven drinken.

De meeste bewoners waren in het hoofdkamp van de bijeenkomst, maar enkelen waren nog thuis, onder wie de gezellin van de leider die kennelijk ziek was of was geweest, stelde Ayla vast. Ze vroeg zich af wat haar scheelde. Ze keek naar Zelandoni, die naar haar keek. Hun ogen ontmoetten elkaar en hoewel er niets werd gezegd voelde ze dat de Eerste hetzelfde dacht.

'Mijn namen en banden zijn lang niet zo interessant, maar in de naam van Doni, de Grote Aardmoeder, heet ik je welkom, Ayla van de Negende Grot van de Zelandoniërs,' zei Danella.

'En ik groet jou, Danella van de Zesentwintigste Grot van de Zelandoniërs,' zei Ayla, terwijl ze elkaars handen vastpakten.

'Je spraak is net zo interessant als je namen en banden,' zei Danella. 'Die doet denken aan verafgelegen plaatsen. Je zult vast opwindende verhalen te vertellen hebben en die zou ik graag horen, Ayla.'

Ayla moest onwillekeurig lachen. Ze was zich er heel goed van bewust dat haar manier van spreken verschilde van die van andere Zelandoniers. De meeste mensen probeerden het te verhullen als haar accent hun opviel, maar Danella had zo'n charmante, openhartige manier van doen dat Ayla zich onmiddellijk tot haar aangetrokken voelde. Ze deed Ayla aan de Mamutiërs denken.

Ayla vroeg zich nogmaals af welke ziekte of omstandigheid Danella's lichamelijke zwakheid had veroorzaakt, die zo scherp in contrast stond met haar warme, innemende persoonlijkheid. Ze keek vluchtig naar Zelandoni en begreep dat de Eerste dat ook wilde weten en daarachter zou komen voor ze het kamp verlieten. Jonayla was onrustig en Ayla bedacht dat ze waarschijnlijk wilde zien wat er gebeurde en met wie haar moeder stond te praten. Ze trok de draagdoek om zodat haar baby op haar heup rustte.

'Dit is dus je kleine "Gezegende van Doni", Jonayla,' zei Danella.

'Ja.'

'Wat een prachtige naam. Vernoemd naar Jondalar en jou?'

Ayla knikte.

'Ze is net zo mooi als haar naam,' zei Danella.

Ayla, die zeer bedreven was in het lezen van lichaamstaal, hoe subtiel de nuances ook waren, bespeurde een zweem van verdriet in het vluchtige rimpelen van haar voorhoofd. En opeens wist ze de oorzaak van Danella's zwakte en verdriet. Ze had in een vergevorderd stadium van de zwangerschap een miskraam gehad of misschien een dood kindje ter wereld gebracht, dacht Ayla, en waarschijnlijk was het een moeilijke zwangerschap en een erg zware bevalling geweest, en zat ze nu toch met lege handen. Ze is herstellende van de belasting van haar lichaam en treurt om het kind dat ze verloor. Ze keek naar de Eerste, die de jonge vrouw heimelijk bestudeerde. Ayla had het idee dat ze hetzelfde vermoedde.

Ze voelde Wolf tegen haar been duwen en keek naar beneden. Hij zat zacht jammerend naar haar op te kijken, waardoor ze wist dat hij iets wilde. Hij keek naar Danella, toen weer naar haar en jammerde weer zachtjes. Voelde hij dat er iets was met de gezellin van de leider?

Wolven waren altijd gevoelig voor zwakte in anderen. Wanneer ze in een roedel leefden waren het in het algemeen de zwakke dieren die werden aangevallen. Maar Wolf had een opmerkelijk sterke band ontwikkeld met het zwakke half Stam-kind dat Nezzie had geadopteerd toen de wolf nog erg jong was en de Mamutiërs als zijn roedel beschouwde. Wolven zijn dol op de jongen in hun roedel, maar mensen waren Wolfs roedel. Ze wist dat hij zich aangetrokken voelde tot baby's en kinderen en mensen van wie hij voelde dat ze zwak waren; hij viel ze niet aan maar ontwikkelde een band met hen zoals wilde wolven dat met hun jongen deden.

Ayla zag dat Danella een beetje angstig toekeek. 'Ik geloof dat Wolf aan je voorgesteld wil worden, Danella. Heb je weleens een levende wolf aangeraakt?' vroeg ze.

'Nee, natuurlijk niet. Ik ben nog nooit zo dicht bij een wolf geweest. Waarom denk je dat hij aan me voorgesteld wil worden?'

'Hij voelt zich soms tot bepaalde mensen aangetrokken. Hij is dol op baby's; Jonayla kruipt gewoon over hem heen en trekt zelfs aan zijn haren of port naar zijn ogen of oren, maar hij vindt alles best. Toen we net bij de Negende Grot waren aangekomen gedroeg hij zich op dezelfde manier toen hij Jondalars moeder zag. Hij wilde gewoon aan Marthona voorgesteld worden.' Ayla vroeg zich opeens af of Wolf had aangevoeld dat de vrouw, die vroeger de leider van de grootste Grot van de Zelandoniërs was geweest, een zwak hart had. 'Wil je aan hem voorgesteld worden?'

'Wat moet ik doen?' vroeg Danella.

De bezoekers aan Zonzicht keken allemaal toe. Degenen die vertrouwd waren met Wolf en zijn manier van doen lachten, anderen waren nieuwsgierig, maar Stevadal, Danella's levensgezel, keek bezorgd toe.

'Ik weet niet of dit wel een goed idee is,' zei hij.

'Hij zal haar niets doen,' zei Jondalar.

Ayla gaf Jonayla aan Jondalar en leidde Wolf naar Danella. Ze pakte de hand van de vrouw en werkte het ritueel van Wolfs introductie af.

'Wolf herkent mensen aan hun geur en hij weet als ik hem aan iemand voorstel, dat dat vrienden zijn.' Wolf snuffelde aan Danella's vingers en likte ze toen.

Ze glimlachte. 'Zijn tong is glad, zacht.'

'Zijn vacht ook op sommige plekken,' zei Ayla.

'Wat is hij warm!' zei Danella. 'Ik heb nog nooit vacht op een levend lichaam aangeraakt. En hier kun je iets voelen kloppen.'

'Ja, dat is hoe een levend dier aanvoelt.' Ayla wendde zich tot de leider van de Zesentwintigste Grot van de Zelandoniërs. 'Wil jij ook aan hem voorgesteld worden, Stevadal?'

'Doe het maar,' zei Danella.

Ayla werkte met hem hetzelfde ritueel af, maar Wolf kon nauwelijks wachten om naar Danella terug te gaan, en hij ging naast haar lopen toen ze op weg gingen naar Zonzicht. Iedereen zocht een zitplaats – op boomstammen, op van kussens voorziene stenen, sommigen op de grond. De bezoekers haalden hun drinknap uit de buidel die aan de riem om hun middel hing. Ze kregen thee geserveerd door de paar mensen die niet naar het hoofdkamp waren gegaan, onder wie zowel Danella's als Stevadals moeder, die waren gebleven om de gezellin van de leider te helpen. Toen Danella plaatsnam, ging Wolf naast haar zitten, maar hij keek naar Ayla alsof hij haar toestemming vroeg. Ze knikte en hij legde zijn kop op zijn uitgestrekte voorpoten. Danella betrapte zich erop dat ze het dier af en toe aaide.

Zelandoni zat naast Ayla. Toen ze haar thee had opgedronken, zoogde Ayla Jonayla. Verscheidene mensen kwamen een praatje maken met de Eerste en haar acoliet, maar toen ze eindelijk alleen waren, begonnen ze over Danella.

'Wolf lijkt haar te troosten,' zei Zelandoni.

'Volgens mij heeft ze dat nodig,' zei Ayla. 'Ze is nog erg zwak. Ik vermoed dat ze een late miskraam heeft gehad of een dood kindje heeft gebaard, en waarschijnlijk daarvoor een zware zwangerschap heeft doorstaan.'

De Eerste keek haar nieuwsgierig aan. 'Waarom denk je dat?'

'Ze is erg mager en broos; ik ben ervan overtuigd dat ze ziek is geweest of enige tijd last heeft gehad van een ander probleem, en ik bespeurde verdriet toen ze naar Jonayla keek. Dat gaf me het idee dat ze na een lange, zware zwangerschap de baby heeft verloren,' zei Ayla.

'Dat is een bijzonder scherpzinnige beoordeling. Ik denk dat je gelijk hebt. Mijn gedachten gingen dezelfde kant op. Misschien moeten we het aan haar moeder vragen. Ik zou haar graag onderzoeken om me ervan te overtuigen dat ze goed herstelt,' zei de doniër. 'Er zijn medicijnen die haar kunnen helpen. Wat zou jij aanraden?'

'Alfalfa is goed tegen vermoeidheid en de brandende pijn bij het wateren,' zei Ayla, en toen dacht ze even na. 'Ik weet de naam niet, maar er is een plant met rode bessen die erg goed is voor vrouwen. Het is een kruipplant en de blaadjes zijn het hele jaar groen. Hij kan worden gebruikt tegen de kramp waarmee de maanbloedingen soms gepaard gaan en zwaar bloedverlies verminderen. Hij kan de bevalling op gang brengen en makkelijker maken.'
'Ik ken die plant. Hij vormt soms een mat op de grond, en vogels zijn dol op de bessen. Sommige mensen noemen de plant vogelbes,' zei de Eerste. 'Alfalfathee kan helpen haar krachten te herstellen net als een extract van de wortels en schors van spijknardus...' Ze zweeg toen ze de vragende uitdrukking op Ayla's gezicht zag. 'Dat is een hoge struik met grote bladeren en paarse bessen... De bloemen zijn klein en groenachtig wit... Ik laat je de plant wel een keer zien. Het extract kan helpen als de buidel in een vrouwenlichaam die de baby bevat, naar beneden zakt en van zijn plaats raakt. Daarom wil ik haar graag onderzoeken: om te weten wat ik haar moet geven. Zelandoni van de Zesentwintigste is in algemene zin een goed genezer, maar hij zal mogelijk minder verstand hebben van vrouwenkwalen dan wij. Ik zal hem voor we vandaag vertrekken moeten spreken.'
De mannen die hadden geholpen met het bouwen van het sleepraam en daarna op bezoek waren gegaan bij de schuilplaats van de Zesentwintigste Grot, stonden na een beleefde tijdsduur op om te vertrekken. De Eerste hield Joharran tegen. Jondalar was bij hem.
'Wil jij naar de zelandoniahut gaan om te zien of je Zelandoni van de Zesentwintigste kunt vinden?' vroeg de doniër zacht. 'Stevadals gezellin is al een poosje niet in orde en ik wil kijken of er iets is wat wij kunnen doen. Hij is een goed genezer en hij heeft waarschijnlijk alles gedaan wat mogelijk was, maar ik moet met hem praten. Volgens mij is het een vrouwenprobleem en wij zijn vrouwen, dus...' Ze maakte de zin niet af. 'Vraag of hij hiernaartoe wil komen; wij blijven wel even wachten.'
'Willen jullie dat ik hier bij jullie blijf wachten?' vroeg Jondalar de twee vrouwen.
'Was jij niet van plan om naar het oefenveld te gaan?' vroeg Joharran.
'Ja, maar dat hoeft niet per se.'
'Ga jij maar, Jondalar. Wij komen wat later,' zei Ayla, terwijl ze vluchtig haar wang tegen zijn wang drukte.
De twee vrouwen gingen bij Danella, de twee moeders en enkele anderen zitten. Toen Stevadal zag dat de Eerste en haar acoliet niet vertrokken, bleef hij ook achter. De Eerste had een gave om erachter te komen wat mensen mankeerde en ze kreeg al snel te horen dat Da-

nella zwanger was geweest en dat de baby doodgeboren was, zoals ze al hadden vermoed, maar ze voelde dat de twee oudere vrouwen iets verzwegen, waarschijnlijk omdat Danella en Stevadal erbij waren. Er zat meer achter dan ze wilden zeggen. De doniër zou op de Zesentwintigste moeten wachten. In de tussentijd babbelden de vrouwen gezellig met elkaar, en Jonayla ging van hand tot hand. Hoewel Danella in eerste instantie onwillig leek haar vast te houden, hield ze haar toen ze dat eindelijk toch deed geruime tijd bij zich. Wolf leek maar al te blij om bij hen te blijven zitten.

Ayla bevrijdde Whinney van het sleepraam en liet de merrie grazen, en toen ze terugkwam vroegen de vrouwen allerlei dingen over het paard en over hoe Ayla eraan was gekomen. De Eerste spoorde Ayla aan het hun te vertellen. Ze had een gave ontwikkeld voor verhalen vertellen en wist haar luisteraars te boeien, vooral wanneer ze geluidseffecten toevoegde, zoals paardengehinnik en leeuwengebrul. Ze was juist uitverteld toen de Zelandoni van de Zesentwintigste Grot verscheen.

'Ik meende al een bekend gebrul te horen,' zei hij, met een brede begroetende glimlach.

'Ayla heeft ons verteld doe ze Whinney heeft geadopteerd,' zei Danella. 'Ze heeft fascinerende verhalen te vertellen, precies zoals ik had vermoed. En nu ik er één heb gehoord, wil ik meer horen.'

De Eerste voelde zich genoodzaakt te vertrekken, maar wilde dat niet laten merken. Wellevendheid gebood dat de Eerste Onder Hen Die De Grote Aardmoeder Dienden een bezoek bracht aan de leider van de Grot en zijn gezellin, die de Zomerbijeenkomst hadden georganiseerd, maar ze had nog erg veel te doen. De ceremonie van de Riten van het Eerste Genot stond twee dagen later gepland en daarna zou de eerste Verbintenisceremonie van het seizoen plaatsvinden. Hoewel er tegen het eind van de zomer nog een Verbintenisceremonie gehouden zou worden voor degenen die hun besluit definitief wilden maken alvorens naar hun winterschuilplaats terug te keren, was de eerste steevast de grootste en het drukst bezocht. Er moesten nog veel plannen worden gemaakt.

Terwijl iedereen druk in de weer ging om meer thee te zetten, aangezien ze alles hadden opgedronken, slaagden de Eerste en haar acoliet erin om de Zelandoni van de Zesentwintigste terzijde te nemen en vertrouwelijk met hem te praten.

'We hebben gehoord dat Danella een dode baby heeft gebaard,' zei de Eerste, 'maar ik weet zeker dat er meer aan de hand is. Ik zou haar graag willen onderzoeken om te zien of er iets is wat ik voor haar kan doen.'

Hij slaakte een diepe zucht en fronste zijn voorhoofd.

9

'Ja, je hebt natuurlijk gelijk. Het was niet alleen maar een doodgeboren baby,' zei de Zesentwintigste. 'Het was een tweeling, sterker nog: ze waren met elkaar verbonden.'

Ayla herinnerde zich dat een van de vrouwen van de Stam hetzelfde was overkomen: haar twee baby's waren met elkaar verbonden en het resultaat was iets monsterlijks. Ze had erg met Danella te doen.

'Het ene kindje was van normale grootte, het andere veel kleiner en niet volledig gevormd, en delen van de tweede zaten aan de eerste vast,' vervolgde de Zesentwintigste. 'Ik ben blij dat ze niet ademden, want anders zou ik ze de adem hebben moeten benemen. Het zou veel te zwaar voor Danella zijn geweest. Ze heeft zoveel bloed verloren dat het me verbaast dat ze het heeft overleefd. Wij: haar moeder, Stevadals moeder en ik, besloten om het ze niet te vertellen. We waren bang dat ze anders bij een eventuele volgende zwangerschap nog angstiger zou zijn dan na een doodgeboren baby. Je kunt haar onderzoeken, als je wilt, maar het is al enige tijd geleden gebeurd, in de late winter. Ze is goed genezen; ze moet alleen weer op krachten komen en haar verdriet verwerken. Jullie bezoek heeft haar misschien wel geholpen. Ik zag dat ze Ayla's baby vasthield en dat vind ik een goed teken. Ze lijkt vriendschap met je te hebben gesloten, Ayla, en ook met je wolf. Misschien zal ze nu eerder geneigd zijn naar de Zomerbijeenkomst te gaan.'

'Jondalar!' zei Ayla, toen zij met de Eerste in het kamp van de Negende Grot terugkwamen. 'Wat doe jij hier? Ik dacht dat je naar het hoofdkamp zou gaan.'

'Daar ga ik ook naartoe,' zei hij. 'Maar ik besloot om even bij Renner en Grijs te gaan kijken terwijl ik hier was. Ik heb niet veel tijd met Renner doorgebracht en ze leken allebei blij te zijn met mijn gezelschap. Waarom ben jij hier?'

'Ik wilde Whinney Grijs laten zogen terwijl ik Jonayla voed. Ik was van plan om Whinney hier te laten, maar toen bedachten we dat dit een goede gelegenheid zou zijn om Zelandoni op het sleepraam het kamp binnen te laten rijden,' zei Ayla.

Jondalar glimlachte. 'Dan wacht ik op jullie,' zei hij. 'Zal ik op Renner met jullie mee rijden?'

'Dan moeten we Grijs ook meenemen,' zei Ayla, met een lichte frons, maar toen lachte ze. 'We kunnen de kleine halster gebruiken die je voor haar hebt gemaakt; ze raakt er al aardig aan gewend. Het zal goed voor haar zijn te wennen aan de nabijheid van mensen die ze niet kent.'

'Dat wordt me het schouwspel wel,' zei Zelandoni. 'Maar het idee staat we wel aan. Ik maak liever deel uit van een spektakel dan dat ik de enige ben die wordt aangestaard.'

'We moeten Wolf ook meenemen. De meeste mensen hebben de dieren gezien, maar niet alle vier bij elkaar. Er zijn er nog steeds enkelen die niet kunnen geloven dat Whinney Wolf bij haar veulen in de buurt laat komen. Als die zien dat hij voor Grijs geen gevaar vormt, zullen ze misschien makkelijker gaan geloven dat hij voor hen evenmin een gevaar vormt,' zei Ayla.

'Tenzij iemand jou bedreigt,' zei Jondalar, 'of Jonayla.'

Jaradal en Robenan renden het zomerverblijf van de leider van de Zevende Grot binnen. 'Weemar! Thona! Kom kijken!' schreeuwde Jaradal.

'Ja, kom kijken!' zei Robenan hem na. De twee jongetjes waren buiten het onderkomen aan het spelen geweest.

'Ze hebben alle paarden meegebracht, en Wolf, en Zelandoni rijdt ook! Kom kijken!' riep Jaradal opgewonden.

'Rustig jongens,' zei Marthona, terwijl ze zich afvroeg wat Jaradal bedoelde. Ze kon zich niet voorstellen dat Zelandoni op de rug van een paard zou zitten.

'Kom kijken! Kom kijken!' schreeuwden de jongetjes, terwijl Jaradal zijn grootam overeind probeerde te trekken van het kussen waarop ze zat. Toen zei hij tegen Willamar: 'Kom nou kijken, Weemar.'

Marthona en Willamar waren op bezoek bij Sergenar en Jayvena om te praten over hun rol in de komende ceremonie, waarin alle leiders en voormalige leiders een bescheiden taak zouden vervullen. Ze hadden Jaradal meegenomen zodat hij zijn moeder niet voor de voeten zou lopen. Proleva had het zoals gewoonlijk druk met de voorbereidingen van de maaltijd voor de ceremonie. Solabans zwangere gezellin, Ramara, en haar zoontje Robenan, Jaradals leeftijdgenootje en vriendje, waren ook meegegaan zodat de jongetjes met elkaar konden spelen.

'We komen al,' zei Willamar, terwijl hij zijn gezellin overeind hielp. Sergenar schoof het gordijn voor de ingang opzij en iedereen liep naar buiten. Ze werden vergast op een ongewoon tafereel. Een stoet trok in de richting van de zelandoniahut. Jondalar, die op de rug van Renner zat leidde Grijs, en Ayla reed op de merrie, met Jonayla in haar draagdoek voor haar. Whinney trok een sleepraam waarop de Eerste zat, met haar gezicht naar achteren. De wolf trippelde naast hen mee. Voor de meeste mensen was het nog steeds een vreemd gezicht om paarden te zien met mensen op hun rug, en dan ook nog de wolf die nonchalant naast hen liep. Maar het zien van de Eerste Onder Hen Die De Grote Aardmoeder Dienden die op een bankje zat dat door een paard werd voortgetrokken was gewoonweg verbijsterend.

De stoet trok vlak voor het kamp van de Zevende Grot langs, en hoewel Marthona en Willamar en de rest van de mensen van de Negende Grot inmiddels aardig aan de dieren gewend waren, staarden ze net als iedereen met open mond naar het schouwspel. De Eerste ving Marthona's blik en hoewel ze welvoeglijk glimlachte, bespeurde Marthona een ondeugende schittering in de ogen van de vrouw. Het was niet zomaar een stoet, het was een spektakel, en als er iets was wat de leden van de zelandonia graag opvoerden, dan was dat wel een spektakel. Toen ze de ingang van de grote hut bereikten hield Jondalar halt en liet hij Ayla en Whinney hem voorbijgaan, waarna hij afsteeg en de Eerste zijn hand aanbood. Ondanks haar omvang stapte ze elegant van het sleepraam, en zich er heel goed van bewust dat iedereen naar haar keek, liep ze waardig de hut binnen.

'Dat hebben we hem dus helpen maken,' zei Willamar. 'Hij zei dat hij een stevig sleepraam moest maken, met planken. Hij wilde helemaal geen planken, maar dat had hij slim bedacht. Het is bij geen van ons zelfs maar opgekomen dat het een zitplaats voor Zelandoni moest worden. Ik zal haar moeten vragen hoe het is om op een stoel te zitten die door een paard wordt voortgetrokken.'

'Ik vind het heel moedig van haar,' zei Jayvena. 'Ik geloof niet dat ik dat zou durven.'

'Ik wel!' zei Jaradal, met van opwinding schitterende ogen. 'Thona, denk je dat Ayla me een keer op de sleepraamstoel zal laten zitten terwijl Whinney die trekt?'

'Dat wil ik ook,' zei Robenan.

'Kinderen zijn altijd bereid om iets nieuws te proberen,' zei Ramara.

'Ik vraag me af hoeveel vergelijkbare gesprekken er op dit moment in dit kamp worden gevoerd,' zei Sergenar. 'Maar als ze het één jongetje laat doen, dan zullen alle andere jongens in het kamp dat ook willen.'

'En ook een heleboel meisjes,' voegde Marthona eraan toe.
'Als ik haar was, zou ik wachten tot we in de Negende Grot terug zijn,' zei Ramara. 'Dan zou het niet veel anders zijn dan een kind of twee op de rug van de merrie laten zitten terwijl Ayla haar rondleidt, zoals ze nu ook al doet.'
'Het is wel een indrukwekkende vertoning. Ik weet nog wat er door me heen ging toen ik die dieren voor het eerst zag. Het kan behoorlijk angstaanjagend zijn. Heeft Jondalar ons niet verteld dat mensen tijdens hun Tocht hierheen voor de dieren op de vlucht gingen? Nu we eraan gewend zijn is het alleen maar behoorlijk ontzagwekkend,' zei Willamar.
Niet iedereen was zo aangenaam verrast door het schouwspel. Marona, die altijd graag in het middelpunt van de aandacht stond, voelde een golf jaloezie in zich opwellen. Ze wendde zich tot haar nicht, Wylopa, en zei: 'Ik begrijp niet hoe iemand het kan verdragen om de hele tijd bij die smerige dieren te zijn. Als je bij haar in de buurt komt, stinkt ze naar paarden, en ik heb gehoord dat ze slaapt met die wolf. Het is weerzinwekkend.'
'Ze slaapt ook met Jondalar,' zei Wylopa, 'en ik heb horen vertellen dat hij met niemand anders het Genot wil delen.'
'Dat gaat wel over,' zei Marona, met een dodelijke blik naar Ayla. 'Ik ken hem. Ik krijg hem wel weer in mijn bed. Dat verzeker ik je.'
Brukeval zag de twee nichtjes met elkaar praten en herkende de lelijke blik die Marona Ayla toewierp, en hij werd overspoeld door tegenstrijdige gevoelens. Hij wist dat het hopeloos was, maar hij hield van Ayla en wilde haar beschermen tegen de wraakzucht van de vrouw die ook zijn nicht was – hij was zelf ook het slachtoffer geweest van haar venijn en wist hoe grievend ze kon zijn. Maar hij was ook bang dat Ayla hem weer een Platkop zou noemen en dat vond hij onverdraaglijk, al wist hij in zijn hart dat ze dat niet hatelijk bedoelde zoals de meeste andere mensen. Hij keek nooit in een weerkaatser van zwart gemaakt glanzend hout, maar soms ving hij in stilstaand water een glimp van zichzelf op en dan haatte hij wat hij zag. Hij wist waarom mensen hem die weerzinwekkende naam gaven, maar het idee dat er een kern van waarheid in zou kunnen zitten stuitte hem tegen de borst.
Ook Madroman keek kwaad naar Ayla en Jondalar. Hij stoorde zich eraan dat Ayla zoveel aandacht van de Eerste kreeg. Ze was natuurlijk haar acoliet, maar hij vond het niet rechtvaardig dat de leider van alle acolieten haar zo duidelijk voortrok terwijl ze allemaal op een Zomerbijeenkomst bij elkaar waren. En natuurlijk had Jondalar weer ieders aandacht. Was hij maar nooit thuisgekomen. Alles ging veel beter toen

die sukkel weg was, vooral nadat de Zelandoni van de Vijfde Grot hem als acoliet had aangenomen, al vond hij eigenlijk dat hij inmiddels al een Zelandoni had moeten zijn. Maar wat kon hij verwachten zolang die vetzak van een vrouw de touwtjes in handen had? Ik verzin wel iets, dacht hij.

Laramar keerde het hele gedoe de rug toe en liep weg; hij koesterde zijn eigen boze gedachten. Hij was die paarden en die wolf liever kwijt dan rijk, vooral die wolf. Wat hem aanging bevonden ze zich veel te dicht bij zijn onderkomen in de Negende Grot en ze hadden zich zo ver uitgespreid dat de paarden aan de andere kant van hem leefden. Voordat ze er waren geweest had hij de weg kunnen afsteken door de ruimte die zij nu bezetten. Nu moest hij elke keer wanneer hij naar huis ging met een wijde boog om hun onderkomen lopen om de wolf uit de weg te gaan. De keren dat hij te dichtbij was gekomen had het dier zijn haren overeind gezet, zijn neus opgetrokken en zijn tanden ontbloot, alsof de hele grot van hem was.

Bovendien was zij een bemoeial; ze kwam altijd eten of dekens brengen alsof ze zo aardig was, terwijl ze eigenlijk controleerde wat hij deed. Nu had hij niet eens een hut waar hij naartoe kon, niets waar hij zich thuis voelde. De kinderen gedroegen zich alsof het hun hut was. Maar het was nog altijd zijn vuurplaats, en wat hij bij zijn eigen vuurplaats deed was haar zaak niet.

Nou ja, gelukkig waren de vreghutten er ook. Eerlijk gezegd sliep hij daar graag. Hij werd niet gestoord door huilende kinderen of zijn dronken gezellin die binnenkwam en ruzie ging maken. In de vreghutten waar hij overnachtte waren de meeste andere mannen ouder en ze vielen elkaar niet lastig. Het was geen luidruchtige beestenboel zoals in de vreghutten van de jongere mannen, en wanneer hij een van zijn hutgenoten een nap van zijn barma aanbood, dronken ze maar al te graag met hem. Jammer dat er in de Negende Grot geen vreghutten waren.

Ayla leidde Whinney met het sleepraam achter haar aan langzaam om de buitenkant van de grote zelandoniahut en begon aan de terugreis via dezelfde weg waarlangs ze waren gekomen. Jondalar volgde met Renner en Grijs. Het terrein waar de Zomerbijeenkomst werd gehouden, dat Zonzicht werd genoemd naar de nabijgelegen Grot, werd dikwijls als kampeerterrein gebruikt voor grote bijeenkomsten. Als het regende werd het terrein met stenen belegd uit de rivier en van de rotswanden in de buurt, vooral als het erg modderig was. Elk jaar werden er meer stenen aangedragen en het hele kampeerterrein was inmiddels met stenen geplaveid.

Toen ze buiten de grens van het kamp waren, voorbij de stenen en midden op een grasveld op de uiterwaard van de rivier, hield Ayla halt. 'Zullen we Whinney verlossen van het sleepraam en de paarden hier een poosje laten grazen?' zei ze. 'Ik denk niet dat ze ver af zullen dwalen, en zo nodig kunnen we ze terugfluiten.'

'Goed idee,' zei Jondalar. 'De meeste mensen weten heel goed dat ze ze met rust moeten laten als wij niet in de buurt zijn, en we kunnen ze in de gaten houden. Ik zal ook hun halsters afdoen.'

Terwijl ze met de paarden bezig waren, zagen ze Lanidar aankomen; hij droeg nog steeds de speciale houder voor zijn speerwerper. Hij wuifde en floot een groet, die werd beantwoord door verwelkomend gehinnik van Whinney en Renner.

'Ik wilde even de paarden zien,' zei hij. 'Ik vond het erg leuk dat ik vorig jaar op ze mocht passen en ze goed heb leren kennen, maar deze zomer heb ik nog geen tijd met ze doorgebracht en Whinneys baby ken ik helemaal niet. Denk je dat ze mij nog zullen kennen?'

'Ja. Ze hebben toch je fluitje beantwoord?' zei Ayla.

Hij haalde plakjes gedroogde wilde appel uit een plooi van zijn tuniek en voerde ze op zijn vlakke hand aan de jonge hengst en zijn moeder. Toen ging de jonge man op zijn hurken zitten en stak hij zijn hand met daarop een plakje appel uitnodigend uit naar het kleine merrieveulen. Aanvankelijk bleef ze vlak bij Whinneys achterbenen. Hoewel Grijs nog werd gezoogd, hapte ze ook al naar gras, in navolging van haar moeder, en het was duidelijk dat ze nieuwsgierig was. Lanidar was geduldig en na een tijdje kwam het merrieveulen aarzelend dichterbij. De merrie keek toe, maar moedigde haar veulen niet aan en hield haar evenmin tegen. Uiteindelijk werd Grijs' nieuwsgierigheid haar te machtig, en ze besnuffelde Lanidars vlakke hand om te zien wat daar op lag. Ze nam het plakje appel in haar mond, maar liet het vallen. Lanidar raapte het op en probeerde het nog eens. Hoewel ze minder bedreven was dan haar moeder slaagde ze erin om met haar snijtanden, flexibele lippen en tong het appelpartje in haar bek te krijgen en erop te bijten. Het was een nieuwe ervaring voor haar en een nieuwe smaak, maar ze had meer belangstelling voor Lanidar. Toen hij haar begon te aaien en te krabbelen op haar favoriete plekjes, had hij haar voor zich gewonnen. Toen hij overeind kwam stond er een brede lach op zijn gezicht.

'We wilden de paarden een poosje in dit veld laten staan en zo nu en dan komen kijken of alles goed gaat,' zei Jondalar.

'Ik zou graag op ze letten, net als vorig jaar,' zei Lanidar. 'Als er problemen zijn kom ik jullie halen of fluit ik.'

Ayla en Jondalar keken elkaar aan en toen lachten ze. 'Dat zou ik heel fijn vinden,' zei Ayla. 'Ik wilde ze hier laten zodat de mensen eraan gewend raken ze te zien en de dieren zich meer op hun gemak gaan voelen in de buurt van anderen, vooral Grijs. Als je moe wordt of als je weg moet, fluit dan hard of kom naar ons toe om het ons te laten weten.'

'Dat doe ik,' zei hij.

Ze gingen met een gerust gevoel weg. Toen ze 's avonds terugkwamen om Lanidar uit te nodigen een maaltijd met hun Grot te delen, troffen ze hem niet alleen aan. Verscheidene jonge mannen en ook een paar jonge vrouwen, onder wie Lanoga met haar jongste zusje Lorala, hielden hem gezelschap. Toen Lanidar het jaar daarvoor op de paarden had gepast, stonden de dieren op het omheinde veldje vlak bij het kamp van de Negende Grot, op enige afstand van het hoofdkamp. Daar kwamen maar weinig mensen en hij had toen maar weinig vrienden gehad, maar sinds hij zijn vaardigheid met de speerwerper had ontwikkeld en regelmatig op jacht ging, had hij meer aanzien verworven. Ook had hij verscheidene vrienden gekregen en, naar het scheen, enkele bewonderaars.

De jonge mensen gingen helemaal op in elkaar en zagen Ayla en Jondalar niet aankomen. Jondalar was blij te zien dat Lanidar zich bijzonder verantwoordelijk gedroeg en het groepje jongelui niet toestond zich rond de paarden, vooral Grijs, te verdringen. Ze mochten de dieren aaien en krabbelen, maar niet meer dan twee tegelijk. Hij leek aan te voelen wanneer de paarden al die aandacht beu werden en gewoon wilden grazen, en ze hoorden dat hij een van de jonge mensen streng waarschuwde om ze met rust te laten. Het paar wist niet dat hij eerder een paar jonge mannen die te wild waren had verjaagd door te dreigen het tegen Ayla te zeggen, die, zoals hij hun in herinnering bracht, de acoliet was van de Eerste Onder Hen Die De Grote Aardmoeder Dienden.

De zelandonia waren degenen naar wie men toe ging voor hulp en steun, en hoewel ze werden gerespecteerd, dikwijls bewonderd, en veel van hen geliefd waren, waren de gevoelens altijd vermengd met een lichte vrees. De zelandonia waren innig verbonden met de volgende wereld, de geestenwereld, het afschrikwekkende oord waar je naartoe ging wanneer de elan – de levenskracht – je lichaam verliet. Ze hadden ook andere bijzondere krachten. Jongeren verspreidden de wildste geruchten, en vooral jongens maakten elkaar bang met verhalen over wat een Zelandoni zou kunnen doen, vooral met hun mannelijke delen, als je een van hen kwaad maakte.

Ze wisten allemaal dat Ayla een gewone vrouw leek met een levensgezel en een baby, maar toch was ze een acoliet, een van de zelandonia, en een vrouw uit den vreemde. Alleen al haar te horen praten benadrukte haar vreemdheid en maakte hen ervan bewust dat ze van elders kwam, ergens ver weg, verder weg dan iemand ooit had gereisd, op Jondalar na. Maar Ayla gaf ook blijk van bijzondere vermogens, zoals macht uitoefenen over paarden en een wolf. Wie weet waartoe ze nog meer in staat was. Sommige mensen keken zelfs met een scheef oog naar Jondalar, die toch een geboren Zelandoniër was, vanwege de vreemde gewoonten die hij zich had eigen gemaakt toen hij weg was.

'Gegroet, Ayla en Jondalar en Wolf,' zei Lanidar, en de jonge bezoekers die hen niet hadden zien aankomen draaiden zich met een ruk om. Ze leken uit het niets te zijn verschenen. Maar Lanidar wist dat ze eraan kwamen. Hij had een verandering in het gedrag van de paarden bespeurd. Zelfs in de vallende schemering waren de dieren zich hun nadering bewust en liepen ze hen langzaam tegemoet.

'Gegroet, Lanidar,' zei Ayla. 'Je moeder en je grootmoeder zijn in het kamp van de Zevende Grot, samen met de meesten van de Negende Grot. Je bent uitgenodigd om een maaltijd met hen te delen.'

'Wie moet dan op de paarden passen?' vroeg hij, terwijl hij zich bukte om Wolf te aaien, die naar hem toe was gekomen.

'Wij hebben al gegeten en brengen ze terug naar ons kamp,' zei Jondalar.

'Bedankt dat je op ze hebt gepast, Lanidar,' zei Ayla. 'Ik stel je hulp zeer op prijs.'

'Ik vond het leuk. En ik zal het graag vaker doen, wanneer je maar wilt,' zei Lanidar. Dat meende hij. Hij vond het niet alleen leuk om op de dieren te passen, maar hij genoot ook van de aandacht die hem dit opleverde. Het feit dat hij verantwoordelijk was voor de dieren had verscheidene nieuwsgierige jonge mannen en vrouwen ertoe gebracht bij hem langs te komen.

Met de komst van de Eerste Onder Hen Die Dienden bruiste de Zomerbijeenkomst al snel van de gebruikelijke hectische bedrijvigheid van het seizoen. De Riten van het Eerste Genot kenden de gebruikelijke problemen, maar geen daarvan was zo ernstig als het probleem waarvoor Janida hen het jaar daarvoor had gesteld door zwanger te raken voor ze haar Eerste Riten had ondergaan. En toen had Peridals moeder bezwaar gemaakt tegen de verbintenis van haar zoon met de jonge vrouw. Het verzet van de moeder was niet onredelijk geweest aangezien haar zoon nog maar dertienenhalf jaar kon tellen en Janida nog maar dertien.

Maar haar bezwaar gold niet alleen hun jeugdige leeftijd. Hoewel Peridals moeder het niet wilde toegeven, was de Eerste ervan overtuigd dat ze er ook bezwaar tegen had omdat een jonge vrouw die voor haar Eerste Riten het Genot deelde, aan aanzien verloor. Maar doordat Janida zwanger was, won ze ook aan aanzien. Verscheidene oudere mannen waren meer dan gewillig geweest om haar hun vuurplaats aan te bieden en haar kind te verwelkomen, maar Peridal was de enige met wie ze het Genot had gedeeld en ze wilde hem. Ze had het niet alleen gedaan omdat hij daar zo hardnekkig op aangedrongen had, maar omdat ze van hem hield.

Na de ceremonie van de Eerste Riten was het tijd om de eerste Verbintenisceremonie van de zomer te organiseren. Op dat moment werd echter vlakbij een grote kudde bizons ontdekt en de leiders besloten dat een grote jachtpartij voorafgaand aan de Verbintenisceremonie goed uitkwam. Joharran besprak het met de Eerste en ze stemde ermee in om de ceremonie uit te stellen.

Hij wilde dat Jondalar en Ayla de paarden zouden gebruiken om te helpen de bizons de omheining binnen te drijven die werd opgericht om de dieren in te sluiten. De speerwerpers zouden hun waarde bewijzen bij het vangen van de dieren die de val wisten te ontwijken. De leider van de Negende Grot zette zich er voortdurend voor in om mensen ervan te overtuigen dat een speer met de speerwerper vanaf een veel grotere, veiligere afstand geworpen kon worden. Voor de meeste mensen die de gelegenheid hadden gehad ze in gebruik te zien, was het hulpmiddel al het wapen van hun keuze geworden. Iedereen bij de Zomerbijeenkomst had inmiddels gehoord over de leeuwenjacht; de leeuwenjagers hadden het verhaal van het gevaarlijke treffen enthousiast verteld.

Vooral de jonge jagers waren opgewonden over het nieuwe wapen, maar ook heel wat oudere. Degenen die er minder enthousiast over waren, waren in het algemeen degenen die bedreven waren in het speerwerpen met de hand. Ze jaagden liever op de vertrouwde manier en stonden niet te popelen om op zo'n laat stadium van hun leven een nieuwe methode aan te leren. Tegen de tijd dat de jacht voorbij was en het vlees en de huiden verduurzaamd waren of opzij waren gelegd om later verder bewerkt te worden, was de eerste Verbintenisceremonie naar de mening van velen al te lang uitgesteld.

De dag van de gemeenschappelijke Verbintenisceremonie brak zonnig en helder aan en in het kamp heerste een opgewonden, verwachtingsvolle sfeer, en niet alleen bij degenen die een verbintenis aan zouden gaan. Het was een feest waarnaar iedereen uitkeek en waaraan iedereen deelnam. De ceremonie omvatte onder andere de verwoorde goedkeuring van de paren die een verbintenis met elkaar aangingen door alle mensen bij de Zomerbijeenkomst. De verbintenissen hadden niet alleen veranderingen in de namen en banden van de nieuwe paren en hun families tot gevolg; de status van bijna iedereen veranderde in een bepaalde mate, bij sommigen meer dan anderen, afhankelijk van de nauwheid van de relatie.

De Verbinteniseremonie van het jaar daarvoor was voor Ayla een zware tijd geweest. Niet alleen omdat het haar Verbinteniseremonie was, maar doordat ze nog maar pas was gearriveerd en in het middelpunt van zoveel aandacht stond. Ze wilde dat Jondalars volk haar zou mogen en accepteren, en ze deed haar best om zich aan te passen. De meesten verwelkomden haar hartelijk, maar niet iedereen.

Dit jaar zouden de leiders en voormalige leiders en de zelandonia op strategische plaatsen zitten zodat zij konden antwoorden wanneer de Eerste om een reactie van de aanwezigen vroeg, die voor haar een goedkeuring betekende. De Eerste was het jaar daarvoor niet blij geweest met de aarzeling van sommige mensen toen ze vroeg om goedkeuring voor Ayla en Jondalar, en ze wilde niet dat dat een gewoonte zou worden. Ze had graag dat haar ceremoniën probleemloos verliepen.

Iedereen verheugde zich op de festiviteiten die met de Verbinteniseremonie gepaard gingen. De mensen bereidden hun lekkerste schotels en droegen hun beste kleren, maar het verbintenisfeest was niet alleen voor degenen die een verbintenis aangingen een vreugdevol gebeuren. Het was tevens de geschiktste gelegenheid voor een Moederfeest. Iedereen werd aangespoord de Grote Aardmoeder te eren door Haar Gave van Genot te delen, zo dikwijls als men kon en met om het even wie, zolang de gevoelens werden beantwoord.

Mensen werden aangemoedigd om de Moeder te eren, maar het was geen verplichting. Er werden ruimten vrijgehouden voor degenen die er niet aan wilden deelnemen. Van kinderen werd het niet geëist, maar als ze spelend met elkaar in de weer gingen in navolging van de volwassenen, leverde dat doorgaans toegeeflijke lachjes op. Sommige volwassenen hadden er gewoon geen zin in, vooral degenen die ziek waren of gewond of herstellende van een ongeluk of gewoon moe, of vrouwen die recentelijk een kind hadden gebaard of hun maanperiode hadden en bloedden. Enkelen van de zelandonia die beproevingen ondergingen die voor een bepaalde tijd onthouding van Genot vereisten, boden aan de jonge kinderen te verzorgen en de anderen te helpen.

De Ene Die Eerste Was zat op een kruk in de zelandoniahut. Ze nam het laatste slokje van haar nap thee van haagdoornbloemen en kattenkruid en zei: 'Het is tijd.' Ze gaf de lege drinknap aan Ayla, stond op en liep naar de achterkant van de hut, naar een kleine, onopvallende ingang die aan de buitenkant was gecamoufleerd door een constructie waarin hout werd opgeslagen.

Ayla rook aan de drinknap, een onbewuste gewoonte. En bijna even onbewust nam ze nota van de ingrediënten en bedacht ze dat de vrouw waarschijnlijk haar maanperiode had. Kattenkruid, de tot het middel reikende vorstbestendige plant met zijn donzige bladeren en kransen witte, roze en paarse bloemen, was een mild verzachtend middel tegen spanning en kramp. Maar ze verbaasde zich over de haagdoorn. De plant had een karakteristieke smaak en misschien vond ze die gewoon lekker, maar het was ook een van de ingrediënten die de Eerste gebruikte voor het medicinale preparaat dat ze voor Marthona maakte. Ayla wist inmiddels dat de medicijnen die de Zelandoni Jondalars moeder gaf, voor haar hart waren, de spier in haar borst die bloed pompte. Ze had vergelijkbare hartspieren gezien in de dieren die ze doodde en vervolgens slachtte. Haagdoorn hielp om de spier krachtiger en ritmischer te laten pompen. Ze zette de drinknap neer en liep via de hoofdingang naar buiten.

Wolf zat buiten te wachten en keek Ayla verwachtingsvol aan. Ze glimlachte, verschoof Jonayla, die in haar draagdoek lag te slapen en ging voor het dier op haar hurken zitten. Ze nam zijn kop tussen haar handen en keek in zijn ogen.

'Wolf, ik ben verschrikkelijk blij dat ik je heb gevonden. Je bent er elke dag voor me en je geeft me erg veel,' zei ze, en ze woelde door zijn ruige haar. Toen legde ze haar voorhoofd tegen het zijne. 'Ga je mee naar de Verbintenisceremonie?' Wolf bleef haar aankijken. 'Je mag mee als je wilt, al zal het je vermoedelijk al snel gaan vervelen. Waarom ga je niet jagen?' Ze kwam overeind. 'Je mag gaan, Wolf. Vooruit, ga maar op jacht,' zei ze, met een zwaai van haar hand naar de grens van het kamp. Hij bleef haar nog even aankijken en ging er toen op een drafje vandoor.

Ayla droeg dezelfde kleren die ze aanhad toen ze de verbintenis met Jondalar was aangegaan, het verbinteniskleed dat ze had meegebracht op de Tocht die een jaar had geduurd vanaf het thuis van de Mamutiërs ver naar het oosten naar het thuis van Jondalars volk, de Zelandoniërs, wier leefgebied zich uitstrekte tot aan de Grote Wateren van het Westen. Het verbinteniskleed deed veel mensen denken aan de ceremonie van het jaar daarvoor. Er werd over gesproken toen Ayla opnieuw verscheen in het bijzondere kleed. Maar het deed Zelandoni ook denken aan de bezwaren tegen haar die sommige mensen hadden geuit. Hoewel ze het niet ronduit zeiden, wist de Eerste dat die voornamelijk voortkwamen uit het feit dat Ayla een vrouw uit den vreemde was, bovendien een vrouw uit den vreemde met buitengewone vermogens.

Ayla was ditmaal een toeschouwer en geen deelnemer en ze verheugde zich erop het ritueel gade te slaan. Terugdenkend aan haar eigen Verbintenisceremonie wist ze dat de paren die met elkaar verbonden zouden worden, zich verzamelden in de kleinere hut vlakbij, gehuld in hun mooiste kleren, zenuwachtig en opgewonden. Hun getuigen en gasten verzamelden zich in het voorste deel van de ruimte waar de ceremonie werd gehouden en de rest van het kamp ging achter hen staan.

Ze liep naar de plek waar de mensen zich verzamelden voor de diverse taken waar het hele kamp bij betrokken was. Toen ze daar aankwam bleef ze even staan en liet haar blik over de menigte gaan, waarna ze op de bekende gezichten van de Negende Grot af liep. Verscheidene mensen glimlachten toen ze haar zagen aankomen, onder wie Jondalar en Joharran.

'Je ziet er vanavond prachtig uit,' zei Jondalar. 'Ik heb die kleren sinds deze tijd vorig jaar niet meer gezien.' Hij was gekleed in de eenvoudige zuiver witte tuniek afgezet met hermelijnstaarten die ze voor hun verbintenis voor hem had gemaakt. Hij was een indrukwekkende verschijning.

'Dat Mamutische kleed staat je inderdaad erg goed,' zei zijn broer. Dat vond hij echt, maar de leider van de Negende Grot wist ook hoeveel rijkdom het kleed tentoonspreidde.

Nezzie, de gezellin van de hoofdman van het Leeuwenkamp en de vrouw die de Mamutiërs had overgehaald haar te adopteren, had Ayla de kleding gegeven, maar ze waren gemaakt op verzoek van Mamut, de heilige man die haar persoonlijk als dochter van de Mammoetvuurplaats had geadopteerd. Ze waren eigenlijk voor haar gemaakt omdat het de bedoeling was dat ze een verbintenis zou aangaan met Ranec, de zoon van de gezellin van Nezzies broer, Wymez. Hij had als jonge man een verre Tocht naar het zuiden gemaakt en was daar een verbintenis aangegaan met een exotische vrouw met een donkere huid. Na tien jaar was hij teruggekeerd, maar zijn vrouw was onderweg gestorven.

Hij bracht fantastische verhalen mee, nieuwe technieken om vuursteen te kloppen, en een kind met een bruine huid en dichte zwarte krullen, dat Nezzie als haar eigen kind grootbracht. Onder zijn noordelijke verwanten met hun lichte huid en haar was Ranec een uniek kind dat altijd opzien baarde. Hij groeide op tot een man met een scherp verstand en een heerlijk gevoel voor humor, lachende zwarte ogen die vrouwen onweerstaanbaar vonden en een opmerkelijk talent voor steenhouwen.

Net als iedereen was Ayla gefascineerd geweest door Ranecs ongewone huidskleur en charme, en op zijn beurt was hij betoverd door de mooie vreemdelinge en verhulde dat niet, wat in Jondalar een jaloezie naar boven bracht waarvan hij het bestaan niet had beseft. De lange blonde man met de verbluffend blauwe ogen was altijd degene geweest die vrouwen niet konden weerstaan en hij wist niet hoe hij moest omgaan met de gevoelens die hij nooit eerder had ervaren. Ayla begreep niets van zijn grillige gedrag en stemde er uiteindelijk in toe om met Ranec een verbintenis aan te gaan omdat ze dacht dat Jondalar niet meer van haar hield, en ze mocht de donkere steenhouwer met de lachende ogen erg graag. Het Leeuwenkamp raakte gehecht aan Ayla en Jondalar tijdens de winter die ze bij de Mamutiërs hadden gewoond en iedereen was zich meer dan bewust geweest van de emotionele problemen van de drie jonge mensen.

Vooral Nezzie ontwikkelde een sterke band met Ayla, door haar zorg en begrip voor het bijzondere kind dat de vrouw had geadopteerd, dat zwak was, niet kon praten en half Stam was. Ayla behandelde zijn zwakke hart en maakte zijn leven gerieflijker. Ze leerde Rydag ook de gebarentaal van de Stam en door het gemak en de snelheid waarmee hij zich die eigen maakte, besefte ze dat hij beschikte over Stam-herinneringen. Ze leerde het hele Leeuwenkamp een vereenvoudigde vorm van de ongesproken taal zodat hij met hen kon communiceren, wat hem uitermate blij en Nezzie overgelukkig maakte. Ayla ging al snel van hem houden, deels doordat Rydag haar herinnerde aan haar eigen zoontje, dat ze had moeten achterlaten, maar meer om hem zelf, al had ze hem uiteindelijk niet kunnen redden.

Toen Ayla besloot met Jondalar mee te gaan in plaats van te blijven om Ranecs gezellin te worden, gaf Nezzie de jonge vrouw de prachtige kleren die voor haar waren gemaakt en zei dat ze die moest dragen als ze een verbintenis met Jondalar aanging, al wist ze hoezeer de neef die zij had grootgebracht leed onder Ayla's vertrek. Ayla had niet ten volle beseft hoeveel rijkdom en status het verbinteniskleed tentoonspreidde, maar Nezzie wel, net als Mamut, de scherpzinnige, oude spiritueel leider. Uit Jondalars houding en manier van doen hadden ze opgemaakt dat hij stamde uit een volk van hoog aanzien en ze wisten dat Ayla iets nodig zou hebben wat haar in hun ogen status zou verlenen. Ayla mocht dan niet beseffen hoeveel status haar verbinteniskleed tentoonspreidde, maar ze had wel oog voor de kwaliteit van het handwerk. Voor de tuniek en de beenkappen waren huiden van hert en saïga-antilope gebruikt. Ze hadden een aardse goudgele tint, bijna de kleur van haar haren. De kleur kwam deels van de soorten hout die waren gebruikt om de huiden te roken om ze soepel te houden, en deels van de gele en rode oker die eraan toegevoegd waren. Het had veel inspanning gekost om de huiden schoon te schrapen om ze zacht en soepel te maken, en vervolgens was het fluwelen, suèdeachtige leer met gebruikmaking van een ivoren strijkwerktuig ingewreven met de rode en gele oker vermengd met vet waardoor de huid ging glanzen en bijna waterdicht werd.

De lange tuniek, die met fijne steekjes aan elkaar was genaaid, liep aan de achterkant uit in een driehoek met de punt naar beneden. De twee helften van de voorkant liepen onder de heupen taps toe, waardoor als die werd gesloten eveneens een met de punt naar beneden gerichte driehoek ontstond. De beenkappen waren nauwsluitend, behalve rond de enkels, waar ze licht geplooid konden worden of tot onder de hiel werden getrokken, afhankelijk van de voetbekleding die werd gedragen. Maar de kwaliteit van het materiaal vormde slechts de basis voor het schitterende geheel. De versierselen maakten het tot een exquise creatie van een zeldzame schoonheid en grote waarde.

De tuniek en de onderste helft van de beenkappen waren bedekt met fijn afgewerkte geometrische patronen van ivoren kralen, waarmee sommige gedeelten zelfs helemaal volgestikt waren. Met kleurig borduurwerk waren lijnen aangebracht in de geometrische kralenpatronen, die begonnen met naar beneden gerichte driehoeken, die horizontaal overgingen in zigzaglijnen en verticaal in ruit- en visgraatvormen, en zich vervolgens ontwikkelden tot ingewikkelde geometrische motieven, zoals rechthoekige spiralen en concentrische romboïden. De ivoren kralen waren geaccentueerd met barnstenen kralen, sommige lichter, sommige donkerder dan het leer, maar in nuances van dezelfde kleur. Meer dan vijfduizend ivoren kralen gemaakt van mammoetslagtanden waren op de kledingstukken genaaid, elke kraal was met de hand uitgesneden, doorboord en opgewreven.

De tuniek werd om het middel gesloten met een handgeweven sjerp, in een soortgelijk geometrisch patroon. Zowel het borduursel als de ceintuur was gemaakt van garens met een natuurlijke kleur die geen verf behoefden: donkerrood wollig mammoethaar, ivoorkleurige moeflonwol, bruine ondervacht van een muskusos en diep roodzwart haar van een wolharige neushoorn. De soorten garen waren niet alleen bijzonder door hun kleur: ze waren allemaal afkomstig van dieren die moeilijk en gevaarlijk te doden waren.

De afwerking van de kleding was buitengewoon tot in de kleinste details; het was voor Zelandoniërs die er verstand van hadden duidelijk dat iemand de fijnste materialen bij elkaar had gezocht en de vakkundigste mensen bijeen had gebracht om de kledingstukken te maken. Toen Jondalars moeder het tenue het voorgaande jaar voor het eerst zag, besefte ze onmiddellijk dat degene die de kledij had laten maken het grootste respect afdwong en een bijzonder hoge status binnen de leefgemeenschap bekleedde. Het was overduidelijk dat er erg veel tijd en arbeid was gestoken in het maken ervan, en toch was die Ayla geschonken bij haar vertrek. Het profijt van materiaal en werk ging daarmee verloren voor de gemeenschap die de kleding had gemaakt. Ayla zei dat ze was geadopteerd door een oude spiritueel leider die ze Mamut noemde, een man die klaarblijkelijk over zo'n ontzagwekkende macht en prestige beschikte – in feite rijkdom – dat hij het zich kon veroorloven de verbintenisdracht en de waarde die het vertegenwoordigde weg te geven. Niemand begreep dat beter dan Marthona.
Ayla had in feite haar eigen bruidsprijs meegebracht, hetgeen haar de status verleende die ze nodig had om ervoor te zorgen dat de status van Jondalar en zijn verwanten niet zou dalen door de verbintenis met haar. Marthona vertelde dit doelbewust aan Proleva, die dat, dat wist ze, aan haar oudste zoon zou vertellen. Joharran was blij met de gelegenheid het kostbare bezit weer te zien nu hij ten volle besef had van de waarde ervan. Hij besefte dat als het tenue goed onderhouden werd – en daar was hij zeker van – het lange tijd mee zou gaan. De oker die was gebruikt om het leer op te wrijven deed meer dan kleur toevoegen en het leer waterdicht maken: oker had ook een conserverende werking en maakte het leer bestand tegen insecten en hun eitjes. Het tenue zou waarschijnlijk door Ayla's kinderen worden gedragen en misschien zelfs door hun kinderen, en als het leer eindelijk verging, waren de barnstenen en ivoren kralen nog generaties lang herbruikbaar.
Joharran kende de waarde van ivoren kralen. Hij was onlangs in de gelegenheid geweest er enkele te bemachtigen voor zichzelf, maar vooral voor zijn gezellin; en terugdenkend aan die transactie keek hij met pas verworven kennersogen naar Ayla's kostbare kleren. Toen hij om zich heen keek zag hij dat veel mensen steelse blikken op haar wierpen. Het voorgaande jaar, toen Ayla het tenue voor haar verbintenis droeg, was alles aan haar vreemd en ongewoon geweest, inclusief de vrouw zelf. Inmiddels waren de mensen aan haar gewend geraakt, aan de manier waarop ze sprak en aan de dieren die ze haar wil oplegde. Ze werd nu beschouwd als een lid van de zelandonia en daardoor leek haar vreemdheid normaler, voor zover een Zelandoni als normaal kon wor-

den beschouwd. Maar de kledij deed haar weer opvallen, deed mensen weer denken aan haar verre afkomst, maar ook aan de rijkdom en status die ze had meegebracht.

Ook Marona en Wylopa sloegen haar gade. 'Kijk toch hoe ze loopt te pronken in die kleren,' zei Marona tegen haar nicht, met een blik vol afgunst. Zij zou er maar al te graag mee hebben lopen pronken. 'Weet je, Wylopa, dat verbinteniskleed had eigenlijk van mij moeten zijn. Jondalar had mij Toegezegd. Hij had na zijn terugkomst met mij een verbintenis moeten aangaan en mij die kleren moeten geven.' Ze zweeg even. 'Haar heupen zijn er trouwens veel te breed voor,' voegde Marona er minachtend aan toe.

Terwijl Ayla en de anderen naar de plek liepen die de Negende Grot had aangewezen om de ceremonie te volgen, zagen Jondalar en zijn broer Marona. Ze staarde zo boosaardig naar Ayla dat Joharran zich zorgen maakte om Ayla. Hij keek naar Jondalar, die Marona's van haat vervulde blik ook had gezien, en de twee broers wisselden een blik van verstandhouding.

Joharran deed een stap dichter naar Jondalar toe. 'Op een dag, zodra ze de kans krijgt, zal ze Ayla in moeilijkheden brengen,' fluisterde de leider.

'Je hebt gelijk, en ik ben bang dat dat mijn schuld is,' zei Jondalar. 'Marona dacht dat ik had Toegezegd met haar een verbintenis aan te gaan. Dat heb ik niet gedaan, maar ik begrijp waarom ze dat heeft kunnen denken.'

'Het is niet jouw schuld, Jondalar. Mensen hebben het recht om zelf keuzes te maken,' zei Joharran. 'Je bent lange tijd weg geweest. Ze kon geen recht op jou doen gelden en ze had geen verwachtingen mogen koesteren. Per slot van rekening is ze in de tijd dat je weg was zelf een verbintenis aangegaan en heeft ze die weer verbroken. Jij hebt een betere keuze gemaakt en dat weet ze. Ze kan het gewoon niet uitstaan dat je iemand hebt meegebracht die meer te bieden heeft dan zij. Daarom zal ze op een dag haar best doen om problemen te veroorzaken.'

'Misschien heb je gelijk,' zei Jondalar, al wilde hij het niet echt geloven. Hij wilde Marona het voordeel van de twijfel geven.

Toen de ceremonie een aanvang nam, gingen de twee broers er al snel in op, en alle gedachten over de jaloerse vrouw waren vergeten. Ze hadden niet gezien dat nog iemand Ayla gadesloeg: hun neef Brukeval. Hij had Ayla bewonderd om de manier waarop ze het spottende gelach van de Grot het hoofd had geboden toen Marona haar die eerste dag met een list ertoe had gekregen onfatsoenlijke kleren aan te trekken. Toen ze elkaar die avond tegenkwamen had Ayla zijn Stam-uiterlijk herkend en zich onmiddellijk bij hem op haar gemak gevoeld. Ze behandelde hem met een ongedwongen vriendelijkheid die hij niet gewend was, vooral niet van mooie vrouwen.

Toen Charezal, die vreemde van een verre Zelandonisch Grot, de draak met hem stak en hem spottend een Platkop noemde, was Brukeval in woede ontstoken. Hij was door de andere kinderen van de Grot zo lang hij zich kon herinneren met die naam geplaagd en Charezal had daar kennelijk lucht van gekregen. Hij had ook gehoord dat er een manier was om de vreemd ogende neef van de leider een reactie te ontlokken, namelijk door bedekte toespelingen over zijn moeder te maken. Brukeval had zijn moeder nooit gekend; ze was al snel na zijn geboorte gestorven, maar dat was voor hem een reden om haar te idealiseren. Zij was niet zo'n beest! Dat bestond niet, en hij evenmin!

Hoewel hij wist dat Ayla Jondalars vrouw was en hij nooit tegen zijn lange, knappe neef op zou kunnen als hij zou proberen haar voor zich te winnen, voelde hij bewondering voor haar toen hij zag dat ze het gelach en gehoon trotseerde. Voor hem was het liefde op het eerste gezicht geweest. Hoewel Jondalar hem altijd goed had bejegend en nooit had meegedaan wanneer de anderen hem plaagden, haatte hij hem op dat moment, en Ayla ook omdat ze onbereikbaar voor hem was.

Alle pijn die Brukeval zijn hele leven had ondergaan, samen met de hatelijke opmerkingen van de jonge man die Ayla's aandacht van hem probeerde af te leiden, kwam tot uitbarsting in een onbeheersbare woedeaanval. Later merkte hij dat Ayla afstandelijker leek en niet langer ongedwongen met hem sprak.

Jondalar zei niets tegen Brukeval over haar veranderde gevoelens jegens hem na zijn uitbarsting, maar Ayla had hem verteld dat Brukevals woede-uitbarsting haar te veel aan Broud deed denken, de zoon van de leider van haar stam. Broud had haar vanaf het begin gehaat en hij had haar meer pijn en verdriet gedaan dan ze zich ooit had kunnen voorstellen. Ze had geleerd om Broud evenzeer te haten als hij haar en, terecht, hem te vrezen. Door hem had men haar uiteindelijk gedwongen bij de Stam weg te gaan en haar zoontje achter te laten.

Brukeval herinnerde zich het warme gevoel dat hij had ervaren toen hij Ayla pas kende en vanaf een afstand gadesloeg wanneer hij maar kon. Hoe meer hij naar haar keek, hoe verliefder hij werd. Wanneer hij zag hoe Jondalar en zij met elkaar omgingen, stelde Brukeval zich voor dat hij zijn neef was. Hij volgde hen zelfs wanneer ze naar een afgezonderde plek gingen om Genot te delen, en als Jondalar haar melk proefde, hunkerde hij ernaar om dat ook te doen.

Maar hij was ook op zijn hoede voor haar, bang dat ze hem weer een Platkop zou noemen, of haar woord voor hen: de Stam. De naam alleen al, Platkoppen, had hem tijdens zijn jeugd zoveel pijn gedaan dat hij het geluid niet meer kon verdragen. Hij wist dat ze anders over hen dacht dan de meeste mensen, maar dat maakte het alleen maar erger. Ze sprak soms warm over hen, met genegenheid en zelfs met liefde, en hij haatte hen. Brukevals gevoelens voor Ayla waren tegenstrijdig: hij hield van Ayla en hij haatte haar.

Het ceremoniële deel van de Verbintenis duurde lang en was langdradig. Het was een van de weinige gelegenheden dat de volledige lijst van namen en banden van ieder van de toegezegde levensgezellen werd opgenoemd. De verbintenissen werden geaccepteerd door de leden van hun Grot, hun luid geuite instemming en vervolgens op dezelfde manier door alle aanwezige Zelandoniërs. Daarna werden de paartjes fysiek aan elkaar vastgebonden met een veter die doorgaans om de rechterpols van de vrouw en de linkerpols van de man werd gewikkeld, maar andersom kon ook, of zelfs beide linker- of beide rechterpolsen. Nadat de veter was geknoopt, bleef die gedurende de rest van de feestelijkheden van die avond op zijn plaats.

Er werd altijd veel gelachen om het onvermijdelijke gestuntel van de pas verbondenen, maar hoe leuk het ook was om te zien, veel mensen sloegen de paartjes ook aandachtig gade om te zien hoe ze reageerden, hoe snel ze leerden rekening met elkaar te houden. Het was de eerste test van de verbintenis die ze zojuist waren aangegaan, en de ouderen fluisterden onderling over de kwaliteit en verwachte duurzaamheid van de diverse verbintenissen, die gebaseerd was op hoe goed ze zich aanpasten aan de beperking van fysiek aan elkaar vastgebonden zijn. De meeste paartjes lachten naar elkaar en om elkaar en probeerden er het beste van te maken tot later, wanneer ze alleen waren en ze de veter konden losknopen; lossnijden was niet toegestaan.

Hoe moeilijk het ook voor paartjes was, het was nog veel moeilijker voor degenen die tot een drieledige verbintenis hadden besloten, of een vierledige, wat minder vaak voorkwam, maar dat werd als logisch beschouwd, aangezien zo'n relatie meer aanpassingen zou vereisen om te kunnen slagen. Iedereen moest minstens één vrije hand hebben, dus bij drie- of viertallen werden meestal de linkerhanden aan elkaar vastgebonden. Lopen, voedsel halen en eten, zelfs wateren of een vastere uitscheiding, alles moest op elkaar afgestemd worden, of er nu twee of meer dan twee mensen aan elkaar vastzaten. Het kwam nu en dan voor dat een persoon de vrijheidsbeperking niet verdroeg en gefrustreerd en woedend werd, wat een slecht voorteken was voor de verbintenis; en hoogst zelden werd de veter losgeknoopt om de relatie te verbreken nog voor die was begonnen. De verbroken knoop was altijd het teken van het eind van een verbintenis, zoals het vastknopen van de veter het begin ervan symboliseerde.

10

De Verbinteniscceremonie begon meestal in de middag of vroeg in de avond om genoeg tijd te hebben voor de festiviteiten. Het zingen of reciteren van *Het Lied van de Moeder* besloot de formele Verbinteniscceremonie en luidde het begin in van het feestmaal en andere feestelijkheden.

Ayla en Jondalar bleven tot het eind van de formele ceremonie en hoewel Ayla zich op een gegeven moment stierlijk verveelde, zou ze dat nooit hebben toegegeven. Ze had de hele middag mensen zien komen en gaan en besefte dat zij niet de enige was die de lange opsommingen van namen en banden en het herhalen van rituele woorden beu werd, maar ze wist hoe belangrijk de ceremonie was voor iedereen die een verbintenis aanging en hun naaste familie, en een onderdeel daarvan was de acceptatie door alle aanwezige Zelandoniërs. Bovendien werd van de zelandonia verwacht dat ze tot het eind bleven, en daar hoorde zij nu ook bij.

Ayla had achttien afzonderlijke ceremoniën geteld toen ze zag dat de Eerste alle pasverbondenen bij zich riep. Haar was verteld dat er mogelijk twintig of meer verbintenissen zouden worden gesloten, al waren er een paar niet zeker. Er waren een heleboel mogelijke redenen waarom deelname aan de formele Verbinteniscceremonie werd uitgesteld, vooral de eerste van het seizoen: soms twijfelde het paar eraan of ze klaar waren om de verbintenis aan te gaan of wilden ze liever wachten op een belangrijke bloedverwant die nog niet was gearriveerd, om er maar een paar te noemen. Er was altijd de Verbinteniscceremonie aan het eind van het seizoen voor paren die er toch toe hadden besloten, of die hadden gewacht op laat arriverende verwanten, of die nog regelingen hadden moeten afronden, of voor paren met een relatie die pas die zomer was opgebloeid.

Ayla glimlachte bij zichzelf toen ze de klankrijke stem van de Eerste het eerste couplet van *Het Lied van de Moeder* hoorde aanheffen.

Uit de chaos van tijd, vóór het eerste ochtendgloren,
Werd uit de wervelwind de verheven Moeder geboren.

Zij besefte terstond: het leven had grote waarde.
Maar de donkere leegte griefde de Grote Moeder der Aarde.
De Moeder was alleen. Verder was er niet een.

Vanaf de eerste keer dat Ayla de Legende van de Moeder hoorde had ze ervan gehouden, maar ze hield vooral van de manier waarop de Ene Die Eerste Was Onder Hen Die De Grote Aardmoeder Dienden het lied zong. Alle Zelandoniërs vielen in, sommigen zongen, sommigen zeiden de woorden gewoon op. Degenen die fluit speelden voegden er hun harmonieuze tonen aan toe, en de zelandonia zongen een fuga in contrapunt.

Ze hoorde Jondalar zingen, die naast haar stond. Hij had een mooie, zuivere stem, maar hij zong niet vaak, en als hij zong was dat doorgaans met de groep. Ayla daarentegen kon geen wijs houden. Ze had nooit leren zingen en leek er geen natuurlijke aanleg voor te hebben. Ze zei de woorden monotoon op; ze had ze uit het hoofd geleerd en sprak ze met diep gevoel uit. Ze herkende zichzelf vooral in het deel waarin de Grote Aardmoeder een zoon kreeg: 'De Moeder was blij. Een stralende jongen erbij,' en hem verloor. Elke keer wanneer ze dat hoorde kreeg ze tranen in haar ogen.

De Grote Moeder leefde met pijn in Haar hart,
De scheiding van Haar zoon dompelde Haar in diepe smart.
Ze verlangde naar het kind dat Zij prijs had moeten geven,
En zocht in Haar kern nog een kiem van nieuw leven.
Zich erbij neerleggen kon Zij niet. Het verlies was een te groot verdriet.

Daarna kwam het deel waarin de Moeder alle dieren ter wereld bracht, ook haar kinderen, en Eerste Vrouw en toen Eerste Man.

Aan de zijde van Vrouw had zich nu Man geschaard,
En als thuis schonk de Moeder hun toen de Aard'.
Het water, het land, al wat Zij had gesticht,
Daar zorgvuldig mee omgaan, dat werd nu hun plicht.
Ze mochten alles beheren, maar het nimmer onteren.

De Moeder schonk de Aardkinderen Gaven om te overleven,
Maar toen besloot Ze om hun nog iets te geven.
De Gave van Genot en elkaar te beminnen,
Een eerbewijs aan de Moeder in de drift van hun zinnen.
De Gaven zijn welverdiend. Als daarmee de Moeder wordt gediend.

Tevreden met Haar schepping bezag Zij het paar,
Ze leerde hun tederheid en liefde voor elkaar.
Ze schonk hun verlangen om elkaar met liefde te strelen,
En de Gave van de Moeder samen in Genot te delen.

En toen was Zij klaar. Haar kinderen hielden van elkaar.

De Aardkinderen hadden het geluk gevonden. De Moeder kon eindelijk rusten in haar sponde.

Dat was het deel waarop iedereen zat te wachten. Het betekende dat het formele deel van de ceremonie voorbij was; het was tijd voor het feestmaal en andere festiviteiten.

De mensen wandelden wat rond terwijl het feestmaal werd klaargezet. Jonayla, die tevreden had liggen slapen terwijl Ayla rustig zat, werd onrustig toen iedereen ging meezingen met *Het Lied van de Moeder*. Ze werd wakker toen haar moeder opstond en in beweging kwam. Ayla haalde haar uit haar draagdoek en hield haar boven de grond, waar ze haar water liet lopen. Ze had al snel geleerd dat hoe eerder ze dat deed, hoe eerder ze weer dicht tegen een warm lichaam aan zou liggen.

'Ik draag haar wel,' zei Jondalar, en hij stak zijn handen uit om het kind van Ayla aan te pakken. Jonayla glimlachte naar hem en hij beantwoordde haar glimlach.

'Wikkel haar maar in de deken,' zei Ayla, terwijl ze hem de zachte huid van een edelhert gaf die ze als draagdoek gebruikte. 'Het begint fris te worden en ze is nog warm van de slaap.'

Ayla en Jondalar liepen in de richting van het kamp van de Derde Grot. Ze hadden hun ruimte op het terrein van het hoofdkamp vergroot om plaats te maken voor de naburige Grot. De Negende had voor eigen gebruik overdag een paar schuilplaatsen opgezet, maar men noemde het nog steeds het kamp van de Derde Grot. Ze deelden ook dikwijls maaltijden en sloten zich bij elkaar aan voor feestmalen, maar Verbintenisfeestmalen werden altijd door de hele groep bereid en gedeeld.

Ze sloten zich aan bij de rest van Jondalars familie en vrienden die eten brachten naar de grote verzamelplaats van het zomerkamp vlak bij de zelandoniahut. Zoals gewoonlijk organiseerde Proleva het hele evenement. Ze verdeelde het werk en droeg de verantwoordelijkheid voor diverse taken aan anderen over. Uit alle richtingen kwamen mensen aanlopen met hun bijdragen aan het grote feestmaal. Elk kamp had eigen variaties ontwikkeld op de standaardmanieren om de aanzienlijke hoeveelheid en verscheidenheid aan voedsel dat in de streek beschikbaar was, te bereiden.

De welige graslanden en stroken bos langs de rivieren leverden een overvloed aan voedsel voor de vele soorten grote grazers, waaronder oerossen, bizons, paarden, mammoeten, wolharige neushoorns, reuzenherten, rendieren, edelherten en diverse andere hertensoorten. Sommige dieren die later in het jaar de bergen in trokken, brachten bepaalde seizoenen op de koude vlakten door, zoals de wilde geit die steenbok werd genoemd, het wilde schaap dat moeflon heette en een geit-antilope die de blesbok werd genoemd. De schaap-antilope of saïga-antilope leefde het hele jaar op de steppen. In het koudste deel van de winter verschenen er ook muskusossen. Er waren ook kleine dieren die doorgaans met vallen werden gevangen, en gevogelte, dat dikwijls met stenen of werpstokken werd gedood, waaronder Ayla's lievelingsvogel: de alpensneeuwhoen.

Er was een ruime keus aan groenten, waaronder wortelstokken van lisdodden, geurige uien, kruidige aardnoten en diverse soorten zetmeelrijke wortels en grondnoten, die met graafstokken werden opgegraven en rauw, gekookt of gedroogd werden gegeten. Distelstengels, vastgehouden bij het bloemhoofdje zodat de scherpe doornen erafgeschraapt konden worden voor ze geplukt werden, waren heerlijk wanneer ze even gekookt waren, klisstengels vereisten geen speciale handeling, maar moesten jong geplukt worden. De groene bladeren van ganzenvoet waren een heerlijke wilde spinazie, brandnetels waren nog lekkerder, maar moesten worden geplukt met een groot blad van een andere plant om de handen te beschermen. Het branderig effect verdween als ze gekookt werden.

Er was ook een overvloed aan noten en vruchten, vooral bessen, en verschillende soorten thee. Het weken in heet water van bladeren, stengels en bloemen was doorgaans voldoende voor het maken van een aftreksel met de gewenste smaak en eigenschappen. Weken volstond echter niet om de smaak en natuurlijke componenten aan harde organische substanties te onttrekken; schors, zaden en wortels moesten meestal gekookt worden om het gewenste extract te maken.

Er waren ook andere drankjes beschikbaar, zoals vruchtensap, maar ook gefermenteerde soorten. Boomsappen, vooral berkensap, kon worden ingekookt om de suiker naar boven te halen en dan gefermenteerd worden. Van granen en natuurlijk honing kon ook een alcoholisch drankje worden gemaakt. Marthona stelde een kleine hoeveelheid van haar vruchtenwijn beschikbaar, Laramar wat barma, en diverse anderen hadden hun eigen drankjes meegebracht waarvan het alcoholpercentage varieerde. De meeste mensen hadden hun eigen eetgerei en kommen bij zich, maar voor degenen die niets hadden meege-

nomen waren er borden van hout en been, uitgesneden of dicht geweven kommen en drinknappen.
Ayla en Jondalar liepen rond, begroetten vrienden en proefden van het eten en de dranken die door de diverse Grotten werden aangeboden. Jonayla was dikwijls het middelpunt van de belangstelling. Sommige mensen waren benieuwd of de vrouw uit den vreemde, die was opgegroeid tussen Platkoppen die door sommigen nog steeds als dieren werden beschouwd, een normaal kind ter wereld had gebracht. Vrienden en verwanten waren alleen maar blij om te zien dat het een vrolijk, gezond en erg schattig meisje was, met fijn, bijna wit, licht krullend haar. Iedereen wist meteen dat de Grote Moeder Jondalars geest had uitgekozen om zich met Ayla's geest te mengen om haar dochtertje te scheppen: Jonayla had dezelfde opmerkelijk helderblauwe ogen.
Ze kwamen langs een groep mensen die hun tenten hadden opgeslagen aan de rand van het grote gemeenschappelijke terrein, en Ayla meende een paar van hen te herkennen. 'Jondalar, zijn dat niet de rondreizende verhalenvertellers?' vroeg ze. 'Ik wist niet dat ze naar onze Zomerbijeenkomst kwamen.'
'Dat wist ik ook niet. Laten we ze gaan begroeten.' Ze haastten zich naar het kamp. 'Galliadal, wat leuk om je te zien!' riep Jondalar toen ze dichterbij kwamen.
Een man draaide zich om en glimlachte. 'Jondalar! Ayla!' zei hij, terwijl hij hen met uitgestrekte handen tegemoet liep.
Hij pakte Jondalars handen vast. 'In de naam van de Grote Aardmoeder groet ik je,' zei Galliadal.
De man was bijna even lang als Jondalar, iets ouder, en bijna even donker als de Zelandoniër licht was. Jondalars haar was lichtgeel, het haar van Galliadal was donkerbruin met lichte strepen, en het begon boven op zijn hoofd al aardig te dunnen. Zijn blauwe ogen waren minder opvallend dan die van Jondalar, maar het contrast met zijn donkere huid maakte ze opmerkelijk. Zijn huid is anders bruin dan die van Ranec, dacht Ayla. Hij lijkt eerder meer in de zon te zijn geweest, maar ik denk niet dat hij 's winters erg veel bleker zal zijn.
'In de naam van Doni heet ik je welkom bij onze Zomerbijeenkomst, Galliadal, en ook de rest van je reizende Grot,' antwoordde Jondalar. 'Ik wist niet dat je was gekomen. Hoe lang ben je er al?'
'We zijn voor de middag aangekomen, maar we hebben een maal gedeeld met de Tweede Grot voor we ons kamp hebben opgezet. De gezellin van de leider is een verre nicht van me. Ik wist helemaal niet dat ze twee-samen-geborenen had gebaard.'
'Ben je verwant aan Beladora? Kimeran en ik zijn leeftijdgenoten; we

hebben samen onze mannelijkheidsriten ondergaan,' legde Jondalar uit. 'Ik was daar de langste en voelde me niet op mijn gemak, tot Kimeran kwam. Ik was erg blij om hem te zien.'
'Ik begrijp precies hoe je je voelde, en je bent zelfs nog langer dan ik.' Galliadal richtte zijn aandacht op Ayla. 'Gegroet,' zei hij, terwijl hij haar uitgestrekte handen vastpakte.
'In de naam van de Grote Moeder van allen, welkom,' antwoordde Ayla.
'En wie is dit schattige kleintje?' vroeg de bezoeker, glimlachend naar de baby.
'Dit is Jonayla,' zei Ayla.
'Jon-Ayla! Jouw dochtertje, met zijn ogen, dat is een goede naam,' zei Galliadal. 'Ik hoop dat jullie vanavond komen. Ik heb een speciaal verhaal voor jou.'
'Voor mij?' zei Ayla verbaasd.
'Ja. Het gaat over een vrouw die op een bijzondere manier met dieren omgaat. Het is overal waar we zijn geweest erg in de smaak gevallen,' zei Galliadal met een brede grijns.
'Ken je dan iemand die dieren begrijpt? Ik zou haar graag leren kennen,' zei Ayla.
'Je kent haar al.'
'Maar de enige persoon die ik ken die dat kan, ben ik zelf,' zei Ayla, en ze kreeg een kleur toen ze het begreep.
'Natuurlijk! Ik kon zo'n goed verhaal toch niet laten schieten? Maar ik geef haar niet jouw naam en heb ook enkele andere dingen veranderd. Veel mensen vragen of het verhaal over jou gaat, maar daar laat ik me nooit over uit. Dat maakt het des te interessanter. Ik zal het vertellen als we genoeg toehoorders hebben. Kom maar luisteren.'
'Dat zullen we zeker doen,' zei Jondalar. Hij had Ayla gadegeslagen en aan haar gezichtsuitdrukking te zien was ze niet echt gelukkig met het idee dat een verhalenverteller verhalen over haar verzon en die aan alle Grotten vertelde. Hij kende veel mensen die van al die aandacht zouden genieten, maar zo was zij niet. Ze kreeg al veel meer aandacht dan haar lief was, maar hij kon het Galliadal niet kwalijk nemen. Hij was verhalenverteller en Ayla's verhaal was een goed verhaal.
'Het gaat ook over jou, Jondalar. Ik kon jou niet weglaten,' zei de verhalenverteller met een knipoog. 'Jij bent degene die haar na een Tocht van vijf jaar naar huis hebt meegebracht.'
Jondalar schrok toen hij dat hoorde. Het was niet voor het eerst dat er verhalen over hem werden verteld, en dat waren niet altijd verhalen die hij openbaar gemaakt wilde hebben. Maar hij kon maar beter niet

protesteren of zich er druk over maken; dat zou alleen maar ook in het verhaal opduiken. Verhalenvertellers vertelden graag verhalen over bekende mensen, en iedereen luisterde daar gretig naar. Soms gebruikten ze echte namen en soms, vooral als ze het verhaal wilden opsmukken, verzonnen ze een naam zodat mensen zouden moeten raden wie er werd bedoeld. Jondalar was opgegroeid met zulke verhalen en ook hij luisterde daar graag naar, maar hij hield meer van de Oude Legenden en Geschiedverhalen van de Zelandoniërs. Hij had veel verhalen gehoord over zijn moeder toen ze leider van de Negende Grot was, en het verhaal over de grote liefde tussen Marthona en Dalanar was zo dikwijls verteld dat het al bijna een legende was.

Ayla en Jondalar bleven nog even met hem babbelen en liepen toen verder naar het kamp van de Derde Grot. Onderweg bleven ze regelmatig staan om met bekenden te praten. De avond viel en het werd al aardig donker. Ayla bleef even staan om naar de hemel te kijken. De maan was nieuw, en zonder het stralende licht ervan dat de schittering van de sterren dimde, vulden die de avondhemel met hun ontzagwekkende hoeveelheid.

'De hemel is zo... vol... Ik weet het juiste woord niet,' zei Ayla, met een zweem van ergernis over zichzelf. 'Het is zo mooi, maar meer dan dat. Het geeft me het gevoel dat ik heel klein ben, maar op een goede manier. Het is groter dan wij, groter dan alles.'

'Als de sterren zo helder zijn, vormen ze een wonderbaarlijk schouwspel,' zei Jondalar.

Hoewel de fonkelende sterren minder licht uitstraalden dan de maan zou hebben gedaan, gaven ze bijna genoeg licht om te zien waar ze liepen. Maar de grote hoeveelheid sterren was niet het enige licht. Elk kamp had grote vreugdevuren aangestoken, en langs de paden tussen de kampen waren fakkels en lampen geplaatst.

Toen ze het kamp van de Derde Grot bereikten troffen ze daar Proleva aan met haar zus, Levela, en hun moeder, Velima. Ze wisselden groeten uit.

'Ik kan bijna niet geloven hoe groot Jonayla is geworden in niet meer dan enkele manen,' zei Levela. 'En wat is ze mooi. Ze heeft Jondalars ogen. Maar ze lijkt op jou.'

Ayla glimlachte om het compliment voor haar baby, maar wees de loftuiting op zichzelf af. 'Ik vind haar op Marthona lijken en niet op mij. Ik ben niet mooi.'

'Jij weet helemaal niet hoe je eruitziet, Ayla,' zei Jondalar. 'Je kijkt nooit in een weerkaatser of in een poel stilstaand water. Je bent mooi.'

Ayla ging op een ander onderwerp over. 'Het is inmiddels duidelijk te

zien dat je zwanger bent, Levela,' zei Ayla. 'Hoe voel je je?'
'Vanaf het moment dat de ochtendmisselijkheid over was voel ik me goed,' zei Levela. 'Energiek en sterk. Al word ik de laatste tijd wel snel moe. Ik wil het liefst lang uitslapen en overdag een dutje doen, en als ik lang sta krijg ik soms pijn in mijn rug.'
'Dat klinkt goed, zou ik zeggen,' zei Velima, glimlachend naar haar dochter. 'Dat is precies zoals je je hoort te voelen.'
'We richten een ruimte in waar de kinderen kunnen worden verzorgd zodat hun moeders en hun levensgezellen naar het Moederfeest kunnen en ontspanning kunnen zoeken,' zei Proleva. 'Je kunt Jonayla daar achterlaten als je dat wilt. Er zal worden gezongen en gedanst en sommige mensen hadden al te veel gedronken voor ik daar wegging.'
'Wist je dat de rondreizende verhalenvertellers hier zijn?' vroeg Jondalar.
'Ik heb gehoord dat ze zouden komen, maar ik wist niet dat ze waren gearriveerd,' zei Proleva.
'We hebben met Galliadal gesproken. Hij wil dat we komen luisteren. Hij zei dat hij een verhaal voor Ayla had,' zei Jondalar. 'Ik vermoed dat het een nauwelijks verbloemd verhaal over haar is. Ik vind dat we eigenlijk moeten gaan luisteren zodat we zullen weten waarover iedereen morgen zal praten.'
'Ga jij ernaartoe, Proleva?' vroeg Ayla, toen de vrouw haar slapende baby neerlegde.
'Het was een groot feestmaal en ik heb er veel dagen aan gewerkt,' zei Proleva. 'Ik geloof dat ik liever hier blijf met nog een paar vrouwen om op de kleintjes te passen. Dat lijkt me veel rustiger. Ik heb meer dan genoeg Moederfeesten bezocht.'
'Misschien kan ik ook beter blijven om op de kinderen te passen,' zei Ayla.
'Nee. Jij moet gaan. Moederfeesten zijn voor jou nog nieuw en je moet ermee vertrouwd raken, vooral nu je wordt opgeleid om een Zelandoni te worden. Kom, geef mij je kleintje nu maar. Ik heb haar al in geen dagen geknuffeld,' zei Proleva.
'Laat me haar dan eerst zogen,' ze Ayla. 'Ik voel me behoorlijk vol.'
'Levela, jij moet ook gaan, vooral nu de verhalenvertellers er zijn. Jij ook, moeder,' zei Proleva.
'De verhalenvertellers blijven hier nog een hele tijd. Ik kan later naar hen gaan luisteren, en ik heb ook al heel wat Moederfeesten bezocht. Jij hebt het zo druk gehad dat er nauwelijks tijd was om met elkaar te praten. Ik blijf liever hier bij jou,' zei Velima. 'Maar jij moet wel gaan, Levela.'

'Ik weet niet wat ik zal doen. Jondecam is er al en ik heb gezegd dat ik hem daar zal treffen, maar ik ben nu al moe. Misschien ga ik alleen even om naar de verhalenvertellers te luisteren,' zei ze.

'Joharran is er ook. Hij moet wel, al is het maar om een oogje te houden op een aantal jonge mannen. Ik hoop dat hij de tijd neemt om zich zelf te amuseren. Vertel hem over de verhalenvertellers, Jondalar. Die vindt hij altijd erg leuk.'

'Dat zal ik doen, dat wil zeggen als ik hem kan vinden,' zei Jondalar.

Hij vroeg zich af of Proleva wegbleef om haar levensgezel de vrijheid te geven van het Moederfeest te genieten. Hoewel iedereen wist dat ze met anderen dan hun levensgezel Genot mochten delen, wist hij dat sommige mensen het niet prettig vonden om te zien dat zijn of haar levensgezel dat met een ander deed. Hij niet in elk geval. Hij zou het er erg moeilijk mee hebben om Ayla met een andere man te zien weglopen. Verscheidene mannen hadden al belangstelling voor haar getoond: de Zelandoni van de Zesentwintigste, bijvoorbeeld en zelfs de verhalenverteller, Galliadal. Hij wist dat jaloezie werd afgekeurd, maar hij kon er niets aan doen dat hij zich zo voelde. Hij hoopte maar dat hij zijn gevoelens kon verhullen.

Toen ze terugkwamen bij de grote verzamelplaats had Levela al snel Jondecam ontwaard en ze snelde vooruit, maar Ayla bleef aan de rand staan om een poosje toe te kijken. Bijna alle deelnemers aan de Zomerbijeenkomst waren er al en ze voelde zich nog steeds niet echt op haar gemak met zoveel mensen op één plek, vooral in het begin. Jondalar begreep dit en bleef bij haar staan wachten.

Op het eerste gezicht leek de grote ruimte gevuld te zijn met een immense vormloze menigte, die golfde en kolkte als een grote, wilde rivier. Maar terwijl ze stond te kijken zag Ayla al snel dat de menigte zich in verscheidene groepen had opgedeeld, voornamelijk rond of vlak bij een groot vuur. Op een plek aan de rand, vlak bij het kamp van de verhalenvertellers, had zich een grote groep verzameld rondom drie of vier mensen die spraken en daarbij overdreven gebaren maakten. Ze stonden op een verhoging van hout en harde ongelooide huid zodat de menigte hen makkelijker kon zien. De mensen het dichtst bij de verhoging zaten op de grond of op boomstammen of stenen die naar de plek waren gesleept. Bijna recht daartegenover, aan de andere kant van de verzamelplaats, waren mensen op het geluid van fluiten, trommels en andere slaginstrumenten aan het dansen en zingen. Beide trokken Ayla aan en ze probeerde te besluiten waar ze het eerst naartoe zou gaan.

Op een andere plek zaten mensen te gokken, waarbij ze uiteenlopende fiches en speelpenningen gebruikten, en daar vlakbij lieten mensen hun drinknap volgieten met hun favoriete drankje. Ze zag dat Laramar met een valse glimlach zijn barma uitdeelde.

'Gunsten vergaren,' zei Jondalar, bijna alsof hij wist wat ze dacht. Ze was zich er niet van bewust dat de afkeer van haar gezicht was te lezen toen ze naar de man keek.

Ayla zag Tremeda in het groepje staan dat op nog wat van zijn barma stond te wachten, maar Laramar bood haar niets aan. Ze begaf zich naar een andere groep vlakbij, mensen die stonden te wroeten in het eten dat was overgebleven en was verzameld en neergezet voor mensen die nog trek hadden.

Overal stonden mensen met elkaar te praten en te lachen terwijl anderen doelloos rondslenterden. Ayla merkte niet meteen de onderstroom op van bedrijvigheid rondom de donkere randen van de menigte. Toen ving ze toevallig een glimp op van een jonge vrouw met felrood haar, die ze herkende als Folara's vriendin, Galeya. Ze liep weg van de uitgestalde etenswaren met de jonge man van de Derde Grot die, naar Ayla zich herinnerde, aan de leeuwenjacht had deelgenomen. Ze hadden samen een team gevormd om elkaar rugdekking te geven.

Ayla volgde het jonge paar met haar blik toen ze in de richting van de donkere buitenkant van de verzamelplaats liepen en zag dat ze bleven staan om elkaar te omhelzen. Ze voelde zich opgelaten; het was niet haar bedoeling geweest om ze gade te slaan terwijl ze intiem met elkaar waren. Toen zag ze op bepaalde plekken op enige afstand van de hoofdactiviteiten ook anderen die intiem met elkaar bezig leken te zijn. Ayla voelde dat ze een kleur kreeg.

Jondalar glimlachte bij zichzelf. Hij had gezien waar ze naar keek. De Zelandoniërs keken evenmin naar dergelijke activiteiten, maar niet omdat ze daardoor in verlegenheid werden gebracht. Intimiteit was iets alledaags en ze sloegen er gewoon geen acht op. Hij had een verre reis gemaakt en wist dat de gebruiken van volken van elkaar konden verschillen. Maar dat gold ook voor haar; hij wist dat ze eerder mensen samen had gezien – ze leefden zo dicht op elkaar dat dit onvermijdelijk was. Ze moest het voorgaande jaar tijdens de Zomerbijeenkomst ook soortgelijke activiteiten hebben gezien. Hij wist niet precies wat de oorzaak was van haar onbehagen. Hij wilde het haar net vragen toen hij Levela en Jondecam aan zag komen en hij besloot er nog even mee te wachten.

Haar gêne stamde uit de jaren dat ze bij de Stam had gewoond. Toen was haar op het hart gedrukt dat sommige dingen, zelfs als die gezien konden worden, niet gezien hóórden te worden. De stenen die de omtrek vormden van elke vuurplaats in de grot van Bruns stam waren net onzichtbare muren. Je keek niet over de grensstenen, je keek niet het privégedeelte van de vuurplaats van een ander in. Mensen wendden hun blik af of staarden in de verte, om te voorkomen dat de indruk werd gewekt dat ze naar de ruimte binnen de stenen keken. En in het algemeen pasten ze ervoor op om onbedoeld te staren. Staren maakte deel uit van de lichaamsgebarentaal van de Stam en had specifieke betekenissen. Een doordringende blik van een leider bijvoorbeeld kon een berisping zijn.

Toen Ayla besefte wat ze had gezien, keek ze snel een andere kant op, en zag ze Levela en Jondecam aankomen. Ze werd overspoeld door een eigenaardige opluchting. Ze drukte haar wang tegen hun wangen en begroette hen warm, alsof ze elkaar al een tijd niet hadden gezien.

'We gaan naar de verhalenvertellers luisteren,' zei Levela.

'Ik probeerde juist te beslissen of ik naar verhalen wilde luisteren of naar muziek,' zei Ayla. 'Als jullie naar de verhalenvertellers gaan, ga ik met jullie mee.'

'Ik ook,' zei Jondalar.

Toen ze daar aankwamen leek er juist een pauze in de voorstelling te zijn. Het ene verhaal was kennelijk net afgelopen en het volgende nog niet begonnen. Mensen slenterden rond, sommigen vertrokken, enkelen arriveerden, anderen gingen verzitten. Ayla liet haar blik over de ruimte gaan. Het lage platform dat nu leeg was, was groot genoeg voor een stuk of vier mensen met genoeg ruimte om op en neer te lopen. Er waren twee min of meer rechthoekige vuurkuilen, aan weerszijden van het platform, meer voor licht dan voor warmte. Daartussen en aan beide kanten van de vuren waren boomstammen in rijen gelegd en enkele grote stenen, met daarop allemaal kussens om makkelijk te zitten. Voor de boomstammen was een open ruimte waar mensen op de grond zaten, veel van hen op een geweven grasmat of op huiden.

Een paar mensen die bijna vooraan op een boomstam hadden gezeten, stonden op en liepen weg. Levela liep er doelbewust naartoe en ging op het zachte kussen zitten. Jondecam ging vlug naast haar zitten en ze hielden de ruimte naast zich vrij voor hun vrienden, die waren opgehouden door iemand die hen onderweg had gegroet. Terwijl ze beleefdheden uitwisselden, kwam Galliadal aanlopen.

'Je hebt dus besloten te komen,' zei hij, en hij boog zich voorover om Ayla te groeten. Hij drukte zijn wang tegen de hare, te lang naar Jondalars idee. Ayla voelde Galliadals warme adem in haar hals en rook zijn aangename mannelijke geur, die verschilde van de geur waarmee ze zo vertrouwd was. Ze zag ook de spanning in Jondalars kaak, ondanks zijn glimlach.

Een aantal mensen verdrong zich rondom hen en Ayla vermoedde dat ze de aandacht van de verhalenverteller zochten. Het was haar opgevallen dat Galliadal altijd een groep mensen om zich heen had, vooral jonge vrouwen, en sommigen keken verwachtingsvol naar haar, alsof ze op iets wachtten. Dat bezorgde haar een onaangenaam gevoel.
'Levela en Jondecam houden vooraan plaatsen voor ons vrij,' zei Jondalar. 'Die moeten we maar snel gaan innemen.'
Ayla glimlachte naar Jondalar en ze liepen naar hun vrienden, maar toen ze daar aankwamen zaten er mensen op de boomstam op de plek die Levela en Jondecam hadden vrijgehouden. Ze propten zich ertussen en wachtten.
'Ik vraag me af waarom het zo lang duurt,' zei Jondecam, die ongeduldig begon te worden.
Jondalar zag dat er nog steeds mensen arriveerden. 'Ik vermoed dat ze wachten tot iedereen zit. Je weet hoe het is: als ze met een verhaal zijn begonnen, hebben ze niet graag dat er heen en weer wordt gelopen; dat werkt storend. Ze vinden het niet erg als er nog een paar stilletjes bij komen zitten, maar de meeste mensen vinden het niet leuk om midden in een verhaal te vallen. Ze horen het liever vanaf het begin. Ik vermoed dat een heleboel mensen hebben gewacht tot het eind van het vorige verhaal. Toen ze mensen zagen weglopen besloten ze dat het tijd was om te komen.'

Galliadal en een paar andere mensen waren op het lage platform geklommen. Ze wachtten tot het luisterpubliek dat had opgemerkt. Toen de gesprekken verstomden en het stil werd, stak de lange, donkerharige man van wal.
'Ver weg in het land van de rijzende zon...'
'Zo beginnen alle verhalen,' fluisterde Jondalar tegen Ayla, alsof hij blij was dat het begin tenminste klopte.
'... leefde een vrouw met haar levensgezel en haar drie kinderen. De oudste was een jongen die Kimacal heette.' Toen de verhalenverteller de eerste van de kinderen van de vrouw noemde, kwam een jonge man die ook op het platform stond naar voren en maakte een lichte buiging om aan te geven dat hij die jongen voorstelde. 'De volgende was een meisje dat Karella heette.' Een jonge vrouw maakte een pirouette die eindigde in een buiging toen hij het tweede kind noemde. 'De jongste was een jongen die Wolafon heette.' Een andere jonge man wees naar zichzelf en glimlachte trots toen het derde kind werd genoemd.
Uit het publiek steeg zacht gemompel op en hier en daar werd gelachen toen de naam van het jongste kind werd genoemd en mensen het

verband legden met Ayla's naam voor haar vierpotige jager.

Hoewel hij niet schreeuwde viel het Ayla op dat de stem van de verhalenverteller voor het hele publiek goed te verstaan was. Hij had een speciale manier van spreken: krachtig, helder en expressief. Haar gedachten gingen naar het bezoek aan de grot met de Zelandoni van de Zesentwintigste en zijn acoliet, en de geluiden die ze voor de grot hadden gemaakt voor ze naar binnen waren gekropen. Het kwam bij haar op dat Galliadal, als hij dat had gewild, een van de zelandonia had kunnen worden.

'Hoewel ze daar oud genoeg voor waren, waren de jonge mensen nog geen verbintenis aangegaan. Hun Grot was klein en ze waren nauw verwant aan de meeste mensen van hun leeftijd. De moeder begon bang te worden dat ze ver weg zouden moeten gaan om een levensgezel te vinden en dat ze hen dan misschien nooit meer zou zien. Ze had horen spreken over een oude Zelandoni die in een grot woonde op enige afstand naar het noorden rivieropwaarts. Sommige mensen spraken fluisterend over haar. Ze zeiden dat de vrouw dingen kon laten gebeuren, maar dat ze daar een hoge prijs voor zou vragen die moeilijk op te brengen zou zijn. De moeder besloot haar op te zoeken,' zei de verhalenverteller.

'Op een dag na haar terugkeer stuurde de vrouw haar kinderen naar de oever van een rivier om lisdoddenwortels te verzamelen. Toen ze bij de rivier kwamen troffen ze daar drie jonge mensen aan: een meisje van ongeveer dezelfde leeftijd als Kimacal, een jongen van ongeveer dezelfde leeftijd als Karella en een meisje van ongeveer dezelfde leeftijd als Wolafon.'

Deze keer glimlachte de eerste jonge man op het platform koket toen het oudste meisje werd genoemd, de jonge vrouw nam een stoere houding aan en de andere jonge man de houding van een verlegen jong meisje. Er steeg gelach op uit het publiek. Toen Ayla en Jondalar elkaar aankeken, glimlachten ze allebei.

'De drie nieuwkomers waren vreemden die kort daarvoor waren gearriveerd uit het land in het zuiden. Zoals het betaamt groetten ze elkaar en stelden ze zich voor door hun belangrijke namen en banden op te noemen.

"We zijn op zoek naar eten," legde het oudste meisje uit.' Galliadal veranderde zijn stem toen hij sprak als de jonge vrouw.

'"Er zijn hier veel lisdodden; we kunnen ze delen," zei Karella.' De jonge vrouw vormde met haar mond de woorden die Galliadal sprak, weer met een andere stem. 'Ze trokken met z'n zessen lisdoddenwortels uit de zachte modder aan de rand van de rivier. Kimacal hielp het oudste vreemde meisje, Karella liet de jongen zien waar hij moest graven en Wolafon trok een paar wortels uit de modder voor het verlegen jongste meisje, maar de blonde jonge vrouw wilde ze niet aannemen. Wolafon zag dat zijn broer en zus genoten van het gezelschap van hun leuke nieuwe vrienden en bijzonder vertrouwelijk met hen omgingen.'

Hierop volgde luid gelach. Niet alleen waren de toespelingen duidelijk, maar de jonge man die de oudste broer voorstelde en de jonge vrouw op het platform omhelsden elkaar innig, terwijl de jongste broer afgunstig toekeek. Terwijl Galliadal vertelde veranderde hij zijn stem voor elk van de personages als hij voor hen sprak, terwijl de anderen op het platform het vertelde uitbeeldden, dikwijls bijzonder theatraal.

'"Dit zijn lekkere lisdodden; waarom wil je ze niet eten?" vroeg Wolafon aan het aantrekkelijke meisje. "Ik kan geen lisdodden eten," zei de jonge vrouw. "Ik kan alleen vlees eten".' Wanneer hij als de vrouw sprak, ging zijn stem omhoog.

'Wolafon wist niet wat hij moest doen. "Ik zou op jacht kunnen gaan om vlees voor je te bemachtigen," zei hij, maar hij wist dat hij geen goede jager was. Hij ging meestal wel mee op drijfjacht. Hij bedoelde het goed, maar hij was een beetje lui en deed nooit erg zijn best om zelf iets te doden. Hij ging terug naar het thuis van de Grot van zijn moeder.

"Kimacal en Karella hebben lisdodden gedeeld met een vrouw en een man uit het zuiden," zei hij tegen zijn moeder. "Ze hebben een levensgezel gevonden, maar de vrouw die ik wil kan geen lisdodden eten. Ze kan alleen vlees eten en ik ben geen goede jager. Hoe kan ik eten voor haar vinden?"' vertelde Galliadal.

Ayla vroeg zich af of 'lisdodden delen' een tweede betekenis had die ze niet kende, zoals een grap die ze niet begreep, aangezien de verhalenverteller van samen lisdodden eten direct daarna overging op met elkaar verbonden zijn.

'"In een grot ten noorden van hier bij de rivier woont een oude Zelandoni," zei zijn moeder. "Misschien kan zij je helpen. Maar wees voorzichtig met wat je vraagt. Je krijgt mogelijk precies wat je wilt."' Galliadal veranderde zijn stem weer toen hij als de moeder sprak.

'Wolafon ging op weg om de oude Zelandoni te zoeken. Hij trok veel dagen rivieropwaarts en keek in alle grotten die hij onderweg tegenkwam. Hij wilde het bijna opgeven toen hij een kleine grot hoog in een steile rotswand zag en besloot dat dat de laatste grot was die hij zou onderzoeken. Voor de grot zat een vrouw die leek te slapen. Hij liep stilletjes naar haar toe; hij wilde haar niet storen. Maar hij was nieuwsgierig en bekeek haar van top tot teen,' vervolgde Galliadal.

'Haar kleren waren onopvallend, van hetzelfde soort dat de meesten droegen, zij het nogal vormloos en armoedig. Maar ze droeg een heleboel halssieraden van allerlei soorten materiaal: kralen en schelpen, doorboorde dierentanden en klauwnagels, maar ook uit ivoor, bot, gewei en hout gesneden dieren, een aantal uit steen en barnsteen, en ronde medaillons waarin dieren waren uitgesneden. Er hingen zoveel voorwerpen aan de halssieraden dat Wolafon ze niet eens allemaal kon zien, maar haar gezichtstatoeages waren nog ontzagwekkender. Ze waren zo ingewikkeld en zo uitgebreid dat hij nauwelijks haar huid kon zien onder al die vierkantjes en krullijnen. Ze was zonder twijfel een Zelandoni van formaat en Wolafon was een beetje bang voor haar. Hij wist niet of hij haar wel moest lastigvallen met zijn onbeduidende verzoek.'

De vrouw op het platform was gaan zitten, en hoewel ze zich niet had verkleed gaf de manier waarop ze haar kleren om zich heen trok het publiek het idee dat ze naar een oude vrouw keken in de vormloze kleding die Galliadal had beschreven.

'Wolafon besloot weer weg te gaan, maar toen hij zich omdraaide, hoorde hij een stem. "Wat wil je van me, jongen?" zei de vrouw.' Galliadals stem nam de toon aan van een oude vrouw, niet zwak en beverig, maar krachtig en rijp.

'Wolafon moest even slikken en draaide zich toen om. Hij stelde zich netjes voor en zei toen: "Mijn moeder zei dat je me misschien zou kunnen helpen."

"Wat is het probleem?"

"Ik heb een vrouw uit het zuiden ontmoet. Ik wilde lisdodden met haar delen, maar ze zei dat ze geen lisdodden kan eten, dat ze alleen vlees kan eten. Ik hou van haar en wil voor haar op jacht gaan, maar ik ben geen erg goede jager. Kun jij me helpen een goede jager te worden?"

"Weet je zeker dat zij wil dat je voor haar op jacht gaat?" vroeg de oude Zelandoni. "Als ze je lisdodden niet wil kan het zijn dat ze je vlees evenmin wil. Heb je haar dat gevraagd?"

"Toen ik haar de lisdodden aanbood, zei ze dat ze die niet kon eten, niet dat ze dat niet wilde, en toen ik zei dat ik voor haar op jacht zou gaan, zei ze geen nee," zei Wolafon.' De stem die Galliadal voor de jonge man gebruikte klonk hoopvol en de gezichtsuitdrukking van de jonge man op het platform straalde hoop uit.

'"Je weet dat er maar één ding is wat je kunt doen om een goede jager te worden: oefenen, heel veel oefenen," zei de oude Zelandoni.

"Ja, dat weet ik. Ik had meer moeten oefenen."' De jonge man op het platform sloeg schuldbewust zijn ogen neer.

‘“Maar je hebt nooit geoefend, nietwaar? En nu, omdat je belangstelling hebt voor een jonge vrouw, wil je plotseling een jager worden, is dat juist?”’ Galliadals toon als de oude Zelandoni werd een berisping.
‘“Eigenlijk wel.” De jonge man schaamde zich diep. “Maar ik aanbid haar.”
“Je moet altijd verdienen wat je krijgt. Als je niet de moeite wilt nemen om te oefenen moet je op een andere manier voor de vaardigheid betalen. Als je er geen inspanning voor overhebt om te oefenen, moet je iets anders geven. Wat ben je bereid te geven?” vroeg de oude vrouw.
“Alles!”’ Het publiek hield de adem in; iedereen wist dat dit het verkeerde antwoord was.
‘“Je kunt nog steeds de tijd nemen om te oefenen om goed te leren jagen,” zei de oude Zelandoni.
“Maar ze zal niet willen wachten tot ik goed heb leren jagen. Ik aanbid haar. Ik wil haar alleen maar vlees brengen zodat ze van mij zal houden. Ik zou willen dat ik was geboren met de vaardigheid om te jagen.”’
Op dat moment werden het publiek en de mensen op het platform beroering gewaar.

11

Wolf glipte tussen het publiek door. Hij streek af en toe langs iemands been, maar was weg voor ze meer dan een glimp hadden kunnen opvangen van wat hen had aangeraakt. Hoewel de meeste mensen hem kenden ontlokte hij nog steeds velen een angstige kreet als hij werd opgemerkt. Hij overrompelde zelfs Ayla toen hij zo onverwachts verscheen en voor haar ging zitten, opkijkend naar haar gezicht. Danella schrok, omdat hij zo uit het niets leek te verschijnen, maar bang was ze niet.

'Wolf! Je bent de hele dag weg geweest. Ik begon me al af te vragen waar je was. De omgeving verkennen, vermoed ik,' zei Ayla, terwijl ze door de kraag van haar om zijn nek woelde en hem achter zijn oren krabbelde. Hij gaf een lik over haar hals en kin en legde zijn kop op haar schoot; hij leek te genieten van haar liefkozingen. Toen ze ophield ging hij voor haar liggen met zijn kop op zijn poten, ontspannen maar waakzaam.

Galliadal en de anderen op het platform keken naar hem en toen glimlachte de man. 'Onze opmerkelijke bezoeker verschijnt op het juiste moment in het verhaal,' zei hij. Toen stapte hij terug in zijn rol.

'"Is dat wat je wilt? Een geboren jager zijn?" vroeg de oude Zelandoni.

"Ja! Dat is het. Ik wil een geboren jager zijn," zei Wolafon.

"Kom dan maar mijn grot binnen," zei de oude vrouw.' De toon van het verhaal was niet langer humoristisch maar onheilspellend.

'Zodra Wolafon de grot binnenging, voelde hij zich erg slaperig. Hij ging op een hoop wolvenvachten zitten en viel onmiddellijk in slaap. Toen hij eindelijk wakker werd, had hij het gevoel dat hij erg lang had geslapen, maar hoe lang wist hij niet. De grot was leeg, er was zelfs niets te zien waaruit bleek dat die ooit bewoond was geweest. Hij rende naar buiten.' De jonge man op het platform rende op handen en voeten de denkbeeldige grot uit.

'De zon scheen en hij had dorst. Toen hij op weg ging naar de rivier merkte hij iets vreemds op. In de eerste plaats zag hij alles vanuit een andere gezichtshoek, alsof hij dichter bij de grond was. Toen hij de oever van de rivier bereikte, voelde hij het koude water op zijn voeten alsof hij geen voetbekleding droeg. Toen hij naar beneden keek, zag hij helemaal geen voeten; hij zag poten, de poten van een wolf.

Hij begreep er niets van. Toen besefte hij wat er was gebeurd. De oude Zelandoni had hem precies dat gegeven waarom hij had gevraagd. Hij had een geboren jager willen worden en dat was hij nu. Hij was een wolf geworden. Dat was niet wat hij had bedoeld toen hij vroeg om een goede jager te worden, maar nu was het te laat.

Wolafon voelde zich zo ellendig dat hij wilde huilen, maar hij had geen tranen. Hij stond op de oever van de rivier en in de stilte werd hij zich op een nieuwe manier bewust van het bos. Hij hoorde dingen die hij nooit eerder had gehoord en rook dingen waarvan hij niet eens had geweten dat ze bestonden. Hij ving verschillende geuren op, vooral van dieren, en toen hij zich concentreerde op een witte haas, besefte hij dat hij honger had. Maar hij wist nu precies wat hij moest doen. Stilletjes, langzaam, besloop hij het dier. De haas was erg snel en kon bliksemsnel van richting veranderen, maar de wolf voorzag zijn bewegingen en ving hem.'

Ayla glimlachte bij zichzelf om dit deel van het verhaal. De meeste mensen geloofden inderdaad dat wolven en andere roofdieren een aangeboren vaardigheid hadden voor de jacht en het doden van hun prooi, maar zij wist wel beter. Nadat ze het gebruik van de slinger onder de knie had gekregen door er stiekem mee te oefenen, wilde ze ermee jagen, maar jagen was verboden voor de vrouwen van de Stam. Er werd dikwijls vlees gestolen van Bruns stam, voornamelijk door kleine roofdieren zoals wezels, hermelijnen en andere marterachtigen, kleine wilde katten, vossen en middelgrote roofdieren zoals veelvraten, lynxen, wolven en hyena's. Ayla rechtvaardigde haar besluit om het Stam-taboe te negeren door zich voor te nemen dat ze alleen op vleeseters zou jagen die haar stam nadeel berokkenden, en de jacht op dieren die als voedsel dienden aan de mannen over te laten. Het gevolg was dat ze niet alleen uitblonk als jager maar ook veel leerde over haar prooi. Na de dieren eerst een paar jaar te hebben geobserveerd, doodde ze haar eerste prooi. Ze wist dat hoewel vleeseters een sterk instinct tot jagen hadden, ze allemaal door oudere dieren in deze kunst moesten worden ingewijd. Wolven werden niet als jager geboren; de jongen leerden het van hun roedel.

Ze concentreerde zich weer op Galliadals verhaal. 'De smaak van warm bloed dat door zijn keel stroomde was verrukkelijk, en Wolafon verslond de haas. Hij ging terug naar de rivier om te drinken en het bloed van zijn vacht te spoelen. Toen ging hij op zoek naar een veilige plek.

Zodra hij die had gevonden rolde hij zich op en viel met zijn staart over zijn kop in slaap. Toen hij wakker werd, was het donker, maar zijn nachtzicht was beter dan ooit tevoren. Hij rekte zich loom uit, tilde zijn poot op, sproeide zijn water over een struik en ging weer op jacht.'
De jonge man op het platform ging helemaal op in de rol van de wolf, en toen hij zijn been optilde, lachte het publiek.
'Wolafon woonde enige tijd in de grot die door de oude vrouw was verlaten, hield zich met jagen in leven en genoot daarvan, maar na een poosje begon hij zich eenzaam te voelen. De jongen was een wolf geworden, maar hij was ook nog altijd een jongen, en hij kwam op het idee om naar huis terug te gaan om zijn moeder en de aantrekkelijke jonge vrouw uit het zuiden te zien. Hij zette zich op weg naar de Grot van zijn moeder, rennend met de soepele gang van een wolf. Toen hij een jong hertje zag dat van zijn moeder was afgedwaald, herinnerde hij zich dat het meisje uit het zuiden graag vlees at, en hij besloot het te doden en haar te brengen.
Toen Wolafon de Grot naderde en mensen hem zagen, werden ze bang. Ze vroegen zich af waarom een wolf een hertje naar hun Grot sleepte. Hij zag de aantrekkelijke jonge vrouw, maar had geen oog voor de lange, knappe, blonde man die naast haar stond met in zijn hand een nieuw soort wapen dat hem in staat stelde erg ver en snel speren te werpen. Maar terwijl de man zich voorbereidde om een speer te werpen, sleepte Wolafon het vlees naar de vrouw en legde het aan haar voeten neer. Toen ging hij voor haar zitten en keek naar haar op. Hij probeerde haar te vertellen dat hij van haar hield, maar Wolafon kon niet meer praten. Hij kon alleen zijn liefde tonen door middel van zijn handelingen en de blik in zijn ogen en het was duidelijk dat hij een wolf was die van een vrouw hield.'
Iedereen in het publiek keek nu naar Ayla en de wolf aan haar voeten; de meesten glimlachten. Sommigen begonnen te lachen en hun bijval kenbaar te maken door op hun knieën te slaan. Hoewel Galliadal het verhaal nog even had willen vervolgen, deed de reactie van de luisteraars hem beseffen dat het een goed moment was om het te beëindigen.
Ayla werd verlegen van al die aandacht en ze keek naar Jondalar. Ook hij lachte en sloeg op zijn knieën.
'Dat was een goed verhaal,' zei hij.
'Maar het is niet waar,' zei ze.
'Een deel ervan wel,' zei Jondalar, neerkijkend op de wolf die nu waakzaam en beschermend voor Ayla was gaan staan. 'Er was eens een wolf die van een vrouw hield.'

Ze boog zich voorover om het dier te aaien. 'Ja, dat is waar.'
'De meeste verhalen van verhalenvertellers zijn niet waar, maar er zit dikwijls een kern van waarheid in, of ze geven mensen een antwoord op iets wat ze niet begrijpen. Je moet toegeven dat het een goed verhaal was. En voor iemand die niet weet dat je Wolf als jong hebt gevonden, alleen in zijn hol, zonder broers en zusjes, zonder roedel, zijn moeder dood, kan Galliadals verhaal tegemoetkomen aan hun wens om te weten hoe het zit, al begrijpen ze heel goed dat het waarschijnlijk niet waar is.'
Ayla keek Jondalar aan en knikte en toen lachten ze naar Galliadal en de anderen op het platform. De verhalenverteller maakte een zwierige buiging voor hen.
Het publiek stond op om weer rond te gaan lopen en de verhalenvertellers stapten van het platform om ruimte te maken voor een andere groep die een verhaal ging vertellen. Ze sloten zich aan bij het gezelschap rond Ayla en Wolf.
'Het was niet te geloven dat de wolf op precies het goede moment verscheen,' zei de jonge man die de jongen-wolf had uitgebeeld. 'Het had niet beter kunnen lopen, als we het hadden gepland. Je wil zeker niet elke avond komen en hem meenemen, hè?'
'Dat lijkt me geen goed idee, Zanacan,' zei Galliadal. 'Iedereen zal praten over het verhaal dat we vanavond hebben verteld. Als het elke avond gebeurde zou het bijzondere effect van vanavond teniet worden gedaan. En ik weet zeker dat Ayla andere dingen te doen heeft. Ze is moeder en de acoliet van de Eerste.'
De jonge man kreeg een kleur van verlegenheid. 'Je hebt natuurlijk gelijk. Neem me niet kwalijk.'
'Je hoeft je niet te verontschuldigen,' zei Ayla. 'Galliadal heeft gelijk: ik heb veel te doen, en Wolf zou niet altijd precies op het juiste moment verschijnen, maar het lijkt me leuk om iets te leren over verhalen vertellen zoals jullie dat doen. Als niemand er bezwaar tegen heeft zou ik graag eens langskomen als jullie aan het repeteren zijn.'
Ayla's vreemde accent viel Zanacan en de anderen meteen op; ze kenden allemaal het effect van verschillende toonkenmerken en stemmen en ze hadden veel meer in de streek rondgereisd dan de meeste mensen.
'Wat heb je een prachtige stem!' zei Zanacan.
'Ik heb dat accent nooit eerder gehoord,' zei de jonge vrouw.
'Je moet wel van heel ver weg komen,' voegde de andere jonge man eraan toe.
Ayla geneerde zich doorgaans als mensen opmerkingen maakten over

haar accent, maar de drie jonge mensen leken zo opgewonden en oprecht aangenaam verrast dat ze alleen maar kon glimlachen.
'Ja. Ze komt inderdaad van heel ver weg. Veel verder dan jullie je kunnen voorstellen,' zei Jondalar.
'We zouden het erg leuk vinden als je langskomt, wanneer je maar wilt, en zou je het vervelend vinden als we proberen te leren praten zoals jij?' zei de jonge vrouw. Ze keek vragend naar Galliadal.
De verhalenverteller keek naar Ayla. 'Gallara weet dat ons kamp niet altijd openstaat voor informeel bezoek, maar jij bent welkom om wanneer je maar wilt ons kamp te bezoeken.'
'Ik denk dat we een prachtig nieuw verhaal kunnen maken over iemand die van heel ver weg komt, misschien nog verder dan het land van de rijzende zon,' zei Zanacan opgewonden.
'Dat denk ik ook, maar ik betwijfel of het net zo goed zou zijn als het echte verhaal, Zanacan,' zei Galliadal, en toen zei hij tegen Ayla en Jondalar: 'De kinderen van mijn vuurplaats raken af en toe erg opgewonden over nieuwe ideeën, en jullie hebben ze veel nieuwe ideeën gegeven.'
'Ik wist niet dat Zanacan en Gallara kinderen van jouw vuurplaats zijn, Galliadal,' zei Jondalar.
'Kaleshal ook,' zei de man. 'Hij is de oudste. Misschien moesten we maar overgaan tot een formele introductie.'
De jonge mensen die de personages in het verhaal hadden uitgebeeld, leken het erg leuk te vinden om de levende tegenhangers van de personages in hun verhaal te leren kennen, vooral toen Jondalar Ayla's namen en banden opsomde.
'Mag ik jullie voorstellen aan Ayla van de Zelandoniërs,' begon Jondalar. Toen hij bij het deel kwam over waar ze vandaan kwam, veranderde hij de introductie ietwat. 'Vroeger was ze Ayla van het Leeuwenkamp van de Mamutiërs, de mammoetjagers die in het verre oosten wonen, in "het land van de rijzende zon" en werd ze geadopteerd als dochter van de Mammoetvuurplaats, hun zelandonia. Ze is uitverkorene van de geest van de Holenleeuw, haar totem die haar fysiek heeft gemerkt, en beschermd door de geest van de Holenbeer. Ayla is vriendin van de paarden, Whinney en Renner en het jonge merrieveulen Grijs, en geliefd door de vierpotige jager die ze Wolf noemt.'
Ze begrepen de namen en banden die Jondalar aan de lijst had toegevoegd toen ze een verbintenis waren aangegaan, maar toen hij sprak over de Mammoetvuurplaats, de Holenleeuw en de Holenbeer, om nog maar te zwijgen over de levende dieren die ze had meegebracht,

werden Zanacans ogen zo groot als schoteltjes. Dat gebeurde altijd als hij erg verbaasd was.
'Dat kunnen we in het nieuwe verhaal gebruiken!' zei Zanacan. 'De dieren. Niet precies zo, natuurlijk, maar het idee van vuurplaatsen die naar dieren zijn genoemd, en misschien ook Grotten, en de dieren waarmee ze reist.'
'Ik zei toch dat haar echte verhaal waarschijnlijk beter is dan welk verhaal ook dat we kunnen verzinnen,' zei Galliadal.
Ayla glimlachte naar Zanacan. 'Wil je Wolf leren kennen? Jullie allemaal?' vroeg ze.
De drie jonge mensen keken haar verbaasd aan en Zanacans ogen werden weer groot. 'Hoe leer je een wolf kennen? Ze hebben toch geen namen en banden?'
'Dat niet,' zei Ayla. 'Maar de reden voor het opnoemen van onze namen en banden is om meer over elkaar te weten te komen, waar of niet? Wolven leren meer over mensen en veel dingen in hun wereld door middel van geur. Als je hem aan je hand laat snuffelen, zal hij zich je blijven herinneren.'
'Ik weet eigenlijk niet of dat goed of slecht is,' zei Kaleshal.
'Als ik je aan hem voorstel, zal hij je als een vriend beschouwen,' zei Ayla.
'Dan moeten we het maar doen,' zei Gallara. 'Ik zou niet graag door die wolf als iets anders dan een vriend worden beschouwd.'
Toen Ayla Zanacans hand pakte en die naar de neus van Wolf bracht, voelde ze bij hem een lichte weerstand, een neiging zich terug te trekken. Maar zodra hij besefte dat er niets akeligs zou gebeuren, waren zijn aangeboren nieuwsgierigheid en belangstelling gewekt. 'Zijn neus is koud en nat,' zei hij.
'Dat is een teken dat hij gezond is. Hoe dacht je dan dat de neus van een wolf zou moeten aanvoelen?' zei Ayla. 'Of zijn vacht? Hoe denk je dat die aanvoelt?' Ze leidde zijn hand strelend over de kop van de wolf, de vacht rond zijn nek en op zijn rug. Ze deed hetzelfde met de beide andere jonge mensen, terwijl veel mensen vanaf een afstand toekeken.
'Zijn vacht is glad en ruig, en hij is warm,' zei Zanacan.
'Hij leeft. Levende dieren zijn warm, de meeste dan. Vogels zijn erg warm, vissen zijn koel, slangen kunnen zowel warm als koud aanvoelen,' zei Ayla.
'Hoe komt het dat je zoveel over dieren weet?' vroeg Gallara.
'Ze is een jager en ze heeft zo ongeveer elk soort dier dat er bestaat gevangen,' zei Jondalar. 'Ze kan met een steen een hyena doden, met haar handen een vis vangen, en vogels komen naar haar toe als ze fluit, maar

die laat ze meestal gaan. Het afgelopen voorjaar heeft ze een leeuwenjacht geleid en met haar speerwerper minstens twee leeuwen gedood.'
'Niet ik maar Joharran heeft de jacht geleid,' zei Ayla fronsend.
'Vraag het hem maar,' zei Jondalar. 'Hij zegt dat jij de jacht hebt geleid. Jij was degene die leeuwen kende en wist hoe we ze moesten aanpakken.'
'Ik dacht dat ze een Zelandoni was en niet een jager,' zei Kaleshal.
'Ze is nog geen Zelandoni,' zei Galliadal. 'Ze is een acoliet, in opleiding, maar naar ik heb gehoord is ze al een bijzonder goed genezer.'
'Hoe kan ze zoveel dingen weten?' vroeg Kaleshal, en in zijn toon klonk twijfel door.
'Ze had geen keus,' zei Jondalar. 'Ze verloor haar volk toen ze vijf jaar was. Ze is door vreemden geadopteerd en moest hun gewoonten leren. Daarna heeft ze enkele jaren in haar eentje gewoond tot ik haar vond, of beter gezegd, tot zij mij vond. Ik was door een leeuw aangevallen. Ze heeft me gered en mijn wonden verzorgd. Wanneer je op zo'n jonge leeftijd alles verliest, moet je je aanpassen en snel leren om te kunnen overleven. Ze leeft omdat ze in staat was zoveel dingen te leren.'
Ayla richtte haar aandacht op Wolf, aaide hem en krabbelde achter zijn oren. Ze hield haar hoofd gebogen en deed haar best om niet te luisteren. Ze werd er altijd verlegen van als mensen over haar spraken alsof de dingen die ze had gedaan krachttoeren waren. Dat gaf haar het gevoel dat ze zichzelf belangrijk vond en daardoor voelde ze zich ongemakkelijk. Ze vond zichzelf niet belangrijk en ze vond het niet prettig als er over haar werd gepraat alsof ze bijzonder was. Ze was gewoon een vrouw, en een moeder, die een man had gevonden om van te houden en mensen zoals zij, van wie de meesten haar als een van hen hadden geaccepteerd. Vroeger had ze een goede Stam-vrouw willen zijn, nu wilde ze alleen maar een goede Zelandonische vrouw zijn.
Levela liep naar Ayla en Wolf. 'Ik geloof dat ze zich klaarmaken om het volgende verhaal te vertellen,' zei ze. 'Blijf je om daarnaar te luisteren?'
'Ik denk het niet,' zei Ayla. 'Jondalar wil misschien blijven. Ik zal het hem vragen, maar ik kom liever een andere keer terug om naar verhalen te luisteren. Blijf jij wel?'
'Ik was eigenlijk van plan om te zien of er nog iets lekkers te eten over is. Ik heb een beetje trek, maar ik ben ook moe. Ik denk dat ik na het eten terugga naar ons kamp,' zei Levela.
'Ik ga met je mee. Ik lust ook wel iets. Dan moet ik Jonayla bij je zus ophalen.' Ayla liep naar waar Jondalar met de anderen stond te praten en wachtte tot er een stilte in het gesprek viel. 'Blijf jij om naar het volgende verhaal te luisteren?' vroeg ze.

'Wat wil jij?'
'Ik ben een beetje moe en Levela ook. We hadden bedacht om te gaan kijken of er nog iets lekkers te eten over is,' zei Ayla.
'Dat klinkt goed. We kunnen een andere keer terugkomen om naar meer verhalen te luisteren. Gaat Jondecam ook mee?' zei Jondalar.
'Ja, ik ga met jullie mee.' Ze hoorden zijn stem dichterbij komen. 'Waar jullie ook heen gaan.'
Ze verlieten met z'n vieren het kamp van de verhalenverteller en gingen op weg naar de plek waar het eten bij elkaar was gezet. Alles was koud, maar koude plakken bizon- en hertenvlees waren ook smakelijk. In een krachtige bouillon waarop een dun laagje gestold vet lag, wat de smaak ten goede kwam, dreven ronde stukjes wortelgroente. Vet was van grote waarde en noodzakelijk voor het voortbestaan, maar het was betrekkelijk zeldzaam bij in het wild levende dieren. Verborgen achter een stapel lege benen borden vonden ze een geweven kom waarin nog wat ronde blauwe bessen zaten, diverse soorten door elkaar, zoals bosbessen, berendruiven en krenten, die ze verdeelden en lekker oppeuzelden. Ayla vond zelfs een paar botten voor Wolf.
Ze gaf hem er een en de wolf liep ermee in zijn bek rond tot hij een gemakkelijke plek vond om er lekker op te gaan liggen knagen, vlak bij de plek waar zijn mensen aten. Ayla wikkelde het andere bot, waar meer vlees op zat, in een paar grote bladeren die als versiering op een schotel hadden gelegen, om het mee naar het kamp te nemen voor later. Ze stopte het bot in de kleine proviandtas die ze gebruikte om dingen mee te nemen, vooral spullen voor Jonayla, zoals een harde reep ongelooide huid waarop de baby graag kauwde, een muts, een extra dekentje en zacht absorberend materiaal zoals moeflonwol dat ze rondom de baby propte. Haar tondeldoos om een vuur aan te leggen en haar persoonlijke eetgerei zaten in een buidel aan een riem om haar middel. Ze vonden vlakbij een paar boomstammen voorzien van kussentjes, die duidelijk daarheen waren gesleept om op te zitten.
'Zou er nog wat van de wijn van moeder over zijn?' vroeg Jondalar.
'Laten we maar even gaan kijken,' zei Jondecam.
Er was geen druppel meer over, maar Laramar had hen in het oog gekregen en kwam aangesneld met een pas geopende waterzak vol barma. Hij vulde de drinknappen van de mannen, maar zowel Ayla als Levela zei dat ze genoeg hadden aan een slokje van de drankjes van de mannen. Ayla had geen zin in een gezellig babbeltje met de man en na een paar minuten gingen ze terug naar de boomstammen met de kussentjes in het eetgedeelte. Toen ze uitgegeten waren wandelden ze op hun gemak terug naar Proleva's onderkomen in het kamp van de Derde Grot.

'Zijn jullie er al? Wat vroeg,' zei Proleva, nadat ze elkaar hadden begroet door hun wangen tegen elkaar te drukken. 'Hebben jullie Joharran gezien?'
'Nee,' zei Levela. 'We hebben naar een verhaal geluisterd en toen zijn we iets gaan eten. Het was een verhaal over Ayla, min of meer.'
'Het ging eigenlijk over Wolf. Het was een verhaal over een jongen die in een wolf veranderde die van een vrouw hield,' zei Jondalar. 'Midden in het verhaal kwam Wolf aanzetten en ging toen voor Ayla liggen, tot groot genoegen van Galliadal en de drie jonge mensen van zijn vuurplaats, die hem hielpen bij het vertellen van het verhaal.'
'Jonayla ligt nog te slapen. Heb je zin in een lekkere nap hete thee?' zei Proleva.
'Nee dank je. We gaan terug naar ons kamp,' zei Ayla.
'Jij gaat toch niet meteen terug?' zei Velima tegen Levela. 'We hebben nauwelijks de tijd gehad om met elkaar te praten. Ik wil weten hoe je zwangerschap vordert en hoe je je voelt.'
'Waarom blijven jullie vannacht niet hier?' vroeg Proleva. 'Er is genoeg ruimte voor jullie alle vier. En Jaradal zal het heerlijk vinden om Wolf te zien als hij wakker wordt.'
Levela en Jondecam stemden er meteen mee in. Het kamp van de Tweede Grot was vlakbij en het idee om wat tijd door te brengen met haar moeder en haar zus was voor Levela erg aanlokkelijk, en Jondecam vond het best.
Ayla en Jondalar keken elkaar aan. 'Ik moet echt bij de paarden gaan kijken,' zei Ayla. 'We zijn vroeg vertrokken en ik weet niet of er vandaag iemand in het kamp is gebleven. Ik wil echt controleren of ze het goed maken, vooral Grijs. Ze kan een verleidelijke traktatie zijn in de ogen van een vierpotige jager, al weet ik dat Whinney en Renner haar zullen beschermen. Ik voel me gewoon beter als we teruggaan.'
'Ik begrijp het. Grijs is ook een beetje je baby,' zei Proleva.
Ayla knikte en glimlachte instemmend. 'En waar is mijn baby?'
'Ze ligt daar lekker te slapen, naast Sethona. Het is eigenlijk jammer om haar wakker te maken. Weet je heel zeker dat je niet wilt blijven?'
'Dat zouden we graag doen, maar een van de problemen met het hebben van paarden als vrienden is dat je je verantwoordelijk voor ze voelt, vooral als ze in een omheind veld staan dat ook toegankelijk is voor vierpotige jagers,' zei Jondalar. 'Ayla heeft gelijk. We moeten bij ze gaan kijken.'
Ayla had haar kind in haar draagdoek gewikkeld en hees de baby op haar heup. Ze werd even wakker, maar nestelde zich toen tegen het warme lichaam van haar moeder en viel weer in slaap. 'Ik stel het zeer

op prijs dat je op haar hebt gepast, Proleva. Het verhaal van de verhalenverteller was erg interessant en het was veel makkelijker om te kunnen kijken en luisteren zonder te worden afgeleid,' zei Ayla.
'Het was me een genoegen. Die twee meisjes leren elkaar aardig kennen en beginnen elkaar bezig te houden. Volgens mij worden ze straks dikke vriendinnen,' zei Proleva.
'Het was leuk om ze met elkaar bezig te zien,' zei Velima. 'Het is goed als naaste nichtjes tijd met elkaar doorbrengen.'
Ayla gaf Wolf een teken, die zijn bot in zijn bek nam, en ze vertrokken. Jondalar trok een fakkel uit de grond, een van de vele die het pad buiten het onderkomen verlichtten, en controleerde of er nog voldoende brandend materiaal op zat om hun kamp te halen.
Ze verlieten de warme gloed van de vuren in het hoofdkamp en liepen het diepe, zachte donker in. De duisternis omhulde hen met een intensiteit die het licht absorbeerde en de vlam van de fakkel leek te smoren.
'Het is erg donker, er is geen maan,' zei Ayla.
'Maar er zijn wolken,' zei Jondalar. 'Die bedekken de sterren. Er zijn er niet veel te zien.'
'Wanneer is het bewolkt geworden? Daar heb ik niets van gemerkt toen we in het hoofdkamp waren.'
'Dat komt doordat al die vuren je afleiden en hun licht je ogen vult.'
Ze liepen een poosje zwijgend door en toen zei Jondalar: 'Soms vul jij mijn ogen en dan wens ik dat er niet zoveel mensen in de buurt zijn.'
Ze keek hem glimlachend aan. 'Toen we nog onderweg waren, alleen wij met z'n tweeën en Whinney, Renner en Wolf, verlangde ik dikwijls naar mensen. Nu hebben we mensen om ons heen en daar ben ik blij om, maar soms denk ik terug aan de tijd dat we met z'n tweeën waren en dat we konden doen wat we wilden wanneer we maar wilden. Misschien niet altijd, maar meestal wel.'
'Daar denk ik ook dikwijls aan,' zei Jondalar. 'Ik weet nog goed dat als ik naar je keek en voelde dat je mijn mannelijkheid vulde, we gewoon konden stoppen om Genot te delen. Ik hoefde nooit met Joharran mee voor een bespreking met mensen om iets te regelen, of iets voor moeder te doen, of gewoon zoveel mensen zien dat er geen plek is om te stoppen en te ontspannen en met je te doen wat ik wil.'
'Dat gevoel herken ik,' zei Ayla. 'Ik weet nog dat ik naar je kon kijken en dacht aan het gevoel dat alleen jij me kon geven. Dan wist ik dat als ik je het goede teken gaf, je me weer dat gevoel zou geven, omdat jij me beter kent dan ik mezelf. En ik hoefde nergens anders aan te denken, zoals een baby verzorgen en tegelijkertijd misschien verscheidene andere kinderen, of met Proleva een feestmaal organiseren, of Ze-

landoni helpen iemand te verzorgen die ziek is of gewond, of nieuwe behandelmethoden leren, of de vijf heilige kleuren uit mijn hoofd leren, of hoe je telwoorden moet gebruiken. Hoe graag ik alles ook doe, soms mis ik je, Jondalar, ik mis het alleen zijn met jou.'

'Ik vind het niet vervelend om Jonayla erbij te hebben. Ik kijk graag naar je als je met haar bezig bent. Soms vult me dat nog meer, maar ik kan wachten tot ze voldaan is. Het probleem is dat er dikwijls iemand komt storen en dan moet ik ergens heen of anders jij wel.' Hij bleef staan om haar teder te kussen en toen liepen ze zwijgend verder.

Het was geen lange wandeling, maar toen ze het kamp van de Negende Grot naderden, struikelden ze bijna over een koude vuurkuil die ze niet hadden opgemerkt. Er brandde nergens een vuur, ze zagen nergens zelfs maar een nagloeiend kooltje of een tent waarbinnen licht brandde of een streep licht door een kier tussen de planken van een onderkomen. Ze roken de overblijfselen van oude vuren, maar zo te zien was er helemaal niemand in het kamp en was er al een hele tijd niemand geweest. Iedereen van de grootste Grot in de omgeving had het kamp verlaten.

'Er is helemaal niemand,' zei Ayla verbaasd. 'Iedereen is weg. Op degenen na die op jacht zijn gegaan of bij anderen op bezoek, is iedereen waarschijnlijk in het hoofdkamp.'

'Hier is ons onderkomen, dat geloof ik tenminste,' zei Jondalar. 'Laten we binnen een vuur aanmaken om het op te warmen en dan bij de paarden gaan kijken.'

Ze brachten hout en gedroogde plakken oerosmest die buiten lagen opgestapeld naar binnen en legden een vuur aan in de kleine vuurkuil die ze vlak bij hun slaapplaatsen hadden gemaakt. Wolf ging met hen mee naar binnen en legde zijn bot in een klein gat op een plek bij de muur die zelden door een ander werd gebruikt. Ayla controleerde de grote waterzak bij de hoofdvuurplaats.

'We moeten ook water halen,' zei ze. 'Er zit niet veel meer in. Laten we nu eerst maar de paarden gaan zoeken. Dan moet ik Jonayla zogen; ze begint al onrustig te worden.'

'Ik kan maar beter een nieuwe fakkel pakken. Deze zal niet lang meer blijven branden,' zei Jondalar. 'Ik zal morgen de tijd nemen om een paar nieuwe te maken.'

Hij stak de nieuwe fakkel aan met de oude en legde de oude op het vuur. Toen ze naar buiten gingen, liep Wolf achter hen aan. Ayla hoorde dat hij diep in zijn keel gromde toen ze het omheinde veld naderden.

'Er is iets mis,' zei Ayla, en ze rende vooruit.

Jondalar hield de fakkel hoog om het licht te verspreiden. Midden in het omheinde veld lag iets. Toen ze ernaartoe liepen ging Wolf steeds harder grommen. Toen ze er vlakbij waren zagen ze een lichtgrijze, gevlekte, nogal donzige vacht met een lange staart, en een heleboel bloed.

'Het is een panter, een jonge sneeuwpanter, geloof ik. Hij is doodgetrapt. Wat doet een sneeuwpanter hier? Ze houden zich meestal op in het hoogland,' zei Ayla. Ze rende naar de overdekte schuilplaats die ze voor de paarden hadden gebouwd zodat ze voor de regen konden schuilen, maar de schuilplaats was leeg.

'Whiiinnney,' riep ze. 'Whiiinnney!' In Jondalars oren klonk het precies als het gehinnik van een paard.

Het was de naam die ze de merrie oorspronkelijk had gegeven. De naam waarbij ze door de meeste mensen werd genoemd, Whinney, was een aanpassing die Ayla aan de taal van mensen had gemaakt. Ze hinnikte nog eens en floot haar speciale fluitje, heel hard. Eindelijk kwam uit de verte een hinnikend antwoord.

'Wolf, zoek Whinney,' zei ze tegen het dier. Wolf rende weg in de richting van het gehinnik en Ayla en Jondalar haastten zich achter hem aan. Ze renden door het hek waar de paarden het hadden stukgetrapt om te kunnen vluchten, en toen begreep ze hoe ze waren ontsnapt.

Ze vonden alle drie de paarden bij een kreek achter het terrein waar de Negende Grot hun kamp had opgezet. Wolf hield de wacht bij hen, maar vanaf enige afstand, zag Ayla. Iets had ze klaarblijkelijk de stuipen op het lijf gejaagd en de wolf leek aan te voelen dat ze zelfs de vriendelijke vleeseter op het moment bedreigend vonden. Ayla rende op Whinney af, maar vertraagde haar pas toen ze zag dat Whinney haar strak aankeek, met haar mond dicht, haar oren, neus en ogen op haar gericht, terwijl ze af en toe met haar hoofd zwaaide.

'Je bent nog steeds bang, nietwaar?' Ayla sprak zachtjes tegen de merrie in hun speciale taal. 'Dat kan ik me heel goed voorstellen, Whinney.' Weer sprak ze de naam uit zoals een paard dat zou doen, maar zachter nu. 'Het spijt me dat ik jullie alleen heb gelaten om die panter te bevechten en ik vind het heel erg dat er niemand was die je hoorde toen je om hulp riep.'

Ze was terwijl ze sprak langzaam naar het paard gelopen tot ze eindelijk voor haar stond en haar armen om de stevige nek sloeg. Het paard werd rustig, legde haar hoofd op Ayla's schouder en leunde tegen haar aan. En Ayla nam de vertrouwde geruststellende houding aan, net als vroeger toen ze in het dal woonden.

Jondalar volgde haar voorbeeld en floot Renner, die ook nog steeds bang was. Hij stak de fakkel in de grond, liep naar de jonge hengst en aaide en krabbelde hem op zijn favoriete plekjes. De aanrakingen van hun vertrouwde vrienden stelden de dieren op hun gemak, en het duurde niet lang of Grijs kwam erbij. Ze dronk even bij haar moeder en ging toen naar Ayla voor een liefdevolle aai en wat gekrabbel. Jondalar streelde het kleine merrieveulen ook. Pas toen ze alle vijf – zes met Jonayla meegerekend, die inmiddels wakker was en in haar draagdoek lag te bewegen – bij elkaar stonden, kwam Wolf er ook bij.

Hoewel Whinney en Renner hem al kenden vanaf de tijd dat hij een jong van vier weken oud was en ze hadden geholpen hem groot te brengen, wasemde hij nog altijd de geur uit van een roofdier, een vleeseter, en zijn wilde verwanten aasden dikwijls op paarden. Wolf had hun onbehagen bespeurd toen ze hem zagen, waarschijnlijk doordat ze de geur van angst uitwasemden, en hij wist dat hij moest wachten tot ze zich weer op hun gemak voelden alvorens naar ze toe te gaan. Hij werd verwelkomd door de mensen en dieren die hij als zijn roedel beschouwde, de enige roedel die hij ooit had gekend.

Ongeveer op dat moment besloot Jonayla dat het nu haar beurt was. Ze begon te jammeren van de honger. Ayla haalde haar uit haar draagdoek en hield haar voor zich uit om op de grond te wateren. Toen ze klaar was zette Ayla haar even op de rug van Grijs. Ze hield haar met haar ene hand vast terwijl ze met de andere de draagdoek glad streek en een borst ontblootte. Even later was de baby weer in de deken gewikkeld en lag ze dicht tegen haar moeder aan tevreden te drinken.

Op de terugweg maakten ze een omweg, om het omheinde veld heen; ze wisten dat de paarden daar nooit meer de omheining binnen zouden gaan. Ayla nam zich voor de dode panter later op te ruimen, maar ze wist nog niet wat ze met de omheining zou doen. Op dat moment had ze het idee dat ze de paarden nooit meer ergens zou opsluiten en dat ze het liefst de houten palen en planken zou weggeven aan wie ze maar wilde hebben, al was het maar als brandhout. Toen ze hun hut bereikten, brachten ze de paarden naar een terrein achter het zomerkamp dat niet vaak werd gebruikt en waar nog wat gras groeide.

'Moeten we ze een halster omdoen en ze vastbinden aan een paal in de grond?' vroeg Jondalar. 'Dan blijven ze tenminste dicht in de buurt.'

'Volgens mij zouden Whinney en Renner erg overstuur raken als ze na hun schrik niet vrij kunnen rondlopen. Ik vermoed dat ze voorlopig bij ons in de buurt zullen blijven, tenzij ze weer ergens van schrikken, maar dan horen we ze wel. Ik denk dat ik Wolf hier laat om ze te bewaken, in elk geval vannacht.' Ze liep naar de wolf en boog zich over hem heen. 'Blijf hier, Wolf. Blijf hier en bewaak Whinney, Renner en Grijs. Blijf en bewaak de paarden.' Ze wist niet zeker of hij haar begreep, maar toen hij ging zitten en naar de paarden keek, hoopte ze van wel. Ze haalde het bot tevoorschijn dat ze voor hem had bewaard en gaf het hem.

Het kleine vuur dat ze in de hut hadden aangelegd was allang gedoofd, dus legden ze een nieuw vuur aan en brachten ze nog wat hout en oerosmest naar binnen om het brandend te houden. Ongeveer op dat moment merkte Ayla dat het zogen Jonayla stimuleerde om meer dan water te produceren. Ze spreidde snel een laagje zachte absorberende lisdoddenvezels op de grond uit en legde de blote billetjes van het kind erop.

'Jondalar, wil jij alsjeblieft de grote waterzak pakken en wat er nog in zit aan mij geven zodat ik haar kan verschonen. En dan moet je de zak met vers water vullen, en tegelijk onze kleine zak,' zei Ayla.

'Wat kan die kleine stinken,' zei hij met een liefdevol lachje naar het kind dat in zijn ogen het mooiste meisje van de wereld was.

Hij pakte de kom van dicht geweven wilgentenen met een met rode oker gekleurd koord aan de bovenrand, die dikwijls werd gebruikt om allerhande viezigheid schoon te maken. De kom was gemerkt met die kleur om te voorkomen dat hij per ongeluk voor drinkwater of koken werd gebruikt. Hij nam de kom en de bijna lege waterzak mee naar hun vuurplaats en vulde de kom. Toen bracht hij hun waterzak, die was gemaakt van de maag van een steenbok, hetzelfde dier dat de huid voor Jonayla's draagdoek had geleverd, samen met de grote waterzak naar de ingang. Vervolgens pakte hij een van de fakkels die daar lagen, nam die mee naar hun vuurplaats om hem aan te steken en liep ermee naar de ingang, pakte de waterzakken op en ging naar buiten.

Dierenmagen die grondig waren schoongemaakt en waarvan de extra openingen in de onderkant waren dichtgenaaid of afgebonden, waren bijna waterdicht en heel goed als waterzak te gebruiken. Toen Jondalar met het water terugkwam, stond de vuile waterkom naast de nachtmand bij de deur en zat Ayla Jonayla weer te zogen in de hoop dat ze in slaap zou vallen.

'Nu ik toch bezig ben, kan ik net zo goed de kom en de nachtmand legen,' zei hij, terwijl hij het uiteinde van de brandende fakkel in de grond stak.

'Als je wilt, maar haast je,' zei Ayla, met een zwoele en tegelijkertijd ondeugende glimlach. 'Ik geloof dat Jonayla bijna slaapt.'

Hij kreeg onmiddellijk een gespannen gevoel in zijn lendenen en glimlachte terug. Hij bracht de grote, zware waterzak naar de hoofdvuurplaats en hing die terug op zijn gebruikelijke plaats: een pin in een van de sterke palen die de hut ondersteunden; de kleinere waterzak bracht hij naar hun slaapplaats.

'Heb je dorst?' vroeg hij, toekijkend terwijl ze de baby zoogde.
'Ik wil wel een beetje water. Ik was van plan om thee maken, maar ik wacht wel tot later,' zei ze.
Hij schonk wat water in een drinknap en gaf die aan haar, en toen ging hij terug naar de deur. Hij goot de inhoud van de kom in de nachtmand, pakte de fakkel en ging naar buiten met de nachtmand en de vuile kom. Hij stak de fakkel in de grond en leegde de grote stinkende nachtmand in een van de greppels die de mensen gebruikten om zich te ontlasten. Het was geen aangenaam karwei. Hij trok de fakkel uit de grond en liep met de nachtmand en de kom stroomafwaarts langs de rivier, ver weg van de plek stroomopwaarts waar ze hun water vandaan haalden. Hij spoelde ze beide uit, liet het water erdoorheen stromen en vulde toen de nachtmand tot net onder de helft met aarde, met een schep die was gemaakt van het schouderblad van een dier, waarvan een kant dunner en scherp was gemaakt, en die daar speciaal voor dat doel lag. Met schoon zand van de oever schuurde hij zorgvuldig zijn handen en spoelde ze in de rivier schoon. Toen hij klaar was pakte hij de mand en de kom op en liep, bijgelicht door de fakkel, naar het onderkomen terug.
Hij zette de nachtmand op zijn gebruikelijke plaats, de kom ernaast en de brandende fakkel in een houder bij de ingang. 'Ook weer gebeurd,' zei hij, en lachend liep hij naar Ayla toe. Ze had nog steeds de baby in haar armen. Hij schopte zijn sandalen van geweven gras – de gebruikelijke zomervoetbekleding – uit en ging steunend op zijn elleboog naast haar liggen.
'De volgende keer is een ander aan de beurt,' zei ze.
'Dat water is koud,' zei hij.
'Je handen ook,' zei ze, terwijl ze ze pakte. 'Ik kan ze wel voor je opwarmen,' voegde ze er met een veelbetekenend lachje aan toe.
Hij keek naar haar met gloedvolle ogen, zijn pupillen groot door verlangen en het schemerlicht in de hut.

12

Jondalar vond het heerlijk om Jonayla gade te slaan, wat ze ook deed, of ze nu dronk of met haar voetjes speelde of van alles in haar mondje stopte, het deed er niet toe. Hij keek zelfs graag naar haar als ze lag te slapen. Nu keek hij naar haar terwijl ze zich verzette tegen de slaap. Ze liet bijna de tepel van haar moeder los, zoog nog een paar keer, liet weer bijna los en begon toen weer opnieuw. Eindelijk lag ze rustig in de armen van haar moeder. Hij zag gefascineerd hoe een druppel melk op de tepel verscheen en toen viel.

'Ik geloof dat ze slaapt,' zei hij zacht.

'Ja, volgens mij ook,' zei Ayla. Ze had de baby ingepakt in schone moeflonwol, die ze enkele dagen daarvoor had gewassen, en haar in haar gebruikelijke nachtwindsels gewikkeld. Ze stond op en droeg haar voorzichtig naar een kleine slaaprol. Ayla haalde Jonayla niet altijd uit haar bed als ze ging slapen, maar die nacht wilde ze absoluut hun slaaprol alleen voor Jondalar en zichzelf.

De wachtende man volgde haar met zijn blik toen ze terugliep en weer naast hem kwam liggen. Ze keek hem recht in de ogen, wat ze nog steeds bewust moest doen. Jondalar had haar geleerd dat het bij zijn volk en de meesten van zijn – en haar – soort als onbeleefd zo niet onoprecht werd beschouwd als je de persoon met wie je sprak niet recht aankeek.

Terwijl Ayla hem aankeek dacht ze aan hoe andere mensen deze man zagen, de man die ze liefhad, hoe hij op hen overkwam, zijn uiterlijke verschijning. Wat was het dat mensen aantrok nog voor hij ook maar een woord had gezegd? Hij was lang, hij had blond haar dat lichter was dan het hare, en hij was sterk, goedgebouwd, en voor zijn lengte goed geproportioneerd. Hoewel ze de kleur van zijn ogen in het schemerlicht niet kon zien, wist ze dat die altijd de aandacht trokken door de kleur: het heldere blauw van gletsjerwater en het ijs in de diepte. Ze had beide gezien. Hij was intelligent en bedreven in het maken van dingen, zoals de werktuigen van vuursteen die hij maakte, maar er was nog meer. Ze wist dat hij iets over zich had, een charme, een charisma dat de meeste mensen maar vooral vrouwen aantrok. Zelandoni had weleens gezegd dat zelfs de Moeder hem niets kon weigeren als hij haar iets vroeg.

Hij wist zelf niet dat hij het had, het was een onbewuste aantrekkingskracht, al had hij wel de neiging het als vanzelfsprekend te beschouwen dat hij altijd warm onthaald werd. Hoewel hij zijn charme niet doelbewust gebruikte, wist hij welk effect hij op mensen had, en daar maakte hij gebruik van. Zelfs zijn lange Tocht had hem niet het idee of het gevoel ontnomen dat waar hij ook kwam mensen hem zouden accepteren, hem zouden mogen. Hij had zich nooit hoeven bewijzen of een manier hoeven zoeken om zich aan te passen, en hij had nooit geleerd zich te verontschuldigen omdat hij iets ongepasts of onacceptabels had gedaan.

Als hij berouw toonde of schuldbewust leek – gevoelens die doorgaans oprecht waren – werd dat door iedereen geaccepteerd. Zelfs toen hij als jonge man in een vechtpartij met Ladroman diens voortanden uit zijn mond had geslagen, had Jondalar niet de woorden hoeven zoeken om te zeggen dat het hem speet en dat vervolgens tegen Ladroman te zeggen. Zijn moeder had een flinke vergoeding voor hem betaald en hij was weggestuurd om een paar jaar bij Dalanar, de man van zijn vuurplaats, te gaan wonen, maar zelf had hij niets hoeven doen om het goed te maken. Hij had niet om vergeving hoeven smeken of zelfs maar hoeven zeggen dat het hem speet dat hij de andere jongen had verwond.

Hoewel de meeste mensen hem een verbluffend knappe, stoere man vonden, zag Ayla hem anders. De mannen van het volk dat haar had grootgebracht, mannen van de Stam, hadden grovere gelaatstrekken, grote ronde oogkassen, een prominente neus en geprononceerde, dikke wenkbrauwen. Vanaf het eerste moment dat ze hem zag, bewusteloos, op sterven na dood, na door haar leeuw te zijn aangevallen, had de man bij haar een onbewuste herinnering naar boven gehaald aan mensen die ze al heel veel jaren niet meer had gezien, een herinnering aan mensen zoals zij. Voor Ayla waren Jondalars gelaatstrekken minder krachtig dan die van de mannen met wie ze was opgegroeid, maar ze waren zo volmaakt gevormd en gerangschikt dat ze hem ongelooflijk mooi vond, als een prachtig dier, een gezond jong paard of een jonge leeuw. Jondalar had haar uitgelegd dat 'mooi' geen woord was dat werd gebruikt om mannen te beschrijven, maar hoewel ze het niet dikwijls zei, vond ze hem nog steeds mooi.

Hij keek naar haar toen ze naast hem lag en boog zijn hoofd om haar te kussen. Hij voelde de zachtheid van haar lippen en duwde langzaam

zijn tong ertussen, en ze opende gewillig haar mond. Hij voelde opnieuw spanning in zijn lendenen.
'Ayla, je bent zo mooi en ik ben zo gelukkig,' zei hij.
'Ik ben zo gelukkig,' zei ze. 'En jij bent mooi.'
Hij glimlachte. Ze wist dat het niet het juiste woord was, al gebruikte ze 'mooi' in andere gevallen wel juist. Nu ze het tegen hem zei terwijl ze alleen waren, glimlachte hij alleen maar. Ze had de bovenkant van haar tuniek niet gesloten, maar haar borst was weer naar binnen geglipt. Hij stak zijn hand in de opening en trok de borst weer tevoorschijn, dezelfde waarmee ze zojuist Jonayla had gezoogd, en streek met zijn tong om de tepel, zoog er toen aan en proefde haar melk.
'Het geeft me vanbinnen een heel ander gevoel als jij dat doet,' zei ze zacht. 'Ik vind het prettig als Jonayla drinkt, maar het gevoel is anders. Jij zorgt ervoor dat ik wil dat je me op andere plaatsen aanraakt.'
'Jij zorgt ervoor dat ik je op die plaatsen wil aanraken.'
Hij maakte de sluiting los, trok haar tuniek wijd open en onthulde beide borsten. Toen hij weer aan haar borst zoog, druppelde er melk uit haar andere tepel, en hij likte die op.
'Ik ga de smaak van je melk steeds lekkerder vinden, maar ik wil Jonayla niets afnemen.'
'Tegen de tijd dat ze weer honger heeft, zijn mijn borsten weer vol.'
Hij liet de tepel los en liet zijn tong naar boven glijden, over haar hals, en toen kuste hij haar weer, heftiger nu. Zijn verlangen was zo krachtig dat hij bang was dat hij zich niet zou kunnen beheersen. Hij hield op en begroef zijn gezicht in haar hals terwijl hij probeerde zich in te houden. Ze begon aan zijn tuniek te rukken om die over zijn hoofd te trekken.
'Het is alweer een tijd geleden,' zei hij, terwijl hij op zijn knieën ging zitten. 'Ik kan bijna niet geloven hoe klaar ik ervoor ben.'
'O?' zei ze, met een plagerig lachje.
'Ik zal het je laten zien,' zei hij.
Hij trok zijn tuniek met twee handen over zijn hoofd, ging staan, knoopte het koord om zijn middel los en trok zijn broek met de korte pijpen uit. Daaronder droeg hij een beschermend buideltje dat zijn mannelijkheid bedekte. Het buideltje was met dunne repen leer om zijn heupen vastgebonden. De buideltjes waren doorgaans gemaakt van gemzen- of konijnenhuid of een ander soort zachte huid en werden alleen 's zomers gedragen. Als het erg warm werd of een man erg hard werkte, kon hij zich uitkleden tot op dat buideltje en zich nog steeds beschermd voelen. Jondalars buideltje bolde op door het lid dat het bevatte. Hij schoof de leren binding naar beneden en bevrijdde zijn stijve mannelijkheid.

Ayla keek met een lome glimlach naar hem op. De grootte van zijn lid had vrouwen dikwijls schrik aangejaagd voor ze wisten hoe voorzichtig en teder hij het gebruikte. Tijdens zijn eerste keer met Ayla was hij bang dat ze zenuwachtig zou zijn, tot ze allebei beseften hoe goed ze bij elkaar pasten. Jondalar kon soms echt niet geloven hoe hij met haar bofte. Als hij naar haar verlangde, was ze altijd klaar voor hem. Ze deed nooit quasiverlegen of ongeïnteresseerd. Het was alsof ze altijd evenzeer naar hem verlangde als hij naar haar. Hij reageerde met een grijns waarin zoveel geluk en verrukking lag dat ze stralend glimlachte waardoor ze in zijn ogen, en in de ogen van de meeste mannen, veranderde in een vrouw van onovertrefbare schoonheid.

Het vuur in hun kleine vuurplaats was bijna uit, nog niet helemaal, maar het gaf niet veel licht of warmte meer. Dat deed er niet toe. Hij liet zich naast haar neervallen en begon haar uit te kleden, eerst de lange tuniek. Hij stopte even om nog eens aan haar tepels te zuigen voor hij de banden rond haar middel losknoopte die haar halve beenkappen ophielden. Hij knoopte de banden los, trok de beenkappen naar beneden, liet zijn tong over haar buik naar beneden glijden, stak hem in haar navel, trok ze toen nog verder naar beneden en ontblootte haar schaamhaar. Toen de bovenkant van haar spleetje tevoorschijn kwam, gleed hij er met zijn tong overheen, genietend van haar vertrouwde smaak en op zoek naar het kleine knopje. Ze slaakte een kreetje van genot toen hij het vond.

Hij trok haar beenkappen uit en boog zich over haar heen om haar weer te kussen, haar melk te proeven, en toen gleed hij weer naar beneden en proefde haar intieme sap. Hij spreidde haar benen, trok haar prachtige schaamlippen uit elkaar en zocht haar gezwollen genotsknopje. Hij wist precies hoe hij haar moest prikkelen: hij zoog erop en bewerkte het met zijn tong, terwijl hij zijn vingers bij haar naar binnen stak en andere gevoelige plekjes vond.

Een kreet ontsnapte aan haar lippen toen heftige gevoelens door haar lichaam joegen. Bijna te snel voelde hij haar vocht in zijn mond, proefde hij haar, en zijn aandrang om zich te ontladen was zo krachtig dat hij zich bijna niet meer kon inhouden. Hij kwam overeind, zocht haar opening met zijn gezwollen mannelijkheid en drong bij haar naar binnen, dankbaar dat hij niet bang hoefde te zijn dat hij haar pijn zou doen, dat ze hem kon hebben, dat ze voor elkaar geschapen waren.

Ze slaakte weer een kreet, elke keer wanneer hij zich terugtrok en weer toe stootte. En toen was hij zover. Luid kreunend, iets wat hij maar zelden deed wanneer er anderen in de buurt waren, bereikte hij een krachtig hoogtepunt en ontlaadde zich in haar. Ze hoorde hem kreunen en kwam zijn bewegingen tegemoet, terwijl ze zelf ook overspoeld werd door golven van Genot. Ze kromde haar rug en drukte zich tegen hem aan. Schokkend persten ze zich tegen elkaar aan alsof ze probeerden bij elkaar naar binnen te gaan en één te worden, en toen vielen ze hijgend neer, snakkend naar adem. Hij bleef even op haar liggen, zoals zij dat altijd wilde, tot hij bang werd dat hij te zwaar voor haar werd en liet zich toen van haar af rollen.

'Het spijt me dat ik er zo snel was,' zei hij.

'Mij niet. Ik was er net zo aan toe als jij, misschien meer nog.'

Ze bleven even liggen en toen zei Ayla: 'Ik voel wel iets voor een snelle duik in de rivier.'

'Jij met je koudwaterbaden. Heb je enig idee hoe koud dat water is? Weet je nog toen we tijdens onze Tocht bij de Losaduniërs verbleven? Het warme water dat uit de grond kwam en de heerlijke warmwaterbaden die ze bouwden?' zei Jondalar.

'Die waren verrukkelijk, maar koud water geeft je een fris en tintelend gevoel. Ik vind een koudwaterbad helemaal niet vervelend,' zei ze.

'En ik ben eraan gewend geraakt. Goed. Laten we het vuur opstoken zodat het warm is als we terugkomen, en een koud bad nemen, een snelle koude wasbeurt.'

Toen gletsjers niet ver naar het noorden het land bedekten, konden zelfs in hartje zomer de temperaturen koel zijn op breedtegraden tussen de pool en de evenaar. Ze pakten de zachte droogdoeken van gemzenleer die ze tijdens hun Tocht van hun Sharamudische vrienden hadden gekregen, sloegen die om zich heen en renden naar de rivier, stroomafwaarts van hun waterbron, maar minder ver dan de plek waar de nachtmanden werden schoongespoeld.

'Het water is ijskoud!' protesteerde Jondalar toen ze erin renden.

'Ja, dat is het zeker,' zei Ayla. Ze ging op haar hurken zitten zodat het water tot haar hals kwam en haar schouders bedekte. Ze plensde koud water over haar gezicht en wreef onderwater met haar handen haar hele lichaam schoon. Ze rende het water uit, pakte de droogdoek van de grond, wikkelde die om zich heen en snelde naar hun schuilplaats. Jondalar volgde haar op de voet. Bij het vuur droogden ze zich snel af, waarna ze de natte huiden aan een pin hingen. Ze kropen in hun slaaprol en nestelden zich dicht tegen elkaar aan om warm te worden. Toen ze zich weer wat behaaglijker voelden, fluisterde hij in haar oor: 'Als we het rustig aan doen, denk je dat je het dan nog eens kunt?'

'Ik geloof van wel, als jij het ook kunt.'

Jondalar kuste haar en opende met zijn tong haar mond en zij beantwoordde zijn kus. Hij wilde deze keer de tijd nemen. Hij wilde haar lichaam verkennen, alle speciale plekjes die haar Genot verschaften, terwijl zij hetzelfde bij hem deed. Hij streek met zijn hand over haar arm, voelde dat haar koele huid weer warm begon te worden, en streelde toen haar borst, voelde de harde samengetrokken tepel tegen zijn handpalm. Hij nam die tussen zijn duim en wijsvinger en stak zijn hoofd onder de dekvacht om hem in zijn mond te nemen.

Van buiten kwam geluid. Ze hieven allebei hun hoofd om te luisteren. Stemmen, ze kwamen dichterbij, en toen werd de voorhang voor de ingang opzij geschoven en kwamen er mensen binnen. Ze bleven stil liggen luisteren. Als iedereen meteen naar bed ging, konden ze hun verkenningstocht voortzetten. Ze voelden zich geen van beiden echt op hun gemak om Genot te delen terwijl er andere mensen vlakbij zaten te praten, al leken sommige mensen zich daar niet aan te storen. Zo raar was dat eigenlijk niet, dacht Jondalar, en hij probeerde zich te herinneren wat hij had gedaan toen hij jonger was.

Hij besefte dat hij tijdens de reis van een jaar naar zijn thuis aan privacy gewend was geraakt, maar eigenlijk was hij altijd al op zijn privacy gesteld geweest, zelfs toen Zolena hem in de kunst had ingewijd. Vooral toen dat onderricht meer werd dan de lessen van een doniivrouw aan haar jonge leerling, toen ze geliefden werden en hij haar tot zijn gezellin wilde. Toen herkende hij haar stem en de stemmen van zijn moeder en Willamar. De Eerste was met hen meegekomen naar het kamp van de Negende Grot.

'Ik zal wat water verhitten om thee te maken,' zei Marthona. 'Bij Jondalars vuurplaats kunnen we vuur halen.'

'Ze weet dat we wakker zijn,' fluisterde Jondalar tegen Ayla. 'Ik denk dat we maar beter kunnen opstaan.'

'Je hebt gelijk,' zei Ayla.

'Ik breng wel wat vuur, moeder,' zei Jondalar, terwijl hij de dekvacht van zich af duwde en zijn mannelijkheidsbuideltje pakte.

'O, hebben we jullie wakker gemaakt?' vroeg Marthona.

'Nee, moeder,' zei hij. 'Jullie hebben ons niet wakker gemaakt.' Hij stond op, pakte een lang, dun stukje aanmaakhout, hield het in het vuur tot het vlam vatte en bracht het naar de hoofdvuurplaats in de hut.

'Komen jullie ook thee drinken?' vroeg zijn moeder.

'Ja hoor, waarom niet,' zei hij. Hij wist dat iedereen doorhad dat ze het jonge paar hadden gestoord.

'Ik wilde toch al met jullie praten,' zei Zelandoni.

'Ik zal even iets warmers aantrekken,' zei hij.

Ayla had zich al aangekleed toen Jondalar terugkwam bij hun kleine slaapruimte. Hij trok snel zijn kleren aan en toen liepen ze samen met hun persoonlijke drinknap naar de hoofdvuurplaats.

'Iemand heeft de waterzak gevuld,' zei Willamar. 'Ik vermoed dat jij me die moeite hebt bespaard, Jondalar.'

'Ayla merkte dat die bijna leeg was.'

'Ik zag Wolf en je paarden achter de schuilplaats, Ayla,' zei Willamar.

'Er was de hele dag niemand in het kamp en een sneeuwpanter is achter Grijs aan gegaan. Whinney en Renner hebben de panter gedood, maar ze zijn uit het omheinde veld ontsnapt,' zei Jondalar.

'Wolf vond ze achter in de wei, bij de steile rotswanden en een kleine rivier. Het moet afschuwelijk voor ze zijn geweest. Ze waren in het begin zelfs bang voor hem en voor ons,' zei Ayla.

'En ze weigerden zelfs maar in de buurt van dat omheinde veld te komen, dus hebben we ze hiernaartoe gebracht,' zei Jondalar.

'Wolf houdt nu de wacht over ze, maar we moeten een andere plek voor ze zoeken,' zei Ayla. 'Ik was van plan om morgen die dode sneeuwpanter op te ruimen en het hout van de omheining weg te geven. Het zou prima brandhout zijn.'

'In die omheining zitten goede planken. Die kunnen voor meer dan brandhout worden gebruikt,' zei Willamar.

'Je mag het allemaal hebben, Willamar. Ik wil het niet eens meer zien,' zei Ayla huiverend.

'Ja, waarom bedenk jij niet wat er met dat hout moet gebeuren, Willamar? Er zitten heel wat goede stukken tussen,' zei Jondalar. Hij besefte dat Ayla nog meer dan de paarden was geschrokken van de aanval van de sneeuwpanter. Het maakte haar ook razend. Ze zou waarschijnlijk het hout eigenhandig verbranden om er maar vanaf te zijn.

'Hoe weet je dat het een sneeuwpanter was? Die tref je doorgaans niet aan hier in de buurt,' zei Willamar, 'en al nooit 's zomers.'

'Toen we bij het omheinde veld kwamen vonden we het lijk van de panter, maar er was geen spoor van de paarden,' zei Jondalar. 'Ayla vond een lange, donzige staart van grijswitte vacht met donkere vlekken en herkende die als de staart van een sneeuwpanter.'

'Dat lijkt dan wel te kloppen,' zei Willamar. 'Maar sneeuwpanters houden van het hoogland en de bergen; ze azen op steenbokken, gemzen en moeflons, doorgaans niet op paarden.'

'Ayla dacht dat het een jong dier was, mogelijk een mannetje,' zei Jondalar.

'Misschien komen de bergdieren dit jaar vroeg naar beneden,' zei Marthona. 'Als dat zo is, zou dat kunnen betekenen dat we maar een korte zomer krijgen.'

'We moeten het Joharran vertellen. Het zou misschien verstandig zijn om op korte termijn enkele jachtpartijen te organiseren en vroeg te beginnen met het aanleggen van een voorraad vlees. Een korte zomer kan een lange koude winter betekenen,' zei Willamar.
'En we moeten alles plukken wat we maar kunnen voor het koude weer inzet,' zei Marthona. 'Zo nodig voor het rijp is. Ik kan me nog een jaar herinneren, heel lang geleden, dat we erg weinig vruchten hebben verzameld; we moesten toen in bijna bevroren grond wortels opgraven.'
'Ik kan me dat jaar ook herinneren,' zei Willamar. 'Ik geloof dat het was voordat Joconan leider was.'
'Dat klopt. We waren nog geen verbintenis aangegaan, maar hadden al wel belangstelling voor elkaar,' zei Marthona. 'Ik meen me te herinneren dat we in die tijd een aantal barre winters hebben doorgemaakt.'
De Eerste kon het zich niet herinneren. Ze was waarschijnlijk in die tijd nog maar een jong kind geweest. 'Wat deden de mensen toen?' vroeg ze.
'In eerste instantie geloofde niemand dat de zomer zo snel voorbij kon zijn,' zei Willamar. 'Maar toen ging iedereen in allerijl voedsel voor de winter opslaan. En dat was maar goed ook. Het werd een lang koud seizoen.'
'We moeten de mensen waarschuwen,' zei de Eerste Onder Hen Die De Grote Aardmoeder Dienden.
'Hoe kun je er zo zeker van zijn dat het een korte zomer betekent? Het is maar één sneeuwpanter,' zei Jondalar.
Ayla dacht hetzelfde, maar zei niets.
'Daar hoeft niemand zeker van te zijn,' zei Marthona. 'Als mensen extra vlees of bessen drogen of meer wortels of noten opslaan en het wordt niet koud, dan is er niets aan de hand. De voorraden kunnen later opgemaakt worden. Maar als we niet genoeg hebben, kunnen mensen honger lijden of erger.'
'Ik zei net dat ik met je wilde praten, Ayla. Ik heb zitten nadenken over wanneer we een begin moeten maken met je doniërreis. Ik wist eigenlijk niet of we vroeg moesten gaan of dat we beter konden wachten tot het eind van de zomer, misschien zelfs tot na de tweede Verbintenisceremonie. Nu geloof ik dat we zo vroeg mogelijk moeten vertrekken. Dan kunnen we tegelijkertijd mensen waarschuwen voor de mogelijkheid van een kort seizoen,' zei de Eerste. 'Ik weet zeker dat de Veertiende maar al te graag de late Verbintenis wil leiden. Ik geloof trouwens niet dat er veel paren aan zullen deelnemen. Alleen de paren die elkaar deze zomer leren kennen en ertoe besluiten. Ik weet dat er twee

paren zijn die nog niet zeker weten of ze al een verbintenis willen aangaan, en een paar wier Grotten er erg veel tijd voor nemen om tot overeenstemming te komen. Denk je dat je over een paar dagen klaar kunt zijn om te vertrekken?'

'Dat zal zeker lukken,' zei Ayla. 'En als we vertrekken hoef ik geen andere plek te vinden om de paarden onder te brengen.'

'Wat een drukte,' zei Danella. Ze doelde op de groepen mensen die zich rond de grote zelandoniahut hadden verzameld. Ze liep daar met haar levensgezel, Stevadal, de leider van Zonzicht, en Joharran en Proleva.

Ze keken naar de menigte die zich rond de grote hut had verzameld om te zien wie naar buiten zou komen, al was er behalve dat al genoeg te zien. Het speciale sleepraam met de zitplaats die voor de Eerste was vervaardigd, was vastgemaakt aan de hooikleurige merrie van Jondalars vrouw uit den vreemde; en Lanidar, de jonge jager van de Negentiende Grot met de mismaakte arm, hield een touw vast dat aan een halster was bevestigd, een verzameling touwen om het hoofd van het paard. Hij hield ook een leidsel vast dat aan de jonge bruine hengst was bevestigd, die ook van een sleepraam was voorzien dat beladen was met bundels. Het grijze veulen stond vlak naast hem, alsof ze bescherming zocht tegen de menigte. Ook de wolf zat naast hen naar de ingang van de hut te kijken.

'Je was nog zwak en was niet hier toen ze aankwamen,' zei Stevadal tegen zijn gezellin. 'Krijgen ze altijd zoveel aandacht, Joharran?'

'Het is altijd hetzelfde als ze inladen,' zei Joharran.

'Het is één ding om de paarden aan de buitenrand van het hoofdkamp te hebben en de wolf aan Ayla's zijde. Je raakt eraan gewend om de dieren vriendelijk met mensen te zien omgaan. Maar het is wat anders als ze die trekdingen aan ze vastbinden en ze volladen, als ze de paarden vragen om te werken en ze daartoe bereid zijn. Ik denk dat dat nog steeds verbazing wekt,' zei Proleva.

Er trok een golf van opwinding door de menigte toen er mensen uit de zomerhut naar buiten kwamen. De vier mensen versnelden hun pas zodat ze afscheid konden nemen. Toen Jondalar en Ayla naar buiten kwamen, stond Wolf op, maar hij bleef waar hij was. Toen verschenen Marthona, Willamar en Folara, diverse Zelandonia en vervolgens de Eerste. Joharran was al een grote jacht aan het organiseren, en hoewel Stevadal niet helemaal zeker was of hij wel wilde geloven in een korte zomer, was hij meer dan bereid om mee te gaan op jacht.

'Kom je hier nog terug, Ayla?' vroeg Danella, nadat ze hun wangen tegen elkaar hadden gedrukt. 'Ik heb nauwelijks tijd gehad om je te leren kennen.'

'Dat weet ik niet. Dat hangt van de Eerste af,' zei Ayla.

Danella drukte haar wang ook tegen het wangetje van Jonayla. Het kind was klaarwakker. Ze zat in haar draagdoek op de heup van haar moeder en leek de opwinding die in de lucht hing te voelen. 'Ik zou ook graag de gelegenheid hebben gehad om dit kleintje beter te leren kennen. Ze is een verrukkelijk kind, echt een schatje.'

Ze liepen naar de plek waar de paarden stonden te wachten en Ayla nam de leidsels over. 'Dank je, Lanidar,' zei Ayla. 'Ik ben je heel dankbaar voor je hulp met de paarden, vooral de afgelopen paar dagen. Ze vertrouwen je en voelen zich bij jou op hun gemak.'

'Ik heb het met plezier gedaan. Ik hou van de paarden en jullie beiden hebben zoveel voor mij gedaan. Als jullie me verleden jaar niet hadden gevraagd op ze te passen en me niet hadden geleerd hoe ik de speerwerper moest gebruiken en me mijn eerste wapen niet hadden gegeven, zou ik nooit hebben leren jagen. Dan zou ik nog steeds achter mijn moeder aan lopen om bessen te plukken. Nu heb ik vrienden en enige status die ik Lanoga kan aanbieden als ze ouder is.'

'Je bent dus nog steeds van plan om met haar een verbintenis aan te gaan,' zei Ayla.

'Ja, we maken samen plannen,' zei Lanidar. Hij bleef even staan alsof hij nog iets wilde zeggen. Toen zei hij: 'Ik wil jou en Jondalar bedanken voor de zomerhut die jullie voor ze hebben gebouwd. Dat maakte voor haar een wereld van verschil. Ik heb daar een paar keer overnacht, nou ja, bijna elke nacht, om haar met de kleintjes te helpen. Haar moeder is twee, nee drie keer teruggeweest. Tremeda vraagt me altijd dingen, maar pas de volgende ochtend. 's Nachts kan ze nauwelijks lopen. Zelfs Laramar heeft er een keer geslapen. Volgens mij heeft hij niet eens gemerkt dat ik er was. Zodra hij 's ochtends opstond, vertrok hij weer.'

'En Bologan? Blijft hij 's nachts om met de jongere kinderen te helpen?' vroeg Ayla.

'Soms. Hij leert hoe je barma moet maken en hij blijft dikwijls bij Laramar. Hij oefent ook met de speerwerper. Ik heb hem laten zien hoe dat moet. Vorig jaar zomer leek hij geen belangstelling te hebben voor jagen, maar dit jaar, volgens mij nadat hij heeft gezien wat ik heb geleerd, wil hij laten zien dat hij het ook kan.'

'Goed. Ik ben blij dat te horen. Bedankt dat je me over hen en jezelf hebt verteld,' zei Ayla. 'Als we na onze reis hier niet meer terugkomen, hoop ik je volgend jaar weer te zien.' Ze drukte haar wang tegen de zijne en omhelsde hem.

Ayla zag dat de aandacht van de menigte op Whinneys sleepraam was gericht. De grote vrouw die de Zelandoni van de Negende Grot was en de Eerste Onder Hen Die Dienden, liep ernaartoe. Ayla kon zich goed voorstellen dat ze erg zenuwachtig was, al was dat niet aan haar te zien. Haar houding straalde zelfvertrouwen uit, alsof het niets was om je druk over te maken. Jondalar stond achter het sleepraam en stak glimlachend zijn hand uit om haar te helpen. Ayla stond bij Whinneys hoofd om haar rustig te houden als ze zich bewust werd van het toegevoegde gewicht. De vrouw stapte op de onderste tree en voelde die meegeven toen de palen onder haar gewicht doorbogen, maar niet meer dan de normale veerkracht van het hout kon hebben. Terwijl ze zich vasthield aan Jondalars hand om haar evenwicht te bewaren, liep ze het sleepraam op, draaide zich om en ging zitten. Iemand had een zeer gerieflijk kussen gemaakt voor de zitting en rugleuning, en zodra ze zat, voelde ze zich beter. Ze zag armleuningen die ze kon vastpakken als het paard in beweging kwam en ook dat stelde haar gerust.
Zodra Zelandoni zich had geïnstalleerd, liep Jondalar naar Ayla en vormde met zijn handen een opstapje. Hij ging naast Whinney staan en hielp Ayla, die Jonayla droeg, op haar paard. Als ze de baby droeg was het moeilijk om het paard te bestijgen zoals ze normaal altijd deed. De man bevestigde het lange leidsel dat aan de kleine halster van Grijs vastzat aan het sleepraam en klom soepel op Renners rug.
Ayla bracht Whinney in beweging en leidde de kleine stoet het hoofdkamp van de Zomerbijeenkomst uit. Ondanks haar last – een rijder op haar rug en een zwaar gewicht op het sleepraam – peinsde Whinney er niet over om haar nakomelingen voor zich te laten lopen. Zij was de leidmerrie en de leidmerrie leidde altijd de kudde. Ayla keek glimlachend op Wolf neer toen hij naast haar kwam lopen.
Renner en Jondalar volgden haar. Jondalar was blij dat hij de achterhoede vormde. Dat gaf hem de gelegenheid om een oogje op Ayla en haar baby te houden, en natuurlijk op Zelandoni, voor het geval er iets mis zou gaan. Aangezien de Eerste met haar gezicht naar achteren zat, kon hij naar haar glimlachen en als hij vlak achter haar ging rijden kon hij zelfs een gesprek met haar voeren of op z'n minst een paar woorden met haar wisselen.
De donier wuifde onbewogen naar de steeds kleiner wordende mensenmassa en bleef naar hen kijken tot ze te ver weg waren om ze nog duidelijk te kunnen zien. Ook zij was blij dat Jondalar achter haar reed. Ze vond het nog steeds een beetje eng om achter het paard te rijden en te kijken naar de plek waar ze was geweest, en het voorbijtrekkende landschap was na de eerste paar kilometers niet bijster inte-

ressant. Het was een hobbelige rit, vooral waar de weg vol bobbels en kuilen zat, maar al met al was het geen vervelende manier om te reizen, besloot ze.

Ayla volgde de weg terug die ze op weg naar de Zomerbijeenkomst hadden gevolgd tot ze bij een rivier kwamen die van noord naar zuid stroomde, vlak bij een oriëntatiepunt waarover ze de avond daarvoor hadden gesproken, waar ze halt hield. Jondalar, met zijn lange benen, hoefde alleen maar van de hengst af te stappen. Hij liep naar Ayla, maar zij had haar been al over het paard gezwaaid en zich van de rug laten glijden.

De paarden waren compacte dieren, geen pony's, maar wilde paarden waren van nature niet groot. Ze waren echter stevig, robuust en bijzonder sterk. Ze hadden een dikke nek, met korte manen die recht overeind stonden, en geharde hoeven die zonder bescherming over elke soort ondergrond – scherpe stenen, harde grond of zacht zand – konden rennen. Samen liepen ze naar Zelandoni en staken hun handen uit, die ze vastpakte om haar te helpen haar evenwicht te bewaren terwijl ze afstapte.

'Het is niet moeilijk om op deze manier te reizen,' zei de Eerste. 'Een beetje hobbelig soms, maar het kussen vangt de schokken op en de armleuningen geven je iets om je aan vast te houden. Al is het wel een fijn gevoel om weer te staan en te lopen.' Ze keek om zich heen en knikte toen. 'Hiervandaan reizen we een tijdje noordwaarts. Het is niet al te ver, maar wel bergopwaarts en nogal steil.'

Wolf was vooruitgerend, zijn neus achterna, om de omgeving te verkennen, maar hij kwam terug toen ze waren gestopt. Hij kwam net weer in zicht toen ze Zelandoni hielpen het sleepraam te bestijgen, waarna ze weer op hun paard klommen. Ze staken de rivier over en volgden die naar het noorden, stroomopwaarts op de linkeroever. Ayla zag tekens die in bomen waren gekerfd en wist dat het pad was gemarkeerd door iemand die het al eerder had gevolgd. Toen ze een van de merktekens die het pad aangaven goed bekeek, zag ze dat het was aangebracht over een ouder merkteken dat donker was geworden en makkelijk over het hoofd kon worden gezien. Ze meende een nog ouder merkteken te zien dat deels overgroeid was en daaronder een nog ouder merkteken.

Ayla liet de paarden langzaam lopen om ze niet te vermoeien. Zelandoni praatte met Jondalar, die zin had om een eindje te lopen en van Renner was gestapt. Hij leidde het bruine paard aan zijn leidsel over het gemarkeerde pad. Het was een zware klim en naarmate ze hoger kwamen veranderde het landschap. De loofbomen maakten plaats voor struikgewas met hier en daar hoge naaldbomen. Wolf ver-

dween voortdurend in het bos om later uit een andere richting weer op te duiken.
Na ongeveer acht kilometer voerde het pad hen naar de ingang van een grote grot hoog in de bergen van de waterscheiding tussen de Rivier en de Westrivier. De middag was al een eind gevorderd toen ze daar aankwamen.
'Dat was veel makkelijker dan naar boven lopen,' zei Zelandoni toen ze van het sleepraam stapte, zonder deze keer op hulp van Jondalar te wachten.
'Wanneer wil je naar binnen?' voeg Jondalar, die naar de ingang liep en naar binnen keek.
'Morgen pas,' zei Zelandoni. 'Het is een lange weg naar binnen. We hebben er de hele dag voor nodig om naar binnen te gaan en weer terug te komen.'
'Ben je van plan om helemaal tot aan het eind te gaan?'
'Ja. Helemaal tot achterin.'
'Dan kunnen we maar beter ons kamp opzetten, aangezien we hier minstens twee nachten zullen blijven,' zei Jondalar.
'Het is nog vroeg. Ik denk dat ik nadat we ons kamp hebben opgezet een beetje ga rondkijken om te zien wat hier allemaal groeit,' zei Ayla. 'Misschien vind ik iets lekkers voor ons avondmaal.'
'Dat is jou wel toevertrouwd,' zei Jondalar.
'Ga je mee? We kunnen ook met z'n allen gaan,' zei Ayla.
'Nee. Ik heb al gezien dat er lagen vuursteen in de rotswanden zitten en ik weet dat die ook in de grot moeten zitten,' zei Jondalar. 'Ik pak een fakkel en ga even binnen kijken.'
'En jij, Zelandoni?' vroeg Ayla.
'Ik denk het niet. Ik wil even mediteren over de grot, en ik wil de fakkels en lampen controleren en nadenken over hoeveel we nodig zullen hebben. En wat we verder mee moeten nemen als we naar binnen gaan,' zei de Ene Die Eerste Was.
'Zo te zien is het een immense grot,' zei Ayla. Ze stapte naar binnen, tuurde de duisternis in en keek toen naar het gewelf boven haar.
Jondalar volgde haar naar binnen. 'Kijk, hier steekt ook een stuk vuursteen uit de muur, vlak bij de ingang. Ik ben ervan overtuigd dat er dieper in de grot nog veel meer is,' zei hij. Ayla hoorde duidelijk opwinding in zijn stem. 'Het zou wel erg zwaar zijn om veel naar buiten te brengen.'
'Is het overal zo hoog?' vroeg Ayla aan de vrouw.
'Ja, min of meer, behalve aan het eind. Het is meer dan een grot. Het is een reusachtige spelonk met heel veel grote kamers en tunnels. Er

zijn zelfs lagere niveaus, maar die hoeven we deze keer niet te verkennen. 's Winters komen hier holenberen; je kunt hun ligplaatsen zien en krassen op de muren,' zei de Eerste.
'Is het groot genoeg om met de paarden naar binnen te gaan?' vroeg Ayla. 'Misschien met een sleepraam, zodat we wat van Jondalars vuursteen kunnen meenemen?'
'Ik geloof van wel,' zei Zelandoni.
'We zullen onderweg merktekens moeten aanbrengen om er zeker van te zijn dat we de weg naar buiten terug kunnen vinden,' zei Jondalar.
'Ik ben ervan overtuigd dat Wolf ons kan helpen als we de weg kwijtraken,' zei Ayla.
'Zou hij wel mee naar binnen willen?' vroeg Zelandoni.
'Als ik hem dat vraag,' zei Ayla.
De plek was duidelijk eerder gebruikt. De grond voor de ingang van de grot was vlak gemaakt en er waren verscheidene vuurplaatsen aangelegd, wat te zien was aan de asresten en houtskool en de geblakerde stenen eromheen. Ze kozen er een om opnieuw te gebruiken, maar legden er wat extra stenen van een andere vuurplaats omheen. Toen maakten ze een braadspit van gevorkte takken, die ze tussen stenen vastklemden, en zochten ze stokken van groen hout die zouden worden gebruikt om het voedsel aan vast te pinnen. Jondalar en Ayla verlosten de paarden van de sleepramen, deden hun halsters af en leidden ze naar een grazig veldje vlakbij. Ze konden voor zichzelf zorgen en zouden terugkomen als ze werden gefloten.
Met z'n drieën zetten ze een reistent op die groter was dan normaal. Ze hadden er twee aan elkaar gezet en die voor hun vertrek uitgeprobeerd om zich ervan te vergewissen dat die gerieflijk zou zijn. Ze hadden gedroogd reisvoedsel meegenomen, plus wat gekookte restjes van hun vroege maaltijd, maar ook vers vlees van een edelhert dat Solaban en Rushemar hadden gedood. Door de palen van de sleepramen rechtop tegen elkaar te zetten en de bovenste uiteinden aan elkaar vast te binden, maakten Jondalar en Ayla een hoge driepootconstructie waaraan ze in ongelooide huid gewikkelde bundels voedsel hingen om te voorkomen dat er dieren bij konden. Wie eten in een tent liet liggen, kon net zo goed een roofdier uitnodigen om binnen te komen en het te zoeken.
Ze verzamelden brandstof voor het vuur, voornamelijk dood hout van omgevallen bomen en struiken, maar ook de dorre twijgjes en takken van de naaldbomen die laag op de stam zaten onder de laatste levende takken, dor gras en de gedroogde uitwerpselen van dieren die gras aten. Ayla legde een vuur aan en dekte dat af om kolen te maken voor later. Ze aten een middagmaal van restjes; zelfs Jonayla sabbelde op

een bot nadat ze had gedronken. Toen gingen ze alle drie hun eigen gang. Zelandoni zocht in de bundels die op Renners sleepraam hadden gelegen naar fakkels en lampen, zakken vet waarop de lampen brandden, korstmos, gedroogde paddenstoelen en diverse andere materialen die als pit konden dienen. Jondalar pakte zijn zak met werktuigen om vuursteen te kloppen, stak in het vuur een fakkel aan en ging de grote grot binnen.

Ayla deed haar proviandtas om, de Mamutische draagtas die over een schouder werd gedragen, iets zachter dan de Zelandonische rugbepakkingen, maar toch ruim. Ze droeg de tas rechts, samen met de koker die de speerwerper en speren bevatte. Ze bond haar baby in de draagdoek hoog op haar rug vast aan de linkerkant, zodat ze haar makkelijk naar voren kon trekken om op haar linkerheup te zitten. Ze schoof haar graafstok aan de linkerkant voor haar buik onder de stevige leren veter om haar middel, en de schede met haar mes hing rechts. Er hingen ook diverse buidels aan haar tailleband. Ze droeg haar slinger om haar hoofd, maar de stenen voor het wapen zaten in een buidel aan de veter om haar middel. Een andere buidel bevatte algemene dingen zoals eetborden, een tondeldoos, een kleine hamersteen en naaigerei, waaronder verschillende soorten garen variërend van fijne eindjes gedraaide pezen tot stevig koord dat door de gaten van de grote ivoren naalden paste. Ook zaten er stukjes touw in en nog enkele ditjes en datjes. De laatste buidel was haar medicijnbuidel.

De medicijnbuidel hing altijd aan de veter om haar middel. Het gebeurde maar zelden dat ze de buidel van otterhuid niet bij zich had. Hij was heel bijzonder; zelfs Zelandoni had nog nooit zoiets gezien, al had ze onmiddellijk beseft dat het een voorwerp met spirituele kracht was. De buidel was gemaakt naar het voorbeeld van de eerste buidel die Iza, haar Stam-moeder, van een hele otterhuid voor haar had gemaakt. In plaats van de buik open te snijden zoals gebruikelijk was bij het ontweien van een dier, was de keel doorgesneden, zij het niet helemaal rondom; de kop, waaruit de hersenen waren verwijderd, bleef met een reep huid aan de rug vastzitten. De ingewanden, inclusief de ruggengraat, waren voorzichtig via de nekopening eruit gehaald, terwijl de pootjes en staart gewoon bleven zitten. Rond de nek werden in tegengestelde richting twee rood geverfde koordjes geregen om de opening strak te kunnen sluiten, en de kop, gedroogd en ietwat platgedrukt werd gebruikt als sluitingsklep.

Ayla controleerde de koker, die vier speerpijlen en haar speerwerper bevatte, pakte haar verzamelmand, gaf Wolf een teken om mee te gaan en volgde het pad dat hen naar de grot had gevoerd terug. Onderweg naar boven had ze de vegetatie die langs het pad groeide bekeken en beoordeeld op bruikbaarheid. Dat was iets wat ze als jong meisje had geleerd en dat inmiddels een tweede natuur was geworden. Het was een essentiële gewoonte voor mensen die van het land leefden en wier leven afhing van wat ze op de jacht buit maakten of tijdens hun dagelijkse foeragetocht verzamelden of vonden. Ayla categoriseerde altijd zowel de medicinale als de voedingswaarde van wat ze zag. Iza was een medicijnvrouw die haar kennis niet alleen aan haar eigen dochter maar ook aan haar geadopteerde dochter had willen doorgeven. Maar haar eigen dochter, Uba, was geboren met herinneringen die ze van haar moeder had geërfd, en haar hoefde slechts een of twee keer iets verteld te worden om te begrijpen wat haar moeder liet zien of uitlegde.

Iza kwam er al snel achter dat het veel moeilijker was om Ayla, die niet over de Stam-herinneringen beschikte, iets te leren. Ze moest de kennis er bij haar instampen; alleen door constante herhaling lukte het haar om het meisje van de Anderen dingen te laten onthouden. Maar toen Ayla de kennis eindelijk had opgenomen stond Iza versteld door haar vermogen om op een nieuwe manier over de medicijnen na te denken. Als bijvoorbeeld een bepaalde medicinale plant niet beschikbaar was, kon ze al snel een vervanger daarvoor bedenken of een combinatie van medicijnen met vergelijkbare eigenschappen en hetzelfde effect. Ze was ook erg goed in het stellen van een diagnose; ze wist intuïtief wat er aan de hand was als iemand naar haar toe kwam met een vage klacht. Hoewel Iza daar geen verklaring voor had, gaf het haar wel een idee van de verschillen in de manier van denken van de Stam en de Anderen.

Veel mensen in Bruns stam geloofden dat het meisje van de Anderen dat bij hen woonde niet erg slim was omdat haar geheugen minder snel werkte en minder goed was dan dat van hen. Iza begreep dat ze niet minder intelligent was, maar anders dacht, op een andere manier. Ook Ayla was dat gaan inzien. Wanneer mensen van de Anderen opmerkingen maakten over de mensen van de Stam in de trant van dat ze niet al te pienter waren, probeerde ze altijd uit te leggen dat ze niet mínder, maar ánders intelligent waren.

Ayla liep terug naar een plek langs het pad die ze zich duidelijk herinnerde, een plek waar het pad door het bos over een glooiende helling voerde en zich verbreedde tot een veld van kort gras en struiken. Nu ze naderbij kwam bespeurde ze de verrukkelijke geur van rijpe aardbeien. Ze knoopte de draagdoek los, spreidde die uit op de grond en legde Jonayla erop. Ze plukte een aardbeitje, drukte het een beetje plat om het zoete sap eruit te persen en stopte het in de mond van haar baby. Jonayla's gezichtsuitdrukking van verwondering en nieuwsgierigheid deed Ayla glimlachen. Ze stopte een paar vruchtjes in haar eigen mond en gaf er nog een aan haar baby, en toen keek ze rond om te zien wat ze zou kunnen gebruiken om wat aardbeien mee terug te nemen naar het kamp.

Ze zag vlakbij een groepje berken staan en gaf Wolf een teken om op Jonayla te passen terwijl zij ze ging bekijken. Toen ze de bomen bereikte zag ze dat een deel van de dunne schors loskwam. Ze trok enkele brede repen van de stam en nam ze mee. Uit de schede die aan de veter om haar middel hing haalde ze het nieuwe mes dat Jondalar haar kort daarvoor had gegeven. Het lemmet was van vuursteen dat hij had geklopt en had vastgezet in een prachtige greep van vergeeld oud ivoor die Solaban had uitgesneden en waarop Marsheval afbeeldingen van paarden had gegrift. Ze sneed de berkenschors in symmetrische stukken, die ze inkerfde zodat ze zich makkelijker tot twee kleine houders met deksels lieten vouwen. De wilde aardbeien waren zo klein dat ze heel wat tijd nodig had om een redelijke hoeveelheid voor drie mensen te plukken, maar de smaak was zo heerlijk dat het de moeite waard was. In de buidel die haar drinknap en eetkom bevatte zaten ook altijd enkele andere dingen, waaronder rolletjes twijndraad van verschillende diktes en lengtes. Ze gebruikte een stukje om de houders van berkenschors dicht te binden en stopte ze in haar verzamelmand.

Jonayla was in slaap gevallen en Ayla bedekte haar met een hoek van de zachte draagdoek van hertenvel, die aan die kant een beetje dun werd. Wolf lag naast haar met zijn ogen half dicht. Toen Ayla naar hem keek sloeg hij met zijn staart tegen de grond, maar hij bleef in de nabijheid van het nieuwste lid van zijn roedel, dat hij aanbad. Ayla stond op, pakte de verzamelmand van de grond en liep over het grasveld naar de bosrand.

Het eerste wat ze in een rij struiken ontwaarde waren de stervormige kransen van de smalle bladeren van kleefkruid, dat zich, geholpen door de nietige haakjes waarmee de stengels en vruchtjes waren bedekt, tussen andere planten door omhoogtrok. Ze trok een aantal van de lange stengels bij de wortels uit de grond. Ze lieten zich makkelijk samenbundelen; de haakjes grepen zich in elkaar vast. In die staat konden ze als zeef worden gebruikt, en die eigenschap alleen al maakte ze heel bruikbaar, maar ze hadden nog veel meer eigenschappen, zowel qua voedingswaarde als medicinaal. De jonge blaadjes waren een lekkere voorjaarsgroente, en van de geroosterde zaden was een interessant donker drankje te maken. Van het fijngestampte kruid vermengd met vet werd een smeersel gemaakt dat vrouwen hielp die last hadden van gezwollen borsten door gestolde melk.

Ze werd aangetrokken door een zonnige, droge, grazige plek, waar ze een verrukkelijke aromatische geur bespeurde, en ze zocht naar de plant die graag op zulke plekken groeide. Ze vond de hysop al snel. Dat was een van de eerste planten waarover Iza haar had geleerd en dat herinnerde ze zich nog heel goed. Het was een houtachtige kleine struik van ongeveer dertig centimeter hoog, met smalle groen blijvende bladeren, klein en donkergroen, dicht op elkaar op de vertakte stengels. De hemelsblauwe bloemen tussen de bovenste bladeren kwamen juist uit en bijen zoemden eromheen. Ze vroeg zich af waar het nest was, aangezien honing gekruid met hysop erg smakelijk was.

Ze plukte verscheidene stengels met de bedoeling de bloemen voor thee te gebruiken, wat niet alleen heerlijk was, maar vooral goed tegen hoest, schorheid en andere problemen met de luchtwegen. De gekneusde bladeren waren ook goed voor het verzachten van snijwonden, brandwonden en blauwe plekken. Het drinken van thee van de bladeren en de benen onderdompelen in een bad daarvan was een goede behandeling tegen reumatiek. Ze moest opeens aan Creb denken, wat haar deed glimlachen ondanks het feit dat de herinnering ook verdriet naar boven bracht. Een van de andere medicijnvrouwen bij de Stam-bijeenkomst had haar verteld dat ze hysop ook gebruikte bij gezwollen benen doordat die te veel vocht vasthielden. Ayla keek op en toen ze zag dat Wolf nog steeds naast haar slapende baby lag, draaide ze zich om en liep ze dieper het bos in.

Op een beschaduwde aardwal vlak bij een groepje sparren ontdekte Ayla lievevrouwebedstro, een kleine plant van ongeveer vijfentwintig centimeter hoog met blaadjes die in een kring om de stengel groeiden, net als bij kleefkruid, hoewel de stengel zwakker was. Ze liet zich op haar knieën zakken om de plant met de kleine, witte, vierbladige bloempjes voorzichtig te plukken. De smaak was heerlijk en er was een smakelijke thee van te maken, en Ayla wist dat de geur sterker werd als de plant werd gedroogd. De blaadjes konden voor wonden worden gebruikt en gekookt hielpen ze bij buikpijn en andere inwendige aandoeningen. De plant was goed te gebruiken om de soms onaangename geur van andere medicijnen te maskeren, maar ze spreidde die ook graag uit in haar onderkomen en vulde er kussens mee vanwege de heerlijke natuurlijke geur.

Niet ver bij haar vandaan zag ze nog een bekende plant die hield van beschaduwde aardwallen in bossen: nagelkruid, een plant van ongeveer zestig centimeter hoog. De getande bladeren, die de vorm hadden van brede veren en bedekt waren met haartjes, groeiden aan licht vertakte, buigzame stengels. De bladeren waren niet van gelijke grootte of vorm, afhankelijk van hun plaats aan de hoofdstengel. Op de lagere takken groeiden de bladeren op lange stengels, met onregelmatige ruimten tussen de deelblaadjes, en het bovenste blaadje was groter en ronder. De middelste stengelbladen waren kleiner en iets anders van vorm en grootte. De hogere bladeren waren drietallig, de lagere ronder en de bovenste smaller. De boterbloemachtige bloemen hadden vijf felgele kroonblaadjes met daartussenin groene kelkblaadjes en leken erg klein voor zo'n grote plant. De vruchten, die tegelijk met de bloemen verschenen, waren opvallender; ze ontwikkelden zich tot de kleine stekelige kopjes van donkerrode klissen.

Maar Ayla groef de wortelstok op waaruit de plant groeide, want ze wilde de kleine, pezige wortels die geurden en naar kruidnagel smaakten. Ze wist dat die heilzaam waren voor een heleboel dingen: buikklachten, waaronder diarree, keelpijn, koorts en een verstopte neus en slijm bij verkoudheid, zelfs voor slechte adem, maar ze gebruikte de kruidnagelachtige wortels vooral graag voor het kruiden van eten.

Een eindje verderop ontwaarde ze een groep plantjes die ze in eerste instantie aanzag voor viooltjes, maar die bij nadere beschouwing hondsdraf bleken. De bloemen waren anders van vorm en groeiden uit de krans van bladeren rond de stengel. De niervormige blaadjes hadden een gekartelde rand en een netwerk van nerven, en ze groeiden tegenover elkaar aan lange stelen aan vierkante stengels en bleven het hele jaar groen; de kleur varieerde van helder- tot donkergroen. Ze wist dat hondsdraf sterk geurde en rook eraan om de identiteit te bevestigen. Ze had er vroeger een dik aftreksel vermengd met zoethoutwortel van gemaakt tegen hoest, en Iza had het gebruikt om ontstoken ogen te behandelen. Een Mamut bij de Zomerbijeenkomst van de Mamutiërs had hondsdraf aanbevolen tegen geruis in de oren en voor wonden.

De vochtige grond leidde naar een drassig terrein en een kleine rivier, en Ayla was opgetogen toen ze grote pollen lisdodden zag staan, een hoge, rietachtige plant die ruim twee meter hoog kon worden en tot de nuttigste planten behoorde. In het voorjaar konden de jonge uitlopers van nieuwe wortels van de wortelstok worden gescheurd, en de nieuwe scheuten en de kern konden rauw of licht gekookt worden gegeten. De zomer was het seizoen voor de groene bloemen boven op de lange stengel, die gekookt en van de stengel geknabbeld heerlijk waren. Later veranderden ze in bruine 'sigaren' en na het rijpen van de lange stuifmeelaar daarbovenop was het proteïnerijke gele stuifmeel klaar om te oogsten. Vervolgens viel de 'sigaar' uiteen in witte, donzige zaden, die gebruikt konden worden voor kussens, babywindsels of als tondel. De zomer was ook het seizoen dat de malse witte scheuten die

de plantengroei van het volgende jaar garandeerden, uit de dikke ondergrondse wortelstok groeiden. Dat waren er zoveel dat de oogst van het volgende jaar er niet onder leed als er enkele werden verzameld.
De vezelige wortelstok was het hele jaar voorhanden, zelfs 's winters als de grond niet bevroren was of bedekt met sneeuw. Wit zetmeelrijk meel kon aan de wortelstok worden onttrokken door die in een ondiepe, brede waterbak van schors fijn te stampen. Het zwaardere meel zonk dan naar de bodem terwijl de vezels bleven drijven; of de wortelstok kon worden gedroogd en later worden fijngestampt om de vezels te verwijderen en het droge meel over te houden. De lange smalle bladeren konden tot matten worden geweven om op te zitten of tot envelopachtige buidels of waterdichte panelen waarvan een tijdelijke schuilplaats kon worden gemaakt. Ook maakte men er manden of kookzakken van, die met wortels, stengels, bladeren of vruchten gevuld konden worden, in kokend water worden ondergedompeld en makkelijk weer uit het water gehaald konden worden; en als de bladeren lang genoeg werden gekookt, waren ze ook eetbaar. De gedroogde stengel van de plant van het voorgaande jaar kon als vuurboor worden gebruikt door die op een brandbaar oppervlak tussen de handpalmen rond te draaien.
Ayla zette haar verzamelmand op de droge grond, haalde haar graafstok tevoorschijn, die was gemaakt uit het gewei van een edelhert, achter de veter om haar middel en waadde het moeras in. Met de stok en haar handen groef ze tot een centimeter of tien diep in de modder en trok de lange wortelstokken van een aantal planten eruit. De rest van de plant kwam mee, inclusief de grote scheuten die aan de wortelstok zaten en de vijftien centimeter lange en ruim twee centimeter dikke sigaarvormige, groene bloemzaadkoppen, die ze beide wilde koken voor hun avondmaal. Ze wikkelde een koord om de lange stengels om ze te bundelen zodat ze makkelijker te dragen waren en besloot naar het open veld terug te gaan.
Onderweg kwam ze langs een es en ze herinnerde zich hoeveel van die bomen er bij het thuis van de Sharamudiërs hadden gestaan, hoewel er in het Woudrivierdal ook enkele stonden. Ze overwoog de essennootjes te bereiden zoals de Sharamudiërs dat deden, maar de gevleugelde vruchtjes moesten worden geplukt als ze nog erg jong waren, knapperig maar niet draderig, en deze waren veel te rijp. De boom kende echter veel medicinale toepassingen.
Toen ze bij het grasveld terugkwam, wist ze op slag dat er iets mis was. Wolf stond naast de baby en staarde naar het hoge gras. Hij gromde dreigend. Bespeurde hij onraad?

13

Ze versnelde haar pas. Toen ze bij de draagdoek kwam, zag ze dat Jonayla wakker was, zich niet bewust van het gevaar dat de wolf leek te bespeuren, en ze had zich van haar rug op haar buik gedraaid en keek steunend op haar armpjes om zich heen.

Ayla kon niet zien waar Wolf naar keek, maar ze hoorde geritsel en gesnuif. Ze zette haar verzamelmand op het gras en legde de bundel lisdodden ernaast, pakte de baby op en bond haar met de draagdoek op haar rug. Toen haalde ze een paar stenen uit de buidel aan de veter om haar middel en trok de slinger van haar hoofd. Ze kon niet zien wat daar was; het had geen zin om een speer te gebruiken als ze die nergens op kon richten, maar een in de algemene richting geslingerde steen zou wat het ook was misschien verjagen.

Ze slingerde een steen weg en meteen daarna nog een. De tweede raakte iets en ze hoorde gejank. Toen hoorde ze geritsel van beweging in het gras. Wolf jankte zacht, hij stond in een gespannen aanvalshouding, popelend om eropaf te gaan.

'Ga maar, Wolf,' zei ze, terwijl ze hem tegelijkertijd het teken gaf.

Wolf vloog eropaf, gevolgd door Ayla, die onder het rennen snel haar slinger weer om haar hoofd wond, de speerwerper uit de koker haalde en een speer pakte.

Toen Ayla Wolf had ingehaald stond hij tegenover een dier ongeveer ter grootte van een berenjong, maar veel feller. De donkerbruine vacht met de lichtere band, die over zijn flanken naar de bovenkant van de borstelige staart liep was het kenmerk van een veelvraat. Ze had eerder met de grootste van de marterachtigen te maken gehad en gezien hoe ze grotere vierpotige jagers bij hun eigen buit wegjoegen. Het waren gemene, gevaarlijke, onverschrokken roofdieren die dikwijls dieren doodden die veel groter waren. Ze konden meer eten dan mogelijk leek voor een dier van die grootte, waaraan ze waarschijnlijk hun naam dankten, maar soms leken ze puur voor hun plezier te slachten en lieten ze hun gedode prooi gewoon liggen. Wolf zou zonder aarzelen Jonayla en haar verdedigen, maar een veelvraat kon in een gevecht met een roedel de dieren ernstig letsel of erger toebrengen, laat staan in een gevecht met een solitaire wolf. Maar hij was geen solitaire wolf; Ayla maakte deel uit van Wolfs roedel.

Rustig en beheerst zette ze een speer op haar werper en zonder aarzeling slingerde ze de speer naar het dier, maar Jonayla slaakte een kreetje waardoor de veelvraat werd gewaarschuwd. Het dier had de snelle bewegingen van de vrouw op het laatste moment gezien en probeerde te vluchten. Het dier zou buiten bereik van de speer zijn geweest als het niet was afgeleid doordat het de wolf in de gaten moest houden, maar nu raakte de speer de veelvraat niet op de beoogde plek. Hij was gewond en bloedde, maar de scherpe punt had zich in zijn achterlijf geboord, wat niet onmiddellijk dodelijk was. De vuurstenen punt van haar speer was bevestigd aan een kort en taps toelopend stuk hout dat in het voorste uiteinde van een langere schacht paste, en het korte deel was zoals het hoorde losgekomen van de lange schacht.

De veelvraat, met de punt nog in zijn lijf, zocht dekking in het dichte kreupelhout. Ayla kon het gewonde dier niet aan zijn lot overlaten. Hoewel ze dacht dat het dodelijk verwond was, moest ze het afmaken. Het leed waarschijnlijk pijn en ze wilde niet dat een wezen onnodig pijn leed. Bovendien waren veelvraten onder normale omstandigheden al gevaarlijk genoeg. Wie weet waartoe het dier, uitzinnig van de pijn, in staat zou zijn? Misschien zou het zelfs een gevaar vormen voor hun eigen kamp daar vlakbij. Bovendien wilde ze haar vuurstenen punt terughalen om te zien of die nog bruikbaar was. En ze wilde de vacht. Ze haalde een tweede speer uit de koker en prentte zich in het hoofd waar de schacht van de eerste lag zodat ze die later kon ophalen.

'Zoek hem, Wolf!' gebaarde ze, zonder de woorden uit te spreken, en ze volgde de wolf.

Wolf, die voor haar uit rende, had het dier al snel opgespoord. Even later zag Ayla de wolf, die dreigend gromde tegen een massa donkerbruine vacht tussen het kreupelhout, die teruggromde.

Ayla bestudeerde snel de positie van het dier en wierp haar tweede speer, hard. De punt doorboorde de nek. Een krachtige straal bloed vertelde haar dat een slagader was doorgesneden. Het gegrom van de veelvraat verstomde en hij viel op de grond.

Ayla verwijderde de tweede speerschacht en overwoog de veelvraat bij zijn staart mee te slepen, maar de vleug van de vacht lag de andere kant op, wat het moeilijker maakte om het dier over het gras te slepen. Toen ontdekte ze vlakbij een pol nagelkruid met sterke vezelige stengels, en ze trok ze bij de wortel uit de grond. Ze wikkelde de stengels rond de kop en de poten en trok de veelvraat terug naar het open veld.

Onderweg stopte ze om haar eerste speerschacht op te rapen.
Toen ze de plek bereikte waar ze haar verzamelmand had achtergelaten, stond Ayla te trillen op haar benen. Ze sleepte het dier nog een meter verder, maakte de draagdoek los en trok Jonayla naar voren. Toen ze haar dochtertje dicht tegen zich aan trok, uitte ze eindelijk haar angst en woede; dikke tranen stroomden over haar wangen. Ze was ervan overtuigd dat de veelvraat op haar baby had geaasd.
Zelfs met Wolf als bewaker – en ze wist dat hij zich voor haar zou hebben doodgevochten – was het een gevaarlijke situatie geweest. De grote woeste marterachtige had de gezonde jonge wolf kunnen verwonden en haar kind kunnen aanvallen. Er waren maar weinig dieren die het tegen een wolf zouden opnemen, vooral eentje die zo groot was als Wolf. De meeste grote katten zouden zijn teruggedeinsd of gewoon zijn doorgelopen, en dat waren de roofdieren waar ze voornamelijk aan dacht. Dat was de enige reden waarom ze Jonayla alleen had gelaten. Ze wilde haar niet wakker maken terwijl ze rustig lag te slapen, om een paar planten te verzamelen. Per slot van rekening hield Wolf bij haar de wacht. Jonayla was niet meer dan een paar minuten uit haar gezichtsveld geweest, alleen toen ze in het moeras de lisdodden had geplukt. Maar ze had geen moment aan een veelvraat gedacht. Ze schudde haar hoofd. Er liep altijd meer dan één soort roofdieren rond.
Ze zoogde de baby een poosje, zowel om zichzelf als het kind te troosten, en prees Wolf. Ze aaide hem en sprak tegen hem.
'Nu moet ik die veelvraat villen. Ik zou liever iets hebben gedood wat we konden eten, al kun jij hem natuurlijk eten, Wolf, maar ik wil wel die vacht. Dat is het enige waarvoor veelvraten goed zijn. Ze zijn vals en woest en stelen voedsel uit vallen en vlees dat te drogen hangt, zelfs als er mensen in de buurt zijn. Als ze een schuilplaats binnengaan vernielen ze alles wat ze kunnen en vullen ze het onderkomen met stank, maar hun vacht is het beste wat er is om een wintercapuchon mee af te zetten. IJs zet zich er niet aan vast als je ademt. Ik denk dat ik een capuchon voor Jonayla ga maken en een nieuwe voor mij en misschien ook voor Jondalar. Maar jij hebt er geen nodig, Wolf. Er zet zich ook niet veel ijs aan jouw vacht vast. Bovendien zou je er heel raar uitzien met veelvraatvacht rond je kop.'
Ayla moest opeens denken aan die keer dat een veelvraat de vrouwen van Bruns stam had lastiggevallen toen ze bezig waren de buit van een jacht in stukken te snijden. Het dier kwam elke keer terug om de repen vlees te stelen die ze op koorden hadden gelegd die vlak boven de grond waren gespannen, om te drogen. Zelfs toen ze het dier met stenen bekogelden, liet hij zich niet afschrikken. Uiteindelijk moesten de

mannen de veelvraat doden. Dat incident was voor haar een van de redenen geweest om haar besluit te rechtvaardigen toen ze zich voornam zichzelf te leren jagen met de slinger waarmee ze stiekem had geoefend.

Ayla legde haar baby op de zachte draagdoek van hertenvel, deze keer op haar buik, aangezien ze het leuk leek te vinden om zich omhoog te duwen en om zich heen te kijken. Toen sleepte ze de dode veelvraat een eindje bij de baby vandaan en draaide het dier op zijn rug. Eerst sneed ze de twee vuurstenen punten van haar pijlen uit het dier. De punt in zijn achterlijf was nog goed; daar hoefde ze alleen het bloed af te spoelen, maar de punt die dwars door de nek was gegaan was gebroken. Ze kon hem natuurlijk weer scherpen en als mes gebruiken, maar Jondalar was daar beter in, dacht ze.

Met het nieuwe mes dat hij haar kortgeleden had gegeven, boog ze zich over de veelvraat. Ze begon bij de anus en sneed zijn geslachtsorganen weg. Vervolgens maakte ze een snee in de richting van de buik, maar stopte vlak voor de reukklier. Een van de manieren waarop veelvraten hun territorium afbakenden, was door schrijlings op een lage boomstronk of struik te gaan zitten en het sterk ruikende vocht dat de klier uitscheidde daarop uit te smeren. Ze bakenden ook hun territorium af met urine en uitwerpselen, maar de reukklier kon de vacht verpesten. Het was bijna onmogelijk om de stank eruit te krijgen, en de vacht kon niet rond het gezicht worden gedragen als die besmet was met de stank, die bijna net zo sterk was als die van een stinkdier.

Terwijl ze voorzichtig de huid wegtrok om te voorkomen dat ze de buikwand zou doorsnijden en daarmee de ingewanden perforeren, maakte ze een snee rondom de klier, waarna ze voorzichtig tastend met haar hand het mes onder de klier stak om hem los te snijden. Ze stond op het punt de klier het bos in te slingeren, maar bedacht toen dat Wolf waarschijnlijk de geur zou oppikken en erachteraan zou gaan, en ze wilde ook niet dat hij zo gruwelijk zou stinken. Ze pakte de klier voorzichtig op en liep ermee terug naar de plek waar ze het dier had gedood. Daar legde ze hem boven haar hoofd op een vertakking in een boom. Toen ze terugkwam, maakte ze een snee vanaf de buik naar de keel.

Daarna ging ze terug naar de anus en maakte een snee door zowel de huid als het vlees. Toen ze bij het bekken kwam zocht ze op de tast de richel tussen de linker- en rechterkant, en toen sneed ze dwars door de spier tot aan het bot. Vervolgens trok ze de poten uit elkaar en tastend naar de juiste plek zette ze er druk op, maakte een klein sneetje in het buikvlies om de spanning te verminderen en brak het bot doormidden. Nu konden, nadat ze het dier ver genoeg had opengesneden, de darm en de rest van de ingewanden worden verwijderd. Na dit lastige klusje keurig te hebben geklaard, sneed ze het vlees door tot aan het borstbeen, waarbij ze ervoor zorgde dat ze de ingewanden niet perforeerde.

Dwars door het borstbeen snijden zou wel iets moeilijker zijn en dat vereiste meer dan alleen haar stenen mes. Ze had een hamer nodig. Ze wist dat er een kleine hamersteen in de buidel zat waarin ze ook haar kom en drinknap bewaarde, maar ze keek eerst om zich heen om te zien of ze misschien iets anders kon vinden wat ze als hamer kon gebruiken. Ze had de rond gemaakte steen uit de buidel moeten halen voor ze was begonnen met het villen van de veelvraat, maar ze was zo van streek geweest dat ze daar niet aan had gedacht. Ze had bloed aan haar handen en wilde geen veelvraatbloed aan de binnenkant van de buidel smeren. Ze zag een steen uit de grond steken en wrikte die met haar graafstok vrij, maar de steen bleek groter te zijn dan ze had gedacht. Toen veegde ze toch maar haar hand schoon aan het gras en haalde de hamersteen uit haar buidel.

Maar ze had meer nodig dan een steen. Als ze met een hamersteen op het uiteinde van haar nieuwe mes sloeg, zouden er schilfers afbreken. Ze had iets nodig om de klap te verzachten. Toen bedacht ze dat een hoek van de babydraagdoek dun begon te worden. Ze kwam overeind en liep terug naar de plek waar de baby trappelde met haar voetjes en probeerde Wolf vast te pakken. Ayla glimlachte naar haar en sneed een stuk zacht leer van de versleten hoek. Toen ze zich weer over de veelvraat boog, zette ze het lemmet van haar mes in de lengte langs het borstbeen, legde het opgevouwen stukje zacht leer over de achterkant van het lemmet, pakte de hamersteen op en gaf een klap op het lemmet. Het mes maakte een snee, maar spleet het bot niet. Ze sloeg nog eens en pas na een derde keer voelde ze het bot meegeven. Nu de borst open lag, kon ze een snee maken tot aan de keel om de luchtpijp bloot te leggen.

Ze trok de ribbenkast uit elkaar en sneed met haar mes de zijkanten van het middenrif, de scheiding tussen de borst en de buik, los. Ze pakte de glibberige luchtpijp stevig vast en trok de ingewanden naar buiten, terwijl ze die met haar mes lossneed van de ruggengraat. Al die met elkaar verbonden ingewanden vielen op de grond. Ze draaide de veelvraat om teneinde hem te laten leegstromen. Het dier was nu ontweid.

Het proces was in wezen gelijk voor alle dieren, klein of groot. Als het een dier was dat voor voedsel was bestemd, was de volgende stap om het zo snel mogelijk te koelen door het te villen en met koud water af te spoelen, en 's winters op de sneeuw te leggen. Veel van de inwendige organen van planteneters zoals bizons of oerossen, alle soorten herten en mammoeten en neushoorns, waren eetbaar en erg smakelijk – de lever, het hart, de nieren – en sommige delen waren goed te gebruiken. De hersenen werden bijna altijd gebruikt voor het looien van huiden. De ingewanden konden worden schoongemaakt en volgestopt met uitgesmolten vet of kleingesneden stukken vlees, soms vermengd met bloed. Zorgvuldig schoongemaakte magen en urineblazen vormden uitstekende waterzakken en goede houders voor andere vloeistoffen. Ze waren ook handig als kookgerei. Er kon ook worden gekookt in een verse huid die werd uitgespreid en losjes in een kuil in de grond werd gestopt. Daar werd water in gegoten met hete stenen om het aan de kook te brengen. Als ze voor koken werden gebruikt, krompen magen en huiden, in wezen alle organische materialen, altijd enigszins doordat ze ook werden gekookt, dus was het niet verstandig ze te vol te gieten met een vloeistof.

Hoewel ze wist dat sommige mensen het vlees van vleeseters aten, deed zij dat nooit. De stam die haar had grootgebracht at geen dieren die vlees aten, en de paar keer dat Ayla het had geprobeerd, vond ze het weerzinwekkend. Als ze echt omkwam van de honger zou ze het misschien door haar keel kunnen krijgen, maar dan zou ze echt op sterven na dood moeten zijn. Tegenwoordig lustte ze zelfs geen paardenvlees meer, al vonden veel mensen dat heerlijk. Ze wist dat dit kwam door de band die ze met haar paarden had.

Het was tijd om alles te verzamelen en terug te gaan naar het kamp. Ze stopte de speerschachten en de speerwerper in de koker, en de punten die ze had teruggevonden in de buikholte van de veelvraat. Ze bond Jonayla met de draagdoek op haar rug, pakte haar verzamelmand op en stak de bundel lange stelen van de lisdodden onder haar arm. Ze greep de nagelkruidstengels die nog aan de kop van de veelvraat vastzaten en sleepte het dier achter zich aan. Ze liet de ingewanden liggen waar ze waren gevallen; een of meer van Moeders schepsels zouden die opeten.

Toen ze het kamp in kwam lopen staarde zowel Jondalar als Zelandoni haar stomverbaasd aan. 'Zo te zien ben je druk bezig geweest,' zei Zelandoni.

'Ik wist helemaal niet dat je op jacht ging,' zei Jondalar, terwijl hij haar tegemoet liep om haar van een deel van haar last te bevrijden, 'en dan kom je aanzetten met een veelvraat.'

'Dat was ik ook niet van plan,' zei Ayla, en ze vertelde wat er was gebeurd.

'Ik vroeg me al af waarom je je wapens meenam terwijl je alleen maar planten ging verzamelen,' zei Zelandoni. 'Nu weet ik waarom.'
'Vrouwen trekken er doorgaans op uit in een groep. Ze praten en lachen en zingen en maken een heleboel lawaai,' zei Ayla. 'Dat is natuurlijk leuk, maar het schrikt ook dieren af.'
'Daar heb ik nog nooit bij stilgestaan,' zei Jondalar, 'maar je hebt gelijk. Een groepje vrouwen zal waarschijnlijk de meeste dieren verjagen.'
'We waarschuwen jonge vrouwen altijd dat als ze naar buiten gaan om een bezoek af te leggen of bessen te plukken of hout te verzamelen of wat dan ook, dat ze nooit alleen moeten gaan,' zei Zelandoni. 'We hoeven er niet bij te zeggen dat ze moeten praten en lachen en lawaai moeten maken. Dat gebeurt vanzelf als ze met elkaar zijn, en het biedt een zekere mate van bescherming.'
'De mensen van de Stam praten niet zoveel en ze lachen niet, maar tijdens het lopen slaan ze in een bepaald ritme graafstokken of stenen tegen elkaar,' zei Ayla, 'en soms schreeuwen ze en maken ze er andere geluiden bij. Het is geen zingen, maar het voelt wel aan als muziek als je het doet.'
Jondalar en Zelandoni keken elkaar aan; ze waren even sprakeloos. Zo nu en dan vertelde Ayla iets wat hun een inzicht gaf in haar leven als kind bij de Stam en dan drong het weer tot hen door hoe anders haar kinderjaren waren geweest dan die van hen of van wie dan ook die ze kenden. Het gaf hun ook een inzicht in de mate waarin de mensen van de Stam op hen leken – en hoe anders ze waren.
'Ik wil die veelvraatvacht, Jondalar. Ik kan er een nieuwe rand van maken voor je capuchon, en ook voor mij en Jonayla, maar dan moet ik hem nu villen. Wil jij dan op Jonayla passen?' vroeg Ayla.
'Ik weet iets beters: ik help je ermee en dan kunnen we samen een oogje op haar houden,' zei Jondalar.
'Waarom gaan jullie niet samen aan de slag met dat dier terwijl ik op de baby pas?' zei Zelandoni. 'Ik heb heus weleens eerder op baby's gepast. En Wolf wil me best helpen,' voegde ze eraan toe. Ze keek naar het grote roofdier en voegde eraan toe: 'Nietwaar, Wolf?'
Ayla sleepte de veelvraat naar een open plek op enige afstand van hun kamp; ze wilde geen aaseters naar hun leefruimte lokken. Toen haalde ze de vuursteenpunten uit de buikholte van het dier.
'Er hoeft er maar eentje bijgewerkt te worden,' zei ze, terwijl ze ze aan Jondalar gaf. 'De eerste speer trof hem in zijn achterlijf. Hij zag dat ik hem wierp en schoot weg. Toen is Wolf achter hem aan gegaan en heeft hij hem tussen het kreupelhout in het nauw gedreven. De tweede

speer heb ik heel hard geworpen, harder dan eigenlijk nodig was. Daardoor is de punt gebroken, maar ik was woedend omdat ik wist dat hij op Jonayla aasde.'

'Dat zal best. Ik zou ook razend zijn geweest. Mijn dag was veel minder opwindend dan die van jou,' zei Jondalar, toen hij een begin maakte met het villen van de veelvraat. Hij maakte een snee door de vacht van de linkerachterpoot naar de snee in de buik die Ayla eerder had gemaakt.

'Heb je in de grot vuursteen gevonden?' vroeg Ayla, terwijl ze zo'n zelfde snee in de linkervoorpoot maakte.

'Een heleboel. Het is niet de beste kwaliteit, maar goed bruikbaar, vooral om ermee te oefenen,' zei Jondalar. 'Herinner je je Matagan nog? De jongen wiens been vorig jaar door een neushoorn werd doorboord en die jij hebt genezen?'

'Ja. Ik heb nog geen gelegenheid gehad om met hem te praten, maar ik heb hem wel gezien. Hij loopt mank, maar zo te zien kan hij zich best redden,' zei ze, terwijl ze een snee maakte in de rechtervoorpoot en Jondalar aan de rechterachterpoot werkte.

'Ik heb met hem gesproken, en ook met zijn moeder en haar levensgezel en een paar anderen van hun Grot. Als Joharran en de Grot het ermee eens zijn – en ik kan me niet voorstellen dat iemand erop tegen zou zijn – komt hij aan het eind van de zomer bij de Negende Grot wonen. Ik ga hem leren vuursteen kloppen om te zien of hij daar aanleg voor heeft,' zei Jondalar, en toen keek hij op. 'Wil je de poten bewaren?'

'Het zijn scherpe klauwnagels, maar ik weet niet waarvoor ik ze zou moeten gebruiken,' zei Ayla.

'Je kunt ze altijd als ruilmiddel gebruiken. Ze zouden het goed doen als versiersel, voor aan een halssnoer of genaaid op een tuniek. De tanden ook wat dat aangaat. En wat wil je doen met die prachtige staart?' zei Jondalar.

'De staart bewaar ik,' zei Ayla, 'maar de klauwnagels en tanden zal ik waarschijnlijk als ruilmiddel gebruiken... of misschien kan ik een klauwnagel gebruiken om er gaatjes mee te maken.'

Ze sneden de poten eraf, dwars door de gewrichten en pezen, en toen trokken ze de harige vacht van de rechterkant tot aan de ruggengraat los, waarbij ze meer hun handen gebruikten dan hun messen. Ze balden hun vuist om het vlies tussen het lichaam en de huid te scheuren toen ze bij het vlezige deel van de poten kwamen. Toen draaiden ze het dier om en gingen aan het werk met de linkerkant.

Terwijl ze de huid van het dode dier lostrokken, waarbij ze zo weinig mogelijk sneden in de huid maakten, zetten ze hun gesprek voort.

‘Waar zal Matagan slapen? Heeft hij verwanten bij de Negende Grot?’ vroeg Ayla.
‘Nee, er zijn geen verwanten. We hebben nog niet besloten waar hij moet slapen.’
‘Hij zal zijn thuis missen, vooral in het begin. Wij hebben een heleboel ruimte, Jondalar. Hij zou bij ons kunnen wonen,’ zei Ayla.
‘Dat had ik ook bedacht, en ik was van plan je te vragen of je daar bezwaar tegen zou hebben. We zouden ons onderkomen anders moeten inrichten, hem zijn eigen slaapplaats geven, maar dat zou denkelijk de beste plek voor hem zijn. Ik kan met hem werken, toekijken terwijl hij bezig is, zien hoeveel interesse hij toont. Het heeft geen zin om hem aan het werk te zetten als hij het niet leuk vindt, maar het idee om een leerjongen te hebben staat me wel aan,’ zei Jondalar, ‘en met dat manke been zou het voor hem een goed vak zijn om te leren.’
Ze moesten hun messen meer gebruiken om de huid van de ruggengraat en rond de schouders los te maken, waar die strak aansloot en er minder ruimte was tussen het vlies en de huid. Vervolgens moesten ze de kop verwijderen. Terwijl Jondalar het dier vasthield zocht Ayla de plek waar de kop en nek op elkaar aansloten, het draaipunt, en toen maakte ze een snee door het vlees tot op het bot. Met een draai, een snelle knak en een snee door vliezen en pezen kwam de kop los van de vacht.
Jondalar hield de weelderige huid omhoog en ze bewonderden de dikke, prachtige vacht. Met zijn hulp had het villen van de veelvraat weinig tijd gekost. Ayla moest denken aan de eerste keer dat hij haar had geholpen een buit in stukken te snijden, toen ze in het dal leefden waar ze haar paard had gevonden en hij nog herstellende was na te zijn toegetakeld door een leeuw. Het had haar niet alleen verbaasd dat hij daartoe bereid was, maar dat hij het nog kon ook. Mannen van de Stam deden dat soort werk nooit, daarvoor hadden ze de herinneringen niet, en Ayla vergat af en toe nog steeds dat Jondalar haar kon helpen met karweien die bij de Stam vrouwenwerk waren geweest. Ze was gewend om dingen zelf te doen en vroeg zelden om hulp, maar ze was er nu net zo blij mee als ze toen was geweest.
‘Het vlees geef ik aan Wolf,’ zei Ayla, terwijl ze neerkeek op wat er van de veelvraat over was.
‘Ik vroeg me al af wat je daarmee van plan was,’ zei Jondalar.
‘Ik zal de huid voorlopig oprollen, met de kop erin, en het avondmaal bereiden. Misschien kan ik vanavond beginnen met het schoonschrapen van de huid,’ zei Ayla.
‘Moet je daar vanavond al een begin mee maken?’ vroeg Jondalar.

'Ik heb de hersenen nodig om de huid zacht te maken en die bederven snel. Het is een prachtige vacht en ik wil hem niet bederven, vooral als het komende winter zo koud wordt als Marthona gelooft.'
Ze wilden net naar het kamp teruggaan toen Ayla in de rijke vochtige grond naast de rivier die ze als waterbron gebruikten een pol planten zag staan van ongeveer een meter hoog met grofgetande hartvormige bladeren. 'Voor we naar het kamp teruggaan wil ik wat van die brandnetels plukken,' zei Ayla. 'Die zijn lekker bij het eten vanavond.'
'Maar ze prikken,' zei Jondalar.
'Als ze gekookt zijn prikken ze niet meer, en ze smaken goed,' zei Ayla.
'Dat weet ik, maar ik vraag me af hoe mensen ooit op het idee zijn gekomen om netels te koken. En ze dan ook nog op te eten,' zei Jondalar.
'Ik weet niet of we daar ooit achter zullen komen, maar ik moet iets zoeken waarmee ik ze kan plukken. Grote bladeren om mijn handen te bedekken zodat de netels me niet prikken.' Ze keek om zich heen en zag een hoge, stijve plant met opvallende distelachtige paarse bloemkoppen en grote hartvormige donzige bladeren rondom de stengels. 'Daar staat klis. De bladeren voelen aan als zacht hertenvel. Die kan ik gebruiken.'

'Deze aardbeien zijn verrukkelijk,' zei Zelandoni. 'Een volmaakt besluit van een heerlijke maaltijd. Dankjewel, Ayla.'
'Ik heb er niet veel aan gedaan. Het braadstuk kwam van het achterlijf van een edelhert; Solaban en Rushemar hebben me dat voor ons vertrek gegeven. Ik heb alleen maar een steenoven gemaakt en het vlees gebraden, en wat lisdodden en bladgroenten gekookt.'
Zelandoni had toegekeken terwijl Ayla met een klein schouderblad dat aan één kant scherp was gemaakt en als een troffel werd gebruikt een kuil in de grond had gegraven. De losse aarde had ze op een oude huid gelegd, waarna ze de vier hoeken van de huid bij elkaar had gepakt en de huid had weggesleept. Ze legde stenen in de kuil, langs de zijkanten, waarbij ze net genoeg ruimte openliet voor het vlees. Toen maakte ze in de kuil een vuur aan dat ze liet branden tot de stenen heet waren. Ze haalde een buideltje uit haar medicijntas en sprenkelde een deel van de inhoud over het vlees; sommige planten hadden niet alleen een medicinale toepassing maar waren ook een geurig smaakmiddel. Toen voegde ze er wat van de kleine wortels van het nagelkruid, die naar kruidnagel smaakten, aan toe en ook wat hysop en lievevrouwebedstro.
Ze wikkelde het braadstuk in de klisbladeren. Toen bedekte ze de hete kolen onder in de kuil met een laag aarde zodat het vlees niet zou verbranden en legde daarna het in bladeren gewikkelde braadstuk in de

kleine oven. Ze legde er nat gras en meer bladeren op en bedekte het geheel met een laagje aarde om de oven luchtdicht af te sluiten. Erbovenop legde ze een grote, platte steen die ze boven een vuur had verhit en toen liet ze het braadstuk langzaam garen in de warmte en zijn eigen stoom.

'Het was niet zomaar gebraden vlees,' zei Zelandoni. 'Het was erg mals en smaakte heerlijk, hoewel de smaak me niet bekend voorkwam. Waar heb je zo leren koken?'

'Dat heeft Iza me geleerd. Ze was de medicijnvrouw van Bruns stam, maar ze wist veel meer dan het helende effect van planten: ze wist ook hoe ze smaakten,' zei Ayla.

'Dat is precies wat ik in het begin van Ayla's koken vond,' zei Jondalar. 'De smaken kende ik niet, maar het eten was verrukkelijk. Ik ben er inmiddels aan gewend.'

'Het was ook een slim idee om van de lisdoddenbladeren die kleine kookzakjes te maken, waarin je het netelgroen en de groene lisdoddentoppen en scheuten hebt gestopt voor je ze in het kokende water legde. Dat maakt het erg makkelijk om ze er later uit te halen. Je hoeft niet rond te vissen onder in de kookpot,' zei de Eerste. 'Ik ga dat idee gebruiken voor het bereiden van extracten en tisanen.' Toen ze zag dat Jondalar niet-begrijpend fronste, legde ze uit: 'Het koken van medicijnen en trekken van thee.'

'Dat heb ik op de Zomerbijeenkomst van de Mamutiërs geleerd. Er was daar een vrouw die op die manier kookte en veel van de andere vrouwen gingen het toen ook doen,' zei Ayla.

'Ik vond het ook handig dat je een beetje vet boven op de hete platte steen deed en daarop die koeken van lisdoddenmeel bakte. Je hebt er ook iets ingestopt, zag ik, wat zit er in dat buideltje?' vroeg de vrouw die Eerste was.

'De as van de bladeren van klein hoefblad,' zei Ayla. 'Die hebben een zoutige smaak, vooral als je ze eerst droogt en dan verbrandt. Ik gebruik graag zeezout, als ik dat kan krijgen. De Mamutiërs bemachtigden dat door middel van ruilhandel. De Losaduniërs wonen vlak bij een berg van zout en dat winnen ze. Ze hebben me er wat van meegegeven toen we vertrokken en ik had nog een beetje toen we hier aankwamen, maar nu is het op, dus gebruik ik de as van de bladeren van klein hoefblad, zoals Nezzie dat deed. Ik had al eerder klein hoefblad gebruikt, maar niet de as.'

'Je hebt tijdens je reis een heleboel geleerd en je hebt veel talenten, Ayla. Ik besefte niet dat koken daar een van was, maar je bent er erg goed in.'

Ayla wist niet goed wat ze moest zeggen. Ze beschouwde koken niet als een talent. Het was gewoon iets wat je deed. Ze voelde zich nog steeds niet op haar gemak als haar rechtstreeks lof werd toegezwaaid en ze wist niet of dat ooit zou veranderen, dus reageerde ze er niet op. 'Grote, platte stenen zoals deze zijn moeilijk te vinden. Ik denk dat ik deze maar bewaar. Aangezien Renner een sleepraam voorttrekt, kan ik de steen inpakken en hoef ik hem niet te dragen,' zei Ayla. 'Hebben jullie zin in thee?'

'Wat voor thee ga je maken?' vroeg Jondalar.

'Als basis wilde ik het kookwater gebruiken dat ik voor de netels en lisdodden heb gebruikt en daar wil ik wat hysop aan toevoegen,' zei Ayla, 'en misschien lievevrouwebedstro.'

'Een interessante combinatie,' zei Zelandoni.

'Het water is nog warm. Het is zo weer heet,' zei ze, en ze legde weer kookstenen in het vuur.

Toen begon ze met opruimen. Ze had bij het koken een deel van het oerosvet gebruikt dat ze in een schoongemaakte darm bewaarde. Nu sloot ze de darm door het uiteinde in elkaar te draaien en legde hem weg in de houder van ongelooide huid waarin vlees en vet werd bewaard. Het vet was in zachtjes kokend water gesmolten tot een gladde witte talg die zowel bij het koken werd gebruikt als voor verlichting als het donker werd, en op deze reis als ze een grot in gingen. De restjes eten van hun avondmaal werden in grote bladeren gewikkeld, met koord omwonden en bij de vleeshouder aan de driepoot van palen gehangen.

Talg was de brandstof voor de ondiepe stenen lampen. Als pitten werden allerhande absorberende materialen gebruikt. In de volslagen duisternis van een grot gaven de lampen veel meer licht dan je voor mogelijk hield. Ze zouden ze de volgende ochtend gebruiken als ze de grot in gingen.

'Ik ga naar de rivier om onze kommen schoon te maken; zal ik die van jou ook meenemen, Zelandoni?' vroeg Ayla, terwijl ze hete stenen in de vloeistof legde die sissend aan de kook kwam, waarna ze er hele, verse hysopplanten bij deed.

'Ja, graag.'

Toen ze terugkwam was haar drinknap gevuld met thee. Jonayla zat op schoot bij Jondalar, die haar met grappige geluidjes en gekke gezichten aan het lachen maakte. 'Volgens mij heeft ze honger,' zei hij.

'Dat is meestal het geval,' zei Ayla glimlachend. Ze pakte het kind en installeerde zich bij het kampvuur met haar hete thee onder handbereik.

Voordat de baby onrustig werd hadden Jondalar en Zelandoni zitten praten, klaarblijkelijk over zijn moeder, en zodra Jonayla weer tevreden en rustig was, pakten ze de draad van het gesprek weer op.

'Ik kende Marthona niet echt goed toen ik een Zelandoni werd, al had ik wel verhalen over haar gehoord, verhalen over haar grote liefde voor Dalanar,' zei de Eerste. 'Toen ik de acoliet werd van de Zelandoni voor mij, vertelde ze me over de relaties van de vrouw die bekend was om haar competente leiderschap over de Negende Grot zodat ik de situatie zou begrijpen.

Haar eerste man, Joconan, was een sterke leider geweest en ze had veel van hem geleerd, maar in het begin, zo werd mij verteld, was het niet zozeer liefde wat ze voor hem voelde, als wel bewondering en respect. Ik had de indruk dat ze hem aanbad, maar de Zelandoni stelde het anders. Ze zei dat Marthona erg haar best deed om het hem naar de zin te maken. Hij was ouder, en zij was zijn mooie jonge vrouw, al had hij op het punt gestaan twee vrouwen tegelijkertijd te nemen, misschien zelfs meer. Hij had niet eerder een verbintenis gesloten en toen hij daar eindelijk toe besloot wilde hij zo snel mogelijk een gezin stichten. Meer dan één gezellin zou hem de verzekering geven dat er kinderen bij zijn vuurplaats werden geboren.

Maar Marthona was al snel zwanger van Joharran en toen ze een zoon het leven schonk, had Joconan niet langer zoveel haast. Bovendien werd Joconan korte tijd na de geboorte van haar zoon ziek. Dat was niet meteen duidelijk en hij sprak er niet over. Al snel ontdekte hij dat je moeder meer was dan alleen maar mooi, Jondalar: ze was ook intelligent. Ze gaf blijk van haar kracht toen ze hem hielp. Naarmate hij zwakker werd nam ze steeds meer van zijn verantwoordelijkheden als leider over en dat deed ze zo goed dat toen hij stierf de mensen van haar Grot wilden dat zij als leider aanbleef.'

'Wat voor soort man was Joconan? Je zei dat hij krachtig was. Ik vind Joharran een sterke leider. Hij slaagt er doorgaans in de meeste mensen over te halen om te doen wat hij wil,' zei Jondalar. Ayla was gefascineerd. Ze had altijd al meer over Marthona willen weten, maar Marthona was geen vrouw die veel over zichzelf sprak.

'Joharran is een goede leider, maar op een andere manier krachtig dan Joconan. Hij lijkt meer op Marthona dan op haar levensgezel. Joconan kon soms intimiderend zijn. Hij had een autoritaire manier van doen. Mensen vonden het makkelijk om hem bij te vallen en moeilijk om tegen hem in te gaan. Volgens mij waren sommigen bang om hem tegen te spreken, al uitte hij voor zover ik weet nooit dreigementen. Sommige mensen plachten te zeggen dat hij de uitverkorene van de

Moeder was. Mensen, vooral jonge mannen, zochten zijn gezelschap en jonge vrouwen dongen naar zijn gunsten. Naar verluidt droegen alle jonge vrouwen toentertijd franjes in een poging hem in hun "franje" te verstrikken. Het is geen wonder dat hij heeft gewacht tot hij ouder was alvorens een verbintenis aan te gaan,' zei Zelandoni.

'Denk je dat franjes een vrouw echt helpen om een man te strikken?' vroeg Ayla.

'Dat hangt af van de man,' zei de doniër. 'Voor sommige mensen symboliseert franje schaamhaar, en ze geloven dat de vrouw die franje draagt bereid is dat te ontbloten. Als een man snel opgewonden raakt of belangstelling heeft voor een bepaalde vrouw, kan franje hem prikkelen, en dan loopt hij achter haar aan tot ze besluit hem te strikken. Maar een man als Joconan weet wat hij wil en ik geloof niet dat hij belangstelling had voor vrouwen die het idee hadden dat ze franjes moesten dragen om een man te bekoren. Dat was te doorzichtig. Marthona droeg nooit franjes en ze had nooit gebrek aan aandacht. Toen Joconan besloot dat hij haar wilde en bereid was ook de jonge vrouw van een verre Grot te nemen, aangezien ze als zussen waren, stemde iedereen daarmee in. Maar de Zelandoni maakte bezwaar tegen de dubbele verbintenis. Hij had beloofd dat de bezoekster naar haar Grot teruggestuurd zou worden nadat ze zich de vaardigheden om een Zelandoni te worden had eigen gemaakt.'

Ayla wist dat de doniër een goed verhalenverteller was en ze raakte volledig in de ban van de manier waarop het verhaal werd verteld, maar meer nog door het verhaal zelf.

'Joconan was een sterke leider. Onder zijn leiderschap is de Negende Grot zo groot geworden. De schuilplaats was groot genoeg om meer mensen dan gebruikelijk te huisvesten, maar er waren niet veel leiders die verantwoordelijk wilden zijn voor zo'n groot aantal,' zei Zelandoni. 'Toen hij stierf was Marthona overmand door verdriet. Ik geloof dat ze hem een tijdlang het liefst naar de volgende wereld was gevolgd, maar ze had een kind, en Joconan liet een grote leegte in de gemeenschap achter. Die leegte moest worden opgevuld.

De mensen begonnen naar haar toe te komen wanneer ze de soort hulp behoefden die een leider biedt. Zaken als geschillen oplossen, bezoeken aan andere Grotten organiseren, reizen naar Zomerbijeenkomsten, jachtpartijen plannen en beslissen hoeveel iedere jager met de Grot moest delen, zowel op dat moment als voor de volgende winter. Toen hij ziek werd wenden ze eraan om naar Marthona toe te gaan, en zij raakte eraan gewend de problemen af te handelen. De behoeften van al die mensen en natuurlijk haar zoon hielden haar waarschijnlijk overeind. Na een tijd werd ze de erkende leider en op den duur nam haar verdriet af, maar ze vertelde de Zelandoni voor mij dat ze niet dacht dat ze ooit nog een verbintenis zou aangaan. Maar toen liep Dalanar de Negende Grot binnen.'

'Iedereen zegt dat hij de grote liefde van haar leven was,' zei Jondalar.

'Dalanar was inderdaad de grote liefde van haar leven. Voor hem had Marthona bijna haar leiderschap opgegeven, maar niet helemaal. Ze voelde dat de Grot haar nodig had. En hoewel hij evenveel van haar hield als zij van hem, had hij na een tijd iets van zichzelf nodig. Hij was er niet tevreden mee om in haar schaduw te leven. In tegenstelling tot jou, Jondalar, was voor hem zijn vaardigheid in het werken met steen niet genoeg.'

'Maar hij is een van de vakkundigste steenkloppers die ik ooit heb ontmoet. Zijn werk is bij iedereen bekend, en iedereen erkent hem als de beste. De enige vuursteenklopper die ik ooit heb gekend die zich met hem kan meten is Wymez, van het Leeuwenkamp van de Mamutiërs. Ik heb altijd gehoopt dat die twee elkaar ooit zouden ontmoeten,' zei Jondalar.

'Misschien hebben ze dat in zekere zin gedaan, via jou,' zei de grote vrouw. 'Jondalar, je moet weten dat je binnen korte tijd de meest befaamde vuursteenklopper van de Zelandoniërs zult zijn, als je dat niet al bent. Dalanar is een vakkundig werktuigmaker, dat staat vast, maar hij is nu een Lanzadoniër. Hoe dan ook, zijn ware vaardigheid was altijd omgaan met mensen. Hij is nu gelukkig. Hij heeft zijn eigen Grot gesticht, hij heeft zijn eigen volk, en hoewel hij in zekere zin altijd een Zelandoniër zal zijn, zullen zijn Lanzadoniërs op een dag erkenning krijgen.

En jij bent niet alleen de zoon van zijn hart, maar ook de zoon van zijn vuurplaats, Jondalar. Hij is trots op je. Hij houdt ook van Jerika's dochter, Joplaya. Hij is trots op jullie allebei. Hoewel hij in een verborgen plekje in zijn hart misschien altijd van Marthona zal houden, aanbidt hij Jerika. Wat hem volgens mij in haar aantrekt is haar exotische uiterlijk, en het feit dat ze zo klein is en toch zo fel. Hij is zo groot dat ze naast hem half zijn grootte lijkt; ze ziet er teer uit, maar ze is hem de baas. Ze heeft geen ambitie om een leider te worden; dat laat ze maar al te graag aan hem over, al twijfel ik er geen moment aan dat ze het zou kunnen. Haar krachtige wil en karakter zijn formidabel.'

'Daar heb je helemaal gelijk in, Zelandoni!' zei hij met een uitbundige, hartelijke lach, zo spontaan en enthousiast dat het verbazing wekte omdat men dat niet van hem gewend was. Jondalar was een ernstige man, en hoewel hij makkelijk glimlachte, lachte hij zelden hardop. De weinige keren dat hij dat wel deed, kwam de spontane uitbundigheid als een verrassing.

'Dalanar vond iemand nadat hij en Marthona de knoop hadden verbroken, maar velen betwijfelden of zij ooit een man zou vinden die zijn plaats kon innemen, of ze ooit op dezelfde manier van een andere man zou kunnen houden, en dat gebeurde ook niet, maar ze vond Willamar.

Haar liefde voor hem is niet minder dan haar liefde voor Dalanar, maar anders, zoals haar liefde voor Dalanar niet hetzelfde was als haar liefde voor Joconan. Ook Willamar is goed met mensen, wat geldt voor alle mannen in haar leven, maar als Meester-Handelaar vindt hij voldoening in zijn reizen, contacten leggen, nieuwe en bijzondere plaatsen ontdekken. Hij heeft meer gezien, meer geleerd en meer mensen ontmoet dan wie dan ook, zelfs meer dan jij, Jondalar. Hij houdt van reizen maar hij houdt nog meer van thuis komen en zijn avonturen en kennis over de mensen die hij heeft ontmoet met anderen delen. Hij heeft in het hele land van de Zelandoniërs en daarbuiten handelsnetwerken opgebouwd en nuttig nieuws, opwindende verhalen en bijzondere voorwerpen meegebracht. Hij was een geweldige steun voor Marthona toen ze nog leider was, en nu voor Joharran. Er is geen enkele man voor wie ik meer respect heb. En haar enige dochter is natuurlijk een kind van zijn vuurplaats. Marthona wilde altijd een dochter, en je zus Folara is een mooie jonge vrouw,' zei Zelandoni.

Ayla kende dat gevoel. Ook zij had dolgraag een dochter gewild, en ze keek liefdevol op haar slapende baby neer.

'Ja, Folara is mooi, en ook intelligent en onbevreesd,' zei Jondalar. 'Toen we hier nog maar net waren en iedereen zich zo ongemakkelijk voelde in de buurt van de paarden en zo, was daar bij haar niets van te merken. Ze kwam het pad af rennen om me te begroeten. Dat zal ik nooit vergeten.'

'Ja, Folara maakt je moeder trots, maar meer dan dat: met een dochter weet je dat haar kinderen je eigen kleinkinderen zijn. Ik weet zeker dat ze houdt van de kinderen van de vuurplaats van haar zoons, maar bij een dochter bestaat er geen twijfel. Je broer Thonolan was natuurlijk ook een kind van Willamars vuurplaats en hoewel ze niemand voortrok, was hij degene die haar altijd deed glimlachen. Maar hij deed iedereen glimlachen; in zijn manier om met mensen om te gaan was hij nog innemender dan Willamar: warm, open en vriendelijk, eigenschappen die niemand kon weerstaan, en ook hij hield van reizen. Ik betwijfel of je ooit zo'n lange Tocht zou hebben ondernomen als hij er niet was geweest, Jondalar.'

'Je hebt gelijk. Het was nooit bij me opgekomen om zo'n Tocht te maken tot hij daartoe besloot. Een bezoek aan de Lanzadoniërs was voor mij ver genoeg.'
'Waarom besloot je om met hem mee te gaan?' vroeg Zelandoni.
'Ik weet niet of ik dat kan uitleggen,' zei Jondalar. 'Hij was altijd leuk gezelschap, dus ik wist dat reizen met hem makkelijk zou zijn, en zoals hij erover sprak leek het opwindend, maar ik had niet gedacht dat we zo ver weg zouden gaan. Ik denk dat ik het ook deed omdat hij soms een beetje roekeloos was en ik het gevoel had dat ik op hem moest passen. Hij was mijn broer en ik hield van hem, meer dan van enig ander. Ik wist dat ik op een dag thuis zou komen, als dat mogelijk was, en ik had het gevoel dat hij dan met me mee zou gaan, op den duur. Ik weet het niet, iets trok aan me,' zei Jondalar. Hij keek naar Ayla, die nog aandachtiger had zitten luisteren dan Zelandoni.
Hij wist het niet, maar mijn totem en misschien de Moeder, hebben aan hem getrokken, dacht Ayla. Hij moest mij komen vinden.
'En Marona? Het is wel duidelijk dat je niet genoeg voor haar voelde om te willen blijven. Had zij iets te maken met je besluit om te gaan?' vroeg de Eerste. Dit was de eerste keer sinds zijn terugkeer dat de donier de gelegenheid had om echt met hem te praten over waarom hij zijn lange Tocht had ondernomen, en daar maakte ze gretig gebruik van. 'Wat zou je hebben gedaan als Thonolan niet had besloten een Tocht te maken?'
'Dan zou ik waarschijnlijk naar de Zomerbijeenkomst zijn gegaan en met Marona een verbintenis zijn aangegaan,' zei Jondalar. 'Iedereen verwachtte dat, en toentertijd was er niemand om wie ik meer gaf.' Hij keek op en glimlachte naar Ayla. 'Maar eerlijk gezegd dacht ik niet aan haar toen ik besloot te gaan; ik maakte me zorgen om moeder. Ik geloof dat zij vermoedde dat Thonolan niet terug zou komen en ik was bang dat ze misschien datzelfde over mij dacht. Ik was echt van plan om terug te komen, maar je weet maar nooit. Op een Tocht kan van alles gebeuren, en er is ook veel gebeurd, maar ik wist dat Willamar niet weg zou gaan, en ze had Folara en Joharran.'
'Waarom denk je dat Marthona niet verwachtte dat Thonolan terug zou komen?' vroeg de Eerste.
'Dat kwam door iets wat ze tegen ons zei toen we vertrokken om bij Dalanar op bezoek te gaan. Dat was Thonolan opgevallen. Moeder zei "goede reis" tegen hem en niet "tot weerziens", wat ze wel tegen mij zei. En weet je nog wat er gebeurde toen we moeder en Willamar vertelden wat Thonolan was overkomen? Willamar zei dat moeder hem niet terug had verwacht, en zoals ik had gevreesd, toen ze hoorde dat

ik met hem mee was gegaan, was ze bang dat ik evenmin terug zou komen. Ze dacht dat ze twee zoons had verloren,' zei Jondalar.

Daarom had hij niet bij de Sharamudiërs willen blijven toen Tholie en Markeno ons dat vroegen, dacht Ayla. Ze waren zo hartelijk en ik was tijdens ons bezoek zo aan hen gehecht geraakt, dat ik had willen blijven, maar Jondalar kon dat niet. Nu weet ik waarom, en ik ben blij dat we zijn teruggekomen. Marthona behandelt me als een dochter en een vriendin, en Zelandoni ook. Ik ben echt op Folara gesteld, en ook op Proleva en Joharran, en op veel anderen. Niet iedereen, maar de meeste mensen zijn erg aardig.

'Marthona had gelijk,' zei Zelandoni. 'Thonolan was begunstigd met veel gaven en hij was bij iedereen geliefd. Veel mensen plachten te zeggen dat hij een uitverkorene van de Moeder was. Ik vind het nooit prettig als mensen dat zeggen, maar in zijn geval was het profetisch. De keerzijde van een van Haar uitverkorenen zijn is dat Ze het niet kan verdragen te lang van hen gescheiden te zijn en ze dus Haar gunstelingen tot Zich roept als ze nog erg jong zijn. Jij bleef zo lang weg dat ik me begon af te vragen of jij ook niet een uitverkorene was.'

'Ik had niet gedacht dat ik vijf jaar weg zou blijven,' zei Jondalar.

'De meeste mensen geloofden niet dat jij of Thonolan terug zou komen toen jullie al twee jaar weg waren. Af en toe maakte iemand een opmerking over jou en Thonolan en de Tocht die jullie maakten, maar ze begonnen jullie al te vergeten. Ik vraag me af of je beseft hoe stomverbaasd iedereen was toen je terugkwam. Dat kwam niet alleen door het feit dat je een vrouw uit den vreemde bij je had, en die paarden en een wolf,' zei Zelandoni, met een spottend lachje, 'maar doordat helemaal niemand had verwacht dát je terug zou komen.'

14

'Zullen we proberen de paarden mee naar binnen te nemen in die grot?' zei Ayla de volgende ochtend.

'De grot heeft bijna overal een hoog plafond, maar het is een grot en dat betekent dat het afgezien van het licht dat we bij ons hebben donker is zodra we bij de ingang weg zijn, en de vloer is ongelijk. Je moet voorzichtig zijn omdat die op diverse plekken afhelt naar een lager niveau. Ik verwacht dat de grot nu leeg is, maar 's winters wordt hij door beren gebruikt. Je kunt hun modderpoelen zien en klauwkrassen op de muren,' zei Zelandoni.

'Holenberen?' vroeg Ayla.

'Aan de grootte van de krassen te zien zijn er waarschijnlijk holenberen binnen geweest. Er zijn ook kleinere krassen, maar ik weet niet of die door kleinere bruine beren zijn gemaakt of door jonge holenberen,' legde de doniër uit. Het is een bijzonder lange wandeling naar de opmerkelijkste ruimte en net zo lang terug. Dat kost ons, althans mij, de hele dag. Het is voor mij de eerste keer in jaren dat ik het onderneem en eerlijk gezegd vermoed ik dat dit mijn laatste keer zal zijn.'

'Ik kan natuurlijk Whinney mee naar binnen nemen om te zien hoe ze zich gedraagt,' zei Ayla. 'Maar dan moet ik Grijs ook meenemen. Ik zal ze allebei een halster omdoen.'

'En dan neem ik Renner mee naar binnen,' zei Jondalar. 'We gaan eerst met alleen de paarden om te zien hoe ze erop reageren, zonder de sleepramen.'

Zelandoni keek toe terwijl ze de paarden een halster omdeden en met de dieren naar de ingang van de grote grot liepen. Wolf liep achter ze aan.

De doniër was niet van plan de hele grot met hen te verkennen. Ze wist zelf niet eens precies hoe uitgestrekt deze heilige plaats was, al had ze wel enig idee.

Het was een immense grot, een meer dan vijftien kilometer lange doolhof van gangen, waarvan sommige met elkaar verbonden waren en andere zich in alle richtingen vertakten. Er waren drie ondergrondse niveaus en het was ongeveer elf kilometer naar de plek die ze hun wilde laten zien. Het zou een lange wandeling zijn, maar ze had gemengde gevoelens over het gebruik van het sleepraam. Ze mocht dan minder snel vooruit komen dan vroeger, ze had nog steeds het gevoel dat ze het kon, en hoewel het makkelijker zou zijn om het sleepraam te gebruiken, wilde ze echt niet achterstevoren de heilige grot binnen gaan.

Jondalar en Ayla verschenen hoofdschuddend uit de grot en stelden de paarden gerust. 'Het spijt me,' zei Ayla. 'Waarschijnlijk komt het door de geur van beren, maar zowel Whinney als Renner was erg zenuwachtig in die grot. Ze ontweken de modderpoelen, en hoe donkerder het werd, hoe zenuwachtiger en angstiger ze werden. Wolf zal wel met ons mee willen gaan, maar de paarden voelen zich daarbinnen niet op hun gemak.'

'Ik kan de wandeling echt wel aan; het zal alleen meer tijd kosten,' zei Zelandoni opgelucht. 'We moeten eten en water meenemen, en warme kleren. Het is daarbinnen koud. En voldoende lampen en fakkels. Ook die dikke matten die je van lisdoddenbladeren hebt geweven, voor het geval we willen zitten. We vinden vast wel stenen of uitstulpingen op de grond, maar die zullen vochtig en modderig zijn.'

Jondalar pakte het grootste deel van hun uitrusting in zijn stevige rugbepakking, maar Zelandoni had er ook een, een kleinere uitvoering van die van Jondalar, gemaakt van stugge ongelooide huid die aan een raamwerk was bevestigd. De dunne ronde palen van het raamwerk bestonden uit de nieuwe stammen van snelgroeiende bomen, zoals de wilgensoort die bekend was als de populier, die in één seizoen recht omhoogschoot. Jondalar en Zelandoni hadden ook voorwerpen en buidels aan de veter om hun middel gehangen. Ayla droeg haar proviandtas en de rest van haar uitrusting, en natuurlijk Jonayla.

Voor ze vertrokken, lieten ze hun blik nog eens over het kamp gaan om te zien of alles was opgeruimd, en Ayla en Jondalar deden wat ze konden om ervoor te zorgen dat de paarden het een dag zonder hen zouden redden. Ze staken een van de fakkels aan en dekten toen het vuur af. Ayla gaf Wolf een teken dat hij bij hen moest blijven en toen betraden ze de Mammoetgrot.

Hoewel de ingang tamelijk groot was, stelde dat niets voor in verhouding tot de grootte van de grot, maar er viel genoeg natuurlijk licht naar binnen voor het eerste deel van de tocht, en ze hadden genoeg aan hun enkele fakkel. Toen ze dieper de immense ruimte in liepen was het enige wat ze zagen de binnenkant van een reusachtige grot die duidelijk door beren was gebruikt. Ayla wist het niet zeker, maar ze vermoedde dat er in één seizoen maar één beer gebruik van zou maken, ongeacht de grootte van een grot. De grond was bezaaid met grote, ovale holten wat erop wees dat beren de grot lange tijd hadden gebruikt, en de krassen van beerklauwen op de muren lieten geen ruimte voor twijfel over wat de holten had gemaakt. Wolf bleef vlak naast Ayla lopen; hij streek af en toe langs haar been, wat geruststellend was. Toen ze zo diep in de grot waren dat er geen buitenlicht meer te zien was en de lichtbronnen die ze bij zich hadden nodig waren om te zien waar ze liepen, begon Ayla de kou te voelen. Ze had voor zichzelf een warme tuniek met lange mouwen en een losse hoofdkap meegebracht en voor haar kind een lange parka met capuchon. Ze hield halt en knoopte Jonayla's draagdoek los, maar zodra de kleine de warmte van haar moeder niet meer voelde en het koud kreeg, begon ze te jengelen. Ayla trok snel de warme kleren aan en toen de baby in haar parka weer dicht tegen haar moeder aan lag en haar warmte voelde, werd ze weer rustig. Ook de anderen trokken iets warmers aan.

Toen ze zich weer op weg begaven begon de Eerste te zingen. Zowel Ayla als Jondalar keek haar verbaasd aan. Ze neuriede zachtjes, maar na een poosje werd haar gezang luider, zonder woorden, als een stijgende toonladderoefening. Haar stem was zo vol en klankrijk dat die de immense grot leek te vullen, en haar metgezellen vonden het prachtig klinken.

Ze waren ongeveer achthonderd meter de grot in en liepen met z'n drieën naast elkaar in de reusachtige ruimte, met Zelandoni tussen Ayla en Jondalar, toen het geluid van de stem van de vrouw leek te veranderen en een galm voortbracht. Ze schrokken toen Wolf opeens een spookachtig wolvenlied aanhief. De rillingen liepen Jondalar over de rug en Ayla voelde Jonayla in haar draagdoek onrustig draaien, alsof ze probeerde tegen haar rug op te klimmen. Opeens, zonder een woord te zeggen maar nog steeds zingend, strekte de doniër haar armen zijwaarts en bracht daarmee haar metgezellen tot staan. Ze keken naar haar, zagen dat ze naar de linkermuur keek en volgden haar blik. Toen zagen ze het eerste bewijs dat de grot meer was dan een reusachtige, nogal angstaanjagende, lege spelonk waaraan geen eind leek te komen.

In eerste instantie zag Ayla niets anders dan roodgekleurde geronde vuursteenaders, die ze overal op de muren hadden gezien. Toen viel haar oog op zwarte strepen hoog op de muur, die er niet natuurlijk uitzagen. Plotseling besefte haar geest wat haar ogen zagen. Op de muur waren met zwarte verf de contouren van mammoeten getekend. Toen ze goed keek zag ze drie mammoeten die met de kop naar links stonden, alsof ze de grot uit liepen. Achter de laatste ontwaarde ze de

contouren van het achterlijf van een bizon en daardoorheen de duidelijke vorm van de kop en rug van een mammoet die met zijn kop naar rechts stond. Iets verderop en iets hoger op de muur zag ze het vooraanzicht van een kop met een duidelijke baardvorm, een oog, twee hoorns en de bult van een andere bizon. In totaal waren er zes dieren op de muur geschilderd. Ayla kreeg het plotseling koud en huiverde.
'Ik heb dikwijls voor deze grot mijn tent opgeslagen en ik wist niet dat deze er waren. Wie heeft deze schilderingen gemaakt?' vroeg Jondalar.
'Dat weet ik niet,' zei Zelandoni. 'Dat weet niemand: de Ouden, de Voorouders. Ze worden niet genoemd in de Oude Legenden. Naar verluidt leefden hier heel lang geleden veel meer mammoeten en ook wolharige neushoorns. We vinden veel oude botten en slagtanden, vergeeld van ouderdom, maar tegenwoordig zien we de dieren nog maar zelden. Het is een hele gebeurtenis als er een wordt gezien, zoals de neushoorn die die jongens vorig jaar probeerden te doden.'
'Er leken er heel veel rond te lopen waar de Mamutiërs wonen,' zei Ayla.
'Ja, we hebben daar aan een grote jacht deelgenomen,' zei Jondalar, en toen voegde hij er peinzend aan toe: 'Maar het is daar anders. Veel droger en kouder. Minder sneeuw. Toen we met de Mamutiërs op mammoetjacht gingen, blies de wind de sneeuw door het dorre gras dat nog op het open land stond. Als je hier mammoeten ziet die in allerijl noordwaarts trekken, weet je dat er een zware sneeuwstorm op komst is. Hoe verder noordwaarts je komt, hoe kouder het is, en op een gegeven moment wordt het ook droger. Mammoeten zakken te diep weg in een dikke laag sneeuw en holenleeuwen weten dat en volgen ze. Je kent toch het gezegde: "Als de mammoeten noordwaarts gaan en vlug, spoed jij je dan naar huis terug". Als de sneeuw je niet overvalt, doen de leeuwen dat wel.'
Nu ze toch stilstonden haalde Zelandoni een nieuwe fakkel uit haar rugbepakking en hield hem bij de fakkel die Jondalar vasthield om hem aan te steken. Zijn fakkel was nog niet helemaal opgebrand, maar walmde erg. Toen haar fakkel brandde sloeg hij die van hem tegen een steen om de verbrande houtskool van het uiteinde te slaan, waardoor hij weer feller ging branden. Ayla voelde haar baby onrustig draaien in de draagdoek op haar rug. Jonayla had liggen slapen; de duisternis en de bewegingen van haar moeder hadden haar in slaap gesust, maar nu werd ze misschien wakker, dacht Ayla. Toen ze zich weer op weg begaven, werd de kleine weer rustig.
'De mannen van de Stam maakten jacht op mammoeten,' zei Ayla. 'Ik ben een keer met de jagers meegegaan, niet om te jagen, vrouwen van de Stam jagen niet, maar om te helpen bij het drogen van het vlees en

het terug te dragen.' Toen, als nabeschouwing, voegde ze eraan toe: 'Ik geloof niet dat de mensen van de Stam ooit een grot als deze in zouden gaan.'

'Waarom niet?' vroeg Zelandoni, terwijl ze dieper de grot in liepen.

'Ze zouden niet met elkaar kunnen communiceren, of misschien moet ik zeggen dat ze elkaar niet goed zouden begrijpen. Het is te donker, zelfs met fakkels,' zei Ayla. 'Bovendien is het moeilijk om met je handen te praten als je een fakkel vasthoudt.'

Door die opmerking werd Zelandoni zich opnieuw van haar vreemde uitspraak van bepaalde klanken bewust, zoals dikwijls als Ayla over de Stam sprak, vooral over de verschillen tussen hen en de Zelandoniërs.

'Maar ze kunnen horen en ze hebben woorden. Je hebt me enkele van die woorden verteld,' zei ze.

'Ja, ze hebben enkele woorden,' zei Ayla, maar toen legde ze uit dat de geluiden van spraak voor de Stam ondergeschikt waren. Ze hadden namen voor dingen, maar bewegingen en gebaren waren belangrijker. Het waren niet alleen handgebaren: lichaamstaal was nog belangrijker. De positie van de handen wanneer de gebaren werden gemaakt, de lichaamshouding van de persoon die communiceerde, de leeftijd en sekse van zowel degenen die de gebaren maakten als degenen aan wie ze gericht waren, en dikwijls nauwelijks waarneembare tekens en gezichtsuitdrukkingen, een lichte beweging van een voet of een hand of een wenkbrauw, maakten allemaal deel uit van hun gebarentaal. Je kon niet alles zien als je alleen maar naar het gezicht keek of naar de woorden luisterde.

Kinderen van de Stam leren al op zeer jonge leeftijd hoe ze taal moeten waarnemen, en niet alleen door te luisteren. Als gevolg daarvan konden uiterst ingewikkelde en veelomvattende ideeën met bijzonder weinig bewegingen en nog minder geluid duidelijk worden gemaakt – maar niet over een grote afstand of in het donker. Dat was een groot nadeel. Ze moesten elkaar kunnen zien. Ayla vertelde hun over een oude man die blind werd en de wil om te leven opgaf en uiteindelijk stierf omdat hij niet meer kon communiceren; hij kon niet meer zien wat anderen zeiden. 'Natuurlijk moest de Stam soms in het donker spreken of over een afstand schreeuwen. Daarom hadden ze enkele woorden ontwikkeld en gebruikten ze geluiden, maar hun gebruik van gesproken woorden was veel beperkter. Zoals ons gebruik van gebaren beperkt is,' zei ze. 'Mensen zoals wij, degenen die zij de Anderen noemen, gebruiken ook houding, gezichtsuitdrukking en gebaren om te spreken, om te communiceren, maar veel minder.'

'Wat bedoel je?' vroeg Zelandoni.

'Wij gebruiken gebarentaal minder bewust, minder uitdrukkelijk dan de Stam. Als ik een wenkend gebaar maak – ze demonstreerde wat ze bedoelde – 'weten de meeste mensen dat dat "kom" betekent. Als ik het snel doe of opgewonden, wil dat zeggen dat het dringend is, maar vanaf een afstand is niet te zien of dat is omdat er iemand gewond is geraakt of omdat het avondmaal koud wordt. Wanneer we elkaar aankijken en de vorm van de woorden of de uitdrukkingen op een gezicht zien, vertelt ons dat meer, maar zelfs in het donker of in een dichte mist of vanaf een afstand kunnen we op een begrijpelijke manier met elkaar communiceren. Zelfs schreeuwend over een grote afstand kunnen we ingewikkelde ideeën overbrengen. Het vermogen om te spreken en elkaar onder bijna alle omstandigheden te begrijpen, is een groot voordeel.'

'Zo heb ik het nooit bekeken,' zei Jondalar. Toen je het Mamutische Leeuwenkamp leerde om met gebaren te "spreken" op de manier van de Stam, zodat Rydag kon communiceren, maakte iedereen, vooral de jongeren, daar een spelletje van; ze amuseerden zich met elkaar tekens geven. Maar bij de Zomerbijeenkomst werd het een serieuze zaak wanneer we onder de mensen waren en iets vertrouwelijks tegen iemand van het Leeuwenkamp wilden zeggen. Ik herinner me een keer in het bijzonder: Talut waarschuwde het Leeuwenkamp om niets te zeggen tot later, omdat er mensen in de buurt waren van wie hij niet wilde dat ze het te weten kwamen. Ik weet niet meer wat dat was.'

'Dus als ik het goed begrijp kun je iets met woorden zeggen en met handgebaren tegelijkertijd iets anders, of iemand iets verduidelijken zonder dat anderen dat horen,' zei de Ene Die Eerste Was. Ze was blijven staan en aan haar gefronste voorhoofd was te zien dat ze ergens aan dacht wat voor haar gevoel belangrijk was.

'Ja, dat kan,' zei Ayla.

'Is het erg moeilijk om die gebarentaal te leren?'

'Wel als je alles wilt leren, met alle nuances van betekenissen,' zei Ayla, 'maar ik heb het Leeuwenkamp een vereenvoudigde versie geleerd, zoals kinderen dat in het begin leren.'

'Maar dat was genoeg om te kunnen communiceren,' zei Jondalar. 'Je kon een gesprek voeren, nou ja, misschien niet tot in de fijnste details.'

'Het lijkt me een goed idee als je de zelandonia de vereenvoudigde versie van de gebarentaal leert,' zei de Eerste. 'Dat zou heel handig zijn om informatie door te geven of om iets te verduidelijken.'

'Of als je ooit iemand van de Stam tegenkomt en je iets wilt zeggen,' zei Jondalar. 'Ik had er veel aan toen we Guban en Yorga leerden kennen vlak voor we de kleine gletsjer overstaken.'

'Ja, ook dat,' zei Zelandoni. 'Misschien kunnen we voor volgend jaar bij de Zomerbijeenkomst regelingen treffen voor enkele onderwijssessies. Natuurlijk kun je het de Negende Grot leren gedurende het komende koude seizoen.' Ze zweeg even. 'Maar je hebt gelijk, in het donker heb je er niets aan. Ze gaan dus nooit een grot binnen?'
'Dat wel, alleen niet al te ver. En als ze dat doen, dan nemen ze veel licht mee. Ik geloof niet dat ze zo ver als wij nu naar binnen zouden gaan,' zei Ayla, 'behalve in hun eentje of om een speciale reden. De mog-urs gingen soms diepere grotten in.' Ayla kon zich nog levendig herinneren dat ze in een grot bij de Stam-bijeenkomst lichten had gevolgd en de mog-urs had gezien.
Ze zetten zich weer in beweging, ieder in beslag genomen door eigen gedachten. Na een tijdje begon Zelandoni weer te zingen. Toen ze weer een afstand hadden afgelegd, iets korter dan naar de eerste muurschilderingen, leken de muren van de grot het geluid van Zelandoni's stem terug te kaatsen en begon Wolf weer te huilen. De Eerste bleef staan en draaide zich met haar gezicht naar de rechtermuur van de grot. Ayla en Jondalar zagen weer mammoeten, twee exemplaren, niet geschilderd maar gegraveerd, plus een bizon en iets wat leek op vreemde tekens die met vingers in zachte klei waren gemaakt.
'Ik heb altijd al geweten dat hij een Zelandoni is,' zei de Eerste.
'Wie bedoel je?' vroeg Jondalar, hoewel hij dacht het antwoord al te weten.
'Wolf, natuurlijk. Waarom denk je dat hij "zingt" als we bij een plek komen waar de geestenwereld vlakbij is?'
'Is de geestenwereld hier dan vlakbij?' zei Jondalar. Hij keek een beetje ongerust om zich heen.
'Ja, we zijn hier erg dicht bij de Heilige Onderwereld van de Moeder,' zei de spiritueel leider van de Zelandoniërs.
'Word je daarom soms de stem van Doni genoemd? Omdat je deze plaatsen kunt vinden als je zingt?' zei Jondalar.
'Dat is een van de redenen, maar ook omdat ik soms voor de Moeder spreek als plaatsvervanger voor de Oorspronkelijke Voorouder of als Instrument van Zij Die Zegent. Een Zelandoni, vooral de Ene Die Eerste is, heeft veel namen. Daarom gebruikt ze doorgaans niet meer haar eigennaam wanneer ze de Moeder dient.'
Ayla luisterde vol aandacht. Ze wilde haar eigennaam helemaal niet opgeven. Haar naam was het enige wat haar nog restte van haar eigen volk, de naam die haar moeder haar had gegeven, al vermoedde ze dat 'Ayla' niet precies haar oorspronkelijke naam was. Het was wat de Stam ervan had kunnen maken, maar het was alles wat ze had.

'Kunnen alle Zelandonia deze bijzondere plaatsen vinden door te zingen?' vroeg Jondalar.
'Ze kunnen niet allemaal zingen, maar ze hebben allemaal een "stem", een manier om ze te vinden.'
'Werd mij daarom gevraagd een bijzonder geluid te maken toen we die kleine grot bezochten?' vroeg Ayla. 'Ik wist niet dat dat van me zou worden verwacht.'
'Welk geluid heb je gemaakt?' vroeg Jondalar, en toen lachte hij. 'Ik weet zeker dat je niet hebt gezongen.' Tegen Zelandoni zei hij: 'Ze kan namelijk niet zingen.'
'Ik heb gebruld als Kleintje. Dat leverde een mooie echo op. Jonokol zei dat het net klonk alsof er achter in die kleine grot een leeuw zat.'
'Hoe zou dat hier klinken?' vroeg Jondalar.
'Dat weet ik niet. Luid, vermoed ik,' zei Ayla. 'Naar mijn gevoel is het geen gepast geluid om hier te maken.'
'Wat zou wel het gepaste geluid zijn, Ayla?' vroeg Zelandoni. 'Als je een Zelandoni bent zul je een geluid moeten maken.'
Ayla dacht even na. 'Ik kan het geluid van een heleboel vogels nadoen; ik zou dus kunnen fluiten,' zei Ayla.
'Ja, ze kan fluiten als een vogel, als veel vogels,' zei Jondalar. 'Dat doet ze zo goed dat ze naar haar toe komen en uit haar hand eten.'
'Waarom probeer je het nu niet even?' zei de doniër.
Ayla dacht weer even na en besloot toen om een veldleeuwerik na te bootsen, en ze bracht een perfecte imitatie voort van een veldleeuwerik die al zingend naar grote hoogte steeg. Ze meende een nagalm te horen, maar ze nam zich voor om het in een ander deel van de grot of buiten nog eens te doen om daar zeker van te zijn. Enige tijd later veranderde Zelandoni's gezang opnieuw, maar op een iets andere manier dan de keren daarvoor. De vrouw gebaarde naar rechts en daar zagen ze de ingang van een nieuwe gang.
'Er is een enkele mammoet in die gang, maar tamelijk ver hiervandaan, en het zou te veel tijd kosten om die nu te gaan bekijken,' zei de doniër, en toen voegde ze er terloops aan toe: 'Daar is niets te vinden,' naar links gebarend, naar een andere gang bijna recht ertegenover. Ze bleef zingen toen ze een andere gang aan de rechterkant passeerden. 'Daar is een plafond dat ons dicht bij Haar brengt, maar het is een lange wandeling en we kunnen beter wachten tot we op de terugweg zijn om te beslissen of we dat willen bekijken.' Een eindje verderop waarschuwde ze hen. 'Wees voorzichtig; de gang verandert zo van richting. Hij maakt een scherpe bocht naar rechts en in de bocht is een diep gat dat naar een ondergronds deel van de grot leidt, en dat is

erg nat. Misschien kunnen jullie mij beter voor laten gaan.'
'Ik moet ook een nieuwe fakkel aansteken,' zei Jondalar. Hij bleef staan, haalde een nieuwe fakkel uit zijn rugbepakking en stak die aan met de fakkel die hij in zijn hand had. De grond was al nat; de klei was vochtig en er lagen kleine plassen. Hij doofde de fakkel die bijna was opgebrand en stopte hem in een voorvak van de bepakking die hij droeg. Het was hem vanaf jonge leeftijd ingeprent dat het verkeerd was om de vloer van een heilige plaats onnodig te vervuilen.
Om de as van de fakkel te slaan, tikte ze ermee tegen een stalagmiet die uit de grond leek te groeien. De fakkel ging onmiddellijk feller branden. Ayla glimlachte toen ze Wolf zag. Hij streek langs haar been en ze krabbelde hem achter de oren, een geruststellende aanraking voor zowel de wolf als haarzelf. Jonayla begon ook weer te draaien in haar draagdoek. Elke keer wanneer Ayla bleef staan, werd de baby onrustig. Ze zou haar binnen korte tijd moeten zogen, maar ze had het gevoel dat ze een gevaarlijker deel van de grot binnengingen en ze wilde wachten tot ze daar voorbij waren. Zelandoni zette zich weer in beweging. Ayla volgde haar en Jondalar vormde de achterhoede.
'Let op waar je je voeten neerzet,' zei de Eerste. Ze hield de fakkel hoog zodat die meer licht verspreidde. Het licht viel op een stenen muur rechts van hen en verdween toen plotseling, maar een gloed omlijstte de rand. De vloer was erg ongelijk, rotsig en bedekt met glibberige klei. Het vocht had haar voetbekleding doorweekt, maar de zachte leren zolen hadden een goede grip. Toen Ayla de verlichte rand van de stenen muur bereikte en om zich heen keek, zag ze de grote vrouw erachter staan, en een gang die doorliep naar rechts.
Noord, volgens mij gaan we nu in noordelijke richting, zei ze tegen zichzelf. Vanaf het moment dat ze de grot binnen waren gegaan, had ze geprobeerd de richting die ze volgden te bepalen. Er waren in de gang een paar flauwe bochten geweest, maar in grote lijnen waren ze westwaarts gelopen. Dit was de eerste echte verandering van richting. Ayla keek naar voren en zag achter het licht van de fakkel die Zelandoni omhooghield niets anders dan de donkere gapende leegte die alleen in ondergrondse grotten voorkwam. Ze vroeg zich af wat ze nog meer zouden aantreffen verderop in deze spelonkachtige holte.
Het licht van Jondalars fakkel ging hem voor rond de rand van de muur die hun richting veranderde. Zelandoni sprak pas toen ze allemaal bij elkaar stonden, inclusief Wolf. 'Een klein stukje verderop, waar de grond vlakker wordt, zijn enkele goede stenen om op te zitten. Daar kunnen we even halt houden om iets te eten en onze kleine waterzakken te vullen,' zei ze.

'Ja, dat is een goed idee,' zei Ayla. 'Jonayla is al een tijdje onrustig en ik moet haar zogen. Ik had eigenlijk verwacht dat ze enige tijd geleden al wakker zou zijn geworden, maar de duisternis en de beweging hebben haar stil gehouden.'

Zelandoni begon weer te neuriën tot ze een plek bereikten waar de grot een ander geluid terugkaatste. De tonen werden helderder toen ze een kleine zijgang aan de linkerkant naderden. Voor de ingang bleef ze staan.

'Dit is de plek,' zei ze.

Ayla was blij dat ze haar proviandtas en speerwerper kon afdoen. Ze zochten ieder een comfortabele steen en Ayla haalde drie matten van geweven lisdoddenbladeren tevoorschijn om op te zitten. Zodra ze haar baby naar voren haalde zocht Jonayla's mondje haar borst. Zelandoni haalde drie stenen lampen uit haar bepakking: een versierd exemplaar van zandsteen, die Ayla haar al eerder had zien gebruiken, en twee van kalksteen. Alle drie de lampen waren uitgehakt en geschaafd in de vorm van een kleine kom met een rechte handgreep ter hoogte van de rand. De Eerste haalde ook een zorgvuldig ingepakt pakje met lampenpitten tevoorschijn en pakte daar zes reepjes gedroogde boleten uit.

'Ayla, waar is die talg die je bij je had?' vroeg de vrouw.

'In de vleeshouder in Jondalars rugbepakking,' zei Ayla.

Jondalar haalde de pakjes met eten tevoorschijn en bracht die samen met de grote waterzak, die hij ook op zijn rug had gedragen, naar Ayla. Hij maakte de vleeshouder van ongelooide huid open en ze wees naar de darm die was gevuld met schone witte talg die was uitgesmolten van het harde vet bij de nieren, wat hem steviger maakte. Hij bracht dit naar de doniër.

Terwijl Jondalar met de grote waterzak de kleine waterzakken vulde waarvan ze er ieder een bij zich hadden, legde Zelandoni enkele klontjes talg in de kom van elk van de drie stenen lampen, waarna ze haar fakkel gebruikte om ze te laten smelten. Toen legde ze in elk van de lampen twee gedroogde boletenpitten in het plasje gesmolten vet, en wel zo dat de absorberende reepjes voor ruim de helft in het vloeibare vet lagen en de twee uiteinden over de rand staken. Toen ze de pitten aanstak, sputterden ze een beetje, maar door de hitte trok het vet in de pitten en even later hadden ze drie extra lichtbronnen en leek de volslagen duisternis in de grot veel minder dicht.

Jondalar deelde het eten uit dat ze tijdens hun ochtendmaal hadden bereid voor hun tocht in de grot. Ze legden stukjes geroosterd edelhertenvlees in hun persoonlijke eetkom en gebruikten hun drinknap voor koud vleesnat met gekookte groenten uit een andere waterzak. De lange stukjes wilde wortel, kleine ronde zetmeelrijke wortels, netelstengels, hopscheuten en wilde uien waren zacht en hoefden nauwelijks gekauwd te worden; ze dronken ze met de bouillon.

Ayla had ook wat vlees voor Wolf fijngesneden. Ze gaf het hem en installeerde zich toen met haar eigen eetkom, terwijl haar dochtertje rustig doordronk. Het was haar opgevallen dat Wolf tijdens hun wandeling af en toe op verkenning was uitgegaan, maar nooit ver bij hen uit de buurt ging. Wolven konden verbazend goed zien in het donker en soms had ze zijn ogen zien oplichten in de donkere nissen van de grot als het licht van hun fakkels erin viel. Hem in haar nabijheid te hebben gaf haar een veilig gevoel. Ze was ervan overtuigd dat als ze om de een of andere reden hun vuur kwijtraakten, de wolf in staat zou zijn hen naar de uitgang te leiden. Ze wist dat zijn reukzin zo scherp was dat hij makkelijk hun spoor terug kon volgen.

Terwijl ze rustig zaten te eten nam Ayla de omgeving in zich op, waarbij ze al haar zintuigen gebruikte. Hun lampen verlichtten slechts een klein gebied om hen heen. De rest van de grot was zwart, een ondoordringbare duisternis, donkerder dan zelfs de donkerste nacht buiten, maar hoewel ze niets kon zien buiten de gloed van de kleine dubbele vlammetjes van hun lampen, kon ze als ze haar oren spitste de zachte geluiden van de grot horen.

Ze had gezien dat de grond en de stenen in sommige delen redelijk droog waren. Andere glommen van het vocht van water van regen en smeltende sneeuw, dat langzaam en met oneindig geduld door aarde en kalksteen sijpelde, onderweg kalkafzetting verzamelde en die druppel voor druppel liet vallen om de stenen kegels aan het plafond en de geronde steenmassa's op de grond te creëren. Ze hoorde vaag zacht gedruppel, zowel vlakbij als verder weg. Na een onmetelijke periode van tijd vormden ze zuilen, muren en draperieën die het inwendige van de grot vorm gaven.

Ze hoorde de kleine geluidjes van scharrelende, tjirpende, nietige diertjes en een nauwelijks waarneembare beweging van lucht, een gedempt zuchten dat alleen met intense concentratie waarneembaar was. Het werd bijna overstemd door het geluid van de ademhaling van de vijf levende wezens die de stille ruimte hadden betreden. Ze probeerde de lucht te ruiken en opende haar mond om hem te proeven. Ze proefde vocht, vermengd met een zweem van vergane rauwe aarde en eeuwenoude schelpen die tot kalksteen waren samengeperst.

Na hun maaltijd zei Zelandoni: 'Er is iets in deze kleine gang wat ik jullie wil laten zien. We kunnen onze bepakkingen hier laten en ze op de terugweg meenemen, maar we moeten ieder een lamp meenemen.'

Ze zochten alle drie een afgezonderd hoekje om te wateren en zich te ontlasten. Ayla hield de baby voor zich uit om haar behoefte te doen en maakte haar schoon met vers mos dat ze had meegebracht. Toen bond ze Jonayla in de draagdoek op haar heup, pakte een van de kalkstenen lampen en volgde Zelandoni de gang in die naar links afboog.

De vrouw begon weer te zingen. Zowel Ayla als Jondalar begon inmiddels vertrouwd te raken met de galm in haar toon die hun vertelde dat ze een heilige plaats naderden, een plaats die dichter bij de andere wereld was.

Toen Zelandoni halt hield, keek ze naar de rechtermuur. Ze volgden haar blik en zagen twee mammoeten die tegenover elkaar stonden. Ayla vond ze bijzonder opmerkelijk en ze vroeg zich af wat al die verschillende opstellingen van mammoeten in deze grot betekenden. Aangezien ze al zo lang geleden waren gemaakt dat niemand wist wie de schepper was of zelfs bij welke Grot of volk de kunstenaars hoorden, was het niet waarschijnlijk dat iemand dat zou weten, maar ze moest het gewoon vragen.

'Weet jij waarom de mammoeten tegenover elkaar staan, Zelandoni?'

'Sommige mensen denken dat ze vechten,' zei de vrouw. 'Wat denk jij?'

'Volgens mij niet,' zei Ayla.

'Waarom niet?' vroeg de Eerste.

'Ze zien er niet woest of kwaad uit. Volgens mij lijkt het meer op een ontmoeting,' zei Ayla.

'Wat denk jij, Jondalar?' vroeg Zelandoni.

'Ik geloof niet dat ze vechten of op het punt van vechten staan,' zei hij. 'Misschien kwamen ze elkaar toevallig tegen.'

'Denk je dat degene die ze op die muur heeft afgebeeld al die moeite zou hebben genomen als ze elkaar toevallig tegenkwamen?' vroeg de Eerste.

'Nee, waarschijnlijk niet,' zei hij.

'Misschien vertegenwoordigen ze beide de leider van een groep mensen en komen ze bijeen om een belangrijke beslissing te nemen,' zei Ayla. 'Of misschien hebben ze de beslissing al genomen en is dit een gedenkteken daarvan.'

'Dat is een van de interessantste ideeën die ik heb gehoord,' zei Zelandoni.

'Maar we zullen het nooit zeker weten, toch?' zei Jondalar.

'Nee, waarschijnlijk niet,' zei de Ene Die Eerste Was. 'Maar de gissingen die mensen doen vertellen ons dikwijls iets over degene die de gissing doet.'

Ze keken zwijgend naar de muur en toen legde Ayla in een impuls haar hand op de muur tussen de mammoeten. Ze drukte haar handpalm op het steen en deed haar ogen dicht. Ze voelde de hardheid van het steen, het koude, tamelijk vochtige gevoel van het kalksteen. En toen meende ze iets anders te voelen, een kracht, een concentratie, warmte, misschien haar eigen lichaamswarmte die het steen verwarmde. Ze haalde haar hand van de muur, keek erop neer en legde haar baby in een wat gerieflijkere houding.

Ze liepen terug naar de hoofdgang en verder noordwaarts, met lampen in plaats van fakkels voor licht. Zelandoni bleef haar stem gebruiken, soms neuriede ze, soms bracht ze luidere tonen voort, en elke keer wanneer er iets was waarvan ze vond dat ze dat moesten zien, bleef ze staan. Ayla was vooral gefascineerd door de mammoet waarbij met lijnen de vacht onder zijn lichaam werd aangegeven, maar waar tevens krassen doorheen liepen, mogelijk krassen van berenklauwen. Ze was geïntrigeerd door de neushoorns. Toen ze bij een plek kwamen waar het lied in de grote grot luid weergalmde, bleef Zelandoni weer staan.

'Hier hebben we de keus uit twee richtingen,' zei ze. 'We kunnen eerst rechtdoor gaan, dan terugkomen en de linkergang een tijdje volgen, vervolgens omdraaien en teruggaan naar de ingang van de grot. Of we nemen alleen de linkergang en gaan dan terug.'

'Beslis jij maar,' zei Ayla.

'Ik ben het met Ayla eens. Jij hebt een beter idee van de afstand en je weet hoe moe je bent,' zei Jondalar.

'Ik ben inderdaad een beetje moe, maar dit is waarschijnlijk de laatste keer dat ik hier ben,' zei Zelandoni, 'en morgen kan ik uitrusten in het kamp of terwijl ik word voortgetrokken op dat zitgeval dat je hebt gemaakt. We gaan rechtdoor tot we de volgende plaats vinden die ons dichter bij de heilige onderwereld van de Moeder brengt.'

'Volgens mij is deze hele grot dicht bij Haar onderwereld,' zei Ayla. De hand die ze op het steen had gelegd tintelde.

'Je hebt natuurlijk gelijk, maar daardoor is het moeilijker om de bijzondere plaatsen te vinden,' zei de Eerste.

'Ik heb het gevoel dat deze grot ons helemaal naar de andere wereld kan leiden, zelfs als die in het midden van de aarde ligt,' zei Jondalar.

'Het is waar dat deze grot veel groter is en dat er veel meer te zien is dan wij op één dag zullen kunnen bekijken. We zullen helemaal niet de grotten hieronder binnengaan,' zei Zelandoni.

'Is hierbinnen nog nooit iemand verdwaald geraakt?' vroeg Jondalar. 'Het komt me voor dat dat makkelijk zou kunnen gebeuren.'

'Dat weet ik niet. Wanneer we hier komen zorgen we er altijd voor dat we iemand bij ons hebben die vertrouwd is met de grot en de weg kent,' zei ze. 'Over vertrouwd gesproken: ik geloof dat dit de plek is waar we doorgaans de brandstof in de lampen bijvullen.'

Jondalar haalde het vet weer tevoorschijn en nadat de vrouw de stenen kommen had bijgevuld, controleerde ze de pitten en trok ze die iets verder uit de olie, waardoor ze feller gingen branden. Voor ze zich weer in beweging zetten zei ze: 'Het helpt om de weg te vinden als je geluiden kunt maken die weerkaatsen, die een soort echo voortbrengen. Sommige mensen gebruiken een fluit, dus volgens mij moeten je vogelfluitjes ook werken, Ayla. Waarom probeer je het niet?'

Ayla voelde zich een beetje verlegen en wist niet welke vogel ze moest kiezen. Uiteindelijk koos ze de veldleeuwerik en ze stelde zich de vogel voor met zijn donkere vleugels en zijn met wit omzoomde lange staart, de opvallende strepen op zijn borst en de korte kuif op zijn kop. Ze liepen meer dan dat ze hupten en ze nestelden op de grond in goed verborgen nesten van gras. Wanneer hij verschrikt opvloog liet de veldleeuwerik een helder gekwetter horen, maar zijn vroege ochtendlied werd lang aangehouden terwijl hij tot hoog de lucht in vloog. Dat was het geluid dat Ayla nabootste.

In de volslagen duisternis van de diepe grot had haar perfecte imitatie van het lied van een veldleeuwerik iets griezeligs, een zonderling misplaatste spookachtige hoedanigheid die Jondalar deed huiveren. Zelandoni probeerde het te verhullen, maar ook zij kreeg onverwachts een koude rilling. Wolf bespeurde het ook en probeerde het niet eens te verhullen. Zijn wolvenlied weergalmde door de immense besloten ruimte en dat zorgde ervoor dat Jonayla mee ging doen. Ze begon te huilen, maar Ayla besefte al snel dat het niet zozeer een uiting van angst of schrik was, maar een luide jammerklacht die klonk als een begeleiding van Wolf.

'Ik wist dat hij tot de zelandonia behoort,' zei de Eerste, en ze zette weer in met haar volle melodramatische stem.

Jondalar stond als aan de grond genageld van verbijstering. Toen de geluiden wegstierven, lachte hij onzeker, maar toen ook Zelandoni begon te lachen, kreeg zijn lach het vrolijke, spontane waar Ayla zo van hield, en toen moest zij ook lachen.

'Ik geloof dat het erg lang geleden is dat deze grot zoveel geluid heeft gehoord,' zei de Ene Die Eerste Was. 'Dat zal de Moeder beslist plezieren.'

Toen ze hun weg weer vervolgden, liet Ayla een reeks kunstige vogelroepen horen en het duurde niet lang of ze meende een verandering in de weerklank te bespeuren. Ze bleef staan om naar de muren te kijken;

eerst naar de rechtermuur, toen naar de linker, waar ze een fries van drie neushoorns zag. Van de dieren waren alleen met zwart de contouren aangegeven, maar toch leken ze diepte te hebben, en de nauwkeurigheid van de contouren maakte ze opmerkelijk levensecht. Hetzelfde gold voor de dieren die waren gegraveerd. Sommige dieren die ze had gezien, vooral de mammoeten, werden aangegeven met louter een omtreklijn van de kop en de kenmerkende vorm van de rug, bij sommige waren met twee gebogen lijnen de slagtanden toegevoegd. Andere waren opmerkelijk volledig, met ogen en een aanduiding van hun wolharige vacht, maar zelfs zonder de slagtanden en andere toevoegingen waren de contourlijnen voldoende om een idee te geven van het volledige dier.

Door de aanwezigheid van de afbeeldingen vroeg ze zich af of het geluid van haar fluittonen en Zelandoni's gezang echt was veranderd in bepaalde delen van de grot en of een voorouder datzelfde had gehoord of hetzelfde daar had bespeurd en de plaatsen met mammoeten, neushoorns en andere dingen had gemarkeerd. Het was fascinerend om je voor te stellen dat de grot zelf de mensen vertelde waar er markeringen moesten komen. Of vertelde de Moeder Haar kinderen via de tussenkomst van de grot waar ze moesten kijken en waar ze moesten markeren? Ze vroeg zich onwillekeurig af of de geluiden die ze voortbrachten hen werkelijk leidden naar plaatsen die dichter bij de onderwereld van de Moeder waren. Dat leek zo te zijn, maar heel diep vanbinnen twijfelde ze daar toch aan.

Ze liepen weer verder en Ayla bleef haar vogelfluitjes fluiten. Een stukje verderop kreeg ze het gevoel dat ze moest stoppen. Aanvankelijk zag ze niets, maar na nog enkele stappen keek ze naar de linkerkant van de brede grot. Daar zag ze een opmerkelijk gegraveerde mammoet. Het dier droeg zijn volle, ruige wintervacht; er was haar op het voorhoofd, rond de ogen en op het gezicht te zien, en ook langs de slurf.

'Hij lijkt op een wijze oude man,' zei Ayla.

'Hij wordt "de Oude" genoemd,' zei Zelandoni, 'of soms "de Wijze Oude".'

'Hij doet me inderdaad denken aan een oude man die veel kinderen tot zijn vuurplaats kan rekenen, en hun kinderen en misschien ook de hunne,' zei Jondalar.

Zelandoni begon weer te zingen; ze liep terug naar de tegenoverstaande muur, waar nog meer mammoeten te zien waren, een heleboel, zwart geverfd. 'Kun je de telwoorden gebruiken en me vertellen hoeveel mammoeten je ziet?' vroeg ze aan zowel Jondalar als Ayla.

Ze liepen dichter naar de muur met hun lamp voor zich uit om beter te kunnen zien en maakten er een spelletje van om het telwoord uit te spreken voor elke mammoet die ze zagen. 'Sommige staan met de kop naar links en andere naar rechts,' zei Jondalar, 'en in het midden staan er weer twee tegenover elkaar.'

'Zo te zien is dit weer een ontmoeting tussen de twee leiders die we eerder hebben gezien en hebben ze een deel van hun kudde meegebracht,' zei Ayla. 'Ik tel er elf.'

'Ik kom op hetzelfde uit,' zei Jondalar.

'De meeste mensen tellen er elf,' zei Zelandoni. 'Er zijn verderop nog enkele dieren te zien, maar die zijn veel verder weg en ik geloof niet dat we die nu moeten gaan bekijken. Laten we teruggaan en die andere gang nemen. Ik denk dat jullie verbaasd zullen opkijken.'

Ze keerden terug naar de plek waar de gang zich in tweeën splitste en Zelandoni leidde hen de andere gang in. Tijdens het lopen neuriede of zong ze zacht. Ze kwamen langs nog meer dieren, voornamelijk mammoeten, maar ook een bizon, misschien een leeuw, dacht Ayla, en ze zag weer met de vinger gemaakte merktekens, sommige met duidelijke vormen, terwijl andere meer in het wilde weg gemaakt leken te zijn. Plotseling verhief de Eerste haar stem en ging ze langzamer lopen. Toen zette ze de bekende woorden van Het Lied van de Moeder in.

Uit de chaos van tijd, vóór het eerste ochtendgloren,
Werd uit de wervelwind de verheven Moeder geboren.
Zij besefte terstond: het leven had grote waarde.
Maar de donkere leegte griefde de Grote Moeder der Aarde.
De Moeder was alleen. Verder was er niet een.

Uit het stof van Haar geboorte schiep toen de Moeder,
Een bleek stralende vriend, een metgezel, een broeder.
Tezamen groeiden zij op, leerden liefde en kommernis,
En toen Zij daarvoor rijp was, volgde een verbintenis.
Hij koesterde Haar. Haar bleek stralende minnaar.

Haar volle, rijke stem leek de hele ruimte en diepte van de immense grot te vullen. Ayla was zo geroerd dat ze niet alleen huiverde, maar een brok in haar keel kreeg en tranen in haar ogen voelde opwellen.

De duistere leegte en de uitgestrekte, barre Aarde,
Keken verwachtingsvol uit naar het kind dat Zij baarde.
Leven haalde adem uit Haar botten en dronk van Haar bloed,
Deed Haar huid opensplijten en verscheurde Haar gemoed.
De Moeder had gegeven. Een ander kwam tot leven.

Haar gutsende geboortewater deed rivieren en zeeën volstromen,
Overspoelde het land, en daaruit groeiden de bomen.
Elke kostbare druppel bracht blad en gras uit de grond,
Tot uit al het welige groen de nieuwe Aarde ontstond.
Haar wateren vloeiden. Nieuw groen en bomen groeiden.

Met de komst van nieuw leven braakte Zij water en vuur,
Leverde een pijnlijke strijd in Haar barensuur.
Haar droog, gestold bloed werd tot okerrood aard',
Maar het prachtige kind was de inspanning waard.
De Moeder was blij. Een stralende jongen erbij.

Bergen verrezen, spuwden vlammen de hemel tegemoet,
Zij voedde Haar zoon uit Haar bergachtig gemoed.
Hij zoog o zo hard, de vonken namen hoge vlucht,
Hete melk van de Moeder vormde een pad door de lucht.
Zijn leven was begonnen. Ze voedde de jongen.

Hij lachte en speelde, werd stralend en groot,
Hij verlichtte het donker, het kind uit Haar schoot.
Hij werd schrander en sterk, door Haar teder bemind,
Maar al snel werd hij volwassen, niet langer meer kind.
Hij werd groot, zo snel dat het Haar griefde. Wist zelf alras wat hem beliefde.

De diepe grot leek het lied terug te zingen naar de Ene Die Eerste Was; de ronde vormen en scherpe hoeken van het steen veroorzaakten een korte vertraging en een lichte verandering van toon, zodat het geluid dat naar hen terugkwam een prachtige harmonieuze fuga was.
Haar krachtige stem vulde niet alleen de ruimte met geluid, maar voor Ayla had die ook iets troostends. Ze hoorde niet elk woord, elk geluid, sommige coupletten deden haar alleen maar dieper over de betekenis nadenken, maar ze had het gevoel dat als ze ooit zou verdwalen, ze die stem bijna overal zou kunnen horen. Ze keek naar Jonayla, die ook aandachtig leek te luisteren. Jondalar en Wolf leken evenzeer in vervoering te zijn gebracht als zij.

Haar zacht schijnende vriend, groot was zijn verzet,
Maar de strijd was te zwaar, besefte hij ontzet.
Zijn waakzaamheid verslapte, hij sloot zijn oog met een zucht,

En de duisternis besloop hem, stal zijn licht uit de lucht.
Haar vriend boog moe het hoofd. Zijn licht werd gedoofd.

Toen de duisternis viel, ontwaakte Zij met een kreet van smart,
De sombere leegte verborg het licht, alles was zwart.
Ze mengde zich in de strijd, sprong voor Haar vriend in de bres,
En de donkere schaduw verjoeg Zij met succes.
Maar het bleke, nachtelijk licht. Verloor Haar zoon uit het zicht.

Maar het sombere, kille donker smachtte naar zijn heldere, warme gloed,
De Moeder vocht verbeten, verloor nog immer niet de moed.
De wervelwind rukte, maar Zij gaf zich niet gewonnen,
In de strijd die Ze met Haar donkere, wervelende vijand was begonnen.
Ze had de duisternis bezworen. Maar Haar zoon had Zij verloren.

Terwijl Ze streed met de wervelwind en chaos werd verdreven,
Gloeide het licht van Haar zoon krachtig en vol leven.
Toen de Moeders kracht verzwakte, kreeg de leegte de overhand,
En aan het eind van de dag werd het weer donker in het land.
Ze voelde de warmte van Haar kind. Maar niemand had gewonnen, noch Zij, noch de wind.

De Grote Moeder leefde met pijn in Haar hart,
De scheiding van Haar zoon dompelde Haar in diepe smart.
Ze verlangde naar het kind dat Zij prijs had moeten geven,
En zocht in Haar kern nog een kiem van nieuw leven.
Zich erbij neerleggen kon Zij niet. Het verlies was een te groot verdriet.

Bij dit deel moest Ayla altijd huilen. Ze wist hoe het was om een zoon te verliezen en voelde zich een met de Grote Moeder. Net als Doni had ook zij een zoon die nog leefde, maar van wie ze altijd gescheiden zou zijn. Ze drukte Jonayla stevig tegen zich aan. Ze was heel blij met haar nieuwe kind, maar ze zou haar eerstgeborene altijd blijven missen.

Met een bulderend geraas scheurden Haar rotsen uiteen,
En een diepe spelonk in Haar wezen verscheen.
Toen schonk Ze weer leven uit Haar innerlijk zo groot,
En ontsproten de Aardkinderen aan Haar moederschoot.

De Moeder, in vertwijfeling verzonken, heeft nu een schare kinderen het leven geschonken.

Sommige zwommen, andere vlogen, elk kind was uniek,
Sommige kropen, andere liepen, vol kracht en energiek.
Elke vorm was compleet, ieder wezen volmaakt,
Elke vorm was er een die kon worden nagemaakt.
Beloond zag de Moeder Haar grote streven. De groene aarde wemelde van het leven.

Geen van de vogels, vissen en dieren die het levenslicht hadden aanschouwd,
Zouden de Moeder verlaten, zij waren Haar trouw.
Elke soort zou nu leven bij de plek waar die was gebaard,
En zo bevolkten zij samen de Grote Moeder Aard'.
Ze bleven allen dicht bij Haar. Zo kwam geen van allen in gevaar.

Ayla en Jondalar keken om zich heen in de grote grot en vingen elkaars blik. Dit was zonder twijfel een heilige plaats. Ze waren nooit eerder in zo'n immense grot geweest en plotseling begrepen ze de betekenis van het heilige oorsprongsverhaal beter. Er waren mogelijk ook andere plaatsen, maar dit moest een van de plaatsen zijn vanwaaruit Doni had gebaard. Ze hadden het gevoel dat ze in de moederschoot van de Aarde waren.

Zij waren alle Haar kinderen en trots was Haar deel,
Maar van Haar innerlijke levenskracht restte Haar niet veel.
Ze had een klein beetje over, een laatste restje kracht,
Om een kind te baren dat zou beseffen wat was volbracht.
Een kind dat respect zou leren. En de Moeder zou vereren.

Eerste Vrouw werd geboren, volgroeid en vol leven,
Gaven om te overleven werden haar meegegeven.
De Eerste Gave was het leven zelf en net als Grote Moeder Aarde,
Had ze een aangeboren besef des levens grote waarde.
Eerste Vrouw sproot voort. De allereerste van haar soort.

Ze kreeg de Gave van Visie, alles zien in verband,
Een verlangen naar kennis, een helder verstand.
Eerste Vrouw kreeg instinct, kennis werd haar grote kracht,
Om te kunnen overleven en om door te geven aan haar nageslacht.
Eerste Vrouw kon zich weren. Wat ze niet wist, dat kon ze leren.

Haar levenskracht was opgebruikt, maar de Moeder was niet versaagd,
Want in het doorgeven van de Levensgeest, was Zij zeker geslaagd.
Al Haar kinderen plantten zich voort om hun soort te handhaven,
En Vrouw was gezegend met dezelfde Gave.
Maar Vrouw was alleen. Verder was er niet een.

De Moeder dacht terug aan Haar eigen eenzaamheid,
De liefde van Haar vriend en zijn zoete tederheid.
Met inzet van al Haar krachten schiep Zij nog één vonk,
Waarmee Ze als gezel voor Vrouw Eerste Man het leven schonk.
Opnieuw had Zij gegeven. Nog één schonk Zij het leven.

Zelandoni en Ayla keken allebei met een glimlach naar Jondalar en ze dachten hetzelfde. Ze vonden allebei dat hij een volmaakt voorbeeld was. Hij had Eerste Man kunnen zijn, en ze waren allebei dankbaar dat Doni man had geschapen om het leven met vrouw te delen. Aan hun gezichtsuitdrukking kon Jondalar bijna aflezen wat ze dachten en hij voelde zich verlegen worden, al begreep hij niet waarom dat was.

Aan de zijde van Vrouw had zich nu Man geschaard,
En als thuis schonk de Moeder hun toen de Aard'.
Het water, het land, al wat Zij had gesticht,
Daar zorgvuldig mee omgaan, dat werd nu hun plicht.
Ze mochten alles beheren, maar het nimmer onteren.

De Moeder schonk de Aardkinderen Gaven om te overleven,
Maar toen besloot Ze om hun nog iets te geven.
De Gave van Genot en elkaar te beminnen,
Een eerbewijs aan de Moeder in de drift van hun zinnen.
De Gaven zijn welverdiend. Als daarmee de Moeder wordt gediend.

Tevreden met Haar schepping bezag Zij het paar,
Ze leerde hun tederheid en liefde voor elkaar.
Ze schonk hun verlangen om elkaar met liefde te strelen,
En de Gave van de Moeder samen in Genot te delen.
En toen was Zij klaar. Haar kinderen hielden van elkaar.
De Aardkinderen hadden het geluk gevonden. De Moeder kon eindelijk rusten in Haar sponde.

Zoals altijd wanneer ze *Het Lied van de Moeder* hoorde vroeg Ayla zich af waarom er aan het einde twee regels waren. Het was net alsof er iets ontbrak, maar misschien had Zelandoni gelijk en was het alleen maar bedoeld als besluit van het verhaal. Vlak voor de vrouw haar lied afrondde, voelde Wolf de behoefte om te reageren op de manier waarop wolven altijd met elkaar communiceerden. Terwijl de Eerste haar lied zong, zong hij zijn wolvenlied; hij kefte een paar keer en liet toen uit volle borst een spookachtig gehuil horen, en toen nog eens, en nog eens. Door de weergalm in de grot klonk het net alsof wolven vanaf heel ver terug huilden, misschien uit een andere wereld. En toen liet Jonayla haar jammerklacht horen, en Ayla was gaan beseffen dat dit haar manier was om te reageren op het wolvenlied.
Zelandoni dacht: of Ayla het wil of niet, haar dochter lijkt voorbestemd om deel uit te gaan maken van de zelandonia.

15

Terwijl de Eerste verder de grot in liep hield ze haar lamp hoog. Voor het eerst zagen ze nu een plafond. Toen ze het eind van de gang naderden betraden ze een ruimte waar het plafond zo laag was dat Jondalar bijna zijn hoofd stootte. Het oppervlak was vrijwel egaal en erg licht van kleur, en het was bedekt met schilderingen van dieren in zwarte contourlijnen. Er waren natuurlijk mammoeten waarvan sommige bijna volledig waren afgebeeld inclusief hun ruige vacht en slagtanden, terwijl van andere slechts de kenmerkende vorm van hun rug was aangegeven. Ook waren er verscheidene paarden, waarvan er een zo groot was dat het de ruimte domineerde, veel bizons, wilde geiten en geitantilopen en enkele neushoorns. Er was geen regelmaat te ontdekken in hun opstelling of grootte. Sommige stonden met de kop naar links, andere naar rechts, en veel waren over elkaar heen geschilderd, alsof ze in het wilde weg uit het plafond vielen.

Ayla en Jondalar liepen rond en probeerden alles in zich op te nemen en er wijs uit te worden. Ayla strekte haar arm en streek met haar vingertoppen over het beschilderde plafond. Haar vingers tintelden door de ruwheid van het steen. Ze keek op en probeerde het plafond in zijn geheel te zien, zoals de vrouwen van de Stam leerden om een volledig tafereel met één vluchtige blik te overzien. Toen deed ze haar ogen dicht. Terwijl ze met haar hand over het ruwe plafond streek, leek het steen te verdwijnen; ze voelde niets dan lege ruimte. Voor haar geestesoog verscheen een beeld van echte dieren in die ruimte, die van heel ver weg kwamen, uit de geestenwereld achter het stenen plafond, en naar de aarde vielen. De grotere dieren en de dieren die in meer detail waren afgebeeld hadden bijna de wereld bereikt waarin zij liep; de kleinere dieren en de dieren die met slechts enkele lijnen waren aangegeven, waren nog onderweg.

Toen ze eindelijk haar ogen opendeed en omhoogkeek werd ze duizelig. Ze liet haar lamp zakken en keek neer op de vochtige vloer van de grot.

'Het is overweldigend,' zei Jondalar.

'Ja, dat is het zeker,' zei Zelandoni.
'Ik wist niet dat dit hier was,' zei hij. 'Niemand praat erover.'
'Volgens mij zijn de zelandonia de enigen die hier komen. Men is bang dat jongeren ernaar op zoek gaan en in de grot verdwalen,' zei de Eerste. 'Je weet hoe leuk kinderen het vinden om grotten te verkennen. Zoals je hebt kunnen zien zou je in deze grot makkelijk de weg kwijt kunnen raken, maar er zijn wel kinderen binnen geweest. In de gangen niet ver van de ingang zijn vingerafdrukken die door kinderen zijn gemaakt, en iemand heeft op z'n minst één kind opgetild om met zijn vingers afdrukken te maken op het plafond.'
'Gaan we nog verder?' vroeg Jondalar.
'Nee, hiervandaan gaan we weer terug,' zei Zelandoni. 'Maar we kunnen wel even uitrusten en terwijl we hier zijn moeten we de lampen bijvullen. We hebben nog een lange weg te gaan.'
Ayla zoogde haar baby, terwijl Jondalar en Zelandoni de lampen van brandstof voorzagen. Toen, na een laatste blik, aanvaardden ze de terugweg. Ayla probeerde onderweg de geschilderde en gegraveerde dieren te ontdekken die ze op de heenweg hadden gezien, maar Zelandoni zong niet en zij floot niet, en ze wist dat ze sommige over het hoofd zag. Ze bereikten de plek waar de grote gang waarin ze liepen op de hoofdgang uitkwam, en vervolgden hun weg zuidwaarts. Het duurde voor hun gevoel erg lang voor ze de plaats bereikten waar ze waren gestopt om te eten en toen de gang in waren gelopen waar ze de twee mammoeten hadden gezien die tegenover elkaar stonden.
'Willen jullie hier stoppen om uit te rusten en iets te eten of zullen we wachten tot we de scherpe bocht om zijn?' vroeg de Eerste.
'Ik wacht liever tot na de bocht,' zei Jondalar. 'Maar als je moe bent, kunnen we hier stoppen. Hoe voel jij je, Ayla?'
'Ik kan stoppen of doorlopen, zeg jij het maar, Zelandoni,' zei ze.
'Ik begin moe te worden, maar ik wil graag dat diepe gat voorbij zijn voor we stoppen,' zei ze. 'Het zal me enige moeite kosten om na een rustpauze mijn benen weer in beweging te krijgen en dan heb ik dat moeilijke traject het liefst achter de rug,' zei de vrouw.
Het was Ayla opgevallen dat Wolf op de terugweg dicht bij hen bleef en dat hij licht hijgde. Zelfs hij begon vermoeid te raken, en Jonayla was onrustiger. Ze had waarschijnlijk genoeg geslapen, maar het was nog steeds donker en dat verwarde haar. Ayla verschoof haar van haar rug naar haar heup en toen tot voor haar buik en liet haar een poosje drinken, waarna ze haar weer op haar heup installeerde. De proviandzak die over haar schouder hing voelde steeds zwaarder aan en ze had die graag naar haar andere schouder willen overbrengen, maar dan zou

ze alles moeten verplaatsen, wat onder het lopen lastig zou zijn.
Ze volgden voorzichtig de bocht, nog voorzichtiger toen Ayla bijna uitgleed op de natte klei en even later ook Zelandoni. Ze kwamen heelhuids de bocht om en bereikten de splitsing die op de heenweg rechts en nu links van hen was, waar Zelandoni halt hield.
'Misschien weten jullie nog dat ik zei dat er verderop in die gang een interessante heilige plaats is. Als jullie willen, kunnen jullie die gaan bekijken. Ik wacht hier en rust even uit. Ik weet zeker dat Ayla de plek met haar vogelfluitje kan vinden.'
'Ik hoef er niet per se nu naartoe,' zei Ayla. 'We hebben zoveel gezien dat ik waarschijnlijk toch niet meer kan bevatten. Je zei dat jij hier denkelijk niet meer terugkomt, maar je bent hier verscheidene keren geweest en het lijkt me heel waarschijnlijk dat ik weer terugkom, vooral aangezien de grot zo dicht bij de Negende Grot ligt. Ik zie de plaats liever met een frisse blik, als ik niet zo moe ben.'
'Een verstandige beslissing, Ayla,' zei de Eerste. 'Ik kan je vertellen dat het ook een plafond is, maar daarop zijn de mammoeten in rood geschilderd. Het is beter om het met frisse ogen te zien. Maar we moeten wel iets eten en ik moet ook wateren.'
Jondalar slaakte een zucht van opluchting, deed zijn rugbepakking af en zocht een donker hoekje voor zichzelf. Hij had de hele dag van zijn kleine waterzak gedronken en moest ook nodig zijn water kwijt. Hij zou de nieuwe gang in zijn gegaan als de vrouwen dat hadden gewild, dacht hij terwijl hij luisterde naar zijn stroom tegen het steen, maar hij had voorlopig genoeg van de wonderbaarlijke schilderingen in deze grot en hij was moe van het lopen en wilde zo snel mogelijk naar buiten. Wat hem betrof konden ze ook later eten.
Er stond een kleine drinknap met koude soep op hem te wachten en een bot met wat vlees eraan. Wolf werkte zich door een hoopje kleingesneden vlees heen. 'We kunnen onder het lopen op het vlees knabbelen,' zei Ayla, 'en de botten voor Wolf bewaren. Hij zal het heerlijk vinden om erop te kluiven terwijl hij uitrust bij het vuur.'
'We verlangen allemaal naar een vuurplaats,' zei Zelandoni. 'We kunnen beter de lampen opbergen als ze zijn opgebrand en de rest van de weg naar buiten de fakkels gebruiken.' Ze had voor ieder van hen een fakkel tevoorschijn gehaald.
Jondalar was de eerste die zijn fakkel aanstak toen ze langs de gang links van hen liepen, tegenover de eerste geschilderde mammoet die ze hadden gezien.
'Dit is de gang waar je in moet om de vingerafdrukken van de kinderen te zien, en er zijn ook andere interessante dingen op de muren en

plafonds, diep in die gang en voorbij verscheidene aftakkingen,' zei Zelandoni. 'Maar niemand weet wat ze betekenen, al hebben velen daarnaar gegist. Veel zijn in rood geschilderd, maar het is een flinke wandeling hiervandaan.'

Niet lang daarna staken ook Ayla en Zelandoni hun fakkel aan. Voor hen uit, waar de gang zich splitste, namen ze het rechterpad, en Ayla meende in de verte een zweem van licht te zien. Toen de gang iets verder naar rechts draaide, wist ze het zeker, maar het was geen helder licht; en toen ze eindelijk de grot uit liepen, ging de zon onder. Ze hadden de hele dag in de grote grot gelopen.

Jondalar stapelde hout in de kuil om dat met zijn fakkel aan te steken. Ayla liet haar proviandtas naast de vuurkuil op de grond vallen en floot de paarden. Ze hoorde gehinnik in de verte en liep die kant op.

'Laat de baby maar bij mij,' zei Zelandoni. 'Je sjouwt haar al de hele dag mee. Jullie hebben allebei rust nodig.'

Ayla spreidde de draagdoek op het gras uit en legde Jonayla erop. De kleine vond het duidelijk heerlijk dat ze weer met haar beentjes kon trappelen. Haar moeder floot nog eens en rende in de richting van de hinnikend antwoordende paarden. Ze maakte zich altijd ongerust als ze de dieren enige tijd alleen had gelaten.

De volgende ochtend sliepen ze uit en ze hadden geen van drieën haast om de reis meteen voort te zetten, maar halverwege de ochtend werden ze onrustig en vonden ze dat het tijd werd om te vertrekken. Jondalar en Zelandoni bespraken de beste route om naar de Vijfde Grot te gaan.

'De Grot ligt ten oosten van hier, misschien een reis van twee dagen, drie als we rustig aan doen. Als we oostwaarts trekken, komen we er vanzelf,' zei Jondalar.

'Dat is waar, maar volgens mij bevinden we ons iets te ver naar het noorden, en als we oostwaarts trekken, moeten we zowel de Noordrivier als de Rivier oversteken,' zei Zelandoni. Ze pakte een stok en trok lijnen op de grond. 'Als we zuidoostwaarts trekken kunnen we voor de avond valt Zomerkamp van de Negenentwintigste Grot bereiken en bij hen overnachten. Noordrivier vloeit niet ver van Zuidfront van de Negenentwintigste Grot samen met de Rivier. We kunnen bij het wad tussen Zomerkamp en Zuidfront de Rivier oversteken en hoeven dan maar één rivier over. De Rivier is daar breder, maar ondiep, en dan kunnen we verder gaan in de richting van Weerkaatsingsrots en de Vijfde Grot, net als vorig jaar.'

Jondalar bestudeerde haar krabbels op de grond en terwijl hij ernaar keek, zei Zelandoni: 'De weg is redelijk goed aangegeven tussen hier en Zomerkamp, en de rest van de weg kunnen we een pad op de grond volgen.'

Jondalar besefte dat hij had overwogen te reizen zoals Ayla en hij tijdens hun Tocht hadden gedaan. Te paard, met de komboot bevestigd aan het sleepraam om hun spullen drijvend over rivieren te brengen, was het makkelijk om de meeste rivieren over te steken; alleen de grootste zouden misschien een probleem hebben opgeleverd. Maar met de Eerste op het sleepraam achter Whinney zou dat waarschijnlijk niet blijven drijven, net zomin als het sleepraam dat Renner voorttrok met al hun spullen. Bovendien zou het makkelijker zijn om de weg te vinden over duidelijk aangegeven paden.

'Je hebt gelijk, Zelandoni,' zei hij. 'Het is misschien minder rechttoe, rechtaan, maar wel een stuk makkelijker, en waarschijnlijk even snel of misschien zelfs sneller.'

De markeringen die de weg aangaven waren minder makkelijk te volgen dan de Eerste zich herinnerde. De weg was kennelijk de laatste tijd niet al te vaak gebruikt, maar onderweg verduidelijkten ze een deel van de markeringen zodat de weg voor de volgende reizigers makkelijker te volgen zou zijn. Het liep tegen zonsondergang toen ze het thuis van Zomerkamp bereikten, de Westtak van de Negenentwintigste Grot, die soms Drie Rotsen werd genoemd omdat die uit drie afzonderlijke locaties bestond.

Ze hadden een interessante, ingewikkelde samenwerkingsregeling uitgedacht. Vroeger waren het drie afzonderlijke Grotten geweest die uitzagen op hetzelfde welige grasland. Weerkaatsingsrots was op het noorden gericht, wat een nadeel had kunnen zijn als de locatie niet zoveel meer te bieden had gehad dat dit meer dan compenseerde. Het was een reusachtige rotswand, achthonderd meter lang en ruim tachtig meter hoog, met vijf niveaus van schuilplaatsen die een weids uitzicht boden op het landschap en de dieren die daardoorheen trokken. Het was een spectaculair gezicht en de meeste mensen werden overweldigd door de grootsheid.

De Grot die Zuidfront heette was precies wat de naam zei: een schuilplaats van twee niveaus op het zuiden gericht, een gunstige locatie die zowel 's zomers als 's winters veel zon kreeg en hoog genoeg was voor een goed uitzicht over de open vlakte. De laatste Grot was Zomerkamp, aan de westkant van de vlakte, waar een overvloed aan hazelnoten groeide, en veel mensen uit de andere Grotten gingen daar aan het eind van de zomer naartoe om ze te plukken. Het was ook de Grot die het dichtst bij een kleine heilige grot lag, die door de mensen in de omgeving simpelweg Bosholte werd genoemd.

Aangezien de Grotten alle drie gebruikmaakten van dezelfde jacht- en verzamelgebieden was dat aanleiding tot meningsverschillen die soms zo hoog opliepen dat het op vechten uitdraaide. Het was niet zo dat het gebied niet genoeg opbracht voor alle drie de groepen – het was niet alleen een vruchtbare streek, maar ook een belangrijke migratieroute – maar dikwijls gingen twee of meer verzamel- of jachtgroepen uit verschillende Grotten tegelijkertijd achter dezelfde dieren aan. Twee ongecoördineerde groepen jagers die aasden op dezelfde kleine kudde hinderden elkaar, en het gevolg was dikwijls dat de dieren werden verjaagd zonder dat ook maar een van de groepen iets had buitgemaakt. Als alle drie de Grotten afzonderlijk achter zo'n kudde aangingen, was het nog erger. Alle Grotten van de Zelandoniërs in de streek werden getroffen door het gebrek aan overeenstemming, en uiteindelijk, na sterk aandringen van al hun buren en na moeilijke onderhandelingen, besloten de drie afzonderlijke Grotten zich samen te voegen tot één Grot op drie locaties en samen te werken en gezamenlijk de overvloed van hun vruchtbare vlakte te oogsten. Hoewel er af en toe nog steeds onenigheid ontstond, leek de ongebruikelijke regeling te werken.

Omdat de Zomerbijeenkomst nog aan de gang was, waren er niet veel mensen in de Westtak van de Negenentwintigste Grot. De meesten die waren achtergebleven, waren oud of ziek en niet in staat de reis te maken, en er waren ook mensen gebleven om voor hen te zorgen. Het kwam ook weleens voor dat iemand thuisbleef omdat die ergens mee bezig was en dat werk niet kon onderbreken, of dat het iets was wat alleen 's zomers gedaan kon worden. Degenen die nog in de Westtak waren, verwelkomden de reizigers enthousiast. Ze kregen zo vroeg in de zomer zelden bezoek, en aangezien de bezoekers van de Zomerbijeenkomst kwamen, brachten ze misschien nieuws mee. Bovendien baarden de bezoekers zelf opzien, waar ze ook kwamen: Jondalar, de teruggekeerde reiziger, zijn vrouw uit den vreemde en haar baby, de wolf en de paarden, en de Eerste Onder Hen Die De Grote Aardmoeder Dienden. Maar ook, vooral voor hen die ziek of zwak waren, om wat ze waren: genezers, onder wie één die erkend werd als een van de beste van hun volk.

De Negende Grot had altijd een bijzonder goede verstandhouding gehad met de mensen van Drie Rotsen die woonden in de schuilplaats die Zomerkamp heette. Jondalar herinnerde zich dat hij daar een keer als jongen was geweest om te helpen de noten te oogsten die daar zo overvloedig groeiden. Degenen die werden uitgenodigd om te helpen bij de oogst kregen altijd een deel van de noten; en niet iedereen werd uitgenodigd, maar wel altijd de beide andere Grotten van Drie Rotsen en de Negende Grot.

Een jonge vrouw met lichtblond haar en een bleke huid kwam uit een onderkomen in de schuilplaats en keek verbaasd naar hen. 'Wat doen jullie hier?' vroeg ze, en ze schrok van zichzelf. 'Neem me niet kwalijk, dat klonk wel erg onbeleefd. Ik ben gewoon erg verbaasd om jullie te zien. Ik verwachtte niemand.'

Ayla vond dat ze er bedroefd en afgetobd uitzag; ze had donkere kringen onder haar ogen.

Zelandoni wist dat de vrouw de acoliet van de Zelandoni van de Westtak van de Negenentwintigste Grot was. 'Je hoeft je niet te verontschuldigen,' zei de Eerste. 'Ik besef dat we je overrompelen. Ik neem Ayla mee op haar eerste doniërreis. Ik zal jullie even aan elkaar voorstellen.' De Eerste werkte een verkorte versie van een formele introductie af en zei toen: 'Ik vraag me af waarom een acoliet achter zou blijven. Is er hier iemand die ernstig ziek is?'

'Misschien niet ernstiger dan anderen hier die dicht bij de volgende wereld zijn, maar ze is mijn moeder,' zei de acoliet. Zelandoni knikte begrijpend.

'Als je wilt, kunnen we wel even naar haar kijken,' zei de Ene Die Eerste Was.

'Ik zou jullie heel dankbaar zijn, maar ik wilde het niet vragen. Mijn Zelandoni hielp haar toen ze er nog was, en ze heeft me instructies gegeven, maar de toestand van moeder lijkt te zijn verslechterd. Ze voelt zich veel ellendiger, maar ik kan niets voor haar doen,' zei de jonge acoliet.

Ayla herinnerde zich dat ze de Zelandoni van Zomerkamp het jaar daarvoor tijdens de Zomerbijeenkomst had ontmoet. Aangezien elk van de Grotten van Drie Rotsen een Zelandoni had die bij hen woonde, was men tot de slotsom gekomen dat als ze alle drie bij de bijeenkomsten van de zelandonia een beslissende stem zouden hebben, de Negenentwintigste Grot te veel invloed zou krijgen. Daarom was er een vierde doniër gekozen om de hele groep te vertegenwoordigen, maar zij fungeerde meer als bemiddelaar; niet alleen tussen de drie andere Zelandonia, maar ook tussen de drie afzonderlijke leiders, en dat vergde veel tijd en diplomatie. De drie andere doniërs werden collega's genoemd. Ayla herinnerde zich de Zelandoni van Zomerkamp als een vrouw van middelbare leeftijd, bijna net zo dik als de Ene Die Eerste Was, maar in plaats van lang was zij tamelijk klein, en ze had een warm en moederlijk voorkomen. Haar titel was Aanvullende Zelandoni van de Westtak van de Negenentwintigste Grot, hoewel ze een volleerde Zelandoni was en het respect genoot dat overeenstemde met de status van haar positie.

De jonge acoliet leek opgelucht te zijn dat er iemand anders was die naar haar moeder wilde kijken, en dan nog wel iemand die zo verheven was en die over zoveel kennis beschikte, maar toen ze zag dat Jondalar net was begonnen met het afladen van het sleepraam, en Ayla's baby, die op Ayla's rug zat onrustig werd, zei ze: 'Maar eerst moeten jullie je installeren.'

Ze begroetten iedereen die er was, legden hun slaaprollen neer, installeerden de paarden op een mooie open veldje met vers gras en lieten Wolf kennismaken met de mensen, of liever gezegd de mensen met hem. Toen gingen Zelandoni en Ayla naar de jonge acoliet.

'Waar heeft je moeder last van?' vroeg Zelandoni.

'Dat weet ik niet precies. Ze klaagt over maagpijn of kramp, en ze heeft de laatste tijd geen eetlust,' zei de jonge vrouw. 'Ze wordt met de dag magerder en wil niet eens meer uit bed komen. Ik maak me erg ongerust.'

'Dat is begrijpelijk,' zei Zelandoni. 'Ga je mee om naar haar te kijken, Ayla?'

'Ja, maar ik ga eerst even aan Jondalar vragen of hij op Jonayla wil passen. Ik heb haar net gezoogd, dus ze kan wel even zonder me.'

Ze bracht de baby naar haar metgezel, die met een oudere man stond te praten die er niet zwak of ziek uitzag. Ayla veronderstelde dat hij net als de jonge acoliet was achtergebleven om voor een ander te zorgen. Jondalar wilde graag op Jonayla passen en hij pakte haar met een glimlach aan. Jonayla glimlachte terug; ze was graag bij hem.

Ayla ging terug naar de beide andere vrouwen en liep achter hen aan naar een onderkomen dat leek op de onderkomens van de Negende Grot, maar kleiner was dan de meeste die ze had gezien. Het leek te zijn gemaakt om alleen de vrouw te huisvesten die binnen op de slaapplaats lag. Het onderkomen was niet veel groter dan het bed; er was slechts een smalle ruimte eromheen en een klein voorraad- en kookgedeelte. Zelandoni alleen al leek de hele ruimte te vullen en er bleef maar weinig ruimte over voor de twee jongere vrouwen.

'Moeder, moeder!' zei de acoliet. 'Er zijn hier mensen die naar je komen kijken.'

De vrouw kreunde en deed haar ogen open, en haar ogen werden groot toen ze de dikke gedaante van de Eerste zag.

'Shevola?' zei ze schor.

'Ik ben hier, moeder,' zei de acoliet.

'Waarom is de Eerste hier? Heb je haar laten halen?'

'Nee, moeder. Ze kwam toevallig langs en zei dat ze wel even naar je wilde kijken. Ayla is er ook,' zei Shevola.
'Ayla? Is dat niet Jondalars vrouw uit den vreemde met de dieren?'
'Ja, moeder. Ze heeft de dieren meegebracht. Als u zich straks goed genoeg voelt kunt u naar buiten gaan om ze te bekijken.'
'Wat is de naam van je moeder, acoliet van de Westtak van de Negenentwintigste Grot?' vroeg Zelandoni.
'Vashona van Zomerkamp, de Westtak van de Negenentwintigste Grot. Ze is geboren in Weerkaatsingsrots voordat Drie Rotsen werden samengevoegd,' legde de jonge vrouw uit. Ze voelde zich verlegen worden bij het besef dat ze niet zo uitgebreid antwoord had hoeven geven. Het was per slot van rekening geen formele introductie.
'Heb je er iets op tegen dat Ayla je onderzoekt, Vashona?' vroeg de Eerste. 'Ze is een kundige genezeres. We kunnen misschien niets voor je doen, maar we willen het graag proberen.'
'Nee,' zei de vrouw zacht, met een lichte aarzeling. 'Daar heb ik niets op tegen.'
Het verbaasde Ayla een beetje dat de Eerste wilde dat zij de vrouw onderzocht, maar toen bedacht ze dat er zo weinig ruimte in het onderkomen was dat de grote vrouw er waarschijnlijk moeite mee zou hebben om naast het bed te gaan zitten. Ze liet zich op haar knieën zakken en keek de vrouw aan. 'Heb je op dit moment pijn?' vroeg ze.
Zowel Vashona als haar dochter werd zich plotseling bewust van Ayla's vreemde manier van praten, haar exotische accent.
'Ja.'
'Kun je me laten zien waar?'
'Dat is moeilijk te zeggen. Vanbinnen.'
'Hoog of laag?'
'Overal.'
'Mag ik je aanraken?'
De vrouw keek naar haar dochter, die naar Zelandoni keek. 'Ze moet haar onderzoeken,' zei de Eerste.
Vashona knikte instemmend en Ayla sloeg de deken terug, opende haar kleding en ontblootte haar bovenlichaam. Ze zag meteen dat de maag was opgezet. Ze betastte de maag, waarbij ze bovenaan begon en naar beneden werkte tot over de zwelling. Vashona kromp ineen, maar schreeuwde het niet uit. Ayla legde haar hand op het voorhoofd van de vrouw en toen achter de oren. Vervolgens boog ze zich voorover en rook aan haar adem. Toen stond ze weer op en dacht even na.
'Krijg je weleens een brandende pijn in je borst, vooral na het eten?' vroeg Ayla.

'Ja,' antwoordde de vrouw, met een vragende blik.
'En komt er lucht uit je mond met een hard geluid in je keel, zoals wanneer je een baby laat boeren?'
'Ja, maar veel mensen hebben last van oprispingen,' zei Vashona.
'Dat is waar, maar heb je ook bloed gespuwd?' vroeg Ayla.
Vashona fronste haar voorhoofd. 'Af en toe,' zei ze.
'Heb je bloed of een donkere kleverige massa in je ontlasting opgemerkt?'
'Ja,' zei de vrouw, nauwelijks harder dan op fluistertoon. 'De laatste tijd. Hoe weet je dat?'
'Dat weet ze doordat ze je heeft onderzocht,' zei Zelandoni.
'Wat heb je gedaan tegen de pijn?' vroeg Ayla.
'Wat iedereen doet tegen pijn: ik heb wilgenbastthee gedronken,' zei Vashona.
'En drink je ook dikwijls pepermuntthee?' vroeg Ayla.
Zowel Vashona als Shevola, haar dochter de acoliet, keek verwonderd naar de vreemde vrouw.
'Dat is haar lievelingsthee,' zei Shevola.
'Zoethoutwortel- of anijsthee zou beter zijn,' zei Ayla, 'en voorlopig ook geen wilgenbast meer. Sommige mensen geloven dat het geen kwaad kan aangezien iedereen dat drinkt. Maar te veel kan wel degelijk kwaad. Het is een medicijn, maar het is niet overal goed voor en het moet niet te vaak worden ingenomen.'
'Kun je haar helpen?' vroeg de acoliet.
'Ik denk van wel. Ik meen te weten wat haar mankeert. Het is ernstig, maar er zijn dingen die we kunnen proberen.' Toen voegde ze eraan toe: 'Al moet ik er wel bij vertellen dat het ook iets ernstigers zou kunnen zijn wat veel moeilijker te behandelen is, maar we kunnen op z'n minst haar pijn verlichten.'
Ayla zocht de blik van Zelandoni; de vrouw knikte, met een begripvolle uitdrukking op haar gezicht.
'Wat stel je voor als behandeling, Ayla?' vroeg ze.
Ayla dacht even na en zei toen: 'Anijs of zoethoutwortel om de maag tot rust te brengen, van beide heb ik wat in mijn medicijntas, gedroogd. En ik geloof dat ik ook gedroogde kalmoes bij me heb – die is zo zoet dat die bijna bitter is – die kramp kan doen ophouden, en er groeien genoeg paardenbloemen in de buurt om haar bloed te reinigen en haar ingewanden beter te laten werken. Ik heb kortgeleden kleefkruid geplukt; dat kan haar lichaam zuiveren van resten ontlasting, en een extract van de lievevrouwebedstro die ik onlangs heb verzameld is goed voor de maag en kan ervoor zorgen dat ze zich over

het geheel beter voelt, en het smaakt ook nog lekker. Misschien kan ik ergens in de buurt wat meer van die nagelkruidwortels vinden waarmee ik het avondeten enkele avonden geleden heb gekruid. Die zijn heel goed tegen maagaandoeningen. Maar wat ik echt graag zou hebben, is stinkende gouwe; die is het meest effectief. Het is een goede behandeling voor beide mogelijke problemen, vooral de ernstigste van de twee.'

De jonge vrouw keek vol ontzag naar Ayla. De Eerste wist dat ze niet de eerste acoliet van de Zelandoni van Zomerkamp was. Ze was een nieuweling bij de zelandonia en moest nog veel leren. En Ayla verbaasde zelfs haar nog steeds met de diepte van haar kennis. Ze wendde zich tot de jonge acoliet.

'Misschien kun je Ayla helpen met het bereiden van het medicijn voor je moeder. Dan weet je meteen hoe je het zelf moet maken als we weer weg zijn,' zei Zelandoni.

'Ja, daar wil ik graag bij helpen,' zei de jonge vrouw, en toen keek ze met een liefdevolle blik naar haar moeder. 'Ik ben ervan overtuigd dat je je dankzij dit medicijn veel beter zult voelen, moeder.'

Ayla keek naar het vuur, dat flakkerende vonken de avond in schoot, alsof ze probeerden hun fonkelende broeders hoog in de lucht te bereiken. Het was donker; de maan was jong en was al ondergegaan. Er waren geen wolken die de schitterende sterren aan het oog onttrokken, en er waren zoveel sterren dat ze geregen leken te zijn aan strengen van licht.

Jonayla lag in haar armen te slapen. Ze was al een poosje klaar met zogen, maar zat heerlijk op haar gemak bij het vuur met de baby in haar armen. Jondalar zat naast haar, en ze leunde tegen zijn borst en de arm die hij om haar heen had geslagen. Het was een drukke dag geweest en ze was moe. Er waren maar negen mensen van de Grot die niet naar de Zomerbijeenkomst waren vertrokken, van wie er zes te ziek of te zwak waren om de lange wandeling te maken – Zelandoni en zij hadden alle zes onderzocht – en de overige drie waren gebleven om voor hen te zorgen. Enkele van degenen die de reis niet konden maken, waren echter nog wel in staat om met bepaalde dingen te helpen, zoals koken en voedsel verzamelen. De oudere man met wie Jondalar eerder had staan praten en die was gebleven om te helpen, was op jacht gegaan en had een hert gedood, en er werd een feestmaal van hertenvlees voor de gasten bereid.

De volgende ochtend nam Zelandoni Ayla terzijde en vertelde haar dat ze met de jonge acoliet had afgesproken dat die Ayla hun heilige grot zou laten zien. 'Het is niet zo ver, maar de grot is erg moeilijk begaanbaar. Je moet hier en daar op handen en knieën kruipen, dus trek iets aan waarmee je door grotten kunt kruipen en wat je knieën bedekt. Toen ik jong was ben ik er een keer binnen geweest, maar ik geloof niet dat ik dat nu nog zou kunnen. Volgens mij kunnen jullie tweeën het gemakkelijk aan, al zul je niet snel vooruitkomen. Jullie zijn allebei sterk en jong en je zult er vast niet al te lang over doen, maar omdat het moeilijk is kun je je baby misschien beter hier laten.' Ze zweeg even en voegde er toen aan toe: 'Ik kan wel op haar passen, als je dat wilt.'

Ayla meende een zekere tegenzin in Zelandoni's toon te bespeuren. Op baby's passen kon vermoeiend zijn, en de Eerste had misschien andere plannen. 'Ik zal Jondalar vragen of hij het wil doen. Hij brengt graag tijd met Jonayla door.'

De twee jonge vrouwen gingen op pad; de jonge acoliet wees de weg.

'Moet ik je bij je volledige titel noemen of een korte versie daarvan of bij je naam?' vroeg Ayla, toen ze een kleine afstand hadden afgelegd.

'Dat lijkt per acoliet te verschillen.'

'Hoe noemen de mensen jou?'

'Ik ben Ayla. Ik weet dat ik de acoliet van de Eerste ben, maar ik heb er nog steeds moeite mee om mezelf zo te zien, en iedereen noemt me gewoon Ayla. Dat vind ik prettiger. Mijn naam is het enige wat me nog rest van mijn echte moeder, mijn oorspronkelijke volk. Ik weet niet eens wie dat waren. Ik weet nog niet wat ik zal doen als ik een volleerde Zelandoni ben. Ik weet dat we geacht worden onze persoonlijke naam achter te laten en ik hoop dat ik daartoe bereid zal zijn wanneer de tijd daar is, maar nu nog niet.'

'Sommige acolieten nemen meteen een andere naam aan, andere doen dat liever niet, maar uiteindelijk komt het altijd goed. Ik geloof dat ik liever heb dat je me Shevola noemt. Dat klinkt vriendelijker dan Acoliet.'

'Noem mij dan alsjeblieft Ayla.'

Ze volgden een pad door een smal ravijn, dicht begroeid met bomen en struikgewas, tussen twee ontzagwekkende rotswanden waarvan de ene de stenen schuilplaats van de Grot bevatte. Plotseling kwam Wolf aangerend. Shevola schrok; ze was niet gewend dat er plotseling wolven verschenen. Ayla nam zijn kop tussen haar handen en woelde lachend door zijn vacht.

'Je wilde dus niet achtergelaten worden,' zei ze. Ze was blij hem te zien. Tegen de acoliet zei ze: 'Vóór Jonayla's geboorte liep hij de hele tijd achter me aan, waar ik ook naartoe ging, tenzij ik hem zei dat dat niet mocht. Nu weet hij niet wat hij moet doen wanneer ik ergens ben en zij ergens anders. Hij wil ons allebei beschermen en kan niet altijd tot een besluit komen. Ik heb het deze keer aan hem overgelaten. Ik denk dat hij heeft besloten dat Jondalar Jonayla heel goed kan beschermen, en dus is hij mij achterna gekomen.'

'Je gezag over dieren is verbazingwekkend, zoals ze doen wat jij ze zegt en wat je wil. Na een poosje raak je eraan gewend, maar het blijft moeilijk te geloven,' zei Shevola. 'Heb je deze dieren altijd gehad?'

'Nee, ik had Whinney het eerst, tenzij je het konijn meetelt dat ik als klein meisje heb gevonden,' zei Ayla. 'Het diertje was waarschijnlijk aan een roofdier ontkomen, maar het was gewond en rende niet weg of kon niet wegrennen toen ik het oppakte. Iza was de genezer en ik nam het mee terug naar de grot zodat zij zijn wonden kon verzorgen. Ze was stomverbaasd en zei dat genezers mensen hielpen en niet dieren, maar ze deed het toch. Misschien om te zien of ze dat kon. Ik denk dat het idee dat mensen dieren konden helpen weer bij me naar bovenkwam toen ik het veulentje zag. Ik besefte niet meteen dat het dier dat in mijn valkuil was beland een zogende merrie was en ik weet niet waarom ik de hyena's heb gedood die achter haar aan zaten, misschien alleen maar omdat ik hyena's haat. Maar toen ik dat had gedaan had ik het gevoel dat ze mijn verantwoordelijkheid was geworden, dat ik moest proberen haar groot te brengen. Ik ben blij dat ik dat heb gedaan. Ze is mijn vriendin geworden.'

Shevola was gefascineerd door het verhaal dat Ayla zo terloops vertelde, alsof het iets doodgewoons was. 'Maar het is een feit dat je gezag hebt over die dieren.'

'Ik weet niet of ik het zo zou noemen. Voor Whinney was ik als een moeder. Ik verzorgde haar en voedde haar en we gingen elkaar begrijpen. Als je een jong dier vindt en dat als een kind opvoedt, kun je het leren hoe het zich moet gedragen zoals een moeder een kind leert hoe het zich moet gedragen,' legde Ayla uit. 'Renner en Grijs zijn haar zoon en dochter, en ik was erbij toen ze werden geboren.'

'En Wolf?'

'Ik had vallen gezet voor hermelijnen en toen Deegie – zij was mijn vriendin – en ik die gingen controleren ontdekte ik dat iets mijn strikken leegroofde. Toen ik een wolf in het oog kreeg die een hermelijn zat op te peuzelen, werd ik kwaad. Ik doodde haar met mijn slinger, maar toen zag ik dat ze een zogende moeder was. Dat had ik niet verwacht. Het was niet het seizoen voor een wolf om jongen te hebben die nog gezoogd moesten worden, dus volgde ik haar spoor terug naar haar hol. Ze was een solitaire wolf en had geen roedel om haar te helpen, en haar mannetje was kennelijk ook iets overkomen. Daarom roofde ze mijn strikken leeg. Er was nog maar één jong in leven, dus heb ik hem meegenomen. We woonden toen bij de Mamutiërs en Wolf groeide op met de kinderen van het Leeuwenkamp. Hij heeft nooit geweten hoe het was om met wolven te leven en daarom denkt hij dat mensen zijn roedel zijn,' zei Ayla.

'Alle mensen?' vroeg Shevola.

'Nee, niet iedereen, al is hij wel gewend geraakt aan grote mensenmassa's. Jondalar en ik, en nu natuurlijk ook Jonayla – wolven zijn dol op hun jongen – vormen zijn basisroedel, maar hij beschouwt Marthona, Willamar en Folara als zijn familie, en ook Joharran en Proleva en haar kinderen. Hij accepteert de mensen die ik door hem laat besnuffelen en die ik aan hem voorstel als vrienden, als tijdelijke leden van de roedel. Verder negeert hij iedereen, zolang ze geen bedreiging vormen voor degenen die hij als zijn roedel ziet,' legde Ayla uit aan de jonge vrouw, die gefascineerd luisterde.

'Wat gebeurt er als iemand een lid van zijn roedel kwaad wil doen?'

'Op de Tocht die Jondalar en ik hebben gemaakt om hier te komen, kwamen we een vrouw tegen die slecht was, die kwaadaardig was, die er plezier aan beleefde om mensen kwaad te doen. Ze probeerde me te doden, maar Wolf was haar voor en heeft haar gedood.'

Shevola kreeg kippenvel, een huivering van opwinding, zoals haar ook altijd overkwam als een verhalenverteller een griezelig verhaal vertelde. Hoewel ze geen moment aan Ayla twijfelde – ze geloofde niet dat de acoliet van de Eerste zoiets zou verzinnen – had ze zelf nog nooit zoiets meegemaakt en het leek gewoon niet echt. Maar daar was de wolf en ze wist waartoe wolven in staat waren.

Ze volgden het pad tussen de rotswanden door en kwamen bij een zijpad aan de rechterkant dat omhoog voerde naar een opening in de rotswand. Het was een behoorlijk steile klim, en toen ze boven waren zagen ze dat een groot rotsblok de ingang voor een deel afsloot, maar aan weerszijden was nog een opening. De opening aan de linkerkant was smal, maar breed genoeg om je erdoorheen te wurmen, terwijl de opening aan de rechterkant veel breder was, en het was duidelijk te zien dat daar eerder mensen hadden verbleven. Ze zag een oud kussen op de grond liggen. Het leer was aan de ene kant opengescheurd en de grasvulling stak eruit. Daaromheen lag afval: splinters en brokjes die waren achtergelaten door iemand die vuursteen had geklopt om werktuigen en andere gebruiksvoorwerpen te maken. Botten waarop iemand had geknaagd waren tegen de rotswand geslingerd en lagen daar op de grond. Ze gingen naar binnen en liepen een eind de grot in.

Wolf volgde hen. Shevola leidde hen naar een groepje stenen, deed haar rugbepakking af en zette die boven op een steen.
'Het wordt al snel te donker om te kunnen zien,' zei Shevola. 'We moeten fakkels aansteken. Onze bepakkingen kunnen we hier laten staan, maar drink wel eerst wat water.'
Ze zocht in haar bepakking naar materiaal om vuur te maken, maar Ayla had haar tondeldoos al tevoorschijn gehaald en ook een klein mandachtig voorwerp, niet gevlochten, maar gemaakt van samengeperste gedroogde reepjes schors. Ze vulde het met wat van het snel brandende wilgenroospluis dat ze graag als tondel gebruikte. Toen pakte ze een brokje pyriet, haar vonksteen waarin al een groef was uitgesleten door de vele keren dat het was gebruikt, en een brokje vuursteen dat Jondalar op maat had gesneden om in de groef te passen. Ayla sloeg met het vuursteen op de vonksteen en de vonk die daarbij ontstond landde in het brandbare pluis. Een pluimpje rook kringelde omhoog. Ayla pakte het schorsmandje op en blies op het beginnende vuurtje, dat fel opgloeide en ontvlamde. Ze blies nog eens en zette het kleine mandje met vuur op de steen. Shevola had twee fakkels gepakt en stak ze in het kleine vuur aan. Zodra de fakkels brandden kneep Ayla het schorsmandje dicht om het vuur te doven, zodat de schors die nog over was opnieuw gebruikt kon worden.
'We hebben enkele vonkstenen, maar ik heb nog niet geleerd om ze te gebruiken,' zei de jonge acoliet. 'Wil jij me laten zien hoe je dat zo snel doet?'
'Natuurlijk. Het vergt alleen enige oefening,' zei Ayla. 'Maar nu moet je me eerst maar eens deze grot laten zien.' Terwijl de jonge vrouw dieper de grot in liep, was Ayla benieuwd hoe deze heilige plaats zou zijn.

Er viel wat licht door de ingang naar binnen, maar zonder het licht van de fakkels hadden ze niet kunnen zien waar ze liepen, en de vloer van de grot was erg ongelijk. Stukken van het plafond waren naar beneden gevallen en delen van muren waren ingestort. Ze moesten voorzichtig hun weg zoeken en over de stenen klauteren. Shevola liep naar de linkermuur en bleef daar dichtbij. Ze bleef staan waar de grot nauwer werd en zich in twee gangen leek te splitsen. De rechtergang was breed en de linkergang was erg smal en werd nog smaller. Als je de gang in keek, leek die dood te lopen.
'Deze grot is misleidend,' zei Shevola. 'De grote opening rechts lijkt de aangewezen weg, maar de gang leidt nergens heen. Verderop splitst de gang zich weer en beide gangen worden steeds kleiner en houden opeens op. De linkergang wordt erg smal, maar zodra je daar voorbij bent,

wordt die weer breder.' Shevola stak haar fakkel omhoog en wees naar enkele vage markeringen op de linkermuur. 'Die zijn daar aangebracht om mensen die deze grot niet kennen te laten weten dat ze deze weg moet volgen, als ze tenminste begrijpen wat de markeringen betekenen.'
'Je bedoelt mensen van de zelandonia, neem ik aan,' zei Ayla.
'In de regel,' zei Shevola, 'maar sommige jongeren vinden het leuk om grotten te verkennen en die doorgronden dikwijls de betekenis van de markeringen.' Na een korte afstand bleef de jonge vrouw staan. 'Dit is een goede plek om je heilige stem te laten horen,' zei ze. 'Heb je er al een?'
'Ik heb nog geen keuze gemaakt,' zei Ayla. 'Ik heb gefloten als vogels maar ook gebruld als een leeuw. Zelandoni zingt en dat is altijd prachtig, maar toen ze in de mammoetgrot zong, was het ongelooflijk. Wat doe jij?'
'Ik zing ook, maar niet zoals de Eerste. Ik demonstreer het wel even.' Ze maakte een erg hoog geluid dat overging in een laag geluid, waarna de toon steeds hoger werd tot ze het eerste geluid weer bereikte. De grot zong met een gedempte echo terug.
'Heel bijzonder,' zei Ayla, en toen floot ze haar vogellied.
'Dat is pas bijzonder,' zei Shevola. 'Het klonk echt als een vogel. Hoe heb je dat geleerd?'
'Na mijn vertrek bij de Stam en voor ik Jondalar had leren kennen, woonde ik in een dal ver naar het oosten. Ik voerde de vogels om ze te verleiden terug te komen en ging toen hun gezang nabootsen. Soms kwamen ze als ik floot, dus ging ik meer oefenen.'
'Zei je dat je ook kunt brullen als een leeuw?'
Ayla glimlachte. 'Ja, en hinniken als een paard en huilen als een wolf en zelfs lachen als een hyena. Ik ging het geluid van een heleboel dieren nabootsen omdat het leuk was en een uitdaging.' En iets om te doen als je alleen bent en vogels en andere dieren je enige gezelschap zijn, dacht ze, maar dat zei ze niet hardop. Soms zei ze bepaalde dingen niet omdat die te veel uitleg zouden hebben gevergd.
'Ik weet dat sommige jagers aardig goed zijn in het nabootsen van dierengeluiden, om ze te lokken, zoals de roep van een mannetjesedelhert en de kreet van een oeroskalf, maar ik heb nog nooit iemand horen brullen als een leeuw,' zei Shevola, terwijl ze Ayla verwachtingsvol aankeek.
Ayla glimlachte, haalde diep adem, draaide zich met haar gezicht naar de smalle gang en begon met wat inleidend gegrom, zoals een leeuw altijd deed. Toen brulde ze, zoals Kleintje altijd brulde nadat hij volgroeid was. Het geluid was misschien niet even luid als dat van een

echte leeuw, maar het had de juiste nuances en intonaties en het leek zoveel op de brul van een echte leeuw dat de meeste mensen die het hoorden geloofden dat het gebrul echt was en daardoor geloofden dat het luider klonk dan werkelijk het geval was. Het geluid deed Shevola even verbleken, maar toen de grot het geluid terugkaatste lachte ze.
'Als ik alleen dat had gehoord, geloof ik niet dat ik die gang in zou gaan. Het klinkt alsof er daarbinnen een holenleeuw zit.'
Op dat moment besloot Wolf om met zijn eigen geluid op Ayla's leeuwengebrul te reageren, en hij huilde zijn wolvenlied. Ook dat geluid weergalmde.
'Is die wolf een Zelandoni?' vroeg de jonge acoliet verwonderd. 'Het klonk net of ook hij een heilige stem gebruikte.'
'Dat weet ik niet. Voor mij is hij gewoon een wolf, maar de Eerste heeft ook iets in die trant gezegd toen hij iets dergelijks deed,' zei Ayla.
Ze liepen de smalle gang in, Shevola voorop, daarachter Ayla en als laatste Wolf. Het duurde niet lang of Ayla was blij dat Zelandoni haar had gezegd dat ze zich erop moest kleden om in een grot rond te klauteren. Niet alleen kwamen de muren van de gang steeds dichter naar elkaar toe, maar de vloer kwam omhoog en het plafond omlaag. Er bleef soms zo weinig ruimte over dat ze niet rechtop konden staan en op sommige plekken zelfs moesten kruipen. Ayla liet haar fakkel vallen toen ze zich door de versmalling wurmde, maar wist hem weer op te pakken voor hij doofde.
Ze kwamen weer makkelijker vooruit toen de gang breder werd en ze op een gegeven moment weer rechtop konden lopen. Ook Wolf leek blij te zijn dat ze de versmalling voorbij waren, al had hij er veel minder moeite mee, maar ze kwamen nog meer plekken tegen waar ze zich doorheen moesten wringen. Ze kwamen bij een plek waar de rechtermuur afgebrokkeld was tot een helling van losse stenen en er was nauwelijks nog een pad waarop ze hun voeten konden neerzetten. Terwijl ze voorzichtig een weg erlangs zochten, kwamen er nog meer stenen de steile helling af rollen. Ze drukten zich zo dicht mogelijk tegen de andere muur.
Eindelijk, na nog een versmalling in de gang, hield Shevola halt. Ze stak haar fakkel omhoog en draaide zich met haar gezicht naar de rechtermuur. Natte, glimmende klei bedekte voor een deel een klein stukje van de muur, maar dat maakte deel uit van het tafereel. In de klei was een symbool gegraveerd: vijf verticale en twee horizontale lijnen, waarvan er een alle vijf de verticale lijnen kruiste, en de tweede maar tot ongeveer het midden doorliep. Naast het symbool was een gravure in steen van een rendier.

Ayla had inmiddels genoeg schilderingen, tekeningen en gravures gezien om een eigen gevoel te ontwikkelen voor wat ze goed vond en wat ze als minder goed werk beschouwde. Naar haar mening was dit rendier minder mooi gemaakt dan sommige andere die ze had gezien, maar dat zou ze nooit tegen Shevola zeggen of tegen de rest van de Grot, of tegen wie dan ook. Het was een persoonlijke gedachte. Nog niet zo lang geleden had ze het idee dat iemand iets wat op een dier leek op een grotmuur zou tekenen, onvoorstelbaar gevonden. Ze had nog nooit iets dergelijks gezien. Zelfs een gedeeltelijke schets van een vorm die aan een dier deed denken was verbazingwekkend en krachtig. Deze afbeelding herkende ze door de vorm van het gewei als een rendier.

'Weet je wie dit heeft gemaakt?' vroeg Ayla.

'Er is in de Oude Legenden en Geschiedverhalen niets over te vinden, behalve algemene verwijzingen die op bijna alle grotmarkeringen kunnen doelen, maar er zijn enkele aanwijzingen in sommige verhalen over onze Grot waaruit je zou kunnen afleiden dat het mogelijk een Oude van de Westtak was, misschien een van de stichters,' zei Shevola. 'Ik wil graag geloven dat een voorouder dit heeft gemaakt.'

Toen ze verder de grot in liepen werd de weg iets makkelijker begaanbaar, maar niet veel. De vloer was nog steeds erg ongelijk en de muren hadden puntige uitsteeksels waarvoor ze moesten uitkijken, maar na ongeveer vijftien meter door de lange, smalle gang, bleef Shevola weer staan. Aan de linkerkant van de gang was een smalle ruimte en op de rechtermuur daarvan was een uitsteeksel vlak bij het plafond, met een paneel van verscheidene gegraveerde gedaanten in een hoek van ongeveer vijfenveertig graden met het horizontale vlak. Het was de belangrijkste afbeelding in de grot en bestond uit negen gegraveerde dieren op een beperkt oppervlak van niet meer dan vijfenzeventig bij honderdtien centimeter groot. Ook hier maakte de klei op de muur deel uit van het geheel.

De eerste afbeelding aan de linkerkant was deels in de klei gegraveerd, de rest was in het steen gekerfd, waarschijnlijk met een burijn van vuursteen. Ayla zag een fijne, transparante laag calciet op de fries, een aanduiding dat die al erg oud was. De afbeelding was voor een deel ingekleurd met een natuurlijk pigment van zwart mangaandioxide. Het oppervlak was erg broos; een klein deel van de kleur bladderde af en een ander deel leek bijna van de rotswand los te komen.

Centraal in de fries was een prachtig rendier afgebeeld. De kop was geheven en het gewei naar achteren geworpen, en de details waren zorgvuldig uitgewerkt, zoals het oog, de lijn van de bek en het neusgat. De flank was gemarkeerd met negen komvormige gaten die parallel liepen aan de lijn van de rug. Achter het rendier, met de kop de andere kant op, stond een ander voor een deel geschetst dier, waarschijnlijk een hert of misschien een paard, met ook een rij gegraveerde gaten dwars over het lichaam. Helemaal rechts op het paneel stond een leeuw, en tussen het rendier en de leeuw stond een reeks dieren, waaronder paarden en een berggeit. Onder de kin van de centrale figuur, waarbij dezelfde lijn werd gebruikt als die van de nek van het rendier, was het hoofd van een paard. In het onderste deel van het paneel, onder de hoofdfiguren, was een gravure van een ander paard. Met gebruik van de telwoorden telde Ayla in totaal negen volledig of gedeeltelijk geschetste dieren.

'Verder hoeven we niet te gaan,' zei Shevola. 'Als we rechtdoor gaan loopt de gang op een gegeven moment dood. Er is nog een smalle gang aan de linkerkant, maar aan het eind daarvan kom je in een kleine ruimte die ook doodloopt. We kunnen maar beter teruggaan.'

'Houden jullie hier ooit ceremoniën of rituelen?' vroeg Ayla, terwijl ze zich omdraaide en de wolf aaide die geduldig stond te wachten.

'Het ritueel was het maken van deze afbeeldingen,' zei de jonge acoliet. 'De persoon die hier kwam, misschien een keer of misschien meerdere keren, maakte een rituele Tocht. Ik weet het niet, het kan een Zelandoni zijn geweest of een acoliet die een Zelandoni werd, maar ik stel me voor dat het iemand was die de behoefte voelde om naar de geestenwereld te reiken, naar de Grote Aardmoeder. Er zijn heilige grotten die ervoor zijn bedoeld dat mensen daar komen en rituelen houden, maar volgens mij zijn de afbeeldingen in deze grot ontstaan tijdens een persoonlijke Tocht. Als ik hier kom probeer ik altijd de persoon te erkennen, op mijn eigen manier.'

'Volgens mij word jij een bijzonder goede Zelandoni,' zei Ayla. 'Je bent al zo wijs. Ik voelde ook de behoefte om deze plek en degene die dit werk heeft gemaakt te erkennen. Ik denk dat ik je raad zal opvolgen en daarover zal nadenken en Doni een persoonlijke gedachte aanbieden, maar ik zou meer willen doen, misschien ook naar de geestenwereld reiken. Heb je ooit de muren aangeraakt?'

'Nee, maar als je wilt mag je dat best doen.'

'Wil jij dan mijn fakkel even vasthouden?' vroeg Ayla.

Shevola pakte de fakkel van Ayla aan en hield beide fakkels omhoog om meer licht te krijgen in de kleine, benauwde grot. Ayla strekte haar armen en legde beide handen plat op de muur, niet op de gravures of schilderingen, maar daar vlakbij. Onder haar ene hand voelde ze de natte klei, onder de andere het ruwe oppervlak van het kalksteen, en toen deed ze haar ogen dicht. Het oppervlak van klei bezorgde haar eerst een tintelend gevoel en toen leek er kracht uit de stenen muur te stromen. Ze wist niet zeker of het echt was of dat ze het zich verbeeldde.

Heel even gingen haar gedachten terug naar de tijd dat ze bij de Stam woonde en naar haar reis naar de Stam-bijeenkomst. Zij had het speciale drankje voor de mog-urs moeten maken. Iza had haar uitgelegd hoe dat werd gedaan. Ze moest de harde, droge wortels fijnkauwen, de massa in een speciale kom in het water spuwen en die vervolgens met haar vinger roeren. Ze mocht niets doorslikken, maar dat gebeurde per ongeluk toch, en ze had het effect gevoeld. Toen Creb het proefde, vond hij het waarschijnlijk te sterk, want hij gaf iedere mog-ur maar een klein slokje.

Nadat ze het speciale vrouwendrankje had gedronken en met hen had gedanst, ging ze terug en vond ze de kom met op de bodem nog een beetje van de witte melkachtige vloeistof. Iza had haar verteld dat het niet verspild mocht worden en Ayla wist niet wat ze anders kon doen dan het opdrinken, en toen had ze in een bochtige grot het licht van lampen en fakkels gevolgd, naar de speciale bijeenkomst van de mog-urs. De rest wist niet dat ze er was, maar De Mog-ur, haar Creb, wel. Ze had nooit de gedachten en visioenen begrepen die haar hoofd die avond hadden gevuld, maar later waren ze af en toe teruggekomen. Dat was hoe ze zich nu voelde, minder sterk, maar het gevoel was hetzelfde. Ze haalde haar handen van de muur en huiverde van onbehagen.

De twee jonge vrouwen keerden zwijgend op hun schreden terug; ze bleven even staan om nog eens naar het eerste rendier en het symbool ernaast te kijken. Ayla zag enkele gebogen lijnen die haar de eerste keer niet waren opgevallen. Ze vervolgden hun weg langs de onstabiele puinhelling, die Ayla de rillingen bezorgde, en via de versmallingen, tot ze de moeilijke doorgang bereikten. Deze keer ging Wolf voorop. Toen ze de plek bereikten waar ze op hun knieën doorheen moesten kruipen, waarbij ze maar één hand konden gebruiken omdat ze met de andere de fakkel vasthielden, zag ze dat haar fakkel minder fel brandde, en ze hoopte dat die niet zou doven voor ze erdoorheen waren.

Toen ze de andere kant bereikten zag Ayla licht door de ingang naar binnen vallen, en haar borsten waren zwaar. Ze had niet het idee dat ze erg lang weg waren geweest, maar ze wist dat Jonayla hongerig zou zijn of dat snel zou worden. Ze haastten zich naar de stenen waar ze hun rugbepakking hadden achtergelaten en beide jonge vrouwen pakten hun waterzak. Ze hadden dorst. Ayla stak haar arm tot onder in haar bepakking en haalde een kleine kom tevoorschijn die ze voor

Wolf bewaarde. Ze schonk wat water in de kom voor het dier en nam toen zelf een slok uit de waterzak. Toen ze klaar waren en ze de kom van Wolf weer had ingepakt, hesen ze hun bepakking op hun rug en liepen de grot uit om terug te gaan naar de plek die Zomerkamp van Drie Rotsen heette, de Westtak van de Negenentwintigste Grot van de Zelandoniërs.

16

'Daar is Weerkaatsingsrots,' zei Jondalar. 'Was je van plan om bij de Zuidtak van de Negenentwintigste Grot langs te gaan, Zelandoni?'

De kleine stoet mensen, paarden en Wolf kwam tot stilstand naast de Rivier en ze keken op naar de ontzagwekkende kalkstenen rotswand die in vijf, en op sommige plaatsen zes, niveaus was verdeeld. Net als de meeste rotswanden in de streek verleenden de van nature voorkomende verticale zwarte strepen mangaan de rotswand zijn kenmerkende aanzien. Ze zagen dat er mensen naar hen stonden te kijken die klaarblijkelijk niet per se gezien wilden worden. Ayla herinnerde zich dat verscheidene mensen van de Grot, onder wie de leider, erg zenuwachtig waren met de paarden en Wolf in de buurt, en eigenlijk hoopte ze dat ze daar niet op bezoek zouden gaan.

'Er zullen daar vast en zeker enkele mensen zijn die niet naar de Zomerbijeenkomst zijn gegaan,' zei de vrouw, 'maar we zijn daar vorig jaar op bezoek geweest en hebben toen geen gelegenheid gehad om de Vijfde Grot te bezoeken. Laten we maar doorreizen.'

Ze vervolgden hun weg stroomopwaarts en volgden hetzelfde pad als het jaar daarvoor in de richting van de plek waar de rivier breder werd en het water ondiep, en waar ze dus makkelijker konden oversteken. Als ze het plan hadden gehad om de Rivier te volgen en van tevoren regelingen hadden getroffen, hadden ze per vlot kunnen reizen, waarbij ze het logge vaartuig stroomopwaarts hadden moeten bomen. Maar ze konden ook het pad langs de Rivier volgen dat eerst noordwaarts en daarna oostwaarts voerde, waar de waterweg een grote bocht maakte, en vervolgens zuidwaarts en weer oostwaarts rond een andere grote bocht om uiteindelijk weer noordwaarts te voeren, een tocht van ruim vijftien kilometer. Na de grote S-bochten liep het pad langs de Rivier stroomopwaarts met minder grote slingerende bochten naar het noordoosten.

Er waren enkele kleine schuilplaatsen niet ver van de meest noordelijke punt van de eerste bocht, maar Zelandoni was van plan een bezoek af te leggen bij het zuidelijkste punt van de tweede bocht: de Vijfde

Grot van de Zelandoniërs, de Grot die soms Ouddal werd genoemd. Het was makkelijker om Ouddal over land te bereiken in plaats van de rivier te volgen rond de grote S-bochten. Vanaf Weerkaatsingsrots op de linkeroever van de Rivier was het hemelsbreed een kleine vijf kilometer oostwaarts en een paar graden naar het noorden naar de grote Vijfde Grot, maar het pad dat de gemakkelijkste weg over het glooiende terrein volgde, was minder rechtstreeks.

Toen ze de ondiepe oversteekplaats van de Rivier bereikten, hielden ze weer halt. Jondalar stapte van Renners rug en bekeek de oversteekplaats kritisch. 'Zeg het maar, Zelandoni. Wil je liever afstappen en naar de overkant waden of op het sleepraam blijven zitten?'

'Dat weet ik niet. Volgens mij hebben jullie daar meer kijk op,' zei de donier.

'Wat denk jij, Ayla?' vroeg Jondalar.

Ze stond vooraan, zette Jonayla voor zich op de rug van de merrie en bond haar met de draagdoek stevig vast. Ze draaide zich om om naar de anderen te kijken. 'Het water lijkt niet diep, maar verderop kan het dieper zijn en dan kan het gebeuren dat je opeens in het water zit,' zei Ayla.

'Als ik afstap en door het water waad, weet ik zeker dat ik nat word. Ik denk dat ik het er maar op waag; mogelijk heb ik op het sleepraam een betere kans het droog te houden.'

Ayla keek naar de lucht. 'Het is maar goed dat we de rivier hebben bereikt nu die zo laag staat. Volgens mij gaat het regenen, of... ik weet het niet,' mompelde ze. 'Ik heb het gevoel dat er iets op komst is.'

Jondalar steeg weer op en Zelandoni bleef op het sleepraam zitten. Tijdens de oversteek kwam het water de paarden tot hun buik, en de twee te paard kregen natte onderbenen en voeten. Wolf, die een korte afstand moest zwemmen, werd natuurlijk door en door nat, maar hij schudde zich aan de overkant uit. Het houten sleepraam bleef drijven en het waterniveau was laag. Op wat spatjes na, bleef Zelandoni aardig droog.

Aan de overkant van de Rivier volgden ze een duidelijk aangegeven pad dat wegleidde van de Rivier, vervolgens omhoog langs de zijkant van een richel, over een geronde top waar het samenkwam met een ander pad, en aan de andere kant weer naar beneden. De loopafstand naar de Vijfde Grot van de Zelandoniërs was ongeveer zes kilometer. Onderweg vertelde de Eerste hun het een en ander over de Vijfde Grot. Hoewel Jondalar het meeste al wist, luisterde hij aandachtig. Ayla had een deel eerder gehoord, maar ze hoorde veel nieuwe dingen.

'Het telwoord in hun naam geeft aan dat de Vijfde Grot de op twee na oudste bestaande groep Zelandoniërs is,' begon de doniër. Ze sprak op haar onderwijzende toon, die ver droeg hoewel ze niet overdreven luid sprak. 'Alleen de Tweede en de Derde Grot zijn ouder. Terwijl de Geschiedverhalen en Oude Legenden wel gewag maken van de Eerste Grot, lijkt niemand te weten wat er met de Vierde is gebeurd. De meeste mensen gaan ervan uit dat een ziekte de bevolking zo sterk heeft uitgedund dat er weinig meer van de Grot over was, of dat er onenigheid was tussen verschillende groepen in de Grot en dat toen een aantal mensen is vertrokken terwijl degenen die overbleven zich bij een andere Grot hebben aangesloten. Zoiets is wel vaker gebeurd, zoals de ontbrekende telwoorden in de namen van de Grotten aangeven. De meeste Grotten hebben Geschiedverhalen over opgenomen leden of aansluiting bij andere groepen, maar er zijn geen verhalen over de Vierde Grot. Er zijn mensen die denken dat een afschuwelijke ramp de Vierde Grot heeft getroffen, die tot de dood van iedereen heeft geleid.'

De Eerste Onder Hen Die De Grote Aardmoeder Dienen vervolgde de les met het idee dat Ayla in het bijzonder zo veel mogelijk moest weten over haar aangenomen volk, vooral omdat ze op een dag de jongeren van de Negende Grot zou moeten onderrichten. Ayla luisterde gefascineerd naar de vertelling en concentreerde zich maar half op het pad dat ze volgden; ze leidde Whinney onbewust met de druk van een knie of door te gaan verzitten, terwijl de vrouw achter haar sprak en ondanks het feit dat ze achterstevoren zat, met haar stem de lucht vulde.

Het thuis van de Vijfde Grot was een gerieflijk klein dal tussen kalkstenen rotswanden onder een hoog overhangende rotsplaat. In het midden liep een heldere stroom, die als een bruisende bron begon en een kleine honderd meter verderop in de Rivier uitmondde. De hoge rotswanden aan weerszijden van de kleine rivier boden negen stenen schuilplaatsen van verschillende grootte, waarvan sommige hoog in de rotswand, maar niet alle schuilplaatsen waren bewoond. Het dal was al sinds mensenheugenis bewoond, vandaar de naam Ouddal. Uit de Geschiedverhalen en Oude Legenden van de Zelandoniërs bleek dat veel Grotten banden hadden met de Vijfde Grot.

Alle Grotten in het gebied van de Zelandoniërs waren in wezen onafhankelijk en voorzagen in hun eigen levensbehoeften. De leden konden jagen en vissen, voedsel verzamelen en materiaal vinden om alles te maken wat ze nodig hadden, niet alleen voldoende om te overleven, maar genoeg voor een gerieflijk bestaan. Ze waren in hun tijd de hoogst ontwikkelde gemeenschap, niet alleen in hun eigen leefomgeving, maar mogelijk in de hele wereld. De Grotten werkten samen omdat dat in hun eigen belang was. Ze organiseerden soms gemeenschappelijke jachtexpedities, vooral als het om grote dieren ging, zoals mammoeten en reuzenherten, of gevaarlijke dieren zoals de holenleeuw, en dan deelden ze het gevaar en de opbrengst. Ze gingen soms met grote groepen voedsel zoeken, waardoor ze in staat waren in een kort oogstseizoen grote hoeveelheden te verzamelen, voordat het voedsel overrijp was.

Ze onderhandelden voor levensgezellen uit de grotere groep omdat ze meer mensen nodig hadden dan hun eigen kleine Grot kon leveren, en ze dreven ruilhandel met elkaar, niet uit noodzaak, maar omdat ze graag wilden hebben wat andere mensen maakten. Hun producten leken genoeg op elkaar om herkenbaar te zijn, maar boden wel verscheidenheid, en wanneer er iets misging, was het fijn om vrienden of verwanten te hebben die ze om hulp konden vragen. En in een periglaciale streek, een gebied rondom de gletsjers met intens koude winters, kon er van alles misgaan.

Elke Grot had een specialisatie, soms meer dan één, als gevolg van het gebied waarin ze leefden, maar ook doordat bepaalde mensen manieren ontwikkelden om bepaalde dingen uitzonderlijk goed te doen, en ze die kennis doorgaven aan hun vrienden en verwanten. De Derde Grot bijvoorbeeld werd beschouwd als de Grot met de beste jagers, voornamelijk omdat ze hoog in een rotswand woonden, bij het samenvloeiingspunt van twee rivieren met grote grazige weiden op de uiterwaarden die allerhande soorten wild aantrokken, en zij doorgaans de eersten waren die de kuddes opmerkten. Aangezien ze als de beste jagers werden beschouwd, werkten ze hard om hun vaardigheid te perfectioneren. Als ze een grote kudde zagen, gaven ze dat door aan nabijgelegen Grotten en organiseerden ze een gemeenschappelijke groepsjacht. En als het maar enkele dieren waren, gingen hun jagers er dikwijls alleen achteraan, hoewel ze hun buit dikwijls deelden met naburige Grotten, vooral tijdens bijeenkomsten of festiviteiten.

De Veertiende Grot stond bekend om zijn uitstekende vissers. Elke Grot viste, maar de Veertiende was gespecialiseerd in het vangen van vis. Door hun kleine dal stroomde een rivier die kilometers stroomopwaarts begon en waarin allerlei soorten vis leefden en waar volwassen zalmen elk jaar terugkeerden om te paaien. Ze bevisten ook de Rivier en gebruikten daarbij veel verschillende technieken. Ze ontwikkelden visweren om vissen te vangen en ze waren zeer bedreven in vissen met een speer en met een net en aasstokjes, een recht stukje hout met aan beide uiteinden een scherpe punt.

De schuilplaats van de Elfde Grot lag dicht bij de Rivier en had toegang tot bomen. Zij hadden een vaardigheid ontwikkeld voor het bouwen van vlotten, die van generatie op generatie was doorgegeven en verbeterd. Met lange palen duwden ze de vlotten over het water en vervoerden daarmee niet alleen hun eigen goederen maar ook goederen voor de andere Grotten, waardoor hun buren bij hen in de schuld kwamen te staan, een schuld die dan weer kon worden vereffend met andere goederen en diensten.

De Negende Grot lag naast Rivierafwaarts, een plek die door de plaatselijke handwerkslieden als verzamelplaats werd gebruikt. Veel van die mensen verhuisden naar de Negende Grot, wat deels verklaarde hoe het kwam dat daar zoveel mensen woonden. Als iemand een speciaal werktuig of mes nodig had, of panelen van ongelooide huid die werden gebruikt om onderkomens te bouwen, of nieuw touwwerk of fijn draad, of kleding of tenten of materiaal om die te maken, of houten of geweven kommen of drinknappen, of een schildering of gravure van een paard of een bizon of enig ander dier, of om het even welk ander creatief voorwerp, gingen ze naar de Negende Grot.

De Vijfde Grot daarentegen beschouwde zichzelf als bijzonder onafhankelijk in elk opzicht. Ze beroemden zich op kundige jagers, vissers en deskundigen in elk ambacht. Ze bouwden zelfs hun eigen vlotten en beweerden dat ze de eerste Grot waren die dat deed, hoewel de Elfde Grot aan die bewering aanstoot nam. Hun doniërs werden hogelijk gerespecteerd en dat was altijd zo geweest. Verscheidene schuilplaatsen in het kleine dal waren versierd met schilderingen en gravures van dieren, sommige in haut-reliëf.

De meeste Zelandoniërs zagen de Vijfde Grot echter als specialisten in het maken van sieraden en kralen als persoonlijke versierselen. Wanneer iemand een nieuw halssieraad wilde of verschillende soorten kralen om op een kledingstuk te naaien, gingen ze dikwijls naar de Vijfde Grot. Ze waren vooral bedreven in het maken van kralen uit ivoor, en het vervaardigen van elke kraal was een langdurig en nauwgezet proces. Ze boorden ook gaten door de wortels van de tanden van diverse dieren voor hangers en opvallende kralen, en daarvoor gebruikten ze het liefst de tanden van vossen en edelherten. Ze wisten ook de hand te leggen op allerlei soorten schelpen, zowel uit de Grote Wateren van het Westen als uit de grote Zuidelijke Zee.

Toen de reizigers van de Negende Grot het kleine dal van de Vijfde Grot bereikten, kwamen uit verscheidene stenen schuilplaatsen in de rotswanden aan weerszijden van de kleine rivier mensen naar buiten. Er stond een groep voor de grote ingang van een schuilplaats die op het zuidwesten was gericht. Anderen kwamen tevoorschijn uit een schuilplaats ten noorden daarvan, en aan de andere kant van het dal kwamen ook mensen de schuilplaatsen uit. Het verbaasde de reizigers om zoveel mensen te zien, meer dan ze hadden verwacht. Of een groot deel van de Grot had besloten om niet naar een Zomerbijeenkomst te gaan, of ze waren vroeg teruggekomen.

De mensen kwamen nieuwsgierig naderbij, maar niemand kwam te dichtbij. Ze werden weerhouden door angst en ontzag. Jondalar was voor alle Zelandoniërs een bekend figuur, behalve voor de jonge mensen die volwassenheid hadden bereikt terwijl hij weg was. En iedereen wist dat hij van een lange Tocht was teruggekeerd en ze hadden de vrouw en de dieren gezien die hij had meegebracht, maar de opmerkelijke stoet van Jondalar en de vrouw uit den vreemde met haar baby, de wolf, drie paarden waaronder een veulen, en de Ene Die Eerste Was op een zitplaats die door een van de paarden werd voortgetrokken, maakte diepe indruk. Voor velen was er iets griezelig bovennatuurlijks aan dieren die zich zo gedwee gedroegen terwijl ze eigenlijk hadden moeten vluchten.

Een van de eersten die de stoet hadden gezien, was naar de Zelandoni van de Vijfde Grot gerend, en die stond nu op hen te wachten. De man stond bij de mensen voor de schuilplaats aan de rechterkant, en kwam met een hartelijke glimlach op zijn gezicht naderbij. Hij was van middelbare leeftijd, maar aan de jonge kant. Hij had lang, bruin haar dat achterover was getrokken en in een ingewikkeld kapsel om zijn hoofd was gewonden, en de tatoeages op zijn gezicht die een teken waren van zijn belangrijke positie, waren gedetailleerder dan ze hadden hoeven zijn, maar hij was niet de enige Zelandoni die zijn tatoeages had opgesmukt. Hij had iets zachts en ronds over zich, en de vlezigheid van zijn gezicht deed zijn ogen klein lijken, wat hem iets geslepens gaf, hetgeen niet helemaal onterecht was.

Zelandoni had in het begin haar oordeel over hem in beraad gehouden; ze wist niet of ze hem kon vertrouwen, ze wist niet eens of ze hem wel mocht. Hij kwam altijd krachtig voor zijn mening uit, zelfs wanneer die recht tegenover haar mening stond, maar hij had zijn betrouwbaarheid en loyaliteit bewezen, en tijdens bijeenkomsten en besprekingen was de Eerste op de scherpzinnigheid van zijn advies gaan vertrouwen. Ayla onthield hem nog steeds haar volledig vertrouwen, maar toen ze hoorde dat Zelandoni hem welgezind was, gaf ze hem het voordeel van de twijfel.

Een andere man kwam na hem uit de stenen schuilplaats, een man die Ayla vanaf de eerste keer dat ze hem zag had gewantrouwd. Madroman was bij de Negende Grot geboren, maar was later naar de Vijfde Grot verhuisd, waar hij klaarblijkelijk een acoliet was geworden. De Zelandoni van de Vijfde Grot had verscheidene acolieten, en hoewel Madroman tot de oudsten van de groep behoorde, was hij niet de eerste. Het feit alleen al dat hij in de zelandonia was opgenomen, had Jondalar hogelijk verbaasd.

In zijn jeugd, toen Jondalar verliefd was geworden op de Eerste, die toentertijd een acoliet was die Zolena heette, had een andere jonge man, Ladroman, Zolena als zijn donii-vrouw gewild. Hij was jaloers op Jondalar en had hen bespioneerd, en had toen opgevangen dat Jondalar Zolena probeerde over te halen om zijn gezellin te worden. De donii-vrouwen werden geacht dergelijke verwikkelingen te voorkomen. De jonge mannen die werden onderwezen, werden als te gevoelig beschouwd voor de ervaren oudere vrouwen. Maar Jondalar was lang en volwassen voor zijn leeftijd, onvoorstelbaar knap en charismatisch, en met zijn opvallend blauwe ogen zo aantrekkelijk dat ze hem niet onmiddellijk afwees.

Ladroman vertelde de zelandonia en iedereen die het maar wilde horen dat ze taboes schonden. Jondalar raakte met hem in gevecht omdat hij hen had bespioneerd en verklikt, wat een groot schandaal werd, niet alleen vanwege de liefdesverhouding maar ook omdat Jondalar tijdens het gevecht Ladromans voortanden uit zijn mond had geslagen. Het waren blijvende tanden die nooit meer zouden aangroeien. Hij lispelde daarna niet alleen, maar had ook moeite met bijten. Jondalars moeder, die toentertijd de leider van de Negende Grot was, had een zware tol betaald voor het gedrag van haar zoon.

Als gevolg van het vervelende gebeuren besloot ze hem naar Dalanar te sturen, de man die haar levensgezel was toen Jondalar werd geboren, de man van zijn vuurplaats. Hoewel Jondalar in het begin hevig ontdaan was, was hij uiteindelijk dankbaar. De straf – zoals hij het interpreteerde, hoewel zijn moeder het meer als een afkoelingsperiode zag tot de gemoederen waren bedaard en de mensen de tijd hadden gekregen om het voorval te vergeten – gaf de jonge man de kans om Dalanar te leren kennen. Jondalar leek opmerkelijk veel op de oudere man, niet alleen uiterlijk, maar ook qua aanleg, en dan met name die voor vuursteen kloppen. Dalanar leerde hem het ambacht, samen met zijn naaste nicht Joplaya, de mooie dochter van Dalanars nieuwe gezellin Jerika, die de meest exotisch ogende persoon was die Jondalar ooit had gezien. Jerika's moeder, Ahnlay, had haar ter wereld gebracht tijdens de lange Tocht die ze met haar levensgezel had gemaakt, en ze was gestorven vlak bij de vuursteenmijn die Dalanar had ontdekt. Maar de le-

vensgezel van haar moeder, Hochaman, had zijn droom weten te vervullen.
Hij was een groot reiziger die van de Eindeloze Zeeën van het Oosten naar de Grote Wateren van het Westen was gelopen, hoewel Dalanar aan het eind voor hem had gelopen en hem op zijn schouders had gedragen. Toen ze Jondalar een paar jaar later terugbrachten naar de Negende Grot, had Dalanars Grot een tocht gemaakt naar het westen zodat de verschrompelde oude man, Hochaman, nog eenmaal de Grote Wateren kon zien, waarbij Dalanar hem weer op zijn schouders droeg. De laatste paar meter liep hij zelf, en aan de rand van de oceaan liet hij zich op zijn knieën vallen om de golven over zich heen te laten spoelen en het zout te proeven. Jondalar ging van alle Lanzadoniërs houden en was uiteindelijk blij dat hij van huis was weggestuurd omdat hij had ontdekt dat hij een tweede thuis had.
Jondalar wist dat Zelandoni evenmin erg ingenomen was met Ladroman na alle problemen die hij haar had bezorgd, maar in zekere zin nam ze daarna de zelandonia en haar plichten als een acoliet veel serieuzer. Ze ontwikkelde zich tot een formidabele Zelandoni, die vlak voordat Jondalar met zijn broer vertrok voor de Tocht, tot de Eerste werd benoemd. Eigenlijk was dat een van de redenen voor zijn vertrek geweest. Hij koesterde nog steeds intense gevoelens voor haar en hij wist dat ze nooit zijn gezellin zou worden. Toen hij na vijf jaar terugkwam met Ayla en haar dieren, had het hem verbaasd te horen dat Ladroman zijn naam had veranderd in Madroman – al had hij nooit begrepen waarom – en dat hij was geaccepteerd als lid van de zelandonia. Dat betekende dat ongeacht wie hem had voorgedragen, de Ene Die Eerste Was hem had moeten accepteren.
'Gegroet!' zei de Zelandoni van de Vijfde Grot, terwijl hij zijn handen uitstak naar de Eerste, die van het sleepraam stapte. 'Ik had niet gedacht dat ik je deze zomer zou zien.'
Ze nam zijn handen in de hare en boog zich voorover om zijn wang met haar wang te beroeren. 'Ik heb naar je gezocht op de Zomerbijeenkomst, maar kreeg te horen dat je met een aantal naburige Grotten naar een andere bijeenkomst was gegaan.'
'Dat klopt; dat hebben we inderdaad gedaan. Het is een lang verhaal en ik vertel het je later wel als je het wilt horen.' Ze knikte. 'Maar eerst moeten we een plek zoeken voor jou en je... eh... reisgenoten,' zei hij, met een veelzeggende blik naar de paarden en Wolf. Hij leidde hen over de smalle kreek en terwijl ze over een platgetreden pad liepen naast de stroom midden in het kleine dal, vervolgde hij zijn verklaring. 'In wezen was het een kwestie van het versterken van vriendschapsban-

den met naburige Grotten. Het was een kleinere Zomerbijeenkomst, en de noodzakelijke ceremoniën waren al snel afgewerkt. Onze leider en een groep van onze Grot gingen met hen op jacht, anderen gingen bezoeken afleggen en voedsel verzamelen, de rest van ons is teruggekomen. Ik heb een acoliet die bijna haar jaar van zonsondergangen gadeslaan en manen optekenen heeft afgerond en ik wilde hier zijn als ze klaar is, als de zon stilstaat. Maar hoe ben jij hier verzeild geraakt?'

'Ik leid ook een acoliet op. Je hebt Ayla ontmoet.' De grote vrouw gebaarde naar de jonge vrouw die haar vergezelde. 'Je hebt misschien gehoord dat Ayla mijn nieuwe acoliet is geworden, en we zijn aan haar donierreis begonnen. Ik vind het belangrijk dat ze jullie heilige plaatsen bezoekt.' De twee oudere leden van de zelandonia knikten naar elkaar in erkenning van hun gemeenschappelijke verantwoordelijkheden. 'Nadat Jonokol naar de Negentiende Grot is verhuisd, had ik een nieuwe acoliet nodig. Volgens mij is hij verliefd geworden op die nieuwe heilige grot die Ayla heeft ontdekt. Hij was altijd in de eerste plaats kunstenaar, maar nu wijdt hij zich met heel zijn hart aan de zelandonia. De Negentiende is er slecht aan toe. Ik hoop dat ze lang genoeg in leven blijft om zijn opleiding naar behoren af te ronden.'

'Maar hij was jouw acoliet. Ik ben ervan overtuigd dat hij goed opgeleid was voor hij verhuisde,' zei de Zelandoni van de Vijfde Grot.

'Ja, hij heeft opleiding genoten, maar toen hij mijn acoliet was, was hij daar niet echt in geïnteresseerd,' zei de Eerste. 'Hij was zo goed in het creëren van afbeeldingen, dat ik hem in de zelandonia moest opnemen, maar zijn ware liefde lag bij zijn kunst. Hij was schrander en leerde snel, maar hij was er tevreden mee om een acoliet te blijven; hij had geen ambitie om een Zelandoni te worden, tot Ayla hem de Witte Holte liet zien. Toen is hij veranderd. Een reden daarvoor was dat hij daar afbeeldingen wilde maken, daar twijfel ik niet aan, maar dat was niet alles. Hij wil er zeker van zijn dat zijn afbeeldingen gepast zijn voor die heilige ruimte, dus omarmt hij nu de zelandonia. Volgens mij heeft Ayla dat aangevoeld. Toen ze de grot pas had ontdekt, wilde ze dat ik die bezocht, maar ze vond het nog belangrijker dat Jonokol daar een kijkje ging nemen.'

De Vijfde wendde zich tot Ayla. 'Hoe heb je de Witte Holte gevonden?' vroeg hij. 'Heb je daarvoor je stem gebruikt?'

'Niet ik, maar Wolf heeft de grot gevonden,' zei Ayla. 'We waren op een helling begroeid met dichte braamstruiken, maar plotseling verdween hij onder de struiken. Ik hakte wat van de doornige stengels weg en ging hem achterna. Toen ik besefte dat het een grot was, ben ik teruggegaan, heb ik een fakkel gemaakt en ben ik weer naar binnen gegaan. Toen ik besefte wat het was ben ik Zelandoni en Jonokol gaan halen.'

Het was al enige tijd geleden dat de Zelandoni van de Vijfde Grot Ayla had horen praten, en haar manier van spreken was opmerkelijk, niet alleen voor hem maar ook voor de andere leden van zijn Grot, onder wie Madroman. Het deed hem denken aan al die aandacht die Jondalar ten deel was gevallen toen hij terugkwam met de mooie vrouw uit den vreemde en haar dieren, en hoe intens hij Jondalar haatte. Hij krijgt altijd alle aandacht, dacht de acoliet, vooral van vrouwen. Hij vroeg zich af wat ze van hem zouden vinden als hij zijn twee voortanden zou missen. Ja, zijn moeder heeft de schade vergoed, maar daarmee had hij mijn tanden niet terug.

Waarom moest hij zo nodig terugkomen van zijn Tocht? En die vrouw meebrengen? Iedereen schenkt overdreven aandacht aan haar en die dieren. Ik ben al jaren een acoliet, maar zíj krijgt alle aandacht van de Eerste. Stel dat ze eerder dan ik een Zelandoni wordt? Ze had hem niet veel aandacht geschonken toen ze aan elkaar werden voorgesteld, ze was weinig meer dan beleefd geweest, en ze negeerde hem nog steeds. Mensen schreven haar het vinden van de nieuwe grot toe, maar ze had zelf toegegeven dat zij niet degene was die de grot had ontdekt. Het was dat stomme dier geweest.

Tijdens zijn overpeinzingen glimlachte hij, maar voor Ayla, die hem niet direct aankeek maar hem nauwkeurig observeerde op de manier van een vrouw van de Stam – met zijdelingse blikken die zijn onbewuste lichaamstaal waarnamen – was zijn glimlach achterbaks en onoprecht. Ze vroeg zich af waarom de Vijfde hem als acoliet had aangenomen. Die scherpzinnige, slimme Zelandoni kon toch niet door hem voor de gek zijn gehouden, of wel? Ze wierp weer een onopvallende blik op Madroman en betrapte hem erop dat hij zo boosaardig naar haar stond te kijken dat ze er koude rillingen van kreeg.

'Ik heb af en toe het gevoel dat Wolf in de zelandonia thuishoort,' zei de Ene Die Eerste Was. 'Je had hem moeten horen in de Mammoetgrot. Zijn gehuil klonk als een heilige stem.'

'Ik ben blij dat je een nieuwe acoliet hebt, maar het heeft me altijd verbaasd dat je er maar één hebt,' zei de Vijfde. 'Ik heb er altijd een aantal; op het moment overweeg ik om er nog een te nemen. Niet alle acolieten kunnen een Zelandoni worden en als er een besluit om het op te geven, heb ik altijd iemand anders. Dat zou je ook in overweging moeten nemen... Maar wie ben ik om jou dat te vertellen?'

'Je hebt waarschijnlijk gelijk. Dat zou ik in overweging moeten nemen. Ik heb altijd mensen op het oog die mogelijk een goede acoliet zouden zijn, maar ik wacht meestal tot ik er een nodig heb,' zei de Eerste. 'Het probleem met de Eerste Onder Hen Die de Grote Aardmoeder Dienen zijn, is dat ik verantwoordelijk ben voor meer dan één Grot en dat ik niet zoveel tijd heb om me te wijden aan het opleiden van acolieten, dus concentreer ik me liever op één. Voordat ik de Zomerbijeenkomst verliet moest ik een keus maken tussen mijn verantwoordelijkheid tegenover de Zelandoniërs en mijn plicht om de volgende Zelandoni voor de Negende Grot op te leiden. De late Verbintenisceremonie was nog niet gehouden, maar aangezien er maar enkele paren waren die het plan hadden opgevat om dan een verbintenis aan te gaan en ik wist dat de Veertiende dat aan zou kunnen, besloot ik dat het belangrijker was om een begin te maken met Ayla's doniërreis.'

'De Veertiende zal het vast en zeker maar al te graag van je hebben overgenomen,' zei de Vijfde, op een laatdunkende toon. Hij was zich heel goed bewust van de moeilijkheden die speelden tussen de Eerste en de Zelandoni van de Veertiende Grot, die niet alleen op haar positie aasde, maar die naar haar idee ook verdiende. 'Dat zou iedere Zelandoni graag hebben gedaan. Wij zien het prestige, maar de rest van ons ziet niet altijd de problemen... onder wie ik.'

De schuilplaatsen van steen waardoor ze omringd waren, waren door wind en water in de loop der tijden in de kalkstenen rotswanden uitgesleten. Ze waren niet altijd allemaal bewoond en de schuilplaatsen waarin niemand woonde werden voor andere dingen gebruikt: als opslagruimte, als een rustige plek om een ambacht te beoefenen, als ontmoetingsplaats voor een paartje dat alleen wilde zijn, of voor activiteiten voor kleine groepjes jongeren of ouderen. En één ruimte werd doorgaans vrijgehouden voor bezoekers die bij de Grot bleven overnachten.

'Ik hoop dat deze schuilplaats naar jullie zin is,' zei de Vijfde, toen hij hen naar een van de onderste stenen schuilplaatsen bracht. Het was een vrij grote ruimte met een vlakke vloer en een hoog plafond, open aan de voorkant, maar beschut tegen de regen. Her en der verspreid bij een van de muren lagen haveloze, oude kussens, en donkere askringen, sommige omringd met stenen, toonden aan waar voorgaande bewoners vuren hadden aangelegd.

'Ik zal wat hout en water laten brengen. Als er verder nog iets is wat jullie nodig hebben, laat me dat dan weten,' zei de Zelandoni van de Vijfde Grot.

'Dit ziet er prima uit,' zei de Eerste. 'Kunnen jullie nog iets bedenken wat we misschien nodig hebben?' vroeg ze haar reisgenoten.

Jondalar schudde ontkennend zijn hoofd en liep naar Renner om het paard van zijn sleepraam te verlossen en hun spullen naar binnen te brengen. Hij wilde de tent binnen in de schuilplaats opzetten zodat die kon luchten en niet natgeregend kon worden. Ayla had gezegd dat ze dacht dat er regen op komst was en hij wist dat ze dikwijls een weersverandering voelde aankomen.
'Ik wil alleen nog iets vragen,' zei Ayla. 'Zou iemand er bezwaar tegen hebben als we de paarden in de schuilplaats onderbrengen? Ik heb opstapelende wolken gezien en dat voorspelt regen... of zoiets. Paarden staan ook graag droog.'
Op het moment dat Jondalar de jonge hengst wegleidde, liet het paard zijn uitwerpselen vallen, hoopjes bruine, grasrijke mest, die een sterke paardengeur uitwasemden.
'Ga gerust je gang als jullie de paarden willen beschutten tegen de regen,' zei de Zelandoni van de Vijfde Grot, en toen voegde hij er met een grijns aan toe: 'Als jullie daar niets op tegen hebben kan ik me niet voorstellen dat een ander bezwaar zou maken.'
Ook een aantal anderen glimlachten of grinnikten. Het zien van de dieren en de mensen die de dieren naar hun hand konden zetten was ontzagwekkend, maar toekijken terwijl een dier zijn natuurlijke behoefte deed, nam iets van de betovering weg. Ayla was de terughoudendheid van de mensen opgevallen toen ze de stoet in het oog hadden gekregen en was blij dat Renner dat moment had uitgekozen om te laten zien dat hij gewoon een paard was.
Zelandoni verzamelde de kussens en bekeek ze kritisch. Sommige waren van leer, andere van geweven plantaardige vezels, zoals gras, riet en lisdoddenbladeren, en bij een aantal stak de vulling door de gescheurde randen, wat vermoedelijk de reden was waarom ze in de zelden gebruikte schuilplaats waren achtergelaten. Ze sloeg een paar kussens tegen de stenen muur om het stof en vuil eruit te kloppen en stapelde ze op bij de vuurplaats waar Jondalar de opgevouwen tent had neergelegd. Ayla schoof Jonayla naar haar rug zodat ze Jondalar kon helpen de tent op te zetten.
'Ik neem haar wel,' zei de grote vrouw, terwijl ze Jonayla uit haar draagdoek haalde. Ze lette op de baby terwijl Jondalar en Ayla in de stenen schuilplaats voor een van de askringen omringd met stenen hun tent opzetten en de benodigdheden om een vuur aan te leggen klaarlegden. Toen spreidden ze hun slaaprollen in de tent uit en brachten ze ook de rest van hun spullen naar binnen. Wolf sliep altijd bij hen in de tent. Vervolgens trokken ze de sleepramen naar de achterkant van de schuilplaats en maakten ze in de beschutting van de schuilplaats een plek

gereed voor de paarden; Renners uitwerpselen werden opgeruimd.
Enkele kinderen van de plaatselijke Grot keken vanaf een afstand toe, maar één meisje kon haar nieuwsgierigheid niet bedwingen en kwam naderbij. Ze liep naar de Zelandoni en de baby; de Eerste schatte het meisje op negen of tien jaar.

'Ik wil de baby graag even vasthouden,' zei ze. 'Mag dat?'

'Als zij dat toestaat. Ze heeft een eigen willetje,' zei de vrouw.

Het meisje strekte haar armen uit. Jonayla aarzelde, maar glimlachte verlegen naar haar toen ze dichterbij kwam en ging zitten. Eindelijk liet Jonayla Zelandoni los en kroop naar het meisje, dat haar oppakte en op haar schoot zette.

'Hoe heet ze?'

'Jonayla,' zei de vrouw. 'En hoe heet jij?'

'Hollida,' antwoordde het kind.

'Zo te zien hou je veel van baby's,' zei Zelandoni.

'Mijn zus heeft een baby, een meisje, maar zij is op bezoek bij de familie van haar levensgezel. Hij is van een andere Grot. Ik heb haar de hele zomer niet gezien,' zei Hollida.

'En je mist haar, nietwaar?'

'Ja. Dat had ik niet verwacht, maar toch is het zo.'

Ayla zag het meisje direct toen ze aan kwam lopen en volgde de reactie van het meisje op Jonayla, en omgekeerd. Ze glimlachte bij zichzelf en moest eraan denken hoezeer zij naar een baby had verlangd toen ze nog jong was. Dat deed haar denken aan Durc, en ze besefte dat hij waarschijnlijk nu ongeveer evenveel jaren zou tellen als het meisje, maar bij de Stam zou hij als veel volwassener worden beschouwd dan het meisje duidelijk was. Hij wordt groot, dacht ze. Ze wist dat ze haar zoon nooit meer zou zien, maar ze kon er niets aan doen dat ze nog steeds af en toe aan hem dacht.

Jondalar zag de weemoedige uitdrukking op Ayla's gezicht toen ze naar het meisje keek dat met Jonayla speelde, en hij vroeg zich af wat er door haar hoofd ging. Toen schudde Ayla haar hoofd, lachte, riep Wolf en liep naar het groepje. Als dat meisje tijd met Jonayla gaat doorbrengen, kan ik maar beter Wolf aan haar voorstellen zodat ze niet bang voor hem zal zijn, dacht Ayla.

Nadat de drie volwassenen hun spullen hadden uitgepakt en ze zich hadden geïnstalleerd, liepen ze terug naar de eerste stenen schuilplaats. Hollida liep met hen mee, naast de Eerste. De rest van de kinderen die hadden staan toekijken, renden voor hen uit. Toen de bezoekers de schuilplaats van de Zelandoni van de Vijfde Grot naderden, stond een groepje mensen voor de grote ingang in de stenen wand op hen te wachten. Hun komst was door de kinderen aangekondigd. Er bleek ook een feestmaal te worden bereid; in de schuilplaats waren allerlei mensen bij verschillende vuurplaatsen aan het koken. Ayla vroeg zich af of ze haar reiskleren had moeten verwisselen voor iets wat meer geschikt was voor de gelegenheid, maar Jondalar en de Eerste hadden zich geen van beiden verkleed. Toen ze er voorbij liepen kwamen er mensen uit de schuilplaats aan de noordkant en uit de schuilplaatsen aan de overkant van het dal. Ayla glimlachte bij zichzelf. Het was duidelijk dat de kinderen iedereen hadden laten weten dat ze eraan kwamen.

Het leefgebied van de Vijfde Grot deed haar plotseling denken aan de Derde Grot bij Twee-Rivierenrots, en Weerkaatsingsrots van de Negenentwintigste Grot. Hun leefgebieden waren verspreid over woonterrassen, boven elkaar in ontzagwekkende steile rotswanden, met beschermende overhangende rotsplaten die de binnenruimten beschutten tegen regen en sneeuw. Hier daarentegen waren verschillende schuilplaatsen dichter bij de grond aan weerszijden van de kleine rivier. Maar de dicht bij elkaar liggende woonlocaties maakten ze tot één Grot. Toen besefte ze dat de hele Negenentwintigste Grot probeerde hetzelfde te doen, maar hun woonruimten lagen verder uit elkaar. Hun gemeenschappelijke jacht- en foerageergebied bracht hen samen.

'Gegroet!' zei de Zelandoni van de Vijfde Grot, toen ze naderbij kwamen. 'Ik hoop dat jullie je schuilplaats gerieflijk vinden. Er wordt ter ere van jullie een gemeenschappelijk feestmaal bereid.'

'Al die moeite is echt niet nodig,' zei de Ene Die Eerste Was.

Hij keek de Eerste aan. 'Je weet hoe het is: mensen grijpen elk excuus aan voor een viering. Jouw komst is een buitengewoon goed excuus. We krijgen niet vaak bezoek van de Zelandoni van de Negende Grot, de Ene Die Eerste Is. Kom binnen. Je zei dat je je acoliet onze heilige plaatsen wilde laten zien.' Tegen Ayla zei hij: 'We wonen in de onze,' zei hij, toen hij hen naar binnen leidde.

De binnenkant van de stenen schuilplaats deed Ayla verrast halt houden doordat die zo kleurrijk was. De muren waren verfraaid met schilderingen van dieren, wat niet zo uitzonderlijk was, maar de achtergrond was met rode oker helderrood geverfd. En de afbeeldingen van de dieren waren meer dan contourlijnen of tekeningen; de meeste waren met kleur opgevuld en er waren schaduwen aangebracht om de contouren en vormen duidelijk te laten uitkomen. Eén muur in het bijzonder trok Ayla's aandacht. Daarop stond een schildering van twee schitterend afgebeelde bizons, waarvan er een duidelijk drachtig was.

'Ik weet dat veel mensen de muren van hun schuilplaats verfraaien met gravures of schilderingen en de afbeeldingen als heilig beschouwen, maar wij beschouwen deze hele ruimte als heilig,' zei de Zelandoni van de Vijfde Grot.

Jondalar had de Vijfde Grot meermalen bezocht en de muurschilderingen in hun stenen schuilplaatsen bewonderd, maar hij had ze nooit anders bekeken dan de schilderingen en gravures in de schuilplaats van de Negende Grot of welke andere Grot of schuilplaats dan ook. Hij wist eigenlijk niet waarom deze schuilplaats heiliger zou zijn dan een andere, al was deze veel kleurrijker en uitbundiger versierd dan de meeste. Hij was er altijd van uitgegaan dat dit de stijl was die de Vijfde Grot prefereerde, net als de sierlijke tatoeages en het ingewikkelde kapsel van hun Zelandoni.

De Zelandoni van de Vijfde Grot keek naar Ayla en naar de wolf die waakzaam naast haar stond, toen naar Jondalar en de baby, die tevreden in de kromming van zijn arm lag en nieuwsgierig om zich heen keek, en vervolgens naar de Eerste. 'Aangezien het feestmaal nog niet klaar is, zal ik jullie even rondleiden,' zei hij.

'Ja, dat zou leuk zijn,' zei de Eerste.

Ze liepen de schuilplaats uit en een andere binnen die aan de noordkant van de eerste lag. In wezen was die een voortzetting van de eerste. Ook deze was verfraaid, maar op een andere manier, wat het gevoel gaf dat het twee verschillende schuilplaatsen waren. Er waren schilderingen op de muren, zoals de mammoet die in rood en zwart was geschilderd, maar sommige muren van deze grot waren verfraaid met diepe gravures en op andere muren waren zowel gravures als schilderingen aangebracht. Een aantal gravures fascineerde Ayla. Ze wist niet precies wat ze betekenden.

Ze liep naar een muur om ze van dichtbij te bekijken. Er waren komvormige gaten, maar ook ovale gegraveerde lijnen met een tweede ovaal eromheen, en een teken dat leek op een gat dat doorliep naar een lijn in het midden. Ze zag een hoornkern op de grond liggen die was gesneden in de vorm van iets wat leek op een mannelijk lid. Ze schudde haar hoofd en keek nog eens, en moest toen bijna lachen. Dat was precies wat het was, en toen ze naar de ovale vormen keek, drong het tot haar door dat die mogelijk vrouwelijke organen voorstelden.

Ze draaide zich om, keek naar Jondalar en de Eerste en toen naar de Zelandoni van de Vijfde. 'Dat lijken net mannelijke en vrouwelijke geslachtsorganen,' zei ze. 'Klopt dat?'

De Vijfde glimlachte en knikte. 'Dit is waar onze donii-vrouwen verblijven en dikwijls de ruimte waar we Moederfeesten houden en soms de Riten van Het Eerste Genot. Het is ook de ruimte waar ik bijeenkom met mijn acolieten en waar ze slapen. Dit is een bijzonder heilige plaats,' zei de Vijfde. 'Dat is wat ik bedoelde toen ik zei dat we in onze heilige plaatsen wonen.'

'Slaap jij hier ook?' vroeg Ayla.

'Nee, ik slaap in de eerste schuilplaats, naast deze, vlak bij de bizons,' zei hij. 'Naar mijn idee is het niet goed als een Zelandoni al zijn tijd bij zijn acolieten doorbrengt. Ze moeten zich kunnen ontspannen, weg van het toeziend oog van hun leermeester, en ik heb andere dingen te doen en mensen die ik moet spreken.'

Terwijl ze terugliepen naar de eerste schuilplaats vroeg Ayla: 'Weet je wie jullie afbeeldingen heeft gemaakt?'

De vraag overrompelde hem. Zelandoniërs vroegen hem dat nooit. De mensen waren aan hun kunst gewend, die was er altijd geweest, of ze kenden de mensen die op dat moment de afbeeldingen maakten, en niemand hoefde daarnaar te vragen.

'Niet de gravures,' zei hij na even te hebben nagedacht. 'Die zijn door de Ouden gemaakt, maar verschillende schilderingen zijn gemaakt door de vrouw die Jonokol de kunst heeft geleerd, toen ze jonger was. De vrouw die de Zelandoni van de Tweede Grot was voor de huidige Zelandoni. Zij stond bekend als de beste kunstenaar van haar tijd en zij was degene die in Jonokol de aanleg herkende toen hij nog maar een jongen was. Die aanleg herkende ze ook in een van onze jonge kunstenaars. Het spijt me te moeten zeggen dat ze nu de volgende wereld bewandelt.'

'En de hoorn?' vroeg Jondalar, wijzend naar het fallusvormige voorwerp dat hij ook had zien liggen. 'Wie heeft dat gemaakt?'

'Dat was een geschenk aan de Zelandoni vóór mij, of misschien de Zelandoni voor hem,' zei de Vijfde. 'Sommigen hebben het graag in de buurt tijdens Moederfeesten. Ik weet het niet zeker, maar het kan mogelijk zijn gebruikt om de veranderingen in een mannelijk orgaan uit te leggen. Het kan ook gebruikt zijn bij de Eerste Riten, vooral voor meisjes die niet van mannen hielden of bang voor ze waren.'

Ayla probeerde het niet te tonen, maar het leek haar erg ongemakkelijk, misschien zelfs pijnlijk, om een hard voorwerp te gebruiken in plaats van de warme mannelijkheid van een liefdevolle man, maar zij was natuurlijk gewend aan de tederheid van Jondalar. Ze keek hem zijdelings aan.

Hij zag haar blik en de gezichtsuitdrukking die ze probeerde te verhullen, en lachte geruststellend. Hij vroeg zich af of de Vijfde een verhaal verzon omdat hij niet wist wat het voorwerp betekende. Jondalar was ervan overtuigd dat het vroeger een symbolische betekenis moest hebben gehad, waarschijnlijk in verband met een Moederfeest aangezien het een opgericht mannelijk orgaan was, en dat de betekenis waarschijnlijk in de loop van de tijd verloren was gegaan.

'We kunnen de rivier oversteken en onze andere heilige plaatsen bezoeken. Sommige worden ook door ons bewoond. Volgens mij zullen jullie die ook interessant vinden,' zei de Zelandoni van de Vijfde Grot.

Ze liepen naar de smalle rivier die het dal in tweeën deelde, en toen stroomopwaarts naar de plek waar ze eerder waren overgestoken. Midden in de stroom lagen twee stevige stapstenen die ze gebruikten om de oversteek te maken, en aan de overkant liepen ze stroomafwaarts terug in de richting van de schuilplaats waarin ze waren ondergebracht. Aan die kant van de stroom waren verschillende schuilplaatsen in de helling van het dal, die doorliep naar een hoge, over het dal uitstekende rotsplaat die de hele streek domineerde en een voortreffelijk uitkijkpunt vormde. Ze liepen naar een schuilplaats op ongeveer honderdtachtig meter van de plek waar de door een bron gevoede stroom in de Rivier uitmondde.

Toen ze onder de overhangende rotsplaat van de schuilplaats kwamen, werden ze onmiddellijk verrast door een fries met vijf dieren: twee paarden en drie bizons, die alle vijf met de kop naar rechts stonden afgebeeld. Vooral de derde afbeelding maakte veel indruk: een bizon van ongeveer een meter lang, diep in de rotswand gegraveerd. Het diepe reliëf maakte het omvangrijke lijf bijna tot een beeldhouwwerk. De contouren waren met zwart geaccentueerd. Er waren nog meer gravures in de wanden aangebracht: komvormen, lijnen en dieren, waarvan de meeste minder diep ingesneden waren.

Ze werden voorgesteld aan een paar mensen die naar hen stonden te kijken, van trots vervuld. Het was duidelijk te zien dat ze graag pronkten met hun opzienbarende thuis en dat kon Ayla heel goed begrijpen. Het was bijzonder indrukwekkend. Nadat Ayla de gravures aandachtig had bekeken, keek ze om zich heen in de schuilplaats. Zo te zien woonden er behoorlijk veel mensen, al waren er op dat moment maar een paar. Alle Zelandoniërs reisden 's zomers. Ze legden bezoeken af, gingen op jacht en op zoek naar voedsel en andere materialen die ze gebruikten om dingen te maken.

Ayla zag een plek waar tot voor kort iemand had gezeten die met ivoor werkte, te oordelen naar het materiaal dat overal verspreid lag. Ze bekeek de plek wat nauwkeuriger. Er waren werkstukken in verschillende stadia van productie. De slagtanden waren eerst ingekerfd om er staafvormige delen uit te lichten en een aantal kleine staafjes waren op elkaar gelegd. Enkele staafjes waren verdeeld in stukjes, die vervolgens waren bewerkt tot twee ronde, met elkaar verbonden segmenten. Het platte middenstuk was vlak boven elk rondje doorboord, vervolgens ingekerfd en doorgesneden om twee kralen te maken, die dan werden gladgeschuurd en de uiteindelijke vorm kregen: een ronde mandvorm.

Een man en een vrouw, allebei van middelbare leeftijd, kwamen naast Ayla staan toen ze op haar hurken de kralen van dichtbij bekeek; het kwam niet bij haar op om ze aan te raken. 'Wat een prachtige kralen; hebben jullie ze gemaakt?' vroeg ze.

Ze glimlachten allebei. 'Ja, kralen maken is mijn ambacht,' zeiden ze in koor, waar ze erg om moesten lachen.

Ayla vroeg hoe lang ze erover deden om de kralen te maken en kreeg te horen dat ze blij mochten zijn als ze vanaf het eerste licht tot het tijdstip dat de zon hoog aan de hemel stond en ze voor een middagmaal stopten per persoon vijf of zes kralen af kregen. Genoeg kralen voor een halssieraad vergden een aantal dagen tot een maan of twee, afhankelijk van de lengte. Ze waren bijzonder kostbaar.

'Het lijkt me een moeilijk ambacht. Alleen al bij het zien van de diverse stadia van productie waardeer ik mijn verbinteniskleed nog meer. Daar zijn een heleboel ivoren kralen op genaaid,' zei Ayla.

'We hebben het gezien!' zei de vrouw. 'Het was prachtig. We zijn het later gaan bekijken toen Marthona het had tentoongesteld. De ivoren kralen waren vakkundig gemaakt, zij het op een andere manier dan wij gewoon zijn. Het gaatje leek dwars door de kraal te zijn geboord, misschien vanaf beide kanten. Dat is bijzonder moeilijk. Als ik zo vrij mag zijn: hoe kom je eraan?'

'Ik was een Mamutiër – die wonen ver oostwaarts – en de gezellin van de leider heeft het mij gegeven. Haar naam was Nezzie van het Leeuwenkamp. Dat was natuurlijk toen ze dacht dat ik een verbintenis zou aangaan met de zoon van de gezellin van haar broer. Toen ik van gedachten veranderde en besloot met Jondalar te vertrekken, zei ze dat ik het mocht houden voor mijn verbintenis met hem. Ze was erg op hem gesteld,' legde Ayla uit.

'Niet alleen op hem maar ook op jou,' zei de man. Hij dacht, maar zei het niet hardop, dat het kleed niet alleen prachtig was maar ook uitermate kostbaar. Zoiets schenken aan iemand die weggaat en het meeneemt, betekent dat ze erg veel om de jonge vrouw moest hebben gegeven. Hij had nu meer begrip voor de status die de vrouw uit den vreemde was verleend, hoewel ze geen geboren Zelandoniër was, zoals haar spraak duidelijk bewees. 'Het is zonder twijfel een van de prachtigste kledingstukken die ik ooit heb gezien.'

De Zelandoni van de Vijfde Grot voegde eraan toe: 'Ze maken ook kralen en halssieraden van zeeschelpen uit zowel de Grote Wateren van het Westen als de Zuidelijke Zee, en ze snijden ivoren hangers en doorboren tanden. Mensen dragen vooral graag vossentanden en die fraai glanzende hoektanden van herten. Hun werkstukken zijn ook erg gewild bij mensen van andere Grotten.'

'Ik ben opgegroeid bij een zee, ver naar het oosten,' zei Ayla. 'Ik zou graag wat van jullie schelpen zien.'

Het paar, Ayla wist niet of het levensgezellen waren of broer en zus, haalde enthousiast zakken en houders uit de opslagruimte en spreidde de inhoud uit op de vloer; ze wilden graag hun rijkdommen laten zien. Er waren honderden schelpen, voornamelijk kleine, bolvormige weekdieren zoals alikruiken, en langwerpige zoals olifantstandjes, die op kleding konden worden genaaid of aan halssieraden worden geregen. Er waren ook kamschelpen, maar voor het merendeel waren de schelpen van dieren die in wezen oneetbaar waren, wat betekende dat ze waren verzameld voor hun decoratieve waarde en niet als voedsel, en dat ze van heel ver weg waren gehaald. Dat betekende dat ze zelf naar beide zeekusten waren gereisd of dat ze de schelpen door middel van ruilhandel van iemand hadden verworven die die reizen had ondernomen. De hoeveelheid tijd die werd geïnvesteerd in het verwerven van voorwerpen die louter voor de sier bedoeld waren betekende dat de Zelandoniërs geen moeite hadden om te overleven, maar overvloed kenden. Volgens de normen van hun tijd waren ze rijk.

Zowel Jondalar als de Eerste was komen kijken wat voor Ayla tevoorschijn was gehaald en tentoongespreid. Hoewel ze zich allebei van de status van de Vijfde Grot bewust waren, deels vanwege hun sieraadmakers, was het overweldigend om zoveel bij elkaar te zien. In hun hoofd maakten ze onwillekeurig vergelijkingen met de Negende Grot, maar als ze erover nadachten wisten ze dat hun Grot even rijk was, al was het in een ietwat ander opzicht. Dat gold in feite voor de meeste Zelandonische Grotten.

De Zelandoni van de Vijfde Grot nam hen mee naar een andere schuilplaats vlakbij, en ook die was rijkelijk versierd, voornamelijk met gravures van paarden, bizons, herten, en zelfs een onvolledige mammoet, die dikwijls geaccentueerd waren met zowel rode oker als zwarte mangaanverf. Het gewei van een gegraveerd hert was bijvoorbeeld met zwart omlijnd, terwijl een bizon voor het grootste deel rood was geverfd. Ook hier werden ze voorgesteld aan de aanwezige mensen. Ayla zag dat de kinderen die hadden rondgehangen voor hun schuilplaats die aan dezelfde kant van de kleine rivier lag, zich weer hadden verzameld; ze herkende een aantal van hen.

Plotseling voelde Ayla zich duizelig en misselijk en ze kreeg een sterke drang om naar buiten te gaan. Ze kon het niet verklaren, maar ze moest gewoon de schuilplaats uit.

'Ik heb dorst en ga wat water halen,' zei ze, terwijl ze snel naar buiten ging en naar de rivier liep.

'Je hoeft niet naar buiten,' zei een vrouw die haar achterna kwam. 'We hebben binnen een bron.'

'Het wordt toch tijd om te gaan. Het feestmaal zal wel klaar zijn en ik heb honger,' zei de Zelandoni van de Vijfde Grot. 'Jullie zullen ook wel trek hebben.'

Ze gingen terug naar de hoofdschuilplaats, althans wat Ayla was gaan zien als de hoofdschuilplaats, waar alles voor het feestmaal was opgesteld en op hen wachtte. Hoewel er extra eetgerei voor de bezoekers was klaargezet, haalden Ayla en Jondalar hun eigen drinknap, kom en mes uit hun buidel. Ook de Eerste had haar eigen eetgerei bij zich. Ayla haalde de waterkom van Wolf tevoorschijn, die zo nodig ook als eetkom diende, en ze bedacht dat ze al snel eetgerei voor Jonayla zou moeten maken. Hoewel ze de bedoeling had om haar te blijven zogen tot ze minstens drie jaar kon tellen, zou ze lang voor die tijd ook ander voedsel moeten krijgen.

Iemand had recentelijk een oeros buitgemaakt, en een bout die boven kolen aan een spit was geroosterd, was het hoofdgerecht. De laatste tijd zagen ze het wilde vee alleen 's zomers, maar het was een van Ayla's lievelingsgerechten. De smaak leek veel op bizon, maar was voller. Het waren natuurlijk soortgelijke dieren, met harde, ronde, gebogen hoorns die uitliepen in een punt, blijvende hoorns die niet elk jaar werden afgeworpen, zoals het gewei van een hert.

Er waren ook zomergroenten: melkdistelstengels, gekookte meelganzenvoet, klein hoefblad en met zuring op smaak gebrachte netelbladeren. Sleutelbloemen en wilde rozenblaadjes in een salade van jonge paardenbloembladeren en klaver. Geurige spireabloemen verleenden een honingachtige zoetheid aan een saus van wilde appels en rabarber die bij het vlees werd geserveerd. Een mengsel van zomerbessen behoefde geen zoetmiddel. Ze hadden frambozen, een vroegrijpe soort bramen, kersen, zwarte bessen, lierbessen en ontpitte sleedoornpruimen, hoewel het ontpitten van de kleine vruchtjes een tijdrovend karwei was. De verrukkelijke maaltijd werd afgerond met rozenbladthee.

Toen Ayla de kom van Wolf tevoorschijn haalde en hem een bot gaf waaraan nog een restje vlees zat, keek een van de vrouwen afkeurend naar de wolf, en Ayla hoorde haar tegen een andere vrouw zeggen dat

ze het niet gepast vond om een wolf eten te geven dat voor mensen was bestemd. De andere vrouw knikte instemmend, maar Ayla had gezien dat beide vrouwen eerder die dag angstig naar de vierpotige jager hadden gekeken. Ze had gehoopt op een gelegenheid om Wolf aan de vrouwen voor te stellen om hun angst weg te nemen, maar ze waren doelbewust zowel Ayla als het roofdier uit de weg gegaan.
Na de maaltijd werd meer hout op het vuur gelegd voor beter licht tegen de oprukkende duisternis. Ayla zoogde Jonayla en nam kleine slokjes van haar hete thee. Wolf lag aan haar voeten, en Jondalar, de Eerste en de Zelandoni van de Vijfde zaten bij haar. Een groepje mensen kwam op hen toe, onder wie Madroman, hoewel hij op de achtergrond bleef. Ayla herkende anderen en vermoedde dat het de acolieten van de Vijfde waren, die waarschijnlijk wat tijd met de Ene Die Eerste Was wilden doorbrengen.
'Ik heb "Optekenen van de zonnen en manen" voltooid,' zei een van hen. De jonge vrouw vouwde haar hand open en onthulde een klein plaatje ivoor bedekt met vreemde merktekens.
De Vijfde pakte het uit haar hand en onderzocht het nauwkeurig, draaide het om en bekeek de achterkant en zelfs de randen, en toen glimlachte hij. 'Dit is ongeveer een halfjaar,' zei hij, en hij gaf het aan de Eerste. 'Ze is mijn derde acoliet en is er verleden jaar om deze tijd mee begonnen. Haar plaatje voor het eerste halve jaar is opgeborgen.'
De grote vrouw bekeek het plaatje even nauwkeurig als de Zelandoni van de Vijfde had gedaan, maar minder lang. 'Dit is een interessante manier van noteren,' zei ze. 'Je toont de omwenteling door middel van positie en de sikkels met gebogen merktekens, voor twee van de manen die je hebt gevolgd. De overige staan om de rand en op de achterkant. Erg goed.'
De jonge vrouw straalde bij deze loftuitingen van de Eerste.
'Misschien kun je aan mijn acoliet uitleggen wat je hebt gedaan. Het optekenen van de zonnen en manen is iets wat ze nog moet doen,' zei de Eerste.
'Ik zou hebben gedacht dat het iets was wat ze al had gedaan. Ik heb gehoord dat ze bekendstaat om haar medicinale kennis, en ze heeft een levensgezel. Er zijn naar mijn weten niet veel acolieten die een levensgezel en kinderen hebben, zelfs niet veel Zelandonia,' zei de derde acoliet van de Zelandoni van de Vijfde Grot.
'Ayla's opleiding is ongebruikelijk. Zoals je weet is ze geen geboren Zelandoniër, en de volgorde waarin ze haar kennis heeft vergaard is niet dezelfde als die van ons. Ze is een uitzonderlijk goed genezeres, ze is jong begonnen, maar ze begint net aan haar doniërreis en heeft nog

niet geleerd de zonnen en manen op te tekenen,' legde de Zelandoni Die Eerste Was uit.
'Ik zal haar graag uitleggen hoe ik ze heb opgetekend,' zei de derde acoliet van de Vijfde, en ze ging naast Ayla zitten.
Ayla was bijzonder geïnteresseerd. Ze had nog nooit iets gehoord over het optekenen van de zonnen en manen en had niet geweten dat het een van de taken was die ze als onderdeel van haar opleiding zou moeten voltooien. Ze vroeg zich af of wat er nog meer was waarvan ze niet wist dat ze het moest doen.
'Ik heb elke nacht een tekentje geplaatst,' zei de jonge vrouw, terwijl ze Ayla de tekentjes liet zien die ze met een scherpgepunt werktuig van vuursteen in het ivoor had gegrift. 'Ik had het eerste halfjaar op een andere plaatje opgetekend en had al een idee gekregen van hoe ik meer kon bijhouden dan alleen het tellen van de dagen. Ik ben vlak voor de nieuwe maan hiermee begonnen en ik wilde aangeven waar de maan aan de hemel stond, dus ben ik hier begonnen.' Ze wees naar een tekentje midden in op het oog lukraak geplaatste kuiltjes. 'De volgende paar nachten sneeuwde het. Het was een grote storm die de maan en sterren aan het zicht onttrok, maar ik had de maan toch niet kunnen zien. Het was de tijd dat Lumi zijn grote oog sloot. De volgende keer dat ik hem zag, was hij een smalle sikkel, hij ontwaakte weer, dus maakte ik hier een gebogen tekentje.'
Ayla keek naar wat de jonge vrouw aanwees en zag tot haar verbazing dat wat eerst een gaatje leek dat was gemaakt met een scherpe punt, in werkelijkheid een klein gebogen lijntje was. Ze keek nog eens naar de groep tekentjes en die leken opeens niet meer lukraak te zijn neergezet. Er was een patroon in te ontdekken en ze was nieuwsgierig naar wat de jonge vrouw verder zou vertellen.
'Aangezien de tijd dat Lumi slaapt het begin van een maan is, hier rechts, besloot ik terug te gaan om de volgende reeks nachten te noteren,' vervolgde de derde acoliet. 'Ongeveer hier was het eerste oog half-dicht; sommige mensen noemen dat het eerste halve-gezicht. Dan wordt hij steeds groter tot hij vol is. Het is moeilijk te zien wanneer hij precies vol is; hij lijkt enkele dagen vol te zijn, en dat staat hier links, waar ik weer terug ben gegaan. Ik maakte vier gebogen tekentjes, twee onder en twee boven. Ik bleef tekentjes zetten tot het tweede halve-gezicht, het tijdstip dat Lumi weer zijn oog begint te sluiten, en zoals je ziet staat dat vlak boven het eerste halve-gezicht.
Ik bleef tekentjes zetten tot zijn oog weer dicht was, hier rechts, zie je waar ik naar beneden afbuig? Helemaal om de lijn met de eerste draaiing aan de rechterkant. Kijk maar of je die kunt volgen. Ik draai altijd

om als hij vol is, aan de rechterkant, of wanneer hij slaapt, aan de linkerkant. Je zult zien dat je twee manen kunt tellen, plus nog een halve. Ik ben gestopt bij het eerste halve-gezicht na de tweede maan. Ik wachtte tot Bali hem had ingelopen. Het was de tijd dat de zon zijn zuidelijkste punt heeft bereikt en enkele dagen stil blijft staan, om vervolgens van richting te veranderen en weer naar het noorden te gaan. Het is het eind van eerste winter en het begin van tweede winter, wanneer het kouder is, maar dat de belofte inhoudt van Bali's terugkeer.'

'Hartelijk dank,' zei Ayla. 'Dat was fascinerend! Heb je dat systeem zelf ontwikkeld?'

'Niet helemaal. Andere Zelandonia hebben me hun manier van noteren laten zien, maar in de Veertiende Grot heb ik een keer een heel oud plaatje gezien. De manier van tekentjes zetten was niet helemaal hetzelfde, maar die bracht me wel op een idee toen het mijn beurt was om de manen op te tekenen.'

'Het is een bijzonder goed idee,' zei de Eerste.

Het was erg donker toen ze teruggingen naar hun slaapplaats. Ayla droeg de baby, die gewikkeld in haar draagdoek heerlijk lag te slapen, zodat Jondalar en de Eerste allebei een fakkel leenden om in de duisternis te kunnen zien waar ze liepen.

Onderweg naar de bezoekersschuilplaats kwamen ze langs enkele andere schuilplaatsen die ze eerder die dag hadden gezien. Toen ze bij de schuilplaats kwamen waar ze zich zo ongemakkelijk had gevoeld, huiverde ze weer en liep ze er snel voorbij.

'Wat is er?' vroeg Jondalar.

'Ik weet het niet,' zei Ayla. 'Ik voel me de hele dag al vreemd. Het is waarschijnlijk niets.'

Toen ze hun schuilplaats bereikten, liepen de paarden buiten op en neer in plaats van dat ze in de grote ruimte waren die ze binnen voor ze had ingericht. 'Waarom zijn ze buiten? De paarden zijn al de hele dag onrustig; misschien is dat wat me dwarszit,' zei Ayla. Toen ze in de schuilplaats naar hun tent liepen, aarzelde Wolf. Hij ging zitten en weigerde de schuilplaats binnen te gaan. 'Wat mankeert Wolf opeens?'

17

'Zullen we de paarden vanochtend even lekker laten rennen?' zei Ayla zacht tegen de man die naast haar lag. 'Ze waren gisteren erg onrustig en gespannen. Dat ben ik ook. Ze kunnen niet echt vrijuit rennen als ze de sleepramen trekken. Het is hard werken, maar niet het soort lichaamsbeweging waar ze van houden.'

Jondalar glimlachte. 'Dat is een goed idee. Ik krijg ook niet de lichaamsbeweging waarvan ik hou. Maar wat doen we met Jonayla?'

'Misschien kan Hollida op haar passen, en we kunnen Zelandoni vragen om een oogje in het zeil te houden,' zei Ayla.

Jondalar ging overeind zitten. 'Waar is Zelandoni eigenlijk? Hier is ze niet.'

'Ik hoorde haar een tijdje geleden opstaan. Ik vermoed dat ze naar de Vijfde is,' zei Ayla. 'Als we Jonayla hier laten, kunnen we Wolf misschien ook beter hier laten, al weet ik eigenlijk niet hoe de mensen van deze Grot tegenover hem staan. Ze leken behoorlijk zenuwachtig toen we gisteravond zaten te eten. Dit is niet de Negende Grot... Laten we Jonayla maar meenemen. Ik stop haar wel in haar draagdoek. Ze houdt van paardrijden.'

Jondalar sloeg de bovenkant van hun slaaprol terug en stond op. Ook Ayla stond op en liet de baby, die naast haar had liggen slapen, rustig wakker worden terwijl zij haar water ging lozen.

'Het heeft vannacht geregend,' zei Ayla toen ze terugkwam.

'Ben je nu niet blij dat je binnen bent gebleven, in de tent en beschut?' zei Jondalar.

Ayla gaf geen antwoord. Ze had niet goed geslapen. Ze kon gewoon haar draai niet vinden, maar ze waren wel droog gebleven en de tent was gelucht.

Jonayla had zich op haar buik gedraaid en lag trappelend met haar beentjes om zich heen te kijken. Ze was ook uit haar windsel gerold en het bevuilde absorberende vulsel dat door het windsel op zijn plaats werd gehouden. Ayla verzamelde het onprettig ruikende materiaal, liet het in de nachtmand vallen, rolde de natte zachtleren windseldoek op, pakte toen de baby op en ging op weg naar de kleine stroom om de kleine, zichzelf en de doek te wassen. Ze spoelde zichzelf en de baby af in het stromende water, iets waaraan de baby inmiddels zo gewend was dat ze niet eens protesteerde, hoewel het water erg koud was. Ayla hing het schoongespoelde windsel over een struik bij het water om te drogen, waarna ze zich aankleedde en voor de schuilplaats een gerieflijk plekje zocht om haar kindje te zogen.

Ondertussen had Jondalar verderop in het dal de paarden gevonden en naar de schuilplaats teruggebracht. Hij bevestigde nu rijdekens op de ruggen van Whinney en Renner. Op Ayla's verzoek bond hij ook pakmanden aan weerszijden van de achterhand van de merrie, maar hij werd daarbij gehinderd door Grijs, die bij haar moeder probeerde te drinken. Tegen de tijd dat ze bijna klaar waren om naar de hoofdschuilplaats van deze plek van veel schuilplaatsen te gaan, zoals Ayla het noemde, kwam Wolf terug. Ze veronderstelde dat hij vroeg op pad was gegaan om te jagen, maar hij verscheen zo plotseling dat Whinney van hem schrok, en dat verbaasde haar. Whinney was normaal gesproken een rustig paard en doorgaans schrok ze niet van de wolf. Dat was eerder iets wat ze van Renner zou hebben verwacht, maar alle paarden leken schichtig, zelfs het kleine merrieveulen. En ook Wolf, dacht Ayla, toen hij zich tegen haar aan drukte alsof hij om aandacht vroeg. Ze voelde zich zelf ook vreemd. Alsof er iets in de lucht hing, alsof er onheil dreigde. Ze keek naar de lucht om te zien of er storm op komst was; een dunne laag hoge wolken maakte de lucht wit met blauwe strepen. Ze waren waarschijnlijk allemaal toe aan een ontspannende rit.

Jondalar deed Renner en Grijs de halsters om. Hij had er ook een voor Whinney gemaakt, maar Ayla gebruikte die maar zelden. Voor ze zelfs maar besefte dat ze Whinney trainde, had ze de merrie geleerd haar te volgen; ze zag het nog steeds niet als trainen. Wanneer ze Whinney liet zien wat ze moest doen en dat net zo lang herhaalde tot de merrie het begreep, deed ze het omdat ze dat wilde. Het leek op de manier waarop Iza Ayla had geleerd de verschillende planten en kruiden en hun gebruik te onthouden: door herhaling en domweg uit het hoofd leren.

Toen ze eindelijk klaar waren om te vertrekken, liepen ze naar de schuilplaats van de Zelandoni van de Vijfde Grot, en weer onderbraken de mensen hun bezigheden om naar de stoet van de man, vrouw, baby, wolf en paarden te kijken, al deden ze hun best om niet te staren, wat erg onbeleefd was. De Vijfde en de Ene Die Eerste Was kwamen uit de schuilplaats naar buiten.

'Sluit je bij ons aan voor een ochtendmaal,' zei de man.

'De paarden zijn gespannen en we hebben besloten een eind met ze te gaan rijden zodat ze hun onrust van zich af kunnen rennen,' zei Jondalar.
'We zijn net gisteren aangekomen. Krijgen ze tijdens het reizen niet voldoende lichaamsbeweging?' vroeg de Eerste.
'Als we op reis zijn en ze lasten voorttrekken, kunnen ze niet rennen of galopperen,' legde Ayla uit. 'Ze hebben het af en toe nodig om hun benen te strekken.'
'Nou, kom dan minstens een nap thee drinken, en dan pakken we wat eten in voor onderweg,' zei de Zelandoni van de Vijfde.
Ayla en Jondalar keken elkaar aan; hoewel ze liever meteen waren vertrokken, begrepen ze dat het ongepast zou zijn om de Vijfde Grot voor het hoofd te stoten. Ze knikten berustend naar elkaar.
'Dank je, graag,' zei Jondalar, en hij haalde zijn persoonlijke drinknap uit de buidel die aan de veter om zijn middel hing. Ayla haalde ook haar drinknap tevoorschijn en gaf die aan een vrouw bij de vuurplaats die de hete vloeistof uitdeelde. Ze vulde de drinknappen en gaf ze terug. In plaats van rustig te gaan grazen terwijl ze stonden te wachten, waren de paarden opvallend onrustig en maakten ze een angstige indruk. Whinney stond te trappelen en luid te snuiven, en boven haar ogen verschenen diepe rimpels. Grijs ving de angstige signalen van haar moeder op en Renner stapte met gestrekte nek zijwaarts. Ayla probeerde de merrie gerust te stellen en wreef met haar hand over haar nek, en Jondalar moest de halster stevig vasthouden om te voorkomen dat de hengst ervandoor ging.
Ayla keek naar de overkant van de stroom die het dal in tweeën splitste en zag kinderen schreeuwend langs het water rennen in een soort spel dat haar wilder leek dan normaal, zelfs voor opgewonden kinderen. Ze keek toe terwijl ze de schuilplaatsen in en uit renden en kreeg opeens het gevoel dat dat gevaarlijk was, al begreep ze niet waarom. Ze wilde net tegen Jondalar zeggen dat ze moesten gaan toen een paar mensen aan kwamen lopen met enkele pakjes in ongelooide huid gewikkeld voedsel. Het paar bedankte iedereen en stopte de pakketjes in Whinneys pakmanden. Toen stapten ze via een steen op de rug van hun paard en reden het dal uit.
Zodra ze een open veld bereikten, gaven ze de paarden de vrije teugel. De opwinding van de rit verminderde Ayla's onrustige gevoel, maar het verdween niet. Toen de paarden eindelijk moe werden en hun gang vertraagden, leidde Jondalar Renner naar een groepje bomen in de verte. Ayla zag waar hij naartoe ging en volgde hem, terwijl ze het jonge merrieveulen, dat al net zo snel kon rennen als haar moeder, aan

het leidsel aan haar halster meetrok. Jonge paarden leerden al snel om hard te rennen; dat moesten ze wel als ze wilden overleven. De wolf rende met hen mee, ook hij genoot van deze vrijheid.
Toen ze de bomen naderden, zagen ze een kleine poel, blijkbaar door een bron gevoed; het water stroomde over de oevers en door een geul dwars over het veld. Maar toen ze bijna bij de poel waren, bleef Whinney opeens met een ruk staan, waardoor Ayla bijna van haar rug viel. Ze sloeg haar armen om haar baby, die voor haar zat, en liet zich snel van de rug van de merrie glijden. Ze zag dat Jondalar ook problemen met Renner had. De hengst steigerde en hinnikte luid, en de lange man gleed naar achteren en steeg snel af. Hij viel niet, maar had moeite zijn evenwicht te bewaren.
Ayla werd een luid gerommel gewaar; ze hoorde het niet alleen maar voelde het ook, en ze besefte dat dat al enige tijd aan de gang was. Ze keek naar de poel en zag dat het water als een fontein de lucht in spoot, alsof iemand de bron had dichtgeknepen en een straal water de lucht in had geschoten. Toen pas zag ze dat de grond bewoog.
Ayla wist wat het was, ze had eerder de aarde onder haar voeten voelen verschuiven, en ze voelde paniek opkomen. De aarde hoorde niet te bewegen. Ze worstelde om haar evenwicht te bewaren. Verlamd van angst klemde ze haar baby tegen zich aan, bang om een voet te verzetten.
Ze zag hoe het kniehoge gras op het open veld een eigenaardig beverige dans uitvoerde terwijl de kreunende aarde op een onnatuurlijke manier bewoog op ongehoorde muziek diep daarbinnen. Het groepje bomen bij de bron versterkte de beweging. Het water sprong op en viel weer neer, kolkte over de oever, woelde aarde omhoog uit het bed en spuwde modderkluiten uit. Ze rook de stank van rauwe aarde en toen hoorde ze een knal: een spar bezweek, viel langzaam om en trok zijn kring van wortels voor de helft uit de grond.
Het schudden leek een eeuwigheid te duren. Het bracht herinneringen naar boven van andere tijden en het verlies dat de bewegende, kreunende aarde had gebracht. Trillend als een espenblad deed ze haar ogen dicht, en ze snikte van verdriet en angst. Jonayla begon te huilen. Toen voelde Ayla een hand op haar schouder, armen die zich om haar en de baby sloten, troostend. Ze leunde tegen de borst van de man van wie ze hield, en de baby hield op met huilen. Langzaam werd ze zich ervan bewust dat het schudden ophield en de aarde niet meer bewoog, en ze voelde haar spanning afnemen.
'O, Jondalar,' riep ze. 'Dat was een aardbeving. Ik haat aardbevingen!'
Ze lag trillend in zijn armen. Ze vond aardbevingen kwaadaardig, al

wilde ze het niet hardop zeggen – gedachten uiten kon ze kracht geven. Er leken altijd gruwelijke dingen te gebeuren als de aarde schudde.
'Ik ben er ook niet dol op,' zei hij, terwijl hij zijn kwetsbare gezinnetje dicht tegen zich aan hield. Ayla keek om zich heen en zag de scheefhangende spar bij de bron. Ze huiverde toen een herinnering aan een tafereel van heel lang geleden onverwachts bij haar opkwam.
'Wat is er?' vroeg Jondalar.
'Die boom,' zei ze.
Hij volgde haar blik en zag de scheefhangende boom bij de bron, de wortels ontbloot.
'Ik herinner me een heleboel bomen die zo scheef hingen, en sommige op de grond en over een rivier. Dat moet zijn geweest toen ik nog heel klein was...' zei ze aarzelend, 'voor ik bij de Stam woonde. Ik denk dat dat was toen ik mijn moeder verloor, en mijn familie, en alles. Iza zei dat ik al goed kon lopen en praten. Ik vermoed dat ik vijf jaar kon tellen toen ze me vond.'
Nadat ze hem over haar herinnering had verteld, bleef Jondalar haar vasthouden tot ze weer rustig was. Hoewel het maar een korte beschrijving was, had hij nu enig idee van de panische angst die ze als klein meisje had ervaren toen een aardbeving de wereld om haar heen had laten instorten, en het leven dat ze had gekend tot een abrupt einde bracht.
'Denk je dat die terugkomt? De aardbeving? Soms wanneer de aarde zo beweegt, wordt die niet meteen weer rustig. Dan begint alles weer te beven,' zei Ayla, toen ze elkaar eindelijk loslieten.
'Dat weet ik niet,' zei hij. 'Maar misschien moeten we maar teruggaan naar Ouddal om te zien of iedereen daar ongedeerd is.'
'Natuurlijk! Ik was zo bang dat ik helemaal niet aan anderen heb gedacht. Ik hoop dat iedereen veilig is. En de paarden! Waar zijn de paarden?' riep Ayla uit, terwijl ze om zich heen keek. 'Zijn die ongedeerd?'
'Afgezien van het feit dat ze net zo bang waren als wij, maken ze het volgens mij best. Renner steigerde en daardoor gleed ik van zijn rug, maar ik ben niet gevallen. Toen ging hij rondrennen in grote cirkels. Voor zover ik kon zien is Whinney gewoon blijven staan, en Grijs stond naast haar. Ik denk dat ze is weggerend nadat het ophield.'
In de verte op het vlakke veld zag Ayla de dieren staan, en ze haalde opgelucht adem. Ze floot haar speciale roepfluitje en zag dat Whinney haar hoofd omhoog deed en haar kant op kwam. Renner en Grijs kwamen achter haar aan, en daarachter kwam Wolf.

'Ze komen eraan, en Wolf is er ook bij. Hij is zeker met de paarden meegerend,' zei Jondalar.
Tegen de tijd dat de paarden en Wolf hen hadden bereikt, was Ayla weer wat rustiger geworden. Aangezien er geen steen of houtstronk voorhanden was om haar te helpen op Whinneys rug te klimmen, gaf ze Jonayla even aan Jondalar, en zich vasthoudend aan de recht overeind staande manen van de merrie, sprong ze op, zwaaide haar been over de rug van het paard en ging zitten. Ze pakte het kind van haar man aan en keek toe terwijl Jondalar op dezelfde manier op Renners rug klom, hoewel hij zo groot was dat hij bijna gewoon vanaf de grond op de rug van de compacte, sterke hengst kon stappen.
Ze keek naar de bron waar de boom nog steeds gevaarlijk scheef hing. Die staat op het punt van omvallen, dacht ze. Hoewel ze eerder op weg waren geweest naar de bomen, waagde ze zich nu niet meer in de buurt. Toen ze op weg gingen naar Ouddal, hoorden ze luid gekraak en toen ze omkeken, zagen ze de hoge spar met een gedempte dreun op de grond vallen. Onderweg naar de Vijfde Grot dacht Ayla na over de paarden en de betekenis van hun gedrag van de afgelopen twee dagen.
'Denk je dat de paarden wisten dat de grond zou gaan beven, Jondalar? Gedroegen ze zich daarom zo vreemd?' vroeg ze.
'Het is een feit dat ze erg zenuwachtig waren,' zei Jondalar, 'maar achteraf ben ik daar blij om. Daardoor zijn we weggegaan en waren we in het open veld toen het gebeurde. Volgens mij is het hier veiliger; je hoeft niet bang te zijn dat er iets boven op je valt.'
'Maar de grond onder je voeten kan opengaan,' zei Ayla. Ik denk dat dat mijn familie is overkomen. Ik herinner me die geur van diepe aarde, van vochtigheid en rotting. Maar ik denk niet dat alle aardbevingen hetzelfde zijn. Sommige zijn krachtiger dan andere. En de meeste kun je heel ver weg voelen, maar minder sterk.'
'Als kind moet je erg dicht bij de plek zijn geweest waar het beven begon, als alle bomen omvielen en de grond opengingen. Volgens mij waren we minder dicht bij deze. Er is maar één boom omgevallen.'
Ayla glimlachte naar hem. 'Er waren hier niet veel bomen die om konden vallen, Jondalar.'
Hij glimlachte een beetje beteuterd. 'Dat is waar, en reden temeer om in het open veld te zijn als de grond beeft,' zei hij.
'Maar hoe weet je wanneer de grond gaat beven?'
'Door op de paarden te letten!' zei hij.
'Kon ik er maar zeker van zijn dat dat altijd zou werken,' zei ze.
Toen ze Ouddal naderden zagen ze ongewone bedrijvigheid. Bijna ie-

dereen leek buiten te zijn, en voor een van de schuilplaatsen stond een groep bijeen. Ze stegen af en leidden de paarden naar de schuilplaats waarin zij waren gehuisvest, die vlak achter de schuilplaats lag waar de mensen voor stonden.

'Daar zijn jullie!' riep de Eerste uit. 'Ik maakte me zorgen over jullie toen de grond begon te beven.'

'Wij zijn ongedeerd. Jij hopelijk ook?' zei Ayla.

'Ja, maar de Vijfde Grot heeft gewonden, één daarvan is er ernstig aan toe,' zei de vrouw. 'Misschien kun je er even gaan kijken.'

Ayla hoorde de bezorgdheid in haar stem. 'Jondalar, wil jij de paarden meenemen en kijken hoe onze schuilplaats eraan toe is? Ik blijf hier om Zelandoni te helpen,' zei ze.

Ze liep achter de grote vrouw aan naar de plek voor de schuilplaats, waar een jongen lag op een bedrol van bont die op de grond was uitgespreid, met de bontkant naar beneden, zodat hij op een zachte ondergrond lag. Onder het hoofdeind waren extra kussens en dekens neergelegd zodat zijn hoofd en schouders iets hoger lagen dan zijn lichaam. Onder zijn hoofd lagen zachte, soepele huiden. Ze waren besmeurd met bloed, en hij bloedde nog steeds. Ze haalde Jonayla uit haar draagdoek, spreidde de doek uit op de grond en legde de baby erop neer. Wolf ging naast haar liggen. Toen verscheen Hollida.

'Ik zal op haar letten,' zei ze.

'Dankjewel,' zei Ayla. Ze zag een groepje mensen vlakbij die een vrouw leken te troosten, waarschijnlijk de moeder van de jongen, dacht ze. Ze wist hoe zij zich zou voelen als het haar zoon was. Ze wisselde een blik met de Eerste, hield die even vast, en begreep dat het letsel van de jongen meer dan ernstig was. Zijn toestand was kritiek.

Ayla knielde naast hem neer om hem te onderzoeken. Hij lag in de openlucht in het licht van de zon, hoewel hoge wolken de felheid ietwat dempten. Het eerste wat haar opviel was dat hij bewusteloos was maar nog wel ademde, al was het langzaam en onregelmatig. Hij had veel bloed verloren, maar dat was meestal het geval bij hoofdwonden. Veel ernstiger was het roze vocht dat uit zijn neus en oren liep. Dat betekende dat de schedel was gebarsten en de substantie daarbinnenin beschadigd, een slecht teken. Ayla begreep de bezorgdheid van de Eerste. Ze lichtte zijn oogleden op en keek naar zijn ogen: een van de pupillen vernauwde zich in het licht, de andere was groter dan de eerste en reageerde niet, nog een slecht teken. Ze draaide zijn hoofd iets zodat het bloederige slijm dat uit zijn mond liep wegsijpelde en zijn luchtpijp niet zou verstoppen.

Ze moest zich inhouden om niet haar hoofd te schudden; ze wilde niet dat de moeder zou zien dat ze dacht dat het hopeloos was. Ze stond op en keek de Eerste doordringend aan om haar sombere prognose door te geven. Ze liepen bij de jongen vandaan, naar de plek waar de Zelandoni van de Vijfde Grot stond toe te kijken. Mensen van zijn schuilplaats waren de Zelandoni komen halen toen de jongen gewond raakte, en hij had hem al onderzocht. Hij had de Eerste gevraagd om naar het kind te kijken, om zijn diagnose te bevestigen.

'Wat denken jullie?' vroeg de man zacht, waarbij hij eerst naar de oudere vrouw en toen naar de jonge vrouw keek.

'Volgens mij is er geen hoop voor hem,' zei Ayla op zachte toon.

'Ik vrees dat ik het daarmee eens ben,' zei de Ene Die Eerste Was. 'Er is niets wat iemand kan doen bij letsel als dit. Hij heeft niet alleen veel bloed verloren, maar er sijpelt ook ander vocht uit zijn hoofd. Binnen korte tijd zal de wond opzwellen en dan is het afgelopen.'

'Precies wat ik ook dacht. Ik zal het zijn moeder moeten vertellen,' zei de Zelandoni van de Vijfde.

De drie Zelandonia liepen naar het groepje mensen die de vrouw probeerden te troosten die niet ver van de jongen op de grond zat. Toen de vrouw de uitdrukkingen op de gezichten van de drie Zelandonia zag, barstte ze in snikken uit. De Zelandoni van de Vijfde Grot knielde naast haar neer.

'Het spijt me, Janella. De Grote Moeder roept Jonlotan tot Zich. Hij was zo vol leven, zo'n bron van vreugde, dat Doni het niet kan verdragen van hem gescheiden te zijn. Ze houdt te veel van hem,' zei de man.

'Maar ik hou ook van hem. Doni kan niet meer van hem houden dan ik. Hij is nog zo jong. Waarom haalt Ze hem nu al naar Zich toe?' snikte Janella.

'Je zult hem weerzien wanneer jij terugkeert naar de borst van de Moeder en de volgende wereld bewandelt,' zei de Vijfde.

'Maar ik wil hem nu niet verliezen. Ik wil hem zien opgroeien. Is er helemaal niets wat je kunt doen? Jij bent de krachtigste Zelandoni van allemaal,' smeekte de moeder van de jongen, waarbij ze naar de Eerste keek.

'Als er zoiets bestond, dan zou ik dat doen, daar kun je zeker van zijn. Je beseft niet hoeveel pijn het me doet om te moeten zeggen dat ik niets kan doen voor iemand die zo ernstig gewond is,' zei de Ene Die Eerste Was.

'De Moeder heeft er zoveel, waarom wil Ze ook hem?' snikte Janella.

'Dat is een vraag waarop we nooit een antwoord zullen krijgen. Het spijt me, Janella. Ga maar naar hem toe nu hij nog ademt, en stel hem gerust. Zijn bezieldheid moet nu zijn weg vinden naar de volgende

wereld en ik weet zeker dat hij bang is. Al zal hij het misschien niet tonen, hij zal blij zijn met je aanwezigheid,' zei de grote, machtige vrouw.
'Hij ademt nog, denk je dat hij wakker zou kunnen worden?' vroeg Janella.
'Dat is mogelijk,' zei de Eerste.
Een paar mensen hielpen de vrouw overeind en leidden haar naar haar stervende zoon. Ayla pakte Jonayla op, drukte haar kind dicht tegen zich aan en bedankte Hollida, en toen liep ze naar de schuilplaats waarin ze hun tent hadden opgezet. De twee Zelandonia liepen met haar mee.
'Was er maar iets wat ik kon doen. Ik voel me zo machteloos,' zei de Zelandoni van de Vijfde Grot.
'Dat gevoel hebben we allemaal op een moment als dit,' zei de Eerste.
'Hoe lang denk je dat hij nog in leven blijft?' vroeg hij.
'Dat weet je nooit. Dat kan soms dagen duren,' zei de Zelandoni van de Negende Grot. 'Als je wilt dat we blijven, dan blijven we, maar ik vraag me af hoe zwaar deze aardbeving was en of die bij de Negende Grot is gevoeld. Er zijn daar enkele mensen die niet naar de Zomerbijeenkomst zijn gegaan...'
'Dan moet je daarheen om te zien of iedereen het goed maakt,' zei de Vijfde. 'Je hebt gelijk: het is niet te zeggen hoe lang de jongen in leven blijft, en je bent nog steeds verantwoordelijk voor de Negende Grot en hun welzijn. Ik kan hier doen wat gedaan moet worden. Dat heb ik eerder gedaan. Iemands bezieldheid naar de volgende wereld sturen is niet mijn meest favoriete onderdeel van zorgen voor mijn Grot, maar het moet nu eenmaal gebeuren, en het is belangrijk dat het op de juiste manier gebeurt.'
Die nacht sliep iedereen buiten de stenen schuilplaatsen, de meesten in tenten. Ze durfden niet naar binnen te gaan, omdat ze bang waren dat er nog meer stenen zouden vallen. Als ze iets nodig hadden renden ze snel naar binnen en meteen weer naar buiten. Er waren een paar naschokken, die meer stenen uit de muren en plafonds van de schuilplaatsen lieten vallen, maar die waren niet zo zwaar als de steen die op het hoofd van de jongen was gevallen. Het zou wel even duren voordat iemand zich weer prettig zou voelen in een stenen schuilplaats, maar zodra de koude en sneeuw van de periglaciale winter zich aandienden, zou het gevaar van vallende stenen al snel worden vergeten en zou iedereen blij zijn met beschutting tegen het weer.
De stoet van mensen, paarden en een wolf vertrok de volgende ochtend. Ayla en de Eerste gingen nog even bij de jongen kijken, maar

meer om te zien hoe zijn moeder zich hield. Ze hadden allebei gemengde gevoelens over het vertrek. Ze wilden blijven om de moeder van de gewonde jongen bij te staan in haar verdriet, maar ze maakten zich ook zorgen over degenen die waren achtergebleven in de stenen schuilplaats van de Negende Grot van de Zelandoniërs.

Ze reisden zuidwaarts en volgden de bochtige Rivier stroomafwaarts. De afstand was niet groot, maar ze moesten de Rivier weer oversteken en door het hoogland omhoog klimmen en weer afdalen omdat het water van de rivier op één plek tegen de rotswanden sloeg, maar met de paarden was de tocht zowel makkelijker als sneller. Tegen het eind van de middag bereikten ze de steile kalkstenen rotswand met de zuil vlak bij de top die op het punt van vallen leek te staan; de rotswand waarin de grote schuilplaats van de Negende Grot zich bevond. Ze tuurden in een poging aanwijzingen te vinden dat hun thuis was beschadigd of dat de bewoners letsel hadden opgelopen.

Ze bereikten het Woudrivierdal en staken de kleine rivier over die in de Rivier uitmondde. Toen ze via het pad naar boven liepen, stonden op het noordelijke uiteinde van het stenen voorportaal dat op het zuidwesten was gericht, mensen hen op te wachten. Iemand had de stoet zien aankomen en de anderen gewaarschuwd. Toen ze langs de vooruitspringende hoek met de haard van het signaalvuur kwamen, zag Ayla dat het nog smeulde en ze vroeg zich af waarom het onlangs was gebruikt.

Omdat er zoveel mensen bij de Negende Grot hoorden was het aantal dat om de een of andere reden niet naar de Zomerbijeenkomst was gegaan, bijna even groot als de totale bevolking van sommige kleinere Grotten, al was dat aantal in verhouding gelijk aan de andere groepen. De Negende Grot bestond uit het grootst aantal mensen van alle Grotten van de Zelandoniërs, waaronder de Negenentwintigste en de Vijfde, die verscheidene stenen schuilplaatsen hadden. Hun schuilplaats was immens groot en er was genoeg ruimte om al die mensen, en nog meer, gerieflijk te huisvesten. Bovendien had de Negende Grot leden die op velerlei manieren bijzonder kundig waren en veel te bieden hadden. Hierdoor hadden ze een hoge status onder de Zelandoniërs. Er waren altijd mensen die zich bij hen wilden aansluiten, maar ze konden natuurlijk niet iedereen opnemen en waren selectief. Ze namen alleen mensen op die hun status versterkten, maar als iemand bij de Grot geboren werd of lid werd, kwam het maar zelden voor dat die werd weggestuurd.

Iedereen die niet naar de Zomerbijeenkomst was gegaan en die daartoe in staat was, kwam naar buiten om de reizigers te zien aankomen. Veel van hen keken hun ogen uit van verbazing; ze hadden hun doniër nog nooit op een sleepraam zien zitten dat door Ayla's paard werd voortgetrokken. Ayla hield halt om Zelandoni te laten afstappen, wat ze rustig en waardig deed. De Eerste zag een vrouw van middelbare leeftijd, Stelona, een nuchtere, betrouwbare vrouw, die bij de Negende Grot was gebleven om voor haar zieke moeder te zorgen.

'We waren op bezoek bij de Vijfde Grot en voelden een krachtige aardbeving. Hebben jullie die hier ook gevoeld, Stelona?' vroeg de Eerste.

'We hebben het gevoeld en de mensen waren bang, maar het viel eigenlijk wel mee. Er zijn wat rotsblokken gevallen, maar voornamelijk in de vergaderruimte en niet hier. Er is niemand gewond geraakt,' zei Stelona, vooruitlopend op Zelandoni's volgende vraag.

'Ik ben blij dat te horen. De Vijfde Grot was minder gelukkig. Een jongen raakte ernstig gewond toen een grote steen op zijn hoofd viel. Ik vrees dat er weinig hoop voor hem is. Misschien bewandelt hij al de volgende wereld,' zei de doniër.

'Heb je iets gehoord van de andere Grotten hier in de buurt, Stelona? De Derde? De Elfde? De Veertiende?' vroeg de Eerste.

'Alleen rook van hun signaalvuren om ons te laten weten dat ze daar waren en geen onmiddellijke hulp behoefden,' zei Stelona.

'Fijn, maar ik ga toch maar even kijken of ze schade hebben geleden,' zei de doniër. Toen keek ze Ayla en Jondalar aan. 'Willen jullie meegaan? En misschien ook de paarden meebrengen? Die zouden goed van pas komen als er iemand is die hulp nodig heeft.'

'Vandaag?' vroeg Jondalar.

'Nee, ik had in mijn hoofd om morgenochtend een tocht langs onze buren te maken.'

'Natuurlijk ga ik mee,' zei Ayla.

'En ik ook,' zei Jondalar.

Ayla en Jondalar laadden Renners sleepraam af, op hun eigen spullen na, en legden de bundels op de richel voor de leefruimte. Toen leidden ze de paarden die de bijna lege sleepramen trokken langs het deel van de schuilplaats waar de meeste mensen woonden. Zij woonden aan het andere uiteinde van de bewoonde ruimte, hoewel de overhangende rotsplaat een veel groter deel beschutte, dat maar zelden werd gebruikt, op de ruimte na die ze voor de paarden hadden ingericht. Toen ze voor de immense schuilplaats langs liepen, zagen ze hier en daar onlangs gevallen brokken steen liggen, maar niets wat groter was dan de brokken die soms om de een of andere duistere reden uit zichzelf loslieten en vielen.

Toen ze de grote platte steen bij de rand van het voorportaal bereikten,

de steen waarop Joharran en anderen soms gingen staan als ze een groep wilden toespreken, vroeg Ayla zich af wanneer die was gevallen en wat daarvan de oorzaak was geweest. Een aardbeving? Of was het brok uit zichzelf afgebroken? De stenen schuilplaatsen die zoveel beschutting leken te bieden, voelden plotseling niet meer zo veilig aan.
Toen ze de paarden onder de overhangende rotsplaat naar hun ruimte leidden, vroeg Ayla zich af of ze net zo zenuwachtig zouden worden als de avond daarvoor, maar de plek was ze vertrouwd en ze bespeurden klaarblijkelijk geen gevaar. Tot haar grote opluchting liepen ze zonder aarzelen naar binnen. Het is nergens echt veilig als de aarde besluit te gaan beven, binnen noch buiten, maar als de paarden haar weer zouden waarschuwen, zou ze toch liever buiten zijn, dacht ze.
Ze verlosten de paarden van de sleepramen en ruimden ze op. Toen leidden ze de paarden naar de ruimte die ze voor de dieren hadden ingericht. De ruimte was niet afgesloten; de constructies die ze onder de overhangende richel hadden gebouwd waren bedoeld voor het gemak van de dieren, ze waren vrij om wanneer ze maar wilden te komen en te gaan. Ayla haalde water uit de door de bron gevoede stroom die de Negende Grot van Rivierafwaarts scheidde en vulde hun drinkbakken, hoewel de paarden net zo makkelijk zelf naar de rivier hadden kunnen gaan om te drinken. Ze wilde ervoor zorgen dat ze ook midden in de nacht te drinken hadden, vooral het merrieveulen.
De paarden werden alleen vastgezet tijdens de bronsttijd. Dan werden de hekken gesloten, kregen de paarden een halster om en werden ze aan palen vastgebonden om te voorkomen dat ze ervandoor gingen. Bovendien sliepen Ayla en Jondalar in die tijd ook bij de paarden in de buurt zodat ze de hengsten konden verjagen die door de merrie werden aangetrokken. Ayla wilde niet dat Whinney door een hengst naar zijn kudde werd meegenomen en Jondalar wilde niet dat Renner in een poging om de verleidelijke merries te bespringen gewond zou raken tijdens vechtpartijen met andere hengsten. Hij moest zelfs bij zijn moeder uit de buurt worden gehouden omdat haar bronstgeur zo onweerstaanbaar dichtbij was. Het was voor hen allemaal een moeilijke tijd.
Sommige jagers maakten gebruik van Whinneys verlokkende geur, die op een afstand van anderhalve kilometer door hengsten kon worden opgepikt, en doodden een paar van de wilde paarden, maar ze bleven altijd buiten Ayla's gezichtsveld en spraken er met geen woord over. Ayla wist dat ze het deden en kon het de jagers niet echt kwalijk nemen. Paardenvlees was haar gaan tegenstaan en ze at het nooit meer, maar ze wist dat de meeste mensen het lekker vonden. Zolang ze haar

paarden maar met rust lieten had ze er geen bezwaar tegen dat anderen op de dieren jaagden. Paarden waren een waardevolle voedingsbron.
Ze gingen terug naar hun eigen onderkomen en pakten hun spullen uit. Hoewel ze niet lang waren weg geweest, minder lang zelfs dan normaal als ze naar een Zomerbijeenkomst gingen, was Ayla blij dat ze weer terug was. De bezoeken aan andere Grotten en heilige plaatsen leken meer tijd dan normaal te hebben gekost en ze was moe. Vooral de aardbeving had haar uitgeput. Ze huiverde toen ze eraan terugdacht.
Jonayla jengelde een beetje en ze nam de baby mee naar de verschoningsplaats net buiten het onderkomen. Toen ze haar had verschoond installeerde ze zich op haar gemak in het onderkomen om haar te zogen, blij dat ze weer thuis was. Het onderkomen had muren van panelen ongelooide huid, maar geen plafond. Als ze omhoogkeek zag ze de onderkant van de overhangende rots van de natuurlijke stenen schuilplaats. Ze rook eten dat werd bereid en wist dat ze een maaltijd zouden delen met enkele van hun vertrouwde Grot-genoten en dat ze daarna in haar bedrol kon kruipen en zich tussen Jondalar en Jonayla nestelen, terwijl Wolf zich naast de bedrol opkrulde. Ze was echt blij dat ze weer thuis was.

'Er is hier vlakbij een heilige grot die je nog niet helemaal hebt verkend, Ayla,' zei Zelandoni, toen ze op de dag na hun terugkeer met elkaar aan het ochtendmaal zaten. 'De grot die we de Vrouwenplek noemen, aan de overzijde van de Grasrivier.'
'Maar ik ben al naar de Vrouwenplek geweest,' zei Ayla.
'Ja, dat klopt, maar hoe ver ben je naar binnen geweest? Er is daar veel meer te zien dan het deel dat je hebt bekeken. De grot ligt op de route naar Paardenhoofdplaats en Ouderen Vuurplaats. Op de terugweg kunnen we de grot bezoeken.'
Ayla vond de bezoeken aan de heilige grotten fascinerend maar uitputtend en ze had er de laatste tijd zoveel bezocht dat ze er voorlopig genoeg van had. Het was gewoon te veel om in zo'n korte tijd te verwerken. Ze wilde liever wat tijd om na te denken over wat ze had gezien, maar ze kon zich er niet toe brengen Zelandoni's verzoek af te wijzen, zoals ze ook niet had kunnen weigeren toen de Eerste haar had gevraagd haar te vergezellen als ze naar de andere Grotten in de buurt ging om te zien hoe ze de aardbeving hadden doorstaan. Zij wilde dat ook weten, maar ze was moe van het reizen en zou geen bezwaar hebben gehad tegen een dag of wat rust.
De aardbeving was gevoeld door de Derde, de Elfde en de Veertiende Grot, de Grotten die het dichtst bij de Negende lagen, en ook door

Ouderen Vuurplaats, de Tweede Grot en Paardenhoofdrots, de Zevende; en die hadden geen van alle grote schade opgelopen, als de signaalvuren juist waren geïnterpreteerd, maar de Eerste wilde voor alle zekerheid toch even langsgaan bij de Grotten die iets verder weg lagen. Enkele mensen van de naburige Grotten hadden blauwe plekken opgelopen van vallende stenen, en een prachtige lamp die uit zandsteen was gesneden was verbrijzeld. De doniër wilde zich ervan vergewissen dat het letsel niet ernstig was. Ayla had het idee dat de aardbeving in deze streek minder krachtig was geweest dan in Ouddal en ze vroeg zich af hoe zwaar die verder in het noorden was geweest.

Onderweg naar Paardenhoofdrots gingen ze langs bij enkele leefgemeenschappen vlak bij de Kleine Grasrivier die werden gevormd door groepjes jonge mensen die op zoek waren naar meer ruimte. Een aantal grotten en schuilplaatsen in de omgeving waren bewoond, althans een deel van het jaar, en mensen waren het gebied Nieuw Thuis gaan noemen. Alle grotten en schuilplaatsen waren nu leeg, zelfs Berenheuvel, de schuilplaats die meestal bewoond was. Zelandoni legde uit dat de jonge mensen die daar woonden zich nog steeds als leden van de Grot van hun familie beschouwden, en ze reisden samen met hen naar de Zomerbijeenkomst. Degenen die niet mee konden of wilden, sloten zich aan bij de thuisblijvers van hun oorspronkelijke Grot. Hoewel ze geen mensen zagen, kregen Jondalar en Zelandoni door de route die ze volgden de kans om Ayla de 'achteromweg' naar Paardenhoofdrots en Ouderen Vuurplaats te laten zien, en ook Zoetdal, het vruchtbare laagland daartussenin.

Nadat ze een kijkje hadden genomen bij Berenheuvel staken ze de Kleine Grasrivier over – het water stond laag in deze tijd van het jaar en de oversteek was makkelijk, vooral waar de stroom breder werd – en trokken ze over het hoogland in de richting van Zoetdal en Paardenhoofdrots, de Zevende Grot van de Zelandoniërs. De achterblijvers van de Tweede Grot hadden zich bij de Zevende Grot aangesloten, maar desondanks waren er in totaal maar weinig achterblijvers, en ze verwelkomden de bezoekers enthousiast, omdat degenen die ziek of zwak waren blij waren om de doniërs te zien, maar vooral omdat ze blij waren eindelijk weer eens nieuwe gezichten te zien. De Zelandoniërs waren een sociaal volk en ze waren het gewend om met andere groepen samen te wonen; en de meesten, zelfs degenen die niet in staat waren om te gaan, misten de bedrijvigheid van de Zomerbijeenkomst. Aangezien er nog veel mensen bij de Zomerbijeenkomst waren of druk waren met andere zomerse activiteiten – jagen, vissen, verzamelen, verkennen of bezoeken afleggen – was het een vreemde gewaarwording om de Grotten te bezoeken als de schuilplaatsen bijna leeg waren. Ze hadden allemaal de aardbeving gevoeld, maar er waren geen gewonden gevallen, al waren sommigen nog steeds angstig en zochten ze geruststelling bij de Eerste. Ayla was erg onder de indruk van de manier waarop de vrouw hen met haar woorden wist te troosten, hoewel ze eigenlijk niets specifieks zei en ook niets tegen het natuurverschijnsel had kunnen doen. Het was haar manier van praten, haar zelfverzekerdheid, haar houding, dacht de jongere vrouw. Zelandoni zorgde er zelfs voor dat zij zich beter voelde. Ze bleven overnachten; er werd al een slaapplaats voor hen klaargemaakt en voedsel bereid voor een klein feestmaal toen ze nog maar net waren gearriveerd. Het zou onbeleefd en erg onvriendelijk zijn geweest als ze eerder waren vertrokken.

De volgende dag wilde Zelandoni op de terugweg langsgaan bij een plaats die ze de dag daarvoor hadden overgeslagen. Ze reden terug over het hoogland in de richting van de Kleine Grasrivier, maar dan meer stroomopwaarts, naar een leefgemeenschap aan de rand van het hoogland dat de Uitkijk heette. De naam was goed gekozen. Het was een bewoond gebied rond rotsige uitsteeksels die enige beschutting boden tegen het weer, maar op het moment waren er geen bewoners aanwezig. Vanaf een verhoging vlakbij hadden ze een weids uitzicht, vooral in westelijke richting.

Vanaf het moment dat ze de plek naderden voelde Ayla zich niet op haar gemak. Ze wist niet waarom, maar ze had een vreemd gevoel in het midden van haar rug, en wat haar betrof konden ze niet snel genoeg vertrekken. Toen ze afsteeg, kwam Wolf naar haar toe; hij drukte zich zacht jankend tegen haar been. De plek stond hem evenmin aan, maar de paarden leken niet verontrust. Het was een doodgewone zomerdag met warme zonneschijn en groen gras op de helling, en de plek bood een schitterend uitzicht over het landschap. Ze zag en bespeurde niets wat haar gevoel van onbehagen kon verklaren en ze wist eigenlijk niet of ze er iets over moest zeggen.

'Wil je hier even rust houden en een middagmaal nuttigen, Zelandoni?' vroeg Jondalar.

'Ik zie geen reden om hier te blijven,' antwoordde de vrouw, terwijl ze terugliep naar het sleepraam, 'vooral als we nog naar de Vrouwenplek willen. En als we daar niet te lang blijven kunnen we nog voor het donker terug zijn bij de Negende Grot.'

Ayla vond het allesbehalve spijtig dat Zelandoni besloot de reis voort te zetten en ze was nu blij dat de Eerste haar de heilige diepte van de Vrouwenplek wilde laten zien. Ze zochten een weg naar beneden langs de westkant van het hoogland in de richting van de Kleine Grasrivier,

en vlak bij het samenvloeiingspunt met de Grasrivier staken ze over. Pal daarachter was een klein U-vormig dal omringd door hoge kalkstenen rotswanden die zich uitstrekten tot aan de Grasrivier met aan de overkant het groene dal dat de waterweg zijn naam gaf: Grasdal.
Het welige gras van de kleine weide lokte dikwijls allerlei grazers, maar een kleine honderd meter verder was aan het uiteinde van de rotswand een makkelijk beklimbare helling, vooral voor hoefdieren, waardoor er omheiningen en kralen gebouwd zouden moeten worden om het dal als jachtval te kunnen gebruiken. Daar was men ooit mee begonnen, maar het werk was nooit afgemaakt. Het enige bewijs van de inspanning was een stuk rottende omheining.
Het gebied werd de Vrouwenplek genoemd. Het was niet verboden voor mannen, maar aangezien het voornamelijk door vrouwen werd gebruikt, waren er op de mannelijke leden van de zelandonia na niet veel mannen die de plek bezochten. Ayla was er al eerder geweest, maar meestal om iemand een boodschap over te brengen of als ze iemand vergezelde die onderweg was naar een andere plek. Ze had nooit de gelegenheid gehad om er wat langer te blijven. Ze was meestal vanuit de richting van de Negende Grot gekomen, en ze wist dat als ze de kleine weide betrad met de Grasrivier achter zich, er rechts aan de buitenkant van de muur een kleine grot was, een tijdelijke schuilplaats en vroegere opslagruimte. In dezelfde kalkstenen wand, vlak om de hoek het omsloten dal in, was een andere kleine grot. Twee grotten, smalle kronkelige spleten, die uitkwamen in een kleine stenen schuilplaats aan de achterkant van de weide, iets boven het grondniveau van de uiterwaard, waren van veel grotere betekenis. Die grotten achter in het dal hadden bijgedragen aan de onwil om van het dal een jachtlocatie te maken, al zou dat geen rol hebben gespeeld als de locatie echt ideaal was geweest. De eerste gang, aan de rechterkant, slingerde zich een weg terug door de kalkstenen wand in de richting waaruit ze waren gekomen, om uiteindelijk uit te komen bij een kleine, nauwe uitgang niet ver van de eerste kleine grot in de rechtermuur. Hoewel de muren bedekt waren met gravures, werden de gang en de stenen schuilplaats waar de gang begon voornamelijk gebruikt als leefruimte tijdens een bezoek aan de andere grot.
Toen Ayla, Jondalar en Zelandoni daar aankwamen, was er niemand. De meeste mensen waren nog niet terug van hun zomeractiviteiten en de weinigen die thuisbleven hadden geen reden voor een bezoek. Jondalar verloste de paarden van de sleepramen zodat ze even vrij konden rondlopen. De vrouwen die het gebied gebruikten hielden het over het algemeen keurig opgeruimd, maar het werd dikwijls bezocht en inten-

sief gebruikt, en een Vrouwenplek was onvermijdelijk ook een kinderplek. Bij Ayla's eerdere bezoek heerste er de gebruikelijke bedrijvigheid van het leven van alledag. Er waren houten kommen en kistjes geweest, geweven manden, speelgoed, kleren, en rekken en palen om dingen te drogen of te maken. Gebruiksvoorwerpen van hout, been, gewei of vuursteen werden soms verloren of gebroken of meegenomen door kinderen, om vervolgens afgedankt of in de grot achtergelaten te worden, onopgemerkt in het donker. Er werd eten bereid, afval verzameld en, vooral bij slecht weer, in de grot geloosd, maar alleen, naar Ayla had gehoord, in de grot aan de rechterkant.

In de schuilplaats lagen nog allerlei spullen. Ayla vond een stuk hout waarin een goot was gegutst, dat duidelijk was gebruikt om vloeistoffen te bevatten, maar ze besloot hun eigen gerei te gebruiken om thee en soep te maken. Ze verzamelde wat hout en legde in een bestaande zwarte kuil vol houtskool een vuur aan; ze legde er kookstenen in om water te kunnen verhitten. Vroegere bewoners hadden boomstammetjes en brokken kalksteen naar de vuurplaats gesleept en Zelandoni haalde de kussens van haar zitplaats op het sleepraam om een gerieflijke zitplaats te creëren. Ayla zoogde Jonayla en legde haar vervolgens op haar draagdoek op het gras terwijl ze zelf at en toekeek hoe de baby in slaap viel.

'Ga jij ook mee, Jondalar?' vroeg Zelandoni toen ze klaar waren met eten. 'Jij bent er waarschijnlijk niet meer binnen geweest sinds je er als jongen je merkteken hebt gezet.'

'Ja, ik denk dat ik maar meega,' zei hij.

Bijna iedereen zette op een gegeven moment een merkteken op de muren van deze grot, af en toe meerdere keren, hoewel de mannelijke leden van de gemeenschap meestal kinderen of jongeren waren wanneer ze het hunne zetten. Hij moest denken aan de eerste keer dat hij alleen naar binnen was gegaan. Het was een simpele grot, zonder zijgangen waarin je kon verdwalen, en jongelui mochten zonder begeleiding naar binnen. Meestal gingen ze alleen of hooguit met z'n tweeën naar binnen om hun eigen merkteken te zetten, onderweg fluitend of neuriënd of zingend tot de muren leken te antwoorden. De merktekens en gravures symboliseerden geen namen; voor de mensen was het een manier om de Grote Aardmoeder iets over zichzelf te vertellen, om zich tegenover Haar kenbaar te maken. Dikwijls maakten ze alleen een streep met hun vingers. Dat was genoeg.

Na de maaltijd bond Ayla haar baby in de draagdoek stevig op haar rug en toen staken ze ieder een lamp aan en liepen de grot binnen, Zelandoni voorop en Wolf achteraan. Jondalar herinnerde zich dat de grot aan de linkerkant erg lang leek – hij kronkelde een kleine twee-

honderdvijftig meter door het kalksteen – en dat het begin van de smalle gang redelijk makkelijk begaanbaar was en weinig interessants bood. Een paar merktekens op de muren vlak bij de ingang waren de enige aanwijzing dat er al eerder iemand was geweest.
'Waarom gebruik je je vogelfluitjes niet om tot de Moeder te spreken, Ayla?' vroeg de Eerste.
Ayla had de vrouw horen neuriën, niet luid, maar bijzonder melodieus, en had de vraag niet verwacht. 'Als je dat wilt,' zei ze, en toen floot ze een reeks vogelfluitjes, de zachte tonen van avondlijk vogelgezang.
Ongeveer honderdvijfentwintig meter van de ingang, halverwege de lengte van de gang, werd de grot smaller en weergalmden de geluiden anders. Dat was waar de afbeeldingen begonnen. Vanaf dat punt waren de muren bedekt met allerlei soorten afbeeldingen. Het oppervlak van beide muren van de kronkelige ondergrondse gang was gevuld met bijna ontelbare, dikwijls onontcijferbare, over elkaar heen gelegde, in elkaar overlopende gravures. Sommige stonden op zichzelf, en veel die herkenbaar waren, waren bijzonder goed gemaakt. De grot werd het vaakst bezocht door volwassen vrouwen, en de kunstige, gedetailleerde afbeeldingen waren doorgaans van hun hand.
Paarden voerden de boventoon, afgebeeld in ruststand en in beweging, zelfs galopperend. Bizons stonden ook vaak afgebeeld, maar er waren ook heel veel andere dieren: rendieren, mammoeten, steenbokken, beren, katten, wilde ezels, herten, wolharige neushoorns, wolven, vossen en minstens één saïga-antilope, in totaal honderden gravures. Sommige waren zeer opmerkelijk, zoals de mammoet met zijn slurf achterover gegooid. De kop van een leeuw waarvoor een in de wand ingebedde steen als oog was gebruikt, was buitengewoon mooi weergegeven. Een rendier dat voorovergebogen stond te drinken was opzienbarend door de schoonheid en het realisme van de afbeelding, net als de twee rendieren die tegenover elkaar stonden. De muren waren brokkelig en niet erg geschikt om te beschilderen, maar ze waren makkelijk te merken en te graveren, zelfs met vingers.
Er waren ook veel delen van menselijke gedaanten, waaronder maskers, handen en verscheidene silhouetten, maar altijd vervormd, nooit zo duidelijk en mooi weergegeven als de dieren, zoals de onevenredig grote ledematen van de zittende gedaante die en profil was afgebeeld. Veel gravures waren incompleet en begraven in een netwerk van lijnen, geometrische symbolen, dakvormige tekens en ondefinieerbare merktekens en krabbels die op veel manieren geïnterpreteerd konden worden, afhankelijk soms van hoe het licht erop viel. De grotten waren oorspronkelijk gevormd door ondergrondse rivieren, en aan het eind

van de gang was nog een karstgebied met actieve grotvorming.
Wolf rende voor hen uit een meer ontoegankelijk deel van de grot in. Hij kwam terug met iets in zijn bek wat hij aan Ayla's voeten legde.
'Wat is dit?' zei ze terwijl ze het oppakte. Ze richtten alle drie het licht van hun lamp op het voorwerp. 'Zelandoni, dit lijkt op een stuk van een schedel!' zei Ayla. 'En hier is nog een stukje, een deel van een kaak. Het is klein. Waarschijnlijk van een vrouw. Waar zou hij deze hebben gevonden?'
Zelandoni pakte ze aan en hield ze in het licht van de lamp. 'Mogelijk is hier iemand begraven, heel lang geleden. Er hebben hier in de buurt sinds mensenheugenis mensen gewoond.' Ze zag dat Jondalar onwillekeurig huiverde. Hij liet het liefst dingen die betrekking hadden op de geestenwereld aan de zelandonia over en dat wist ze.
Wanneer dat van Jondalar werd verlangd, had hij bij begrafenissen geholpen, maar hij haatte die taak. Wanneer mannen terugkwamen na het graven van begrafeniskuilen of andere activiteiten die hen gevaarlijk dicht bij de geestenwereld brachten, gingen ze naar de grot die de Mannenplek werd genoemd om schoongeboend en gezuiverd te worden. De Mannenplek was op een hoogland aan de overkant van de Grasrivier ten opzichte van de Derde Grot. Het was geen verboden terrein voor vrouwen, maar het was een plek waar voornamelijk mannelijke activiteiten plaatsvonden, net als een vreghut, en op de zelandonia na kwamen er maar weinig vrouwen.
'De geest is allang hieruit weg,' zei de Eerste. 'De bezieldheid heeft zo lang geleden de weg naar de geestenwereld gevonden dat er alleen nog stukjes bot over zijn. Er liggen er mogelijk nog meer.'
'Weet jij waarom hier iemand is begraven, Zelandoni?' vroeg Jondalar.
'In de regel doen we dat niet, maar ik ben ervan overtuigd dat er een reden moet zijn geweest om deze persoon in deze heilige grot te begraven. Ik weet niet waarom de Moeder heeft besloten dat de wolf ze aan ons moest laten zien, maar ik zal ze verderop terugleggen. Het lijkt me maar het beste om ze aan Haar terug te geven.'
De Eerste liep de kronkelige duisternis van de grot in. Ze zagen het licht van haar lamp zich zigzaggend verwijderen, en toen verdween het. Niet lang daarna verscheen het weer en korte tijd later zagen ze de vrouw terugkomen. 'Het wordt tijd om terug te gaan,' zei ze.
Ayla was blij dat ze de grot zouden verlaten. Grotten waren niet alleen donker, maar zodra je binnen was ook altijd vochtig en kil; en deze gaf haar een benauwd, opgesloten gevoel, maar dat kwam misschien doordat ze voorlopig haar bekomst had van grotten. Ze wilde gewoon naar huis.

Toen ze bij de Negende Grot aankwamen, ontdekten ze dat er meer mensen van de Zomerbijeenkomst waren teruggekeerd, hoewel sommigen van plan waren om binnen afzienbare tijd weer te vertrekken. Ze hadden een jonge man meegebracht die schuchter glimlachte naar een vrouw die naast hem zat. Zijn haar was lichtbruin en zijn ogen waren grijs. Ayla herkende Matagan, de jonge man van de Vijfde Grot wiens been het jaar daarvoor door een wolharige neushoorn was doorboord.

Ayla en Jondalar waren op de terugweg na hun periode van afzondering na hun Verbintenisceremonie geweest toen ze een aantal jonge mannen – onervaren jongens eigenlijk – hadden gezien die een reusachtige, volwassen neushoorn provoceerden. De jongelui hadden een van de vreghutten voor vrijgezellen gedeeld, sommigen voor het eerst, en ze waren erg vol van zichzelf, ervan overtuigd dat ze het eeuwige leven hadden. Toen ze de wolharige neushoorn in het oog kregen, besloten ze daar zelf jacht op te maken in plaats van een oudere, meer ervaren jager erbij te halen. Het enige waaraan ze dachten was de roem waarmee ze overladen zouden worden als de mensen bij de Zomerbijeenkomst hun buit zagen.

Ze waren nog erg jong, sommigen hadden nauwelijks de jagersstatus verworven, en slechts één van hen had ooit jagers een neushoorn zien provoceren, al hadden ze wel van de techniek gehoord. Ze beseften niet hoe verraderlijk snel het immense beest kon zijn en hoe belangrijk het was om geconcentreerd te blijven en de aandacht geen seconde te laten verslappen. En dat was gebleken. De neushoorn had tekenen van vermoeidheid vertoond en Matagan had het dier niet goed genoeg in de gaten gehouden. Toen het aanviel, kon Matagan niet snel genoeg opzij springen. De hoorn doorboorde zijn rechterbeen vlak onder de knie. Hij was zwaargewond; zijn onderbeen stond in een scherpe hoek achterover gebogen en de puntige gebroken botten staken uit de hevig bloedende wond. Hij zou waarschijnlijk zijn gestorven als Ayla er niet toevallig was geweest. Door haar opleiding bij de Stam wist ze hoe ze een gebroken been moest zetten en het bloeden moest stelpen.

Toen hij in leven bleef was men bang dat hij nooit meer op dat been zou kunnen staan, laat staan lopen. Hij kon nu wel weer lopen, maar er was sprake van permanente schade en gedeeltelijke verlamming. Hij kon zich redelijk goed redden, maar zijn vermogen om zich klein te maken of een dier te besluipen, was beperkt; hij zou nooit een goed jager worden. Toen was men op het idee gekomen hem bij Jondalar in de leer te doen om vuursteen kloppen te leren. De moeder van de jongen en haar levensgezel, plus Kemordan, de leider van de Vijfde Grot,

Joharran, Jondalar en Ayla, aangezien hij bij hen zou wonen, hadden voor hun vertrek bij de Zomerbijeenkomst alles besproken. Ayla mocht de jongeman graag en stemde ermee in. De jongen moest een vaardigheid leren waarmee hij respect en status kon verwerven, en ze herinnerde zich dat Jondalar het tijdens hun Tocht erg leuk had gevonden om zijn ambacht te leren aan iedereen die daarvoor interesse had, vooral jongelui. Maar ze had gehoopt op een paar dagen rust en stilte, alleen in haar onderkomen. Ze slaakte een diepe, stille zucht en liep naar Matagan om hem te begroeten. Hij glimlachte toen hij haar zag en kwam haastig overeind.

'Gegroet, Matagan,' zei ze, met uitgestoken handen. 'In de naam van de Grote Aardmoeder heet ik je welkom.' Ze bekeek hem onopvallend van top tot teen en zag dat hij erg lang was voor zijn leeftijd; hij was nog jong en had nog niet zijn volle lengte bereikt. Ze hoopte dat zijn beschadigde been zou blijven groeien en net zo lang zou worden als zijn gezonde been. Het was moeilijk te zeggen hoe lang hij zou worden, maar zijn mankheid zou erger worden als zijn benen niet even lang waren.

'In de naam van Doni, groet ik jou, Ayla,' antwoordde hij; het was de beleefdheidsgroet die hem was aangeleerd.

Jonayla, die in de draagdoek op de rug van haar moeder zat, kronkelde zich in bochten om te kunnen zien met wie ze sprak. 'Ik geloof dat Jonayla je ook wil begroeten,' zei Ayla, en ze maakte de doek wat losser en schoof haar tot voor haar buik. De baby keek met grote ogen naar de jonge man, en toen glimlachte ze en stak haar armpjes naar hem uit. Ayla was verbaasd.

Hij glimlachte terug. 'Mag ik haar vasthouden? Ik weet hoe het moet. Ik heb een zusje dat iets ouder is dan zij,' zei Matagan.

En hij heeft waarschijnlijk heimwee en mist haar nu al, dacht Ayla, toen ze Jonayla aan hem gaf. Het was duidelijk te zien dat hij wist hoe hij een baby moest vasthouden. 'Heb je veel broertjes en zusjes?' vroeg ze.

'Ja. Zij is de jongste en ik ben de oudste, en daartussen zijn er vier, onder wie twee-samen-geborenen,' zei hij.

'Jij bent vast een grote hulp voor je moeder. Ze zal je missen. Hoeveel jaren tel je?' vroeg ze.

'Dertien,' zei hij. Hij werd zich weer bewust van haar eigenaardige accent. Toen hij de vrouw uit den vreemde het jaar daarvoor voor het eerst had horen praten, had hij haar accent erg raar gevonden, maar toen hij herstellende was, vooral toen hij na het ongeluk wakker werd en veel pijn had, had hij verlangend naar dat accent uitgezien omdat ze steevast verlichting bracht. En hoewel de andere zelandonia hem ook in het oog hielden, kwam ze regelmatig langs. Dan praatte ze met hem, trok zijn beddengoed recht zodat hij makkelijk lag en gaf hem medicijnen.

'En je hebt afgelopen zomer je mannelijkheid bereikt en je riten ondergaan,' zei iemand die achter Ayla stond. Het was Jondalar, die een deel van het gesprek had gehoord toen hij aan kwam lopen. De stijl van Matagans kleren, de patronen die erop waren genaaid en de kralen en sieraden die hij droeg, vertelden hem dat de jongen als een man van de Vijfde Grot van de Zelandoniërs werd beschouwd.

'Ja, vorig jaar zomer tijdens de bijeenkomst,' zei Matagan. 'Voordat ik gewond raakte.'

'Nu je een man bent is het tijd om een ambacht te leren. Heb je weleens vuursteen geklopt?'

'Ja, af en toe. Ik kan een speerpunt maken en een mes, of een gebroken mes repareren. Het zijn niet de beste, maar ze werken,' zei de jongen.

'Misschien moet ik je eigenlijk vragen of je het leuk vindt om vuursteen te bewerken,' zei Jondalar.

'Ik vind het leuk als het goed gaat. Soms gaat het niet goed.'

Jondalar glimlachte. 'Dat overkomt mij ook nog steeds af en toe,' zei hij. 'Heb je al gegeten?'

'Ja, zojuist,' zei Matagan.

'Nou, wij nog niet,' zei Jondalar. 'We komen net terug van een korte tocht naar onze buren om te zien of die schade hebben opgelopen van de aardbeving en of er iemand gewond is geraakt. Je weet toch dat Ayla de acoliet van de Eerste is?'

'Volgens mij weet iedereen dat,' zei hij, terwijl hij Jonayla omdraaide zodat ze tegen zijn schouder kon leunen.

'Heb jij de aardbeving gevoeld?' vroeg Ayla. 'Zijn er in je reisgezelschap gewonden gevallen?'

'We hebben de aarde voelen schudden. Sommige mensen vielen, maar niemand is gewond geraakt,' zei hij. 'Maar volgens mij was iedereen bang. Ik wel, in elk geval.'

'Ik geloof niet dat er ook maar iemand is die niet bang zou zijn tijdens een aardbeving. We gaan eerst iets eten en dan laten we je zien waar je kunt slapen. We hebben nog geen speciaal plekje voor je ingericht, maar dat komt later wel,' zei Jondalar, en toen liepen ze met elkaar naar de andere kant van de schuilplaats, waar mensen bijeen zaten.

Ayla wilde Jonayla van de jongen overnemen.

'Ik kan haar wel vasthouden terwijl jullie iets te eten halen,' zei Matagan. 'Als zij dat goedvindt.'

'Dat proberen we gewoon even uit,' zei Ayla, en ze liep naar de vuurkuil waar het eten was klaargezet. Opeens verscheen Wolf. Hij was gestopt om water te drinken toen ze bij de Negende Grot aankwamen en had toen ontdekt dat iemand eten in zijn kom had gelegd. Matagans ogen werden groot van verbazing, maar hij had de wolf eerder gezien en leek niet bang te zijn voor het dier. Ayla had de wolf het jaar daarvoor aan Matagan voorgesteld, toen ze hem verzorgde, en het dier besnuffelde de jonge man die de baby van zijn roedel vasthield en herkende zijn geur. Toen de jongen ging zitten, ging de wolf naast hem zitten. Jonayla leek zeer tevreden met de regeling.

Tegen de tijd dat ze klaar waren met eten, begon het donker te worden. Bij het hoofdvuur, waar de groep dikwijls bijeenkwam, lagen altijd fakkels klaar, en Jondalar pakte er een en stak hem aan. Ze hadden allemaal bagage bij zich: rugbepakkingen, slaaprollen en reistenten. Jondalar hielp Ayla met een deel van haar spullen omdat zij de baby droeg, maar Matagan kon al zijn spullen zelf dragen, inclusief een stevige stok die hij soms gebruikte bij het lopen. Hij leek de stok niet altijd nodig te hebben. Ayla vermoedde dat hij hem had gebruikt tijdens de lange wandeling van Zonzicht, de locatie van de Zomerbijeenkomst, naar de Negende Grot, maar dat hij tijdens kortere afstanden heel goed zonder kon.

Toen ze hun onderkomen bereikten ging Jondalar als eerste naar binnen, trok de voorhang die de ingang afdekte opzij en lichtte Matagan en Ayla bij toen ze naar binnen liepen.

'Leg je slaaprol voorlopig maar hier in de hoofdruimte bij het vuur. Morgen verzinnen we wel iets beters,' zei Jondalar, die zich plotseling afvroeg hoe lang Matagan bij hen zou blijven wonen.

18

'Matagan, heb jij Jonayla en Jondalar gezien?' riep Ayla naar de kreupele jonge man toen hij uit de uitbouw naast haar onderkomen naar buiten kwam. Daar woonden nu drie jonge mannen: Matagan, Jonfilar, die uit het westen kwam, uit de buurt van de Grote Wateren, en Garthadal uit het verre zuidoosten, wiens moeder de leider van zijn Grot was en die met hem was meegereisd omdat ze had gehoord van Jondalars vaardigheid.

Na vier jaar was Matagan de oudste van Jondalars leerlingen, en hij was inmiddels zo'n bedreven vuursteenklopper dat hij hem hielp de jongere leerlingen het ambacht te leren. Hij had terug kunnen gaan naar de Vijfde Grot of naar bijna elke andere Grot kunnen gaan, als een zelfstandige ervaren vuursteenklopper, maar hij was de Negende Grot als zijn thuis gaan beschouwen en bleef liever om met zijn leermeester samen te werken.

'Ik zag ze een tijdje geleden in de richting van de paardenkraal gaan. Ik hoorde hem haar gisteren beloven dat hij met haar uit rijden zou gaan als het niet regende. Ze wordt goed in rijden op Grijs, zo klein als ze is, al kan ze nog niet zelf op- of afstijgen.'

Ayla glimlachte bij zichzelf toen ze terugdacht aan hoe Jondalar vroeger op Renner reed met Jonayla voor hem, nog voor ze kon lopen, en ze hadden samen Grijs getraind met het kind op haar rug, haar kleine armpjes stevig om de dikke nek van de merrie. Het jonge meisje en de jonge merrie waren samen opgegroeid en volgens Ayla was de band tussen het kind en Grijs net zo hecht als de band tussen Whinney en haar. Jonayla was goed met alle paarden, inclusief de hengst. In sommige opzichten zelfs beter dan haar moeder, want ze had geleerd hem met de halster en het leidsel te sturen, zoals Jondalar dat deed. Ayla stuurde Whinney nog altijd met gebruik van lichaamstaal en ze voelde zich op een paard minder zeker van zichzelf als ze Jondalars techniek gebruikte.

'Als ze terugkomen, wil je dan tegen Jondalar zeggen dat ik vanavond pas laat terug ben? Misschien zelfs niet eerder dan morgenochtend.

Heb je gehoord over de man die vanochtend bij de Oversteek van de steile rotswand is gevallen?' zei Ayla.
'Ja. Een bezoeker?' vroeg Matagan.
'Een buur van Nieuw Thuis. Vroeger was hij van de Zevende Grot, maar nu woont hij in Berenheuvel. Ik begrijp niet waarom iemand zou proberen Hoge Rots te beklimmen terwijl het na al die regen zo nat is. Modder stroomt langs de steile hellingen naar beneden, en boven was het waarschijnlijk ook modderig,' zei Ayla. Het is een nat voorjaar geweest, dacht ze. Elk voorjaar na die koude winter die Marthona enkele jaren geleden had voorspeld is nat geweest.
'Hoe gaat het met hem?' vroeg Matagan. Hij wist hoe het was om het slachtoffer te worden van een verkeerde inschatting.
'Hij is ernstig gewond. Gebroken botten en ik weet niet wat nog meer. Ik ben bang dat Zelandoni de hele nacht met hem bezig zal zijn. Ik blijf om haar te helpen,' zei Ayla.
'Met jou en de Eerste is hij verzekerd van de best mogelijke verzorging,' zei Matagan, en toen lachte hij. 'En ik spreek uit ervaring.'
Ayla beantwoordde zijn glimlach. 'Dat hoop ik. Een boodschapper is naar zijn familie gestuurd om het ze te vertellen. Die kunnen elk moment hier zijn. Proleva bereidt een maaltijd voor hen en enkele anderen bij de hoofdvuurplaats. Er zal vast ook genoeg zijn voor jou en de jongens, en voor Jondalar en Jonayla,' voegde ze eraan toe.
Terwijl ze terugliep dacht ze aan Jonayla en de dieren. Als ze weg moest bleef Wolf soms bij Jonayla en soms bij haar. Als ze met Zelandoni meeging naar een andere Grot om iemand te helpen, ging Wolf meestal met haar mee, maar als ze als onderdeel van haar opleiding 'offers' moest brengen en 'beproevingen' moest ondergaan – nachten achtereen wakker blijven, afzien van Genot, een tijdlang vasten – ging ze meestal alleen.
Ze verbleef dikwijls in de kleine schuilplaats die de Holte van Fonteinrots werd genoemd en die redelijk gerieflijk was. De schuilplaats lag vlak naast de Diepte van Fonteinrots, die soms Doni's Diepte werd genoemd. De lange grot was de eerste heilige plaats die ze had bezocht toen ze bij de Zelandoniërs kwam wonen. Fonteinrots lag op ongeveer anderhalve kilometer van de Negende Grot plus een lange klim over een lichte helling tegen de rotswand op. De lange, beschilderde grot had ook andere namen, vooral onder de zelandonia, zoals Ingang tot de Schoot van de Moeder, of het Geboortekanaal van de Moeder. Het was de heiligste plaats in de naaste omgeving.
Jondalar was er niet altijd blij mee als ze weg moest, maar hij vond het nooit erg om voor Jonayla te zorgen, en Ayla was blij voor hen dat ze zo'n hechte band met elkaar ontwikkelden. Hij was zelfs begonnen

haar samen met zijn leerlingen het ambacht van vuursteen kloppen te leren.

Ayla's overpeinzingen werden onderbroken toen ze twee vrouwen zag die haar tegemoet kwamen: Marona en haar nicht. Wylopa groette haar altijd met een knikje en een glimlach, en hoewel die nooit oprecht leek, glimlachte Ayla altijd terug. Marona kon nooit meer dan een vluchtig knikje opbrengen en Ayla beantwoordde de groet altijd op dezelfde manier. Als er niemand in de buurt was kon er niet eens een knikje af, maar nu glimlachte Marona zowaar. Ayla was zo verbaasd dat ze nog eens naar de vrouw keek. Het was geen aardig lachje, eerder een hoonlach, een kwaadaardige hoonlach.

Ayla vroeg zich onwillekeurig af waarom Marona was terugverhuisd naar de Negende Grot. Ze had gedacht dat de Vijfde Grot haar volledig had geaccepteerd, en toen ze naar de Vijfde Grot was verhuisd had de vrouw meer dan eens gezegd dat het haar daar veel beter beviel. Het bevalt mij ook beter als ze daar is, dacht Ayla.

Dat kwam niet alleen doordat Marona en Jondalar vroeger een paar waren geweest; de vrouw had haar boosaardigheid en wraakzucht op Ayla botgevierd, wat was begonnen met de listige manier waarop ze Ayla jongenswinterondergoed had laten aantrekken zodat mensen haar zouden uitlachen. Maar Ayla had het gelach het hoofd geboden en het respect van de Negende Grot verworven. Nu droeg ze dikwijls doelbewust soortgelijke kleding, vooral als ze Whinney bereed, en tot Marona's ergernis volgden veel vrouwen haar voorbeeld. Lichte beenbekleding en een mouwloze tuniek van zacht leer waren bijzonder comfortabel bij zacht weer.

Ayla had van Matagans bezoekende verwanten gehoord dat Marona zich de woede op de hals had gehaald van enkele vrouwen van hoge status van de Vijfde Grot, verwanten van Kemordan, de leider, of zijn gezellin, toen ze een man die aan een van hen was Toegezegd had overgehaald om er met haar vandoor te gaan. Met haar bijna witblonde haar en donkergrijze ogen was ze een aantrekkelijke vrouw, hoewel Ayla vond dat de lijnen van de frons die ze zo dikwijls had, zich steeds dieper in haar gezicht griften. Zoals met de meeste relaties die ze aanging het geval was, hield ook deze verhouding niet lang stand, en na zijn spijt te hebben betuigd en de schade min of meer tot ieders tevredenheid te hebben hersteld, werd hij weer teruggenomen, maar zij was uit de gratie. Toen Ayla Zelandoni's onderkomen naderde, gleden haar overpeinzingen naar de achtergrond en werd haar geest gevuld met gedachten aan de gewonde man.

Later die avond, toen ze uit het verblijf van de doniër kwam, dat zowel haar thuis als een ziekenverblijf was, zag ze Jondalar, Joharran, Proleva en Marthona bij elkaar zitten. Ze hadden net gegeten en keken onder het genot van een nap thee naar Jonayla en Proleva's dochtertje, Sethona. Jonayla was een blij, gezond kind en volgens iedereen erg mooi, met haar fijne, blonde, lichtkrullend haar en Jondalars opvallend helderblauwe ogen. In Ayla's ogen was Jonayla het mooist wat ze ooit had gezien, maar terwijl ze opgroeide bij de Stam had ze geleerd dergelijke gedachten over haar eigen kind voor zich te houden. Het uitspreken van die gedachten kon ongeluk aantrekken, en wanneer ze er objectief naar keek geloofde ze dat het heel normaal was om haar eigen nakomeling zo te zien, maar diep vanbinnen kon ze nauwelijks geloven dat zo'n prachtig kind het hare kon zijn.

Sethona, Jonayla's naaste nicht, enkele dagen ouder dan Jonayla en haar vaste speelkameraadje, had grijze ogen en donkerblond haar. Ayla vond haar op Marthona lijken; ze gaf al blijk van elementen van de waardigheid en bevalligheid van de voormalige leider, en ook van haar heldere en directe blik. Ayla richtte haar aandacht op de moeder van Joharran en Jondalar. Marthona's leeftijd was haar duidelijk aan te zien: haar haar was grijzer, haar gezicht meer gerimpeld, maar het was niet alleen haar uiterlijk. Het ging niet goed met haar, en dat baarde Ayla zorgen. Ze had met Zelandoni over Marthona's toestand gesproken en alle mogelijke geneesmiddelen en behandelingen die ze maar konden bedenken de revue laten passeren, maar ze wisten allebei dat er geen enkele manier was om te voorkomen dat Marthona op een dag de volgende wereld zou bewandelen; ze konden alleen maar hun best doen om haar tijd op aarde zo lang mogelijk te rekken.

Hoewel Ayla haar eigen moeder had verloren, prees ze zich gelukkig dat ze Iza had gehad, de medicijnvrouw van de Stam, die zich als een moeder over haar had ontfermd; en Creb, De Mog-ur, als de man van haar vuurplaats. Nezzie van de Mamutiërs was de moeder die haar in het Leeuwenkamp had willen adopteren, maar de Mamut van de Mammoetvuurplaats had dat uiteindelijk gedaan. Jondalars moeder had Ayla vanaf het begin als een dochter bejegend, en zij zag Marthona als haar moeder, haar Zelandonische moeder. Ze was ook erg aan Zelandoni gehecht, maar zij was meer een mentrix en een vriendin.

Wolf lag met zijn kop op zijn voorpoten naar de meisjes te kijken. Hij had Ayla uit Zelandoni's onderkomen naar buiten zien komen, maar toen ze niet meteen naar hen toe kwam, hief hij zijn kop en keek naar haar, waardoor iedereen zijn blik volgde. Toen drong het tot Ayla door dat ze zo in gedachten was verzonken dat ze stil was blijven staan. Ze liep naar hen toe.

‘Hoe gaat het met hem?’ vroeg Joharran toen ze hen bereikte.
‘Dat is nog steeds moeilijk te zeggen. We hebben de gebroken botten in zijn benen en armen gespalkt, maar we weten niet wat er misschien vanbinnen gebroken is. Hij ademt, maar is nog niet bij kennis gekomen. Zijn gezellin en zijn moeder zijn nu bij hem,’ zei Ayla. ‘Zelandoni vindt dat ze bij hen moet blijven, maar iemand zou haar wel iets te eten kunnen brengen, wat zijn familie er misschien toe zou brengen ook iets te eten.’
‘Ik zal haar iets brengen en ze proberen over te halen om naar buiten te komen,’ zei Proleva, en ze stond op en liep naar de stapel borden voor bezoekers. Ze pakte een ivoren bord, dat van een mammoetslagtand was afgeschilferd en met brokken zandsteen gladgeschuurd en legde er een paar plakjes vlees op van de berggeit die in zijn geheel aan een spit was geroosterd. Het was een zeldzame traktatie. Een groepje jagers van de Negende en naburige Grotten was op jacht gegaan en ze hadden geluk gehad. Ze legde er wat bladgroen en lichtgekookte voorjaarsstengels van nieuwe distels en een of ander soort wortel bij en ging met het bord naar de ingang van Zelandoni’s onderkomen, waar ze op een stukje ongelooide huid naast de zware leren voorhang over de ingang krabde. Toen ging ze naar binnen. Even later kwam ze naar buiten met de gezellin en de moeder van de gewonde man, bracht hen naar de hoofdvuurplaats en gaf hun een bezoekersbord.
‘Ik moet weer naar binnen,’ zei Ayla tegen Jondalar. ‘Heeft Matagan doorgegeven dat ik waarschijnlijk pas vanavond laat terugkom?’
‘Ja. Ik breng Jonayla wel naar bed,’ zei hij, en hij stond op en tilde het kind op. Hij omhelsde zijn vrouw en drukte zijn wang tegen de hare, en Ayla drukte de man en het kind tegen zich aan.
‘Ik heb vandaag op Grijs gereden,’ zei Jonayla. ‘Jondé is met me meegegaan. Hij reed op Renner. Whinney ging ook mee, maar niemand reed op haar. Waarom ben jij niet meegegaan, mama?’
‘Dat kon jammer genoeg niet, Kleintje,’ zei Ayla, en ze knuffelde haar man en kind nog eens. Haar troetelnaam voor haar kind was dezelfde die ze de gewonde leeuwenwelp had gegeven die ze vroeger had gevonden, had verzorgd tot hij weer volledig hersteld was en toen had grootgebracht. Ze sprak hem uit op de manier van de Stam, alleen enigszins aangepast. ‘Maar vandaag is er een man gevallen en ernstig gewond geraakt. Zelandoni probeert hem beter te maken en ik help haar.’
‘Kom je als hij beter wordt?’ vroeg Jonayla.
‘Ja, zodra hij beter is, ga ik met je uit rijden,’ zei Ayla, maar ze dacht: *áls* hij beter wordt, en toen zei ze tegen Jondalar: ‘Waarom neem je Wolf ook niet mee?’ Ze had gezien dat de gezellin van de man schich-

tig naar het dier keek. Iedereen had over de wolf gehoord en de meeste mensen hadden hem gezien, althans van een afstand, maar niet iedereen had geprobeerd een plek te zoeken om te gaan zitten eten met hem in de buurt. De vrouw had ook tersluikse blikken op Ayla geworpen, vooral na het horen van het woord waarmee ze haar kind aansprak. Zelfs aangepast klonk het vreemd.

Jondalar vertrok met Jonayla en Wolf, en Ayla ging terug naar Zelandoni's onderkomen. 'Is er al verbetering in Jacharals toestand?' vroeg ze.

'Voor zover ik kan zien niet,' zei de Ene Die Eerste Was. Ze was blij dat de twee vrouwelijke verwanten naar buiten waren gegaan, zodat ze vrijuit kon spreken. 'Soms kwijnen mensen in deze toestand langzaam weg. Als iemand erin slaagt ze water en voedsel te laten innemen, blijven ze langer in leven, maar zo niet, dan zijn ze binnen enkele dagen weg. Het is alsof de geest in de war is; de bezieldheid weet niet zeker of hij deze wereld wil verlaten terwijl het lichaam nog ademt, zelfs als de rest van het lichaam onherstelbare schade heeft opgelopen. Soms worden ze wakker maar kunnen ze zich niet bewegen, of een deel van hen kan niet bewegen of geneest niet goed. Nu en dan herstellen mensen mettertijd van een val als deze, maar meestal niet.'

'Is er vocht uit zijn neus of oren gelopen?' vroeg Ayla.

'Niet sinds hij hier ligt. Hij heeft een hoofdwond, maar die lijkt niet erg diep te zijn, alleen enkele oppervlakkige schrammen. Hij heeft zoveel gebroken botten dat ik het vermoeden heb dat er sprake is van ernstig inwendig letsel. Ik zal vannacht de wacht bij hem houden.'

'Ik blijf bij je. Jondalar heeft Jonayla en Wolf meegenomen. De gezellin van deze man leek zich niet op haar gemak te voelen met Wolf in de buurt,' zei Ayla. 'Ik dacht dat de meeste mensen inmiddels wel aan hem gewend waren geraakt.'

'Ik vermoed dat ze geen tijd heeft gehad om gewend te raken aan je wolf. Ze is niet van hier. Ze heet Amelana. Jacharals moeder heeft me het verhaal verteld. Hij heeft een Tocht naar het zuiden gemaakt, is daar een verbintenis met haar aangegaan en heeft haar mee terug gebracht. Ik weet niet eens of ze op Zelandonisch grondgebied is geboren of alleen daar in de buurt. De grenzen zijn niet altijd duidelijk. Ze spreekt onze taal goed, maar met een zuidelijk accent, een beetje zoals Beladora, de gezellin van Kimeran.'

'Wat afschuwelijk om helemaal hierheen te komen en dan mogelijk haar man te verliezen. Ik weet niet wat ik zou hebben gedaan als Jondalar iets was overkomen toen we hier pas waren, of zelfs nu,' zei Ayla, huiverend bij de gedachte.

'Je zou hier blijven en een Zelandoniër worden, zoals je nu bent. Je zei zelf dat je eigenlijk geen plek hebt om naar terug te gaan. Je zou niet in je eentje die lange Tocht terug naar de Mamutiërs maken, en was je niet door hen geadopteerd? Hier ben je meer dan geadopteerd. Je hoort hier thuis. Je bent een Zelandoniër,' zei de vrouw.

Ayla verbaasde zich over de felheid waarmee de Eerste sprak, maar ze was er wel blij mee. Het maakte haar duidelijk dat ze gewenst was.

Ayla ging niet de volgende ochtend naar haar onderkomen terug, maar pas de dag daarna in alle vroegte. De zon kwam net op en ze bleef even staan om naar de stralende kleur te kijken die zich langzaam langs de hemel boven de Rivier uitspreidde. Het was opgehouden met regenen, maar laaghangende wolken boven de horizon vielen uiteen in sliertige rode en gouden draden. Toen het schroeiende licht boven de rotswanden uit kwam, hield Ayla haar hand boven haar ogen om de rotsformaties in zich op te nemen, zodat ze die kon vergelijken met de plek waar de felle gloed de dag daarvoor boven de rotswand was opgekomen.

Binnenkort zou ze het opkomen en ondergaan van de zon een jaarlang moeten optekenen. Het moeilijkst daaraan, zo was haar door anderen van de zelandonia verteld, was het missen van slaap, vooral bij het gadeslaan van de maan, die soms midden op de dag verscheen of verdween en soms midden in de nacht. De zon kwam natuurlijk altijd in de ochtend op en ging in de avond onder, en hij bewoog in een voorstelbare baan langs de horizon, maar sommige dagen waren langer dan andere. Tijdens het halve jaar dat de dagen langer werden, reisde hij elke dag iets verder noordwaarts, tot hij midden in de zomer enkele dagen stilstond, in de tijd dat de dagen het langst waren, de tijd van de Zomer Langdag. Daarna ging hij de andere kant op en ging hij elke dag een stukje zuidelijker onder terwijl de dagen korter werden; voorbij de tijd dat dag en nacht even lang waren en de zon bijna pal in het westen onderging, tot hij midden in de winter weer enkele dagen stilstond, de tijd van de Winter Kortdag.

Ayla had gesproken met Jacharals moeder en Amelana en ze had de jonge vrouw beter leren kennen. Ze hadden minstens één ding met elkaar gemeen: ze waren vrouwen uit den vreemde die een verbintenis met een Zelandoniër waren aangegaan. Amelana was nog erg jong, besefte Ayla, en ietwat onvoorspelbaar en wispelturig. En ze was zwanger en had nog steeds last van ochtendmisselijkheid. Ayla vond het verschrikkelijk dat ze niet meer voor Jacharal konden doen, zowel voor Amelana als voor hem.

Ayla en Zelandoni hielden de man nauwlettend in de gaten, evenzeer uit eigenbelang als uit het belang van de man. Ze wilden geen enkele verandering in zijn conditie missen, in de hoop meer te zullen leren over het soort letsel dat hij had opgelopen. Tot dusver waren ze erin geslaagd hem een beetje water te laten doorslikken, al was de slikbeweging niet meer dan een reflex, want soms stikte hij bijna als ze een beetje water in zijn mond deden. Hij werd niet wakker als ze zo met hem bezig waren. Terwijl ze bij hem zaten, onderwees Zelandoni Ayla ook in de bezigheden van de zelandonia. Ze bespraken medicijnen en behandelingen en hielden verscheidene ceremoniën in een poging de hulp van de Grote Aardmoeder te krijgen. Ayla leerde een heleboel nieuwe dingen. Ze hadden nog niet de hele gemeenschap bij de helende ceremoniën betrokken omdat dat veel ingewikkelder en formeler zou zijn.

Ze spraken ook over een Tocht die de oudere vrouw met haar acoliet wilde maken, een lange Tocht die de hele zomer zou duren, en ze wilde binnenkort vertrekken. Er waren diverse heilige plaatsen in het zuiden en in het oosten waarvan de Eerste vond dat Ayla die moest bezoeken. Ze zouden niet alleen gaan. Jondalar zou meegaan en ook Willamar, de Meester-Handelaar en zijn twee jonge assistenten. Toen ze bespraken wie ze nog meer konden meenemen, kwam Jonokols naam ter sprake. Het idee van een verre reis om nieuwe plaatsen te bezoeken was opwindend, maar Ayla wist dat zo'n reis ook zwaar zou zijn, en ze was blij met de paarden. Die zouden de reis voor haar en de Eerste veel makkelijker maken. Bovendien vond Zelandoni het leuk om op het sleepraam, voortgetrokken door Whinney, ergens te arriveren. Het baarde opzien en ze deed graag dingen die de aandacht vestigden op de zelandonia en het belang van de positie van de Eerste.

Toen Ayla bij haar onderkomen aankwam overwoog ze even om ochtendthee voor Jondalar te maken, maar ze was doodmoe. Ze had niet veel geslapen; ze was wakker gebleven zodat Zelandoni kon rusten. Toen de dag aanbrak had de doniër haar naar huis gestuurd om een poos te gaan slapen. Het was nog zo vroeg dat iedereen nog sliep, behalve Wolf, die buiten op haar zat te wachten. Ze glimlachte toen ze hem zag. Ze begreep niet hoe hij altijd leek te weten wanneer ze eraan kwam of waar ze naartoe ging.

Toen Ayla naar binnen liep, zag ze dat Jonayla naast Jondalar lag. Haar eigen, kleinere slaaprol lag naast die van hen, maar ze kroop graag tussen hen in, en als Ayla er niet was, wat steeds vaker gebeurde, kroop ze naast hem. Ayla wilde Jonayla optillen om haar in haar eigen bedrol te leggen, maar veranderde toen van gedachten en besloot ze niet te storen en ze lekker te laten slapen. Nog even en ze zouden uit zichzelf wakker worden. Zij kon wel in Jonayla's bed kruipen. Dat was wat aan de kleine kant, maar in de opslagruimte lag extra beddengoed. Ze herschikte de bedrol van het kind en kroop erin. Toen Jondalar wakker werd en Ayla in Jonayla's bed zag liggen, glimlachte hij, maar toen fronste hij zijn voorhoofd. Ze moest doodmoe zijn geweest, dacht hij, maar hij miste haar lichaam naast zich.

Jacharal stierf een paar dagen later zonder nog bij bewustzijn te zijn gekomen. Ayla bracht hem met het sleepraam terug naar de Zevende Grot. Zijn moeder wilde dat de begrafenisceremonie daar werd gehouden en dat hij vlakbij werd begraven zodat zijn bezieldheid in een vertrouwde omgeving zou zijn als hij zijn weg zocht naar de volgende wereld. Ayla, Jondalar, Zelandoni en verscheidene anderen van de Negende en naburige Grotten, en alle mensen van Berenheuvel namen deel aan het begrafenisritueel. Na afloop benaderde Amelana Zelandoni en Ayla en vroeg of ze even met hen kon praten.

'Iemand vertelde me dat jullie binnenkort een Tocht naar het zuiden gaan maken. Is dat waar?' zei Amelana.

'Ja,' zei Zelandoni. Ze vroeg zich af wat de jonge vrouw van hen wilde. Ze meende het te weten en dacht al na over hoe ze op het verzoek moest reageren.

'Willen jullie me meenemen? Ik wil naar huis,' zei de jonge vrouw, met tranen in haar ogen.

'Maar dit is toch je thuis?' zei de Eerste.

'Ik wil hier niet blijven!' riep Amelana uit. 'Ik wist niet dat Jacharal naar Nieuw Thuis wilde verhuizen en in Berenheuvel wilde gaan wonen. Ik vind het daar niet fijn. Er is daar helemaal niets. Alles moet worden gemaakt of gebouwd, zelfs ons onderkomen is nog niet klaar. En ze hebben niet eens een Zelandoni. Ik ben zwanger en ik zou naar een andere Grot moeten lopen om mijn baby te krijgen. En nu heb ik zelfs Jacharal niet meer. Ik heb hem nog gewaarschuwd om Hoge Rots niet te beklimmen.'

'Heb je met Jacharals moeder gesproken? Ik weet zeker dat je bij de Zevende Grot kunt blijven.'

'Ik wil niet bij de Zevende Grot blijven. Ik ken de mensen daar helemaal niet, en sommigen zijn niet erg aardig tegen me geweest omdat ik uit het zuiden kom. Ik ben per slot van rekening een Zelandoniër!'

'Je zou naar de Tweede Grot kunnen verhuizen. Beladora komt uit het zuiden,' zei de Eerste.

'Wel uit het zuiden, maar meer naar het oosten, en ze is de gezellin van een leider. Ik ken haar niet echt. En ik wil zo graag naar huis. Ik wil daar mijn baby krijgen. Ik mis mijn moeder,' zei Amelana, en toen barstte ze in snikken uit.

'Hoe ver is je zwangerschap?' vroeg Zelandoni.
'Mijn bloeden is meer dan drie manen geleden opgehouden,' zei ze snotterend.
'Goed, als je zeker weet dat je wilt vertrekken, dan kun je met ons mee,' zei Zelandoni.
De jonge vrouw lachte door haar tranen heen. 'Dank je! O, dank je!'
'Weet je waar je Grot is?'
'Op het centrale hoogland, iets naar het oosten, niet ver van de Zuidelijke Zee.'
'We gaan daar waarschijnlijk niet rechtstreeks heen. Er zijn een paar plaatsen onderweg die we willen bezoeken.'
'Dat vind ik niet erg,' zei Amelana, en toen voegde ze er aarzelend aan toe: 'Maar ik zou graag thuis zijn voordat de baby komt.'
'Dat lukt vast wel,' zei de Ene Die Eerste Was.
Nadat Amelana weg was mompelde Zelandoni binnensmonds: 'De knappe vreemdeling bezoekt je Grot en het lijkt zo romantisch om met hem mee te gaan om op een nieuwe plaats een thuis te maken. Ik ben ervan overtuigd dat ze haar moeder net zo hartstochtelijk heeft gesmeekt om haar een verbintenis met hem te laten aangaan en met hem mee te laten gaan naar zijn thuis. Maar zodra je daar bent ontdek je dat dat thuis niet veel verschilt van het oude, behalve dat je niemand kent. Dan besluit je opwindende nieuwe levensgezel zich aan te sluiten bij een groep die een nieuwe Grot wil stichten. Ze verwachten dat je net zo enthousiast bent als zij bij het idee om een eigen plek te creëren, maar zij zijn alleen maar naar de andere kant van de heuvel verhuisd en ze zijn met mensen die ze kennen.
Amelana is een volslagen vreemde met een iets afwijkende manier van spreken, en ze is waarschijnlijk altijd vertroeteld. Ze is verhuisd naar een nieuwe plaats waar gebruiken en verwachtingen anders zijn dan ze gewend is. Ze heeft geen behoefte aan de opwinding over het maken van een nieuw thuis; ze is zojuist naar een nieuw thuis verhuisd. Ze heeft tijd nodig om zich aan de nieuwe omgeving en haar nieuwe Grot aan te passen. Maar haar levensgezel, die al heeft bewezen graag risico's te nemen door op een Tocht te gaan, is klaar voor het avontuur van een nieuwe Grot stichten met zijn – maar niet haar – vrienden en verwanten.
Ze begonnen waarschijnlijk allebei spijt te krijgen van hun overhaaste verbintenis en ruzie te maken over verschillen, vermeende en reële, en dan ontdekt ze dat ze zwanger is en dat er niemand is door wie ze zich kan laten vertroetelen. Haar moeder en tantes, al haar zussen, nichten en vriendinnen zijn in het thuis dat ze heeft verlaten. En dan neemt

haar gevaarzoekende levensgezel één risico te veel en sterft. Het is waarschijnlijk beter voor iedereen als ze teruggaat naar haar thuis, iets wijzer door haar avontuur. Er is hier helemaal niemand met wie ze een hechte band heeft.'

'Ik had hier niemand toen ik kwam,' zei Ayla.

'Jawel. Jij had Jondalar,' zei Zelandoni.

'Je zei dat haar levensgezel al had bewezen dat hij graag risico's nam door op een Tocht te gaan. Ik heb Jondalar tijdens zijn Tocht leren kennen. Was hij daardoor niet een man die van risico's hield?'

'Niet hij, maar zijn broer was degene die graag risico's nam. Hij is met Thonolan meegegaan om hem te beschermen, omdat hij wist van diens neiging zich in gevaarlijke situaties te manoeuvreren. En hij had hier niemand die hem vasthield. Marona had hem echt niets te bieden, behalve zo nu en dan een uurtje Genot. Hij hield meer van zijn broer dan van haar, en misschien wilde hij onder de zogenaamde Toezegging uitkomen, die zij als vanzelfsprekend aannam hoewel hij haar niets had toegezegd, en kon hij haar dat niet ronduit zeggen. Hij was altijd op zoek naar een bijzonder iemand. Een tijdlang heeft hij gedacht dat hij die persoon in mij had gevonden, en ik moet toegeven dat ik in de verleiding kwam, maar ik wist dat het nooit zou werken. Ik ben blij dat hij in jou heeft gevonden wat hij zocht, Ayla,' zei de grote vrouw. 'Jouw situatie mag dan op het eerste gezicht gelijkenis vertonen met Amelana's situatie, maar daartussen ligt een wereld van verschil.'

Wat is Zelandoni toch een wijze vrouw, dacht Ayla, en opeens vroeg ze zich af hoeveel mensen er zouden meegaan met de Tocht naar het zuiden waarvoor de Eerste het plan had geopperd. De doniër, Jondalar, zijzelf en Jonayla natuurlijk – ze mompelde de telwoorden binnensmonds en telde de mensen terwijl ze die opnoemde door met haar vingers op haar been te tikken. Dat maakt vier. Willamar en zijn twee assistenten gaan ook mee: zeven. Hij zei dat hij hun het volle profijt van zijn ervaring wilde meegeven. Hij zei ook dat het waarschijnlijk zijn laatste grote handelsmissie zou zijn, dat hij het reizen moe was. Dat zal best waar zijn, dacht Ayla, maar ze vroeg zich af of dat ook kwam omdat hij wist dat Marthona onwel was en dat hij meer tijd met haar wilde doorbrengen.

En nu gaat ook Amelana mee; dat is acht. En als Jonokol meegaat negen; acht volwassenen en een kind. Ayla had het gevoel dat er nog meer mee zouden willen. En alsof iemand haar gedachten had gelezen, brachten Kimeran en Beladora met hun vijf jaar oude tweeling Zelandoni een bezoek. Ze wilden ook naar het zuiden reizen om met de kinderen haar Grot te bezoeken. Beladora wist bijna zeker dat de Eerste het niet vervelend zou vinden om haar Grot te bezoeken. Die lag vlak bij een van de mooiste heilige plaatsen in het land, en een van de oudste. Maar ze wilden niet de hele reis maken die de doniër had uitgestippeld. Ze wilden zich onderweg bij hen aansluiten.

'Waar precies?' vroeg Zelandoni.

'Misschien bij de Grot van Jondecams zus,' zei Beladora. 'Ze is natuurlijk niet echt zijn zus, maar zo beschouwt hij haar wel.'

Ayla glimlachte naar de mooie vrouw met het donkere, golvende haar en de weelderige vormen, die ook met een accent sprak, al klonk dat minder vreemd dan haar eigen accent. Ze voelde een bijzondere band met haar; ze was ook een vrouw uit den vreemde die een verbintenis was aangegaan met een Zelandoniër en met hem was teruggekeerd. Ayla kende het verhaal van Kimeran en zijn veel oudere zus, die hem na de dood van hun moeder samen met haar eigen kinderen had grootgebracht. Haar levensgezel was ook jong gestorven. Ze werd een Zelandoni toen haar kinderen en haar broer volwassen waren.

'Er ligt hoogland tussen hier en Beladora's Grot als je daar rechtstreeks naartoe wilt,' zei Kimeran. 'Goed jachtgebied voor steenbokken en gemzen, maar op sommige plaatsen moeilijk te beklimmen, zelfs als je rivieren volgt. Ik had bedacht om om het hoogland heen te reizen, eerst zuidwaarts en vervolgens oostwaarts. Dat zal veel makkelijker zijn voor Gioneran en Ginedela, en ook voor ons wanneer we ze moeten dragen. Hun beentjes zijn nog kort.' Kimeran glimlachte. 'Veel korter dan mijn benen of de jouwe, Jondalar.' Jondalar en de lange blonde man hadden een hechte band.

'Willen jullie de reis alleen ondernemen?' vroeg Zelandoni. 'Dat is misschien niet zo verstandig als je de kinderen meeneemt.'

'We willen eigenlijk Jondecam en Levela en haar zoon vragen of ze mee willen, maar we wilden eerst met jou overleggen, Zelandoni,' zei Beladora.

'Dat lijken me uitstekende reisgenoten,' zei de Eerste. 'Ja, we kunnen jullie onderweg treffen.'

Ayla tikte weer met haar vingers tegen haar been. Dat maakt zestien in totaal, als Jonokol ook meegaat, dacht ze. Maar Amelana zal ons alleen tijdens de heenreis vergezellen, en Kimeran en de anderen zullen zich pas later bij ons aansluiten.

'Gaan we nog naar de Zomerbijeenkomst?' vroeg Jondalar.

'Niet meer dan een paar dagen, denk ik,' zei Zelandoni. 'Ik zal de Veertiende en de Vijfde vragen mijn taken over te nemen. Ik ben ervan overtuigd dat ze dat samen wel zullen redden, en het zal me benieuwen hoe de samenwerking verloopt. Voor we naar de Zomerbijeenkomst gaan zal ik een boodschapper naar Jonokol sturen om te vragen of hij met ons mee wil, en of hij kan. Hij kan per slot van rekening andere plannen hebben; hij is nu Zelandoni van de Negentiende Grot. Ik kan hem niet meer vertellen wat hij moet doen... niet dat ik dat vroeger wel kon, zelfs niet toen hij mijn acoliet was.'

Het was een zonnige, heldere ochtend toen de Negende Grot naar de Zomerbijeenkomst vertrok. De dagen daarvoor had het af en aan geregend, maar deze dag waren de wolken verdwenen. De lucht was helder en het hoogland in de verte fonkelde als kristal. Ze reisden dit jaar naar het zuidwesten en de plek waar de Zomerbijeenkomst werd gehouden was verder weg dan normaal, waardoor de reis langer was.

Toen ze bij de Zomerbijeenkomst aankwamen, zag Ayla dat er mensen van de meer westelijk gelegen Grotten waren die ze niet kende. Dat waren degenen die langer naar haar met de drie paarden en de wolf staarden, en natuurlijk naar de sleepramen die de paarden voorttrokken, met op een daarvan de Eerste. Er werd teleurgesteld gereageerd toen duidelijk werd dat de Eerste en haar acoliet met de ongewone dieren niet lang zouden blijven. Ayla vond het jammer dat ze niet langer konden blijven; ze had graag de Zelandoniërs die ze nog niet had ontmoet leren kennen, maar ze verheugde zich ook op de zomer-Tocht die de Eerste had uitgestippeld.

Jonokol had besloten met hen mee te gaan. Hij had nooit een uitgebreide doniërreis gemaakt, voornamelijk omdat hij aanvankelijk niet de bedoeling had gehad een volleerde Zelandoni te worden; hij had alleen maar afbeeldingen en schilderingen willen maken, en de Eerste had hem niet onder druk gezet. Nadat hij de prachtige witte muren van de nieuwe heilige grot had gezien en toegewijd raakte aan de zelandonia, verhuisde hij naar de Negentiende Grot, die het dichtst bij de nieuwe heilige locatie lag. Zijn Zelandoni daar was te oud en zwak geweest om lange Tochten te maken, hoewel haar geest tot op het eind scherp bleef. Hij had sindsdien opmerkelijke dingen over de beschilderde grotten in het zuiden gehoord en hij wilde deze gelegenheid gebruiken om ze met eigen ogen te gaan bekijken; hij zou misschien nooit meer zo'n kans krijgen.

Ayla was blij. Hij had haar vanaf het begin hartelijk bejegend en hij zou prettig gezelschap zijn. Ze bleven maar vier dagen bij de Zomerbijeenkomst, maar bijna iedereen kwam hen uitgeleide doen. Het vertrek van een reisgezelschap ter grootte van een kleine Grot vormde een heel spektakel, vooral door de dieren en de sleepramen, maar de groep was groter dan alleen degenen die samen de lange reis zouden ondernemen. Een aantal mensen van de Grotten in het westen, die Ayla niet kende, hadden zich ook bij hen aangesloten, al zouden zij in een andere richting reizen. Er waren ook mensen van de naburige Grotten, voornamelijk de Elfde, onder wie Kareja, hun vrouwelijke leider.

De Eerste wilde de Rivier volgen naar het zuiden tot aan de monding bij het samenvloeiingspunt met de Grote Rivier. Daar zouden ze de grotere rivier moeten oversteken, die zoals de naam aangaf dieper en breder was dan de Rivier en sneller stroomde. Ze konden de Rivier oversteken bij de Oversteek, een breed, ondiep deel, via stapstenen of wadend, waarbij het water soms tot aan hun middel kwam, afhankelijk van het seizoen, maar de Grote Rivier was moeilijker. Om dat probleem op te lossen hadden de Eerste en Willamar aan Kareja en enkele leden van de Elfde Grot, die bekendstond om de vlotten die ze maakten, gevraagd de reizigers en hun bagage over de Rivier te vervoeren tot aan de monding en vervolgens naar de overkant van de brede Grote Rivier.

Het eerste deel van de tocht voerde terug in de richting van de Negende Grot. Met alleen volwassenen – op Jonayla na – en de paarden kwamen ze veel sneller vooruit dan wanneer de hele Grot op reis ging. De meeste reizigers waren jong en gezond, en hoewel de Eerste een grote vrouw was – zo groot dat ze een indrukwekkende verschijning was – was ze sterk en liep ze voor het grootste deel van de tijd. Wanneer ze moe werd en bang was dat ze achter zou raken, reed ze op het sleepraam, wat geenszins afbreuk deed aan haar gezag of waardig voorkomen, vooral omdat zij de enige was die op de stoel op het sleepraam reed dat door Ayla's paard werd voortgetrokken.

Toen ze die avond voor de nacht hun tenten opsloegen, spraken de Eerste en de Meester-Handelaar met Kareja, de leider van de Elfde Grot, en enkele anderen die verstand hadden van het gebruik van hun vlotten en een inschatting konden maken hoeveel vlotten en mensen er nodig zouden zijn om de reizigers het volgende deel van hun Tocht te vervoeren. Toen moesten de details besproken worden van het ruilen van goederen en diensten voor het gebruik van de vlotten. Het was geen privégesprek en de Zelandoniërs die voor de Negende en Elfde Grot onbekenden waren, luisterden vol belangstelling toe. Enkelen vroegen zelfs of de vlotten konden worden gebruikt om westwaarts over de Grote Rivier naar de Grote Wateren van het Westen te reizen, dat wil zeggen tijdens de juiste seizoenen. De moeilijkheid was de terugreis.

Als onderdeel van de ruilhandel vroeg Kareja van de Elfde Grot Jondalar om een toekomstige dienst van de Negende Grot in ruil voor hun

dienst: het bemannen van de vlotten. Hij had als toehoorder bij de onderhandelingen gezeten, maar wenste dat Joharran er was. Beloften voor ongespecificeerde toekomstige diensten konden problematisch zijn en achteraf meer omvatten dan redelijk werd geacht.
'Ik geloof niet dat ik het recht heb om zo'n toezegging uit naam van de Negende Grot te doen,' zei Jondalar. 'Ik ben niet de leider. Misschien kunnen Willamar of Zelandoni dat wel.'
Kareja had gewacht tot het juiste moment tijdens de onderhandelingen om Jondalar een persoonlijke dienst te vragen uit naam van iemand van haar Grot. 'Maar je kunt wel een persoonlijke toezegging doen, Jondalar,' zei Kareja. 'Ik ken een jonge vrouw die heeft bewezen over een bijzondere aanleg te beschikken voor het bewerken van vuursteen. Als jij haar als leerling aanneemt, beschouw ik de onderhandelingen als afgerond.'
Zelandoni sloeg Jondalar gade en vroeg zich af hoe hij zou reageren. Ze wist dat hem al dikwijls was gevraagd een jongeling op te leiden, maar hij was uiterst selectief. Hij had al drie leerlingen en kon onmogelijk iedereen aannemen die bij hem in de leer wilde. Maar dit was de doniërreis van zijn gezellin en het zou niet ongelegen komen als hij iets zou bijdragen om die makkelijker te maken.
'Een meisje? Ik betwijfel of een vrouw een volleerd vuursteenklopper zou kunnen worden,' merkte een man van een van de westelijke Grotten op. Hij was vanaf de Zomerbijeenkomst met hen mee gereisd. 'Ik heb enige ervaring in vuursteen bewerken en het vereist zowel kracht als precisie om goede werktuigen te maken. Iedereen kent Jondalars reputatie als vuursteenklopper. Waarom zou hij zijn tijd verspillen aan een poging een meisje het ambacht te leren?'
Ayla had het gesprek aandachtig gevolgd. Ze was het niet met de man eens. Naar haar ondervinding konden vrouwen even goed vuursteen kloppen als mannen, maar als Jondalar een vrouwelijke leerling aannam, waar moest ze dan wonen? Hij kon haar niet onderbrengen bij de jonge mannelijke leerlingen, vooral als ze haar maandelijkse bloeding kreeg. Hoewel de Zelandoniërs in dat opzicht minder streng waren dan de Stam, waar een vrouw tijdens haar maanperiode niet eens naar een man mocht kijken, had een vrouw wel privacy nodig. Dat betekende dat ze bij hen haar intrek zou moeten nemen, of dat er iets anders geregeld moest worden.
Jondalar had duidelijk dezelfde gedachten. 'Ik weet eigenlijk niet of we een jonge vrouw kunnen aannemen, Kareja,' zei hij.
'Wil je daarmee zeggen dat een vrouw niet kan leren vuursteen kloppen?' vroeg Kareja. 'Vrouwen maken voortdurend werktuigen. Wan-

neer een vrouw een huid schoonschraapt of een tijdens de jacht buitgemaakt dier slacht, rent ze echt niet elke keer als een werktuig breekt naar een vuursteenklopper. Ze repareert het of maakt een nieuw exemplaar voor zichzelf.'

Kareja leek kalm, maar de Eerste wist dat het haar moeite kostte om niet uit te varen. Ze wilde de man ronduit zeggen dat hij onzin verkocht, maar Jondalar leek het met hem eens te zijn. Zelandoni volgde de gedachtewisseling geboeid.

'Ik weet best dat een vrouw werktuigen kan maken voor haar eigen gebruik, een schraper of een mes, maar kan een vrouw een jachtwerktuig maken? Speerpunten en pijlen moeten recht op hun doel af vliegen of je mist je doel,' zei de man. 'Ik kan het de vuursteenklopper niet kwalijk nemen dat hij geen vrouw als leerling wil aannemen.'

Kareja was ernstig ontstemd. 'Jondalar! Heeft hij gelijk?' vroeg ze. Vind jij dat vrouwen niet even goed kunnen leren vuursteen kloppen als welke man ook?'

'Dat heeft er niets mee te maken,' zei Jondalar. 'Natuurlijk kunnen vrouwen vuursteen kloppen. Toen ik bij Dalanar woonde en hij me het ambacht leerde, heeft hij het mijn naaste nicht, Joplaya ook geleerd. We wedijverden met elkaar en al zou ik dat vroeger nooit hebben toegegeven, kan ik nu zonder aarzelen zeggen dat ze in sommige opzichten beter was dan ik. Het probleem is dat ik niet weet waar een jonge vrouw zou moeten wonen. Ik kan haar niet bij de drie leerlingen die ik al heb onderbrengen. Dat zijn mannen en een vrouw heeft privacy nodig. Wij zouden haar kunnen opnemen, maar een leerling heeft een plek nodig voor haar werktuigen en haar proefstukken, en vuursteenschilfers zijn scherp. Ayla wordt boos als ik schilfers op mijn kleren heb als ik binnenkom. Ze wil die niet bij Jonayla in de buurt, en dat kan ik me heel goed voorstellen. Als ik je jonge vrouw zou aannemen, zouden we een aanbouw moeten maken aan het onderkomen van de leerlingen, of een apart onderkomen moeten bouwen.'

Kareja's boosheid zakte meteen. Dat de jonge vrouw van de Elfde Grot privacy nodig had was een redelijk antwoord. Met een vrouw als Ayla als gezellin, die zich niet alleen als jager had bewezen maar ook de acoliet van een Zelandoni was, had ze kunnen weten dat Jondalar de bespottelijke zienswijze van die man uit het westen niet zou delen. Jondalars moeder was per slot van rekening leider geweest. En hij had gelijk, dacht de lange, magere vrouw.

'Een apart onderkomen zou volgens mij beter zijn,' zei Kareja. 'En de Elfde Grot zal je helpen bij de bouw, of als je me zegt waar je het wilt hebben, kunnen wij het bouwen terwijl jij weg bent.'

'Wacht eens even!' zei Jondalar, met grote ogen van verbazing over de snelheid waarmee Kareja het heft in handen nam. Zelandoni lachte bij zichzelf en keek zijdelings naar Ayla, die moeite deed om haar glimlach te verhullen. 'Ik heb nog niet gezegd dat ik haar zou aannemen. Ik wil mijn toekomstige leerlingen altijd eerst op de proef stellen. Ik weet niet eens wie ze is.'
'Je kent haar. Het is Norava. Ik heb je vorig jaar zomer met haar zien werken,' zei Kareja.
Jondalar grijnsde opgelucht. 'Ja, ik ken haar inderdaad. Volgens mij kan zij een voortreffelijke vuursteenklopper worden. Tijdens die oerosjacht verleden jaar had ze een paar punten gebroken. Die was ze aan het bewerken toen ik toevallig langsliep. Ik bleef even staan kijken en toen vroeg ze om mijn hulp. Ik heb haar enkele dingen laten zien en ze begreep het onmiddellijk. Ze leert snel en heeft goede handen. Ja, Kareja, als jij ervoor zorgt dat ze een onderkomen heeft, zal ik Norava als leerling aannemen.'

19

De meeste mensen van naburige Grotten die niet naar de Zomerbijeenkomst waren gegaan, waren bij de Negende Grot toen de reizigers aankwamen; er was een boodschapper vooruit gestuurd en anderen hadden op de uitkijk gestaan. Er stond een maal voor hen klaar. Jagers waren eropuit gegaan en hadden een reuzenhert gedood. Het enorme gewei was nog bedekt met een fluwelig behaarde huid, die rijk was aan bloedvaten, nodig om het nieuwe gewei te voeden en te laten groeien, dat elk jaar groter werd.

Bij volwassen mannetjes kon het gewei een spanwijdte van bijna vier meter bereiken, beide takken een meter lang of meer. De uitstekende takken werden dikwijls voor andere doeleinden afgesneden, maar het grote holronde middendeel van sterke botachtige hoornstof dat overbleef was uiterst bruikbaar. Het kon worden gebruikt als opdienschaal, of na het scherp maken van de rand als schep om zacht materiaal zoals as uit een vuurplaats te verwijderen, of zacht zand op de rivieroever te verplaatsen, of sneeuw. In een geschikte vorm gesneden kon het ook als roeispaan of roer worden gebruikt om vlotten voort te bewegen en te besturen. Het reuzenhert leverde ook vlees voor de groep hongerige reizigers, en voor de leden van de Negende Grot en hun buren; er was meer dan genoeg voor iedereen.

De volgende ochtend verzamelden de mensen die met de Eerste meereisden hun spullen en wat extra reuzenhertenvlees voor onderweg, en toen legden ze de korte afstand naar de Oversteek te voet af. Ze waadden naar de overkant van de Rivier naar de houten aanlegsteiger voor Rivierplaats, de schuilplaats van de Elfde Grot van de Zelandoniërs. Verscheidene vlotten die waren gemaakt van dunne, hele boomstammen die van hun takken en bladeren waren ontdaan en vervolgens aan elkaar gebonden waren, lagen afgemeerd aan de aanlegsteiger, een simpele houten constructie die uitstak boven de rivier. Sommige werden gerepareerd, de rest was klaar voor gebruik. Er werd ook aan een nieuw vlot gewerkt. Een rij stammen op de oever gaf een duidelijk idee van hoe de vlotten werden gebouwd. Ze waren met het dikke uiteinde naar achteren gelegd, en bij de dunnere bovenkant waren de stammen samengevoegd tot een soort punt, wat de voorkant van het vlot werd.

De paarden hadden de sleepramen met de meeste bagage van de reizigers naar de Elfde Grot getrokken, maar nu moest alles op de vlotten worden geladen en vastgezet. De Zelandoniërs reisden altijd licht; ze namen nooit meer mee dan wat ze zelf konden dragen. Het enige extra gewicht bestond uit de palen en dwarsstukken van de sleepramen. Op Ayla en Jondalar na waren ze niet gewend aan de hulp van paarden en sleepramen om hun spullen te vervoeren.

De mensen van de Elfde Grot die de vlotten stroomafwaarts zouden besturen, gaven aanwijzingen voor het beladen van de vlotten. Als het gewicht niet goed verdeeld was, waren de vlotten moeilijk te besturen. Jondalar en Ayla hielpen een van de lange sleepramen op het vlot te laden dat voorop zou varen, en waarop de Eerste, Willamar en Jonokol zouden plaatsnemen. Het sleepraam met de stoel moest uit elkaar worden gehaald en werd op het tweede vlot geladen. Daarop zouden Amelana en Willamars twee jonge leerling-handelaren, Tivonan en Palidar, plaatsnemen.

Ayla en Jondalar, en natuurlijk Jonayla, zouden te paard de oever volgen, als er een oever was, of waden of zwemmen, of in sommige gevallen verder landinwaarts de vlotten volgen. Er was met name één stuk met sterke stroomversnellingen, hoge rotsige oevers en wild kolkend water, en Kareja raadde hun ten stelligste aan daar verder landinwaarts omheen te rijden. Ze zei dat mensen die bij moeilijke stukken angstig werden ook te voet het pad verder landinwaarts konden volgen. Enkele jaren eerder waren ze daar een vlot kwijtgeraakt en waren er mensen gewond geraakt, maar iedereen had het overleefd.

Terwijl ze wachtten tot de vlotten beladen waren, kwam een vrouw aanlopen uit een iets hoger gelegen stenen schuilplaats die een eindje van de waterkant lag. Ze vroeg aan de Eerste of ze even naar haar dochter wilde kijken die erg veel last had van kiespijn. Ayla vroeg Jondalar om op Jonayla te passen en liep toen met de Eerste achter de vrouw aan naar de schuilplaats. Die was kleiner dan de schuilplaats van de Negende Grot, maar dat gold voor de meeste. De mensen die daar woonden hadden de schuilplaats gerieflijk ingericht. De vrouw leidde hen naar een klein onderkomen onder de overhangende rotsplaat. Binnen lag een jonge vrouw die misschien zestien jaar kon tellen te woelen en te draaien op een slaaprol; ze transpireerde hevig. Haar ene wang was rood en gezwollen. Ze leed duidelijk aan afschuwelijke kiespijn.

'Ik heb enige ervaring met kiespijn,' zei Ayla tegen de jonge vrouw,

terugdenkend aan die keer dat ze Iza had geholpen een van Crebs kiezen te trekken. 'Mag ik er even naar kijken?'
De jonge vrouw ging overeind zitten en schudde haar hoofd. 'Nee,' zei ze gesmoord. Ze stond op en liep naar de Eerste, met haar hand tegen haar wang gedrukt. 'Alleen de pijn laten ophouden.'
'Onze Zelandoni heeft ons voor hij vertrok iets tegen haar pijn gegeven, maar die lijkt alleen maar erger te worden; het medicijn helpt helemaal niet,' zei de moeder.
Ayla keek naar Zelandoni. De grote vrouw fronste haar voorhoofd en schudde haar hoofd.
'Ik zal haar een krachtig medicijn geven dat haar in slaap zal brengen,' zei de Eerste tegen de moeder van de jonge vrouw. 'En ik zal je wat extra geven dat je haar later kunt geven.'
'Dank je. Hartelijk dank,' zei de moeder.
Toen Ayla en Zelandoni terugliepen naar de rivieroever keek Ayla haar mentrix vragend aan. 'Weet je wat er mis is met haar kies?'
'Ze heeft altijd problemen gehad met haar tanden en kiezen, vanaf het allereerste moment dat ze doorkwamen. Ze heeft er te veel, een dubbele rij,' zei de Eerste, en toen ze Ayla's vragende blik zag, legde ze uit: 'Ze heeft een dubbele hoeveelheid tanden en kiezen die tegelijkertijd op dezelfde plek proberen door te komen; ze staan helemaal verkeerd, ze verdringen elkaar. Als baby had ze afschuwelijk veel pijn toen ze tandjes kreeg en toen de tweede rij doorkwam weer. Daarna ging het een hele tijd goed; ze had jarenlang geen pijn, maar toen de achterste kiezen doorkwamen kreeg ze weer afschuwelijke pijn in haar mond.'
'Kan een deel van de tanden en kiezen dan niet weggehaald worden?' vroeg Ayla.
'Zelandoni van de Elfde heeft dat geprobeerd, maar ze zitten zo dicht op elkaar dat hij daar niet in is geslaagd. De jonge vrouw heeft het enkele manen geleden zelf geprobeerd, maar bij die poging zijn er een paar afgebroken. Sindsdien is de pijn veel erger geworden. Ik vermoed dat er nu sprake is van ettervorming en ontsteking, maar ze weigert ernaar te laten kijken. Ik weet niet of haar mond ooit zal genezen. Die tanden en kiezen zullen waarschijnlijk haar dood worden. Het zou misschien barmhartiger zijn om haar te veel van het pijnmedicijn te geven en haar rustig naar de volgende wereld te laten gaan,' zei de Eerste. 'Maar dat is iets wat zij en haar moeder moeten beslissen.'
'Maar ze is nog zo jong, en ze lijkt een sterke, gezonde vrouw,' zei Ayla.
'Ja, en het is vreselijk dat ze zoveel pijn moet lijden, maar ik ben bang dat het niet zal ophouden tot de Moeder haar tot zich roept,' zei de doniër, 'vooral omdat ze niemand toestaat haar te helpen.'

Tegen de tijd dat ze weer terug waren bij de Rivier, waren de vlotten bijna klaar voor vertrek. Er werden twee vlotten gebruikt om de zes reizigers en de sleepramen over de rivier te vervoeren. Ayla en Jondalar droegen hun rugbepakking met hun eigen spullen. Wolf kon zich heel goed redden. Kareja vertelde hun dat ze hadden overwogen drie vlotten te gebruiken, maar er waren op dat moment niet meer mensen beschikbaar dan voor twee. In plaats van meer mensen te laten komen en te moeten wachten tot die er waren, besloten ze dat twee vlotten genoeg waren. Voor zulke lange en mogelijk gevaarlijke tochten gebruikten ze altijd minimaal twee vlotten.
De drijvende vaartuigen werden met behulp van lange palen stroomopwaarts geboomd, en stroomafwaarts door de stroming meegevoerd. Aangezien ze stroomafwaarts moesten, maakte de rivier het werk makkelijk zodra het touw werd losgemaakt waarmee de vlotten aan de aanlegsteiger waren vastgelegd. De paal werd voornamelijk gebruikt om het vaartuig te sturen en uit het water stekende rotsen te ontwijken. Ze gebruikten ook een ander stuurmechanisme: het gewei van een reuzenhert, waarvan de uitsteeksels waren verwijderd, het middendeel tot een roer was gevormd en aan een stok was bevestigd. Het was op zo'n manier in het midden van de achterkant van het vlot vastgemaakt dat het roer naar links of rechts kon worden gedraaid om van richting te veranderen. Ook waren er lange roeispanen: het handvormige gewei van elanden of reuzenherten bevestigd aan lange palen, om de drijvende houten platforms voort te bewegen en te sturen. Maar het vereiste vaardigheid en ervaring om de logge vaartuigen op koers te houden, en de nauwe samenwerking van drie mensen.
Ayla legde de rijdekens op de rug van Whinney, Renner en Grijs en bevestigde een leidsel aan de jonge merrie, maar ze zette Jonayla voorlopig voor zich op Whinney. Er zou nog genoeg gelegenheid komen om Jonayla zelf te laten rijden als ze niet voortdurend een rivier in en uit moesten. Zodra het eerste vlot van de aanlegsteiger werd afgeduwd, keek Ayla om zich heen of ze Wolf ergens zag, en toen ze hem niet zag floot ze hem. Hij kwam opgewonden aanrennen. Hij wist dat er iets stond te gebeuren. Ayla en Jondalar stuurden de paarden de rivier in en toen ze het midden bereikten, het diepste deel, zwommen de dieren achter de vlotten aan om vervolgens koers naar de overkant te zetten.
De vlotten dreven met een flinke vaart zuidwaarts en de paarden slaagden erin niet te ver achter te raken zolang ze zwommen of op de oever liepen als er daarvoor genoeg ruimte was. Waar de rotswanden de oever raakten, stuurden ze de paarden de rivier in en dan zwommen ze door het diepe, snelstromende water. Het tweede vlot gebruikte de

roeispanen om te vertragen zodat de paarden ze konden inhalen. Toen ze vlak achter het vlot zwommen riep Shenora, de vrouw die aan het roer van het eerste vlot zat: 'Vlak na de volgende bocht is een lage oever. Daar moeten jullie het water uit en om de volgende reeks rotswanden heen rijden. Na die bocht komen we in kolkend water. Het is erg woest en het lijkt me gevaarlijk voor jullie en de paarden om in het water te blijven.'

'Maar jullie dan en de mensen op de vlotten? Is het voor jullie wel veilig?' riep Jondalar terug.

'We hebben het eerder gedaan,' zei de vrouw. 'Met een bomer, een roeier en met mij aan het roer moet het lukken.'

Jondalar, die Grijs aan haar leidsel leidde, stuurde Renner met het touw aan zijn halster naar links zodat het makkelijker zou zijn om de oever op te gaan als ze de plek bereikten waar ze het water uit moesten. Ayla sloeg haar arm stevig om Jonayla heen en volgde hem. Wolf zwom achter hen.

Amelana en Willamars leerlingen, Tivonan en Palidar, zaten op het achterste vlot, het vlot dat het dichtst bij hen was. Amelana leek een beetje angstig, maar ze maakte geen aanstalten om af te stappen en te gaan lopen. De twee jonge mannen fladderden om haar heen; een aantrekkelijke jonge vrouw was voor jonge mannen altijd begeerlijk, vooral als ze zwanger was. Zelandoni, Jonokol en Willamar op het voorste vlot waren buiten het bereik van Jondalars stem, maar zij waren degenen om wie hij zich het meest zorgen maakte. Maar hij nam aan dat als de Eerste besloot om hier niet van het vlot af te stappen, ze het waarschijnlijk als veilig genoeg beschouwde.

Toen de paarden en hun berijders de rivier uit liepen, druipend van het water, keken de mensen op de vlotten toe. Toen Zelandoni de paarden met de mensen op hun rug de oever op zag ploeteren, kreeg ze spijt van haar besluit om te blijven zitten op het platform van boomstammen die aan elkaar waren vastgebonden met leren riemen, pezen en touw. Ze verlangde plotseling naar het gevoel van vaste grond onder haar voeten. Hoewel ze eerder stroomopwaarts was geboomd en stroomafwaarts over rustiger water had gevaren, had ze nog nooit de kolkende route naar de Grote Rivier bevaren, maar Jonokol en vooral Willamar hadden zo onbezorgd geleken dat ze zich er niet toe had kunnen brengen haar angst te uiten.

Voor ze het wist hadden een bocht in de rivier en een rotswand de laatste mogelijkheid om aan het kolkende water te ontsnappen aan het zicht onttrokken. Zelandoni keek weer voor zich en zocht paniekerig naar de handgrepen van touw aan de bindingen van de boomstam-

men, die haar waren getoond toen ze aan boord stapte van de drijvende constructie. Ze zat op een dik kussen van leer dat min of meer waterdicht was gemaakt met vet dat in de huid was gewreven, maar je kon verwachten drijfnat te worden als je op een vlot voer.
Vóór hen was de rivier een woeste massa schuimend water. Het kwam tussen de boomstammen naar boven en sloeg over de zijkanten en de voorkant van het vlot. Het viel haar op dat het gebrul van het kolkende water luider werd toen de krachtige stroom hen tussen hoge rotswanden aan weerszijden van de turbulente waterweg door droeg. Toen waren ze midden in de maalstroom; het water sloeg tegen stenen en keien die door de kracht van extreme kou, woeste winden en wild water van de rotswanden waren geërodeerd. De Eerste snakte naar adem toen een plens koud water in haar gezicht sloeg toen de voorkant van het vlot het kolkende, woest stromende schuimende water in dook. Als er geen stormen of zijrivieren waren die de hoeveelheid water vermeerderden, bleef het waterpeil van de Rivier doorgaans gelijk, maar een verandering in het rivierbed veranderde wel de stroming. Bij een oversteekplaats, waar de rivier breder en ondieper was, golfde het water rustig rond de keien midden in de stroom, maar waar de rotswanden de rivier insloten en de helling van het rivierbed steiler was, stroomde dezelfde hoeveelheid water krachtiger door de versmalling. Die kracht sleurde het vlot van boomstammen mee.
Zelandoni was bang, maar ook opgewonden, en haar waardering voor de bekwaamheid van de vlotvaarders van de Elfde Grot steeg immens toen ze zag hoe ze het vlot manoeuvreerden dat zo snel door het water werd meegesleurd. De man met de paal gebruikte die nu om het vlot af te duwen van keien die boven het water uitstaken en de rotswanden die aan de rand van het water verrezen. De roeier deed soms hetzelfde met zijn roeispanen, terwijl hij op andere plekken, waar geen obstructies waren, hielp om het vlot door de stroom te sturen, samen met de vrouw aan het roer die het logge vaartuig bestuurde. Ze moesten samenwerken, maar tegelijkertijd onafhankelijk van elkaar denken.
Ze gingen een bocht om en het vlot vertraagde plotseling, hoewel de rivier even snel langs hen stroomde, toen de onderkant van het vaartuig over glad gesteente schraapte dat vlak onder het wateroppervlak lag. Dit was op de terugweg het moeilijkste stuk van de rivier omdat ze dan tegen het ondiepe, steile rivierbed op moesten bomen. Soms gingen ze het water uit en droegen ze het vlot eromheen. Toen ze van het gesteente af gleden, schoten ze door een kleine waterval aan de zijkant en belandden ze in een inkeping in de linkerrotswand, waar ze door een achteruitstromende draaikolk op hun plaats werden gehou-

den. Ze dreven, maar zaten gevangen en ze waren niet in staat om hun weg stroomafwaarts te volgen.
'Dit gebeurt soms, al is het voor het eerst in lange tijd,' zei de vrouw aan het roer. Shenora hield het roer boven het wateroppervlak, dat deed ze al sinds ze de bocht om waren gegaan. 'We moeten ons bij de rotswand vandaan duwen, maar dat kan moeilijk zijn. Het is ook moeilijk om hiervandaan weg te zwemmen. Als je nu van het vlot gaat, kan het water je vastgrijpen en naar beneden trekken. We moeten uit het achteruit stromende water zien te komen. Het tweede vlot komt er zo aan en die kunnen ons helpen, maar het kan ook gebeuren dat ze tegen ons aan varen en ook vast komen te zitten.'
De man met de paal zette zijn blote voeten in de kieren tussen de boomstammen om te voorkomen dat ze weggleden en duwde met al zijn kracht met zijn paal tegen de rotswand in een poging het vlot weer in beweging te krijgen. De man met de roeispanen duwde ook tegen de rotswand, maar de stokken waren korter en minder sterk. Ze konden makkelijk ombuigen of breken bij de verbinding tussen de peddel en de houten stok.
'Volgens mij zijn er nog een paar palen nodig,' zei Willamar, die dichterbij kwam met een lange, dunne paal van een van Ayla's sleepramen; Jonokol kwam achter hem aan met een tweede paal.
De drie mannen duwden met al hun kracht en na enige inspanning slaagden ze erin om het vaartuig uit het achteruit stromende water te duwen en waren ze weer vrij. Toen ze weer door de stroming werden meegevoerd, duwde de man met de paal het vlot naar een uitstekende rots; en met zijn drieën, hij met zijn paal en de anderen met de roeispaan en het roer, hielde ze het vlot op zijn plaats. 'Ik vind dat we hier moeten wachten om te zien of het tweede vlot er goed doorheen komt,' zei hij. 'Dit is verraderlijker dan normaal.'
'Goed idee,' zei Willamar. 'Ik heb een paar handelaren op dat vlot zitten die ik liever niet kwijtraak.'
Op dat moment kwam het tweede vlot de bocht om. Het werd net als het eerste afgeremd door het stenen rivierbed, maar de stroom had het iets verder van de rotswand meegevoerd en ze kwamen niet vast te zitten. Toen de mensen op het eerste vlot zagen dat het tweede vlot er goed doorheen kwam, vervolgden ze de tocht. Ze kwamen nog meer woest water tegen en op één plek voer het achterste vlot tegen een uitstekende rots op en begon te tollen, maar ze slaagden erin om aan de kolk te ontsnappen.
Zelandoni hield zich weer stevig vast aan de handgrepen van touw toen ze voelde dat het vlot door een golf werd opgetild en weer terug-

dook in het snelstromende water. Dat gebeurde nog een paar keer voor ze bij een volgende bocht in de rivier kwamen. Daarachter was de Rivier opeens weer kalm, en op de linkeroever was een vlak strandje en een kleine aanlegsteiger. Het vlot werd daarheen gestuurd en toen ze er vlakbij waren wierp de roeier een lus van touw die aan het vlot vastzat om een paal die aan de rand van het water stevig in de grond was verankerd. De tweede man wierp ook een touw en samen trokken ze het vlot naar de kleine aanlegsteiger.

'We stappen hier af en wachten op de anderen. Bovendien moet ik even uitrusten,' zei de man met de paal.

'Ja, daar zijn we allemaal aan toe,' zei de Eerste.

Terwijl de mensen van het eerste vlot aan wal gingen verscheen het tweede vlot. De mensen van het eerste vlot hielpen met het vastleggen van het tweede aan de aanlegsteiger, en de opvarenden waren blij dat ze even aan land konden. Even later kwamen Ayla en Jondalar en hun dieren achter de rotswand vandaan die ze zojuist waren gepasseerd. Doordat het vlot vast was komen te zitten, hadden de paarden de tijd gehad om ze in te halen.

Ze begroetten elkaar enthousiast, blij dat iedereen veilig was. Toen legde een man van de Elfde Grot een vuur aan in een kuil die duidelijk eerder daarvoor was gebruikt. Stenen die rondtuimelend in de Rivier glad en gerond waren geworden, waren eerder verzameld en bij de rand van de stroom opgestapeld om te drogen. Droge stenen werden sneller heet wanneer ze in het vuur werden gelegd en waren minder gevaarlijk. Vochtige stenen konden uit elkaar spatten als ze aan de hitte van een vuur werden blootgesteld. Uit de Rivier werd water gehaald en in twee kookkommen en een ingekerfde bak gegoten. Toen de hete stenen aan het water werden toegevoegd produceerden ze een wolk van stoom en deden ze het water opborrelen. Na toevoeging van nog een paar stenen bereikte het water de kooktemperatuur.

Het reizen over water was veel sneller, maar ze konden onderweg niet foerageren, dus gebruikten ze het eten dat ze hadden meegebracht. Verscheidene blaadjes voor thee gingen in de ingekerfde bak. Gedroogd vlees vormde een smakelijke basis voor soep en dat ging in een grote kom, samen met gedroogde groenten en een paar stukken van het geroosterde reuzenhertenvlees van de avond daarvoor. In de tweede kom werden gedroogde vruchten aan het hete water toegevoegd om ze zacht te maken. Het was een snel middagmaal; ze wilden zo snel mogelijk de reis vervolgen om voor het donker werd de tocht over het water achter de rug te hebben.

Bij de monding van de Rivier waren veel kleine zijrivieren die voor meer turbulentie zorgden, maar het water werd niet meer zo woest als toen ze door de kolkende stroomversnellingen moesten navigeren. Ze volgden de linkeroever zuidwaarts tot ze de Grote Rivier in zicht kregen, en toen de delta van de Rivier bij de monding breder werd, hielden de vlotvaarders van de Elfde Grot de vlotten in het midden van de stroming, tot die hen de Grote Rivier in voerde. De strijdige stromen van de twee rivieren hadden een bank opgebouwd, een richel van zand en slib, die nog een hachelijk aspect toevoegde toen ze daar overheen moesten varen. Maar toen voeren ze opeens in een veel grotere watermassa, met een sterke stroming die hen in de richting van de Grote Wateren meedroeg. Het water was te diep voor de paal. De man met de paal pakte nu een roeispaan die bij de rand van het vlot was vastgesnoerd. De twee mannen met roeispanen van het gewei van een reuzenhert, en Shenora aan het roer, moesten hen nu naar de overkant van de snelstromende rivier varen. Shenora trok het roer zo ver ze kon opzij om het vlot naar de tegenoverliggende oever te sturen, terwijl de roeiers met de roeispanen het logge vaartuig bijstuurden. Het tweede vlot volgde het eerste.

De paarden en Wolf zwommen in een rechtere lijn naar de overkant. Ze vervolgden hun weg over de oever terwijl ze de vlotten die in een schuine hoek naar het land voeren in het oog hielden. Terwijl ze stroomafwaarts reden, dacht Jondalar aan de boten van de Sharamudiers, die naast de Grote Moederrivier woonden. Ze woonden zo ver stroomafwaarts van de lange, belangrijke waterweg dat die daar erg breed was en snel stroomde, maar de boten die zij gebruikten vlogen over het water. De kleine exemplaren konden door één persoon worden bestuurd, met een dubbele peddel. Jondalar had geleerd hoe ze werden gebruikt, al waren er wel een paar ongelukjes gebeurd voor hij het onder de knie had gekregen. Grotere boten konden worden gebruikt om goederen en mensen te vervoeren. Die vereisten meer mensen met peddels, maar ze waren veel makkelijker te besturen.

Hij dacht aan hoe de boten werden gemaakt. Ze begonnen met een dikke boomstam, die ze uitholden met hete kolen en stenen messen, vormden beide uiteinden tot een punt en maakten de boomstam met stoom in het midden breder. Vervolgens werden planken, de zogenaamde huidgangen, met houten pinnen en leren banden aan de zijkant bevestigd om het vaartuig groter te maken. Hij had hen geholpen bij de bouw van zo'n boot toen hij en Thonolan bij hen woonden.

'Ayla, herinner je je nog die boten van de Sharamudiërs?' zei Jondalar. 'Misschien kunnen we er een maken, dat zou ik althans graag proberen, een kleine, als voorbeeld voor de Elfde Grot. Ik heb ze geprobeerd uit te leggen hoe ze worden gemaakt, maar dat is niet makkelijk. Als ik een kleine boot maak, zouden ze begrijpen wat ik bedoel.'

'Ik wil je met alle liefde daarbij helpen,' zei Ayla. 'We zouden ook zo'n ronde komboot kunnen maken die de Mamutiërs gebruikten. We hebben er een gemaakt tijdens onze Tocht hierheen. Daar konden we een heleboel in vervoeren toen we hem aan Whinneys sleepraam bevestigden, vooral als we rivieren moesten oversteken.' Toen fronste ze haar voorhoofd. 'Maar Zelandoni zal me misschien soms nodig hebben.'

'Dat weet ik,' zei hij. 'Het zou fijn zijn als je me kunt helpen, maar maak je geen zorgen. Misschien willen mijn leerlingen me helpen. De komboten kunnen handig zijn, maar ik denk dat ik eerst zo'n kleine Sharamudische boot ga maken. Dat is meer werk, maar die boten zijn makkelijker te besturen en het biedt ons de gelegenheid om effectieve messen te ontwikkelen voor het vervaardigen van dergelijke boten. Als het ontwerp de Elfde Grot bevalt, waarvan ik eigenlijk overtuigd ben, kan ik de boot vast en zeker ruilen voor een toekomstig gebruik van hun vlotten, en als ze besluiten meer boten te bouwen, zullen ze vast messen willen gebruiken die speciaal ontwikkeld zijn voor het uithollen van boomstammen, en dan zou ik die kunnen ruilen voor veel tochten over de rivier.'

Ayla dacht na over de manier waarop Jondalars geest werkte; hij dacht altijd vooruit, vooral met het oog op het behalen van voordeel in de toekomst. Ze wist dat hij het als zijn plicht zag om voor haar en Jonayla te zorgen en ze wist dat het Zelandonische concept van status er ook op de een of andere manier iets mee te maken had. Dat was belangrijk voor hem en hij was zich heel goed bewust van wat er in elke situatie gedaan moest worden om dat te bereiken. Zijn moeder, Marthona, was ook zo, en hij had het duidelijk van haar geleerd. Ayla begreep het concept van status; dat was misschien nog belangrijker geweest voor de Stam, maar voor haar was het niet zo belangrijk. Hoewel ze bij verschillende volken status had verworven, leek dat altijd iets te zijn wat vanzelf gebeurde; ze had er nooit moeite voor hoeven doen en ze wist eigenlijk niet of ze zou weten hoe dat moest.

De stroming droeg de vlotten een eind stroomafwaarts voor ze in staat waren de overkant te bereiken.

Tegen die tijd stond de zon laag in het westen, en iedereen was opgelucht toen beide vlotten de oever bereikten.

Terwijl het kamp werd opgezet, trokken Willamars twee leerling-handelaren er met Jondalar en Wolf op uit om te jagen. Ze hadden nog wat vlees van het reuzenhert over, maar dat zou niet lang meer meegaan en dus gingen ze op zoek naar vers vlees.

Ze zagen al snel een solitaire bizonstier, maar het dier zag hen eerst en ging er te snel vandoor om het achterna te gaan. Wolf liet een paartje nestelende alpensneeuwhoenders opschrikken, luisterrijk in hun zomerpluimage. Jondalar raakte er een met zijn speerwerper, Tivonan miste met zijn speerwerper en Palidar had de zijne niet snel genoeg in gereedheid gebracht. Eén alpensneeuwhoentje was niet erg veel voor hun groep, maar Jondalar nam het wel mee. Het begon al donker te worden en ze hadden niet veel tijd om verder te zoeken, dus gingen ze maar terug naar het kamp.

Toen hoorde Jondalar Wolf janken, en toen hij zich omdraaide zag hij dat de wolf tegenover een jonge bizonstier stond. Het dier was kleiner dan het exemplaar dat ze eerder hadden gezien. Waarschijnlijk had het kortgeleden pas de moederkudde verlaten om zich bij jonge stieren aan te sluiten, die in deze tijd van het jaar in minder hechte, kleinere kuddes rondzwierven. Jondalar had in een oogwenk een speer in zijn werper en Palidar was er nu beter op voorbereid. Terwijl de mannen de bizon omsingelden slaagde ook Tivonan erin een speer in zijn speerwerper te zetten.

De onervaren jonge bizon had zich volledig op de wolf geconcentreerd, die hij instinctief vreesde, en hij lette niet op de tweevoetige roofvijanden die hij nooit had leren vrezen, maar nu hij door drie van hen werd omsingeld, had hij weinig kans. Jondalar, die een meester was in het hanteren van de speerwerper, wierp zijn speer zodra die op de werper was gezet. De beide andere mannen namen meer tijd om te richten. Palidar wierp de lichtgewicht speer als tweede en meteen daarna deed Tivonan hetzelfde. Alle drie de speren troffen doel en het dier viel dood neer. De jonge mannen slaakten een jubelkreet, en toen pakten ze ieder een voorpoot bij de hoef en begonnen ze de bizon in de richting van het kamp te trekken. Hij zou genoeg vlees leveren voor verscheidene maaltijden voor alle veertien volwassenen plus de wolf, die beslist een deel verdiende voor zijn rol in de jacht op het dier.

'Die wolf kan soms echt behulpzaam zijn,' zei Palidar, die glimlachend naar de wolf keek met zijn scheefhangende oor. Dat maakte Wolf herkenbaar, het onderscheidde hem van eventuele wilde soortgenoten die in de buurt kwamen, maar Palidar wist hoe hij aan dat vreemde oor kwam en dat het geen reden was geweest om te lachen. Hij was degene die toevallig op de plek was gestuit waar de wolven hadden gevochten. Daar trof hij een heleboel bloed aan, een zwaar toegetakelde dode wolvin en het lichaam van een dier dat Wolf had gedood. Palidar had het gevild met het idee dat hij de vacht kon gebruiken om een draagbuidel of sperenkoker op te smukken, maar toen hij bij zijn vriend Tivonan op bezoek ging om hem zijn vondst te laten zien, had Wolf de geur van de gedode wolf opgepikt en had hij de jonge man willen aanvallen. Zelfs Ayla had het moeite gekost de vierpotige jager bij Palidar vandaan te houden; het feit dat Wolf nog niet volledig hersteld was van zijn verwondingen had haar daarbij geholpen.

De Negende Grot had nooit eerder gezien dat Wolf iemand aanviel en ze schrokken ervan, maar toen zag Ayla het lapje wolfsvacht dat op Palidars speerhouder was genaaid, en toen hij haar vertelde hoe hij daaraan kwam, had ze het opeens allemaal begrepen. Ze vroeg hem haar het lapje vacht te geven en zij gaf het aan Wolf, die erin beet en het scheurde tot er niets dan flarden van over was. Het was bijna grappig om te zien, maar niet voor Palidar, die blij was dat hij Wolf niet was tegengekomen toen hij alleen was. Hij nam Ayla mee naar de plek waar hij het dode dier had gevonden, wat veel verder was dan ze had gedacht. Het verbaasde haar dat Wolf zich over zo'n grote afstand had kunnen voortslepen om haar te bereiken, maar ze was blij dat hij dat had gedaan.

Ze vertelde Palidar wat ze vermoedde. Ze wist dat Wolf een solitaire wolvin had gevonden en dacht dat ze hadden geprobeerd een stukje territorium voor zichzelf af te bakenen, maar de roedel in die streek was klaarblijkelijk te groot en te diepgeworteld, en Wolf en zijn wolvinnetje waren te jong. Wolf had nog een nadeel. Hij had nooit speels gevochten met broertjes en zusjes en op zijn instinct na wist hij niet hoe hij wolven moest bevechten.

Wolfs moeder was een wolvin die op het verkeerde tijdstip in het jaar loops was geworden en toen door het alfavrouwtje uit de roedel was verstoten. Ze kwam toevallig een oud mannetje tegen dat zijn roedel had verlaten omdat hij die niet meer bij kon houden. Hij voelde zich een tijdje verkwikt in het gezelschap van een jong vrouwtje helemaal voor zich alleen, maar hij stierf voor het eind van de winter en liet haar alleen achter met de zorg voor haar jongen, terwijl wolvenmoeders normaal gesproken op de hulp van een hele roedel konden rekenen.

Toen Ayla Wolf had gered was hij nauwelijks vier weken oud, en de laatste overlevende van haar worp. Vier weken was de leeftijd waarop een moederwolf haar jongen uit hun geboortehol naar buiten bracht om in de roedel te worden opgenomen. Wolf echter werd opgenomen in de menselijke roedel van Mamutiërs, met Ayla als zijn alfamoeder. Hij kende zijn wolvenbroertjes en -zusjes niet, hij was niet met andere wolvenjongen grootgebracht, maar door Ayla met de kinderen van het

Leeuwenkamp. Aangezien een wolvenroedel en een mensenfamiliegroep veel gemeenschappelijke kenmerken hebben, paste hij zich makkelijk aan het leven met mensen aan.
Na de vechtpartij wist Wolf zich tot vlak bij het kamp van de Negende Grot te slepen, waar Ayla hem vond. Bijna iedereen bij de Zomerbijeenkomst hoopte op zijn herstel. De Eerste hielp Ayla zelfs met het verzorgen van zijn wonden. Zijn oor was bijna van zijn kop gescheurd en hoewel Ayla het er weer aan naaide, genas het met een knik waarvan velen vonden dat het hem iets ondeugends gaf, iets schalks waardoor mensen glimlachten als ze hem zagen.
Het incident had haar doen inzien dat hij niet alleen van zijn fysieke wonden moest herstellen, maar ook van de mentale wonden die hem ertoe hadden gebracht de jonge man aan te vallen die de vacht van de wolf die Wolf had gedood bij zich droeg, wat hem aan de vechtpartij herinnerde. De jonge wolf had nooit eerder met wolven gevochten en hij raakte erg van streek door de geur die hij diep vanbinnen herkende als die van zijn eigen soort.

De eerste heilige plaats die de Eerste wilde bezoeken, was een beschilderde grot in het zuidoosten, op een afstand van verscheidene dagen lopen. De Elfde Grot moest weer door de snelle stroming heen die ze zojuist waren overgestoken. Ze moesten zich een behoorlijk eind stroomopwaarts in de stroming begeven om uit te komen in de buurt van de monding van de Rivier die hen thuis zou brengen. Ze wilden allebei naar een Grot die, naar Ayla werd verteld, vlak bij de plek was waar een kleine stroom samenvloeide met de Grote Rivier. De kleinere waterweg begon in een hoogland in het zuiden, niet ver van de heilige plaats die de Eerste aan Ayla wilde laten zien. De volgende ochtend vertrok de hele groep stroomopwaarts langs de Grote Rivier.
De Elfde was niet de enige Zelandonische Grot die vlotten gebruikte om de rivieren van hun leefgebied te bevaren. Veel generaties daarvoor hadden afstammelingen van dezelfde voorouders van riviervaarders die de Elfde Grot hadden gesticht, besloten om aan de overkant van de grote Rivier, vlak bij de plek waar ze meestal de terugweg aanvaardden, een nieuwe Grot te stichten. Ze hadden dikwijls in de streek hun tenten opgeslagen, vaak gezocht naar grotten en schuilplaatsen als het weer verslechterde, en ze hadden de streek verkend tijdens de jacht en het verzamelen van voedsel. Zo leerden ze de omgeving erg goed kennen.
Later had een kleine groep zich om de gebruikelijke redenen afgesplitst – hun thuis werd te vol of iemand had onenigheid met de gezellin van haar broer of zijn oom – en een nieuwe Grot gesticht. Er was

nog steeds veel meer onbewoond land dan mensen om het te vullen. Voor de oorspronkelijke Grot was het erg handig om een plaats te hebben bij vrienden, eten en een plek om te slapen. De twee nauw verwante Grotten bedachten manieren om diensten en goederen te ruilen, en de nieuwe Grot floreerde. Ze werden bekend als de Eerste Grot van Zelandoniërs in het land ten zuiden van de Grote Rivier, wat in de loop van tijd werd afgekort tot de Eerste Grot van de Zuidland Zelandoniërs.

De doniër wilde met hen een regeling treffen om op de terugweg de rivier over te steken en ze alvast in te lichten over een andere groep die de reizigers later zou treffen, die de Grote Rivier zou oversteken. Ook wilde ze met hun Zelandoni praten, een vrouw die ze al kende uit de tijd voordat ze een acoliet werd. Daarna zou de groep zich splitsen. De vlotvaarders van de Elfde Grot zouden de Grote Rivier oversteken en de groep van de doniërreis zou de kleine rivier stroomopwaarts volgen naar de beschilderde grot.

In stromende rivieren moest men soms het vlot over land dragen, om obstakels te ontwijken of extreem wild water, watervallen of plaatsen waar het zo ondiep was dat het vlot over de bodem schuurde. Om die reden waren ze gebouwd met dunne boomstammen verankerd in steunen er dwars overheen, zodat de mensen die het vlot bestuurden het konden dragen. Deze keer hadden ze hulp van de reizigers, wat de klus vergemakkelijkte. De roeispanen, roeren en palen werden op de sleepramen geladen die door de paarden werden voortgetrokken, samen met de reistenten en wat extra spullen van de wandelaars. Terwijl ze stroomopwaarts ploeterden, droeg iedereen zijn of haar eigen rugbepakking met persoonlijke spullen, en ze losten elkaar af bij het dragen van de vlotten.

Terwijl ze oostwaarts trokken, stroomopwaarts over de linkeroever, de zuidkant van de grote rivier die westwaarts stroomde, wisten ze dat ze de monding van de Rivier naderden toen ze de eerste van twee grote lussen van de Grote Rivier bereikten. Toen ze aan de onderkant van de eerste lus stonden bleven de reizigers niet naast de rivier lopen. Het was een veel langere wandeling als ze de lus volgden dan wanneer ze rechtdoor gingen over het door de lus ingesloten land tot ze de onderkant van de tweede lus van de Grote Rivier bereikten. Ze volgden een pad dat aanvankelijk een dierenspoor was geweest en door menselijk verkeer was verbreed. Waar het pad zich vertakte en het ene pad in noordelijke richting de rivier volgde en het andere over land naar het oosten voerde, was duidelijk te zien dat het oostelijke pad vaker werd gebruikt.

Ze bereikten de onderkant van de tweede lus en volgden de rivier tot die weer naar het noorden afboog. De vertakte paden aan de onderkant van deze lus, het ene richting het oosten en het andere richting het noorden, werden zo te zien even vaak gebruikt. Het noordelijke uiteinde van de tweede lus lag tegenover de monding van de Rivier, de plek waar die in de Grote Rivier uitmondde, en dat noordelijke pad werd net zo vaak gebruikt als het andere. Ze trokken oostwaarts over het land tot ze weer bij de rivier uitkwamen, en toen volgden ze het pad ernaast in zuidoostelijke richting. De watermassa in de Grote Rivier was beduidend minder vóór de plek waar het water van de Rivier in de grotere rivier stroomde. Ze besloten om daar hun kamp voor de nacht op te zetten.

Na hun avondmaal ging iedereen ontspannen rond het vuur zitten voor ze zich in hun tent terugtrokken en in hun slaaprol kropen. Ayla gaf Jonayla een tweede portie eten en luisterde naar enkele jonge mensen van de Elfde Grot die spraken over het stichten van een nieuwe Grot verder stroomafwaarts, niet ver van de plek waar de vlotten de oever bereikten als ze de Grote Rivier overstaken. Ze wilden zorgen voor slaapplaatsen en eten voor reizigers die de Grote Rivier overstaken op doorreis naar het zuiden of verder stroomafwaarts naar het westen. Voor een vooraf afgesproken ruil konden vlotvaarders en hun passagiers dan uitrusten zonder eerst een kamp te moeten opzetten. Ayla begon te begrijpen hoe gemeenschappen van mensen zich uitspreidden en groeiden, en waarom mensen een nieuwe Grot zouden willen stichten. Het was eigenlijk heel logisch.

Ze hadden nog een dag nodig om de Eerste Grot van de Zuidland Zelandoniërs te bereiken. Ze kwamen laat in de middag aan en Ayla vond het erg handig om een plek te hebben om hun slaaprollen uit te spreiden zonder dat ze hun tenten hoefden op te zetten en om bereid voedsel voorhanden te hebben. De mensen van deze Grot gingen net als alle andere Grotten in het warme seizoen op reis en op jacht en daardoor waren er minder thuis, maar verhoudingsgewijs meer dan in de meeste andere Grotten. De mensen die achterbleven waren niet alleen degenen die niet konden reizen, maar ook mensen die zich beschikbaar stelden voor diensten aan anderen.

De reizigers werden aangespoord om enkele dagen bij de Zuidland Zelandoniërs te blijven; ze hadden verhalen gehoord over een wolf en paarden die de bevelen opvolgden van een vrouw uit den vreemde en een Zelandonische man die van een lange Tocht was teruggekeerd. Ze waren verbaasd toen ze erachter kwamen dat zoveel van wat ze als overdrijving hadden beschouwd, waar bleek te zijn. Ze voelden zich ook vereerd om de Eerste Onder Hen Die De Grote Aardmoeder Dienden in hun midden te hebben. Alle Zelandoniërs, zelfs degenen die haar maar zelden zagen, erkenden haar als Eerste, maar iemand van de Zuidland Grot maakte ook gewag van een andere vrouw. Zij woonde in de buurt van een Grot veel verder naar het zuiden en werd ook hogelijk gerespecteerd en vereerd. De Eerste glimlachte. Ze had over de vrouw horen vertellen en hoopte haar te ontmoeten.

De mensen die de Zuidland Grot het beste kenden waren de vlotvaarders van de Elfde Grot en de Meester-Handelaar van de Negende Grot. Willamar was tijdens zijn reizen dikwijls bij hen geweest. De twee Grotten van Zelandoniërs die vlotten bouwden en daarmee de rivieren bevoeren, hadden elkaar verhalen te vertellen, wisselden ideeën uit en toonden elkaars vaardigheden. Iedereen die daarin geïnteresseerd was luisterde en keek mee. Ze legden uit hoe ze hun vaartuigen bouwden. Vooral Jondalar luisterde vol aandacht.

Hij vertelde over de Sharamudische boten, zonder in details te treden aangezien hij had besloten er zelf een te bouwen die hij kon laten zien zonder weer het hele verhaal te moeten vertellen. Zijn reputatie als vuursteenklopper was alom bekend en toen ze hem daarnaar vroegen, demonstreerde hij maar al te graag enkele van zijn technieken. Hij vertelde ook hoe hij de speerwerper had ontworpen waarover inmiddels bijna iedereen had horen vertellen, en samen met Ayla demonstreerde hij hoe het effectieve wapen werd gehanteerd. Ayla gaf ook een demonstratie van haar vaardigheid met de slinger.

Willamar vertelde verhalen over zijn avonturen tijdens zijn handelsmissies; hij was een voortreffelijk verhalenverteller die zijn toehoorders boeide. Zelandoni maakte gebruik van de gelegenheid te onderrichten en reciteerde of zong met haar prachtige stem een aantal Zelandonische Geschiedverhalen en Oude Legenden. Op een avond haalde ze Ayla over om een demonstratie te geven van haar gave om dierengeluiden en vogelgezang te imiteren. Nadat ze een verhaal over de Stam had verteld, liet Ayla hun enkele voorbeelden zien van de gebarentaal waarmee de leden van de Stam met elkaar communiceerden voor het geval ze een groep Stam-jagers of -reizigers zouden tegenkomen. Even later zat de hele groep geluidloos simpele gesprekken te voeren. Het was net een geheimtaal, een spelletje.

Jonayla was een schattig meisje dat door iedereen graag bezig werd gehouden, en aangezien ze het enige kind in de groep reizigers was, kreeg ze erg veel aandacht. Wolf ook, omdat hij zich door mensen liet aanraken en aaien, maar nog meer vanwege de manier waarop hij reageerde op de verzoeken van degenen die hij kende. Het was echter voor iedereen duidelijk dat hij het best luisterde naar Ayla, Jondalar en Jonayla. De mensen waren ook onder de indruk van de manier waarop ze alle drie met de paarden omgingen. De oudere merrie, Whinney, die het zachtaardigst en gewilligst leek, had zonder twijfel de hechtste band met Ayla. Jondalar was degene die de vurige hengst, die hij Renner noemde, naar zijn hand zette, maar ze verwonderden zich het meest over de manier waarop de kleine Jonayla de jonge merrie, Grijs, bereed en in toom hield, hoewel ze op de rug van het paard moest worden getild om haar te berijden.

Ze lieten ook anderen een ritje op de paarden maken, doorgaans de twee merries. De hengst deed soms een beetje moeilijk als er vreemden op zijn rug zaten, vooral als ze zenuwachtig waren. Met name de mensen van de Elfde Grot waren gaan beseffen hoe handig paarden konden zijn om goederen te vervoeren, en de vlotvaarders begrepen het proces van goederenvervoer beter dan wie ook, maar ze zagen ook hoeveel werk het was om de dieren te verzorgen, zelfs als ze niet werden gebruikt. Vlotten hoefden niet van eten of water te worden voorzien, ze hadden geen onderdak nodig, hoefden niet geborsteld te worden en vergden niet meer aandacht dan zo nu en dan een reparatie of wat onderhoud, en ze moesten natuurlijk af en toe gedragen worden.

Na de dagen die ze samen hadden doorgebracht, was het voor de groep die de doniërreis maakte en de vlotvaarders van de Elfde Grot moeilijk om afscheid van elkaar te moeten nemen. Ze hadden samen zware tijden op het water doorstaan en de inspanning van reizen over land met elkaar gedeeld. Ze hadden ieder een rol gehad in doen wat nodig was om hun kamp op te zetten, te jagen en voedsel te verzamelen, en ze hadden allemaal een deel van de noodzakelijke dagelijkse taken op zich genomen. Ze hadden verhalen en vaardigheden uitgewisseld en ze wisten dat ze vriendschappen hadden gesloten waarvan ze hoopten dat die later zouden worden hernieuwd. Toen ze de weg naar het zuiden in sloegen, ervoer Ayla een gevoel van verlies. Ze was de mensen van de Elfde Grot als familie gaan beschouwen.

20

Het vervolgen van de reis met slechts de helft van het aantal mensen had ook zijn voordelen. Het reizen leek lichter, makkelijker. Er was minder om rekening mee te houden: er hoefden geen vlotten gedragen te worden, er hoefde minder voedsel gezocht te worden, minder hout en andere brandstof verzameld te worden om het voedsel te bereiden, minder waterzakken gevuld te worden, en ze hadden minder ruimte nodig om hun kamp op te slaan, waardoor ze makkelijker een geschikte plek konden vinden. Hoewel ze hun nieuwe vrienden misten, kwamen ze sneller vooruit, en al snel kwamen ze in een efficiëntere routine voor de dagen die volgden. De kleine rivier voorzag in een constante waterbron en het pad ernaast was makkelijk te volgen, al liep het bijna de hele weg schuin omhoog.

De mensen die vlak bij de heilige plaats woonden die de Eerste aan Ayla wilde laten zien, waren een zijtak van de Eerste Grot van Zuidland. De Eerste maakte Ayla attent op een schuilplaats die ze passeerden.

'Dat is de ingang van de beschilderde grot die ik je wil laten zien,' zei de Eerste.

'Aangezien het een heilige plaats is, kunnen we dan niet gewoon naar binnen?' vroeg Ayla.

'Het ligt op het terrein van de Vierde Grot van de Zuidland Zelandoniërs, en zij beschouwen hem als hun grot om te gebruiken en te laten zien,' zei de Eerste. 'Zij zijn doorgaans ook de enigen die nieuwe schilderingen aanbrengen. Als Jonokol de behoefde voelt om iets op de muren te schilderen, zouden ze dat waarschijnlijk toejuichen, maar het is beter als hij ze eerst toestemming vraagt. Een van hun leden zou mogelijk op die plek iets willen schilderen. Het is niet waarschijnlijk, maar als dat zo is, zou het kunnen betekenen dat de geestenwereld om de een of andere reden met de zelandonia in contact probeert te komen.'

Ze legde uit dat het ongepast was om het gebied dat een Grot als het hunne beschouwde, niet als dusdanig te erkennen. Ze dachten niet in termen van privé-eigendom; het idee dat land iemands eigendom kon zijn kwam bij niemand op. De aarde was de belichaming van de Grote Moeder, aan Haar kinderen geschonken om te gebruiken, maar de bewoners van de streek zagen hun terrein als hun thuis. Het stond iedereen vrij om te reizen, overal naartoe, door elke streek, zelfs verre gebieden, zolang ze rekening hielden met algemeen aanvaarde wellevendheid. Iedereen kon overal jagen of vissen of voedsel verzamelen, maar het werd als beleefd beschouwd om je aanwezigheid kenbaar te maken aan de plaatselijke Grot. Dat gold niet alleen voor buren, maar ook voor mensen op doorreis, om te voorkomen dat ze eventuele plannen van de plaatselijke groep zouden dwarsbomen. Als een uitkijk bijvoorbeeld een naderende kudde in het oog had gekregen en de jagers een grote jacht wilden organiseren om hun eigen vleesvoorraad voor het komende koude seizoen aan te vullen, konden de emoties hoog oplopen als reizigers die achter slechts één dier aangingen, de kudde uiteenjoegen. Als ze zich in plaats daarvan eerst bij de plaatselijke Grot meldden, was de kans groot dat ze zouden worden uitgenodigd om aan de georganiseerde jacht deel te nemen, en dan mochten ze een deel van de buit voor zichzelf houden.

De meeste Grotten hadden altijd iemand op de uitkijk staan, voornamelijk voor migrerende kuddes, maar ook voor ongebruikelijke activiteit in hun gebied, en mensen die reisden met een wolf en drie paarden waren beslist ongebruikelijk. Nog veel ongebruikelijker wanneer die paarden iets voorttrokken waarop een grote vrouw zat. Tegen de tijd dat de bezoekers in zicht kwamen van het thuis van de Vierde Grot van de Zuidland Zelandoniërs, stond een groepje mensen hen op te wachten. Toen de grote vrouw was afgestapt, kwam een man met tatoeages op zijn gezicht die aangaven dat hij een Zelandoniër was, naar voren om haar en de rest van de groep te begroeten. Hij had haar gezichtstatoeages herkend.

'Ik groet de Ene Die Eerste Is Onder Hen Die De Grote Aardmoeder Dienen,' zei hij, terwijl hij met beide handen open en uitgestrekt op haar toe liep, het gebruikelijke teken van openheid en vriendelijkheid. 'In de naam van Doni, Grote En Weldoende Eerste Moeder Die Ons Allen Onderhoudt, heet ik je welkom.'

'In de naam van Doni, Oorspronkelijke En Edelmoedigste Moeder, groet ik je, Zelandoni van de Vierde Grot van de Zuidland Zelandoniers,' zei de Ene Die Eerste Was.

'Wat brengt je zo ver naar het zuiden?' vroeg hij.

'Een doniërreis voor mijn acoliet,' zei de Eerste.

Hij keek naar de lange, aantrekkelijke jonge vrouw met het lieftallige kleine meisje. De Zelandoni glimlachte en liep met uitgestrekte handen naar de jonge vrouw, maar toen zag hij de wolf en keek hij zenuwachtig om zich heen.

'Ayla van de Negende Grot van de Zelandoniërs...' De Eerste begon de formele introductie met de opsomming van haar belangrijke namen en banden.

'Welkom, Ayla van de Negende Grot van de Zelandoniërs,' zei hij, verwonderd over al haar ongebruikelijke dierennamen en -banden.

Ayla deed met uitgestrekte handen een stap naar voren. 'In de naam van Doni, Moeder van allen, groet ik je, Zelandoni van de Vierde Grot van de Zuidland Zelandoniërs,' zei ze.

De man deed zijn best om zijn verbazing te verbergen over de manier waarop ze sprak. Het was duidelijk dat ze van ergens heel ver weg kwam. Het gebeurde maar zelden dat een vreemde tot de zelandonia werd toegelaten en toch was deze vrouw uit den vreemde een acoliet van de Eerste!

Met haar vermogen om nuances van gebaar en uitdrukking waar te nemen, bemerkte ze duidelijk zijn verbazing en zijn poging om die niet te tonen. Ook de Eerste zag zijn verbazing en ze onderdrukte een glimlach. Dit beloofde een interessante Tocht te worden, dacht ze. Door de paarden, de wolf en een acoliet uit den vreemde, zou iedereen nog lang over hun bezoekers praten. De Eerste besloot om Zelandoni nog wat meer informatie te geven om Ayla's status te benadrukken en hem voor te stellen aan de rest van hun gezelschap. Ze gebaarde naar Jondalar, die de reactie van de Zelandoni van deze Grot en de onderdrukte glimlach van de Eerste had waargenomen.

'Jondalar, kom en begroet de Zelandoni van de Vierde Grot van de Zuidland Zelandoniërs.' Ze wendde zich tot de man. 'Dit is Jondalar van de Negende Grot van de Zelandoniërs, Meester-Vuursteenklopper van de Negende Grot van de Zelandoniërs, broer van Joharran, leider van de Negende Grot, zoon van Marthona, voormalig leider van de Negende Grot, geboren bij de Vuurplaats van Dalanar, leider en stichter van de Lanzadoniërs,' zei ze, 'en levensgezel van Ayla van de Negende Grot van de Zelandoniërs, Acoliet van de Eerste en moeder van Jonayla, Gezegende van Doni.'

De twee mannen pakten elkaars handen vast en begroetten elkaar op de formele manier. De mensen die de reizigers hadden opgewacht, waren onder de indruk van al die namen en banden van hoge status. De Negende Grot had een hoge positie in de rangorde van de Grotten. Hoewel zo'n mate van formaliteit niet gebruikelijk was bij normale ontmoetingen, had de Eerste de indruk dat deze Zelandoni niet zou aarzelen om iedereen die maar wilde luisteren over deze ontmoeting verhalen te vertellen. En de reden dat ze Ayla op een doniërreis wilde meenemen, was niet alleen om haar de heilige plaatsen in het leefgebied van de Zelandoniërs te laten zien, maar ook om haar aan zo veel mogelijk Grotten voor te stellen. Ze had plannen met Ayla waarvan niemand op de hoogte was, zelfs Ayla niet. Toen wenkte ze Jonokol.

'Aangezien we toch deze reis maakten, leek het me een goed idee om ook mijn voormalige acoliet mee te nemen. Ik heb nooit een doniërreis met hem gemaakt toen hij nog slechts Jonokol was, mijn kunstzinnige acoliet. Nu is hij niet alleen een getalenteerd schilder met een uitzonderlijke nieuwe heilige plaats om in te werken, maar ook een intelligente, belangrijke Zelandoni,' zei de Eerste.

De tatoeages aan de linkerkant van zijn gezicht hadden al laten zien dat hij niet langer een acoliet was. De Zelandonia droegen de tatoeages altijd op de linkerkant van het gezicht, doorgaans op de zijkant van het voorhoofd of de wang, en ze waren soms erg ingewikkeld. Leiders hadden tatoeages op de rechterkant van het gezicht en andere belangrijke mensen, zoals de Meester-Handelaar, hadden over het algemeen kleinere symbolen midden op het voorhoofd.

Jonokol kwam naar voren en stelde zich voor. 'Ik ben de Zelandoni van de Negentiende Grot van de Zelandoniërs, en ik groet je, Zelandoni van de Vierde Grot van de Zelandoniërs die wonen in het land ten zuiden van de Grote Rivier,' zei hij, met uitgestrekte handen.

'Gegroet, wees welkom hier, Zelandoni van de Negentiende Grot,' was het antwoord.

Toen kwam Willamar naar voren. 'Ik ben Willamar van de Zelandoniers, de levensgezel van Marthona, voormalig leider van de Negende Grot, die de moeder is van Jondalar. Ik sta bekend als de Meester-Handelaar van de Negende Grot, en ik heb mijn twee leerlingen, Tivonan en Palidar, meegebracht.'

De Zelandoni heette de Meester-Handelaar welkom. Toen hij de tatoeage midden op zijn voorhoofd zag, wist hij dat de man een belangrijke positie had, maar pas toen hij die van dichterbij bekeek wist hij dat Willamar een handelaar was. Toen verwelkomde hij de twee jonge mannen, die hem op hun beurt formeel begroetten.

'Ik ben hier eerder geweest en heb je opmerkelijke heilige plaats gezien. Maar dit is mijn laatste handelsmissie. Van nu af aan zul je deze twee mannen zien. Ik kende de Zelandoni vóór jou. Is hij nog steeds Zelandoni?' De vraag was Willamars tactvolle manier om te vragen of de man nog leefde. De vorige Zelandoni was Willamars leeftijdgenoot, misschien iets ouder, en deze was jong.

'Ja, hij is naar de Zomerbijeenkomst, al was dat niet makkelijk voor hem. Hij verkeert niet in goede gezondheid. Net als jij geeft hij zijn roeping op. Hij zei dat dit waarschijnlijk zijn laatste Zomerbijeenkomst zal zijn. Hij is van plan om volgend jaar hier te blijven om te helpen zorgen voor degenen die niet in staat zijn te gaan. Maar jij lijkt me in goede gezondheid te verkeren. Waarom geef je je beroep aan deze jonge mannen door?' vroeg de jonge Zelandoni.

'Je kunt langer doorgaan als je in het algemeen dicht bij huis kunt blijven, maar een Meester-Handelaar reist, en eerlijk gezegd ben ik het reizen moe. Ik wil meer tijd doorbrengen met mijn gezellin en haar familie.' Hij gebaarde naar Jondalar en vervolgde: 'Deze jonge man is niet bij mijn vuurplaats geboren, maar het voelt wel zo. Hij heeft daar gewoond vanaf de tijd dat hij een dreumes was. Een tijdlang heb ik gedacht dat hij nooit zou ophouden met groeien.' Willamar glimlachte naar de lange blonde man. 'En zijn gezellin, Ayla, voelt ook als een kind van mijn vuurplaats. Marthona, zijn moeder, is een grootam en heeft enkele opmerkelijke kleintjes, onder wie dit lieftallige meisje. Ik ben als haar grootap,' zei Willamar, naar Jonayla wijzend. 'Marthona heeft ook een dochter, die het kind van mijn vuurplaats is. Ze heeft de leeftijd om een verbintenis aan te gaan. Als ze kinderen krijgt wordt Marthona grootmama en ik verheug me er op om dan grootpapa te zijn. Het is tijd om met reizen op te houden.'

Ayla luisterde geïnteresseerd naar Willamars uitleg. Ze had al het vermoeden gekregen dat hij meer tijd met Marthona wilde doorbrengen, maar ze had niet beseft dat hij zulke sterke gevoelens had voor de kinderen van zijn gezellin en hun kinderen, en voor Folara, het kind van zijn vuurplaats. Ze besefte opeens dat hij Thonolan waarschijnlijk nog steeds erg miste, de zoon van zijn vuurplaats, die was omgekomen tijdens de Tocht die hij met Jondalar had gemaakt.

De Eerste vervolgde met de laatste introductie. 'Er reist ook een jonge vrouw met ons mee, die terugkeert naar haar Grot. Haar levensgezel was een man wiens thuis niet ver van ons thuis was. Hij heeft haar tijdens een Tocht leren kennen en heeft haar meegenomen naar zijn thuis, maar hij bewandelt nu de volgende wereld. Hij is toen hij een hoge rotswand beklom naar beneden gevallen. Dit is Amelana van de zuidelijke Zelandoniërs,' zei de Eerste.

Hij keek naar de jonge vrouw en glimlachte. Ze is erg mooi, dacht hij, en hij vermoedde dat ze zwanger was, al was dat nog niet echt duidelijk te zien, maar zulke dingen voelde hij aan. Wat vreselijk dat ze haar levensgezel zo jong had verloren. Hij pakte haar uitgestrekte handen. 'In de naam van Doni heet ik je welkom, Amelana van de zuidelijke Zelandoniërs.'

Zijn warme glimlach raakte haar. Ze reageerde beleefd en glimlachte lief. Hij wilde een plek voor haar zoeken om te zitten, maar hij voelde zich verplicht om eerst de introducties af te ronden met een algemene kennismaking met de mensen van zijn Grot die niet naar de Zomerbijeenkomst waren gegaan.

'Onze leider is niet hier. Ze is met de anderen naar de Zomerbijeenkomst,' zei de Zelandoni.

'Dat vermoedde ik al,' zei de Eerste. 'Waar is jullie Zomerbijeenkomst dit jaar?'

'Drie of vier dagen naar het zuiden, bij het samenvloeiingspunt van drie rivieren,' zei een van de jagers die was gebleven om de achterblijvers te helpen. 'Ik kan je daar naartoe brengen of haar gaan halen. Ik weet dat ze het erg jammer zal vinden als ze je bezoek zou missen.'

'Het spijt me. We kunnen nu niet zo lang blijven. Ik heb voor mijn acoliet en de Zelandoni van de Negentiende Grot een uitgebreide donierreis uitgestippeld, helemaal naar het eind van het centrale hoogland en dan een flinke afstand naar het oosten,' legde de Zelandoni Die Eerste Was uit. 'We willen een bezoek brengen aan je heilige grot, een erg belangrijke, maar we moeten nog heel veel andere bezoeken. Misschien op de terugweg... Wacht eens even, zei je bij het samenvloeiingspunt van drie rivieren? Is daar vlakbij niet een belangrijke heilige plaats, een grote, rijkelijk beschilderde grot?'

'Ja, dat klopt,' zei de jager.

'Dan zal ik jullie leider waarschijnlijk wel zien. Het bezoek aan die grot staat als volgende op mijn lijst,' zei de Eerste. Ze bedacht dat de plek waar de Zuidland Grotten dit jaar hun Zomerbijeenkomst hielden voor haar erg gunstig uitkwam. Daardoor kreeg ze de gelegenheid om Ayla aan veel meer Grotten voor te stellen, en aankomen bij de bijeenkomst met de wolf en paarden en zoveel belangrijke mensen van de noordzijde van de Grote Rivier, zou veel indruk maken.

'Ik hoop dat jullie je minstens voor een maaltijd bij ons willen aansluiten en hier blijven overnachten,' zei de Zelandoni.

'Ja, graag, en hartelijk dank voor de uitnodiging. Die is welkom na een lange dag van reizen. Waar kunnen we ons kamp opzetten?' zei de Eerste.

'We hebben een onderkomen voor bezoekers, maar die moet ik eerst even bekijken. We zijn met zo weinig mensen dat we het niet hebben hoeven gebruiken. Ik weet niet hoe het er nu uitziet.'

's Winters, wanneer de Grot – meestal een uitgebreide familie, die de helft van het jaar op één plaats verbleef – verblijf hield in de stenen schuilplaats die ze als thuis beschouwden, splitste die zich op in kleinere huishoudens. Maar de weinigen die 's zomers achterbleven, bleven niet op zichzelf wonen en zochten elkaar op. De andere constructies die als onderkomens werden gebruikt of de onvoltooide bouwsels die leefruimten moesten worden, stonden dan leeg, wat doorgaans kleine diertjes zoals muizen, salamanders, padden en slangen en verscheidene spinnen en insecten aanlokte.

'Breng ons er maar gewoon heen. Ik ben ervan overtuigd dat we de ruimte zelf kunnen opruimen en ons best kunnen behelpen,' zei Willamar. 'We hebben elke avond tenten moeten opzetten. Het hebben van een schuilplaats is een welkome afwisseling.'

'Laat me minstens even controleren of er voldoende brandstof is voor een vuur,' zei de plaatselijke Zelandoni, en hij liep in de richting van de hut.

De reizigers volgden hem. Toen ze zich in de hut hadden geïnstalleerd, gingen ze naar de plek waar degenen verbleven die niet naar de Zomerbijeenkomst waren gegaan. Bezoek was doorgaans een welkome afleiding, behalve voor degenen die te ziek waren, pijn leden of bedlegerig waren. De Eerste ging bij een bezoek aan een Grot altijd even langs bij degenen die onwel waren. Ze kon meestal niet veel voor hen doen, maar de meeste mensen genoten van de aandacht, en soms kon ze toch helpen. Het waren dikwijls oude mensen die binnen korte tijd de volgende wereld zouden bewandelen, of zieke of gewonde mensen, of vrouwen in de laatste fase van een moeilijke zwangerschap. Ze waren achtergebleven maar niet aan hun lot overgelaten. Dierbaren, familieleden of vrienden zorgden er altijd voor dat er iemand was die voor hen kon zorgen, en de leiders van de Grotten wezen doorgaans een groep jagers aan die er bij toerbeurt voor zorgden dat er altijd genoeg te eten was en die de rol van boodschapper op zich namen als er iets gecommuniceerd moest worden.

Er werd een gemeenschappelijke maaltijd bereid. De bezoekers leverden een eigen bijdrage en hielpen met de bereiding. Het liep tegen de langste dag van het jaar en na de maaltijd stelde de Eerste aan Ayla en de Zelandoni van de Negentiende, die Ayla meestal nog Jonokol noemde, voor om terwijl het nog licht was een bezoek te brengen aan degenen die niet aan de maaltijd hadden deelgenomen omdat ze ziek waren of daar om een andere reden niet toe in staat waren geweest. Ayla liet Jonayla bij Jondalar achter, maar Wolf ging met haar mee.

Niemand had dringende problemen die niet waren behandeld. Een jonge man had een gebroken been dat naar Ayla's mening niet goed was gezet, maar het was te laat om daar nu nog iets aan te doen. Het was bijna geheeld en hij kon lopen, zij het erg kreupel. Een vrouw had ernstige brandwonden op haar armen en handen, en ook hier en daar op haar gezicht. Ook zij was bijna genezen, maar vanwege haar akelige littekens had ze besloten niet naar de Zomerbijeenkomst te gaan. Ze was niet eens tevoorschijn gekomen om de bezoekers te begroeten. Dit was een situatie die een ander soort zorg vereiste, dacht de doniër. Voor de rest waren het hoofdzakelijk oude mensen, sommige hadden last van pijnlijke knieën, heupen of enkels, of kortademigheid, of duizeligheid, of een verzwakt gezichtsvermogen of gehoor, waardoor ze de lange wandeling niet hadden aangedurfd, al waren ze erg blij om de bezoekers te zien.

Ayla bracht enige tijd door met een man die bijna helemaal doof was, en met de mensen die voor hem zorgden. Ze liet hun enkele simpele Stam-gebaren zien zodat hij zijn behoeften kenbaar kon maken en hun antwoord zou begrijpen. Het duurde even voor hij begreep wat ze probeerde te doen, maar toen hij het doorhad, was hij een snelle leerling. De Zelandoni vertelde haar later dat het de eerste keer in lange tijd was dat hij de man had zien glimlachen.

Toen ze uit het onderkomen onder de overhangende rotsplaat van de schuilplaats naar buiten kwamen, liep Wolf bij Ayla vandaan en begon hij te snuffelen bij een onderkomen in een van de hoeken. Ze hoorde een vrouw een angstige kreet slaken. Ze verliet de anderen en ging onmiddellijk kijken wat er aan de hand was. In elkaar gedoken in een hoek trof ze een vrouw aan. Haar hoofd en schouders waren bedekt met een zachte deken van hertenbokkenvel. Het was de vrouw met de brandwonden, die zich voor de bezoekers had verstopt. Wolf was plat op zijn buik gaan liggen en probeerde zachtjes jankend dichter naar de vrouw toe te kruipen. Ayla liet zich naast hem op haar knieën vallen, wachtte even, en sprak toen tegen de angstige vrouw.

'Dit is Wolf,' zei Ayla. Ze gebruikte het Mamutische woord voor het dier, dus de vrouw hoorde alleen een vreemd geluid. Ze probeerde nog verder in de hoek weg te kruipen en trok de deken dichter om haar hoofd. 'Hij doet je niets, hoor.' Ayla sloeg haar arm om de wolf. 'Ik heb hem gevonden toen hij nog heel klein was, en hij is opgegroeid met de kinderen van het Leeuwenkamp van de Mamutiërs.'

De vrouw werd zich sterk bewust van Ayla's accent, vooral na het horen van haar woord voor Wolf en de vreemde woorden voor de naam van het volk waarover ze het had. Maar haar nieuwsgierigheid was gewekt. Ayla kon horen dat ze rustiger ademde.

'Er woonde een jongen bij hen die door de gezellin van de leider was geadopteerd,' vervolgde Ayla. 'Sommige mensen zouden hem een wangedrocht noemen, een mengeling van de Stam, de mensen die door sommigen Platkoppen worden genoemd, en mensen zoals wij, maar Nezzie was een zorgzame vrouw. Ze zoogde haar eigen kind en toen de Stam-vrouw die hem ter wereld had gebracht stierf, voedde ze ook háár pasgeboren kind. Ze kon het idee niet verdragen dat ook hij naar de volgende wereld zou gaan, maar Rydag was zwak en hij kon niet praten zoals wij.

De mensen van de Stam communiceren meestal door middel van handgebaren. Ze hebben woorden, maar minder dan wij, en ze kunnen veel woorden die wij gebruiken niet uitspreken. Ik heb mijn familie tijdens een aardbeving verloren, maar ik had het geluk dat de Stam me vond en dat een vrouw van de Stam me heeft grootgebracht. Ik heb op hun manier leren spreken. Hun woorden klinken anders dan die van ons, maar dat zijn de woorden die ik als kind heb geleerd. Daarom klink ik anders als ik praat, vooral sommige woorden. Hoe ik ook mijn best doe, ik kan sommige klanken nog steeds niet uitspreken.'

Hoewel het in de hoek tamelijk donker was, zag Ayla dat de deken van het hoofd van de vrouw was gegleden en dat ze aandachtig luisterde naar wat Ayla vertelde. Wolf lag nog steeds zachtjes te janken en wilde naar haar toe kruipen.

'Toen ik Wolf meenam naar het Leeuwenkamp, ontwikkelde hij een hechte band met die zwakke jongen. Ik weet niet waarom, maar Wolf is ook dol op baby's en kleine kinderen. Ze kunnen hem porren en aan zijn vacht trekken, en hij klaagt nooit. Het is net alsof hij beseft dat ze niet de bedoeling hebben om hem pijn te doen en hij gedraagt zich erg beschermend tegenover hen. Dat kan vreemd gedrag lijken voor een wolf, maar zo gedragen ze zich tegenover hun eigen jongen. De hele roedel is beschermend tegenover de jongen en Wolf had de behoefte dat zwakke jongetje te beschermen.'

Ayla boog zich dichter naar de vrouw toe terwijl Wolf dichterbij kroop. 'Ik vermoed dat hij dat bij jou ook heeft. Ik denk dat hij weet dat je gewond bent geraakt, en hij wil je beschermen. Kijk maar, hij probeert bij je te komen, maar dat doet hij heel voorzichtig. Heb je ooit een levende wolf aangeraakt? Hun vacht is op sommige plaatsen zacht en op andere stug. Als je me je hand geeft, dan laat ik het je voelen.'

Zonder op een antwoord te wachten pakte Ayla de hand van de vrouw, en voor ze die weg kon trekken legde ze hem boven op Wolfs kop, terwijl het dier zijn kop op haar been legde. 'Hij is warm, hè? En hij vindt het lekker als je hem achter zijn oren krabbelt.'

Toen Ayla voelde dat de vrouw over Wolfs kop aaide, haalde ze haar eigen hand weg. Ze had de littekens gevoeld en de stijfheid waar de huid terwijl die genas was verstrakt, maar ze leek haar hand goed te

kunnen gebruiken. 'Hoe is het gebeurd? Je brandwonden?' vroeg Ayla.
'Ik had hete stenen in een kookmand gelegd en deed er nog een paar bij tot het water kookte, maar toen ik de mand probeerde te verschuiven barstte die open, en toen kreeg ik het hete water over me heen,' zei ze. 'Het was vreselijk dom! Ik wist dat die mand versleten was. Ik wist dat ik hem beter niet meer kon gebruiken, maar ik wilde alleen wat thee maken, en die mand stond binnen handbereik.'
Ayla knikte. 'Soms nemen we niet de tijd om goed na te denken. Heb je een levensgezel? Of kinderen?'
'Ja, ik heb een levensgezel en kinderen: een jongen en een meisje. Ik heb hem gezegd dat hij de kinderen moest meenemen naar de Zomerbijeenkomst. Zij hoeven niet te lijden onder mijn stommiteit. Het is mijn eigen schuld dat ik niet meer kan gaan.'
'Waarom zou je niet mee kunnen gaan? Je kunt toch lopen? Je hebt je benen of voeten toch niet verbrand?'
'Ik wil niet dat mensen me medelijdend aankijken vanwege de littekens op mijn gezicht en handen,' zei de vrouw nijdig, terwijl er tranen in haar ogen sprongen. Ze haalde haar hand van Wolfs kop en trok de deken weer over haar hoofd.
'Ja, sommige mensen zullen je medelijdend aankijken, maar iedereen kan een ongeluk krijgen, en sommige mensen worden met veel ergere problemen geboren. Je mag je er niet door laten weerhouden om te leven. Zo erg is je gezicht niet, en mettertijd zullen de littekens vervagen en minder opvallen. De littekens op je handen en waarschijnlijk ook je armen zijn erger, maar je kunt je handen toch gebruiken?'
'Min of meer. Niet zoals vroeger.'
'Ook dat zal beter worden.'
'Hoe weet je dat allemaal? Wie ben je?' vroeg de vrouw.
'Ik ben Ayla van de Negende Grot van de Zelandoniërs,' zei Ayla, terwijl ze haar handen uitstrekte in een formele groet en haar namen en banden begon op te sommen, 'Acoliet van de Ene Die Eerste Is Onder Hen Die De Grote Aardmoeder Dienen...' Ze werkte het hele rijtje af omdat ze dan tenminste iets te zeggen had. Ze besloot met: 'Vriendin van de paarden, Whinney, Renner en Grijs, en de vierpotige jager Wolf – zijn naam betekent "wolf" in de taal van de Mamutiërs. Ik groet je in de naam van Doni, Moeder van allen.'
'Ben jij de acoliet van de Eerste? Haar eerste acoliet?' vroeg de vrouw, die even haar manieren vergat.
'Haar enige acoliet, hoewel haar voormalige acoliet ook bij ons is. Hij is nu Zelandoni van de Negentiende Grot,' zei Ayla. 'We zijn gekomen om jullie heilige plaats te bezoeken.'

De vrouw besefte opeens dat ze haar handen moest uitstrekken en de handen van deze jonge vrouw moest vastpakken om zich formeel voor te stellen aan de acoliet van de Eerste, die duidelijk een verre reis had gemaakt en zo deskundig leek. Dat was een van de belangrijkste redenen geweest om niet naar de Zomerbijeenkomst te gaan: ze zou niet alleen haar gezicht hebben moeten tonen, maar haar verbrande handen moeten uitstrekken naar iedereen die ze moest begroeten. Ze boog haar hoofd en overwoog om ze onder de deken te verstoppen en te zeggen dat ze niet in staat was om haar op de gepaste manier te begroeten, maar de acoliet had haar hand al aangeraakt en wist dat dat niet waar was. Toen ademde ze een paar keer diep in en uit, trok de deken weg en stak haar ernstig verbrande handen naar Ayla uit.

'Ik ben Dulana van de Vierde Grot van de Zuidland Zelandoniërs,' zei ze, en toen somde ze haar namen en banden op.

Ayla pakte haar handen vast en concentreerde zich erop. Ze waren stijf en de huid was gespannen, bobbelig en oneffen, en waarschijnlijk nog steeds een beetje pijnlijk, dacht ze.

'... in de naam van Doni, heet ik je welkom, Ayla van de Negende Grot van de Zelandoniërs.'

'Doen je handen nog steeds pijn, Dulana?' vroeg Ayla. 'Wilgenbastthee zou waarschijnlijk helpen tegen de pijn. Ik heb wat wilgenbast bij me als je die nodig hebt.'

'Dat kan ik ook van onze Zelandoni krijgen, maar ik weet niet of het goed is om dat te blijven drinken,' zei Dulana.

'Zolang je pijn hebt, kun je dat blijven drinken. Het helpt ook tegen het branderige gevoel en de roodheid. Ik bedenk opeens dat jij, of iemand die je kent, van zachte huiden, bijvoorbeeld konijnenhuiden, wanten kunt maken, maar dan met vingers. Als je dan mensen tegenkomt, merken ze waarschijnlijk niet eens dat je handen een beetje ruw zijn. Heb je misschien schone witte talg? Daarvan kan ik een smeersel maken dat je handen zachter maakt. Vermengd met wat bijenwas en rozenblaadjes om het lekker te laten ruiken. Dat heb ik allemaal bij me. Je kunt er overdag je handen mee insmeren en daaroverheen je vingerwanten aantrekken. Je kunt het ook op je gezicht smeren om de littekens zachter te maken en te laten vervagen,' zei Ayla; ze dacht hardop na over wat ze kon doen om de vrouw te helpen.

Opeens begon Dulana te huilen.

'Wat is er, Dulana?' vroeg Ayla. 'Heb ik iets gezegd waardoor je van streek bent geraakt?'

'Nee. Het is gewoon de eerste keer dat iemand iets tegen me zegt wat me hoop geeft,' snikte Dulana. 'Ik had het gevoel dat mijn leven verwoest was, dat alles zo erg was veranderd dat niets ooit nog hetzelfde zou zijn, maar zoals jij over de brandwonden en de littekens praat klinkt het alsof ze niet zo vreselijk zijn, alsof niemand ze zelfs maar zal opmerken, en je vertelt me over al die dingen die me kunnen helpen. Onze Zelandoni doet zijn best, maar hij is nog erg jong en helen is niet zijn grootste gave.' De jonge vrouw zweeg even en keek Ayla toen recht in de ogen. 'Ik denk dat ik nu weet waarom de Eerste jou als haar acoliet heeft gekozen, hoewel je niet eens een geboren Zelandoniër bent. Zij is de Eerste en jij bent de Eerste Acoliet. Moet ik je zo noemen?'

Ayla glimlachte wrang. 'Ik weet dat ik op een dag waarschijnlijk mijn naam moet opgeven en "Zelandoni van de Negende Grot" zal worden genoemd, maar voorlopig nog niet, hoop ik. Ik word graag Ayla genoemd. Dat is mijn naam, de naam die mijn echte moeder me heeft gegeven, of iets wat daar erg op lijkt. Het is het enige wat ik nog van haar heb.'

'Ayla, dan, en hoe spreek je de naam van deze wolf uit?' Hij had zijn kop weer op haar been gelegd en dat vond ze troostend.

'Wolf,' zei Ayla.

Dulana probeerde de naam uit te spreken en Wolf tilde zijn kop op en keek haar aan, hij merkte haar inspanning.

'Waarom kom je niet mee om iedereen te begroeten?' zei Ayla. 'De Meester-Handelaar is bij ons en hij vertelt geweldige verhalen over zijn reizen, en de Eerste zal misschien enkele Oude Legenden zingen; ze heeft een prachtige stem. Dat mag je niet missen.'

'Dat kan ik misschien wel doen,' zei Dulana zacht. Ze had zich erg eenzaam gevoeld in haar eentje in haar onderkomen terwijl de anderen zich met de bezoekers vermaakten. Toen ze opstond en naar buiten liep, bleef Wolf aan haar zij. Iedereen van de Grot, vooral de Zelandoni, was verbaasd toen ze haar zagen, en nog verbaasder toen ze zagen dat de vierpotige jager zich beschermend tegenover haar opstelde. In plaats van bij Ayla of zelfs Jonayla, ging hij naast Dulana zitten. De Eerste keek haar acoliet aan en gaf haar een nauwelijks waarneembaar goedkeurend knikje.

De volgende ochtend troffen de bezoekers en enkele plaatselijke bewoners voorbereidingen voor een bezoek aan de nabijgelegen beschilderde grot. Er waren verscheidene stenen schuilplaatsen in de omgeving, veel daarvan het thuis van afzonderlijke Grotten, die doorgaans hun eigen telwoord als naam droegen. Nu en dan sloten twee of drie Grotten die dicht bij elkaar woonden zich bij elkaar aan en vormden één

Grot. De meeste schuilplaatsen waren verlaten; de mensen maakten zoals gebruikelijk hun zomerreizen. Een paar mensen van naburige Grotten die niet naar hun Zomerbijeenkomst waren gegaan, hadden hun intrek genomen bij de Grot waar een Zelandoni aanwezig was.

De acht volwassenen die de doniërreis maakten, plus vijf mensen die bij de Vierde Grot van de Zuidland Zelandoniërs verbleven, maakten deel uit van de groep die de heilige plaats wilden bezoeken, onder wie de twee jagers die doorgaans in de nabijgelegen stenen schuilplaats woonden. Dulana had aangeboden om op Jonayla te passen; Ayla vermoedde dat ze haar kinderen miste. Jonayla wilde best bij de vrouw blijven en Wolf bleef maar al te graag bij hen, dus stemde Ayla toe. Het kind was pas vier en hoewel ze kon lopen, droeg Ayla haar dikwijls. Ook Jondalar droeg haar af en toe, maar Ayla was er zo aan gewend om haar dochter te dragen dat ze het gevoel had dat ze iets vergeten was toen ze op weg gingen.

Ze liepen naar de kleine stenen schuilplaats waarop de Eerste Ayla onderweg had gewezen. De ingang was op het oosten gericht en het was duidelijk dat de schuilplaats ooit als leefruimte was gebruikt. De donkere houtskoolkring van een vroegere vuurplaats was nog steeds voor een deel omringd met stenen. Een paar grote brokken kalksteen die van de muur of het plafond waren gebroken, waren ernaartoe gesleept om als zitplaats te dienen. Een gescheurd en afgedankt leren overtrek lag op een hoopje tegen een muur en daarnaast lagen enkele grote, onhandige stukken hout, die waarschijnlijk een hele nacht zouden branden als het vuur groot en heet genoeg was om ze te laten ontvlammen.

De ingang van de grot was aan het noordelijke uiteinde van de schuilplaats onder een korte overhangende rotsplaat, waar verweerde brokken steen vanaf vielen, die zich opstapelden voor de opening in de muur van steen.

De Zelandoni had hout, tondel, een vuurboor, een klein plankje en een paar stenen lampen in een rugbepakking gestopt, die hij nu naast de vuurplaats afdeed, waarna hij de spullen uitspreidde. Toen Ayla zag wat hij deed, haalde ze twee stenen uit de leren buidel die aan de veter om haar middel hing. De ene was een sterk brok vuursteen in de vorm van een mes, de andere was een steen ter grootte van een walnoot met een metaalachtige glans. In de glanzende steen zat een groef op de plek waarop herhaaldelijk met de vuursteen werd geslagen.

'Mag ik een vuur aanleggen?' vroeg Ayla.

'Ik ben er aardig bedreven in. Het is zo gebeurd,' zei de Zelandoni, terwijl hij een inkeping in het stukje hout maakte voor het puntige

uiteinde van de houten boor die hij tussen zijn handen zou laten ronddraaien.
'Zij kan het veel sneller,' zei Willamar met een grijns.
'Je lijkt erg zeker van je zaak,' zei de jonge Zelandoni een beetje gepikeerd. Hij was behoorlijk trots op zijn vaardigheid om vuur te maken. Er waren maar weinig mensen die dat sneller konden dan hij.
'Waarom geef je haar niet de kans om het je te laten zien?' zei Jonokol.
'Best,' zei de jonge man, en hij stond op en deed een paar passen achteruit. 'Ga je gang.'
Ayla ging naast de donkere, koude vuurplaats op haar knieën zitten en keek op. 'Mag ik jouw tondel en aanmaakhout gebruiken, aangezien dat er toch al ligt?' vroeg ze.
'Waarom niet,' zei de jonge Zelandoni.
Ayla stapelde het lichte, droge tondel op elkaar en boog zich eroverheen. Ze sloeg met de vuursteen op het pyriet, en de jonge Zelandoni meende een lichtflits te zien. Ayla deed het nog eens en nu verscheen er een grote vonk die boven op het droge, licht ontvlambare materiaal viel. Rook kringelde op en ze blies ertegen. Er verscheen een klein vlammetje dat ze voedde met nog wat tondel, toen iets grotere stukjes en wat aanmaakhout en vervolgens grotere stukken hout. Toen kwam ze overeind. De jonge Zelandoni stond met open mond te kijken.
'Zo vang je vliegen,' zei de Meester-Handelaar grijnzend.
'Hoe heb je dat gedaan?' vroeg de jonge Zelandoni.
'Het is niet moeilijk met een vonksteen,' zei Ayla. 'Ik zal het je laten zien voor we vertrekken, als je dat wilt.'
Na even te hebben gewacht om de verrassende demonstratie te laten inwerken zei de Eerste: 'Laten we de lampen maar aansteken. Ik zie dat je er een paar hebt meegebracht; liggen er hier misschien nog meer?'
'Doorgaans wel, afhankelijk van wie hier het laatst is geweest,' zei de jonge man, terwijl hij drie ondiepe kommen die uit het plaatselijk gevonden kalksteen waren gehouwen uit zijn rugbepakking haalde, 'maar daar reken ik nooit op.' Hij haalde ook een klein pakje van ongelooide huid tevoorschijn met pitten en een holle oeroshoorn van een jong dier. Die waren veel makkelijker in gebruik dan de grote hoorns van een volwassen dier. Het open uiteinde ervan was afgedekt met een aantal lagen bijna waterdichte darm die met pezen waren vastgebonden. In de hoorn zat zacht vet. Hij had ook een aantal fakkels: stokken die met bladeren, gras en andere planten waren omwonden terwijl ze nog groen waren en makkelijk buigbaar, die vervolgens een poosje waren gedroogd en daarna in warme pijnhars gedoopt.

'Is het een grote grot?' vroeg Amelana. Ze was altijd zenuwachtig in diepe grotten, vooral als ze moeilijk begaanbaar waren.
'Nee,' zei de plaatselijke Zelandoni. 'Er is één hoofdruimte en een gang die naar die ruimte leidt, een kleinere zijruimte aan de linkerkant en een tweede gang rechts. De heiligste plaatsen zijn in de hoofdruimte.'
Hij goot een beetje zacht vet in elk van de drie stenen lampen, legde er een pit van gedroogde paddenstoel in, stak in het vuur een twijgje aan en stak daarmee de pitten aan toen ze wat vet hadden opgezogen. Hij stak ook een fakkel aan, waarna hij alles weer snel in zijn rugbepakking opborg en die over zijn schouder hing. Met de fakkel hoog boven zijn hoofd liep hij voorop de grot in. Een van de jagers sloot de rij om zeker te zijn dat niemand in de problemen raakte of achterbleef. Het was een grote groep en als het niet een redelijk makkelijk toegankelijke grot was geweest, zou de Eerste nooit zoveel mensen tegelijk naar binnen hebben laten gaan.
Ayla liep bijna vooraan met de Eerste, en Jondalar vlak achter haar. Ze keek naar beneden en zag een stukje vuursteen op de grond liggen, en vlak daarachter een vuurstenen mes dat heel leek, maar ze liet ze allebei liggen. De smalle gang verbreedde zich op korte afstand van de ingang in beide richtingen.
'Aan de linkerkant is alleen een nauwe kleine tunnel,' zei de jonge Zelandoni. 'Rechts leidt naar de tweede gang. Wij gaan recht vooruit, min of meer.'
Hij hield de fakkel hoog en Ayla keek achterom. Ze zag de mensen achter elkaar de ruimte binnenkomen. Drie mensen droegen een stenen lamp. In het volslagen donker van de grot leken de fakkel en de kleine vlammen van de lampen meer licht te geven dan mogelijk leek, vooral nu haar ogen zich aan de duisternis aanpasten. Ze vervolgden hun weg. Voor hen boog de gang iets naar links af en even later weer naar rechts, maar ze liepen inderdaad min of meer rechtdoor. Na een lichte verbreding en vervolgens een vernauwing bleef de Zelandoni staan. Hij hield de fakkel hoog en liet het licht op de linkermuur vallen, en Ayla zag klauwsporen.
'Er hebben in deze grot vroeger weleens beren overwinterd, maar ik heb ze nooit gezien,' zei de jonge man.
Iets verderop lagen grote rotsblokken die uit de muur of het plafond waren gevallen, waardoor ze achter elkaar moesten lopen. Voorbij de rotsblokken liet de Zelandoni het licht van zijn fakkel weer op de linkermuur vallen. Daar zagen ze de eerste bewijzen dat er al eerder mensen waren geweest: met de vingers gemaakte krullige lijnen tooiden de ruimte. Nog iets verderop werd de gang weer breder.

'Links is de tweede ruimte, maar daar zijn alleen op bepaalde plekken rode en zwarte stippen te zien,' zei de Zelandoni. 'Ze lijken van weinig betekenis, maar dat is maar schijn; je moet echter tot de zelandonia behoren om dat te begrijpen. Wij gaan rechtdoor.'

Hij liep verder en na iets naar rechts te zijn afgebogen, bleef hij staan voor een paneel met vingersporen in rode oker en zes zwarte vingerafdrukken. Het volgende paneel was complexer. De jonge man stak de fakkel omhoog en iedereen verdrong zich om hem heen. Ze zagen de contouren van menselijke gedaanten, vaag, bijna spookachtig, en herten, met overal stippen ertussen. Het was zeer mysterieus, spiritueel, bovennatuurlijk, en Ayla kreeg er kippenvel van. Ze was niet de enige. Het werd plotseling erg stil. Ze had niet gemerkt dat de mensen zachtjes met elkaar spraken tot ze zwegen.

De linkermuur had een klein uitstekend deel. Daarachter was een nis die zich verbreedde tot een paneel. Het eerste wat ze zag waren de in zwart geschilderde contouren van twee prachtige reuzenherten, het ene boven op het andere. Het voorste was een mannetje met een ontzagwekkend handvormig gewei. Zijn nek was dik door de spieren die nodig waren om zo'n zware last te dragen. Zijn kop leek klein in vergelijking met de sterk gespierde nek. De bult op zijn rug werd gevormd door een dichte bundel pezen die ook nodig waren om het gewicht van het gewei te dragen. Het reuzenhert achter het eerste had ook een krachtige nek en een bult op de rug, maar geen gewei. Ayla dacht dat het een vrouwtje had kunnen zijn, maar ze vermoedde dat het waarschijnlijk een mannetje was dat zijn gewei na de najaarsbronst had afgeworpen. Na de bronsttijd was er geen noodzaak meer voor het grootse vertoon dat ontzagwekkende kracht demonstreerde en de vrouwtjes aantrok, en hij moest zijn energie sparen om de glaciale winter te overleven die voor de deur stond.

Ze had al geruime tijd naar de reuzenherten staan kijken toen ze opeens de mammoet zag in het lichaam van het eerste reuzenhert. Het was geen complete mammoet, alleen de lijn van de rug en de kop, maar die karakteristieke vorm was genoeg. Ze vroeg zich onwillekeurig af wat het eerst was geschilderd: de mammoet of het reuzenhert. Nu ze de mammoet had ontdekt, bekeek ze de rest van de muur wat nauwkeuriger. Boven de rug van het eerste reuzenhert, voor de kop van het tweede, stonden de zwarte contouren van nog twee dieren afgebeeld, maar ook deze waren niet compleet. Er was een zijaanzicht van de kop en nek van een berggeit met de achterovergebogen hoorns, en een vooraanzicht van alleen de hoorns van een ander geitachtig dier, waarschijnlijk een steenbok of een gems.

Even verderop kwamen ze bij een ander deel met in zwarte contouren geschilderde dieren, onder andere ook een reuzenhert met zijn gigantische gewei. Er was tevens een deel van een kleiner hert, een wilde berggeit en de indruk van een paard met rechtopstaande korte manen en het begin van de rug, en nog een andere afbeelding, ongewoner en angstaanjagend. Het was een deel van een gedaante, waarvan alleen het onderlichaam en de benen er menselijk uitzagen, met drie lijnen die zijn rug in gingen of eruit staken. Moesten dat speren voorstellen? Wilde iemand daarmee zeggen dat met speren op een mens was gejaagd? Maar waarom zou iemand zoiets op de muur schilderen? Ze probeerde zich te herinneren of ze ooit een afbeelding had gezien van een dier met speren in zijn lichaam. Of stelde het iets anders voor, iets wat uit het lichaam kwam? De onderrug was niet de meest logische plek om op te richten als je iets wilde doden. Een speer in het achterwerk of zelfs in de onderrug was nooit fataal. Misschien stelde het pijn voor, een scherpe pijn in de rug.

Ze schudde haar hoofd. Ze kon ernaar blijven raden, maar dat bracht haar niet dichter bij de ware reden. 'Wat betekenen de lijnen in die afbeelding?' vroeg ze de plaatselijke Zelandoni, wijzend naar de schildering die deed denken aan een mens.

'Dat vraagt iedereen,' zei hij. 'Niemand weet het. Het is geschilderd door de Ouden.' Toen wendde hij zich tot de Eerste. 'Weet jij er misschien meer van?'

'Er wordt nergens in de Geschiedverhalen of Oude Legenden gewag van gemaakt, maar één ding weet ik wel,' zei de Eerste. 'De betekenis van de afbeeldingen in een heilige plaats is zelden duidelijk. Je weet zelf dat wanneer je naar de geestenwereld reist de dingen zelden zijn wat ze lijken. Het wildste kan tam zijn, het zachtaardigste het meest meedogenloos. We hoeven niet te weten wat iets wat we hier zien betekent. We weten al dat het belangrijk was voor degene die het op de muur heeft gezet, want anders zou het er niet zijn geweest.'

'Maar iedereen vraagt er altijd naar. Ze willen het weten,' zei de jonge man. 'Ze raden ernaar en willen weten of ze het juist hebben geraden.'

'Mensen zouden moeten weten dat je niet altijd krijgt wat je verlangt,' zei de Eerste.

'Maar ik zou ze graag iets willen vertellen.'

'Ik vertel je nu iets en dat is genoeg,' zei de vrouw.

Ayla had bijna dezelfde vraag gesteld, maar ze was blij dat de jonge man haar net voor was geweest. De Eerste zei altijd dat iedereen haar alles mocht vragen, maar Ayla had al eerder gemerkt dat de vrouw die haar mentrix was iemand het gevoel kon geven dat die een erg domme vraag had gesteld. Het kwam bij haar op dat hoewel iedereen de Eerste alles mocht vragen, dat niet betekende dat ze op elke vraag die haar werd gesteld een antwoord had. Maar als de Eerste kon ze natuurlijk niet ronduit zeggen dat ze het niet wist. Dat was niet wat mensen van haar wilden horen, en ze mocht dan niet altijd een antwoord hebben op een vraag, ze loog nooit. Alles wat ze zei was waar.

Ayla loog ook nooit. Kinderen van de Stam leerden al op jonge leeftijd dat hun manier van communiceren liegen bijna onmogelijk maakte. Nadat ze haar eigen soort mensen had leren kennen, was het haar opgevallen dat mensen moeite hadden met het bijhouden van leugens en het kwam haar voor dat liegen al die moeite niet waard was. Misschien had de Eerste in plaats daarvan een manier ontwikkeld om een antwoord te ontwijken door de vraagsteller aan zijn eigen verstand te laten twijfelen. Ayla wendde haar hoofd af en glimlachte bij zichzelf; ze had het idee dat ze iets belangrijks over de machtige oudere vrouw had ontdekt.

En dat was inderdaad het geval. De Eerste zag dat ze haar hoofd wegdraaide en ving de glimp op van een glimlach die ze probeerde te verhullen. Ze kon de reden voor die glimlach wel raden en was blij dat Ayla haar hoofd had afgewend. Ze vond het niet erg dat haar acoliet sommige dingen zelf ontdekte, maar het was altijd beter om daar geen punt van te maken. Er zou een tijd kunnen komen dat zij ook haar toevlucht zou moeten nemen tot dergelijke strategieën.

Ayla richtte haar aandacht weer op de muur. De jonge Zelandoni was doorgelopen en stak zijn fakkel omhoog om het volgende deel van de muur te laten zien, met daarop twee geiten en enkele stippen. Daarachter stonden nog twee geiten, enkele stippen en een paar gebogen lijnen. Sommige dieren, lijnen en stippen waren met rood geschilderd, andere met zwart. Ze betraden een klein zijvertrek met vijf zwarte en rode stippen en achterin enkele rode stippen en lijnen. Ze kwamen terug uit de opening van de nis en liepen een hoek om. Op de muur aan de andere kant stond nog een mensachtige gedaante met lijnen die erin gingen of eruit kwamen, zeven in totaal die allerlei richtingen op wezen. Het was een ruwe schets, nauwelijks herkenbaar als een mens, maar het kon eigenlijk niets anders zijn. Er waren twee benen aangegeven, twee erg korte armen en een misvormd hoofd, alles in zwarte contouren. Ze wilde de Eerste vragen wat het betekende, maar dat wist zij waarschijnlijk ook niet, al had ze misschien wel een idee. Misschien konden ze er later over praten. Op hetzelfde deel van de muur stonden ook vier met rood geschilderde mammoeten, uiterst simpel geschetst, maar duidelijk herkenbaar als mammoeten. Ook zag ze de hoorns van een geit en nog meer stippen.

'Als we midden in deze ruimte gaan staan, kunnen we de hele muur zien, vooral als degenen met een lamp in de buurt van de muur gaan staan,' zei de plaatselijke Zelandoni.

Iedereen liep een beetje heen en weer tot ze op een plek stonden waarvandaan ze de hele muur van beschilderde panelen konden zien. Er werd nog wat geschuifeld, kelen werden geschraapt, er werd gemompeld en gefluisterd, maar het werd muisstil toen iedereen zich concentreerde op de stenen muur die ze van dichtbij hadden bekeken. Nu ze de muur in zijn geheel zagen, raakten ze in de ban van de mystieke bekoring die de kale rots had verworven. Door de flakkerende vlammen en de opkringelende rook van de lampen leken de afbeeldingen te bewegen, en Ayla had de indruk dat de muren transparant waren, dat ze dwars door het massieve gesteente kon kijken en een vage glimp opving van een ander oord. Ze kreeg kippenvel en knipperde een paar keer met haar ogen, en de muur werd weer gewoon muur.

De Zelandoni leidde de groep weer naar de uitgang, en onderweg wees hij een paar plaatsen aan waar stippen en andere tekens op de muren stonden. Toen ze het beschilderde deel van de grot uit waren en de ingang naderden, was de grot in het daglicht dat naar binnen viel duidelijker te zien. Ze zagen de vorm van de muren en de rotsblokken die op de grond waren gevallen. Toen ze de grot uit liepen leek het licht erg fel na al die tijd dat ze in het donker hadden gelopen. Ze knepen hun ogen tot spleetjes en wachtten tot ze weer aan het licht waren gewend. Het duurde even voordat Ayla Wolf opmerkte en nog langer voor ze besefte dat hij opgewonden was. Hij kefte tegen haar en liep weg in de richting van de schuilplaats van de Vierde Grot, draaide zich om, kwam naar haar terug rennen, kefte weer en liep weer terug in de richting van de Grot.

Ze keek naar Jondalar. 'Er is iets mis,' zei ze.

21

Jondalar en Ayla renden terug naar de Grot, achter Wolf aan. Toen ze er vlakbij waren zagen ze een groep mensen op het veld voor de schuilplaats waar de paarden graasden. Het tafereel had grappig kunnen zijn als het niet zo angstaanjagend was geweest. Jonayla stond met uitgestrekte armen voor Grijs alsof ze de jonge merrie wilde beschermen, en tegenover haar stonden zes of zeven met speren gewapende mannen. Whinney en Renner stonden achter hen en hielden de mannen in de gaten.

'Waar denken jullie mee bezig te zijn?' riep Ayla, en ze reikte naar haar slinger aangezien ze haar speerwerper niet bij zich had.

'Wat denk je? We jagen op paarden,' antwoordde een van de mannen. Hij hoorde haar vreemde accent en voegde eraan toe: 'Wie wil dat weten?'

'Ik ben Ayla van de Negende Grot van de Zelandoniërs,' zei Ayla. 'En op die paarden wordt niet gejaagd. Kun je niet zien dat het bijzondere paarden zijn?'

'Wat maakt ze zo bijzonder? Volgens mij zijn het doodgewone paarden.'

'Doe je ogen open en kijk goed,' zei Jondalar. 'Hoe vaak zie je paarden die rustig voor een kind blijven staan? Waarom denk je dat die paarden niet wegrennen?'

'Misschien zijn ze te stom om beter te weten.'

'Volgens mij ben jij te stom om te begrijpen wat je ziet,' zei Jondalar; hij voelde woede oplaaien door de onbeschaamdheid van de jonge man die namens de groep leek te spreken.

Hij floot een reeks snerpende tonen. De jagers zagen dat de hengst zich omdraaide naar de lange, blonde man en toen naar hem toe draafde. Jondalar ging voor Renner staan en zette een speer op zijn speerwerper, al richtte hij het wapen niet direct op de mannen.

Ayla ging tussen haar dochter en de mannen staan en wenkte Wolf. Ze maakte een teken dat betekende: bewaak de paarden. De wolf ontblootte zijn tanden en gromde naar de mannen, die dicht tegen elkaar

aan kropen en een paar stappen achteruit deden. Ayla tilde Jonayla op en zette haar op de rug van Grijs. Toen pakte ze Whinneys rechtopstaande manen vast, sprong op en zwaaide haar been over de rug van de merrie. De jagers keken met stijgende verbazing toe.
'Hoe deed je dat?' vroeg de jonge spreker.
'Ik zei toch dat dit bijzondere paarden zijn en dat er niet op gejaagd mag worden,' zei Ayla.
'Ben je een Zelandoni?'
'Ze is een acoliet, een Zelandoni in opleiding,' zei Jondalar. 'Ze is Eerste Acoliet van de Zelandoni Die Eerste Is Onder Hen Die De Moeder Dienen, die onderweg is naar hier.'
'Is de Ene Die Eerste Is hier?'
'Ja,' zei Jondalar, die de mannen wat aandachtiger bekeek. Het waren allemaal jonge mannen, die waarschijnlijk onlangs hun mannelijkheidsriten hadden voltooid en een vreghut deelden bij een Zomerbijeenkomst. Waarschijnlijk de bijeenkomst in de buurt van de volgende heilige grot die ze wilden bezoeken. 'Zijn jullie niet wat ver afgedwaald van jullie vreghut bij de Zomerbijeenkomst?' vroeg hij.
'Hoe weet je dat?' zei de jonge man. 'Je kent ons niet.'
'Dat is niet moeilijk te raden. Dit is de tijd van Zomerbijeenkomsten, jullie hebben allemaal de leeftijd waarop jonge mannen besluiten het kamp van hun moeder te verlaten en in een vreghut te verblijven; en om te laten zien hoe onafhankelijk jullie zijn, hebben jullie besloten op jacht te gaan en misschien zelfs wat vlees mee terug te brengen. Maar jullie hebben het geluk niet aan jullie kant gehad, hè? En nu hebben jullie honger.'
'Hoe weet je dat allemaal? Ben jij ook een Zelandoni?' vroeg de jonge man.
'Een goede gok,' zei Jondalar, en toen zag hij dat de Eerste in aantocht was. Ze liep voor de rest van de groep; de Ene Die Eerste Was kon snel lopen als ze dat wilde, en aangezien de wolf naar hen op zoek was gegaan, wist ze dat er iets aan de hand moest zijn.
De Eerste overzag snel het tafereel: jonge mannen met speren, te jong om bijzonder ervaren te zijn, de wolf in een verdedigende houding voor de paarden met zowel het jonge meisje als de vrouw op hun rug zonder de gebruikelijke uitrusting voor een rit, en een slinger in Ayla's hand, Jondalar die met een geladen speerwerper voor de hengst stond. Had Jonayla de wolf naar haar moeder gestuurd en geprobeerd de paarden te beschermen tegen meer dan een handvol jagers in de dop?
'Is hier sprake van een probleem?' vroeg de doniër. De jonge mannen wisten wie ze was, al hadden ze haar geen van allen ooit gezien. Ze

hadden allemaal beschrijvingen van de Eerste gehoord en begrepen de betekenis van de tatoeages op haar gezicht en de halssieraden en kleren die ze droeg.

'Nu niet meer, maar deze mannen hadden het idee opgevat om op onze paarden te jagen, tot Jonayla daar een stokje voor stak,' zei Jondalar, die een glimlach moest onderdrukken.

Wat een dapper kind, dacht de doniër, toen haar aanvankelijke evaluatie van de situatie werd bevestigd. 'Zijn jullie van de Zevende Grot van Zuidland Zelandoniërs?' vroeg ze de jonge mannen. De Zevende Grot, de Grot die als volgende op haar lijst stond, was de belangrijkste Grot in deze streek.

Ze had hun Grot geraden aan de hand van de patronen op de kleding die ze droegen. Ze kende alle verschillende patronen en opschik van kleren en sieraden in haar onmiddellijke omgeving, maar hoe verder ze reisden, hoe minder vaak ze de mensen zou kunnen identificeren, al zou ze altijd een gefundeerde schatting kunnen maken.

'Ja, Zelandoni Die Eerste Is,' zei de jonge man die eerder had gesproken, maar nu een respectvolle toon aansloeg. Het was altijd verstandig om voorzichtig te zijn met Zelandonia, en vooral met de Ene Die Eerste Was.

De jonge Zelandoni van de plaatselijke Grot kwam aanlopen met de meeste anderen die de heilige grot hadden bezocht. Ze wachtten af om te zien wat de machtige vrouw zou doen met de jonge mannen die de bijzondere paarden hadden bedreigd.

De Eerste wendde zich tot de jagers van de plaatselijke Grot. 'Het schijnt dat er nu zeven extra hongerige monden te voeden zijn. Daardoor zal de voorraad snel slinken. Ik denk dat we wat langer moeten blijven om een jachtexpeditie te organiseren. Jullie zullen gelukkig hulp hebben. We hebben verscheidene ervaren jagers in onze groep en met wat behoorlijke begeleiding zullen zelfs deze jonge mannen een bijdrage kunnen leveren. Ik ben ervan overtuigd dat ze in dit geval graag willen helpen,' zei ze, en ze keek de jonge man die voor de groep leek te spreken doordringend aan.

'Ja, natuurlijk,' zei hij. 'We waren toch al op jacht.'

'Maar niet erg goed,' zei een van de toeschouwers binnensmonds, maar zo luid dat iedereen het hoorde. Enkele van de jonge mannen kregen een kleur en wendden hun blik af.

'Heeft iemand kortgeleden kuddes gezien?' vroeg Jondalar aan de twee jagers van de Grot. 'Ik heb het idee dat we meer dan één dier zullen moeten doden.'

'Nee, maar het is het seizoen van migrerende edelherten, vooral de

wijfjes en jongen. Iemand kan even rond gaan kijken, maar dat kost meestal enkele dagen,' zei een van de jagers van de Grot.
'Uit welke richting zouden ze komen?' vroeg Jondalar. 'Ik kan vanmiddag op Renner gaan kijken. Hij kan sneller reizen dan iemand te voet. Als ik iets vind, kunnen Ayla en ik teruggaan om te proberen ze deze kant op te drijven. Wolf kan ook helpen.'
'Kun je dat dan?' flapte de jonge man eruit.
'We zeiden toch dat het bijzondere paarden zijn,' zei Jondalar.

Het hertenvlees had een hele nacht uitgespreid gelegen op koorden die boven een traag brandend, rokerig vuur waren gespannen. Terwijl Ayla het in haar vleeshouder stopte, vond ze het jammer dat het niet langer had kunnen drogen, maar ze waren al twee dagen langer gebleven dan de Eerste van plan was geweest. Ayla bedacht dat ze het onderweg boven een vuur verder kon laten drogen of zelfs bij de Zevende Grot van de Zuidland Zelandoniërs, aangezien ze daar een poosje zouden blijven.
De groep die de donièrreis maakte was weer groter: de zeven jonge mannen zouden meereizen. Ze waren zeer behulpzaam geweest bij de jacht, zij het misschien ietwat te gretig. Ze hadden geleerd om een speer te werpen, maar wisten niet hoe ze moesten samenwerken om dieren naar elkaar toe of in een hoek te drijven om de kans om ze neer te halen te vergroten. De jonge mannen waren diep onder de indruk van de speerwerpers die de reizigers gebruikten die van ten noorden van de Grote Rivier kwamen, onder wie de acoliet van de Eerste, net als de twee plaatselijke jagers, die over het wapen hadden gehoord maar het nog nooit in gebruik hadden gezien. Met Jondalars hulp hadden de meesten een speerwerper voor zichzelf gemaakt en oefenden ze daarmee.
Ayla had ook Dulana overgehaald om mee te gaan en nog een deel van haar Zomerbijeenkomst mee te maken. Ze miste haar levensgezel en kinderen en wilde die graag zien, al was ze nog steeds zenuwachtig over de littekens op haar handen en gezicht. Ze deelde een slaapplaats met Amelana. Ze waren bevriend geraakt, vooral omdat Dulana bereid was om te praten over zwangerschappen en bevallingen, puttend uit haar eigen ervaring. Amelana vond het niet makkelijk om met de Eerste of haar acoliet te praten, al had Ayla zelf een kind bij zich. De jonge vrouw had hen over medicijnen en geneeswijzen en andere kennis en overlevering van de zelandonia horen praten, waarvan ze het meeste niet begreep, en ze voelde zich geïntimideerd door de deskundige vrouwen.

Wat ze wel leuk vond was de aandacht die ze kreeg van alle jonge mannen, zowel de jonge jagers als Willamars leerlingen, hoewel de handelaren zich terugtrokken wanneer Amelana omringd werd door de groep blaaskaken. Ze hoefden niet te wedijveren om haar aandacht; ze wisten dat de jongelui maar enkele dagen bij hen zouden zijn, en zij hadden nog een lange reis in het vooruitzicht. Terwijl Jondalar met de hulp van Jonokol en Willamar het sleepraam met de stoel van de Eerste aan Whinney vastmaakte, sloegen Ayla en de doniër het spel van Amelana en de jonge mannen gade.

'Ze doen me denken aan een worp jonge wolven,' zei Ayla.

'Wanneer heb jij wolvenjongen gezien?' vroeg Zelandoni.

'Toen ik jong was en bij de Stam woonde,' zei Ayla. 'Voor ik op vleeseters begon te jagen keek ik naar ze, soms heel lang, een hele ochtend of een hele dag, als ik zo lang kon wegblijven. Ik sloeg allerlei soorten vierpotige jagers gade, niet alleen wolven. Zo heb ik geleerd om geruisloos een spoor te volgen. Het kijken naar allerlei soorten jonge dieren was altijd fascinerend, maar ik vond vooral wolvenjongen erg leuk. Ze houden van spelen, net als die jongens – ik moet ze natuurlijk eigenlijk jonge mannen noemen, maar ze gedragen zich nog steeds als jongens. Moet je zien hoe ze worstelen en elkaar uit de weg proberen te duwen om Amelana's aandacht te trekken.'

'Het valt me op dat Tivonan en Palidar er niet bij zijn,' zei de doniër. 'Ik vermoed dat ze weten dat zij nog genoeg tijd krijgen om aandacht aan haar te schenken nadat we de volgende heilige plaats hebben bereikt en de jongens ons verlaten en wij onze reis weer vervolgen.'

'Denk je dat die jonge mannen ons verlaten als we de volgende Grot bereiken? Ze is een bijzonder aantrekkelijke jonge vrouw,' zei Ayla.

'Ze is op het moment ook hun enige publiek. Straks zijn ze het middelpunt van de aandacht van bewonderende vrienden en familieleden als ze samen met ons bij hun kamp aankomen en hertenvlees meebrengen om te delen. Ze zullen overstelpt worden met vragen en iedereen zal hun verhalen willen horen. Voor Amelana zullen ze dan geen tijd meer hebben.'

'Zal ze daardoor niet verdrietig worden of van streek raken?' vroeg Ayla.

'Tegen die tijd zal ze nieuwe bewonderaars hebben, en dat zullen niet alleen jonge jongens zijn. Een aantrekkelijke, jonge, zwangere weduwe hoeft nooit bang te zijn dat ze aandacht tekortkomt en die jonge handelaren evenmin. Ik ben blij dat ze geen van beiden smoorverliefd lijken op Amelana,' zei de oudere vrouw. 'Ze is niet het soort vrouw dat een goede gezellin voor hen zou zijn. De gezellin van een reiziger moet zelf interesses hebben en niet afhankelijk zijn van haar man om haar bezig te houden.'

Ayla bedacht dat ze blij was dat Jondalar geen handelaar was en ook geen ander ambacht uitoefende waarvoor hij lange reizen zou moeten maken. Niet omdat ze geen eigen interesses had of omdat hij haar bezig moest houden, maar omdat ze zich zorgen zou maken als hij lang van huis was. Af en toe ging hij er met zijn leerlingen op uit om nieuwe vuursteenbronnen te zoeken, en als hij met een groep op jacht ging onderzocht hij dikwijls mogelijke bronnen, maar helemaal alleen reizen kon gevaarlijk zijn, en als hij gewond raakte, of erger, hoe kwam ze dat dan te weten? Ze zou moeten wachten en zich afvragen of hij ooit terug zou komen. Reizen met een groep was beter, al was je maar met z'n tweeën. Dan kon er altijd iemand terugkomen om je te vertellen wat er was gebeurd.

Het kwam bij haar op dat Willamar misschien niet slechts één van zijn leerlingen zou uitkiezen om de volgende Meester-Handelaar te worden, maar mogelijk allebei zodat ze samen konden reizen en elkaar konden helpen. Een handelaar zou natuurlijk ook zijn gezellin kunnen meenemen, maar als ze zwanger raakte zou ze misschien liever in de buurt van andere vrouwen blijven. Het zou veel moeilijker zijn geweest als ik tijdens onze Tocht een baby had gekregen, dacht ze. De meeste vrouwen verlangen naar de hulp en het gezelschap van hun moeder en andere familieleden en vriendinnen... net als Amelana. Ik begrijp heel goed dat ze naar huis wil.

Eenmaal onderweg vervielen de reizigers al snel in een vaste routine, en dankzij de voorspoedige jacht voor hun vertrek, hoefden ze onderweg niet op jacht te gaan en verliep de reis sneller dan normaal. Ze namen echter wel de tijd om groeiend voedsel te verzamelen. De zomer was al zo ver gevorderd dat er een scala was aan groenten, wortels, stengels, bladgroen, en vruchten.

Halverwege de ochtend op de dag van vertrek, toen de temperatuur steeg, dreef een verrukkelijke geur Ayla's neus binnen. Aardbeien! We lopen zeker door een veld met wilde aardbeien, dacht ze. Zij was niet de enige die de geur van de lekkere vruchten gewaar werd en iedereen was ervoor in om te stoppen om thee te maken en een paar mandjes van de kleine rode vruchtjes te plukken. Jonayla nam niet de moeite om een mandje mee te nemen; ze stopte de aardbeien meteen in haar mond. Ayla glimlachte naar haar en keek toen naar Jondalar, die naast haar aardbeien stond te plukken.

'Ze doet me aan Latie denken. Nezzie stuurde haar dochter er nooit op uit om aardbeien te plukken voor een maal. Latie at alles wat ze plukte op en bracht nooit iets mee terug, hoe dikwijls haar moeder haar ook berispte. Ze was veel te dol op aardbeien,' zei Ayla.

'O?' zei Jondalar. 'Dat wist ik niet. Ik had het zeker te druk met Wymez of Talut als jij met Latie of Nezzie zat te praten.'

'Ik heb Latie af en toe zelfs verdedigd,' zei Ayla. 'Dan zei ik tegen Nezzie dat er niet genoeg aardbeien waren voor iedereen. Dat was niet eens gelogen; tegen de tijd dat Latie klaar was, was er niets meer over, en ze kon ze erg snel plukken.' Ayla plukte een tijdje zwijgend door, maar praten over Latie had andere herinneringen naar boven gebracht. 'Weet je nog hoe dol ze was op de paarden? Zou Latie er ooit in zijn geslaagd een veulen te vinden om mee naar huis te nemen? Soms mis ik de Mamutiërs. Ik vraag me af of we ze ooit nog zullen zien.'

'Ik mis ze ook,' zei Jondalar. 'Danug werd al een erg goede vuursteenklopper, en hij had geen betere leermeester kunnen treffen dan Wymez.'

Toen Ayla haar tweede mandje met aardbeien had gevuld, zag ze ook andere planten die ze bij hun avondmaal konden gebruiken, en ze vroeg aan Amelana en Dulana of ze haar wilden helpen met verzamelen. Ayla en Jonayla liepen naar de oever van de rivier die ze volgden om lisdodden te plukken. De wortelstokken met nieuwe wortels en de stengelknollen en onderste stengels waren bijzonder sappig in deze tijd van het jaar. De bovenste punt zat vol dicht tegen elkaar groeiende groene knoppen, die je kon koken of stomen en dan van de stengel knabbelen. Er waren ook verscheidene soorten bladgroen. Ze zag de kenmerkende vorm van zuring en glimlachte toen ze dacht aan de kruidige, zurige smaak daarvan, en ze was erg blij toen ze netels vond, die erg smakelijk waren als ze werden gekookt tot een verrukkelijke groene massa.

Iedereen genoot die avond van de maaltijd. In het voorjaar waren de maaltijden minder gevarieerd – weinig groente, wat nieuwe scheuten – en de grote verscheidenheid en hoeveelheid plantenvoedsel die de zomer bracht waren welkom. De mensen hunkerden soms naar groenten en vruchten, omdat die de voedingsstoffen leverden die hun lichaam nodig had, vooral na een lange winter voornamelijk gedroogd vlees, vet en wortels te hebben gegeten. Het ochtendmaal bestond uit restjes en hete thee, en toen gingen ze weer snel op weg. Ze wilden die dag een lange afstand afleggen zodat ze vroeg de volgende dag de plaatselijke Zomerbijeenkomst zouden bereiken.

Op de tweede dag stuitten ze kort na hun vertrek op een probleem. De rivier die ze volgden was enige tijd daarvoor buiten zijn oevers getreden, en de oevers waren drassig en overwoekerd door vegetatie, waardoor het moeilijk was om vlak naast het water te lopen. Het was halverwege de ochtend en ze liepen al enige tijd tegen een helling op. Toen ze eindelijk op de heuveltop stonden, keken ze uit over het dal onder hen. Hoge bergen omsloten een langgerekt laagland. Een uitsteeksel van een steile rotswand keek uit over het samenvloeiingspunt van drie rivieren: een grote rivier die zich van oost naar west bochtig door het landschap slingerde, een grote zijrivier die in het noordoosten ontsprong en de kleine rivier die zij volgden. Op een veld tussen twee van de rivieren zagen ze zomeronderkomens, hutten en tenten. Ze hadden de Zomerbijeenkomst bereikt van de Zelandoniërs die in het land ten zuiden van de Grote Rivier woonden, in het territorium van de Zevende Grot.

Een uitkijk kwam de zelandoniahut binnen rennen. 'Jullie geloven je ogen niet als jullie zien wat eraan komt!' zei hij opgewonden.
'Wat dan?' vroeg de Zelandoni van de Zevende Grot.
'Mensen, maar dat is niet alles.'
'Alle Grotten zijn hier,' zei een andere Zelandoni.
'Dan moeten het bezoekers zijn,' zei de Zevende.
'Verwachtten we dit jaar dan bezoekers?' vroeg de oude Zelandoni van de Vierde Grot van de Zuidland Zelandoniërs, terwijl ze allemaal overeind kwamen en naar de ingang liepen.
'Nee, maar zo gaat dat met bezoekers,' zei de Zevende.
Toen de Zelandonia buiten kwamen was het eerste wat ze zagen drie paarden die alle drie iets voorttrokken. Twee paarden hadden ook iemand op hun rug zitten: het ene een man, het andere een kind. Een vrouw liep voor een paard dat een ander iets voorttrok dan de beide andere paarden, en toen ze dichterbij kwamen bleek iets wat naast de vrouw liep een wolf te zijn! De Zevende moest opeens denken aan verhalen van mensen die onderweg na een Tocht naar het noorden bij hem langs waren gekomen; verhalen over een vrouw uit den vreemde met paarden en een wolf. Toen ging hem een lichtje op.
'Als ik me niet vergis,' zei de lange, bebaarde, bruinharige man, zo luid dat de andere Zelandonia hem konden horen, 'krijgen we bezoek van de Eerste Onder Hen Die De Grote Aardmoeder Dienen en haar acoliet.' Tegen een acoliet die naast hem stond zei hij: 'Ga zo veel mogelijk leiders zoeken als je maar kunt vinden en breng ze hiernaartoe.' De jonge man vertrok in looppas.
'Is zij niet een grote vrouw? Bijzonder ontzagwekkend, naar ik begrijp, maar het zou een lange reis zijn voor een grote vrouw,' zei een vrij gezette Zelandoni.

'We zullen wel zien,' zei de Zevende. Aangezien de heiligste plaats in deze streek vlak bij de Zevende Grot was, werd de Zelandoni van de Zevende Grot doorgaans, maar niet altijd, erkend als leider van de plaatselijke zelandonia.

Er verzamelden zich steeds meer mensen en een voor een verschenen ook de leiders van de verschillende Grotten. De leider van de Zevende Grot dook naast de Zelandoni van de Zevende op. 'Ik hoorde iemand zeggen dat de Eerste op bezoek komt, klopt dat?' vroeg ze.

'Ik denk het wel,' zei de Zelandoni. 'Herinner je je de reizigers die enkele jaren geleden bij ons op bezoek kwamen? Die mensen uit het verre zuiden?'

'Ja. Nu je het zegt, ik meen me te herinneren dat die zeiden dat bij een van de noordelijke Grotten een vrouw uit den vreemde woonde die gezag over dieren had, vooral over paarden,' zei de vrouw. De leider en de Zelandoni hadden dezelfde tatoeages op hun voorhoofd, maar bij de een zaten ze links en bij de ander rechts van het midden.

'Ze vertelden dat ze een acoliet van de Eerste was. Ze hebben haar niet vaak gezien, althans niet voor ze moesten vertrekken. Haar levensgezel was een Zelandoniër die een lange Tocht had gemaakt, vijf jaar of langer, en haar mee terug had gebracht. Ook hij had gezag over paarden, en haar kind eveneens, en ze hadden ook een wolf. Volgens mij zijn zij het,' zei de Zelandoni. 'En mogelijk worden ze vergezeld door de Eerste.'

Ze hebben voortreffelijke uitkijken, zei de Eerste tegen zichzelf toen ze voorreden bij een grote hut, die vermoedelijk voor de zelandonia was. Zo te zien hadden ze een aardig ontvangstcomité op de been gebracht. Ayla bracht Whinney tot stilstand, en toen de Eerste er zeker van was dat het paard echt stil zou blijven staan, kwam ze overeind en stapte ze soepel en elegant van het sleepraam. Vandaar dat ze zo'n lange reis kan maken, dacht de gezette Zelandoni.

Alle Zelandonia, leiders en bezoekers wisselden formele groeten uit en stelden zich voor. De leiders van de Grotten waartoe de jonge jagers behoorden, waren ook blij om hen te zien. Hun vreghut was leeg en ze waren al enkele dagen door niemand gezien. Hun families begonnen zich zorgen te maken en wilden een opsporingsexpeditie organiseren om de jonge mannen te zoeken. Aangezien ze samen met de bezoekers arriveerden, hadden ze ongetwijfeld een verhaal te vertellen, maar dat kon tot later wachten.

'Dulana!' riep iemand.

'Moeder! Je bent gekomen!' riepen twee blije jonge stemmen in koor. De oude Zelandoni van de Vierde Zuidland Grot keek verbaasd op toen hij de jonge vrouw zag. Ze was zo neerslachtig sinds ze zich had gebrand dat ze zich er niet eens toe had kunnen brengen om haar onderkomen uit te komen, en nu was ze naar de Zomerbijeenkomst gekomen. Hij zou navraag moeten doen om erachter te komen waardoor ze van gedachten veranderd was.

Er werden onmiddellijk plannen gemaakt voor een grootse viering, een feestmaal en een Moederfeest om de bezoekers en de Eerste te verwelkomen, en toen ze hoorden dat ze hun heilige plaats wilden bezoeken, begon de Zelandoni van de Zevende meteen voorbereidingen te treffen. Op de laatste Verbintenisceremonie na waren alle gebruikelijke ceremoniën van de Zomerbijeenkomst gehouden en veel mensen maakten zich gereed voor vertrek, maar na de komst van de bezoekers besloten de meesten nog wat langer te blijven.

'We zullen een jacht moeten organiseren en misschien een foerage-excursie,' zei de leider van de Zevende.

'De jagers, onder wie jullie jonge mannen, hebben voor ons vertrek een kudde migrerende edelherten onderschept,' zei de Eerste. 'Ze hebben er verscheidene buitgemaakt en we hebben de meeste dieren meegebracht.'

'We hebben ze alleen maar ontweid,' zei Willamar. 'Ze moeten zo snel mogelijk gevild, geslacht en gekookt of gedroogd worden.'

'Hoeveel herten hebben jullie meegebracht?' vroeg de leider van de Zevende Grot.

'Eén voor ieder van jullie jonge jagers: zeven,' zei Willamar.

'Zeven! Hoe hebben jullie er zoveel kunnen meenemen? Waar zijn ze?' vroeg een man.

'Wil jij ze dat even laten zien, Ayla?' vroeg Willamar.

'Met alle plezier,' zei Ayla.

De mensen die vlakbij stonden hoorden haar accent, en ze wisten dat zij de vrouw uit den vreemde moest zijn over wie ze hadden horen vertellen. Een grote groep volgde haar en Jondalar toen ze terugliepen naar de plek waar de paarden geduldig stonden te wachten. Renner en Grijs trokken allebei een nieuw sleepraam, en beide sleepramen leken hoog opgestapeld te zijn met lisdoddenbladeren. Toen Ayla de bladeren begon te verwijderen, werd al snel onthuld dat daaronder hele edelherten lagen van uiteenlopende grootte en leeftijd, ook vrouwtjes en jongen. Ze waren voornamelijk met lisdoddenbladeren bedekt om ze tegen insecten te beschermen.

'Jullie jonge mannen waren bijzonder enthousiaste jagers,' zei Jondalar. Hij voegde er maar niet aan toe: alleen niet erg selectief. 'Dit is hun buit. Genoeg voor een stevig feestmaal.'

‘We kunnen de lisdodden ook gebruiken,’ zei een van de toeschouwers.
‘Neem ze maar gerust,’ zei Ayla. ‘Er groeiden er nog veel meer op de plek waar we de rivier verlieten, en ook een heleboel andere eetbare planten.’
‘Ik kan me indenken dat bijna alle planten in de buurt van het kamp inmiddels zijn geplukt,’ zei de Ene Die Eerste Was. Er werd instemmend geknikt en gemompeld.
‘Als een stuk of wat van jullie bereid zijn op de sleepramen te rijden, dan kunnen we jullie naar de rivier brengen waar ze groeien en jullie met de opbrengst van de pluk weer terugbrengen,’ zei Ayla.
Een groepje jongeren wisselde blikken en ze boden spontaan hun hulp aan. Ze gingen snel graafstokken en messen halen, en draagtassen en manden. Op een gewoon sleepraam pasten twee of drie mensen halfzittend, maar op het sleepraam dat speciaal voor de Eerste was gemaakt, konden twee mensen van normaal formaat rechtop zitten, naast elkaar, drie als ze erg mager waren.
Toen ze vertrokken reden Jondalar, Ayla en Jonayla op Renner, Whinney en Grijs, terwijl de paarden zes mensen op de sleepramen voorttrokken. Wolf draafde achter hen aan. Toen ze de plek bereikten waar de reizigers de rivier hadden verlaten, brachten ze de paarden tot stilstand. De jonge mensen stapten van het sleepraam en waren blij dat ze het ongewone ritje hadden aangedurfd. Toen verspreidden ze zich om planten te verzamelen. Ayla verloste de paarden van de sleepramen zodat ze rustig konden grazen terwijl de verzamelaars werkten. Wolf snuffelde wat rond en rende het bos in toen hij een geurspoor oppikte.
Halverwege de middag waren ze terug in het kamp. Terwijl ze weg waren, hadden veel handen veel werk verzet. Een groot deel van het edelhertenvlees werd al bereid en er was al begonnen met het bewerken van de huiden tot leer voor kleren of andere nuttige producten.
Het feestmaal en de festiviteiten gingen tot diep in de nacht door, maar Ayla was moe, en zodra er plannen waren gemaakt voor een bezoek aan de heilige plaats en ze zich met goed fatsoen kon verontschuldigen, vertrok ze met Jonayla en Wolf naar haar reistent. Jondalar was in gesprek geraakt met een andere vuursteenklopper over de kwaliteit van vuursteen op verschillende vindplaatsen. De streek waar de Zomerbijeenkomst werd gehouden, was de bron van het beste vuursteen in de omgeving.
Hij zei tegen Ayla dat hij zo zou komen, maar tegen de tijd dat hij naar de tent ging, lag zowel Ayla als Jonayla in een diepe slaap, net als enkele anderen die de tent met hen deelden. De Eerste overnachtte in de

zelandoniahut. Ayla was ook uitgenodigd, en hoewel ze wist dat haar Zelandoni graag had gezien dat ze zich onder de plaatselijke doniërs had gemengd, wilde Ayla liever bij haar gezinnetje slapen, en de Eerste zette haar niet onder druk. Amelana was de laatste die naar de tent kwam. Hoewel Ayla haar had gewaarschuwd dat het vanwege haar zwangerschap niet verstandig was om gefermenteerde drankjes te drinken, was ze behoorlijk aangeschoten. Ze ging linea recta naar bed en hoopte dat Ayla niets zou merken.

Amelana werd de volgende ochtend in alle vroegte wakker gemaakt met de vraag of ze de heilige plaats wilde bezoeken, maar ze zei dat ze de dag daarvoor te veel van zichzelf had gevergd en liever wat wilde uitrusten. Ayla en de Eerste wisten allebei dat ze last had van een kater. Ayla overwoog even om het haar gewoon uit te laten zieken, maar omwille van haar ongeboren kind bereidde ze wat van het speciale brouwsel dat ze voor Talut, de leider van het Leeuwenkamp van de Mamutiërs had ontwikkeld tegen de hoofdpijn en misselijkheid die het gevolg waren van overmatig gebruik van diverse dranken. De jonge vrouw wilde evengoed het liefst in haar slaaprol blijven liggen.

Jonayla wilde ook niet mee. Na haar akelige ervaring met de mannen die op haar paarden wilden jagen, was ze bang dat iemand anders hetzelfde in zijn hoofd zou halen, en ze wilde blijven om de dieren te bewaken. Ayla probeerde haar uit te leggen dat iedereen in het kamp inmiddels wist dat het bijzondere paarden waren, maar Jonayla zei dat ze bang was dat er nieuwe mensen zouden komen die niets over de paarden wisten. Ayla kon niet ontkennen dat haar dochter toen het erop aankwam het juiste had gedaan, en Dulana wilde met alle plezier op haar passen, vooral omdat haar dochter ongeveer even oud was. Dus liet Ayla haar blijven.

De mensen die de beschilderde grot wilden bekijken gingen op weg. De groep bestond uit de Ene Die Eerste Was, Jonokol, haar eerste acoliet die nu Zelandoni van de Negentiende Grot was, Ayla, haar huidige acoliet, en Jondalar. Willamar ging ook mee, maar zonder zijn twee leerlingen, die door andere zaken aangenaam werden beziggehouden. Ook een aantal van de op de Zomerbijeenkomst aanwezige Zelandonia wilden de grot nog eens bezoeken, vooral met de Zevende als gids, die de grot beter kende dan wie dan ook.

Er waren tien bij-Grotten in de regio, die elk een eigen beschilderde grot hadden die een aanvulling vormde op de belangrijkste vlak bij de Zevende Grot, maar veel daarvan hadden slechts primitieve schilderingen en gravures in vergelijking met de hoofdgrot. De Vierde Grot van de Zuidland Zelandoniërs, die ze zojuist hadden bezocht, was een van de betere heilige grotten. De groep volgde een pad de steile helling op die ze hadden gezien toen ze boven op de heuvel stonden en neerkeken op het dal.

'Dit wordt Zwartvogelheuvel genoemd,' legde de Zevende uit. 'Soms de Heuvel van de Vissende Zwartvogel. Er wordt me dikwijls gevraagd waarom, maar dat weet ik niet. Ik heb hier weleens een raaf of een kraai gezien, maar ik weet niet of dat relevant is. De Zevende vóór mij wist het ook niet.'

'De reden voor namen raakt dikwijls verloren in de diepte van herinneringen,' zei de Eerste. De grote vrouw was buiten adem en hijgde, maar ze liep koppig verder. Het zigzaggende pad maakte de klim iets makkelijker, maar wel langer.

Eindelijk bereikten ze een opening in de kalkstenen heuvel op een punt hoog boven het dal. De ingang was niet erg opvallend, en als het pad er niet naartoe had geleid, zou die nauwelijks zijn opgemerkt. De opening was hoog genoeg om naar binnen te gaan zonder te hoeven bukken en breed genoeg voor twee of drie mensen tegelijk, maar een grote struik voor de ingang onttrok hem aan het oog. Een van de acolieten veegde een hoopje stenen weg die van de rotsige helling naar beneden waren gerold en voor de ingang lagen. Ayla demonstreerde haar vaardigheid om snel vuur te maken, beloofde de Zevende te leren hoe ze dat deed, en toen werden lampen en fakkels aangestoken.

De Zelandoni van de Zuidland Zevende Grot ging als eerste de grot in, gevolgd door de Eerste, toen Jonokol, Ayla, Jondalar en Willamar. Daarna kwamen de plaatselijke zelandonia die mee waren gegaan, onder wie een paar acolieten; twaalf mensen in totaal. De ingang kwam uit in een gang, en ze moesten of links- of rechtsaf. Ze gingen rechtsaf en na een korte afstand werd de gang breder en splitste zich in twee gangen. Ze stonden in een ruimte met een stenen obstructie in het midden. Aan de ene kant was een smalle doorgang en aan de andere een bredere.

'Het maakt niet uit welke doorgang we nemen; we komen uit op hetzelfde punt: een berg stenen achterin, zonder uitgang; dus we moeten terug zoals we zijn gekomen, maar er zijn interessante dingen om te bekijken,' zei de Zevende.

Ze namen de smalle doorgang rechts en troffen bijna onmiddellijk op de rechtermuur een aantal kleine rode stippen aan, waarop de Zevende de groep attent maakte. Op de linkermuur stonden nog meer stippen, en een eindje verderop bleven ze staan om een paard te bekijken dat op de rechtermuur was geschilderd, en nog meer stippen, en vlak ernaast een leeuw met een fantastische staart die omhoog stond, maar omkrulde naar de rug. Ayla vroeg zich af of de persoon die de afbeelding had gemaakt misschien een leeuw met een gebroken staart had gezien die met een vreemde kronkel was genezen. Ze wist hoe vreemd gebroken botten soms genazen.

Na nog enkele stappen door de nauwe doorgang kwamen ze bij een paneel op de rechtermuur dat de Zevende 'de herten' noemde. De afbeelding deed Ayla denken aan vrouwtjesreuzenherten en ze herinnerde zich de reuzenherten in de heilige grot bij de Zuidland Vierde Grot. Er tegenover op de linkermuur stonden twee grote rode stippen. Voorbij de herten waren nog meer rode stippen geschilderd en op het gewelfde plafond stonden verscheidene rijen grote stippen.

Ayla was nieuwsgierig naar de betekenis van de stippen, maar ze aarzelde om vragen te stellen. Even later waagde ze het er toch maar op. 'Weet je wat de stippen voorstellen?'

De lange man met de volle bruine baard glimlachte naar de aantrekkelijke acoliet. Haar mooie gelaatstrekken hadden iets buitenlands, wat hem aansprak. 'Ze betekenen niet hetzelfde voor iedereen, maar voor mij lijken het, als ik in de juiste gemoedstoestand ben, paden naar de volgende wereld, en belangrijker nog: ze geven de terugweg aan.' Ze knikte en glimlachte toen. Hij vond haar nog veel aantrekkelijker als ze glimlachte.

Ze vervolgden hun weg om de stenen obstructie heen door de smalle doorgang die plotseling breder werd. De gang maakte een draai naar links en toen liepen ze weer in de richting waaruit ze gekomen waren, door een veel grotere ruimte die zo te zien door beren was gebruikt, waarschijnlijk overwinterende beren. De kalkstenen muren droegen sporen van hun klauwnagels. Toen ze de opening naderden waardoor ze de grot waren binnengegaan, liep de Zevende rechtdoor in de richting die ze zouden hebben genomen als ze linksaf waren gegaan bij binnenkomst.

Ze liepen door een lange tunnel, waarbij ze dicht bij de rechtermuur bleven. Pas toen ze aan de rechterkant een opening bereikten, zagen ze weer afbeeldingen: op het lage gewelfde plafond van de gang stonden vier rode negatieve handafdrukken, ietwat uitgesmeerd, drie rode stippen en enkele zwarte strepen. Tegenover de opening stonden elf grote zwarte stippen en twee negatieve handafdrukken, die waren gemaakt door een hand op de muur te leggen en rode kleurstof erop en eromheen te spatten. Als de hand werd weggehaald, bleef een negatieve afdruk achter van de hand, omringd door de rode oker. Toen liep de Zevende door de opening in de gewelfde gang.

Voorbij de uitgesmeerde negatieve handafdrukken werd de stenen muur zacht, alsof die met klei was bedekt. De grot lag hoog boven de bodem van het rivierdal en binnen was het redelijk droog, maar het kalkhoudende gesteente was van nature poreus, en met calciumcarbonaat verzadigd water sijpelde er voortdurend doorheen. Soms vormden zich druppel na kleine druppel in de loop van millennia reusachtige stalagmieten, die uit de vloer van een kalkstenen grot leken te groeien onder stalactieten die even groot waren, maar anders van vorm, die aan het gewelf hingen. Maar soms verzamelde het water zich in het kalksteen, waardoor het oppervlak van de grotmuren zo zacht werd dat zonder werktuigen en alleen met de vingers afbeeldingen konden worden gemaakt. In de kleine ruimte rechts van de gang hadden zich grote vlakken van het zachte gesteente gevormd die bezoekers leken uit te nodigen er iets op te tekenen. Delen van de muren stonden vol met voornamelijk rommelige krabbels, maar daartussen was ook een deeltekening te zien van een reuzenhert: een reusachtig handvormig gewei en een kleine kop.

Waar het oppervlak hard genoeg was, waren met rood en zwart ook andere tekens en stippen geschilderd, maar op het reuzenhert na was de ruimte naar Ayla's gevoel gevuld met onsamenhangende tekens die haar niets zeiden. Ze was zich er echter inmiddels van bewust dat niemand wist wat alle afbeeldingen in de beschilderde grotten betekenden, op de persoon na die de afbeelding had gemaakt, en misschien zelfs die niet. Als je een bepaald gevoel kreeg als je keek naar iets wat op de muren van een grot was geschilderd, dan was het gevoel dat je kreeg de betekenis. Die kon afhangen van je gemoedstoestand, die kon veranderen, of van hoe gevoelig je was voor indrukken. Ayla dacht na over wat de Zevende had gezegd toen ze hem naar de rijen grote stippen vroeg. Hij had haar uitgelegd wat de stippen voor hem persoonlijk betekenden. De grotten waren heilige plaatsen, maar ze begon het idee te krijgen dat het een persoonlijke, individuele heiligheid was. Misschien was dat wat ze tijdens deze tocht moest leren.

Toen ze de kleine ruimte verlieten, liep de Zevende naar de linkerkant van de hoofdgang die daarheen leidde. De gang maakte daar een bocht naar links en ze liepen een klein stukje langs de linkermuur. Toen hield de Zevende zijn lamp hoog. Het licht viel op een lang muurvlak vol met zwart geschilderde dieren, veel daarvan over elkaar heen. Het eerste wat ze zag waren de mammoeten, daarvan waren er veel, en toen zag ze de paarden, de bizons en de oerossen. Een van de mammoeten was bedekt met zwarte strepen. De Zevende zei er niets over; hij bleef gewoon lang genoeg staan om iedereen de kans te geven te zien wat hij wilde zien.

Toen hij merkte dat de meesten erop uitgekeken waren, behalve Jonokol, die waarschijnlijk veel langer had willen blijven om de schildering te bestuderen, liep de Zevende door. Hij liet de groep vervolgens een bovenlijst zien waarop bizons en mammoeten waren geschilderd.
Terwijl ze langzaam door de grot liepen, maakte de Zevende de groep attent op meer tekens en ook enkele dieren, maar de volgende plek waar hij bleef staan was werkelijk bijzonder. Op een groot muurvlak waren met zwart twee paarden geschilderd, rug aan rug, en binnen de omtreklijnen waren de lichamen gevuld met grote zwarte stippen. Rondom de paarden waren ook stippen en handafdrukken te zien, maar het meest opmerkelijke was het hoofd van het naar rechts gerichte paard. Het hoofd was niet groot, maar het was geschilderd in een natuurlijke omtreklijn van het gesteente dat de vorm van een paardenhoofd had en het geschilderde hoofd omlijstte. De vorm van het gesteente had de kunstenaar verteld dat daar een paard geschilderd moest worden. De bezoekers waren diep onder de indruk. De Eerste, die het paard eerder had gezien, glimlachte naar de Zevende. Ze hadden allebei geweten wat hen te wachten stond en waren blij dat ze de reactie hadden gekregen die ze hadden verwacht.
'Weet je wie dit geschilderd heeft?' vroeg Jonokol.
'Een voorouder, maar niet een van de Ouden. Ik zal je een paar dingen laten zien die misschien niet onmiddellijk opvallen,' zei de Zevende, terwijl hij tot vlak voor de muur liep. Hij hield zijn linkerhand boven de rug van het naar links gerichte paard en boog zijn duim. Toen hij zijn hand naast een rode omtreklijn hield, was duidelijk te zien dat de negatieve ruimte geen handafdruk was, maar een gebogen duim. Nu ze daarop waren gewezen, konden ze zien dat er verscheidene omtrekken van gebogen duimen langs de rug van het linkerpaard stonden.
'Waarom is dat gedaan?' vroeg een jonge acoliet.
'Dat zou je moeten vragen aan de Zelandoni die het geschilderd heeft,' antwoordde de Zevende.
'Maar je zei dat het door een voorouder is geschilderd.'
'Ja,' zei de Zelandoni.
'Maar de voorouder bewandelt nu de volgende wereld.'
'Ja.'
'Hoe kan ik het dan vragen?'
De Zevende glimlachte alleen maar naar de jonge man, die zijn voorhoofd fronste en er zenuwachtig van werd. In de groep werd hier en daar werd onderdrukt gelachen en de jonge acoliet liep plotseling rood aan.
'Ik kan het niet vragen, toch?'

'Misschien als je leert om de volgende wereld te bewandelen,' zei de Eerste. 'Er zijn Zelandonia die dat kunnen, weet je. Maar het is erg gevaarlijk, en niet iedereen waagt zich eraan.'

'Ik geloof niet dat alles op dat muurvlak door dezelfde persoon is gemaakt,' zei Jonokol. 'De paarden en de handen waarschijnlijk wel, en ook de meeste stippen, maar volgens mij zijn sommige er later aan toegevoegd, net als de duimen, en ik meen boven op dat paard een rode vis te zien, maar het is niet echt duidelijk.'

'Je zou weleens gelijk kunnen hebben,' zei de Zevende. 'Dat is bijzonder opmerkzaam.'

'Hij is kunstenaar,' zei Willamar.

Het viel Ayla op dat Willamar zijn mening dikwijls voor zich hield, en ze vroeg zich af of dat iets was wat hij tijdens zijn reizen had geleerd. Als je veel reisde en overal nieuwe mensen leerde kennen, was het waarschijnlijk niet verstandig om onbekenden te vlug je eigen mening op te dringen.

De Zevende liet hun nog meer tekens en schilderingen zien, waaronder een menselijke gedaante met lijnen die zijn lichaam in of uit gingen, zoals ze ook hadden gezien in de heilige grot van de Vierde Zuidland Grot, maar na de bijzondere paarden was er niets uitzonderlijks meer te zien, op enkele formaties na die veel ouder waren dan de schilderingen. Grote schijven calciet, natuurlijk gevormd door hetzelfde proces dat de grot zelf had geschapen, tooiden een ruimte in de grot. Ze werden in hun eigen ruimte met rust gelaten, zonder toegevoegde verfraaiingen, alsof ze opzichzelfstaande versierselen waren, door de Moeder gemaakt.

Eenmaal terug in het kamp na het bezoek aan de heilige plaats wilde de Eerste het liefst zo snel mogelijk hun reis hervatten, maar ze voelde het als haar plicht om nog een poosje te blijven en haar rol te vervullen als de Eerste Onder Hen Die De Grote Moeder Dienden, vooral tegenover de zelandonia. Die hadden niet vaak de kans om tijd met haar door te brengen. Voor sommige groepen die in het leefgebied van de Zelandoniërs woonden, was de Eerste bijna een mythische figuur, een boegbeeld dat ze erkenden maar zelden zagen en in wezen ook niet hoefden te zien. Ze waren heel goed in staat hun taken zonder haar uit te voeren, maar ze waren over het algemeen erg blij en opgewonden als ze haar zagen. Ze zagen haar niet als de Moeder Zelf of zelfs als de belichaming van de Moeder, maar als Haar vertegenwoordiger, en met haar enorme omvang was ze ontzagwekkend. Het feit dat ze een acoliet had die gezag had over dieren, vergrootte haar status. Ze moest gewoon wat langer blijven.

Tijdens het avondmaal zocht de Zevende de bezoekers op. Hij ging met zijn bord eten naast de Eerste zitten, lachte naar haar en begon zachtjes tegen haar te praten. Het was niet echt een samenzweerderige fluistertoon, maar Ayla wist zeker dat ze geen woord zou hebben opgevangen als ze niet aan de andere kant van de Eerste had gezeten.

'We hebben gesproken over het houden van een speciale ceremonie in de heilige grot later vanavond en we zouden graag willen dat jij en je acoliet zich bij ons aansluiten, als je je daartegen opgewassen voelt,' zei hij.

De Eerste glimlachte bemoedigend. Dit zou haar besluit om wat langer te blijven weleens een beetje interessanter kunnen maken, dacht ze. 'Ayla, voel jij iets voor deze speciale ceremonie?'

'Als je wilt dat ik meega, dan doe ik dat graag,' zei Ayla.

'Kan Jondalar op Jonayla passen?' vroeg de Eerste.

'Vast wel,' zei Ayla. Het feit dat Jondalar niet was uitgenodigd vond ze jammer, maar hij hoorde natuurlijk niet bij de zelandonia.

'Ik kom jullie straks ophalen,' zei de Zevende. 'Trek iets warms aan. Het wordt 's avonds behoorlijk fris.'

Nadat de rust was neergedaald en de meeste mensen hun bed hadden opgezocht of zich met iets anders bezighielden – praten, drinken, dansen, gokken of wat dan ook waaraan ze plezier beleefden – kwam de Zelandoni van de Zuidland Zevende Grot naar hun kamp. Jondalar zat met Ayla en Zelandoni bij het vuur. Hij vond het niet prettig dat Ayla wegging om deel te nemen aan een geheime ceremonie, maar hij zei er niets van. Ze was per slot van rekening in opleiding om een Zelandoni te worden. Geheime ceremoniën met andere zelandonia hoorden daarbij.

De Zevende had fakkels meegebracht en stak ze aan in het vuur dat in de vuurplaats brandde. Toen vertrokken ze. De Zevende voorop, daarna de Eerste, en Ayla achteraan, ieder met een fakkel in de hand. Jondalar keek hen na toen ze het pad op liepen dat naar de heilige grot voerde. Hij kwam even in de verleiding ze te volgen, maar hij had beloofd om op Jonayla te passen.

Wolf had kennelijk hetzelfde gevoel en gaf wel aan de verleiding toe, maar even later kwam de wolf naar het kamp terug. Hij ging de tent binnen, snuffelde aan het kind, liep weer naar buiten, keek in de richting waarin Ayla was verdwenen, liep toen naar Jondalar en ging dicht tegen hem aan zitten. Even later ging hij liggen met zijn kop op zijn voorpoten en zijn ogen op het pad gericht. Jondalar legde zijn hand op de kop van het dier en aaide hem een paar keer over zijn schouders en rug.

'Jij mocht ook niet mee, hè?' zei de man. Wolf jankte zacht.

22

De Zevende leidde de twee vrouwen langs het pad omhoog naar de heilige grot. Naast het pad waren op regelmatige afstand fakkels in de grond gestoken om hun de weg te wijzen, en Ayla moest opeens denken aan die keer dat ze in de kronkelige grot bij de Stam-bijeenkomst de lampen en fakkels had gevolgd tot de ruimte waar de mog-urs zich hadden verzameld. Ze wist dat ze daar niet had mogen zijn en was net op tijd achter een reusachtige stalagmiet gedoken zodat ze haar niet zouden zien, maar Creb had geweten dat ze daar was. Deze keer maakte ze deel uit van de groep die was uitgenodigd om de bijeenkomst bij te wonen.

Het was een fikse wandeling naar de heilige grot en tegen de tijd dat ze boven waren, waren ze alle drie buiten adem. De Eerste dacht bij zichzelf dat ze blij was dat ze had besloten om deze reis nu te maken. Over een paar jaar zou ze daar niet meer toe in staat zijn. Ayla had gemerkt dat de Eerste moeite had met de klim en was expres langzamer gaan lopen om het voor de vrouw makkelijker te maken. Ze wisten dat ze er bijna waren toen ze een vuur zagen, en even later konden ze mensen onderscheiden die eromheen stonden of zaten.

Ze werden enthousiast begroet en bleven een poosje staan praten terwijl ze op de komst van enkele anderen wachtten. Al snel verscheen nog een groepje van drie, onder wie Jonokol. Hij was op bezoek geweest bij het kamp van een andere Grot. De Zelandoni van die Grot maakte ook afbeeldingen. Ze werden door iedereen begroet en toen richtte de Zevende het woord tot hen.

'We hebben het geluk de Eerste Onder Hen Die De Grote Moeder Dienen bij ons te hebben. Ik geloof niet dat ze ooit eerder een van onze Zomerbijeenkomsten heeft bezocht en dat maakt dit tot een gedenkwaardige gebeurtenis. Haar acoliet en de Zelandoni die vroeger haar acoliet was, zijn allebei bij haar, en het verheugt ons om ook hen te kunnen verwelkomen.'

Hierop volgden begroetende woorden en gebaren, en toen vervolgde de Zevende: 'We moeten het ons gemakkelijk maken rond het vuur;

we hebben kussens meegebracht om op te zitten. Ik heb een speciale thee voor iedereen die die wil proberen. De thee heb ik gekregen van een Zelandoni ver ten zuiden van hier, in de uitlopers van de hoge bergen die de grens van het leefgebied van de Zelandoniërs aangeeft. Daar heeft ze jarenlang de wacht gehouden over een bijzonder heilige grot, waarvan ze regelmatig de wijding hernieuwt. Alle heilige grotten zijn moederschoten van de Grote Moeder, maar in sommige grotten wordt Haar aanwezigheid zo diep gevoeld, dat we weten dat die uitzonderlijk dicht bij Haar moeten zijn; haar grot is een daarvan. Volgens mij is de Moeder zo blij met de manier waarop de Zelandoni de grot onderhoudt dat Ze er dichtbij wil blijven.'

Ayla zag dat Jonokol met grote aandacht luisterde naar de woorden van de Zevende en bedacht dat hij mogelijk wilde leren hoe hij de Moeder kon verblijden zodat ze dicht bij de witte grot zou blijven. Hij sprak het nooit uit, maar ze wist dat hij die beschouwde als zijn bijzonder heilige grot. Net als zij.

Iemand had eerder kookstenen in het vuur gelegd en die werden er nu met een tang van gebogen hout uit gehaald en in een dicht geweven houder met water gelegd. Toen voegde de Zevende de inhoud van een leren buidel aan het stomende water toe. De lucht raakte doordrongen van de geur, en Ayla probeerde de ingrediënten te onderscheiden. Het was volgens haar een mengsel; sommige ingrediënten kwamen haar bekend voor, maar andere niet. Een sterke muntgeur overheerste, maar die kon eraan zijn toegevoegd om de geur of smaak van iets anders te maskeren, iets onaangenaams. Nadat de thee een poosje had getrokken, vulde hij twee drinknappen ermee, de ene groter dan de andere.

'Het is een krachtig drankje,' zei de Zevende. 'Ik heb het één keer geprobeerd en ben er erg voorzichtig mee. Het kan je erg dicht bij de geestenwereld brengen, maar iedereen kan gerust een slokje nemen, maar vooral niet te veel. Een van mijn acolieten heeft aangeboden een grotere dosis te drinken zodat ze ons naar binnen kan leiden.'

De grootste drinknap ging de kring rond en iedereen nam een klein slokje. Toen de Eerste het drankje aangereikt kreeg rook ze er eerst aan. Toen nam ze een slokje en hield het even in haar mond in een poging de bestanddelen te onderscheiden. Toen nam ze een iets groter slokje en gaf de drinknap aan Ayla door. Ze had gezien wat de Eerste deed en deed hetzelfde. Het was erg sterk. De geur alleen al was nadrukkelijk en bezorgde haar een duizelig gevoel. Toen ze een slokje nam werd haar mond gevuld met een krachtige smaak die niet echt onaangenaam was, maar het was niet iets wat ze elke dag zou willen drinken, en het kleine beetje dat ze doorslikte bezorgde haar bijna een flauwte. Ze wilde dat ze wist wat erin zat.

Nadat iedereen een slokje had geproefd, keken ze toe terwijl de acoliet van de Zevende de kleine drinknap leegdronk. Even later kwam ze overeind en liep ze zwaaiend op haar benen naar de ingang van de heilige grot. De Zevende stond snel op en ondersteunde haar zodat ze niet zou vallen. De rest van de aanwezige zelandonia volgde hen de heilige grot in, een aantal van hen met een brandende fakkel in de hand. Ze lieten de Eerste, Ayla en Jonokol voorgaan. De acoliet liep doelbewust naar het deel van de grot waar de geschilderde paarden met de grote stippen in hun lichaam stonden afgebeeld. De mensen met fakkels liepen naar de muur om die te verlichten.

Ayla voelde nog steeds de uitwerking van het kleine slokje en ze vroeg zich af wat de acoliet die zoveel meer had gedronken ervoer. De jonge vrouw liep naar de schildering, legde haar beide handen erop en drukte haar wang tegen het ruwe gesteente alsof ze naar binnen wilde. Toen begon ze te huilen. Haar Zelandoni sloeg zijn arm om haar schouders om haar te kalmeren. De Eerste deed een paar stappen naar voren en begon toen Het Lied van de Moeder te zingen.

Uit de chaos van tijd, vóór het eerste ochtendgloren,
Werd uit de wervelwind de verheven Moeder geboren.
Zij besefte terstond: het leven had grote waarde.
Maar de donkere leegte griefde de Grote Moeder der Aarde.
De Moeder was alleen. Verder was er niet een.

Iedereen luisterde en Ayla voelde de spanning in haar schouders, waarvan ze niet had beseft dat die er zat, wegtrekken. De jonge acoliet hield op met huilen en toen ze de melodie hadden opgepikt, begonnen anderen mee te zingen, vooral bij het couplet waarin de Aardkinderen uit Haar moederschoot ontsproten.

Sommige zwommen, andere vlogen, elk kind was uniek,
Sommige kropen, andere liepen, vol kracht en energiek.
Elke vorm was compleet, ieder wezen volmaakt,
Elke vorm was er een die kon worden nagemaakt.
Beloond zag de Moeder Haar grote streven. De groene aarde wemelde van het leven.

Geen van de vogels, vissen en dieren die het levenslicht hadden aanschouwd,

Zouden de Moeder verlaten, zij waren Haar trouw.
Elke soort zou nu leven bij de plek waar die was gebaard,
En zo bevolkten zij samen de Grote Moeder Aard'.
Ze bleven allen dicht bij Haar. Zo kwam geen van allen in gevaar.

Toen de Eerste was uitgezongen zat de acoliet op de grond voor de schildering. Enkele anderen zaten ook op de grond met een verdwaasde uitdrukking op hun gezicht.

Toen de Eerste terugliep naar Ayla, kwam de Zevende naar hen toe. Hij zei, heel zacht: 'Wonderbaarlijk hoe iedereen in de ban raakte van je gezang.' Toen voegde hij eraan toe, doelend op degenen die op de grond waren gaan zitten: 'Volgens mij hebben die meer dan een klein slokje genomen. Sommigen zitten hier nog wel een tijdje. Ik vind dat ik moet blijven tot iedereen klaar is om terug te gaan, maar jullie kunnen wel gaan.'

'Wij blijven nog wel even,' zei de Ene Die Eerste Was, toen ze zag dat nog meer mensen waren gaan zitten.

'Ik zal wat kussens halen,' zei de Zevende.

Toen hij terugkwam had Ayla ook het gevoel dat ze moest gaan zitten. 'Volgens mij wordt het effect van die thee steeds sterker voelbaar,' zei ze.

'Volgens mij ook,' zei de Eerste. 'Heb je nog meer?' vroeg ze aan de Zevende. 'Ik zou het graag verder testen als we weer thuis zijn.'

'Ik kan je wat meegeven,' zei hij.

Ayla ging op het kussen zitten en keek naar de beschilderde muur. Die leek bijna transparant, alsof ze er dwars doorheen kon kijken. Ze had het gevoel dat er nog meer dieren waren die naar buiten wilden komen en die zich klaarmaakten om in deze wereld te leven. Terwijl ze keek, kreeg ze steeds sterker het gevoel dat ze de wereld achter de muur binnen werd getrokken, en toen leek ze er te zijn, of liever gezegd hoog erboven.

In eerste instantie zag ze niet veel verschil met haar wereld. Er waren rivieren die door grazige steppen en prairies stroomden en tussen hoge rotswanden door, bomen in beschermde gebieden en stroken bos langs rivieren. Allerlei soorten dieren zwierven door het land. Mammoeten, neushoorns, reuzenherten, bizons, oerossen en saïga-antilopen gaven de voorkeur aan de open graslanden; edelherten en andere soorten kleinere herten hielden van de beschutting van bomen; rendieren en muskusossen waren goed aangepast aan de koude. Er waren allerlei soorten andere dieren en vogels, en roofdieren, van de reusachtige holenleeuw tot de kleinste wezel. Hoewel Ayla ze niet allemaal zag, wist ze dat ze er waren, maar er waren verschillen. Het leek de omgekeerde wereld. Bizons, paarden en herten meden de leeuwen niet, maar sloegen geen acht op ze. Het landschap was helder, maar toen ze naar de lucht keek, zag ze de maan en de zon, en toen schoof de maan voor de zon en werd die zwart. Opeens voelde ze dat iemand aan haar schouder schudde.

'Ik geloof dat je in slaap bent gevallen,' zei de Eerste.

'Misschien, maar het voelt alsof ik ergens anders was,' zei Ayla. 'Ik zag de zon zwart worden.'

'Dat is mogelijk, maar het is tijd om te gaan. Het begint al licht te worden.'

Toen ze de grot uit liepen stonden enkele mensen rond het vuur zich te warmen. Een Zelandoni gaf ieder van hen een drinknap met iets warms.

'Dit is gewoon een ochtenddrankje,' zei hij glimlachend. 'Het was voor mij een nieuwe ervaring,' voegde hij eraan toe. 'Erg krachtig.'

'Voor mij ook,' zei Ayla. 'Hoe gaat het met de acoliet die een hele drinknap heeft gedronken?'

'Ze voelt nog steeds het effect; dat houdt erg lang aan, maar ze wordt nauwlettend in de gaten gehouden.'

De twee vrouwen liepen terug naar het kamp. Hoewel het nog erg vroeg was, was Jondalar al wakker. Ayla vroeg zich af of hij wel naar bed was geweest. Hij glimlachte opgelucht toen hij Ayla en de Eerste terug zag komen.

'Ik wist niet dat je de hele nacht weg zou blijven,' zei Jondalar.

'Dat wist ik ook niet,' zei Ayla.

'Ik ga naar de zelandoniahut, Ayla. Jij wilt vandaag waarschijnlijk rusten,' zei de Eerste.

'Ja, maar eerst wil ik iets eten. Ik heb honger.'

Pas drie dagen later verliet de groep reizigers van Ayla's doniërreis de Zomerbijeenkomst van de Zuidland Zelandoniërs, en in die tijd maakte Amelana een kleine crisis door. Een zeer innemende, ietwat oudere man van klaarblijkelijk hoge status had druk op haar uitgeoefend om te blijven en zijn gezellin te worden, en ze kwam in de verleiding daarmee in te stemmen. Ze zei tegen de Eerste dat ze met haar wilde praten, en misschien ook met Ayla. Toen ze bijeen zaten begon ze met het opsommen van de redenen waarom ze zou moeten blijven en een verbintenis moest aangaan met de man die haar klaarblijkelijk zo graag als zijn gezellin wilde. Ze vleide en glimlachte alsof ze het gevoel had dat ze toestemming nodig had en hen probeerde over te halen ermee in te stemmen. De Eerste was zich heel goed bewust geweest van wat er aan de hand was en had inlichtingen ingewonnen. 'Amelana, je bent een volwassen vrouw die een levensgezel heeft gehad en nu helaas weduwe is. Je zult binnenkort moeder zijn en de verantwoordelijkheid dragen voor de zorg van het nieuwe leven dat in je groeit. De keus is aan jou. Je hebt mijn toestemming noch die van wie dan ook nodig,' begon de Eerste. 'Maar aangezien je me wilde spreken, neem ik aan dat je behoefte hebt aan advies.'

'Nou, ja, eigenlijk wel,' zei Amelana. Ze leek verbaasd dat het zo makkelijk was geweest. Ze had verwacht dat ze de Zelandoni met vleierij had moeten overhalen om met de nieuwe verbintenis in te stemmen.

'Ten eerste: heb je de mensen van zijn Grot ontmoet, of zijn familieleden?' vroeg de vrouw.

'Min of meer. Ik heb een paar maaltijden gedeeld met enkele neven en nichten, maar er zijn zoveel feestmaaltijden en festiviteiten geweest dat we meestal niet met zijn Grot hoefden te eten,' zei Amelana.

'Weet je nog wat je zei toen je vroeg of je mee mocht op deze Tocht? Je zei dat je naar huis wilde zodat je je moeder en je familie om je heen had als je je baby kreeg. Belangrijker nog: je was niet gelukkig toen Jacharal verhuisde om met vrienden en verwanten een nieuwe Grot te stichten, voornamelijk, neem ik aan, omdat je die niet erg goed kende. Ze waren allemaal opgewonden bij het idee om elders opnieuw te beginnen, maar jij had het vertrouwde al achtergelaten en was al op een nieuwe plek. Jij wilde aan je nieuwe omgeving wennen en je wilde ook dat mensen met je meeleefden over je nieuwe baby. Heb ik gelijk of niet?' zei de Eerste.

'Ja, maar hij is ouder. Hij blijft waar hij is. Hij is niet van plan een nieuwe Grot te stichten. Dat heb ik hem gevraagd,' zei Amelana.

De Eerste glimlachte. 'Je was tenminste zo verstandig om dat te vragen. Hij is een innemende, aantrekkelijke man, maar hij is een stuk ouder. Heb je je afgevraagd waarom hij nu een nieuwe gezellin wil? Heb je gevraagd of hij al een gezellin heeft? Of hij er ooit een heeft gehad?'

'Eigenlijk niet. Hij zei dat hij op de juiste vrouw heeft gewacht,' zei Amelana fronsend.

'De juiste vrouw om zijn eerste vrouw te helpen voor haar vijf kinderen te zorgen?'

'Zijn eerste vrouw? Vijf kinderen?' Amelana's frons verdiepte zich. 'Hij heeft niets gezegd over vijf kinderen.'

'Heb je hem naar kinderen gevraagd?'

'Nee, maar waarom heeft hij me dat niet verteld?'

'Omdat hij dat niet hoefde, Amelana. Je hebt het hem niet gevraagd. Zijn gezellin heeft hem gevraagd een andere vrouw te zoeken om haar te helpen, maar iedereen hier weet dat hij al een gezellin heeft en haar kinderen bij zijn vuurplaats. Aangezien zij zijn eerste vrouw is, zou zij de status en de zeggenschap hebben. Zij is hoe dan ook degene die die verbintenis status verleent. Hij heeft weinig meer dan een knap uiterlijk en een charmante manier van doen. We vertrekken morgen. Als je besluit tot een verbintenis met hem, zal niemand hier je terugbrengen naar de Grot van je moeder.'

'Ik blijf hier niet,' zei Amelana nijdig. 'Maar waarom zou hij me zo misleiden? Waarom heeft hij het me niet gewoon verteld?'

'Je bent een aantrekkelijke vrouw, Amelana, maar erg jong, en je houdt van aandacht. Hij zal ongetwijfeld zodra wij weg zijn een tweede vrouw vinden, maar die zal niet jong en knap zijn, en niemand hebben die het voor haar opneemt, als wij eenmaal zijn vertrokken. Dat is wat hij het liefst wil, daarom ben jij de juiste vrouw voor hem. De vrouw die hij vindt zal waarschijnlijk ouder zijn, misschien niet erg aantrekkelijk. Ze zal misschien zelf een paar kinderen hebben, of als hij geluk heeft zal ze een vrouw zijn die geen kinderen kon krijgen en zal ze blij zijn een innemende man met een gezin te vinden die haar daarin wil opnemen. Ik ben ervan overtuigd dat zijn eerste vrouw daarop hoopt en niet op een mooie jonge vrouw die ervandoor gaat met de eerste de beste man die haar een beter aanbod doet. Ik weet zeker dat jij dat zou doen, zelfs als dat betekent dat je status zou verliezen.'

Amelana leek geschokt door de onverbloemde opmerkingen van de Eerste en toen begon ze te huilen. 'Ben ik echt zo slecht?'

'Ik heb niet gezegd dat je slecht bent, Amelana. Ik zei dat je jong bent, en zoals de meeste aantrekkelijke jonge vrouwen, vooral degenen met een hoge status, ben je gewend om je zin te krijgen. Maar je verwacht een kind. Je zult moeten leren de behoeften van je kind voor je eigen verlangens te plaatsen.'

'Ik wil geen slechte moeder zijn,' snikte Amelana. 'Maar stel dat ik niet weet hoe ik een goede moeder moet zijn?'

'Dat komt vanzelf,' zei Ayla, die voor het eerst iets zei. 'Eenmaal weer thuis bij je moeder. Zij zal je helpen. En zelfs als je geen moeder zou hebben, zul je verliefd worden op je baby, net als de meeste moeders. Dat is hoe de Grote Moeder vrouwen heeft gemaakt, dat wil zeggen de meeste vrouwen, en ook veel mannen. Je bent een liefdevolle vrouw, Amelana. Je zult een goede moeder zijn.'

De Eerste glimlachte. 'Ga nu maar je spullen inpakken, Amelana,' zei ze, vriendelijker nu. 'We vertrekken morgenochtend vroeg.'

Toen de reizigers de volgende dag vertrokken, volgden ze een van de drie rivieren die niet ver van de Zevende Grot van de Zuidland Zelandoniërs samenvloeiden. Bij de ondiepe Oversteek bij het kamp staken ze de rivier over en in het begin volgden ze de meanderende loop. Toen besloten ze om in plaats van de bochten van de waterweg te volgen dwars door het land verder te reizen, meer naar het oosten dan naar het zuiden.

Voor Ayla en Jonayla was de streek helemaal nieuw, maar Jonayla was nog zo jong dat ze zich waarschijnlijk later niet meer zou herinneren hier ooit geweest te zijn. Ook voor Jondalar was het geen bekend terrein, al wist hij dat hij hier met Willamar en zijn moeder en ook met Marthona's andere kinderen was geweest. Jonokol had nooit veel gereisd en voor hem was het ook nieuw, en Amelana herinnerde zich niets van de streek, hoewel ze er vanuit het zuiden doorheen was gereisd op weg naar Jacharals Grot. Ze had er toentertijd geen aandacht aan geschonken. Haar geest was gevuld geweest van haar opwindende nieuwe levensgezel, die haar maar niet ongemoeid had kunnen laten, en met dagdromen over haar nieuwe thuis. De Eerste was al diverse keren in de omgeving geweest, maar de laatste keer was lang geleden en ze wist er niet veel meer van. De Meester-Handelaar kende de streek goed. Hij had zijn twee assistenten eerder meegenomen, maar die zouden het gebied net zo goed als hij moeten leren kennen. Willamar zocht naar bepaalde oriëntatiepunten waarop hij zich kon richten.

Elke dag bespeurden ze subtiele veranderingen in het landschap. Naarmate ze hoger kwamen werd het landschap steeds woester. Er waren steeds meer kalkstenen rotsformaties, dikwijls omringd door dicht struikgewas en zelfs kleine bossen, en steeds minder open grasland. Hoewel ze hoger kwamen, werd het geleidelijk warmer, en ook de vegetatie veranderde naarmate ze verder zuidwaarts trokken. Ze zagen minder naaldbomen, zoals sparren, dennen en jeneverbesbomen, en meer bladverliezende soorten zoals lariksen, en de kleinbladige soorten zoals wilgen en berken, ook fruit- en notenbomen en af en toe grootbladige esdoorns en eiken. Zelfs de grassen veranderden: minder raaigras en meer van de tarwesoorten, zoals emmerkoren en spelt, hoewel er ook veel gemengde velden waren, waar ook triticale en veel kruidachtige planten groeiden.

Onderweg maakten ze allerlei soorten groot en klein wild buit en verzamelden ze de eetbare gewassen waarvan in deze tijd van het jaar een overvloed te vinden was. Ze legden echter geen voorraad aan voor toekomstig gebruik, en hun behoeften waren niet groot. Op Jonayla na waren het allemaal gezonde volwassenen die in staat waren voedsel te zoeken en voor zichzelf te zorgen. De grote vrouw ging niet op jacht en verzamelde geen voedsel, maar aangezien ze de Eerste was, leverde ze op haar eigen manier een bijdrage. Soms liep ze, en hoe meer ze dat deed, hoe beter het haar afging; maar als ze moe werd, reed ze op het sleepraam om de anderen niet op te houden. Het was voornamelijk Whinney die haar op haar speciale sleepraam voorttrok, maar Ayla en Jondalar trainden ook de andere paarden om het grote raam te trekken. Hoewel ze zich niet haastten om de paarden de gelegenheid te geven onderweg te grazen, vooral 's ochtends en 's avonds, schoten ze lekker op, en doordat het weer goed bleef, beleefden ze hun tocht als een aangename excursie.

Ze reisden al verscheidene dagen in zuidoostelijke richting toen Willamar op een ochtend pal naar het oosten ging en af en toe zelfs licht naar het noorden afboog, bijna alsof hij een pad volgde. Ze klommen omhoog en om een uitstekende richel heen, en daarachter lag een pad dat nauwelijks breed genoeg was voor de lange palen van het sleepraam waarop de Eerste zat.

'Misschien kun je maar beter gaan lopen, Zelandoni,' zei Willamar. 'Het is niet ver meer.'

'Ja, ik denk dat ik dat maar doe,' zei ze. 'Als mijn herinnering me niet in de steek laat wordt het pad verderop nog smaller.'

'Na de volgende bocht verbreedt het zich even. Misschien is het verstandig om het sleepraam daar zolang achter te laten, Ayla,' stelde Willamar voor. 'Volgens mij is het pad er verderop niet geschikt voor.'

'Op steile paden zijn sleepramen niet handig. Daar zijn we al eerder achtergekomen,' zei ze, met een blik naar Jondalar.

Toen ze de verbreding bereikten, hielpen ze de doniër afstappen en koppelden ze het sleepraam los. Toen vervolgden ze hun weg te voet, Willamar voorop. Ayla, Jondalar en Jonayla sloten met de dieren de rij.

Ze volgden het zigzaggende pad nog een tijdje en na een steile klim stonden ze opeens op een betrekkelijk brede, met gras begroeide rotsrichel, waarachter ze tussen de rook van enkele vuren een verzameling stevig uitziende onderkomens zagen staan, gemaakt van hout en huiden en met daken van gras. Voor de onderkomens stond een groep mensen de naderende bezoekers op te wachten, maar Ayla had niet de indruk dat ze blij waren hen te zien. Ze leken afwerend, niemand glimlachte en sommigen hadden een speer in de hand, al waren die niet op iemand gericht.

Ayla had eerder zo'n ontvangst meegemaakt en ze gaf de wolf een teken bij haar te blijven. Ze hoorde een licht gegrom in zijn keel toen hij voor haar ging staan en een beschermende houding aannam. Ze keek naar Jondalar, die zich voor Jonayla had opgesteld en haar achter zijn rug hield, terwijl het kind zich in bochten wrong om langs hem heen te kunnen kijken. De paarden stonden zenuwachtig te trappelen en hun oren stonden naar voren. Jondalar pakte de leidsels van Renner en Grijs stevig vast en keek naar Ayla, die haar hand op Whinneys nek legde.

'Willamar!' riep iemand. 'Ben jij dat?'

'Farnadal! Natuurlijk ben ik het, met een groep anderen, voornamelijk van de Negende Grot. Ik dacht dat je ons zou verwachten. Zijn Kimeran en Jondecam er nog niet?' zei Willamar.

'Nee,' zei Farnadal. 'Hadden ze hier dan moeten zijn?'

'Komen ze?' zei een vrouw, met blije opwinding in haar stem.

'We hadden verwacht dat ze er al zouden zijn. Geen wonder dat jullie zo verbaasd zijn om ons te zien,' zei Willamar.

'Die verbazing geldt niet jou,' zei Farnadal, met een sardonische grijns.

'Ik zal iedereen even voorstellen,' zei Willamar. 'Ik zal beginnen met de Eerste Onder Hen Die De Grote Aardmoeder Dienen.'

Farnadals mond viel open van verbazing, maar toen beheerste hij zich en liep naar voren. Toen hij wat nauwkeuriger keek herkende hij haar zowel aan haar signalement als aan haar tatoeages. Hij had haar eerder ontmoet, maar dat was lang geleden en ze waren sindsdien allebei veranderd.

'In de naam van Doni heet ik je welkom, Zelandoni de Eerste,' zei hij, en hij stak zijn handen uit en vervolgde met de formele begroeting. De rest van de reizigers werden voorgesteld, met Jondalar en Ayla als laatsten.

'Dit is Jondalar van de Negende Grot van de Zelandoniërs, Meester-Vuursteenklopper...' begon de Meester-Handelaar, en toen vervolgde hij met Ayla's introductie.

'Dit is Ayla van de Negende Grot van de Zelandoniërs, voorheen van het Leeuwenkamp van de Mamutiërs...' zei Willamar. Hij zag Farnadals gezichtsuitdrukking veranderen toen hij haar namen en banden opsomde, en vooral toen ze hem begroette en hij haar hoorde praten. De introducties hadden hem veel over de vrouw verteld. Ten eerste dat ze uit den vreemde kwam, wat overduidelijk was als ze sprak, en dat ze een vrouw was die als volwaardige Zelandoniër was geadopteerd, op basis van haar eigen verdienste en niet alleen doordat ze een verbintenis was aangegaan met een Zelandoniër, wat op zichzelf al ongebruikelijk was. Verder dat ze tot de zelandonia behoorde en een acoliet van de Eerste was geworden. En hoewel de man touwen vasthield waarmee hij twee paarden in bedwang hield, werd haar lof toegezwaaid voor alle dieren. Het was heel duidelijk dat zij macht had over het andere paard, en zelfs over de wolf, zonder touwen. Het kwam hem voor dat ze al een Zelandoni moest zijn en niet alleen een acoliet, al was het van de Eerste.

Toen dacht hij terug aan het bezoek van een groep reizende verhalenvertellers van ongeveer een jaar geleden. Ze hadden nieuwe fantastische verhalen verteld over paarden die mensen droegen en een wolf die van een vrouw hield, maar hij had geen moment geloofd dat daar waarheid in zat. Maar daar stonden ze. Hij had de paarden geen mensen zien dragen, maar hij begon zich toch af te vragen hoeveel waarheid er in die verhalen zat.

Een lange vrouw, in wie Ayla iets bekends meende te zien, kwam naar voren en vroeg aan Willamar: 'Zei je dat je had verwacht Jondecam en Kimeran hier aan te treffen?'

'Het is lang geleden dat je die voor het laatst hebt gezien, nietwaar, Camora?' zei Willamar.

'Ja, erg lang geleden.'

'Je lijkt op je verwanten, vooral op je broer Jondecam, maar ook op Kimeran,' zei Willamar.

'We zijn allemaal verwant,' legde Camora aan Farnadal uit. 'Kimeran is mijn oom, maar hij was veel jonger dan zijn zus, die mijn moeder was. Toen de moeder van mijn moeder zich aansloot bij de geesten van de volgende wereld, heeft mijn moeder hem als een zoon grootgebracht, samen met Jondecam en mij. Toen de man met wie ze een verbintenis was aangegaan naar de volgende wereld vertrok, werd ze een Zelandoni. Dat zit in haar familie; haar verre grootvader was ook een Zelandoni. Ik vraag me af of hij nog steeds deze wereld bewandelt.'

'Ja, hij leeft nog steeds, en hoewel ouderdom zijn gang heeft vertraagd, is hij nog steeds Zelandoni van de Zevende Grot. Je moeder is nu spiritueel leider van de Tweede,' zei Willamar.

'De Zelandoni van de Tweede Grot voor haar, degene die mij heeft leren schilderen, bewandelt nu de volgende wereld,' voegde Jonokol eraan toe. 'Dat was voor mij een trieste dag, maar je moeder is een goede doniër.'

'Waarom dacht je dat Kimeran en Jondecam hier zouden zijn?' vroeg Farnadal.

'Ze waren van plan om kort na ons te vertrekken en rechtstreeks hierheen te reizen. Wij hebben onderweg bezoeken afgelegd,' zei de Zelandoni Die Eerste Was. 'Ik neem Ayla mee op haar doniërreis, en ook

Jonokol; eigenlijk moet ik zeggen Zelandoni van de Negentiende. Toen hij nog mijn acoliet was, is het er nooit van gekomen een doniërreis te maken, en hij moet een aantal heilige plaatsen bezoeken. Hiervandaan zouden we met elkaar verder reizen om een van de belangrijkste beschilderde grotten te bezoeken. Die ligt in het zuidoosten van het Zelandonische leefgebied, en daarna zullen we een bezoek brengen aan familieleden van Kimerans gezellin, Beladora. Zij is een Giornadoniër, het volk dat op het lange schiereiland in de Zuidelijke Zee woont, ten zuiden van het oostelijke territorium van de Zelandoniërs.

Als jonge man is Kimeran met zijn zuster-moeder meegereisd op haar doniërreis naar het noordelijke uiteinde van het territorium van de Giornadoniërs. Hij heeft Beladora leren kennen, is een verbintenis met haar aangegaan en heeft haar mee terug genomen. Het verhaal lijkt op dat van Amelana,' zei de Eerste, wijzend naar de mooie jonge vrouw in hun groep, 'maar het verhaal van deze jonge vrouw is veel droeviger. Haar levensgezel bewandelt nu de volgende wereld en ze wil terug naar haar eigen volk. Ze mist haar moeder. Ze draagt een nieuw leven in zich en ze wil graag bij haar moeder zijn als haar baby wordt geboren.'

'Dat is begrijpelijk,' zei Camora, met een warme glimlach naar Amelana. 'Hoe aardig mensen ook mogen zijn, een vrouw heeft altijd het liefst haar eigen moeder bij zich als ze een kind ter wereld brengt, vooral de eerste keer.'

Ayla en de Eerste wisselden een snelle blik. Ook Camora miste waarschijnlijk haar familie. Al vond een vrouw een bezoeker van elders zo aantrekkelijk dat ze niet anders kon dan met hem meegaan, het was klaarblijkelijk niet zo makkelijk om tussen de vreemden, de verwanten van haar levensgezel, te leven. Zelfs als het mensen betrof uit hetzelfde leefgebied, met in grote lijnen dezelfde overtuigingen en gebruiken; elke Grot had toch eigen gewoonten, en een nieuweling was altijd in het nadeel waar het status betrof.

Ayla besefte dat haar situatie verschilde van die van de twee jonge vrouwen. Hoewel ze Ayla van de Mamutiërs werd genoemd, was ze voor hen meer een vreemde geweest dan voor de Zelandoniërs, en zij voor haar. Toen ze bij de Stam vertrok had ze gehoopt mensen zoals zij te vinden, maar ze wist niet waar ze moest zoeken. Ze had verscheidene jaren helemaal alleen in een mooi dal gewoond, tot ze Jondalar vond, die door een leeuw was toegetakeld. Op hem na waren de Mamutiërs het eerste volk van haar soort geweest dat ze had ontmoet na als kind van vijf haar familie te hebben verloren. Ze was grootgebracht door de Stam, die niet slechts mensen waren van een andere Grot, of uit een ander leefgebied, of met ander haar of ogen of huid, of die een vreemde taal spraken. De mensen van de Stam waren echt anders. Hun manier van communiceren was anders, hun manier van denken, de manier waarop hun hersenen functioneerden was ongewoon, zelfs de vorm van hun hoofd en in zekere mate hun lichaam waren anders. Er viel niet aan te twijfelen dat het mensen waren, en er waren veel overeenkomsten tussen hen en degenen die zij de Anderen noemden. Ze maakten jacht op de dieren in hun omgeving en verzamelden het voedsel dat groeide. Ze bewerkten steen tot werktuigen, en met die werktuigen maakten ze andere dingen, zoals kleren, houders en onderkomens. Ze gaven om elkaar en zorgden voor elkaar, en ze beseften zelfs dat Ayla een kind was toen ze haar vonden, en hoewel ze een van de Anderen was, ontfermden ze zich over haar. Maar in bepaalde opzichten waren ze zo anders dat hoewel ze bij hen opgroeide, ze hen nooit volledig had begrepen.

Hoewel ze meevoelde met de jonge vrouwen die ver van hun familie woonden en die misten, had ze niet echt medelijden met hen. Ze woonden tenminste bij mensen van hun eigen soort. Ze was dankbaar dat ze haar eigen soort had gevonden, en vooral een man die om haar gaf. Ze kon niet onder woorden brengen hoeveel ze van Jondalar hield. Hij was meer dan ze ooit had hopen te vinden. Hij zei niet alleen dat hij van haar hield, maar hij bejegende haar liefdevol. Hij was vriendelijk, hij was grootmoedig, hij aanbad haar dochtertje. Als hij er niet was geweest zou ze nooit een acoliet kunnen zijn, had ze geen deel kunnen uitmaken van de zelandonia. Hij steunde haar, hij zorgde voor Jonayla als zij er niet was, hoewel ze wist dat hij liever wilde dat zij bij hem was, en hij schonk haar een onvoorstelbaar geluksgevoel als ze het Genot deelden. Ze vertrouwde hem onvoorwaardelijk en volledig, en ze prees zichzelf gelukkig.

Camora keek naar de Zelandoni Die Eerste Was. 'Denk je dat Kimeran en Jondecam iets is overkomen?' vroeg ze, met een bezorgde frons. 'Een ongeluk zit in een klein hoekje.'

'Ja, dat is waar, Camora, maar ze kunnen ook opgehouden zijn. Misschien zijn ze later vertrokken dan ze hadden gepland. Of misschien is er bij hun Grot iets gebeurd waardoor ze van gedachten zijn veranderd en hebben besloten niet te gaan. Hoe hadden ze ons dat moeten laten weten? We zullen hier een paar dagen wachten, als Farnadal daar niets op tegen heeft...' ze keek hem aan en hij glimlachte en knikte, '... voor we onze reis vervolgen voor het geval ze vertraging hebben opgelopen.'

'Misschien kunnen we meer doen,' zei Jondalar. 'Paarden verplaatsen zich veel sneller dan mensen. We kunnen het pad terugvolgen dat ze zouden nemen om te zien of we ze kunnen vinden. Als ze niet te ver weg zijn, lukt dat misschien wel. We kunnen het in elk geval proberen.'

'Dat is een goed idee, Jondalar,' zei Ayla.

'Ze dragen jullie dus echt op hun rug zoals de verhalenvertellers zeiden,' zei Farnadal.

'Zijn de verhalenvertellers hier onlangs geweest?' vroeg Ayla.

'Nee, ongeveer een jaar geleden. Maar ik dacht dat iemand fantastische nieuwe verhalen had verzonnen. Ik wist niet dat ze waar waren,' zei hij.

'We gaan morgenochtend op weg,' zei Jondalar. 'Het is nu te laat.'

Iedereen van de Grot die daartoe in staat was stond onder aan de helling van de richel waar ze woonden. Ayla en Jondalar hadden alle drie de paarden voorzien van rijdekens en pakmanden met hun kampeerspullen en proviand, en de hengst en de jonge merrie een halster omgedaan. Toen tilde Jondalar Jonayla op de rug van Grijs.

Heeft dat kleine meisje ook gezag over een paard, vroeg Farnadal zich af. In haar eentje? Zij is zo klein en een paard is een groot, krachtig dier. En die paarden zouden bang moeten zijn voor die wolf. De paar keer dat ik een wolf in de buurt van een paard heb zien komen, schrok het paard en rende het weg, en als ze het idee hadden dat de wolf ging aanvallen, probeerden ze hem dood te trappen.

Wat voor krachtige magie heeft die vrouw? Heel even voelde hij angst opkomen, maar toen vermande hij zich. Ze leek een gewone vrouw, ze sprak met de andere vrouwen, hielp met het werk en lette op de kinderen. Ze was een aantrekkelijke vrouw, vooral als ze lachte, en op haar accent na had ze eigenlijk niets opmerkelijks of zelfs ongewoons. Maar toch sprong ze zomaar op de rug van die hooikleurige merrie.

Toen ze wegreden keek hij hen na. De man reed voorop, het kind in het midden en de vrouw achteraan. De man was groot voor het compacte paard, dat hij Renner noemde; zijn voeten raakten bijna de grond als hij op het donkerbruine paard zat – een ongewone kleur die hij nooit eerder had gezien. Maar toen de paarden overgingen in een snelle draf, schoof de man iets naar achteren, trok zijn knieën op en klemde zijn benen tegen het lichaam van de hengst. Het meisje zat verder naar voren, bijna op de nek van de taupekleurige jonge merrie; haar benen staken uit. Ook het grijsbruin van haar paard was een opmerkelijke kleur, al had hij die eerder gezien tijdens een reis naar het noorden. Sommigen noemde de taupe kleur *gruya*, Ayla noemde die gewoon grijs, en dat werd de naam van de merrie.

Niet lang na hun vertrek ging de snelle draf over in galop. Zonder belemmeringen zoals de sleepramen, renden de paarden graag voluit, vooral tijdens een ochtendrit. Ayla boog zich voorover tot vlak boven Whinneys nek, wat voor de merrie het teken was dat ze zo snel mocht rennen als ze wilde. Wolf kefte en rende uitgelaten achter de paarden aan. Ook Jondalar boog zich voorover; hij hield zijn knieën gebogen en tegen het dier geklemd. Jonayla hield zich met haar ene hand vast aan de manen van Grijs. Ze zat hoog op de hals van Grijs met haar wang ertegenaan gedrukt en haar vrije arm eromheen geslagen. Met de wind in hun gezicht was de snelle rit stimulerend, en de ruiters genoten er net zo van als de paarden.

Flink uitgewaaid ging Ayla na een tijdje weer rechtop zitten, Jonayla liet zich van de hals van Grijs iets naar beneden glijden tot ze weer op haar rug zat en Jondalar richtte zich ook op en liet zijn benen naar beneden hangen. Ze voelden zich meer ontspannen en gingen verder in een iets rustiger tempo. Ayla gaf Wolf een teken en zei: 'Zoek'. Hij wist dat het betekende dat hij mensen moest zoeken.

Er leefden in die tijd erg weinig mensen op aarde. Ze waren verre in de minderheid ten opzichte van de miljoenen andere levende wezens, van de erg grote tot de erg kleine, en de mensen die er waren hadden de neiging dicht bij elkaar te blijven. Als Wolf alle geuren die de wind meevoerde analyseerde, was hij in staat veel verschillende dieren te identificeren, in diverse stadia van leven en dood. Hij pikte zelden de geur van mensen op, maar wanneer hij dat deed, herkende hij die.

De anderen zochten ook; ze speurden met hun blik het landschap af, op zoek naar een teken dat er recentelijk mensen voorbij waren gekomen. Ze verwachtten niet dat ze zo dichtbij iemand zouden ontdekken, omdat de groep reizigers vast en zeker een renner vooruitgestuurd zou hebben als ze zo dicht bij hun doel in moeilijkheden waren geraakt.

Omstreeks het middaguur hielden ze halt om te eten en de paarden te laten grazen. Toen ze verder reden speurden ze het landschap intensiever af. Ze volgden een soort pad dat werd aangegeven met merken op bomen, takken op struiken die op een bepaalde manier waren omgebogen, soms een klein bergje stenen dat van voor naar achter taps toeliep, en heel af en toe een teken op een rots dat met rode okerverf was aangebracht. Ze zochten tot zonsondergang en zetten toen hun reistent op naast een bruisend riviertje dat op hogere grond was ontsprongen.

Ayla haalde enkele reiskoeken tevoorschijn die waren gemaakt van gedroogde bosbessen, uitgesmolten vet en gedroogd vlees dat met een stamper tot kleine stukjes was fijngemalen, brak ze en legde ze in kokend water en voegde wat extra gedroogd vlees aan de soep toe. Jondalar en Jonayla gingen een eindje wandelen over het vlakke veld daar vlakbij en het kind kwam terug met haar handen vol uien die ze had gevonden, voornamelijk op de geur. Het vlakke terrein was eerder in het seizoen drassig land geweest doordat het riviertje buiten zijn oevers was getreden, en terwijl het land opdroogde werd het een geschikte plek voor bepaalde planten. Ayla nam zich voor de volgende ochtend even rond te kijken om meer uien te verzamelen en wat ze eventueel verder nog zou vinden.

Ze vertrokken de volgende dag na hun maaltijd: het restje soep dat Ayla de avond daarvoor had gemaakt, waaraan ze wortels en groente had toegevoegd die ze tijdens haar snelle verzamelexpeditie had gevonden. Hun tweede dag was even teleurstellend als de eerste: ze vonden geen aanwijzingen dat er recentelijk mensen voorbij waren gekomen. Ayla zag wel sporen van veel dieren en begon Jonayla daarop attent te maken; ze wees haar op de subtiele aspecten die duidden op de bewegingen van diverse dieren. Tegen de tijd dat ze op de derde dag halt hielden voor een middagmaal, begonnen Jondalar en Ayla zich zorgen te maken. Ze wisten dat Kimeran en Jondecam zich er erg op hadden verheugd om Camora weer te zien en dat Beladora dolgraag haar familie wilde bezoeken.

Waren ze misschien helemaal niet op reis gegaan? Was er iets gebeurd dat hen ertoe had gebracht van de geplande tocht af te zien of die uit te stellen, of was hen onderweg iets overkomen?

'We zouden terug kunnen gaan naar de Grote Rivier en de Eerste Grot van de Zuidland Zelandoniërs om te vragen of ze de oversteek hebben gemaakt,' zei Ayla.

'Jonayla en jij hoeven die lange tocht niet te ondernemen. Ik kan gaan terwijl jij teruggaat om iedereen te laten weten waar ik naartoe ben. Als we langer dan een paar dagen wegblijven, zullen ze zich ongerust maken over ons,' zei Jondalar.

'Je hebt waarschijnlijk gelijk,' zei Ayla, 'maar laten we nog even doorgaan met zoeken, in elk geval tot morgen. Dan kunnen we beslissen wat we gaan doen.'

Ze zetten laat hun kamp op en spraken niet meer over de beslissing waarvan ze wisten dat ze die moesten nemen. De volgende ochtend bespeurden ze vocht in de lucht, en ze zagen dat zich in het noorden wolken hadden gevormd. De wind was veranderlijk en kwam uit alle richtingen. Toen draaide die en kwam hij uit het noorden, met sterke vlagen, wat niet alleen de paarden maar ook de mensen onrustig maak-

te. Ayla pakte altijd warme kleding in voor het geval het weer zou omslaan of als ze tot 's avonds laat moesten opblijven.
De gletsjers die in het verre noorden begonnen en als een reusachtige pannenkoek over de gebogen bovenkant van de aarde lagen, vormden muren van massief ijs van meer dan drie kilometer dik op slechts een paar honderd kilometer afstand. Op de heetste zomerdagen waren de nachten behoorlijk koud en zelfs het weer overdag kon abrupt omslaan. De noordenwind voerde kilte mee en bracht de mensen in herinnering dat zelfs in de zomer de winter zich deed gelden.
Maar de noordenwind voerde nog iets mee. In de drukte van het kamp opbreken en een maaltijd bereiden merkte niemand de verandering in Wolfs houding. Maar een luide kef die bijna als geblaf klonk, trok Ayla's aandacht. Hij stond, leunde bijna tegen de wind in, met zijn neus hoog en naar voren. Hij had een geur opgepikt. Elke keer wanneer ze vertrokken, had ze hem het teken gegeven dat 'zoek mensen' betekende. De sterk ontwikkelde reukzin van de wolf had iets bespeurd, een vleugje op de wind.
'Kijk, moeder! Kijk naar Wolf!' zei Jonayla. Ook zij had zijn houding gezien.
'Hij heeft iets ontdekt,' zei Jondalar. 'Laten we voortmaken met alles inpakken.'
Ze stouwden alles in de pakmanden, veel minder netjes dan normaal, en bonden de manden en de rijdekens op de paardenruggen, deden Renner en Grijs een halster om, doofden het vuur en stegen op.
'Zoek, Wolf,' zei Ayla. 'Wijs ons de weg.' Terwijl ze het bevel gaf, maakte ze ook de handgebaren van de Stam.
De wolf vertrok in noordelijke richting, maar meer naar het oosten dan ze tot dan toe hadden gereisd. Als wat hij had geroken de groep was die ze zouden treffen, hadden ze niet het onregelmatig gemerkte pad gevolgd, of misschien waren ze om een andere reden naar het hoogland in het oosten getrokken. Wolf rende doelbewust voor hen uit en de paarden, Whinney voorop, volgden hem. Ze reisden de hele ochtend en stopten zelfs niet op de normale tijd voor een middagmaal. Ayla meende een brandlucht te ruiken en toen riep Jondalar: 'Ayla, zie jij rook?'
Ze zag inderdaad een vaag spoor van rook in de verte opkringelen en spoorde Whinney aan tot een galop. Ze hield Grijs' leidsel vast en keek achterom naar haar dierbare dochtertje op de rug van de jonge merrie om zich ervan te vergewissen dat Jonayla op de versnelling voorbereid was. Het meisje glimlachte opgetogen naar haar moeder, wat aangaf dat ze er inderdaad op voorbereid was. Jonayla vond het heerlijk om

zelf te rijden. Zelfs wanneer haar moeder of Jondalar wilde dat ze uit veiligheidsoogpunt voor een van hen ging zitten omdat het pad oneffen was of zodat ze kon uitrusten en zich niet zo stevig hoefde vast te houden, stribbelde het kind tegen, hoewel ze daar maar zelden iets mee opschoot.

Toen ze een kamp met mensen in zicht kregen, remden ze de paarden af. Ze wisten nog niet wie die mensen waren. Er kon ook een andere groep op reis zijn, en op de rug van paarden een kamp binnenstormen zou voor de meeste mensen erg verontrustend zijn.

23

Toen zag Ayla een man met blond haar die net zo lang was als Jondalar. Hij zag haar ook. 'Kimeran! We waren naar jullie op zoek! Wat ben ik blij dat we jullie gevonden hebben,' zei Ayla, en er klonk opluchting in haar stem.

'Ayla!' zei Kimeran. 'Ben jij dat echt?'

'Maar hoe hebben jullie ons gevonden?' vroeg Jondecam. 'Hoe wisten jullie waar je moest zoeken?'

'Wolf heeft jullie gevonden. Hij heeft een goede neus,' zei Ayla.

'We zijn naar Camora's Grot gegaan, in de veronderstelling jullie daar aan te treffen, maar ze waren verbaasd ons te zien,' zei Jondalar. 'Iedereen maakte zich ongerust, vooral je zus, Jondecam. Dus heb ik voorgesteld om met de paarden, die veel sneller zijn dan mensen, het pad terug te volgen dat ik dacht dat je zou nemen.'

'Maar we zijn van het pad afgeweken om een goede plek te vinden om ons kamp op te zetten toen de kinderen ziek werden,' zei Levela.

'Zijn de kinderen ziek?' vroeg Ayla.

'Ja, en Beladora ook,' zei Kimeran. 'Misschien kun je maar beter niet te dichtbij komen. Eerst werd Ginedela ziek. Ze was heet, koortsig. Toen Levela's zoon, Jonlevan, en toen Beladora. Ik dacht dat het Gioneran misschien bespaard zou blijven, maar tegen de tijd dat Ginedela overal rode vlekjes kreeg, werd hij koortsig.'

'We wisten niet wat we voor ze moesten doen, behalve ze rustig houden, ervoor zorgen dat ze genoeg water dronken en proberen de koorts met natte kompressen te laten zakken,' zei Levela.

'Jullie hebben het juiste gedaan,' zei Ayla. 'Ik heb zoiets eerder gezien, bij de Zomerbijeenkomst van de Mamutiërs, toen ik veel tijd doorbracht met de mamuts. Een van de Grotten arriveerde met verscheidene zieken, voornamelijk kinderen. De mamuts lieten ze hun tent opslaan aan de buitenrand van het kamp, en een aantal mamuts werd opgedragen ervoor te zorgen dat er niemand bij hen in de buurt kwam. Ze waren bang dat iedereen bij de Zomerbijeenkomst de ziekte zou krijgen.'

'Dan moet je ervoor zorgen dat Jonayla niet met de kinderen speelt,' zei Levela, 'en jij moet ook uit de buurt blijven.'
'Zijn ze nog steeds heet en koortsig?' vroeg Ayla.
'Dat valt mee, maar ze zitten onder de rode vlekjes.'
'Ik zal even naar ze kijken. Als ze niet koortsig meer zijn, kan het waarschijnlijk geen kwaad. De Mamutiërs geloven dat het een kinderziekte is, en volgens hen is het beter als je de ziekte als kind krijgt. Kinderen herstellen namelijk sneller,' zei Ayla. 'Bij volwassenen zijn de klachten veel heftiger.'
'Dat was bij Beladora zeker het geval. Ze was veel zieker dan de kinderen,' zei Kimeran. 'Ze is nog steeds zwak.'
'De mamuts vertelden me dat de koorts hoger is en langer aanhoudt en dat het langer duurt voordat de vlekjes verdwijnen, als je de ziekte als volwassene krijgt,' zei Ayla. 'Zal ik even naar Beladora en de kinderen gaan kijken?'
Hun tent had twee toppen. De hoogste top werd ondersteund door een lange paal, en uit een gat boven in de tent kringelde rook op. Een kleinere paal ondersteunde een uitbouwsel, waarmee meer ruimte werd gecreëerd. De ingang was laag en Ayla moest bukken om naar binnen te gaan. Beladora lag op een slaaprol in het uitbouwsel. De drie kinderen zaten op hun bedrol, maar leken niet erg levendig. Aan de andere kant waren nog drie slaapplaatsen, twee naast elkaar en één apart. Kimeran volgde Ayla naar binnen. Hij kon in de hoofdruimte in de buurt van de paal rechtop staan, maar moest zich bukken in de rest van de tent.
Ayla ging eerst bij de kinderen kijken. De jongste, Levela's zoontje Jonlevan, leek koortsvrij te zijn, maar hij was nog wel lusteloos en zat onder de rode vlekjes, die zo te zien jeukten.
Hij glimlachte toen hij Ayla zag. 'Waar is Jonayla?' vroeg hij. De vrouw wist dat Jonayla graag met hem speelde. Hij kon drie jaar tellen tegen Jonayla's vier, maar hij was bijna even lang. Ze vond het leuk om te spelen dat ze zijn moeder was of soms zijn gezellin, en dan de baas over hem te spelen. Ze waren neef en nicht aangezien zijn moeder Levela de zus van Proleva was, de gezellin van Jondalars broer Joharran, directe neef en nicht die geen verbintenis met elkaar zouden mogen aangaan.
'Jonayla is buiten,' zei Ayla, terwijl ze de rug van haar hand op zijn voorhoofd legde en voelde dat het niet abnormaal warm was. Zijn ogen waren ook niet dof van de koorts. 'Je voelt je al een stuk beter, nietwaar? Niet zo warm meer.'
'Ik wil met Jonayla spelen.'
'Nu niet, misschien straks,' zei Ayla.

Toen ging ze bij Ginedela kijken. Ook zij leek het ergste achter de rug te hebben, al waren haar rode vlekjes nog erg fel. 'Ik wil ook met Jonayla spelen,' zei ze. De tweeling kon vijf jaar tellen. Kimeran en Jondalar leken op elkaar – ze waren allebei lang en blond – hoewel ze niet aan elkaar verwant waren, en ook Jonayla en Ginedela waren allebei blond met blauwe ogen, hoewel de ogen van Jonayla dezelfde helderblauwe tint hadden als die van Jondalar.
Gioneran, Ginedela's tweelingbroertje, had donkerbruin haar en bruingroene ogen, net als zijn moeder, maar hij had wel Kimerans lengte geërfd. Toen Ayla de rug van haar hand op zijn voorhoofd legde, voelde dat nog warm aan, en zijn ogen schitterden koortsachtig. Ook hij zat onder de vlekjes, maar die van hem leken verser, nog niet zo ver ontwikkeld.
'Ik zal je iets geven waardoor je je wat beter zult voelen,' zei ze tegen het jongetje. 'Wil je een beetje water? En dan kun je beter in je bed gaan liggen.'
'Goed,' zei hij, met een zwakke glimlach.
Ze pakte de waterzak, schonk een beetje water in een drinknap die naast zijn slaaprol stond en hield die voor hem vast terwijl hij dronk. Daarna ging hij liggen.
Toen ging ze naar Beladora. 'Hoe voel je je?' vroeg Ayla.
'Ik heb me weleens beter gevoeld,' zei ze. Haar ogen waren nog dof en ze was een beetje snotterig. 'Ik ben blij dat je er bent; hoe heb je ons gevonden?'
'Toen jullie niet bij Camora's Grot waren, kregen we het vermoeden dat jullie ergens door opgehouden moesten zijn. Het was Jondalars idee om met de paarden naar jullie te gaan zoeken. Die zijn sneller dan mensen, maar Wolf heeft jullie geur opgepikt en ons hiernaartoe gebracht,' zei Ayla.
'Ik heb nooit beseft hoe nuttig jullie dieren kunnen zijn,' zei Beladora. 'Maar ik hoop dat jij deze ziekte niet krijgt. Het is erg naar, en nu heb ik overal jeuk. Trekken de rode vlekjes wel weer weg?'
'Ja hoor, binnenkort beginnen ze te vervagen,' zei Ayla, 'al kan het nog een tijdje duren voor ze helemaal weg zijn. Ik zal je iets geven tegen de jeuk en om de koorts te laten zakken.'
Iedereen was inmiddels de tent binnengekomen. Jondalar en Kimeran stonden bij de hoogste paal, de anderen stonden om hen heen.
'Ik vraag me af waarom Beladora en de kinderen ziek zijn geworden en de rest van ons niet,' zei Levela. 'Nog niet tenminste.'
'Als je nu nog niet ziek bent, zul je het waarschijnlijk ook niet worden,' zei Ayla.

'Ik was bang dat iemand boze geesten op ons af had gestuurd, iemand die jaloers was dat we een Tocht gingen maken,' zei Beladora.

'Dat weet ik niet,' zei Ayla. 'Heb je iemand kwaad gemaakt?'

'Als dat zo is, was het niet mijn bedoeling. Ik was opgewonden bij het vooruitzicht mijn familie en mijn Grot weer te zien. Toen ik met Kimeran meeging, wist ik niet of ik er ooit nog terug zou komen. Het kan hebben geleken alsof ik erover opschepte,' zei Beladora.

'Heeft iemand bij de Eerste Grot van de Zuidland Zelandoniërs gesproken over mensen die vóór jullie daar hebben overnacht? Of was er iemand ziek toen jullie daar waren?' vroeg Ayla aan Kimeran.

'Nu je het zegt, er waren inderdaad mensen die voor ons de oversteek hebben gemaakt, verscheidene groepen, en ik geloof dat hun Zelandoni een zieke verzorgde,' zei Kimeran. 'Maar ik heb er verder niet naar gevraagd.'

'Als daar boze geesten aanwezig waren, dan hadden die het waarschijnlijk niet op jullie voorzien. Het kan zijn dat ze waren achtergebleven in verband met de mensen die daar voor jullie waren, Beladora, maar sommige ziekten overkomen je zonder dat iemand je die toewenst. Die lijken gewoon de ronde te doen,' zei Ayla. 'Deze koorts met rode vlekjes kan zo'n ziekte zijn. Als je de ziekte op jonge leeftijd krijgt, krijg je die doorgaans niet nog eens als je volwassen bent. Dat heeft een Mamut me verteld. Ik vermoed dat jullie het allemaal als kind hebben gehad, want anders zouden jullie ook ziek zijn.'

'Ik meen me te herinneren dat een heleboel van ons ziek waren tijdens een Zomerbijeenkomst,' zei Jondecam. 'Ze hebben ons allemaal bij elkaar gelegd in één tent, en toen we ons beter gingen voelen, voelden we ons bijzonder omdat we zoveel aandacht kregen. Het was net een spel. Ik geloof dat we ook vlekjes hadden. Kan een van jullie zich dat herinneren?'

'Ik was waarschijnlijk te jong om het me te kunnen herinneren,' zei Levela.

'En ik was op een leeftijd dat ik geen aandacht schonk aan jongere kinderen, ziek of niet,' zei Jondalar. 'Als ik toen niet ziek ben geworden, dan heb ik het zeker gehad toen ik nog zo jong was dat ik het me niet meer kan herinneren. En jij, Kimeran?'

'Ik meen me iets dergelijks te herinneren, maar alleen omdat mijn zus bij de zelandonia hoorde,' zei de andere lange man. 'Bij een Zomerbijeenkomst gebeurt er altijd van alles, en jongeren van dezelfde Grot blijven doorgaans bij elkaar. Ze merken niet altijd wat anderen doen. En jij, Ayla? Heb jij de rode-vlekjeskoorts al gehad?'

'Ik weet nog dat ik als kind een paar keer ziek ben geweest en koorts heb gehad,' zei Ayla. 'Maar ik ben niet ziek geworden toen ik met een Mamut naar het kamp van de Mamutiërs ben geweest, waar de ziekte heerste. Hij had me meegenomen zodat ik iets over de ziekte kon leren en hoe die behandeld moest worden. Over behandelen gesproken: ik wil eropuit trekken om te zien of ik iets kan vinden waardoor je je beter zult voelen, Beladora. Ik heb medicijnen bij me, maar de planten die ik wil groeien bijna overal, en ik heb liever verse als ik die kan vinden.'

Iedereen liep de tent uit, behalve Kimeran, die bleef om Beladora en haar kinderen en ook Levela's kind te verzorgen.

'Mag ik hier blijven, moeder? Bij hen?' vroeg Jonayla, wijzend naar de andere kinderen.

'Ze kunnen nu niet spelen, Jonayla,' zei haar moeder. 'Ze moeten rusten, en jij moet even met me mee om planten te zoeken die ik kan gebruiken om ervoor te zorgen dat ze zich beter gaan voelen.'

'Wat zoek je precies?' vroeg Levela, toen ze weer buiten stonden. 'Kan ik je helpen?'

'Ken je duizendblad of klein hoefblad? Ik wil ook wilgenbast, en ik weet waar ik die kan vinden. Ik heb hier vlakbij wilgen zien staan.'

'Is duizendblad de plant met de kleine blaadjes en piepkleine witte bloemetjes die in een tros groeien? Een beetje zoals wortels, met een sterkere geur? Zo kun je ze van elkaar onderscheiden, door de geur,' zei Levela.

'Dat is een erg goede beschrijving,' zei Ayla. 'En klein hoefblad?'

'Grote, ronde, groene bladeren die aan de onderkant dik, wit en zacht zijn.'

'Die plant ken je dus ook. Heel goed. Laten we maar even gaan zoeken,' zei Ayla. Jondalar en Jondecam stonden bij de vuurplaats voor de tent te praten, en Jonayla stond vlakbij naar hen te luisteren. 'Beladora en Gioneran hebben nog koorts. We gaan op zoek naar een paar planten die kunnen helpen de koorts te laten zakken. En iets tegen de jeuk, waar ze allemaal last van hebben. Ik neem Jonayla en Wolf wel mee.'

'We hadden het er net over dat we eigenlijk nog wat hout moeten verzamelen,' zei Jondalar. 'En ik had bedacht dat ik naar geschikte bomen moet zoeken voor palen voor een paar sleepramen. Zelfs als Beladora en de kinderen weer beter zijn, zullen ze waarschijnlijk nog niet in staat zijn zo'n lange wandeling te maken, en we moeten zo snel mogelijk terug naar Camora's Grot voordat ze zich zorgen over ons gaan maken.'

'Denk je dat Beladora er iets op tegen zal hebben om op een sleepraam te rijden?' vroeg Ayla.

'We hebben allemaal gezien dat de Eerste erop reed. Zij schijnt het prettig te vinden. Volgens mij heeft dat het idee minder angstwekkend gemaakt,' zei Levela. 'Laten we het haar gewoon vragen.'
'Ik moet toch mijn verzamelmand pakken,' zei Ayla.
'Ik zal die van mij ook meenemen, en we moeten Kimeran en Beladora laten weten waar we naartoe gaan,' zei Levela. 'En ik zal tegen Jonlevan zeggen dat we iets gaan halen waardoor hij zich beter zal voelen.'
'Hij voelt zich al beter en zal met jullie mee willen, vooral als hij hoort dat Jonayla ook meegaat,' zei Jondecam.
'Dat zal best,' zei Levela, 'maar het lijkt me beter van niet. Wat denk jij, Ayla?'
'Als ik de omgeving beter zou kennen en wist waar we naartoe gingen, zou het wel kunnen, maar het lijkt mij nu ook beter van niet.'
'Dan zal ik dat tegen hem zeggen,' zei Levela.

'Ik neem Beladora,' zei Ayla. 'Whinney is er meer aan gewend om een sleepraam te trekken.' Er waren een aantal dagen verstreken sinds ze de vermiste families hadden gevonden, maar Beladora was nog steeds niet volledig hersteld. Ayla was bang dat als ze te snel te veel van zich zou vergen, ze er een chronisch probleem aan over zou houden, waardoor de rest van de Tocht zwaarder zou worden.
Ze voegde er niet aan toe dat Renner geen geschikt paard was om haar sleepraam te trekken omdat hij moeilijker in toom te houden was. Zelfs Jondalar, die hem doorgaans goed in de hand had, vond het lastig als de hengst een beetje dwars was. Grijs was nog jong, Jonayla nog jonger als het ging om bekwaamheid, en met het sleepraam achter Whinney zou het voor Ayla moeilijker zijn om met het leidsel haar dochter te helpen het paard in bedwang te houden. Ze wist eigenlijk niet of het wel verstandig was om een sleepraam voor Grijs te maken.
De grote tent die de andere reizigers hadden gebruikt toen de mensen ziek waren, was echter samengesteld uit de kleine reistenten en enkele extra huiden, en op het derde sleepraam konden ze de tentpalen vervoeren en andere dingen die ze tijdens hun oponthoud hadden gemaakt en die ze anders hadden moeten achterlaten. De kinderen herstelden goed, maar waren nog erg snel moe. De sleepramen voorzagen ook in een plek om uit te rusten zonder de reis te hoeven onderbreken. Ayla en Jondalar wilden zo snel mogelijk terug. Degenen die op hen wachtten zouden zich vast en zeker afvragen waar ze bleven.
De avond voor het geplande vertrek pakten ze zo veel mogelijk in zodat ze de volgende ochtend vroeg konden vertrekken. Ayla, Jondalar,

Jonayla en Wolf gebruikten hun eigen reistent. 's Ochtends maakten ze een snel maal klaar van de restjes van de avond daarvoor en daarna laadden ze alles op de sleepramen, met inbegrip van de bepakkingen die ze anders op hun rug droegen, waarin de tent, extra kleding en eten werden opgeborgen. Hoewel de volwassenen eraan gewend waren ze te dragen, vonden ze het veel makkelijker om zonder de zware last te lopen. De reis ging voorspoedig en ze legden een grotere afstand af dan normaal op een dag, maar tegen de avond was iedereen moe.

Terwijl ze aan hun avondthee zaten, kwamen Kimeran en Jondecam op het idee om de volgende dag vroeg halt te houden en op jacht te gaan, zodat ze niet met lege handen bij Camora's familie aankwamen. Ayla had haar bedenkingen. Tot dusver had het weer meegewerkt. De avond dat Ayla en Jondalar de andere reizigers hadden gevonden, had het even geregend. Daarna was het opnieuw opgeklaard, maar Ayla wist niet hoe lang het weer goed zou blijven. Jondalar wist dat ze een goede 'neus' had voor het weer en meestal wist wanneer het zou gaan regenen.

Het was niet precies een geur die op regen duidde, maar meer een zweem van iets scherps en dikwijls een klam gevoel. In latere tijden zouden sommigen refereren aan de ozon in de lucht voor het ging regenen als frisse lucht, anderen die het vermogen hadden om het waar te nemen, noemden het een metalige lucht. Ayla had er geen naam voor en vond het moeilijk om uit te leggen, maar ze wist het en ze had die aanwijzing van komende regen recentelijk waargenomen. Ploeteren door de modder in de stromende regen was het laatste waar ze nu behoefte aan had.

Ayla werd wakker toen het nog donker was. Ze stond op om de nachtmand te gebruiken, maar liep in plaats daarvan naar buiten. Het gloeiende houtskool in de vuurplaats voor de tent gaf nog genoeg licht om een struik te vinden om in te wateren. De lucht was koel en fris, en toen ze terugliep naar de tent zag ze dat het zwart van de nacht al overging in het donkerblauw dat de dageraad aankondigde. Ze bleef even staan kijken, terwijl de oostelijke hemel werd doortrokken met donkerrood dat een vlekkerig patroon van donkerpaarse wolken naar voren haalde, gevolgd door een oogverblindend licht dat de rode hemel nog vuriger liet uitkomen en de wolken tot felgekleurde banden maakte.

'Ik weet zeker dat er regen op komst is,' zei ze tegen Jondalar toen ze de tent weer binnenging, 'en het wordt een fikse storm. Ik weet dat ze niet met lege handen willen aankomen, maar als we doorreizen, komen we misschien nog net droog aan. Ik zou niet willen dat Beladora nat wordt en het koud krijgt nu ze net aan de beterende hand is, en ik

vind het een naar idee om alles nat en modderig te laten worden terwijl we dat kunnen voorkomen als we opschieten.'
De rest werd vroeg wakker; het plan was om zo snel mogelijk na zonsopgang weer op weg te gaan. Iedereen kon zien dat zich aan de horizon donkere wolken samenpakten en Ayla was ervan overtuigd dat ze een plensbui konden verwachten.
'Ayla zegt dat er storm op komst is,' zei Jondalar tegen de beide andere mannen toen ze weer over de jacht begonnen. 'Het lijkt haar beter om later op jacht te gaan, als we daar zijn.'
'Ik weet dat er in de verte wolken zijn,' zei Kimeran, 'maar dat wil niet zeggen dat het hier gaat regenen. Ze lijken me erg ver weg.'
'Ayla heeft een goed gevoel voor het weer,' zei Jondalar. 'Ik heb eerder meegemaakt dat ze regen kon voorspellen. Ik voel er weinig voor om natte kleren te moeten drogen en modderig schoeisel te moeten schoonmaken als dat niet nodig is.'
'Maar we hebben ze alleen maar bij de Verbintenisceremonie gezien,' zei Jondecam. 'Ik wil niet om hun gastvrijheid vragen zonder er iets voor terug te doen.'
'We zijn er maar anderhalve dag geweest voor we weer vertrokken om jullie te zoeken, maar wat me opviel is dat de speerwerper nieuw was voor hen. Waarom nodigen we ze niet uit voor een jachtpartij, zodat we ze kunnen laten zien hoe die gebruikt wordt? Dat is waarschijnlijk een beter geschenk dan alleen wat vlees,' zei Jondalar.
'Dat is ook een mogelijkheid... Denk je echt dat het zo snel al gaat regenen?' vroeg Kimeran.
'Ik vertrouw Ayla's "neus" voor regen. Ze heeft het zelden bij het verkeerde eind,' zei Jondalar. 'Ze ruikt nu al dagen regen en volgens haar wordt het een fikse storm. Daar willen we echt niet door overvallen worden zonder een goede schuilmogelijkheid. Ze wil niet eens stoppen voor een middagmaal; ze zegt dat we onderweg water kunnen drinken en reiskoeken kunnen eten zodat we ons doel sneller zullen bereiken. Nu Beladora aan de beterende hand is, wil je natuurlijk ook niet dat ze kletsnat wordt.' Opeens kreeg hij een inval. 'We zouden er veel sneller zijn als we op de paarden rijden.'
'Hoe kunnen we met z'n allen op drie paarden rijden?' vroeg Kimeran.
'Er kunnen twee mensen op elk paard en de anderen kunnen op de sleepramen rijden. Hoe lijkt het je om op een paard te zitten? Je zou achter Jonayla kunnen zitten.'
'Misschien kun je beter een ander op een paard zetten. Ik heb lange benen en kan snel rennen,' zei Kimeran.
'Niet zo snel als een paard,' zei Jondalar. 'Beladora's kinderen kunnen

bij haar op het sleepraam zitten. Het zal een hobbelige rit worden, maar ze hebben het al een paar keer gedaan. We kunnen de spullen van Renners sleepraam naar dat van Grijs overladen. Levela en Jonlevan kunnen met mij op Renner rijden. Dan blijven alleen jij en Jondecam over. Hij kan op het sleepraam rijden of achter Levela en mij, en haar kleintje kan op het sleepraam. Dan kun jij met Ayla of Jonayla op Whinney of Grijs. Met je lange benen heb je meer ruimte als je achter Jonayla gaat zitten, aangezien zij zo ver naar voren zit. Denk je dat je je benen om Grijs' rug kunt klemmen? Je kunt je ook vasthouden aan de touwen van het sleepraam. Degene die achter mij zit kan zich aan mij vasthouden. We kunnen niet te lang zo rijden; dat is veel te vermoeiend voor de paarden, maar we zouden heel wat sneller een grote afstand kunnen afleggen als we ze een poosje laten rennen.'

'Zo te horen heb je er goed over nagedacht,' zei Jondecam.

'Pas sinds Ayla me haar bezorgdheid kenbaar maakte,' zei Jondalar. 'Hoe denk jij erover, Levela?'

'Ik wil liever niet nat worden,' zei ze. 'Als Ayla zegt dat er regen op komst is, dan geloof ik haar. Ik wil wel met Jonlevan op een sleepraam rijden, net als Beladora, als dat betekent dat we sneller ons doel bereiken, zelfs als het een beetje hobbelig is.'

Terwijl het water voor de thee werd verhit, werden de lasten op de sleepramen anders verdeeld, en na de thee installeerden Ayla en Jondalar iedereen op de paarden en de sleepramen. Wolf keek nieuwsgierig toe. Ayla lachte toen ze hem zag zitten, met zijn kop schuin. Ze brachten de paarden langzaam in beweging en toen gaf Jondalar Ayla een teken en riep hij tegen de groep: 'Zet je schrap en hou je stevig vast.'

Ayla boog zich naar voren als teken voor Whinney dat ze moest versnellen. Whinney ging over in een snelle draf en toen in galop. Hoewel ze minder snel rende dan ze had gekund zonder het sleepraam te moeten trekken, zette ze er flink de vaart in. De paarden achter haar volgden aangespoord door hun berijders haar voorbeeld en versnelden ook. Wolf rende naast ze mee. Voor Jondecam en Kimeran was het een geweldige ervaring, en voor degenen die zich stevig vasthielden op de sleepramen toen ze over de ongelijke grond hotsten, was het adembenemend en ietwat beangstigend. Ayla lette goed op haar paard, en toen Whinney tekenen van vermoeidheid begon te vertonen, remde ze haar weer af.

'Dat was opwindend,' zei Beladora.

'Dat was leuk!' zei de tweeling in koor. 'Kunnen we dat nog een keer doen?' vroeg Ginedela.

'Ja, kunnen we dat nog een keer doen?' vroeg Gioneran.

'Ja, maar eerst moet Whinney een beetje uitrusten,' zei Ayla. Ze hadden tijdens de korte, snelle rit een flinke afstand afgelegd, maar ze hadden nog een aardig eind te gaan. Ze reden stapvoets verder. Toen Ayla het gevoel had dat haar paard voldoende was uitgerust, riep ze: 'Daar gaan we weer!'

De paarden versnelden en iedereen hield zich stevig vast; ze wisten nu wat ze konden verwachten. Degenen die de eerste keer bang waren geweest, hadden daar nu minder last van, maar het bleef opwindend om sneller vooruit te komen dan ze hadden kunnen rennen, zelfs degenen met de langste benen.

De van oorsprong wilde paarden, die weliswaar getemd waren, maar nog niet zo op hun gemak met vreemde mensen, waren erg sterk en gehard. Hun hoeven vereisten geen bescherming tegen rotsige grond, ze konden een verrassend zware last dragen of voorttrekken, en hun uithoudingsvermogen was boven verwachting. Hoewel ze graag voluit renden, konden de paarden met de extra last dat tempo niet al te lang volhouden, maar Ayla hield dat goed in de gaten. Tegen de tijd dat ze Whinney weer afremde en haar na een rustperiode voor de derde keer het teken gaf om te versnellen, leken de paarden er zelfs van te genieten. Wolf ook. Voor hem was het een soort spel. Hij probeerde in te schatten wanneer de paarden weer tot galop aangespoord zouden worden om zo een voorsprong te krijgen, maar hij wilde niet te ver vooruit rennen omdat hij gelijke tred met de groep wilde houden en moest voorspellen wanneer ze weer zouden afremmen.

Tegen het eind van de middag meenden Ayla en Jondalar de omgeving te herkennen, al waren ze daar niet zeker van, en ze wilden niet het pad dat naar de Grot van Camora's familie leidde voorbijgaan zonder het op te merken. Willamar was degene geweest die de streek goed kende. Terwijl de paarden stapvoets liepen werd iedereen zich bewust van de verandering in het weer. De lucht was vochtig en de wind was aangewakkerd. Toen hoorden ze krachtig gerommel en een harde donderslag en even later zagen ze een bliksemflits, en die was niet ver weg. Iedereen besefte nu dat de storm vlakbij was. Ayla huiverde, maar dat kwam niet door de koude, vochtige windvlagen. Het gerommel deed haar te veel aan een aardbeving denken, en ze had nergens een grotere afschuw voor dan voor aardbevingen.

Ze reden bijna het pad voorbij, maar Willamar en enkele anderen hadden al verscheidene dagen naar hen uitgekeken. Jondalar was erg opgelucht toen hij de vertrouwde gedaante naar hen zag wuiven. De Meester-Handelaar had de paarden in de verte zien aankomen en had een van de mensen naar de Grot gestuurd om door te geven dat ze in

aantocht waren. Toen Willamar niemand naast de paarden zag lopen, was hij bang dat ze niemand hadden gevonden, maar toen ze dichterbij kwamen zag hij meer dan één hoofd boven de rug van de paarden. Toen zag hij dat er ook mensen op de sleepramen reden.
Mensen van de Grot kwamen het pad af rennen. Toen Camora haar broer en haar oom zag, wist ze niet naar wie ze het eerst toe moest gaan. Ze losten haar dilemma op door allebei naar haar toe te rennen en haar allebei tegelijk te omhelzen.
'We moeten opschieten; het begint te regenen,' zei Willamar.
'We kunnen de sleepramen hier laten,' zei Ayla, en toen stoven ze langs het pad naar boven.
De reizigers bleven langer dan gepland, om zo Camora de gelegenheid te geven uitgebreid met haar verwanten te praten en haar levensgezel en kinderen de kans te geven hen te leren kennen. De Grot was een afgezonderde groep mensen. Ze gingen wel naar Zomerbijeenkomsten, maar ze hadden in de wijde omtrek geen buren. Levela overwoog om bij Jondecams zus te blijven; misschien dat de reizigers hen dan op de terugweg konden oppikken. Camora leek te snakken naar gezelschap en nieuws over mensen die ze kende. Kimeran en Beladora wilden natuurlijk met de Eerste verder reizen. Beladora's familie woonde aan het eind van hun geplande Tocht.
De Eerste had gehoopt binnen enkele dagen te kunnen vertrekken, maar Jonayla kreeg de mazelen toen ze zich klaarmaakten om verder te reizen, en het vertrek werd uitgesteld. De drie zelandonia onder de reizigers gaven de Grot medicijnen en instructies over de behandeling van degenen die de besmettelijke ziekte zouden oplopen. Ze legden uit dat ze waarschijnlijk ook ziek zouden worden, maar dat het doorgaans geen ernstige ziekte was. De plaatselijke Zelandoni had de Eerste en Jonokol beter leren kennen toen Ayla en Jondalar op zoek waren naar de anderen, en hij had respect gekregen voor hun kennis.
De mensen van de Negende Grot vertelden over hun ervaringen met de ziekte en dat klonk zo gewoon dat de mensen niet meer zo bang waren om ermee besmet te raken. Maar zelfs toen Jonayla zich beter begon te voelen, besloot Zelandoni hun vertrek toch nog uit te stellen tot de mensen van de Grot ziekteverschijnselen gingen vertonen, zodat ze konden uitleggen hoe de zieken verzorgd moesten worden en welke kruiden en kompressen zouden helpen. Veel mensen van de Grot werden ziek, maar niet iedereen, waardoor de Eerste vermoedde dat sommigen al eerder met mazelen in aanraking waren gekomen.
Zelandoni en Willamar wisten dat er enkele heilige plaatsen in de omgeving waren en spraken daarover met Farnadal en hun doniër. De

Eerste had die nog nooit bezocht. Willamar wel, maar dat was al heel wat jaren geleden. De grotten waren verbonden met de beschilderde grot vlak bij de Zevende Grot van de Zuidland Zelandoniërs, net als de grot in de buurt van de Vierde Zuidland Grot; en het waren heilige plaatsen, maar uit de beschrijvingen maakten ze op dat er niet veel te zien was behalve enkele grove schilderingen op stenen muren.
Ze waren al zo lang opgehouden dat de Eerste besloot die plaatsen tijdens deze donierreis over te slaan om tijd te hebben om andere te bezoeken. Het was belangrijker om de ontzagwekkende heilige plaats te gaan bekijken die niet ver van Amelana's Grot lag. En ze moesten ook nog de naburige Giornadoniërs bezoeken en Beladora's Grot.
Het oponthoud gaf de Negende Grot de gelegenheid om de mensen van Camora's Grot beter te leren kennen, en Jondalar had de kans om de speerwerper te demonstreren en degenen die daarin geïnteresseerd waren te leren hoe ze het wapen moesten maken. Het oponthoud gaf Jondecam en Levela ook meer tijd om met Camora en hun verwanten te praten; en toen de reizigers vertrokken, waren ze klaar om mee te gaan. Tijdens het verlengde bezoek waren de twee Grotten met elkaar bevriend geraakt en ze spraken over een toekomstig tegenbezoek.
Hoe aangenaam het bezoek ook was, de reizigers popelden om weer op pad te gaan, en ook de mensen van de Grot waren blij toen ze weer weg waren. Ze waren niet gewend aan zoveel bezoekers, in tegenstelling tot de Negende Grot, die midden in een dichtbevolkte streek lag. Dat was een van de redenen waarom Camora haar familie en vrienden nog steeds miste. Ze was vastbesloten ervoor te zorgen dat de Grot een tegenbezoek zou afleggen, en ze zou proberen haar levensgezel over te halen om daar te blijven.

Toen de reizigers weer op weg waren, hadden ze een paar dagen nodig om in een gerieflijke reisroutine te komen. De samenstelling van de nieuwe groep was heel anders dan de groep waarmee ze de reis waren begonnen, vooral omdat ze nu met meer waren en vooral met meer kinderen, waardoor ze minder snel vooruitkwamen. Toen het nog alleen Jonayla was, die dikwijls op Grijs reed, hadden ze een redelijk tempo kunnen aanhouden, maar met nog twee kinderen die oud genoeg waren om te lopen en een jonger kleintje dat wilde lopen omdat de andere kinderen dat ook deden, kwamen ze veel minder snel vooruit.
Ayla stelde op een gegeven moment voor om de drie kinderen op een sleepraam te zetten, voortgetrokken door Grijs, terwijl Jonayla op haar rug reed. Daardoor konden ze iets sneller opschieten. Na enkele dagen

kwamen de reizigers in een praktisch ritme waarbij iedereen op zijn of haar eigen manier een bijdrage leverde aan het welzijn van de groep.

Naarmate het seizoen voortschreed en ze verder naar het zuiden trokken, werden de dagen steeds warmer. Het was over het algemeen aangenaam, op af en toe een regenbui of een hittegolf na. Wanneer ze met warm weer reisden of werkten, droegen de mannen dikwijls een lendendoek en soms een licht hemd, plus de sierkralen waaraan ze te herkennen waren. Vrouwen droegen doorgaans een wijde, gerieflijke, mouwloze jurk met aan beide kanten een split die het lopen vergemakkelijkte. De jurken waren van zacht leer of van geweven vezels; ze werden over het hoofd aangetrokken en om het middel vastgebonden. Maar naarmate het warmer werd was soms zelfs lichte kleding te veel en dan trokken ze nog meer uit. Zowel mannen als vrouwen droegen soms alleen een lendendoek of een kort rokje met franje en wat kralen; de kinderen zelfs dat niet, en hun huid werd dan hazelnootbruin. Een natuurlijke zonbruining, langzaam verkregen, was het beste beschermende zonnefilter, en hoewel ze dat niet wisten, een gezonde manier om bepaalde essentiële vitamines te absorberen.

Zelandoni raakte steeds meer gewend aan het lopen en Ayla had de indruk dat ze slanker werd. Ze kon de groep makkelijk bijhouden, maar ze wilde altijd per se op haar sleepraam zitten als ze bij een nieuwe locatie aankwamen. Er ontstond altijd flinke ophef als de mensen zagen dat ze door een paard werd voortgetrokken, en volgens haar droeg dat bij aan de mystiek van de zelandonia en de positie van de Eerste Onder Hen Die De Grote Aardmoeder Dienden.

Hun route, die door Zelandoni en Willamar was uitgestippeld, voerde zuidwaarts door open bossen en graslanden, langs de westkant van een massief, de overgebleven stomp van eeuwenoude bergen die in de loop van de tijd waren afgeslepen en waar vulkanen nieuwe bergen op de oude hadden gevormd. Op een gegeven moment bogen ze naar het oosten af, om de voet van het centrale hoogland heen en vervolgden ze hun reis oostwaarts tussen het zuidelijke uiteinde van het hoogland en de noordkust van de Zuidelijke Zee. Onderweg zagen ze dikwijls wild, allerlei soorten vogels en dieren, sommige in kuddes, maar behalve wanneer ze stopten om nederzettingen te bezoeken, kwamen ze geen mensen tegen.

Wanneer ze niet op bezoek waren bij een andere grot of Zomerbijeenkomst, genoot Ayla van het gezelschap van Levela, Beladora en Amelana. Ze deden samen dingen met hun kinderen. Amelana's zwangerschap begon zichtbaar te worden, maar ze had geen last meer van ochtendmisselijkheid en het lopen deed haar goed. Ze voelde zich uitstekend en gezond, en hoe duidelijker haar zwangerschap werd, hoe aantrekkelijker ze werd in de ogen van Tivonan en Palidar, Willamars assistenten. Terwijl ze de doniërreis voortzetten en stopten voor een bezoek aan diverse Grotten, Zomerbijeenkomsten en heilige plaatsen, kwamen ze echter veel jonge mannen tegen die haar even aantrekkelijk vonden. En zij genoot intens van de aandacht.

Aangezien Ayla dikwijls met Zelandoni optrok, staken de jonge vrouwen een deel van de kennis op die Zelandoni haar acoliet leerde. Ze luisterden en namen soms deel aan de discussies over diverse dingen – geneeswijzen, het herkennen van planten, telmethoden, de betekenis van kleuren en getallen, verhalen en liederen uit de Geschiedverhalen en Oude Legenden – en de doniër leek er geen bezwaar tegen te hebben haar wijsheid aan hen door te geven. Ze wist dat het geen kwaad kon om in tijden van nood extra mensen in de buurt te hebben die wisten wat ze moesten doen als ze ergens bij moesten helpen.

Terwijl ze oostwaarts trokken werd hun weg dikwijls versperd door rivieren die vanuit het massief naar de Zuidelijke Zee stroomden. Aangezien de rivieren geen van alle erg groot waren, werden ze steeds handiger in het oversteken van waterwegen, tot ze bij een rivier kwamen die een groot dal uitsleet en van noord naar zuid stroomde. Ze volgden de rivier noordwaarts tot ze bij een zijrivier kwamen die vanuit het noordoosten kwam en samenvloeide met de grote rivier, en toen volgden ze de zijrivier.

Iets verderop bereikte de groep reizigers een mooi open bosterrein aan de rand van een hoefijzervormig meer. Hoewel het nog vroeg in de middag was, zetten ze tussen de struiken vlak bij een groepje bomen hun kamp op. De kinderen ontdekten nog voor het avondmaal een grote struik vol bosbessen. Ze plukten wat om met hun ouders te delen, maar aten onder het plukken de meeste op. De vrouwen ontdekten lisdodden en riet aan de rand van het water, en de jagers vonden verse sporen van gespleten hoeven.

'We zijn niet ver meer van het thuis van degenen die het dichtst bij de belangrijkste heilige grot van alle Zelandoniërs wonen,' zei Willamar, nadat ze een vuur hadden aangelegd en genoten van een drinknap thee. 'We zijn een te grote groep om op bezoek te gaan en gastvrijheid te vragen zonder iets mee te brengen.'

'Aan die sporen te zien heeft zich hier kortgeleden een kudde oerossen of bizons opgehouden,' zei Kimeran.

'Mogelijk komen ze hier regelmatig terug om water te drinken. Als we een poosje blijven, kunnen we er misschien een paar buitmaken,' zei Jonokol.

'Ik kan ook op Renner naar de kudde op zoek gaan,' zei Jondalar.
'De meesten van ons hebben niet veel speren meer,' zei Jondecam. 'De laatste keer dat we op jacht gingen, heb ik er weer een gebroken, zowel de schacht als de punt.'
'Dit lijkt me een gebied waar goede vuursteen te vinden is,' zei Jondalar. 'Als ik wat kan vinden, zal ik nieuwe punten maken.'
'Ik heb onderweg een groepje rechte bomen zien staan die jonger waren dan de bomen hier, bijzonder geschikt voor schachten,' zei Palidar. 'Het is niet ver hiervandaan.'
'Die grotere bomen zouden goede palen zijn voor een paar nieuwe sleepramen om vers vlees mee te nemen naar de Grot die we willen bezoeken,' zei Jondalar.
'Een paar jonge stieren om deze tijd van het jaar zouden ons vers vlees leveren en ook wat om te drogen, en vet voor reiskoeken en brandstof voor lampen, en huiden,' zei Ayla. 'Uit de huiden kunnen we nieuwe voetbekleding maken. Ik vind het niet erg om blootsvoets te lopen, maar soms hebben mijn voeten bescherming nodig, en mijn voetbekleding is al aardig versleten.'
'En kijk naar al dat riet en die lisdodden,' zei Beladora. 'Daarvan kun je ook voetbekleding weven, en nieuwe slaaprollen, en manden en zitkussens en veel andere dingen die we nodig hebben.'
'Zelfs geschenken voor de Grot die we willen bezoeken,' zei Levela.
'Ik hoop dat we niet te lang hier blijven. Ik ben zo dicht bij huis en kan niet wachten om mijn moeder te zien,' zei Amelana.
'Maar je wilt toch niet met lege handen terugkomen?' zei de Eerste. 'Zou je niet graag een geschenk voor je moeder meenemen en misschien wat vlees voor je Grot?'
'Je hebt gelijk! Dat is veel beter. Anders lijkt het misschien net alsof ik als een bedelaar thuiskom,' zei Amelana.
'Je weet best dat het geen kwestie van bedelen is, zelfs als je niets meebrengt, maar het is toch veel prettiger om ze iets te geven,' zei Levela.

24

Ze besloten dat ze een paar dagen de tijd zouden nemen om te jagen en voedsel te verzamelen om hun reisproviand aan te vullen, en werktuigen en andere dingen te vernieuwen die tekenen van slijtage vertoonden. Ze waren opgetogen dat ze een plek hadden gevonden waar alles in overvloed te vinden was.

'Ik wil wat van die bessen plukken. Zo te zien zijn ze plukrijp,' zei Levela.

'Ja, maar eerst wil ik een verzamelmand maken, iets wat ik om mijn hals kan dragen zodat ik mijn handen vrij heb om te plukken,' zei Ayla. 'Ik wil genoeg verzamelen voor reiskoeken, maar dan moet ik een paar matten weven waarop ik ze kan drogen.'

'Wil je voor mij ook een mand maken?' vroeg Zelandoni. 'Plukken is iets wat ik kan.'

'Ik wil ook plukken. Wil je voor mij ook een mand maken?' vroeg Amelana.

'Laat me maar zien hoe je zo'n mand maakt,' zei Beladora. 'Plukken met beide handen is een goed idee, maar ik draag de mand altijd op mijn arm.'

'Ik zal het jullie laten zien, en ook de kinderen. Die kunnen ook helpen,' zei Ayla. 'Dan gaan we nu riet en lisdodden verzamelen.'

'En de wortels verzamelen voor bij het avondmaal,' zei Beladora.

Wolf zat naar Ayla en Jonayla te kijken, maar op een gegeven moment kefte hij om de aandacht van de vrouw te trekken. Hij rende naar het open veld en toen weer terug. 'Wil jij ook op verkenning en op jacht, Wolf? Ga maar,' zei ze, en ze gaf hem een teken met haar hand waarvan hij wist dat het betekende dat hij zijn eigen gang mocht gaan.

De vrouwen brachten de middag door met het plukken en opgraven van planten aan de modderige rand van het meer: de lange rietstengels waarvan de pluimen zelfs boven Jondalar en Kimeran uittorenden en de iets kortere lisdodden, waarvan de toppen eetbaar stuifmeel droegen. De verse wortelstokken en onderste stengeldelen van beide planten konden ook gegeten worden, zowel rauw als gekookt, net als de kleine knolletjes aan de wortelstokken van de lisdodden. De oude vezelige wortels konden als ze gedroogd waren tot meel worden gestampt om een soort brood van te maken, dat vooral lekker was als het werd vermengd met het rijke gele stuifmeel van de lisdoddentoppen. De niet-eetbare delen waren echter net zo belangrijk.

Van de zachte en holle rietstengels konden grote manden worden geweven, of zachte, veerkrachtige bedmatten, die als het warm was lekkerder lagen dan bedrollen van vacht, en een grondmat voor onder de vachten als het koud was. Van de lisdoddenbladeren werden ook matten voor diverse doeleinden gemaakt, waaronder bedmatten of kussens om op te knielen of te zitten. Er konden manden van worden gevlochten, maar ook scheidingspanelen, waterdichte dakbedekking voor onderkomens, en regencapes en hoeden. De stevige lisdoddenstengel vormde gedroogd een uitstekende vuurboor. De bruine 'sigaar' werd pluis dat voortreffelijk tondel vormde, of vulsel voor beddengoed en kussens, of absorberend materiaal voor babywindsels of de maanperiodes van vrouwen. De planten die zo overvloedig groeiden aan de rand van het water vormden een rijke bron voor zowel voedsel als materiaal voor gebruiksvoorwerpen.

De rest van de middag weefden de vrouwen verzamelmanden voor de bessenpluk. De mannen bespraken de jacht en verzamelden de rechte takken van jonge bomen om pijlsperen voor de speerwerpers te maken als aanvulling op de speren die waren gebroken of zoekgeraakt. Jondalar vertrok op Renner om de sporen te volgen en te zien of hij de kudde kon ontdekken die de sporen had gemaakt. Onderweg zocht hij naar vuursteenlagen, die volgens hem vast en zeker in dit gebied gevonden konden worden. Ayla had hem zien vertrekken en vermoedde dat hij op zoek ging naar de kudde. Ze overwoog vluchtig om met hem mee te gaan, maar ze was druk bezig met de manden en wilde die graag afmaken.

Hoewel Jondalar nog niet terug was, stopten ze voor een avondmaal en bespraken ze hun plannen. Ze zaten allemaal te lachen en te praten toen Jondalar met een brede grijns het kamp in reed.

'Ik heb ze gevonden. Een vrij grote kudde bizons,' zei hij, 'en ook vuursteen, dat zo te zien van goede kwaliteit is, voor nieuwe speren.'

Hij steeg af en haalde een aantal grote grijze stenen uit de pakmanden die aan weerszijden van Renners rug bevestigd waren. Ze keken allemaal toe terwijl hij de pakmanden en de rijdeken van de hengst haalde en zijn halster afdeed. Toen draaide hij het paard met zijn hoofd naar het water en gaf hem een tikje op zijn achterste. Het bruine paard waadde het meer in en dronk wat water. Toen liep hij de zanderige oever op, liet zich vallen en ging op zijn rug heen en weer liggen rollen. De mensen lachten. Het was een grappig gezicht zoals het paard met zijn benen in de lucht trapte en duidelijk genoot van de lekkere krabbeurt die hij zichzelf gaf.

Jondalar ging bij de groep om het vuur zitten en Ayla gaf hem een kom eten, bestaand uit geweekt gedroogd vlees en de onderste stengeldelen, wortels en ontluikende toppen van lisdodden, alles gekookt in het water waarin het vlees was geweekt.

Hij glimlachte naar Ayla. 'En ik heb ook moerassneeuwhoenders gezien. Dat is de vogel die lijkt op een alpensneeuwhoen, maar 's winters niet wit wordt. Als we die vangen, kunnen we de veren voor de speren gebruiken.'

Ayla beantwoordde zijn glimlach. 'En dan kan ik Crebs lievelingsgerecht bereiden.'

'Wil je morgenochtend achter ze aan?' zei Jondalar.

'Ja...' zei Ayla, maar toen fronste ze. 'Nou ja, ik wilde eigenlijk ook bessen gaan plukken.'

'Ga jij maar achter je vogels aan,' zei Zelandoni. 'We zijn met genoeg mensen om bessen te plukken.'

'En ik pas wel op Jonayla, als je dat wilt,' zei Levela.

'Eet jij maar rustig af, Jondalar. Ik heb in die droge kreekbedding mooie ronde stenen voor mijn slinger zien liggen. Die wil ik verzamelen voor het te donker wordt,' zei Ayla. Peinzend voegde ze eraan toe: 'Ik kan mijn speerwerper ook wel meenemen. Ik heb nog een paar speren.'

De volgende ochtend trok ze niet haar gewone kleren aan, maar koos ze voor zachte leren beenkappen die op jongenswinterondergoed leken en voetbekleding die bestond uit een mocassinvoetdeel met een zacht bovendeel dat rond de enkel werd gewikkeld. Daarop kwam een mouwloos hemdachtige top van hetzelfde materiaal als de beenkappen, die aan de voorkant met veters werd gesloten en haar borsten steunde. Vervolgens vlocht ze haar haar zodat het haar niet zou hinderen en wond ze haar slinger om haar hoofd. Ze bond de houder voor haar speerwerper met de speren op haar rug, bond de veter om haar middel waaraan een schede met een goed mes hing, een buidel die ze vulde met de stenen die ze had verzameld, een andere buidel die enkele gebruiksvoorwerpen bevatte, waaronder haar persoonlijke drinknap, en ten slotte een kleine medicijnbuidel met enkele benodigdheden voor noodgevallen.

Ze was opgewonden en kleedde zich snel aan. Ze had niet beseft hoezeer ze zich op de jacht had verheugd. Ze pakte haar rijdeken, liep de tent uit, floot Whinney en toen Wolf, en liep naar de plek waar de paarden stonden te grazen. Grijs droeg een halster met een lang leidsel dat aan een houten pin in de grond vastzat om te voorkomen dat ze aan de wandel ging; ze had de neiging om af te dwalen. Ze wist dat Whinney bij de jongere merrie in de buurt zou blijven. Jondalar had Renner op hetzelfde veld achtergelaten. Ze legde de rijdeken op de rug van het hooikleurige paard, pakte de leidsels van Grijs en Renner, sprong op haar merrie en reed naar het kampvuur. Ze zwaaide haar been over de rug van het paard, liet zich eraf glijden en liep naar haar dochter, die naast Levela zat.

'Jonayla, wil jij Grijs vasthouden? Ze wil ons misschien achternagaan,' zei Ayla, terwijl ze het leidsel aan het meisje gaf. 'We blijven niet lang weg.'

Terwijl Ayla haar dochter omhelsde, stopte Jondalar het laatste stukje lisdoddenwortel in zijn mond. Zijn ogen schitterden toen hij naar de vrouw keek die zich had gekleed voor de rit en de jacht en straalde van opwinding. Wat is ze mooi, dacht hij. Hij ging naar de grote waterzak, vulde twee kleinere zakken met water om mee te nemen, schonk wat in zijn drinknap en nam een slok. Hij bracht de rest naar Ayla, gaf haar een kleine waterzak en stopte de nap terug in zijn draagbuidel. Ze namen afscheid van de mensen rond het vuur en stegen op.

'Ik hoop dat je je alpensneeuwhoenders vindt,' zei Beladora, 'of moerassneeuwhoenders.'

'Ja, goede jacht,' zei Willamar.

'Hoe dan ook, een goede rit,' voegde de Eerste eraan toe.

Toen de mensen het paar nakeken, had ieder van hen zo zijn eigen gedachten en gevoelens. Willamar zag Jondalar en zijn gezellin als Marthona's kinderen, en dus ook zijn kinderen, en ervoer de warmte van familieliefde. De Eerste had een speciaal gevoel voor Jondalar. Hij was een man van wie ze vroeger had gehouden en van wie ze in zekere zin nog steeds hield, al was dat nu als een vriend en sterker nog, bijna als een zoon. Ze had waardering voor Ayla's vele gaven, hield van haar als vriendin en was blij met een collega die ze als een gelijke beschouwde. Ze was ook blij dat Jondalar een vrouw had gevonden die zijn liefde waard was. Beladora en Levela waren ook van Ayla gaan houden als een goede vriendin, al waren er momenten dat ze hen ontzag inboezemde. Ze waren gevoelig voor het magnetisme van Jondalars aantrekkingskracht, maar nu ze allebei een levensgezel en kinderen hadden van wie ze hielden, waren ze minder overweldigd en waardeerden ze hem als een zorgzame vriend die altijd bereid was hen te helpen als ze zijn hulp inriepen.

Jonokol en de twee jonge handelaren, en zelfs Kimeran en Jondecam hadden grote waardering voor Jondalars vaardigheden, vooral met de vuursteen en de speerwerper, en ze benijdden hem. Zijn gezellin was aantrekkelijk en deskundig op veel gebieden, en zo dol op hem dat ze zelfs tijdens Moederfeesten alleen hem koos, maar hij had altijd de vrouwen voor het uitkiezen gehad. Veel vrouwen vonden hem nog steeds bijna onweerstaanbaar charismatisch, al moedigde hij hun toenaderingspogingen nooit aan.

Amelana had nog steeds groot ontzag voor Ayla en vond het moeilijk om haar te zien als gewoon een vrouw die een vriendin kon zijn, maar ze bewonderde haar intens en wenste dat ze net als zij kon zijn. De jonge vrouw vond Jondalar ook enorm aantrekkelijk, en ze had weleens geprobeerd hem te verleiden, maar dat leek hij niet eens te merken. Iedere andere man die Amelana tijdens deze reis was tegengekomen, had haar op zijn minst een waarderende blik toegeworpen, maar van Jondalar kreeg ze nooit meer dan een vriendelijke, afstandelijke glimlach, en ze begreep niet waarom. In werkelijkheid was Jondalar zich ten volle bewust van haar interesse. Toen hij jonger was hadden regelmatig jonge vrouwen met wie hij de Eerste Riten had gedeeld naderhand geprobeerd zijn interesse vast te houden, al was het hem niet toegestaan om tot een jaar na de Eerste Riten een relatie met haar te onderhouden. Hij had geleerd hoe hij die belangstelling moest ontmoedigen.

Het paar reed weg op hun paarden en Wolf rende achter hen aan. Jondalar reed in westelijke richting tot hij bij een plek kwam die hem bekend voorkwam. Hij hield halt en liet haar zien waar hij het vuursteen had gevonden. Toen keek hij om zich heen en sloeg een andere richting in. Ze kwamen bij een woest landschap bedekt met heide – het lievelingsvoedsel van moerassneeuwhoenders – en grove grassoorten met hier en daar een groepje doornstruiken, niet ver van de westkant van het hoefijzervormige meer. Ayla glimlachte. Het landschap had veel weg van de toendra's, het leefgebied van alpensneeuwhoenders, en ze kon zich makkelijk voorstellen dat een zuidelijke variant van de vogel in deze streek kon leven. Ze lieten de paarden achter bij een groepje hazelnootstruiken rond een grote boom.

Ze zag aan Wolf dat hij iets had waargenomen. Hij was alert, geconcentreerd en jankte zacht. 'Vooruit, Wolf. Zoek,' zei Ayla.

Toen hij ervandoor ging, haalde Ayla de slinger van haar hoofd, pakte twee stenen uit haar buidel, legde er een in het zachte leren lapje in het midden van de slinger en pakte beide uiteinden vast. Ze hoefde niet lang te wachten. Wolf liet vijf moerassneeuwhoenders opschrikken die op de vlucht gingen. De vogels leefden dicht bij de grond, maar konden razendsnel opvliegen en dan een afstand zwevend afleggen. Ze leken net vlezige gecamoufleerde kippen met hun bruine en zwarte veren met witte vlekken. Ayla slingerde een steen weg op het moment dat ze de eerste vogel zag en een tweede nog voor de eerste vogel de grond raakte. Ze hoorde geruis en zag Jondalars speer een derde doorboren.

Op hun Tocht, toen ze maar met z'n tweeën waren, zouden ze daar genoeg aan hebben gehad, maar met de kinderen meegeteld bestond de groep nu uit zestien personen. Ayla bereidde de vogels op een speciale manier en iedereen wilde altijd proeven, en hoewel ze vrij groot waren – een volwassen vogel telde een levend gewicht van vijf tot zes kilo – waren drie stuks lang niet genoeg voor zestien mensen. Ze vond het jammer dat het niet het seizoen voor eieren was; ze vulde de vogels graag met eieren en roosterde ze dan. De nesten waren doorgaans een holte in de grond die met gras of bladeren waren gevoerd, maar in deze tijd van het jaar waren er geen eieren te vinden.

Ayla floot Wolf en hij kwam meteen aangerend. Het was duidelijk dat hij het leuk vond om de vogels op te jagen. 'Misschien kan hij er nog meer vinden,' zei Ayla, en toen zei ze tegen de vierpotige jager: 'Wolf, zoek. Zoek de vogels.'

De wolf schoot weer weg tussen het hoge gras en Ayla rende achter hem aan. Even later vloog er een behoorlijk eind voor haar uit weer een sneeuwhoen op, maar Jondalar schoot met zijn speerwerper een speer af en wist de vogel neer te halen. Terwijl Jondalar de dode vogel zocht, vlogen vier mannetjes de lucht in; ze waren herkenbaar aan hun zwart met bruine verenkleed met wit langs de staart en vleugels, en aan het geel en rood van de snavels en kammen. Ayla haalde er twee neer met haar slinger; ze miste zelden. Jondalar had de vogels niet zien opvliegen, maar hij had het wel gehoord, en hij was net niet snel genoeg met zijn speerwerper. Hij verwondde er een en hoorde hem kakelen.

'Dat moet genoeg zijn,' zei Ayla, 'zelfs als we Wolf die laatste geven.'

Met Wolfs hulp verzamelden ze zeven vogels. De laatste had een gebroken vleugel, maar leefde nog. Ayla draaide de vogel de nek om, verwijderde de kleine speer en gaf de wolf een teken dat hij hem mocht hebben. Wolf nam hem in zijn bek en liep ermee het veld in. Ze bonden de rest van de vogels met taaie grasprieten met de poten twee aan twee aan elkaar en liepen op hun gemak terug naar de plek waar de paarden stonden te grazen. Onderweg wond Ayla haar slinger weer om haar hoofd.

Toen ze terugkwamen in het kamp waren de jagers druk bezig met het gladschaven van de speerschachten en bespraken ze de komende bizonjacht. Jondalar sloot zich bij hen aan. Na het bewerken van het vuursteen tot punten, zouden ze die aan de schachten bevestigen en afwerken met de rode sneeuwhoenveren die Ayla hun zou geven. Ondertussen pakte Ayla de geweischep die iedereen gebruikte om as uit de vuurplaats te verwijderen en voor diverse andere taken. Maar de brede, platte schep was niet geschikt om kuilen mee te graven. Daarvoor gebruikte ze een soort priem, een stevig, puntig, langwerpig stuk vuursteen dat aan het uiteinde van een houten handgreep was bevestigd, waarmee de aarde werd losgemaakt. De schep werd vervolgens gebruikt om de losse aarde te verwijderen. Op een plek vlak bij de zanderige oever groef ze een tamelijk diepe kuil, legde vlakbij een vuur aan en plaatste een aantal vrij grote stenen in het vuur om ze te verhitten. Toen ging ze haar sneeuwhoenderen plukken.

Anderen kwamen haar helpen. De grote, sterke veren gaven ze aan de speermakers, maar Ayla wilde de rest ook bewaren. Beladora maakte een buidel leeg en gaf die aan Ayla voor de veren. Iedereen hielp met het schoonmaken van de zes vogels; ze bewaarden de eetbare ingewanden, zoals het hart, de spiermaag en de lever. Ayla wikkelde de ingewanden in vers hooi van het veld en stopte ze weer terug in de vogels, waarna ze de vogels in meer hooi wikkelde.

Tegen die tijd waren de stenen heet. Met een tang van gebogen hout werden de stenen onder in de kuil en langs de zijkanten gelegd. De stenen werden bedekt met aarde uit de kuil en daarbovenop kwamen gras en bladeren, die door de kinderen waren verzameld. De vogels werden boven op het groen gelegd. Op de vogels werd groente gelegd – de onderste delen van rietstengels, wat aardnoten en zetmeelrijke wortels die de andere vrouwen hadden gevonden – gewikkeld in eetbare groene bladeren. Daarop kwam weer een laag groen gras en bladeren, nog een laag aarde en meer hete stenen. Als laatste werd er een laag aarde opgeschept om de kuil luchtdicht af te sluiten. Nu konden de vogels rustig garen tot het tijd was voor het avondmaal.

Ayla ging een kijkje nemen bij de speermakers. Sommigen sneden groeven in de uiteinden van de schachten die tegen de haak aan de achterkant van de speerwerper werd geplaatst, anderen plakten met verhitte pijnhars de veren erop. De veren werden op hun plaats gehouden met dunne pezen die ze hadden meegebracht. Jonokol was bezig houtskool te vergruizen die met heet water aan een brok warme hars werd toegevoegd, waarna alles roerend met elkaar werd vermengd. Vervolgens stak hij een stokje in de dikke, zwarte vloeistof en schilderde hij symbolen, abelans, op de speerschachten. Een abelan symboliseerde zowel een persoon als de naam van een persoon; het was een symbool voor de levensgeest. Het was een persoonlijk symbool dat vlak na de geboorte door een Zelandoni aan een kind werd gegeven. Het was geen schrift, maar een symbolisch gebruik van tekentjes.

Jondalar had voor zichzelf en voor Ayla speren gemaakt, en hij gaf haar haar speren zodat ze er haar eigen abelan op kon zetten. Ze telde ze: tweemaal tien, twintig in totaal. Ze zette vier streepjes, dicht naast elkaar, op elk van de schachten. Dat was haar persoonlijke symbolische merkteken. Aangezien ze geen geboren Zelandoniër was, had ze haar eigen abelan gekozen: vier streepjes die stonden voor de vier littekens op haar been die een holenleeuw met zijn klauwnagels had getrokken toen ze nog klein was. Daardoor had Creb geweten dat de Holenleeuw haar totem was.

De merktekens konden later worden gebruikt om aan te geven welke jager een bepaald dier had gedood, zodat de buit aan diegene kon worden toegeschreven en de verdeling van het vlees eerlijk zou verlopen. Niet dat de persoon die het dier had gedood al het vlees kreeg, maar hij of zij had de eerste keus uit de lekkerste delen en kreeg de eer voor het leveren van vlees aan degenen die een deel kregen, wat nog belangrijker was. Dat betekende lofspraak, erkentelijkheid en schatplichtigheid. De beste jagers gaven dikwijls het grootste deel van hun vlees aan anderen om die eer te verwerven, soms tot wanhoop van hun gezellin, maar dat werd van hen verwacht.

Levela overwoog mee te gaan op de jacht, en Beladora en Amelana boden aan om op Jonayla en Jonlevan te passen, maar uiteindelijk besloot Levela toch niet mee te gaan. Ze was nog maar pas begonnen Jonlevan te spenen en zoogde hem nog af en toe. Ze was sinds de geboorte van haar zoon niet meer op jacht geweest en vreesde uit vorm te zijn. Ze was bang dat ze eerder een belemmering dan een hulp zou zijn.

Tegen de tijd dat de speren klaar waren had Jondalar bijna al het vuursteen dat hij had gevonden voor de punten gebruikt, waren de beste veren op de speerschachten vastgezet om ze in hun vlucht te stabiliseren en was het bijna tijd voor het maal dat Ayla had voorbereid. Een aantal mensen had een flinke hoeveelheid bosbessen geplukt, waarvan de meeste op geweven matten lagen te drogen. De rest werd met stenen die in het vuur waren verhit tot een saus gekookt in een stevige nieuwe kom, die was geweven van lisdoddenbladeren en biezenstengels die in een moeras bij het meer groeiden. Het enige zoetmiddel voor de saus kwam van de vruchtjes zelf, maar er werden dikwijls smaakstoffen van de bloemen, bladeren en bast van diverse planten aan toegevoegd. In dit geval had Ayla spirea gebruikt; de piepkleine bloemetjes vormden een roomkleurig, op schuim lijkend scherm met een honingzoete geur. En ook de aromatische blauwe bloemen van hysop, die tevens een goede remedie tegen hoest was, en de bladeren en rode bloemen van bergamotplanten. Voor een wat vollere smaak werd een beetje gesmolten vet toegevoegd.

De maaltijd viel zeer in de smaak; iedereen was het erover eens dat het bijna een feestmaal was. De sneeuwhoenders vormden een welkome afwisseling van het gedroogde vlees dat ze zo dikwijls aten, en de bereiding in de grondoven had de vogels mals gemaakt, zelfs de taaie oude haantjes. Het gras waarin ze waren gewikkeld, had zijn eigen smaak eraan toegevoegd en de vruchtensaus gaf het geheel iets aangenaam pikants. Er bleef minder over dan gewoonlijk voor het ochtendmaal, maar samen met de zachte onderste stengeldelen en wortelstokken van lisdodden was het genoeg.

Iedereen was opgewonden over de jacht die voor de volgende dag was gepland. Jondalar en Willamar wilde een strategie bespreken, maar tot ze precies wisten waar de bizons waren, konden ze geen beslissing nemen. Ze zouden moeten wachten tot ze de kudde hadden opgespoord. Aangezien het nog steeds licht was besloot Jondalar in een opwelling de sporen nog eens te volgen om te zien of hij de kudde nog steeds kon vinden. Hij wist niet welke afstand ze misschien hadden afgelegd. Ayla en Jonayla gingen te paard met hem mee om de dieren wat beweging te geven. Ze vonden de bizons, maar op een andere plek dan Jondalar had verwacht. Hij was blij dat hij had besloten ze nog eens op te sporen zodat hij de jagers er linea recta heen kon brengen.

In de vroege ochtend was de lucht altijd kil, zelfs hartje zomer. Toen Ayla de tent uit liep was de lucht fris en vochtig. Een koele mist bedekte de grond en hing boven het meer. Beladora en Levela waren al wakker en stookten het vuur op. Hun kinderen waren ook al op, en Jonayla was bij hen. Ayla had haar niet horen opstaan, maar het kind kon erg zachtjes doen als ze dat wilde. Toen ze haar moeder zag, kwam ze aanrennen.

'Je bent eindelijk opgestaan, moeder,' zei ze, terwijl Ayla zich bukte om haar op te tillen en te knuffelen. Ayla betwijfelde of haar dochtertje al erg lang op was, maar ze wist dat een kind een ander idee van tijd had dan volwassenen.

Nadat ze haar water had geloosd besloot Ayla even een dompelbad te nemen in het meer voor ze terugging naar de tent. Niet lang daarna verscheen ze in haar jachtkleding. Haar activiteiten hadden Jondalar gewekt, die lekker in zijn bedrol bleef liggen en haar gadesloeg; hij genoot nog na van de bevrediging van de avond daarvoor. De mouwloze top was niet erg warm, maar de jagers wilden zich niet te warm kleden omdat ze wisten dat de temperatuur later zou stijgen. Op frisse ochtenden bleven ze doorgaans dicht bij het vuur en dronken ze hete thee. Eenmaal op weg zouden ze het warm genoeg krijgen. De sneeuwhoender bij het ochtendmaal was koud net zo smakelijk als warm. Grijs werd weer bij Jonayla achtergelaten, maar het kind wilde mee.

'Moeder, mag ik alsjeblieft met jullie mee? Ik kan toch op Grijs rijden,' smeekte het meisje.

'Nee, Jonayla. Het is voor jou veel te gevaarlijk. Er kunnen dingen gebeuren die je niet verwacht, en soms moet je met je paard snel uit de weg gaan. En je hebt nog niet leren jagen,' zei Ayla.

'Maar wanneer mag ik dat dan leren?' vroeg ze verlangend.

Ayla dacht terug aan de tijd dat ze zo graag wilde leren jagen, hoewel vrouwen van de Stam dat helemaal niet mochten. Ze had het zichzelf moeten leren, stiekem. 'Ik zal het volgende doen,' zei ze. 'Ik zal Jondalar vragen om een speerwerper voor je te maken, een kleiner exemplaar, zodat je daarmee kunt gaan oefenen.'

'Echt waar, moeder? Beloof je dat?' vroeg het kind.

'Ja, dat beloof ik.'

Jondalar en Ayla stegen niet op, maar leidden hun paarden lopend, zodat de anderen hen makkelijk konden bijhouden. Hij vond de reusachtige bizons – met een schofthoogte van ruim een meter tachtig, immense hoorns en een effen donkerbruine vacht – niet ver van de plek waar hij ze het laatst had gezien. Het was een middelgrote kudde, maar ze maakten geen jacht op de hele kudde. Ze waren met een kleine groep en hadden maar een paar dieren nodig.

Er werd van gedachten gewisseld over de beste manier om op de bizons te jagen en er werd besloten om de kudde heen te lopen, voorzichtig om ze niet op te schrikken, om het omliggende terrein te bekijken. Er waren geen doodlopende ravijnen waar ze de dieren in konden drijven, maar wel een droge rivierbedding met op één plek aan beide zijden een tamelijk hoge oever.

'Dit zou kunnen werken,' zei Jondalar. 'Als we op het laagste punt een vuur aanleggen, maar pas als we ze daar naartoe hebben gedreven. We moeten dus het vuur klaarmaken en het op het laatste moment met een fakkel aansteken. Dan moeten we ze deze kant op drijven.'

'Denk je echt dat dat zal werken? Hoe moeten we ze in beweging krijgen?'

'Met de paarden en Wolf kunnen we ze opjagen,' zei Jondalar. 'Zodra ze de fuik in rennen, kan iemand het vuur aansteken om ze af te remmen. Anderen kunnen op de hoge oevers wachten; het beste is om plat op de grond te gaan liggen. Als je ze dan voor je ziet, spring je overeind en gebruik je je speerwerper. We moeten eerst hout verzamelen en aan het eind opstapelen. Dan moeten we zorgen voor tondel en ander licht ontvlambaar materiaal.'

'Zo te horen heb je alles goed doordacht,' zei Tivonan.

'Ik heb er over nagedacht en met Kimeran en Jondecam de mogelijkheden besproken,' zei Jondalar. 'Tijdens onze Tocht met de paarden en Wolf hadden Ayla en ik de gewoonte om één of twee dieren van een kudde af te zonderen. De paarden en Wolf zijn gewend om bij de jacht te helpen.'

'Zo heb ik geleerd om te paard de speerwerper te gebruiken,' zei Ayla. 'We hebben zelfs een keer een mammoet gedood.'

'Het lijkt mij een goed plan,' zei Willamar.

'Mij ook, al ben ik geen goede jager,' zei Jonokol. 'Ik heb nooit veel gejaagd, dat wil zeggen vóór deze doniërreis.'

'Dat mag dan zo zijn, maar ik vind je inmiddels een meer dan verdienstelijke jager,' zei Palidar.

Daar was iedereen het mee eens.

'Dat is dan een extra voordeel van deze reis. Ik krijg niet alleen fascinerende heilige plaatsen te zien, maar ik word ook een betere jager,' zei Jonokol met een grijns.

'Goed, laten we dan maar snel droog gras en hout gaan verzamelen,' zei Willamar.

De groep verspreidde zich om hout en andere brandbare materialen te verzamelen en ze stapelden alles op aan het eind van de droge rivierbedding. Op aanwijzing van Willamar legden ze wat extra tondel en aanmaakhout aan de voorkant om het vuur langs de langgerekte stapel te leiden. Toen bestegen Ayla en Jondalar hun paarden, floten Wolf, en reden om de kudde heen. Willamar wees zijn leerlingen, Palidar en Tivonan, aan om op zijn teken van twee kanten het vuur aan te steken. 'Zodra het vuur goed brandt kunnen jullie je positie innemen om je speerwerper te gebruiken,' zei Willamar. De twee jonge mannen knikten instemmend en de hele groep zocht een geschikte plek om te wachten.

En toen wachtten ze.

Iedere jager bevond zich in zijn eigen, stille ruimte en luisterde op zijn eigen manier. De twee jonge mannen waren opgewonden bij het vooruitzicht van de jacht en ze spitsten hun oren om te horen hoe Ayla en Jondalar de kudde bijeendreven. Jonokol bracht zichzelf in een meditatieve staat. Hij had lang geleden geleerd dat hij zo op zijn alertst was, zich bewust van alles wat er om hem heen gebeurde. Hij hoorde Ayla en Jondalar in de verte schreeuwen, maar hij hoorde ook het afnemende ritme van de luide roep van een ijsvogel. Hij liet zijn ogen dwalen naar het geluid en ving een glimp op van het felle blauw en oranje van de vissende vogel. Even later hoorde hij het kenmerkende schorre gekras van een kraai.

Kimeran liet zijn geest afdwalen naar de Tweede Grot van de Zelandoniërs en hoopte dat het goed ging met iedereen tijdens zijn afwezigheid... maar ook niet al te goed. Hij wilde niet dat alles beter ging zonder zijn leiderschap. Dat zou erop kunnen duiden dat hij geen goede leider was. Jondecam dacht aan zijn zus, Camora, en wilde dat ze dichterbij woonde. Levela, zijn gezellin, had de avond daarvoor iets in die trant gezegd.

Het geluid van naderende stampende hoeven trok ieders aandacht. De twee jonge mannen aan weerszijden van de langgerekte stapel hout keken naar Willamar. Hij stak zijn hand omhoog, maar keek de andere kant op en maakte zich klaar om het teken te geven. Ze hadden allebei een stukje vuursteen in de ene hand en een brokje pyriet in de andere, klaar om ze tegen elkaar te slaan en hopend dat het meteen goed zou gaan. Ze waren allemaal bedreven in vuur maken op die manier, maar de opwinding kon altijd voor vertraging zorgen. De rest had hun speerwerper geladen en klaar voor gebruik.

Toen de kudde het droge rivierbed in rende, probeerde een sluwe oude koe de andere kant op te gaan, maar Wolf had het in de gaten. Hij rende naar haar toe en snauwde met angstwekkend ontblote tanden naar de reusachtige bizon, die de weg van de minste weerstand koos en de rivierbedding in rende.

Op dat moment gaf Willamar het teken. Palidar sloeg een vonk en bukte zich om ertegen te blazen tot het tondel ontvlamde. Tivonan had er twee pogingen voor nodig, maar al snel kropen de vlammen naar het midden van de rivierbedding. Toen de twee vuren bij elkaar kwamen, vlamde de grote berg droog hout achter het tondel op. Zodra het vuur goed brandde renden ze naar de hoge oever, terwijl ze ondertussen hun speerwerper laadden.

De andere jagers stonden klaar. Het vuur had er al voor gezorgd dat de bizons brullend van verwarring afremden. Ze wilden niet het vuur in rennen, maar de dieren achter in de op hol geslagen kudde dreven ze voort.

De speren vlogen door de lucht!

De lucht was vol houten schachten met scherpe vuursteenpunten.

Iedere jager had een ander dier gekozen om op te richten en volgde het nauwlettend met zijn blik door de rook en het stof. Toen ze een tweede speer wierpen, richtten de meesten op dezelfde bizon als eerst. Ze hadden de hele zomer onderweg gejaagd en ieders vaardigheid was sterk verbeterd.

Jondalar richtte op een stier met een hoge bult op zijn rug, een ruwharige vacht en lange, scherpe zwarte hoorns. Zijn eerste speer bracht hem ten val en een tweede zorgde ervoor dat hij niet meer zou opstaan. Hij zette snel een nieuwe speer op zijn speerwerper en richtte op een koe, maar verwondde die slechts.

Ayla's eerste speer trof een jonge, nog niet volgroeide stier. Ze zag het dier vallen en zag toen Jondalars speer de koe treffen. Het dier wankelde, maar bleef overeind. Ze wierp nog een speer naar de gewonde koe en zag haar vallen. De voorkant van de kudde doorbrak de muur van vuur. De rest volgde en liet hun gevallen soortgenoten achter.

Het was voorbij.

Het was zo snel gegaan dat het bijna niet te geloven was. De jagers liepen naar de gedode dieren; er lagen negen bloedende bizons in de rivierbedding. Toen ze de speren controleerden bleek dat Willamar, Palidar, Tivonan, Jonokol, Kimeran en Jondecam ieder een bizon hadden gedood. Jondalar en Ayla samen drie.

'Ik had niet verwacht dat we zo'n rijke buit binnen zouden halen,' zei Jonokol, terwijl hij de merktekens op de speer controleerde om zich ervan te vergewissen dat hij het dier had gedood. 'Misschien hadden we de jacht van tevoren moeten coördineren. Dit is te veel van het goede.'

'We hadden er inderdaad niet zoveel nodig,' zei Willamar, 'maar het betekent wel dat we meer te delen hebben. Het zal niet verloren gaan.' Hij bracht altijd graag iets mee als hij bij een nieuwe Grot aankwam.

'Maar hoe moeten we ze vervoeren? Drie paarden kunnen onmogelijk negen enorme bizons op sleepramen voorttrekken,' zei Palidar. De speer van de jonge man had een reusachtige stier geveld en hij had geen idee hoe hij dat dier moest verslepen, laat staan negen stuks.

'Iemand zal naar de volgende Grot moeten gaan en een aantal mensen mee terugbrengen om te helpen. Ik denk niet dat ze dat vervelend zullen vinden. Ze zullen er niet op hoeven jagen,' zei Jondalar. Hij had dezelfde gedachtegang gevolgd als Palidar, maar hij had meer ervaring met zulke grote dieren en wist dat veel handen licht werk maakten.

'Je hebt gelijk,' zei Jondecam, 'maar ik denk dat we ons kamp naar hier moeten verplaatsen om ze te slachten.' Hij verheugde zich niet echt op de verhuizing.

'Dat zal Beladora niet leuk vinden. Ze werkt aan diverse weefprojecten die ze niet zal willen verplaatsen,' zei Kimeran. 'Maar ze kan natuurlijk wel hierheen komen om te helpen met het villen en slachten.'
'Als we ze nou eens hier villen,' zei Ayla, 'en ze dan in grote stukken snijden. Dan kunnen we een paar keer heen en weer rijden om ze naar ons kamp te vervoeren, waar we een begin kunnen maken met het drogen van een deel het vlees. Dan kunnen we een deel van het verse vlees naar de volgende Grot brengen en vragen of ze willen helpen de rest te verplaatsen.'
'Dat lijkt me een goed idee,' zei Willamar. 'Ik ga de hoorns gebruiken om een stel nieuwe drinknappen te maken.'
'Ik zou graag een stuk of wat hoeven bewaren om er lijm uit te koken om speerpunten aan schachten te bevestigen,' zei Jondalar. 'Hars werkt ook wel, maar hoeven en botten maken een beter soort lijm.'
'En van de magen kunnen we nieuwe waterzakken maken, en de darmen kunnen we gebruiken om het vet in te bewaren,' voegde Ayla eraan toe.
'Levela bewaart soms ook fijngehakt vlees in schoongemaakte darmen,' zei Jondecam, 'en daar kunnen ook bedekkingen voor hoeden en voetbekleding van gemaakt worden.'
Opeens drong het tot Ayla door hoe dicht ze bij hun einddoel waren. Ze zouden binnen korte tijd Amelana bij haar Grot afleveren, waarna ze een bezoek zouden brengen aan de eeuwenoude heilige plaats die De Eerste per se aan Ayla wilde laten zien; die lag daar niet ver vandaan. Daarna zouden ze volgens Willamar binnen enkele dagen Beladora's Grot bereiken. En dan gingen ze terug naar huis.
De terugreis was natuurlijk net zo lang als de heenreis, maar toen Ayla om zich heen keek, kwam het haar voor dat de Moeder hen had voorzien van alles wat ze voor de terugreis nodig hadden. Ze hadden de materialen die ze nodig hadden om hun versleten gebruiksvoorwerpen, wapens en kleren te vervangen. Er was meer dan genoeg vlees om te drogen en om reiskoeken te maken – fijngemalen gedroogd vlees vermengd met vet en gedroogde bessen – die onontbeerlijk waren tijdens een reis waarbij ze zo snel mogelijk grote afstanden wilden afleggen. Ook hadden ze gedroogde wortels en stengels van bepaalde planten en de gewone soorten paddenstoelen die iedereen kende.

'Ik ben hier eerder geweest! Ik ken deze plek!' zei Amelana. Ze was zo opgewonden bij het zien van de ene bekende plek na de andere dat ze voortdurend stralend lachte. Er was geen sprake meer van uitrusten, zwanger of niet. Ze kon niet wachten om thuis te komen.

De kleine groep reizigers kwam bij een duidelijk aangegeven pad dat zich om een scherpe U-bocht in de rivier kronkelde. Een vroegere uiterwaard had een breed, vlak grasveld achtergelaten dat iets boven het niveau van de snelstromende rivier lag en abrupt eindigde aan de voet van een steile rotswand. Een mooie plek om paarden te laten grazen, dacht Ayla.

Het brede pad liep schuin omhoog langs de zijkant van de rotswand, om struiken en kleine bomen heen, waarvan sommige wortels als treden werden gebruikt. Het was geen makkelijke weg voor de paarden, vooral met de sleepramen, maar ze herinnerde zich hoe vast van voet Whinney was geweest toen ze omhoog was geklommen naar haar grot in het dal waar ze haar had gevonden.

Het pad werd vlakker, misschien door mensen, dacht Ayla, toen de reizigers bij een beschuttende overhangende rotsplaats aankwamen in een gebied dat duidelijk dichtbevolkt was. De mensen onderbraken hun diverse bezigheden en staarden naar de vreemde stoet die naderde, mensen en verbazingwekkend makke paarden. Whinney droeg de halster die Jondalar voor haar had gemaakt. Ayla gebruikte die graag als ze op weg gingen naar onbekende en mogelijk verontrustende situaties, maar ze leidde zowel Whinney als Grijs, die allebei sleepramen voorttrokken. Whinney trok de Eerste, op Grijs' sleepraam lag een lading bizonvlees. Willamar, zijn twee assistenten en Amelana liepen naast de paarden.

Toen de jonge, zwangere vrouw zich van het groepje losmaakte, trok dat de aandacht. 'Moeder! Moeder! Ik ben het!' riep ze toen ze op een vrouw met een gezet postuur afrende.

'Amelana? Amelana, ben jij dat? Wat doe je hier?' zei de vrouw.

'Ik kom thuis, moeder, en ik ben verschrikkelijk blij om je te zien,' riep Amelana uit.

Ze sloeg haar armen om de vrouw heen, maar haar zwangere buik maakte het haar moeilijk dicht bij haar te komen. De vrouw beantwoordde de omhelzing, pakte toen de schouders van de jonge vrouw vast en duwde haar naar achteren om te kijken naar de dochter van wie ze niet had gedacht haar ooit nog te zullen zien.

'Je bent zwanger! Waar is je levensgezel? Waarom ben je teruggekomen? Heb je iets verkeerds gedaan?' zei haar moeder. Ze kon zich niet voorstellen waarom een vrouw zo'n lange reis zou maken – ze wist dat het een lange reis moest zijn geweest, al wist ze niet precies hoe lang – terwijl ze zwanger was. Ze wist hoe impulsief haar dochter kon zijn en hoopte dat ze niet een sociaal gebruik of een taboe had geschonden, iets wat zo ernstig was dat ze haar naar huis hadden gestuurd.

'Nee, natuurlijk heb ik niets verkeerds gedaan. Als dat zo was, zou de Eerste Onder Hen Die de Grote Moeder Dienen me echt niet naar huis hebben gebracht. Mijn levensgezel bewandelt nu de volgende wereld, en ik was zwanger en wilde naar huis om bij jou mijn baby te krijgen,' zei Amelana.

'Is de Eerste hier? Heeft de Eerste je thuisgebracht?' vroeg de vrouw. Ze draaide zich om en keek naar de bezoekers. Een vrouw stapte van een of ander toestel af dat door een paard werd getrokken. Het was een grote vrouw, nog forser dan zij, en aan de tatoeage op de linkerkant van haar voorhoofd kon ze zien dat de vrouw een Zelandoni was. De vrouw kwam waardig en met een houding die gezag uitstraalde op haar toe lopen. Amelana's moeder keek nog eens goed naar de tatoeage, de patronen op haar kleding, de hanger op haar borst en haar andere halssieraden en besefte dat de vrouw inderdaad de Eerste was.

'Wil je me even aan je moeder voorstellen, Amelana?' zei de Eerste.

'Moeder, ik stel u voor aan de Eerste Onder Hen Die De Grote Aardmoeder Dienen,' begon Amelana. 'Zelandoni, dit is Syralana van de Derde Grot van de Zelandoniërs Die Waken Over De Oudste Heilige Plaats, gezellin van Demoryn, leider van de Derde Grot van de Zelandoniërs Die Waken Over De Oudste Heilige Plaats, moeder van Amelana en Alyshana.' Het gaf haar een zekere mate van voldoening om haar moeder en degenen die stonden toe te kijken te laten zien hoe goed ze de erkende leider van de zelandonia kende.

'Ik heet je welkom, Eerste Onder Hen Die De Grote Moeder Dienen,' zei Syralana, terwijl ze met uitgestoken handen naar de Eerste liep. 'We zijn zeer vereerd dat je bent gekomen.'

De Eerste pakte de handen van de vrouw vast en antwoordde: 'In de naam van de Grote Aardmoeder groet ik je, Syralana van de Derde Grot van de Zelandoniërs, Die Waken Over De Oudste Heilige Plaats.'

'Heb je deze verre reis speciaal gemaakt om mijn dochter thuis te brengen?' Syralana kon het niet nalaten deze vraag te stellen.

'Deze reis is de doniërreis van mijn acoliet. Zij is de vrouw met de paarden. We zijn gekomen om een bezoek te brengen aan jullie Oudste Heilige Plaats. Die is zelfs ons bekend, hoewel we ver naar het noorden wonen.'

25

Syralana keek een beetje angstig naar de lange vrouw, die de touwen vasthield die aan de twee paarden vastzaten, en dat zag de Eerste.
'We kunnen jullie later aan elkaar voorstellen, als je dat niet erg vindt,' zei ze. 'Zei Amelana dat je levensgezel de leider van deze Grot is?'
'Ja,' zei Syralana. 'Demoryn is hier de leider.'
'We zijn ook gekomen om jullie hulp te vragen, al zal dat ook in jullie voordeel zijn,' zei de Ene Die Eerste Was.
Een man kwam naast de vrouw staan. 'Dit is mijn levensgezel,' zei Syralana. 'Demoryn, leider van de Derde Grot van de Zelandoniërs Die Waken Over De Oudste Heilige Plaats, verwelkom de Eerste Onder Hen Die De Grote Moeder Dienen.'
'Zelandoni de Eerste, onze Grot heet jou en je vrienden welkom,' zei hij.
'Mag ik dan nu onze Meester-Handelaar voorstellen. Willamar, begroet Demoryn, leider van de Derde Grot van de Zelandoniërs Die Waken Over De Oudste Heilige Plaats.'
'Ik groet je, Demoryn,' begon Willamar. Hij strekte zijn handen uit en vervolgde de formele begroeting, waarna hij zei: 'We hebben vlak voor we hier aankwamen halt gehouden om te jagen en onze voorraden aan te vullen en voor jullie een geschenk mee te kunnen nemen in de vorm van vlees.' Hij zag dat de leider en enkele anderen knikten. Dat was iets wat zij ook zouden hebben gedaan. 'We hebben een overvloed aan rijkdommen verworven. We ontdekten een kudde bizons en onze jagers hadden buitengewoon veel geluk. We telden na afloop negen gedode bizons en onze hele groep bestaat slechts uit zestien mensen, onder wie vier kinderen. Negen bizons zijn te veel voor ons en hoe dan ook, zelfs met behulp van de paarden, kunnen we zoveel niet vervoeren, maar we willen de gaven van de Moeder niet verloren laten gaan. Als je wat mensen kunt meesturen om ons te helpen het vlees hierheen te brengen, dan willen we het graag met jullie delen. We hebben een deel meegebracht, maar een aantal mensen achtergelaten om de rest te bewaken.'

'Ja, natuurlijk helpen we jullie, en we delen graag mee in jullie voorspoed,' zei Demoryn. Toen keek hij eens goed naar Willamar en de tatoeage midden op zijn voorhoofd. 'Meester-Handelaar, ik geloof dat je hier eerder bent geweest.'
Willamar glimlachte. 'Niet bij deze specifieke Grot, maar wel in deze regio. De Eerste neemt haar acoliet, de vrouw die de paarden in bedwang houdt, mee op een donièrreis. Ze is de gezellin van de zoon van mijn gezellin. Hij is in ons kamp gebleven om het vlees te bewaken, samen met mijn assistenten, twee jonge handelaren die mij zullen opvolgen, en enkele anderen. Amelana had het geluk dat we deze reis hadden gepland toen ze vroeg of ze met ons mee mocht. Ze wilde graag terug naar huis om haar baby hier, bij haar moeder, ter wereld te brengen.'
'We zijn blij dat ze terug is. Haar moeder was erg verdrietig toen ze vertrok, maar ze was vastbesloten om mee te gaan met de jonge man die bij ons op bezoek kwam, en we konden haar niet tegenhouden. Het bedroeft me dat haar levensgezel nu de volgende wereld bewandelt. Dat moet erg zwaar zijn geweest voor zijn moeder en zijn familie, maar ik ben blij dat Amelana terug is. Ik had niet gedacht dat ik haar ooit nog zou zien,' zei Demoryn, 'en de volgende keer zal ze waarschijnlijk niet zo staan te springen om van huis weg te gaan.'
'Daar zou je weleens gelijk in kunnen hebben,' zei Willamar, met een veelbetekenende glimlach.
'Ik veronderstel dat jullie willen doorreizen naar de Eerste Grot, naar de bijeenkomst van alle andere zelandonia,' zei de leider.
'Ik weet niets van een bijeenkomst,' zei Willamar.
'Ik dacht dat de Eerste om die reden hier was,' zei Demoryn.
'Ik weet er niets van, maar ik weet niet alles wat de Eerste weet.' Ze keken allebei naar de grote vrouw.
'Wist jij dat er een bijeenkomst van de zelandonia was?' vroeg Willamar.
'Ik verheug me er zeker op die bij te wonen,' zei ze met een raadselachtige glimlach.
Willamar schudde zijn hoofd. Kon je een Zelandoni ooit echt kennen?
'Goed, Demoryn, als jij een paar mensen hebt die ons kunnen helpen het vlees af te laden dat we bij ons hebben en dan met ons mee willen gaan om de rest op te halen, dan kan de rest van onze reizigersgroep ook hiernaartoe komen.'
Terwijl ze Zelandoni hielp met haar persoonlijke bagage vroeg Ayla: 'Wist je dat hier vlakbij een bijeenkomst van de zelandonia zou plaatsvinden?'

'Ik wist het niet zeker, maar bijeenkomsten worden doorgaans eens in de zoveel jaar gehouden en ik meende dat dit het juiste jaar was voor een bijeenkomst in deze streek. Ik heb er niets over gezegd omdat ik geen verwachtingen wilde wekken voor het geval ik me vergiste, of we te laat zouden zijn.'

'Het schijnt dat je gelijk had,' zei Ayla.

'Amelana's moeder leek bang te zijn voor de paarden, dus heb ik je nog maar niet voorgesteld,' zei de Eerste.

'Als ze bang is voor de paarden, hoe zal ze dan op Wolf reageren?' zei Ayla. 'De formele introducties komen later wel. Ik zal je sleepraam hier laten en met Whinney en Grijs teruggaan. We kunnen een nieuw sleepraam voor Whinney maken zodat ze kan helpen het vlees hiernaartoe te brengen. Er ligt nog erg veel. Ik was vergeten hoe groot een bizon was. Misschien kunnen we een deel meenemen naar de bijeenkomst van de zelandonia.'

'Dat is een goed idee. Ik kan achter Whinney op mijn sleepraam rijden en Jondalar en Jonayla kunnen op hun sleepraam wat vlees meenemen,' zei Zelandoni.

Ayla lachte inwendig. Aankomen op het sleepraam, voortgetrokken door een paard, zorgde altijd voor opschudding, en de Eerste maakte nu eenmaal graag een spectaculaire entree. Iedereen leek het als een soort magie te zien. Waarom was het zo bijzonder? Waarom konden mensen niet inzien dat ze vriendschap konden sluiten met een paard? Vooral als ze niet alleen Jondalar en zij, maar ook Jonayla hadden zien paardrijden. Er was geen sprake van magie. Het vereiste vastberadenheid en inspanning en geduld, maar geen magie.

Toen Ayla op Whinneys rug sprong, wekte dat nog meer verbazing. Ze had de paarden geleid en was niet rijdend aangekomen. Aangezien de rest van de bezoekers liep had Ayla besloten dat zelf ook te doen. Tivonan en Palidar zouden teruglopen en de helpers van de Grot de weg wijzen, maar Ayla wilde zo snel mogelijk naar het kamp terug om een begin te maken met een nieuw sleepraam.

'Waar zijn de anderen?' vroeg Jondalar toen ze het kamp binnen reed.

'Die komen eraan. Ik ben vooruitgegaan om een nieuw sleepraam voor Whinney te maken om te helpen het vlees te vervoeren. We brengen een deel naar een andere Grot. Ze noemen zich de Zelandoniërs Die Waken Over De Oudste Heilige Plaats. Amelana is van de Derde Grot, maar wij gaan naar de Eerste Grot. Daar vindt een bijeenkomst van de zelandonia plaats, en de Eerste wist daarvan! Ze vermoedde althans dat die nu werd gehouden. Het is bijna niet te geloven dat ze zoveel weet. Waar is Jonayla?'

'Beladora en Levela passen op haar, samen met hun eigen kinderen. Dat vlees heeft alle vleeseters in de wijde omtrek aangetrokken, op poten en gevleugeld, en het leek ons beter om de kinderen in een tent te houden, uit het zicht. We hebben het erg druk gehad met het beschermen van de buit van die "fortuinlijke" jacht,' zei Jondalar.
'Heb je iets moeten doden?' vroeg Ayla.
'We hebben ze voornamelijk verjaagd met schreeuwen en stenen gooien.'
Op dat moment verscheen er een meute hyena's, en aangetrokken door de geur gingen ze recht op de berg bizonvlees af. Zonder erover na te denken trok Ayla de slinger van haar hoofd, haalde een paar stenen uit haar buidel en slingerde in een vloeiende beweging een steen recht op de leider van de meute af. De eerste steen werd onmiddellijk gevolgd door een tweede. De leider was al gevallen en de tweede hyena slaakte een kreet die eindigde met het geluid van een kakelende lach. De leiders van hyenameutes waren vrouwtjes, maar alle vrouwtjes hadden ook een soort mannelijk geslachtsorgaan en waren doorgaans groter dan de mannetjes. De hyena's renden heen en weer en gromden en jankten hun vreemde lach; ze wisten zich geen raad zonder hun leider. De vrouw zette een speer op haar speerwerper en liep op de onzekere meute af.
Jondalar sprong voor haar. 'Wat ga je doen?' vroeg hij.
'Die smerige meute hyena's verjagen,' zei ze. Haar gezicht was vertrokken van afschuw, en er klonk walging door in haar stem.
'Ik weet dat je hyena's haat, maar je hoeft niet elk exemplaar dat je ziet te doden. Het zijn ook maar gewoon dieren, en ook zij hebben hun plaats onder de kinderen van de Moeder. Als we de leider wegslepen, zal de rest waarschijnlijk volgen,' zei Jondalar.
Ayla keek hem aan en voelde haar spanning wegtrekken. 'Je hebt gelijk, Jondalar. Het zijn maar dieren.'
Met hun speerwerper gebruiksklaar pakte Jondalar een achterpoot en Ayla de andere en samen sleepten ze het dier weg. Ze zag dat de hyena nog zoogde, maar ze wist dat hyena's dikwijls een jaar lang zoogden tot de jongen bijna volwassen waren; en het enige waaraan je kon zien dat het jongen waren, was de kleur van de vacht. Jonge dieren waren donkerder. De snuffende, snuivende, lachende meute volgde hen; het tweede dier dat ze had geraakt liep kreupel. Ze dumpten het dier ver uit de buurt van het kamp en toen ze terugliepen, zagen ze dat ook andere vleeseters hen waren gevolgd.
'Goed zo!' zei Ayla. 'Misschien houdt dit ze bij ons vlees vandaan. Ik ga nu eerst mijn handen wassen. Die dieren stinken verschrikkelijk.'

Ayla's Zelandonische vrienden en verwanten zagen haar meestal als een gewone vrouw en moeder en haar accent viel hun niet eens meer op, maar als ze zoiets deed als op een meute hongerige hyena's af lopen en de leider doden met een steen uit haar slinger, schijnbaar zonder erbij stil te staan, werden ze zich opeens weer bewust van de verschillen tussen haar en hen. Ze was geen geboren Zelandoniër; ze was heel anders grootgebracht dan zij, en dan viel opeens ook haar eigenaardige manier van spreken weer op.

'We moeten een paar kleine bomen omhakken voor een nieuw sleepraam. Dat was Zelandoni's idee. Ik denk dat ze geen bloed op haar sleepraam wil. Ze beschouwt het echt als háár sleepraam, weet je,' zei Ayla.

'Het is ook van haar. Het zou niet bij iemand opkomen om het te gebruiken,' zei Jondalar.

Er waren twee tochtjes nodig om al het vlees van de voorspoedige jacht weg te brengen, de meeste bizons werden door de mensen van de Grot bij de hoorns gesleept en geduwd. Tegen de tijd dat de reizigers hun kamp hadden opgebroken, was de zon al bijna afgedaald tot aan de horizon, en was de lucht oranje en rood gekleurd. Ze pakten het vlees in dat ze zelf zouden houden en gingen op weg naar de Grot. Ayla en Jondalar bleven nog even achter – met de paarden konden ze de groep makkelijk inhalen. Ze maakten een laatste rondgang door het verlaten kamp om te zien of er niets belangrijks was achtergelaten.

Het was duidelijk te zien dat er mensen waren geweest. In de ruimte tussen de tenten waren paden uitgesleten die nu leidden naar plekken met geplet geel gras. Vuurplaatsen waren zwarte houtskoolkringen, sommige bomen vertoonden rauwe littekens van lichtgekleurd hout waar takken waren afgebroken, en puntige stronken die door bevers leken te zijn omgeknaagd gaven aan waar bomen hadden gestaan. Er lag hier en daar wat rommel: een gescheurde mand bij een van de vuurplaatsen en een kleine versleten slaaprol waar Jonlevan uit was gegroeid lag afgedankt midden op de plek waar een tent had gestaan. Her en der lagen vuursteensplinters en gebroken speerpunten, en groenteafval, maar dat zou al snel afbreken en weer in de aarde worden opgenomen. Van het riet en de lisdodden was veel geoogst, maar dat was niet te zien, het vergeelde gras en de zwarte kringen van de vuurkuilen zouden binnen korte tijd weer bedekt zijn met nieuw groen, en de bomen die waren omgehakt maakten plaats voor nieuwe spruiten. Er was geen onherstelbare schade aangericht.

Ayla en Jondalar controleerden hun waterzakken en namen een slok.

Ayla voelde aandrang om haar water te lozen voor ze op weg gingen en ze liep om de bomen heen. Als ze in hartje winter ingesneeuwd waren, aarzelde ze niet om zich in een nachtmand te ontlasten, ongeacht wie zat toe te kijken, maar als het enigszins mogelijk was had ze liever een beetje privacy, vooral nu ze haar beenkappen moest laten zakken en niet alleen een wijde jurk opzij moest trekken.

Ze knoopte de veter om haar middel los en hurkte neer, maar toen ze overeind kwam om haar beenkappen weer op te trekken, zag ze tot haar verbazing dat er vier vreemde mannen naar haar stonden te kijken. Ze was hoogst verontwaardigd. Zelfs als ze haar per ongeluk hadden gezien, was het niet netjes om te blijven staan kijken. Dat was bijzonder onbeleefd. Toen vielen haar bijzonderheden op: smoezelige kleding, onverzorgde baarden, vlassig lang haar, en vooral hun wellustige blikken. Dat laatste wekte haar woede, hoewel ze verwachtten dat ze bang zou zijn.

Misschien had ze dat ook moeten zijn.

'Hebben jullie nooit geleerd dat het erg onbeleefd is om te blijven kijken als een vrouw haar water moet lozen?' Ayla keek de mannen vol minachting aan terwijl ze de veter om haar middel vastbond.

Haar geringschattende opmerkingen verbaasden de mannen. Ten eerste omdat ze angst hadden verwacht en ten tweede omdat ze haar accent hoorden. Ze trokken hun eigen conclusies.

Een van hen keek met een spottende grijns naar de anderen. 'Ze is een vreemdeling. Waarschijnlijk op bezoek. Er zullen niet veel van haar soort in de buurt zijn.'

'Al zouden die er zijn, ik zie niemand,' zei een andere man, die haar verlekkerd aankeek en op haar afkwam.

Ayla moest opeens denken aan die keer dat ze tijdens haar Tocht met Jondalar een bezoek aan de Losaduniërs had gebracht. Er was daar een bende jonge schurken die vrouwen hadden lastiggevallen. Ze haalde haar slinger van haar hoofd en pakte een steen uit haar buidel. Toen floot ze Wolf en de twee paarden.

De mannen schrokken van de fluittonen, maar nog meer van de stenen. De man die op haar af kwam slaakte een kreet van pijn toen een steen hard tegen zijn dijbeen sloeg. Een tweede steen sloeg tegen de bovenarm van een andere man met hetzelfde effect. Beide mannen grepen naar de pijnlijke plek.

'Hoe in Moeders Onderwereld heeft ze dat gedaan?' zei de eerste man. Met een blik naar de andere mannen zei hij: 'Laat haar niet ontsnappen. Dit wil ik haar betaald zetten.'

Ayla had ondertussen een speer op haar speerwerper gezet en richtte die op de eerste man. Van de andere kant van het groepje bomen kwam een stem.

'Wees maar blij dat ze niet op je hoofd heeft gericht, want dan zou je nu de volgende wereld bewandelen. Ze heeft net met een van haar stenen een hyena gedood.'

De mannen draaiden zich om en zagen een lange blonde man die ook zo'n vreemd apparaat met een speer op hen gericht had. Hij had Zelandonisch gesproken, maar ook hij had een accent, niet hetzelfde als de vrouw, maar alsof hij van verre kwam.

'Laten we maken dat we wegkomen,' zei een andere man, en hij zette het op een lopen.

'Hou hem tegen, Wolf!' beval Ayla.

Een grote wolf, die ze niet hadden gezien, rende achter de man aan. Hij nam de enkel van de man tussen zijn tanden, trok hem omver, en boog zich grommend over hem heen.

'Verder nog iemand die ervandoor wil gaan?' vroeg Jondalar. Hij bekeek de vier mannen van top tot teen en had al snel zijn conclusie klaar. 'Ik heb het idee dat jullie hier in de buurt voor nogal wat problemen hebben gezorgd. Ik denk dat we jullie maar naar de dichtstbijzijnde Grot moeten brengen om te zien wat zij ervan denken.'

Met Wolf vlak naast zich pakte hij de mannen hun speren en messen af. Ze waren niet gewend ergens toe gedwongen te worden, maar zodra een van hen tegenstribbelde, stuurde Ayla Wolf weer op hen af. Ze durfden het geen van allen tegen de grommende wolf op te nemen. Toen ze op weg gingen dreef Wolf de mannen voort, happend naar hun hielen en grommend. Met Ayla op de rug van haar hooikleurige merrie aan de ene kant en Jondalar op zijn donkerbruine hengst aan de andere kant, konden ze nergens anders heen dan recht vooruit.

Op een gegeven moment waagden twee van de mannen zich aan een ontsnappingspoging. Ze renden allebei een andere kant op. Jondalars speer suisde rakelings langs het oor van de man die de leider leek te zijn, waardoor hij meteen bleef staan. Ayla's speer zoefde door de loshangende kleding van de tweede man, waardoor hij zijn evenwicht verloor en op de grond viel.

'We moeten de handen van die twee maar aan elkaar binden, en misschien ook van die twee anderen,' zei Jondalar. 'Ik heb het idee dat ze niet graag de mensen die hier vlakbij wonen onder ogen willen komen.'

Ze kwamen later terug dan verwacht. De zon kleurde de westelijke hemel paars en donkerrood toen ze de stenen schuilplaats bereikten waar de Grot woonde.

'Zij waren het!' riep een vrouw toen ze de mannen zag. 'Zij hebben me gedwongen tot Genot en mijn levensgezel gedood toen hij probeerde ze tegen te houden. Toen hebben ze ons eten en onze slaaprollen meegenomen en mij achtergelaten. Ik ben naar huis gelopen, maar ik was zwanger en heb de baby verloren.'

'Waar zijn jullie ze tegengekomen?' vroeg Demoryn aan Jondalar en Ayla.

'Vlak voor we wilden vertrekken liep Ayla naar de achterkant van een groepje bomen bij ons kamp om haar water te lozen. Toen hoorde ik haar Wolf en de paarden fluiten. Ik ging kijken wat er was en zag dat ze deze vier mannen op een afstand hield. Twee van hen omklemden de kneuzing waar ze waren geraakt door een steen uit haar slinger, en ze had haar speerwerper schietklaar in haar hand,' zei Jondalar.

'Kneuzingen! Is dat alles? Ze heeft met haar stenen een hyena gedood,' zei Tivonan.

'Ik wilde ze niet doden, alleen maar tegenhouden,' zei Ayla.

'Tijdens onze Tocht onderweg naar huis kregen we verhalen te horen over een groep jonge mannen die de mensen aan de andere kant van de gletsjer in het westen het leven zuur maakten. Ze hadden een jonge vrouw voor haar Eerste Riten verkracht. Ik vroeg me af of deze mannen misschien de mensen hier in de buurt lastigvielen,' zei Jondalar.

'Ze hebben veel meer gedaan dan mensen lastigvallen, en ze zijn niet jong. Ze zijn al jaren bezig; ze stelen, verkrachten vrouwen, doden mensen, maar niemand heeft ze kunnen opsporen,' zei Syralana.

'De vraag is wat we nu met ze moeten doen,' zei Demoryn.

'Je brengt ze naar de bijeenkomst van de zelandonia,' zei de Eerste.

'Goed idee,' zei Willamar.

'Maar eerst moeten we ze beter vastbinden. Ze hebben onderweg naar hier al een keer geprobeerd te vluchten. Jondalar heeft hun speren en messen afgepakt, maar misschien heeft hij iets over het hoofd gezien. En iemand moet ze vannacht bewaken. Wolf kan daarbij helpen,' zei Ayla.

'Ja, je hebt gelijk. Ze zijn gevaarlijk,' zei Demoryn, terwijl hij terugliep naar de schuilplaats. 'De zelandonia kunnen beslissen wat er met de mannen moet gebeuren, maar ze moeten een halt toegeroepen worden, koste wat het kost.'

'Herinner je je Attaroa, Jondalar?' vroeg Ayla, toen ze zich bij de leider van de Grot aansloten.

'Haar zal ik nooit vergeten. Ze heeft je bijna gedood. Als Wolf er niet was geweest zou ze daarin zijn geslaagd. Ze was hardvochtig, ik zou bijna zeggen duivels. De meeste mensen zijn welvoeglijk. Die staan

altijd klaar om anderen te helpen, vooral mensen in moeilijkheden, maar er lijken altijd enkelen te zijn die nemen wat ze willen en die mensen kwetsen zonder daar iets om te geven,' zei Jondalar.
'Balderan is volgens mij iemand die er plezier aan beleeft om mensen te kwetsen,' zei Demoryn.
'Zo heet hij dus,' zei Jondalar.
'Hij heeft altijd iets kwaadaardigs gehad,' zei Demoryn. 'Zelfs als kind kwelde hij al kinderen die zwakker waren, en er waren altijd jongens die zich bij hem aansloten en deden wat hij zei.'
'Waarom krijgt zo iemand altijd volgelingen?' vroeg Ayla.
'Wie zal het zeggen?' zei Jondalar. 'Misschien zijn ze bang voor de treiteraar en denken ze dat als ze meedoen, zij niet hoeven te vrezen het slachtoffer van het getreiter te worden. Of misschien hebben ze weinig status en voelen ze zich belangrijker als ze anderen angst aanjagen.'
'We moeten mensen aanwijzen om ze goed in de gaten te houden,' zei Demoryn. 'De bewakers kunnen elkaar dan aflossen zodat ze tijdens de wacht niet in slaap vallen.'
'De mannen moeten ook grondig gefouilleerd worden. Ze hebben misschien ergens messen verborgen waarmee ze de touwen kunnen doorsnijden en mensen kwaad kunnen doen,' zei Ayla. 'Ik meld me aan als een van de bewakers, en zoals ik al zei: Wolf kan helpen. Hij is een uitstekende bewaker. Het is net of hij slaapt met zijn ene oog open.'
Toen ze werden gefouilleerd bleek elk van de mannen minstens één mes tussen zijn kleren verstopt te hebben, eetmessen beweerden ze. Demoryn had overwogen 's nachts hun handen los te maken zodat ze gerieflijker konden slapen, maar door de vondst van de messen veranderde hij van gedachten. Ze kregen iets te eten en werden nauwlettend in de gaten gehouden terwijl ze aten. Ayla verzamelde hun eetmessen toen ze waren uitgegeten. Balderan weigerde haar zijn mes te geven, maar een teken aan Wolf, die onheilspellend grommend overeind sprong, bracht de man ertoe het scherpe werktuig los te laten. Toen ze vlak voor hem stond zag ze dat hij ziedde van woede. Hij kon zich nauwelijks beheersen. Hij had bijna zijn hele leven kunnen doen wat hij wilde. Hij had zich altijd ongestraft alles toegeëigend waarop hij zijn zinnen had gezet en al doende anderen van het leven beroofd. Nu was hem zijn bewegingsvrijheid ontnomen en werd hij gedwongen dingen te doen die hij niet wilde doen, en dat stond hem niet aan.

De bezoekers en de meeste mensen van de Derde Grot van de Zelandoniërs Die Waken Over De Oudste Heilige Plaats volgden een pad stroomopwaarts naast de kronkelende rivier die een diepe kloof in het kalksteen had uitgesleten. Ayla merkte dat de mensen van de plaatselijke Grot veelzeggende blikken en glimlachjes uitwisselden, alsof ze een geheim deelden of een leuke verrassing voorzagen. Toen ze een scherpe bocht om gingen, werden de bezoekers verrast door de aanblik van een hoge stenen boog, een natuurlijke brug over de rivier. Degenen die dit voor het eerst zagen bleven vol bewondering staan kijken naar de formatie die door de Grote Aardmoeder was geschapen. Ze hadden nog nooit zoiets gezien; dat had niemand. Het was uniek.

'Heeft het een naam?' vroeg Ayla.

'Het heeft veel namen,' zei Demoryn. 'Sommige mensen noemen het naar de Moeder, of naar geesten van de volgende wereld. Anderen vinden het op een mammoet lijken. Wij noemen het gewoon de Boog of de Brug.'

Ongeveer vierhonderdduizend jaar eerder had de kracht van een ondergrondse rivier zich een weg door het kalksteen uitgesleten en uiteindelijk de koolzure kalk uitgehold, waarbij grotten en doorgangen waren ontstaan. In de loop der tijd was het waterniveau gezakt en het land omhooggekomen, en was de doorgang in de muur van steen een natuurlijke boog geworden. De huidige rivier stroomde door wat vroeger een barrière was geweest en nu een brug over de rivier, maar zo hoog dat die maar zelden werd gebruikt. De hoge stenen boog over de rivier was een ontzagwekkende formatie en enig in zijn soort.

Het hoogste punt van de boog bevond zich ongeveer op gelijke hoogte met de top van de hoge rotswanden, maar de eeuwenoude stroom had ook bochten dichter bij de rivier uitgesleten die nu vlak terrein waren. Tijdens het natte seizoen, als het water in de rivier hoog stond, perkten de zijkanten van de kalkstenen barrière de waterstroom in, waardoor de rivier buiten zijn oevers trad, maar meestal was de rivier die vroeger grotten had gecreëerd en zich een weg door de kalkstenen barrière had geboord, rustig.

Het veld tussen de stenen schuilplaats van de Eerste Grot van de Zelandonische Wakers en de rivier was rond van vorm en omsloten door de hoge rotswanden van het ravijn. Veel eonen eerder was het de lus van een U-bocht van de voormalige rivierbedding geweest, maar nu was het een weiland met allerlei grassoorten, geurige alsemstruiken en ganzenvoet, een plant waarvan de eetbare groene bladeren de vorm hadden van de poten van de eenden en ganzen die 's zomers de rivier bezochten. De plant droeg een grote hoeveelheid kleine zwarte zaadjes die tussen stenen fijngemalen konden worden, vervolgens gekookt en gegeten.

Tegen de achterkant van het veld was een lichte helling. Tussen de scherpgerande stenen zat voldoende aarde om de wortels te voeden van in koude gedijende pijnbomen, berken en jeneverbessen, dikwijls niet hoger dan struikgewas. Op de hellingen en plateaus van de rotswand boven het veld vormde het donkere altijdgroen van bomen en struiken een sterk contrast met het witte kalksteen van de wand. Er waren ook terrassen waar de mensen zich konden verzamelen als iemand informatie aan een groep wilde doorgeven.

De Eerste Grot van de Zelandoniërs Die Waakten Over De Oudste Heilige Plaats woonde onder een beschuttende kalkstenen richel op een terras boven de uiterwaard. De zelandonia hadden zich in het veld verzameld om hun bijeenkomst te houden.

De aankomst van de bezoekers en de leden van de Derde Grot van Wakers over de Heilige Grot baarde veel opzien. De zelandonia hadden een soort paviljoen opgericht, een tentachtige structuur met een dak, maar slechts gedeeltelijk voorzien van wanden. Het dak bood beschutting tegen de zon en de zijwanden hielden de wind tegen die door het ravijn trok. Een van de acolieten had de naderende stoet opgemerkt, was naar binnen gerend en had de bijeenkomst onderbroken. Enkelen van de leidende zelandonia waren hogelijk geërgerd, tot ze zich omdraaiden om te kijken, en toen kregen ze een koude rilling van angst, wat ze probeerden niet te tonen.

Ayla reed op Whinney voorop. De Eerste had haar opgedragen tot vlak voor de tent te rijden, wat ze deed. Toen ze stilstonden zwaaide ze haar been over de paardenrug, liet zich op de grond glijden en hielp de Eerste van het sleepraam stappen. De Eerste had een manier van lopen die snel noch langzaam was, maar statig. De twee zuidelijke leiders herkenden onmiddellijk de symboliek van haar gezichtstatoeages, kleding en halssieraden, en konden nauwelijks geloven dat de Eerste Onder Hen Die De Grote Aardmoeder Dienden naar hun bijeenkomst was gekomen. Ze hadden haar zo zelden gezien dat ze bijna een mythische figuur was. Ze bewezen lippendienst aan haar bestaan, maar ze beschouwden zich als behorende tot de hoogsten onder de zelandonia en hadden een eigen Eerste uitgekozen. Haar nu in levenden lijve te zien was nogal overweldigend, maar de manier waarop ze verscheen nog veel indrukwekkender. Gezag over paarden was ongekend. Ze moest uitzonderlijk machtig zijn.

Ze liepen eerbiedig op haar toe, begroetten haar met beide handen uitgestrekt en heetten haar welkom. De Eerste beantwoordde hun groet en stelde haar reisgezelschap voor: Ayla en Jonokol, Willamar en Jondalar en vervolgens de rest, Willamars assistenten en de kinderen als laatsten. Demoryn begroette de twee voor hem belangrijkste zelandonia: de man die de Zelandoni van zijn Grot was en de vrouw die de Zelandoni van de Eerste Grot van de Wakers Over de Heilige Plaats was. Ayla had Jonayla opgedragen Wolf uit het zicht te houden, maar na de formele introducties bracht ze hem tevoorschijn, en weer zag ze schrik en angst op de gezichten. Toen ze hen had overgehaald zich aan de wolf te laten voorstellen, leken ze minder bang, maar ze bleven op hun hoede. Inmiddels waren de mensen van de Eerste Grot vanuit hun schuilplaats aan de zijkant van de rotswand naar het veld afgedaald, maar Ayla was blij dat formele introducties tot later werden uitgesteld.

De vier mannen die ze hadden meegenomen om ze door de zelandonia onder handen te laten nemen, werden door de mensen van de Derde Grot van Wakers achteraf gehouden tot de formaliteiten waren afgehandeld, maar nu bracht Demoryn ze naar voren. Hij wendde zich tot zijn Zelandoni.

'Je weet toch, die mannen die al die problemen hebben veroorzaakt... stelen, vrouwen verkrachten en mensen doden...' zei hij.

'Ja,' antwoordde de man. 'Daar hebben we net over gesproken.'

'Nou, we hebben ze te pakken,' zei Demoryn, en hij gaf een teken aan de mannen die waren aangewezen om het viertal te bewaken. Ze werden naar voren geleid. De vrouw die de mannen had aangewezen als degenen die haar levensgezel hadden gedood en haar hadden verkracht, kwam mee naar voren. 'Deze heet Balderan. Hij is hun leider.'

Alle zelandonia keken naar de vier mannen van wie de handen waren vastgebonden. Ze merkten hun onverzorgde uiterlijk op, maar de vrouwelijke Zelandoni van de Eerste Grot wilde meer dan alleen uiterlijk om een oordeel over hen te vellen.

'Hoe weet je dat zij het zijn?' vroeg de vrouwelijke Zelandoni.

'Doordat ik degene ben die werd verkracht, nadat ze mijn levensgezel hadden gedood,' zei de vrouw.

'En jij bent?'

'Ik ben Aremina van de Derde Grot van de Zelandoniërs Die Waken Over De Oudste Heilige Plaats,' zei ze.

'Wat ze zegt is waar,' zei de mannelijke Zelandoni van de Derde Grot van Wakers. 'Ze was toentertijd zwanger en heeft door het voorval haar baby verloren.' Hij wendde zich tot Demoryn. 'We hebben over hen gesproken en probeerden een plan te bedenken om ze op te sporen. Hoe heb je ze te pakken gekregen?'

'Dat hebben we te danken aan de acoliet van de Eerste,' zei Demoryn. 'Ze wilden haar overweldigen, maar beseften niet wie ze is.'

'Wie is ze dan, behalve de acoliet van de Eerste?' vroeg de Zelandoni van de Eerste Grot van Wakers.
Demoryn wendde zich tot Willamar. 'Wil jij dat misschien uitleggen?'
'Nou,' zei Willamar, 'ik was er niet bij en kan dus alleen maar vertellen wat mij is verteld, maar dat geloof ik. Ik weet dat Ayla een uiterst kundig jager is met zowel een slinger waarmee ze stenen werpt als met een speerwerper, een wapen dat door haar levensgezel, Jondalar, is bedacht. Ze is tevens degene die gezag heeft over de wolf en de paarden, al hebben haar levensgezel en kind dat ook. Klaarblijkelijk heeft ze deze mannen toen ze haar wilden overweldigen, met stenen een kneuzing bezorgd, al kan ze als ze dat wil met stenen iemand doden. Toen verscheen Jondalar met zijn speerwerper. Een van de mannen probeerde te vluchten, maar ze heeft de wolf achter hem aan gestuurd om hem tegen te houden. Ik heb ze zien samenwerken tijdens de jacht. Die mannen hadden geen schijn van kans.'
'Alle bezoekers gebruiken de speerwerper – Jondalar heeft beloofd ons te leren hoe ze werken – en toen ze op jacht gingen verliep die wat al te voorspoedig,' vervolgde Demoryn. 'Iedere jager heeft een bizon gedood. Negen stuks in totaal. Dat is een heleboel vlees; bizons zijn grote dieren. Daarom hebben we een grote lading vlees meegebracht, voor jullie Eerste Grot en de bijeenkomst van de zelandonia.
Wat deze mannen betreft, toen we ze te pakken hadden wisten we niet wat we met hen aan moesten. Aremina vond dat ze de dood verdienden, aangezien ze haar levensgezel hebben gedood. Misschien heeft ze gelijk. Maar we weten niet wie ze moet doden, of hoe. Iedereen doodt dieren die de Grote Moeder ons heeft gegeven om ons in leven te houden, maar de Moeder verwerpt het doden van mensen. Ik wist niet of wij degenen waren die de mannen moesten doden. Als we dat zouden doen of misschien op de verkeerde manier, dan zou dat ongeluk over onze Grot kunnen afroepen. Het leek ons beter om de zelandonia daarover te laten beslissen, dus hebben we ze hiernaartoe gebracht.'
'Een wijs besluit, vinden jullie niet?' zei de Eerste Onder Hen Die Dienden. 'Het komt goed uit dat jullie een bijeenkomst houden. Jullie kunnen het bespreken en met elkaar een beslissing nemen.'
Ze laat hun op deze manier weten dat ze niet van plan is het heft in handen te nemen omdat zij toevallig de Eerste is, dacht Ayla, maar ze zal nieuwsgierig zijn naar wat ze gaan doen.
'Ik hoop dat je wilt blijven en ons van advies wilt dienen,' zei de Zelandoni van de Eerste Grot van Wakers van de Heilige Plaats.
'Dank je. Dat doe ik graag. Dit is geen makkelijk probleem. We zijn hier omdat ik mijn acoliet vergezel op haar donièrreis. Ik hoop dat

iemand ons door de grot wil leiden. Ik ben er maar één keer geweest, maar ik ben hem nooit vergeten. De grot is niet alleen de Oudste Heilige Plaats, maar hij is ook onvoorstelbaar mooi, zowel de grot zelf als de afbeeldingen die op de muren zijn geschilderd. Ze eren de Grote Moeder,' zei de Eerste, en uit haar toon bleek haar oprechtheid.
'Natuurlijk. We hebben een Waker bij de Heilige Plaats die jullie maar al te graag door de grot zal leiden,' zei de vrouw, 'maar laten we nu eerst even naar die mannen kijken.'
Toen de vier mannen naar voren werden gebracht, stribbelden ze tegen, maar Wolf bewaakte hen en hij haalde Balderan met gegrom en happend naar zijn enkels en benen terug toen hij probeerde te vluchten. Het was duidelijk dat Balderan witheet van woede was. Hij haatte vooral de vreemdelingen, de man en de vrouw die paarden en een wolf naar hun hand konden zetten, en dus ook hem. Voor het eerst van zijn leven was hij bang, en zijn grootste angst gold Wolf. Hij wilde het dier doden, maar Wolf ook hem. De zintuigen van dieren zijn veel sterker ontwikkeld dan die van de mens en de vierpotige jager wist dat deze man anders was dan andere mannen. Hij was geboren met te veel of juist te weinig van iets en Wolf wist intuïtief dat deze man niet zou aarzelen om zijn dierbaren kwaad te doen.
Inmiddels stonden alle mensen van beide Grotten en alle zelandonia op het veld voor de rotswanden, en toen de mannen naar voren werden geleid, was dat aanleiding tot heel wat opschudding. Verscheidene mensen herkenden Balderan en schreeuwden beschuldigingen.
'Hij was het!' riep een vrouw. 'Hij heeft me verkracht! Dat hebben ze allemaal gedaan.'
'Ze hebben vlees van me gestolen dat ik had uitgespreid om te drogen.'
'Hij heeft mijn dochter ontvoerd en haar bijna een maan lang vastgehouden. Ik weet niet wat ze haar hebben aangedaan, maar ze was zichzelf niet meer en is de winter daarna gestorven. Wat mij betreft heeft hij haar gedood.'
Een man van middelbare leeftijd kwam naar voren. 'Ik kan jullie het een en ander over hem vertellen. Hij is bij mijn Grot geboren voor ik ben verhuisd,' zei hij.
'Ik wil graag horen wat deze man te zeggen heeft,' zei de Eerste.
'Ik ook,' zei de Zelandoni van de Derde Grot van Wakers.
'Balderan is ter wereld gebracht door een vrouw die geen levensgezel had en in het begin was iedereen blij dat ze een zoon had die gezond en wel leek, een zoon die op een dag een bijdrage aan de Grot kon leveren, maar hij was van jongs af aan onhandelbaar. Hij was een sterke jongen, maar hij gebruikte zijn kracht om te nemen wat hij wilde wan-

neer hij dat maar wilde. In het begin probeerde zijn moeder zijn gedrag goed te praten. Aangezien ze geen levensgezel had hoopte ze dat haar sterke zoon, die al op jonge leeftijd een erg goede jager werd omdat hij graag dingen doodde, voor haar zou zorgen als ze ouder werd, maar op den duur ging ze beseffen dat hij niet meer om haar gaf dan om wie dan ook,' begon de man.

'Tegen de tijd dat hij een jonge man was, voelde iedereen van de Grot boosheid en angst jegens hem. Het kwam tot een uitbarsting toen hij speren stal van een man die die speren voor zichzelf had gemaakt. Toen de man protesteerde en ze wilde terugpakken, heeft Balderan hem zo ernstig mishandeld dat de man bijna stierf. Ik geloof niet dat hij ooit volledig is hersteld. Toen hebben alle leden van de Grot één front gevormd en hem gezegd dat hij weg moest. Alle mannen en de meeste vrouwen namen een wapen ter hand en joegen hem weg. Twee vrienden vertrokken samen met hem, jonge mannen die hem bewonderden vanwege het feit dat hij alles nam wat hij wilde zonder voor ook maar iets te hoeven werken. Een van hen kwam voor het eind van de zomer terug en smeekte om weer toegelaten te worden, maar Balderan slaagde er altijd in een paar volgelingen te verwerven.

Hij ging bijvoorbeeld naar een Zomerbijeenkomst, nam zijn intrek in een vreghut en daagde de andere jonge mannen uit tot roekeloze, gevaarlijke bravourestukken om hun mannelijkheid te bewijzen. Hij koeioneerde altijd iedereen die zwak of bang leek, en wanneer hij vertrok, had hij steevast een paar nieuwe volgelingen die onder de indruk waren van zijn onruststokerij. Dan vielen ze nieuwe Grotten aan, tot de mensen daar op het punt waren gekomen dat ze samen naar de schurken op zoek gingen. Balderan en zijn vrienden trokken dan naar een andere streek, waar ze op zoek gingen naar nieuwe Grotten van wie ze eten, kleren, werktuigen en wapens konden stelen, en vrouwen die ze konden verkrachten.'

Balderan luisterde met een valse grijns op zijn gezicht naar het verhaal van de man. Wat anderen over hem zeiden liet hem koud. Het was natuurlijk allemaal waar, maar hij was nooit eerder in de kraag gevat, en dat stond hem in het geheel niet aan. Ayla hield hem nauwlettend in de gaten en zag dat hij meer dan woest was; ze zag zijn angst en zijn haat, en ze wist dat Wolf die kon ruiken. Ze wist dat als Balderan een poging zou doen haar of Jonayla of Jondalar of wie dan ook van de groep reizigers kwaad te doen, Wolf hem zou doden. Ze wist dat als ze Wolf een teken gaf om de man te doden, hij dat zou doen, en waarschijnlijk zou iedereen hem dankbaar zijn. Maar ze wilde niet dat Wolf hun probleem zou oplossen omdat ze niet wilde dat Wolf bekend zou

komen te staan als een moordenaar. Verhalen werden na verloop van tijd altijd overdreven. Iedereen wist dat wolven tot doden in staat waren. Het feit dat hij had geholpen de man te vangen en dat hij de man had bewaakt en hem niet had gedood, dat was het verhaal dat ze mensen over Wolf wilde meegeven. De mensen moesten zelf met Balderan afrekenen, en ze was benieuwd wat ze zouden doen.
Zijn volgelingen waren niet woedend. Die waren alleen maar bang. Ze beseften wat ze hadden gedaan, en er waren genoeg mensen die dat ook wisten. De man die naast Balderan stond dacht na over de hachelijke positie waarin hij zich bevond. Het had altijd zo makkelijk geleken om naar Balderans pijpen te dansen, om te nemen wat ze wilden en mensen angst aan te jagen. Balderan joeg hem ook angst aan, soms, maar hij voelde zich belangrijk als mensen bang voor hem waren. En als ze zagen dat de mensen die achter hen aan kwamen vlakbij en vastberaden waren, en ze het gevoel hadden dat het tijd was om verder te trekken, waren ze er altijd in geslaagd te ontkomen. Ze waren ervan overtuigd dat ze nooit gevangen zouden worden, maar die vrouw uit den vreemde, met haar wapens en haar dieren, had daar verandering in gebracht. Er viel niet aan te twijfelen dat ze een Zelandoniër was, en natuurlijk hadden ze nooit Een Die De Moeder Dient moeten belagen. Maar hoe hadden ze dat kunnen weten? Ze was niet eens getatoeëerd. Ze zeiden dat ze een acoliet was, maar een acoliet van de Eerste? Hij wist niet dat de Eerste echt bestond. Hij dacht dat ze gewoon een verhaal was, zoals de Oude Legenden. Maar nu was de machtigste Zelandoni op aarde hier, met haar acoliet, die een magisch gezag over dieren had en hem had gevangen. Wat gingen ze met hem doen?
Alsof hij de vraag hardop had gesteld, zei een van de zelandonia: 'Nu ze hier zijn, wat gaan we met hen doen?'
'We moeten ze voorlopig te eten geven, een plek zoeken waar we ze kunnen onderbrengen en enkele mensen aanwijzen om ze te bewaken tot er een beslissing wordt genomen,' zei de Eerste. Ze wendde zich tot de vrouw die de Zelandoni was van de Eerste Grot van Wakers van de Oudste Heilige Grot. 'En misschien moet je dit bizonvlees verdelen.'
De vrouw glimlachte naar de Eerste in het besef dat ze haar gezag aan haar had overgedragen, alsof ze wist dat zij in deze streek de Eerste was, hoewel niemand haar dat had verteld. De vrouw riep enkele namen en delegeerde de verantwoordelijkheid voor het verdelen van het vlees aan de leiders van de twee Grotten, en ze wees enkele andere zelandonia aan om toezicht te houden op het villen en slachten van de dieren. Enkele waren al gevild, en ze begonnen met het kleinsnijden van dat

vlees voor hun avondmaal. Anderen leidden Balderan en zijn mannen naar de rotswand.

Nu de schurken waren overgedragen, floot Ayla Wolf en ging met het dier naar Jondalar om hem te helpen de paarden te verlossen van de sleepramen. Ze had een mooie grazige plek gezien uit de buurt van de mensen, maar ze besloot eerst te vragen of er misschien een reden was om de paarden daar niet te laten grazen. Het was altijd beter om niet te beslissen over het terrein van andere Grotten. Ze vroeg het eerst aan Demoryn, de leider van Amelana's Grot.

'We hebben hier dit jaar geen Zomerbijeenkomst gehouden en ik vermoed dat het daardoor niet vertrapt is, maar voor alle zekerheid kun je het beter aan de Zelandoni Eerste vragen,' zei hij.

'Zelandoni Eerste?' zei Ayla. 'Bedoel je van de Eerste Grot van de Wakers?'

'Ja, maar dat is niet de reden waarom ze Zelandoni Eerste wordt genoemd. Dat is omdat ze onze "Eerste" is,' zei hij. 'Het is puur toeval dat ze de Zelandoni van die Grot is. Ik bedenk opeens dat ik haar nog moet vertellen dat ik een boodschapper naar enkele andere Grotten heb gestuurd om door te geven dat Balderan gevangen is genomen. Die zijn het meest door hem lastiggevallen. Er kunnen dus nog meer mensen komen.'

Ayla fronste haar voorhoofd en vroeg zich af hoeveel Grotten hetzelfde zouden doen. Misschien kon ze beter op zoek gaan naar een meer afgezonderde plek, of misschien moest ze een omheining maken zoals ze altijd bij de Zomerbijeenkomsten deed. Ze besloot het daar met Jondalar over te hebben nadat ze met Zelandoni Eerste had gesproken.

Ayla en Jondalar overlegden met de rest van de reizigers, en ze besloten een mooie plek uit te zoeken om hun kamp op te zetten, zoals de meeste Grotten deden als ze vroeg bij een Zomerbijeenkomst arriveerden. De Eerste had hetzelfde gevoel als Ayla: er konden weleens meer mensen komen dan verwacht.

Hoewel de maaltijden werden bereid door de families of groepen die doorgaans met elkaar aten, zaten ze die avond min of meer allemaal bij elkaar, zoals bij een feestmaal. Balderan en zijn handlangers kregen ook een bord, en hun handen werden losgemaakt zodat ze konden eten. Tijdens het eten spraken ze zacht met elkaar. Ze werden door verscheidene mensen bewaakt, maar het was moeilijk om alert te blijven als er niets anders te zien was dan mensen die zaten te eten. Het begon donker te worden terwijl de maaltijd voortduurde, en welwillende vreemden wilden elkaar graag leren kennen.

Ayla en Jondalar lieten Wolf bij Jonayla om hem wat rust te geven na zijn zware waakdienst, en gingen samen een eindje wandelen in de richting van het onderkomen van de zelandonia. De Eerste was daar naartoe gegaan om te praten over een speciale rondleiding in de Heilige Grot met Ayla, Jonokol en enkele anderen, en een andere rondleiding met de rest van de bezoekers, behalve de kinderen, die minder uitgebreid hoefde te zijn.

Het paar wist ongeveer waar de gevangengenomen mannen werden vastgehouden, maar in het donker zagen ze niet dat de schurken hen nauwlettend met hun blik volgden. Balderan had vooral de lange man die de levensgezel was van de vrouwelijke acoliet in de gaten gehouden, en toen ze aan kwamen lopen, zei hij tegen zijn mannen: 'We moeten hier weg zien te komen. Doen we dat niet dan zijn onze dagen geteld.'

'Maar hoe?' vroeg een van de mannen.

'We moeten ons ontdoen van die vrouw die gezag heeft over de wolf,' zei Balderan.

'Die wolf laat ons niet eens bij haar in de buurt.'

'Alleen als hij bij haar is. En dat is niet altijd het geval. Soms blijft hij bij het meisje,' zei Balderan.

'Maar die man dan die altijd bij haar in de buurt is? De bezoeker met wie ze samenreist. Hij is groot.'

'Ik heb mannen als hij gekend, groot en gespierd, maar te rustig en goedaardig. Heb je hem ooit kwaad gezien? Volgens mij is hij een van die zachtaardige reuzen die zo bang zijn dat ze iemand pijn kunnen doen dat ze zelfs een woordenwisseling uit de weg gaan. Als we snel zijn, kunnen we haar grijpen voor hij het beseft, en dreigen haar te doden als hij ook maar een vin durft te verroeren. Ik geloof niet dat hij het risico zal nemen dat haar iets overkomt. Tegen de tijd dat hij erover heeft nagedacht, is het te laat. Dan zijn wij weg en zij met ons.'

'Waar wil je haar mee bedreigen? Ze hebben ons onze messen afgepakt.'

Balderan glimlachte en maakte de leren veter los waarmee zijn hemd werd gesloten. 'Hiermee,' zei hij, terwijl hij de veter uit de gaatjes trok. 'Ik wikkel dit om haar hals.'

'Maar stel dat je plan niet werkt?' vroeg een andere man.

'Dan zijn we niet slechter af dan nu. We hebben niets te verliezen.'

De volgende dag arriveerde een van de andere Grotten uit de omgeving en tegen de avond nog eens twee. Op de ochtend van de dag daarna kwam de Eerste bij Ayla langs. Jondalar ging naar buiten zodat ze onder vier ogen met elkaar konden praten.

'We moeten nadenken over hoe we deze mannen gaan aanpakken.'
'Waarom moeten wij dat doen?' vroeg Ayla. 'Wij wonen hier toch niet?'
'Maar jij hebt Balderan gevangen. Je bent erbij betrokken, of je dat wilt of niet. Het kan zijn dat de Moeder dat wil,' voegde de Eerste eraan toe. Ayla keek haar sceptisch aan.
'Nou, misschien niet de Moeder, maar de mensen hier in elk geval wel. En ik vind dat je het moet doen. Bovendien moeten we met hen praten over je rondleiding in hun Heilige Plaats. Je zult je ogen uitkijken in de grot. Ik ben er een keer geweest en ik wil er per se nog eens naartoe. Er zijn een paar lastige doorgangen, maar dit is mijn laatste kans en die wil ik niet voorbij laten gaan,' zei de Eerste.
Dat intrigeerde Ayla en wekte haar nieuwsgierigheid. Het vele lopen tijdens deze Tocht leek de gezondheid van de vrouw ten goede te zijn gekomen, maar op ruw terrein had ze nog steeds hulp nodig. Ze was ondanks al dat lopen een omvangrijke vrouw. Ze droeg haar gewicht met gratie en zelfvertrouwen, en in veel opzichten droeg dat bij aan haar status, maar het maakte rondlopen op ongelijke grond in smalle gangen wel moeilijk.
'Je hebt gelijk, Zelandoni, maar ik wil geen beslissingen nemen over Balderan. Ik vind dat niet mijn taak,' zei Ayla.
'Dat hoef je niet. We weten allemaal wat er gedaan moet worden. Hij moet gedood worden. Als dat niet gebeurt, zal hij nog meer mensen doden. De vraag is wie het moet doen en hoe. Voor de meeste mensen is iemand doelbewust doden niet makkelijk. Dat hoort het ook niet te zijn. Het is niet juist dat mensen andere mensen doden. Daardoor weten we dat hij vanbinnen niet goed is, hij beseft dat niet, en daarom ben ik blij dat al deze Grotten bijeenkomen. Dit moet iets zijn waarbij iedereen betrokken is. Ik bedoel niet dat iedereen hem moet doden, maar iedereen moet de verantwoordelijkheid ervoor nemen. En iedereen moet weten dat dit het enige juiste is in dit specifieke geval. Een persoon mag nooit worden gedood uit woede of wraak. Er zijn andere manieren om dergelijke dingen af te handelen. Wat hem betreft is er echter geen andere mogelijkheid,' zei de Eerste, 'maar wat is de beste manier om het te doen?'
Het bleef geruime tijd stil en toen zei Ayla: 'Er zijn planten...'
'Ik wilde paddenstoelen zeggen,' zei de Eerste. 'Ze kunnen een maaltijd voorgeschoteld krijgen met bepaalde paddenstoelen erin.'
'Maar als ze argwaan krijgen en weigeren ze te eten? Iedereen weet dat er giftige paddenstoelen zijn. Die zijn makkelijk te herkennen,' zei Ayla.
'Dat is waar, en hoewel Balderan slecht is, is hij niet dom. Aan welke planten denk jij?'

'Er groeien hier in de buurt twee planten; ik heb ze zien staan. De ene heet grote watereppe. Hij groeit in water,' zei Ayla.
'De plant is eetbaar, vooral de wortels, als ze jong en mals zijn.'
'Ja, en er bestaat een plant die daar veel op lijkt, maar die giftig is,' zei Ayla. 'Ik ken de Mamutische naam ervoor. Ik weet niet hoe jullie hem noemen, maar ik ken de plant wel.'
'Ik ken hem ook. Het is waterscheerling,' zei de Eerste. 'Dat is onze naam ervoor. Hij groeit ook in water. Dezelfde maaltijd kan dus voor het hele kamp worden bereid. Iedereen krijgt grote watereppe, maar Balderan en zijn mannen krijgen waterscheerling.' Ze zweeg even en zei toen: 'Ik zat te denken dat ze ook paddenstoelen, eetbare paddenstoelen, voorgezet moeten krijgen. Dan denken ze misschien dat ze giftig zijn en laten ze die liggen. Misschien letten ze dan niet meer op de wortelgroente omdat het net lijkt alsof iedereen die eet.'
'Dat had ik ook bedacht, tenzij iemand anders iets beters kan bedenken,' zei Ayla.
De vrouw dacht even na en knikte toen. 'Goed, we hebben een plan. Het is altijd goed om van tevoren een plan te hebben, als dat mogelijk is,' zei de Zelandoni Die Eerste Was.
Toen de twee vrouwen de tent uit liepen, troffen ze buiten niemand aan. De rest van hun reisgezellen waren gaan kijken welke regelingen er werden getroffen voor de spontane Zomerbijeenkomst en om hun hulp aan te bieden bij het koken of wat er verder gedaan moest worden. Dit was echter geen gezellige bijeenkomst van verwanten, vrienden en buren, maar een samenkomst om een oordeel te vellen over mensen die zich aan zware vergrijpen schuldig hadden gemaakt.
Er kwamen steeds meer mensen aan en het veld onder de rotswand begon al aardig vol te raken. Maar de grootste verrassing kwam aan het eind van de middag. Ayla en de Eerste waren in het onderkomen van de zelandonia toen Jonayla binnen kwam rennen en de bespreking onderbrak.
'Moeder, moeder,' zei ze. 'Kimeran zei dat ik het je moest vertellen.'
'Wat moet je me vertellen, Jonayla?' vroeg Ayla, streng.
'Beladora's familie is hier. En er is een vreemde bij hen.'
'Beladora's familie? Dat zijn niet eens Zelandoniërs; dat zijn Giornadoniërs. Ze wonen heel ver weg. Hoe kunnen ze die afstand in iets meer dan een dag hebben afgelegd?' zei Ayla. Ze wendde zich tot de anderen. 'Ik geloof dat ik moet gaan.'
'Ik kan maar beter met je meegaan,' zei de Eerste. 'Excuseer ons alsjeblieft.'
'Zo ver weg wonen ze niet,' zei Zelandoni Eerste, die hun uitgeleide

deed, 'en ze komen dikwijls op bezoek. Minstens om de paar jaar. Voor mij zijn ze evenzeer Zelandoniërs als Giornadoniërs, maar ik betwijfel of ze zijn gekomen naar aanleiding van de boodschappers die eropuit zijn gestuurd. Waarschijnlijk waren ze toch al van plan om op bezoek te komen. Ze waren waarschijnlijk net zo verbaasd om hun verwante te zien als zij hen.'

Kimeran stond buiten en had gehoord wat Zelandoni Eerste zei. 'Dat klopt niet helemaal,' zei hij. 'Ze zijn naar de Zomerbijeenkomst van de Giornadoniërs gegaan en besloten toen ook naar jullie Zomerbijeenkomst te gaan. Ze waren van plan daarna hiernaartoe te komen. Ze waren in het kamp van de bijeenkomst toen de boodschapper arriveerde en ze van hem hoorden dat wij hier waren. Natuurlijk hoorden ze ook over Balderan. Wist je dat hij ook problemen heeft veroorzaakt bij sommige Grotten van de Giornadoniërs? Is er eigenlijk wel iemand die hij geen kwaad heeft gedaan en tot vijand heeft gemaakt?'

'Daarover vindt binnen korte tijd overleg plaats,' zei Zelandoni Eerste. 'Er moet een besluit worden genomen, en wel spoedig.' Toen zei ze: 'Zei je dat er een vreemde bij ze was?'

'Ja, maar dat zul je straks zelf wel zien.'

Ayla en de Eerste werden formeel aan Beladora's familie voorgesteld, en de Eerste vroeg of ze hun kamp al hadden opgezet.

'Nee, we zijn nog maar net aangekomen,' zei de vrouw die naar ze zojuist hadden gehoord Beladora's moeder, Ginedora, was. Zelfs zonder introductie zou dat duidelijk zijn geweest. Ze was een oudere, iets molligere versie van de vrouw die ze kenden.

'Volgens mij is er nog wat ruimte vlak bij ons kamp,' zei de Eerste. 'Laten we daar maar snel beslag op leggen voor een ander dat doet.'

Toen ze het kamp bereikten volgden er meer introducties en werd er aanvankelijk met enige schroom gereageerd op de dieren, maar toen zag Ginedora een jongetje dat qua uiterlijk een kind van haar had kunnen zijn. Ze keek haar dochter vragend aan. Beladora pakte de hand van haar zoontje en toen de hand van haar blonde, blauwogige dochtertje.

'Kom kennismaken met jullie grootmama,' zei ze.

'Heb je twee-samen-geborenen gekregen? Zijn ze allebei van jou? En zijn ze allebei gezond?' zei ze. Beladora knikte. 'Dat is geweldig,' zei Ginedora.

'Dit is Gioneran,' zei de jonge moeder, terwijl ze de hand omhooghield van een jongetje van vijf met het donkerbruine haar en de bruingroene ogen van zijn moeder.

'Hij wordt net zo lang als Kimeran,' zei Ginedora.

'En dit is Ginedela,' zei Beladora, terwijl ze de hand van haar blonde dochtertje omhooghield.
'Ze heeft dezelfde kleur haar en ogen als Kimeran, en ze is een schoonheid,' zei de vrouw. 'Zijn ze verlegen? Zouden ze me willen omhelzen?'
'Ga jullie grootmama begroeten. We hebben een lange reis gemaakt om haar te zien,' zei Beladora, terwijl ze de kinderen een duwtje gaf.
De vrouw liet zich op haar knieën zakken en spreidde haar armen. Haar ogen glansden. De kinderen gaven haar aarzelend een vluchtige omhelzing. Ze sloeg haar ene arm om het meisje en de andere om het jongetje, en er gleed een traan over haar wang.
'Ik wist helemaal niet dat ik kleinkinderen had. Dat is het vervelende nu jullie zo ver weg wonen,' zei Ginedora. 'Hoe lang blijven jullie hier?'
'Dat weten we nog niet,' zei Beladora.
'Komen jullie ook naar onze Grot?' vroeg Ginedora.
'Dat waren we wel van plan,' zei Beladora.
'Jullie moeten langer blijven dan slechts een paar dagen; jullie hebben zo'n lange reis gemaakt. Ga met ons mee terug en blijf dan een jaar,' zei de vrouw.
'Daar moeten we over nadenken,' zei Beladora. 'Kimeran is de leider van onze Grot. Het zou voor hem moeilijk zijn om een jaar weg te blijven.' Toen ze tranen zag opwellen in de ogen van haar moeder voegde ze eraan toe: 'Maar we zullen erover nadenken.'
Ayla keek om zich heen naar de andere mensen die in de weer gingen met het opzetten van het kamp. Ze zag een man die iemand op zijn schouders droeg. Hij bukte zich en hielp de persoon van zijn schouders. Ze dacht eerst dat het een kind was, maar toen keek ze nog eens. Het was een kleine persoon, maar vreemd gevormd; zijn benen en armen waren te kort. Ze tikte de Eerste aan en gebaarde met haar kin in de richting van de persoon.
De grote vrouw keek en keek toen nog eens goed. Ze begreep waarom Ayla haar op de persoon attent had gemaakt. Ze had er nog nooit een gezien, maar ze had verhalen gehoord over dergelijke kleine mensen.
'Geen wonder dat Beladora's moeder zo opgelucht leek dat de kinderen van haar dochter, die tegelijkertijd werden geboren, normaal waren. Die persoon is ongelukkig geboren. Volgens mij is dat een dwergpersoon, zoiets als dwergbomen die in de groei worden belemmerd.'
'Ik zou die persoon graag leren kennen om er meer over te weten te komen, maar ik wil er geen punt van maken. Dat zou hetzelfde zijn als staren, en ik vermoed dat die persoon vaak genoeg wordt aangestaard,' zei Ayla.

26

Ayla was heel vroeg opgestaan en had haar verzamelmanden en Whinneys pakmanden gepakt. Ze zei tegen Jondalar dat ze voor het feestmaal van die avond bladgroenten en wortels en wat ze verder nog kon vinden wilde zoeken, maar ze leek afwezig en niet op haar gemak.

'Wil je dat ik meega?' vroeg hij.

'Nee!' Haar antwoord was scherp en kortaf, en ze probeerde het te verzachten. 'Ik hoopte dat jij op Jonayla wilde passen. Beladora gaat vanochtend met haar kinderen naar haar moeder. Jondecam en Levela gaan ook en ze nemen Jonlevan mee, aangezien ze allemaal familie van elkaar zijn. Ik weet niet wat Kimeran doet, maar hij gaat waarschijnlijk later naar ze toe. Jonayla is net familie, maar ze is in wezen niet meer dan een vriendinnetje, en ze zal zich misschien buitengesloten voelen als al haar speelkameraadjes weg zijn. Ik had bedacht dat jij en Renner vanochtend met haar en Grijs een rit konden maken.'

'Dat is een goed idee. We hebben al een tijd niet gereden. De lichaamsbeweging zou de paarden goed doen,' zei Jondalar. Ayla glimlachte naar hem en drukte haar wang tegen zijn wang, maar de frons in haar voorhoofd zat er nog. Ze zag er ongelukkig uit.

Het begon nog maar net licht te worden toen Ayla vertrok; ze reed op Whinney en floot Wolf. Ze reed langs de oever van de rivier en liet haar blik over al het groen gaan. Ze wist dat de planten waarnaar ze zocht bij de plek groeiden waar ze eerder hun kamp hadden opgezet, maar ze hoopte dat ze niet zo ver zou hoeven rijden. Ze reed langs de schuilplaats van de Derde Grot, die verlaten was. Iedereen was bij de spontane bijeenkomst die bij de Eerste Grot tot stand was gekomen. Ze vroeg zich af hoe het met Amelana zou gaan en of ze haar baby zou krijgen voor ze vertrokken. Het kon nu elke dag zover zijn, dacht ze, en ze hoopte vurig dat het een normale, gezonde, blije baby zou zijn.

Ze vond pas wat ze zocht toen ze in de buurt van hun eerdere kamp kwamen. Het was de poel buiten de hoofdstroom van de rivier waar die een bijna hoefijzervormig meer had gevormd dat een geschikte habitat was voor zowel de grote watereppe als de waterscheerling. Ze liet de merrie halt houden en gleed snel van haar rug. Wolf leek dolgelukkig te zijn dat hij haar voor de verandering eens helemaal voor zich alleen had en hij gedroeg zich een beetje speels, maar Ayla was niet in de stemming voor spelletjes, dus besloot hij de interessante geuren die uit allerlei gaatjes en spleetjes kwamen te onderzoeken.

Ze had een goed scherp mes en een graafstok bij zich en verzamelde eerst een massa grote watereppen. Toen groef ze met een nieuw werktuig dat ze speciaal voor het doel had gemaakt, een aantal wortels en planten van de waterscheerling op. Ze omwikkelde ze met lange grasstengels en legde ze in een mand die ze ook speciaal voor de planten had gemaakt. Ze liet de mand op de grond staan terwijl ze de mand met watereppen in de pakmanden op Whinneys rug deed en zette toen de mand met waterscheerling erbovenop. Toen floot ze Wolf en reed ze stroomopwaarts; ze had haast om terug te gaan. Toen ze bij een plek kwam waar het stromende water helder en schoon was, hield ze halt om haar waterzak te vullen. Toen zag ze de droge bedding van een zijstroom die als de regens kwamen vol snelstromend water zou zijn. De gladde, geronde stenen op de bodem waren perfect voor haar slinger en ze verzamelde een aantal om de voorraad in haar buidel aan te vullen.

Ze was vlak bij een groepje pijnbomen en zag kleine oneffenheden in een laag naalden en twijgjes onder de bomen, alsof iets zich erdoorheen wilde drukken. Ze veegde de naalden en twijgjes weg en vond daaronder een kluit vaalgeel-rozeachtige paddenstoelen. Ze zocht verder en vond er meer en uiteindelijk had ze een aardig bergje pijnboompaddenstoelen bij elkaar. Het waren goede paddenstoelen, wit en stevig van vlees, met een lekkere ietwat kruidige geur en smaak, en iedereen kende ze. Ze vulde een verzamelmand ermee. Toen sprong ze op Whinneys rug, floot Wolf en reed terug. Ze spoorde haar merrie tot galop aan. Toen ze terugkwam waren de mensen bezig met het bereiden of verorberen van hun ochtendmaal. Ze ging linea recta met twee van de manden naar het paviljoen van de zelandonia, waar ze alleen de twee 'Eersten' aantrof.

'Heb je gevonden wat je zocht?' vroeg de Ene Die Eerste Was.

'Ja,' zei Ayla. 'Hier heb ik smakelijke pijnboompaddenstoelen. Ze hebben een wat aparte smaak die ik erg lekker vind,' zei ze. Toen ze hun het mandje met waterscheerling liet zien zei ze: 'Deze heb ik nog nooit geproefd.'

'Heel goed. En dat kun je maar beter zo houden,' zei de grote vrouw.

'Buiten, in Whinneys pakmand, ligt een grote hoeveelheid grote watereppe. Ik heb ze goed van elkaar gescheiden gehouden,' zei Ayla.

'Die geef ik aan een van de mensen die het eten bereiden,' zei de langere, slankere Zelandoni Eerste. 'Als ze niet lang genoeg worden gekookt, zijn ze niet te eten.' Ze keek Ayla nauwlettend aan. 'Je voelt je ongemakkelijk, nietwaar?'

'Ja. Ik heb nog nooit iets geplukt waarvan ik wist dat het giftig was, vooral in de wetenschap dat het bedoeld is om aan iemand te geven, om hem te doden,' zei Ayla.

'Maar je weet dat als hij in leven blijft, hij nog meer mensen kwaad zal doen.'

'Ja, dat weet ik, maar toch voel ik me er niet prettig bij.'

'Je hoort je er ook niet prettig bij te voelen,' zei haar Eerste. 'Je helpt je volk en neemt deze taak op je. Het is een offer, maar soms is dat wat een Zelandoni moet doen.'

'Ik zal ervoor zorgen dat ze aan degenen worden gegeven voor wie ze bedoeld zijn,' zei Zelandoni Eerste. 'Dat is het offer dat ik moet brengen. Dit is mijn volk en hij heeft hun lang genoeg kwaad gedaan.'

'Wat doen we met zijn handlangers?' vroeg de Eerste.

'Een van hen, Gahaynar, heeft gevraagd wat hij kan doen om het goed te maken. Hij zegt dat hij erg veel spijt heeft,' zei Zelandoni Eerste. 'Ik weet niet of hij dat oprecht meent of dat hij alleen maar probeert zich onder de straf uit te praten waarvan hij weet dat die hem te wachten staat. Ik denk dat ik die beslissing aan de Moeder over zal laten. Als hij de wortel niet opeet en in leven blijft, laat ik hem gaan. Als Balderan die niet eet en in leven blijft... Ik heb al gesproken met een aantal mensen die persoonlijk door hem zijn benadeeld en die ernaar verlangen hem te zien boeten. De meesten hebben familieleden verloren of zijn zelf aangevallen. Zo nodig zal ik hem aan hen overdragen, maar ik zou liever zien dat deze subtielere benadering werkt.'

Toen Zelandoni Eerste de mand met waterscheerling wilde oppakken, zag ze onder de mand iets kronkelen. Ze trok de mand snel opzij. Eronder lag een slang, een opmerkelijke slang.

'Kijk nou toch!' zei de vrouw.

Ayla en de Eerste keken en hielden allebei verbaasd de adem in. Het was een kleine slang, waarschijnlijk nog jong, en de rode lengtestrepen op zijn lichaam gaven aan dat hij niet giftig was, maar bovenaan splitsten de strepen zich in een Y-vorm. De slang had twee koppen! Uit beide bekken flitste een tong naar buiten, de lucht proevend, en toen kwam hij in beweging, ietwat onzeker, alsof hij niet wist welke kant hij op moest.

'Vlug, pak iets om hem te vangen voor hij ervandoor gaat,' zei de Eerste.

Ayla vond een kleine, waterdicht geweven kom. 'Kunnen we dit gebruiken?' vroeg ze aan Zelandoni Eerste.
'Ja, dat is goed,' zei ze.
De slang wilde weg kronkelen toen Ayla dichterbij kwam, maar ze draaide snel de kom ondersteboven en zette hem over de slang heen. Hij trok zijn staart eronder en ze drukte de kom stevig tegen de grond zodat hij niet onder de rand door kon kruipen.
'Wat nu?' vroeg Zelandoni Eerste.
'Heb je iets wat ik onder de kom kan schuiven?' vroeg Ayla.
'Dat weet ik niet. Misschien de rand van een platte schep. Zou dat werken? Deze bijvoorbeeld?' Ze pakte de schep op die werd gebruikt om as uit de vuurplaats te verwijderen.
'Ja, dit is perfect,' zei Ayla. Ze pakte de schep aan, schoof het vlakke deel onder de kom, pakte ze beide op en drukte ze stevig op elkaar toen ze de kom omdraaide. 'Is er een deksel voor de kom? En draad om het deksel op de kom vast te binden?'
Zelandoni Eerste vond een kleine, ondiepe kom en gaf die aan Ayla, die de kom met de slang neerzette, de schep ervan afhaalde, de kleine ondiepe kom erop drukte en beide kommen stevig aan elkaar vastbond. Toen vertrokken de drie vrouwen om een ochtendmaal te nuttigen.
De bijeenkomst was gepland voor het middaguur, wanneer de zon op zijn hoogste punt aan de hemel stond, maar de mensen begonnen zich al veel eerder op de helling te verzamelen om een goede plek te vinden, zodat ze alles goed konden zien en horen. Hoewel iedereen wist dat de reden voor de bijeenkomst een ernstige zaak was, hing er toch iets feestelijks in de lucht, voornamelijk vanwege de gezelligheid van samenzijn, ook al was dat niet gepland. En doordat iedereen blij was dat de gevaarlijke misdadiger eindelijk gepakt was.
Tegen de tijd dat de zon op zijn hoogste punt stond, was de verzamelwei overvol. Zelandoni Eerste opende de bijeenkomst en begon met het verwelkomen van de Eerste Onder Hen Die De Grote Aardmoeder Dienen en de rest van de bezoekers. Ze legde uit dat de Eerste haar acoliet en haar voormalige acoliet, die nu een Zelandoni was, vergezelde op hun doniërreis, en dat ze waren gekomen om de Oudste Heilige Plaats te bezoeken. Ook vertelde ze dat de acoliet van de Eerste samen met haar levensgezel Balderan en drie van zijn mannen gevangen hadden genomen toen die probeerden haar te overweldigen. Uit de toehoorders steeg gemompel op.
'Dat is de voornaamste reden voor deze bijeenkomst. Balderan heeft jarenlang veel van jullie pijn en leed bezorgd. Maar nu we hem heb-

ben, moeten we beslissen wat we met hem gaan doen. De straf die we hem geven moet iets zijn wat ieder van ons als gepast beschouwt,' zei Zelandoni Eerste.
Iemand onder de toehoorders zei: 'Dood hem,' op een luide fluistertoon die iedereen hoorde, ook de zelandonia.
De Ene Die Eerste Was reageerde daarop. 'Dat mag dat misschien de gepaste straf zijn, maar de vraag is: wie moet dat doen en hoe? Als het niet op de juiste manier wordt aangepakt, zou het ongeluk over ons kunnen afroepen,' zei de grote vrouw, 'over ieder van ons. De Moeder heeft ten strengste verboden dat mensen andere mensen doden, behalve in uitzonderlijke omstandigheden. In een poging een oplossing te vinden voor het probleem dat Balderan heet, willen we niet worden wat hij is.'
'Hoe heeft ze hem gevangen?' vroeg iemand.
'Dat kun je haar beter vragen,' zei de Eerste, terwijl ze naar Ayla keek.
Een dergelijke situatie maakte Ayla altijd zenuwachtig, maar ze ademde een keer diep in en uit en deed haar best om de vraag te beantwoorden. 'Ik ben al een jager vanaf dat ik heel jong was, en het wapen dat ik het eerst leerde gebruiken was een slinger, waarmee een steen wordt weggeslingerd,' begon ze. Voor degenen die haar nog nooit hadden horen praten, was haar accent een verrassing. Het gebeurde maar zelden dat iemand uit den vreemde tot de zelandonia werd toegelaten, en ze moest wachten tot de menigte weer rustig werd voor ze verder kon gaan. 'Jullie weten nu dat ik geen Zelandoniër van geboorte ben,' zei ze met een glimlach. Haar opmerking ontlokte het publiek een lachje. 'Ik ben ver naar het oosten grootgebracht en ik heb Jondalar leren kennen toen hij op zijn Tocht was.' De mensen gingen er eens goed voor zitten om te luisteren naar wat weleens een erg goed verhaal kon worden.
'Toen Balderan en zijn mannen me ontdekten, zat ik achter de bomen, waar ik afzondering had gezocht; en toen ik overeind kwam om mijn beenkappen weer op te trekken, stonden ze naar me te staren. Ik werd kwaad omdat ze zo onbeleefd waren en dat heb ik ze gezegd. Niet dat ik daar iets mee opschoot.' Dat ontlokte de toehoorders gegrinnik. 'Ik draag mijn slinger meestal om mijn hoofd gewonden; dat vind ik makkelijk. Toen Balderan op me af kwam en ik de slinger van mijn hoofd haalde, geloof ik niet dat hij besefte dat het een wapen was.'
Terwijl ze sprak haalde ze de slinger van haar hoofd en pakte ze uit haar buidel twee van de stenen die ze had gevonden in het droge rivierbed vlak bij de plek waar hun kamp had gestaan. Ze pakte de beide uiteinden van de slinger vast en legde een steen op het leren lapje in

het midden. Ze had al een doel uitgekozen: een sneeuwhaas in zijn bruine zomervacht, die iets opzij van de toehoorders op een steen naast zijn hol zat. Op het laatste moment zag ze ook twee wilde eenden die opvlogen van hun nest naast de rivier. Met snelle, zekere bewegingen slingerde ze de eerste steen en meteen daarna de tweede.
Er steeg een verbaasd gemompel op. 'Zag je dat?' 'Ze heeft die eend gewoon uit de lucht geschoten!' 'Ze heeft ook een konijn gedood!' De demonstratie gaf hun een idee van haar vaardigheid met het wapen.
'Ik wilde Balderan niet doden,' zei Ayla.
'Maar dat had ze makkelijk kunnen doen,' merkte Jonokol op, wat weer gemompel tot gevolg had.
'Ik wilde hem alleen maar een halt toeroepen, dus heb ik op zijn dijbeen gericht. Daar zal hij wel een flinke blauwe plek aan overgehouden hebben. Een van de andere mannen heb ik tegen zijn arm geraakt.' Ze floot Wolf, die onmiddellijk naar haar toe kwam. Dat leidde ook tot gemompel uit de groep toehoorders. 'Balderan en de anderen hadden Wolf niet meteen in de gaten. Deze wolf is mijn vriend en hij doet wat ik van hem vraag. Toen de derde man probeerde weg te lopen, heb ik Wolf opgedragen hem tegen te houden. Hij heeft hem niet aangevallen en heeft niet geprobeerd hem te doden; hij hapte naar de enkel van de man zodat hij viel. Toen kwam Jondalar met zijn speerwerper om de bomen heen lopen.
Onderweg hiernaartoe heeft Balderan geprobeerd te vluchten. Jondalar heeft met zijn speerwerper een speer geworpen. Die vloog rakelings langs Balderans oor en bracht hem tot stilstand,' zei Ayla. 'Jondalar is bijzonder accuraat met een speerwerper.' Er werd opnieuw gegrinnikt.
'Ik zei toch dat ze geen kans maakten,' zei Willamar tegen Demoryn, die naast hem stond. Ze hadden een tijdje de wacht overgenomen bij Balderan en zijn handlangers, die ook alles hoorden wat er werd gezegd.
'Door de manier waarop deze mannen mij behandelden kreeg ik het idee dat het waarschijnlijk onruststokers of erger waren. Daarom hebben we ze meegenomen, al wilden ze dat niet. Pas toen we bij de Derde Grot van Wakers aankwamen begrepen we hoeveel narigheid ze in de loop der jaren hadden veroorzaakt,' zei Ayla. Ze zweeg even en keek naar de grond. Het leek duidelijk dat ze meer te zeggen had.
'Ik ben een genezer, een medicijnvrouw, ik heb veel vrouwen geholpen bij het ter wereld brengen van hun baby. De meeste baby's zijn gelukkig helemaal gezond, maar sommige kinderen van de Moeder worden niet goed geboren. Daar heb ik voorbeelden van gezien. Doorgaans, als het probleem ernstig is, blijven ze niet in leven. De Moeder neemt

hen terug omdat Zij de enige is die ze kan helen, maar sommigen hebben een sterke wil om te leven. Zelfs met ernstige problemen blijven ze leven en dikwijls geven ze hun volk veel,' zei Ayla.
'Ik ben grootgebracht door een man die een groot mog-ur was. Dat is het woord dat de mensen van de Stam gebruiken voor een Zelandoni. Hij had maar één bruikbare arm en hij liep mank, een probleem bij de geboorte, en hij had maar één oog, en zijn zwakke arm was nog ernstiger beschadigd toen een holenbeer hem uitkoos en zijn totem werd. Hij was een wijze man die zijn volk diende, en hij werd hogelijk gerespecteerd. Er is ook een jongen die niet ver van onze Grot woont, die werd geboren met een mismaakte arm. Zijn moeder was bang dat hij nooit zou kunnen jagen en misschien nooit een echte man zou worden, maar hij leerde met zijn goede arm een speerwerper gebruiken, werd een goede jager en verwierf respect, en nu heeft hij een aardige jonge vrouw als gezellin.
Wanneer een kind dood geboren wordt of kort na de geboorte deze wereld verlaat en de volgende bewandelt, gebeurt dat omdat de enige manier waarop iemand die niet goed geboren wordt geheeld kan worden, is naar de Moeder terug te keren, dus Zij haalt ze terug. Hoewel het makkelijker gezegd dan gedaan is, zouden we niet moeten treuren om dergelijke kinderen. De Moeder heeft ze teruggehaald om ze te helen.'
Ayla stak haar hand in de proviandtas die ze over haar schouder droeg en haalde een kleine kom met een deksel tevoorschijn. Ze verwijderde het deksel en hield de tweekoppige slang omhoog. Verschrikt gemompel steeg op. 'Sommige wezens zijn niet goed als ze geboren worden, en dat is duidelijk te zien.' De tongen flitsten uit de bekken van beide koppen toen ze het diertje liet zien. 'De enige manier waarop deze slang kan worden geheeld, is door hem terug te geven aan de Moeder. Soms is dat wat gedaan moet worden.
Maar het gebeurt ook dat iemand verkeerd geboren wordt en dat dit niet duidelijk te zien is. Wanneer je naar zo iemand kijkt, lijkt die normaal, maar vanbinnen is hij dat niet. De enige manier waarop die persoon geheeld kan worden is door hem terug te geven aan de Moeder, net als deze kleine slang. Zij is de enige die zo iemand kan helen.'
Balderan en zijn mannen luisterden ook naar Ayla's verhaal. 'We zullen snel onze kans moeten grijpen als we hier weg willen komen,' zei Balderan binnensmonds. Hij voelde er niets voor om aan de Moeder te worden teruggegeven. Voor het eerst in zijn leven ervoer hij nu zelf de angst die hij anderen zo dikwijls had ingeboezemd.

'Ik vind dat je precies de juiste toon hebt getroffen in je verhaal over wat er gedaan moet worden,' zei Zelandoni Eerste, toen ze met de Eerste, Ayla en Jonokol terugliep naar het paviljoen van de zelandonia. Wolf liep rustig achter Ayla aan, zoals ze hem had opgedragen. Ze wilde de mensen laten zien dat hij dan wel een efficiënte vierpotige jager was, maar in tegenstelling tot Balderan geen moordenaar die in het wilde weg toesloeg. 'De mensen zullen het doden van Balderan makkelijker aanvaarden als ze dat kunnen zien als hem terugsturen naar de Moeder om te helen. Wat bracht je op het idee?'
'Dat weet ik niet,' zei Ayla, 'maar toen ik de dwergachtige jonge man zag die met Beladora's familie is meegekomen, wist ik dat er geen medicijn was dat hem kon helpen tot een normale grootte door te groeien, althans niet dat ik weet. Het zien van die kleine slang deed me inzien dat er dingen zijn die alleen de Moeder kan herstellen, zo niet in deze wereld, dan misschien in de volgende.'
'Ben je al aan de jonge man voorgesteld?' vroeg Zelandoni Eerste.
'Nee, nog niet.'
'Ik evenmin,' zei de Eerste.
'Laten we dat dan nu maar doen.'
De drie vrouwen en de man liepen naar het kamp van de Giornadoniers. Onderweg gingen ze langs bij het kamp van de Negende Grot, waar ze Jondalar, Jonayla en Willamar oppikten, de enigen die daar op dat moment waren. Beladora en Kimeran waren met hun kinderen al in het kamp van de Giornadoniërs. Ayla was benieuwd of Beladora's moeder erin zou slagen Beladora, haar levensgezel en de kinderen over te halen met haar mee terug te gaan en een jaar te blijven. Ze kon het haar niet kwalijk nemen dat ze dat wilde proberen; ze wilde haar kleinkinderen leren kennen, maar Kimeran was de leider van de Tweede Grot.
De vrienden begroetten elkaar door hun wangen tegen elkaar te drukken en er volgde een reeks formele introducties aan Beladora's moeder, de leider van de Grot en enkele anderen. Toen kwam de jonge man naar voren.
'Ik wilde je leren kennen,' zei hij tegen Ayla. 'Ik vond het leuk om te horen wat je zei over de slang en sommige mensen die je kent.'
'Daar ben ik blij om,' zei Ayla. Toen boog ze zich voorover en nam zijn kleine, vreemd gevormde handen in de hare. Zijn armen en benen waren te kort. Zijn hoofd leek bijna te groot voor zijn lichaam. 'Ik ben Ayla van de Negende Grot van de Zelandoniërs, gezellin van Jondalar, Meester-Vuursteenklopper van de Negende Grot van de Zelandoniërs, en moeder van Jonayla, gezegende van Doni, en ik ben acoliet van de Eerste Onder Hen Die De Grote Aardmoeder Dienen. Ik was voor-

heen van het Leeuwenkamp van de Mamutiërs, die ver naar het oosten wonen. Ik ben door de Mamut geadopteerd als Dochter van de Mammoetvuurplaats, Uitverkoren door de geest van de Holenleeuw, Beschermd door de Holenbeer, Vriendin van de paarden Whinney, Renner en Grijs en de vierpotige jager Wolf.'
'Ik ben Romitolo van de Zesde Grot van de Giornadoniërs,' zei hij in het Zelandonisch, en met een licht Giornadonisch accent. Hij sprak beide talen vloeiend. 'Ik groet jou, Ayla van de Negende Grot van de Zelandoniërs. Je hebt veel bijzondere banden. Misschien kun je me die een keer uitleggen,' zei hij. 'Maar eerst wil ik je iets vragen.'
'En dat is?' zei Ayla. Het viel haar op dat hij geen behoefte leek te voelen om al zijn namen en banden op te noemen. Nou, hij was uniek genoeg, dacht ze. Hij lijkt jong en toch leeftijdloos.
'Wat ga je met de kleine slang doen?' vroeg Romitolo. 'Ga je hem naar de Moeder terugsturen?'
'Dat was ik niet van plan. Ik denk dat de Moeder hem zal komen halen als Ze klaar voor hem is.'
'Jij hebt paarden en een wolf. Mag ik de kleine slang hebben? Ik zal goed voor hem zorgen.'
Ayla dacht even na en zei toen: 'Ik had nog niet besloten wat ik met hem zou doen, maar dat lijkt me een goed idee, als je leider daarmee akkoord gaat. Sommige mensen vrezen slangen, zelfs de niet-giftige. Je zult moeten leren wat je hem te eten moet geven; daar kan ik je misschien bij helpen.' Ze stak haar hand in haar proviandtas, haalde de geweven kom met het deksel tevoorschijn en gaf die aan Romitolo. Wolf leunde tegen haar been en jankte zacht. 'Wil je kennismaken met de wolf? Hij zal je geen kwaad doen. Hij is opgegroeid met een jongen die enige lichamelijke problemen had en hij was erg aan hem gehecht. Ik denk dat je Wolf aan hem doet denken.'
'Waar is die jongen nu?' vroeg Romitolo.
'Rydag was erg zwak. Hij bewandelt nu de volgende wereld,' zei Ayla.
'Ik word steeds zwakker. Ik vermoed dat ik binnen korte tijd de volgende wereld zal bewandelen,' zei Romitolo. 'Dat zie ik nu als teruggaan naar de Moeder.'
Ze sprak hem niet tegen. Hij kende zichzelf en zijn lichaam waarschijnlijk beter dan wie dan ook. 'Ik ben medicijnvrouw en was in staat om Rydag zich prettiger te laten voelen. Kun je me vertellen waar je pijn hebt? Ik kan jou misschien ook helpen,' zei Ayla.
'We hebben een goede genezer en hij heeft waarschijnlijk alles gedaan wat gedaan kan worden. Hij geeft me een medicijn tegen de pijn als ik dat nodig heb. Ik denk dat ik er klaar voor zal zijn om terug te gaan

naar de Grote Moeder als de tijd daar is,' zei Romitolo. Toen ging hij op een ander onderwerp over. 'Hoe kan ik kennismaken met je wolf? Wat moet ik dan doen?'
'Je hoeft hem alleen maar aan je te laten snuffelen, en misschien je hand te laten likken. Je kunt hem aaien, als je dat wilt, en zijn vacht voelen. Hij is erg zachtaardig als ik hem dat vraag. Hij is dol op baby's,' zei Ayla, en toen voegde ze eraan toe: 'Heb je het sleepraam gezien waarop de Ene Die Eerste Is vervoerd wordt? Als je het ook een keer wilt proberen om door een paard voortgetrokken te worden, dan zal ik je graag overal heenbrengen waar je naartoe wilt.'
'En als je iemand nodig hebt om je te dragen,' voegde Jondalar eraan toe, 'mijn schouders zijn sterk en ik heb eerder mensen op die manier gedragen.'
'Hartelijk dank voor jullie aanbod, maar eerlijk gezegd vind ik het erg vermoeiend om veel bezoeken af te leggen. Vroeger was ik er dol op. Nu valt het me zwaar, zelfs als iemand me draagt. Ik zou eigenlijk niet meegegaan zijn op deze Tocht, maar als ik was gebleven, was er niemand geweest om me te helpen, en ik red het niet zonder hulp. Ik vind het echter wel leuk als mensen mij bezoeken.'
'Weet je hoeveel jaar je kunt tellen?' vroeg de Ene Die Eerste Was.
'Ongeveer veertien jaar,' zei hij. 'Twee zomers geleden heb ik de mannelijkheid bereikt, maar sindsdien gaat het steeds slechter met me.'
De Eerste knikte. 'Als een jongen de mannelijkheid bereikt, wil zijn lichaam groeien,' zei ze.
'En mijn lichaam weet niet hoe dat moet,' zei Romitolo.
'Maar je kunt denken en dat is meer dan menigeen kan zeggen,' zei de Eerste. 'Ik hoop dat je nog heel veel jaren leeft. Ik vind dat je veel te bieden hebt.'

De drie vrouwen van de zelandonia troffen elkaar later in de middag in het kamp van de reizigers. Op de grote verzamelwei was het veel te druk. Wat was begonnen als een bijeenkomst van de naburige zelandonia, was uitgegroeid tot een niet-geplande Zomerbijeenkomst, en degenen die maaltijden bereidden hadden het overdekte paviljoen in beslag genomen. Er was op dat moment verder niemand in het kamp en Ayla's slaaptent werd gebruikt als een rustige plek om te praten. Zelfs toen spraken ze zachtjes.
'Zullen we de waterscheerling vanavond opdienen of wachten tot morgenavond?' zei de Eerste.
'Waarom zouden we wachten? Hoe sneller het achter de rug is, hoe beter, lijkt mij,' zei Zelandoni Eerste, 'en de grote watereppe moet

worden gekookt als die vers is, al blijft die wel even goed. Ik heb een assistent, niet echt een acoliet, maar een vrouw die me dikwijls helpt. Ik zal haar vragen om de waterscheerlingwortels te koken.'
'Ga je haar vertellen wat ze zijn en voor wie ze zijn?' vroeg de Eerste.
'Natuurlijk. Het zou gevaarlijk voor haar zijn als ze niet precies zou weten wat ze bereidt en waarom.'
'Is er nog iets wat ik voor je kan doen?' vroeg Ayla.
'Jij hebt je aandeel wel geleverd,' zei de Eerste. 'Je hebt de planten verzameld.'
'Dan ga ik maar eens op zoek naar Jondalar. Ik heb hem de hele dag nog niet gezien,' zei Ayla. 'Wanneer gaan we naar de Heilige Plaats?'
'Het lijkt me beter om een paar dagen te wachten, tot de kwestie met Balderan achter de rug is,' zei Zelandoni Eerste.

Balderan en zijn mannen hadden Ayla, Jondalar en de wolf scherp in de gaten gehouden, zij het niet openlijk. Het begon al donker te worden en de tijd naderde dat het avondmaal zou worden opgediend. Het werd niet officieel een feestmaal genoemd, maar het zou een gemeenschappelijke maaltijd worden waaraan iedereen iets bijdroeg, dus het voelde aan als een groots feest.
Ayla en Jondalar wisten niet precies waar de mannen werden vastgehouden; dat verschilde nog weleens, afhankelijk van wie hen bewaakte. Ze waren diep met elkaar in gesprek en liepen Balderan en zijn mannen bijna in de armen.
Balderan keek haastig om zich heen en zag dat de wolf niet bij hen was. De mannen die hen op dat moment bewaakten waren ook afgeleid en letten even niet op. 'We doen het nu!' zei hij.
Balderan sprong overeind, greep Ayla, en sloeg een leren veter om haar hals. 'Staan blijven of ze sterft!' schreeuwde Balderan, terwijl hij de veter strak aantrok. Ayla snakte naar adem.
De andere mannen hadden zich met stenen bewapend en dreigden die te gooien of te gebruiken om haar of wie dan ook die hen achterna kwam, ermee te raken. Balderan had op dit moment gewacht. Hij had het hele plan in zijn hoofd uitgewerkt en nu hij haar had, genoot hij ervan. Hij ging haar doden, misschien niet meteen, maar hij genoot al bij het vooruitzicht. Hij was ervan overtuigd dat hij wist hoe de 'zachtaardige reus' van een man zou reageren.
Balderan wist echter niet dat Jondalar die kalmte had ontwikkeld uit een behoefte om te allen tijde zijn zelfbeheersing te kunnen bewaren. Vroeger had hij zijn woede hem de baas laten worden en hij wist waartoe hij in staat was.

Jondalars eerste gedachte was: hoe durft iemand zelfs maar te proberen Ayla kwaad te doen! Deze keer was het geen woede, maar een reactie. Voordat een van de mannen zelfs maar op het idee had kunnen komen iets te doen, stond Jondalar met twee stappen achter Balderan. Hij boog zich over de man, omklemde diens polsen en verbrak zijn greep, waarbij hij bijna Balderans armen brak. Hij liet een van Balderans armen los, draaide de man om en ramde zijn vuist in zijn gezicht. Hij stond op het punt hem nog een vuistslag toe te dienen, maar de man zakte al versuft in elkaar; bloed stroomde uit zijn gebroken neus over zijn gezicht.

Balderan had Jondalar totaal verkeerd beoordeeld. Hij was niet alleen een grote, maar ook een krachtige man, met razendsnelle reflexen, een man die af en toe al zijn krachten moest inspannen om een vurige hengst in bedwang te houden. Renner was wel afgericht, maar tam was hij niet. Jondalar had het paard al vanaf zijn geboorte en had hem getraind, maar Renner had nog steeds de natuurlijke instincten van een buitengewoon krachtige en soms eigenzinnige wilde hengst. Er was heel wat kracht voor nodig om het paard in toom te houden en dat hield de man in conditie.

Balderan had de leren veter die oorspronkelijk werd gebruikt om zijn hemd te sluiten dubbel geslagen. De veter hing nog losjes om Ayla's hals, maar de sporen die die had achtergelaten waren felrood, zelfs in het schemerlicht van de vuurplaatsen die op enige afstand lagen. Overal kwamen nu mensen vandaan rennen. Alles was erg snel gebeurd. Verscheidene Zelandonia, onder wie de Eerste, renden op Ayla af, maar zij probeerde de wolf te kalmeren, en Jondalar week niet van haar zijde.

De mensen met wie Zelandoni Eerste had gesproken over hoe ze hem moesten aanpakken, verdrongen zich nu rond de man die op de grond lag. Opeens gaf Aremina, de vrouw die was verkracht en wier levensgezel was gedood, hem een trap. Toen haalde de vrouw die haar dochter had verloren nadat ze door de mannen was vastgehouden en mishandeld, ook uit met haar voet. Vervolgens diende een man die door deze mannen zwaar was mishandeld nadat hij had moeten toezien hoe zijn gezellin en jonge dochter werden verkracht, Balderan een vuistslag toe en brak opnieuw zijn neus. Balderans handlangers probeerden zich uit de voeten te maken, maar ze waren omsingeld, en een van hen incasseerde een vuistslag in zijn gezicht.

De woedende menigte was niet meer te houden. Iedereen die op de een of andere manier het slachtoffer was geworden van Balderan en zijn mannen zette dit de schurken dubbel en dwars betaald. De menigte was in een meute veranderd. Het was zo snel gebeurd dat niemand wist wat hij of zij moest doen, maar toen kwamen de Zelandonia tussenbeide om er een eind aan te maken. Ayla schreeuwde: 'Hou op! Stop daarmee! Jullie gedragen je als Balderan.' Maar de mensen konden niet meer stoppen. Al hun frustraties, hun gevoel van onmacht en vernedering kwamen naar buiten.

Toen de menigte eindelijk bedaarde en iedereen om zich heen keek, lagen alle vier de mannen op de grond, onder het bloed. Ayla boog zich over Balderan en stelde vast dat hij dood was, hij en twee anderen. Drie van de mannen waren dood en de vierde, de man die berouw had getoond en had gevraagd hoe hij zijn daden kon goedmaken, was op sterven na dood. De wolf bleef bij Ayla en volgde de gebeurtenissen met een waakzame blik. Er klonk diep gegrom in zijn keel; hij wist duidelijk niet wat hij moest doen. Ayla ging op de grond zitten en sloeg haar armen om zijn nek.

De Eerste verscheen naast haar. 'Dit is niet hoe ik het me had voorgesteld,' zei ze. 'Ik heb niet beseft hoeveel onderdrukte woede er was, daar had ik rekening mee moeten houden.'

'Balderan heeft het over zichzelf afgeroepen,' zei Zelandoni Eerste. 'Als hij Ayla niet had overvallen, zou Jondalar hem niet hebben geslagen. Toen hij op de grond lag konden de mensen die hij tot slachtoffer had gemaakt zich niet meer beheersen. Ze wisten dat hij niet onoverwinnelijk was. De waterscheerling hebben we niet meer nodig. Ik zal erop moeten toezien dat die op de juiste manier wordt vernietigd.'

Iedereen was nog gespannen en opgewonden. Het duurde even voordat alle mensen doorhadden wat er was gebeurd. Degenen die eraan hadden deelgenomen werden overspoeld door verschillende emoties: sommigen schaamden zich voor wat ze hadden gedaan, anderen ervoeren opluchting, droefenis, opwinding, zelfs vervoering nu Balderan eindelijk zijn verdiende loon had gekregen.

Levela had Jonayla bij zich gehouden toen Wolf de tent uit was gerend en zij achter hem aan had willen gaan. Toen Ayla terugkwam, was ze besmeurd met Balderans bloed, wat haar dochter van streek bracht. Ze stelde Jonayla gerust en zei dat het niet haar bloed was, maar het bloed van een man die gewond was geraakt.

De volgende ochtend ging Jondalar naar de Zelandonia die allebei 'de Eerste' werden genoemd om hun te vertellen dat Ayla die dag in haar tent wilde blijven om bij te komen. Haar keel deed nog pijn van de wurgpoging. De plaatselijke zelandonia hadden besproken hoe ze de mensen het best konden helpen. Moesten ze weer een bijeenkomst organiseren, of wachten tot de mensen naar hen toe kwamen?

Op de terugweg naar de tent merkte Jondalar dat hij werd aangestaard, maar dat liet hem koud. Hij hoorde ook de opmerkingen niet. De mannen bewonderden zijn kracht en zijn snelle reactievermogen, de vrouwen bewonderden hem gewoon. Hij was zo knap en stond zo snel klaar om zijn vrouw te beschermen; wie zou niet zo'n man willen hebben? Als hij de opmerkingen wel had gehoord, zou hem dat ook koud hebben gelaten. Het enige wat hij wilde was zo snel mogelijk naar zijn Ayla om zich ervan te vergewissen dat het goed met haar ging en dat alles in orde was.

Maar na een tijdje was het verhaal van Balderans aanval op Ayla en Jondalars snelle reactie daarop het enige verhaal dat werd verteld. Er werd niet gesproken over de strijd die was ontstaan en die eindigde met het doodslaan van drie mannen en mogelijk een vierde, hoewel Gahaynar zich wanhopig aan het leven vastklampte. De zelandonia moesten beslissen wat ze met de lichamen moesten doen. Dat stelde hen voor een dilemma. Ze wilden de mannen in geen enkel opzicht eren, er zou geen ceremonie worden gehouden, maar ze wilden er wel zeker van zijn dat hun geest aan de Moeder werd teruggegeven. Uiteindelijk brachten ze de lichamen de bergen in en lieten ze achter op een bergtop, blootgesteld aan allerhande aaseters.

De bezoekers van de naburige Grotten bleven nog enkele dagen, maar vertrokken daarna om terug te keren naar hun normale routine nu de opwinding voorbij was. Ze hadden veel verhalen te vertellen over de bezoekers: de Ene Die Eerste was, en haar acoliet die gezag had over een wolf en paarden, en die een tweekoppige slang had opgeroepen, en die hen van Balderan had bevrijd; maar de versies van wat er met Balderan en zijn handlangers was gebeurd zouden waarschijnlijk van elkaar verschillen, afhankelijk van de rol die de verteller in de gebeurtenissen had gespeeld.

Ayla begon rusteloos te worden en wilde graag vertrekken. Ze besloot dat het een goed moment was om het bizonvlees te drogen, dat zou haar iets te doen geven. Ze spande touwen die werden ondersteund door houten stokken en legde daartussen en eromheen vuren aan. Het rauwe vlees trok insecten aan, zoals muskieten. Die legden er graag eitjes in, waardoor het vlees kon bederven. De rook hield de insecten weg en gaf tegelijkertijd het vlees meer smaak. Toen sneed ze de stukken vlees in dunne, gelijkvormige repen. Het duurde niet lang of Levela kwam haar helpen, en toen ook Jondecam en Jondalar. Jonayla wilde ook helpen, dus liet Ayla haar zien hoe ze het vlees moest snijden en ze wees haar een deel van de gespannen lijnen aan waar ze haar repen aan kon ophangen om te drogen. Omstreeks het middaguur kwamen Willamar en zijn twee assistenten het kamp binnen wandelen; ze waren erg opgewonden.

'We hadden bedacht dat het misschien een goed idee is om na ons vertrek zuidwaarts te trekken langs de grote rivier tot we de Zuidelijke Zee bereiken,' zei Willamar. 'Nu we al zo ver op weg zijn zou het jammer zijn als we die niet te zien krijgen, en ons is verteld dat dit de tijd is dat de schelpenhandel bloeit. Naar verluidt zijn er veel van die kleine ronde schelpen, en de mooie lange olifantstandjes, en erg fraaie kamschelpen, zelfs alikruiken. We zouden er zelf een deel van kunnen houden en een deel verhandelen met de Vijfde Grot.'

'Wat hebben we te verhandelen voor de schelpen?' vroeg Jondalar.

'Daar wilde ik het met je over hebben. Denk je dat je een goede kwaliteit vuursteen kunt vinden om messen en speerpunten van te maken? En misschien wat van dat vlees dat je droogt, Ayla?' zei Willamar.

'Hoe weet je dat dit de tijd is voor de schelpenhandel en wat voor schelpen er verhandeld worden?' vroeg Levela.

'Er is net een man uit het noorden gearriveerd. Je moet hem leren kennen. Hij is ook handelaar, en hij heeft fascinerend snijwerk uit ivoor,' zei Willamar.

'Ik heb een man gekend die snijwerk maakte uit ivoor,' zei Ayla, ietwat weemoedig.

Jondalar spitste zijn oren. Ook hij kende de man. Hij was een opmerkelijk getalenteerd kunstenaar, en degene aan wie hij Ayla bijna was kwijtgeraakt. Hij had nog steeds het gevoel dat zijn keel werd dichtgeknepen als hij daaraan dacht.

'Ik wil graag de man leren kennen en zijn snijwerk bekijken, en ik zou ook graag de Zuidelijke Zee zien. We kunnen vast wel iets bedenken wat we kunnen verhandelen. Wat zouden verder nog goede handelsgoederen zijn?' vroeg Jondalar.

'Bijna alles wat goed gemaakt of bruikbaar is, vooral bijzondere dingen,' zei Willamar.

'Zoals Ayla's manden,' zei Levela.

'Mijn manden?' zei Ayla verbaasd. 'Dat zijn gewone manden, zonder versierselen.'

'Dat is nu precies het punt. Het lijken gewone manden tot je ze nauwkeurig bekijkt,' zei Levela. 'Ze zijn erg goed gemaakt, dicht en gelijkmatig geweven, en het weefsel is bijzonder. De manden die waterdicht zijn blijven dat heel lang; de losser geweven manden blijven ook erg lang goed. Iedereen die ook maar een beetje verstand heeft van manden zou eerder een van de jouwe kiezen dan een fraai versierd exemplaar dat minder goed gemaakt is. Zelfs je wegwerpmanden zijn te goed om weg te gooien.'

Ayla kreeg een kleur bij al die lof. 'Ik maak ze gewoon op de manier die me is geleerd,' zei ze. 'Ik dacht niet dat ze bijzonder waren.'

Jondalar glimlachte. 'Ik herinner me die keer, toen we pas bij de Mamutiërs woonden, dat er een feest was waar mensen geschenken uitwisselden. Tulie en Nezzie boden je dingen aan die je als geschenken kon uitdelen, maar je zei dat je veel geschenken had die je zelf had gemaakt om iets te doen te hebben, en dat je terug wilde naar je dal om die te halen. Dus zijn we ze gaan halen. Vooral Tulie was verbaasd toen ze zag hoe mooi en goed gemaakt je geschenken waren. En Talut was erg blij met zijn bizongewaad. De dingen die je maakt zijn prachtig, Ayla.'

Nu kreeg ze een hoogrode kleur en wist niet meer wat ze moest zeggen.

'Als je dat niet beseft, hoef je alleen maar naar Jonayla te kijken,' zei Jondalar met een grijns.

'Dat is niet alleen mijn verdienste. Jonayla heeft ook veel van jou in zich,' zei Ayla.

'Dat hoop ik oprecht,' zei Jondalar.

'Er valt niet aan te twijfelen dat de Moeder jouw geest heeft gebruikt om met die van Ayla te vermengen,' zei Levela. 'Dat kun je aan Jonayla's ogen zien. Die hebben precies dezelfde kleur als jouw ogen, en die tint blauw zie je niet vaak.'

'Dus iedereen is akkoord. Voor we naar huis gaan, brengen we een bezoek aan de Zuidelijke Zee,' kondigde Willamar aan. 'En het lijkt me een goed idee als je een aantal manden maakt, Ayla. Je kunt ze ook voor zout verhandelen, niet alleen voor schelpen.'

'Wanneer ontmoeten we de man met het ivoren snijwerk?' vroeg Jondecam.

'Als dit een goed moment is om te stoppen voor een middagmaal, kunnen we hem nu opzoeken,' zei Willamar.

'Ik moet nog een paar stukken afmaken,' zei Levela.

'We kunnen wat van het bizonvlees meenemen voor onze maaltijd of een bijdrage leveren aan een gemeenschappelijke maaltijd,' zei Jondalar.

Jondalar tilde Jonayla op en ze liepen allemaal met Willamar naar het paviljoen van de zelandonia. Demoryn stond met een vreemde te praten, en Amelana, overduidelijk zwanger en zich er volledig van bewust hoe aantrekkelijk haar dat maakte, keek hem lachend aan. Hij lachte terug. Hij was tamelijk lang en goedgebouwd. Hij had bruin haar,

blauwe ogen en een aantrekkelijk, vriendelijk gezicht. Ayla meende iets bekends in hem te zien.
'Ik heb de rest van onze reizigersgroep meegebracht,' zei Willamar, en hij begon de introducties met: 'Jondalar van de Negende Grot van de Zelandoniërs...' De man keek verbaasd toen Jondalar Jonayla op de grond zette zodat hij zijn handen kon uitstrekken.
'En dit is zijn gezellin, Ayla van de Negende Grot van de Zelandoniërs, voorheen van het Leeuwenkamp van de Mamutiërs, Dochter van de Mammoetvuurplaats...'
'Ik ken jullie,' zei de man. 'Beter gezegd, ik heb over jullie gehoord. Ik ben Conardi van de Losaduniërs en jullie hebben een paar jaar geleden bij de Losaduniërs gelogeerd...'
'Ja, bij Laduni's Grot op de terugweg van onze Tocht,' zei Jondalar opgewonden. Hoewel iedereen die een Tocht maakte doorgaans veel mensen ontmoette, kwam je die daarna zelden nog tegen, zelfs niet mensen die iemand kenden die je had ontmoet.
'We hebben over jullie gehoord tijdens de Zomerbijeenkomst. Jullie hebben diepe indruk gemaakt met paarden en wolf, als ik me niet vergis,' zei Conardi.
'Ja, de paarden zijn in ons kamp en Wolf is op jacht,' zei Ayla.
'En deze kleine schoonheid moet aan familie zijn toegevoegd. Ze lijkt op jou,' zei Conardi tegen de lange blonde man met de helderblauwe ogen. Het klonk alsof hij Zelandonisch sprak met een iets andere zinsbouw en een iets ander accent, maar Ayla kon zich nog herinneren dat hun talen erg veel op elkaar leken. Hij sprak in wezen Zelandonisch doorspekt met Losadunisch, zijn eigen taal.
'Willamar zei dat je snijwerk uit ivoor had meegebracht,' zei Jondalar.
'Ja. Hier voorbeelden,' zei Conardi.
Hij haalde een buidel van het koord om zijn middel, maakte die open en liet een aantal uit mammoetivoor gesneden figuurtjes op een ongebruikte schaal vallen. Ayla pakte een van de figuurtjes op. Het was een mammoet waarin extra lijnen waren gegrift, waarvan de betekenis haar niet duidelijk was, en dus vroeg ze Conardi wat die lijnen voorstelden.
'Dat weet ik niet,' zei hij. 'Zo worden ze altijd gemaakt. Deze zijn niet door Ouden gemaakt, maar zoals ze door Ouden gemaakt werden, door jonge mensen die leren.'
Toen pakte Ayla een lang, tenger figuurtje op en toen ze goed keek, wist ze dat het een vogel was, een vogel als een gans die door de lucht vloog. Het was heel simpel en toch vol leven. Het volgende figuurtje leek op een leeuw die op zijn achterpoten stond. Dat wil zeggen dat de

kop, het bovenlichaam en de bovenarmen katachtig leken, maar de benen waren menselijk. En op wat de lange onderbuik van een kat zou moeten zijn, als die niet rechtop zou staan, was een duidelijke driehoek gegrift, met de punt naar beneden, de driehoek van de onderbuik, het onmiskenbare symbool van een vrouw. Er waren echter geen vrouwelijke borsten. Het figuurtje was een leeuwenvrouw.

Het laatste figuurtje was beslist een vrouw, hoewel ze geen hoofd had, maar alleen een gat waardoor een koordje was geregen. De borsten waren enorm en zaten erg hoog. De armen liepen uit in een vage handvorm met vingers. De heupen waren breed en het achterwerk groot. De lijn tussen de billen liep helemaal door tot aan de voorkant en eindigde in zo'n overdreven voorstelling van een vulva dat het vrouwelijke geslachtsorgaan bijna binnenstebuiten gekeerd leek.

'Ik vermoed dat dit is gemaakt door een vrouw die een kind had gebaard,' zei Ayla. 'Dat voelt soms bijna alsof je doormidden wordt gescheurd.'

'Je zou weleens gelijk kunnen hebben, Ayla. De borsten lijken vol melk te zijn,' zei de Eerste.

'Zijn deze voor de handel bedoeld?' vroeg Willamar.

'Nee, deze van mij. Ik draag ze voor geluk, maar als je er een of misschien een aantal wilt, kan ik die laten maken,' zei Conardi.

'Als ik jou was, zou ik een paar extra figuurtjes laten maken om mee te nemen op handelsmissies. Ze zouden goede handelswaar zijn,' zei Willamar. 'Ben je Meester-Handelaar, Conardi?' Het was hem opgevallen dat de man geen handelaarstatoeage had.

'Ik hou van reizen en drijf soms handel, maar niet Meester-Handelaar,' zei Conardi. 'Iedereen drijft handel, maar we hebben geen gespecialiseerde handelaren.'

'Als je van reizen houdt, kun je dat wel worden,' zei Willamar. 'Dat is waarvoor ik mijn leerlingen opleid. Dit is mogelijk mijn laatste lange handelsmissie. Ik heb de leeftijd bereikt waarop reizen zijn aantrekkingskracht begint te verliezen. Ik ben aan een geregeld leven toe, thuis met mijn gezellin en haar kinderen en kleinkinderen, zoals dat mooie kleintje.' Hij wees naar Jonayla. 'Sommige handelaren nemen hun gezellin en familie mee op reis, maar mijn gezellin was de leider van de Negende Grot en het stond haar niet vrij om te reizen. Ik maak er dus altijd een punt van om iets bijzonders voor haar mee te nemen. Daarom vroeg ik of je figuurtjes voor de handel bedoeld waren. Ik zal vast wel iets bijzonders vinden als we naar de Zuidelijke Zee gaan om schelpen te verwerven. Voel je er iets voor om je bij ons reisgezelschap aan te sluiten?'

‘Wanneer vertrekken jullie?’ vroeg Conardi.
‘Binnenkort, maar niet voor we de Oudste Heilige Plaats hebben bezocht,’ zei Willamar.
‘Die moet je echt gaan zien. Prachtige grot, bijzondere schilderingen, maar ik heb grot al verscheidene keren bezocht. Ik reis vooruit, vertel dat jullie komen,’ zei Conardi.

27

De ingang naar de grot was tamelijk groot, maar niet symmetrisch, en breder dan dat die hoog was. De rechterkant was hoger. Boven de lagere linkerkant was een uitstekende richel die beschutting bood tegen regen en de steentjes die zo nu en dan als een waterval van de rotswand kletterden. Aan het linkeruiteinde van de grotopening lag een kegelvormige berg grind; de steentjes hadden zich op de richel opgehoopt en waren over de rand gevallen, waardoor een puinhelling was ontstaan vanaf de onderkant van de kegelvormige berg langs de zijkant van de rotswand. Door de grote opening viel het licht tamelijk ver de grot in. Ayla bedacht dat de grot een goede schuilplaats zou zijn, maar het was duidelijk dat hij niet als leefruimte werd gebruikt. Met uitzondering van een hoek onder de richel, waar voor een slaaptent een klein vuur brandde, was er weinig te zien van de dingen die mensen gebruikten om hun leven gerieflijk te maken. Toen ze de grot naderden kwam een Zelandoni de tent uit om hen te begroeten.

'In de naam van de Grote Aardmoeder heet ik je welkom bij Haar Oudste Heilige Plaats, Eerste Onder Hen Die Haar Dienen,' zei ze, terwijl ze haar handen uitstrekte.

'Ik groet je, Waker over Haar Oudste Heilige Plaats,' antwoordde de Eerste.

Toen was Jonokol aan de beurt. 'Ik ben Zelandoni van de Negentiende Grot van de Zelandoniërs en ik groet je, Waker over Haar Oudste Heilige Plaats. Mij is verteld dat de afbeeldingen in deze Heilige Grot uitzonderlijk mooi zijn. Ook ik heb afbeeldingen gemaakt, en het is me een eer om uitgenodigd te zijn om deze Heilige Plaats te bekijken,' zei hij.

De waker glimlachte. 'Je bent dus een Afbeeldingen Makende Zelandoni,' zei ze. 'Ik denk dat deze grot je zal verrassen, en mogelijk zul je het kunstenaarschap meer naar waarde weten te schatten dan de meesten. De Ouden die hier hebben gewerkt waren bijzonder getalenteerd.'

'Zijn alle afbeeldingen in deze grot door de Ouden gemaakt?' vroeg de Negentiende.

De waker hoorde de onuitgesproken smeekbede in Jonokols stem. Ze had die eerder gehoord bij kunstenaars die de grot bezochten. Ze wilden weten of het hun was toegestaan iets aan het werk toe te voegen, en ze had haar antwoord klaar.
'Bijna allemaal, maar er zijn enkele die korter geleden zijn gemaakt. Als je je tegen de taak opgewassen voelt en je de drang voelt opkomen, staat het je vrij in de grot je stempel te zetten. We leggen niemand beperkingen op. De Moeder kiest. Je zult het weten als je bent uitgekozen,' zei de waker. Hoewel veel mensen het vroegen, waren er maar weinig die zich ertegen opgewassen voelden om een bijdrage te leveren aan het opmerkelijke werk in de grot.
Ayla was de volgende. 'In de naam van de Grote Moeder van Allen groet ik je, Waker van de Oudste Heilige Plaats,' zei ze, terwijl ze haar handen uitstrekte. 'Ik ben Ayla, acoliet van de Eerste Onder Hen Die De Grote Aardmoeder Dienen.'
Ze is nog niet bereid haar naam op te geven, was het eerste wat de Zelandoni dacht. Toen drong het opeens tot haar door dat de jonge vrouw met een vreemd accent had gesproken, en wist ze dat dit de persoon was over wie haar was verteld. De meesten van haar Grot dachten dat alle bezoekers Zelandonisch spraken met wat ze als een noordelijk accent beschouwden, maar deze vrouw sprak heel anders. Ze kende de taal goed, maar de manier waarop ze bepaalde klanken uitsprak klonk haar erg vreemd in de oren. Er viel niet aan te twijfelen dat ze van ergens heel ver weg kwam.
Ze bekeek de jonge vrouw wat nauwkeuriger. Ja, dacht ze, ze is aantrekkelijk, maar ze heeft iets over zich wat aan verre streken doet denken, iets in haar gelaatstrekken, een korter gezicht, een grotere ruimte tussen haar ogen. Zelfs haar haar is anders, minder fijn dan het haar van de meeste Zelandonische vrouwen. Het is dikker, en hoewel ze blond is, is de tint apart, donkerder, zoals honing of barnsteen. Een vrouw uit den vreemde en toch is ze acoliet van de Eerste. Het gebeurt maar zelden dat iemand uit den vreemde in de zelandonia wordt opgenomen, laat staan acoliet van de Eerste wordt. Maar misschien is het begrijpelijk aangezien zij degene is die gezag heeft over paarden en een wolf. En zij is degene die de mannen die zoveel jaren voor zoveel problemen hebben gezorgd, een halt heeft toegeroepen.
'Ik heet je welkom bij deze Oudste Heilige Plaats, Ayla, acoliet van de Eerste,' zei de Zelandoni, terwijl ze Ayla's handen vastpakte. 'Ik vermoed dat je een langere reis hebt gemaakt om deze grot te bezoeken, dan wie dan ook ooit.'
'Ik ben met de rest van...' begon Ayla, maar toen ze de glimlach op het

gezicht van de vrouw zag, begreep ze het. Het was haar accent. De waker had het over hoe ver ze op haar Tocht met Jondalar had gereisd, en daarvoor, vanaf haar thuis bij de Stam, en misschien zelfs nog voordien. 'Misschien wel,' zei ze, 'maar Jondalar heeft mogelijk nog verder gereisd. Zijn Tocht voerde hem van zijn thuis helemaal naar het eind van de Grote Moederrivier ver in het oosten en nog verder, waar hij mij heeft gevonden, en toen weer terug, voor we op deze doniërreis zijn vertrokken.'

Jondalar kwam naar voren toen hij zijn naam hoorde vallen en grijnsde toen hij Ayla zijn reis hoorde beschrijven. De vrouw was niet jong en onvolwassen en niet oud, maar oud genoeg om over de wijsheid te beschikken die ervaring en volwassenheid meebrachten, ongeveer zo oud als de vrouwen tot wie hij zich vroeger, voor hij Ayla had leren kennen, aangetrokken had gevoeld.

'Gegroet, gerespecteerde Waker van de Oudste Heilige Plaats,' zei hij, terwijl hij zijn handen uitstrekte. 'Ik ben Jondalar van de Negende Grot van de Zelandoniërs, Vuursteenklopper van de Negende Grot, levensgezel van Ayla van de Negende Grot van de Zelandoniërs, die acoliet van de Eerste is. Zoon van Marthona, voorheen leider van de Negende Grot, broer van Joharran, leider van de Negende Grot. Geboren bij de vuurplaats van Dalanar, leider en stichter van de Lanzadoniërs.'

Hij somde al zijn belangrijke namen en banden op. Leden van de zelandonia konden volstaan met het noemen van hun voornaamste banden, maar voor hem zou het erg informeel en bepaald niet hoffelijk zijn om een formele introductie zo beknopt te houden, vooral tegenover een Zelandoni.

'Ik heet je welkom, Jondalar van de Negende Grot van de Zelandoniers,' zei de Zelandoni. Ze pakte zijn handen vast en keek in zijn ogen, die een onvoorstelbaar heldere kleur blauw hadden, ogen die tot diep in haar geest leken door te dringen en die haar vrouwelijkheid deden sidderen. Ze sloot even haar ogen om haar inwendig evenwicht te hervinden. *Geen wonder dat de vrouw nog niet bereid is haar naam op te geven*, dacht de waker. *Ze heeft een levensgezel en haar levensgezel is een van de fascinerendste mannen die ik ooit heb ontmoet. Ik vraag me af of er een Moederfeest voor deze bezoekers uit het noorden wordt georganiseerd... Jammer dat mijn tijd als waker nog niet voorbij is. Als iemand me hier nodig heeft, kan ik niet naar Moederfeesten.*

Willamar, die zijn beurt afwachtte om zich aan de waker voor te stellen, boog zijn hoofd om een glimlach te verhullen. Het was maar goed dat Jondalar niet leek te beseffen welke uitwerking hij nog steeds op vrouwen had, dacht hij; en hoe opmerkzaam Ayla ook was, ook haar

leek het te ontgaan. Hoewel jaloezie werd ontmoedigd, wist hij dat veel mensen daar evengoed last van hadden.
'Ik ben Willamar, Meester-Handelaar van de Negende Grot van de Zelandoniërs,' zei hij, toen hij aan de beurt was, 'levensgezel van Marthona, de voormalige leider van de Negende Grot en de moeder van deze jonge man. Hoewel hij niet bij mijn vuurplaats is geboren, is hij daar wel opgegroeid, en ik beschouw hem als de zoon van mijn hart. Ook Ayla en haar kleintje, Jonayla, heb ik in mijn hart gesloten.'
Ze heeft niet alleen een levensgezel, maar ook een kind, een jong kind, dacht de waker. Hoe komt ze erbij om een Zelandoni te willen worden? En dan ook nog een acoliet van de machtigste Zelandoni op aarde? De Eerste moet haar wel erg hoog hebben zitten, maar het kan niet anders dan dat er van alle kanten aan haar wordt getrokken.
Alleen deze vijf bezoekers zouden nu de grot binnengaan. De rest van de bezoekers zou een andere keer gaan en waarschijnlijk een kortere rondleiding krijgen. De Grotten die waakten over de Heilige Grot hadden niet graag dat er te veel mensen tegelijkertijd naar binnen gingen. Er waren fakkels en lampen bij het vuur. Het behoorde tot de taak van de waker om die te verzamelen en altijd klaar voor gebruik te hebben. Iedereen pakte een fakkel. De waker stopte enkele reservefakkels in een rugbepakking met een paar stenen lampen en kleine blazen met olie. Toen iedereen een lichtbron had, liep de waker de grot in.
Er viel genoeg daglicht naar binnen om een idee te krijgen van de immense afmetingen van de grot, en een eerste indruk van het wanordelijke karakter. Een chaotisch landschap van steenformaties vulde de ruimte. Zuilen van stalactieten die vroeger aan het plafond hadden gehangen en hun stalagmitische tegenhangers waren naar beneden gestort alsof de vloer eronder was weggevallen. Sommige hingen scheef, andere waren ineengestort, weer andere lagen aan diggelen. Het leek alsof ze nog maar kortgeleden waren rondgestrooid, maar alles was bevroren in de tijd en bedekt met een dikke laag karamelkleurig stalagmitisch glazuur.
De waker begon te neuriën toen ze de groep naar links leidde, waarbij ze dicht bij de muur bleef. De rest liep in een rij achter haar aan, eerst de Eerste, toen Ayla, daarachter Jonokol en Willamar, en Jondalar als laatste. Hij was zo lang dat hij over de hoofden van de anderen kon uitkijken en hij beschouwde zichzelf als een soort beschermende achterhoede, al had hij geen idee waartegen ze beschermd zouden moeten worden.
Zelfs toen ze al een behoorlijk eind de grot in waren, viel er nog zoveel licht door de ingang dat het nog niet volslagen donker was. De grot was overgoten met een soort diep schemerlicht, vooral als de ogen zich

hadden aangepast aan de schaduwrijke omgeving. Wat ze in het licht van hun lampen of fakkels te zien kregen varieerde van spierwitte nieuwe, dunne ijspegelvormen tot bobbelige stompen, grijs van ouderdom. Aan het plafond hingen vloeiende draperieën, gestreept in de plooien met geel, oranje, rood en wit. Fonkelend kristal reflecteerde en versterkte het zwakke licht, en de vloer schitterde door een laag wit calciet. Ze zagen grillige steenformaties die op de verbeelding werkten, en kolossale zuilen met een raadselachtige, doorschijnende gloed. Het was een wondermooie grot.

In het zwakke licht bereikten ze een plek waar de ruimte breder leek te worden. De zijkanten verdwenen en voor hen leek de leegte, op een glanzende witte schijf na, tot in het oneindige door te gaan. Ayla had het gevoel dat ze een ruimte waren binnengegaan die nog groter was dan de immense ruimte bij de ingang. Van het plafond hingen vreemde, luisterrijke stalactieten, als lang wit haar, maar de vloer was opmerkelijk vlak, als het kalme oppervlak van het meer dat het vroeger was geweest. Maar nu was de vloer van de immense ruimte bezaaid met schedels, botten en tanden, en de ondiepe holten die het bed van winterslaap houdende holenberen waren geweest.

De waker, die voortdurend had lopen neuriën, ging nu steeds luider zingen, tot haar stem een volume bereikte waarvan Ayla, die naast haar stond, nooit zou hebben gedacht dat een mens dat zou kunnen voortbrengen, maar er was geen weergalm. Het geluid werd door de immense grootte van de lege ruimte in de rotswand opgeslokt. Toen zette de Ene Die Eerste Was met haar volle, theatrale alt *Het Lied van de Moeder* in.

'Uit de chaos van tijd, vóór het eerste ochtendgloren,
Werd uit de wervelwind de verheven Moeder geboren.
Zij besefte terstond: het leven had grote waarde.
Maar de donkere leegte griefde de Grote Moeder der Aarde.
  De Moeder was alleen. Verder was er niet een.

Uit het stof van Haar geboorte schiep toen de Moeder,
Een bleek stralende vriend, een metgezel, een broeder.
Tezamen groeiden zij op, leerden liefde en kommernis,
En toen Zij daarvoor rijp was, volgde een verbintenis.
  Hij koesterde Haar. Haar bleek stralende minnaar.

Even was Ze gelukkig met één om te beminnen...

De Eerste aarzelde even en zweeg toen. Er was geen weerklank, er kwam geen echo terug. De grot vertelde hun dat dit geen plek voor mensen was. Deze ruimte behoorde toe aan de holenberen. Ze vroeg zich af of er afbeeldingen in de lege ruimte waren. Dat zou de waker wel weten.

'Zelandoni die waakt over deze grot,' zei ze formeel, 'hebben de Ouden afbeeldingen gemaakt in de ruimte die voor ons ligt?'

'Nee,' zei de vrouw. 'Deze ruimte is niet de onze om te beschilderen. We kunnen in het voorjaar deze ruimte betreden, zoals de holenberen ook dikwijls onze ruimte in deze grot binnengaan, maar de Moeder heeft deze ruimte aan de holenberen gegeven voor hun winterslaap.'

'Vandaar dat de mensen hebben besloten hier niet te gaan wonen,' zei Ayla. 'Toen ik de grot zag, bedacht ik dat het een goede schuilplaats zou zijn en vroeg ik me af waarom geen enkele Grot er ooit was ingetrokken. Nu weet ik waarom.'

De waker leidde de groep naar rechts. Ze passeerden een kleine opening die naar een andere ruimte voerde en bereikten iets verderop een grotere doorgang. Net als de ruimte achter de ingang was ook hier een chaotische massa van omgevallen stalagmieten te zien. Ze liepen om de obstakels heen en kwamen uit in een immense ruimte met een hoog plafond en een donkerrode vloer. Een uitsteeksel dat was gevormd door een enorme cascade van steen domineerde de ruimte die was gemarkeerd met een aantal grote rode stippen op een stuk rots dat van het plafond hing. Ze kwamen bij een groot muurvlak, een bijna verticale muur die doorliep tot aan het plafond, dat was bedekt met grote rode stippen en diverse symbolen.

'Hoe denk je dat deze stippen zijn gemaakt?' vroeg de waker.

'Ik vermoed dat een grote prop leer of een pluk mos of iets dergelijks daarvoor kan zijn gebruikt,' zei Jonokol.

'Ik geloof dat de Zelandoni van de Negentiende iets nauwkeuriger moet kijken,' zei de Eerste. Ayla herinnerde zich dat zij hier al eerder was geweest, en ze wist natuurlijk het antwoord. Willamar waarschijnlijk ook. Ayla waagde zich niet aan een gok en Jondalar evenmin. De waker stak haar hand op, boog haar vingers naar achteren en hield haar hand bij een stip. Die was ongeveer even groot als haar handpalm.

Jonokol keek nog eens goed naar de grote stippen. Ze waren een beetje wazig, maar hij kon bij sommige stippen vaag het begin van vingers onderscheiden. 'Je hebt gelijk!' zei hij. 'Ze hebben waarschijnlijk een dikke pasta van rode oker gemaakt en hun handpalm daarin gedoopt. Ik geloof niet dat ik ooit stippen heb gezien die op die manier zijn gemaakt!'

De waker glimlachte om zijn verwondering en leek bijzonder met zichzelf ingenomen. Toen Ayla haar zag glimlachen, drong het opeens tot haar door dat de ruimte beter verlicht leek te zijn. Ze keek om zich heen en zag dat ze weer vlak bij de ingang waren. Ze hadden meteen deze kant op kunnen gaan in plaats van een omweg te maken naar de immense ruimte waar de beren overwinterden, maar de waker zou daar vast wel een reden voor hebben gehad. Naast de grote stippen was een schildering die Ayla niet duidelijk kon zien, afgezien van de rechte rode verflijn erboven met een dwarse lijn bijna bovenaan.

Het pad voerde om de rotsblokken en steenmassa's midden in de ruimte heen tot ze bij een met zwart geschilderde kop van een leeuw kwamen op de tegenoverstaande muur. Vlak daarbij stonden een teken en enkele kleine stippen, mogelijk met een vinger gemaakt. Iets verderop kwamen ze bij een reeks rode stippen ter grootte van een handpalm. Ze telde de stippen met gebruikmaking van de telwoorden. Het waren er dertien. Op het plafond boven hun hoofd was een verzameling van tien stippen te zien. Om die te maken had iemand op een steenmassa moeten klimmen, misschien geholpen door vrienden of leerlingen, bedacht Ayla, dus moesten ze voor de maker belangrijk zijn geweest, al kon ze zich niet voorstellen waarom.

Nog iets verderop was een nis. Een uitstekende steen bij de ingang was volledig bedekt met de grote rode stippen. Op een van de muren in de nis zagen ze nog meer rode stippen en op de muur daar tegenover een groepje stippen, enkele lijnen en andere merktekens en drie paardenhoofden, waarvan er twee geel waren. Tussen de steenmassa en stalagmieten midden in de ruimte maakte de waker de bezoekers attent op nog een tamelijk groot muurvlak met grote rode stippen achter enkele lage steenklompen.

'Staat er midden tussen die stippen een dierenkop die is gemaakt van rode stippen?' vroeg Jonokol.

'Sommige mensen menen die te zien,' zei de waker, en ze glimlachte naar de afbeeldingen makende Zelandoni omdat die het had gezien.

Ayla probeerde een dier te zien, maar het enige wat ze zag waren stippen. Ze zag echter wel een verschil. 'Denk je dat deze stippen door een ander zijn gemaakt dan de andere stippen? Ze lijken groter.'

'Dat klopt,' zei de waker. 'We vermoeden dat de andere door een vrouw zijn gemaakt en deze door een man. Er zijn meer afbeeldingen, maar om die te kunnen bekijken, moeten we op onze schreden terugkeren.'

Ze begon weer te neuriën toen ze de groep een kleine ruimte binnen leidde in de centrale rotsmassa's. Daar zagen ze een grote schildering van het voorste deel van een hert, waarschijnlijk een jong reuzenhert. Het had een klein handvormig gewei en een kleine bult op de rug. Terwijl ze daar waren, neuriede de waker luider. De ruimte weergalmde, neuriede terug. Jonokol zong mee; zijn toonladders harmonieerden met de tonen van de waker. Ayla floot haar vogelgezang en de Eerste begon aan de volgende coupletten van *Het Lied van de Moeder*. Ze temperde haar krachtige altstem, zodat die niet overheerste en slechts een diepe, gevoelige noot aan het geheel toevoegde.

Even was Ze gelukkig met één om te beminnen,
Maar de Moeder werd onrustig, onzeker vanbinnen.
Ze beminde Haar vriend, Haar gezel in het leven,
Maar toch miste Zij iets, had meer liefde te geven.
De Moeder was Zij. Ze wilde er een wezen bij.

Ze tartte de grote leegte, de chaos, alle duistere hoeken,
Om de kille bron van de vonk van het leven te zoeken.
De wervelwind was afschrikwekkend, het duister volkomen,
Chaos was ijskoud, en liet zich met Haar warmte doorstromen.
De Moeder was onwankelbaar. Ze schrok niet terug voor het gevaar.

Aan ijzige chaos onttrok Zij de vonk waaruit leven ontsproot,
En Ze vluchtte met de levenskracht ingebed in Haar schoot.
Met het leven dat Zij droeg dijde Zij uit,
En vol liefde en trots gaf Zij van Zichzelf aan Haar spruit.
De Moeder was geslaagd in Haar streven. Zij deelde Haar leven.

De duistere leegte en de uitgestrekte, barre Aarde,
Keken verwachtingsvol uit naar het kind dat Zij baarde.
Leven ademde uit Haar botten en dronk van Haar bloed,
Deed Haar huid opensplijten en verscheurde Haar gemoed.
De Moeder had gegeven. Een ander kwam tot leven.

Haar gutsende geboortewater deed rivieren en zeeën volstromen,
Overspoelde het land, en daaruit groeiden de bomen.
Elke kostbare druppel bracht blad en gras uit de grond,
Tot uit al het welige groen de nieuwe Aarde ontstond.
Haar wateren vloeiden. Nieuw groen en bomen groeiden.

De Eerste stopte met zingen op een moment dat aanvoelde als het einde van de geïmproviseerde koorzang. Ook Ayla zweeg na een langgerekte melodieuze triller van een veldleeuwerik, en Jonokol en de waker besloten met een harmonieus akkoord. Jondalar en Willamar sloegen waarderend met hun handen op hun dijen.

'Dat was prachtig,' zei Jondalar. 'Geweldig mooi.'

'Ja. Dat klonk wondermooi,' zei Willamar. 'De Moeder zal het beslist evenzeer hebben gewaardeerd als wij.'

De waker leidde de groep door de kleine ruimte en iets naar beneden naar een andere doorgang. Vanaf de ingang was de kop van een met rood geschilderde beer te zien. Toen ze zich bukten om door de lage doorgang te kunnen, werd meer van de beer zichtbaar, en toen verscheen de kop van een tweede beer uit de duisternis. Toen ze zich weer konden oprichten, zagen ze de vage tekening van de kop van een derde beer onder de kop van de eerste. De vorm van de muur was vaardig gebruikt om diepte te geven aan de eerste beer, en hoewel de tweede beer volledig leek, was er een holte op de plek van het achterlijf waardoor die indruk werd gewekt. Het leek bijna alsof de beer via de muur uit de geestenwereld tevoorschijn kwam.

'Dat zijn beslist holenberen,' zei Ayla. 'De vorm van hun voorhoofd is kenmerkend. Die is al zo als ze nog heel klein zijn.'

'Heb je dan weleens kleine holenberen gezien?'

'Ja, af en toe. De mensen bij wie ik ben opgegroeid, hadden een bijzondere relatie met holenberen,' zei Ayla.

Toen ze achter in de nis stonden, zagen ze twee met rood geschilderde steenbokken op de rechtermuur. De hoorns en ruggen werden gevormd door de natuurlijke scheuren in de stenen muur.

Ze verlieten de nis en klommen terug naar het niveau van de herten. Toen volgden ze de linkermuur tot ze een grote open ruimte bereikten. Toen ze langs de omtrek van de ruimte liepen, keek Jonokol in een nis waarin een eeuwenoude steenmassa stond waarvan de bovenkant de vorm van een klein waterbekken had. Hij pakte zijn waterzak en schonk er een beetje water in. Ze keerden op hun schreden terug tot ze de grote doorgang bereikten die toegang gaf tot de ruimte waar de beren hun winterslaap hielden. Niet ver van de ingang van de grot, op een grote rotszuil die de twee ruimten van elkaar scheidde, tegenover de andere schilderingen in de ruimte vol grillige rotsformaties, was een muurvlak van wel zes meter lang bij drie meter hoog, bedekt met grote rode stippen. Er waren ook andere tekeningen en symbolen, waaronder de rechte lijn met een horizontale lijn vlak bij de bovenkant.

De waker leidde de groep weer door de opening de berenruimte binnen, waarbij ze de linkermuur volgde. Vlak voor een opening bleef ze staan. 'Er bevindt zich hierbinnen veel, maar ik wil jullie vooral bepaalde dingen laten zien,' zei de Zelandoni, waarbij ze naar Ayla keek. 'Eerst dit.' Ze hield haar fakkel hoger. Op de muur waren rode lijnen die lukraak neergezet leken. Plotseling vulde Ayla's geest de leemten in en herkende ze de kop van een neushoorn. Ze zag het voorhoofd, het begin van de twee hoorns, een korte lijn voor zijn oog, het eind van zijn snuit met een lijn voor de bek, en daaronder de aanduiding van zijn borst. De eenvoud ervan overdonderde haar, maar toen ze het dier eenmaal zag, was het duidelijk.

'Het is een neushoorn!' zei Ayla.

'Ja, en de enige in deze ruimte,' zei de waker.

De vloer was van hard gesteente, calciet, en de linkermuur werd aan het oog onttrokken door witte en oranjekleurige zuilen. Eenmaal voorbij de zuilen waren er bijna geen steenmassa's meer, maar op het plafond zagen ze vreemde ronde stenen vormen en roodachtige afzettingen. De vloer was bezaaid met brokken steen, klein en groot, die uit het plafond waren gevallen. Een min of meer rond grondvlak was gebroken door de val van een zwaar rotsblok, waardoor de vloer helde. Op een hangende steen vlak bij de ingang was een kleine, grove schets in rood van een mammoet te zien.

Daarachter, hoog op de muur, was een kleine rode beer afgebeeld. De kunstenaar had tegen de muur omhoog moeten klimmen om die te schilderen. Daaronder, op een steen die uit de muur stak, waren twee mammoeten, waarvoor gebruik was gemaakt van het reliëf van de stenen muur, en op een uitsteeksel daarachter stond een vreemd teken. Op de tegenoverstaande muur was een muurvlak met rode schilderingen, waaronder het voorste deel van een fraai weergegeven beer. Aan de vorm van het voorhoofd en de stand van de kop was die te herkennen als een holenbeer.

'Jonokol, lijkt deze beer niet erg veel op de rode beer die we net hebben gezien?' vroeg Ayla.

'Ja, inderdaad. Ik vermoed dat ze door dezelfde persoon zijn gemaakt,' zei hij.

'Maar ik begrijp de rest van de schildering niet. Het is net alsof er twee verschillende dieren zijn samengevoegd, waardoor het twee koppen lijkt te hebben, waarvan er één uit de borst van de beer komt; en dan is er een leeuw in het midden en nog een leeuwenkop voor de beer. Ik begrijp niets van deze schildering,' zei Ayla.

'Misschien is die niet bedoeld om door een ander dan degene die hem heeft gemaakt, begrepen te worden. De kunstenaar heeft zijn fantasie gebruikt en heeft misschien geprobeerd een verhaal te vertellen dat in de loop der tijd verloren is gegaan. Er zijn voor zover ik weet geen

Oude Legenden of Geschiedverhalen die de schildering verklaren,' zei de Eerste.
'Ik denk dat het volstaat als wij de kwaliteit van het werk waarderen,' zei de waker, 'en de Ouden hun geheimen laten bewaren.'
Ayla knikte instemmend. Ze had inmiddels genoeg grotten gezien om te weten dat het er minder toe deed wat de afbeeldingen voorstelden dan wat de kunstenaars volbrachten terwijl ze de kunstwerken maakten. Na de tweede leeuwenkop en een breuk in de muur zagen ze een met zwart beschilderd muurvlak: de kop van een leeuw, een grote mammoet en als laatste een afbeelding hoog boven de vloer op een stuk steen dat van het plafond hing: een grote rode beer waarvan de rug met zwart was omlijnd. Het was een mysterie hoe de kunstenaar die had geschilderd. Hij was vanaf de vloer duidelijk te zien, maar degene die de schildering had gemaakt, moest over een heleboel hoge steenmassa's zijn geklommen om erbij te kunnen.
'Is het jullie opgevallen dat op de mammoet na alle dieren de ruimte uit lijken te gaan?' zei Jonokol. 'Het is alsof ze vanuit de geestenwereld deze wereld binnenkomen.'
De waker bleef net buiten de ruimte waarin ze waren geweest staan en begon weer te neuriën, maar deze keer leek de melodie op *Het Lied van de Moeder* zoals de Eerste dat zong. Elke Grot van de Zelandoniërs zong of reciteerde *Het Lied van de Moeder*. Het lied vertelde het verhaal van hun begin, van de oorsprong van de mens, en terwijl alle versies op elkaar leken en hetzelfde verhaal vertelden, verschilden ze per Grot toch iets van elkaar. Dat gold vooral als ze het zongen. De melodie van het lied was dikwijls heel anders, wat soms afhankelijk was van wie het zong. Aangezien de Eerste begiftigd was met zo'n prachtige stem had ze haar eigen unieke manier bedacht om het lied te zingen.
Alsof ze een teken had gekregen, hervatte de Eerste Het Lied van de Moeder vanaf het punt waar ze het had afgebroken. Jonokol en Ayla zongen niet mee en luisterden vol bewondering.

Met de komst van nieuw leven braakte Zij water en vuur,
Leverde een pijnlijke strijd in Haar barensuur.
Haar droog, gestold bloed werd tot okerrood aard',
Maar het prachtige kind was de inspanning waard.
  De Moeder was blij. Een stralende jongen erbij.

Bergen verrezen, spuwden vlammen de hemel tegemoet,
Zij voedde Haar zoon uit Haar bergachtig gemoed.

Hij zoog, o zo hard, de vonken namen hoge vlucht,
Hete melk van de Moeder vormde een pad door de lucht.
Zijn leven was begonnen. Ze voedde de jongen.

Hij lachte en speelde, werd stralend en groot,
Hij verlichtte het donker, het kind uit Haar schoot.
Hij werd schrander en sterk, door Haar teder bemind,
Maar al snel werd hij volwassen, niet langer meer kind.
Hij werd groot, zo snel dat het Haar griefde. Wist zelf alras wat hem beliefde.

Een kiem van nieuw leven had Zij aan de bron onttrokken,
Maar de grote, kille leegte begon Haar zoon nu te verlokken.
De Moeder gaf hem Haar liefde, maar de jongen voelde zich gevangen,
Hij wilde reizen en spanning, koesterde vele verlangens.
Chaos was Haar slecht gezind. Hij wilde weg, Haar dierbaar kind.

Terwijl de Grote Moeder sliep, sloop hij weg van Haar zij,
En uit de donkere, wervelende leegte kwam chaos nabij.
De donkerte lokte en misleid door de wind,
Nam chaos bezit van Haar dierbare kind.
De duisternis greep Haar zoon. Die jongen, zo schrander en schoon.

Moeders stralende kind, eerst nog zo verrukt,
Voelde zich in de sombere, kille leegte alras bedrukt.
Maar Haar onbezonnen telg, door wroeging gekweld,
Kon niet meer ontsnappen aan het duistere geweld.
Chaos gaf hem niet prijs. Haar argeloze rijs.

De Moeder ontwaakte toen hij de duisternis in werd gesleurd,
Ze kon hem nog net grijpen in het besef van wat er was gebeurd.
Ze smeekte de hulp af van hem met de blekere gloed,
Bij het terughalen van het teerbeminde kind van Haar bloed.
De Moeder weigerde los te laten. Ze hield hem voortdurend in de gaten.

Het geluid weergalmde, het lied echode naar hen terug, niet altijd even krachtig, dacht de Eerste, maar met interessante nuances, bijna alsof het een echo was van zichzelf. Toen de Eerste bij een couplet kwam waarvan ze het gevoel had dat ze kon stoppen, deed ze dat. De groep liep zwijgend verder.

Ze kwamen bij een grote opeenstapeling van stalagmitisch gesteente en ingestorte rotsblokken aan de rechterkant van de grot. De waker leidde hen nu naar de linkerkant, naar het diepste deel van de slaapruimte van de beren. Tegenover de stalagmieten en de rotsblokken hing een groot langwerpig stuk steen uit het plafond. De stenen gaven het begin van een nieuwe ruimte aan met in het begin een hoog plafond, dat naar achteren toe lager werd. Aan het plafond en op de muren zaten steenklompen, in tegenstelling tot de slaapruimte van de beren, waar geen steenafzetting te zien was.
Toen ze de hangende steen bereikten, sloeg de waker met haar fakkel tegen een rots zodat die weer feller ging branden en stak hem toen omhoog zodat de bezoekers het hele oppervlak van het muurvlak konden zien. Onderaan, naar links gericht en geschilderd in rood, was een gevlekte panter te zien. Ayla, Jondalar en Jonokol hadden nog nooit een schildering van een panter op de muren van een Heilige Grot gezien. De lange staart gaf Ayla het idee dat het waarschijnlijk een sneeuwpanter was. Aan het uiteinde van de staart was een verdikking van calciet en aan de andere kant was een grote rode stip. Niemand begreep de grote rode stippen in deze grot, en ook niet wat de panter betekende, maar het was duidelijk een panter.
Dat kon niet gezegd worden van het dier erboven dat naar rechts gericht stond afgebeeld. De massieve schouders en de vorm van de kop deden denken aan een beer, maar aan het magere lichaam, de lange poten en de vlekken op het bovenlichaam zag Ayla dat het een holenhyena was! Ze kende hyena's, en die hadden massieve schouders. De vorm van de kop van het geschilderde dier had iets van de kop van een holenbeer. De sterke tanden en kaakspieren van een hyena, waarmee het dier de botten van een mammoet kon doorbijten, hadden een krachtiger beenderstructuur ontwikkeld, maar de snuit was langer. De vacht van een hyena was stug en ruw, vooral rond de kop en de schouders.
'Zie je de andere beer erboven?' vroeg de waker.
Plotseling zag Ayla een andere afbeelding boven de hyena. In de vage rode lijnen herkende Ayla de kenmerkende vorm van een holenbeer, naar links gericht, tegenovergesteld aan de hyena, en ze begon vergelijkingen te trekken.
'Volgens mij is het gevlekte dier geen beer, maar een holenhyena,' zei ze.
'Dat denken meer mensen, maar de kop lijkt wel erg veel op die van een beer,' zei de waker.
'De koppen van de twee dieren lijken op elkaar,' zei Ayla, 'maar de

hyena op de afbeelding heeft een langere snuit en geen waarneembare oren. De pluk stekelhaar boven op de kop is kenmerkend voor een hyena.'

De waker sprak haar niet tegen. Iedereen had het recht te denken wat hij of zij wilde, maar de acoliet maakte interessante opmerkingen. De vrouw wees toen naar een andere kat op een smal muurvlak onder de hangende steen en vroeg Ayla wat voor kat dat volgens haar was. Ayla wist het niet zeker. Er was geen kenmerkende tekening op de vacht en de afbeelding was uitgerekt om in de ruimte te passen, maar het dier had beslist iets katachtigs, of bij nader inzien misschien meer iets wezelachtigs. Er waren nog meer dieren, volgens de waker steenbokken, maar die waren niet duidelijk te herkennen. Vervolgens werden ze naar de linkerkant van de ruimte geleid. Daar was in het begin veel steenafzetting te zien, maar er waren geen afbeeldingen.

Ze vervolgden hun weg door de gang en kwamen bij een langwerpig muurvlak. Een kalkachtige formatie had de muur getooid met rode, oranje en gele draperieën en slierten die niet helemaal de dikke kegelvormige opeenhopingen eronder bereikten. Afzettingen als in de tijd bevroren beekjes leken langs de neerhangende draperieën te stromen, en in de ruimten ertussen waren vreemde tekens geschilderd.

Een daarvan was een lange, rechthoekige vorm met lijntjes die uit de zijkanten kwamen. Het deed Ayla denken aan een sterk vergrote afbeelding van zo'n kruipend diertje met veel poten, misschien een rups. In een ruimte daarnaast was een vorm geschilderd met vleugels aan weerszijden van het midden. Mogelijk een vlinder, de volgende fase in het leven van een rups, maar de afbeelding was minder zorgvuldig gemaakt dan veel van de andere schilderingen, dus ze was er niet zeker van. Ze overwoog de waker ernaar te vragen, maar ze betwijfelde of die het zou weten. Ze zou er alleen maar naar kunnen raden.

Toen ze verder liepen was de muur minder uitbundig versierd. De waker begon weer zacht te neuriën. Er was enige weergalm maar niet veel, tot ze bij een ruimte kwamen met een overhangende rotsplaat. Daar waren groepen rode stippen gemaakt. Na de stippen zagen ze een fries met vijf neushoorns. Er waren vlakbij ook andere tekens en dieren te zien. Zeven koppen en één compleet katachtig dier, mogelijk leeuwen, plus een paard, een mammoet en een neushoorn. Verscheidene positieve handafdrukken, plus stippen die lijnen en cirkels vormden. Iets verderop waren nog meer tekens te zien en een schets van een neushoorn in zwart.

Toen kwamen ze bij een rotsplaat, een soort tussenschot met daarop tekens, de gedeeltelijke omtrek van een mammoet in zwart, met een rode negatieve handafdruk binnen de lijn van het lichaam en een andere op de flank van een paard. Rechts daarvan waren twee groepen grote stippen. Aan de andere kant van het vlak met handafdrukken was een tekening in rood van een kleine beer. Er waren ook een edelhert en andere tekens te zien, maar de beer overheerste. Hij leek erg veel op de andere rode beren die ze hadden gezien, alleen was dit een miniatuurversie. Het vlak markeerde het begin van een kleine ruimte recht vooruit. Toen ze naar binnen keken zagen ze dat er weinig stahoogte was.

'Daar hoeven we niet naar binnen,' zei de waker. 'Het is een erg kleine ruimte waar weinig te zien is, en binnen kunnen we niet rechtop lopen.'

De Eerste was het helemaal met haar eens. Ze voelde er weinig voor om zich in een kleine ruimte te wurmen, en ze kon zich nog herinneren dat er niet veel te zien was. Ze wist bovendien wat hen verderop te wachten stond en kon niet wachten om dat weer te zien.

In plaats van de kleine ruimte binnen te gaan ging de waker linksaf en volgde de rechtermuur. De volgende ruimte was ongeveer anderhalve meter lager dan de ruimte waarin ze zich bevonden en de vloer liep schuin af. Het plafond was op sommige plaatsen hoog en op andere laag, en op de muren en het plafond was veel steenafzetting te zien. Er waren ook sporen van holenberen te zien: pootafdrukken, krassen van klauwnagels, en botten. Ayla meende op enige afstand een tekening te zien, maar de waker liep gewoon door zonder hun aandacht daarop te vestigen. De ruimte voelde aan als een toegang tot iets anders.

De ingang van de volgende ruimte was laag. In het midden van de ruimte was een zinkput, een holte van ongeveer tien meter in omtrek en vier meter diep. Ze liepen er aan de rechterkant omheen over een vloer van bruine aarde.

'Wanneer is de vloer ingestort?' vroeg Jondalar. De vloer onder zijn voeten leek stevig genoeg, maar hij vroeg zich af of dat weer zou kunnen gebeuren.

'Dat weet ik niet,' zei de waker. 'Maar ik weet wel dat het is gebeurd nadat de Ouden hier waren.'

'Hoe weet je dat?' vroeg Jondalar.

'Kijk boven het gat,' zei ze, wijzend naar een gladde, langwerpige steen die aan het plafond boven het gat hing.

Iedereen keek. Doordat het oppervlak van de meeste muren en van de hangende stenen in deze ruimte bedekt was met een zachte laag lichtbruin kleiachtig materiaal, vermiculiet – de minerale componenten van het gesteente werkten op elkaar in waardoor het oppervlak zacht

werd – waren de afbeeldingen wit. Tekeningen en gravures konden met een stok of zelfs met een vinger worden gemaakt. Als de bruine kleilaag werd weggehaald, bleef er een zuiver witte lijn achter.
Ayla zag dat er in deze ruimte veel witte tekeningen waren, maar op de hangende steen zag ze duidelijk een paard, en een uil die zijn kop had omgedraaid en over zijn schouder keek. Ze wist dat uilen dat deden, maar ze had er nog nooit een tekening van gezien; ze had in geen enkele grot ooit tekeningen van uilen gezien.
'Je hebt gelijk. Dat moet door de Ouden zijn gemaakt voordat de vloer instortte,' zei Jondalar, 'want nu kan niemand er meer bij.'
De waker glimlachte naar hem en genoot van het ongeloof in zijn stem. Ze maakte de groep attent op nog een aantal met een vinger getekende afbeeldingen in de grote ruimte. Toen ging ze de groep voor naar de andere kant van de ronde kuil, de linkermuur. Hoewel de ruimte gevuld was met hangende stalactieten en stalagmitische zuilen en ronde piramiden op de vloer, was er genoeg loopruimte en de meeste versieringen bevonden zich op ooghoogte. Zelfs vanaf een afstand waren in het licht van hun fakkels veel witte gravures te zien, in de klei uitgeschraapt om het witte oppervlak tevoorschijn te halen. Vanaf waar ze stonden, midden in de ruimte, zagen ze mammoeten, neushoorns, beren, oerossen, bizons, paarden, reeksen gebogen lijnen en golvende, met de vinger getrokken tekens die over sporen van berenklauwnagels waren getekend.
'Hoeveel dieren zijn er in deze ruimte?' vroeg Ayla.
'Ik heb er bijna tweemaal vijfentwintig geteld,' zei de waker. Ze hield haar linkerhand omhoog met haar vingers en duim omgebogen bij de knokkels, en toen opende ze haar hand en boog die weer bij de knokkels.
Ayla dacht aan de andere manier om met de vingers te tellen. Tellen met handen kon ingewikkelder zijn dan wanneer je alleen maar gebruikmaakte van de simpele telwoorden; als je wist hoe dat moest. De rechterhand telde de woorden en bij het uitspreken van elk woord werd een vinger omgebogen. De linkerhand gaf aan hoe vaak vijf was geteld. De linkerhand, met de handpalm naar buiten gedraaid en alle vingers en de duim omgebogen bij de knokkels, betekende niet vijf, zoals zij zichzelf had leren tellen en zoals Jondalar haar de telwoorden had geleerd, maar vijfentwintig. Ze had deze manier van tellen tijdens haar opleiding tot Zelandoni geleerd en het concept had haar verbaasd. De telwoorden reikten veel verder als ze op die manier werden gebruikt.
Ze bedacht dat de grote stippen ook een manier zouden kunnen zijn

om de telwoorden te gebruiken. Eén handafdruk kon vijf betekenen, een grote stip die was gemaakt met alleen de handpalm kon vijfentwintig betekenen, twee zouden tweemaal vijfentwintig zijn, vijftig, en zoveel op één plek op de muur zou dan een erg groot aantal zijn, als je wist hoe je het moest lezen. Maar zoals de meeste dingen die met de zelandonia in verband stonden, was het waarschijnlijk nog ingewikkelder. Alle tekens hadden meerdere betekenissen.

Terwijl ze door de ruimte liepen zag Ayla een prachtig gemaakt paard, en daarachter twee mammoeten, de ene boven op de andere. De lijn van de buiken was als een hoge boog getekend, wat Ayla deed denken aan de reusachtige boogbrug buiten. Moest de boog een mammoet voorstellen? De meeste dieren in deze ruimte leken mammoeten te zijn, maar er waren ook veel neushoorns, waarvan er een in het bijzonder Ayla's aandacht trok. Alleen de voorste helft was geschetst, en het dier leek uit een spleet in de muur te komen, vanuit de wereld achter de muur. Er waren ook enkele paarden, oerossen en bizons afgebeeld, maar geen katachtigen of herten. En terwijl bijna alle afbeeldingen in het voorste deel van de grot met rode verf waren gemaakt – de rode oker van de vloer en muren – waren de afbeeldingen in dit deel wit, gegraveerd met vingers of een ander hard voorwerp, op een aantal na aan het eind van de rechtermuur, die met zwart waren gemaakt, waaronder een prachtige zwarte beer.

Ze zagen er interessant uit en Ayla wilde ze beter bekijken, maar de waker leidde de groep langs de linkerkant van de grote krater naar een ander deel van de grot. De linkermuur ging schuil achter een rotsmassa die ze in het licht van de fakkels nauwelijks kon onderscheiden, wat haar op het idee bracht dat ze de verbrande as van haar fakkel moest slaan. Het licht werd feller en ze zag dat ze al snel een andere fakkel zou moeten aansteken.

De waker begon weer te neuriën toen ze een andere ruimte naderden met een veel lager plafond. Zo laag dat iemand op de steenblokken was geklommen en met een vinger een mammoet op het plafond had getekend. Rechts stond de kop van een bizon, snel geschetst, en daarachter drie mammoeten en verscheidene tekeningen op hangend gesteente. Ayla zag twee grote rendieren, met zwart getekend en gearceerd om ze diepte te geven, en ook een minder gedetailleerd getekende derde. Op een ander deel van de hangende steen stonden twee zwarte mammoeten tegenover elkaar, maar van het linkerdier was alleen de voorste helft getekend. Het dier rechts was met zwart ingevuld, en het had slagtanden – de enige slagtanden die ze bij de mammoeten in deze grot had gezien. Er waren andere tekeningen op han-

gende stenen verder naar achteren, tamelijk hoog boven de vloer: een mammoet van links opzij gezien, een grote leeuw en verrassend genoeg een muskusos, herkenbaar aan zijn neerwaarts gebogen hoorns.
Ayla had zo geconcentreerd staan turen naar de dieren op de hangende stenen achterin dat ze toen pas merkte dat de waker, de Eerste en de Zelandoni van de Negentiende Grot weer tot de grot waren begonnen te zingen. Ze deed deze keer niet mee. Ze kon vogel- en dierengeluiden maken, maar zingen kon ze niet, en ze vond het ook prettig om gewoon te luisteren.

Ze is blij met zijn komst, Haar minnaar, eens zo geliefd,
Ze doet Haar relaas, gekweld en gegriefd.
Hij stemt ermee in Haar te helpen in de strijd,
Om Haar kind te redden uit zijn narigheid.
Ze vertelde van Haar verdriet. En van de duistere, vervelende bandiet.

De Moeder moest rusten, Zij was stervensmoe,
Ze reikte wat Ze vasthield Haar lichtgevende minnaar toe.
Terwijl Zij lag te slapen, bestreed hij de kille kracht,
Een tijdlang hield hij stand, worstelend uit alle macht.
Zijn geest was krachtig. Maar het gevecht werd hem te machtig.

Haar zacht schijnende vriend, groot was zijn verzet,
Maar de strijd was te zwaar, besefte hij ontzet.
Zijn waakzaamheid verslapte, hij sloot zijn oog met een zucht,
En de duisternis besloop hem, stal zijn licht uit de lucht.
Haar vriend boog moe het hoofd. Zijn licht werd gedoofd.

Toen de duisternis viel, ontwaakte Zij met een kreet van smart,
De sombere leegte verborg het licht, alles was zwart.
Ze mengde zich in de strijd, sprong voor Haar vriend in de bres,
En de donkere schaduw verjoeg Zij met succes.
Maar het bleke, nachtelijk licht. Verloor Haar zoon uit het zicht.

Kille chaos had gewonnen en Haar heldere, vurige zoon,
Schonk de aarde geen warmte, was in de greep van de cycloon.
Het welige, groene leven werd nu tot sneeuw en tot ijs,
En de gure wind geselde het vroegere paradijs.
Het was om te wenen. Al het groen was verdwenen.

De Moeder was moe, Haar zielenpijn groot,
Maar Ze stak weer Haar hand uit naar het kind van Haar schoot.
Ze kon het niet laten, Ze was nog niet verslagen,
Het licht wilde Ze redden, de duisternis verjagen.
Ze ging door met de strijd. Tot Ze het licht had bevrijd.

Plotseling trok iets Ayla's aandacht, iets wat haar deed huiveren en haar koude rillingen bezorgde, niet van angst maar van herkenning. Ze zag de schedel van een holenbeer boven op een vlakke steen. Ze begreep niet hoe de steen midden op de vloer terecht was gekomen. Er lagen andere, kleinere brokken steen vlakbij en ze veronderstelde dat die uit het plafond waren gevallen, maar geen enkele had een vlakke bovenkant. Ze wist echter hoe de schedel op de steen terecht was gekomen: daar was hij door een mensenhand neergezet!

Terwijl Ayla naar de steen liep kwamen er herinneringen bij haar boven van de holenbeerschedel die Creb had gevonden. Door de opening die door de oogkas en het jukbeen werd gevormd, was een bot gestoken. Die schedel was van grote betekenis voor De Mog-ur van de Stam van de Holenbeer, en ze vroeg zich af of iemand van de Stam ooit in deze grot was geweest. Deze grot zou beslist grote betekenis voor hen hebben gehad. De Ouden die de afbeeldingen hadden gemaakt, waren beslist mensen zoals zij; de Stam maakte geen afbeeldingen, maar ze hadden wel een schedel kunnen verplaatsen. En de Stam had hier geleefd in dezelfde periode als de eeuwenoude kunstenaars. Was het mogelijk dat ze in deze grot waren geweest?

Toen ze de holenbeerschedel op de platte steen, met zijn twee enorme hoektanden die naar buiten staken, van dichtbij bekeek, geloofde ze diep vanbinnen dat de Oude die de schedel op de steen had gezet een lid van de Stam was. Jondalar had gezien dat ze huiverde en liep naar haar toe. Toen hij de steen zag met de holenbeerschedel erbovenop, begreep hij haar reactie.

'Gaat het wel, Ayla?' vroeg hij.

'Deze grot zou voor de Stam erg veel hebben betekend,' zei ze. 'Volgens mij moeten ze ervan geweten hebben. Met hun aangeboren geheugen misschien nog steeds.'

Inmiddels stond iedereen om de steen met de schedel.

'Ik zie dat je de schedel hebt ontdekt. Ik was van plan om je die te laten zien,' zei de waker.

'Komen hier ook mensen van de Stam?' vroeg Ayla.

'Mensen van de Stam?' zei de waker hoofdschuddend.

'De mensen die jullie Platkoppen noemen. Het andere volk,' zei Ayla.

'Merkwaardig dat je dat vraagt,' zei de waker. 'We zien inderdaad Platkoppen in de omgeving, maar doorgaans alleen op bepaalde tijden van het jaar. Ze jagen de kinderen angst aan, maar we hebben een soort afspraak met elkaar, voor zover je met dieren een afspraak kunt maken. Ze blijven bij ons uit de buurt en wij laten hen met rust als ze slechts de grot binnen willen gaan.'
'Ik moet je erop wijzen dat het mensen zijn en geen dieren. De holenbeer is hun totem; ze noemen zichzelf de Stam van de Holenbeer,' zei Ayla.
'Hoe kunnen ze zichzelf iets noemen, ze praten niet,' zei de waker.
'Ze praten wel degelijk. Alleen niet op de manier waarop wij dat doen. Ze gebruiken slechts enkele woorden, maar voornamelijk hun handen,' zei Ayla.
'Hoe praat je met je handen?'
'Ze maken gebaren, bewegingen met hun handen en met hun lichaam,' zei Ayla.
'Ik begrijp het niet,' zei de waker.
'Ik zal het je even laten zien,' zei Ayla, terwijl ze haar fakkel aan Jondalar gaf. 'De volgende keer dat je iemand van de Stam ziet die de grot in wil, kun je het volgende zeggen.' Ze sprak de woorden uit en maakte tegelijkertijd de gebaren. 'Ik groet je en wil zeggen dat je welkom bent om deze grot te bezoeken die het thuis is van holenberen.'
'Die gebaren, dat wuiven met je handen, betekent dat wat je zojuist zei?' vroeg de waker.
'Ja. Ik heb de Negende Grot en onze zelandonia en iedereen die het wilde, geleerd om een paar eenvoudige gebaren te maken, mochten ze tijdens een reis mensen van de Stam tegenkomen en een beetje met ze willen communiceren. Ik wil ook jou met alle plezier enkele gebaren leren, maar we kunnen beter wachten tot we de grot uit zijn, waar er meer licht is.'
'Ik wil er graag meer van weten, maar hoe komt het dat jij er zoveel van weet?' vroeg de waker.
'Ik heb bij de Stam gewoond. Ze hebben me grootgebracht. Mijn moeder en degenen met wie ze was, mijn familie veronderstel ik, zijn tijdens een aardbeving omgekomen. Ik bleef alleen achter. Ik heb in mijn eentje rondgedoold tot een Stam me vond en zich over me ontfermde. Ze hebben voor me gezorgd, van me gehouden, en ik heb van hen gehouden,' zei Ayla.
'Weet je niet wie je volk is?' vroeg de waker.
'De Zelandoniërs zijn nu mijn volk. Daarvoor waren de Mamutiërs, de mammoetjagers, mijn volk, en daarvoor was de Stam mijn volk,

maar ik herinner me niet de mensen bij wie ik ben geboren,' legde Ayla uit.
'Juist,' zei de waker. 'Ik wil er later graag meer over horen, maar er valt in deze grot nog heel wat te bekijken.'
'Je hebt gelijk,' zei de Eerste. Toen het onderwerp ter sprake kwam, was ze nieuwsgierig geworden naar de reactie van deze Zelandoni op de informatie die Ayla haar gaf. 'Laten we snel verdergaan.'
Terwijl Ayla verdiept was geweest in de berenschedel op de steen had de waker de anderen meer laten zien van de ruimte waarin ze zich bevonden. Ayla zag diverse afbeeldingen toen ze verder liepen: een groot muurvlak met geschraapte mammoeten, enkele paarden, oerossen en steenbokken.
'Ik moet je waarschuwen, Zelandoni Die Eerste Is,' zei de waker. 'De laatste ruimte aan deze aslijn die over de lengte van de grot loopt, is tamelijk moeilijk. Er moeten hoge treden worden beklommen en we moeten gebukt door een ruimte met een laag plafond, en er is weinig meer te zien dan enkele tekens, een geel paard en aan het eind een paar mammoeten. Je zou misschien willen besluiten om niet mee te gaan.'
'Ja, dat weet ik nog,' zei de Eerste. 'Ik hoef de laatste ruimte deze keer niet te zien. Laat de energiekere mensen maar gaan.'
'Ik blijf wel bij jou,' zei Willamar. 'Ik heb die ruimte ook al gezien.'
Toen de groep later weer verenigd was, liepen ze terug langs de muur die eerst rechts van hen was geweest en nu links. Ze liepen langs het muurvlak met de geschraapte mammoeten en kwamen uiteindelijk uit bij de zwarte schilderingen waarvan ze alleen vanuit de verte een glimp hadden opgevangen. Toen ze de eerste afbeelding naderden, begon de waker weer te neuriën, en de bezoekers voelden de grot daarop reageren.

28

Ayla werd vooral aangetrokken door de paarden, hoewel die niet de eerste afbeeldingen op de muur waren. Ze had prachtige kunstwerken gezien sinds ze had ontdekt dat afbeeldingen bestonden, maar ze had nog nooit zoiets gezien als de paarden op deze muur.

De muur in deze vochtige grot was zacht. Op deze plek was door chemische en bacteriële processen die zowel haar bevattingsvermogen als dat van de kunstenaars te boven gingen, de oppervlaktelaag van het kalksteen afgebroken tot 'maanmelk', een materiaal met een zachte, bijna weelderige textuur en een spierwitte kleur. Het kon met bijna alles, zelfs met een hand, van een muur worden geschraapt, en het harde witte kalksteen eronder was een perfecte ondergrond voor afbeeldingen. De Ouden die deze muren hadden beschilderd, hadden dit geweten en ook hoe ze het moesten gebruiken.

Er waren vier paardenhoofden, in perspectief geschilderd, boven op elkaar. De muur erachter was schoongeschraapt waardoor de kunstenaar de gelegenheid had gekregen om de details uit te werken, en de individuele verschillen van elk dier. De kenmerkende rechtopstaande manen, de lijn van de kaak, de vorm van de snuit, een open of dichte mond, een opengesperd neusgat, alles was zo accuraat weergegeven dat de dieren leken te leven.

Ayla draaide zich om naar de lange man met wie ze een verbintenis was aangegaan om dit moment met hem te delen. 'Jondalar, kijk eens naar die paarden! Heb je ooit zoiets gezien? Het is net alsof ze leven.'

Hij ging achter haar staan en sloeg zijn armen om haar heen. 'Ik heb prachtig geschilderde paarden op muren gezien, maar nooit zoiets. Wat vind jij ervan, Jonokol?'

Hij wendde zich tot de Eerste. 'Bedankt dat je me op deze reis hebt meegenomen. Alleen dit al maakt de hele Tocht de moeite waard.' Hij draaide zich weer om naar de muur. 'En niet alleen de paarden. Kijk eens naar die oerossen en die vechtende neushoorns.'

'Ik geloof niet dat ze vechten,' zei Ayla.

'Nee, dat doen ze ook voor ze Genot delen,' zei Willamar. Hij keek naar de Eerste met het gevoel dat ze hetzelfde ervoeren. Ze waren hier allebei al eens eerder geweest, maar nu ze de afbeeldingen door Ayla's ogen bekeken, was het net alsof ze die nooit eerder hadden gezien.

De waker kon haar zelfvoldane glimlach niet verbergen. Ze hoefde niet te zeggen: 'Dat zei ik toch.' Dit was het leukst aan waker zijn. Niet het zien van het werk zelf – ze had het al heel vaak gezien – maar de manier waarop mensen erop reageerden. De meeste mensen. 'Willen jullie meer zien?'

Ayla zei niets maar keek haar glimlachend aan; het was de mooiste glimlach die ze ooit had gezien. *Ze is werkelijk een beeldschone vrouw,* dacht de waker. *Ik begrijp waarom Jondalar zich tot haar aangetrokken voelt. Als ik een man was, zou ik haar ook erg aantrekkelijk hebben gevonden.*

Nu ze de paarden op haar gemak had bekeken, kon Ayla de tijd nemen om de rest te bekijken, en er was nog veel meer te zien. Links van de paarden stonden drie oerossen, met daartussen de kleine neushoorns en een hert, en onder de tegenover elkaar staande neushoorns een bizon. Rechts van de paarden was een nis, groot genoeg voor één persoon. Binnen waren meer paarden, een beer of misschien een grote kat, een oeros en een bizon met veel poten.

'Moet je die op hol geslagen bizon zien,' zei Ayla. 'Hij rent echt hard en hijgt, en die leeuwen,' voegde ze er glimlachend aan toe, maar toen begon ze hardop te lachen.

'Wat is er zo grappig?' vroeg Jondalar.

'Zie je die twee leeuwen? Dat zittende vrouwtje is krols en het mannetje is erg geïnteresseerd, maar zij niet. Hij is niet degene met wie ze het Genot wil delen, dus is ze gaan zitten en laat ze hem niet bij haar in de buurt komen. De kunstenaar die deze dieren heeft gemaakt was zo goed dat je de minachting in haar uitdrukking kunt zien. Hoewel het mannetje zijn best doet om er groot en sterk uit te zien, kijk maar, hij ontbloot zijn tanden, weet hij dat zij hem niet goed genoeg vindt, en is hij een beetje bang voor haar,' legde Ayla uit. 'Dat een kunstenaar dat kan! Die juiste uitdrukking vastleggen.'

'Hoe weet je dat allemaal?' vroeg de waker. Er was nog nooit iemand geweest die de afbeelding zo had geïnterpreteerd, en toch leek Ayla's uitleg helemaal te kloppen; de uitdrukkingen waren echt te zien.

'Toen ik mezelf leerde jagen, heb ik ze geobserveerd,' zei Ayla. 'Ik woonde toentertijd bij de Stam, en vrouwen van de Stam mogen niet jagen. Ik besloot dus om alleen op dieren te jagen die we niet aten aangezien ik ze niet kon meenemen en ze verloren zouden gaan. Ik jaagde alleen op de vleeseters die ons voedsel stalen. Maar ik raakte toch zwaar in de problemen toen ze erachter kwamen.'

De waker begon weer te neuriën en Jonokol begeleidde haar tonen melodieus. De Eerste wilde juist gaan meezingen toen Ayla uit de nis tevoorschijn kwam.

'Ik vond de leeuwen het mooist. Ik denk dat die gefrustreerde leeuw ongeveer zo zou klinken,' zei ze, en toen maakte ze de gromgeluiden die altijd voorafgingen aan gebrul en gaf vervolgens een oorverdovende gebrul ten gehore. De muren van de grot weerkaatsten het geluid, dat galmend door de gang voor hen trok, helemaal tot in de ruimte met de berenschedel.

De waker sprong van schrik en angst achteruit. 'Hoe doet ze dat?' Ze keek de Eerste en Willamar ongelovig aan.

Ze knikten allebei. 'Ze verbaast ons nog steeds,' zei Willamar, toen Ayla en Jondalar verder liepen. 'Als je goed luistert is het niet zo luid als het lijkt, maar luid is het wel.'

Aan de andere kant van de nis was een muurvlak met voornamelijk rendieren, mannetjes. Zelfs vrouwtjesrendieren hadden een gewei, als enige onder de hertensoorten, maar hun gewei was klein. De zes rendieren op het muurvlak hadden allemaal een goed ontwikkeld, naar achteren gebogen gewei met flinke takken. Ze zag ook een paard, een bizon en een oeros. Maar Ayla dacht niet dat alle schilderingen door een en dezelfde persoon waren gemaakt. De bizon was nogal stijf en het paard lomp, vooral vergeleken met de prachtige exemplaren die ze eerder hadden gezien. De persoon die dit had gemaakt, was een minder begenadigd kunstenaar.

De waker liep naar een opening aan de rechterkant die toegang gaf tot een smalle gang waar ze door de vorm van de muren en het gesteente dat van het plafond hing gedwongen werden achter elkaar te lopen. Aan de rechterkant was een complete tekening in zwart van een reuzenhert, dat herkenbaar was aan een bult op de rug, een kleine kop en de gespierde nek. Ayla vroeg zich af waarom deze kunstenaars ze zonder gewei hadden afgebeeld, aangezien dat volgens haar het belangrijkste kenmerk was en de reden voor de bult.

Op hetzelfde muurvlak, in een verticale positie en naar boven gericht, waren de rug en twee hoorns van een neushoorn getekend, met twee boogjes die de oren voorstelden. Links van de ingang waren de vorm van de kop en rug van twee mammoeten afgebeeld. Verderop op de linkermuur stonden nog twee neushoorns, de een naar rechts gericht en de andere naar links. Het dier dat naar rechts gericht stond was compleet. Ook dit dier had een brede donkere streep rond het middendeel, zoals veel neushoorns in deze grot. De neushoorn erboven, die naar links gericht stond, was alleen aangegeven met een lijn voor de rug en boogjes voor de oren.

Wat Ayla nog interessanter vond was de rij vuurplaatsen in de gang, die waarschijnlijk waren gebruikt om de houtskool te maken waarmee de afbeeldingen waren vervaardigd. De vuren hadden de muur eromheen zwart geblakerd. Waren het de vuurplaatsen van de Ouden, de kunstenaars die al die prachtige schilderingen en tekeningen in deze schitterende grot hadden gemaakt? Het deed ze echter lijken, als mensen en niet als geesten van een andere wereld. De vloer liep steil omlaag en op drie plaatsen was er een hoogteverschil van bijna een meter. In het middelste deel van de gang zagen ze in plaats van zwarte tekeningen gravures die met vingers waren gemaakt. Vlak voor het tweede hoogteverschil in de vloer zagen ze drie driehoeken die de schaamstreek voorstelden, met een schaamspleet aan het uiteinde van de neerwaarts gerichte punt, twee op de linkermuur en één rechts.

De Eerste begon moe te worden, maar ze wist dat ze deze reis nooit meer zou maken, en zelfs als ze dat wel zou doen, zou ze onmogelijk de lange wandeling door de grot aankunnen. Jonokol en Jondalar hielpen de Eerste het hoogteverschil te overbruggen en ondersteunden haar als de gang erg steil werd. Hoewel de Eerste er duidelijk moeite mee had, kwam het niet in haar op om niet verder te gaan. Op een gegeven moment hoorde Ayla de vrouw binnensmonds mompelen dat ze deze grot nooit meer zou zien.

Het vele lopen tijdens de Tocht was haar gezondheid ten goede gekomen, maar als genezer wist ze dat ze niet meer zo gezond en sterk was als in haar jeugd. Ze was echter vastbesloten deze bijzondere grot nog één keer in zijn geheel te bekijken.

Het laatste beschilderde muurvlak in de gang bevond zich vlak voor het laatste grote hoogteverschil in de vloer. Rechts stonden vier neushoorns die voor een deel geschilderd en voor een deel gegraveerd waren. Een daarvan was moeilijk te onderscheiden, twee waren nogal klein; ze hadden een zwarte band om hun buik en de kenmerkende oren. De laatste was veel groter, maar niet compleet. Een grote mannetjessteenbok, herkenbaar aan de achterover gebogen hoorns over bijna de volle lengte van zijn lichaam, was met zwart op een van de hangende stenen geschilderd, en hij keek uit over de hoofden van de groep. Aan de linkerkant was de muur schoongeschraapt om die voor te bereiden op verscheidene dieren: zes volledige of gedeeltelijke paarden, twee bizons en twee reuzenherten, een van elk compleet, twee kleine neushoorns en diverse lijnen en merktekens.

Nu volgde het grootste hoogteverschil: een vier meter lange opeenvolging van ongelijke terrassen die waren gevormd door stromend water en holten in de aarde van de grotvloer, waar grote berennesten in gegraven waren. Jondalar, Jonokol, Willamar en Ayla hielpen de Eerste afdalen. Het zou net zo moeilijk worden om haar weer naar boven te helpen, maar het zou lukken. Van het plafond hingen rotsformaties; het licht van de fakkels weerkaatste in de oppervlakken, maar ze waren niet versierd. Op de rechtermuur was wel iets te zien, maar niet veel.
De waker begon weer te neuriën en de Eerste viel in en toen ook Jonokol. Ayla wachtte. Ze gingen eerst met hun gezicht naar de rechtermuur staan, maar Ayla begreep niet waarom; er was weinig resonantie. Op één muurvlak stonden drie zwarte neushoorns, een daarvan compleet met een zwarte band om zijn buik, van de tweede alleen een omtreklijn en van de derde alleen een kop, drie leeuwen, een beer, de kop van een bizon en een vulva. Ze had het gevoel dat ze een verhaal vertelden, misschien over vrouwen, en ze vond het jammer dat ze het verhaal niet kende. Ze draaiden zich met hun gezicht naar de linkermuur. Nu zong de grot terug.
Het eerste deel van de linkermuur leek in drieën te zijn verdeeld. Aan het begin van het muurvlak waren drie leeuwen te zien, naast elkaar, naar rechts gericht, in perspectief afgebeeld door de lijn van de rug. De grootste, het verst bij hen vandaan, was ongeveer tweeënhalve meter lang en met zwart geschilderd. Ook zijn scrotum was te zien, waardoor er geen twijfel bestond aan zijn sekse. De middelste was gemaakt met een rode lijn en liet ook zien dat het een mannetje was. Het dier het dichtst bij hen was kleiner, een vrouwtje. Toen Ayla naar de tekening keek, twijfelde ze over de middelste. Er was geen derde kop en de lijn was er misschien alleen voor het perspectief, wat zou betekenen dat het een leeuwenpaar was. De lijnen waren simpel maar bijzonder expressief. Boven de ruggen kon ze vaag drie met een vinger gegraveerde mammoeten onderscheiden. Leeuwen overheersten in dit deel van de grot. Rechts van de leeuwen was een neushoorn afgebeeld en rechts daarvan nog drie leeuwen die naar links gericht waren en naar de andere leeuwen en de neushoorn leken te kijken, wat evenwicht bracht in het tafereel.
Alle schilderingen in dit deel bevonden zich op een hoogte die bereikbaar was voor iemand die op de grond stond, op één mammoet na die hoog op de muur was gegraveerd. Veel schilderingen waren boven op sporen van berenklauwnagels aangebracht, maar erbovenop waren ook klauwnagelsporen te zien. Er waren hier dus beren geweest nadat de mensen waren vertrokken.

In het midden van het volgende deel was een nis. Links daarvan waren vervaagde rode leeuwen en stippen te zien met daarbovenop zwarte leeuwen. Toen volgde een deel met een neushoorn met veel hoorns, acht in perspectief, waardoor het acht neushoorns naast elkaar leken, en nog wel meer. Rechts van het muurvlak met de neushoorn was de nis, en daarbinnen was een paard geschilderd. Daarboven waren twee zwarte neushoorns en een mammoet geschilderd, en de indruk werd gewekt dat dieren van diep in de rotsen tevoorschijn kwamen: het paard kwam de nis uit, een reusachtige bizon kwam uit een spleet, uit de andere wereld, daarna mammoeten en een neushoorn.
Op het muurvlak naast de nis stonden twee diersoorten afgebeeld: leeuwen en bizons, leeuwen die jacht maakten op bizons. De dichte kudde bizons stond links, en rechts stonden de leeuwen klaar om aan te vallen, alsof ze op een teken wachtten. De leeuwen waren prachtig woest, zoals ze hoorden te zijn, dat wist Ayla aangezien de holenleeuw haar totem was. Voor Ayla was dit de spectaculairste ruimte in de hele grot. Er was zoveel te zien dat ze het niet allemaal in zich op kon nemen, al deed ze wel haar best. Het grote muurvlak eindigde bij een richel die een soort tweede nis vormde, een ondiepe nis, waarin een complete zwarte neushoorn uit de geestenwereld tevoorschijn kwam. Aan de andere kant van de nis was een bizon getekend. De kop van voren gezien en het lichaam van opzij, boven elkaar, bijzonder indrukwekkend.
Onder de bizon was een driehoekige holte met twee leeuwenkoppen en de voorste helft van een andere leeuw die naar rechts gericht stond. Boven de leeuwen was een zwarte neushoorn met rode strepen die wonden toonden en bloed dat uit zijn bek stroomde. Daarachter markeerde een brede hangende rots de plek waar het plafond naar beneden afliep tot het loodrecht naast de rechtermuur eindigde. Drie leeuwen en nog een dier waren op het binnenvlak geschilderd, maar vanuit de ruimte duidelijk te zien. Vlak voor de plek waar het plafond naar beneden afliep stak een rots uit het plafond die uitliep in een geronde punt. De rots had vier zijden, die alle vier rijkelijk versierd waren.
'Om het geheel te begrijpen moet je eromheen lopen,' zei de waker, toen ze Ayla de samengestelde afbeelding liet zien. Het bovenlijf was van een bizon met daaronder mensenbenen en daartussen een grote vulva, zwart gearceerd, met bij de onderste punt een verticale gravure. Het was de onderkant van een vrouwenlichaam met daarbovenop een bizonkop, en een leeuw rond de achterkant van de hangende steen. 'De vorm van die steen doet me altijd aan een mannelijk lid denken.'
'Ik zie wat je bedoelt,' zei Ayla.

'Er zijn een paar kleine ruimten waar interessante schilderingen te zien zijn,' zei de waker. 'Als je wilt, zal ik je die laten zien.'
'Graag. Ik wil zo veel mogelijk zien voor we moeten vertrekken,' zei Ayla.
'Achter de hangende steen zijn drie leeuwen te zien, en naast de bloedende neushoorn is een kleine gang die naar een prachtig paard leidt,' zei de waker, terwijl ze Ayla voorging. 'En hier is de grote bizon aan het eind van het muurvlak. Hier binnenin is een grote leeuw en een aantal kleine paarden. Het deel aan de overkant is erg moeilijk begaanbaar.'
Ayla liep terug naar het begin van de ruimte waar de Eerste op een steen zat uit te rusten. De rest van de bezoekers was vlakbij.
'En, wat vind je ervan, Ayla?' vroeg de vrouw.
'Ik ben erg blij dat je me hiernaartoe hebt gebracht. Dit is de mooiste grot die ik ooit heb gezien. Het is meer dan een grot, maar ik heb er geen woord voor. Toen ik bij de Stam woonde wist ik niet dat je iets in werkelijkheid kon zien en dan met iets anders iets kon maken wat erop leek.' Ayla keek om zich heen op zoek naar Jondalar en ze glimlachte toen ze hem zag. Hij kwam naar haar toe en sloeg zijn arm om haar heen, precies wat ze had gewild. Ze moest dit met hem delen. 'Toen ik bij de Mamutiërs ging wonen en de dingen zag die Ranec van ivoor kon maken, en anderen met leer en kralen, en soms gewoon met een stok tekens op een gladde vloer van aarde, wist ik niet wat ik zag.'
Ze zweeg en keek naar de vochtige kleivloer van de grot. De groep stond met hun flakkerende fakkels bij elkaar. De poel van licht was niet groot en de dieren die op de muren waren geschilderd, waren niets meer dan een aanduiding in de duisternis, zoals de vage indruk die de meeste mensen van de wereld buiten hadden.
'Op deze reis en ook daarvoor hebben we andere schilderingen en tekeningen gezien die mooi waren, en ook minder mooie, die evengoed opmerkelijk waren. Ik weet niet hoe mensen dit doen en daar zal ik waarschijnlijk ook nooit achterkomen. Ik geloof dat het wordt gedaan om de Moeder te verblijden, wat het beslist zal doen, en misschien om Haar verhaal te vertellen of andere verhalen. Misschien doen mensen het alleen maar omdat ze het kunnen. Zoals Jonokol. Hij bedenkt iets wat hij wil schilderen, en dat kan hij, dus hij doet het. Het is hetzelfde als jij zingt, Zelandoni. De meeste mensen kunnen zingen, min of meer, maar niemand zingt zoals jij. Wanneer jij zingt, wil ik alleen maar luisteren. Het bezorgt me een goed gevoel vanbinnen. Dat gevoel krijg ik ook als ik deze beschilderde grotten bekijk. Zo voel ik me als Jondalar naar me kijkt met zijn ogen vol liefde. Ik heb het gevoel dat degenen die deze afbeeldingen maakten me aankijken met ogen vol liefde.'

Ze keek naar de vloer omdat ze tegen haar tranen vocht. Doorgaans kon ze haar tranen wegslikken, maar deze keer kostte het haar moeite. 'Ik denk dat de Moeder het ook zo voelt,' besloot Ayla. Haar ogen glommen in het flakkerende licht.

Nu weet ik waarom ze een levensgezel heeft, dacht de waker. Ze zal een opmerkelijke Zelandoni worden, dat is ze eigenlijk al, maar dat zou ze zonder hem niet kunnen. Misschien is dat waarvoor de Moeder hem heeft bestemd. Toen begon ze te neuriën. Jonokol zong mee. Door zijn zingen leek het lied van een ander altijd mooier te klinken. Toen deed ook Willamar mee; hij zong alleen lettergrepen. Zijn stem was redelijk, maar voegde wel iets toe aan hun samenzang. Toen ging ook Jondalar meezingen. Hij had een mooie stem, maar hij zong alleen als anderen dat ook deden. Met het achtergrondkoor van de stemmen die weergalmden in de luisterrijk versierde stenen grot hervatte de Ene Die Eerste Was Onder Hen Die De Grote Aardmoeder Dienden *Het Lied van de Moeder* of het punt waar ze het eerder had afgebroken.

Haar lichtgevende vriend mengde zich weer in de twist,
Met de rover die het kind van Haar borst had gegrist.
Weer vochten zij samen voor de zoon die Zij vereerde,
Hun moeite wierp vrucht af toen het licht wederkeerde.
De strijd was achter de rug. Zijn schittering was terug.

Maar het sombere, kille donker smachtte naar zijn heldere, warme gloed,
De Moeder vocht verbeten, verloor nog immer niet de moed.
De wervelwind rukte, maar Zij gaf zich niet gewonnen,
In de strijd die Ze met Haar donkere, wervelende vijand was begonnen.
Ze had de duisternis bezworen. Maar Haar zoon had Zij verloren.

Terwijl Ze streed met de wervelwind en chaos werd verdreven,
Gloeide het licht van Haar zoon krachtig en vol leven.
Toen de Moeders kracht verzwakte, kreeg de leegte de overhand,
En aan het eind van de dag werd het weer donker in het land.
Ze voelde de warmte van Haar kind. Maar niemand had gewonnen, noch Zij, noch de wind.

De Grote Moeder leefde met pijn in Haar hart,
De scheiding van Haar zoon dompelde Haar in diepe smart.
Ze verlangde naar het kind dat Zij prijs had moeten geven,

En zocht in Haar kern nog een kiem van nieuw leven.
Zich erbij neerleggen kon Zij niet. Het verlies was een te groot verdriet.

Toen het tijdstip dan aanbrak en Zij opnieuw leven baarde,
Bracht Haar water het leven weer terug op de Aarde.
In het verdriet van Haar verlies vergoot Zij menige traan,
Die zich vormden tot dauwdruppels en regenbogen deden ontstaan.
Haar vruchtwater bracht groen. Maar Ze huilde ook toen.

Met een bulderend geraas scheurden Haar rotsen uiteen,
En een diepe spelonk in Haar wezen verscheen.
Toen schonk Ze weer leven uit Haar innerlijk zo groot,
En ontsproten de Aardkinderen aan Haar moederschoot.
De Moeder, in vertwijfeling verzonken, heeft nu een schare kinderen het leven geschonken.

Sommige zwommen, andere vlogen, elk kind was uniek,
Sommige kropen, andere liepen, vol kracht en energiek.
Elke vorm was compleet, ieder wezen volmaakt,
Elke vorm was er een die kon worden nagemaakt.
Beloond zag de Moeder Haar grote streven. De groene aarde wemelde van het leven.

Geen van de vogels, vissen en dieren die het levenslicht hadden aanschouwd,
Zouden de Moeder verlaten, zij waren Haar trouw.
Elke soort zou nu leven bij de plek waar die was gebaard,
En zo bevolkten zij samen de Grote Moeder Aard'.
Ze bleven allen dicht bij Haar. Zo kwam geen van allen in gevaar.

Zij waren allen Haar kinderen en trots was Haar deel,
Maar van Haar innerlijke levenskracht restte Haar niet veel.
Ze had een klein beetje over, een laatste restje kracht,
Om een kind te baren dat zou beseffen wat was volbracht.
Een kind dat respect zou leren. En de Moeder vereren.

Eerste Vrouw werd geboren, volgroeid en vol leven,
Gaven om te overleven werden haar meegegeven.
De Eerste Gave was het leven zelf en net als Grote Moeder Aarde,
Had ze een aangeboren besef des levens grote waarde.
Eerste Vrouw sproot voort. De allereerste van haar soort.

Ze kreeg de Gave van Visie, alles zien in verband,
Een verlangen naar kennis, een helder verstand.
Eerste Vrouw kreeg instinct, kennis werd haar grote kracht,
Om te kunnen overleven en om door te geven aan haar nageslacht.
Eerste Vrouw kon zich weren. Wat ze niet wist, dat kon ze leren.

Haar levenskracht was opgebruikt, maar de Moeder was niet versaagd,
Want in het doorgeven van de Levensgeest, was Zij zeker geslaagd.
Al Haar kinderen plantten zich voort om hun soort te handhaven,
En Vrouw was gezegend met dezelfde Gave.
Maar Vrouw was alleen. Verder was er niet een.

De Moeder dacht terug aan Haar eigen eenzaamheid,
De liefde van Haar vriend en zijn zoete tederheid.
Met inzet van al Haar krachten schiep Zij nog één vonk,
Waarmee Ze als gezel voor Vrouw Eerste Man het leven schonk.
Opnieuw had Zij gegeven. Nog één schonk Zij het leven.

Aan de zijde van Vrouw had zich nu Man geschaard,
En als thuis schonk de Moeder hun toen de Aard'.
Het water, het land, al wat Zij had gesticht,
Daar zorgvuldig mee omgaan, dat werd nu hun plicht.
Ze mochten alles beheren, maar het nimmer onteren.

De Moeder schonk de Aardkinderen Gaven om te overleven,
Maar toen besloot Ze om hun nog iets te geven.
De Gave van Genot en elkaar te beminnen,
Een eerbewijs aan de Moeder in de drift van hun zinnen.
De Gaven zijn welverdiend. Als daarmee de Moeder wordt gediend.

Tevreden met Haar schepping bezag Zij het paar,
Ze leerde hun tederheid en liefde voor elkaar.
Ze schonk hun verlangen om elkaar met liefde te strelen,
En de Gave van de Moeder samen in Genot te delen.
En toen was Zij klaar. Haar kinderen hielden van elkaar.
De Aardkinderen hadden het geluk gevonden. De Moeder kon eindelijk rusten in Haar sponde.

Er viel een diepe stilte. Ze ervoeren allemaal de kracht van de Moeder en *Het Lied van de Moeder*, intenser dan ooit. Ze keken nog eens naar de schilderingen en waren zich nog sterker bewust van de dieren die uit de scheuren in de muren en de schaduwen van de grot leken te komen, alsof de Moeder ze schiep, ze ter wereld bracht, ze vanuit de andere wereld, de geestenwereld, Haar grootse onderwereld, naar deze wereld bracht.

Toen hoorden ze een geluid dat hun koude rillingen bezorgde: het gemiauw van een leeuwenwelp. Het ging over in de geluiden die een jonge leeuw maakt wanneer die zijn moeder roept, toen in de eerste pogingen van een jong mannetje om te brullen en vervolgens in het gesnuif en gebrom dat uiteindelijk resulteerde in het oorverdovende gebrul van een volwassen mannetje dat zijn gezag doet gelden.

'Hoe doet ze dat toch?' vroeg de waker. 'Het klinkt precies als een leeuw die de diverse groeistadia doorloopt. Hoe weet ze dat?'

'Ze heeft een leeuw grootgebracht. Ze heeft voor hem gezorgd vanaf dat hij heel klein was, en ze heeft hem leren jagen,' zei Jondalar. 'En ze heeft met hem gebruld.'

'Heeft ze je dat verteld?' vroeg de waker. In haar stem klonk twijfel door.

'Ja, min of meer. Hij kwam in haar dal bij haar op bezoek toen ik herstellende was, maar het stond hem niet aan dat ik daar was en hij viel aan. Ayla sprong tussen ons in en hij bleef meteen staan. Toen sloeg ze haar armen om hem heen en samen gingen ze over de grond liggen rollen. Ze is ook op zijn rug geklommen en heeft hem bereden, zoals ze op Whinney rijdt. Alleen geloof ik niet dat ze hem kon sturen; hij nam haar gewoon mee. Maar hij heeft haar wel teruggebracht. Toen heb ik het haar gevraagd en vertelde ze me het hele verhaal,' zei Jondalar.

Hij vertelde zijn verhaal zo onbevangen dat hij overtuigend was. De waker schudde haar hoofd. 'We moeten allemaal maar een nieuwe fakkel aansteken,' zei ze. 'Ik heb er nog voor ieder één, en ik heb ook een paar lampen bij me.'

'Volgens mij kunnen we beter wachten tot we deze gang uit zijn,' zei Willamar.

'Ja, je hebt gelijk,' zei Jonokol. 'Wil je mijn fakkel even vasthouden?' vroeg hij aan de waker.

Jonokol, Jondalar, Ayla en Willamar tilden de Eerste over de grootste hoogteverschillen heen, terwijl de waker de fakkels omhooghield om de weg te verlichten. Ze wierp er een die bijna was opgebrand in een van de vuurplaatsen tegen de muren. Toen ze de geschilderde paarden bereikten nam iedereen een nieuwe fakkel. De waker doofde de fakkels die nog niet helemaal opgebrand waren en stopte ze in haar rugbepakking. Toen gingen ze op weg naar de uitgang. Er werd weinig gesproken; iedereen keek in het voorbijgaan naar de dieren op de muren.

Nog voor ze de ingang hadden bereikt, viel het Ayla op hoeveel licht er tot diep in de grot viel.
Bij de ingang bleef Jonokol staan. 'Wil je me nog eens meenemen naar die grote ruimte?'
'Natuurlijk,' zei de waker, zonder te vragen waarom. Ze wist waarom.
'Ik wil graag met je mee, Zelandoni van de Negentiende Grot,' zei Ayla.
'Fijn. Graag zelfs. Je kunt mijn fakkel vasthouden,' zei hij met een grijns.
Zij was degene die de Witte Grot had ontdekt en hij was de eerste aan wie ze die had laten zien. Ze wist dat hij iets op die prachtige muren ging schilderen en dat hij waarschijnlijk hulp nodig had. Met z'n drieën gingen ze terug naar de tweede ruimte van de berengrot, terwijl de rest naar buiten ging. De waker volgde een kortere weg en ze wist waar hij naartoe wilde: naar de plek waarnaar hij had gekeken toen ze dit deel van de grot betraden. Hij vond de afgezonderde nis en de eeuwenoude steenafzetting die hij eerder had gezien.
Hij haalde een mes van vuursteen tevoorschijn en liep naar de stalagmiet waarvan de bovenkant de vorm van een waterbekken had en kerfde met vaste hand het voorhoofd, de neus, de mond, de kaak en de wang van een paard en vervolgens twee krachtige lijnen voor de manen en de rug. Hij keek er even naar en kerfde toen het hoofd van een tweede paard boven het eerste, naar de andere kant gericht. Het gesteente was daar iets harder en de lijn van het voorhoofd werd minder nauwkeurig, maar hij ging terug en kerfde op regelmatige afstanden van elkaar individuele haren van de rechtopstaande manen. Toen deed hij een stap achteruit en bekeek zijn werk.
'Ik wilde iets toevoegen aan deze grot, maar ik wist niet zeker of ik dat wel moest doen tot de Eerste diep in de grot *Het Lied van de Moeder* had gezongen,' zei de Zelandoni van de Negentiende Grot van de Zelandoniërs.
'Ik zei toch dat de Moeder de kunstenaar kiest en dat je het zou weten. Nu weet ik het ook. Het was terecht,' zei de waker.
'Het is goed zo,' zei Ayla. 'Misschien is de tijd gekomen dat ik je niet meer Jonokol moet noemen, maar Zelandoni van de Negentiende.'
'Misschien in het openbaar, maar als we onder elkaar zijn hoop ik dat ik voor jou altijd Jonokol zal zijn en jij voor mij Ayla,' zei hij.
'Dat zou ik fijn vinden,' zei Ayla, en toen wendde ze zich tot de waker. 'In mijn hoofd noem ik jou de Waker, zij die waakt, maar als je er geen bezwaar tegen hebt, zou ik graag de naam weten waarmee je geboren bent.'

'Ik werd vroeger Dominica genoemd,' zei ze, 'en voor mij zul jij altijd Ayla zijn, wat er ook gebeurt, zelfs als je de Eerste wordt.'
Ayla schudde haar hoofd. 'Dat is niet waarschijnlijk. Ik kom uit den vreemde en spreek met een accent.'
'Dat doet er niet toe,' zei Dominica. 'We erkennen de Eerste, zelfs als we haar of hem niet kennen. En ik vind je accent leuk. Dat onderscheidt je van anderen, zoals hoort bij de Ene Die Eerste Is.' Toen leidde ze hen naar buiten.

De hele avond dacht Ayla aan de opmerkelijke grot. Er was zoveel te zien geweest, zoveel te verwerken, dat ze het liefst nog eens terug zou willen. Er werd die avond gesproken over wat ze met Gahaynar moesten doen, maar haar gedachten dwaalden telkens af naar de grot. Gahaynar leek herstellende te zijn van de zware afstraffing die hij had ondergaan. Hoewel hij tot het eind van zijn dagen de littekens zou houden, leek hij geen wrok te koesteren jegens de mensen die hem hadden afgeranseld. Hij leek niet alleen dankbaar te zijn dat hij nog leefde, maar ook dat de zelandonia hem verzorgden.
Hij wist wat hij had gedaan, en Balderan en de anderen waren voor niet veel meer gestorven. Hij wist niet waarom hij was gespaard, behalve dat hij stilletjes, terwijl Balderan het plan beraamde om de vrouw uit den vreemde te doden, de Moeder had gesmeekt hem te redden. Hij wist dat ontsnappen onmogelijk was, en hij wilde niet sterven.
'Hij lijkt oprecht in zijn wens om zijn wandaden goed te maken,' zei Zelandoni Eerste. 'Misschien omdat hij nu beseft dat hij voor zijn daden gestraft kan worden, maar het schijnt dat de Moeder heeft besloten zijn leven te sparen.'
'Weet iemand bij welke Grot hij is geboren?' vroeg de Eerste. 'Heeft hij familie?'
'Ja, hij heeft een moeder,' zei een van de andere Zelandonia. 'Ik weet niet of hij nog meer verwanten heeft, maar ik geloof dat zijn moeder erg oud is en dat ze haar herinneringen verliest.'
'Dan is dat de oplossing,' zei de Eerste. 'We moeten hem naar zijn Grot terugsturen om voor zijn moeder te zorgen.'
'Maar hoe kan hij daarmee iets goedmaken? Het is zijn eigen moeder,' zei een andere Zelandoni.
'Het zal niet makkelijk zijn, vooral als haar toestand verslechtert, maar het zal de Grot ontlasten van de zorg voor haar en hem iets nuttigs te doen geven. Ik geloof niet dat het iets is wat hij van plan was te doen toen hij met Balderan optrok en nam wat hij wilde zonder ervoor te hoeven werken. Hij moet tot werken worden gedwongen, voor zichzelf

op jacht gaan, of op zijn minst helpen bij gemeenschappelijke jachtpartijen met zijn Grot, en zijn moeder helpen bij alles wat nodig is.'
'Dat is inderdaad niet iets wat een man graag doet, een oude vrouw verzorgen,' zei de andere Zelandoni, 'zelfs zijn eigen moeder.'
Ayla had maar met een half oor geluisterd, maar ze begreep waarover het ging en ze vond het een goed plan. Toen ging ze in gedachten weer terug naar de Oudste Heilige Plaats. Uiteindelijk besloot ze om in de loop van de komende dagen naar de grot terug te gaan, in haar eentje, of misschien met Wolf.

De volgende dag aan het eind van de ochtend vroeg Ayla aan Levela of ze op Jonayla wilde passen en wilde controleren hoe het ging met het vlees dat lag te drogen. Ze had een nieuwe lading bizonvlees op de koorden gelegd en dacht dat dit een goed moment zou zijn om aan haar verlangen toe te geven om nog eens naar de Oudste Heilige Plaats te gaan.
'Ik ga met Wolf terug naar de grot. Ik wil die nog eens bekijken voor we vertrekken. Wie weet wanneer we hier weer terugkomen, misschien wel nooit meer.'
Ze stopte fakkels, stenen lampen, pitten van korstmos en een paar afgebonden stukken darm gevuld met vet in haar rugbepakking. Toen controleerde ze haar tondeldoos om zich ervan te vergewissen dat ze alles bij zich had wat ze nodig had: een vonksteen, een slagsteen, tondel, aanmaakhoutjes en enkele grotere stukjes hout. Ze vulde haar waterzak en pakte een drinknap voor zichzelf en een drinkkom voor Wolf in. Ze deed enkele extra pakjes met thee in haar medicijnbuidel, hoewel ze betwijfelde of ze in de grot thee zou maken, en stopte ook haar goede mes en warme kleding voor in de grot in haar rugbepakking, alleen geen voetbekleding. Ze was gewend om blootsvoets te lopen en haar voetzolen waren bijna zo hard als hoeven.
Ze floot Wolf en liep het pad op dat naar de grot voerde. Toen ze de grote ingang bereikte, keek ze naar de beschutte hoek. Er brandde geen vuur in de vuurplaats, en toen ze in de slaaptent keek, zag ze dat die leeg was. De waker was er vandaag niet. Ze werd altijd van tevoren gewaarschuwd als iemand de Oudste Heilige Plaats wilde bezoeken, en Ayla had besloten te gaan zonder een afspraak te maken.
Ze maakte in de vuurplaats een klein vuur en stak een fakkel aan. Ze hield de fakkel hoog en liep de grot in, en gaf Wolf een teken om haar te volgen. Het viel haar weer op hoe groot de grot was en hoe chaotisch de eerste ruimten waren. Zuilen die waren losgeraakt van het plafond en scheef stonden, en overal grote rotsblokken en stenen. Het licht

drong tot tamelijk ver de grot binnen en ze nam de route die ze eerder hadden genomen: linksaf en vervolgens rechtdoor naar de reusachtige ruimte met de berenkuilen. Wolf bleef naast haar lopen.
Ze hield de rechterkant van de gang aan; ze wist dat er op de grote ruimte links na, die ze op de terugweg wilde bezoeken, weinig te zien viel tot ze een eind de grot in was. Ze was niet van plan al te lang in de grot te blijven of alles nog eens te bekijken, alleen bepaalde dingen. Ze liep de ruimte met de berenkuilen in en volgde de rechtermuur tot ze de volgende ruimte bereikte, waar ze het grote langwerpige stuk steen zocht dat van het plafond naar beneden hing.
Daar was hij, precies zoals ze zich hem herinnerde, met rood geverfd, de panter met de lange staart en de hyena-beer. Was het een hyena of was het een beer? Ja, de vorm van de kop deed aan een holenbeer denken, maar de snuit was langer en de pluim boven op de kop en het plukje manen leken op het stugge haar van een hyena. Geen enkele van de andere beren in deze grot had die slanke vorm en lange poten, kijk maar naar de tweede beer erboven! Ik begrijp niet wat de kunstenaar met deze schildering probeerde te zeggen, dacht ze, maar volgens mij is het een hyena, al heb ik nooit eerder in een grot een geschilderde hyena gezien. Maar ook geen panter. Er zijn hier een beer, een hyena en een panter geschilderd, allemaal sterke, gevaarlijke dieren. Wat zouden de reizende verhalenvertellers over dit tafereel zeggen?
Ayla liep langs de volgende reeks afbeeldingen; ze bekeek ze maar bleef niet staan: mogelijk insecten, een rij neushoorns, leeuwen, een paard, een mammoet, tekens, stippen, handafdrukken. Ze glimlachte bij het zien van de rode tekening van de kleine beer, die precies op de andere leek, alleen kleiner. Ze herinnerde zich dat de waker op dit punt linksaf was gegaan en toen de rechtermuur had gevolgd. In de volgende ruimte waren sporen van holenberen te zien, en de vloer lag ongeveer anderhalve meter lager, en toen kwam ze bij de ruimte met het diepe gat in het midden.
Dit was de ruimte waar alle tekeningen of gravures wit waren doordat de witte oppervlakken waren bedekt met vermiculiet, een zachte, lichtbruine klei. Van alle witte gravures viel haar vooral de neushoorn op die uit een scheur in de muur leek te komen, en ze bleef er even naar staan kijken. Waarom zouden de Ouden deze dieren op de muren in grotten hebben geschilderd, vroeg ze zich af. Waarom had Jonokol een afbeelding van twee paarden willen maken in die ruimte vlak bij de ingang van deze grot? Zijn geest was niet elders toen hij het deed, zoals de zelandonia die de thee hadden gedronken bij die heilige plaats van de Zevende Grot van de Zuidland Zelandoniërs. De kunstenaars

zouden in die toestand niet in staat zijn geweest zulke opmerkelijke afbeeldingen te maken. Ze moesten nadenken bij wat ze deden.
Maakten ze de afbeeldingen voor zichzelf of om ze aan anderen te laten zien? En welke anderen? De andere mensen van hun Grot of de andere zelandonia? In sommige grotten waren grote ruimten waar makkelijk een heleboel mensen in pasten en daar werden soms ceremoniën gehouden, maar veel van de afbeeldingen waren gemaakt in kleine grotten of in kleine ruimten in grote grotten. Die moeten ze voor zichzelf hebben gemaakt, om persoonlijke redenen. Zochten ze iets in de geestenwereld? Misschien een eigen geestdier, zoals haar leeuwentotem, of een geestdier dat hen dichter bij de Moeder bracht? Wanneer ze Zelandoni daarnaar vroeg kreeg ze nooit een bevredigend antwoord. Was dat misschien iets waar ze zelf achter moest komen?
Wolf bleef vlakbij; hij liep dicht langs de muur die Ayla volgde. Ze droeg het enige licht in de pikdonkere grot en hoewel zijn zintuigen hem meer vertelden over zijn omgeving dan haar fakkel, vond hij het prettiger als hij ook iets kon zien.
Ze zag aan het plafond dat ze het volgende deel van de grot had bereikt, omdat dit plotseling veel lager was. Op de muren en hangende stenen waren mammoeten, bizons en herten te zien, sommige waren witte gravures, andere waren met zwart getekend. Dit was de ruimte met de holenbeerschedel op de steen met de vlakke bovenkant, en Ayla liep ernaartoe. Ze bleef er even naar staan kijken en dacht weer aan Creb en de Stam voor ze verder liep. De ruimte leek omringd te zijn door wallen grijze klei, die ze moest beklimmen om de laatste ruimte te bereiken, de ruimte die de Eerste niet had bezocht. Ze zag sporen van berenpoten in de klei, wat haar de eerste keer niet was opgevallen. Ze deed twee stappen omhoog en kwam in de volgende ruimte.
Ze bevond zich midden in de ruimte; het plafond was te laag om de muren te volgen. Ze besloot dat het tijd was om een nieuwe fakkel aan te steken. Ze haalde de bijna opgebrande fakkel langs het lage plafond om het laatste restje vuur te doven. Toen ze er zeker van was dat de fakkel niet meer brandde stopte ze hem in haar rugbepakking. Ze moest gebogen lopen om het natuurlijke pad te kunnen volgen; aan de basis van een hangende steen zag ze een horizontale rij van zeven kleine rode stippen naast een reeks zwarte stippen. Na een meter of twaalf kon ze weer rechtop lopen.
Er waren nog verscheidene zwarte fakkelvegen; ook andere mensen hadden hier kennelijk hun fakkel schoongemaakt. Achter in de ruimte liep het plafond schuin naar de vloer. Het was bedekt met een laagje geel, zacht geworden steen dat was gescheurd en wormvormige strepen

vertoonde. Op dit schuine oppervlak was met twee vingers de omtrek van een paard getekend. Doordat het oppervlak helde moest het erg moeilijk zijn geweest om erop te tekenen; de kunstenaar had de hele tijd zijn of haar hoofd achterover gebogen moeten houden en had tijdens het werk de afbeelding nooit in zijn geheel kunnen bekijken. De verhoudingen klopten niet helemaal, maar het was de laatste afbeelding in de grot. Ze zag dat ook de omtrek van twee mammoeten op het schuine plafond was getekend.

Ayla rook iets en keek om zich heen, en ze begreep dat Wolf zich had ontlast. Ze glimlachte. Daar was niets aan te doen. Toen ze zich omdraaide om terug te gaan vroeg ze zich af of er nog een andere uitgang was; maar het was gewoon iets wat haar inviel, ze was niet van plan ernaar te zoeken. Toen ze dichter langs de muur terugliep, voelde ze haar voeten wegzakken in de koude, zachte klei. Wolf, die haar op de hielen volgde, liep ook door de zachte klei. Ze daalde af uit de laatste ruimte; de muur die eerst rechts van haar was geweest, was nu links. Ze liep langs het muurvlak met de geschraapte mammoeten en kwam toen bij een van de muurvlakken die ze graag nog eens wilde bekijken: de met zwart geschilderde paarden.

Ze bekeek de muur nu wat nauwkeuriger. Ze zag dat van een groot vlak van de muur de zachte bruine laag was weggeschraapt om het witte kalksteen eronder tevoorschijn te halen, waarbij ook het grootste deel van de gravures van een neushoorn en een mammoet waren weggewist. De zwarte kleur was houtskool, maar door de manier waarop de kunstenaar die had gebruikt, waren sommige plekken donker en andere wat lichter om de paarden en andere dieren levensechter te laten lijken. Hoewel de paarden haar het meest aantrokken, waren het niet de eerste dieren op het muurvlak. Dat waren oerossen. En ze moest weer glimlachen toen ze de leeuwen in de nis zag. Dat vrouwtje was echt niet geïnteresseerd in dat jonge mannetje. Ze was gaan zitten en bleef zitten.

Ayla liep langzaam langs de beschilderde muur tot ze bij de ingang kwam van de lange gang die naar de laatste ruimte met schilderingen leidde, en ze zag het reuzenhert dat hoog op de rechtermuur was geschilderd. Dit was de gang met de hoogteverschillen en de rij vuurplaatsen om houtskool te maken. Na de laatste sprong naar beneden kwam ze in de laatste ruimte, waar ze nog langzamer ging lopen. Ze vond de leeuwen prachtig, misschien omdat ze haar totem waren, maar ze waren ook zo echt afgebeeld. Ze bereikte het eind en bekeek de laatste hangende steen, de steen die op een mannelijk lid leek. Er was een vrouwelijke vulva op geschilderd, met mensenbenen, en het bovenlichaam was voor een deel bizon en voor een deel leeuw. Ze was

ervan overtuigd dat ook hier iemand een verhaal had verteld. Ze draaide zich om en liep terug, maar bij de ingang van de ruimte bleef ze even staan en keek om zich heen.
Ze wilde vertrekken met een herinnering, zoals de Eerste de grot toezong. Ze kon niet zingen, maar ze lachte toen ze bedacht wat ze wel kon. Ze kon brullen zoals ze ook de eerste keer had gedaan. Net als leeuwen begon ze met de reeks grommen die naar haar gebrul toe werkten. Toen ze het gebrul eindelijk naar buiten liet komen, was dit het beste dat ze ooit had voortgebracht; zelfs Wolf kroop in elkaar.

Ze waren van plan geweest vroeg op weg te gaan, maar die ochtend in alle vroegte waren Amelana's barensweeën op gang gekomen, dus konden de bezoekende zelandonia natuurlijk niet vertrekken. Tegen de avond had ze een gezond jongetje ter wereld gebracht, en haar moeder bereidde die avond een feestmaal. Ze begonnen pas de volgende ochtend aan de terugreis, en tegen die tijd was het afscheid een behoorlijke anticlimax.
De samenstelling van de groep reizigers was weer veranderd. Nu Kimeran, Beladora en de twee kinderen weg waren en Amelana niet langer meereisde, waren ze nog maar met z'n elven, en daar moest iedereen aan wennen. Jonayla, die nu alleen nog Jonlevan, die een jaar jonger was, als speelkameraadje had, miste haar vriendjes. Jondecam miste Kimeran, zijn oom die meer een broer was. Hij besefte meer dan ooit hoe goed ze elkaar hadden aangevoeld als ze samen werkten. Het idee dat hij hem misschien nooit meer zou zien maakte hem verdrietig. De enige vrouwen waren Ayla, Levela en de Eerste, en die misten Beladora en de jeugdige capriolen van Amelana. Het duurde even voor de reizigers weer in een vast reisritme kwamen.
Ze volgden de rivier stroomafwaarts, en toen die samenvloeide met de grotere rivier, volgden ze die zuidwaarts. Ze zagen de uitgestrekte Zuidelijke Zee al een volle dag voor ze die bereikten, maar het vergezicht bood een glimp van meer dan een uitgestrekte watervlakte. Ze zagen kuddes rendieren en reuzenherten, een matriarchale kudde wolharige mammoeten met jongen van elke leeftijd, en een groep wolharige neushoorns. Ook zagen ze het begin van een samenkomst van diverse gehoefde dieren, zoals oerossen en bizons, als voorbereiding op het najaar, de tijd dat duizenden zich zouden verzamelen om te vechten en te paren. Paarden trokken naar de gebieden waar ze 's winters graasden. Er kwam een koele bries vanuit de zee; de Zuidelijke Zee was een koude zee, en toen Ayla uitkeek over het koude water besefte ze dat de zomer al snel in het najaar zou overgaan.

Ze vonden de handelaren over wie Conardi had gesproken, en Conardi zelf. Hij stelde iedereen aan elkaar voor, en Ayla's manden bleken een gewild product te zijn. Voor mensen die met allerhande voorwerpen reisden, wat handelaren deden, waren goed gemaakte houders een noodzaak. Ayla bracht de eerste avond dat ze daar hun tent hadden opgeslagen door met het maken van meer manden. Jondalars speerpunten en werktuigen van vuursteen vielen ook zeer in de smaak. Willamars vaardigheid en ervaring als handelaar kwamen goed van pas. Hij organiseerde een handelsblok waar ook Conardi zich bij aansloot. Hij bood combinaties van dingen aan, dikwijls aan meerdere personen, zoals een voorraad gedroogd vlees en een mand om die in te vervoeren. Hij verwierf veel schelpen voor kralen, en was blij met Ayla's manden, waarin hij ze kon opbergen. Hij wist ook de hand te leggen op zout voor Ayla en een halssieraad voor Marthona, dat door een van de schelpenverzamelaars was gemaakt, en nog enkele andere dingen waarvan hij geen gewag maakte.

Toen ze klaar waren met handelen, begonnen ze aan de terugreis. Ze reisden sneller dan op de heenreis. Ze kenden nu de weg en ze stopten niet voor een bezoek aan andere grotten of om beschilderde grotten te bekijken. Bovendien voelden ze de druk van het veranderende weer. Ze hadden een flinke voorraad proviand en hoefden niet zo vaak op jacht. Ze brachten wel nog een bezoek aan Camora, die erg teleurgesteld was toen ze hoorde dat Kimeran had besloten bij de Grot van zijn gezellin te blijven. Jondecam en zij spraken over hem alsof hij voor altijd weg was, tot de Eerste hen eraan herinnerde dat hij echt van plan was om terug te komen.

Ze moesten weer wachten toen ze de Grote Rivier bereikten, vanwege een storm. Ze konden de oversteek pas maken toen die was gaan liggen. Het was een angstige tijd omdat ze niet het hele seizoen aan de verkeerde kant van de rivier vast wilden komen zitten. Toen ze eindelijk de oversteek maakten, was de overtocht nog altijd zwaar. Eenmaal bij de Rivier aangekomen, konden ze nauwelijks nog wachten. Ze moesten stroomopwaarts lopen omdat er geen vlotten waren, maar het zou ook veel te zwaar zijn geweest om stroomopwaarts te peddelen.

Toen ze eindelijk de immense stenen schuilplaats van de Negende Grot zagen, waren ze er het liefst naartoe gerend, maar dat hoefde niet. Uitkijken waren geposteerd om naar hen uit te zien en zodra ze in zicht kwamen, was een signaalvuur aangestoken. Bijna de hele gemeenschap van Grotten kwam hen tegemoet om de groep welkom thuis te heten.

29

Ayla beklom het steile pad naar de top van de rotswand. Ze droeg een lading hout op haar rug in een draagband die over haar voorhoofd liep en legde die op de grond naast de zuil van basalt die vlak bij de rand in een schuine hoek uit de kalkstenen rotswand leek te groeien. Ze bleef even staan om van het vergezicht te genieten. Ze had het afgelopen jaar terwijl ze het opkomen en het ondergaan van de maan en de zon had opgetekend heel dikwijls zo gestaan, maar het weidse uitzicht bleef ontzagwekkend. Ze zag in de diepte de bochtige Rivier van noord naar zuid stromen. De grillige toppen van de bergen aan de oostkant van de Rivier gingen schuil achter donkere wolken. De volgende ochtend bij dageraad wanneer ze moest zien waar de zon opkwam om dat te vergelijken met de dag daarvoor, zouden die hopelijk duidelijk te zien zijn.

Ze draaide zich met haar gezicht naar het westen. De oogverblindend felle zon volgde zijn neerwaartse baan. Het liep tegen zonsondergang en de onderkant van de witte donzige wolken was roze gekleurd; het beloofde een spectaculair schouwspel te worden. Haar blik gleed verder naar de horizon. Ze vond het bijna jammer dat het in het westen helder was. Ze zou geen excuus hebben om vanavond niet naar boven te gaan, dacht ze, terwijl ze weer het pad naar de Negende Grot af liep.

Toen ze haar onderkomen onder de overhangende kalkstenen richel bereikte, was die koud en leeg. Jondalar en Jonayla waren zeker naar Proleva voor hun avondmaal, dacht Ayla, of misschien naar Marthona. Ze kwam in de verleiding naar hen op zoek te gaan, maar wat had dat voor zin als ze toch weer naar boven zou moeten?

Met het tondel, de vuursteen en de vonksteen die naast de koude vuurplaats lagen, maakte ze vuur. Toen het goed brandde legde ze er een paar kookstenen in. Toen controleerde ze de waterzak, en ze was blij toen die vol bleek. Ze schonk wat water in een houten kookkom voor thee. Ze zocht in de buurt van de vuurplaats en vond een restje koude soep in een dicht geweven mandje dat met een laagje rivierklei was bedekt om het nog waterdichter te maken, iets wat de meeste vrouwen pas in de loop van de afgelopen paar jaren waren gaan doen. Met een uit een steenbokhoorn gesneden lepel schepte ze een deel van de inhoud van de bodem, en met haar vingers haalde ze er een paar hapjes koud vlees en een ietwat zompige wortel uit, waarna ze het mandje dichter naar het vuur schoof en er met een houten tang hete kooltjes omheen legde.

Ze deed nog wat hout op het vuur en ging met gekruiste benen op een laag kussen zitten wachten tot de stenen heet waren zodat ze het theewater aan de kook kon brengen. Ze deed haar ogen dicht; ze was moe. Het afgelopen jaar was erg moeilijk geweest omdat ze zo dikwijls 's nachts wakker had moeten blijven. Ze viel bijna zittend in slaap, maar schrok wakker toen haar hoofd naar voren zakte.

Met een knip van haar vingers liet ze een paar waterdruppels op de kookstenen vallen. Toen ze sissend verdwenen pakte ze met de tang met de verschroeide uiteinden een kooksteen uit het vuur en liet die in de kom met water vallen. Het water borrelde en een wolk stoom steeg op. Ze legde er nog een steen in en toen het water ophield met borrelen stak ze haar pink erin om te voelen hoe heet het was. Nog niet heet genoeg. Ze legde er nog een steen uit het vuur in en wachtte even. Toen schepte ze een grote drinknap vol stomend water en voegde er wat gedroogde blaadjes aan toe uit een van de afgedekte mandjes op een plank vlak bij de vuurplaats, waarna ze de dicht geweven drinknap neerzette om de thee te laten trekken. Ze pakte een buidel die aan een pin aan een steunbalk van het onderkomen hing. De buidel bevatte twee vlakke stukjes van het gewei van een reuzenhert en een burijn van vuursteen, die ze had gebruikt om tekentjes te graveren in de stukjes van het gewei. Ze controleerde de burijn om te zien of de punt nog scherp was; door het gebruik splinterden er weleens stukjes af. De handgreep bestond uit een stukje gewei van een ree. Het was in kokend water zacht gemaakt waarna de burijn erin was gedrukt. Na het drogen werd het weer hard. Op het ene platte stukje gewei had ze het ondergaan van de zon en de maan bijgehouden en op het tweede stukje zette ze streepjes om het aantal dagen tussen de ene vollemaan en de volgende aan te geven, waarbij de vollemaan, de afwezigheid van de maan en de tegenovergestelde sikkels ook tussen de telstreepjes waren aangeduid. Ze bond de buidel aan de veter om haar middel, schepte wat van de warme soep in een houten kom en dronk die leeg; de stukjes vlees kauwde ze op.

Uit haar slaapruimte haalde ze haar met vacht gevoerde mantel met de kap en sloeg die om haar schouders – het was 's nachts koud, zelfs 's zomers. Toen pakte ze de drinknap met hete thee en verliet haar on-

derkomen. Ze ging weer terug naar het steile pad achter in de schuilplaats, net buiten de rand van de overhangende rotsplaat, en liep naar boven. Ze vroeg zich af waar Wolf was. Hij was dikwijls haar enige gezelschap tijdens de lange nachtwaken. Dan lag hij aan haar voeten terwijl zij ingepakt in warme kleren op de top van de rotswand zat.
Bij de splitsing in het pad nam ze snel een slokje thee. Toen zette ze de drinknap neer en haastte zich naar de greppels. Hoewel elk jaar een iets andere plek werd gekozen, lagen ze altijd grofweg in hetzelfde gebied. Ze ontlastte zich snel, haastte zich terug naar het pad, pakte haar drinknap op en volgde de aftakking, het smalle, steile pad dat naar de top van de rotswand voerde.
Niet ver van de in een schuine hoek staande zuil die diep in de rotswand ingebed was, was de zwarte kring van een met houtskool gevulde vuurplaats, omringd door stenen, met enkele gladde rivierstenen die goede kookstenen waren. Naast een natuurlijke uitspringende rots was in het brosse kalksteen naast de zuil een holte uitgesneden. Schuin tegen de steen stond een groot paneel van gedroogd gras dat zo was geweven dat bij regen het water van de elkaar overlappende rijen af liep. Daaronder lagen een paar kommen, waaronder een kookkom, en een leren buidel met allerlei spulletjes, zoals een mes van vuursteen, enkele pakjes thee en wat gedroogd vlees. Daarnaast lag een opgerolde vacht en daarin zaten, gewikkeld in een lap ongelooide huid, benodigdheden om vuur te maken, een stenen lamp, enkele pitten en een paar fakkels.
Ayla legde het pakje opzij; ze zou pas vuur maken na de opkomst van de maan. Ze spreidde de vacht uit en installeerde zich op haar gebruikelijke plaats met de uitspringende rots als ruggensteun en haar rug naar de Rivier zodat ze naar de westelijke horizon kon kijken. Ze haalde de platte stukjes gewei en de burijn uit de buidel, bekeek nauwkeurig de aantekeningen over de ondergaande zon die ze tot dusver had gemaakt en keek toen weer naar de bovenrand van het westelijke landschap.
De avond daarvoor was de zon net links van die kleine verhoging ondergegaan, zei ze tegen zichzelf; ze kneep haar ogen tot spleetjes tegen de lange, felle stralen van de zon. Het stralende hete licht gleed achter een stoffig waas vlak boven de grond, dat het schroeiende licht veranderde in een rode schijf. De schijf was even volmaakt rond als zijn nachtelijke tegenhanger wanneer die vol was. Beide hemelbollen hadden een perfecte cirkelvorm, de enige perfecte cirkels in haar omgeving. Door het waas was de zon makkelijker te zien en was de plek waar hij onderging op de grillige lijn van de horizon in de verte precie-

zer te bepalen. In het verflauwende licht zette ze een tekentje op het stukje gewei.
Toen draaide ze zich met haar gezicht naar het oosten, naar de overkant van de Rivier. Aan de donker wordende hemel waren de eerste sterren verschenen. Ze wist dat de maan al snel zijn gezicht zou laten zien, hoewel hij soms al opkwam voor de zon onder was en soms zelfs overdag tegen een helderblauwe hemel een bleker gezicht liet zien. Ze had het opkomen en ondergaan van de zon en de maan nu bijna een jaar gevolgd en hoewel ze het allesbehalve leuk vond om van Jondalar en Jonayla gescheiden te zijn, wat onvermijdelijk was door de noodzaak de hemellichamen te observeren, was ze gefascineerd door de kennis die ze had vergaard. Vannacht was ze echter onrustig. Ze wilde naar haar onderkomen om met Jondalar tussen de vachten te kruipen. Ze verlangde naar zijn armen om zich heen, zijn aanraking en het gevoel dat hij alleen haar kon bezorgen. Ze stond op en ging weer zitten, probeerde een makkelijkere houding te vinden, zich voor te bereiden op haar lange, eenzame nacht.
Om de tijd te doden en niet in slaap te vallen concentreerde ze zich op het zachtjes opzeggen van liederen en lange geschiedverhalen en legenden, dikwijls op rijm, die ze uit het hoofd leerde. Ze had een uitstekend geheugen, maar ze moest erg veel informatie van buiten leren. Veel zelandonia zongen ze, maar zij kon niet zingen en probeerde dat ook niet. Zelandoni had gezegd dat dat niet hoefde, zolang ze de woorden en de betekenis daarvan maar kende. De wolf leek altijd te genieten van het geluid van haar zachte stem die eentonig maar ritmisch de woorden opdreunde, maar zelfs Wolf was vannacht niet bij haar.
Ze besloot een van de geschiedverhalen op te zeggen, een verhaal over de tijd voor de tijd, een verhaal dat uitermate moeilijk voor haar was. In het verhaal werd gerefereerd aan de mensen die de Zelandoniërs Platkoppen noemden, de mensen die voor haar de Stam waren, maar haar gedachten dwaalden steeds af. Het verhaal was vol namen die haar niets zeiden, gebeurtenissen die voor haar geen betekenis hadden, en concepten die zij niet echt begreep of waar ze het eigenlijk niet mee eens was. Haar geest dwaalde voortdurend af naar haar eigen herinneringen, haar eigen geschiedenis, haar leven als kind bij de Stam. Misschien kon ze beter overstappen naar een legende. Die waren makkelijker. Dat waren dikwijls verhalen die grappig of droevig waren, en die gebruiken en handelwijzen uitlegden of toelichtten.
Ze hoorde een zacht geluid, een hijgende ademhaling, en toen ze haar hoofd omdraaide, zag ze Wolf langs het pad naar haar toe komen. Hij kwam vrolijk aanrennen, duidelijk blij om haar te zien. Net zo blij als

zij was om hem te zien. 'Hallo, Wolf,' zei ze, terwijl ze door de dikke vacht om zijn nek woelde en glimlachend zijn kop vasthield en hem in de ogen keek. 'Wat ben ik blij je te zien. Ik ben vannacht in de stemming voor gezelschap.' Hij likte haar gezicht en nam toen voorzichtig haar kaak tussen zijn tanden. Toen hij losliet nam ze zijn harige snuit tussen haar tanden. 'Ik geloof dat jij ook blij bent om mij te zien. Jondalar en Jonayla zijn zeker al terug en zij ligt waarschijnlijk te slapen. De wetenschap dat jij over haar waakt als ik er niet ben geeft me een rustig gevoel, Wolf.'

De wolf ging aan haar voeten liggen en Ayla trok de mantel strak om zich heen en ging weer zitten wachten tot de maan opkwam. Ze probeerde zich te concentreren op een legende over een van de Zelandonische voorouders, maar in plaats daarvan dacht ze aan die keer dat ze tijdens hun Tocht Wolf bijna waren verloren. Tijdens een gevaarlijke oversteek van een buiten zijn oevers getreden rivier waren ze van hem gescheiden geraakt. Ze had naar hem gezocht, koud en nat en bijna radeloos van angst bij het idee dat ze hem kwijt was. Ze ervoer weer die afschuwelijke schrik toen ze hem eindelijk vond, buiten bewustzijn, en vreesde dat hij dood was. Jondalar had hen gevonden en hoewel ook hij koud en nat was, had hij alles gedaan. Zij had het zo koud en was zo uitgeput dat ze tot niets in staat was. Hij had de tent opgezet, haar en de bijna verdronken wolf naar binnen gedragen, de paarden verzorgd en zich over haar en de dieren ontfermd.

Ze rukte haar geest naar het heden terug; ze verlangde intens naar Jondalar. Misschien de telwoorden, dacht ze. Ze begon ze op te zeggen: 'Een, twee, drie, vier...' en herinnerde zich weer hoe verrukt ze was geweest toen Jondalar ze haar had uitgelegd. Ze had het abstracte concept onmiddellijk begrepen en was dingen gaan tellen die ze in haar grot kon zien: ze had één slaapplaats, een, twee paarden, een, twee... Jondalars ogen zo blauw als de zee.

Ik moet hiermee ophouden, dacht ze. Ze stond op en liep naar de schuinstaande steen die op het punt van vallen leek te staan. De afgelopen zomer had een aantal mannen geprobeerd de steen om te gooien omdat ze bang waren dat die een gevaar vormde, maar ze hadden er geen beweging in gekregen. Ze dacht terug aan de eerste keer dat ze de steen had gezien, scherp afgetekend tegen de lucht, op de dag dat Jondalar en zij aankwamen na hun Tocht. Ze had toen het vage gevoel gehad dat ze hem eerder in een droom had gezien.

Ze legde haar hand op de grote steen en trok hem onmiddellijk weer weg. Haar vingertoppen tintelden waar ze met de steen in aanraking waren geweest. Toen ze er in het zwakke licht van de maan weer naar keek, was het net alsof de steen iets was verschoven en nu dichter bij de rand stond, en het leek alsof hij gloeide. Starend naar de merkwaardige steen deed ze een paar stappen achteruit. Dat verbeeld ik me, dacht ze. Ze deed haar ogen dicht en schudde haar hoofd. Toen ze haar ogen weer opendeed, was het weer een gewone steen. Ze raakte hem weer aan. Hij voelde aan als steen, maar toen ze haar hand erop legde meende ze weer een tinteling te voelen.

'Wolf, ik heb het idee dat dit een nacht is dat de hemel het best zonder mij kan stellen,' zei ze. 'Ik begin dingen te zien die er niet zijn. En kijk nou toch! De maan is al op en ik heb het opkomen gemist. Ik breng er vannacht toch niets van terecht.'

Ze overwoog even om een fakkel aan te steken, maar wilde niet de tijd nemen om een vuur te maken; de maan gaf genoeg licht. Ze zocht in het licht van de maan en de sterren voorzichtig een weg; Wolf liep voor haar uit. Ze keek nog eens achterom naar de steen. Hij lijkt nog steeds te gloeien, dacht ze. Misschien heb ik te veel in de zon gekeken. Zelandoni heeft me nog wel gewaarschuwd om voorzichtig te zijn.

In de schuilplaats was het veel donkerder, maar op het plafond zag ze de gloed weerspiegeld van het grote gemeenschappelijke vuur dat eerder in de avond was aangestoken en nog steeds brandde. Ayla liep zachtjes haar onderkomen in. Iedereen leek te slapen, maar een kleine lamp verspreidde een zacht licht. Ze staken dikwijls een lamp aan voor Jonayla. Ze had moeite om in slaap te vallen als het pikdonker was. De pit van korstmos in het gesmolten vet bleef behoorlijk lang branden en Ayla had er dikwijls gemak van als ze 's avonds laat thuiskwam. Ze keek de afgescheiden ruimte in waar Jondalar lag te slapen. Jonayla was weer naast hem gekropen. Ze keek glimlachend op hen neer en liep naar Jonayla's bed omdat ze hen niet wilde storen. Toen bleef ze hoofdschuddend staan en liep naar hun bed terug.

'Ben jij dat, Ayla?' vroeg Jondalar slaperig. 'Is het al ochtend?'

'Nee, Jondalar. Ik ben vannacht vroeg teruggekomen,' zei ze, terwijl ze het vlasblonde kind optilde en in haar eigen bed legde. Ze stopte haar in, gaf haar een kus op de wang en ging terug naar het bed dat ze met Jondalar deelde. Jondalar was wakker en had zich op een elleboog opgeduwd.

'Waarom ben je eerder teruggekomen?'

'Ik kon me helemaal niet concentreren.' Ze glimlachte sensueel naar hem, kleedde zich uit en kroop naast hem in bed. Het plekje was nog warm van haar slapende dochter. 'Weet je nog dat je een keer hebt gezegd dat ik alleen maar dit hoefde te doen als ik naar je verlang?' zei ze, en toen kuste ze hem, lang en liefdevol.

Hij reageerde meteen. 'Dat is nog steeds zo,' zei hij; zijn stem was hees van verlangen. Ook voor hem waren de nachten lang en eenzaam geweest. Jonayla was schattig en aanhalig en hij hield van haar, maar ze was een klein meisje, de dochter van zijn gezellin en niet zijn gezellin. Niet de vrouw die zijn hartstocht wekte en die hem tot voor kort ook altijd had bevredigd.

Vol verlangen kuste hij haar mond, haar hals en toen haar lichaam. Zij verlangde net zo vurig naar hem en drukte zich bijna vertwijfeld tegen hem aan. Hij kuste haar nog eens, langzaam, verkende de binnenkant van haar mond met zijn tong, zakte af naar haar hals. Zijn hand gleed naar haar borst en hij nam de tepel in zijn mond. Scheuten van genot trokken door haar lichaam. Het was lang geleden dat ze de tijd hadden genomen om de Gave van Genot te verkennen.

Hij zoog op de tepel, toen op de andere en streelde haar borsten. Het verrukkelijke gevoel trok naar het plekje diep vanbinnen dat naar hem hunkerde. Hij legde een hand op haar buik en masseerde die zacht. Hij genoot van het zachte gevoel, een lichte ronding waardoor ze nog vrouwelijker leek, als dat mogelijk was. Ze had het gevoel dat ze in een poel van verrukking werd ondergedompeld toen zijn hand naar het zachte haar op haar schaamheuvel gleed en hij met een vinger aan de bovenkant van haar spleetje cirkels trok. Toen hij het plekje bereikte dat haar rillingen van genot bezorgde, drukte ze kreunend haar onderlichaam tegen zijn hand.

Zijn vinger gleed naar beneden, vond de ingang van haar warme, vochtige liefdesgrot en gleed naar binnen. Ze spreidde haar benen. Hij veranderde van positie, ging tussen haar benen liggen en proefde haar. Dit was de smaak die hij kende, de smaak van Ayla waar hij zo dol op was. Met beide handen spreidde hij de roze huidplooien en likte haar met zijn warme tong, verkende al haar warme plekjes, tot hij het knobbeltje vond dat iets harder was geworden. Ze ervoer alles wat hij deed als een verrukkelijke flits van vuur terwijl haar verlangen toenam. Ze was zich alleen nog bewust van Jondalar en het intense genotsgevoel dat hij haar bezorgde. Hij voelde de spanning in zijn lid toenemen en hunkerde naar ontlading. Haar ademhaling versnelde en elke ademteug ging vergezeld van gekreun, tot ze opeens haar hoogtepunt bereikte. Hij proefde haar warme sap, richtte zich half op, drong haar verwelkomende liefdesgrot binnen en stootte diep door. Ze was klaar voor hem en kwam hem tegemoet. Toen hij zijn lid haar warme, verwelkomende lichaam binnen voelde glijden, kreunde hij van genot. Wat was dat lang geleden, zo leek het tenminste.

Ze kon hem helemaal omvatten en toen hij haar omsluitende warmte voelde, werd hij overspoeld door dankbaarheid jegens de Moeder die hem naar haar had geleid, die ervoor had gezorgd dat hij deze vrouw had gevonden. Hij was bijna vergeten hoe perfect ze in elkaar pasten. Hij stootte en toen nog eens, en bij elke stoot nam ook haar opwinding toe. Opeens, bijna te snel, voelden ze het Genot tot een hoogtepunt stijgen. Het zwol aan om vervolgens als een vulkaan uit te barsten. Ze probeerden het gevoel even vast te houden en lieten zich er toen door overspoelen.

Daarna rustten ze even, maar hun hunkering was nog niet geheel bevredigd. Ze deelden nog eens het Genot, langzamer nu, genietend van elke aanraking, elke streling, tot ze zich niet langer konden bedwingen en zich overgaven aan een tweede uitbarsting van vurige energie. Ayla zag een zweem van ochtendlicht door een onzorgvuldig gesloten deuropening toen ze zich naast Jondalar in de warme vachten nestelde om te gaan slapen. Ze was meer dan bevredigd, ze voelde zich tot in haar ziel voldaan.

Ze keek naar Jondalar. Zijn ogen waren dicht en om zijn mond speelde een ontspannen, gelukzalige glimlach. Ze deed haar ogen dicht. Waarom had ze zo lang gewacht, dacht ze. Ze probeerde zich te herinneren wanneer de laatste keer was geweest. Opeens vlogen haar ogen open. Haar kruiden! Wanneer had ze voor het laatst haar kruiden ingenomen? Ze had zich geen zorgen hoeven maken toen ze nog zoogde. Ze wist dat de kans klein was dat ze toen zwanger zou raken, maar Jonayla was nu al enkele jaren gespeend. Een thee maken van haar voorbehoedende kruiden was doorgaans een gewoonte, maar ze was de laatste tijd wat onzorgvuldig geweest. Ze had ze een paar keer eerder vergeten in te nemen, maar ze was ervan overtuigd dat een nieuw leven niet kon beginnen zonder een man, en sinds ze haar nachten boven op de rotswand doorbracht had ze minder vaak met Jondalar Genot gedeeld, dus had ze zich daar geen zorgen over gemaakt.

Als een acoliet in opleiding was haar leertijd veeleisend geweest. Daarbij hoorden perioden van vasten, waken en andere beperkingen, waaronder het afzien van Genot voor een bepaalde tijd. Bijna een jaar lang had ze 's nachts wakker moeten blijven om de bewegingen van hemellichamen te observeren. Maar haar zware opleiding was bijna voltooid. Het jaar van de nachthemel bestuderen zou weldra een eind nemen, bij de komende Zomer Langdag, het moment dat zou worden besloten of ze als een volleerde acoliet zou worden aanvaard. Als ze niet al zo'n bedreven genezeres was, zou de opleiding veel langer hebben geduurd, al zou ze nooit ophouden met leren.

Daarna kon ze op een gegeven moment een Zelandoni worden, al wist ze niet precies hoe dat zou gaan. Ze moest ertoe 'geroepen' worden, een geheimzinnig proces dat niemand kon uitleggen, maar dat iedere Zelandoni had ervaren. Als een acoliet verklaarde te zijn 'geroepen', werd de mogelijk toekomstige doniër onderworpen aan een diepgaande ondervraging door de andere Zelandonia, die vervolgens de verklaring aanvaardden of verwierpen. Als die werd aanvaard, werd voor de nieuwe Ene Die De Moeder Diende een plek gezocht, doorgaans als assistent van een bestaande Zelandoni. Als die werd verworpen, bleef de acoliet een acoliet, maar er werd meestal een verklaring gegeven zodat een 'roeping' de volgende keer beter zou worden herkend en begrepen. Sommige acolieten bereikten nooit de positie van Zelandoni en waren daar tevreden mee, maar de meesten wilden 'geroepen' worden.

Voor Ayla in slaap viel mijmerde ze over het Genot. Zij was de enige die de overtuiging had dat het Genot een nieuw leven in een vrouw kon laten groeien. Als ze zwanger was, zou ze het waarschijnlijk veel te druk hebben met een nieuwe baby om zelfs maar aan een 'roeping' te denken. De tijd zal het leren, gedane zaken nemen geen keer, het heeft geen zin om me nu het hoofd te breken over of ik wel of niet zwanger ben. En zou het echt zo erg zijn om nog een kind te krijgen? Een baby zou eigenlijk wel leuk zijn, dacht Ayla. Ze deed haar ogen weer dicht, ontspande zich, en viel met een bevredigd gevoel in slaap.

Het was een van de kinderen die het rokende signaalvuur van de Derde Grot opmerkte en zijn moeder erop attent maakte. Ze liet het haar buurvrouw zien en samen liepen ze naar Joharrans onderkomen. Voor ze dat hadden bereikt, hadden ook anderen het gezien. Proleva en Ayla kwamen net naar buiten toen de groep aankwam. Ze keken verbaasd op.

'Rook van Twee-Rivierenrots,' zei iemand.

'Signaalvuur van de Derde,' zei iemand anders tegelijkertijd.

Joharran stond vlak achter zijn gezellin. Hij liep naar de rand van de stenen richel. 'Ze sturen wel een boodschapper,' zei hij.

De boodschapper arriveerde kort daarop, een beetje buiten adem. 'Bezoekers!' zei hij. 'Van de Vierentwintigste Grot van de Zuidelijke Zelandoniërs, onder wie hun eerste Zelandoni. Ze gaan naar onze Zomerbijeenkomst, maar wilden onderweg enkele Grotten bezoeken.'

'Ze hebben een lange reis gemaakt,' zei Joharran. 'Ze zullen ergens ondergebracht moeten worden.'

'Ik zal de Eerste op de hoogte stellen,' zei Ayla. Maar ik zal dit jaar niet met iedereen meegaan, dacht ze, toen ze op weg ging naar Zelandoni's onderkomen. Ik moet wachten tot de Zomer Langdag. Dat vond ze jammer. Ik hoop dat de bezoekers niet te snel weer zullen vertrekken, maar aangezien ze zo'n lange reis hebben gemaakt, zullen ze misschien niet te lang kunnen blijven als ze voor de winter weer thuis willen zijn. Dat zou jammer zijn.

'Ik zal even gaan kijken bij de grote verzamelplaats aan de andere kant,' zei Proleva. 'Dat is een goede plek voor hen, maar ze zullen water en brandhout nodig hebben. Met hoeveel zijn ze?'

'Zoveel als een kleine Grot,' zei de boodschapper.

Dat kunnen er dus dertig of meer zijn, dacht Ayla, door bij zichzelf de speciale techniek te gebruiken die ze tijdens haar opleiding had geleerd om grote aantallen te tellen. Tellen met vingers en handen was ingewikkelder dan de simpele telwoorden, als je wist hoe dat moest; maar zoals met de meeste dingen die met de zelandonia in verband stonden was het nog veel ingewikkelder. Alle tekens hadden meer dan één betekenis.

Nadat Ayla de Eerste op de hoogte had gebracht, ging ze met haar armen vol brandhout naar Proleva, die naar het andere uiteinde van de grote overhangende rotsplaat was gegaan. Het verzamelen van brandstof voor vuur was een klus die voortdurend aandacht en inspanning vereiste. Iedereen, ook de kinderen, verzamelde alles wat brandbaar was: sprokkelhout, gras, de gedroogde mest van grazende dieren en het vet van de dieren die ze tijdens de jacht buit maakten. Om te kunnen overleven in een koude omgeving was vuur van levensbelang voor zowel warmte als licht, en om eten te koken of te braden om het malser en beter verteerbaar te maken. Hoewel er bij het bereiden van eten soms vet werd gebruikt, werd het voornamelijk gebruikt voor het vuur dat licht verschafte. Het onderhouden van vuur was zwaar werk, maar het was van levensbelang voor het voortbestaan van de tweebenige tropische omnivoren die in warmere klimaten waren geëvolueerd en zich over de hele wereld hadden verspreid.

'Daar ben je, Ayla! Ik had bedacht om de bezoekers de plek te geven naast de door de bron gevoede kreek die de Negende Grot van Rivierafwaarts scheidt, maar de paarden staan wel erg dicht bij die plek. Denk je dat we ze kunnen verplaatsen?' zei Proleva. 'De bezoekers voelen zich misschien niet op hun gemak met paarden zo vlakbij.'

'Dat had ik ook bedacht, en niet alleen uit het oogpunt van de bezoekers. De paarden zouden zich ook niet prettig voelen met al die vreemden zo dicht in de buurt. Ik denk dat ik ze maar zolang naar het Woudrivierdal verplaats,' zei Ayla.

'Dat lijkt me een goed idee,' zei Proleva.

Nadat de bezoekers waren gearriveerd en voorgesteld, zich in hun tijdelijke onderkomen hadden geïnstalleerd en hadden gegeten, splitsten de mensen zich in kleine groepen op. Een groep van de zelandonia, onder wie de Eerste en Ayla, de Zelandoni van de bezoekers plus haar acolieten, de Zelandonia van de Derde, de Veertiende en de Elfde Grot, plus enkele anderen liepen terug naar de verzamelplaats aan de andere kant van de grote schuilplaats. Voordat de reizigers waren vertrokken om te eten was er een vuur aangemaakt en afgedekt, en dat werd nu door een van hen weer opgestookt, waarna er water in een grote houder werd gedaan en kookstenen in het vuur werden gelegd. Mensen haalden hun persoonlijke drinknap tevoorschijn in afwachting van verse hete thee, en gesprekken kwamen op gang of werden vervolgd.

De bezoekers spraken over hun reis en er werden ideeën uitgewisseld over rituelen en medicijnen. Toen de Eerste de voorbehoedende thee ter sprake bracht, was daar veel belangstelling voor. Ayla vertelde welke kruiden daarvoor moesten worden gebruikt, waarbij ze sommige uitvoerig beschreef opdat ze niet verward zouden worden met planten die er veel op leken. Ze vertelde over haar lange Tocht vanuit het land van de mammoetjagers, en iedereen begreep dat ze uit den vreemde kwam, uit een land erg ver weg. Haar accent kwam de bezoekers niet zo vreemd voor omdat ook zij met een accent spraken, hoewel zij juist vonden dat de noordelijke Zelandoniërs met een accent spraken. Ayla hoorde overeenkomsten met de manier van praten van de mensen die ze tijdens haar doniërreis had ontmoet, en de manier waarop Kimerans gezellin Beladora bepaalde woorden had uitgesproken.

Tegen het eind van de avond zei de Zelandoni van de bezoekers: 'Ik vind het leuk dat ik je heb leren kennen, Ayla. Verhalen over jou zijn zelfs tot in ons leefgebied doorgedrongen, en ik geloof dat wij de verste Grot zijn die zich nog de Kinderen van Doni noemt. En die de Eerste Onder Hen Die De Moeder Dienen erkennen,' voegde ze er tegen de grote vrouw aan toe.

'Ik vermoed dat jij wordt gezien als de Eerste onder je groep van zuidelijke Zelandoniërs. Ik ben veel te ver weg.'

'Dat mag dan misschien zo zijn, maar we beschouwen deze streek nog steeds als ons oorspronkelijke thuisland en jou als de Eerste. Zo is het in onze geschiedverhalen, onze legenden, onze leer. Dat is een van de redenen waarom we wilden komen: om onze banden te bevestigen.'

En om te beslissen of je die wilt aanhouden, dacht de Eerste. Ze had op het gezicht van sommige bezoekers zo niet minachting dan toch op z'n minst twijfel gezien, en ze had gefluisterde opmerkingen opgevangen in een plaatselijk zuidelijk dialect waarin vraagtekens werden gezet bij sommige gewoonten van de noordelijke zelandonia, vooral bij monde van een jonge man. Hij dacht waarschijnlijk dat niemand het dialect dat ze spraken verstond – dat gold voor de meeste mensen die ze ontmoetten – maar de Eerste had toen ze jonger was veel gereisd, en recentelijk nog met Ayla, en ze had veel bezoekers uit verre streken verwelkomd. Ze was erg bedreven in het oppikken van talen, vooral variaties van het Zelandonisch. Ze keek naar Ayla, die naar ze wist een bijna bovennatuurlijke gave voor talen had en zelfs een vreemde taal sneller dan wie ook verstond.

Ayla ving de blik van haar mentrix en haar snelle blik naar de jonge man, en knikte onopvallend, waarmee ze de Eerste liet weten dat zij hem ook had opgemerkt. Ze zouden het er later over hebben.

'En ik ben blij dat ik jou heb leren kennen,' zei Ayla. 'Misschien kunnen we jullie op een dag bezoeken.'

'Jullie zouden welkom zijn, allebei,' zei de Zelandoni, kijkend naar de Eerste.

De grote vrouw glimlachte, maar ze vroeg zich af hoeveel langer ze nog Tochten zou kunnen maken, vooral lange, en ze betwijfelde of zij ooit nog een tegenbezoek zou brengen. 'Jullie hebben interessante nieuwe ideeën meegebracht. Hartelijk dank daarvoor,' zei de grote vrouw.

'Ik vond het vooral interessant om over jullie medicijnen te leren,' voegde Ayla eraan toe.

'Ook ik heb veel geleerd. Ik ben vooral dankbaar voor de kennis over de manier om de Moeder ervan te weerhouden een vrouw te zegenen. Er zijn vrouwen voor wie het beter is om geen kinderen meer te baren, uit oogpunt van hun gezondheid en omwille van hun familie,' zei de Zelandoni.

'Ayla heeft die kennis meegebracht,' bekende de Eerste.

'Dan heb ik iets wat ik haar, en ook jou, Eerste Onder Hen Die De Moeder Dienen, in ruil daarvoor graag wil geven. Ik heb een kruidenmengsel met opmerkelijke eigenschappen. Dat wil ik jullie geven om het uit te proberen,' zei de zuidelijke Vierentwintigste. 'Dat was ik niet van plan geweest. Ik heb maar één buideltje bij me, maar ik kan meer maken als ik weer thuis ben.'

Ze maakte haar reisbepakking open, haalde er een medicijndoosje uit en daaruit een klein buideltje. Ze wilde het aan de Eerste geven. 'Ik denk dat je dit bijzonder interessant en misschien nuttig zult vinden.'

De Eerste gaf aan dat ze het aan Ayla moest geven. 'Het is erg krachtig. Wees voorzichtig als je ermee gaat experimenteren,' zei ze terwijl ze het aan de jongere vrouw gaf.

‘Gebruik je het als een extract of zet je er thee van?’ vroeg Ayla.
‘Dat is afhankelijk van wat je wilt bereiken,’ zei de vrouw. ‘Elke manier van bereiding heeft een andere uitwerking. Ik zal je later laten zien wat erin zit, al vermoed ik dat je het dan inmiddels zelf al hebt doorgrond.’
Ayla kon niet wachten om erachter te komen wat erin zat. Ze bekeek het buideltje. Het was van zacht leer en dichtgebonden met een koordje dat volgens haar van de lange haren van een paardenstaart was gemaakt. Ze maakte een paar interessante knopen los in het koordje dat door gaatjes in de bovenkant van het zachte leren buideltje was geregen en maakte het open. ‘Eén ingrediënt is onmiskenbaar,’ zei ze toen ze aan de inhoud rook. ‘Munt!’ De geur deed haar denken aan de krachtige thee die ze hadden gedronken tijdens hun bezoek aan de zuidelijke Zelandoniërs. Ayla knoopte het buideltje met haar eigen knopen dicht.
De vrouw glimlachte. Munt was de geur die ze gebruikte om dit mengsel te kunnen herkennen, maar het was veel krachtiger dan dat onschuldige kruid. Ze hoopte dat ze er nog was als iemand ermee ging experimenteren. Dat zou een test zijn voor de vaardigheid en kennis van de noordelijke zelandonia, dacht ze.

Ayla glimlachte naar Zelandoni. ‘Ik ben mogelijk weer zwanger.’ Ze hadden over kinderen gesproken; de Eerste had het onderwerp ter sprake gebracht, besefte ze opeens.
‘Ik vermoedde al zoiets. Je leek niet dik te worden, zoals ik – ik betwijfel of je dat ooit zult worden – maar je lijkt op sommige plekken voller te worden. Hoeveel maanperioden heb je overgeslagen?’
‘Eén maar; mijn maanperiode had enkele dagen geleden moeten beginnen. En hoewel ik me niet echt beroerd voel, voel ik me ’s ochtends soms wel een beetje misselijk,’ zei Ayla.
‘Als je het mij vraagt, is er weer een baby op komst. Ben je er blij mee?’ vroeg Zelandoni.
‘O jawel. Ik wil er best nog een, al heb ik nauwelijks genoeg tijd om te zorgen voor het kind dat ik al heb. Ik ben erg blij dat Jondalar zo handig is met Jonayla.’
‘Heb je het hem al verteld?’
‘Nee. Ik vind het nog te vroeg. Je weet maar nooit wat er nog kan gebeuren. Ik weet dat hij nog een kind bij zijn vuurplaats wil en ik wil voorkomen dat hij zich erop verheugt en dan teleurgesteld wordt. En het wachten duurt lang genoeg vanaf het moment dat het zichtbaar wordt; het heeft geen zin om hem nog langer te laten wachten.’ Ayla dacht aan de nacht dat ze vroeg vanaf de rotswand naar beneden was gekomen en hoe ze van elkaar hadden genoten. Toen dacht ze terug

aan de eerste keer dat ze Genot met Jondalar had gedeeld. Ze lachte stilletjes bij zichzelf.
'Wat is er zo grappig?' vroeg Zelandoni.
'Ik dacht aan de eerste keer dat Jondalar me kennis liet maken met de Gave van Genot. Voordien wist ik niet dat het een Genot hoorde te zijn of zelfs dat het dat zou kúnnen zijn. Ik kon toen nog nauwelijks met hem communiceren. Hij leerde me Zelandonisch spreken, maar heel veel van zijn taal en gewoonten waren mij volkomen vreemd. Zoals een moeder behoort te doen had Iza me uitgelegd hoe een vrouw van de Stam een bepaald teken gebruikt om een man te prikkelen, al geloof ik niet dat ze dacht dat ik dat ooit nodig zou hebben.
Ik had Jondalar het teken gegeven, maar voor hem betekende dat niets. Later heeft hij me het Genot nog eens gedemonstreerd, omdat hij dat wilde, niet omdat ik het wilde. Ik bleef maar denken dat hij mijn teken wanneer ik naar hem verlangde nooit zou begrijpen. Uiteindelijk heb ik hem op de manier van de vrouwen van de Stam gevraagd of ik mocht spreken. Hij begreep niet wat ik wilde toen ik voor hem ging zitten en mijn hoofd boog, wachtend tot hij zei dat ik mocht spreken. Op een gegeven moment heb ik gewoon geprobeerd het hem uit te leggen. Toen hij min of meer begreep wat ik bedoelde, dacht hij dat ik wilde dat we het meteen zouden doen, terwijl we het net hadden gedaan. Hij zei iets in de trant van dat hij niet wist of hij dat kon, maar dat hij het wel wilde proberen. Hij bleek er geen moeite mee te hebben,' zei Ayla, glimlachend om haar eigen onnozelheid.
Ook Zelandoni glimlachte. 'Hij was altijd een hoffelijke knaap,' zei ze.
'Bij mij was het liefde op het eerste gezicht, zelfs voor ik hem echt kende hield ik al van hem, maar hij was zo lief voor me, Zelandoni, zelfs toen hij me de Gave van Genot leerde kennen. Ik heb hem een keer gevraagd hoe hij dingen over mij kon weten die ik zelf niet eens wist. Toen bekende hij uiteindelijk dat iemand het hem had geleerd, een oudere vrouw, maar ik zag aan hem dat hij daar moeilijk over kon praten. Hij hield echt van je, weet je,' zei Ayla. 'Dat doet hij nog steeds op zijn eigen manier.'
'Ik hield ook van hem, en dat doe ik nog steeds op mijn eigen manier. Maar ik geloof niet dat hij ooit van mij heeft gehouden zoals hij van jou houdt.'
'Maar ik ben zo dikwijls weg geweest, vooral 's nachts. Het verbaast me dat ik zwanger ben.'
'Misschien heb je het mis over wat je gelooft: dat zijn sappen zich binnen in jou met jouw sappen vermengen, Ayla. Misschien wordt nieuw leven begonnen door de Grote Moeder, door de geest van een man te

vermengen met die van jou,' zei Zelandoni met een spottend lachje.

'Nee. Ik geloof dat ik weet wanneer dit nieuwe leven is begonnen,' zei Ayla. 'Ik ben op een nacht vroeg naar huis gegaan. Ik kon me niet concentreren en ik was vergeten mijn speciale thee te maken. Ik begin nu zelfs van regen te houden, vooral 's nachts, omdat ik dan naar binnen moet omdat ik toch niets kan zien. Ik zal blij zijn als dit jaar van observatie voorbij is.' De jonge vrouw keek haar mentrix onderzoekend aan en toen stelde ze de vraag die ze al een tijdje had willen stellen. 'Je zei dat je had nagedacht over een verbintenis aangaan. Waarom heb je dat nooit gedaan?'

'Ik ben een keer bijna een verbintenis aangegaan, maar hij is bij een ongeluk tijdens de jacht om het leven gekomen. Na zijn dood heb ik me gewijd aan de opleiding. Er is nooit een ander geweest die ik als levensgezel heb gewild... behalve Jondalar. Ik heb het wel overwogen – hij was erg vasthoudend en hij kan bijzonder overtuigend zijn – maar zoals je weet was het verboden. Ik was zijn donii-vrouw, en bovendien was hij nog erg jong. We hadden waarschijnlijk niet bij de Negende Grot kunnen blijven wonen en het zou moeilijk zijn geweest om een nieuwe woonplek te vinden. Dat vond ik niet eerlijk tegenover hem; zijn familie is altijd belangrijk voor hem geweest. Het was voor hem al moeilijk genoeg om bij Dalanar te gaan wonen,' zei de doniër. 'En ik wilde evenmin vertrekken. Wist je dat ik al voor de zelandonia was uitgekozen en mijn opleiding was begonnen voor ik een vrouw was? Ik weet niet precies wanneer ik eindelijk tot het besef kwam dat de zelandonia voor mij belangrijker waren dan het hebben van een levensgezel. En dat is maar beter ook. Ik ben nooit door Doni gezegend en ik vrees dat ik een kinderloze gezellin zou zijn geweest.'

'Ik weet dat de Tweede kinderen heeft gebaard, maar ik geloof niet dat ik ooit een Zelandoni heb gezien die zwanger was,' zei Ayla.

'Sommigen worden zwanger,' zei Zelandoni. 'Ze zorgen er meestal voor dat ze het in de eerste manen verliezen, voor ze erg dik worden. Sommigen baren een voldragen kind en geven het dan aan een andere vrouw om groot te brengen, dikwijls een onvruchtbare vrouw die vertwijfeld naar een kind verlangt. De zelandonia met een levensgezel houden doorgaans het kind, maar er zijn niet veel vrouwen bij de zelandonia die een levensgezel hebben. Voor de mannen is het makkelijker. Zij kunnen het grootste deel van de zorg voor een kind aan hun gezellin overlaten. Je weet hoe moeilijk het kan zijn. De eisen van een vrouw met een levensgezel, vooral als ze moeder wordt, botsen dikwijls met de eisen van de zelandonia.'

'Ja, dat weet ik,' zei Ayla.

Alle mensen van de Negende Grot verkeerden in een staat van opgewonden afwachting. De volgende dag zouden ze naar de Zomerbijeenkomst afreizen en iedereen was druk in de weer met de laatste voorbereidingen voor het vertrek. Ayla hielp Jondalar en Jonayla met inpakken en beslissen wat ze achter moesten laten, wat ze mee moesten nemen en hoe alles ingepakt moest worden, omdat ze meer tijd met hen wilde doorbrengen. Ook Marthona was erbij. Dit was de eerste keer dat ze niet met haar Grot naar een Zomerbijeenkomst zou gaan. Ze kon niet meer zo ver lopen. Ze wilde erbij zijn als ze inpakten, om niet het gevoel te hebben dat ze buitengesloten was. Ayla vond het jammer dat ze achter moest blijven, maar ze maakte zich zorgen over Marthona en was blij dat ze voor haar kon zorgen.

Haar geest was nog even scherp als altijd, maar haar gezondheid ging achteruit en door haar artritis kon ze soms nauwelijks lopen of zelfs maar aan haar weefgetouw werken. Ik kan later gaan, na de Zomer Langdag, dacht Ayla. Ze hield van de vrouw als van een vriendin en als van een moeder en genoot van haar diepzinnige wijsheid en niet altijd even zachtaardige gevatheid. Het zou een goede gelegenheid zijn om meer tijd met haar door te brengen. Ayla beschouwde het als compensatie voor het missen van de Zomerbijeenkomst, of in elk geval gedeeltelijk. Ze nam zich voor om manieren te zoeken om vaker bij haar familie te zijn als ze terug waren, maar als ze haar project van het optekenen van het opkomen en ondergaan van de maan en de zon dit jaar niet afmaakte, zou ze weer helemaal opnieuw moeten beginnen, en ze had nog maar tot kort na de Zomer Langdag te gaan. Ze was het jaar daarvoor vroeger van de Zomerbijeenkomst teruggekomen om met het project te beginnen.

De winter was de moeilijkste tijd geweest. Op sommige dagen had het zo hard gestormd dat de zon en de maan niet te zien waren, maar zowel op de Winter Kortdag, als op de Herfst Gelijkdag en de Lente Gelijkdag was het helder geweest, wat een goed teken was. Zelandoni had haar geholpen met de Herfst Gelijkdag. Ze waren allebei meer dan een dag en een nacht wakker gebleven en hadden met behulp van speciale pitten in een heilige lamp vastgesteld dat de tijd tussen zonsopgang en zonsondergang even lang was als tussen de daaropvolgende zonsondergang tot zonsopgang. Ayla had het de volgende Lente Gelijkdag zelf gedaan, onder het toeziend oog van Zelandoni. Aangezien ze het geluk had gehad om de belangrijkste momenten tijdens de koude jaargetijden te zien, wilde ze nu niet opgeven.

'Soms zou ik bijna willen dat we geen paarden en sleepramen hadden,' zei Jondalar. 'Het zou veel makkelijker zijn als we alleen maar hoefden

na te denken over wat we op onze rug konden dragen. Dan zouden niet al onze vrienden en verwanten vragen of we een paar dingen voor ze mee willen nemen. Al die paar dingen bij elkaar vormen een grote vracht.'
'Je zult Whinney dit jaar niet hebben en dus kun je zeggen dat je minder ruimte hebt,' zei Ayla.
'Dat heb ik al gezegd, maar het enige wat ze zien is het "kleine beetje ruimte" dat hun spullen zouden innemen, en met twee paarden zal er toch zeker wel genoeg ruimte zijn,' zei Jondalar.
'Je moet gewoon "nee" zeggen, Jondé,' zei Jonayla. 'Dat is wat ik tegen iedereen zeg die me dat vraagt.'
'Dat is een goed idee, Jonayla,' zei Marthona, 'maar heb jij niet gevraagd om een paar dingen voor Sethona mee te nemen?'
'Maar grootam, zij is mijn naaste nicht en mijn beste vriendin,' zei Jonayla verontwaardigd.
'Iedereen in de Negende Grot ziet zichzelf opeens als mijn "beste vriend",' zei Jondalar. 'Het is niet zo makkelijk om "nee" te zeggen. Er kan een tijd komen dat ik iemand om een gunst vraag, en die zal zich dan herinneren dat ik "nee" zei toen hij alleen maar vroeg of ik een paar van zijn spullen op een van de sleepramen wilden meenemen.'
'Als het om zulke kleine dingen gaat, waarom kunnen ze die dan zelf niet dragen?' vroeg Jonayla.
'Dat is nu net het probleem. Het zijn niet altijd kleine dingen. Het zijn juist de onhandige zware spullen, dingen die ze waarschijnlijk niet eens zouden meenemen als ze die zelf moesten dragen,' zei Jondalar.
De volgende ochtend reed Ayla op Whinney een eindje met de Negende Grot mee. 'Wanneer verwacht je naar ons toe te komen?' vroeg Jondalar.
'Ergens na de Zomer Langdag, maar ik weet niet hoe lang daarna,' zei Ayla. 'Ik maak me zorgen over Marthona. Het zal misschien afhangen van hoe ze zich voelt en wie er terugkomt om haar te helpen. Wanneer denk je dat Willamar terugkomt?'
'Dat hangt af van waar mensen hun Zomerbijeenkomsten houden. Hij heeft na je doniërreis niet veel lange reizen gemaakt, maar voor dit jaar heeft hij een langere reis dan normaal gepland. Hij zei dat hij zo veel mogelijk mensen wilde bezoeken, zowel afgelegen Zelandoniërs als anderen. Er zijn verscheidene mensen met hem meegegaan en hij zou er onderweg bij andere Grotten ook nog een paar oppikken. Dit zou weleens zijn laatste lange handelsreis kunnen zijn,' zei Jondalar.
'Dat zei hij ook toen hij meekwam op mijn doniërreis,' zei Ayla. 'Dat zegt hij al enkele jaren elk jaar.'

'Ik vermoed dat hij eindelijk een nieuwe Meester-Handelaar gaat aanwijzen en dat hij niet kan beslissen welk van zijn leerlingen hij zal kiezen. Hij zal ze tijdens deze reis allebei observeren,' zei Jondalar.
'Waarom kiest hij ze niet gewoon allebei?'
'Ik zal proberen om langs te komen voor een bezoek, maar ik zal het erg druk krijgen. Ik moet regelingen treffen om ons onderkomen uit te breiden zodat Marthona en Willamar in het najaar bij ons kunnen intrekken.'
Ayla wendde zich tot haar dochter en ze omhelsden elkaar. 'Wees braaf, Jonayla. Luister naar Jondalar en help Proleva,' zei ze.
'Dat zal ik doen, moeder. Ik wilde maar dat je met ons meekwam.'
'Ik ook, Jonayla. Ik zal je missen,' zei Ayla.
Ze kuste Jondalar en omarmde hem stevig. 'Jou zal ik ook missen, Jondalar. En ook Renner en Grijs.' Ze streelde de paarden en sloeg haar arm om hun nek ten afscheid. 'En ik weet zeker dat Whinney en Wolf jullie ook zullen missen.'
Jonayla aaide Whinney en krabbelde haar op een lievelingsplekje. Toen ging ze op haar hurken zitten en knuffelde Wolf. Het dier kronkelde van plezier en likte haar gezicht. 'Kunnen we Wolf niet meenemen, moeder? Ik zal hem zo vreselijk missen,' zei Jonayla, in een laatste poging.
'Dan zou ik hem missen, Jonayla. Nee, het lijkt me beter als hij hier blijft. Je ziet hem later in de zomer weer,' zei Ayla.
Jondalar tilde Jonayla op Grijs. Ze kon nu zes jaar tellen en kon als er een steen of boomstronk in de buurt was zelf opstijgen, maar op open terrein had ze nog hulp nodig. Jondalar besteeg Renner, pakte het leidsel van Grijs en reed snel weg om de anderen in te halen. Ayla kon haar tranen niet bedwingen toen ze samen met Whinney en Wolf Jondalar en Jonayla weg zag rijden.
Ayla besteeg haar hooikleurige merrie en reed terug, maar bleef even later weer staan om nog eens naar de vertrekkende Negende Grot te kijken. De grillige langgerekte stoet hield een gelijkmatig tempo aan. Jonayla en Jondalar, die op hun paarden de sleepramen voorttrokken, vormden de achterhoede.
De Zomerbijeenkomst werd gehouden op dezelfde plek als de eerste keer dat Ayla de bijeenkomst had bijgewoond. Dat had ze een prettige locatie gevonden en ze hoopte dat Joharran het kamp van de Negende Grot op dezelfde plek zou opzetten, als die al niet bezet was. Joharran had altijd graag midden in de bedrijvigheid gezeten, en de locatie van hun kamp had een eindje van de belangrijkste activiteiten gelegen, maar in de afgelopen paar jaar was hij locaties gaan zoeken die dichter

bij de buitenrand lagen zodat de paarden niet door mensen omringd zouden zijn. En hij was het prettig gaan vinden om de ruimte te hebben en niet op elkaars lip te hoeven zitten. Op hun vroegere locatie was meer dan genoeg ruimte voor hun grote Grot en een goede plek voor de paarden. Als ze haar ogen dichtdeed kon ze zich voorstellen dat ze daar waren. Ayla keek de stoet nog geruime tijd na. Toen keerde ze Whinney, floot Wolf en reed terug naar de schuilplaats van de Negende Grot.

Ayla had nooit geweten hoe eenzaam de grote schuilplaats kon zijn nu er zoveel mensen weg waren, hoewel er mensen van naburige Grotten waren gekomen om de zomer bij hen door te brengen. De meeste onderkomens waren gesloten en de schuilplaats bood een verlaten aanblik. In de grote werkruimte waren overal lege plekken waar werktuigen en apparaten uit elkaar waren gehaald en meegenomen of weggeborgen. Marthona's weefgetouw was een van de weinige apparaten die er nog stonden.

Ayla had Marthona gevraagd om bij hen in te trekken. Ze wilde in de buurt zijn als Jondalars moeder hulp nodig had, vooral 's nachts, en de vrouw had daar snel mee ingestemd. Aangezien Willamar en zij toch al van plan waren om in de herfst bij hen in te trekken, had Marthona nu de gelegenheid om te bedenken welke dingen ze wilde houden en welke ze weg moest geven; ze kon niet alles naar het kleinere onderkomen overbrengen. Ze spraken lang met elkaar en Marthona vond een nieuwe reden voor blijdschap toen ze hoorde dat Ayla zwanger was.

De meeste achterblijvers waren te oud of om een andere reden niet in staat de reis te maken. Onder hen was een jager met een gebroken been en een man die herstellende was na doorboord te zijn door de hoorns van een oerosstier die hem plotseling had aangevallen. Er was ook een zwangere vrouw die al drie keer een ontijdige bevalling had gehad en die te horen had gekregen dat ze het bed moest houden als ze hoopte ooit een voldragen baby ter wereld te brengen. Haar moeder en haar levensgezel waren gebleven om voor haar te zorgen.

'Ik ben blij dat je hier bent deze zomer, Ayla,' zei Jeviva, de moeder van de zwangere vrouw. 'Jeralda heeft de laatste baby bijna zes manen bij zich gehouden, tot Madroman langskwam. Hij zei dat ze lichaamsoefeningen moest doen. Volgens mij is het zijn schuld dat ze de baby is kwijtgeraakt. Jij weet tenminste het een en ander over zwangerschap; je hebt zelf een kind gebaard.'

Ayla keek naar Marthona en vroeg zich af of zij iets wist over Madromans behandeling van Jeralda. Zij had er niets over gehoord. Madroman was het voorgaande jaar weer naar de Negende Grot verhuisd en had veel spullen meegebracht, alsof hij de bedoeling had geruime tijd te blijven, maar ongeveer een maan geleden was hij plotseling weer vertrokken. Een boodschapper van een andere Grot was Ayla's hulp komen vragen voor iemand die zijn arm had gebroken. Haar bedrevenheid in het zetten van gebroken botten was inmiddels alom bekend. Ze was enkele dagen weggebleven en toen ze terugkwam, was Madroman vertrokken.

'Hoe ver is Jeralda nu?' vroeg Ayla.

'Haar maanperioden waren nooit regelmatig en ze verloor dikwijls enkele druppels bloed, dus we hebben er niet veel aandacht aan geschonken en weten niet precies wanneer dit leven is begonnen. Volgens mij is ze nu dikker dan toen ze de laatste baby verloor, maar dat is misschien wensdenken,' zei Jeviva.

'Ik kom morgen even langs om haar te onderzoeken, maar ik weet niet of ik veel zal kunnen zeggen. Heeft Zelandoni iets gezegd over waarom ze haar eerste drie verloor?' vroeg Ayla.

'Het enige wat ze zei was dat Jeralda een gladde baarmoeder heeft waardoor ze te makkelijk naar buiten glijden. Met de laatste leek niets mis te zijn, behalve dat hij te vroeg werd geboren. Hij heeft een dag of zo geleefd en hield toen gewoon op met ademhalen.' De vrouw wendde haar hoofd af en veegde een traan weg.

Jeralda sloeg haar arm om haar moeder heen en toen sloeg haar levensgezel zijn arm om de twee vrouwen heen. Ayla keek naar de kleine familie, verenigd in hun verdriet. Ze hoopte dat deze zwangerschap een goede afloop zou hebben.

Joharran had twee mannen aangewezen om op jacht te gaan voor de mensen van de Negende Grot die waren achtergebleven en om waar nodig te helpen. Ze zouden over een maan worden afgelost. Er was ook een jager die vrijwillig was gebleven: Jonclotan, de levensgezel van de zwangere vrouw die het zo moeilijk had. De anderen hadden de pech gehad om te verliezen bij de krachtmetingen die de leider had georganiseerd om te beslissen wie er zou achterblijven. De oudste heette Lorigan en de jongste Forason. Ze hadden gemopperd, maar aangezien ze het volgende jaar niet hoefden te wedijveren, berustten ze in hun lot.

Ayla nam dikwijls deel aan de jacht en genoot daarvan, en ze ging er even dikwijls met Whinney en Wolf in haar eentje op uit. Ze had al enige tijd niet gejaagd, maar ze was haar vaardigheid niet kwijtgeraakt. Forason, die nog erg jong was, stond in het begin sceptisch tegenover de jachtbekwaamheid van de acoliet van de doniër en hij was bang dat ze alleen maar in de weg zou lopen, vooral toen ze per se de wolf wilde meenemen. Lorigan glimlachte alleen maar. Tegen het eind van de eerste dag was de jonge man diep onder de indruk van haar kundigheid met zowel de speerwerper als de slinger, en van de manier waarop de wolf met hen samenwerkte. Op de terugweg vertelde de wat oudere man aan de jongeling dat zij en Jondalar de speerwerper hadden ontwikkeld en van hun Tocht hadden meegebracht. En Forason schaamde zich naar behoren.

Maar Ayla bleef meestal in de buurt van de grote schuilplaats. Degenen die daar waren deelden meestal het avondmaal. De grote ruimte leek minder leeg als ze samen om een vuur zaten. De oudjes en lichamelijk zwakken waren overgelukkig dat ze een echte genezeres in de buurt hadden. Dat bezorgde hun een ongekend gevoel van veiligheid. De meeste zomers werden er instructies achtergelaten voor de jagers of voor degenen die de zieken verzorgden. Af en toe bleef er om de een of andere reden een acoliet achter, zoals Ayla nu, maar doorgaans was die niet zo'n vakkundig genezer.

Ayla kreeg al snel een zekere routine. Ze sliep tot laat in de ochtend en 's middags ging ze bij iedereen langs, luisterde naar hun klachten, gaf hun medicijnen of maakte kompressen; ze deed wat ze kon om ervoor te zorgen dat de mensen zich beter voelden. Doordat ze zich bezighield leek de tijd sneller te verstrijken. Ze kregen een band met elkaar, wisselden verhalen van hun leven uit of vertelden verhalen die ze hadden gehoord. Ayla oefende het vertellen van de Oude Legenden en de Geschiedverhalen die ze moest leren en ze vertelde ook voorvallen uit haar jeugd, en iedereen vond het heerlijk om naar haar te luisteren. Ze sprak nog steeds met haar vreemde accent, maar daar was iedereen inmiddels zo aan gewend dat ze het niet echt meer hoorden, al gaf het haar nog steeds iets mysterieus en exotisch. Ze hadden haar volledig geaccepteerd als een van hen, maar ze vertelden anderen graag verhalen over haar omdat ze zo bijzonder was, waardoor zij zich ook bijzonder voelde.

Ayla's verhalen waren vooral erg in trek als ze in de namiddag in de warme zon bijeen zaten. Ze had een interessant leven geleid en ze leken er nooit genoeg van te krijgen om haar vragen te stellen over de Stam of haar te vragen te demonstreren hoe ze bepaalde woorden zeiden of denkbeelden overbrachten. Ze luisterden ook graag naar de vertrouwde liederen en verhalen waarmee ze zelf waren opgegroeid. Veel van de oudere mensen kenden sommige legenden even goed als zij en wezen haar op fouten. Maar aangezien diverse oudjes van andere Grotten waren gekomen en elke Grot zijn eigen versie had, was dit soms aanleiding tot discussies over welke interpretatie de juiste was. Dat vond Ayla niet erg. Ze was geïnteresseerd in de verschillende interpretaties, en de discussies maakten het haar makkelijker alles te onthouden. Het was een rustige tijd. Degenen die daartoe in staat waren gingen er dikwijls op uit om vruchten, groenten, noten en zaden te verzamelen, als aanvulling op hun maaltijden en om een wintervoorraad aan te leggen.

Elke avond vlak voor zonsondergang liep Ayla met de platte stukjes gewei naar de top van de rotswand. Ze had er een gewoonte van gemaakt om Wolf 's nachts bij Marthona achter te laten en had haar geleerd hoe ze Wolf naar haar toe moest sturen als ze hulp nodig had. Ayla keek naar de zon terwijl die zijn nauwelijks waarneembare baan volgde en elke avond iets verder naar rechts aan de westelijke horizon onderging.

Voordat Zelandoni haar deze taak had opgedragen, had ze nooit echt aandacht besteed aan de bewegingen van hemellichamen. Het enige wat haar was opgevallen was dat de zon ergens in het oosten opkwam en in het westen onderging, en dat de maan verschillende fases doorliep van vol naar donker en weer terug naar vol. Net als de meeste mensen was het haar ook opgevallen dat het nachtelijke hemellichaam soms overdag aan de hemel stond, en hoewel dat bekend was, werd er nooit veel aandacht aan geschonken omdat die dan zo bleek was. Er was echter een bepaalde kleur, een bijna transparante tint wit, nauwelijks meer dan water met een beetje witte kaolien van een nabijgelegen afzetting, de kleur die 'klaar' werd genoemd, na de bleke maan van overdag.

Ze wist inmiddels veel meer. Daarom keek ze naar de plek aan de horizon waar de zon opkwam en onderging, de plaats van bepaalde sterrenbeelden en sterren, en de verschillende tijden van het opkomen en ondergaan van de maan. Het was vollemaan, en hoewel het geen zeldzaamheid was om tijdens de Winter Kortdag of de Zomer Langdag een vollemaan te zien, kwam het ook niet heel veel voor. Het gebeurde misschien een keer in de tien jaar dat die dagen met de vollemaan samenvielen, maar aangezien de vollemaan altijd tegenover de zon stond, kwam die altijd op dezelfde tijd op als dat de zon onderging, en omdat de zon 's zomers hoog aan de hemel stond, bleef de vollemaan 's nachts laag aan de hemel. Ze zat met haar gezicht naar het zuiden en draaide haar hoofd naar links en naar rechts om ze allebei in de gaten te houden.

De eerste avond dat de zon op dezelfde plaats leek onder te gaan als de avond daarvoor, was ze er niet zeker van geweest dat ze dat goed had gezien. Lag de plek ver genoeg naar rechts aan de horizon? Was het juiste aantal dagen verstreken? Was de tijd juist? Ze bestudeerde bepaalde sterrenbeelden en keek naar de maan en besloot tot de volgende avond te wachten om te zien of de zon weer op dezelfde plek zou ondergaan. Ze was zo opgewonden dat ze wilde dat Zelandoni er was om het met haar te kunnen delen.

30

Ze kon nauwelijks wachten tot Marthona de volgende ochtend wakker werd om haar te vertellen dat ze dacht dat het Zomer Langdag was. De vrouw reageerde met gemengde gevoelens. Ze was blij voor Ayla maar ze besefte ook dat Ayla binnenkort naar de Zomerbijeenkomst zou afreizen en dat zij dan alleen achter zou blijven. Niet echt alleen, wist ze, alle anderen zouden er nog zijn, maar Ayla was heerlijk gezelschap geweest; ze had nauwelijks geleden onder de afwezigheid van al haar dierbaren. Het was haar zelfs opgevallen dat ze minder last had van de lichamelijke ongemakken die haar ervan hadden weerhouden naar de Zomerbijeenkomst te gaan. Ayla's speciale theeën, kompressen, massages en dergelijke leken allemaal te helpen. Ze voelde zich veel beter. Marthona zou haar erg missen.

De zon leek stil te staan en zeven dagen lang op dezelfde plaats onder te gaan, maar ze voelde zich slechts zeker van drie dagen. Op de twee dagen daarvoor en de twee daarna leek er enige beweging te zijn, zij het minder dan normaal, en toen kon ze tot haar verwondering opeens duidelijk zien dat de zon de andere kant op ging. Het was opwindend om de verandering van richting te zien en te beseffen dat hij tot de Winter Kortdag die richting zou blijven volgen.

Ze had de vorige Winter Kortdag samen met Zelandoni en enkele anderen gadegeslagen, maar toen had ze niet diezelfde opwinding ervaren, hoewel de Winter Kortdag voor de meeste mensen belangrijker was. De Kortdag beloofde namelijk dat de diepe koude van de winter zou eindigen en dat de warmte van de zomer zou terugkeren, wat met groot enthousiasme werd gevierd.

Maar deze Zomer Langdag was erg belangrijk voor Ayla. Ze had het zelf gezien en opgetekend. Ze had echt het gevoel dat ze iets had bereikt en ze voelde ook opluchting. Het jaar van observeren was voorbij. Ze zou nog een paar dagen naar boven gaan en doorgaan met optekenen, alleen maar om te zien of en hoe de plaatsen waar de zon onderging veranderden, maar ze dacht al aan vertrekken naar de Zomerbijeenkomst.

De volgende avond, nadat ze nog eens had gezien dat de zon inderdaad van richting was veranderd, voelde ze zich boven op de rotswand rusteloos. Ze was de hele dag gespannen en zenuwachtig geweest en dacht dat het misschien door haar zwangerschap kwam, of misschien door de opluchting in het besef dat ze nog maar enkele eenzame nachten de hemel zou hoeven observeren. Ze probeerde zichzelf tot rust te brengen en begon de woorden van *Het Lied van de Moeder* op te zeggen. Het was nog steeds haar lievelingslied, maar terwijl ze de coupletten voor zichzelf reciteerde, voelde ze haar spanning alleen maar toenemen.

'Waarom ben ik zo zenuwachtig? Zou er storm op komst zijn? Dan voel ik me soms ook gespannen,' zei ze tegen zichzelf. Ze besefte dat ze tegen zichzelf sprak. Misschien moet ik mediteren, dacht ze. Dat helpt meestal wel. Ik kan natuurlijk ook thee maken.

Ze ging terug naar de plek waar ze had gezeten, pookte het vuur op, vulde een kleine kookmand met water uit haar waterzak en rommelde in de medicijnbuidel met kruiden die aan de veter om haar middel hing. Ze bewaarde de gedroogde blaadjes in pakjes die ze dicht bond met verschillende soorten koord en twijn, elk met een ander aantal knopen in het uiteinde zodat ze ze van elkaar kon onderscheiden, zoals Iza haar had geleerd.

Ze betastte de pakjes in de eenvoudige leren buidel. Zelfs met het licht van het vuur en de maan was het te donker om het verschil te zien en ze moest de kruiden en medicijnen op de tast en aan de geur van elkaar onderscheiden. Ze dacht aan haar eerste medicijnbuidel, die Iza haar had gegeven. Die was gemaakt van de volledige waterdichte huid van een otter waarvan de ingewanden door de grote opening in de nek waren verwijderd. Ze had de buidel verschillende keren nagemaakt en gebruikte nog steeds de laatste versie. De buidel was versleten en kaal, maar ze kon het niet over haar hart verkrijgen hem weg te doen. Ze moest maar weer snel een nieuwe maken. Het was een medicijnbuidel zoals die bij de Stam werd gebruikt en hij straalde een unieke kracht uit. Zelfs Zelandoni was diep onder de indruk geweest toen ze de buidel voor het eerst zag; bij de aanblik alleen had ze beseft dat die bijzonder was.

Ayla koos enkele pakjes kruiden. De meeste kruiden die ze bij zich had waren geneeskrachtig, maar sommige waren erg mild en konden geen kwaad als ze voor het genoegen werden gedronken, zoals munt en kamille, die goed werkten tegen een lichte maagstoornis en de spijsvertering bevorderden, maar ook erg smakelijk waren. Ze besloot tot een mengsel van munt en een kruid om haar te helpen ontspannen, zocht op de tast het pakje en rook eraan. Het was onmiskenbaar munt. Ze strooide wat van de inhoud van het pakje op haar handpalm en deed het bij het kokende water, liet de thee even trekken en schonk toen haar drinknap vol. Ze dronk de nap leeg om haar dorst te lessen, en schonk toen een tweede nap in om er met kleine slokjes van te genieten. De smaak was een beetje vreemd; ze zou verse munt moeten plukken, dacht ze, maar de thee was niet vies en ze had nog steeds dorst.

Toen de nap leeg was ging ze rustig zitten en ademde diep in en uit, zoals haar was geleerd. Langzaam, diep, zei ze tegen zichzelf. Denk aan klaar, denk aan de kleur die klaar wordt genoemd, denk aan een klare kreek die over ronde stenen stroomt, denk aan een klare wolkeloze hemel met alleen het licht van de zon, denk aan leegte.

Ze werd zich ervan bewust dat ze naar de maan zat te staren. De laatste keer dat ze had gekeken, was die minder dan een kwartier geweest, maar nu stond hij groot en rond aan de nachtelijke hemel. Hij leek groter te worden, vulde haar gezichtsveld, en ze had het gevoel dat ze er steeds sneller naartoe werd getrokken. Ze rukte haar blik los van de maan en stond op.

Ze liep langzaam naar de grote scheefstaande rots. 'Die steen gloeit! Nee, het is mijn verbeelding weer. Het is gewoon het maanlicht. Het is een ander soort gesteente dan de rest; misschien glanst het gewoon meer in het licht van een vollemaan.'

Ze deed haar ogen dicht, naar haar gevoel heel lang. Toen ze ze weer opendeed, werd ze weer naar de maan getrokken, de grote vollemaan haalde haar naar zich toe. Toen keek ze om zich heen. Ze vloog! Ze vloog zonder wind of geluid. Ze keek naar beneden. De rotswand en de rivier waren verdwenen en het landschap was onbekend. Heel even dacht ze dat ze zou vallen. Ze was duizelig. De wereld draaide om haar heen. Felle kleuren vormden een draaikolk van flakkerend licht om haar heen en tolden steeds sneller.

Plotseling stond ze weer op de top van de rotswand. Ze concentreerde zich op de maan, groot, immens. Hij werd nog groter en vulde haar gezichtsveld. Ze werd de maan in getrokken, en toen vloog ze weer, zoals ze vroeger had gevlogen toen ze Mamut hielp. Ze keek naar beneden en zag de steen. Die leefde, gloeide, en verspreidde spiraalvormige stralen pulserend licht. Ze werd ernaartoe getrokken, voelde zich als geboeid door de beweging. Ze zag lijnen van energie uit de grond opstijgen, zich om de reusachtige in een schuine hoek staande zuil winden en in een krans van licht bovenaan verdwijnen. Ze zweefde vlak boven de gloeiende steen en keek erop neer.

De steen gaf meer licht dan de maan en verlichtte het omringende landschap. Er stond geen wind, nog geen zuchtje, en bladeren noch takken bewogen, maar de grond en de lucht rondom haar leefden, waren gevuld met snel heen en weer bewegende vormen en schaduwen, vluchtige, ijle vormen die kriskras door elkaar heen flitsten, gloeiend van energie die gelijk was aan het licht van de steen. Terwijl ze ernaar keek, leken de bewegingen vorm aan te nemen, iets doelgerichts te krijgen. De vormen kwamen op haar af! Haar lichaam tintelde, haar haren gingen rechtovereind staan. Opeens rende ze het steile pad af, struikelend en uitglijdend van angst. Toen ze de schuilplaats bereikte rende ze in het licht van de maan naar het voorportaal.

Wolf, die naast Marthona's bed lag, waar ze hem gezegd had te blijven liggen, hief zachtjes jankend zijn kop.

Ayla rende over het voorportaal naar Rivierafwaarts, vervolgens naar beneden naar de Rivier, waar ze het pad langs de oever volgde. Ze voelde zich vol energie en rende nu voor haar plezier, niet langer achternagezeten, maar aangetrokken door iets onbevattelijks. Ze stak bij De Oversteek de rivier over en rende verder, voor haar gevoel tot in het oneindige. Ze naderde een hoge vooruitspringende rotswand, die ze kende, maar die haar ook totaal vreemd voorkwam.

Ze kwam bij een hellend pad en rende naar boven. Ze snakte naar adem maar kon niet ophouden met rennen. Boven aan het pad was de donkere opening van een grot. Ze rende naar binnen, een duisternis in die zo dicht was dat hij bijna tastbaar was. Toen struikelde ze op de ongelijke vloer en viel. Haar hoofd sloeg tegen de stenen muur.

Toen ze bijkwam, was er geen licht. Ze bevond zich in een lange, zwarte tunnel, maar toch kon ze zien. De muren gloeiden zwak in alle kleuren van de regenboog. Vocht glinsterde. Toen ze overeind ging zitten, deed haar hoofd pijn, en heel even zag ze alleen maar rood. Ze had het gevoel dat de muren langs haar heen vlogen, terwijl zij zich niet had bewogen. Toen verschenen de regenboogkleuren weer en was het niet langer donker. De rotsmuren straalden een geheimzinnig licht uit, fluorescerend groen, gloeiend rood, diep blauw en bleek, lichtgevend wit.

Ze stond op en liep naar de muur. Ze streek met haar hand over de gladde koude nattigheid toen ze de muur volgde, die kil blauwgroen werd. Ze was niet langer in een grot maar in een diepe spleet in een gletsjer. Enorme platte vlakken reflecteerden vluchtige, heen en weer flitsende, efemere vormen. Boven haar was de hemel diep paarsblauw. Een felle zon verblindde haar en haar hoofd deed pijn. De zon kwam dichterbij en vulde de spleet met licht, maar het was niet langer een gletsjerspleet.

Ze bevond zich in een wervelende rivier en werd door de stroming meegevoerd. Voorwerpen dreven voorbij, gevangen in draaikolken die steeds sneller rondtolden. Toen zat zij ook gevangen in een draaikolk en wervelde rond. Ze werd naar beneden gezogen. In een duizelingwekkende tollende beweging sloot de rivier zich boven haar hoofd, en alles werd donker.

Ze bevond zich in een diepe, lege ruimte en vloog, sneller dan ze kon bevatten. Toen vertraagde de beweging en bevond ze zich plotseling in een dichte mist die gloeide van licht dat steeds dichterbij kwam. De mist trok op en onthulde een vreemd landschap. Geometrische figuren in fluorescerend groen, gloeiend rood en diep blauw, herhaalden zich keer op keer. Vreemde bouwsels verrezen tot hoog in de lucht. Brede linten van wit rolden zich over de grond uit, lichtgevend wit, vol vormen die eroverheen raasden, achter haar aan.

Ze was verlamd van angst en voelde iets aan de rand van haar geest kriebelen dat haar leek te herkennen. Ze kromp in elkaar, deinsde ervan terug en volgde op de tast zo snel mogelijk de muur. Toen ze het eind van de muur bereikte werd ze overspoeld door paniek. Ze liet zich op de grond vallen en voelde een gat voor zich. Het was een klein gat waar ze alleen kruipend doorheen kon. Ze haalde haar knieën open op de ruwe grond, maar merkte dat niet eens. Het gat werd kleiner, ze kon niet verder. Toen raasde ze weer door een leegte, zo snel dat ze haar gevoel van beweging volledig kwijtraakte.

Niet zij bewoog, maar het zwart om haar heen. Het omsloot haar, verstikte haar, verdronk haar, en toen was ze weer in de rivier en werd ze door de stroming meegetrokken. Ze was moe, uitgeput, en de rivier trok haar de stroming in die naar de zee, de warme zee, raasde. Ze voelde een stekende pijn diep vanbinnen en toen het warme zoute water om zich heen. Ze snoof de geur op, de smaak van het water, en ze had het gevoel dat ze vredig dreef in de lauwe vloeistof.

Maar het was geen water, het was modder. Ze snakte naar adem terwijl ze uit het slijk probeerde te kruipen, en toen werd ze gegrepen door het beest dat achter haar aan zat. Ze kromp in elkaar en schreeuwde het uit van de pijn toen het haar bijna platdrukte. Ze wroette in de modder in haar poging uit het diepe gat te kruipen waar het verpletterende beest haar in had getrokken.

Toen was ze vrij, ze klom in een boom, slingerde zich van tak naar tak, door dorst naar de rand van de zee getrokken. Ze dook erin, omarmde het water en werd groter, krachtiger. Toen ze zich oprichtte, keek ze uit over een weids grasland en waadde ze ernaartoe.

Maar het water trok aan haar. Ze vocht om weerstand te bieden aan

het getij, maar zakte toen uitgeput in elkaar. Golven die op de oever klotsten spoelden over haar benen en trokken haar terug de zee in. Ze voelde de trekkracht, de pijn, de ondraaglijke, verscheurende pijn die dreigde haar ingewanden uit haar lichaam te trekken. Met een guts warm vocht gaf ze zich gewonnen.
Ze kroop nog iets verder, leunde achterover tegen een muur, sloot haar ogen en zag een vruchtbare steppe vol kleurige lentebloemen. Een holenleeuw kwam met lange soepele bewegingen op haar af. Ze bevond zich in een kleine grot in een kleine glooiing. Ze groeide om de grot te vullen terwijl de grot steeds groter werd. De muren ademden, zetten uit en trokken samen, en ze was in een baarmoeder, een reusachtige zwarte baarmoeder diep in de aarde. Maar ze was niet alleen.
De vormen waren vaag, transparant, en toen versmolten ze tot herkenbare gedaanten. Dieren, alle soorten dieren die ze ooit had gezien, vogels, vissen en insecten, maar ook enkele waarvan ze zeker was die nooit eerder te hebben gezien. Ze vormden een stoet, wanordelijk en zonder patroon, en ze leken in elkaar over te vloeien. Een dier werd een vogel of een vis, of weer een vogel of dier of insect. Een rups werd een hagedis en toen een vogel die in een holenleeuw veranderde.
De leeuw bleef staan en wachtte tot ze hem zou volgen. Samen liepen ze door doorgangen, tunnels, gangen. De muren verdikten zich en namen andere vormen aan wanneer ze naderbij kwamen, en werden doorzichtig en versmolten met de muur als ze voorbijkwamen. Een stoet wolharige mammoeten sjokte voort over een weidse, grazige steppe en toen werden ze ingehaald door een kudde bizons die hun plaats innamen.
Ze zag twee rendieren elkaar naderen. Ze drukten de neuzen tegen elkaar. Het vrouwtje liet zich op haar knieën vallen en het mannetje likte haar. Het tedere tafereel ontroerde Ayla, maar toen werd haar aandacht getrokken door twee paarden, een hengst en een merrie. De merrie was hengstig en ging voor de hengst staan; ze bood zich aan terwijl hij zich gereedmaakte om haar te bestijgen.
Ze volgde de leeuw een andere lange gang in. Aan het eind daarvan kwam ze bij een grote, ronde, baarmoederachtige nis. Ze hoorde gestamp in de verte, dat dichterbij kwam toen een kudde bizons verscheen en de nis vulde. Ze stopten om uit te rusten en te grazen.
Maar het gestamp ging verder, de muren pulseerden in een traag, gestaag ritme. De harde rotsvloer leek onder haar voeten te trillen en het pulseren werd een diepe, aardse stem, in het begin zo zwak dat ze het nauwelijks hoorde. Toen werd het luider en herkende ze het geluid. Het was de sprekende trommel van de Mamutiërs! Alleen bij de mammoetjagers had ze zo'n trommel ooit gehoord.

Het instrument, dat van een mammoetbot was gemaakt, bracht zo'n gevarieerd geluid voort wanneer er met een stuk van een gewei op een bepaalde manier en in een bepaald ritme op werd geslagen, dat het net een stem leek die woorden sprak. De woorden, gesproken in een stotend ritme, waren niet precies een menselijke stem, maar het waren wel degelijk woorden. Ze hadden een soort trillend kenmerk dat een zweem van mysterie en een expressieve diepte aan het geluid toevoegde, maar bespeeld door iemand die de kunst meester was, waren het duidelijk woorden. De trommel kon letterlijk aan het praten worden gebracht.
Het ritme en het patroon van de woorden die door de trommel werden voortgebracht begonnen bekend te klinken. Toen hoorde ze de hoge tonen van een fluit en een mooie stem die meezong, een stem die klonk als de stem van de Mamutische vrouw, Fralie, die Ayla had gekend. Fralie was zwanger geweest, maar had de baby bijna verloren. Hoewel Ayla haar had geholpen, werd de baby toch te vroeg geboren. Maar haar dochtertje was in leven gebleven en werd gezond en sterk.
Ayla zat in de ronde nis en ontdekte dat haar gezicht nat was van de tranen. Haar lichaam schokte van de snikken en ze had het gevoel dat ze een groot verlies had geleden. Het geluid van de trommel zwol aan en overwon haar treurnis. Ze herkende geluiden, onderscheidde woorden.

Uit de chaos van tijd, vóór het eerste ochtendgloren,
Werd uit de wervelwind de verheven Moeder geboren.
Zij besefte terstond: het leven had grote waarde.
Maar de donkere leegte griefde de Grote Moeder der Aarde.
De Moeder was alleen. Verder was er niet een.

Het was *Het Lied van de Moeder*! Gezongen zoals ze het nooit eerder had gehoord. Als ze had kunnen zingen, zou ze het zo hebben gezongen. Het klonk zowel diep en aards als een trommel, als hoog en helder als een fluit, en het volle, krachtige geluid weergalmde in de diepe, ronde nis.
De stem vulde haar hoofd met de woorden, ze voelde ze meer dan dat ze ze hoorde, en het gevoel was veel sterker dan de woorden. Ze liep vooruit op elke regel, en als die dan kwam, was die voller, sprekender, diepzinniger. Het leek een eeuwigheid door te gaan, en ze wilde niet dat het ophield, maar toen het einde naderde, werd ze overspoeld door een diep verdriet.

Tevreden met Haar schepping bezag Zij het paar,
Ze leerde hun tederheid en liefde voor elkaar.

Ze schonk hun verlangen om elkaar met liefde te strelen,
En de Gave van de Moeder samen in Genot te delen.
En toen was Zij klaar. Haar kinderen hielden van elkaar.

Maar toen Ayla niets meer verwachtte, sprak de stem verder.

Haar laatste gave, de wetenschap dat ook de man iets moet geven,
Dat zijn sap nodig is voor het begin van een nieuw leven.
Het eert de Moeder wanneer het paar het Genotsspel speelt,
Want de vrouw raakt zwanger wanneer Genot wordt gedeeld.
De Aardkinderen hadden het geluk gevonden. De Moeder kon eindelijk rusten in Haar sponde.

De woorden kwamen als een geschenk, een zegening die haar pijn verzachtte. De Moeder vertelde haar dat ze gelijk had, dat ze de hele tijd gelijk had gehad. Ze had het altijd geweten en nu was het bevestigd. Ze barstte weer in snikken uit. De pijn was er nog steeds, maar was nu vermengd met vreugde. Ze huilde van verdriet en van blijdschap terwijl de woorden onophoudelijk door haar hoofd bleven galmen.

Ze hoorde een leeuw grommen en zag dat haar totemgeestleeuw zich omdraaide om weg te gaan. Ze probeerde op te staan, maar de kracht ontbrak haar en ze riep tegen het dier: 'Kleintje! Kleintje, niet weggaan! Wie moet me de weg terug wijzen?'

Het dier rende met lange, soepele bewegingen door de tunnel, bleef staan en kwam weer terug, maar het was niet de leeuw die op haar af kwam rennen. Het dier bleef voor haar staan en likte haar gezicht. Ayla schudde haar hoofd; ze voelde zich beverig en verward.

'Wolf? Ben jij dat, Wolf? Hoe ben jij hier beland?' zei ze, terwijl ze haar armen om de grote wolf sloeg.

Terwijl ze zich aan de wolf vastklemde, vervaagde het visioen van de bizons in de nis. Ook de taferelen op de muren van de tunnels verflauwden. Ze zocht steun bij de muur en liet haar hand over het steen glijden terwijl ze de nis uit kroop. Ze ging op de grond zitten en sloot haar ogen, in een poging het tollen van haar hoofd te laten ophouden. Toen ze probeerde haar ogen open te doen, wist ze niet zeker of dat gelukt was. Het was volslagen donker, of haar ogen nu open of dicht waren, en een rilling van angst kroop langs haar ruggengraat omhoog. Hoe moest ze de weg naar buiten vinden?

Toen hoorde ze Wolf zachtjes janken en voelde ze zijn tong op haar gezicht. Ze pakte hem vast en haar nervositeit nam af. Ze tastte naar de stenen muur en voelde in het begin niets, maar toen raakte haar schouder het steen. Onder de muur was een ruimte, vlak bij de grond, en terwijl ze op de tast haar weg zocht raakte haar hand iets wat geen gesteente was.

Ze trok snel haar hand terug, maar toen drong het tot haar door dat het iets bekends was en ze stak haar hand weer de ruimte in. De grot was donkerder dan de nacht en ze probeerde op de tast te ontdekken wat het was. Het voelde aan als suède, zacht leer. Ze trok een in leer gewikkelde bundel naar zich toe. Ze onderzocht de bundel met haar handen, vond een veter, maakte die los en vond een opening. Het leek een soort draagtas te zijn, een zachte leren buidel aan een riem. Binnenin zat een lege waterzak – waarop ze besefte dat ze dorst had – en een vacht, misschien een mantel, en ze rook en voelde de resten van iets eetbaars.

Ze deed de buidel dicht en hing hem over haar schouder. Toen trok ze zich overeind en zocht steun bij de muur terwijl ze zich verzette tegen een golf van misselijkheid; haar hoofd duizelde. Ze voelde iets warms langs de binnenkant van haar been stromen. De wolf wilde haar besnuffelen, maar ze had hem die gewoonte lang geleden al afgeleerd en duwde zijn onderzoekende neus weg.

'We moeten de weg naar buiten zoeken, Wolf. We moeten naar huis,' zei ze, maar toen ze zich in beweging zette en op de tast haar weg begon te zoeken langs de vochtige muur, besefte ze hoe zwak en uitgeput ze was.

De vloer was ongelijk en glibberig en bezaaid met brokken steen vermengd met glibberige kleiachtige modder. Stalagmieten, sommige zo dun als twijgjes en andere zo massief als eeuwenoude bomen, leken uit de vloer te groeien. De toppen waren nat van het niet-aflatende gedruppel van kalkhoudend water dat van stalactieten viel, hun stenen ijspegelvormige tegenhangers die van het plafond hingen. Nadat ze tegen een ervan haar hoofd had gestoten, probeerde ze voorzichtiger te zijn. Hoe had ze zo diep de grot in kunnen gaan?

De wolf liep af en toe een klein stukje voor haar uit, maar kwam steeds weer terug, en op een bepaalde plek voorkwam hij dat ze de verkeerde kant op liep. Toen ze voelde dat de grond onder haar voeten schuin omhoogliep, wist ze dat ze de ingang naderde. Ze was vaak genoeg in de grot geweest om te weten waar ze was, maar toen ze over de brokken steen probeerde te klauteren werd ze overspoeld door een golf van duizeligheid en viel ze op haar knieën. Het leek veel verder dan ze zich herinnerde en ze moest een paar keer stoppen en uitrusten voor ze eindelijk een kleine, smalle opening bereikte. Hoewel de hele grot heilig was, was er een natuurlijke barrière van steen die de grot in tweeën deelde, een scheiding tussen het meer aardse begin en het heiligere deel dieper naar binnen. De opening was de enige doorgang, de toegang tot de onderwereld van de Grote Moeder.

Ze voelde dat de temperatuur steeg toen ze de barrière voorbij was, maar ze huiverde toen het opeens tot haar doordrong hoe koud ze het had. Na een bocht meende ze in de verte een zweem van licht te zien en ze probeerde sneller te lopen. Na de volgende bocht wist ze het zeker. Ze zag de vochtige grotmuren glinsteren, en voor haar uit rende de wolf op een flauwe gloed af. Na nog een bocht zag ze tot haar vreugde het schemerige licht dat van buiten kwam, al waren haar ogen zo aan het donker gewend dat het bijna te fel was. Ze rende bijna toen ze de ingang voor zich zag.

Ayla strompelde de grot uit, knipperend met haar betraande ogen; de tranen trokken een spoor over haar modderige wangen. Wolf kroop dicht tegen haar aan. Toen ze eindelijk weer kon zien, ontdekte ze tot haar verbazing dat de zon hoog aan de hemel stond en dat er mensen naar haar stonden te staren: de twee jagers, Lorigan en Forason en Jeviva, de moeder van de zwangere vrouw. Ze zag eerbied op hun gezicht en ze begroetten haar ingetogen, maar toen ze struikelde en viel schoten ze haar te hulp. Ze hielpen haar overeind en toen ze hun bezorgde gezichten zag, werd ze overspoeld door opluchting.

'Water,' zei ze. 'Dorst.'

'Geef haar wat water,' zei Jeviva. Ze zag bloed op Ayla's benen en kleren maar zei niets.

Lorigan opende zijn waterzak en gaf die aan Ayla. Ze dronk zo gulzig dat het merendeel uit haar mond liep. Water had nog nooit zo heerlijk gesmaakt. Ze glimlachte toen ze eindelijk stopte met drinken, maar gaf de waterzak niet terug.

'Bedankt. Ik stond op het punt het water van de muren te likken.'

'Ik ken dat gevoel,' zei Lorigan met een glimlach.

'Hoe wisten jullie waar ik was? En dat ik naar buiten zou komen?' vroeg Ayla.

'Ik zag de wolf deze kant op rennen,' zei Forason, met een knikje naar het dier, 'en toen ik dat Marthona vertelde, zei ze dat je waarschijnlijk in de grot was. Ze zei dat we hiernaartoe moesten gaan om op je te wachten. Ze zei dat je misschien hulp nodig zou hebben. Vanaf dat moment is hier steeds iemand geweest. Jeviva en Lorigan kwamen net aan om me af te lossen.'

'Ik heb eerder zelandonia zien terugkomen van hun "roeping". Sommigen waren zo uitgeput dat ze niet konden lopen. Anderen kwamen niet terug,' zei Jeviva. 'Hoe voel je je?'

'Doodmoe,' zei Ayla. 'En ik heb nog steeds dorst.' Ze nam nog een

slok en gaf toen de waterzak aan Lorigan terug. De draagtas die ze binnen had gevonden gleed van haar schouder toen ze haar arm liet zakken. Ze was vergeten dat ze die had. In het licht kon ze zien dat er patronen op geschilderd waren. Ze hield hem omhoog. 'Dit heb ik binnen gevonden. Weten jullie van wie die is? Iemand heeft hem misschien even weggestopt en is vergeten waar.'
Lorigan en Jeviva keken elkaar aan en toen zei Lorigan: 'Ik heb Madroman daarmee zien lopen.'
'Heb je gekeken wat erin zit?' vroeg Jeviva.
Ayla glimlachte. 'Dat kon niet. Ik had geen licht, maar ik heb wel geprobeerd te voelen,' zei ze.
'Was je daar dan in het donker?' vroeg Forason verbaasd.
'Doet er niet toe,' zei Jeviva. 'Dat gaat jou niets aan.'
'Ik zou graag willen zien wat erin zit,' zei Lorigan, met een veelbetekenende blik naar Jeviva. Ayla gaf hem de zak. Hij haalde de mantel van vacht tevoorschijn en schudde hem uit. De mantel was gemaakt van vierkantjes en driehoeken van uiteenlopende kleuren en verschillende soorten dierenvachten, die aan elkaar waren genaaid in het kenmerkende patroon van een zelandonia-acoliet.
'Die is inderdaad van Madroman. Ik heb gezien dat hij hem droeg toen hij langskwam om Jeralda te vertellen wat ze moest doen als ze de baby niet wilde verliezen,' zei Jeviva, met minachting in haar stem. 'Ze heeft de baby bijna zes manen bij zich gedragen. Hij zei dat ze de Moeder tevreden moest stemmen en dat ze allerlei rituelen moest uitvoeren, maar toen Zelandoni haar aantrof terwijl ze buiten in kringetjes rondliep, stuurde ze haar onmiddellijk naar binnen en naar bed. Zelandoni zei dat ze moest rusten omdat ze anders de baby te vroeg zou losschudden. De doniër zei dat haar enige probleem was dat ze een gladde baarmoeder heeft waardoor de baby er te makkelijk uit valt. Ze heeft de baby verloren. Het was een jongetje.' De vrouw keek naar Lorigan. 'Wat zit er nog meer in?'
Hij haalde de lege waterzak eruit en hield hem omhoog zodat iedereen hem kon zien. Toen keek hij in de zak, draaide hem om en liet de rest van de inhoud op de mantel vallen: gedeeltelijk gekauwde reepjes gedroogd vlees en een stuk reiskoek, een klein mes van vuursteen en een vonksteen. Tussen de kruimels lagen ook enkele houtsplinters en stukjes houtskool.
'Liep Madroman voor ze naar de Zomerbijeenkomst afreisden niet te pochen dat hij was "geroepen" en dat hij dit jaar eindelijk een Zelandoni zou worden?' zei Lorigan. Hij tilde de waterzak op. 'Volgens mij had hij geen dorst toen hij die grot uit kwam.'

'Zei je dat je van plan was om later naar de Zomerbijeenkomst te gaan, Ayla?' vroeg Jeviva.

'Ik was van plan over een paar dagen te vertrekken. Misschien wacht ik nu iets langer,' zei Ayla. 'Maar, ja, ik ben wel van plan om te gaan.'

'Dan moet je dit eigenlijk meenemen,' zei Jeviva, terwijl ze voorzichtig de etensresten, de houtsplinters, de spullen om vuur te maken en de waterzak in de mantel wikkelde en de mantel in de draagtas stopte, 'en Zelandoni vertellen waar je hem hebt gevonden.'

'Kun je lopen?' vroeg de oudere jager.

Ayla probeerde te gaan staan en werd duizelig. Alles werd zwart voor haar ogen en ze viel weer terug. Wolf jankte en likte haar gezicht.

'Blijf zitten,' zei de oudere jager. 'Kom, Lorigan. We moeten een draagbaar maken.'

'Als ik even blijf zitten om uit te rusten kan ik zo meteen wel lopen,' zei Ayla.

'Nee, het lijkt me beter van niet,' zei Jeviva, en toen zei ze tegen de jagers: 'Ik blijf bij haar tot jullie terugkomen met de draagbaar.'

Ayla leunde dankbaar achterover tegen een steen. Ze had misschien wel naar de Negende Grot terug kunnen lopen, maar ze was blij dat het niet hoefde. 'Je hebt misschien wel gelijk, Jeviva. Ik ben af en toe erg duizelig.'

'Geen wonder,' zei Jeviva zacht. Ze had een verse bloedvlek op de steen gezien toen Ayla probeerde te gaan staan. Volgens mij heeft ze in de grot een baby verloren, dacht de vrouw. Wat een afschuwelijk offer om Zelandoni te worden, maar ze is geen bedrieger, zoals die Madroman.

'Ayla? Ayla? Ben je wakker?'

Ayla deed haar ogen open en zag een wazig beeld van Marthona, die bezorgd op haar neer keek.

'Hoe voel je je?'

Ayla dacht even na. 'Ik heb pijn. Alles doet pijn,' fluisterde ze schor.

'Ik hoop dat ik je niet wakker heb gemaakt. Ik hoorde je praten, misschien was je aan het dromen. Zelandoni heeft me gewaarschuwd dat dit zou kunnen gebeuren. Ze had niet gedacht dat het zo snel zou zijn, maar ze zei dat het mogelijk was. Ze zei dat ik je niet mocht tegenhouden en dat ik Wolf niet achter je aan mocht laten gaan, maar ze gaf me thee die ik voor je moest bereiden als je terugkwam.' Ze zette een drinknap met een hete vloeistof neer en hielp Ayla om te gaan zitten. De thee was heet maar niet te heet en het was een heerlijk gevoel toen de vloeistof door haar keel gleed. Ze had nog steeds dorst, maar ze ging weer liggen; ze was te moe om overeind te zitten. Haar hoofd werd

helderder. Ze was in haar onderkomen, in haar eigen bed. Ze keek om zich heen en zag Wolf naast Marthona staan. Hij jankte bezorgd en kwam dichterbij. Ze stak haar hand naar hem uit en hij likte die.
'Hoe ben ik hier gekomen?' vroeg ze. 'Ik herinner me niet veel nadat ik de grot uit was.'
'De jagers hebben je op een draagbaar hierheen gebracht. Ze zeiden dat je probeerde te lopen en dat je toen in zwijm viel. Je bent vanaf de top van de rotswand helemaal naar de Diepe Grot van Fonteinrots gerend. Je was niet jezelf en bent zonder vuur of iets anders naar binnen gegaan. Toen Forason kwam en me vertelde dat je naar buiten was gekomen, kon ik niet naar je toe. Ik heb me nog nooit zo machteloos gevoeld,' zei Marthona.
'Ik ben al blij dat je er bent, Marthona,' zei Ayla, en toen deed ze haar ogen weer dicht.

De volgende keer dat ze haar ogen opendeed, was alleen Wolf er; hij waakte naast haar bed. Ze glimlachte naar hem, aaide hem over zijn kop en krabbelde hem onder zijn kin. Hij zette zijn voorpoten op het bed en probeerde dichterbij te komen zodat hij haar gezicht kon likken. Ze glimlachte weer, duwde hem weg en probeerde te gaan zitten. Ze kreunde onbewust van de pijn, en Marthona kwam meteen toegesneld.
'Ayla! Wat is er?' zei ze.
'Ik wist niet dat zoveel lichaamsdelen tegelijkertijd pijn konden doen,' zei Ayla. Marthona's gezicht was vertrokken van bezorgdheid, zo sterk dat het bijna een karikatuur was, en de jonge vrouw schoot in de lach. 'Maar ik overleef het wel, geloof ik.'
'Je zit onder de schrammen en blauwe plekken, maar ik geloof niet dat je iets gebroken hebt,' zei Marthona.
'Hoe lang lig ik hier al?'
'Ruim een dag. Je bent gisteren aangekomen, laat in de middag. De zon is nog maar net ondergegaan.'
'Hoe lang was ik weg?' vroeg Ayla.
'Ik weet niet wanneer je de grot in bent gegaan, maar tussen het moment dat je hier wegging tot het moment dat je terugkwam lagen meer dan drie dagen, bijna vier.'
Ayla knikte. 'Ik heb totaal geen idee van de tijd die is verstreken. Ik herinner me delen, sommige erg duidelijk. Het voelt als een droom, maar dan anders.'
'Heb je honger? Dorst?' vroeg Marthona.
'Ik heb dorst,' zei Ayla. Ze werd opeens overweldigd door een uitge-

droogd gevoel, alsof die woorden haar daarvan bewust hadden gemaakt. 'Vreselijke dorst.'

Marthona ging weg en kwam terug met een waterzak en een drinknap. 'Wil je overeind zitten of moet ik je hoofd steunen?'

'Ik probeer wel om te gaan zitten.'

Ze liet zich op haar zij rollen en probeerde haar gekreun te smoren. Toen duwde ze zich op haar elleboog omhoog, waarbij een korst openbrak die zich begon te vormen op een diepe schram, en ging op de rand van het verhoogde bed zitten. Ze voelde zich licht in het hoofd, maar dat duurde maar even. Ze schrok nog het meest van de pijn die ze vanbinnen voelde. Marthona schonk water in de drinknap en Ayla pakte die met beide handen vast. Ze dronk de nap in een teug leeg en hield hem op om hem weer te laten vullen. Ze meende zich te herinneren dat ze gulzig uit een waterzak had gedronken toen ze net weer buiten was. Ze dronk de tweede nap iets langzamer leeg.

'Heb je al honger? Je hebt nog niets gegeten,' zei Marthona.

'Mijn buik doet pijn,' zei Ayla.

'Dat kan ik me voorstellen,' zei Marthona, terwijl ze haar hoofd afwendde.

Ayla fronste haar voorhoofd. 'Waarom heb ik buikpijn?'

'Je bloedt, Ayla. Je hebt waarschijnlijk kramp en erger.'

'Bloed ik? Hoe kan dat? Ik heb drie maanperioden overgeslagen, ik ben zwanger... O nee!' riep Ayla uit. 'Ik heb de baby verloren, nietwaar?'

'Ik vrees van wel, Ayla. Ik ben geen deskundige op dat gebied, maar iedere vrouw weet dat je niet zwanger kunt zijn en tegelijkertijd kunt bloeden, althans niet zoveel als jij. Je bloedde toen je de grot uit kwam, en heel veel sindsdien. Het kan wel een tijdje duren voor je weer op krachten bent. Het spijt me, Ayla. Ik weet dat je naar deze baby verlangde,' zei Marthona.

'De Moeder verlangde nog meer naar haar,' zei Ayla mat, overmand door verdriet. Ze ging weer liggen en staarde naar de onderkant van de kalkstenen rotsplaat. Ze besefte niet eens wanneer ze weer in slaap viel. De volgende keer dat ze wakker werd had ze een sterke drang om te wateren. Het was nacht, donker, maar er brandden enkele lampen. Ze keek om zich heen en zag dat Marthona op kussens naast het verhoogde bed lag te slapen. Wolf lag naast de oude vrouw met zijn kop omhoog, hij keek naar haar. Nu moet hij over ons allebei waken, dacht ze. Ze liet zich op haar zij rollen, duwde zich omhoog en bleef even op de rand van het bed zitten voor ze een poging deed om op te staan. Ze was stijf en alles deed pijn, maar ze voelde zich iets sterker. Ze ging voorzichtig staan. Ook Wolf kwam overeind. Ze gaf hem een teken dat hij weer moest gaan liggen en deed een stap in de richting van de nachtmand bij de ingang.

Ze had er niet aan gedacht om een schoon absorberend windsel mee te nemen en ze had hevig gebloed. Ze liep weer in de richting van haar slaapplaats, toen Marthona er al mee aan kwam lopen.

'Ik wilde je niet wakker maken,' zei Ayla.

'Dat heb jij niet gedaan, maar Wolf, al had jij dat natuurlijk moeten doen. Wil je wat water? Ik heb ook stoofpot, als je iets wilt eten,' zei Marthona.

'Water zou lekker zijn, en misschien een beetje stoofpot,' zei Ayla, die weer naar de nachtmand liep om zich te verschonen. De lichaamsbeweging had de pijn iets verminderd.

'Waar wil je eten? In bed?' vroeg de vrouw, die naar de kookruimte strompelde. Ook zij was stijf en had pijn. Haar slaapplaats en houding deden haar artritis geen goed.

'Nee, ik ga liever aan tafel zitten.' Ayla liep de kookruimte binnen en schonk een beetje water in een kleine waskom. Ze spoelde haar handen af en haalde een klein lapje van absorberend leer over haar gezicht. Ze was ervan overtuigd dat Marthona haar zo goed mogelijk had schoongemaakt, maar ze hunkerde naar een heerlijke verfrissende duik in het water en een boenbeurt met zeepkruid. Misschien in de ochtend, dacht ze.

De stoofpot was koud, maar smakelijk. Na de eerste paar happen dacht ze dat ze wel een paar kommen op zou kunnen, maar ze was sneller vol dan ze had verwacht. Marthona maakte voor hen beiden hete thee en kwam bij Ayla aan tafel zitten. Toen de twee vrouwen daar zaten, glipte Wolf naar buiten, maar hij was al snel weer terug.

'Zei je dat Zelandoni verwachtte dat ik iets zou doen?' vroeg Ayla.

'Ze verwachtte het niet echt. Ze dacht alleen dat het mogelijk was.'

'Wat verwachtte ze dan? Ik begrijp eigenlijk niet wat er is gebeurd,' zei Ayla.

'Dat zou Zelandoni beter kunnen uitleggen. Was ze maar hier, maar volgens mij ben je nu een Zelandoni. Ik geloof dat je werd "geroepen" zoals dat wordt genoemd. Kun je je iets herinneren?' vroeg Marthona.

'Ik herinner me dingen en dan opeens herinner ik me iets anders, maar ik kan er geen wijs uit worden,' zei Ayla fronsend.

'Ik zou me daar maar geen zorgen over maken. Wacht maar tot je met Zelandoni hebt kunnen praten. Zij zal het je vast wel kunnen uitleggen en je kunnen helpen. Nu moet je eerst weer op krachten komen,' zei Marthona.

'Je zult wel gelijk hebben,' zei Ayla, blij met een excuus om het even van zich af te zetten. Ze wilde er niet eens over nadenken, al kon ze niet vergeten dat ze de baby had verloren. Waarom had de Moeder haar de baby afgenomen?

De daaropvolgende dagen deed Ayla weinig anders dan slapen, maar op een dag werd ze wakker met het gevoel dat ze was uitgehongerd en de dagen daarna deed ze niets anders dan eten. Toen ze eindelijk uit haar onderkomen tevoorschijn kwam en zich bij de kleine groep aansloot, keken ze haar aan met nieuw respect, ontzag zelfs, en een zweem van bezorgdheid. Ze wisten dat ze een beproeving had ondergaan, en ze waren ervan overtuigd dat ze daardoor was veranderd. Ze waren trots omdat ze erbij waren toen het gebeurde en hadden het gevoel dat ze er daardoor op de een of andere manier deel van uitmaakten.
'Hoe voel je je?' vroeg Jeviva.
'Veel beter,' zei Ayla, 'maar ik heb honger!'
'Kom bij ons zitten. Er is genoeg te eten en het is nog warm,' zei Jeviva.
'Graag.' Ze ging naast Jeralda zitten terwijl Jeviva een bord voor haar klaarmaakte. 'En hoe voel jij je?'
'Ik verveel me dood!' zei Jeralda. 'Ik ben het zat om altijd te moeten zitten of liggen. Ik wilde maar dat het tijd was voor de komst van de baby.'
'Volgens mij is de tijd daar. Het zou geen kwaad kunnen om af en toe een stukje te gaan lopen om het proces op gang te brengen. Het is nu een kwestie van wachten tot de baby zich er klaar voor voelt. Dat idee had ik al toen ik je de laatste keer onderzocht,' zei Ayla, 'maar het leek me beter om niet meteen iets te zeggen, en toen gebeurden er andere dingen en werd ik afgeleid. Neem me niet kwalijk.'

Die avond zei Marthona aarzelend: 'Ik hoop niet dat ik er verkeerd aan heb gedaan, Ayla.'
'Wat bedoel je?'
'Zelandoni zei dat ik je niet mocht tegenhouden als je wegging. Toen je die ochtend niet terugkwam, was ik vreselijk ongerust, maar Wolf nog veel meer. Je had hem gezegd dat hij bij mij moest blijven, maar hij jankte voortdurend en wilde naar buiten. Aan de manier waarop hij me aankeek zag ik dat hij naar je op zoek wilde gaan. Ik wilde niet dat hij je ergens bij zou storen, dus heb ik een touw om zijn hals geknoopt, zoals jij soms doet als je wilt dat hij in de buurt blijft. Maar na een paar dagen was hij er zo ellendig aan toe en was ik zo ongerust dat ik hem heb losgemaakt. Hij rende er meteen vandoor. Heb ik er verkeerd aan gedaan om hem te laten gaan?' vroeg de vrouw.

'Nee, dat denk ik niet, Marthona,' zei Ayla. 'Ik weet niet of ik in een geestenwereld was, maar als dat zo was en hij me daar vond, was ik waarschijnlijk al op de terugweg. Wolf heeft me geholpen de uitgang te vinden; hij gaf me tenminste het gevoel dat ik de goede kant op ging. Het was daar pikdonker, maar de gangen zijn smal en ik bleef dicht bij de muur. Waarschijnlijk zou ik zelf de uitgang ook wel hebben gevonden, maar dat zou langer hebben geduurd.'
'Ik weet eigenlijk niet of ik er goed aan heb gedaan om hem vast te binden. Ik weet niet of die beslissing aan mij was. Ik besef dat ik oud word, Ayla, nu ik niet eens meer een beslissing kan nemen.' De voormalige leider schudde haar hoofd, vervuld van afschuw van zichzelf. 'Zaken van de geestenwereld waren nooit mijn sterkste punt. Je was zo zwak toen je terugkwam. Misschien vond de Moeder dat je hulp nodig had. Misschien wilde de Moeder dat ik dat dier liet gaan zodat hij je kon zoeken en helpen.'
'Ik vind niet dat je iets verkeerd hebt gedaan. De dingen lopen doorgaans zoals Zij dat wil,' zei Ayla. 'Wat ík nu wil is naar de Rivier gaan om een heerlijke duik te nemen en me lekker schoon te boenen. Weet jij toevallig of Zelandoni wat van dat Losadunische reinigende schuim heeft achtergelaten? Dat schuim dat ze maakten van vet en as? Ze gebruikt het graag voor rituele wassingen, vooral voor het reinigen van de handen van grafdelvers.'
'Ik weet niet of Zelandoni iets heeft achtergelaten, maar ik heb het ook,' zei Marthona. 'Ik gebruik het soms bij het weven. Ik heb het zelfs voor mijn borden gebruikt die ik voor vlees gebruik en om schoon vet op te vangen. Kun je er ook mee baden?'
'De Losaduniërs deden dat soms. Het kan sterk zijn en je huid rood maken. Doorgaans gebruik ik liever zeepkruid of een andere plant, maar nu wil ik alleen maar schoon worden,' zei Ayla.

'Was er maar een bron van Doni's helende hete water in de buurt,' zei Ayla tegen zichzelf terwijl ze samen met Wolf naar de Rivier liep. 'Dat zou ideaal zijn, maar ik zal het met de Rivier moeten doen.' De wolf keek naar haar op bij het horen van haar stem. Sinds ze terug was bleef hij voortdurend bij haar in de buurt en hij verloor haar geen moment uit het oog.
De hete zon voelde weldadig aan toen ze het pad af liep naar de plek waar ze altijd zwom. Ze zeepte zich helemaal in, waste haar haren, dook onder water om zich goed af te spoelen en ging een eindje zwemmen. Toen ze uit het water kwam ging ze op een platte steen zitten om zich door de zon te laten drogen terwijl ze haar haren kamde. Wat

heerlijk die zon, dacht ze, terwijl ze de droogdoek van gemzenhuid uitspreidde en erop ging liggen. Wanneer was de eerste keer dat ik op deze rots heb gelegen? Op de eerste dag dat ik hier was toen Jondalar en ik gingen zwemmen.

Ze dacht aan Jondalar en zag hem voor zich, hoe hij naakt naast haar lag. Zijn blonde haar en donkerdere baard... Nee, het is zomer. Hij zou gladgeschoren zijn. Zijn brede, hoge voorhoofd begon rimpels te vertonen door zijn gewoonte om te fronsen als hij zich concentreerde of zorgen maakte. Zijn helderblauwe ogen keken haar vol liefde en verlangen aan – Jonayla heeft zijn ogen. Zijn rechte neus en krachtige kaak, met een volle sensuele mond.

Haar gedachten talmden bij zijn mond, ze voelde die bijna. Zijn brede schouders, gespierde armen, grote gevoelige handen. Handen die een stukje vuursteen konden betasten en weten hoe het zou breken, of die haar lichaam konden strelen en precies wisten hoe ze zou reageren. Zijn lange, sterke benen, het litteken in zijn lies van zijn confrontatie met haar leeuw, Kleintje, en vlak daarbij zijn mannelijkheid.

Het denken aan hem wekte haar verlangen. Ze wilde hem zien, in zijn nabijheid zijn. Ze had hem niet eens verteld dat ze een baby verwachtte en nu was er geen baby meer waarover ze hem kon vertellen. Ze werd overmand door verdriet. Ik wilde de baby, dacht ze, maar de Moeder wilde die meer, en toen fronste ze haar voorhoofd. Ze wist dat ik nog een baby wilde, maar ik geloof niet dat de Moeder een baby zou willen hebben die ik eigenlijk niet wilde.

Voor het eerst sinds haar beproeving dacht ze aan *Het Lied van de Moeder*, en met een rilling van herkenning herinnerde ze het couplet, het nieuwe couplet over Haar laatste gave, de wetenschap dat mannen nodig waren om een nieuw leven te beginnen.

Haar laatste gave, de wetenschap dat ook de man iets moet geven,
Dat zijn sap nodig is voor het begin van een nieuw leven.
Het eert de Moeder wanneer het paar het Genotsspel speelt,
Want de vrouw raakt zwanger wanneer Genot wordt gedeeld.
De Aardkinderen hadden het geluk gevonden. De Moeder kon eindelijk rusten in Haar sponde.

Ik wist het al heel lang en nu heeft Ze me verteld dat het waar is. Waarom heeft Ze me dit gegeven? Opdat ik het aan anderen kon vertellen? Daarom wilde Ze mijn baby! Ze heeft het me eerst verteld, Haar laatste grote gave, maar ik moest die waardig zijn. De prijs was hoog, maar misschien moest die wel hoog zijn. Misschien moest de Moeder me iets waardevols afnemen zodat ik zou weten dat ik de Gave naar waarde moest schatten. Gaven worden niet geschonken zonder dat daar iets waardevols voor terug wordt gegeven.

Ben ik geroepen? Ben ik nu een Zelandoni? Omdat ik mijn baby heb opgeofferd heeft de Grote Moeder tot me gesproken en me de rest van *Het Lied van de Moeder* gegeven zodat ik het kon delen en dit wonderbaarlijke geschenk aan Haar kinderen kon geven. Nu zal Jondalar zeker weten dat Jonayla net zozeer van hem is als van mij. En we zullen weten hoe we een nieuwe baby moeten beginnen als we die willen. Nu zullen alle mannen weten dat het meer is dan zijn geest, dat hij het is, zijn sap, en dat zijn kinderen een deel van hem zijn.

Maar stel dat een vrouw geen kinderen meer wil? Of dat het beter is om geen kinderen meer te krijgen omdat ze te zwak is of uitgeput door het feit dat ze er te veel heeft? Dan zal ze weten hoe ze dat kan voorkomen! Een vrouw zal nu weten hoe ze kan voorkomen dat ze een kind krijgt als ze daar niet klaar voor is of als ze dat niet wil. Ze hoeft het niet aan de Moeder te vragen, ze hoeft geen speciaal medicijn in te nemen, ze kan gewoon ophouden Genot te delen en dan zal ze geen kinderen meer krijgen. Voor het eerst kan een vrouw meester zijn van haar eigen lichaam, haar eigen leven. Dit is krachtige kennis... maar er is een keerzijde. Hoe zit het met de man?

Stel dat hij niet wil ophouden Genot te delen? Of stel dat hij een kind wil waarvan hij weet dat het zijn kind is? Of stel dat hij geen kind wil? Ik wil nog een baby en ik weet dat Jondalar dat ook wil. Hij gaat zo goed met Jonayla om en met de jongelui die hij het vak van vuursteenklopper leert, zijn leerlingen. Ik vind het jammer dat ik deze baby heb verloren.

Ze kreeg tranen in haar ogen toen ze dacht aan de baby die ze nu kwijt was. Maar ik kan weer zwanger raken. Was Jondalar maar hier. Dan konden we meteen opnieuw beginnen, maar hij is naar de Zomerbijeenkomst. Ik kan hem niet eens vertellen dat ik de baby heb verloren, omdat ik hier ben en hij bij de Zomerbijeenkomst is. Hij zou verdrietig zijn, dat weet ik. Hij zou meteen aan een nieuwe willen beginnen.

Waarom ga ik niet naar hem toe? Ik hoef niet meer de hemel te observeren. Ik hoef niet meer de hele nacht op te blijven, mijn opleiding is voltooid. Ik ben 'geroepen'. Ik ben een Zelandoni! En ik moet het de andere zelandonia vertellen. De Moeder heeft me niet alleen geroepen, maar Ze heeft me ook een grote Gave geschonken. Een Gave voor iedereen. Ik moet naar de Zomerbijeenkomst zodat ik alle zelandonia kan vertellen over de wonderbaarlijke nieuwe Gave van de Moeder. Zodat ik het aan Jondalar kan vertellen en misschien aan een nieuwe baby kan beginnen.

31

Ayla sprong overeind, trok haar schone kleren aan, verzamelde haar vuile kleren en de droogdoek, floot Wolf en volgde het pad terug naar de Negende Grot. Op weg naar boven naar het stenen voorportaal van de schuilplaats, dacht ze weer aan haar eerste zwempartij met Jondalar en toen aan Marona en haar vriendinnen, die haar nieuwe kleren hadden aangeboden.

Hoewel Ayla een zekere mate van verdraagzaamheid had ontwikkeld jegens de andere vrouwen die bij die laffe streek betrokken waren geweest, had ze haar afschuw van Marona nooit van zich af kunnen zetten en ze ontweek de vrouw. Dat gevoel was wederzijds. Marona had nooit enige moeite gedaan om zich te verzoenen met de vrouw die Jondalar van zijn Tocht mee naar huis had genomen. Tijdens de tweede Verbinteniksceremonie in hetzelfde jaar dat Ayla en Jondalar elkaar tot levensgezel hadden gekozen, was Marona een tweede verbintenis aangegaan, en meer recentelijk een derde. Die verbintenis had kennelijk evenmin stand gehouden en ongeveer een jaar geleden was ze teruggverhuisd naar de Negende Grot en bij haar nicht ingetrokken. Ze had drie verbintenissen achter de rug, maar ze had geen kinderen.

Ayla kon de vrouw niet uitstaan en ze begreep niet waarom ze aan haar dacht. Ze zette Marona uit haar hoofd en concentreerde zich op Jondalar. Ik ben blij dat ik eindelijk naar de Zomerbijeenkomst kan gaan, dacht ze. Op Whinney ben ik er in een dag, als ik onderweg niet stop.

De Zomerbijeenkomst werd dat jaar gehouden op ongeveer dertig kilometer noordwaarts aan de Rivier, op haar favoriete plek. Het was de locatie van de eerste Zomerbijeenkomst van de Zelandoniërs die ze ooit had bezocht, de bijeenkomst tijdens welke Jondalar en zij een verbintenis waren aangegaan. Dergelijke bijeenkomsten pleegden roofbouw op de natuurlijke rijkdommen van de onmiddellijke omgeving, maar als de streek lang genoeg met rust werd gelaten, herstelde Moeder Aarde de schade die de grote concentratie van mensen had aangericht en kon die weer voor de bijeenkomst worden gebruikt.

De jonge vrouw vloog haar onderkomen in, vol energie, en begon de

kleren en spullen die ze wilde meenemen bij elkaar te zoeken. Ze neuriede zacht toen Marthona binnenkwam.
'Wat ben jij plotseling opgewonden,' zei de oude vrouw.
'Ik ga naar de Zomerbijeenkomst. Ik hoef de hemel niet meer te observeren. Mijn opleiding is voltooid. Er is geen reden meer om niet te gaan,' zei Ayla.
'Weet je zeker dat je sterk genoeg bent?' In Marthona's stem klonk spijt door.
'Je hebt goed voor me gezorgd. Ik voel me prima en ik wil echt dolgraag Jondalar en Jonayla zien.'
'Ik mis ze ook, maar het is een lange reis in je eentje. Waarom wacht je niet tot de volgende jager komt om Forason af te lossen. Dan kun je samen met Forason reizen,' opperde Marthona.
'Ik ga op Whinney. Dat duurt niet lang. Ik leg de afstand waarschijnlijk in een dag af. Hoogstens twee,' zei Ayla.
'Ja, je hebt waarschijnlijk gelijk. Ik had er niet aan gedacht dat je je paard zou meenemen, en Wolf natuurlijk ook,' zei Marthona.
Ayla hoorde Marthona's teleurstelling en het drong opeens tot haar door hoe graag de vrouw mee zou gaan, en ze maakte zich nog steeds zorgen over haar gezondheid. 'Hoe voel je je? Ik wil niet weggaan als jij je niet goed voelt.'
'Nee, ik wil niet dat je voor mij blijft,' zei Marthona. 'Ik voel me veel beter. Als ik me in het begin van het seizoen zo goed had gevoeld zou ik misschien hebben overwogen mee te gaan.'
'Waarom ga je niet met mij mee? Je zou op Whinneys rug kunnen zitten. De reis zou misschien iets langer duren, maar niet meer dan een dag,' zei Ayla.
'Nee. Ik heb niets tegen het paard, maar ik wil niet op haar rug zitten. Eerlijk gezegd jaagt me dat een beetje angst aan. Maar je hebt gelijk: jij moet gaan. Je moet Zelandoni vertellen dat je "geroepen" bent. Ze zal niet weten wat ze hoort.'
'De zomer is toch bijna voorbij. Binnenkort komt iedereen weer terug,' zei Ayla, in een poging de scheiding te verzachten.
'Daar heb ik een dubbel gevoel over,' zei Marthona. 'Ik zie uit naar het eind van de Zomerbijeenkomst en de terugkeer van de Negende Grot, maar ik verheug me niet op de terugkeer van de winter. Dat zal altijd wel zo zijn als een persoon oud wordt.'
Ayla's volgende stap ter voorbereiding op haar vertrek was op zoek gaan naar Lorigan en Forason. Ze wist precies waar ze Jonclotan moest zoeken: bij Jeralda. Bijna iedereen zat rond de gemeenschappelijke vuurplaats na een gezamenlijke maaltijd.

'Ayla, kom erbij,' riep Jeralda. 'Eet wat. Er is nog genoeg en het is nog warm.'

'Graag, dank je. Ik heb de afgelopen paar dagen de hele dag trek,' zei Ayla.

'Dat kan ik me indenken,' zei Jeviva. 'Hoe voel je je?'

'Heerlijk uitgerust,' zei Ayla, en toen glimlachte ze. 'Ik heb besloten om binnenkort naar de Zomerbijeenkomst te gaan. Ik heb mijn observatie van de hemel voltooid en er is geen reden om nog langer hier te blijven, maar ik had bedacht om nog één keer op jacht te gaan voor mijn vertrek. Zowel voor vlees voor de achterblijvers als om iets te hebben wat ik kan meenemen naar de bijeenkomst. De meeste dieren rondom het kamp zijn waarschijnlijk al gedood, en de dieren die de dans zijn ontsprongen blijven waarschijnlijk ver uit de buurt.'

'Je gaat toch niet weg voor mijn baby komt?' zei Jeralda.

'Dan moet het tijdens de komende dagen geboren worden,' zei Ayla. 'Al zou ik er graag bij zijn om dat gezonde kindje geboren te zien worden. Heb je gewandeld?'

'Ja. Maar ik vond het zo'n heerlijk idee dat jij er zou zijn om me te helpen.'

'Je moeder is er, en nog een paar vrouwen die evaring hebben met baby's, en natuurlijk Jonclotan. Ik verwacht niet dat je problemen zult krijgen, Jeralda,' zei Ayla, en toen keek ze naar de drie jagers. 'Willen jullie morgenochtend samen met mij op jacht gaan?'

'Ik was eigenlijk van plan om over enkele dagen te gaan, maar ik vind het best,' zei Lorigan. 'Morgen is prima, vooral als je zo snel wilt vertrekken. Ik moet toegeven dat ik gewend ben geraakt aan onze kleine jachtgroep, inclusief de wolf. Ik vind dat we heel goed samenwerken.'

'Welke kant wil je op?' vroeg Jonclotan.

'We zijn al een tijdje niet naar het noorden geweest,' zei Forason.

'Dat heb ik bewust niet gedaan omdat ik niet weet hoe ver de jagers van de Zomerbijeenkomst uitwaaieren. Er zullen nog nauwelijks dieren rondom het kamp te vinden zijn. Daarom wil ik wat meenemen. Ik heb Zelandoni's sleepraam en daar past een behoorlijk groot dier op,' zei Ayla.

'Is dat niet gevaarlijk?' zei Jeviva. 'Zal dat geen jagende dieren aantrekken? Misschien kun je beter niet in je eentje reizen.'

Marthona was er ook bij komen zitten, maar ze zei niets. Ze dacht niet dat Ayla zich daar zorgen over zou maken als ze vastbesloten was om te vertrekken.

'Wolf zal me waarschuwen, en ik ben ervan overtuigd dat we samen een vierpotige jager kunnen verjagen,' zei Ayla.

'Zelfs een holenleeuw?' vroeg Jeralda. 'Misschien kun je beter wachten tot de jagers met je mee kunnen.'

Ayla wist dat ze een reden zocht om haar hier te houden zodat ze er zou zijn als haar baby zich aandiende. 'Weet je nog die keer dat we een troep holenleeuwen hebben verjaagd die te dicht bij de Derde Grot wilde neerstrijken? Het was te gevaarlijk om dat te laten gebeuren. Ieder kind of oudje zou als een prooi worden beschouwd en we moesten ze verjagen. Toen we de leeuw en een paar leeuwinnen hadden gedood, is de rest weggegaan.'

'Ja, maar toen waren jullie met een grote groep jagers. Jij bent maar alleen,' zei Jeralda.

'Nee, Wolf zal bij me zijn, en Whinney. Leeuwen gaan doorgaans achter iets aan waarvan ze weten dat het zwak is. Ik denk dat onze geur ze zal verwarren, en ik hou mijn speerwerper bij de hand. Bovendien zal ik als ik vroeg in de ochtend vertrek waarschijnlijk nog voor het vallen van de avond het kamp hebben bereikt,' zei Ayla, en toen zei ze tegen de jagers: 'Laten we morgen maar naar het zuidwesten gaan.'

Marthona luisterde aandachtig naar het gesprek. Ze zal een goede leider zijn, dacht de voormalige leider van de Negende Grot. Ze neemt de leiding zonder erbij na te denken, heel natuurlijk. Ik denk dat ze een krachtige Zelandoni zal zijn.

Toen de jagers de volgende dag terugkwamen, sleepten ze twee grote edelherten met een flink gewei achter zich aan. Ayla had overwogen Whinney te halen om de dieren naar de Negende Grot te brengen, maar de andere jagers vonden dat niet nodig. Ze ontweiden de dieren, leegden de magen, maakten de darmen schoon en gooiden een deel van de ingewanden weg, maar ze bewaarden de bruikbare organen. Toen grepen ze de geweien en trokken ze mee. Ze waren gewend hun buit zelf naar huis te slepen.

Twee dagen later was Ayla klaar om te vertrekken. Ze laadde alles op Zelandoni's grote sleepraam, inclusief het hert, gewikkeld in een geweven mat van gras die ze samen met Marthona had gemaakt. Ze wilde de volgende ochtend vertrekken en hoopte het kamp van de Zomerbijeenkomst tegen de avond te bereiken, zonder Whinney uit te putten. Maar het liep anders. Jeralda's weeën begonnen midden in de nacht. Ayla was blij. Ze had de hele zomer haar zwangerschap in de gaten gehouden en wilde eigenlijk niet weggaan nu het tijdstip van de geboorte zo dichtbij was. Ze was er echter niet zeker van geweest wanneer de vrouw zou bevallen, over enkele dagen of over een maan.

Deze keer had Jeralda het geluk aan haar kant. Voor het middaguur beviel ze van een dochtertje. Haar levensgezel en haar moeder waren net zo blij en opgewonden als de jonge moeder. Na een maaltijd, toen de vrouw lag te rusten, begon Ayla onrustig te worden. Alles was klaar om te vertrekken. Bovendien kwam het doorgaans de smaak ten goede als je het vlees een korte tijd liet besterven, maar te lang maakte het naar Ayla's smaak iets te sterk. Ze had niet veel tijd nodig om de laatste spullen in te pakken en ze kon zo vertrekken, al zou ze dan waarschijnlijk onderweg moeten overnachten; maar ze besloot toch te gaan.

Na van iedereen afscheid te hebben genomen met een paar laatste instructies voor Jeviva, Jeralda en Marthona, ging Ayla op weg. Ze genoot van de rit op Whinney terwijl Wolf naast hen mee rende, en de dieren leken er ook van te genieten. Het was warm, maar de rijdeken op Whinneys rug absorbeerde een deel van het zweet van de vrouw en het paard. Ze droeg een korte tuniek en haar lendendoekrokje, net zo'n rokje als ze had gedragen toen ze met Jondalar door de zomerse hitte had gereisd. Ze werd aan hun Tocht herinnerd en daardoor miste ze hem des te meer.

Haar lichaam, dat iets voller was geworden door het gebrek aan lichaamsbeweging gedurende de afgelopen paar jaar, was vermagerd door haar beproeving in de grot. Haar borsten, die zwaarder waren geworden toen ze Jonayla zoogde en opnieuw in het begin van haar tweede zwangerschap, hadden weer hun normale grootte, en haar spiertonus was nog goed. Ze was altijd stevig en goedgevormd geweest en hoewel ze inmiddels zesentwintig jaar kon tellen, vond ze dat ze er nog net zo uitzag als toen ze nog maar zeventien jaar kon tellen.

Ze reed tot zonsondergang en zette toen haar tent op naast de rivier. Toen ze alleen in haar kleine tent lag, dacht ze weer aan Jondalar. Ze kroop in haar slaapvacht en deed haar ogen dicht. Voor haar geestesoog verscheen steeds het beeld van de lange man met de opwindend blauwe ogen. Ze wenste dat hij bij haar was, verlangde naar zijn armen om haar heen, zijn mond op haar mond. Ze draaide zich op haar zij en probeerde in slaap te vallen. Ze bleef maar woelen en draaien maar kon de slaap niet vatten. Wolf, die naast haar lag, begon zachtjes te janken.

'Hou ik jou ook wakker, Wolf?' zei Ayla.

Hij kwam overeind en stak zijn neus onder de sluitingsflap door naar buiten, terwijl hij diep in zijn keel gromde. Hij wurmde zich onder de flap door, die losjes was vastgebonden over de driehoekige opening van de kleine tent. Zijn gegrom werd dreigender.

'Wolf! Waar ga je naartoe? Wolf?'

Ze maakte snel de flap los en liep naar buiten, maar draaide toen om en pakte haar speerwerper en een paar speren. Het was afnemende maan, maar er was genoeg licht om vormen te kunnen onderscheiden. Ze zag het sleepraam en zag toen dat Whinney erbij vandaan liep. Zelfs in het beperkte maanlicht zag ze aan de manier waarop de merrie zich bewoog dat ze zenuwachtig was. Wolf sloop laag over de grond in de richting van het sleepraam. Toen ving ze achter het sleepraam een vluchtige glimp op van een ronde kop met pluimpjes op de oren.

Het was een lynx!

Ze had herinneringen aan de grote kat met de gevlekte witgele vacht, de korte, dikke staart en gepluimde oren. En lange poten die snel konden rennen. Na haar eerste treffen met een lynx had ze besloten zichzelf te leren met haar slinger twee stenen snel achter elkaar weg te slingeren, om te voorkomen dat ze na een worp ongewapend was. Ze controleerde voor alle zekerheid of ze meer dan één speer bij zich had en zette er een op haar speerwerper, klaar om hem te werpen.

Toen zag ze het silhouet van de kat naar het sleepraam sluipen.

'Aaaiiiii!' schreeuwde ze, terwijl ze op de kat af rende. 'Maak dat je wegkomt! Dat is niet van jou! Ga weg! Verdwijn!'

De geschrokken lynx sprong met vier poten de lucht in en ging er als een pijl vandoor. Wolf rende erachteraan, maar toen Ayla enkele ogenblikken later floot, remde hij af en bleef toen staan. Toen ze nog eens floot draaide hij zich om en kwam terug.

Ayla had ook een beetje tondel meegebracht. Daarmee probeerde ze het vuur tot leven te brengen dat ze eerder op de avond had gemaakt om water te verwarmen voor thee bij de reiskoek die ze opat voor ze naar bed ging. Maar het vuur was gedoofd en ze moest haar tondeldoos pakken om een nieuw vuur aan te maken. Zodra het aanmaakhout brandde gebruikte ze een stukje als fakkel om meer brandstof te zoeken. Ze bevond zich op een open vlakte waar de Rivier doorheen stroomde. Er stonden een paar bomen bij de rivier, maar ze zag alleen maar groen hout. Ze vond wel gedroogd gras en enkele gedroogde dierenuitwerpselen, waarschijnlijk van een bizon of een oeros, dacht ze. Het was genoeg om het kleine vuur een tijdje brandend te houden. Ze legde haar slaaprol naast het vuur en kroop erin. Wolf kwam naast haar liggen. Ook Whinney bleef in de buurt van Ayla en het vuur.

Ze doezelde die nacht af en toe weg, maar schrok bij het minste of geringste geluid klaarwakker. Zonder de moeite te nemen het vuur weer aan te maken ging ze kort na het eerste licht weer op weg. Ze stopte alleen af en toe om het paard en de wolf water te laten drinken uit de Rivier. Zelf dronk ze dan ook wat en onderweg at ze nog een reiskoek. Voor het middaguur kwam de rook van kookvuren van het kamp in zicht. Ayla zwaaide naar enkele vrienden terwijl ze langs de Rivier reed in de richting van de plek stroomopwaarts waar de Negende Grot eerder hun kamp had opgezet.

Ze reed rechtstreeks naar het nauwe dal omringd door bomen. Ze glimlachte bij het zien van de eenvoudige paardenkraal van hout. De paarden begroetten haar met gehinnik toen ze hun geur oppikten. Wolf rende vooruit om zijn neus tegen Renners neus en toen tegen die van Grijs te drukken. Renner was al zijn vriend sinds hij een jong was en over Grijs had hij gewaakt sinds ze was geboren. Hij stelde zich bijna even beschermend tegenover haar op als tegenover Jonayla.

Het kamp leek op de paarden na uitgestorven te zijn. Wolf snuffelde rond een bekende tent en toen ze haar slaaprol naar binnen bracht, zag ze Wolf bij Jonayla's slaapvachten staan. Hij keek haar aan en jankte zenuwachtig.

'Wil je haar gaan zoeken, Wolf? Ga maar, Wolf, zoek Jonayla,' zei ze, en ze gaf hem een teken dat hij mocht gaan. Hij rende de tent uit, besnuffelde de grond op zoek naar haar geur en rende er toen vandoor, waarbij hij af en toe nog de grond besnuffelde. Mensen hadden Ayla zien aankomen en nog voor ze het vlees kon uitpakken, kwamen familieleden en vrienden haar al begroeten. Joharran was de eerste, maar Proleva volgde hem op de voet.

'Ayla! Daar ben je dan eindelijk,' zei Joharran, terwijl hij op haar toe rende en haar omhelsde. 'Hoe maakt moeder het? Je hebt geen idee hoezeer ze wordt gemist. Jullie allebei, eigenlijk.'

Proleva was de volgende die haar omhelsde. 'Ja, hoe gaat het met Marthona?' vroeg ze en zij gaf Ayla de tijd om te antwoorden.

'Iets beter, geloof ik. Toen ik vertrok zei ze dat ze misschien zou zijn meegegaan als ze zich zo goed had gevoeld toen iedereen afreisde,' zei Ayla.

'Hoe gaat het met Jeralda?' vroeg Proleva toen.

Ayla glimlachte. 'Ze heeft gisteren een dochtertje gekregen. De baby lijkt kerngezond; ik geloof niet dat ze te vroeg kwam. Het gaat goed met allebei. Jeviva en Jonclotan zijn dolgelukkig.'

'Zo te zien heb je iets meegebracht,' zei Joharran, gebarend naar het sleepraam.

'Lorigan, Forason, Jonclotan en ik zijn op jacht geweest,' zei Ayla. 'In Grasdal troffen we een kudde edelherten aan en we hebben twee hertenbokken buitgemaakt. Een daarvan heb ik daar gelaten; daar kunnen ze een tijdje mee vooruit. De andere heb ik bij me. Ik had het idee dat vers vlees zo ongeveer nu wel welkom zou zijn. Ik weet dat dieren rondom een Zomerbijeenkomst om deze tijd schaars worden. We hebben er voor mijn vertrek van gegeten. Het is goed vlees; de dieren slaan al vet op voor de winter.'

Er kwamen nog meer leden van de Negende Grot aanlopen en ook mensen van andere Grotten. Joharran en enkele anderen begonnen het sleepraam af te laden. Matagan, Jondalars eerste leerling, trok met zijn been bij het rennen, maar hij rende toch en begroette haar enthousiast. 'Mensen vragen steeds wanneer je eindelijk zou komen. Zelandoni zei dat dat elk moment kon zijn. Maar niemand verwachtte je midden op de dag,' zei hij. 'Jondalar zei dat je niet eerder zou aankomen dan tegen de avond of later. Hij had verwacht dat je te paard zou komen en de reis in één dag zou afleggen.'

'Dat was ik inderdaad van plan, maar Jeralda's weeën begonnen midden in de nacht en haar baby werd 's ochtends geboren. Ik was te ongedurig om nog langer te wachten en ben 's middags vertrokken. Ik heb vannacht in de tent geslapen,' legde Ayla uit. Toen keek ze om zich heen en vroeg: 'Waar is Jondalar? En waar is Jonayla?'

Joharran en Proleva wisselden een vluchtige blik. 'Jonayla is bij de andere meisjes van haar leeftijd,' zei Proleva. 'De zelandonia hadden dingen voor hen te doen. Ze gaan deelnemen aan een speciale viering die Zij Die Dienen hebben gepland.'

'Ik weet niet precies waar Jondalar is,' zei Joharran. Zijn voorhoofd rimpelde in een frons, precies zoals Jondalar altijd fronste. Hij keek over Ayla's schouder en glimlachte. 'Maar er is iemand anders die naar je komst heeft uitgekeken.'

Ayla draaide zich om en volgde Joharrans blik. Ze zag een reus van een man met warrig rood haar en een ruige rode baard. Haar ogen werden groot van verbazing.

'Talut? Talut, ben jij het echt?' riep Ayla uit, terwijl ze naar de forse man rende.

'Nee, Ayla. Niet Talut. Ik ben Danug, maar Talut zei dat ik je van hem ook moet omhelzen,' zei de jonge man, en hij tilde haar van de grond in een stevige, hartelijke omhelzing. Ze had niet het gevoel dat ze werd platgedrukt – Danug had lang geleden al geleerd om voorzichtig met zijn verpletterende kracht om te gaan – maar wel ingesloten, overweldigd en bijna gesmoord in de armen van de reus. Hij was een stuk langer dan Jondalar. Zijn schouders waren bijna dubbel zo breed als de schouders van een man van normale grootte, en zijn armen hadden de omvang van de dijen van de meeste mannen. Haar armen waren te kort om zijn enorme borst te omvatten, en hoewel zijn middel naar verhouding slank was, waren zijn gespierde dijen en kuiten immens.

Ayla kende maar één man die Danugs grootte evenaarde: Talut, de levensgezel van Danugs moeder, de hoofdman van het Leeuwenkamp van de Mamutiërs. En de jonge man was zo mogelijk nog groter.
'Ik zei toch dat ik je op een dag zou komen bezoeken,' zei hij, toen hij haar weer neerzette. 'Hoe gaat het met je, Ayla?'
'O, Danug,' zei ze, met tranen in haar ogen. 'Wat heerlijk om je te zien. Hoe lang ben je hier al? Hoe ben je hier gekomen? Wat ben je groot geworden! Volgens mij ben je nog groter dan Talut!' Ze was automatisch Mamutisch gaan spreken, maar hoewel haar woorden werden begrepen, zat er geen logica in de volgorde van haar vragen.
'Volgens mij ook, al zou ik dat nooit tegen Talut durven zeggen.'
Ayla draaide zich om bij het horen van de stem en zag nog een jonge man. Ze dacht hem niet te kennen, maar toen ze beter keek begon ze een gelijkenis te zien met anderen die ze had gekend. Hij leek op Barzec, al was hij groter dan de kleine, stevige levensgezel van Tulie, de forse hoofdvrouw van het Leeuwenkamp. Ze was Taluts zus en bijna even groot. De jonge man vertoonde een gelijkenis met allebei.
'Druwez?' zei Ayla. 'Ben jij Druwez?'
'Het is moeilijk om die grote lummel voor een ander aan te zien,' zei de jonge man, met een glimlach naar Danug. 'Maar ik had niet gedacht dat je mij zou herkennen.'
'Je bent veranderd,' zei Ayla, terwijl ze hem omhelsde, 'maar ik zie je moeder en Barzec in je. Hoe gaat het met hen? En hoe gaat het met Nezzie en Deegie en alle anderen?' zei ze, van de een naar de ander kijkend. 'Ik heb iedereen zó gemist!'
'Zij jou ook,' zei Danug. 'Maar we hebben nog iemand bij ons die jou graag wil leren kennen.'
Een lange jonge man met een verlegen glimlach en krullend bruin haar stond iets achteraf. Hij kwam naar voren toen de twee jonge Mamutiërs hem wenkten. Ayla wist dat ze hem niet eerder had gezien, maar toch zag ze iets bekends in hem, al wist ze niet precies wat.
'Ayla van de Mamutiërs... nu Zelandoniërs, veronderstel ik, dit is Aldanor van de S'Armuniërs,' zei Danug.
'S'Armuniërs!' zei Ayla. Plotseling wist ze wat er zo bekend aan hem was. Zijn kleren, vooral zijn hemd. Het model en de versierselen waren in de unieke stijl van het volk dat Jondalar en zij tijdens hun Tocht onvrijwillig hadden bezocht. Ze werd overspoeld door herinneringen. Zij waren de mensen die Jondalar gevangen hadden genomen, of beter gezegd, Attaroa's S'Armunische Kamp had hem gevangengenomen. Ayla had hem samen met Wolf en de paarden opgespoord. Maar dat was niet de eerste keer dat ze een hemd in die stijl had gezien. Ranec,

de Mamutiër met wie ze bijna een verbintenis was aangegaan, had er een dat hij in ruil voor beeldjes had verworven.

Ayla besefte opeens dat ze elkaar aanstaarden. Ze vermande zich en liep met uitgestrekte handen naar de jonge man. 'In de naam van Doni, de Grote Aardmoeder, ook bekend als Muna, heet ik je welkom, Aldanor van de S'Armuniërs,' zei ze.

'In de naam van Muna, dank ik je, Ayla.' Hij glimlachte verlegen. 'Je mag dan Mamutiër of Zelandoniër zijn, maar wist je dat je bij de S'Armuniërs bekendstaat als "S'Ayla, Moeder van de Wolfster, gezonden om Attaroa de Boze te vernietigen"? Er zijn zoveel verhalen over jou dat ik niet kon geloven dat je echt bestond. Ik dacht dat je een legende was. Toen Danug en Druwez ons kamp aandeden en zeiden dat ze onderweg waren om jou te bezoeken, vroeg ik of ik mee mocht. Ik kan nauwelijks geloven dat je nu echt voor me staat!'

Ayla schudde glimlachend haar hoofd. 'Ik weet niets van verhalen of legenden,' zei ze. 'Mensen geloven dikwijls wat ze willen geloven.' Hij lijkt me een aardige jonge man, dacht ze.

'Ik heb iets voor je, Ayla,' zei Danug. 'Als je even binnenkomt, zal ik het je geven.' Ze volgde Danug een klein en met huid bedekt onderkomen in, klaarblijkelijk hun reistent, en zag hoe hij in een bepakking rommelde. Even later haalde hij een klein, zorgvuldig ingepakt voorwerp tevoorschijn dat met een koordje was dichtgebonden. 'Ranec vroeg me om jou dit te geven.'

Ayla maakte het pakje open. Haar ogen werden groot van verbazing en ze hield haar adem in toen ze het voorwerp in haar hand nam. Het was een uit mammoetivoor gesneden paard, klein genoeg om in haar hand te houden, maar zo prachtig gesneden dat het bijna leek te leven. Het hoofd stond naar voren alsof het dier tegen de wind in zwoegde. De rechtopstaande manen en ruwharige vacht waren ingesneden met een patroon van lijnen die de ruige vacht voorstelden zonder de stevige bouw van het kleine steppepaard te verbergen. Het dier was ingewreven met gele oker, de kleur van hooi, de kleur van een paard dat ze heel goed kende, en op de onderbenen en langs de ruggengraat was zwarte schaduw aangebracht.

'O, Danug. Ze is prachtig. Het is Whinney, hè?' Ayla glimlachte, maar haar ogen glinsterden van de tranen.

'Ja, natuurlijk. Hij is er vlak na je vertrek aan begonnen.'

'Ranec vertellen dat ik met Jondalar meeging, was denk ik het moeilijkste wat ik ooit heb moeten doen. Hoe gaat het met hem, Danug?'

'Hij maakt het goed, Ayla. Hij is later die zomer een verbintenis aangegaan met Tricie. Je weet wel, de vrouw die de baby had die waarschijnlijk van zijn geest kwam. Ze heeft inmiddels drie kinderen. Ze is opvliegend, maar erg goed voor hem. Als ze tekeergaat glimlacht hij alleen maar. Hij zegt dat hij haar pit bewondert. Ze kan zijn glimlach niet weerstaan en houdt oprecht van hem. Ik geloof echter niet dat hij jou ooit zal kunnen vergeten. In het begin heeft dat voor moeilijkheden tussen hen gezorgd.'

Ayla fronste haar voorhoofd. 'Wat voor moeilijkheden?'

'Nou, hij geeft haar in bijna alles haar zin, en in het begin vond ze hem geloof ik een zwakkeling omdat hij zich altijd zo makkelijk gewonnen gaf. Ze begon hem te commanderen om te zien tot hoe ver ze kon gaan. Toen ging ze dingen eisen, ze vroeg hem om de gekste dingen. Hoe buitensporig haar verlangens ook waren, hij slaagde er op de een of andere manier altijd in om haar te geven waarom ze vroeg, en dan gaf hij het haar met een van zijn kenmerkende lachjes. Je weet wel.'

'Ja, ik weet precies wat je bedoelt,' zei Ayla, glimlachend door haar tranen heen. 'Erg ingenomen met zichzelf, alsof hij een wedstrijd had gewonnen, helemaal overtuigd van zijn vindingrijkheid.'

'Toen begon ze allerlei dingen te veranderen,' vervolgde Danug. 'Zijn werkruimte, zijn werktuigen, alle bijzondere dingen die hij verzamelde en rangschikte. Hij liet haar gewoon haar gang gaan. Ik denk dat hij nieuwsgierig was naar wat ze allemaal zou doen. Maar ik was toevallig in hun onderkomen op de dag dat ze besloot dit paard ergens anders neer te zetten. Ik heb hem nog nooit zo woedend gezien. Zonder zijn stem te verheffen zei hij dat ze het moest terugzetten. Ze keek hem verbaasd aan. Ik geloof niet dat ze hem echt geloofde. Hij had haar altijd in alles haar zin gegeven. Hij zei nog eens dat ze het terug moest zetten en toen ze dat niet deed, greep hij haar bij de pols, behoorlijk hardhandig, en pakte het paard uit haar hand. Hij verbood haar dat paard ooit nog aan te raken. Hij zei dat als ze dat wel zou doen, hij de verbintenis zou verbreken en de prijs daarvoor zou betalen. Hij zei dat hij van haar hield, maar dat er één stukje van hem was dat ze nooit zou krijgen. Als ze dat niet kon accepteren, dan kon ze vertrekken.

Tricie rende huilend het onderkomen uit, maar Ranec zette gewoon het paard terug op de plek waar het altijd stond en ging zitten beeldsnijden. Toen ze eindelijk terugkwam, was het avond. Ik kon alles horen, daar kon ik niets aan doen; hun vuurplaats is vlak naast de onze, en, nou ja, ik wilde eigenlijk alles horen. Ze zei dat ze bij hem wilde blijven. Ze zei dat ze van hem hield, dat ze altijd van hem had gehouden, en dat ze bij hem wilde blijven, zelfs als hij nog steeds van jou hield. Ze beloofde het paard nooit meer aan te raken. Die belofte heeft ze gehouden. Ik denk dat ze daardoor respect voor hem kreeg en haar ware gevoelens voor hem ging beseffen. Hij is gelukkig, Ayla. Hij zal je waarschijnlijk nooit vergeten, maar hij is gelukkig.'

'Ik zal hem ook nooit vergeten. Ik denk af en toe nog steeds aan hem. Als Jondalar er niet was geweest, zou ik met hem gelukkig kunnen zijn geworden. Ik hield van hem, maar ik hield meer van Jondalar. Vertel me over Tricies kinderen,' zei ze.

'Dat samenvloeien van geesten heeft een interessante mengeling voortgebracht,' zei Danug. 'De oudste is een jongen, je hebt hem gezien, toch? Tricie had hem meegebracht naar die Zomerbijeenkomst.'

'Ja, ik heb hem gezien. Hij was erg lichtgekleurd. Is hij nog steeds zo lichtgekleurd?'

'Zijn huid is de witste die ik ooit heb gezien, behalve waar die met sproeten is bedekt. Tricie heeft rood haar en een lichte huid, maar die is minder licht dan hij. Zijn ogen zijn lichtblauw, en hij heeft krullend oranjerood haar. Hij kan niet tegen de zon, hij verbrandt snel, en fel zonlicht doet pijn aan zijn ogen, maar op zijn kleuring na lijkt hij sprekend op Ranec. Het is vreemd om ze bij elkaar te zien: Ranecs bruine huid naast Ra's witte, maar hetzelfde gezicht. Hij heeft Ranecs gevoel voor humor, alleen nog meer. Hij kan iedereen aan het lachen maken, en hij is dol op reizen. Het zou me verbazen als hij niet een reizende verhalenverteller wordt. Hij kan niet wachten tot hij oud genoeg is om in zijn eentje op pad te gaan. Hij wilde dolgraag met ons mee. Als hij iets ouder was geweest, had ik hem meegenomen. Hij zou goed gezelschap zijn geweest.

Tricies dochtertje is een schoonheid. Haar huid is donker, maar niet bruin zoals die van Ranec. Haar haar is zo zwart als de nacht, maar haar krullen zijn zachter. Ze heeft zwarte ogen. Ernstige ogen. Ze is een rustig, tenger kind, maar ik zweer dat iedere man die haar ziet onder haar bekoring komt. Ze zal geen moeite hebben een levensgezel te vinden.

De baby is net zo donker als Ranec, en hoewel het nog moeilijk te zeggen is, denk ik dat hij qua gelaatstrekken meer op Tricie zal gaan lijken.'

'Zo te horen is Tricie een aanwinst voor het Leeuwenkamp, Danug. Ik wilde dat ik haar kinderen kon zien. Ook ik heb een dochtertje,' zei Ayla, en toen bedacht ze opeens dat ze er over enkele manen nog een had kunnen hebben, als ze niet voor haar 'roep' naar de diepe grot was gegaan. Ik zou hem graag willen vertellen dat het meer is dan een samenvloeien van geesten waardoor kinderen worden verwekt, dacht ze.

'Dat weet ik. Ik heb Jonayla ontmoet. Ze lijkt sprekend op jou, maar ze heeft Jondalars ogen. Ik wilde dat ik haar mee kon nemen zodat

iedereen haar kon leren kennen. Nezzie zou dol op haar zijn. Ik ben nu al verliefd op haar, zoals ik als jongen verliefd was op jou,' zei Danug met een opgetogen lach.
Ayla keek hem zo verbaasd aan dat hij nog harder moest lachen, en ze hoorde Taluts bulderende lach uit Danug komen. 'Was jij verliefd op mij?'
'Het verwondert me niet dat je dat niet hebt gemerkt. Je had genoeg aan je hoofd met Ranec en Jondalar, maar ik kon je niet uit mijn gedachten zetten. Ik droomde over je. Eerlijk gezegd hou ik nog steeds van je, Ayla. Waarom ga je niet met me mee terug naar het Leeuwenkamp?' Hij had een brede glimlach op zijn gezicht en een schittering in zijn ogen, maar ze zag meer. Een zweem van weemoedig verlangen, een wens waarvan hij wist dat die nooit vervuld zou worden.
Ze wendde haar blik even af en ging toen op een ander onderwerp over. 'Vertel me over de anderen. Hoe gaat het met Nezzie en Talut, Latie en Rugie?'
'Moeder maakt het goed. Ze wordt oud, dat is alles. Talut verliest zijn haar en dat vindt hij vreselijk. Latie heeft een levensgezel en een dochtertje, en ze praat nog steeds over paarden. Rugie is op zoek naar een levensgezel, of beter gezegd, de jonge mannen hebben oog voor haar. Ze heeft haar Eerste Riten achter de rug, Tusie ook, tegelijkertijd. O ja, en Deegie heeft twee zoontjes. Ik moest je de groeten van haar overbrengen. Haar broer, Tarneg, heb je nooit ontmoet, toch? Zijn gezellin heeft drie kinderen. Ze hebben vlakbij een nieuwe aardehut gebouwd; Deegie en Tarneg zijn hoofdvrouw en hoofdman. Tulie is blij dat ze haar kleinkinderen bijna elke dag kan zien. En ze heeft er een levensgezel bij genomen. Barzec zegt dat ze te veel vrouw is voor slechts één man.'
'Ken ik hem?' vroeg Ayla.
Danug glimlachte. 'Toevallig wel. Het is Wymez.'
'Wymez! Bedoel je de man van Ranecs vuurplaats, de vuursteenklopper voor wie Jondalar zoveel bewondering heeft?' vroeg Ayla.
'Ja, die Wymez. Hij heeft ons zeer verrast, zelfs Tulie, geloof ik. En Mamut is naar de volgende wereld. We hebben een nieuwe, maar het is niet makkelijk om te wennen aan een ander bij de Derde Vuurplaats.'
'Het spijt me dat te horen. Ik hield van die oude man. Ik word geschoold om Een Die De Moeder Dient te worden, maar hij is degene die daarmee is begonnen. Mijn scholing is bijna voltooid,' zei Ayla. Ze wilde niet te veel zeggen voor ze met Zelandoni had gesproken.
'Dat heb ik van Jondalar gehoord. Ik heb altijd het idee gehad dat je

de Moeder zou dienen. Mamut zou je niet hebben geadopteerd als hij dat niet had gedacht. Er is een tijd geweest dat het Leeuwenkamp dacht dat je hun Mamut zou worden nadat de oude man deze wereld verliet. Ayla, je mag hier dan een Zelandoniër zijn, maar je bent nog altijd een Mamutiër, je behoort nog steeds tot het Leeuwenkamp.'

'Ik ben blij dat te horen. Welke namen of banden ik ook zal verwerven, in mijn hart blijf ik altijd Ayla van de Mamutiërs,' zei ze.

'Je hebt tijdens je Tocht behoorlijk wat namen verworven en een spoor van verhalen achtergelaten,' zei Danug. 'En niet alleen bij de S'Armuniërs. Ik heb zelfs verhalen over je gehoord van mensen die jou nooit hebben ontmoet. Je was werkelijk van alles, van een kundig genezeres en bezitter van verbazingwekkende spirituele krachten tot de incarnatie van de Grote Aardmoeder zelf, een levende muta – hier heet dat natuurlijk een donii – die is gekomen om Haar volk te helpen. En Jondalar was haar blonde, knappe levensgezel – zoals ze hier zeggen "Haar bleek stralende minnaar". Zelfs Wolf was een incarnatie, van de Wolfster. De verhalen over hem variëren van een wraakzuchtig beest tot een lief dier dat op baby's paste. De paarden ook. Het waren wonderbaarlijke dieren die de Grote Paardengeest aan jouw gezag had onderworpen. Er was één verhaal – van Aldanors volk – waarin werd beweerd dat de paarden konden vliegen en dat ze Jondalar en jou hadden teruggebracht naar jullie thuis in de volgende wereld. Ik begon me al af te vragen of al die verhalen over dezelfde mensen konden gaan, maar nu ik Jondalar heb gesproken, besef ik dat jullie heel wat interessante avonturen hebben beleefd.'

'Mensen smukken verhalen op om ze interessanter te laten lijken,' zei Ayla. 'En wie kan ze tegenspreken als de mensen over wie de verhalen gaan eenmaal weg zijn? We zijn gewoon teruggereisd naar Jondalars thuis. Jij zult ongetwijfeld ook de nodige avonturen hebben beleefd.'

'Maar wij reisden niet met magische paarden en een wolf.'

'Danug, je weet best dat er niets magisch is aan die dieren. Je hebt gezien hoe Jondalar Renner africhtte, en je was erbij toen ik Wolf als een piepklein jong wolfje meebracht naar de hut. Hij is gewoon een wolf die aan mensen gewend is geraakt omdat hij bij mensen is opgegroeid.'

'Over Wolf gesproken, waar is hij eigenlijk? Ik ben benieuwd of hij me nog kent,' zei Danug.

'We waren net aangekomen toen hij ervandoor ging om Jonayla te zoeken,' zei Ayla. 'Ze is kennelijk met haar leeftijdgenootjes bezig met iets voor de zelandonia. Maar ik heb Jondalar nog steeds niet gezien. Heeft hij iets gezegd over op jacht gaan?'

'Tegen mij niet,' zei Danug, 'maar we zijn niet vaak in het kamp geweest. We zijn vreemden, van ver weg, maar omdat we door Jondalar als jouw verwanten zijn voorgesteld, zijn we als verwanten verwelkomd. Iedereen wil onze verhalen horen en ons vragen stellen over ons volk. We zijn alle drie gevraagd om aan Eerste Riten deel te nemen. Zelfs ik, zo groot als ik ben, al ben ik wel ondervraagd over mijn ervaring met zulke jonge vrouwen, en ik geloof dat ik ben getest door een of twee "donii-vrouwen".' De reus van een man grijnsde breed. 'In het begin heeft Jondalar voor ons vertaald, maar we hebben inmiddels wat Zelandonisch geleerd en kunnen ons nu best redden. We zijn door iedereen geweldig ontvangen, maar ze willen ons steeds dingen geven, en je weet hoe moeilijk het is om veel te moeten dragen tijdens een reis. Dat doet me eraan denken dat ik iets heb meegebracht wat jullie hebben achtergelaten. Ik heb het aan Jondalar gegeven. Weet je nog dat stukje ivoor dat Talut je gaf toen je vertrok? Dat plaatje waarop oriëntatiepunten waren aangegeven om je tijdens je Tocht de weg te wijzen?'

'Ja. We moesten het achterlaten om ruimte te maken.'

'Laduni heeft het me gegeven om het aan jullie terug te geven.'

'Daar zal Jondalar blij mee zijn. Dat had hij graag willen bewaren als herinnering aan zijn verblijf bij het Leeuwenkamp.'

'Dat begrijp ik. De S'Armuniërs hebben mij iets gegeven wat ik beslist zal bewaren. Ik zal het je laten zien.' Hij haalde een beeldje van een mammoet tevoorschijn dat van een hard, maar vreemd soort materiaal was gemaakt. 'Ik ken dit soort steen niet. Aldanor zegt dat ze het zelf maken, maar ik weet niet of ik dat kan geloven.'

'Ze maken het inderdaad zelf. Ze beginnen met modderige klei. Ze geven het vorm en leggen het dan in een speciale dichte ruimte in een heet vuur, zoiets als een oven in de grond, tot het in steen verandert. Ik heb het de S'Armuna van Drie-Zusterskamp zien doen. Zij is degene die heeft ontdekt dat op die manier steen kan worden gemaakt.' Ayla zweeg even en haar blik kreeg iets afwezigs, alsof ze naar binnen keek, naar een herinnering. 'Ze was niet slecht van aard, maar Attaroa heeft haar een tijdlang van het rechte pad geleid. De S'Armuniërs zijn een interessant volk.'

'Jondalar heeft me verteld wat jullie daar is overkomen. Maar Aldanor is van een ander Kamp. We hebben bij Drie Zusters overnacht. Ik vond het vreemd dat er zoveel vrouwen waren, maar ze waren bijzonder gastvrij. Nadat ik met Jondalar had gesproken besefte ik dat ik deze Zomerbijeenkomst misschien niet eens had gehaald als jullie daar niet waren geweest. Ik krijg de koude rillingen als ik daaraan denk,' zei Danug.

De leren lap voor de ingang werd opzij geschoven. Danug en Ayla keken op en zagen Dalanar naar binnen kijken. 'Als ik had geweten dat je haar voor jezelf wilde houden, had ik er wel wat langer over nagedacht of ik je wel zou meenemen naar de Zomerbijeenkomst, jonge man,' zei Dalanar streng, en toen glimlachte hij. 'Al kan ik het je niet echt kwalijk nemen; ik weet dat het lang geleden is dat je haar voor het laatst hebt gezien, maar er zijn nog veel meer mensen die met deze jonge vrouw willen praten.'

'Dalanar!' zei Ayla. Ze stond op en liep de kleine tent uit om hem te omhelzen. Hij was ouder geworden, maar de gelijkenis met Jondalar was nog steeds zo groot dat ze een warm gevoel kreeg toen ze hem zag. 'Zijn Danug en de twee andere mannen met jou meegekomen? Hoe hebben ze je gevonden?'

'Bij toeval, of voorbeschikking, afhankelijk van wie je het vraagt. We waren met een groep op jacht. Er is een rivierdal dat veel kuddes aantrekt. Ze zagen ons en gaven aan dat ze aan de jacht wilden deelnemen. We waren maar al te blij met de hulp van drie gezonde jonge mannen. Ik had al zitten denken dat als we geluk hadden met de jacht, genoeg om wat vlees voor de komende winter op te slaan en wat mee te nemen, we dit jaar misschien naar de Zomerbijeenkomst van de Zelandoniërs konden gaan.

Dankzij hun hulp hebben we zes bizons gedood. Pas later die avond begon deze jonge man over jou en Jondalar te praten, en over de Zelandoniërs,' zei Dalanar, wijzend naar de grote roodharige man die net de tent uit kwam.

'De taal was een probleem. Het enige wat Danug kon zeggen was "Jondalar van de Negende Grot van de Zelandoniërs". Ik probeerde hem te vertellen dat Jondalar de zoon van mijn vuurplaats was, maar dat lukte niet echt,' zei de oudere man. 'Toen kwam Echozar terug van de vuursteenmijn en Danug begon in gebarentaal met hem te spreken. Hij was verbaasd toen hij merkte dat Echozar kon praten, maar lang niet zo verbaasd als Echozar toen die zag dat Danug en Druwez in gebarentaal met hem spraken. Toen Echozar vroeg waar ze dat hadden geleerd, vertelde hij ons over zijn broer, een jongen die door zijn moeder was geadopteerd, en die was overleden. Hij zei dat jij iedereen de handgebaren had geleerd zodat ze met elkaar konden praten, Ayla.

Zo hebben we in het begin met elkaar gecommuniceerd. Danug en Druwez spraken met gebaren met Echozar en hij vertaalde het. Ik besloot toen dat we naar de Zelandonische Zomerbijeenkomst zouden gaan en zei tegen Danug dat we hem en zijn metgezellen zouden meenemen. De volgende dag kwamen Willamar en zijn reisgezelschap toevallig aan. Het is verbazingwekkend hoe goed hij is in communiceren met mensen zonder kennis van hun taal.'

'Is Willamar ook hier?' vroeg Ayla.

'Ja, ik ben er ook.'

Ayla draaide zich met een ruk om en lachte verrukt toen ze de oude Meester-Handelaar zag. Ze omhelsden elkaar met warmte en genegenheid. 'Ben jij ook met de Lanzadoniërs meegekomen?'

'Nee,' zei Willamar. 'We moesten nog enkele bezoeken afleggen ter afronding van de handelsreis. We zijn een paar dagen geleden aangekomen. Ik was me net aan het klaarmaken om naar de Negende Grot te vertrekken.'

'We zijn dit jaar iets vroeger dan anders gekomen,' zei Dalanar. 'Ik wist waar de Negende waarschijnlijk hun kamp zou opzetten, dus we staan er vlakbij.'

'Ik was toevallig een van de mensen die de Negende Grot zag aankomen,' zei Danug. 'Toen ik in de verte de paarden zag, wist ik dat het jouw Grot moest zijn, Ayla. Ik was erg teleurgesteld toen jij er niet bij was, hoewel ik blij was om Jondalar te zien. Hij kon tenminste Mamutisch spreken. Ik zag meteen dat Jonayla jouw dochter moest zijn, vooral toen ik zag dat ze op dat grijze paard reed. Als je niet was gekomen, zou ik met de Negende Grot zijn teruggereisd en had ik je verrast, maar in plaats daarvan heb jij ons verrast,' zei Danug.

'Je bent inderdaad een verrassing, Danug, een fijne verrassing. En je kunt evengoed meegaan voor een bezoek aan de Negende Grot, weet je,' zei Ayla. Toen zei ze tegen Dalanar: 'Ik ben blij dat je hebt besloten met de Lanzadoniërs naar de Zomerbijeenkomst te komen. Is Jerika er ook? Marthona zal het erg jammer vinden dat ze jullie niet kan zien.'

'Ik was teleurgesteld toen ik hoorde dat ze niet zou komen. Jerika had zich er ook op verheugd om haar te zien. Het is wonderbaarlijk dat ze zulke goede vriendinnen zijn geworden. Hoe gaat het met Marthona?'

'Niet best,' zei Ayla hoofdschuddend. 'Ze klaagt over pijn in haar gewrichten, maar ze mankeert meer. Ze heeft pijn in haar borst en moeite met ademen als ze zich te veel inspant. Ik was steeds van plan om zo snel mogelijk naar de Zomerbijeenkomst te gaan, maar ik vond het niet prettig om haar achter te laten. Al leek ze veel beter toen ik vertrok.'

'Geloof je echt dat het beter met haar gaat?' vroeg Willamar. Zijn ogen stonden ernstig.

'Ze zei dat als ze zich zo goed had gevoeld toen de Negende Grot afreisde, ze misschien was meegegaan, maar ik geloof niet dat ze zo ver had kunnen lopen.'

'Iemand had haar kunnen dragen,' zei Dalanar. 'Ik heb Hochaman helemaal naar de Grote Wateren van het Westen op mijn schouders gedragen, twee keer, voor hij stierf.' Dalanar wendde zich tot Danug. 'Hochaman was de levensgezel van Jerika's moeder. Ze waren helemaal vanaf de Eindeloze Zeeën van het Oosten gekomen. Zijn tranen vermengden zich met het zout van de Grote Wateren van het Westen, maar het waren tranen van vreugde. Het was zijn grootste wens om zo ver te reizen als het land zich uitstrekte, verder dan enig ander ooit had gedaan. Ik heb nog nooit gehoord dat een ander ooit verder is gereisd.'
'Dat verhaal kenden we, Dalanar, en we hebben voorgesteld om haar te dragen,' zei Ayla, 'maar ze wilde niet op Jondalars schouders reizen. Dat vond ze waarschijnlijk niet in overeenstemming met haar waardigheid. Ze wilde evenmin op Whinney rijden. Ik heb het haar gevraagd, maar ze wilde het echt niet. Ze heeft niets tegen de paarden, maar het idee om erop te rijden jaagt haar angst aan.' Ayla keek naar het sleepraam, de eenvoudige constructie van palen en matten, die nu op de grond lag. 'Ik vraag me af... Zou ze op het sleepraam willen rijden, Willamar?'
'Wat dat aangaat zou ze ook op een draagbaar kunnen reizen,' opperde Dalanar. 'Met vier mensen, op elke hoek één, zou dat makkelijk gaan. Ze is niet zwaar.'
'En ze zou rechtop kunnen zitten en niet naar achteren hoeven kijken. Als Jondalar er was zou ik hem vragen haar te gaan halen, maar ik heb hem nog steeds niet gezien. Is hij bij jou geweest, Dalanar?' vroeg Ayla.
'Nee. Ik heb hem de hele dag nog niet gezien. Hij kan overal zijn. Je weet hoe het gaat tijdens zo'n bijeenkomst,' zei Dalanar. 'Ik heb zelfs Bokovan de hele dag niet gezien.'
'Bokovan? Zijn Joplaya en Echozar dan ook hier? Ik dacht dat Echozar had gezegd dat hij nooit meer zou komen na al die ophef over zijn verbintenis met Joplaya,' zei Ayla.
'Het heeft heel wat overredingskracht gekost. Jerika en ik vonden dat hij omwille van Bokovan moest gaan. Hij zal op een dag ook een gezellin moeten vinden en er zijn nog niet genoeg Lanzadoniërs. Alle kinderen worden als broertjes en zusjes grootgebracht en je weet hoe het is als kinderen samen opgroeien. Ze zien elkaar doorgaans niet als een mogelijke levensgezel. Ik heb tegen Echozar gezegd dat er maar een paar mensen bezwaar hebben gemaakt, maar hij was niet te overtuigen. Pas toen deze grote Mamutiër en zijn neef en vriend kwamen, besloot hij om toch te gaan. Zij hebben dat voor elkaar gekregen.'
'Wat hebben ze dan gedaan?'
'Dat is het nou juist. Ze hebben helemaal niets gedaan. Je weet hoe

mensen zich altijd ongemakkelijk lijken te voelen als ze Echozar voor het eerst zien. Jij niet, maar jij was een uitzondering,' zei Dalanar. 'Ik denk dat hij daarom zo op je gesteld is. Danug deed ook gewoon; hij ging meteen in gebarentaal met hem praten. De jonge S'Armuniër leek ook geen moeite met Echozar te hebben. Klaarblijkelijk staan ze minder vijandig tegenover mensen van gemengde geest dan sommige Zelandoniërs.'

'Dat is waar,' zei Ayla. 'Mengelingen komen bij hen vaker voor en worden eerder aanvaard, zij het niet volledig, vooral iemand die zulke duidelijke kenmerken van de Stam vertoont als Echozar. Hij zou zelfs daar problemen kunnen ondervinden.'

'Niet bij Aldanor. Alle drie de jonge mannen hebben hem net zo makkelijk geaccepteerd als ieder ander. Ze sloten hem niet uit en deden geen extra moeite om aardig tegen hem te zijn. Ze behandelden hem hetzelfde als welke andere jonge man ook. Daardoor is Echozar waarschijnlijk tot het besef gekomen dat niet iedereen hem zou haten of bezwaar tegen hem zou hebben. Hij kan vrienden maken en Bokovan ook. In feite heeft dat jonge paar dat tegelijk met jullie een verbintenis is aangegaan, Jondecam en Levela, hem zo'n beetje geadopteerd. Hij is daar de hele dag. Hij speelt met hun kinderen en alle andere kinderen die altijd door hun kamp rennen. Ik vraag me soms af hoe ze het volhouden om altijd zoveel kinderen in hun kamp te hebben rondlopen,' zei Dalanar.

'Levela heeft eindeloos veel geduld,' zei Ayla. 'Volgens mij vindt ze dat heerlijk.' Ze wendde zich tot Danug. 'Je gaat toch zeker wel mee terug naar de Negende Grot? We hebben nog heel wat bij te praten. Ik wil weten hoe het met iedereen in het Leeuwenkamp gaat.'

'We hoopten eigenlijk om de winter bij jullie door te brengen. Ik zou graag helemaal naar de Grote Wateren van het Westen reizen voor ik terugga. Bovendien geloof ik niet dat we Aldanor voor de lente meekrijgen en misschien zelfs dan niet,' zei Danug, met een glimlach naar zijn vriend.

Ayla keek hem vragend aan. 'Waarom niet?'

'Als je hem in de buurt van Jondalars zus ziet, zul je het begrijpen.'

'Folara?'

'Ja, Folara. Hij is smoorverliefd op haar. Volledig, totaal gek op haar, en ik vermoed dat het wederzijds is. Ze lijkt het beslist niet vervelend te vinden om tijd met hem door te brengen. Heel veel tijd.' Hoewel Danug Mamutisch had gesproken, had Aldanor een glimlach op zijn gezicht. Zijn taal leek veel op Mamutisch en tijdens hun reis had hij aardig wat van die taal opgepikt, en haar naam was in beide talen hetzelfde woord. Ayla zag Aldanors gezicht rood worden. Ze trok haar wenkbrauwen op en glimlachte toen.

Folara was een lange, elegante jonge vrouw geworden die overal waar ze kwam de aandacht trok. Ze had de natuurlijke bevalligheid van haar moeder en Willamars charme, en ze was mooi, zoals Jondalar altijd al had voorspeld. Haar schoonheid was niet de manifestatie van volmaaktheid die Jondalar in zijn jeugd was geweest – en in veel opzichten nog steeds was. Haar mond was iets te groot, haar ogen stonden iets te ver uit elkaar en haar lichtbruine haar was net iets te fijn, maar die onbeduidende onvolkomenheden maakten haar alleen maar makkelijker benaderbaar en aantrekkelijker.

Folara had geen gebrek aan verbinteniskandidaten, maar geen enkele viel bij haar in de smaak of voldeed aan haar onuitgesproken verwachtingen. Haar gebrek aan interesse in het kiezen van een levensgezel dreef haar moeder tot waanzin; ze verlangde een kleinkind van haar eigen dochter. Nu Ayla zoveel tijd met de vrouw had doorgebracht, was ze haar beter gaan begrijpen, en ze wist dat Folara's belangstelling voor de jonge S'Armuniër voor Marthona grote consequenties zou hebben. De grootste vraag was: zou Aldanor besluiten bij de Zelandoniërs te blijven of zou Folara met hem mee teruggaan naar de S'Armuniërs? Marthona moet hierheen komen, dacht Ayla.

'Willamar, heb jij iets gemerkt van Folara's belangstelling voor deze jonge S'Armuniër?' vroeg Ayla, met een glimlach naar de gegeneerd blozende bezoeker.

'Nu je het zegt, ze hebben wel veel tijd met elkaar doorgebracht sinds ik er ben.'

'Je kent Marthona, Willamar. Je weet dat ze hier zou willen zijn als Folara serieuze gevoelens ontwikkelt voor een jonge man, vooral iemand die misschien wil dat ze met hem meegaat naar zijn thuis. Ik ben ervan overtuigd dat ze zou komen als ze dat kon.'

'Je hebt gelijk, Ayla, maar is ze sterk genoeg?'

'Je zei iets over haar dragen op een draagbaar, Dalanar. Hoe lang denk je dat een paar sterke jonge mannen ervoor nodig zouden hebben om naar de Negende Grot terug te rennen en haar hiernaartoe te brengen?'

'Niet meer dan een paar dagen voor snelle lopers, misschien tweemaal die tijd om haar hiernaartoe te brengen, en daar komt dan de tijd bij die ze nodig heeft om zich op de reis voor te bereiden. Denk je echt dat ze dat aankan?' vroeg Dalanar.

'Zou Jerika dat aankunnen als het om Joplaya zou gaan?' vroeg Ayla.

Dalanar knikte.

'Marthona leek zich veel beter te voelen toen ik vertrok, en als ze zich niet hoeft in te spannen, zou ze zich volgens mij hier net zo goed voelen als thuis, met al die mensen hier om haar te helpen. Ze vindt het leuk om naar de paarden te kijken en ze zelfs te strelen, en ik denk dat ze onder deze omstandigheden zelfs op het sleepraam zou willen rijden om hier te komen, al denk ik dat ze het prettiger zal vinden om op een draagbaar te zitten en onderweg met mensen te kunnen praten. Ik zou het Jondalar vragen, maar hij is nergens te bekennen. Kunnen jij en Dalanar, en misschien Joharran, dat regelen, Willamar?'

'Dat zal wel lukken, Ayla. Je hebt natuurlijk gelijk. Folara's moeder moet hier zijn als ze overweegt een verbintenis aan te gaan, vooral met een man uit den vreemde.'

'Moeder! Moeder! Je bent gekomen! Je bent er eindelijk,' riep een jonge stem. Ayla was blij met de onderbreking. Ze draaide zich om en glimlachte. Haar ogen schitterden toen ze haar armen uitstrekte naar het jonge meisje dat samen met de wolf naar haar toe kwam rennen. Haar dochter vloog haar in de armen.

'Wat heb ik jou gemist,' zei Ayla. Ze drukte haar stevig tegen zich aan, hield haar even van zich af om haar te bekijken en trok haar toen weer tegen zich aan. 'Ik kan mijn ogen niet geloven; je bent gegroeid, Jonayla!' zei ze toen ze haar losliet.

Zelandoni had het kind gevolgd, in een rustiger tempo, en ze glimlachte warm naar Ayla toen ze naderbij kwam. Na elkaar met een omhelzing te hebben begroet, vroeg ze: 'Je observatie van de hemel is voltooid?'

'Ja, gelukkig wel, al was het bijzonder opwindend om de zon te zien stoppen en terug te zien gaan en dat zelf op te tekenen. Het enige probleem was dat ik niemand had om mijn vreugde mee te delen, iemand die het echt begreep. Ik moest steeds aan jou denken,' zei Ayla.

Zelandoni bekeek de jonge vrouw aandachtig. Ze zag iets vreemds aan haar. Ayla was veranderd. De vrouw probeerde erachter te komen in welk opzicht. Ayla is vermagerd. Is ze ziek geweest? Haar zwangerschap zou inmiddels zichtbaar moeten zijn, maar haar middel was dunner en haar borsten kleiner. O, Doni, dacht ze. Ze is niet langer zwanger! Ze moet een miskraam hebben gehad.

Maar er was nog iets, een nieuw zelfvertrouwen in haar manier van doen, een aanvaarding van de tragedie, een zelfverzekerde houding. Ze wist wie ze was: ze was Zelandoni! Ze is 'geroepen'! Ze moet op dat moment de baby hebben verloren.

'We moeten praten, nietwaar, Ayla?' zei Zelandoni Die Eerste Was, met nadruk op haar naam. Ze kon Ayla worden genoemd, maar ze was niet langer Ayla.

'Ja,' zei de jonge vrouw. Meer hoefde ze niet te zeggen. Ze wist dat de Ene Die Eerste Was Onder Hen Die De Moeder Dienden het begreep.
'Zo snel mogelijk.'
'Ja.'
'En, Ayla, ik vind het heel erg voor je. Ik weet dat je de baby graag wilde,' zei ze zacht. Voordat Ayla kon reageren, kwamen meer mensen naar haar toe.

Bijna al haar naaste vrienden en verwanten kwamen naar het kamp om haar te begroeten. Iedereen leek er te zijn, behalve Jondalar, en niemand leek te weten waar hij was. Wanneer iemand het bijeenkomstkamp verliet, alleen of met een kleine groep, vertelde die doorgaans waar hij naartoe ging. Ayla zou zich ongerust hebben gemaakt als niet iedereen er zo rustig onder bleef. De meeste mensen bleven voor een maaltijd of een versnapering. Ze vertelden wat er allemaal was gebeurd, spraken over mensen; wie een verbintenis zou aangaan, wie een kind had gekregen of een kind verwachtte, wie had besloten om de knoop door te snijden of om een tweede levensgezel te nemen, onschuldige roddelpraat.
In de middag vertrokken de mensen de een na de ander naar andere activiteiten. Ayla spreidde haar slaaprol uit en pakte de spullen uit die ze had meegebracht. Ze was blij dat ze de paarden eerder naar het weiland in het bos had gebracht, naar de plek die voor de paarden was omheind, niet zozeer om ze binnen te houden als wel om mensen buiten te houden. Paarden in een weiland waren onder normale omstandigheden wild waarop gejaagd mocht worden. Hoewel iedereen wist dat de Negende Grot paarden had meegebracht, werd het gebied opvallend omheind zodat niemand eraan kon twijfelen dat dit inderdaad de bijzondere paarden waren. Jondalar en Jonayla namen ze dikwijls mee naar de grazige steppen, om te rijden of om ze te laten grazen, maar wanneer ze niet binnen de omheining waren, wist ze dat iemand ze had meegenomen.
Jonayla vertrok met Zelandoni en Wolf naar de zelandonia om de details uit te werken van de speciale avond die op het programma stond. Ayla besloot om Whinney eens goed te roskammen na de hete, stoffige rit, en ze ging naar de paardenwei met lapjes zacht leer en borstels van kaardenbol. Ze borstelde ook Renner en Grijs, niet omdat ze het nodig hadden maar om ze aandacht te geven.
Ze keek naar de kleine rivier die langs de rand van het grazige dal stroomde alvorens in de Rivier uit te monden, en dacht terug aan de vorige keer dat de bijeenkomst hier werd gehouden. Er was een zwem-

poel iets verder stroomopwaarts, herinnerde ze zich. De plek was niet bij veel mensen bekend omdat die te ver van het hoofdkamp lag voor algemeen gebruik. Ze had haar aangenomen volk toentertijd nog niet zo goed gekend en Jondalar en zij waren daar altijd naartoe gegaan als ze de drukte even wilden ontvluchten en alleen wilden zijn.

Het lijkt me heerlijk om even te gaan zwemmen, dacht ze, maar de rivier is modderig door het vele gebruik. Ze liep stroomopwaarts naar de bocht waar de kleine rivier bij de buitenrand een diepe kuil uitsneed en er in de binnenbocht een klein kiezelstrandje was ontstaan. Ze glimlachte toen ze dacht aan wat Jondalar en zij op dat strandje hadden gedaan. Ze had zo sterk aan hem gedacht en aan het gevoel dat hij haar kon bezorgen, dat ze zich warm voelde worden als ze zich zijn aanraking voorstelde en het tussen haar benen zelfs vochtig werd. Zou het niet leuk zijn om te proberen een baby te maken, dacht ze.

Toen ze de zwempoel naderde hoorde ze geplons en toen stemmen, en ze besloot bijna om terug te gaan. Zo te horen heeft iemand anders de plek ook ontdekt, dacht ze. Ik zou niet graag een paartje storen dat een plek zoekt om alleen te zijn. Maar het was misschien geen paartje. Het waren misschien gewoon mensen die even waren gaan zwemmen. Ze liep verder en hoorde plotseling de stem van een vrouw en toen de stem van een man. Ze kon de woorden niet verstaan, maar iets aan die stem zat haar dwars.

Even geruisloos als wanneer ze gewapend met haar slinger een dier besloop, liep ze door. Ze hoorde weer praten en toen een diepe, uitbundige lach. Ze kende die lach, al had ze die de laatste tijd niet dikwijls gehoord, en hij was sowieso zeldzaam. Toen hoorde ze de stem van de vrouw, en ze herkende die stem. Met een wee gevoel in haar maag tuurde ze tussen de struiken door die het strandje omringden.

32

Jondalar en Marona kwamen net het water uit toen Ayla door de struiken tuurde. Met een steek van pijn zag ze hoe Marona zich naar Jondalar omdraaide, haar armen om hem heen sloeg, haar naakte lichaam tegen hem aan drukte en haar hoofd hief om hem te kussen. Jondalar boog zijn hoofd om haar lippen te ontmoeten. Met geboeid afgrijzen keek ze naar zijn handen, die Marona's lichaam streelden. Hoe dikwijls had ze zijn ervaren handen gevoeld?

Ayla wilde weglopen, maar ze kon zich niet bewegen. Ze deden een paar stappen haar kant op, in de richting van een zachte leren huid die uitgespreid lag op het gras vlak voor de struik waar ze achter stond. Ze zag dat hij niet echt geprikkeld was. Maar niemand had hem gezien sinds ze was aangekomen; hij was de hele dag al weg, en het was haar duidelijk dat ze de leren deken al hadden gebruikt, minstens één keer. Marona drukte zich weer tegen hem aan, kuste hem hartstochtelijk en liet zich toen langzaam voor hem op haar knieën vallen. Met een loom, veelbetekenend lachje sloot Marona haar mond om zijn slappe mannelijkheid, terwijl Jondalar op haar neer keek.

Ayla zag aan de uitdrukking van intens genot op zijn gezicht dat zijn opwinding toenam. Ze had nooit zijn gezicht gezien als ze dat bij hem deed; keek hij altijd zo? Terwijl Marona ritmisch op en neer bewoog, duwde zijn opzwellende lid haar steeds verder bij hem vandaan.

Het was voor Ayla een marteling om hem met haar te zien. Ze kon nauwelijks ademhalen, haar maag verkrampte pijnlijk en haar hoofd bonsde. Ze had dit gevoel nooit eerder ervaren. Was deze pijn jaloezie? Was dit wat Jondalar had gevoeld toen ik naar Ranecs bed ging, vroeg ze zich af. Waarom heeft hij dat niet gezegd? Ik wist het toen niet, ik was nog nooit jaloers geweest, en hij heeft nooit iets gezegd. Het enige wat hij zei was dat ik het recht had te kiezen wie ik wilde.

Dat betekent dat hij het recht heeft om daar met Marona te zijn!

Haar ogen vulden zich met tranen, ze kon het niet langer verdragen, ze moest daar weg. Ze draaide zich om en rende blindelings tussen de bomen door, maar ze struikelde over een wortel en viel.

‘Wie is daar? Wat gebeurt daar?’ hoorde Ayla Jondalar roepen. Ze krabbelde overeind en rende weg toen Jondalar tussen de struiken verscheen. ‘Ayla? Ayla!’ riep hij met geschokte verbazing. ‘Wat doe jij hier?’

Ze draaide zich om naar de man die haar achterna kwam. ‘Het was niet mijn bedoeling om te storen,’ zei ze, terwijl ze probeerde zich te vermannen. ‘Je hebt het recht om te paren met wie je maar wilt, Jondalar. Zelfs met Marona.’

Marona wurmde zich tussen de struiken door en ging naast Jondalar staan; ze drukte haar lichaam tegen het zijne. ‘Inderdaad, Ayla,’ zei ze met een triomfantelijk lachje. ‘Hij kan paren met wie hij maar wil. Wat verwacht je dan van een man wiens gezellin geen tijd voor hem heeft? We hebben dikwijls gepaard, en niet alleen deze zomer. Waarom denk je dat ik weer naar de Negende Grot ben verhuisd? Hij wilde niet dat ik het je vertelde, maar nu je er toch achter bent gekomen, kun je net zo goed het hele verhaal horen.’ Ze lachte weer en zei toen met een hatelijke grijns: ‘Je mag hem dan van me afgepakt hebben, Ayla, maar je hebt hem niet voor jezelf kunnen houden.’

‘Ik heb hem niet van jou afgepakt, Marona. Ik kende jou niet eens tot ik hier aankwam. Jondalar heeft mij uit vrije wil gekozen. Nu kan hij jou kiezen, als hij dat wil, maar vertel eens: hou je echt van hem? Of ben je gewoon een onruststoker?’ vroeg Ayla. Toen draaide ze zich om en liep zo waardig als ze kon weg.

Jondalar schudde de vrouw die zich aan hem vastklampte van zich af en had Ayla met een paar stappen ingehaald. ‘Ayla, alsjeblieft, wacht nou even! Geef me de kans om het uit te leggen!’ zei hij.

‘Wat valt er uit te leggen? Marona heeft gelijk. Hoe had ik iets anders kunnen verwachten. Je was ergens mee bezig, Jondalar. Waarom ga je niet terug om het af te maken?’ zei ze, en ze liep weer weg. ‘Ik ben ervan overtuigd dat Marona je weer zal kunnen prikkelen. Ze had je een aardig eind op weg.’

‘Ik wil Marona niet, niet als ik jou kan hebben, Ayla,’ zei Jondalar, opeens bang om haar te verliezen.

Marona keek hem verbaasd aan. Ze betekende niets voor hem, besefte ze. Ze had nooit iets voor hem betekend. Ze had zichzelf beschikbaar gesteld en hij had haar gezien als een hulpmiddel om aan zijn paringsdrift te voldoen. Marona keek woedend naar hen, maar Jondalar merkte het niet eens.

Hij was volledig geconcentreerd op Ayla. Hij wenste nu dat hij niet op Marona’s uitnodigingen was ingegaan, dat hij haar niet zo achteloos had gebruikt. Al zijn aandacht ging naar Ayla. Hij probeerde te bedenken wat hij kon zeggen om uit te leggen hoe hij zich voelde, en hij merkte niet eens dat de vrouw met wie hij zo kort geleden nog Genot had willen delen, met haar kleren in haar armen langs hem heen stormde. Maar Ayla merkte het wel.

Als man, na zijn terugkeer van het verblijf bij Dalanar, had Jondalar altijd alle vrouwen voor het kiezen gehad, maar hij had nooit echt van een van hen gehouden. Niets was ooit in de buurt gekomen van de intensiteit van zijn eerste liefde, en zijn herinnering aan die overweldigende gevoelens was versterkt door de ontstellende schande die zowel Zolena als hemzelf ten deel was gevallen. Ze was zijn donii-vrouw geweest, zijn leermeester en gids in de manier waarop een man met een vrouw behoorde om te gaan, maar hij had niet verliefd op haar mogen worden. Dat had zij niet mogen laten gebeuren.

Hij was gaan geloven dat hij nooit meer van een vrouw zou kunnen houden. Hij was tot de conclusie gekomen dat de Moeder hem voor de misstap in zijn jeugd de straf had opgelegd dat hij nooit meer in staat zou zijn om verliefd te worden... tot Ayla. En hij had een reis van ruim een jaar moeten maken, naar een totaal andere, onbekende plek, om haar te vinden. Hij hield meer van Ayla dan van zijn leven. Het gevoel overweldigde hem. Hij zou alles voor haar doen, overal voor haar heen gaan, hij zou zijn leven voor haar geven. De enige persoon voor wie hij net zo'n intense liefde voelde, zij het van een andere aard, was Jonayla.

'Je zou dankbaar moeten zijn dat zij er is om je behoeften te bevredigen, Jondalar,' zei Ayla. Ze probeerde haar pijn te verhullen. 'Ik zal het drukker krijgen dan ooit. Ik ben geroepen. Ik zal nu doen wat Zij van me verlangt. Ik zal als een kind van de Grote Aardmoeder zijn. Ik ben Zelandoni.'

'Ben je geroepen? Maar wanneer dan?' Hij was buiten zichzelf van bezorgdheid. Hij had zelandonia van hun eerste roeping zien terugkomen en hij had andere gezien, die later waren gevonden nadat ze niet waren teruggekeerd. 'Ik had er voor je moeten zijn, ik had je kunnen helpen.'

'Nee, Jondalar. Je had me niet kunnen helpen. Niemand kan helpen. Het is iets wat je helemaal alleen moet doen. Ik heb het overleefd en de Moeder heeft me een grote Gave geschonken, maar daarvoor moest ik een offer brengen. Ze wilde onze baby, Jondalar. Ik heb de baby in de grot verloren,' zei Ayla, zo waardig als ze kon.

'Onze baby? Welke baby? Jonayla was bij mij.'

'De baby die was begonnen toen ik die nacht vroeg van de rotswand naar beneden kwam. Ik moet me eigenlijk gelukkig prijzen met het

feit dat je die nacht niet al met Marona was geweest, want dan had ik geen baby gehad om te offeren,' zei ze op bittere toon.
'Was je zwanger toen je werd geroepen? O Grote Moeder!' Hij voelde paniek opkomen, hij wilde niet dat ze zo zou weggaan. Wat kon hij zeggen om haar bij hem te houden, om haar aan de praat te houden? 'Ayla, ik weet dat je gelooft dat een nieuw leven zo begint, maar daar kun je niet zeker van zijn.'
'Jawel, Jondalar. De Grote Moeder heeft me dat verteld. Dat was de Gave die ik ontving in ruil voor het leven van mijn baby.' Ze zei het met een kwellende, pijnlijke zekerheid die geen ruimte voor twijfel liet. 'Ik had gedacht dat we konden proberen een nieuw leven te beginnen, maar ik begrijp nu dat je het veel te druk hebt.' Hij bleef als verdoofd staan toen ze wegliep.
'O Doni, Grote Moeder, wat heb ik gedaan?' riep Jondalar gekweld. 'Ik heb haar liefde voor mij gedood. Waarom moest ze ons zien?'
Hij strompelde achter haar aan, zonder aan zijn kleren te denken. Toen ze haar pas versnelde liet hij zich op zijn knieën vallen en volgde hij haar alleen met zijn blik. Kijk nu toch, dacht hij, hoe mager ze is! Ze moet het erg zwaar hebben gehad. Sommige acolieten overleven het niet. Stel dat Ayla was gestorven? Ik was er niet eens om haar te helpen. Waarom ben ik niet bij haar gebleven? Ik had moeten weten dat ze bijna klaar was; haar scholing was bijna voltooid, maar ik wilde zo graag naar de Zomerbijeenkomst. Ik heb geen moment gedacht aan wat haar zou kunnen overkomen; het enige waaraan ik kon denken was mezelf.
Toen Ayla uit het zicht verdween zakte hij voorover, sloot zijn ogen en begroef zijn gezicht in zijn handen, alsof hij probeerde niet te zien wat hij had gedaan.
'Waarom heb ik met Marona gepaard?' kreunde hij hardop. Ayla heeft nooit met iemand anders dan met mij gepaard, dacht hij, niet sinds Ranec, niet sinds we bij de Mamutiërs zijn weggegaan. Zelfs tijdens ceremoniën en feesten om de Moeder te eren, als bijna iedereen een ander kiest, heeft ze nooit een ander dan mij gekozen. Mensen praten daarover. Hoeveel mannen hebben niet met afgunst naar me gekeken met het idee dat ik haar wel zoveel Genot moest schenken dat ze nooit een ander zou kiezen?
'Waarom moest Ayla ons zien?'
Ik heb er geen moment bij stilgestaan dat ze overdag zou kunnen aankomen. Ik dacht dat ze de hele dag zou reizen en dan 's avonds zou arriveren. Ik dacht dat het veilig was om hier overdag heen te gaan. Ik heb Ayla nooit pijn willen doen. Ze heeft genoeg pijn gekend. En nu

heeft ze een baby verloren. Ik wist niet eens dat ze zwanger was, en nu is ze de baby kwijt.

Is het echt die nacht begonnen? Het was een onvoorstelbare nacht. Ik kon het nauwelijks geloven toen ze in bed kroop en me wakker maakte. Zal het ooit weer zo zijn? Ze zei dat de Moeder onze baby wilde. Was het onze baby? In ruil daarvoor heeft Doni haar een Gave geschonken. Heeft Ayla een Gave van de Moeder ontvangen? De Moeder vertelde haar dat het onze baby was, van mij en van haar.

'Heeft Ayla mijn baby verloren?' zei Jondalar. Zijn voorhoofd rimpelde in de bekende frons.

Waarom is ze hiernaartoe gekomen? Ze zei dat ze een nieuwe baby wilde beginnen. Was ze naar mij op zoek? De vorige keer dat de Zomerbijeenkomst hier werd gehouden gingen we altijd hier zwemmen. Daar had ik aan moeten denken. Ik had Marona niet moeten meenemen naar deze plek. Uitgerekend Marona. Ik wist hoe Ayla zich zou voelen als ze erachter kwam. Daarom heb ik Marona laten beloven om niets te zeggen.

'Waarom moest ze ons zien?' vroeg hij het verlaten bos. 'Ben ik er zo aan gewend geraakt dat ze nooit een ander kiest dat ik was vergeten hoe dat voelt?' Hij dacht terug aan de bittere pijn en het verdriet toen ze Ranec koos. Ik weet precies hoe ze zich moet hebben gevoeld toen ze me met Marona zag, dacht hij. Zoals ik me voelde toen Ranec zei dat ze naar zijn bed moest komen en zij ging, maar dat wist ze toen niet. Ze dacht dat ze met hem mee moest. Hoe zou ik me voelen als ze nu een ander zou kiezen?

Ik probeerde haar toen van me af te stoten omdat ze me zoveel pijn had gedaan, maar toch bleef ze van me houden. Ze maakte zelfs een Verbintenistuniek voor me terwijl ze aan Ranec was toegezegd. Jondalar ervoer dezelfde folterende pijn bij het idee haar nu kwijt te raken als hij had gevoeld toen hij dacht dat hij haar aan Ranec kwijt zou raken. Alleen was het nu erger. Deze keer was hij degene die haar pijn had gedaan.

Ayla rende blindelings verder. Tranen vertroebelden haar zicht, maar ze konden haar verdriet niet wegspoelen. Ze had in de Negende Grot aan Jondalar gedacht, 's nachts over hem gedroomd, onderweg naar hem verlangd, en zich gehaast om hier te komen zodat ze bij hem kon zijn. Ze kon niet naar het kamp teruggaan en al die mensen onder ogen komen. Ze moest even alleen zijn. Ze stopte bij de paardenwei en leidde Whinney naar buiten. Ze legde de rijdeken op haar rug, steeg op en spoorde haar aan tot galop in de richting van het open grasland.

Whinney was nog moe van de reis, maar ze reageerde op de aansporing van de vrouw en galoppeerde over de vlakte. Ayla kon het beeld van Marona en Jondalar niet uit haar hoofd zetten, ze kon aan niets anders denken, en ze vergat al snel om het paard te sturen en liet zich gewoon meevoeren. De merrie minderde vaart toen ze voelde dat de vrouw haar niet meer actief stuurde en liep langzaam terug in de richting van het kamp; ze bleef af en toe staan om te grazen. Het begon al donker te worden toen ze het terrein van de bijeenkomst bereikten en het werd snel frisser, maar het enige wat Ayla voelde was de verlammende koude in haar binnenste. Het paard voelde pas dat haar berijdster weer de leiding in handen nam toen ze de paardenwei bereikten, waar een groepje mensen stond.

'Ayla, iedereen vraagt zich af waar je bleef,' zei Proleva. 'Jonayla heeft je lopen zoeken, en toen je na het eten nog niet terug was, is ze naar Levela gegaan om met Bokovan te spelen.'

'Ik heb een eind gereden,' zei Ayla.

'Jondalar is eindelijk weer opgedoken,' zei Joharran. 'Hij kwam een poos geleden het kamp binnen strompelen. Ik zei dat je hem zocht, maar hij mompelde iets onsamenhangends.'

Met een wezenloze blik liep Ayla het kamp binnen. Ze liep langs Zelandoni heen zonder haar zelfs te groeten, zonder haar zelfs te zien.

De vrouw bekeek haar scherp. Ze wist dat er iets was. 'Ayla, we hebben je amper gezien sinds je hier bent,' zei de doniër, verbaasd dat zij het eerst had moeten spreken.

'Nee, daar heb je gelijk in,' zei Ayla.

Het was Zelandoni duidelijk dat Ayla met haar gedachten heel ergens anders was. Jondalars 'onsamenhangende gemompel' was voor Zelandoni ook duidelijk geweest, hoewel ze de woorden niet had verstaan. Zijn daden spraken voor zich. Ook had ze Marona verfomfaaid uit het kleine beboste gebied tevoorschijn zien komen, maar ze had niet het pad gevolgd dat de meeste leden van de Negende Grot doorgaans gebruikten. Ze kwam uit een andere richting, ging rechtstreeks naar de tent die ze had gedeeld en begon haar spullen in te pakken. Ze vertelde Proleva dat vrienden van de Vijfde Grot haar hadden uitgenodigd bij hen te slapen.

Zelandoni was zich van meet af aan bewust geweest van Jondalars gevrij met Marona. In het begin had ze gedacht dat het geen kwaad kon. Ze kende zijn ware gevoelens voor Ayla en dacht dat Marona voor hem niet meer dan een bevlieging was, iemand bij wie hij zich kon ontladen wanneer aan Ayla eisen werden gesteld waardoor ze niet altijd bij hem kon zijn. Maar ze had geen rekening gehouden met Marona's obsessie om hem terug te krijgen en het Ayla betaald te zetten dat ze Jondalar van haar had afgepakt, of met haar vermogen om zich aan hem op te dringen. Hun wederzijdse fysieke aantrekking was altijd sterk geweest. Zelfs in het verleden was die de kern van hun relatie geweest. Zelandoni had het sterke vermoeden gehad dat dat het enige was wat ze met elkaar gemeen hadden.

De doniër had het idee dat Ayla nog niet volledig was hersteld van haar beproeving in de grot. Als ze dat niet in Ayla's ogen had gezien, zouden haar gewichtsverlies en ingevallen wangen haar wel hebben verraden. Zelandoni had te veel acolieten na een roeping zien terugkomen uit een grot of na over de steppe te hebben gedoold om niet te weten hoe gevaarlijk de beproeving was. Zij had het zelf bijna niet overleefd. Aangezien Ayla tegelijkertijd een baby had verloren, zou ze waarschijnlijk de neerslachtigheid ondervinden die de meeste vrouwen na een bevalling overviel, en na een miskraam was die dikwijls erger.

Maar de Ene Die Eerste Was had nu in Ayla's ogen meer gezien dan de beproeving die ze in de grot had ondergaan. Ze had pijn gezien, de scherpe, verkillende pijn van jaloezie met alle daarmee gepaard gaande gevoelens van verraad, woede, twijfel en angst. Ze houdt te veel van hem; dat is niet moeilijk, wist de vrouw die vroeger Zolena had geheten. De Eerste had zich de afgelopen paar jaar dikwijls afgevraagd hoe een vrouw die zoveel van een man hield ook een Zelandoni kon zijn, maar Ayla's begaafdheid was ongekend. Ondanks haar liefde voor Jondalar was die onmiskenbaar. En zijn gevoelens voor haar waren zo mogelijk nog sterker.

Maar hoeveel Jondalar ook van haar hield, hij was een man met sterke driften. Het was voor hem moeilijk die te negeren. Vooral door het ontbreken van sociale beperkingen was het voor iemand die hem zo intiem kende als Marona, kinderspel om al haar charme in de strijd te gooien om hem aan te moedigen. Het was maar al te makkelijk om de gewoonte aan te nemen om naar haar toe te gaan in plaats van Ayla lastig te vallen als ze het druk had.

Zelandoni wist dat Jondalar Ayla niets had verteld over zijn verhouding met Marona, en de mensen die om hen gaven hadden instinctief geprobeerd haar te beschermen. Ze hoopten dat Ayla er niet achter zou komen, maar de doniër wist dat dat ijdele hoop was als hij ermee doorging. Dat had hij ook moeten beseffen.

Hoe goed Ayla zich ook aan de manier van leven van de Zelandoniërs had aangepast en hoezeer ze er helemaal bij leek te horen, ze was geen geboren Zelandoniër. Hun gewoonten en gebruiken waren voor haar niet natuurlijk. Zelandoni wenste bijna dat de Zomerbijeenkomst afgelopen was. Ze zou de jonge vrouw graag in de gaten houden, zich ervan vergewissen dat alles goed met haar ging, maar het laatste deel van de Zomerbijeenkomst was een drukke tijd voor de Ene Die Eerste Was. Ze observeerde de jonge vrouw, in een poging de reikwijdte van haar gevoelens na het ontdekken van Jondalars samenzijn met Marona te doorgronden, en welke uitwerking dat op haar zou hebben.

Op Proleva's aandringen nam Ayla een bord eten aan, maar ze schoof het alleen maar heen en weer. Ze gooide het eten weg, maakte het bord schoon en gaf het terug. 'Ik wilde maar dat Jonayla terugkwam. Weet jij toevallig hoe lang ze wegblijft?' zei Ayla. 'Ik vind het jammer dat ik er niet was toen ze terugkwam.'

'Je zou naar Levela kunnen gaan om haar te halen,' zei Proleva. 'Levela zou het erg leuk vinden als je even langskwam. Ik heb niet gezien waar Jondalar naartoe ging. Misschien is hij daar ook.'

'Ik ben doodmoe,' zei Ayla. 'Ik geloof niet dat ik erg aangenaam gezelschap ben. Ik ga vroeg naar bed, maar wil je Jonayla naar binnen sturen als ze terugkomt?'

'Voel je je wel goed, Ayla?' vroeg Proleva, die het niet kon geloven dat Ayla gewoon naar bed wilde gaan. Ze had de hele dag Jondalar lopen zoeken en nu wilde ze niet eens een stukje lopen om hem te vinden.

'Ik voel me prima. Ik ben alleen maar moe,' zei Ayla, en toen liep ze in de richting van een van de grote, ronde onderkomens die rondom de centrale vuurplaats stonden.

Een wand van sterke verticale panelen, gemaakt van overlappende lisdoddenbladeren, die regenwater afstootten, was bevestigd aan de buitenkant van een kring van palen die in de grond waren gezet. Aan de binnenkant van de palen was een tweede wand bevestigd die was geweven van geplette lisdoddenstengels. De ruimte tussen de buiten- en binnenwanden zorgde voor extra isolatie, waardoor het op hete dagen binnen koel bleef en op koele avonden als er binnen een vuur brandde, de warmte werd vastgehouden. Het dak dat vanaf de middelste paal schuin afliep bestond uit een dikke laag elkaar overlappende rietstengels en het steunde op een rond geraamte van dunne elzenhouten palen die aan elkaar vastgebonden waren. De rook ontsnapte door een gat naast de middelste paal.

De vrij grote binnenruimte kon in zijn geheel worden gebruikt of door middel van verplaatsbare panelen in kleinere ruimten worden verdeeld. Slaaprollen lagen uitgespreid op matten van biezen, lange rietstengels en lisdoddenbladeren rondom een vuurplaats. Ayla ontkleedde zich gedeeltelijk en kroop in haar slaaprol, maar van slapen was geen sprake. Als ze haar ogen dichtdeed, verscheen het beeld van

Jondalar en Marona voor haar geestesoog, en haar hoofd tolde van wat dat voor gevolgen had.
Ayla wist dat jaloezie bij de Zelandoniërs niet werd geduld, maar ze was zich er minder van bewust dat gedrag waardoor jaloezie werd uitgelokt nog minder aanvaardbaar was. Iedereen erkende dat jaloezie bestond en begreep ook waardoor die werd veroorzaakt, en belangrijker nog, iedereen kende het schadelijke effect. Maar in een land dat gebukt ging onder lange, gure glaciale winters, was overleven afhankelijk van wederzijdse steun en hulp. Op het naleven van de ongeschreven restricties tegen gedrag dat de noodzakelijke inzet om de eensgezindheid en onderlinge verstandhouding te handhaven kon ondermijnen, werd door sociale gebruiken streng toegezien.
Onder zulke ongunstige omstandigheden liepen vooral kinderen gevaar. Veel kinderen stierven jong, en hoewel de gemeenschap in zijn geheel belangrijk was voor hun welzijn, werd een hechte zorgzame familie als essentieel gezien. Hoewel een familie doorgaans begon met één vrouw en één man, kon die op verschillende manieren worden uitgebreid. Niet alleen met grootouders, tantes, ooms en neven en nichten, maar een vrouw kon voor meer dan één man kiezen, een man kon twee of meer vrouwen nemen, en er konden zelfs meerdere paren een verbintenis met elkaar aangaan, zolang alle betrokkenen ermee instemden. De enige uitzondering was het verbod op een verbintenis tussen naaste familieleden. Broers en zussen konden geen verbintenis aangaan met elkaar of met naaste neven en nichten. Er waren ook relaties die hogelijk werden afgekeurd, zij het niet uitdrukkelijk verboden, zoals een relatie tussen een jonge man en zijn donii-vrouw.
Als de familie was gevormd werden gewoonten en gebruiken ontwikkeld om de continuïteit te bevorderen. Jaloezie was niet bevorderlijk voor een langdurige band en er werden verscheidene maatstaven vastgesteld om de schadelijke effecten in te perken. Voorbijgaande verliefdheden konden dikwijls worden bevredigd tijdens de door de gemeenschap goedgekeurde feesten om de Moeder te eren. Incidentele relaties buiten de familie werden doorgaans door de vingers gezien, zolang er ingetogen en discreet werd gehandeld.
Als de aantrekkingskracht van een levensgezel afnam of als iemand zich sterker tot een ander voelde aangetrokken, werd de voorkeur gegeven aan opname in de familie boven het opbreken van de familie. En als er niets anders overbleef dan de knoop doorsnijden, werd de betrokkenen altijd een boete opgelegd om het verbreken van de verbintenis te ontmoedigen, vooral als er kinderen waren.
De boete kon bestaan uit voortgezette hulp en steun aan de familie

voor een bepaalde periode, wat soms gepaard ging met de bepaling dat er in die tijd geen nieuwe verbintenis mocht worden aangegaan. Het gebeurde ook dat de boete onmiddellijk werd voldaan, vooral als een of meerdere personen naar een andere Grot wilden verhuizen. Er waren geen vaste regels. Elke situatie werd individueel beoordeeld door een aantal mensen, doorgaans mensen die er niet rechtstreeks bij betrokken waren en die werden gezien als wijze, rechtvaardige leiders.

Als een man de knoop met zijn gezellin wilde doorsnijden en de familie wilde verlaten om met een andere vrouw een verbintenis aan te gaan, werd een wachtperiode vastgesteld waarvan de duur van verschillende factoren afhankelijk was, bijvoorbeeld om te zien of de andere vrouw zwanger was. Tijdens de wachtperiode werden ze aangespoord om zich bij de familie aan te sluiten in plaats van de verbintenis te verbreken. Als er sprake was van zoveel antipathie tegen de nieuwe vrouw dat ze zich niet bij de familie wilde aansluiten of dat ze niet in de familie zou worden aanvaard, kon de man de bestaande verbintenis verbreken, maar dan kon van hem worden geëist dat hij de bestaande familie een tijdlang zou blijven steunen. Of de boete kon in één keer worden afgekocht met een hoeveelheid opgeslagen voedsel, werktuigen, gebruiksvoorwerpen of wat er ook maar verhandelbaar was.

Ook een vrouw kon vertrekken en, vooral als ze kinderen had en woonde bij de Grot van haar levensgezel, teruggaan naar de Grot waarbij ze was geboren, of naar de Grot van een andere man verhuizen. Als sommige of alle kinderen bij de levensgezel bleven of als een vrouw een levensgezel verliet die ziek of gebrekkig was, werd haar soms een boete opgelegd. Als ze bij haar thuis-Grot woonden kon ze de Grot vragen om een ongewilde levensgezel weg te sturen; de Grot van zijn moeder moest hem dan terugnemen. Er werd doorgaans een reden gegeven: de man was wreed tegenover haar of haar kinderen, of hij was lui en voorzag niet in hun levensbehoeften, al was dat niet altijd de ware reden. Het kon zijn dat hij niet genoeg aandacht aan haar schonk of dat ze belangstelling had gekregen voor iemand anders of dat ze gewoon niet meer met hem of welke andere man ook wilde samenleven.

Af en toe zei een van hen of zeiden beiden gewoon dat ze niet langer bij elkaar wilden wonen. Voor de Grot stond het belang van de kinderen altijd voorop en zolang in hun onderhoud werd voorzien of als ze volwassen waren, werd bijna elke regeling aanvaard. Als er geen kinderen bij betrokken waren en er geen andere omstandigheden waren waarmee rekening moest worden gehouden, zoals de ziekte van een familielid, kon zowel de vrouw als de man de knoop betrekkelijk makkelijk doorsnijden en de relatie verbreken, wat doorgaans niet meer inhield dan een symbolische knoop in een touw doorsnijden en vertrekken. In elk van die situaties kon jaloezie uiterst ontwrichtend zijn, maar die werd in geen enkele situatie geduld. Zo nodig kwam de Grot tussenbeide. Zolang alle partijen meewerkten en er geen problemen tussen Grotten ontstonden en de relaties van anderen niet werden verstoord, konden de mensen bijna elke regeling treffen die ze maar wilden.

Er was natuurlijk niets wat de mensen ervan kon weerhouden aan een boete te ontkomen door simpelweg zijn of haar boeltje te pakken en weg te gaan, maar andere Grotten hoorden doorgaans vroeg of laat van elke scheiding en aarzelden dan niet om sociale druk uit te oefenen. Hij of zij zou niet worden verstoten, maar evenmin met open armen worden ontvangen. Een persoon zou alleen moeten gaan wonen of naar een verre plek moeten verhuizen om de boete te ontlopen, en de meeste mensen wilden niet alleen zijn of bij vreemden wonen.

Dalanar had maar al te graag de boete betaald. Hij had geen andere vrouw en hield nog steeds van Marthona, maar hij kon er niet meer tegen om bij haar te blijven terwijl zoveel van haar tijd en aandacht werd opgeslokt door de behoeften van de Negende Grot. Hij had bezittingen geruild om de volledige boete zo snel mogelijk te kunnen betalen zodat hij kon vertrekken, maar hij was niet van plan geweest om weg te blijven. Hij wilde alleen maar weg omdat de toestand te ondraaglijk was om te blijven, maar toen hij eenmaal was vertrokken, reisde hij door tot hij in de uitlopers van de bergen in het oosten toevallig een vuursteenmijn ontdekte en daar bleef.

Ayla was nog klaarwakker toen Jonayla en Wolf de tent in kwamen. Ze stond op om haar dochter te helpen zich klaar te maken om naar bed te gaan. Na een beetje aandacht van haar ging Wolf naar de plek die ze voor hem had ingericht. Ze begroette enkele anderen die net de grote, stevige tijdelijke hut waren binnengekomen die aan verscheidene mensen onderdak bood.

'Waar was je, moeder?' vroeg Jonayla. 'Je was er niet toen ik met Zelandoni terugkwam.'

'Ik was op Whinney een eind gaan rijden,' zei Ayla. Voor het jonge meisje dat niets liever deed dan paardrijden, was die verklaring voldoende.

'Mag ik morgen met je uit rijden gaan? Ik heb Grijs al heel lang niet meer bereden.'

'Hoe lang?' vroeg Ayla met een glimlach.

'Zoveel dagen.' Jonayla stak twee vingers van haar ene hand en drie van de andere omhoog. Ze had het concept van tellen nog niet hele-

maal onder de knie, vooral het in verband brengen van vingers met het aantal dagen.
Ayla glimlachte. 'Kun je de telwoorden opzeggen voor hoeveel dat is?' Ze raakte elke vinger aan om haar te helpen.
'Een, twee, vier...' begon Jonayla.
'Nee, eerst drie en dan vier.'
'Drie, vier, vijf!' zei Jonayla.
'Heel goed!' zei Ayla. 'Ja, we kunnen morgen wel een eindje gaan rijden.'
Kinderen werden niet van volwassenen gescheiden en op een gestructureerde manier geschoold. Ze leerden door observatie en imitatie van volwassenen. Jonge kinderen waren doorgaans samen met een zorgzame volwassene tot ze de wens kenbaar maakten om in hun eentje op onderzoek uit te gaan, en als ze aangaven dat ze iets wilden proberen, werd hun doorgaans een werktuig gegeven en voorgedaan hoe ze het moesten doen. Soms zochten ze hun eigen werktuig en probeerden ze iemand na te doen. Als ze echt voor het een of ander aanleg toonden, werden er soms werktuigen in kinderformaat voor hen gemaakt, geen speeltjes maar kleinere versies van doelmatige werktuigen.
Poppen vormden een uitzondering. Het was niet makkelijk om een kleine, levensechte baby na te maken. Zowel meisjes als jongens kregen replica's van mensen van verschillende grootte en vorm als ze klein waren en als ze die wilden. Bovendien werden echte baby's dikwijls verzorgd door slechts iets oudere broertjes of zusjes, doorgaans onder het waakzame oog van een volwassene.
Kinderen namen ook altijd deel aan gemeenschapsactiviteiten. Ze werden aangespoord om mee te doen met het dansen en zingen dat deel uitmaakte van de diverse festiviteiten, en kinderen die daar erg goed in waren werden aangemoedigd. Mentale concepten zoals telwoorden werden meestal terloops opgepikt tijdens het verhalen vertellen, door spelletjes en gesprekken, al verzamelde een van de zelandonia soms een groepje kinderen om hun een concept of activiteit uit te leggen of te demonstreren.
'Ik ga meestal met Jondé uit rijden,' zei Jonayla. 'Kan hij ook mee?'
Ayla aarzelde even. 'Als hij dat wil.'
'Waar is Jondé eigenlijk?' vroeg Jonayla, die om zich heen keek en plotseling besefte dat hij er niet was.
'Dat weet ik niet,' zei Ayla.
'Hij is er anders altijd als ik naar bed ga. Ik ben blij dat je er bent, moeder, maar ik vind het nog leuker als jullie er allebei zijn,' zei Jonayla.

De gedachte galmde door Ayla's hoofd. Ja, ik ook, maar hij wilde bij Marona zijn.

Toen Ayla de volgende ochtend wakker werd, wist ze niet meteen waar ze was. De hut was bekend, ze had dikwijls in zo'n hut geslapen. Opeens wist ze het weer. Ze was bij de Zomerbijeenkomst. Ze keek naar de plek waar haar dochter meestal sliep. Jonayla was al weg. Als het kind ontwaakte, was ze meteen klaarwakker en sprong ze onmiddellijk uit bed. Ayla glimlachte en keek toen naar Jondalars plek. Hij was er niet en zo te zien was hij de hele nacht weggebleven. Opeens drong de verpletterende werkelijkheid tot haar door. Bij de gedachte aan waar hij mogelijk was geweest welden er hete tranen in haar ogen op.

Ayla had de meeste gebruiken van haar aangenomen volk geleerd en ze had verhalen en legenden gehoord waardoor de betekenis ervan haar duidelijk was geworden, maar ze was niet in de cultuur geboren, en gepast gedrag was haar niet vanaf haar vroegste jeugd ingeprent. Ze wist hoe over jaloezie werd gedacht, maar voornamelijk met betrekking tot Jondalars gebrek aan zelfbeheersing als jongeling. Ze vond dat ze moest laten zien dat zij haar emoties de baas kon.

Haar ervaring in de grot was zowel fysiek als emotioneel een zware beproeving geweest en ze kon niet helder denken. Ze wilde zich niet tot een ander wenden om hulp, omdat ze bang was dat ze daarmee zou aantonen dat ze, net als Jondalar, zichzelf niet in de hand had. Maar ze was zo van streek dat ze onbewust naar hem wilde uithalen, hem haar pijn wilde laten voelen. Ze was tot in haar ziel gekwetst en ze wilde hem terugpakken, hem op zijn knieën brengen van berouw. Ze overwoog zelfs om naar de grot terug te gaan en de Moeder te smeken haar leven te nemen, alleen maar om Jondalar tot berouw te dwingen.

Ze verdrong haar tranen. Ik wil niet huilen, dacht ze. Ze had lang geleden, toen ze bij de Stam woonde, geleerd haar tranen te bedwingen. Niemand zal weten hoe ik me voel, dacht ze. Ik zal net doen alsof er niets is gebeurd. Ik zal vrienden bezoeken, ik zal meedoen aan de activiteiten, ik zal bijeenkomen met de andere acolieten, ik zal alles doen wat van mij wordt verwacht.

Ayla lag wakker en probeerde de moed te verzamelen om op te staan en de dag onder ogen te zien. Ik zal met Zelandoni moeten praten en haar moeten vertellen wat er in de grot is gebeurd. Het zal niet makkelijk zijn om iets voor haar verborgen te houden. Ze weet altijd alles. Maar ik mag het haar niet laten weten. Ik kan haar niet vertellen dat ik weet hoe jaloezie voelt.

Iedereen die de hut met hen deelde wist dat er tussen Ayla en Jondalar iets was voorgevallen, en de meesten hadden wel zo'n idee van wat dat was. Terwijl Jondalar in de veronderstelling verkeerde dat hij discreet te werk ging, had Marona bepaald geen discretie tentoongespreid, en iedereen wist wat er tussen Marona en hem had gespeeld. Ze waren blij geweest toen Ayla arriveerde, zodat alles weer normaal kon worden. Maar toen Ayla de hele middag was weggebleven, een verfomfaaide Marona ongezien het kamp probeerde binnen te glippen, haar boeltje pakte en vertrok, en Jondalar duidelijk van streek terugkwam en die nacht niet naar de hut was gekomen, was het niet moeilijk om conclusies te trekken.

Toen Ayla eindelijk opstond, zaten verscheidene mensen rond een vuur aan een ochtendmaal. Het was nog vroeg, vroeger dan ze had gedacht. Ayla ging bij hen zitten.

'Proleva, weet jij waar Jonayla is? Ik heb haar beloofd met haar uit rijden te gaan, maar ik moet eerst met Zelandoni praten,' zei Ayla.

Proleva bekeek haar kritisch. Ayla leek er beter mee om te gaan dan gisteren; iemand die haar niet kende zou waarschijnlijk niet aan haar zien dat er iets was, maar Proleva kende haar beter dan de meeste mensen.

'Jonayla is weer naar Levela. Ze brengt daar erg veel tijd door, en Levela vindt dat heerlijk. Mijn kleine zusje heeft het altijd al heerlijk gevonden om allemaal kinderen om zich heen te hebben,' zei Proleva. 'Ik moest je van Zelandoni zeggen dat ze je zo snel mogelijk wil spreken. Ze zei dat ze de hele ochtend beschikbaar is.'

'Dat doe ik na het eten, maar ik denk dat ik onderweg even bij Marsheval en Levela langs ga,' zei Ayla.

'Dat zullen ze fijn vinden,' zei Proleva.

Toen Ayla het kamp bereikte hoorde ze kibbelende kinderstemmen. 'Wat dan nog dat jij hebt gewonnen,' schreeuwde Jonayla tegen een jongen die iets groter was dan zij. 'Je kunt willen wat je wil, je kunt alles pakken, maar jij kunt geen baby krijgen, Bokovan. Als ik groot ben neem ik een heleboel baby's, maar jij kunt er geen een krijgen. Lekker puh!'

Jonayla stond tegenover de jongen. Hoewel hij groter was, was ze hem duidelijk de baas. De wolf zat in elkaar gedoken met zijn oren naar achteren en leek onzeker. Hij wist niet wie hij moest beschermen. Hoewel de jongen groter was, was hij jonger. Hij leek nauwelijks meer dan een baby, een bovenmaatse baby. Zijn mollige, korte beentjes waren krom, zijn romp was in verhouding lang en werd geaccentueerd door een dikke babybuik. Wolf rende naar Ayla toen hij haar zag en ze sloeg zijn armen om hem heen om hem te kalmeren.

Bokovan had nu al veel bredere schouders dan haar dochter, zag Ayla. Hij had een grote neus in een gezicht dat spits toeliep, waardoor die

neus werd geaccentueerd, en hij had een terugwijkende kin. Hoewel zijn voorhoofd recht was, had hij wel een benige richel boven zijn ogen, niet groot, maar wel duidelijk zichtbaar.
Voor Ayla leed het geen twijfel dat hij de uiterlijke kenmerken van de Stam had, inclusief zijn donkere, glanzende ogen, maar hun vorm was niet helemaal Stam. Net als zijn moeder had hij een lichte mongolenplooi, waardoor zijn ogen schuin leken te staan, en op dat moment waren ze gevuld met tranen. Ayla vond hem een exotisch en knap kind, al was ze een van de weinigen.
De jongen rende naar Dalanar. 'Dawanah,' zei de jongen huilend. 'Jonawah zeggen ik niet een baby kan kwrijgen. Zeg haaw niet waaw.'
Dalanar tilde de jongen op en zette hem op zijn schoot. 'Ik ben bang dat het inderdaad waar is, Bokovan,' zei Dalanar. 'Jongens kunnen geen baby's krijgen. Alleen meisjes kunnen als ze groot zijn baby's krijgen. Maar op een dag kun je een verbintenis aangaan met een vrouw en helpen met het verzorgen van haar baby's.'
'Maaw ik wiw ook een baby,' zei Bokovan, snikkend.
'Jonayla! Dat was gemeen van je,' zei Ayla berispend. 'Kom hier en zeg tegen Bokovan dat het je spijt. Het is helemaal niet aardig om hem aan het huilen te maken.'
Jonayla voelde zich schuldig; ze had hem echt niet aan het huilen willen brengen. 'Het spijt me, Bokovan,' zei ze.
Ayla zei bijna dat hij zou helpen om baby's te maken als hij groot was, maar ze bedacht zich. Ze had nog niet eens met Zelandoni gesproken en Bokovan zou het toch niet begrijpen, maar haar hart ging naar de jongen uit. Ze ging voor hem op haar knieën zitten.
'Hallo, Bokovan. Ik ben Ayla en ik vind het leuk om eindelijk kennis met je te maken. Je moeder en Echozar zijn mijn vrienden.'
'Kun je "hallo" zeggen tegen Ayla, Bokovan?'
'Hawo, Aywa,' zei de jongen, en toen begroef hij zijn gezicht in Dalanars schouder.
'Mag ik hem vasthouden, Dalanar?'
'Ik weet niet of hij dat wil. Hij is erg verlegen en niet aan vreemden gewend,' zei Dalanar.
Ayla strekte haar armen naar de jongen uit. Hij keek haar bedachtzaam aan. Er lag een glanzende diepte in zijn donkere, schuinstaande ogen, en nog iets meer. Hij stak zijn armen naar haar uit en ze nam het kind uit de armen van de man. Wat was hij zwaar! Ayla verbaasde zich over zijn gewicht. 'Jij zult opgroeien tot een erg grote man, Bokovan. Wist je dat?' Ayla trok de jongen tegen zich aan.
'Het verbaast me echt dat hij het goedvindt dat je hem oppakt,' zei

Dalanar. 'Hij moet nooit veel van vreemden hebben.'
'Hoe oud is hij nu?' vroeg ze.
'We kunnen nu drie jaar voor hem tellen, maar hij is groot voor zijn leeftijd. Dat kan een probleem zijn, vooral voor een jongen. Mensen denken dat hij ouder is dan hij is. Ik was altijd groot voor mijn leeftijd toen ik jong was. Jondalar ook,' zei Dalanar.
Waarom deed het horen van Jondalars naam zo'n pijn, dacht Ayla. Ze moest leren dat te overwinnen. Als ze een Zelandoni wilde zijn, moest ze zich weten te beheersen. Ze was erin getraind haar geest onder alle omstandigheden in bedwang te houden; waarom kon ze dat nu niet?
Met de jongen op haar arm begroette Ayla Levela en Marsheval. 'Ik begrijp dat Jonayla hier erg dikwijls is. Het schijnt dat ze liever hier is dan ergens anders. Bedankt dat je een oogje op haar houdt.'
'Graag gedaan,' zei Levela. 'Ze is goede vrienden met mijn dochters, maar ik ben blij dat je er eindelijk bent. Het werd al zo laat in het seizoen dat we begonnen te twijfelen of je nog zou komen.'
'Ik had eerder willen komen, maar door omstandigheden kon ik niet eerder vertrekken,' zei Ayla.
'Hoe gaat het met Marthona? Iedereen mist haar,' zei Levela.
'Ze lijkt iets beter... Over Marthona gesproken...' Ze keek naar Dalanar. Hij sprak voor ze iets kon vragen. 'Joharran heeft gisteren in de middag enkele mensen naar de Negende Grot gestuurd. Als ze het aandurft verwacht ik haar over een paar dagen.' Hij zag de vragende uitdrukking op Levela's gezicht. 'Ze willen haar op een draagbaar vervoeren, als ze dat goedvindt. Het was Ayla's idee. Folara en de jonge Aldanor schijnen veel met elkaar op te trekken en Ayla dacht dat Marthona hier zou willen zijn als het serieus wordt. Ik weet hoe Jerika zich zou voelen als het Joplaya betrof.' Het jonge paar glimlachte en knikte. 'Heb je Jerika of Joplaya al gezien, Ayla?' vroeg Dalanar.
'Nee, maar ik ben onderweg naar Zelandoni en ik heb Jonayla beloofd dat ik daarna met haar uit rijden ga.'
'Waarom kom je vanavond niet naar het Lanzadonische kamp om een maaltijd met ons te delen?' zei Dalanar.
Ayla glimlachte. 'Graag,' zei ze.
'Misschien kan Jondalar ook meekomen. Weet je waar hij is?'
Ayla's glimlach verdween, zag Dalanar bezorgd.
'Nee, ik vrees van niet,' zei Ayla.
'Ach ja, er gebeurt altijd van alles tijdens een Zomerbijeenkomst,' zei Dalanar, terwijl hij Bokovan van haar overnam.
Ja, dat kun je wel zeggen, dacht Ayla, terwijl ze haar weg vervolgde naar de bijeenkomst met de zelandonia.

33

'Ik zou nooit hebben gedacht dat iemand zo dom kon zijn om te denken dat hij de zelandonia om de tuin kan leiden,' zei de grote vrouw. Ze zat met Ayla in de grote hut die door de zelandonia voor allerlei doeleinden werd gebruikt. 'Bedankt dat je deze spullen hebt meegebracht.' Ze zweeg even. 'Je weet toch wel dat Madroman degene was die al die problemen over Jondalar en mij heeft afgeroepen? Toen hij nog jong was en ik zijn donii-vrouw was?'

'Dat heeft Jondalar me verteld. Is dat niet hoe hij zijn voortanden is kwijtgeraakt? Doordat Jondalar hem heeft geslagen?' vroeg Ayla.

'Hij heeft meer gedaan dan hem alleen maar een klap geven. Het was afschuwelijk. Hij werd zo gewelddadig dat er verscheidene mannen voor nodig waren om hem tegen te houden, terwijl hij nauwelijks meer was dan een kind. Dat was de voornaamste reden dat Jondalar naar Dalanar werd gestuurd. Hij heeft sindsdien geleerd zijn zelfbeheersing te bewaren, maar toentertijd waren zijn gevoelens, zijn woede en razernij, overweldigend. Volgens mij besefte hij niet eens wat hij Madroman aandeed. Het was alsof iets anders in zijn binnenste was gekropen en zijn bezieldheid eruit heeft geduwd; hij was buiten zichzelf.' De vrouw die vroeger Zolena heette deed haar ogen dicht, ademde een keer diep in en uit en schudde haar hoofd bij de herinnering.

Ayla wist niet wat ze moest zeggen, maar het verhaal schokte haar. Ze had Jondalar jaloers en van streek meegemaakt, maar nooit zo woedend.

'Het was waarschijnlijk maar goed ook dat iemand de zelandonia heeft ingelicht; ik had het veel te ver laten komen,' zei de Eerste, 'maar Madroman deed het niet omdat hij vond dat dat het enige juiste was. Hij had ons in het geheim bespied en deed het omdat hij jaloers was op Jondalar. Maar je begrijpt vast wel dat ik me begon af te vragen of mijn persoonlijke gevoelens mijn oordeelskracht beïnvloedden.'

'Ik geloof niet dat je dat zou doen,' zei Ayla.

'Ik hoop van niet. Ik heb al enige tijd mijn twijfels over Madroman. Volgens mij mist hij... iets... een bepaalde eigenschap die onontbeerlijk is voor iemand die de Moeder wil dienen, maar hij was al aangenomen om opgeleid te worden voordat ik Eerste was. Toen ik hem ondervroeg over zijn roeping, vond ik zijn verhaal te geforceerd. Verscheidene anderen waren het met me eens, maar sommige zelandonia wilden hem het voordeel van de twijfel geven. Hij is al erg lang acoliet en wil vanaf het begin niets liever dan een Zelandoni worden. Daarom leek het me beter om te beginnen met een informele ondervraging; hij is nog niet aan de beslissende test onderworpen. Deze dingen die je hebt meegebracht zullen misschien helpen de waarheid aan het licht te brengen. Dat is het enige wat ik wil. Hij heeft er misschien een goede verklaring voor. Als dat zo is, zal hij zeker worden erkend, maar als hij over zijn "roeping" liegt, dan moeten we dat weten.'

'Wat ga je met hem doen als wat hij vertelt niet waar is?'

'Er is niet veel wat we kunnen doen, behalve hem verbieden de kennis die hij als acoliet heeft verworven te gebruiken, en zijn Grot op de hoogte brengen. Hij zal in ongenade vallen en dat is een zware straf, maar er staan geen sancties op. Hij heeft niemand echt kwaad gedaan en zich niet schuldig gemaakt aan een misdaad; hij heeft alleen maar gelogen. Misschien zou liegen strafbaar moeten zijn, maar ik vrees dat iedereen dan straf verdient,' zei Zelandoni.

'Mensen van de Stam liegen niet. Dat kunnen ze niet. Met hun manier van spreken is dat altijd te zien en dus hebben ze nooit leren liegen,' zei Ayla.

'Dat heb je me weleens eerder verteld. Soms zou ik willen dat het bij ons ook zo was,' zei de doniër. 'Dat is een van de redenen waarom de zelandonia nooit willen dat er acolieten aanwezig zijn als we een nieuwe Zelandoni inwijden. Het gebeurt niet vaak, maar van tijd tot tijd is er altijd iemand die probeert een kortere weg te nemen. Dat lukt nooit. We hebben zo onze manieren om daar achter te komen.'

Verscheidene leden van de zelandonia waren de hut binnengekomen terwijl ze zaten te praten, onder wie de bezoekende zelandonia uit het zuiden, die er nog steeds waren. Ze waren allebei nieuwsgierig naar en gefascineerd door de punten van overeenkomst en de verschillen die ontstaan waren door de afstand tussen hen. Ze babbelden oppervlakkig met elkaar tot iedereen er was, en toen stond de grote vrouw op en liep ze naar de ingang, waar ze de onlangs ingewijde zelandonia die de zomerhut bewaakten, instructies gaf om niemand zo dichtbij te laten komen dat ze konden horen wat er binnen werd gezegd. Ayla keek in de grote zomerhut om zich heen.

De dubbelwandige ronde constructie van verticale panelen was vergelijkbaar met de slaaphutten, maar groter. De verplaatsbare binnenwanden waren tussen de verhoogde slaapplaatsen langs de buitenmuur opgestapeld, waardoor het één grote ruimte was. In de matten die op de grond lagen waren prachtige, ingewikkelde patronen geweven, en bij ronde tafels van verschillende grootte waren zitplaatsen gecreëerd in de vorm van kussens en krukjes. Op de meeste tafels stond een eenvoudige olielamp van zand- of kalksteen, die in de raamloze hut dag en nacht brandden.

Zelandoni sloot de voorhang voor de ingang en bond die dicht. Toen liep ze terug en nam ze plaats op een verhoogde kruk midden in de groep. 'Aangezien het zo laat in het seizoen is en je roeping tamelijk onverwacht kwam, vind ik dat de keus aan jou is, Ayla. Wil je eerst een informele ondervraging ondergaan? Dat kan makkelijker zijn om aan het proces te wennen. Of wil je liever een volledige formele test?' vroeg de Ene Die Eerste Was Onder Hen Die De Moeder Dienen.

Ayla deed haar ogen dicht en boog haar hoofd. 'Als we er alleen maar informeel over praten zal ik alles nog eens moeten doormaken, nietwaar?' vroeg ze.

'Ja, natuurlijk.'

Ze dacht aan de baby die ze had verloren en voelde een steek van verdriet. Eigenlijk wilde ze er helemaal niet over praten. 'Het was... zwaar,' zei ze. 'Ik wil het niet keer op keer moeten vertellen. Ik geloof dat ik geroepen ben. Zo niet, dan wil ik dat net zo graag weten als ieder ander. Kunnen we niet de informele ondervraging overslaan?'

Er brandde een vuur in een vuurplaats net achter het midden van de grote ronde ruimte, maar de rook vond zijn weg door het centrale gat naar buiten. In een waterzak die over een raamwerk was uitgespreid en pal boven het water was gezet stoomde water. De niet helemaal waterdichte, gedeeltelijk verduurzaamde huid van een groot dier liet net genoeg water door om te voorkomen dat de waterzak vlam zou vatten. De kookhuid was eerder gebruikt. De buitenkant was zwartgeschroeid en de onderkant iets gekrompen en misvormd door het kokende water vanbinnen en het vuur vanbuiten, maar het was een effectieve houder om een vloeistof boven de hete vlammen in de vuurplaats aan de kook te houden.

De Ene Die Eerste Was pakte tussen haar duim en wijsvinger wat gedroogde blaadjes van een groene plant uit een geweven kom en liet die in het borrelende water vallen, en dat herhaalde ze nog drie keer. Ayla herkende de sterke geur die opsteeg. Het was doornappel. Die was niet alleen gebruikt door Iza, de medicijnvrouw van de Stam die haar had grootgebracht en opgeleid, maar ook door De Mog-ur tijdens speciale ceremoniën met de mannen van de Stam. Ayla wist ook precies welk effect het had. Ook wist ze dat het in hun onmiddellijke omgeving niet te vinden was. Dat betekende dat het van een plek ver weg kwam, wat het zeldzaam en waardevol maakte.

'Hoe heet dat in het Zelandonisch?' vroeg Ayla, wijzend naar de gedroogde blaadjes.

'Het heeft in het Zelandonisch geen naam, en de vreemde naam is moeilijk uit te spreken,' zei de Eerste. 'We noemen het gewoon de zuidoostthee.'

'Hoe kom je eraan?'

'Van onze bezoekende doniërs van de zuidelijke Grot, de Vierentwintigste, dezelfde persoon die jou de kruiden gaf die we samen zouden uitproberen. Ze wonen vlak bij de grens van het territorium van een ander volk en hebben meer contact met hun buren dan met ons. Ze wisselen zelfs levensgezellen uit. Het verbaast me dat ze niet hebben besloten zich bij hen aan te sluiten, maar ze zijn buitengewoon onafhankelijk en trots op hun Zelandonisch erfgoed. Ik weet niet eens hoe de plant eruitziet of of het er meer dan één zijn,' zei de Eerste.

Ayla glimlachte. 'Ik wel. Het is een van de eerste planten waarover Iza me heeft geleerd. Ik heb er diverse namen voor gehoord: datura, stinkblad, en de Mamutiërs hebben er een naam voor die als doornappel vertaald kan worden. Het is een hoge plant, grof, met grote, sterk geurende bladeren. De plant heeft grote witte – soms paarse – trechtervormige bloemen waarvan de kelk uitwaaiert, en hij draagt stekelige vruchten. Alle delen zijn bruikbaar, inclusief de wortels. Bij verkeerd gebruik kunnen mensen zich vreemd gaan gedragen, en hij kan natuurlijk dodelijk giftig zijn.'

Alle verzamelde zelandonia waren plotseling zeer geïnteresseerd, vooral de bezoekers. Het verbaasde hen dat de jonge vrouw die ze eerder die zomer hadden leren kennen, er zoveel van wist.

'Heb je de plant hier in de buurt gezien?' vroeg Zelandoni van de Elfde.

'Nee,' zei Ayla, 'en ik heb er echt naar gezocht. Ik had er wat van bij me toen ik kwam. Maar dat is op en ik zou het kruid graag vervangen. Het is bijzonder nuttig.'

'Hoe gebruik je het?' vroeg de bezoekende doniër.

'Het is slaapverwekkend. Op een bepaalde manier bereid kan het als verdovingsmiddel worden gebruikt en op een andere manier bereid kan het mensen helpen zich te ontspannen, maar het kan erg gevaarlijk zijn. Het werd door de mog-urs van de Stam gebruikt bij heilige ceremoniën,' zei Ayla. Discussies zoals deze vond ze het leukst van deel uitmaken van de zelandonia.

'Hebben de verschillende delen van de plant verschillende effecten?' vroeg Zelandoni van de Derde.
'Ik vind dat we deze vragen voor een later tijdstip moeten bewaren,' zei de Eerste. 'We zijn hier bijeen voor een ander doel.'
Iedereen ging weer rustig zitten en degenen die zo gretig vragen hadden gesteld keken ietwat beschaamd voor zich uit. De Eerste schepte een drinknap vol en zette die neer om af te koelen. De rest werd rondgedeeld aan de anderen. Iedereen kreeg een beetje. Toen het voldoende was afgekoeld gaf de doniër de drinknap aan Ayla.
'Het testen kan ook zonder deze drank, met gebruikmaking van meditatie, maar dat zou meer tijd vergen. De thee helpt ons te ontspannen en in de juiste geestestoestand te geraken,' legde Zelandoni uit.
Ayla dronk de nap lauwwarme, smerig smakende thee leeg, nam toen, net als de anderen, een meditatiehouding aan, en wachtte. Ayla was aanvankelijk het meest geïnteresseerd in het bewust ervaren welk effect de thee op haar had. Ze dacht aan hoe haar maag voelde, of ze een verschil merkte in haar ademhaling, of ze een ontspannen gevoel in haar armen en benen kreeg. Maar het effect was subtiel. Ze was zich er niet van bewust dat haar geest afdwaalde en ze plotseling aan iets heel anders dacht. Ze was bijna verbaasd – als ze nog verbazing had kunnen voelen – toen ze merkte dat de Eerste zachtjes tegen haar praatte.
'Word je slaperig, Ayla? Heel goed. Ontspan je maar, laat jezelf slaperig worden. Erg slaperig. Maak je geest leeg. Denk aan niets anders dan aan mijn stem. Luister alleen naar mijn stem. Blijf rustig zitten, ontspan je, en luister naar mijn stem,' zei Zelandoni monotoon. 'Vertel eens, Ayla, waar was je toen je besloot naar de grot te gaan?'
'Ik was boven op de rotswand,' begon Ayla, maar toen zweeg ze.
'Vertel verder, Ayla, je was boven op de rotswand. Wat deed je? Neem rustig de tijd. Vertel me het hele verhaal op je eigen manier. Je hoeft je niet te haasten.'
'De Kortdag was al opgetekend, de zon was omgedraaid en ging terug, op weg naar winter, maar ik had besloten nog een paar dagen op te tekenen. Het was nogal laat en ik was moe. Ik besloot om het vuur op te rakelen en thee te maken. Ik zocht in mijn medicijnbuidel naar de munt. Het was donker maar ik heb de knopen afgetast om het juiste bundeltje te vinden. Ik vond het eindelijk dankzij de sterke muntgeur. Terwijl de thee trok besloot ik *Het Lied van de Moeder* te oefenen. Ayla begon het lied op te zeggen.

Uit de chaos van tijd, vóór het eerste ochtendgloren,
Werd uit de wervelwind de verheven Moeder geboren.

Zij besefte terstond: het leven had grote waarde.
Maar de donkere leegte griefde de Grote Moeder der Aarde.
De Moeder was alleen. Verder was er niet een.

'Dat is mijn favoriet van alle legenden en geschiedverhalen, dus zei ik het op terwijl ik de thee dronk,' zei Ayla, waarna ze verderging met de volgende coupletten.

Uit het stof van Haar geboorte schiep toen de Moeder,
Een bleek stralende vriend, een metgezel, een broeder.
Tezamen groeiden zij op, leerden liefde en kommernis,
En toen Zij daarvoor rijp was, volgde een verbintenis.
Hij koesterde Haar. Haar bleek stralende minnaar.

Even was Ze gelukkig met één om te beminnen,
Maar de Moeder werd onrustig, onzeker vanbinnen.
Ze beminde Haar vriend, Haar gezel in het leven,
Maar toch miste Zij iets, had meer liefde te geven.
De Moeder was Zij. Ze wilde er een wezen bij.

Ze tartte de grote leegte, de chaos, alle duistere hoeken,
Om de kille bron van de vonk van het leven te zoeken.
De wervelwind was afschrikwekkend, het duister volkomen,
Chaos was ijskoud, en liet zich met Haar warmte doorstromen.
De Moeder was onwankelbaar. Ze schrok niet terug voor het gevaar.

Aan ijzige chaos onttrok Zij de vonk waaruit leven ontsproot,
En Ze vluchtte met de levenskracht ingebed in Haar schoot.
Met het leven dat Zij droeg dijde Zij uit,
En vol liefde en trots gaf Zij van Zichzelf aan Haar spruit.
De Moeder was geslaagd in Haar streven. Zij deelde Haar leven.

Ze zag het allemaal weer duidelijk voor zich, bijna alsof ze daar weer was. 'Ik droeg ook een kind en deelde mijn leven met de groeiende levenskracht in mijn binnenste. Ik voelde me heel dicht bij de Moeder.' Ze glimlachte dromerig.
Verscheidene zelandonia wisselden verbaasde blikken, en toen keken ze naar de Eerste. De grote vrouw knikte om aan te geven dat ze had geweten dat Ayla zwanger was. 'En wat gebeurde er toen, Ayla? Wat gebeurde er boven op de rotswand?'
'De maan was erg groot, erg helder. Hij vulde de hele hemel. Ik werd

ernaartoe getrokken, erin getrokken,' vervolgde Ayla. Toen vertelde ze dat ze opeens boven het landschap zweefde en dat de zuil van steen gloeide, en dat ze bang was geworden en naar beneden was gerend, naar de Negende Grot, en toen naar Rivierafwaarts en naar de Rivier. Ze vertelde dat ze langs een rivier had gelopen, een rivier als de Rivier, maar anders, heel erg lang. Het leken dagen, maar de zon scheen nooit. Het was altijd nacht, verlicht door de reusachtige maan.

'Ik denk dat Haar bleek stralende minnaar me hielp mijn weg te vinden,' zei Ayla. 'Uiteindelijk kwam ik bij de plaats van de Heilige Fontein. Ik zag het pad naar de grot gloeien in het licht van Lumi, Haar glanzende vriend. Ik wist dat hij me vertelde dat ik dat pad moest volgen. Ik liep naar boven, maar het pad was erg lang. Ik vroeg me af of ik niet verkeerd was gelopen en toen was ik er opeens. Ik zag de donkere opening van de grot, maar durfde niet naar binnen te gaan. Toen hoorde ik: "Ze tartte de grote leegte, de chaos, alle duistere hoeken", en wist ik dat ik moedig moest zijn, net als de Moeder, en net als Zij de duisternis moest tarten.'

Ayla vertelde haar verhaal en de verzamelde zelandonia luisterden geboeid. Elke keer wanneer ze stopte of te lang aarzelde, spoorde Zelandoni haar met haar zachte, troostende, rustige stem aan.

'Ayla! Hier, drink dit!' Het was Zelandoni's stem, maar hij klonk heel ver weg. 'Ayla! Ga rechtop zitten en drink dit!' De stem was nu dwingend. 'Ayla!'

Ze voelde dat ze overeind werd getrokken en deed haar ogen open. De grote, vertrouwde vrouw hield een drinknap bij haar lippen. Ayla nam een slokje. Dat deed haar beseffen dat ze dorst had, en ze nam nog een slok. De mist in haar hoofd begon op te trekken. Ze werd overeind geholpen en ze werd zich bewust van zachte, opgewonden stemmen.

'Hoe voel je je, Ayla?' vroeg de Eerste.

'Ik heb een lichte hoofdpijn en ik heb nog steeds dorst,' zei ze.

'Door deze thee zul je je beter voelen,' zei de doniër van de Negende Grot. 'Neem nog maar een slok.'

Ayla gehoorzaamde. 'Ik geloof dat ik nu moet wateren,' zei ze glimlachend.

'Er staat een nachtmand achter dat scherm,' zei een Zelandoni, en ze wees naar de plek.

Ayla stond op, ze voelde zich duizelig, maar dat duurde maar even.

'We kunnen haar beter even tot zichzelf laten komen,' hoorde Ayla de Ene Die Eerste Was zeggen. 'Ze heeft een zware beproeving achter de rug, maar volgens mij valt er niet aan te twijfelen dat zij de volgende Eerste zal zijn.'

'Je hebt gelijk,' hoorde ze iemand anders zeggen. Ze hoorde de zelandonia onderling praten, maar luisterde niet meer. Wat bedoelden ze? Ze wist niet of ze dat gepraat over 'de volgende Eerste' wel zo prettig vond.

Toen ze terugkwam vroeg de Zelandoni van de Negende Grot: 'Herinner je je nog alles wat je ons hebt verteld?'

Ayla deed haar ogen dicht en fronste haar voorhoofd. 'Ik geloof van wel,' zei ze even later.

'We willen je enkele vragen stellen. Voel je je sterk genoeg om die te beantwoorden of wil je liever iets langer uitrusten?'

'Ik geloof dat ik wakker ben en ik voel me niet moe. Ik zou echter wel nog wat thee willen. Mijn mond voelt nog steeds droog aan,' zei Ayla. Haar drinknap werd weer gevuld.

'Onze vragen zullen je helpen je ervaring te interpreteren,' zei de doniër. 'Jij bent de enige die dat kan.' Ayla knikte. 'Weet je hoe lang je in de grot was?' vroeg de Eerste.

'Marthona zei bijna vier dagen,' zei Ayla, 'maar ik herinner me niet veel van toen ik naar buiten kwam. Er stonden mensen op me te wachten. Ze hebben me op een draagbaar teruggebracht, en de volgende paar dagen zijn een waas.'

'Denk je dat je enkele dingen zult kunnen uitleggen?'

'Ik zal het proberen.'

'De ijsmuren waarover je sprak... Ik meen me te herinneren dat je ons een keer hebt verteld dat je bij het oversteken van de gletsjer in een spleet bent gevallen. Als door een wonder ben je op een richel gevallen en heeft Jondalar je eruit getrokken, klopt dat?' vroeg de Eerste.

'Ja. Hij heeft me een touw toegeworpen en zei dat ik dat om mijn middel moest binden. Het andere uiteinde heeft hij aan zijn paard vastgemaakt. Renner heeft me eruit getrokken,' zei Ayla.

'Er zijn maar weinig mensen die in een gletsjerspleet vallen en het geluk hebben er levend uit te komen. Je bent toentertijd erg dicht bij de dood geweest. Het komt wel vaker voor dat acolieten die geroepen worden de keren dat ze dicht bij de geestenwereld waren, opnieuw beleven. Zou dat een mogelijke interpretatie van de ijsmuren kunnen zijn?' vroeg de Eerste.

'Ja,' zei Ayla, en toen keek ze naar de grote vrouw. 'Ik heb er eerder niet bij stilgestaan, maar dat zou ook enkele andere dingen kunnen verklaren. Ik ben bijna omgekomen tijdens het oversteken van een rivier die buiten zijn oevers was getreden, en ik weet zeker dat ik Attaroa's gezicht heb gezien. Ze zou me beslist hebben gedood als Wolf me niet had gered.'

'Dat zal vast en zeker enkele visioenen verklaren. Ik heb nog niet het volledige verhaal van je Tocht hiernaartoe gehoord, maar de meeste anderen klaarblijkelijk wel,' zei de bezoekende Zelandoni. 'Maar wat was die zwarte leegte? Was dat een toespeling op *Het Lied van de Moeder* of had het een andere betekenis? Ik werd bijna bang voor je.' Er werd zachtjes gelachen en geglimlacht en instemmend geknikt.

'En wat betekenen de warme zee en de schepsels die in de modder wroeten en in de bomen zaten? Dat was allemaal erg vreemd,' zei iemand anders. 'En al die mammoeten en rendieren, en de bizons en de paarden?'

'Eén vraag tegelijk, alsjeblieft,' zei de Eerste. 'Er zijn veel dingen die we graag zouden willen weten, maar we hebben geen haast. Heb jij een interpretatie voor die dingen, Ayla?'

'Ik hoef ze niet te interpreteren; ik weet wat het zijn,' zei Ayla. 'Maar ik begrijp ze niet.'

'Nou, wat waren het dan?' vroeg de Zelandoni van de Derde Grot.

'Ik denk dat de meeste mensen weten dat ik vroeger bij de Stam heb gewoond. De vrouw die als een moeder voor me was, was een medicijnvrouw die me het meeste van wat ik over helen weet heeft geleerd. Ze had ook een dochter en we woonden bij de vuurplaats van haar broer, die Creb heette. De meeste mensen van de Stam noemden hem De Mog-ur. Een mog-ur is een man die de geestenwereld kent, en De Mog-ur was zoals De Ene Die Eerste Is, de machtigste van alle mog-urs.'

'Hij was dus een soort zelandoni,' zei de bezoekende Zelandoni.

'In zekere zin. Hij was geen genezer. De medicijnvrouwen zijn de genezers, zij zijn degenen die alles weten over geneeskrachtige planten en geneeswijzen, maar de mog-ur is degene die de geestenwereld aanroept om de genezing te bevorderen,' legde Ayla uit.

'Zijn dat twee afzonderlijke dingen? Ik heb ze altijd als onscheidbaar gezien,' zei de vrouw die Ayla niet kende.

'Dan zul je je misschien ook verbazen over het feit dat het alleen mannen werd toegestaan om met de geestenwereld te communiceren, om mog-ur te zijn, en dat alleen vrouwen genezers waren, medicijnvrouwen,' zei Ayla.

'Dat is inderdaad verbazingwekkend.'

'Ik weet niets over de andere mog-urs, maar De Mog-ur had een bijzondere manier om de geestenwereld aan te roepen. Hij kon teruggaan naar hun begin en anderen de weg tonen. Hij heeft zelfs mij een keer meegenomen, al had hij dat niet mogen doen, en ik geloof dat hij er achteraf veel spijt van had. Daarna is hij veranderd, hij raakte iets kwijt. Ik zou willen dat het nooit was gebeurd.'

'Hoe is het gebeurd?' vroeg de Eerste.

'Er was een wortel die ze gebruikten, alleen voor de speciale ceremonie met alle mog-urs bij de Stam-bijeenkomst. Die wortel moest op een speciale manier worden bereid, en de medicijnvrouwen van Iza's lijn waren de enigen die wisten hoe dat moest.'

'Bedoel je dat zij ook Zomerbijeenkomsten houden?' vroeg de Zelandoni van de Elfde.

'Niet elke zomer, eens in de zeven jaar. Toen het tijd was voor de Stambijeenkomst, was Iza ziek. Ze kon de tocht niet maken, en haar dochter was nog geen vrouw, en de wortel moest door een vrouw worden bereid, niet door een meisje. Hoewel ik niet over de Stam-herinneringen beschikte had Iza me geschoold om medicijnvrouw te worden. Er werd besloten dat ik de wortel voor de mog-urs zou moeten bereiden. Iza legde uit dat ik de wortel moest fijnkauwen en dan uitspuwen in een speciale kom. Ze waarschuwde me om niets van het sap door te slikken terwijl ik erop kauwde. Toen we aankwamen bij de Stam-bijeenkomst stonden de mog-urs niet toe dat ik de wortel bereidde. Ik was geboren bij de Anderen en niet bij de Stam, maar op het laatste moment kwam Creb me halen en zei dat ik mijn voorbereidingen moest treffen.

Ik heb het ritueel doorlopen, maar het was moeilijk en ik heb per ongeluk een beetje sap doorgeslikt, en ik had bovendien iets te veel gemaakt. Iza had me verteld dat het te kostbaar was om verspild te worden, en tegen die tijd kon ik niet meer helder denken. Ik dronk het restje uit de kom zodat het niet verloren zou gaan, en zonder het te beseffen ging ik de grot in waar ik diep in het binnenste de mog-urs aantrof. Vrouwen mochten niet deelnemen aan de ceremoniën van de mannen, maar ik was er en had ook het sap gedronken.

Ik kan niet goed uitleggen wat er daarna gebeurde, maar op de een of andere manier wist Creb dat ik er was. Ik viel in een diepe, zwarte leegte; ik dacht dat ik voor altijd verloren was, maar Creb kwam en trok me eruit. Ik geloof echt dat hij mijn leven heeft gered. De mensen van de Stam hebben een bijzondere geestelijke eigenschap die wij niet hebben, zoals wij een eigenschap hebben die zij niet hebben. Ze hebben herinneringen; ze herinneren zich wat hun voorouders wisten. Ze hoeven niet te leren wat ze moeten weten, zoals wij. Ze hoeven het alleen maar te "weten"; ze moeten eraan herinnerd worden het zich te herinneren. Ze kunnen wel nieuwe dingen leren, maar dat is voor hen veel moeilijker dan voor ons.

Hun herinneringen gaan heel ver terug. Onder bepaalde omstandigheden kunnen ze teruggaan naar hun oorsprong, naar een tijd zo lang geleden dat er nog geen mensen waren en de aarde anders was. Misschien terug naar de tijd toen de Grote Aardmoeder Haar zoon baarde en het land met Haar geboortewater groen maakte. Creb had de gave om de andere mog-urs naar die tijd terug te leiden. Nadat hij me had gered, nam hij mij en de andere mog-urs mee terug in de herinneringen. Als je ver genoeg teruggaat, hebben we allemaal dezelfde herinneringen, en hij heeft me geholpen mijn herinneringen te vinden. Ik deelde de ervaring met hen.
In de herinneringen, toen de aarde anders was, zo lang geleden dat het moeilijk voor te stellen is, leefden zij die voor de mensen kwamen in de diepte van de oceaan. Toen het water opdroogde en ze in de modder kwamen vast te zitten, veranderden ze en leerden ze op land te leven. Daarna zijn ze nog heel vaak veranderd, en door Creb kon ik daar met hen naartoe. Het was voor mij niet helemaal hetzelfde als voor hen, maar toch, ik kon daarheen. Ik zag de Negende Grot voordat de Zelandoniërs daar woonden, toen ik met Jondalar na onze Tocht hier aankwam, herkende ik de Vallende Steen. En toen ging ik ergens heen waar Creb niet kon komen. Hij schermde me af van de andere mog-urs zodat ze niet zouden weten dat ik daar was, en toen zei hij dat ik weg moest gaan, dat ik weg moest uit de grot voordat ze me zouden ontdekken. Hij heeft de anderen nooit verteld dat ik daar was. Ik zou ter plekke zijn gedood als ze dat hadden geweten, maar daarna was Creb nooit meer dezelfde.'
Het bleef even stil toen Ayla zweeg. Zelandoni Die Eerste Was verbrak de stilte. 'In onze geschiedverhalen en legenden heeft de Grote Aardmoeder al het leven gebaard, en toen mensen als wij die Haar zouden eren. Wie zal zeggen hoe Doni ons heeft gevormd? Welk kind herinnert zich het leven in de baarmoeder? Voordat een baby geboren wordt ademt hij water, en na zijn geboorte moet hij zich inspannen om te ademen. Ieder van jullie heeft een mensenleven gezien en onderzocht voordat het volledig gevormd was, als het te vroeg was uitgedreven. In de eerste stadia lijkt een kind op een vis en daarna op een dier. Het kan zijn dat ze zich haar eigen leven in de baarmoeder herinnert, voor ze geboren werd. Ayla's interpretatie van haar ervaring als kind bij de mensen die zij de Stam noemt, is niet in tegenspraak met de legenden of *Het Lied van de Moeder*. Het bekrachtigt ze, verduidelijkt ze. Maar wat ik niet begrijp is dat degenen die wij zo lang "beesten" hebben genoemd en die zoveel weten over de Moeder en zoveel kennis in hun "herinneringen" hebben, Haar niet hebben erkend.'

De zelandonia waren opgelucht. De Eerste had wat op het eerste gezicht een tegenstrijdige overtuiging had geleken, en door Ayla met zoveel overtuiging was verteld dat het bijna een schisma had kunnen veroorzaken, laten samenvloeien met hun beginselen. Haar interpretatie haalde hun overtuigingen niet overhoop maar bekrachtigde ze juist. De zelandonia konden misschien aanvaarden dat degenen die zij Platkoppen noemden op hun eigen manier intelligent waren, maar ze moesten kunnen blijven geloven dat de overtuigingen van die mensen ondergeschikt waren aan die van hen. De Platkoppen hadden de Grote Aardmoeder niet erkend.
'Het was dus de wortel die de zwarte leegte en de vreemde schepsels naar voren bracht,' zei de Zelandoni van de Vijfde.
'Het is een krachtige wortel. Toen ik wegging bij de Stam heb ik er wat van meegenomen. Niet bewust; het zat gewoon in mijn medicijntas. Nadat ik een Mamutiër werd heb ik Mamut verteld over de wortel en mijn belevenis met Creb in de grot. Als jonge man was hij tijdens een reis gewond geraakt en een medicijnvrouw van de Stam had hem genezen. Hij had een poosje bij hen gewoond, had een aantal van hun gebruiken geleerd en deelgenomen aan minstens één ceremonie met de mannen van de Stam. Hij wilde dat wij samen de wortel uitprobeerden. Ik vermoed dat hij het idee had dat als Creb de situatie in de hand kon houden, hij dat ook zou kunnen, maar er zijn verschillen tussen de Stam en de Anderen. Met Mamut gingen we niet terug in vroegere herinneringen; we gingen ergens anders heen. Ik weet niet waarheen, maar het was bijzonder vreemd en angstaanjagend. We gingen door die leegte en kwamen bijna niet terug, maar... iemand... wilde zo graag dat we terugkwamen, dat zijn verlangen krachtiger was dan al het andere.'
Ayla keek op haar handen neer. 'Zo krachtig was zijn liefde... toen,' zei ze zacht. Zelandoni was de enige die de pijn in Ayla's ogen zag toen ze opkeek. 'Mamut zei dat hij die wortel nooit meer zou gebruiken. Hij zei dat hij bang was dat hij in die leegte zou verdwalen en nooit meer terug zou komen; dat hij nooit de volgende wereld zou vinden. Mamut zei dat als ik die wortel ooit nog eens zou gebruiken, ik ervoor zou moeten zorgen dat ik krachtige bescherming had omdat ik anders misschien nooit zou terugkomen.'
'Heb je nog wat van die wortel?' vroeg de Eerste.
'Ja. Ik heb er meer van gevonden in de bergen bij de Sharamudiërs, maar sindsdien heb ik ze nergens meer gezien. Ik geloof niet dat ze in deze streek groeien,' zei Ayla.
'De wortel die je hebt, is die nog goed? Er is veel tijd verstreken na je Tocht,' zei de grote vrouw.

'Iza zei dat als hij goed wordt gedroogd en in het donker wordt bewaard, de wortel alleen maar krachtiger wordt,' zei Ayla. De Ene Die Eerste Was knikte, meer tegen zichzelf dan tegen een ander.

'Ik heb sterk de indruk dat je barenspijn hebt ervaren,' zei de bezoekende Zelandoni. 'Ben je ooit tijdens het baren de dood nabij geweest?'

Ayla had de Eerste verteld over haar schokkende belevenis toen ze haar eerste kind, haar zoon van gemengde geesten, ter wereld bracht, en de grote vrouw dacht dat dat de verklaring zou kunnen zijn voor een deel van Ayla's baringspijn in de grot, maar ze vond het niet nodig dat iedereen dat wist.

'Ik ben van mening dat we de belangrijkste vraag uit de weg zijn gegaan,' zei de Eerste. '*Het Lied van de Moeder* is mogelijk de oudste van de Oude Legenden. Verschillen tussen Grotten, verschillen tussen tradities hebben dikwijls kleine variaties in het lied tot gevolg, maar de betekenis blijft altijd gelijk. Wil je het voor ons opzeggen, Ayla? Niet het hele lied; alleen het laatste deel.'

Ayla knikte, deed haar ogen dicht en dacht na over waar ze zou beginnen.

Met een bulderend geraas scheurden Haar rotsen uiteen,
En een diepe spelonk in Haar wezen verscheen.
Toen schonk Ze weer leven uit Haar innerlijk zo groot,
En ontsproten de Aardkinderen aan Haar moederschoot.
De Moeder, in vertwijfeling verzonken, heeft nu een schare kinderen het leven geschonken.

Sommige zwommen, andere vlogen, elk kind was uniek,
Sommige kropen, andere liepen, vol kracht en energiek.
Elke vorm was compleet, ieder wezen volmaakt,
Elke vorm was er een die kon worden nagemaakt.
Beloond zag de Moeder Haar grote streven. De groene aarde wemelde van het leven.

Geen van de vogels, vissen en dieren die het levenslicht hadden aanschouwd,
Zouden de Moeder verlaten, zij waren Haar trouw.
Elke soort zou nu leven bij de plek waar die was gebaard,
En zo bevolkten zij samen de Grote Moeder Aard'.
Ze bleven allen dicht bij Haar. Zo kwam geen van allen in gevaar.

Ayla was aarzelend begonnen, maar tijdens het opzeggen werd haar stem steeds krachtiger, haar voordracht overtuigender.

Zij waren alle Haar kinderen en trots was Haar deel,
Maar van Haar innerlijke levenskracht restte Haar niet veel.
Ze had een klein beetje over, een laatste restje kracht,
Om een kind te baren dat zou beseffen wat was volbracht.
Een kind dat respect zou leren. En de Moeder zou vereren.

Eerste Vrouw werd geboren, volgroeid en vol leven,
Gaven om te overleven werden haar meegegeven.
De Eerste Gave was het leven zelf en net als Grote Moeder Aarde,
Had ze een aangeboren besef des levens grote waarde.
Eerste Vrouw sproot voort. De allereerste van haar soort.

Ze kreeg de Gave van Visie, alles zien in verband,
Een verlangen naar kennis, een helder verstand.
Eerste Vrouw kreeg instinct, kennis werd haar grote kracht,
Om te kunnen overleven en om door te geven aan haar nageslacht.
Eerste Vrouw kon zich weren. Wat ze niet wist, dat kon ze leren.

Haar levenskracht was opgebruikt, maar de Moeder was niet versaagd,
Want in het doorgeven van de Levensgeest, was Zij zeker geslaagd.
Al Haar kinderen plantten zich voort om hun soort te handhaven,
En Vrouw was gezegend met dezelfde Gave.
Maar Vrouw was alleen. Verder was er niet een.

De Moeder dacht terug aan Haar eigen eenzaamheid,
De liefde van Haar vriend en zijn zoete tederheid.
Met inzet van al Haar krachten schiep Zij nog één vonk,
Waarmee Ze als gezel voor Vrouw Eerste Man het leven schonk.
Opnieuw had Zij gegeven. Nog één schonk Zij het leven.

Ayla sprak de taal zo vloeiend dat haar accent nauwelijks nog opviel. Iedereen was gewend aan haar uitspraak van bepaalde woorden en klanken. Het leek normaal. Maar terwijl ze de vertrouwde coupletten opzei, leek haar afwijkende manier van spreken er iets exotisch, iets mysterieus aan te geven waardoor het lied van elders leek te komen, misschien van een bovenaards oord.

Aan de zijde van Vrouw had zich nu Man geschaard,
En als thuis schonk de Moeder hun toen de Aard'.
Het water, het land, al wat Zij had gesticht,
Daar zorgvuldig mee omgaan, dat werd nu hun plicht.
Ze mochten alles beheren, maar het nimmer onteren.

De Moeder schonk de Aardkinderen Gaven om te overleven,
Maar toen besloot Ze om hun nog iets te geven.
De Gave van Genot en elkaar te beminnen,
Een eerbewijs aan de Moeder in de drift van hun zinnen.
De Gaven zijn welverdiend. Als daarmee de Moeder wordt gediend.

Tevreden met Haar schepping bezag Zij het paar,
Ze leerde hun tederheid en liefde voor elkaar.
Ze schonk hun verlangen om elkaar met liefde te strelen,
En de Gave van de Moeder samen in Genot te delen.
En toen was Zij klaar. Haar kinderen hielden van elkaar.

Dit was de plek waar het lied doorgaans eindigde en Ayla aarzelde even voordat ze doorging. Ze ademde een keer diep in en uit en zei toen het couplet op dat diep in de grot galmend haar hoofd had gevuld.

Haar laatste gave, de wetenschap dat ook de man iets moet geven,
Dat zijn sap nodig is voor het begin van een nieuw leven.
Het eert de Moeder wanneer het paar het Genotsspel speelt,
Want de vrouw raakt zwanger wanneer Genot wordt gedeeld.
De Aardkinderen hadden het geluk gevonden. De Moeder kon eindelijk rusten in Haar sponde.

Er viel een ongemakkelijke stilte toen ze zweeg. Niet een van de aanwezige machtige vrouwen en mannen wist wat hij of zij moest zeggen. Even later verbrak de Zelandoni van de Veertiende Grot de stilte. 'Dat couplet of iets vergelijkbaars had ik nog nooit gehoord.'
'Ik evenmin,' zei de Eerste. 'De vraag is: wat betekent het?'
'Wat denk jij dat het betekent?' vroeg de Veertiende.
'Ik denk dat het betekent dat de vrouw niet alleen nieuw leven schept,' zei de Eerste.
'Nee, natuurlijk niet. Het is algemeen bekend dat de geest van een man met de geest van een vrouw wordt vermengd om een nieuw leven te maken,' zei de Elfde.
Ayla mengde zich in het gesprek. 'Het couplet spreekt niet van "geest".

Het zegt dat de vrouw zwanger raakt als Genot wordt gedeeld,' zei ze. 'Het is niet alleen de geest van een man; een nieuw leven begint niet zonder het sap van de man. Een kind is evenzeer van de man als van de vrouw, een kind van zowel zijn als haar lichaam. Door het lichamelijk samenzijn van man en vrouw begint nieuw leven.'

'Wil je zeggen dat samenzijn niet voor Genot is?' vroeg de Derde ongelovig.

'Niemand twijfelt eraan dat samenzijn Genot is,' zei de Eerste met een sardonisch lachje. 'Volgens mij betekent het dat Doni's Gave meer is dan de Gave van Genot. Het is een Gave van Leven. Ik denk dat het couplet dat betekent. De Grote Aardmoeder heeft de man niet alleen maar geschapen om Genot met de vrouw te delen en in het onderhoud van haar en haar kinderen te voorzien. Een vrouw is de gezegende van Doni omdat ze nieuw leven voortbrengt, maar ook de man is gezegend. Zonder hem kan nieuw leven niet beginnen. Zonder mannen en zonder Genot zou het leven ophouden.'

Iedereen begon opgewonden door elkaar te praten. 'Er moeten beslist andere interpretaties zijn,' zei de bezoekende Zelandoni. 'Dit is te veel, te moeilijk om te geloven.'

'Geef mij dan maar een andere interpretatie,' zei de Eerste. 'Je hebt de woorden gehoord. Wat is jouw verklaring?'

De Zelandoni aarzelde en zei toen: 'Daar zou ik over na moeten denken.'

'Je kunt er een dag over nadenken of een jaar of zoveel jaren als je kunt tellen, maar de interpretatie zal niet veranderen. Ayla heeft bij haar roeping een Gave gekregen. Ze is gekozen om deze nieuwe Gave van de Kennis van Leven van de Moeder door te geven,' zei de Ene Die Eerste Was.

Dit wekte weer beroering. 'Maar gaven worden altijd geruild. Niemand ontvangt een Gave zonder iets daarvoor in ruil te geven, iets van even grote waarde,' zei de Zelandoni van de Tweede Grot. Dit was de eerste keer dat hij iets zei. 'Wat kon Ayla de Moeder in ruil geven dat van even grote waarde was?' Er viel een stilte en iedereen keek naar Ayla.

'Ik heb Haar mijn baby gegeven,' zei ze. In haar hart wist ze dat het kind dat ze had verloren door Jondalar was begonnen, dat het het kind van Jondalar en haar was geweest. Zal ik ooit nog een baby krijgen die ook van Jondalar zal zijn, vroeg ze zich af. 'De Moeder werd diep geëerd toen die baby werd begonnen. Het was een baby die ik wilde, meer dan ik kan zeggen. Zelfs nu doen mijn armen pijn door de leegte van dat verlies. Ik zal misschien ooit een andere baby krijgen, maar dat kind zal ik nooit krijgen.'

Ayla vocht tegen haar tranen. 'Ik weet niet van hoeveel waarde de Gaven die Ze haar kinderen schenkt voor de Moeder zijn, maar ik hecht aan niets grotere waarde dan aan mijn kinderen. Ik weet niet waarom Ze mijn kind wilde, maar de Grote Moeder heeft mijn hoofd gevuld met de woorden van haar Gave nadat mijn baby verdwenen was.' Tranen glinsterden in Ayla's ogen, hoe ze ook haar best deed ze terug te dringen. Ze boog haar hoofd en zei zacht: 'Ik zou willen dat ik Haar Gave kon teruggeven in ruil voor mijn baby.'
Verscheidene aanwezigen hapten naar lucht. Hoe kon ze zo makkelijk denken over een Gave van De Moeder, en openlijk wensen dat ze die kon teruggeven? De Moeder zou ontstemd kunnen zijn, en wie weet wat Ze dan zou kunnen doen?
'Weet je zeker dat je zwanger was?' vroeg de Elfde.
'Ik heb drie maanperioden overgeslagen en ik had alle andere symptomen. Ja, ik weet het zeker,' zei Ayla.
'En ik ook,' zei de Eerste. 'Ik wist al dat ze zwanger was voor mijn vertrek naar de Zomerbijeenkomst.'
'Dan moet ze een miskraam hebben gehad. Dat zou de barenspijn verklaren die ik uit haar verhaal meende op te maken,' zei de bezoekende Zelandoni.
'Volgens mij is het overduidelijk dat ze een miskraam heeft gehad. Ik geloof dat de miskraam haar gevaarlijk dicht bij de dood heeft gebracht terwijl ze in de grot was,' zei de Eerste. 'Dat is waarschijnlijk de reden waarom de Moeder haar baby wilde. Het offer was noodzakelijk. Het bracht haar dicht genoeg bij de volgende wereld om het de Moeder mogelijk te maken tegen haar te praten en haar het couplet voor de Gave van Kennis te geven.'
'Ik vind het heel erg,' zei de Zelandoni van de Tweede Grot. 'Een kind verliezen kan een ondraaglijke last zijn.' Hij zei het met zoveel oprecht gevoel dat Ayla zich erover verbaasde.
'Als niemand er bezwaar tegen heeft geloof ik dat het tijd is voor de ceremonie,' zei de Ene Die Eerste Was. Er werd instemmend geknikt. 'Ben je klaar, Ayla?'
De jonge vrouw fronste haar voorhoofd en keek verbijsterd om zich heen. Klaar? Waarvoor? Het overviel haar. De doniër zag haar ontsteltenis.
'Je zei dat je de formele test wilde afleggen. Dat wil zeggen dat als je de zelandonia wist te overtuigen, je naar het volgende niveau zou gaan. Je zou niet langer een acoliet zijn. Je zou hier weggaan als een Zelandoni,' legde de Eerste uit.
'Bedoel je nu meteen?' vroeg Ayla.

'Ja, het eerste merkteken van aanvaarding,' zei de Eerste, terwijl ze een scherp vuurstenen mes pakte.

34

'Er zal een openbare ceremonie worden gehouden om je aan de mensen voor te stellen als een Zelandoni, maar de merktekens worden bij de aanvaarding aangebracht, in afzondering, in bijzijn van alleen de zelandonia. Naarmate je rang stijgt en merktekens worden toegevoegd, wordt dat in aanwezigheid van Zelandonia en acolieten gedaan, maar nooit in het openbaar,' zei de Zelandoni Die Eerste Was. De grote vrouw, die de waardigheid en kracht van haar positie uitstraalde, vroeg: 'Ben je klaar?'

Ayla moest even slikken en fronste haar voorhoofd. 'Ja,' zei ze toen, en ze hoopte dat dat waar was.

De Eerste liet haar blik over de aanwezigen gaan om zich ervan te vergewissen dat ze ieders aandacht had. Toen begon ze. 'Deze vrouw is volledig geschoold om alle taken van de zelandonia te vervullen, en de Eerste Onder Hen Die De Grote Aardmoeder Dienen legt getuigenis af van haar kennis.'

Er werd geknikt en instemmend gemompeld.

'Ze is geroepen en getest. Is er iemand onder ons die haar roeping in twijfel trekt?' vroeg Zelandoni.

Er waren geen andersdenkenden. Er was nooit aan haar getwijfeld.

'Stemmen alle aanwezigen ermee in om deze vrouw als een Zelandoni in de zelandonia te accepteren?'

'We stemmen ermee in!' klonk het antwoord in koor.

Ayla keek toe terwijl de man die de Zelandoni van de Tweede Grot was naar voren kwam met een kom met een donkere inhoud in zijn uitgestrekte handen. Ze wist wat het was; een deel van haar geest nam niet slechts deel, maar keek ook toe. De schors van een lijsterbessenboom was in een ceremonieel vuur verbrand en in de wind tot een fijn grijs poeder gezift. De as van lijsterbesschors was bloedstelpend en ontsmettend. Toen kwam de vrouw naar voren die Ayla niet kende, de Zelandoni van een verre Grot, met een hete, roodachtige vloeistof: gedroogde lijsterbessen van het voorgaande najaar die waren ingekookt tot een geconcentreerde vloeistof en toen gezeefd. Ayla wist dat

het sap van lijsterbessen zuurrijk en geneeskrachtig was.
Zelandoni Die Eerste Was pakte een kom met zachte, witte, deels gestolde, zuivere talg, die met kokend water was uitgesmolten uit oerosvet, voegde er een beetje van de fijne as aan toe en toen wat van het hete, rode lijsterbessap. Ze mengde alles door elkaar met een kleine, met snijwerk versierde houten spatel en voegde er meer vet en vloeistof aan toe tot ze tevreden was. Toen ging ze voor de jonge vrouw staan en pakte het scherpe vuurstenen mes op.
'Het merkteken dat je zult ontvangen, kan niet verwijderd worden. Het zal iedereen duidelijk maken dat je de rol van Zelandoni erkent en aanvaardt. Ben je klaar om die verantwoordelijkheid te aanvaarden?'
Ayla ademde een keer diep in en uit en keek naar de vrouw met het mes; ze wist wat er ging gebeuren. Ze voelde een steek van angst, slikte krampachtig en sloot haar ogen. Ze wist dat het pijn zou doen, maar dat was niet wat haar angst aanjoeg. Als dit eenmaal was gedaan, was er geen weg meer terug. Dit was haar laatste kans om van gedachten te veranderen.
Opeens verscheen voor haar geestesoog het beeld van de ondiepe grot waarin ze zich had verscholen. Ze had geprobeerd in de stenen muur achter haar rug weg te kruipen. Ze zag de scherpe, gekromde klauwnagels aan de reusachtige klauw van een holenleeuw de grot in komen en gilde het uit van de pijn toen vier diepe wonden in haar linkerdij werden gesneden. Ze wrong zich in bochten, vond naast zich een kleine ruimte en trok haar benen in, weg van de klauwnagels.
De herinnering aan het moment dat ze door haar holenleeuwtotem gekozen en gemerkt werd was nog nooit zo helder en intens geweest. Haar hand ging onwillekeurig naar haar linkerdij en betastte de verdikkingen in de huid van de vier parallel lopende littekens. Ze waren erkend als Stam-totemmerktekens toen ze in Bruns Stam werd opgenomen, hoewel een holenleeuwtotem doorgaans mannen en geen vrouwen uitkoos. Hoeveel merktekens waren er gedurende haar leven nog meer in haar lichaam gesneden? Mog-ur had een sneetje gemaakt onder aan haar keel om bloed te doen vloeien toen ze de Vrouw Die Jaagt werd. Ze kreeg haar Stam-jachttalisman: het roodgevlekte ovale stukje mammoetivoor als bewijs dat ze hoewel ze een vrouw was, als jager van de Stam werd aanvaard, al mocht ze alleen een slinger gebruiken.
Ze droeg de talisman niet langer bij zich, en ook niet de amulet met de rest van haar merktekens, maar op dat moment wilde ze dat ze die bij zich had. Ze lagen verborgen achter het beeld van de donii-figuur in de nis in de kalkstenen muur van haar onderkomen bij de Negende Grot. Maar het litteken had ze wel.

Haar hand ging naar het kleine litteken en toen naar het litteken op haar arm. Die snee had Talut gemaakt, en met het bebloede mes had hij een kerf gemaakt in een ivoren plaatje dat aan een bizar halssnoer van barnsteen en holenleeuwhoektanden en -klauwnagels hing, als teken dat ze bij het Leeuwenkamp was aanvaard, geadopteerd door de Mamutiërs.

Ze had nooit gevraagd, ze was altijd gekozen; en voor elke aanvaarding droeg ze een merkteken, een litteken dat ze altijd zou dragen. Dat was het offer dat ze had moeten brengen. En nu werd ze weer gekozen. Ze kon nog steeds weigeren, maar als ze dat nu niet deed, zat ze er voor het leven aan vast. Het kwam bij haar op dat de littekens haar er altijd aan zouden herinneren dat gekozen worden consequenties met zich meebracht, verantwoordelijkheden die bij die aanvaarding hoorden.

Ze keek in de ogen van de vrouw. 'Die aanvaard ik, ik zal Zelandoni zijn,' zei Ayla, waarbij ze haar best deed om zeker en overtuigd te klinken.

Toen deed ze haar ogen dicht. Ze voelde dat iemand achter haar kruk kwam staan. Handen, zacht maar stevig, trokken haar achteruit tot ze tegen het zachte lichaam van een vrouw leunde. Toen werd haar hoofd vastgepakt en gedraaid zodat de rechterkant van haar voorhoofd naar voren was gericht. Ze voelde iets zachts en nats over haar voorhoofd vegen, herkende de geur van iriswortel, een oplossing die ze dikwijls had gebruikt om wonden schoon te maken, en voelde een angstige spanning opkomen.

'O! Au!' riep ze onwillekeurig uit toen ze de snelle snee van een scherp mes voelde. Ze probeerde zich in te houden bij een tweede snee en toen een derde. De oplossing werd weer aangebracht. Toen werden de sneetjes drooggedept en werd er een andere substantie op gesmeerd. Het stak als een brandwond, maar de pijn hield niet lang aan; iets in het bijtende smeersel had de pijn verdoofd.

'Je kunt je ogen weer opendoen, Ayla. Het is klaar,' zei de grote vrouw.

Ayla deed haar ogen open en zag een wazig, vreemd beeld. Het duurde even voor ze besefte wat ze zag. Iemand hield een weerkaatser en een brandende lamp op zodat ze zichzelf in het geoliede, met zand gladgeschuurde, zwart gemaakte stukje hout kon bekijken. Ze gebruikte zelden een weerkaatser; ze had er niet eens een in haar onderkomen, en ze was altijd verbaasd als ze haar eigen gezicht zag. Toen werd haar blik naar de merktekens op haar voorhoofd getrokken.

Vlak voor haar rechterslaap was een korte horizontale lijn aangebracht met aan weerszijden een verticale lijn van ongeveer dezelfde lengte, net een open vierkantje of een doosje. De drie lijnen waren zwart en ze waren aan de randen nog een beetje bloederig. Ze waren zo opvallend dat ze niets anders zag. Ayla wist eigenlijk niet of ze het wel prettig vond dat haar gezicht zo ontsierd was, maar er was niets meer aan te doen. Gebeurd was gebeurd. Ze zou die zwarte merktekens voor de rest van haar leven dragen.

Ze bracht haar hand omhoog om het merkteken aan te raken, maar de Eerste hield haar tegen. 'Het is beter als je er nog niet aankomt,' zei ze. 'Het bloedt bijna niet meer, maar het is nog vers.'

Ayla liet haar blik over de verzamelde zelandonia gaan. Ze hadden allemaal een merkteken op hun voorhoofd, sommige ingewikkelder dan andere, voor het merendeel vierkantjes, maar ze zag ook andere vormen waarvan er veel met kleur waren ingevuld. De merktekens van de Eerste waren het ingewikkeldst. Ze wist dat ze rang aanduidden, positie, een band met de zelandonia. Het viel haar echter op dat de zwarte lijnen na het helen tot blauwe tatoeages vervaagden.

Ze was blij toen ze de weerkaatser weghaalden. Ze keek niet graag naar zichzelf. Het idee dat het vreemde, vage beeld van het gezicht dat ze zag haar gezicht was, bezorgde haar een ongemakkelijk gevoel. Ze zag zichzelf liever weerspiegeld in de gezichtsuitdrukking van anderen: de blijdschap van haar dochter als ze haar moeder zag, het plezier bij het zien van zichzelf in de gelaatsuitdrukking en de houding van mensen om wie ze gaf, zoals Marthona en Proleva, Joharran en Dalanar. En de liefde in Jondalars ogen als hij naar haar keek... maar nu niet meer... De laatste keer dat hij naar haar had gekeken, was hij met afschuw vervuld geweest. Ze had schrik en ontzetting in zijn ogen gezien, geen liefde.

Ayla deed haar ogen dicht om de dreigende tranen tegen te houden, en probeerde het gevoel van verlies, de teleurstelling en de pijn te beteugelen. Toen ze ze weer opendeed, stonden alle zelandonia voor haar, inclusief de twee nieuwelingen, een vrouw en een man, die buiten de wacht hadden gehouden, en iedereen lachte haar warm, verwachtingsvol en verwelkomend toe. De Ene Die Eerste Was sprak.

'Je hebt ver gereisd, je hebt tot veel volken behoord, maar je voeten hebben je altijd langs het pad gevoerd dat de Grote Aardmoeder voor je koos. Het was je lot om op jonge leeftijd je familie te verliezen en vervolgens opgenomen te worden door een genezer en een man die de geestenwereld bereisde van de mensen die je de Stam noemt. Toen je door de Mamut van de Mamutiërs werd geadopteerd tot de Mammoetvuurplaats die de Moeder eert, werd je geleid door Zij Die Allen Baarde. Je bestemming is altijd geweest om Haar te dienen.

Ayla van de Negende Grot van de Zelandoniërs, gezellin van Jondalar van de Negende Grot, zoon van Marthona, voorheen leider van de

Negende Grot van de Zelandoniërs, moeder van Jonayla, gezegende van Doni, van de Negende Grot van de Zelandoniërs, die werd geboren bij de vuurplaats van Jondalar, Ayla van de Mamutiërs, lid van het Leeuwenkamp van de mammoetjagers in het oosten, dochter van de Mammoetvuurplaats, de zelandonia van de Mamutiërs, Ayla, uitverkorene van de geest van de Holenleeuw en beschermd door de Holenbeer van de Stam, je hebt veel namen en banden. Die heb je niet langer nodig. Je nieuwe naam houdt die allemaal in, en meer. Je naam is één met Haar schepping. Je naam is Zelandoni!'

'Je naam is één met Haar schepping. Welkom, Zelandoni!' zeiden de verzamelde zelandonia in koor.

'Kom, zing met ons *Het Lied van de Moeder*, Zelandoni van de Negende Grot,' zei de Ene Die Eerste Was, en de groep zette in koor het lied in.

Uit de chaos van tijd, vóór het eerste ochtendgloren,
Werd uit de wervelwind de verheven Moeder geboren...

Toen ze bij het couplet kwamen dat altijd het laatste was geweest, zong alleen de Ene Die Eerste Was door met haar prachtige volle stem.

Tevreden met Haar schepping bezag Zij het paar,
Ze leerde hun tederheid en liefde voor elkaar.
Ze schonk hun verlangen om elkaar met liefde te strelen,
En de Gave van de Moeder samen in Genot te delen.
En toen was Zij klaar. Haar kinderen hielden van elkaar.

De hele groep zong de laatste regel en toen keek iedereen verwachtingsvol naar Ayla. Het duurde heel even voordat ze begreep wat men van haar verwachtte, maar toen zei ze met een krachtige stem en een exotisch accent het laatste couplet op.

Haar laatste gave, de wetenschap dat ook de man iets moet geven,
Dat zijn sap nodig is voor het begin van een nieuw leven.
Het eert de Moeder wanneer het paar het Genotsspel speelt,
Want de vrouw raakt zwanger wanneer Genot wordt gedeeld.
De Aardkinderen hadden het geluk gevonden. De Moeder kon eindelijk rusten in Haar sponde.

De laatste regel werd weer in koor gezongen. Het bleef even stil, maar toen ontspande iedereen zich weer. Er werd een grote kom thee neer-

gezet en iedereen haalde zijn persoonlijke drinknap tevoorschijn.
'De vraag is nu: hoe vertellen we de rest van de Zelandoniërs over de laatste gave?' zei de Ene Die Eerste Was, toen ze weer op haar gemak op haar kruk zat.
De vraag had opschudding tot gevolg. 'Hoe moeten we het ze vertellen?' 'We kunnen het niet vertellen!' 'Het zou te veel voor hen zijn!' 'Het zal alleen maar grote verwarring tot gevolg hebben.'
De Eerste wachtte tot de gemoederen bedaarden en toen liet ze haar scherpe blik over de verzamelde zelandonia gaan. 'Denken jullie dat Doni dit bekend heeft gemaakt in de verwachting dat jullie het Haar kinderen zullen onthouden? Denken jullie dat Ayla die foltering heeft ondergaan, en haar baby heeft moeten offeren, alleen maar om de zelandonia iets te geven om over te redetwisten? De zelandonia zijn Zij Die de Moeder Dienen. Het is niet aan ons om uit te maken of Haar kinderen het wel of niet mogen weten. Het is onze plicht om te beslissen hoe we het ze moeten vertellen.'
Er viel een stilte en men keek schuldbewust. Toen zei de Zelandoni van de Veertiende: 'Het zal veel tijd vergen om een gepaste ceremonie te organiseren. Misschien moeten we wachten tot volgend jaar. Dit seizoen is bijna voorbij. Iedereen zal binnenkort naar huis terugkeren.'
'Ja,' stemde de Zelandoni van de Derde daar snel mee in. 'Misschien is het beter als iedere Zelandoni het aan zijn of haar eigen Grot vertelt, op zijn of haar eigen manier, nadat hij of zij de tijd heeft gehad om erover na te denken.'
'De ceremonie zal over drie dagen worden gehouden en Ayla zal het iedereen vertellen,' verkondigde de Eerste resoluut. 'De Gave is Ayla geschonken. Het is haar taak, haar plicht om het de anderen te vertellen. Ze is om die reden dit seizoen geroepen en naar deze Zomerbijeenkomst gestuurd.' De Eerste keek streng naar haar mede-doniërs en toen werd haar uitdrukking zachter en haar toon overredend. 'Zou het niet beter zijn om meteen door de zure appel heen te bijten? Nu het einde van het seizoen nadert zal er voor het vertrek geen tijd zijn voor onenigheid; en je kunt er zeker van zijn dat er onenigheid zal ontstaan. Maar op deze manier zullen onze Grotten de hele winter de tijd hebben om aan het idee te wennen. Tegen de volgende zomer verwacht ik geen reden meer voor problemen.'
De Eerste wilde dat ze dat echt kon geloven. In tegenstelling tot de rest van de zelandonia had de Eerste al jarenlang nagedacht over de bijdrage van de man aan het scheppen van nieuw leven, zelfs al voor haar eerste gesprek daarover met Ayla. Het feit dat Ayla tot diezelfde conclusie was gekomen, was een van de redenen waarom de vrouw had

gewild dat ze een Zelandoni werd. Haar waarnemingsvermogen was bijzonder scherp, en ze werd niet gehinderd door Zelandonische overtuigingen die haar met de moedermelk waren ingegeven.

Daarom had Zelandoni, toen ze Ayla's verhaal over haar belevenis in de grot had gehoord, besloten dat het meteen moest worden verteld, terwijl iedereen nog bijeen was. En terwijl de zelandonia nog verbijsterd waren. Ze zou de ceremonie meteen de volgende dag hebben gepland als ze een mogelijkheid had gezien om die zo snel te organiseren. Zoals ze dikwijls deed onder het mom van rusten of mediteren waarbij ze haar omgeving leek te negeren, wachtte de vrouw geduldig en keek toe terwijl de zelandonia ideeën naar voren brachten, aanvankelijk aarzelend.

Ze hoorde de Elfde zeggen: 'Misschien zou het een goede benadering zijn om te proberen Ayla's ervaring uit te beelden.'

'We hoeven niet de hele belevenis na te doen, alleen de kern,' zei de Drieëntwintigste.

'Het zou helpen als we een grot hadden die zo groot was dat iedereen erin past,' zei de Zelandoni van de Tweede Grot.

'We kunnen de nachtelijke duisternis laten dienen als de muren van een grot,' zei de Vijfde. 'Met slechts één vuur in het midden zal iedereen makkelijker zijn of haar aandacht kunnen concentreren.'

Goed zo, dacht de Eerste, luisterend naar de doniërs die onderling spraken. Ze houden zich bezig met het plannen van de ceremonie in plaats van er bezwaren tegen te bedenken.

'We moeten trommels hebben voor *Het Lied van de Moeder*.'

'En gezang.'

'De Negende zingt niet.'

'Haar stem is zo apart dat dat niets uitmaakt.'

'We kunnen gezang op de achtergrond hebben. Zonder woorden, alleen de melodie.'

'Als we het ritme van de trommels vertragen zal *Het Lied van de Moeder* meer effect hebben, vooral aan het eind als ze het laatste couplet opzegt.'

Ayla wist zich aanvankelijk geen raad met al die aandacht, toen er steeds meer suggesties werden gedaan voor haar rol in het geheel, maar na een poosje ging ook zij zich met de organisatie bemoeien. 'De bezoekers van de Mamutiërs, de twee jonge mannen, Danug en Druwez... Zij kunnen een trommel bespelen waardoor het klinkt als een stem die spreekt. Het is bijna bovenaards, bijzonder mysterieus. Zij zouden de trommels het laatste couplet kunnen laten opzeggen, als ze hun trommels bij zich hebben of als ze iets vergelijkbaars kunnen vinden.'

'Dat zou ik graag eerst willen horen,' zei de Veertiende.
'Natuurlijk,' zei Ayla.

Ayla was onvoorstelbaar scherpzinnig waar het ging om het doorgronden van de reden voor bepaalde handelwijzen en ze was veel wereldwijzer en intelligenter dan ze zelf besefte. De tactiek van de Zelandoni Die Eerste Was om de zelandonia ertoe te brengen de ceremonie te plannen, was Ayla niet ontgaan. Op een soms onderbewust en soms volledig bewust niveau had ze gezien hoe de Eerste de anderen haar wil oplegde. De vrouw was er een meester in de mensen naar haar hand te zetten; ze wist precies wanneer ze moest bluffen of dreigen, overreden of kritiseren, of prijzen, en de zelandonia waren niet makkelijk te beïnvloeden. Als groep waren ze schrander, scherpzinnig, dikwijls cynisch, en over het algemeen intelligenter dan de meesten. Ayla moest opeens denken aan die keer dat Jondalar Zelandoni had gevraagd wat een Zelandoni tot Eerste maakte. Zelfs toen had ze precies geweten hoeveel ze moest zeggen en hoeveel ze moest achterhouden.

Zelandoni ontspande zich. Ze gingen er helemaal in op. De ceremonie zou vanzelf vaste vorm krijgen. Haar probleem was meestal dat ze moest voorkomen dat ze zich te veel lieten meeslepen. Deze keer zou ze hen niet afremmen. Hoe spectaculairder hoe beter. Als ik ze iets groots laat plannen, zullen ze pas na de ceremonie tijd hebben om aan andere dingen te denken, dacht ze.

Toen de ceremonie in grote trekken vorm begon te krijgen en de meeste zelandonia een uitgesproken mening over de gebeurtenis ontwikkelden, kwam Zelandoni Die Eerste Was met nog een verrassing op de proppen. Terwijl ze opstond om nog wat thee te pakken, maakte ze een schijnbaar achteloze opmerking. 'Ik stel me zo voor dat we plannen moeten maken voor een algemene bijeenkomst op de dag na de ceremonie, om de vragen te beantwoorden die zich vast en zeker zullen aandienen. Die kunnen we maar beter zo snel mogelijk afhandelen. Tijdens die bijeenkomst kunnen we de naam bekendmaken voor de relatie tussen een man en zijn kinderen, en erbij zeggen dat de mannen van nu af aan de jongens een naam zullen geven,' zei ze.

De zelandonia waren onmiddellijk in rep en roer. De meesten hadden nog geen tijd gehad om na te denken over de veranderingen die de nieuwe kennis met zich mee zou brengen.

'Maar een moeder heeft altijd haar kinderen een naam gegeven!' zei een van hen.

Zelandoni ving enkele scherpe blikken op. Dat was precies waarvoor ze bang was geweest: sommigen zouden nu gaan nadenken. Ze moest de zelandonia als groep niet onderschatten.

'Hoe kunnen we verwachten dat de mannen gaan beseffen dat ze een essentieel onderdeel zijn als we ze er niet een rol in geven?' vroeg de Eerste. 'In wezen verandert er niets. Paren zal nog altijd een Genot zijn. Mannen zullen niet opeens kinderen gaan baren, en een man zal nog steeds in het onderhoud moeten voorzien van de vrouw die hij tot zijn vuurplaats heeft genomen en haar kinderen, vooral in de tijd dat ze kleine kinderen heeft en aan huis gebonden is. Een mannelijk kind een naam geven is iets kleins; vrouwen zullen nog steeds de meisjes een naam geven,' zei de vrouw met overtuiging.

'Bij de Stam waren het de mog-urs die de kinderen een naam gaven,' zei Ayla. Iedereen zweeg en keek haar aan. 'Ik vond het erg leuk toen ik mijn dochter een naam mocht geven. Het maakte me zenuwachtig, maar het was erg opwindend, en het gaf me het gevoel dat ik erg belangrijk was.'

'Ik denk dat de mannen datzelfde gevoel zouden hebben,' zei de Eerste; ze was Ayla dankbaar voor haar onverwachte steun.

Er werd geknikt en instemmend gemompeld. Niemand kwam nog met bezwaren op de proppen, op dat moment althans.

'Wat de naam voor de relatie betreft... Heb je die al bedacht?' vroeg de Zelandoni van de Negenentwintigste Grot, met een zweem van achterdocht in haar stem.

'Ik wilde gaan mediteren om te zien of ik iets gepasts kon bedenken waarmee kinderen de man die een rol heeft gespeeld in hun verwekking kunnen aanspreken, om ze te onderscheiden van andere mannen. Misschien kunnen we daar allemaal over nadenken,' zei De Ene Die Eerste Was.

De Eerste had het gevoel dat ze druk op de zelandoni moest uitoefenen nu ze nog overweldigd waren en in het nadeel ten opzichte van haar, voordat ze over de mogelijke consequenties gingen nadenken en met echte bezwaren kwamen die ze niet met bluf zou kunnen wegwerken. Ze twijfelde er niet aan dat deze nieuwe Gave van de Kennis van Leven een diepere impact zou hebben dan zelfs zij zich zou kunnen voorstellen. Alles zou veranderen en ze wist eigenlijk niet of ze blij was met de mogelijke ontwikkelingen.

De Zelandoni Die Eerste Was, was een opmerkzame, intelligente vrouw. Ze had zelf nooit een kind gehad, maar in haar geval was dat een voordeel; ze had nooit last gehad van de afleiding die kinderen steevast met zich meebrachten. Ze had echter bij meer bevallingen dan ze kon tellen als vroedvrouw gefungeerd en had veel vrouwen door een miskraam heen geholpen. Daarom wist de Eerste meer over de ontwikkelingsfasen van ongeboren foetussen dan welke moeder ook.

De doniërs speelden ook een grote rol bij het helpen van vrouwen hun zwangerschap te beëindigen voordat het kind voldragen was. De gevaarlijkste periode in het leven van kinderen was de eerste twee jaar. Veel kinderen stierven in die tijd. Zelfs met de hulp van hun levensgezel, ouders of andere familieleden konden de meeste moeders niet te veel jonge kinderen tegelijkertijd zogen, verzorgen en in leven houden. Hoewel een baby zogen een nieuwe zwangerschap leek te voorkomen, was het soms noodzakelijk om een onverwachte zwangerschap te beeindigen om de kinderen die al geboren waren in leven te houden. Of als een vrouw ernstig ziek was, of als ze kinderen had die bijna volwassen waren en zij te oud was, of als ze in het verleden een of meer zware bevallingen had doorstaan die haar op het randje van de dood hadden gebracht en de kans bestond dat een nieuwe zwangerschap haar kinderen van hun moeder zou beroven. Het sterftecijfer van kinderen zou aanzienlijk hoger zijn geweest als ze geen gebruik hadden gemaakt van de selectieve mogelijkheden die hun ter beschikking stonden. Een vrouw kon ook andere redenen hebben om haar zwangerschap te willen beëindigen.

En hoewel de oorzaak van zwangerschap niet precies duidelijk was, wisten vrouwen het tamelijk snel als ze zwanger waren. In vroeger tijden hadden vrouwen ontdekt hoe ze konden weten dat er een kind in hun binnenste groeide, voordat dat te zien was. Misschien viel het haar op dat ze al verscheidene manen niet had gebloed en had ze geleerd dat dat een teken kon zijn, of herkende ze bepaalde symptomen als ze eerder zwanger was geweest. Die kennis was doorgegeven tot alle vrouwen het leerden als onderdeel van hun initiatie tot volwassenheid.

Wanneer een vrouw besefte dat ze zwanger was, dacht ze misschien terug en probeerde ze te bedenken hoe die zwangerschap was ontstaan. Door iets wat ze had gegeten? Door een speciale poel waarin ze had gebaad? Een specifieke man met wie ze een verhouding had gehad? Een bepaalde rivier die ze was overgestoken? Een unieke boom waaronder ze had geslapen?

Als een vrouw een baby wilde, probeerde ze sommige of al die dingen te herhalen, waarbij ze het soms tot een ritueel maakte. Maar dan kwam ze er al snel achter dat ze al die dingen keer op keer kon doen zonder zwanger te raken. Dan kon ze zich afvragen of het ging om een combinatie van handelingen, of om de volgorde waarin ze werden uitgevoerd, of dat het tijdstip van de dag of de cyclus of het seizoen of het jaar er iets mee te maken had. Misschien was het alleen maar een sterk verlangen naar een baby of de gecombineerde wensen van verscheidene mensen. Of misschien kwam het door onbekende factoren, uitstralingen van rotsen, of geesten van een andere wereld, of de Grote Moeder, de eerste Moeder.

Als ze leefde in een gemeenschap die een reeks verklaringen had ontwikkeld die redelijk leken, of misschien onredelijk maar die toch antwoord gaven op vragen die haar bevattingsvermogen te boven gingen, was het makkelijk om die te accepteren als iedereen dat deed.

Het was echter ook mogelijk dat een vrouw scherpzinnig genoeg was om verbanden te leggen en gevolgtrekkingen te maken die dicht bij de waarheid lagen. Door een unieke reeks omstandigheden was Ayla tot zulke conclusies gekomen, hoewel ze de sterke neiging had om te willen geloven wat anderen geloofden in plaats van haar eigen waarnemingen en redenering.

Nog voor ze met Ayla had gesproken, had ook de Ene Die Eerste Was het vermoeden gekregen van de ware oorzaak van conceptie. Ayla's overtuiging en uitleg waren de laatste brokjes informatie die ze nodig had gehad om zichzelf te overtuigen, en ze had al een tijd het gevoel dat mensen, met name vrouwen, zouden moeten weten hoe nieuw leven ontstond.

Kennis was macht. Als een vrouw wist waardoor een baby in haar buik ging groeien, zou ze de baas over haar eigen leven kunnen blijven. In plaats van simpelweg te moeten ontdekken dat ze zwanger was, of ze dat nou wilde of niet, en of de tijd er wel rijp voor was, en of ze zich er wel goed genoeg voor voelde, of ze niet al genoeg kinderen had; nu had ze een keus. Als de zwangerschap ontstond door een verhouding met een man en niet door iets van buitenaf waar zij geen zeggenschap over had, kon ze besluiten geen kind te nemen simpelweg door ervoor te kiezen geen Genot te delen met een man. Het zou natuurlijk niet altijd makkelijk voor een vrouw zijn om die keus te maken, en Zelandoni wist helemaal niet hoe de mannen zouden reageren.

Hoewel er ongetwijfeld onaangename reacties zouden komen, was er nog een reden waarom ze wilde dat iedereen wist dat kinderen het resultaat waren van de vereniging van vrouwen en mannen. De belangrijkste reden van allemaal: omdat het waar was. En mannen moesten het ook weten. Mannen waren te lang als onbelangrijk beschouwd bij het voortplantingsproces. Ze hadden het recht om te weten dat ze van essentieel belang waren voor het scheppen van leven.

En Zelandoni geloofde dat de mensen er klaar voor waren, meer dan klaar. Ayla had Jondalar al verteld wat ze geloofde en hij was bijna overtuigd. Belangrijker nog: hij wílde het geloven. Dit was het juiste tijdstip. Als Zelandoni er achter had weten te komen en Ayla het zelf had uitgedokterd, dan konden anderen dat ook. De Eerste hoopte dat de consequenties van bekendmaking van deze informatie niet al te ontwrichtend zouden zijn, maar als de zelandonia het nu niet vertelden, zou het nieuws vast en zeker binnenkort uit een andere hoek komen.

Zodra Zelandoni Ayla het nieuwe laatste couplet van *Het Lied van de Moeder* had horen opzeggen, wist ze dat de waarheid nu onthuld moest worden. Maar om aanvaard te kunnen worden, kon het niet achteloos of bij stukjes en beetjes bekend worden gemaakt. Hier was een dramatisch effect noodzakelijk. De Ene Die Eerste Was was slim genoeg om te beseffen dat wat acolieten in de loop van hun 'roeping' om de Moeder te dienen overkwam, voor het merendeel een voortbrengsel van hun eigen geest was. Enkele oudere zelandonia stonden inmiddels cynisch tegenover het hele proces, maar er waren nog altijd onverklaarbare gebeurtenissen die door onbekende of ongeziene krachten werden veroorzaakt.

Dat waren de gebeurtenissen die een ware roeping onthulden. En de Eerste was er nooit eerder zo van overtuigd geweest dat het om een ware roeping ging dan toen Ayla sprak over haar ervaring in de grot. Vooral bij het laatste couplet van *Het Lied van de Moeder*. Hoewel Ayla's gevoel voor taal en haar vermogen om dingen uit het hoofd te leren fenomenaal waren, en ze een vaardige, boeiende verteller van verhalen en legenden was geworden, had ze nooit eerder dichterlijke neigingen vertoond, en ze had gezegd dat het couplet haar hoofd had gevuld en dat ze het in zijn geheel had gehoord. Als ze het met dezelfde overtuiging aan de mensen kon vertellen, zou ze bijzonder overtuigend zijn.

Toen de Eerste het gevoel had dat de zaak in beweging was gezet en niet meer te stoppen was, verkondigde ze: 'Het is al aardig laat. Het is een lange bijeenkomst geweest. Ik stel voor dat we nu opbreken en morgenochtend weer bij elkaar komen.'

'Ik had Jonayla beloofd dat ik vandaag met haar uit rijden zou gaan,' legde Ayla uit, 'maar de vergadering duurde erg lang.'

Geen wonder, dacht Proleva, toen ze de zwarte tekens op Ayla's voorhoofd zag, maar ze zei niets. 'Jondalar hoorde haar tegen mij zeggen dat ze met jou uit rijden zou gaan en dat ze zich afvroeg waar je was en waarom je zo lang wegbleef. Dalanar probeerde haar uit te leggen dat je bij een erg belangrijke bijeenkomst was en dat niemand wist hoe lang die zou duren. Toen bood Jondalar aan om met haar te gaan rijden.'

'Daar ben ik blij om,' zei Ayla. 'Ik stel haar niet graag teleur. Zijn ze al lang weg?'

‘Bijna de hele middag. Ze zullen zo wel terugkomen,’ zei Proleva. ‘Ik moest je van Dalanar eraan herinneren dat de Lanzadoniërs je vanavond verwachten.’

‘Dat is waar ook! Hij heeft me uitgenodigd toen ik op weg was naar de bijeenkomst. Ik ga me verkleden en even bijkomen. Het is bijna niet te geloven dat je zo moe kunt worden van zo’n bijeenkomst. Wil je Jonayla vragen me te roepen als ze terug is?’

‘Natuurlijk,’ zei Proleva. Het was beslist heel wat meer dan gewoon een bijeenkomst, dacht ze. ‘Wil je iets eten? Of misschien wat thee?’

‘Ja, eigenlijk wel, Proleva, maar ik wil me eerst een beetje opfrissen. Ik zou graag gaan zwemmen... maar ik denk dat ik beter kan wachten tot later. Ik ga eerst maar even bij Whinney kijken.’

‘Ze hebben haar meegenomen. Jondalar zei dat ze met de andere paarden mee zou willen, en dat de lichaamsoefening haar geen kwaad zou doen.’

‘Hij heeft gelijk. Whinney heeft haar kinderen vast ook gemist.’

Proleva keek Ayla na toen ze naar de slaaphut liep. Ze ziet er inderdaad doodmoe uit, dacht de vrouw. Zo verwonderlijk is dat niet als je bedenkt wat ze heeft doorgemaakt. Eerst die miskraam en dan onze nieuwste Zelandoni worden... en geroepen worden, wat dat dan ook mag betekenen.

De vrouw had gezien wat te dicht bij de geestenwereld komen teweeg kon brengen. Dat had iedereen. Elke keer wanneer iemand ernstig gewond raakte bijvoorbeeld, of wat nog schrikaanjagender was, door een onverklaarbare dodelijke ziekte werd overvallen, wisten ze dat ze dicht bij de volgende wereld waren. Het idee dat mensen opzettelijk met die wereld in contact zouden treden zodat ze de Moeder konden dienen, ging haar bevattingsvermogen te boven. Proleva huiverde. Ze was blij dat ze zo’n schokkende belevenis nooit zou hoeven doormaken. Hoewel ze wist dat iedereen op een dag naar die angstaanjagende wereld zou moeten gaan, voelde ze totaal geen behoefte zich bij de zelandonia aan te sluiten.

Ayla en Jondalar hebben problemen, dacht Proleva. Hij mijdt haar. Ik heb gezien dat hij de andere kant op loopt zodra hij haar ziet. Ik geloof dat ik weet wat zijn probleem is. Hij schaamt zich. Ze heeft hem met Marona betrapt en nu durft hij haar niet onder ogen te komen. Dit is voor hem geen goed moment om Ayla te mijden. Ze heeft nu ieders hulp nodig, vooral de zijne.

Als hij niet wilde dat Ayla te weten kwam dat hij met Marona scharrelde, dan had hij er niet aan moeten beginnen, dan had hij niet op haar avances moeten ingaan. Hij wist hoe Ayla over haar dacht. Hij

had een andere vrouw kunnen zoeken, als hij er echt een nodig had. Hij had nog steeds vrouwen voor het uitzoeken in het kamp. En dat zou Marona's verdiende loon zijn geweest. Ze is zo doorzichtig dat je zou denken dat hij dat ook zou zien.
Proleva was dol op Jondalar, maar de jongere broer van haar levensgezel kon haar soms ook boos maken.

'Moeder! Moeder! Ben je eindelijk terug? Proleva zei dat je hier was. Je had beloofd dat we vandaag uit rijden zouden gaan en ik maar wachten en wachten,' zei Jonayla. De wolf die achter haar naar binnen rende was net zo opgewonden en probeerde Ayla's aandacht te trekken.
Ayla omhelsde het meisje en nam toen de kop van het grote roofdier tussen haar handen. Ze wilde haar gezicht langs zijn kop wrijven, maar haar merktekens deden pijn, dus ze omhelsde hem alleen maar. Hij besnuffelde haar wond, maar ze duwde hem weg. Toen keek hij in zijn etensbak, vond daar een bot dat Proleva er eerder in had gelegd en nam het mee naar zijn slaapplaats.
'Het spijt me, Jonayla,' zei Ayla. 'Ik wist niet dat de bijeenkomst van de zelandonia zo lang zou duren. Ik beloof je dat we op een andere dag uit rijden gaan, maar misschien niet meteen morgen.'
'Dat geeft niet, moeder. De zelandonia doen overal erg lang over. Ze hebben ons een dag lang liedjes geleerd en dansjes en zo en ons laten zien waar we moeten staan en welke stappen we moeten doen. Ik ben toch nog uit rijden geweest, Jondé is meegegaan.'
'Dat vertelde Proleva al. Ik ben blij voor je. Ik weet hoe graag je het wilde,' zei Ayla.
'Doet dat pijn, moeder?' vroeg Jonayla, wijzend naar Ayla's voorhoofd. Het verbaasde Ayla dat haar dochter het had gezien. 'Nee, nu niet meer. In het begin wel een beetje, maar niet heel erg. Dat merkteken heeft een bijzondere betekenis...'
'Ik weet wat het betekent,' zei het meisje. 'Het betekent dat je nu een Zelandoni bent.'
'Inderdaad, Jonayla.'
'Jondé zei dat je niet meer zo dikwijls weg hoeft te gaan als je een Zelandoni-merkteken had gekregen. Is dat waar, moeder?'
Ayla had niet beseft hoe erg haar dochter haar had gemist, en ze werd overspoeld door dankbaarheid dat Jondalar er was geweest om voor haar te zorgen en haar dingen uit te leggen. Ze omhelsde het kind. 'Ja, dat is waar. Ik zal nog steeds af en toe weg moeten, maar minder vaak.'
Misschien had Jondalar haar ook gemist, waar waarom had hij zich uitgerekend tot Marona moeten wenden? Hij zei dat hij van haar hield,

dat had hij zelfs gezegd nadat ze hem met Marona had betrapt, maar als dat zo was, waarom ging hij haar dan nu uit de weg?

'Waarom huil je, moeder?' vroeg het meisje. 'Weet je zeker dat dat merkteken geen pijn doet? Het ziet er best pijnlijk uit.'

'Ik ben gewoon blij om je te zien, Jonayla.' Ze liet het kind los, maar glimlachte naar haar door haar tranen heen. 'Dat was ik bijna vergeten. We gaan vanavond naar het kamp van de Lanzadoniërs om een maaltijd met hen te delen.'

'Naar Dalanar en Bokovan?'

'Ja, en Echozar en Joplaya en Jerika en alle anderen.'

'Gaat Jondé ook?'

'Dat weet ik niet, maar ik geloof van niet. Hij moest ergens anders heen.' Ayla wendde haar hoofd af en toen ze Jonayla's kledingmand zag staan, begon ze erin te rommelen. Ze wilde niet dat haar dochter zou zien dat ze weer huilde. 'Het zal na het invallen van de duisternis koud worden. Je kunt beter iets warms aantrekken.'

'Mag ik de nieuwe tuniek aan die Folara voor me heeft gemaakt?'

'Dat is een goed idee, Jonayla.'

35

Op het eerste gezicht vanaf een afstand dacht Ayla dat het Jondalar was die over het platgetreden pad tussen de kampen van verscheidene bevriende Grotten met iets in zijn armen aan kwam lopen. Ze voelde haar maag verkrampen. De lengte, de lichaamsvorm en de manier van lopen waren erg vertrouwd, maar toen de man naderbij kwam, zag ze dat het Dalanar was en dat hij Bokovan droeg.

De zwarte merktekens op haar voorhoofd vielen Dalanar meteen op. Ayla zag Dalanars verbazing toen hij haar aankeek, waarna hij zijn best deed om vooral niet naar haar voorhoofd te kijken; en toen herinnerde ze zich haar merktekens. Ze zag ze zelf niet en vergat ze steeds.

Is het daarom dat Jondalar zich zo vreemd gedraagt, vroeg Dalanar zich af. Toen hij Jondalar had uitgenodigd voor een maaltijd bij de Lanzadoniërs, samen met Ayla en Jonayla, had het Dalanar verrast dat Jondalar aarzelde en vervolgens de uitnodiging afsloeg. Hij beweerde dat hij al iets anders had afgesproken, maar hij leek van streek en in verlegenheid gebracht. Het was alsof hij een excuus zocht om die avond niet te komen. Hij dacht terug aan zijn eigen redenen om een vrouw van wie hij hield te verlaten, maar de oudere man dacht niet dat Jondalar zich stoorde aan het feit dat Ayla in de zelandonia was opgenomen. Hij leek altijd trots te zijn op haar gaven als genezeres en tevreden met het bewerken van vuursteen en de scholing van zijn leerlingen.

'Zal ik je een poosje dragen, Bokovan? Dan kan Dalanar even uitrusten,' zei Ayla, terwijl ze glimlachend haar armen naar hem uitstrekte. Het kind aarzelde even, maar strekte toen zijn armpjes naar haar uit. Toen ze hem van Dalanar overnam viel haar weer op hoe zwaar hij was. Ayla droeg Bokovan en Dalanar had Jonayla bij de hand toen ze in de richting van zijn kamp liepen. Wolf trippelde achter hen aan.

Het dier leek zich nu volkomen op zijn gemak te voelen als hij door het grote kamp vol mensen liep en niemand leek zich aan hem te storen. Ayla had echter wel gemerkt dat de Zelandoniërs genoten van de reacties van bezoekers of vreemden die niet gewend waren een wolf te zien die zich zo vrijelijk tussen de mensen begaf.

Toen ze bij het kamp aankwamen, werd Ayla begroet door Joplaya en Jerika, en ze zag de verbazing op hun gezicht en de vergeefse poging om de verse merktekens op haar voorhoofd te negeren. Hoewel er nog altijd een zweem van verdriet hing om de mooie donkerharige jonge vrouw die Jondalar nicht noemde, zag Ayla dat haar heldergroene ogen oplichtten door een liefdevolle glimlach toen ze haar zoon aanpakte. Joplaya leek meer ontspannen, meer berustend in haar leven en oprecht blij om Ayla te zien.

Ook Jerika begroette haar hartelijk. 'Geef mij Bokovan maar,' zei ze, terwijl ze het kind van zijn moeder overnam. 'Ik heb eten voor hem klaargemaakt. Jij en Ayla kunnen gezellig bijpraten.'

Ayla richtte zich rechtstreeks tot de jongen. 'Ik vind het leuk dat ik je heb leren kennen, Bokovan. Kom je een keer bij mij op bezoek? Ik ben van de Negende Grot. Weet je waar die is?'

Hij keek haar een tijdje aan en zei toen, heel ernstig: 'Ja.'

Ayla's aandacht ging onbewust naar zowel de overeenkomsten als de verschillen tussen Jerika, Joplaya en Bokovan voordat zijn grootmoeder hem meenam. De oudere vrouw was kort en stevig gebouwd, haar bewegingen waren snel en energiek. Haar haar, dat ooit zo donker als de nachtelijke hemel was geweest, vertoonde nu strepen grijs. Haar gezicht, rond en plat met hoge jukbeenderen, was gerimpeld, maar in haar schuinstaande zwarte ogen was nog altijd een charmante, levendige schittering te zien.

Ayla dacht terug aan Hochaman, de vroegere levensgezel van Jerika's moeder. Hij was reiziger geweest, en zijn gezellin was met hem mee gereisd. Jerika was onderweg geboren. Ayla herinnerde zich dat Dalanar vol trots de S'Armunische bezoeker had verteld over Hochamans lange Tocht van de Eindeloze Zeeën van het Oosten naar de Grote Wateren van het Westen. Het kwam bij haar op dat hoewel de waarheid op zich al heel bijzonder was, het typisch zo'n verhaal was dat keer op keer verteld en naverteld zou worden en waarschijnlijk elke keer mooier werd gemaakt tot het een legende of een mythe werd die nog maar weinig overeenkomsten vertoonde met het oorspronkelijke verhaal.

Dalanar had Jerika enige tijd nadat hij zijn vuursteenmijn had gevonden leren kennen en was eerst geïntrigeerd geweest door de exotische vrouw en toen volledig in de ban geraakt van haar. Rond Dalanar en zijn vuursteenmijn hadden zich al verscheidene mensen verzameld – de kern van de Grot die later de Lanzadoniërs zouden worden genoemd – toen Hochaman en Jerika bij zijn kamp aankwamen. Jerika's moeder was enige jaren daarvoor overleden. Ze zagen er zo anders uit dat het duidelijk was dat ze van verre kwamen. Dalanar had nog nooit iemand als Jerika gezien. In vergelijking met de meeste vrouwen was ze erg klein, maar intelligent en stijfkoppig, en hij was onder de bekoring geraakt van deze exotische jonge vrouw. Er was iemand die zo anders was nodig geweest om zijn diepe liefde voor Marthona eindelijk te overwinnen.

Joplaya werd geboren bij Dalanars vuurplaats. Ayla wist nu dat wat ze altijd had geloofd waar was: Joplaya was evenzeer Dalanars kind als Jerika's. Maar Jondalar was pas bij de Lanzadoniërs gaan wonen toen hij en Joplaya jonge volwassenen waren. Ze waren niet samen als broer en zus opgegroeid, en Joplaya was heel erg verliefd op Jondalar geworden, ondanks het feit dat hij een 'naaste neef' was en dat verbintenissen tussen naaste neven en nichten verboden waren.

Joplaya is evenzeer zijn zus als Folara, dacht Ayla, en ze probeerde voor zichzelf op een rijtje te zetten wat de nieuwe relaties zouden betekenen. Jondalar en Folara zijn allebei een kind van Marthona, en Jondalar en Joplaya zijn allebei een kind van Dalanar. Je kunt hem in beiden zien.

Jondalar was een jonge uitvoering van Dalanar, terwijl Joplaya meer op haar moeder leek, maar ze was lang, net als Dalanar, en zijn inbreng was ook in andere uiterlijke kenmerken te zien. Haar haar was donker, maar minder donker en glanzend dan dat van haar moeder. Haar gezicht vertoonde de contouren van Dalanars volk, met de hoge jukbeenderen van haar moeder. Maar het meest opmerkelijke aan haar waren haar ogen. Ze waren niet zwart zoals de ogen van haar moeder, maar ook niet helderblauw zoals die van Dalanar – en Jondalar – maar felgroen met lichtgroene accenten, en ze hadden de mongoolse vorm en stand van haar moeder, zij het minder sterk. Het was duidelijk te zien dat Jerika uit den vreemde kwam, maar in veel opzichten leek Joplaya door haar gelijkenis uitheemser dan haar moeder.

Joplaya had besloten tot een verbintenis met Echozar omdat ze wist dat de man van wie ze hield onbereikbaar was. Ze had Ayla een keer verteld dat ze Echozar had gekozen omdat ze wist dat ze nooit een man zou vinden die meer van haar kon houden, en daarin had ze gelijk. Echozar was een man van 'gemengde geesten'. Zijn moeder was van de Stam, en veel mensen vonden hem even lelijk als ze Joplaya mooi vonden. Maar Ayla niet. Ze was ervan overtuigd dat haar zoon als hij volwassen en sterk was, op Echozar zou lijken.

In Bokovan waren alle componenten van zijn bijzondere achtergrond te zien. De fysieke kracht van de Stam van Echozar en de lengte van zijn moeder en Dalanar waren al duidelijk. Zijn ogen stonden iets schuin en waren donker, bijna net zo donker als Jerika's ogen, maar niet zwart. Een weerspiegelde schittering verleende ze een levendigheid die ze nooit eerder in zulke donkere ogen had gezien. Ze waren niet alleen opmerkelijk, ze waren fascinerend. Ze bespeurde iets bijzonders aan Bokovan en vond het jammer dat de Lanzadoniërs zo ver weg woonden. Ze had hem dolgraag zien opgroeien.

Hij was maar iets jonger dan haar zoon toen ze die voor het laatst had gezien en hij deed haar zo sterk aan Durc denken dat het bijna pijn deed. Ayla vroeg zich af hoe zijn geest zich zou ontwikkelen. Zou hij beschikken over de Stam-herinneringen en ook over de gave om kunst te scheppen en met woorden te spreken zoals het volk van Dalanar en dat van Jerika? Diezelfde dingen had ze zich ook dikwijls over haar zoon afgevraagd.

'Bokovan is een bijzonder kind, Joplaya,' zei Ayla. 'Als hij wat ouder is hoop ik dat je wilt overwegen hem naar de Negende Grot te sturen zodat ik hem een tijdje bij me kan houden.'

'Waarom?' vroeg Joplaya.

'Deels omdat hij mogelijk unieke karaktertrekken heeft die tot de zelandonia kunnen leiden, en dat zou je misschien willen weten, maar vooral omdat ik hem dolgraag beter wil leren kennen,' zei Ayla.

Joplaya glimlachte en gaf niet meteen antwoord, maar zei toen: 'Zou jij bereid zijn Jonayla naar de Lanzadoniërs te sturen om een tijdje bij mij te logeren?'

'Daar heb ik nog nooit over nagedacht,' zei Ayla, 'maar dat is misschien een goed idee... over een paar jaar... als ze dat zelf ook wil. Waarom wil je dat?'

'Ik zal nooit een meisje krijgen. Ik zal nooit meer een kind krijgen. De geboorte van Bokovan is erg zwaar geweest,' zei Joplaya.

Ayla dacht terug aan haar zware bevalling toen haar zoon Durc ter wereld kwam, het kind dat bij de Stam was geboren, en ze had gehoord van Joplaya's moeilijkheden. 'Weet je dat wel zeker, Joplaya? Eén moeilijke bevalling wil niet zeggen dat ze allemaal zwaar zullen zijn.'

'Onze doniër zegt dat het beter is als ik het niet meer probeer. Ze is bang dat ik het niet overleef. Ik ben erg dicht bij de dood geweest toen Bokovan werd geboren. Ik neem het medicijn in dat jij de zelandonia hebt gegeven, en moeder probeert erop toe te zien dat ik het niet vergeet. Maar ik geloof niet dat het iets uitmaakt of ik het wel of niet inneem. Ik geloof niet dat ik weer zwanger kan raken. Ik heb het medicijn een tijdlang niet ingenomen, ik wilde nog een kind, maar Doni heeft ervoor gekozen om me niet te zegenen,' zei Joplaya.

Ayla had het gevoel dat ze haar een vraag moest stellen, niet uit nieuwsgierigheid, maar uit plichtsgevoel als een Zelandoni, vooral nu. 'Eer je de Moeder regelmatig? Als je wilt dat de Moeder je zegent is het belangrijk dat je Haar eert zoals het hoort.'

Joplaya glimlachte. 'Echozar is een lieve, tedere man. Hij mag dan niet de man zijn die ik wilde, Ayla...' ze zweeg even en verdriet versomberde vluchtig haar gezichtsuitdrukking. Ayla's gezicht vertrok ook van verdriet, maar om een totaal andere reden. '... maar ik had gelijk toen ik zei dat niemand meer van me zou kunnen houden dan Echozar, en ik ben oprecht om hem gaan geven. In het begin durfde hij me nauwelijks aan te raken, uit vrees dat hij me pijn zou doen, en ook, vermoed ik, omdat hij nog steeds niet kon geloven dat hij daar het volste recht toe had. Die tijd is nu voorbij, hoewel hij nog steeds overdreven dankbaar doet. Daar plaag ik hem dan mee. Hij leert zelfs om om zichzelf te lachen. Volgens mij wordt Doni geëerd zoals het hoort.'

Ayla dacht even na. Het was mogelijk dat het probleem niet bij Joplaya lag maar bij Echozar. Hij was half Stam en er kon een reden zijn waarom een man die Stam was, of zelfs maar voor een deel, problemen zou hebben met een kind maken bij een van de Anderen. Eén kind kon stom geluk zijn geweest, al zouden sommigen hem eerder een gruwel noemen. Ze wist eigenlijk niet hoe vaak iemand van de Stam paarde met iemand van de Anderen en hoeveel baby's in leven bleven of in leven gelaten werden.

Iedereen wist dat er mensen van gemengde geesten waren, maar ze had er niet veel gezien. Ze dacht even na: haar zoon Durc natuurlijk, en Ura bij de Stam-bijeenkomst. Rydag van het Mamutische Leeuwenkamp. Mogelijk hadden Attaroa en anderen onder de S'Armuniërs een deel Stam in zich. Echozar was half Stam en dan was er natuurlijk Bokovan. Heel waarschijnlijk was Brukevals moeder ook half Stam, wat zijn kenmerkende uiterlijk verklaarde.

Ze wilde vragen hoe goed de Moeder werd geëerd tijdens ceremoniën en feesten van de Lanzadoniërs. Ze vormden nog steeds een kleine groep, al wist ze dat er wel was gesproken over waar ze ergens in de toekomst een tweede Grot zouden stichten. Ze bedacht dat ze misschien beter eerst met hun Zelandoni kon praten. Ze was per slot van rekening een van de zelandonia en zou dergelijke zaken met een andere Zelandoni moeten bespreken. Misschien moet ik de Eerste raadplegen, dacht ze. Zij heeft vast een mening over deze zaken.

Op dat moment kwam Echozar het kamp binnen en gingen ze op een ander onderwerp over. Ze was blij met de gelegenheid om even geen Zelandoni te hoeven zijn maar gewoon een vriend. Echozar begroette

haar met een brede glimlach, waar ze nog steeds van schrok bij een gezicht dat zo duidelijk Stam was. Een uitdrukking waarbij de tanden werden ontbloot had een totaal andere betekenis bij de Stam waarbij ze was opgegroeid.
'Ayla! Wat heerlijk om je te zien!' zei Echozar toen ze elkaar omhelsden. Ook hij had het verse merkteken op haar voorhoofd gezien en hij wist wat het betekende, maar omdat hij door Dalanars volk was geadopteerd, werd hij er minder diep door geraakt. Hij wist dat ze een acoliet was en had verwacht dat ze op een dag een Zelandoni zou worden. Hij had in de loop der jaren zoveel opmerkingen over zijn uiterlijk te verwerken gekregen, dat hij niet snel een opmerking zou maken over welk aspect van andermans uiterlijk ook.
'En daar hebben we de wolf ook,' zei hij ietwat angstig toen Wolf hem besnuffelde. De Lanzadoniërs waren minder vertrouwd met de wolf en hoewel hij zich het dier wel herinnerde, moest hij weer even wennen aan het idee dat een wolf zich vrijelijk tussen de mensen bewoog. 'Ik hoorde dat hij er was; vandaar dat ik wist dat je was aangekomen. Ik was bang dat we je niet zouden zien na die lange reis te hebben gemaakt. We hebben zelfs overwogen bij de Negende Grot langs te gaan voor we vertrokken. Je Mamutische verwanten en hun S'Armunische vriend zijn zeker van plan om te gaan, en een aantal Lanzadoniërs hadden het idee opgevat om mee te gaan,' zei Echozar.
Hij kwam veel zelfverzekerder en meer ontspannen op Ayla over. Dalanar had gelijk gehad toen hij zei dat het Echozar goed had gedaan dat hij zo makkelijk door Danug en Druwez en – hoe heette hij ook alweer – Aldanor, was geaccepteerd. Ze was ervan overtuigd dat Jondalar hem ook hartelijk had verwelkomd, net als hun verwanten en goede vrienden. Jondalar zou geen moeite hebben gehad om Echozar het gevoel te geven dat hij welkom was... maar voor haar had hij geen verwelkomend woord gehad. De enige keer dat ze hem sinds haar komst had gezien, was toen ze hem bij de poel had aangetroffen, naakt, met Marona. Ayla moest haar hoofd afwenden toen ze opeens voelde dat haar keel werd dichtgeknepen en er tranen in haar ogen opwelden. Dat gebeurde de laatste tijd op de meest onverwachte momenten. Ze zei dat ze iets in haar oog had.
'Het feit dat ik naar de Zomerbijeenkomst ben gekomen, betekent niet dat jullie niet op bezoek kunnen komen bij de Negende Grot,' zei Ayla even later. 'Het is niet ver van hier, en jullie zijn nu toch in de buurt. Ik denk dat Dalanar en Joplaya het leuk zullen vinden om te zien hoe Jondalar de scholing van zijn leerling-vuursteenkloppers heeft opgezet. Hij heeft er inmiddels zes,' zei Ayla. Ze klonk bijna gewoon.

Per slot van rekening kon ze moeilijk tegenover Dalanar en Joplaya opeens niet meer over Jondalar praten. 'En het lijkt me heerlijk om wat langer van Bokovan te genieten, en natuurlijk ook van de rest van jullie.'
'Volgens mij heeft die kleine Ayla volledig om zijn vinger gewonden,' zei Dalanar. Iedereen glimlachte.
'Hij wordt een grote man,' zei Echozar. 'En ik wil hem leren om een goede jager te zijn.'
Ayla lachte naar hem. Ze zag Echozar heel even als een man van de Stam, trots op de zoon van zijn vuurplaats. 'Hij zou weleens meer kunnen worden dan alleen maar een grote man, Echozar. Volgens mij is hij een heel bijzonder kind.'
'Waar is Jondalar?' vroeg Echozar. 'Was het niet de bedoeling dat hij vanavond een maaltijd met ons zou delen?'
'Ik heb hem vanmiddag gesproken toen hij met Jonayla ging paardrijden. Hij zei dat hij niet kon komen,' zei Dalanar. Hij klonk teleurgesteld.
'Ik was van plan om met Jonayla uit rijden te gaan, maar de bijeenkomst van de zelandonia duurde langer dan ik had verwacht,' zei Ayla. Iedereen keek naar haar voorhoofd.
'Zei hij ook waarom hij niet kon komen?' vroeg Echozar.
'Hij zei iets over andere plannen en afspraken die hij had gemaakt voordat Ayla er was.'
Ayla voelde haar maag verkrampen. Ik kan me wel voorstellen wat voor afspraken hij heeft gemaakt, dacht ze.

Het was bijna donker toen Ayla zei dat het tijd werd om terug te gaan. Echozar pakte een fakkel en begeleidde haar, Jonayla en Wolf naar haar kamp.
'Je ziet er gelukkig uit, Echozar,' zei Ayla.
'Dat ben ik ook, al kan ik nog steeds nauwelijks geloven dat Joplaya mijn gezellin is. Soms word ik 's nachts wakker en dan kijk ik naar haar in het licht van het vuur. Ze is zo mooi en ze is fantastisch. Lief en begripvol. Ik kan mijn geluk niet op en vraag me soms af waaraan ik dit heb verdiend.'
'Zij is ook gelukkig, weet je. Ik zou willen dat we dichter bij elkaar woonden.'
'Zodat je Bokovan vaker kon zien?' zei hij. Ze zag zijn tanden glinsteren toen hij glimlachte.
'Dat is waar. Ik zou Bokovan dolgraag vaker zien, en jou en Joplaya en alle anderen natuurlijk ook,' zei Ayla.

'Waarom kom je niet met ons mee terug om de winter bij ons door te brengen?' vroeg Echozar. 'Je weet dat Dalanar zegt dat Jondalar en jij altijd welkom zijn.'

Ayla fronste haar voorhoofd en staarde de duisternis in. Ja, natuurlijk, Jondalar, dacht ze. 'Ik geloof niet dat Jondalar zijn leerlingen wil achterlaten. Hij heeft beloften gedaan en de winter is de beste tijd om te werken aan het perfectioneren van technieken,' zei ze.

Echozar bleef even stil en toen zei hij: 'Je zult waarschijnlijk niet een heel seizoen bij Jondalar weg willen zijn en alleen met Jonayla en natuurlijk je dieren naar ons toe komen,' zei hij. 'Joplaya is dol op Bokovan, maar ik weet dat ze het heerlijk zou vinden om die kleine meid bij zich te hebben. Zij en Bokovan hebben veel tijd in Levela's kamp doorgebracht en ze hebben haar goed leren kennen.'

'Ik... ik weet het eigenlijk niet. Ik heb er nooit over nagedacht. Ik heb het erg druk gehad met mijn opleiding voor de zelandonia...' zei ze. Ze keek om zich heen op zoek naar haar dochter, die achterop was geraakt. Ze heeft zeker iets langs het pad gezien wat haar aandacht trok, dacht Ayla.

'We zouden geen bezwaar hebben tegen nog een doniër,' zei Echozar.

Ayla glimlachte naar hem en bleef toen staan. 'Jonayla, waarom blijf je zo ver achter?'

'Ik ben moe, moeder,' jengelde Jonayla. 'Wil je me dragen?'

Ayla tilde haar dochter op en zette haar op haar heup. Ze genoot van het gevoel van de kleine armpjes om haar hals. Ze had Jonayla gemist en hield haar dicht tegen zich aan.

Ze liepen een poosje in stilte verder en hoorden op een gegeven moment schorre stemmen. Een eindje verderop zagen ze het licht van een kampvuur achter een dichte rij struiken. Het was niet de locatie van een bepaalde Grot, dacht Ayla toen ze dichterbij kwamen. Door de struiken heen zag ze een groep mannen rond het vuur zitten. Ze zaten te gokken en dronken uit kleine waterzakken die waren gemaakt van de bijna waterdichte magen van kleine dieren. Ze herkende veel mannen, verscheidene waren van de Negende Grot, maar er zaten ook mannen van andere Grotten tussen.

Laramar was er, de man die bekend was om het sterke alcoholische brouwsel dat hij maakte van bijna alles wat fermenteerde. Hoewel de drankjes minder verfijnd waren dan de wijn die Marthona maakte, waren ze niet slecht. Hij deed weinig meer dan drank produceren en had wat zijn 'ambacht' was geworden geperfectioneerd, maar hij maakte het in grote hoeveelheden en veel mensen dronken regelmatig te veel, wat problemen veroorzaakte. Waar hij nog meer om bekendstond, was een vuurplaats vol verwaarloosde kinderen en een slonzige gezellin die zich zwaar te buiten ging aan zijn product. Ayla en de rest van de Grot hadden meer voor de kinderen gezorgd dan Laramar of Tremeda.

Het oudste meisje, Lanoga, was inmiddels een verbintenis met Lanidar aangegaan en had zelf een kind, en het jonge paar had al haar jongere broertjes en zusjes geadopteerd. Haar oudere broer, Bologan, woonde ook bij hen en droeg bij aan het onderhoud van de kinderen. Hij had ook geholpen hun nieuwe onderkomen te bouwen, samen met Jondalar en verscheidene anderen. Haar moeder, Tremeda, en Laramar woonden ook af en toe bij hen, als ze plotseling de behoefte voelden opkomen om naar een plek te gaan die ze thuis noemden, en dan gedroegen zich allebei alsof het hun onderkomen was.

Ayla zag ook een man met op zijn voorhoofd de kenmerkende merktekens van een Zelandoni, en toen hij glimlachte en ze zag dat zijn voortanden ontbraken, besefte ze dat het Madroman was. Was hij al ingewijd in de zelandonia en getatoeëerd? Ze dacht toch echt van niet. Ze keek nog eens goed en zag dat een rand van de 'tatoeage' uitgelopen was. Hij had het merkteken waarschijnlijk zelf op zijn voorhoofd geschilderd met de kleuren die mensen soms gebruikten om hun gezicht te versieren voor speciale gelegenheden, maar ze had nog nooit gezien dat iemand zich met zelandoni-merktekens versierde.

Toen ze hem zag, moest ze denken aan de rugbepakking die ze in de grot had gevonden en naar de Eerste had gebracht. Hoewel hij altijd heel vriendelijk naar haar had gelachen en voortdurend had geprobeerd gesprekken met haar aan te knopen, had ze zich bij Madroman nooit op haar gemak gevoeld. Hij verontrustte haar en het deed haar denken aan een paardenvacht als die tegen de haargroei werd gestreken: hij streek haar tegen de haren in.

Ze zag veel jonge mannen, die luid praatten en lachten, maar er waren mannen van alle leeftijden. Onder degenen die ze herkende was er niet een bij die veel bijdroeg. Sommigen waren niet al te snugger, of lieten zich makkelijk beïnvloeden. Een van hen bracht zijn tijd voornamelijk door met het drinken van Laramars brouwsel. Hij strompelde elke nacht naar huis en werd dikwijls aangetroffen in een afgelegen hoek, bewusteloos, stinkend naar drank en braaksel. Van een ander was bekend dat hij onnodig wreed was, vooral tegenover zijn gezellin en haar kinderen, en de zelandonia hadden gesproken over manieren om tussenbeide te komen; het wachten was op het moment dat zijn gezellin om hulp zou vragen.

Toen viel haar blik op Brukeval. Hij zat een beetje achteraf, bijna verborgen in de schaduwen, met zijn rug tegen een hoge, grillig gepunte boomstronk en dronk uit een van de zakken. Zijn opvliegendheid ergerde haar, maar hij was Jondalars neef en hij was altijd aardig tegen haar geweest. Ze vond het afschuwelijk om hem bij die weerzinwekkende mannen te zien zitten.

Ze wilde net doorlopen toen ze Wolf diep in zijn keel hoorde grommen. Achter haar rug klonk een luide stem.

'Kijk eens aan; wat hebben we hier? De dierenliefhebber en een paar dieren.'

Ze draaide zich met een ruk om. Een paar dieren, dacht ze, maar ik heb alleen Wolf bij me... Toen drong het tot haar door dat hij Echozar een dier had genoemd. Ze voelde haar woede oplaaien.

'Het enige dier dat ik hier zie is een wolf... of bedoel je soms jezelf?' zei Ayla.

Er werd bulderend gelachen door iemand die de opmerkingen had gehoord, en ze zag de man zijn voorhoofd fronsen. 'Ik bedoelde niet dat ik een dier ben,' zei hij.

'Dat is maar goed ook. Ik zou jou namelijk niet in dezelfde categorie willen plaatsen als Wolf. Daar ben je niet goed genoeg voor,' zei ze.

Een paar mannen die om het vuur zaten keken tussen de struiken door om te zien wat er aan de hand was. Ze zagen Ayla staan met haar dochter op haar heup, haar been voor de wolf om hem tegen te houden en Echozar met een fakkel in zijn hand.

'Ze stond ons te begluren,' zei de man verontwaardigd.

'Ik liep over een hoofdpad en ik bleef staan om te zien waar die herrie vandaan kwam,' zei Ayla.

'Wie is ze? En waarom praat ze zo gek?' vroeg een jonge man die Ayla niet kende. Toen voegde hij er verbaasd aan toe. 'Dat is een wolf!' Ayla dacht bijna nooit meer aan haar 'accent', net als de meeste mensen die haar kenden, maar zo nu en dan werd ze daar door een vreemde weer op attent gemaakt. Uit het patroon op het hemd van de man en het ontwerp van het halssieraad dat hij droeg maakte ze op dat hij van een Grot was die aan een andere rivier in het noorden woonde, een groep die niet regelmatig aan hun Zomerbijeenkomst deelnam. Hij was waarschijnlijk pas kortgeleden aangekomen.

'Ze is Ayla van de Negende Grot, de vrouw die Jondalar mee naar huis heeft genomen,' zei Madroman.

'En ze is een Zelandoni die dieren haar wil op kan leggen,' zei een andere man. Ayla meende dat hij van hun buren was, de Veertiende Grot.

'Ze is geen Zelandoni,' zei Madroman neerbuigend. 'Ze is een acoliet, nog in opleiding.'

Hij had haar tatoeage klaarblijkelijk nog niet gezien, dacht Ayla.
'Maar toen ze kwam had ze al gezag over die wolf en drie paarden,' zei de man van de Veertiende grot.
'Ik zei toch dat ze een dierenliefhebber was,' zei de eerste man met een hatelijk lachje, waarbij hij nadrukkelijk naar Echozar keek.
Echozar keek woedend naar de man en ging beschermend dichter bij Ayla staan. Dit was een grote groep mannen en ze hadden allemaal van Laramars brouwsel gedronken. Daarvan was bekend dat het het slechtste in mensen naar boven bracht.
'Bedoel je die paarden van dat kamp stroomopwaarts?' vroeg de vreemde. 'Dat is de eerste plek waar ze me mee naartoe hebben genomen toen ik hier aankwam. Is zij degene die ze de baas is? Ik dacht dat het die man en het meisje waren.'
'Grijs is mijn paard,' zei Jonayla.
'Ze zijn allemaal van dezelfde vuurplaats,' zei Brukeval, terwijl hij naar het vuur slenterde.
Ayla keek van Brukeval naar Echozar en zag meteen punten van overeenkomst. Brukeval was duidelijk een lichte afspiegeling van Echozar, hoewel ze geen van beiden volbloed Stam waren.
'Laat Ayla nu maar gewoon doorlopen,' vervolgde Brukeval. 'En ik denk dat we er verstandig aan doen onze feestjes in het vervolg iets verder van het hoofdpad te houden.'
'Ja, dat lijkt me een goed idee,' liet een andere stem zich opeens horen. Joharran, vergezeld van een groepje mannen, stapte het licht van Echozars fakkel binnen. Verscheidene van zijn metgezellen hadden een fakkel in hun hand, die ze onmiddellijk aanstaken in het vuur van Echozars fakkel om te laten zien met hoeveel ze waren. 'We hoorden jullie en wilden zien wat er aan de hand was. Er zijn genoeg plaatsen voor een drinkgelag, Laramar. Het lijkt me niet nodig dat jullie mensen lastigvallen die over de verbindingspaden tussen de kampen lopen. Misschien kunnen jullie maar beter meteen ergens anders naartoe gaan. We willen niet dat kinderen morgenochtend over jullie struikelen.'
'Hij heeft niets te zeggen over waar wij wel of niet mogen zitten,' lalde iemand.
'Inderdaad, daar heeft hij niets over te zeggen,' zei de eerste man die Ayla had gezien.
'Laat maar,' zei Laramar, terwijl hij een aantal kleine drinkzakken die nog dicht waren verzamelde en in een rugbepakking stopte. 'Ik zoek liever een plek waar we niet gestoord worden.'
Brukeval hielp hem. Hij keek vluchtig naar Ayla en ving haar blik. Ze

glimlachte dankbaar naar hem omdat hij haar was bijgevallen en had voorgesteld ergens anders heen te gaan. Hij glimlachte terug en keek haar aan met een blik die haar verwarde. Toen wendde hij fronsend zijn hoofd af. Ze zette Jonayla neer en ging op haar knieën zitten om Wolf rustig te houden terwijl de mannen wegliepen.
'Ik was toch al van plan om naar het Lanzadonische kamp te gaan om met Dalanar te praten, Echozar,' zei Joharran. 'Waarom loop jij niet met mij mee terug. Ayla kan met Solaban en de anderen meelopen.'
Ayla vroeg zich af waarom Joharran nu met Dalanar moest praten: wat kon er zo belangrijk zijn dat het niet tot de ochtend kon wachten? Geen van tweeën zou in het donker ergens naartoe gaan. Toen zag ze een paar van de mannen die om het vuur hadden gezeten achter een struik vandaan komen en in de richting lopen waarin de anderen waren verdwenen. Ze keken Echozar, Joharran en enkele anderen na. Ze fronste ongerust haar voorhoofd. Ze had het gevoel dat er iets niet klopte.

'De zelandonia doen erg vreemd,' zei Joharran. 'Heb jij iets gehoord over de speciale ceremonie die ze naar iedereen zegt aan het organiseren zijn? Ayla heeft haar merkteken, maar ze hebben haar nog niet gepresenteerd. Dat doen ze doorgaans meteen. Heeft ze iets tegen jou gezegd?'
'Ze heeft het zo druk gehad met de zelandonia dat ik haar nauwelijks heb gezien,' zei Jondalar, wat niet helemaal waar was. Hij had haar nauwelijks gezien, maar niet doordat ze het zo druk had. Hij was degene die haar had gemeden, en zijn broer wist dat.
'Nou, het lijkt erop dat ze iets groots organiseren. Zelandoni heeft een hele tijd met Proleva zitten praten, en ze vertelde me dat de zelandonia een groots, uitgebreid feestmaal willen. Ze hebben zelfs met Laramar afgesproken dat hij zijn brouwsel voor het feest levert. We organiseren een jachtpartij en blijven waarschijnlijk een dag of twee weg. Heb je zin om mee te gaan?' vroeg Joharran.
'Ja,' antwoordde Jondalar, bijna te snel, wat hem een vragende blik van zijn broer opleverde. 'Ik ga graag mee.'
Als Jondalar een beetje helder had kunnen denken zou hij zich misschien hebben herinnerd dat Ayla iets tegen hem had gezegd toen hij haar zag, maar het enige waaraan hij sinds het incident kon denken was het feit dat Ayla hem met Marona had betrapt. Hij kon zich er niet toe brengen gewoon naast haar tussen de slaapvachten te kruipen. Hij wist niet eens of ze dat zou toestaan. Hij was ervan overtuigd dat hij haar kwijt was, maar hij was bang om dat bevestigd te krijgen.

Hij dacht dat hij een aannemelijk excuus had bedacht toen Proleva hem vroeg waarom hij 's nachts niet naar hun slaaphut kwam. Hij had bij de paardenwei geslapen op het kleed dat hij en Marona bij de zwempoel hadden gebruikt, en onder de rijdekens om warm te blijven, maar hij dacht niet dat hij veel langer weg kon blijven zonder de nieuwsgierigheid van het hele kamp te wekken. Een jachtpartij zou dat probleem voor de komende twee dagen oplossen. Verder wilde hij nog niet denken.

Hoewel Ayla haar best deed om zich te gedragen alsof er niets aan de hand was en Jondalar dacht dat het niet opviel dat hij haar meed, had het hele kamp inmiddels door dat er met het paar iets mis was, en velen hadden een sterk vermoeden van de oorzaak. Zijn heimelijke afspraakjes met Marona waren lang niet zo geheim als hij had gedacht. De meeste mensen vonden dat hij zich op een gepast discrete manier gedroeg, en ze hadden de verhouding genegeerd. Maar het nieuws dat het voorheen zo stapelverliefde paar, ondanks het feit dat Marona naar een ander kamp was verhuisd, sinds Ayla's komst niet eens hetzelfde bed had gedeeld, had zich als een lopend vuur verspreid.

Het was het soort roddelpraat dat de gemoederen bezighield. Het feit dat Ayla het merkteken van een Zelandoni droeg zonder meteen te worden gepresenteerd, en dat er plannen werden gesmeed voor een grootse ceremonie, zorgden ervoor dat er naar hartenlust gespeculeerd werd. Iedereen vermoedde dat de ceremonie iets te maken had met de nieuwste Zelandoni, maar niemand wist iets zeker. Doorgaans liet een van de zelandonia zich op vragen van een belangstellende wel iets ontglippen, maar deze keer deed niemand een mond open. Bij sommige mensen rees het vermoeden dat zelfs de acolieten niet wisten waarvoor het grote feest werd georganiseerd, al deden ze allemaal alsof ze dat wel degelijk wisten.

Jondalar was er zich nauwelijks van bewust dat er een viering werd georganiseerd en tot Joharran hem had uitgenodigd om aan de jacht deel te nemen, liet dat hem koud. Toen werd het een excuus om een paar dagen weg te gaan. Hij had Marona een paar keer gezien. Toen ze de geruchten had gehoord over de vervreemding tussen Ayla en Jondalar, had ze hem opgezocht, maar ze deed hem niets meer. Hij was slechts ijzig beleefd wanneer ze met hem sprak. Zij was echter niet de enige die te weten probeerde te komen hoe ernstig hun breuk was. Ook Brukeval was naar het kamp van de Negende Grot gekomen.

Brukeval was met de Negende Grot naar de Zomerbijeenkomst gereisd, maar hij had zijn intrek genomen in de zomerhutten van de mannen, de 'ver weg hutten' of 'vreghutten' zoals ze door de meesten werden genoemd, die rond de buitenrand van het zomerkamp waren opgetrokken. Sommige werden gebruikt door jonge mannen die recentelijk de status van man hadden bereikt, andere door oudere mannen die nog geen verbintenis waren aangegaan, of mannen die tussen verbintenissen zaten, of mannen die wílden dat ze tussen verbintenissen zaten. Brukeval was nog nooit een verbintenis aangegaan. Hij had altijd een heimelijke angst gehad om afgewezen te worden en had nooit iemand durven vragen. Bovendien vond hij de beschikbare vrouwen geen van allen interessant genoeg. Aangezien hij geen naaste familie of kinderen had, voelde hij zich in het hoofdkamp en zelfs in het kamp van de Negende Grot niet op zijn plaats. Naarmate de jaren verstreken en de meeste mannen van zijn leeftijd een verbintenis aangingen, meed hij steeds vaker gemeenschappelijke activiteiten en vrienden en bekenden, en bij gebrek aan beter belandde hij dikwijls bij de lanterfanters die in de buurt van Laramar rondhingen. Zelf dronk hij ook regelmatig van de barma om in de roes een tijdlang alles te vergeten.

Brukeval had bij de Zomerbijeenkomst diverse mannenhutten geprobeerd, maar hij had zich uiteindelijk in de hut geïnstalleerd die veel mannen huisvestte die hij kende van de Negende Grot en waar Laramars brouwsel altijd voorhanden was. Laramar zelf overnachtte ook meestal in die hut in plaats van terug te gaan naar de tent van zijn gezellin en haar kinderen. De kinderen waren de laatste tijd niet meer echt blij om hem te zien, vooral sinds Lanoga een verbintenis was aangegaan met die jongen met de mismaakte arm. Ze was een mooie vrouw geworden, dacht Laramar, en ze had heus wel een betere man kunnen krijgen, al had hij horen vertellen dat de jongen goed kon jagen. Madroman overnachtte ook dikwijls in die mannenhut in plaats van in het grote onderkomen van de neerbuigende zelandonia, waar hij nog steeds slechts een acoliet was, hoewel hij iedereen had verteld dat hij geroepen was.

Brukeval had niet veel op met de mannen met wie hij samenwoonde, een stelletje luilakken die niets te bieden hadden en voor niets en niemand respect hadden. Hij wist dat hij intelligenter was en meer in zich had dan de meesten van hen. Hij was verwant aan de families waaruit dikwijls leiders voortkwamen en hij was opgegroeid met verantwoordelijke, intelligente en dikwijls getalenteerde mensen. De mannen met wie hij een vreghut deelde waren hoofdzakelijk lui, zwak van wil of traag. Edelmoedigheid van geest en hart was hun vreemd en er waren bij hen bitter weinig goede eigenschappen te ontdekken.

In een poging om hun eigenwaarde te versterken en als uitlaatklep voor hun frustraties, voedden ze elkaars eigenliefde en hoogmoed met minachtend gebral over iets waar ze zich boven voelden staan: die smerige, stomme dieren die Platkoppen werden genoemd. Ze vertelden elkaar dat ondanks het feit dat ze niet menselijk waren, ze toch listig konden zijn. Doordat Platkoppen een vage gelijkenis met echte mensen vertoonden, waren ze soms slim genoeg om de geesten die een vrouw zwanger maakten in de war te brengen, zodat ze een gruwel baarde, en dat was onduldbaar. Het enige wat Brukeval om zijn eigen redenen gemeen had met de mannen met wie hij een vreghut deelde, was een diepe, niet-aflatende haat jegens Platkoppen.

Sommige van de mannen waren gemene treiterkoppen en in het begin hadden ze hem gepest met het feit dat zijn moeder een Platkop was, maar na enkele demonstraties van zijn irrationele woede en kracht durfde niemand hem meer lastig te vallen, en de meesten behandelden hem met meer respect dan anderen die hun vreghut met hen deelden. Bovendien stond hij in goed aanzien bij de leiders van de Grotten, van wie hij er veel goed kende, en had hij af en toe een goed woordje gedaan voor enkele van de mannen die zich dieper dan gewoonlijk in de problemen hadden gewerkt. Veel van de mannen waren hem als een soort leider gaan zien. Dat gold ook voor sommige Grotten. Ze zagen hem als een bemiddelaar, en tegen het midden van de zomer ging men naar Brukeval als de mannen die in de vreghut woonden moeilijkheden veroorzaakten.

Toen hij bij het hoofdkamp van de Negende Grot verscheen, zogenaamd voor een middagmaal en een bezoek aan de mensen van zijn Grot, gaf dat te denken. Ayla was al vroeg vertrokken. Ze had het erg druk met de activiteiten van de zelandonia en had onderweg Jonayla bij Levela afgeleverd. De meeste vrouwen waren weg. Proleva had met haar flair voor organiseren iedereen die ze maar kon vinden opgetrommeld en taken uitgedeeld voor de voorbereidingen van een groot feestmaal voor alle deelnemers aan de Zomerbijeenkomst. De enige vrouwen in het kamp waren degenen die meegingen op de jacht.

Proleva had wat eten achtergelaten voor het middagmaal van de jagers, die zich in het kamp van de Negende Grot verzamelden. De groep jagers zou onderweg voor zichzelf moeten zorgen. De meesten hadden gedroogd reisvoedsel ingepakt bij hun uitrusting, tenten en slaaprollen, hoewel ze verwachtten meestal vers voedsel tot hun beschikking te hebben, van de jachtbuit of wat ze onderweg verzamelden.

Aangezien hij er toch was en hij een meer dan verdienstelijk jager was, nodigde Joharran hem uit om zich bij de groep jagers aan te sluiten. Brukeval aarzelde maar even. Hij was nieuwsgierig naar de situatie tussen Ayla en Jondalar en dacht dat hij in de kameraadschappelijke sfeer tijdens de jacht iets te weten zou kunnen komen.

Brukeval had nooit vergeten hoe Ayla het gelach het hoofd had geboden toen Marona haar door een list ertoe had gekregen ongepaste kleding aan te trekken naar haar eigen welkomstfeest. Het was hem opgevallen dat alle vrouwen inmiddels soortgelijke kleding droegen. Hij herinnerde zich haar hartelijkheid toen ze elkaar leerden kennen, de manier waarop ze had geglimlacht, bijna alsof ze hem kende, met niets van de aarzeling of terughoudendheid die de meeste vrouwen tentoonspreidden. Hij droomde van haar in haar prachtige, opvallende verbinteniskleding en stelde zich dikwijls voor dat hij haar uitkleedde, en na al die jaren mijmerde hij nog steeds over hoe het zou zijn als hij Jondalar was en naast haar op zachte vachten lag.

Ayla was altijd aardig tegen hem geweest, maar sinds die eerste avond bespeurde hij iets afstandelijks in haar dat anders was dan bij die eerste ontmoeting. Met het verstrijken der jaren had Brukeval zich steeds verder in zichzelf teruggetrokken, maar zonder dat Jondalar en Ayla het zich bewust waren, wist hij heel veel over hun leven met elkaar, zelfs intieme details. Hij wist bijvoorbeeld dat Jondalar al enige tijd met Marona – uitgerekend zij – paarde. Ook wist hij dat Ayla nooit met een ander Genot deelde, zelfs niet tijdens Moederfeesten, en dat ze niets wist over Jondalar en Marona.

Brukeval ging terug naar de vreghut om zijn jachtgerei te halen, en tegen de tijd dat hij terugkwam in het kamp van de Negende Grot verheugde hij zich op de jacht. Hij werd nooit meer uitgenodigd voor een jachtpartij sinds hij zich had aangesloten bij de mannen met wie hij de vreghut deelde. De mannen uit die hut werden in de regel niet gevraagd om aan de jacht deel te nemen en ze organiseerden maar zelden hun eigen jachtpartij, op Brukeval na, die in de loop der jaren dikwijls alleen op pad was gegaan en had geleerd voor zichzelf genoeg te doden of te verzamelen wanneer hij dat wilde.

De andere mannen bietsten doorgaans hun maaltijden bij elkaar bij een of andere Grot; daarvoor gingen ze dikwijls terug naar het kamp van hun eigen Grot. Madroman hoefde zich geen zorgen te maken over maaltijden. Hij at gewoonlijk met de zelandonia, die door de Grotten ruim van voedsel werden voorzien, meestal in ruil voor algemene diensten, maar ook voor specifieke verzoeken. Ook Laramar had zijn eigen manier om aan eten te komen. Hij ruilde zijn brouwsel en had aan gewillige klanten geen gebrek.

Het was niet ongebruikelijk dat de jongste mannen die op zichzelf woonden voedsel of een maaltijd van een van de kampen kregen, hoewel ze in ruil daarvoor meestal een bijdrage leverden aan de gemeenschap, bijvoorbeeld door op jacht te gaan of deel te nemen aan andere gemeenschappelijke arbeid of voedselverzamelexpedities. En hoewel het geen uitzondering was dat mannen die recentelijk de status van man hadden bereikt zo nu en dan problemen veroorzaakten, werd dat in het algemeen toegeschreven aan 'uitgelatenheid' en werd het geduld, vooral door oudere mannen die terugdachten aan hun eigen jeugd. Wanneer ze echter te veel moeilijkheden veroorzaakten, kon dat leiden tot een bezoek van Grot-leiders die het recht hadden om straffen uit te delen, waaronder, in het ergste geval, verbanning uit het kamp van de Zomerbijeenkomst.

Iedereen wist dat de mannen van Brukevals vreghut – zoals mensen die waren gaan noemen – niet jong waren, en ze waren zelden in de buurt wanneer er gewerkt moest worden. Maar er was nooit gebrek aan eten bij Zomerbijeenkomsten en niemand die tegen etenstijd verscheen werd ooit weggestuurd, hoe onwelkom ze ook waren. De mannen van die hut waren slim genoeg om niet te vaak bij hetzelfde kamp te verschijnen. En ze verspreidden zich zodat ze niet allemaal tegelijk in hetzelfde kamp opdoken, tenzij ze iets opvingen over een overvloedig feestmaal wanneer een of meerdere kampen een grote gemeenschappelijke maaltijd organiseerden. Maar met hun dikwijls luidruchtige drinkgelagen, soms gewelddadige vechtpartijen, slonzige gewoonten en onwilligheid om een bijdrage aan de gemeenschap te leveren, balanceerde die specifieke groep mannen op de rand van verdraagzaamheid.

Maar die hut was de enige plek waar Brukeval zijn heimelijke schuldgevoel en pijn met Laramars brouwsel kon wegdrinken. In een dronken roes waarin zijn bewuste geest was uitgeschakeld, kon hij aan Ayla denken zoals hij wilde. Hij kon denken aan hoe ze eruit had gezien toen ze het gelach van de Negende Grot trots het hoofd had geboden. Dan kon hij zich voorstellen dat ze met haar mooie lach naar hem glimlachte en een beetje aangeschoten met hem flirtte en met hem praatte alsof hij een gewone man was, misschien zelfs een charmante, knappe man, niet lelijk en klein. De mensen noemden hem een Platkop, maar dat was hij niet, echt niet. Ik ben geen Platkop, dacht hij. Dat zeggen ze alleen omdat ik klein ben en... lelijk.

Verborgen in de duisternis, vol sterkedrank, kon hij over Ayla dromen in haar spectaculaire exotische tuniek, haar gezicht omlijst door haar prachtige gouden haren en het barnstenen sieraad tussen haar hoge, stevige, naakte borsten. Dan kon hij dromen dat hij die borsten vasthield, dat hij die tepels aanraakte, in zijn mond nam. De gedachte al-

leen al bracht zijn lid omhoog, en vol verlangen hoefde hij zichzelf nauwelijks aan te raken om zijn sap te doen spuiten.
Dan kon hij in zijn lege bed kruipen en dromen dat hij degene was die met Ayla aan zijn zijde voor de Zelandoni had gestaan, hij en niet zijn neef, de lange man met het blonde haar en de felblauwe ogen; niet die volmaakte man die iedere vrouw begeerde. Maar Brukeval wist dat hij niet zo volmaakt was. Jondalar had Genot gedeeld met Marona zonder dat aan Ayla te vertellen en hij deed zijn best om het voor iedereen verborgen te houden. Ook hij had schuldige geheimen, en nu sliep Ayla alleen. Jondalar had buiten geslapen bij de paardenwei, onder hun rijdekens. Hield Ayla niet meer van Jondalar? Had ze ontdekt dat hij met Marona Genot had gedeeld en was ze opgehouden te houden van de man die alles was wat Brukeval ooit had willen zijn? De man die de levensgezel was van de vrouw van wie hij meer hield dan van het leven zelf? Had ze nu behoefte aan iemand die van haar hield?
Zelfs als ze niet meer van Jondalar hield was het niet waarschijnlijk dat ze hem zou kiezen, maar ze had weer naar hem geglimlacht en leek minder afstandelijk. En door de komst van Dalanar en de Lanzadoniers had hij weer beseft dat een mooie vrouw soms een lelijke man koos. Hij was geen Platkop en hij vond het verschrikkelijk om in zichzelf overeenkomsten met Platkoppen te zien, maar hij wist dat Echozar, die lelijke gruwel van een man van gemengde geesten wiens moeder een Platkop was, de levensgezel was geworden van de dochter van Dalanars tweede vrouw, de vrouw die de meesten als een exotische schoonheid beschouwden. Het was dus mogelijk. Hij probeerde zijn hoopvolle verwachting te temperen, maar als Ayla ooit iemand nodig had, iemand die nooit Genot zou delen met een ander, helemaal nooit, nooit van zijn leven, die nooit van een ander zou houden, dan kon hij die man zijn.

36

'Moeder! Moeder! 'Thona is er! Grootam is eindelijk gekomen!' riep Jonayla, terwijl ze hun hut in rende om het nieuws te verkondigen en onmiddellijk weer naar buiten rende. Wolf volgde haar naar binnen en meteen weer naar buiten.

Ayla nam even de tijd om te bedenken hoeveel dagen er waren verstreken sinds ze had gevraagd of Marthona kon worden opgehaald. Ze legde een vinger op haar been voor elke dag en kwam maar tot vier. Marthona had natuurlijk dolgraag willen komen, zoals Ayla al had vermoed, als er een manier kon worden gevonden om haar hiernaartoe te krijgen. Ze kwam net de hut uit toen vier jonge mannen van ongeveer gelijke lengte de draagbaar waarop Marthona zat van hun schouders op de grond lieten zakken. Twee van de mannen waren leerlingen van Jondalar, de beide anderen waren vrienden die toevallig in de buurt waren toen het verzoek om draagbaardragers werd gedaan.

Ayla bekeek de constructie waarop Marthona naar de Zomerbijeenkomst was gedragen: twee palen van rechte, jonge elzenbomen waartussen diagonaal sterke touwen waren geweven, waardoor een ruitvormig patroon was ontstaan. Voor extra stabiliteit waren op regelmatige afstanden kortere touwen door het ruitvormige patroon tussen de lange palen gevlochten. Ayla was ervan overtuigd dat Marthona, die een ervaren wever was, daar de hand in had gehad. De vrouw zat op kussens achter op de draagbaar en Ayla stak haar een hand toe om haar overeind te helpen. Marthona bedankte de jonge mannen en verscheidene anderen, die elkaar kennelijk onderweg hadden afgelost.

Ze hadden de nacht doorgebracht in het kleine dal van de Vijfde Grot met de paar mensen van de groep en een van de acolieten van hun Zelandoni, die niet naar de bijeenkomst waren gegaan. Iedereen was hogelijk geïnteresseerd in Marthona's transportmiddel. Enkelen vroegen zich af of ze jonge mannen zouden kunnen vinden die bereid zouden zijn hen naar een Zomerbijeenkomst te dragen. De meesten zouden er graag naartoe zijn gegaan; ze hadden het gevoel dat ze de

pret misliepen wanneer ze moesten achterblijven omdat ze niet in staat waren de afstand te voet af te leggen.
Toen Jondalars leerlingen de draagbaar de hut binnen brachten, bedacht Ayla dat hun diensten mogelijk nog nodig waren. 'Hartalan, zouden jij en Zachadal en misschien enkele anderen Marthona door het kamp willen dragen als ze jullie nodig heeft? De afstand van hier naar de zelandoniahut en sommige andere kampen is waarschijnlijk te groot voor haar,' zei Ayla.
'Laat ons maar weten wanneer je ons nodig hebt,' zei Hartalan. 'Het zou handig zijn als je het ons van tevoren kunt zeggen, maar een van ons zal waarschijnlijk meestal wel in de buurt zijn. Ik zal met de anderen overleggen en bekijken of we iets kunnen bedenken om ervoor te zorgen dat er altijd iemand is die hulp kan regelen.'
'Dat is bijzonder aardig van je,' zei Marthona. Ze had Ayla's verzoek gehoord toen ze binnenkwam, 'maar ik wil jullie niet van je eigen activiteiten afhouden.'
'Zoveel is er niet meer te doen,' zei Hartalan. 'Sommige mensen maken plannen om op jacht te gaan, of om verwanten te bezoeken, of om binnenkort terug naar huis te gaan. De meeste ceremoniën en feesten zijn voorbij, behalve de late Verbintenisceremonie en het grote evenement dat op dit moment door de zelandonia wordt georganiseerd, en niemand schijnt te weten waar Jondalar de laatste tijd uithangt, maar hij houdt zich hoe dan ook 's winters altijd veel meer bezig met de scholing. Het is leuk om je rond te dragen, Marthona,' zei Hartalan met een grijns. 'Je wilt niet geloven hoeveel aandacht we kregen toen we net met jou het kamp binnenliepen.'
'Zo te horen ben ik een nieuwe vermakelijkheid geworden,' zei Marthona, met een glimlach naar Hartalan. 'Als je het echt niet vervelend vindt, doe ik graag af en toe een beroep op jullie. Eerlijk gezegd gaan korte afstanden me tegenwoordig erg goed af, maar zelfs met een wandelstok kom ik niet erg ver en ik vind het vreselijk als ik iedereen ophoud.'
Folara kwam de zomerhut binnenstormen. 'Moeder! Je bent er! Iemand vertelde me net dat je was gearriveerd. Ik wist niet eens dat je zou komen.' Ze begroetten elkaar met een omhelzing en het tegen elkaar drukken van wangen.
'Daarvoor kun je Ayla bedanken. Toen ze hoorde dat je iemand had gevonden om wie je oprecht geeft, zei ze dat iemand me moest ophalen. Een jonge vrouw heeft haar moeder nodig als er serieuze plannen worden gesmeed,' zei Marthona.
'Ze heeft gelijk,' zei Folara, met een stralende glimlach, wat Marthona

deed beseffen dat het waarschijnlijk waar was. 'Maar hoe ben je hier gekomen?'
'Ik geloof dat dat ook Ayla's idee was. Ze zei tegen Dalanar en Joharran dat ik heel goed op een draagbaar kon reizen, gedragen door sterke jonge mannen, en toen is een groepje me komen halen. Ayla wilde dat ik met haar meeging, op Whinneys rug, en dat had ik waarschijnlijk moeten doen, maar hoe leuk ik de paarden ook vind, het idee om erop te gaan zitten jaagt me angst aan. Ik weet niet hoe ik paarden moet leiden. Jonge mannen zijn makkelijker. Je zegt gewoon wat je wilt en wanneer je wilt stoppen,' zei Marthona.
Folara omhelsde de gezellin van haar broer. 'Hartelijk dank, Ayla. Alleen een vrouw begrijpt die dingen. Ik wilde inderdaad graag dat mijn moeder hier zou zijn, maar ik wist niet of ze zich daar goed genoeg voor voelde, en ik wist dat ze niet dat hele eind kon lopen.' Toen wendde ze zich tot haar moeder: 'Hoe voel je je?'
'Ayla heeft heel goed voor me gezorgd toen ze nog bij me was, en ik voel me nu veel beter dan het afgelopen voorjaar,' zei de vrouw. 'Ze is werkelijk een uitstekend genezeres en als je goed kijkt, zul je zien dat ze nu een Zelandoni is.'
Marthona had het merkteken op haar voorhoofd gezien, besefte Ayla. Het heelde en deed geen pijn meer, al jeukte het wel af en toe, en ze was het bijna vergeten. Ze dacht er alleen aan als iemand er een opmerking over maakte of er opvallend naar staarde.
'Dat weet ik, moeder,' zei Folara. 'Iedereen weet het, al is ze nog niet gepresenteerd. Maar net als de rest van de zelandonia heeft ze het zo druk dat ik haar nauwelijks heb gezien. Ze organiseren een ceremonie, maar ik weet niet of die voor of na de tweede Verbintenisceremonie zal plaatsvinden.'
'Daarvoor,' zei Ayla. 'Je zult tijd hebben om met je moeder te praten en plannen te maken.'
'Je bent dus echt serieus over iemand,' zei Marthona. Ze bleef even stil en zei toen: 'Nou, waar is die jonge man? Ik wil hem graag leren kennen.'
'Hij wacht buiten,' zei Folara. 'Ik haal hem wel even.'
'Ik ga wel mee naar buiten,' zei Marthona. Het was donker in de zomerhut. Er waren geen ramen. Er viel alleen licht naar binnen door de ingang, waarvan de voorhang opzij was geschoven en vastgebonden, en het rookgat midden in het dak, dat dikwijls bij goed weer overdag open werd gehouden. Haar zicht was niet meer wat het vroeger was geweest en ze wilde de jonge man goed kunnen bekijken.
De drie vrouwen liepen naar buiten en Marthona zag drie jonge mannen staan die ze niet kende. Ze waren vreemd gekleed, en een van de

mannen was een reus met felrood haar. Toen Folara het eerst naar hem liep, haalde Marthona een keer diep adem. Ze had eigenlijk gehoopt dat hij niet de man was die haar dochter had gekozen. Niet dat er iets aan hem mankeerde, maar Marthona's gevoel voor schoonheid kwam in opstand, al was dat natuurlijk geen beslissende factor. Ze had altijd gehoopt dat Folara een man zou kiezen die bij haar paste, dat ze elkaar zouden aanvullen, en naast zo'n grote man zou haar lange, elegante dochter klein lijken. Folara begon de introducties.

'Danug en Druwez zijn Ayla's verwanten. Ze hebben de lange reis gemaakt om haar te bezoeken. Onderweg kwamen ze een andere man tegen en ze hebben hem uitgenodigd om mee te reizen. Moeder, verwelkom alsjeblieft Aldanor van de S'Armuniërs.'

Ayla keek toe terwijl een donkere jonge man met de aantrekkelijke trekken van de S'Armuniërs naar voren kwam. 'Aldanor, dit is mijn moeder, Marthona, voorheen leider van de Negende Grot van de Zelandoniërs, gezellin van Willamar, Meester-Handelaar.'

Marthona slaakte een zucht van opluchting toen Folara begon met de formele introductie aan Aldanor en niet de roodharige reus, en de vreemde namen en banden van de jonge man voor de oudere vrouw opsomde.

'In de naam van de Grote Aardmoeder heet ik je welkom, Aldanor van de S'Armuniërs,' zei Marthona.

'In de naam van Muna, Grote Moeder van de aarde, Haar zoon Luma, brenger van warmte en licht, en Haar levensgezel Bela, de wachter aan de hemel, groet ik je,' zei Aldanor tegen Marthona, waarbij hij zijn handen opstak met de handpalmen naar voren gericht en zijn armen bij de elleboog gebogen, maar opeens bedacht hij zich en strekte hij vlug zijn armen en draaide zijn handen met de palm naar boven, zoals de Zelandoniërs elkaar begroetten.

Marthona en Ayla begrepen allebei dat hij de S'Armunische groet had geoefend zodat hij die in het Zelandonisch kon zeggen, en ze waren diep onder de indruk. Dat de jonge man die moeite had willen nemen sprak Marthona aan, en ze moest toegeven dat hij een knappe jonge man was. Ze begreep dat haar dochter zich tot hem aangetrokken moest voelen en was tot dusver blij met haar keuze.

Ayla had de formele begroeting van de S'Armuniërs nog nooit gehoord; Jondalar en zij waren nooit formeel verwelkomd in een Kamp van de S'Armuniërs. Jondalar was gevangengenomen door Attaroa's Wolfvrouwen en opgesloten bij hun mannen en jongens. Geholpen door Wolf hadden Ayla en de paarden Jondalars spoor gevolgd naar het Kamp.

Na de formele begroeting tussen Marthona en Aldanor begonnen ze een gesprek. De voormalige leider was uiterst charmant, maar het viel Ayla op dat ze ook scherpe vragen stelde om zo veel mogelijk te weten te komen over de vreemde met wie haar dochter een verbintenis wilde aangaan. Aldanor vertelde dat hij Danug en Druwez had ontmoet toen ze bij zijn kamp waren gestopt en een tijdje bij hen waren gebleven. Hij behoorde niet tot Attaroa's Kamp, maar een Kamp verder naar het noorden, waarvoor hij dankbaar was toen bekend werd wat daar allemaal was gebeurd.

Ayla en Jondalar waren voor de S'Armuniërs legendarische figuren geworden. De beeldschone S'Ayla, de vleesgeworden Moeder, een levende munai, schoon als een zomerdag, en haar levensgezel, de lange blonde S'Elandon, die naar de aarde was gekomen om de mannen van dat zuidelijke Kamp te redden. Naar verluidt waren zijn ogen de kleur van water in een gletsjer, blauwer dan de hemel, en met zijn lichte haar was hij zo knap als alleen de glanzende maan kon zijn als die naar de aarde kwam en een menselijke gedaante aannam. Nadat de woeste Wolf van de Moeder, een incarnatie van de Wolfster, de duivelse Attaroa had gedood, waren S'Ayla en S'Elandon op hun magische paarden weer naar de hemel teruggereden.

Aldanor had de verhalen prachtig gevonden toen hij ze voor het eerst hoorde, vooral het idee dat de bezoekers uit de hemel paarden en wolven hun wil konden opleggen. Hij dacht dat de legende door een reizende verhalenverteller was verzonnen, iemand met een bijzonder rijke fantasie dat hij zo'n prachtig verhaal had kunnen bedenken. Toen de neven beweerden dat de twee legendarische figuren verwanten waren en dat ze op weg waren om hen te bezoeken, kon hij niet geloven dat ze echt bestonden. De jonge mannen konden het goed met elkaar vinden en toen de twee neven hem uitnodigden, besloot hij om met hen mee te gaan om hun Zelandonische verwanten te bezoeken, zodat hij ze met eigen ogen kon zien. Terwijl de drie jonge mannen westwaarts reisden hoorden ze meer verhalen. Het paar reed niet alleen op paarden, maar hun wolf was zo 'woest' dat hij baby's over zich heen liet kruipen.

Toen ze bij de Zomerbijeenkomst van de Zelandoniërs waren aangekomen en hij van Jondalar het ware verhaal van Attaroa en de mensen van haar Kamp hoorde, was Aldanor stomverbaasd toen hij besefte dat de incidenten in de legenden zo accuraat waren weergegeven. Hij was van plan geweest om met Danug en Druwez terug te reizen om iedereen te vertellen hoe waar de verhalen waren. Een vrouw die Ayla heette bestond echt en woonde bij de Zelandoniërs, en haar levensgezel

Jondalar was lang en blond en had verbluffend blauwe ogen, en hoewel hij inmiddels iets ouder was, was hij nog altijd een knappe man. Iedereen zei dat Ayla ook beeldschoon was.
Maar hij besloot om niet te gaan. Niemand zou hem hebben geloofd; hij had immers ook nooit geloofd dat de verhalen die werden verteld echt waar waren. Het waren bovennatuurlijke fabels met een mystiek soort waarheid die hielp om onbekende dingen te verklaren, mythen. En bovendien was Jondalars zus ook een schoonheid, en ze had zijn hart veroverd.
Terwijl Marthona en de vreemde met elkaar spraken, hadden zich steeds meer mensen verzameld om te luisteren naar het verhaal dat Aldanor vertelde.
'Waarom heet het paar in het verhaal S'Ayla en S'Elandon en niet Ayla en Jondalar?' vroeg Folara.
'Dat kan ik jullie vertellen,' zei Ayla. 'De "S" is een eerbetoon en drukt respect uit. De naam S'Armuniërs betekent het "geëerde volk" of het "bijzondere volk". Wanneer de "S" voor de naam van een persoon wordt gezet wil dat zeggen dat die persoon hoog aanzien geniet.'
'Waarom worden wij niet een bijzonder volk genoemd?' vroeg Jonayla.
'Dat worden we wel. Volgens mij is hun eretitel een andere manier om "kinderen van de Moeder" te zeggen, zoals wij onszelf noemen,' zei Marthona. 'Misschien zijn we verwant, of waren we dat lang geleden. Het is interessant dat ze bijvoorbeeld "Zelandoniërs" zo makkelijk kunnen veranderen om het "geëerd volk" of "bijzonder volk" te laten betekenen.'
'Toen Jondalar bij de mannen opgesloten zat,' vervolgde Ayla, 'heeft hij de mannen en de jongens laten zien hoe ze dingen konden maken, zoals werktuigen. Hij was degene die een manier vond om uit hun gevangenis te ontsnappen. Wanneer we tijdens onze reis mensen tegenkwamen, stelde hij zich dikwijls voor als "Jondalar van de Zelandoniërs". Eén jongen in het bijzonder ging "Zelandoniërs" toen uitspreken als "S'Elandon" omdat hij Jondalar zo diep eerde en respecteerde. Volgens mij geloofde hij dat dat de betekenis was van zijn naam: "Jondalar de geëerde". In de legende hebben ze mij klaarblijkelijk ook die eer bewezen.'
Marthona was tevreden, voorlopig tenminste. Ze wendde zich tot Ayla. 'Neem me niet kwalijk; ik vergeet mijn manieren. Stel me alsjeblieft aan je verwanten voor.'
'Dit is Danug van de Mamutiërs, zoon van Nezzie, gezellin van Talut, de leider van het Leeuwenkamp, en dit is zijn neef Druwez, zoon van Taluts zus Tulie, medeleider van het Leeuwenkamp van de Mamuti-

ers,' begon Ayla. 'Danugs moeder, Nezzie, was degene die me mijn verbinteniskleed heeft gegeven. Jullie weten misschien nog dat ik heb verteld dat zij me wilde adopteren, maar tot ieders verbazing deed Mamut dat toen.'

Ayla wist dat Marthona diep onder de indruk was geweest van haar verbinteniskleed, en ze wist ook dat ze als moeder van de jonge vrouw die binnenkort een verbintenis zou aangaan, iets zou willen weten over de status van de jonge mannen, aangezien die waarschijnlijk een rol zouden spelen in de Verbintenisceremonie.

'Ik weet dat anderen jullie hier welkom hebben geheten,' zei Marthona, 'maar ik wil mijn groeten aan die van hen toevoegen. Ik kan me voorstellen dat jullie Ayla erg missen; ze zou voor elke gemeenschap een aanwinst zijn, maar je kunt me geloven als ik zeg dat we haar oprecht waarderen. Ze is een welkom lid van onze Grot. Hoewel een deel van haar hart altijd bij de Mamutiërs zal liggen, is ze een gekoesterde Zelandoniër geworden.'

'Dank je,' zei Danug. Als zoon van de gezellin van de leider begreep hij dat dit deel uitmaakte van het uitwisselen van informatie die status en erkenning van rang duidelijk maakte. 'We missen haar allemaal. Mijn moeder was zeer bedroefd toe Ayla wegging; ze zag haar als een dochter, maar ze begreep dat ze haar hart aan Jondalar had verloren. Nezzie zal blij zijn om te horen dat Ayla zo warm is verwelkomd door de Zelandoniërs, en dat haar uitzonderlijke gaven zo hogelijk gewaardeerd worden.' Hoewel zijn Zelandonisch niet perfect was, was de jonge man welsprekend, en hij wist hoe hij de status van zijn familie onder zijn volk duidelijk moest maken. Niemand begreep beter dan Marthona hoe belangrijk plaats en status waren. Ayla begreep het concept van status; dat was zelfs bij de Stam belangrijk geweest, en ze leerde hoe de Zelandoniërs de mensen een rang toekenden, maar ze miste de intuïtieve kennis van iemand als Marthona, iemand die door geboorte tot de hoogste rangen van haar volk behoorde.

In een leefgemeenschap zonder geld was status meer dan prestige; het was een vorm van rijkdom. Mensen bewezen iemand van standing graag gunsten omdat een schuld altijd in natura moest worden voldaan. Er ontstond een schuld wanneer iemand een ander vroeg om iets te maken, of om iets te doen, of om ergens naartoe te gaan, door de stilzwijgende belofte van een gunst van gelijke waarde in ruil daarvoor. Iedereen stond bij anderen in de schuld, of ze dat nu wilden of niet, en als iemand van hoog aanzien bij jou in de schuld stond, verhoogde dat je status.

Er moest met veel dingen rekening worden gehouden bij het vaststellen van status en dat was de reden waarom mensen hun namen en banden opsomden. Waarde toekennen was een van die dingen, inspanning was een andere. Zelfs als het eindproduct van mindere kwaliteit was, werd de schuld doorgaans toch als voldaan beschouwd als de schuldenaar er zijn uiterste best voor had gedaan, al kon daar geen hogere rang aan ontleend worden. Leeftijd was een factor; kinderen onder een bepaalde leeftijd bouwden geen schuld op. Met het verzorgen van een kind, zelfs een eigen kind, werd een schuld aan de gemeenschap betaald, omdat kinderen de belofte van continuïteit waren. Het bereiken van een bepaalde leeftijd, oud worden, maakte ook verschil. Ouderen konden om een gunst vragen zonder daarmee schuld op te bouwen en zonder verlies van status, maar als iemand het vermogen verloor om aan de gemeenschap bij te dragen, had dat niet zozeer verlaging in rang tot gevolg als wel een verandering van positie. Een oudere met kennis en ervaring behield zijn status, maar wanneer hij zijn cognitieve gaven kwijtraakte, behield hij zijn positie, maar louter in naam. Hij genoot nog altijd het respect voor zijn bijdragen in het verleden, maar zijn advies werd niet langer gevraagd.

Het systeem was ingewikkeld, maar iedereen leerde de nuances op dezelfde manier als ze de taal leerden; en tegen de tijd dat ze de leeftijd van verantwoordelijkheid bereikten, waren de fijne onderscheidingen de meesten duidelijk. Iedereen wist altijd precies wat hij een ander en wat een ander hem schuldig was. Iedereen kende de aard van de schulden en zijn rang binnen zijn gemeenschap.

Marthona sprak ook met Druwez, wiens positie gelijk was aan die van zijn neef, aangezien hij de zoon van Tulie was, de zus van Talut en medeleider van het Leeuwenkamp, maar hij was iets terughoudender. Door zijn grootte viel Danug meer op, en hoewel hij in het begin verlegen was, had hij geleerd om toeschietelijker te zijn. Een warme glimlach en een gemoedelijk gesprek namen over het algemeen de vrees weg die zijn grootte wekte.

Toen wendde Marthona zich tot Ayla. 'Waar is nu eigenlijk die zoon van me, die bij Aldanors volk in zulk hoog aanzien staat?'

Ayla wendde haar hoofd af. 'Dat weet ik niet,' zei ze. Ze voelde dat ze een kleur kreeg. Toen voegde ze eraan toe: 'Ik heb het erg druk gehad met de zelandonia.'

Marthona wist onmiddellijk dat er iets mis was. Ayla was zo opgewonden geweest bij het idee dat ze Jondalar terug zou zien en nu wist ze niet eens waar hij was?

'Ik heb Jondé vanochtend bij de Rivier gezien,' zei Jonayla, 'maar ik weet niet waar hij heeft geslapen. Ik begrijp niet waarom hij niet meer bij ons wil slapen. Ik vind het veel leuker als hij bij ons is.'

Ayla's blos verdiepte zich, maar ze zei niets, en Marthona wist nu zeker dat er iets ernstig mis was. Ze moest erachter zien te komen wat er was gebeurd.

'Folara, wil jij met Marthona op Jonayla passen of haar naar Levela brengen als jullie naar het hoofdkamp gaan? En kunnen jullie ook Wolf meenemen? Ik moet met Danug en Druwez praten en ze misschien meenemen naar de zelandoniahut,' zei Ayla.

'Ja, natuurlijk,' zei Folara.

Ayla omhelsde haar dochter. 'Tot vanavond,' zei ze, en toen ging ze naar de twee jonge mannen en begon in het Mamutisch tegen hen te praten.

'Ik dacht aan de "sprekende trommels" en ik heb de Eerste daarover verteld. Kunnen jullie de trommels laten praten?' zei Ayla.

'Ja,' zei Danug. 'Dat kunnen we allebei, maar we hebben geen trommels meegebracht. Trommels zijn niet echt noodzakelijke reisbenodigdheden.'

'Hoe lang hebben jullie ervoor nodig om er een paar te maken? Ik weet zeker dat ik mensen kan vinden die jullie daarbij willen helpen als dat nodig mocht zijn. En zouden jullie bereid zijn enkele coupletten te begeleiden? Als onderdeel van de ceremonie die wordt georganiseerd?' vroeg Ayla.

De twee mannen keken elkaar aan en haalden hun schouders op. 'Als we geschikte materialen kunnen vinden, hebben we niet langer dan een dag nodig om ze te maken. Ze bestaan uit ongelooide huid die over een rond raamwerk wordt gespannen, heel strak zodat de trommel verschillende toonhoogten kan voortbrengen. Het raamwerk moet sterk zijn zodat het niet breekt als de huid krimpt, vooral als we hitte gebruiken om dat proces te versnellen,' zei Druwez. 'Het zijn kleine trommels en je bespeelt ze met je vingers, erg snel.'

'Ik heb mensen gezien die ze bespelen met een uitgebalanceerd stokje, maar wij hebben geleerd om het met de vingers te doen,' zei Danug.

'Zouden jullie bereid zijn om dat tijdens de ceremonie te doen?' vroeg Ayla.

'Natuurlijk,' zeiden ze in koor.

'Kom dan maar mee,' zei ze, en ze ging op weg naar het hoofdkamp.

Onderweg naar de grote zelandoniahut bleven veel mensen staan om naar hen te staren. Ayla had dit vaak genoeg meegemaakt, maar deze keer was niet zij, maar Danug het lijdend voorwerp van de starende blikken. Het was onbeleefd, maar ze kon het de mensen niet echt kwalijk nemen; hij was een buitengewoon opvallende man. Zelandonische mannen waren over het algemeen lang en goedgebouwd – Jondalar was een meter achtennegentig – maar Danug stak met hoofd en schouders boven iedereen uit, en hij was goed geproportioneerd. Vanaf een afstand leek hij gewoon een gespierde man, maar als hij tussen anderen stond viel zijn grootte op. Dat deed haar denken aan de eerste keer dat ze Talut had gezien, de man van zijn vuurplaats, de enige man die ze ooit had gezien die zo groot was. Waarschijnlijk had zij toentertijd ook gestaard, hoewel Talut een van de eerste mensen van haar eigen soort was die ze sinds ze heel klein was had gezien. Misschien had ze daarom naar hem gestaard.

Toen ze de grote hut midden in het kamp bereikte, kwamen twee jonge vrouwelijke acolieten haar tegemoet. 'Ik wilde even controleren of we alle ingrediënten voor dat speciale ceremoniële drankje hebben waarover je ons hebt verteld,' zei een van hen. 'Gefermenteerd berkensap, vruchtensappen, geurig gemaakt met lievevrouwebedstro en wat kruiden, klopt dat?'

'Ja, vooral artemisia,' zei Ayla. 'Dat soms alsem wordt genoemd.'

'Ik geloof niet dat ik dat drankje ken,' zei Druwez.

'Heb je onderweg de Losaduniërs bezocht?' vroeg Ayla. 'En dan bedoel ik vooral of je bij hen aan een Moederfeest hebt deelgenomen.'

'We zijn er wel geweest, maar niet erg lang gebleven,' zei Druwez, 'en jammer genoeg hebben we geen Moederfeest meegemaakt.'

'Solandia, de gezellin van Losaduna, heeft me geleerd hoe het gemaakt moet worden. Het lijkt een aangenaam smakend licht drankje, maar in werkelijkheid is het een krachtig mengsel dat speciaal wordt gemaakt om de spontaniteit en warme interactie te bevorderen die tijdens een feest ter ere van de Moeder onontbeerlijk zijn,' zei Ayla, en voor de acolieten voegde ze eraan toe: 'Ik zal het proeven als jullie het klaar hebben en het jullie laten weten als ik nog iets mis.'

Toen de twee jonge vrouwen zich omdraaiden om weg te gaan maakten ze enkele handgebaren naar elkaar en wierpen nog een blik op Danug. In de afgelopen paar jaar, vooral tijdens Zomerbijeenkomsten, had Ayla de zelandonia enkele basisgebaren van de Stam-taal geleerd, met het idee dat de doniërs dan in zekere mate zouden kunnen communiceren met mensen van de Stam als ze die tijdens een reis toevallig tegenkwamen. Sommigen pikten het makkelijker op dan anderen, maar de meesten leken het leuk te vinden om een geheimtaal te hebben die anderen niet begrepen. Wat de twee jonge acolieten niet wisten, was dat Ayla Danug en Druwez de gebarentaal lang daarvoor had geleerd, toen ze bij de Mamutiërs woonde.

Plotseling keek Danug glimlachend naar een van de jonge vrouwen. 'Daar kun je misschien achterkomen tijdens een Moederfeest,' zei hij,

en toen keek hij naar Druwez en ze barstten allebei in lachen uit.
Beide jonge vrouwen bloosden en toen glimlachte de vrouw die met de gebaren was begonnen veelbetekenend naar Danug.
'Misschien,' zei ze. 'Ik wist niet dat je gebarentaal verstond.'
'Denk je dat iemand lange tijd bij Ayla kan wonen zonder die te leren?' zei Danug. 'Mijn broertje, de jongen die mijn moeder had geadopteerd, was half Stam. Hij kon niet spreken tot Ayla kwam en ons de gebarentaal leerde. De eerste keer dat Rydag het gebaar voor "moeder" maakte, moest ze huilen.'

Op het terrein waar de ceremonie zou worden gehouden, krioelde het al vroeg van de mensen. De opwinding in de lucht was tastbaar. Er waren al dagenlang voorbereidingen getroffen voor de ceremonie, en de verwachtingen waren hooggespannen. Het beloofde een bijzondere, unieke ceremonie te worden. Iedereen wist het, ze wisten alleen niet in welk opzicht. De spanning nam tegen zonsondergang toe. Nog nooit hadden Zelandoniërs bij de Zomerbijeenkomst zo sterk naar de zonsondergang verlangd. Ze wensten de zon de hemel uit.
Toen de zon eindelijk achter de horizon verdween en het donker genoeg werd om vuur nodig te hebben, werden de mensen wat rustiger in afwachting van het aansteken van de ceremoniële vuren. In het midden van het terrein was een natuurlijk amfitheater dat groot genoeg was om het hele kamp van ruim tweeduizend mensen te bevatten. Achter het Zomerkamp en rechts daarvan, omsloten de kalkstenen bergen een grote, ondiepe 'kom' met hellende zijkanten. De voorkant was open. De rond lopende hellingen liepen over in een klein, betrekkelijk vlak veld dat in de loop der jaren sinds de locatie als vergaderplaats was gebruikt, met stenen en samengepakte aarde was geëffend.
Tussen de bomen vlak onder de bergtop borrelde een bron op, die een kleine poel vulde en over de rand langs de helling van de kom stroomde, door het midden van het veld onderin, en eindigde in de grotere rivier van het kamp. De door de bron gevoede kreek was zo smal, vooral laat in het seizoen, dat iedereen er makkelijk overheen kon stappen, maar de heldere, koude poel bij de top zorgde voor heerlijk fris drinkwater. De grazige helling binnen in de kom was terrasvormig. Door de jaren heen hadden mensen hier wat weggegraven en daar wat opgevuld tot de helling bestond uit een heleboel kleine, vlakgemaakte stukken die een gerieflijke zitplaats boden voor familiegroepen of zelfs hele Grotten, met een goed uitzicht over de open ruimte eronder.
De mensen zaten op het gras of op geweven matten, kussens of vach-

ten. Er werden vuren aangestoken, voornamelijk fakkels die in de grond werden gestoken, maar ook in kleine vuurkuilen rondom de toeschouwers en rondom het podiumachtige terrein, en er was een groter vuur in het midden. Vervolgens werden er ook vuren aangestoken op de helling tussen de mensen die daar zaten. Even later was duidelijk het geluid van jonge zingende stemmen op de achtergrond van de gesprekken te horen. De mensen maanden elkaar tot stilte om het zingen beter te kunnen horen. Toen liep een stoet die bestond uit bijna alle kinderen van het kamp in de richting van het middenveld, terwijl ze een ritmisch lied zongen waarbij ze de telwoorden gebruikten. Tegen de tijd dat ze midden op het veld stonden, was iedereen stil en werd er alleen maar geglimlacht en geknipoogd.

Beginnen met de zingende kinderen had twee bedoelingen. De eerste was om de ouderen te laten zien wat de kinderen van de zelandonia leerden. De tweede was een bedekte aankondiging dat er naast het feestmaal en de algemene festiviteiten ook een Moederfeest zou plaatsvinden. Zodra het onderdeel met de kinderen was afgelopen, zouden ze naar een van de kampen aan de rand van de bijeenkomst worden gebracht, waar ze spelletjes zouden doen en gescheiden van de volwassenen hun eigen feest zouden vieren, onder leiding van verscheidene zelandonia en anderen, dikwijls oudere vrouwen en mannen, of jonge moeders voor wie het nog te vroeg was om aan het Moederfeest deel te nemen, of vrouwen die hun maanperiode hadden, of mensen die gewoon geen zin hadden om zich uit te leven in activiteiten die de Moeder eerden.

Hoewel de meeste mensen zich op Moederfeesten verheugden, was de deelname altijd vrijwillig, en het was voor de meeste mensen makkelijker om eraan deel te nemen als ze wisten dat ze zich over hun kinderen geen zorgen hoefden te maken. De kinderen werden niet verhinderd om erheen te gaan als ze dat wilden, en sommige oudere kinderen deden dat ook, alleen maar om hun nieuwsgierigheid te bevredigen; maar toekijken terwijl volwassenen praatten, lachten, aten, dronken, dansten en paarden was helemaal niet zo interessant als ze daar nog niet aan toe waren, en het was niet verboden. Ze leefden zo dicht op elkaar dat kinderen altijd konden toekijken bij activiteiten van volwassenen, vanaf hun geboorte tot aan hun dood. Niemand maakte er een punt van om ze uit de buurt te houden; het hoorde allemaal gewoon bij het leven.

Toen de kinderen klaar waren, namen de meeste plaats tussen het publiek.

Toen verscheen aan weerszijden van het veld een man gekleed als een bizonstier met grote hoorns op de kop. Ze renden op elkaar af en rakelings langs elkaar heen, wat ieders aandacht trok. Toen verschenen er mensen, onder wie enkele kinderen, uitgedost met de huiden en de hoorns van oerossen, die als een kudde rondliepen. Sommige dierenhuiden waren camouflagehuiden die bij de jacht werden gebruikt, andere waren speciaal voor deze gelegenheid gemaakt. Een leeuw verscheen, brommend en grommend, in een huid met staart. Hij viel de oerossen aan met een brul die zo echt klonk dat sommige mensen in elkaar krompen.

'Dat was Ayla,' fluisterde Folara tegen Aldanor. 'Niemand kan het gebrul van een leeuw zo goed nadoen als zij.'

De kudde verspreidde zich, de oerossen sprongen over dingen heen en renden bijna het publiek in. De leeuw rende achter ze aan. Toen verschenen vijf mensen gekleed in hertenhuiden en met een gewei op hun hoofd. Ze speelden dat ze een rivier in sprongen alsof ze voor iets op de vlucht waren, en naar de overkant zwommen. Toen kwamen de paarden; een daarvan hinnikte zo natuurgetrouw dat er vanuit de verte een hinnikend antwoord kwam.

'Ook dat was Ayla,' zei Folara tegen de man die naast haar zat.

'Ze is erg goed,' zei hij.

'Ze zegt dat ze dieren heeft leren nadoen voor ze Zelandonisch leerde.'

Er volgden nog meer mensen die dieren voorstelden, en elke demonstratie vertelde een verhaal. De groep reizende verhalenvertellers werkte ook aan de voorstelling mee; hun vertolking van diverse dieren was sterk realistisch. Op een gegeven moment verzamelden alle dieren zich. Toen ze allemaal bij elkaar stonden verscheen er een vreemd dier. Het liep op vier poten en had hoeven, maar het was bedekt met een eigenaardig gevlekte huid, die bijna tot op de grond hing en voor een deel de kop bedekte. Aan de kop waren twee rechte stokken bevestigd die hoorns of een gewei moesten voorstellen.

'Wat is dat?' vroeg Aldanor.

'Dat is natuurlijk een magisch dier,' zei Folara. 'Maar in werkelijkheid is het Ayla's Whinney, als een Zelandoni. De Eerste zegt dat al haar paarden en Wolf Zelandonia zijn. Daarom blijven ze bij haar.'

Het vreemde Zelandoni-dier leidde alle andere dieren weg, en vervolgens kwamen enkele leden van de zelandonia en de verhalenvertellers als zichzelf terug en begonnen trommels en fluiten te bespelen. Sommigen zongen de oude legenden, waarna anderen de geschiedverhalen en overleveringen vertelden die de mensen zo goed kenden en die hun zo dierbaar waren.

De zelandonia hadden alles bijzonder goed voorbereid. Ze gebruikten elke kunstgreep die ze kenden om de aandacht van de menigte te trek-

ken en vast te houden. Toen Ayla voor de groep verscheen, haar gezicht beschilderd met Zelandoni-patronen – behalve het stukje rond haar nieuwe tatoeage, dat kaal was gelaten om het permanente merkteken van acceptatie duidelijk te laten uitkomen – hielden alle tweeduizend mensen de adem in, klaar om elk woord, elke beweging in zich op te nemen.
Trommels weerklonken, de hoge tonen van fluiten verstrengelden zich met de trage, gestage, onverbiddelijke bastonen, sommige tonen lager dan het niveau van het gehoor reikte, maar diep vanbinnen gevoeld. Het ritme veranderde en nam de maat aan van een overbekend lied, en de mensen zongen mee of zeiden het begin op van *Het Lied van de Moeder*.

Uit de chaos van tijd, vóór het eerste ochtendgloren,
Werd uit de wervelwind de verheven Moeder geboren.
Zij besefte terstond: het leven had grote waarde.
Maar de donkere leegte griefde de Grote Moeder der Aarde.
De Moeder was alleen. Verder was er niet een.

De Eerste met haar spectaculaire, krachtige stem zong ook mee. Trommels en fluiten begeleidden de zangers en sprekers terwijl *Het Lied van de Moeder* voortging. Tegen het midden raakten de mensen volledig in de ban van de stem van de Eerste en ze stopten met zingen om te kunnen luisteren. Toen ze bij het laatste couplet aankwam, zweeg ook zij, en toen waren alleen nog de trommels die door Ayla's bezoekende verwanten werden bespeeld, te horen.
Maar de mensen meenden bijna de woorden te horen. En toen waren ze er zeker van, maar ze werden uitgesproken met een eigenaardig, griezelig trillend geluid. De mensen begrepen niet meteen wat ze hoorden. De twee jonge Mamutiërs stonden met hun kleine trommels voor de menigte en speelden het laatste couplet van *Het Lied van de Moeder* in een vreemd stotend ritme. Trommelslagen die klonken als woorden die met een pulserende stem werden gesproken, alsof iemand zong door middel van een snel afwisselen van de druk van de ademhaling, maar het was geen ademhaling, het waren de trommels! De trommels spraken woorden!

Te-e-e-vre-e-e-den me-e-e-t Haa-aa-aa-r sche-e-e-ppi-i-i-ng...

Het publiek was doodstil en iedereen spitste de oren om de trommels te horen spreken. Ayla, die dacht aan de manier waarop ze had geleerd haar stem verder te laten reiken zodat zelfs degenen die het verst weg zaten haar duidelijk konden horen, sprak op een iets lagere toonhoogte dan normaal, luid en krachtig in de donkere stilte die nu slechts door één vuur werd verlicht. Het enige geluid dat de verzamelde menigte hoorde, het geluid dat op het ritme van de trommel uit de lucht rondom hen leek te komen, was Ayla's stem, die het laatste couplet van *Het Lied van de Moeder* opzei, en de woorden die de trommel had gesproken herhaalde.

Tevreden met Haar schepping bezag Zij het paar,
Ze leerde hun tederheid en liefde voor elkaar.
Ze schonk hun verlangen om elkaar met liefde te strelen,
En de Gave van de Moeder samen in genot te delen.
En toen was Zij klaar. Haar kinderen hielden van elkaar.

Het ritme van de trommels vertraagde nauwelijks waarneembaar. Iedereen wist dat dit het eind was, dat er nog maar één regel zou volgen, maar toch hadden ze het gevoel dat er meer zou komen, al wisten ze niet waarom. Ze werden er zenuwachtig van, de spanning nam toe. Toen de trommels het eind van het couplet bereikten stopten ze niet, maar vervolgden ze met onbekende woorden.

Haa-aa-aa-r laa-aa-aa-tste-e-e ga-a-a-ve-e-e...

Iedereen luisterde gespannen, maar ze begrepen niet wat ze hoorden. Toen zei Ayla in haar eentje het couplet op, langzaam en met nadruk.

Haar laatste gave, de wetenschap dat ook de man iets moet geven,
Dat zijn sap nodig is voor het begin van een nieuw leven.
Het eert de Moeder wanneer het paar het Genotsspel speelt,
Want de vrouw raakt zwanger wanneer Genot wordt gedeeld.
De Aardkinderen hadden het geluk gevonden. De Moeder kon eindelijk rusten in Haar sponde.

Dat hoorde er niet bij. Dat was nieuw! Dat couplet hadden ze nog nooit gehoord. Wat betekende het! De mensen voelden zich niet op hun gemak. Zo lang iedereen zich kon herinneren, en nog lang daarvoor, was *Het Lied van de Moeder* hetzelfde geweest, op onbeduidende variaties na. Waarom was het nu anders? De betekenis van de woorden was nog niet tot hen doorgedrongen. Het was al verontrustend genoeg dat er nieuwe woorden aan toegevoegd waren, dat *Het Lied van de Moeder* was veranderd.

Plotseling werd het laatste vuur gedoofd. Het was zo donker dat niemand zich durfde te verroeren. 'Wat betekent het?' riep iemand. 'Ja, wat betekent het?' klonk een echoënde vraag.

Maar Jondalar vroeg niets. Hij wist het. Het is dus waar, dacht hij. Alles wat Ayla altijd al zei is waar. Hoewel hij de tijd had gehad om erover na te denken, worstelde zijn geest met de implicaties ervan. Ayla had altijd beweerd dat Jonayla zijn dochter was, echt zijn dochter, van zijn vlees en niet alleen van zijn geest. Ze was verwekt door zijn daden. Niet doordat een vormloze geest die hij niet kon zien, op een vage manier door de Moeder in Ayla's binnenste met haar geest was vermengd. Híj had het gedaan. Ayla en hij samen. Hij had Ayla zijn sap gegeven, met zijn mannelijkheid, zijn lid, en dat had zich verbonden met iets binnen in Ayla om een leven te beginnen.

Niet elke keer. Hij had heel dikwijls zijn sap in haar gespoten. Misschien was er een heleboel sap voor nodig. Ayla had altijd gezegd dat ze niet precies wist hoe het werkte, alleen dat een man en vrouw samen nieuw leven maakten. De Moeder had Haar kinderen de Gave van Genot geschonken om leven te beginnen. Was het beginnen van nieuw leven bedoeld om een Genot te zijn? Was dat de reden waarom zijn drang om zijn sap in een vrouw te spuiten zo krachtig was? Omdat de Moeder wilde dat Haar kinderen hun eigen kinderen maakten?

Hij had het gevoel dat zijn lichaam anders aanvoelde, alsof het op de een of andere manier tot leven was gekomen. Mannen waren essentieel. Hij was nodig! Zonder hem zou er geen Jonayla zijn geweest. Als het een andere man was geweest, zou ze niet Jonayla zijn. Ze was wie ze was dankzij Ayla en hem. Zonder mannen zou er geen nieuw leven zijn.

Rondom de buitenrand werden fakkels aangestoken. Mensen stonden op, liepen op en neer. Eten werd tevoorschijn gehaald en op verschillende plekken uitgestald. Elke Grot en groep verwante Grotten hadden een eigen plek zodat niemand lang hoefde te wachten om te kunnen eten. Behalve de kinderen had niemand de hele dag veel gegeten. Sommigen hadden het te druk gehad, anderen hadden ruimte willen bewaren voor het feestmaal, en hoewel het niet geëist werd, werd het als gepaster beschouwd om op feestdagen voorafgaand aan de hoofdmaaltijd matig te eten.

Mensen spraken met elkaar toen ze naar het eten liepen, stelden elkaar vragen, voelden zich nog steeds ongemakkelijk.

'Kom, Jondalar,' zei Joharran. Jondalar hoorde hem niet. Hij was zo diep in gedachten verzonken dat de menigte om hem heen niet bestond.

'Jondalar!' zei Joharran nog eens, terwijl hij aan zijn schouder schudde.
'Wat?' zei Jondalar.
'Kom mee, het eten wordt opgediend.'
'O,' zei de jongere broer. De gedachten wervelden nog door zijn hoofd toen hij opstond.
'Wat denk jij dat het betekent?' vroeg Joharran toen ze in de richting van het eten liepen.
'Weet jij waar Ayla is gebleven?' vroeg Jondalar, zich nog steeds niet bewust van iets anders dan zijn eigen gedachten.
'Ik heb haar niet gezien, maar ik vermoed dat ze zich zo bij ons zal aansluiten. Het was me de ceremonie wel. Daar is heel wat werk en geregel aan voorafgegaan. Zelfs de zelandonia moeten zich nu en dan ontspannen en iets eten,' zei Joharran. Ze liepen een paar stappen door. 'Wat denk jij dat het betekent, Jondalar? Dat laatste couplet van *Het Lied van de Moeder*?'
Jondalar keek zijn broer eindelijk aan. 'Het betekent precies wat het zegt: dat ook de man iets moet geven. Dat niet alleen de vrouwen gezegend zijn. Nieuw leven kan niet beginnen zonder een man.'
Joharran fronste zijn voorhoofd. 'Denk je dat echt?'
Jondalar glimlachte. 'Ik weet dat het zo is.'
Toen ze het terrein naderden waar de Negende Grot zich had verzameld om zich aan het feestmaal te goed te doen, werden diverse sterke drankjes uitgedeeld. Iemand stopte Joharran en Jondalar allebei een waterdicht geweven drinknap in de hand. Ze namen een slokje, maar het was niet wat ze hadden verwacht.
'Wat is dit?' vroeg Joharran. 'Ik dacht dat het Laramars brouwsel zou zijn. Het is lekker, maar nogal licht.'
Jondalar kende de smaak en hij nam nog een slokje. Waar had hij het eerder geproefd? 'Ach ja! De Losaduniërs!'
'Wat?' zei Joharran.
'Dit is het drankje dat de Losaduniërs bij hun Moederfeesten schenken. Het smaakt licht, maar onderschat het niet,' waarschuwde Jondalar. 'Het is krachtig. Het heeft een sluipend effect. Ayla heeft het zeker bereid. Heb je gezien waar ze na de ceremonie naartoe is gegaan?'
'Ik meende haar een poosje geleden uit de ceremoniële tent te zien komen. Ze had haar gewone kleren aan,' zei Joharran.
'Heb je gezien welke kant ze opging?'
'Daar is ze. Daar, waar ze dat nieuwe drankje uitschenken.'
Jondalar liep in de richting van een vrij grote groep mensen die zich verdrongen om een ingekerfde houder en hun drinknap vulden. Toen hij Ayla zag, stond ze toevallig naast Laramar. Ze gaf hem een drinknap

die ze had gevuld. Hij zei iets en ze lachte, en toen glimlachte ze naar hem.
Laramar keek haar verbaasd aan en glimlachte wellustig terug. Misschien viel ze toch wel mee, dacht hij. Ze was eerder altijd erg afstandelijk geweest en had nauwelijks een woord met hem gewisseld. Maar ze is nu een Zelandoni en die horen bij Moederfeesten de Moeder te eren. Dit zou weleens een interessant feest kunnen worden. Opeens dook Jondalar op. Laramars gezicht betrok.
'Ayla,' zei Jondalar. 'Ik moet met je praten. Laten we hier weggaan.' Hij pakte haar bij de arm en probeerde haar mee te trekken naar een minder drukke plek.
'Waarom kun je niet gewoon hier met me praten? Ik zal je vast wel kunnen verstaan. Ik ben niet opeens doof geworden,' zei Ayla, en ze trok haar arm los.
'Maar ik moet onder vier ogen met je praten.'
'Daar heb je genoeg gelegenheid voor gehad, maar toen was het je te veel moeite. Waarom is het nu opeens zo belangrijk? Dit is het Moederfeest. Ik wil hier blijven en me amuseren,' zei ze, en ze draaide haar hoofd om en glimlachte veelbetekenend naar Laramar.
Hij had er niet meer aan gedacht. In zijn opwinding over zijn nieuw verworven inzicht had Jondalar er niet meer aan gedacht. Opeens wist hij alles weer. Ayla had hem samen met Marona gezien! En het was waar: hij had sindsdien niet meer met haar gesproken. En nu wilde ze niet met hem praten. Ayla zag zijn gezicht spierwit worden. Hij wankelde alsof iemand hem had geslagen en strompelde weg. Hij zag er zo verslagen en verbijsterd uit dat ze hem bijna terugriep, maar ze beet op haar tong om te voorkomen dat ze iets zei.
Jondalar liep als verdoofd rond, verloren in zijn gedachten. Iemand stopte een volle drinknap in zijn hand. Hij dronk die zonder erbij na te denken leeg. Een ander vulde de nap weer. Ze had gelijk, dacht hij. Hij had meer dan genoeg tijd gehad om met haar te praten, om te proberen het haar uit te leggen. Waarom had hij dat niet gedaan? Ze was naar hem op zoek gegaan en had hem met Marona betrapt. Waarom was hij niet naar haar op zoek gegaan? Omdat hij zich schaamde en bang was dat hij haar kwijt was. Waar zat zijn verstand? Hij had geprobeerd zijn omgang met Marona voor Ayla verborgen te houden. Hij had het haar gewoon moeten vertellen. Hij had zich eigenlijk helemaal niet met Marona moeten inlaten. Waarom had hij zich zo sterk tot haar aangetrokken gevoeld? Waarom had hij zo naar haar verlangd? Alleen maar omdat ze beschikbaar was? Ze interesseerde hem nu helemaal niet meer.

Ayla zei dat ze een baby had verloren. Zijn baby! 'Die baby was van mij,' zei hij hardop. 'Het was mijn kind!' Voorbijgangers keken hem hoofdschuddend na toen hij in zichzelf pratend langs hen strompelde. Het was zíjn kind geweest. Ze was geroepen. Hij had iets gehoord over de gruwelijke beproeving die ze had doorstaan. Hij had toen naar haar toe willen gaan om haar te troosten. Waarom had hij dat niet gedaan? Waarom was hij haar uit de weg gegaan? Nu wilde ze niet met hem praten. Kon hij haar dat kwalijk nemen? Hij kon het haar niet eens kwalijk nemen als ze hem nooit meer wilde zien.

Stel dat dat zo was. Stel dat ze hem echt nooit meer wilde zien. Stel dat ze nooit meer Genot met hem wilde delen. Toen viel hem iets in. Als ze weigerde Genot met hem te delen, zou hij nooit meer een baby met haar kunnen beginnen. Dan zou hij nooit meer samen met Ayla een kind krijgen.

Opeens wilde hij niet meer weten dat hij daar een rol in speelde. Geesten maakten nieuw leven, het gebeurde gewoon, wat je ook deed. Maar als hij dat deed, het sap uit zijn mannelijkheid, en zij hem niet meer wilde, zou hij geen kinderen meer krijgen. Het kwam niet bij hem op dat hij een kind bij een andere vrouw kon nemen. Hij hield van Ayla. Zij was zijn gezellin. Hij had beloofd haar kinderen te onderhouden. Dat zouden de kinderen van zijn vuurplaats zijn. Hij wilde geen andere vrouw.

Terwijl Jondalar rondstrompelde met een drinknap in zijn hand trok hij niet meer aandacht dan de andere feestvierders die waggelend de plaatsen opzochten waar eten en drank te krijgen waren. Een stel lachende mensen liep tegen hem op. Ze hadden zojuist een waterzak gevuld met een of andere sterkedrank.

'Eh... neem me niet kwalijk. Laat me je drinknap even vullen. Een lege drinknap bij een Moederfeest kan niet,' zei een van hen.

Het was een feest dat zijn weerga niet kende. Er was meer eten, meer brouwsel, wijn en andere sterkedrank dan ze op konden. Er waren zelfs bladeren om te roken, bepaalde paddenstoelen en andere speciale dingen om te eten. Niets was verboden. Enkele mensen die zich vrijwillig beschikbaar hadden gesteld of door loting waren gekozen, namen geen deel aan de feestelijkheden. Ze waakten over de veiligheid van het kamp, hielpen degenen die gewond raakten, wat onherroepelijk gebeurde, en grepen in als de dingen uit de hand liepen. En er waren geen jonge kinderen waarover de feestvierders konden struikelen of waarop gelet moest worden. De kinderen waren bijeengebracht in het kamp aan de rand van de Zomerbijeenkomst en vierden daar onder de hoede van doniërs en anderen hun eigen feest.

Jondalar nam een slok uit zijn zojuist weer gevulde drinknap, maar merkte nauwelijks dat hij al strompelend het grootste deel van de klotsende inhoud verloor. Hij had niet gegeten en de rijkelijk vloeiende drank begon effect te krijgen. Zijn hoofd duizelde en zijn zicht was wazig, maar zijn geest werd nog geheel in beslag genomen door zijn gedachten en stond los van al het andere. Hij hoorde dansmuziek en zijn voeten voerden hem in de richting van het geluid. Hij zag vaag mensen in een kring rond het flakkerende vuur dansen.

Toen danste een vrouw langs hem heen en zijn zicht verhelderde opeens toen hij haar scherp in beeld bracht. Het was Ayla. Hij zag hoe ze met diverse mannen danste. Ze lachte beneveld. Onvast ter been maakte ze zich los uit de kring. Drie mannen volgden haar, hun handen betastten haar, rukten de kleren van haar lichaam. Ze verloor haar evenwicht en viel met de drie mannen op de grond. Een van hen besteeg haar, trok haar benen ruw uit elkaar en ramde zijn gezwollen lid in haar lichaam. Jondalar herkende hem. Het was Laramar!

Gebiologeerd, niet in staat zich te bewegen, keek Jondalar toe terwijl de man op en neer bewoog, op en neer. Laramar! Die smerige, dronken, luie nietsnut van een Laramar! Met hem wilde Ayla niet eens praten, maar daar was ze met Laramar. Hem stond ze niet toe haar lief te hebben, om Genot met haar te delen, om een baby met haar te beginnen.

Stel dat Laramar een baby met haar begint!

Het bloed steeg naar zijn hoofd. Het enige wat hij in een rood waas kon zien was Laramar, boven op zijn gezellin, op en neer wippend, op en neer. In een vlaag van razernij brulde Jondalar: 'Hij maakt mijn baby!'

De lange man legde de afstand tussen hem en het paar in drie passen af. Hij trok Laramar van Ayla af, draaide hem met een ruk om en ramde zijn vuist in het gezicht van de verdwaasde man. Hij zakte in elkaar, nauwelijks bij bewustzijn. Hij wist niet wie hem had geslagen, hij begreep helemaal niet wat hem overkwam.

Jondalar sprong boven op hem. In een verwoestende opwelling van jaloezie en tomeloze woede beukte hij op de man in, niet meer in staat om te stoppen. Zijn stem was zo gespannen dat hij een schril geluid uitbracht toen hij schreeuwde: 'Hij maakt mijn baby! Hij maakt mijn baby!' Hij bleef maar schreeuwen: 'Hij maakt mijn baby!'

Enkele mannen probeerden hem van Laramar af te trekken, maar hij schudde ze van zich af. In zijn krankzinnige razernij was zijn kracht bijna bovenmenselijk. Meer mannen probeerden hem van Laramar af te trekken, maar hij was zo wild dat ze hem niet konden grijpen.

Toen Jondalar zijn arm naar achteren zwaaide om zijn vuist nog eens in de bloederige massa rauw vlees te planten waarin geen gezicht meer te herkennen was, omklemde een grote hand zijn pols. Jondalar verzette zich toen hij werd weggetrokken bij de bewusteloze man die op de grond lag, de dood nabij. Hij worstelde om zich te bevrijden uit de enorm krachtige armen die hem vasthielden, maar hij kon zich niet losrukken.

Terwijl Danug hem in bedwang hield riep Zelandoni: 'Jondalar! Jondalar! Hou op! Je vermoordt hem!'

Hij herkende vaag de stem van de vrouw die hij vroeger had gekend als Zolena en hij herinnerde zich opeens dat hij een jonge man had geslagen vanwege haar, en toen werd alles zwart. Terwijl verscheidene leden van de zelandonia aan kwamen rennen om Laramar te verzorgen, nam de potige, roodharige reus Jondalar als een baby in zijn armen en droeg hem weg.

37

Zelandoni gaf Ayla een van de dicht geweven drinknappen van riet die speciaal voor het feest waren gemaakt, met daarin hete thee van ontspannende kruiden. Ze zette een tweede drinknap op een lage tafel en nam toen plaats op de grote kruk naast Ayla's kruk. Ze waren alleen in de grote zelandoniahut, op de bewusteloze man na, die vlak bij hen op een bed lag, zijn gezicht gewikkeld in zachte huiden die helende kompressen op hun plaats hielden. Verscheidene lampen wierpen een warme gloed van zacht licht rondom de gewonde man, en nog twee lampen stonden op de lage tafel waarop de drinknappen stonden.
'Ik heb hem nog nooit zo gezien,' zei Ayla. 'Waarom deed hij dat, Zelandoni?'
'Omdat je met Laramar was.'
'Maar het was een Moederfeest. Ik ben nu een Zelandoni. Ik behoor nu toch de Gave van Genot te delen tijdens feesten die de Moeder eren?' zei Ayla.
'Iedereen behoort de Moeder te eren tijdens Haar feesten, en dat heb je altijd gedaan, maar nooit eerder met een ander dan Jondalar,' zei de grote vrouw.
'Dat zou toch geen verschil mogen maken? Per slot van rekening heeft hij met Marona gepaard,' zei Ayla. Zelandoni hoorde iets defensiefs in haar stem.
'Jawel, maar jij was niet beschikbaar toen hij dat deed. Je weet toch wel dat mannen dikwijls met andere vrouwen Genot delen als hun gezellin niet ter beschikking is?' vroeg de Ene Die Eerste Was.
'Ja, natuurlijk,' zei Ayla, terwijl ze snel haar ogen neersloeg en een slokje thee nam.
'Word je gehinderd door het idee dat Jondalar een andere vrouw kan kiezen, Ayla?'
'Nou, dat had hij nog nooit gedaan. Niet zolang als ik hem ken,' zei Ayla, en ze keek de vrouw peinzend aan. 'Hoe kan het dat ik hem zo slecht kende? Ik kan niet geloven wat hij heeft gedaan. Ik zou het niet hebben geloofd als ik er niet zelf bij was geweest. Eerst dat heimelijk

gescharrel met Marona... en ik ben erachter gekomen dat dat al heel lang aan de gang is. En dan... Waarom Marona?'
'Hoe zou je je voelen als het iemand anders was geweest?'
Ayla sloeg haar ogen weer neer. 'Dat weet ik niet.' Ze keek Zelandoni weer aan. 'Waarom is hij niet naar mij gekomen toen hij zijn behoeften wilde bevredigen? Ik heb hem nooit afgewezen. Helemaal nooit.'
'Misschien juist daarom. Misschien besefte hij dat je moe was of volledig verdiept in iets wat je moest leren, en wilde hij zich niet aan je opdringen omdat hij wist dat je hem niet zou afwijzen,' zei Zelandoni. 'En er waren tijden dat je je bepaalde dingen een tijdlang moest ontzeggen: Genot, eten, zelfs water.'
'Maar waarom Marona? Als het een andere vrouw was geweest, om het even wie, zou ik het misschien hebben begrepen. Ik zou het misschien vervelend hebben gevonden, maar ik zou het hebben begrepen. Waarom uitgerekend die vrouw?'
'Mogelijk omdat ze zich heeft aangeboden.' Ayla leek zo in de war dat Zelandoni het verder uitlegde. 'Iedereen wist dat jij noch Jondalar ooit een ander koos, Ayla, zelfs niet tijdens Moederfeesten. Voor zijn vertrek was hij altijd beschikbaar, vooral toen. Hij had zo'n sterke drift dat hij zelden genoeg had aan één vrouw. Het was alsof hij nooit helemaal bevredigd was, tot hij met jou terugkwam. Kort na zijn terugkeer staakten de vrouwen hun pogingen. Als je je niet beschikbaar stelt, biedt niemand zich aan. De meeste vrouwen vinden het vervelend om afgewezen te worden. Maar Marona gaf daar niet om. Het was zo makkelijk voor haar om elke man die ze wilde te krijgen, dat ze een afwijzing alleen maar als een uitdaging zag. Ik vermoed dat Jondalar een bijzondere uitdaging werd.'
'Ik kan niet geloven dat ik hem zo slecht kende.' Ayla schudde haar hoofd en nam nog een slokje thee. 'Zelandoni, hij heeft Laramar bijna gedood. Zijn gezicht is voor altijd mismaakt. Ik betwijfel of hij nog in leven zou zijn als Danug er niet was geweest. Een ander had hem nooit kunnen tegenhouden.'
'Dit was een van de dingen waarvoor ik vreesde nadat we de mensen hadden verteld over de rol van een man in het beginnen van nieuw leven, al had ik zoiets als dit echt niet verwacht en al helemaal niet zo snel. Ik wist dat er problemen zouden rijzen als de mannen het wisten, maar ik dacht dat we meer tijd zouden hebben om die op te lossen.'
'Ik begrijp het niet,' zei Ayla fronsend. 'Ik zou hebben gedacht dat mannen blij zouden zijn om te weten dat ze nodig zijn voor het beginnen van nieuw leven, dat ze net zo essentieel zijn als vrouwen, dat de Moeder hen om die reden heeft geschapen.'

'Ze kunnen wel blij zijn, maar zodra ze de implicaties hebben overdacht, zullen mannen misschien de zekerheid willen dat de kinderen van hun vuurplaats meer zijn dan de kinderen van hun gezellin. Dan zullen ze misschien willen weten dat de kinderen die ze onderhouden echt hun kinderen zijn.'

'Waarom zou dat opeens iets uitmaken? Voorheen was dat nooit het geval. Mannen hebben altijd de kinderen van hun gezellin onderhouden. De meeste mannen waren blij als hun gezellin kinderen bij hun vuurplaats bracht. Waarom zouden ze opeens alleen voor hun eigen kinderen willen zorgen?' vroeg Ayla.

'Mogelijk uit trots. Ze kunnen bezitterig worden ten aanzien van hun gezellin en hun kinderen,' zei de Eerste.

Ayla nam nog een slokje thee, fronste haar voorhoofd en dacht even na. 'Hoe zouden ze dat ooit zeker kunnen weten? De vrouw baart het kind. Het enige wat een man zeker kan weten, is dat een baby het kind van zijn gezellin is.'

'De enige manier waarop een man het zeker kan weten, is als een vrouw met niemand anders dan haar levensgezel Genot deelt,' zei Zelandoni. 'Zoals jij, Ayla.'

Ayla's frons verdiepte zich. 'Maar de Moederfeesten dan? De meeste vrouwen kijken ernaar uit. Ze willen De Moeder eren, Haar Gave van Genot met meer dan één man delen.'

'Ja, de meeste vrouwen, en mannen. Dat maakt hun leven opwindender en interessanter. De meeste vrouwen willen ook een levensgezel om haar te helpen voor haar kinderen te zorgen,' zei Zelandoni.

'Sommige vrouwen hebben geen levensgezel. Hun moeders, tantes en broers helpen hen, vooral met een pasgeborene. Zelfs de Grot helpt vrouwen om voor hun kinderen te zorgen. Kinderen worden altijd onderhouden,' zei Ayla.

'Dat is waar, maar dingen kunnen veranderen. Er zijn in het verleden zware jaren geweest toen dieren schaars waren en de plantengroei minder overvloedig. In tijden van schaarste willen mensen niet altijd delen. Als je alleen maar eten hebt voor één kind, aan wie geef je het dan?'

'Ik zou mijn eigen eten afstaan, voor welk kind ook,' zei Ayla.

'Ja, voor een tijdje misschien. Dat zouden de meeste mensen doen. Maar hoe lang? Als je niet eet word je zwak en ziek. Wie moet dan voor je kind zorgen?'

'Jonda...' begon Ayla, maar toen sloeg ze haar hand voor haar mond.

'Ja.'

'Maar Marthona zou ook helpen, en Willamar, zelfs Folara. De hele Negende Grot zou helpen,' voegde Ayla er snel aan toe.

'Dat is waar. Marthona en Willamar zouden dat doen, zolang ze daartoe in staat zijn. Maar je weet dat Marthona's gezondheid zwak is, en Willamar wordt er niet jonger op. Folara gaat dit seizoen tijdens de tweede Verbintenisceremonie een verbintenis met Aldanor aan. Wanneer ze zelf een baby krijgt, wie zal ze dan het eerst voeden?'

'Zo slecht zal het nooit zijn, Zelandoni. In het voorjaar is er soms een kleine schaarste, maar zelfs dan is er altijd wel iets eetbaars te vinden,' zei Ayla.

'En ik hoop dat dat altijd zo zal blijven, maar een vrouw voelt zich doorgaans geborgener als ze een levensgezel heeft om haar te helpen.'

'Soms delen twee vrouwen een vuurplaats en dan helpen ze elkaar met hun kinderen,' zei Ayla. Ze dacht aan Aldanors volk, de S'Armuniërs, en Attaroa, die had geprobeerd zich van alle mannen te ontdoen.

'En die worden soms elkaars levensgezel. Het is altijd beter om iemand in de buurt te hebben die je bijstaat, iemand die om je geeft, maar de meeste vrouwen hebben liever een man. Zo heeft de Moeder de meesten van ons geschapen, en jij hebt ons verteld waarom, Ayla.'

Ayla wierp een blik op de man in het bed. 'Maar als je wist dat alles zou veranderen, waarom heb je het dan laten gebeuren, Zelandoni? Jij bent de Eerste. Jij had het kunnen tegenhouden,' zei Ayla.

'Misschien, voor een tijdje. Maar de Moeder zou het jou niet hebben verteld als Ze niet had gewild dat Haar kinderen het zouden weten. En toen Ze dat eenmaal had besloten, was het onontkoombaar. Het kon niet geheim worden gehouden. Als een waarheid klaar is om onthuld te worden, kan dat worden uitgesteld, maar niet worden tegengehouden,' zei Zelandoni.

Ayla sloot haar ogen en dacht na. Toen ze ze even later weer opendeed zei ze: 'Jondalar was zo... woedend. Zo gewelddadig.' Tranen welden op.

'Die gewelddadigheid is er altijd geweest, Ayla. Dat geldt voor de meeste mannen. Je weet wat Jondalar Madroman heeft aangedaan, en toentertijd was hij weinig meer dan een jongen. Hij heeft geleerd zich te beheersen, meestal dan.'

'Maar hij kon niet ophouden met slaan. Hij heeft Laramar bijna gedood. Waarom?'

'Omdat jij Laramar koos, Ayla. Iedereen hoorde Jondalar schreeuwen: "Hij maakt mijn baby." Je kunt er zeker van zijn dat niemand die woorden is vergeten. Waarom heb je Laramar gekozen?'

Ayla boog haar hoofd en tranen rolden over haar gezicht toen ze zachtjes begon te snikken. Eindelijk wist ze uit te brengen: 'Omdat Jondalar

Marona koos.' De tranen die ze zo lang had verdrongen, stroomden nu voluit en lieten zich niet meer tegenhouden. 'O, Zelandoni, ik heb nooit geweten wat jaloezie was tot het moment dat ik Jondalar en Marona samen zag. Ik had net mijn baby verloren en ik had voortdurend aan Jondalar gedacht en verlangde ernaar om hem te zien en misschien een nieuwe baby met hem te beginnen. Het deed zoveel pijn toen ik hem met Marona zag en het maakte me zo kwaad dat ik hem ook pijn wilde doen.' Zelandoni pakte een stukje zacht verband en gaf het aan Ayla om haar ogen en neus mee af te vegen.

'En hij wilde naderhand niet tegen me praten. Hij heeft niet gezegd dat hij het erg vond dat ik de baby had verloren. Hij hield me niet vast om me te troosten. Hij raakte me niet eens aan, geen enkele keer. Hij heeft geen woord tegen me gezegd. Het deed nog meer pijn toen hij niet met me wilde praten. Hij gaf me niet eens de kans om kwaad te zijn. Om hem te vertellen hoe ik me voelde. Ik wist niet eens of hij nog van me hield.' Ze snoof, veegde meer tranen weg en sprak verder.

'Toen Jondalar me bij het feest zag en eindelijk naar me toe kwam om te zeggen dat hij met me wilde praten, stond Laramar toevallig vlakbij. Ik weet dat Jondalar geen respect heeft voor Laramar. Er is geen man die hij meer verafschuwt. Hij vindt niet alleen dat Laramar zijn gezellin en haar kinderen slecht behandelt, maar ook dat hij er schuld aan heeft dat andere mannen dat ook doen. Ik wist dat Jondalar kwaad zou worden als ik Laramar zou kiezen in plaats van hem. Ik wist dat dat hem pijn zou doen. Maar ik wist niet dat hij zo gewelddadig zou worden. Ik wist niet dat hij zou proberen hem te doden. Dat wist ik gewoon niet.'

Zelandoni sloeg haar armen om Ayla heen en hield haar vast terwijl ze huilde. 'Ik dacht al dat er zoiets achter zat,' zei ze, terwijl ze zachtjes op Ayla's rug klopte en haar liet uithuilen, maar haar geest vulde details in.

Ik had beter moeten opletten, dacht Zelandoni. Ik wist dat ze net een miskraam had gehad, en dat gaat altijd gepaard met zwaarmoedigheid, en ik wist dat Jondalar het probleem niet goed aanpakte. Dat doet hij in dergelijke situaties nooit, maar Ayla leek dat wel te doen. Ik wist dat ze van streek was over Jondalar, ik besefte alleen niet hoe erg. Dat had ik natuurlijk moeten weten, maar ze is moeilijk te beoordelen. Het verbaasde me dat ze was geroepen. Ik dacht dat ze daar nog niet helemaal klaar voor was, maar zodra ik haar zag, wist ik dat het was gebeurd.

Ik dacht dat het moeilijk voor haar was, vooral met die miskraam, maar ze is altijd zo sterk geweest. Tot ik met Marthona had gesproken, wist ik niet hoe moeilijk ze het had. Toen ze de zelandonia het verhaal van haar roeping vertelde – ook dat overviel me – wist ik dat er onmiddellijk iets aan gedaan moest worden. Ik had eerst met haar moeten praten. Dan had ik geweten wat ik kon verwachten. Dan zou ik de tijd hebben gehad om na te denken over de implicaties. Maar er gebeurt altijd zoveel tijdens de Zomerbijeenkomsten. Dat is geen excuus. Ik had er moeten zijn om haar te helpen, hen allebei te helpen, en ik was er niet. Ik moet voor een groot deel van deze ongelukkige toestand de verantwoordelijkheid aanvaarden.

Terwijl Ayla snikkend tegen de zachte schouder van de grote vrouw leunde, en eindelijk de tranen de vrije loop liet die ze zo lang had ingehouden, bleef ze steeds denken aan de vraag die Zelandoni had gesteld. Waarom heb ik Laramar gekozen? Waarom heb ik de naarste man van de hele Grot gekozen, waarschijnlijk de naarste man van de hele Zomerbijeenkomst?

Wat is dit een afschuwelijke Zomerbijeenkomst. In plaats van zo snel mogelijk hiernaartoe te komen, had ik beter helemaal niet kunnen gaan, zei ze bij zichzelf. Dan zou ik ze niet samen hebben gezien. Als ik Marona en Jondalar niet had gezien, als iemand het me gewoon had verteld, zou het minder erg zijn geweest. Ik zou het vervelend hebben gevonden, maar ik zou ze dan tenminste niet elke keer wanneer ik mijn ogen dichtdoe voor me zien.

Misschien heb ik juist daarom Laramar gekozen. Omdat ik hem wilde laten voelen wat ik voel. Wat zegt dat over mij? Willen terugslaan, iemand pijn willen doen. Is dat achtenswaardig voor een Zelandoni? Als ik zoveel van hem hield, waarom wilde ik hem dan pijn doen? Omdat ik jaloers was. Nu weet ik waarom de Zelandoniërs daar zo sterk tegen gekant zijn.

Jaloezie is iets afschuwelijks, zei Ayla bij zichzelf. Ik had het recht niet om me gekwetst te voelen. Jondalar heeft niets verkeerds gedaan. Hij had het recht om Marona te kiezen als hij dat wilde. Het was geen kwestie van zijn band verbreken, hij droeg nog steeds bij aan de vuurplaats, hij voorzag nog steeds in het onderhoud van Jonayla en mij. Hij heeft altijd meer gedaan dan zijn plicht. Hij heeft waarschijnlijk vaker voor Jonayla gezorgd dan ik. Ik weet hoe erg hij het vond dat hij Madroman heeft geslagen toen hij nog jong was. Hij haatte zichzelf daarom. Wat zal hij zich nu afschuwelijk voelen. En wat zal er met hem gebeuren? Wat zal de Negende Grot met hem doen? Of de zelandonia, of alle Zelandoniërs? Hij had per slot van rekening Laramar bijna doodgeslagen.

Ayla ging eindelijk rechtop zitten, veegde haar ogen af, snoot haar neus en reikte naar haar thee. Zelandoni hoopte dat het uiten van haar verdriet en pijn haar goed had gedaan, maar Ayla's geest bleef maar malen. Het is allemaal mijn schuld, dacht ze. Tranen stroomden weer over haar wangen toen ze van haar koude thee dronk, bijna zonder dat ze het besefte. Laramar is zo ernstig gewond dat hij nooit meer dezelfde zal zijn, en dat is mijn schuld. Hij zou niet gewond zijn geraakt als ik hem niet had aangemoedigd, hem had verleid, en hem het idee had gegeven dat ik hem wilde.

En ze had zichzelf ertoe moeten dwingen. Ze verafschuwde het idee van zijn smerige, zweterige handen op haar lichaam. Het bezorgde haar kippenvel, en ze had het vieze gevoel niet kunnen wegboenen. Ze had zich gebaad, zichzelf geschrobd tot haar huid brandde en zich keer op keer afgespoeld. Hoewel ze wist dat het gevaarlijk was had ze een thee van maretakbladeren en andere kruiden gedronken die haar deed braken en haar pijnlijke darmkrampen bezorgde, om alles uit te drijven wat misschien op gang was gebracht. Maar niets wat ze deed kon haar verlossen van het gevoel van Laramar.

Waarom had ze het gedaan? Om Jondalar te kwetsen? Zij was degene die geen tijd voor hem had gehad. Zij was degene die nachtenlang had moeten opblijven en een groot deel van die tijd liederen, geschiedverhalen, symbolen en telwoorden uit haar hoofd had geleerd. Als ze zoveel van hem hield, waarom had ze dan geen tijd voor hem gemaakt?

Was dat omdat ze zo van haar scholing had genoten? Ze had het inderdaad heerlijk gevonden om al die dingen te leren die ze moest weten om een Zelandoni te kunnen zijn. Alle kennis die onthuld mocht worden en alles wat verborgen was. De symbolen met een geheime betekenis, symbolen die ze in een steen kon krassen of op een doek kon schilderen of in een mat kon weven. Zij wist wat die betekenden. Alle zelandonia wisten wat die betekenden. Ze kon een steen met symbolen naar een andere Zelandoni sturen zonder dat de persoon die de steen afleverde een idee had wat het allemaal betekende, maar de andere zelandonia zouden het weten.

En ze was dol op de ceremoniële gebruiken. Ayla herinnerde zich hoe diep ze onder de indruk was geweest tijdens haar eerste ceremonie met alleen de zelandonia diep in de grot. Nu wist ze hoe ze een ceremonie indrukwekkend moest maken. Ze had alle kunstgrepen geleerd, hoewel het niet alleen maar kunstgrepen waren. Sommige dingen waren echt, angstwekkend echt. Ze wist dat sommige zelandonia, vooral de ouderen, niet echt meer geloofden. Ze hadden het zo dikwijls gedaan dat ze aan hun eigen magie gewend waren geraakt. Iedereen zou het kunnen, zeiden ze. Misschien was dat waar, maar niet zonder scholing. Niet zonder hulp of de magische medicijnen. Wat betekende het om te vliegen zonder wind terwijl je lichaam nog bij de zelandonia of bij de Grot was, voor iemand die was vergeten dat niet iedereen dat kon, of die het alleen nog uit gewoonte of plichtsgevoel deed.

Ayla herinnerde zich opeens dat ze tijdens haar inwijding de Ene Die Eerste Was had horen zeggen dat zij – Ayla – op een dag Eerste zou zijn. Op dat moment had Ayla er geen aandacht aan geschonken; ze kon zichzelf niet voorstellen als Eerste, en bovendien had ze een levensgezel en een kind. Hoe kon iemand Eerste zijn en tegelijkertijd een levensgezel en een gezin hebben? Sommige van de zelandonia hadden een gezin, maar niet veel.

Het enige wat ze ooit echt had gewild, vanaf dat ze heel klein was, was een levensgezel en kinderen, haar eigen gezin. Iza had tegen haar gezegd dat ze nooit kinderen zou krijgen, dat haar Holenleeuwtotem te krachtig was, maar ze had iedereen versteld doen staan. Ze had een zoon gekregen. Broud zou het allesbehalve leuk hebben gevonden als hij had geweten dat hij door haar te verkrachten haar juist dat ene had gegeven wat ze graag wilde. Maar dat was geen Gave van Genot geweest. Broud had haar niet gekozen omdat hij om haar gaf. Hij had een gruwelijke afkeer van haar. Hij overweldigde haar alleen maar om te bewijzen dat hij met haar kon doen wat hij wilde, en omdat hij wist dat ze het verafschuwde.

Nu had ze het zichzelf aangedaan. Ze had zich ertoe gedwongen een man te kiezen die ze verafschuwde om een man van wie ze hield te kwetsen. Kijk toch wat ze Jondalar had aangedaan als gevolg van haar jaloezie. Het was haar schuld dat hij bijna een man had gedood. Ze verdiende geen gezin. Ze had als acoliet niet eens voor haar gezin kunnen zorgen en als volleerde Zelandoni zou dat nog veel moeilijker worden. Hij zou beter af zijn zonder haar. Misschien moest ze hem laten gaan zodat hij een andere gezellin kon nemen.

Maar hoe kon ze niet de gezellin van Jondalar zijn? Hoe kon ze zonder Jondalar leven? De gedachte bracht een nieuwe tranenvloed op gang en Zelandoni keek haar verwonderd aan. Ze had gedacht dat Ayla was uitgehuild.

Hoe kan ik zonder Jondalar leven, dacht Ayla. Maar hoe kon Jondalar nu nog met haar leven? Ze was hem niet waard. Ze had hem bijna tot moord gedreven, alleen maar omdat hij zijn behoeften moest bevredigen. Behoeften die zij duidelijk niet bevredigde. Zelfs vrouwen van de Stam zouden dat doen, wanneer hun levensgezel dat maar wilde. Jondalar verdient een betere vrouw.

Maar hoe moet het met Jonayla? Ze is ook zijn dochter en hij houdt erg veel van haar. Hij heeft meer voor haar gezorgd dan ik. Jonayla verdient een betere moeder. Als ik de verbintenis verbreek, kan hij een nieuwe aangaan. Hij is nog steeds de mooiste... nee, de knapste man van alle Grotten. Dat vindt iedereen. Hij zou makkelijk een andere vrouw kunnen vinden, zelfs een jongere. Ik ben al oud, een jongere vrouw kan meer kinderen met hem hebben. Hij kan zelfs kiezen voor... Marona... Als hij dat wil. De gedachte alleen al deed pijn, maar ze voelde de behoefte om zichzelf te straffen en ze kon niets bedenken wat meer pijn deed.

Dat ga ik doen. Ik ga de verbintenis verbreken en Jonayla aan Jondalar geven en dan kan hij een andere vrouw zoeken met wie hij een gezin kan stichten. Als ik terug ben bij de Negende Grot ga ik niet naar mijn onderkomen. Ik kan bij Zelandoni intrekken of een ander onderkomen laten bouwen, of verhuizen en de Zelandoni van een andere Grot worden... als een andere Grot me wil. Misschien moet ik gewoon weggaan, een ander dal zoeken en alleen gaan wonen.

Zelandoni zag al die gevoelens over Ayla's gezicht trekken, maar ze kon ze niet ontcijferen. De vrouw had altijd iets ondoorgrondelijks over zich gehad, dacht Zelandoni. Maar er valt niet aan te twijfelen dat ze op een dag Eerste zal zijn. Zelandoni was nooit de dag in Marthona's onderkomen vergeten, toen Ayla, jong en ongeschoold, toch de krachtige geest van de Eerste had onderworpen. Dat had haar dieper geschokt dan ze wilde toegeven.

'Als je je wat beter voelt, moeten we gaan, Ayla... Zelandoni van de Negende Grot. We willen niet te laat voor de bijeenkomst zijn. Er zullen veel vragen zijn, vooral na wat er tussen Jondalar en Laramar is gebeurd,' zei de Eerste Onder Hen Die De Grote Aardmoeder Dienden.

'Kom, Jondalar. We moeten naar de bijeenkomst. Er zijn vragen die ik wil stellen,' zei Joharran.

'Ga jij maar vast, ik kom er zo aan,' zei Jondalar, zonder op te kijken van de bedrol waarop hij zat.

'Nee, Jondalar, dat zal niet gaan. Mij is op het hart gedrukt dat ik jou moest meenemen,' zei Joharran.

'Door wie?'

'Zelandoni en Marthona, wie dacht je dan?'

'En als ik niet naar die bijeenkomst wil?' zei Jondalar opstandig. Hij voelde zich zo ellendig dat hij zich niet eens wilde verroeren.

'Dan zal ik die machtige Mamutische vriend van je moeten vragen je daarheen te dragen, zoals hij je hierheen heeft gedragen,' zei Jondalars broer, met een somber lachje naar Danug. Ze waren in het onderkomen dat Danug, Druwez, Aldanor en nog enkele mannen gebruikten. Aangezien het alleen door mannen werd gebruikt, werd het een vreghut genoemd, hoewel het niet aan de buitenrand van het kamp bij de andere vreghutten stond of op grote afstand van de gewone familieonderkomens van de Negende Grot. 'Je hebt je sindsdien nauwelijks verroerd. Of je dat wel of niet wilt, je zult de mensen toch weer onder ogen moeten komen, Jondalar. Het is een open bijeenkomst. Niemand gaat jouw situatie bespreken. Dat komt later wel, als we zien hoe Laramar herstelt.'

'Hij moet zich een beetje opfrissen,' zei Solaban. 'Zijn kleren zitten nog onder het bloed.'

'Je hebt gelijk,' zei Joharran. Toen keek hij naar Jondalar. 'Doe je dat zelf of moet iemand je onderdompelen?'

'Dat kan me niet schelen. Als je me wilt onderdompelen, dan ga je je gang maar,' zei Jondalar.

'Jondalar, pak een schone tuniek en ga mee naar de rivier,' zei Danug in het Mamutisch. Het was een manier om Jondalar te laten weten dat hij iemand had met wie hij vertrouwelijk kon praten als hij niet wilde dat een ander zou horen wat hij zei. Bovendien vond hij het prettig om zijn eigen taal te kunnen spreken zonder de hele tijd met het Zelandonisch te moeten worstelen.

'Goed dan,' zei Jondalar. Hij slaakte een diepe zucht en hees zich overeind. 'Het maakt toch niets uit.' Het kon hem echt niets meer schelen wat er met hem gebeurde. Jondalar was ervan overtuigd dat hij alles kwijt was wat er iets toe deed: zijn gezin, inclusief Jonayla, het respect van zijn vrienden en van zijn volk, maar het belangrijkst van alles Ayla's liefde. En hij verdiende het om dat alles te verliezen.

Danug keek naar Jondalar die naast hem voortsjokte in de richting van de rivier, zich totaal niet bewust van zijn omgeving. De jonge Mamutiër had al eerder problemen van deze aard gezien tussen de twee mensen voor wie hij een lange reis had afgelegd om ze te bezoeken, mensen die hem dierbaar waren en die, dat wist hij, zielsveel van elkaar hielden. Hij wenste dat hij een manier kon bedenken om hun duidelijk te maken wat hij en iedereen in hun omgeving wisten, maar het hun gewoon vertellen zou niet helpen. Ze zouden zelf tot het besef moeten komen, en nu ging het niet meer alleen over hen. Jondalar had iemand ernstig verwond, en hoewel Danug niet bekend was met de bijzonderheden van Zelandonische gebruiken, wist hij dat er consequenties zouden zijn.

Zelandoni schoof het gordijn en het scherm opzij en tuurde naar buiten door de verborgen uitgang achter in de grote zelandoniahut, recht tegenover de gewone ingang. Ze liet haar blik over het verzamelterrein gaan, de 'kom' tussen de bergen die overliep in het kamp. De mensen waren massaal toegestroomd en het terrein was bijna vol.

Ze had gelijk gehad toen ze zei dat er veel vragen zouden komen. De betekenis van de ceremonie en het nieuwe couplet aan het eind van *Het Lied van de Moeder* begon tot de mensen door te dringen, maar ze waren onzeker. Het was verwarrend om na te denken over wat er allemaal zou kunnen veranderen, vooral na Jondalars uitbarsting. Zelandoni keek nog eens goed, om zich ervan te vergewissen dat bepaalde mensen waren gekomen, en toen wachtte ze nog even om de laatkomers de kans te geven een plekje te zoeken. Even later gaf ze een teken aan een jonge Zelandoni, die het 'ze is gereed'-teken aan de anderen doorgaf, en toen iedereen zover was, stapte Zelandoni naar buiten.

Zelandoni Die Eerste Was was een vrouw met een grootse aanwezigheid, en haar grootte, zowel qua lengte als qua massa droeg daaraan bij. Ze beschikte tevens over een enorm repertoire aan technieken en tactieken om bijeenkomsten gefocust te houden op punten die ze wilde benadrukken, en ze zou al haar vaardigheden, zowel intuïtieve als aangeleerde, gebruiken om vertrouwen en zekerheid te projecteren op de grote menigte die haar zo intens gadesloeg.

Omdat mensen de neiging hebben allemaal door elkaar te praten, begon ze met de mededeling dat aangezien er zoveel mensen waren, de bijeenkomst ordelijker zou verlopen als de vragen werden gesteld door de leiders van de Grotten of door één lid van elke familie. Maar als iemand een sterke behoefte voelde om iets te zeggen, dan moest dat naar voren worden gebracht.

Joharran stelde de eerste vraag, maar het was een punt dat iedereen verklaard wilde zien. 'Dat nieuwe couplet... ik wil er zeker van zijn dat ik het begrijp... Betekent het dat Jaradal en Sethona ook mijn kinderen zijn en niet alleen van Proleva?'

'Ja, dat klopt,' zei Zelandoni Die Eerste Was. 'Jaradal is evenzeer jouw zoon en Sethona jouw dochter als van Proleva, Joharran.'

'En door de Gave van Genot van de Grote Aardmoeder begint nieuw leven in een vrouw?' vroeg Brameval, de leider van de Veertiende Grot.

'Doni's Gave aan ons is niet alleen voor Genot. Het is tevens de Gave van Leven.'

'Maar Genot wordt dikwijls gedeeld. Vrouwen worden niet zo dikwijls zwanger,' zei iemand die niet kon wachten.

'De Grote Aardmoeder maakt nog altijd de definitieve keuze. Doni heeft niet al Haar kennis en al Haar voorrechten prijsgegeven. Zij beslist nog steeds wanneer een vrouw wordt gezegend met nieuw leven,' zei de Eerste.

‘Wat is dan het verschil tussen het gebruiken van de geest van een man of het sap uit zijn lid om een baby te beginnen?’ vroeg Brameval.
‘Dat is zeer duidelijk. Als een vrouw nooit Genot deelt met een man, zal ze nooit een kind hebben. Ze kan niet gewoon hopen dat de Moeder op een dag de geest van een man zal kiezen en haar een kind zal geven. Een vrouw moet de Moeder eren door de Gave van Genot te delen. De man moet zijn sap in de vrouw spuiten zodat het zich kan vermengen met het sap van een vrouw dat erop wacht,’ zei de grote vrouw.
‘Sommige vrouwen raken nooit zwanger,’ zei Tormaden, de leider van de Negentiende Grot.
‘Ja, dat is waar. Ik heb nooit een kind gekregen. Hoewel ik de Moeder dikwijls heb geëerd, ben ik nooit zwanger geraakt. Ik weet niet waarom,’ zei de Eerste. ‘Misschien omdat de Moeder mij met een andere bedoeling koos. Ik weet dat het erg moeilijk zou zijn geweest om de Moeder te dienen zoals ik dat heb gedaan als ik een levensgezel en kinderen had gehad. Dat wil niet zeggen dat zelandonia geen kinderen zouden moeten hebben. Sommige hebben kinderen en die dienen Haar nog steeds goed, al zal het voor een mannelijke Zelandoni makkelijker zijn om een gezellin te hebben en kinderen bij zijn vuurplaats dan voor een vrouw. Een man hoeft geen kinderen te dragen, te baren of te zogen. Sommige vrouwen zijn in staat beide te doen, vooral als hun roeping krachtig is, maar zij moeten wel een levensgezel en familie hebben die zorgzaam zijn en bereid om te helpen.’
Zelandoni zag dat verscheidene mensen naar Jondalar keken, die met de Mamutische bezoekers iets boven de Negende Grot op de helling zat en niet bij de vrouw die zijn gezellin was. Ayla, die Jonayla op haar schoot had, zat naast Marthona, bijna vooraan, en de wolf zat tussen hen in. Ze zat dicht bij de Negende Grot maar tegelijkertijd dicht bij de rijen van de zelandonia. De meeste mensen geloofden dat Ayla met haar gezag over dieren en haar helende gaven nog voor ze een acoliet was geworden een krachtige roeping moest hebben ervaren; en tot deze zomer, voor alle problemen begonnen, was iedereen overtuigd geweest van Jondalars zorgzaamheid en liefde voor haar. Velen zagen Marona als de oorzaak van hun moeilijkheden – Marona zat bij haar nicht, Wylopa, en vrienden van de Vijfde Grot – maar de zaak was geëscaleerd. Hoewel bekend was gemaakt dat Laramar weer bij bewustzijn was, lag hij nog steeds te herstellen in de zelandoniahut, en alleen zij wisten hoe ernstig verwond hij was.
‘Mijn gezellin deelt bij Moederfeesten en ceremoniën de Gave van Genot met andere mannen, niet alleen met mij,’ zei een man in het publiek.

De vragen beginnen netelig te worden, dacht Zelandoni. 'Festiviteiten en ceremoniën worden gehouden voor heilige doeleinden. Genot delen is een heilige daad. Zo eert men de Grote Aardmoeder. Als dan een kind wordt verwekt, is dat Haar bedoeling. Het kind moet worden gezien als zeer begunstigd. Vergeet niet dat Doni nog steeds beslist wanneer een vrouw zwanger raakt.' Uit het publiek steeg gemompel op.

Kareja, de leider van de Elfde Grot stond op. 'Willadan heeft me verzocht een vraag voor hem te stellen, maar ik vind dat hij dat zelf moet doen.'

'Als jij dat vindt, dan moet hij dat zeker doen,' zei Zelandoni.

'Eén zomer nadat we een verbintenis waren aangegaan, was mijn gezellin een donii-vrouw,' begon de man. 'Ze raakte maar niet zwanger en wilde het offer maken om de Moeder te eren, in de hoop dat Zij haar zou zegenen. Het leek te werken. Ze heeft daarna inderdaad een kind gekregen en sindsdien nog drie. Maar nu vraag ik me af of die kinderen wel van mij zijn.'

Dit moet met tact worden behandeld, dacht Zelandoni. 'Alle kinderen die je gezellin baart zijn jouw kinderen,' zei ze.

'Maar hoe weet ik of ze door mij of door een andere man zijn begonnen?'

'Vertel eens, Willadan, hoe oud is je eerste kind?'

'Hij kan twaalf jaar tellen. Bijna een man.' Er klonk trots door in zijn stem.

'Was je gelukkig toen je gezellin zwanger werd en toen hij werd geboren?'

'Ja, we wilden kinderen bij onze vuurplaats.'

'Je houdt dus van hem.'

'Natuurlijk hou ik van hem.'

'Zou je meer van hem houden als je zeker wist dat hij door jouw sap is begonnen?'

De man keek vluchtig naar de jongen. 'Nee, natuurlijk niet,' zei hij fronsend.

'Als je zou weten dat de rest van je kinderen door jouw sap zijn begonnen, zou je dan meer van hen houden?'

Hij wachtte even en dacht na over wat ze bedoelde. 'Ik zou onmogelijk nog meer van ze kunnen houden.'

'Maakt het dan wat uit of het sap waardoor ze zijn begonnen van jou kwam of van iemand anders?' Zelandoni zag dat zijn frons zich verdiepte. Ze besloot erop door te gaan. 'Ik ben nooit zwanger geweest, ik heb nooit een kind gedragen, al was er een tijd dat ik er een wilde, meer dan je kunt beseffen. Nu ben ik tevreden. Ik weet dat de Moeder heeft besloten wat voor mij het beste was. Maar het is mogelijk, Willadan, dat je bent geboren zoals ik. Misschien, om een reden die alleen Doni kent, kon jouw sap in die tijd geen kind bij je gezellin beginnen. Maar de Grote Aardmoeder, in Haar wijsheid, heeft jou en je gezellin de kinderen gegeven die jullie wilden. Als je zou weten dat jij niet degene bent die ze is begonnen en je de naam te weten zou komen van de man die ze mogelijk is begonnen, zou je dan bereid zijn ze terug te geven?'

'Nee, ik heb hun leven lang voor ze gezorgd,' zei Willadan.

'Precies. Je hebt voor ze gezorgd, je houdt van ze, het zijn de kinderen van jouw vuurplaats, en dat betekent dat het jouw kinderen zijn, Willadan.'

'Ja, het zijn de kinderen van mijn vuurplaats, maar je zei áls ik niet degene ben die ze is begonnen. Denk je dat het mogelijk is dat ze door mijn sap zijn begonnen?' vroeg Willadan, met hoop in zijn stem.

'Het kan best zo zijn dat het eerbewijs van je gezellin aan de Moeder als toereikend werd aanvaard en dat ze jouw sap al je kinderen heeft laten beginnen. Dat weten we niet, maar aangezien je niet méér van hen zou kunnen houden, Willadan, maakt het dan iets uit?'

'Nee, in wezen niet.'

'Ze zijn misschien door jouw sap begonnen en misschien ook niet,' zei Zelandoni, 'maar ze zullen altijd meer zijn dan de kinderen van je vuurplaats. Het zijn jouw kinderen.'

'Zullen we het ooit zeker weten?'

'Dat weet ik niet. Bij een vrouw is dat duidelijk. Ze is zwanger of niet zwanger. De kinderen van een man zijn altijd de kinderen van zijn gezellin. Zo is het altijd geweest. Er is niets veranderd. Geen enkele man kan er ooit zeker van zijn wie de kinderen van zijn vuurplaats is begonnen.'

'Jondalar wel!' riep iemand in het publiek. Iedereen keek naar de man die had gesproken. Het was Jalodan, een jonge man van de Derde Grot. Hij zat naast Folara's vriendin, Galeya, met wie hij twee jaar eerder een verbintenis was aangegaan. Hij kreeg een kleur van al die aandacht, inclusief de scherpe blik van Zelandoni. 'Nou, dat is toch zo,' zei hij verdedigend. 'Iedereen weet dat Ayla nooit iemand anders koos dan hem, tot gisteravond. Als kinderen worden begonnen door het sap uit het lid van een man en Ayla nooit Genot heeft gedeeld met iemand anders dan Jondalar, dan moet het kind van zijn vuurplaats zijn kind zijn, het product van zijn sap. Dat was toch waar die vechtpartij gisteren om ging? Hij riep steeds: "Hij maakt mijn baby!", elke keer toen hij Laramar sloeg.'

Iedereen keek nu naar Jondalar, die zich erg ongemakkelijk voelde onder al die kritische blikken. Sommige mensen keken naar Ayla, maar zij zat als verstijfd en staarde naar de grond.

Plotseling stond Joharran op. 'Jondalar was zichzelf niet meester. Hij had te veel gedronken en daardoor waren zijn hersenen overstroomd,' zei hij sarcastisch.

Er werd geglimlacht en gegrinnikt. 'Ik wil wedden dat zijn hoofd toen de zon opkwam vol was van de "ochtend-na",' riep een andere jonge man. Er klonk bewondering in zijn stem door, alsof hij Jondalars gewelddadigheid op de een of andere manier prijzenswaardig vond.

'Aangezien Jondalar en Laramar van de Negende Grot zijn, is dit een zaak die door de Negende Grot zal worden afgehandeld. Dit is niet de plek om Jondalars gedrag te bespreken,' zei Joharran, in een poging de zaak af te sluiten. Hij had de waardering in de stemmen van sommige jonge mannen gehoord en het laatste wat hij wilde was dat iemand zulk gedrag zou trachten te evenaren.

'Ik wil nog één ding zeggen, Jemoral,' voegde Zelandoni eraan toe. 'Ik vrees dat Jondalar meer zal ondergaan dan "ochtend-na"-hoofdpijn. Je kunt er zeker van zijn dat hij zich voor zijn daden zal moeten verantwoorden.' Het was moeilijk om alle mensen bij de bijeenkomst te herkennen, al deed ze daar wel haar best voor. Hun kleding was altijd een aanwijzing, evenals de kralen en riemen en andere versierselen die ze droegen. Dit was een jonge man van de Vijfde Grot, verwant aan hun Zelandoni. Die waren altijd wat opzichtiger gekleed dan de meesten en ze droegen meer kralen, aangezien ze die maakten en verhandelden. En hij zat bijna vooraan, waardoor ze hem duidelijk genoeg kon zien om hem te herkennen.

'Maar ik geloof dat ik begrijp hoe hij zich moet hebben gevoeld,' zei Jemoral. 'Stel dat ik wil dat het kind van mijn gezellin van mij komt?'

'Ja,' riep een andere man, 'wat dan?'

En weer een andere man voegde eraan toe: 'Stel dat ik wil dat de kinderen van mijn vuurplaats mijn kinderen zijn?'

Zelandoni wachtte tot de gemoederen waren bedaard. Ze liet haar blik over het publiek gaan en zag dat de meeste opmerkingen uit de groep van de Vijfde Grot kwamen. Toen richtte ze haar scherpe blik op de hele groep.

'Je wilt dat de kinderen van jouw vuurplaats jouw kinderen zijn, Jemoral,' zei ze, waarbij ze de jonge man die de vraag had gesteld recht in de ogen keek. 'Bedoel je zoals je kleren of je werktuigen of je kralen? Wil je dat ze je bezit zijn?'

'Nou... eh... nee. Dat... eh... bedoelde ik niet,' stamelde de jonge man.

'Ik ben blij dat te horen, want kinderen kunnen geen bezit zijn. Ze kunnen niet van jou of van je gezellin zijn. Niemand kan kinderen bezitten. Het is onze plicht van ze te houden, voor ze te zorgen, ze dingen te leren, zoals de Moeder van ons houdt en voor ons zorgt en ons dingen leert, en om dat te kunnen maakt het niet uit of ze uit jouw sap voortkomen of uit het sap van iemand anders. We zijn allemaal kinderen van de Grote Aardmoeder, we leren van Haar. Denk aan *Het Lied van de Moeder*.

Aan de zijde van Vrouw had zich nu Man geschaard,
En als thuis schonk de Moeder hun toen de Aard'.
Het water, het land, al wat Zij had gesticht,
Daar zorgvuldig mee omgaan, dat werd nu hun plicht.
Ze mochten alles beheren, maar het nimmer onteren.

Verscheidene van de zelandonia zongen het antwoord mee en toen zongen ze verder.

De Moeder schonk de Aardkinderen Gaven om te overleven,
Maar toen besloot Ze om hun nog iets te geven.
De Gave van Genot en elkaar te beminnen,
Een eerbewijs aan de Moeder in de drift van hun zinnen.
De Gaven zijn welverdiend. Als daarmee de Moeder wordt gediend.

'Ze zorgt voor ons, geeft om ons, onderricht ons, en in ruil voor Haar gaven eren wij Haar,' vervolgde de Ene Die Eerste Was. 'Doni's Gave van de Kennis van Leven werd jullie niet gegeven opdat jullie de kinderen van je vuurplaats als eigendom konden zien.' Ze keek naar de jonge mannen die hadden gesproken. 'Die is ons gegeven om ons te laten weten dat niet alleen vrouwen gezegenden van Doni zijn. Mannen hebben een doel dat gelijkstaat aan dat van vrouwen. Ze zijn er niet alleen om de kost te winnen en te helpen; mannen zijn nodig. Zonder mannen zouden er geen kinderen zijn. Is dat niet genoeg? Moeten je kinderen per se de jouwe zijn? Moet je ze bezitten?'

De jonge mannen wisselden schaapachtige blikken uit, maar Zelandoni was er nog niet van overtuigd dat ze het echt begrepen. Toen klonk de stem van een jonge vrouw.

'Maar hoe zit het met de tijd daarvoor? We kennen onze moeder en grootmoeders. Ik ben de dochter van mijn moeder, maar hoe zit het met de mannen?'

Zelandoni herkende de jonge vrouw niet meteen, maar in een reflex probeerde haar scherpzinnige geest haar te plaatsen. Ze zat bij de Drieentwintigste Grot, en de patronen op haar tuniek en halssieraad gaven aan dat ze een lid was van die Grot, en niet iemand van een andere Grot die bij vrienden zat. De kleding die ze droeg was die van een vrouw, niet een meisje, maar ze was nog erg jong. Waarschijnlijk had ze pas haar Eerste Riten ondergaan, dacht de doniër. Als zo'n jong iemand de moed had om in zo'n grote menigte haar stem te laten horen wilde dat zeggen dat ze of brutaal en impulsief was of dapper en gewend aan omgaan met mensen die hun mening zeiden, wat op leiderschap zou wijzen. De leider van de Drieëntwintigste Grot was een vrouw, Dinara. Zelandoni herinnerde zich opeens dat Dinara's oudste dochter dit jaar haar Eerste Riten had ondergaan, en Zelandoni zag dat Dinara naar de jonge vrouw glimlachte. Toen wist ze weer hoe de jonge vrouw heette.

'Er is niets veranderd, Diresa,' zei de Eerste. 'Kinderen zijn altijd voortgekomen uit de vereniging van een man en een vrouw. Dat we dat niet wisten betekent niet dat het niet altijd zo is geweest. Doni heeft gewoon besloten het ons nu te vertellen. Ze moet het gevoel hebben gehad dat we klaar waren voor deze kennis. Weet je wie de levensgezel van je moeder was toen je werd geboren?'

'Ja, iedereen weet wie haar levensgezel is. Dat is Joncoran,' zei Diresa.

'Dan is Joncoran je va-der,' zei Zelandoni. Ze had gewacht op de gelegenheid om het woord dat ze had gekozen naar voren te brengen. 'Vader is de naam die is gegeven aan een man die kinderen heeft. Een man is nodig om leven te laten beginnen, maar hij draagt het kind niet, baart het niet en zoogt het niet. Toch kan een man evenveel van het kind houden als een moeder, hij is een ver-af-moeder, een va-der. De naam is ook gekozen om aan te geven dat hoewel vrouwen de gezegenden van Doni zijn, mannen zichzelf nu ook kunnen beschouwen als gunstelingen van Doni. Het is vergelijkbaar met "moeder" maar het "va" maakt duidelijk dat het een naam voor een man is.'

Opgewonden gepraat steeg uit de menigte op. Ayla hoorde de nieuwe term keer op keer herhaald worden, alsof de mensen het woord proefden, eraan gewend probeerden te raken. Zelandoni wachtte tot het geroezemoes bedaarde.

'Jij, Diresa, bent de dochter van je moeder, Dinara, en je bent de dochter van je vader, Joncoran. Je moeder heeft zoons en dochters, en ook je vader heeft zoons en dochters. Die kinderen mogen hem "vader" noemen, zoals ze de vrouw die hen ter wereld bracht "moeder" noemen.'

'Stel dat de man die met mijn moeder heeft gepaard en mij is begon-

nen niet haar levensgezel was?' vroeg Jemoral, de jonge man van de Tweede Grot.
'De levensgezel van je moeder, de man van je vuurplaats, is je vader,' zei Zelandoni, zonder aarzeling.
'Maar als hij me niet is begonnen, hoe kan hij dan mijn vader zijn?' drong Jemoral aan.
Die jonge man zal lastig worden, dacht de Ene Die Eerste Was. 'Je weet niet wie jou is begonnen, maar je kent de man die bij jou en je moeder woont. Hij is degene die je hoogstwaarschijnlijk heeft verwekt. Als je er niet zeker van bent dat er een ander was, bestaat die ander misschien helemaal niet, en het heeft geen zin om een relatie te benoemen die niet bestaat. De levensgezel van je moeder is degene die heeft beloofd voor je te zorgen. Hij is degene die voor je zorgde, van je hield, hielp je groot te brengen. Niet de paring, maar de liefdevolle zorg maakt een man tot je vader. Als de levensgezel van je moeder was gestorven en ze een andere man tot levensgezel had genomen die van je hield en voor je zorgde, zou je dan minder van hem houden?'
'Maar wie is dan de echte "vader"?'
'Je kunt altijd de man die in je onderhoud voorziet "vader" noemen. Bij het opsommen van je banden, zoals bij een formele introductie, is je vader de man die de levensgezel van je moeder was toen je werd geboren, "de man van je vuurplaats". Als degene die in je onderhoud voorziet niet degene is die er was toen je werd geboren, kun je hem je "tweede vader" noemen, om onderscheid te maken tussen de twee wanneer dat nodig is,' legde Zelandoni uit. Ze was blij dat ze een hele nacht, toen ze niet kon slapen, had liggen nadenken over alle vragen die deze nieuwe kennis zou opwerpen.
De Ene Die Eerste Was had nog een mededeling te doen. 'Dit is misschien een goede gelegenheid om nog iets ter sprake te brengen. De zelandonia vonden dat de mannen een rol moeten krijgen bij sommige rituelen en gebruiken die in verband staan met het verwelkomen van een nieuwe baby, om ze echt te laten voelen en begrijpen dat ze belangrijk zijn bij het scheppen van nieuw leven. Op grond daarvan zullen de mannen van nu af aan de mannelijke kinderen die bij hun vuurplaats worden geboren een naam geven; de vrouwen zullen natuurlijk de meisjes een naam blijven geven.'
De mededeling werd met gemengde gevoelens ontvangen. De mannen leken verrast, maar bij een aantal zag ze een glimlach. Ze zag echter aan de gezichtsuitdrukking van sommige vrouwen dat die het voorrecht om de kinderen een naam te geven niet wilden opgeven. Niemand wilde er op dat moment een punt van maken en er kwamen geen vra-

gen, maar ze wist dat de kwestie nog niet beslecht was. Ze wist gewoon dat er problemen zouden komen.

'Maar hoe zit het met kinderen van vrouwen die geen levensgezel hebben?' vroeg een zeer jonge vrouw met een baby in haar armen.

Tweede Grot, dacht Zelandoni, kijkend naar haar kleding en sieraden. Kon dat kind zijn voortgekomen uit de Eerste Riten van vorig jaar?

'De vrouwen die een kind ter wereld brengen voor ze een verbintenis zijn aangegaan, zijn gezegend, net als de vrouwen mét een levensgezel bij wie nieuw leven wordt begonnen. Een vrouw die met een kind wordt gezegend, heeft aangetoond dat ze een gezonde baby kan dragen en baren, en zij wordt dikwijls gekozen om weer gezegend te worden. Tot ze een verbintenis aangaat worden haar kinderen onderhouden door haar familie of haar Grot, en hun "vader" is Lumi, de levensgezel van Doni, de Grote Aardmoeder.'

Ze glimlachte naar de jonge vrouw. 'Er is in wezen niets veranderd, Shaleda.' De naam was haar opeens te binnen geschoten. 'De Grot zorgt altijd voor een vrouw met kinderen en zonder levensgezel, ongeacht of haar levensgezel naar de volgende wereld is overgegaan of dat ze die nog niet heeft gekozen. Maar de meeste mannen zien een jonge vrouw met een kind als bijzonder begerenswaard. Ze vindt doorgaans snel een levensgezel aangezien ze een kind naar de vuurplaats van een man meebrengt, een kind dat een gunsteling van Doni is. De man met wie ze een verbintenis aangaat wordt natuurlijk de vader van het kind,' legde de grote vrouw uit, en ze zag dat de vrouw die weinig meer was dan een kind verlegen blikken wierp naar een jonge man van de Derde Grot, die met verrukte bewondering naar haar zat te kijken.

'Maar hoe zit het dan met de man die de echte vader is?' vroeg de jonge man van de Tweede Grot die zoveel vragen had gesteld. 'Is de man wiens sap de baby is begonnen, eigenlijk niet de vader?'

Zelandoni zag dat ook hij bewonderend naar de jonge vrouw keek die de baby in haar armen hield, maar zij keek naar de andere man. Aha... Nu is het me duidelijk, dacht de doniër. Misschien niet het kind van Eerste Riten, maar van een eerste verliefdheid. Ze verbaasde zich erover dat ze zo makkelijk had aanvaard dat kinderen het product waren van de paring tussen een man en een vrouw. Het leek nu allemaal zo logisch.

De jonge man van de Tweede Grot was ook Ayla opgevallen, en ook het stille spel tussen de jonge vrouw en de twee mannen. Denkt hij dat hij haar baby is begonnen? Zou hij jaloers zijn, vroeg ze zich af. Ayla kreeg steeds meer besef van de draagwijdte van het concept; de intense gevoelens die met jaloezie gepaard gingen, had ze immers zelf ervaren.

Ik wist niet dat deze Gave van Kennis van de Grote Aardmoeder zo ingewikkeld zou zijn. Ik weet eigenlijk niet of het wel zo'n geweldige Gave is, zei ze bij zichzelf.

'Heeft een vrouw met een kind nooit een levensgezel gehad, dan wordt de man met wie ze een verbintenis aangaat, de man die belooft het kind te onderhouden, de vader van haar baby. Als een vrouw ervoor kiest om met meer dan één man een verbintenis aan te gaan, dan delen ze de naam "vader" gelijkelijk,' zei Zelandoni, in een poging een mogelijke oplossing aan te dragen.

'Maar een vrouw hoeft geen verbintenis aan te gaan met iemand die ze niet wil, toch?' zei de jonge vrouw.

De Eerste zag dat de Zelandoni van de Tweede Grot tegen de helling op klom in de richting van de plek waar zijn Grot zich had verzameld. 'Ja, dat is altijd zo geweest en dat verandert niet.' Ze zag dat de doniër naast de man ging zitten die zoveel vragen had gesteld, en draaide zich om om naar een vraag uit een andere hoek van het publiek te luisteren.

'Hoe heet de vader van mijn vader?' vroeg een man van de Elfde Grot.

Zelandoni slaakte een zucht van opluchting. Een makkelijke vraag. 'De moeder van een moeder is een grootmoeder en wordt grootmama genoemd. De vader van een moeder is een grootvader of grootpapa. De moeder van een vader is ook een grootmoeder, maar om onderscheid tussen die twee te maken zal ze grootam worden genoemd. De vader van een vader is een verre grootvader of grootap. Wanneer je je banden opsomt is de moeder van je moeder je "naaste grootmoeder" of grootmama, en de vader van je moeder is je "naaste grootvader" of je grootpapa, aangezien je altijd zeker weet wie je moeder is.'

'Hoe zit het als je niet weet wiens sap je moeder is begonnen?' vroeg de leider van de Vijfde Grot. 'Of als hij de volgende wereld bewandelt. Hoe noem je die band?'

'Als je weet wie de levensgezel van de moeder van je moeder was, zou hij je grootpapa zijn. Hetzelfde geldt voor je vader. Zelfs als hij de volgende wereld bewandelt was je vader begonnen door een man die met zijn moeder heeft gepaard, zoals je moeder was begonnen door een man die het sap van zijn lid in je moeder heeft gespoten,' legde Zelandoni nauwgezet uit.

'Nee! Neeeeee!' riep iemand in het publiek. 'Dat is niet waar! Ze heeft het weer gedaan. Ze heeft me verraden, terwijl ik haar juist begon te vertrouwen.'

Iedereen draaide zich om naar de plek waar de stem vandaan kwam. Aan de buitenste rand van de grote groep mensen van de Negende Grot stond een man. 'Het is een leugen! Het is allemaal gelogen! Die vrouw probeert jullie te misleiden. De Moeder kan haar dat nooit hebben verteld,' schreeuwde hij, wijzend naar Ayla. 'Ze is een leugenachtige, doortrapte vrouw.'

Ayla hield haar hand boven haar ogen en zag Brukeval staan. Brukeval! Waarom staat hij zo tegen me te schreeuwen? Ik begrijp het niet, dacht ze. Wat heb ik hem misdaan?

'Ik ben voortgekomen uit de geest van een man die door de Grote Moeder werd gekozen om zich te vermengen met de geest van mijn moeder,' schreeuwde Brukeval. 'Mijn moeder is voortgekomen uit de geest van een man die door Doni werd gekozen om zich te vermengen met de geest van haar moeder. Ze is niet voortgekomen uit het lid van een beest! Niet uit het sap van welk lid ook. Ik ben een man! Ik ben geen Platkop! Ik ben géén Platkop!' Zijn stem begaf het bij de laatste woorden, die eindigden in een snikkende jammerklacht.

38

Brukeval rende langs de helling naar beneden, dwars over het kleine veld en weg van het kamp, zonder nog achterom te kijken. Verscheidene mannen, voor het merendeel van de Negende Grot, renden hem achterna, onder wie Joharran en Jondalar, in de hoop dat als Brukeval buiten adem zou raken, ze met hem konden praten, hem tot bedaren konden brengen en mee terug konden nemen. Maar Brukeval rende alsof hij door de geesten van de doden achterna werd gezeten. Ondanks het verzet tegen het denkbeeld dat een man van de Stam zijn grootvader was, had hij diens kracht en uithoudingsvermogen geërfd. Hoewel de achtervolgers in het begin sneller renden en Brukeval langzaam inhaalden, hadden ze niet zijn uithoudingsvermogen en konden ze hem op een gegeven moment niet meer bijhouden.

Ze moesten het opgeven, en met een rauwe keel happend naar lucht, dubbelgevouwen van de pijn in hun zij, sommigen rollend over de grond, probeerden ze weer op adem te komen. 'Ik had Renner moeten halen,' zei Jondalar schor; hij kon nauwelijks praten. 'Aan een paard had hij niet kunnen ontsnappen.'

Toen ze eindelijk terug sjokten was de bijeenkomst chaotisch geworden. Mensen waren opgestaan, liepen rond, praatten met elkaar. Zelandoni wilde niet dat de bijeenkomst zo eindigde en ze had een pauze ingelast tot de mannen terugkwamen, hopelijk met Brukeval. Toen ze zonder hem verschenen besloot ze de bijeenkomst snel af te ronden.

'Het is betreurenswaardig dat Brukeval van de Negende Grot van de Zelandoniërs zich zo voelt. Zijn gevoeligheid ten aanzien van zijn achtergrond is algemeen bekend, maar niemand kan met zekerheid zeggen wat zijn grootmoeder is overkomen. Het enige wat we weten, is dat ze enige tijd vermist was en uiteindelijk haar weg terugvond, en later Brukevals moeder ter wereld bracht. Het is te begrijpen dat iemand die zo lang vermist was nadelige gevolgen aan die beproeving zou overhouden, en Brukevals grootmoeder was niet helemaal bij haar zinnen toen ze terugkwam. Ze was zo overstuur dat niemand kon geloven of zelfs maar begrijpen wat ze zei.

De dochter die ze baarde was lichamelijk niet sterk, waarschijnlijk als gevolg van de beproeving die haar moeder had doorstaan, en haar zwangerschap en de geboorte van haar zoon waren zo zwaar dat ze die niet overleefde. Het is zeer waarschijnlijk dat Brukeval het stempel van de moeilijke zwangerschap van zijn moeder in zijn postuur en uiterlijke verschijning meedraagt, al is hij gelukkig uitgegroeid tot een sterke, gezonde man. Brukeval had volkomen gelijk toen hij zei dat hij een man is. Hij is een Zelandonische man van de Negende Grot, een goed mens die veel te bieden heeft. Ik ben ervan overtuigd dat hij zal terugkomen als hij tijd heeft gehad om na te denken, en ik weet dat de Negende Grot hem met open armen zal verwelkomen,' zei de Ene Die Eerste Was, en toen sprak ze verder.

'Het is tijd om de bijeenkomst te besluiten. We hebben allemaal veel om over na te denken en jullie kunnen de discussie die we hier zijn begonnen vervolgen met jullie eigen Zelandoni.' Terwijl de mensen opstonden om te vertrekken, gaf de Eerste een teken aan de leider van de Vijfde Grot. 'Mag ik de Vijfde Grot verzoeken om nog even te blijven en naar me toe te komen, hier in de hut?' zei ze. 'Het betreft een belangrijke kwestie, die jullie Grot aangaat.' Ik kan net zo goed ook dit onaangename karwei maar meteen afhandelen, dacht ze. De bijeenkomst was niet helemaal verlopen zoals ze had gehoopt. Jondalars vechtpartij de avond daarvoor had de verkeerde toon gezet en Brukevals abrupte vertrek had aan het eind voor verwarring gezorgd.

'Ik vind het vervelend dat ik dit moet doen,' zei de Eerste tegen de groep mensen van alle leeftijden die de Vijfde Grot vormden. Madroman was er en ook hun Zelandoni. De Eerste pakte een draagzak die op de tafel achter in de hut lag en wendde zich tot de acoliet. 'Komt deze je bekend voor, Madroman?' vroeg ze.

Hij keek naar de zak en trok wit weg. Toen keek hij verontrust en op zijn hoede om zich heen.

'Die zak is van jou, nietwaar? Jouw merktekens staan erop.'

Verscheidene mensen knikten. Iedereen wist dat het zijn draagzak was. Hij was duidelijk herkenbaar en iedereen had hem ermee gezien.

'Hoe kom je daaraan?' vroeg hij.

'Ayla vond hem, verborgen in de Diepte van Fonteinrots. Nadat je "geroepen" was om daar naar binnen te gaan,' zei de Eerste sarcastisch.

'Ik had kunnen weten dat zij het was,' mompelde Madroman.

'Ze was niet op zoek naar iets. Ze zat op de grond bij de grote ronde nis achterin en voelde hem toevallig liggen in een verborgen ruimte onder aan een muur. Ze dacht dat iemand hem daar vergeten was en wilde hem aan diegene teruggeven,' zei Zelandoni.

'Waarom zou ze denken dat iemand hem daar vergeten was als hij verstopt was?' zei Madroman. Huichelen had geen enkele zin meer.
'Omdat ze niet helder dacht. Ze had zojuist haar baby en bijna haar leven in die grot verloren,' zei de Eerste.
'Waar gaat dit over?' vroeg de leider.
'Madroman is al heel lang acoliet. Hij wilde Zelandoni worden en was het wachten tot hij geroepen werd beu.' Ze liet de inhoud van de draagzak op de tafel vallen: de etensresten, de waterzak, de lamp, het materiaal om vuur te maken en de mantel. 'Hij heeft dit in de grot verstopt en deed toen alsof hij de roeping voelde. Hij bleef iets meer dan twee dagen in de grot, met voldoende eten, water, licht, en zelfs een mantel om warm te blijven. Hij heeft de draagzak verstopt, kwam zogenaamd verdwaasd en gedesoriënteerd naar buiten en beweerde dat hij klaar was.'
'Bedoel je dat hij loog over zijn roeping?' vroeg de leider.
'Ja.'
'Als zij er niet was geweest, zouden jullie het nooit hebben geweten,' zei Madroman venijnig.
'Je vergist je, Madroman. We wisten het. Dit heeft het alleen maar bevestigd. Wat geeft je het idee dat je de zelandonia voor de gek kunt houden? We hebben het allemaal doorstaan. Je zou toch moeten weten dat we het verschil tussen echt en onecht kunnen onderscheiden,' zei Zelandoni.
'Waarom heb je niet eerder iets gezegd?'
'Sommigen van ons wilden je het voordeel van de twijfel geven. Sommigen dachten, of hoopten, dat het niet opzettelijk was. Ze wilden er zeker van zijn dat je jezelf niet iets had wijsgemaakt in je sterke verlangen om Een Die Dient te worden... maar toen bracht Ayla ons deze draagtas. Je zou hoe dan ook nooit een Zelandoni zijn geworden, Madroman, maar je had misschien wel een acoliet kunnen blijven. Nu kan dat niet meer. De Grote Aardmoeder wil niet gediend worden door iemand die liegt en bedriegt,' zei de machtige vrouw op een toon die geen twijfel liet bestaan over haar gevoelens. 'Kemordan, leider van de Vijfde Grot van de Zelandoniërs,' vervolgde de Eerste, 'willen jij en je Grot als getuigen dienen?'
'Ja,' antwoordde hij.
'Ja,' zei de Grot in koor.
'Madroman van de Vijfde Grot van de Zelandoniërs, voormalige acoliet,' dreunde de Eerste op, 'je mag je nooit meer uitgeven voor een lid van de zelandonia, niet als acoliet en niet in enig ander opzicht. Je mag nooit meer een poging doen een zieke te behandelen, of iemand bera-

den over de handelwijze van de Moeder of op welke manier ook taken van de zelandonia uitvoeren. Begrijp je wat ik zeg?'
'Maar wat moet ik dan? Dat is het enige waarvoor ik heb geleerd. Ik kan niets anders dan een acoliet zijn,' zei Madroman.
'Als je alles wat je van de zelandonia hebt gekregen teruggeeft, kun je teruggaan naar je Grot en overwegen een ander ambacht te leren, Madroman. En wees dankbaar dat ik je niet een boete opleg en het niet bekendmaak aan het hele kamp.'
'Iedereen komt er toch wel achter,' zei Madroman, en toen verhief hij zijn stem. 'Je zou me nooit een Zelandoni hebben laten worden. Je hebt me altijd gehaat. Jij en Jondalar en je kleine lieveling, Ayla, de Platkop-liefhebber. Je hebt het altijd op me voorzien gehad... Zolena.'
De Vijfde Grot hield de adem in. Niemand van hen zou het in zijn hoofd hebben gehaald zo oneerbiedig tegen de Ene Die Eerste Was te zijn en haar bij haar vroegere naam te noemen. De meesten zouden dat niet eens hebben gedurfd. Zelfs Madroman onderbrak zijn schimprede toen hij de gezichtsuitdrukking van de Eerste zag. Ze was per slot van rekening een vrouw met formidabele krachten.
Hij draaide zich met een ruk om en beende weg in de richting van de vreghut die hij af en toe deelde met Laramar, Brukeval en de anderen. Hij wist niet wat hij moest doen. De hut was leeg toen hij daar aankwam. De meeste kampen zaten aan een maaltijd na de lange bijeenkomst, en de mannen waren weggegaan om iets te eten te zoeken. Hij bedacht opeens dat Laramar en Brukeval voorlopig niet terug zouden komen. Laramar wachtte een lange herstelperiode en wie kon weten wat Brukeval zou doen? Madroman haalde een kleine waterzak met barma uit Laramars rugbepakking. Hij ging op de slaaprol zitten, dronk de zak in een paar teugen leeg en pakte een tweede waterzak. Laramar komt er toch niet achter, dacht hij.
Het is allemaal de schuld van die grote sukkel die mijn tanden uit mijn mond heeft geslagen. Madroman voelde met zijn tong aan het gat in zijn mond. Hij had zich er lang geleden al in geschikt en dacht bijna nooit meer aan zijn ontbrekende tanden, al had het veel pijn gedaan toen hij jonger was en vrouwen hem daardoor negeerden. Hij had sindsdien ontdekt dat bepaalde vrouwen belangstelling voor hem kregen als ze erachter kwamen dat hij bij de zelandonia hoorde, al was hij slechts een acoliet in opleiding. Geen van die vrouwen zou hem nu nog willen. Hij kreeg een kleur toen hij dacht aan zijn eerverlies en maakte de tweede waterzak vol barma open.
Waarom moest Jondalar terugkomen? zei hij bij zichzelf. Als Jondalar niet van zijn Tocht was teruggekomen met die vrouw uit den vreemde,

zou zij nooit die draagzak hebben gevonden. Dan zouden de zelandonia het nooit hebben geweten, wat die dikke oude vrouw ook zegt. Ik wil niet teruggaan naar de Vijfde Grot en ik wil geen ander ambacht leren. Waarom zou ik? Ik ben een even goede Zelandoni als al die anderen, en ik betwijfel of ieder van hen is geroepen. Ik wil wedden dat veel van hen net doen alsof. Wat is een roeping eigenlijk? Waarschijnlijk doen ze allemaal alsof. Zelfs die Platkop-liefhebber. Ze had dus een baby verloren. Nou en? Het gebeurt zo dikwijls dat vrouwen baby's verliezen. Wat is daar zo bijzonder aan?

Hij nam nog een slok, keek naar Brukevals plek, stond op en liep ernaartoe. Alles lag keurig op zijn plek. Hij heeft niet eens zijn spullen opgehaald, dacht Madroman. Hij zal het vannacht koud krijgen zonder een slaaprol. Zou ik hem kunnen vinden? Hij zou me dankbaar zijn als ik hem zijn spullen bracht. Madroman liep terug naar zijn eigen plek en keek naar de parafernalia die hij als acoliet had vergaard. Die dikke oude vrouw wil dat ik alles teruggeef.

Dat doe ik niet! Ik pak al mijn spullen bij elkaar en ik vertrek. Hij wachtte even en keek naar Brukevals slaapplaats. Als ik hem kan vinden, kunnen we misschien samen op reis gaan of zoiets, op zoek gaan naar een ander volk. Ik zou kunnen zeggen dat ik een Zelandoni ben zonder dat ze er ooit achter hoeven te komen dat ik lieg.

Dat doe ik. Ik pak Brukevals spullen in en ga naar hem op zoek. Ik weet wel een paar plaatsen waar hij zou kunnen zijn. Hij zou gezelschap zijn en hij is een betere jager dan ik. Ik heb het al heel lang niet gedaan. Misschien neem ik ook wat spullen van Laramar mee. Die zal hij niet missen. En al mist hij ze wel, dan zal hij niet weten wie ze heeft weggenomen. Dat zou iedereen in deze hut kunnen zijn. Iedereen weet dat hij hier niet meer terugkomt.

En alles is Jondalars schuld. Eerst vermoordt hij mij bijna en dan vermoordt hij Laramar bijna. En hij zal er niet eens voor gestraft worden; hij komt altijd overal ongestraft mee weg. Ik haat Jondalar. Ik heb Jondalar altijd gehaat. Iemand zou hem tegen de grond moeten drukken en een flink pak slaag moeten geven. Zijn mooie gezicht verwoesten. Om hem te laten weten hoe dat voelt. Ik zou Ayla ook graag een paar flinke klappen willen verkopen. Ik ken wel een paar mensen die haar maar al te graag tegen de grond zouden drukken. Ik zou haar ook iets anders willen geven, een lading van mijn 'sap', dacht hij met een boosaardige grijns. Dan zou ze wel een toontje lager zingen. Ze heeft nooit met een ander dan Jondalar Genot willen delen, zelfs niet bij Moederfeesten. Ze vindt zichzelf zo volmaakt. En uitgerekend zij vindt mijn draagzak en brengt die naar de Zelandonia. Als zij er niet was geweest, zou ik ermee weg zijn gekomen. Dan zou ik een Zelandoni zijn geworden. Ik haat die vrouw!

Madroman dronk de tweede waterzak met barma leeg, pakte er nog een paar en keek om zich heen of er nog meer was dat hij kon gebruiken. Hij vond een reservetuniek, gebruikt maar nog steeds goed. Hij paste hem; ze hadden bijna dezelfde maat. Hij besloot hem mee te nemen. Zijn zelandoniakleding was decoratief en onderscheidend, maar niet erg praktisch voor een lange trektocht. De slaaprol was niets bijzonders, een oud en afgedankt exemplaar. Laramars goede slaaprol lag in de tent van zijn gezellin, maar hij vond wel wat andere spullen die hij goed kon gebruiken, waaronder een goede vachtdeken. Toen vond hij een ware schat: een nieuwe, volledige winteruitrusting die Laramar recentelijk had verworven. Er was altijd veel vraag naar zijn barma en hij kon die ruilen voor wat hij ook maar wilde hebben.

Vervolgens liep Madroman naar Brukevals plek en sleepte alles wat hij zag mee terug naar zijn eigen plek. Hij trok de meer praktische tuniek aan die hij tussen Laramars spullen had gevonden. Wat maakte het uit dat er decoraties van de Negende Grot in plaats van die van de Vijfde Grot op zaten; hij zou bij geen van beide Grotten zijn intrek nemen. Hij nam van beide plaatsen eten mee en doorzocht toen de bezittingen van de andere mannen, waarbij hij etenswaren vond en nog wat andere dingen die hij meenam. Hij vond een goed mes met een stevig handvat, een kleine stenen bijl en een paar warme wanten die iemand juist had aangeschaft. Hij had geen wanten en de winter kwam eraan. Wie weet waar ik dan ben, dacht hij. Hij moest een paar keer opnieuw beginnen met inpakken en enkele dingen achterlaten, maar toen hij eenmaal klaar was, wilde hij meteen vertrekken.

Hij stak zijn hoofd naar buiten en keek om zich heen. Het kamp was zoals altijd vol mensen, maar er was niemand bij hem in de buurt. Hij hees de zware bepakking op zijn rug en zette er flink de pas in. Hij zette koers naar het noorden, de richting waarin hij Brukeval had zien verdwijnen. Hij was bijna over de grens van het terrein waar de Zomerbijeenkomst werd gehouden, vlak bij het kamp van de Negende Grot, toen Ayla uit een onderkomen tevoorschijn kwam. Ze leek in gedachten verzonken, maar keek op en zag hem. Hij wierp haar een van haat vervulde blik toe, maar vervolgde zijn weg.

Het kamp van de Negende Grot leek uitgestorven. Iedereen was naar het Lanzadonische kamp voor een gemeenschappelijk middagmaal, een feestmaal dat al enige tijd op het programma stond, maar Ayla had gezegd dat ze geen honger had en had beloofd dat ze later zou komen.

Ze zat met een moedeloos gevoel op haar bedrol in het onderkomen. Ze dacht aan Brukevals uitbarsting tijdens de bijeenkomst en vroeg zich af of ze iets had kunnen doen. Ze dacht niet dat Zelandoni zijn reactie had voorzien, en zij had er zelf geen moment bij stilgestaan dat hij het zich persoonlijk zou kunnen aantrekken, al vond ze nu dat ze dat zeker had moeten doen. Ze wist hoe gevoelig hij was voor zaken die tot de conclusie konden leiden dat hij op welke manier ook aan Platkoppen verwant was.

Hij noemde hen beesten, dacht ze, maar dat zijn ze niet! Waarom zeggen sommige mensen dat toch altijd? Ze vroeg zich af of Brukeval er nog hetzelfde over zou denken als hij ze beter leerde kennen. Waarschijnlijk zou dat geen verschil maken. Veel Zelandoniërs dachten er zo over.

De Eerste had iedereen in herinnering gebracht dat Brukevals grootmoeder niet bij zinnen was geweest toen ze de weg naar huis had teruggevonden, en dat ze zwanger was. Iedereen zegt dat ze bij de Stam was, dacht Ayla, en ze hebben gelijk. Het was duidelijk dat Brukeval kenmerken van de Stam in zich had, dus ze moest zwanger zijn geraakt toen ze bij hen was. Dat betekende dat een man van de Stam zijn sap in haar had gespoten.

Opeens viel Ayla iets in waaraan ze nog nooit had gedacht. Had een man van de Stam haar keer op keer verkracht, zoals ik door Broud ben verkracht? Ik was ook niet helemaal bij zinnen toen Broud dat met me deed en ik zag ze niet als beesten. Ik was door hen grootgebracht, ik hield van hen. Niet van Broud. Broud haatte ik, ik haatte hem al voordat hij me verkrachtte, maar ik hield van de meesten van hen.

Toen Ayla het verhaal had gehoord, was die mogelijkheid niet bij haar opgekomen. De man kon haar uit kwaadaardigheid hebben verkracht, net als Broud, maar hij kon ook hebben gedacht dat hij haar een gunst bewees door haar bijvoorbeeld als tweede vrouw te nemen en bij de Stam te accepteren, maar dat zou voor haar niets hebben uitgemaakt. Zij zou het niet op die manier hebben gezien, dacht Ayla. Ze kon niet met hen praten, hen niet begrijpen. Voor haar waren het beesten. Brukevals grootmoeder moet zich nog veel ellendiger hebben gevoeld dan ik toen Broud me dat aandeed.

En hoe graag ik ook de baby wilde toen Iza me vertelde dat ik zwanger was, het was een zware tijd geweest. Gedurende de hele zwangerschap was ik misselijk, en de bevalling heb ik bijna niet overleefd. Vrouwen van de Stam hadden het niet zo moeilijk, maar Durcs hoofd was veel groter en harder dan Jonayla's hoofd. Ayla had in de afgelopen paar jaar genoeg zwangere en barende vrouwen meegemaakt om te beseffen dat haar zwangerschap en bevalling van Jonayla veel normaler was voor vrouwen van de Anderen dan de geboorte van Durc was geweest. Ik begrijp niet hoe ik hem ooit uit mijn lichaam heb kunnen persen, dacht ze hoofdschuddend. De hoofden van de Anderen zijn kleiner en het bot is dunner en flexibeler. Onze benen en armen zijn langer, maar ook de botten zijn dunner, zei Ayla bij zichzelf, kijkend naar haar ledematen. Alle botten van de Anderen zijn dunner.

Was Brukevals grootmoeder misselijk tijdens haar zwangerschap? Had ze net zo'n zware bevalling gehad als ik toentertijd? Is dat wat haar is overkomen? Is dat de reden waarom ze het niet heeft overleefd? Omdat de bevalling zo zwaar was? Zelfs Joplaya is de dood nabij geweest toen ze Bokovan ter wereld bracht, en Echozar is maar half Stam. Is een baby van 'gemengde geesten', een baby die een mengeling is van de Stam en de Anderen, altijd moeilijk ter wereld te brengen voor vrouwen van de Anderen? Opeens viel haar nog iets in. Kon dat de reden zijn waarom die baby's vroeger gruwelen werden genoemd? Omdat ze soms hun moeders dood veroorzaakten?

Er zijn verschillen tussen de Stam en de Anderen. Misschien niet genoeg om te voorkomen dat een baby wordt begonnen, maar wel genoeg om het de moeder erg moeilijk te maken als ze een van de Anderen is, die gewend zijn baby's te baren met een kleiner hoofd. Voor vrouwen van de Stam is dat waarschijnlijk minder moeilijk. Die zijn gewend aan baby's met een groot, lang, hard hoofd en een zware wenkbrauwrichel. Voor hen was het waarschijnlijk makkelijker om een kind van gemengde geesten ter wereld te brengen.

Ik geloof echter niet dat het voor de baby's die een mengeling zijn van de Stam en de Anderen altijd goed is, ongeacht of de moeder van de Stam of van de Anderen is, dacht ze. Durc was sterk en gezond, terwijl ik het erg zwaar heb gehad, net als Echozar, en zijn moeder was Stam. Bokovan is gezond, maar hij is niet helemaal hetzelfde. Echozar, zijn vader, was de eerste mengeling, net als Brukeval, maar toch is Joplaya bijna gestorven. Het drong tot haar door dat ze de term 'vader' makkelijk gebruikte. Het was zo logisch, en ze had die relatie al heel lang begrepen.

Maar Rydag was zwak, en zijn moeder was Stam. Ze stierf na de bevalling, maar Nezzie had nooit gezegd dat die zwaar was geweest. Ik geloof niet dat ze daardoor is gestorven. Ik vermoed dat ze uit haar Stam was verbannen en dat ze niet meer wilde leven, vooral toen ze haar baby zag en dacht dat die mismaakt was. Brukevals moeder was een eerste mengeling, en haar moeder was een van de Anderen. Ze was zwak, zo zwak dat ze stierf toen ze hem ter wereld bracht. Brukeval weet wat zijn grootmoeder is overkomen, of hij dat wil toegeven of niet. Daardoor begreep hij bij de bijeenkomst zo snel de implicaties van de Gave van Leven. Zou hij ooit hebben gedacht dat de zwakheid van zijn moeder op de een of andere manier door de vermenging kon zijn veroorzaakt?

Ik mag het Brukeval eigenlijk niet kwalijk nemen dat hij de Stam haat. Hij had geen moeder om hem lief te hebben en te troosten als mensen hem uitscholden omdat hij er anders uitzag. Dat was voor Durc ook moeilijk geweest. Hij verschilde zoveel van de Stam dat ze hem mismaakt vonden, en sommigen hadden hem niet in leven willen laten, maar hij had tenminste mensen die van hem hielden. Ik had meer rekening moeten houden met Brukevals gevoelens. Ik ben altijd zo overtuigd van mijn gelijk. Ik neem het iedereen kwalijk die de stam Platkoppen en beesten noemt. Ik weet dat ze dat niet zijn, maar de meeste mensen kennen hen niet zoals ik hen ken. Het was mijn schuld dat Brukeval is weggelopen. Ik neem hem niet kwalijk dat hij me haat.

Ayla stond op; ze wilde niet meer binnen zitten. Het was schemerig en somber in het raamloze onderkomen en het vet in de lamp was opgebrand, wat het nog donkerder maakte. Ze wilde naar buiten, ze wilde iets anders doen dan nadenken over haar tekortkomingen. Toen ze naar buiten liep en om zich heen keek, was ze verbaasd toen ze Madroman met grote stappen naderbij zag komen. Toen hij haar zag, keek hij haar zo boosaardig aan dat ze het gevoel kreeg dat ijskoude naalden in haar ruggengraat prikten. Haar nekharen gingen overeind staan en een onheilspellende rilling trok door haar lichaam.

Hij liep haastig door en Ayla keek hem na. Er is iets vreemds aan hem, zei ze bij zichzelf. Toen zag ze dat hij niet zijn acolietenkleren droeg, maar de kleren die hij aanhad kwamen haar op een vreemde manier bekend voor. Haar voorhoofd rimpelde van de concentratie en toen wist ze het. Dat zijn patronen van de Negende Grot! Maar hij is van de Vijfde Grot. Waarom draagt hij kleren van de Negende Grot? En waar gaat hij zo haastig naartoe?

Die blik van hem! Ayla huiverde weer. Zo vervuld van haat. Waarom haat hij me zo erg? En waarom droeg hij niet zijn acolie... O... Opeens viel het haar in. Zelandoni moest hem hebben verteld dat hij geen acoliet meer kan zijn. Geeft hij mij daarvan de schuld? Maar hij is degene die heeft gelogen. Hoe kan hij mij daar de schuld van geven? Het kan niet vanwege Jondalar zijn. Hij heeft Madroman vroeger een keer zijn voortanden uit zijn mond geslagen, maar dat was over Zelandoni en niet over mij. Zou hij me haten omdat ik zijn leren draagzak in de grot heb gevonden? Misschien haat hij me omdat hij nooit een Zelandoni zal zijn en ik dat zojuist ben geworden.

Dat zijn er dus twee die me haten, Madroman en Brukeval, dacht Ayla. Drie als ik Laramar meetel; die zal me ook wel haten. Toen hij eindelijk bij bewustzijn kwam, zei hij dat hij niet terug wilde naar de Negende Grot als hij zich goed genoeg voelde om de zelandoniahut te verlaten en zij hadden besloten dat hij weg mocht. Ik ben blij dat de Vijfde Grot zich bereid heeft verklaard hem bij hen op te nemen. Ik kan het hem niet kwalijk nemen als hij me nooit meer wil zien. Ik verdien zijn haat. Het is mijn schuld dat Jondalar hem in elkaar heeft geslagen. Jondalar haat mij nu waarschijnlijk ook. Ayla voelde zich zo neerslachtig dat ze begon te denken dat iedereen haar haatte.

Ayla ging sneller lopen, zonder te beseffen waar ze naartoe ging. Ze keek op toen ze zacht gehinnik hoorde en zag dat ze bij de paardenwei stond. Ze had het de afgelopen paar dagen zo druk gehad dat ze de paarden nauwelijks had gezien, en toen ze het verwelkomende gehinnik van haar hooikleurige merrie hoorde, brandden er opeens tranen in haar ogen. Ze klom over de omheining en sloeg haar armen om de stevige hals van haar oude vriendin.

'O, Whinney! Wat ben ik blij om jou te zien,' zei ze. Ze sprak in de vreemde taal waarin ze altijd tegen de merrie praatte, de taal die ze lang geleden in het dal had verzonnen, voordat Jondalar kwam en haar zijn taal leerde. 'Jij geeft tenminste nog om me,' zei ze, terwijl de tranen over haar wangen stroomden. 'Je zou me eigenlijk ook moeten haten omdat ik je zo heb verwaarloosd. Maar ik ben blij dat dat niet zo is. Je bent altijd mijn vriendin geweest, Whinney.' Ze sprak de naam uit zoals ze van de merrie had geleerd: een opmerkelijk goede nabootsing van het geluid van paardengehinnik. 'Toen ik verder niemand had, was jij er. Misschien moet ik gewoon met jou weggaan. We kunnen een dal zoeken en daar met elkaar wonen, net als vroeger.'

Toen ze snikkend haar gezicht in de dichte vacht van het gele paard begroef, kwamen de jonge grijze merrie en de bruine hengst naar haar toe. Grijs probeerde haar neus onder Ayla's hand te duwen, terwijl Renner met zijn hoofd tegen haar rug stootte om haar te laten weten dat hij er ook was. Toen leunde hij tegen haar aan, zoals hij zo dikwijls had gedaan, zoals ze dikwijls bij elkaar hadden gestaan, zij tussen de hengst en zijn moeder. Ayla omhelsde, streelde en krabbelde alle drie de paarden, en toen zocht ze een gedroogde kaardenbol die ze als borstel kon gebruiken en begon Whinneys vacht te borstelen.

Het schoonmaken en verzorgen van de paarden had altijd een ontspannend effect op haar gehad, en tegen de tijd dat ze klaar was met Whinney en aan de ongeduldige Renner begon, die haar voortdurend had aangestoten om zijn aandeel van haar aandacht te krijgen, waren

haar tranen opgedroogd en voelde ze zich iets beter. Ze was bezig met Grijs toen Joharran en Echozar opdoken, die naar haar hadden lopen zoeken.
'Iedereen vroeg zich af waar je bleef, Ayla,' zei Echozar. Hij moest glimlachen toen hij haar tussen de drie paarden zag staan. Hij vond het nog steeds iets wonderlijks om haar met de dieren bezig te zien.
'Ik heb de paarden de laatste tijd nogal verwaarloosd en hun vacht moest nodig geborsteld worden. Die wordt al dichter voor de winter,' zei Ayla.
'Proleva probeert het eten warm te houden, maar ze zegt dat het begint uit te drogen,' zei Joharran. 'Kom nu maar mee om iets te eten.'
'Ik ben bijna klaar. Ik heb Whinney en Renner al geborsteld, en moet alleen Grijs nog afmaken. Dan moet ik natuurlijk mijn handen wassen,' zei Ayla, en ze stak haar hand op om hem haar zwarte handpalm te laten zien, smerig van olieachtig paardenzweet en aarde.
'We wachten wel,' zei Joharran. Hij had nauwkeurige instructies gekregen: hij mocht niet zonder Ayla terugkomen.

Tegen de tijd dat Ayla aankwam, was iedereen klaar met eten en verscheidene mensen verlieten het Lanzadonische kamp weer om zich naar de diverse middagactiviteiten te spoeden. Ayla was teleurgesteld toen ze merkte dat Jondalar er niet was, maar het lukte niemand om hem de vreghut uit te krijgen, of ze hadden hem moeten optillen en naar buiten dragen. Toen Ayla er eenmaal was, was ze blij dat ze was gegaan. Nadat ze het bord vol eten dat voor haar bewaard was had gepakt, was ze blij om eindelijk wat meer tijd te hebben om met Danug en Druwez te praten en Aldanor een beetje beter te leren kennen, al leek het zo te zijn dat ze daar nog meer dan genoeg tijd voor zou krijgen.
Folara en Aldanor zouden tijdens de late Verbintenisceremonie vlak voor het eind van de Zomerbijeenkomst een verbintenis aangaan, en hij had tot Marthona's vreugde besloten om Zelandoniër te worden en zich aan te sluiten bij de Negende Grot. Danug en Druwez beloofden tijdens de terugreis bij zijn Kamp langs te gaan om het zijn volk te vertellen, maar dat zou pas de volgende zomer zijn. Ze bleven bij de Zelandoniërs overwinteren, en Willamar had beloofd hen en enkele anderen mee te nemen naar de Grote Wateren van het Westen, kort na hun terugkeer naar de Negende Grot.
'Ayla, wil je met me mee teruglopen naar de zelandoniahut?' vroeg de Eerste. 'Er zijn een paar dingen die ik met je wil bespreken.'
'Ja, natuurlijk, Zelandoni,' zei Ayla. 'Maar ik wil eerst even met Jonayla praten.'

Ze vond haar dochter bij Marthona, en natuurlijk was Wolf daar ook.
'Wist je dat 'Thona mijn grootmoeder is en niet alleen mijn grootam?' zei Jonayla toen Ayla aan kwam lopen.
'Ja, dat wist ik,' zei Ayla. 'Vind je het leuk om dat te weten?' Ze aaide het dier dat erg blij was haar te zien. Wolf was nauwelijks van Jonayla's zijde geweken sinds ze bij de Zomerbijeenkomst waren aangekomen, alsof hij de tijd van hun lange scheiding wilde inhalen, maar elke keer wanneer Ayla in de buurt was, was hij dolblij om haar te zien en zocht hij haar genegenheid en goedkeuring. Hij leek het meest ontspannen wanneer ze allebei bij hem waren, wat doorgaans alleen 's nachts het geval was.
'Hoewel ik me altijd de grootmoeder van de kinderen van mijn zoons heb gevoeld,' zei Marthona, 'is het fijn om nu als zodanig erkend te worden, Ayla. En hoewel ik jou altijd als mijn dochter heb gezien, ben ik reuzeblij dat Folara eindelijk een acceptabele man heeft gevonden die ze als levensgezel wil en dat ze me misschien een kleinkind zal schenken voor ik naar de volgende wereld overga.'
Ze nam Ayla's hand in de hare en keek haar aan. 'Ik wil je nogmaals bedanken dat je die mannen hebt gestuurd om me te halen.' Ze glimlachte naar Hartalan en enkele van de anderen die haar op een draagbaar naar de Zomerbijeenkomst hadden gedragen, en ook dikwijls rond het kamp sinds ze er was. 'Ik weet dat ze zich zorgen maakten over mijn gezondheid en dat ze het goed bedoelden, maar alleen een vrouw begrijpt dat een moeder bij haar dochter wil zijn wanneer die overweegt een verbintenis aan te gaan.'
'Iedereen was blij toen ze hoorden dat je je misschien goed genoeg voelde om te komen. Iedereen miste je, Marthona,' zei Ayla.
Marthona vermeed het onderwerp van Jondalars in het oog lopende afwezigheid en de mogelijke reden daarvoor, al deed het haar veel verdriet dat haar zoon zich opnieuw niet in de hand had weten te houden en een ander ernstig had toegetakeld. Ze maakte zich ook zorgen om Ayla. Ze had de jonge vrouw erg goed leren kennen en wist hoe moeilijk ze het had, al hield ze zich opmerkelijk goed.
'Zelandoni vroeg me om met haar mee te lopen naar de zelandoniahut,' zei Ayla. 'Ze wil een paar dingen met me bespreken. Wil jij Jonayla mee terugnemen, Marthona?'
'Met alle plezier. Ik heb die kleine meid gemist, al is Wolf waarschijnlijk een veel betere oppas dan ik.'
'Kom je vanavond wel bij me slapen, moeder?' vroeg Jonayla, met een zorgelijk gezicht.
'Natuurlijk. Ik ga alleen even met Zelandoni praten,' zei Ayla.

'Komt Jondé vannacht ook bij ons slapen?'
'Dat weet ik niet, Jonayla. Hij heeft het waarschijnlijk druk.'
'Waarom heeft hij het altijd zo druk met die mannen in de vreghut dat hij niet bij ons kan slapen?' vroeg het kind.
'Mannen hebben het soms gewoon erg druk,' zei Marthona, toen ze zag dat het Ayla moeite kostte niet in tranen uit te barsten. 'Ga jij nu maar naar Zelandoni, Ayla, we zien je straks wel weer verschijnen. Kom mee, Jonayla. We moeten iedereen bedanken voor het heerlijke feestmaal en dan kun je, als je wil, met mij meerijden op de draagbaar als ze me terugbrengen.'
'Ja, mag dat?' zei Jonayla. Ze vond het prachtig dat er altijd een paar jonge mannen in de buurt waren om Marthona overal naartoe te dragen, vooral als het een behoorlijk lange afstand was.
Terwijl Ayla en Zelandoni samen naar de zelandoniahut wandelden en de bijeenkomst bespraken en de dingen die ze konden doen om een positievere stemming te scheppen ten aanzien van de veranderingen die de Gave van Kennis teweeg zou brengen, vond Zelandoni Ayla erg zwaarmoedig, al wist ze dat zoals gewoonlijk bijzonder goed te verhullen.
Toen ze de hut bereikten zette Zelandoni water op het vuur voor thee. Ze zagen dat Laramar de zelandoniahut al had verlaten en waarschijnlijk naar het kamp van de Vijfde Grot was overgebracht. Toen de thee klaar was, leidde ze Ayla naar een rustig hoekje waar enkele krukken en een lage tafel stonden. Ze overwoog een poging te doen Ayla aan de praat te krijgen over wat haar dwarszat, maar veranderde van gedachten. De Eerste meende een aardig idee te hebben van wat Ayla kwelde, hoewel ze niet had gehoord dat Jonayla haar moeder had gevraagd naar Jondalars afwezigheid en ze niet besefte hoezeer dat haar vertwijfeling had verergerd. De doniër besloot dat het beter zou zijn om over iets anders te praten om Ayla afleiding te bezorgen.
'Ik weet niet zeker of ik je toentertijd goed heb begrepen, Ayla... ik moet natuurlijk zeggen Zelandoni van de Negende Grot, maar ik meen me te herinneren dat je zei dat je nog wat van die wortels had die je Stam-Zelandoni – hoe noem je hem ook alweer... Mogor? – bij zijn speciale ceremoniën gebruikte. Klopt dat?' Die wortels hadden de Eerste geïntrigeerd vanaf het moment dat Ayla erover had verteld. 'Zouden ze echt nog goed zijn na al die jaren?'
'De Stam in deze regio noemt hem Mogor, maar wij zeiden altijd Mog-ur. En ja, ik heb nog wat van die wortels en ik weet zeker dat ze nog goed zijn. Ze worden krachtiger naarmate ze ouder worden, mits ze goed worden bewaard. Ik weet dat Iza de wortel de zeven jaren tus-

sen Stam-bijeenkomsten bewaarde, soms nog langer,' zei Ayla.
'Wat je erover vertelde interesseert me. Hoewel ik besef dat ze gevaarlijk kunnen zijn, zou een klein experiment daarmee een waardevolle ervaring kunnen zijn.'
'Ik weet het niet,' zei Ayla. 'Ze zijn erg gevaarlijk en ik weet niet hoe ik een klein experiment zou moeten uitvoeren. Ik ken maar één manier om ze te bereiden.' Het idee maakte haar zenuwachtig.
'Als je het geen goed idee vindt om ermee te experimenteren, dan respecteer ik dat.' Zelandoni wilde Ayla niet nog meer van streek maken. Ze nam een slokje van haar thee om zichzelf een ogenblik de tijd te geven om na te denken. 'Heb je dat buideltje met gemengde kruiden nog waarmee we met elkaar zouden experimenteren? De kruiden die je hebt gekregen van die bezoekende Zelandoni van de Grot die zo ver weg ligt?'
'Ja, ik zal ze even pakken,' zei Ayla, en ze stond op om de tas met medicinale kruiden te halen die ze op een speciaal voor haar gereserveerd plekje in de zelandoniahut bewaarde. Ze beschouwde die tas als haar zelandonia-medicijntas, al leek die niet op haar Stam-medicijnbuidel. Enkele jaren eerder had ze van een witte otterhuid een nieuwe buidel in de stijl van de Stam gemaakt. De buidel was heel apart. De tas die Ayla in de zelandoniahut bewaarde was vergelijkbaar met de tassen die alle doniërs gebruikten: een eenvoudige leren tas van ongelooide huid, een kleine uitvoering van de houder waarin ze vlees bewaarde. De decoratie was echter verre van eenvoudig. Elke medicijntas was uniek, ontworpen en gemaakt door iedere individuele genezer, en de versiering bestond uit de vereiste elementen en andere tekens die door de gebruiker waren gekozen.
Ayla nam de tas mee naar de plek waar Zelandoni van haar thee genoot. De jonge vrouw maakte de leren tas open en tastte erin rond. Een frons rimpelde haar voorhoofd. Ze keerde de tas om, stortte de inhoud uit op de tafel tussen hen in en vond het buideltje dat ze zocht, maar het was maar halfvol.
'Zo te zien heb je daar al mee geëxperimenteerd,' zei Zelandoni.
'Ik begrijp het niet,' zei Ayla. 'Ik kan me niet herinneren dat ik dit buideltje open heb gemaakt. Hoe kan het voor de helft opgebruikt zijn?' Ze maakte het open, liet een beetje op haar handpalm vallen en rook eraan. 'Het ruikt naar munt.'
'Als ik me niet vergis zei de Zelandoni die het aan je gaf dat de munt erin was gedaan om het mengsel te herkennen. Ze bewaart munt niet in zo'n klein buideltje, maar in grotere geweven houders, dus als het in een buideltje zit en naar munt geurt, dan weet ze dat het dit mengsel is,' legde Zelandoni uit.

Ayla leunde achterover en keek met een diepe frons in haar voorhoofd op naar het plafond en groef in haar geheugen. Opeens schoot ze overeind. 'Ik vermoed dat ik dit heb gedronken toen ik het opgaan en ondergaan van de zon en maan observeerde. Die nacht dat ik werd geroepen. Ik dacht dat het muntthee was.' Ze sloeg haar hand voor haar mond. 'O Grote Moeder! Zelandoni, misschien ben ik helemaal niet geroepen. Alles kan zijn veroorzaakt door dit mengsel!' zei Ayla, van schrik vervuld.

Zelandoni boog zich naar voren, klopte zachtjes op Ayla's hand en glimlachte. 'Rustig maar, Ayla. Daar hoef je niet bang voor te zijn. Je bent geroepen, je bent Zelandoni van de Negende Grot. Veel van de zelandonia hebben vergelijkbare kruiden en mengsels gebruikt om ze te helpen de geestenwereld te vinden. Een persoon kan op een andere plek belanden als gevolg van het gebruik ervan, maar je wordt alleen geroepen als je daar klaar voor bent. Er is geen twijfel over mogelijk dat jouw ervaring een ware roeping was, al moet ik toegeven dat ik niet had gedacht dat het al zo snel zou gebeuren. Dit mengsel kan er misschien voor hebben gezorgd dat je eerder bent geroepen dan ik had verwacht, maar dat maakt het niet minder betekenisvol.'

'Weet jij wat erin zit?' vroeg Ayla.

'Ze heeft me wel verteld wát erin zit maar niet de verhoudingen. Hoewel we graag kennis delen, houden de meeste zelandonia graag enkele dingen geheim.' De Ene Die Eerste Was glimlachte. 'Waarom vraag je dat?'

'Het moet bijzonder krachtig zijn,' zei Ayla, en toen keek ze naar de drinknap met thee in haar handen. 'Ik vroeg me af of er iets in zit wat mijn miskraam heeft opgewekt.'

'Ayla, leg de schuld nou niet bij jezelf,' zei Zelandoni, terwijl ze naar voren leunde en Ayla's hand pakte. 'Ik weet dat het afschuwelijk is om een baby te verliezen, maar dat had jij niet in de hand. Dat was het offer dat de Moeder van je eiste, misschien omdat Ze je zo dicht naar de volgende wereld moest halen om je Haar boodschap door te kunnen geven. Er zit mogelijk iets in dit mengsel wat een miskraam kan opwekken, maar misschien was er geen andere manier. Het kan zijn dat Zij ervoor heeft gezorgd dat je dit innam opdat alles zou gebeuren zoals Zij dat wenste.'

'Ik heb nog nooit zo'n vergissing gemaakt met de medicijnen in mijn tas. Ik was onzorgvuldig. Zo onzorgvuldig dat ik mijn baby heb verloren,' zei Ayla, alsof ze niet eens had gehoord wat de Eerste zei.

'Juist het feit dat je nooit dergelijke fouten maakt is reden te meer om te geloven dat het Haar wil was. Wanneer Ze iemand roept om Haar te dienen, is dat altijd onverwacht, en de eerste keer dat iemand alleen naar de geestenwereld gaat is altijd gevaarlijk. Velen vinden nooit meer de weg terug. Sommigen laten iets achter, zoals jij. Het is altijd gevaarlijk, Ayla. Zelfs als je daar vele malen bent geweest, weet je nooit of dit de keer is dat je de weg terug niet meer zult vinden.'

Ayla zat stilletjes te snikken, de tranen glinsterden op haar wangen.

'Het is goed dat je jezelf laat gaan. Je hebt je veel te lang ingehouden, en je moet treuren om die baby,' zei de doniër. Ze stond op en liep naar de achterkant van de hut waar de verbandhuiden werden bewaard. Toen ze terugkwam schonk ze de drinknappen weer vol met thee. 'Hier,' zei ze, terwijl ze haar de zachte dierenhuid gaf en de thee op de tafel zette.

Ayla veegde haar ogen af en snoot haar neus, ademde een keer diep in en uit om te kalmeren, nam een slokje van de warme thee en probeerde zich weer te vermannen. Het was niet alleen het verlies van de baby dat haar tranen had laten stromen, al was dat wel de katalysator geweest. Ze leek niets meer goed te doen. Jondalar hield niet meer van haar, mensen haatten haar, en ze was zo onzorgvuldig geweest dat ze haar baby had verloren. Ze had Zelandoni's woorden gehoord, maar ze niet ten volle begrepen, en het veranderde niets aan hoe ze zich voelde.

'Misschien begrijp je nu waarom ik zo geïnteresseerd ben in die wortels waarover je het had,' zei de Eerste, toen Ayla zich weer wat beter leek te voelen. 'Als het experiment nauwlettend wordt gevolgd en in de hand gehouden, zou het een andere manier kunnen betekenen om naar de volgende wereld te gaan wanneer dat nodig is, zoals dat mengsel in het buideltje en een aantal andere kruiden die we soms gebruiken.'

Ayla hoorde haar niet meteen. Toen Zelandoni's woorden eindelijk tot haar doordrongen, herinnerde ze zich dat ze zich had voorgenomen nooit meer met die wortels te experimenteren. Hoewel De Mog-ur het effect van het krachtige middel in de hand had weten te houden, wist ze dat zij dat nooit zou kunnen. Ze geloofde dat alleen iemand met een Stam-geest, met zijn unieke verschillen en de Stam-herinneringen, daartoe in staat was. Ze dacht niet dat iemand van de Anderen ooit de zwarte leegte de baas zou kunnen, hoe nauwlettend ze ook in de gaten werden gehouden.

Ze wist dat de Eerste erdoor gefascineerd was. Mamut was ook nieuwsgierig geweest naar de bijzondere planten die alleen de mog-urs van de Stam gebruikten, maar na hun gevaarlijke ervaring had Mamut gezegd dat hij ze nooit meer zou gebruiken. Hij zei dat hij bang was dat hij in die verlammende zwarte leegte zijn geest zou verliezen, en hij had haar ervoor gewaarschuwd. Het opnieuw beleven van die angstaanjagende tocht naar dat dreigende onbekende oord toen ze diep in de grot was, en de levende herinnering daaraan tijdens haar inwijding, bracht die herinnering helemaal terug. En ze wist dat zelfs haar verontrustende herinnering slechts een vage schaduw van de werkelijke ervaring was. Maar in de duistere vertwijfeling van haar huidige gemoedstoestand was ze niet in staat tot helder denken. Ze had tijd nodig gehad om haar evenwicht terug te vinden, maar er was in te korte tijd te veel gebeurd. Haar beproeving in de grot toen ze was geroepen, inclusief de miskraam, had haar zowel fysiek als geestelijk verzwakt. De pijn, de jaloezie en de teleurstelling die ze had ervaren toen ze Jondalar aantrof met een andere vrouw waren versterkt door wat ze had meegemaakt in de grot en door haar verlies. Ze had zich verheugd op de vertrouwde aanraking van zijn handen en de nabijheid van zijn lichaam, op het maken van een nieuwe baby, op de helende troost van zijn liefde.

In plaats daarvan had ze hem betrapt met een andere vrouw, en niet zomaar een vrouw, de boosaardige vrouw die haar bewust pijn had willen doen. Onder normale omstandigheden had ze zijn gedrag misschien door de vingers kunnen zien, vooral als het een andere vrouw was geweest. Ze zou het misschien vervelend hebben gevonden. Hun relatie was te hecht. Maar ze begreep de gebruiken. Die verschilden niet veel van de gebruiken bij de Stam, waar mannen elke vrouw konden kiezen die ze maar wilden.

Ze wist hoe jaloers Jondalar was geweest vanwege haar en Ranec toen ze bij de Mamutiërs woonden, al had ze niet begrepen wat de oorzaak was van de nauwelijks beheerste heftigheid van zijn reactie. Ranec had haar gezegd dat ze met hem mee moest gaan, en ze was door de Stam grootgebracht. Ze had nog niet geleerd dat ze onder de Anderen het recht had om 'nee' te zeggen.

Toen ze het probleem eindelijk hadden opgelost en ze met Jondalar was vertrokken om met hem mee te gaan naar zijn thuis, had ze zich heilig voorgenomen hem nooit meer reden tot jaloezie te geven. Ze had nooit een ander gekozen, hoewel ze wist dat dat aanvaardbaar zou zijn geweest, en voor zover zij wist had hij dat ook nooit gedaan. Zeker niet openlijk, zoals de andere mannen. Toen ze erachter kwam dat hij niet alleen een andere vrouw had gekozen maar dat hij dat al heel lang heimelijk had gedaan, had ze dat als verraad gevoeld.

Maar Jondalar had haar niet willen verraden. Hij had willen voorkomen dat ze erachter kwam om haar niet te kwetsen. Hij wist dat zij nooit een ander zou kiezen en op een bepaalde manier wist hij zelfs waarom ze dat nooit zou doen. Hoewel hij zou hebben geworsteld om zich te beheersen, wist hij hoe jaloers hij zou zijn geweest als ze een ander had gekozen. Hij wilde haar de intensiteit van de pijn besparen die hij zou hebben ervaren. Toen ze hem met Marona betrapte, was hij buiten zichzelf geweest. Hij wist gewoon niet wat hij moest doen, dat had hij nooit geleerd.

Jondalar was opgegroeid tot een man van een meter achtennegentig, goedgebouwd, onvoorstelbaar knap, met een onbewuste aantrekkingskracht die werd versterkt door zijn helderblauwe ogen. Zijn natuurlijke intelligentie, aangeboren handvaardigheid en intrinsieke ambachtelijke gaven werden al op jonge leeftijd ontdekt, en hij werd aangemoedigd die op veel gebieden in praktijk te brengen, tot hij zijn liefde voor vuursteen kloppen en werktuigen maken ontdekte. Maar ook zijn gevoelens waren intenser dan die van de meesten, veel te intens, en zijn moeder en degenen die om hem gaven deden hun best hem te leren die gevoelens te beheersen. Zelfs als kind had hij te veel gewild, zich alles te veel aangetrokken, te veel gevoeld. Hij kon overmand zijn door medeleven, hunkeren van verlangen, zieden van haat of branden van liefde. Hem werd te veel gegeven, te veel gaven, en bijna niemand besefte hoe zwaar die last kon zijn.

Als jonge man was Jondalar bijgebracht hoe hij een vrouw kon bevredigen, maar dat was een normaal gebruik binnen zijn cultuur. Het was iets wat iedere jonge man werd geleerd. Het feit dat hij het zo goed had geleerd kwam doordat hij zo goed was onderricht, maar was ook het gevolg van zijn eigen natuurlijke aanleg. Hij ontdekte al jong dat hij het heerlijk vond om vrouwen te bevredigen, maar hij had nooit hoeven leren hoe hij de interesse van een vrouw kon wekken.

In tegenstelling tot de meeste mannen had hij nooit manieren hoeven bedenken om de aandacht van een vrouw te trekken; hij kwam nooit aandacht tekort. Hij zocht soms zelfs manieren om die te ontvluchten. Hij hoefde nooit na te denken over hoe hij een vrouw moest leren kennen; vrouwen deden alle moeite om hem te leren kennen, sommigen drongen zich zelfs aan hem op. Hij had nooit een vrouw hoeven overhalen tijd met hem door te brengen; vrouwen kregen nooit genoeg van hem. En hij had nooit hoeven leren omgaan met verlies, of de woede van een vrouw, of zijn eigen stommiteiten. Niemand kon zich voorstellen dat een man met zoveel gaven dat niet zou weten.

Jondalars reactie wanneer er iets niet goed ging, was zich terugtrekken, zijn best doen om zijn gevoelens de baas te blijven en hopen dat alles vanzelf weer goed zou komen. Hij hoopte dat hij vergeven zou worden of dat zijn fouten door de vingers zouden worden gezien, en meestal gebeurde dat ook. Hij wist niet wat hij moest doen toen Ayla hem betrapte met Marona, en Ayla wist evenmin hoe ze met dergelijke situaties moest omgaan.

Vanaf het moment dat ze als meisje van vijf door de Stam was gevonden, had ze geworsteld om zich aan te passen, om zich aanvaardbaar te maken zodat ze haar niet zouden wegsturen. De Stam stortte nooit emotionele tranen en de hare verontrustten hen, dus leerde ze haar tranen in te houden. De Stam toonde geen woede of pijn of andere krachtige emoties. Dat werd als ongepast beschouwd, dus leerde ze haar emoties te verbergen. Ze leerde wat van haar werd verwacht om een goede Stam-vrouw te zijn, en ze deed haar best zich te gedragen zoals van haar werd verwacht. Bij de Zelandoniërs had ze hetzelfde geprobeerd.

Maar nu wist ze zich geen raad. Het leek overduidelijk dat ze niet had geleerd om een goede Zelandonische vrouw te zijn. Ze had mensen van hun stuk gebracht, sommige mensen haatten haar, en Jondalar hield niet meer van haar. Hij was haar uit de weg gegaan en zij had geprobeerd hem een reactie te ontlokken, maar zijn gewelddadige aanval op Laramar was volkomen onverwachts gekomen, en voor haar stond het als een paal boven water dat alles haar schuld was. Ze had zijn begaanheid ervaren en zijn liefde, en ze had gezien hoe hij zijn krachtige gevoelens in toom had gehouden toen ze bij de Mamutiërs woonden. Ze had gedacht dat ze hem kende. Nu was ze ervan overtuigd dat ze hem helemaal niet kende. Ze had met inzet van al haar wilskracht geprobeerd de schijn op te houden dat er niets aan de hand was, maar ze was uitgeput van te veel nachten wakker liggen, te veel vervuld van zorgen, pijn en woede om te slapen, en het enige waar ze intens naar verlangde was een vredige omgeving en rust.

Misschien hadden Zelandoni's gedachten iets te veel om de Stam-wortel gedraaid, want anders zou ze misschien wat opmerkzamer zijn geweest, maar Ayla was altijd al een geval apart. Ze hadden niet genoeg referentiepunten. Hun achtergrond was totaal verschillend. Elke keer wanneer ze dacht de jonge vrouw eindelijk te begrijpen, kwam ze weer tot de ontdekking dat ze het mis had.

'Ik wil er geen punt van maken als je het echt niet wilt, Ayla, maar als je me iets kunt vertellen over hoe de wortel bereid moet worden dan kunnen we misschien een klein experiment uitvoeren. Gewoon om te zien of het bruikbaar zou zijn. Alleen voor de zelandonia, natuurlijk. Wat denk je?' zei Zelandoni.

In Ayla's gekwelde gemoedstoestand kwam zelfs de angstwekkende zwarte leegte haar als een vredig oord voor, een plek om de beroering rondom haar te ontvluchten. En wat maakte het uit als ze niet terugkwam? Jondalar hield niet meer van haar. Ze zou haar dochter missen – Ayla voelde haar maag verkrampen – maar Jonayla zou waarschijnlijk beter af zijn zonder haar, dacht ze toen. Het kind miste Jondalar. Als zij er niet meer was zou hij terugkomen en weer voor haar zorgen. En er waren zoveel mensen die van haar hielden dat er goed voor haar gezorgd zou worden.

'Het is helemaal niet zo ingewikkeld, Zelandoni,' zei Ayla. 'Het komt erop neer dat de wortels worden fijngekauwd en in een kom met water uitgespuwd. Maar ze zijn moeilijk te kauwen en het duurt heel lang, en degene die het doet mag niets van het sap doorslikken. Het sap dat zich in de mond verzamelt zou een essentieel ingrediënt kunnen zijn,' zei Ayla.

'Is dat alles? Ik denk dat als je een heel klein beetje gebruikt, zoals je altijd doet met iets nieuws wat je wilt uitproberen, het niet al te gevaarlijk kan zijn,' zei Zelandoni.

'Er komen ook enkele Stam-rituelen bij kijken. De medicijnvrouw die de wortel voor de mog-urs bereidt, moet zich eerst reinigen, zich baden in een rivier, met zeepkruid, en ze mag geen kleren dragen. Iza zei dat daardoor de vrouw zuiver is en open, met niets verborgens, zodat ze de heilige mannen, de mog-urs, niet kan verontreinigen. De Mog-ur, Creb, beschilderde mijn lichaam met rood en zwart, voornamelijk cirkels rond de vrouwelijke delen, om ze te isoleren, denk ik,' zei Ayla. 'Het is voor de Stam een bijzonder heilige ceremonie.'

'We kunnen de nieuwe grot die je hebt gevonden gebruiken. Dat is een bijzonder heilige plaats, en besloten. Een buitengewoon geschikte plek,' zei de Eerste. 'Verder nog iets?'

'Nee, behalve dan dat toen ik de wortel met Mamut uitprobeerde, hij ervoor zorgde dat de mensen van het Leeuwenkamp bleven zingen zodat we iets zouden hebben waaraan we ons konden vasthouden, een verbinding met deze wereld, zodat we onze weg terug zouden kunnen vinden.' Ze aarzelde even, keek naar de lege drinknap in haar handen en voegde er zacht aan toe: 'Ik weet niet precies hoe, maar Mamut zei dat Jondalar waarschijnlijk heeft geholpen ons terug te brengen.'

'We zullen ervoor zorgen dat alle leden van de zelandonia daar zijn. Die zijn erg goed in langdurig zingen. Maakt het nog iets uit wat er wordt gezongen?' vroeg de Eerste.

'Ik geloof van niet. Gewoon iets bekends,' zei Ayla.

'Wanneer zullen we het doen?' vroeg Zelandoni; ze was meer opgewonden dan ze had verwacht.

'Dat maakt niet uit.'

'Morgenochtend? Zodra je alles hebt voorbereid?'

Ayla haalde haar schouders op alsof het haar niets uitmaakte. Op dat moment liet het haar inderdaad koud. 'Waarom ook niet,' zei ze.

39

Jondalar voelde zich net zo vertwijfeld als Ayla. Hij had geprobeerd iedereen zo veel mogelijk uit de weg te gaan sinds de grootse ceremonie toen iedereen was verteld over mannen en waarom ze waren geschapen. Delen van die avond waren niet meer dan een waas. Hij herinnerde zich wel dat hij Laramar in het gezicht had geslagen, keer op keer, en hij kon het beeld van die man die boven op Ayla lag en stotende bewegingen maakte niet uit zijn hoofd krijgen. Toen hij de volgende dag wakker werd, bonsde zijn hoofd, en hij was nog steeds een beetje duizelig en erg misselijk. Hij kon zich niet herinneren dat hij zich ooit zo beroerd had gevoeld en hij vroeg zich af wat er in de drankjes had gezeten die hij achterover had geslagen.

Danug was er en hij had het gevoel dat hij hem dankbaar moest zijn, maar hij wist niet waarom. Hij stelde Danug vragen, probeerde de hiaten in zijn geheugen in te vullen. Toen Jondalar hoorde wat hij had gedaan, kwamen de herinneringen langzaam terug; hij was geschokt en vervuld van wroeging en schaamte. Hij had Laramar nooit gemogen, maar niets wat hij ooit had gedaan kon zo erg zijn als wat Jondalar hem had aangedaan. Hij was zo vol van zelfhaat dat hij aan niets anders kon denken. Hij was ervan overtuigd dat iedereen hem haatte en dat Ayla onmogelijk nog van hem kon houden. Hoe kon een vrouw van zo'n verachtelijke man houden?

Het liefst wilde hij alles achterlaten en weggaan, zo ver weg als hij maar kon, maar iets hield hem tegen. Hij vertelde zichzelf dat hij zijn straf onder ogen moest zien, op zijn minst wachten tot hij wist waaruit die straf zou bestaan en het op de een of andere manier weer goedmaken, maar het was meer het gevoel dat er onafgedane zaken waren en dat hij niet kon vertrekken zolang er zoveel losse eindjes waren. En diep vanbinnen geloofde hij niet dat hij domweg bij Ayla en Jonayla weg kon gaan. Het idee dat hij zijn gezellin en zijn dochter nooit meer zou zien, al was het maar van een afstand, was ondraaglijk.

In zijn geest heerste een chaos van pijn, schuldgevoel en vertwijfeling. Hij kon niets bedenken waarmee hij zijn leven weer in orde kon brengen, en elke keer wanneer hij iemand zag, was hij ervan overtuigd dat die naar hem keek met dezelfde afschuw en walging die hij voor zichzelf voelde. Zijn zelfverwijt kwam voor een deel voort uit het feit dat hoe verachtelijk hij zich ook had gedragen en hoe diep hij zich ook schaamde, hij elke keer wanneer hij zijn ogen dichtdeed Laramar boven op Ayla zag liggen, en dan dezelfde woede en frustratie in zich voelde opkomen als toen. Hij wist in zijn hart dat hij het onder dezelfde omstandigheden weer zou doen.

Jondalars gedachten draaiden voortdurend rond zijn problemen. Hij kon aan niets anders denken. Het was een niet-aflatende kriebel, als voortdurend krabben aan de korst van een kleine snijwond, die nooit de kans geven om te genezen en steeds erger maken tot het een etterende infectie werd. Hij probeerde zo vaak hij maar kon mensen te mijden. Hij maakte lange wandelingen, meestal over de oever van de Rivier en stroomopwaarts. Elke keer ging hij iets verder, bleef hij iets langer weg, maar hij kwam altijd bij een punt waar hij niet verder kon en zich moest omdraaien. Af en toe nam hij Renner mee voor een rit over het open grasland. Dat deed hij niet te vaak omdat hij vooral tijdens zo'n rit in de verleiding kwam door te rijden en niet meer terug te gaan, maar deze dag wilde hij uit rijden gaan en afstand scheppen tussen zichzelf en het kamp.

Zodra Ayla goed wakker was stond ze op en ging ze naar de Rivier. Ze had niet goed geslapen. In het begin was ze te gespannen en te onrustig geweest om in slaap te vallen, en toen ze eindelijk sliep schrok ze keer op keer wakker van dromen die ze zich niet kon herinneren, maar waaraan ze een angstig gevoel overhield. Ze dacht na over wat ze allemaal moest doen om de Stam-ceremonie op de juiste manier uit te voeren. Terwijl ze zocht naar zeepkruid om zich te reinigen, keek ze ook uit naar een brokje vuursteen. Ze wilde op de manier van de Stam een snijwerktuig maken dat ze kon gebruiken om een stukje leer af te snijden om een Stam-amulet te maken.

Toen ze bij de kleine rivier kwam op de plek waar die in de Rivier stroomde, besloot ze die te volgen. Ze moest een behoorlijk eind stroomopwaarts lopen voor ze enkele zeepkruidplanten vond, in het bos achter het kamp van de Negende Grot. Het was laat in het seizoen en de meeste planten waren al geplukt, en toen zag ze dat het niet hetzelfde soort zeepkruid was dat de Stam altijd had gebruikt; en ze had het ritueel zo goed mogelijk willen nadoen. Maar aangezien ze een vrouw was, zou het toch geen echte Stam-ceremonie zijn. Alleen de mannen van de Stam gebruikten de wortels. De enige taak van de vrouw was ze te bereiden. Toen ze zich bukte om het zeepkruid uit de grond te trekken, meende ze in het bos een glimp van Jondalar op te vangen, wandelend langs de kleine rivier, maar toen ze zich oprichtte, zag ze hem niet, en ze vroeg zich af of ze het zich had verbeeld.

De hengst was blij toen hij Jondalar zag. De andere paarden ook, maar die wilde hij niet meenemen. Hij was in de stemming voor een lange rit, in zijn eentje. Toen ze de open vlakte bereikten spoorde Jondalar het paard aan tot een denderende galop over het land. Renner leek zijn naam eer te willen aandoen. Jondalar sloeg geen acht op waar ze naartoe gingen of waar ze waren. Plotseling werd hij letterlijk uit zijn sombere overpeinzingen gerukt door luid, uitdagend gehinnik, het geluid van hoeven, en Renner steigerde. Ze bevonden zich midden in een kudde paarden. Dankzij zijn jarenlange rijervaring en snelle reactievermogen wist hij op het paard te blijven zitten. Hij liet zich naar voren vallen, greep de rechtopstaande manen van het steppepaard beet en hield zich stevig vast, worstelend om de hengst te kalmeren en hem weer in bedwang te krijgen. Renner was een gezonde hengst in de kracht van zijn leven. Hoewel hij nooit in de hengstenkudde had geleefd die zich altijd aan de buitenste rand van de hoofdkudde van merries en veulens ophield en de leidende kuddehengst voortdurend op zijn qui-vive hield, en hij bij zijn opgroeien nooit het speelse vechten met andere jonge hengsten had ervaren, was hij instinctief bereid de leidende hengst van de kudde uit te dagen.

Jondalars eerste inval was om zijn paard zo snel mogelijk en zo ver mogelijk bij de kudde vandaan te krijgen, maar het kostte hem erg veel moeite om de hengst te laten omdraaien en terug te gaan naar het kamp. Toen Renner eindelijk kalmeerde en ze in de richting van het kamp galoppeerden, begon Jondalar zich af te vragen of het wel eerlijk was om de viriele hengst bij andere paarden vandaan te houden, en voor het eerst dacht hij in alle ernst na over het idee hem te laten gaan. Hij was nog niet bereid hem op te geven, maar hij begon anders te denken over lange ritten in zijn eentje op de bruine hengst.

Op de terugweg verviel hij opnieuw in somber zelfonderzoek. Hij dacht terug aan de dag van de grote bijeenkomst toen hij naar Ayla had gekeken, die als verlamd had gezeten toen Brukeval haar had uitgescholden. Hij had haar willen troosten, Brukeval de mond willen snoeren, hem vertellen dat hij het mis had. Hij had alles begrepen wat Zelandoni zei, hij had in de loop der jaren het meeste al van Ayla gehoord en hij was eerder bereid dan de meesten om het te aanvaarden. Wat ook voor hem nieuw was, was de naam die aan de relatie was gegeven – ver-af-moeder, afgekort tot va-der – en hij dacht aan Zelandoni's laatste worden: dat de mannen de jongens een naam zouden geven, dat vaders hun zoons een naam zouden geven. Hij zei het woord bij zichzelf. Vader. Hij was een vader. Hij was Jonayla's vader.

Hij was te minderwaardig om Jonayla's vader te zijn! Het zou haar onteren hem haar vader te noemen. Hij had bijna een man gedood, met zijn vuisten. Als Danug er niet was geweest, zou hij dat hebben gedaan. Ayla had een baby verloren toen ze helemaal alleen in de diepe gangen van de grot van Fonteinrots was, en hij was er niet geweest om haar te helpen. Het kind dat ze had verloren was misschien een jongetje geweest. Als ze de baby niet had verloren en het was een jongetje geweest, zou hij hem dan een naam hebben mogen geven? Hoe zou het zijn om een naam te kiezen voor een kind?

Wat maakte het uit? Hij zou nooit een kind een naam kunnen geven. Hij zou nooit meer kinderen hebben. Hij had zijn gezellin verloren, hij zou zijn vuurplaats moeten verlaten. Nadat Zelandoni de bijeenkomst had beëindigd, had hij de gesprekken die overal op gang kwamen gemeden en was linea recta naar de vreghut teruggegaan zodat hij Ayla en Jonayla niet onder ogen hoefde te komen.

Hij voelde zich nog even ellendig toen de andere bewoners van de vreghut de volgende dag op weg gingen naar het Lanzadonische kamp voor het grote feestmaal, en toen iedereen weg was kon hij aan niets anders denken dan aan alles wat hij verkeerd had gedaan. Op een gegeven moment hield hij het in de hut niet langer uit. Hij bleef maar malen over dezelfde dingen, zichzelf beschuldigen, hekelen, kwellen. Hij ging naar buiten en liep in de richting van de Rivier voor de zoveelste lange wandeling. Sinds het ontsnappen aan de confrontatie met de hengst toen ze in een kudde merries terecht waren gekomen leek Renner erg opgewonden, en Jondalar besloot hem niet mee te nemen. Toen hij stroomopwaarts liep, merkte hij tot zijn verbazing dat Wolf hem achterna kwam. Jondalar vond het fijn om het roofdier te zien en bleef staan om hem te begroeten en pakte de grote kop bij de kraag, die steeds dichter werd.

'Wolf! Wat kom jij hier doen? Heb jij ook genoeg van al die herrie en drukte? Nou, je mag gerust met me meelopen,' zei hij enthousiast. Het dier gromde van blijdschap.

Wolf was zo gefixeerd geweest op Jonayla na haar zo lang niet te hebben gezien, en op Ayla die voor hem altijd het belangrijkst was geweest sinds de dag dat ze de angstige vier weken oude jonge wolf uit zijn koude, eenzame hol had getrokken, dat hij nauwelijks tijd had doorgebracht met de derde mens die hij beschouwde als een belangrijk lid van zijn roedel. Op de terugweg naar het kamp van de Negende Grot na de maaltijd die hem was gegeven, had hij Jondalar in de richting van de Rivier zien lopen en was hij achter hem aan gerend, voor Jonayla uit. Hij had zich omgedraaid en zachtjes jankend naar haar gekeken.

'Ga maar, Wolf,' had het kind gezegd. 'Ga maar naar Jondalar.'

Ze had gezien dat de man doodongelukkig was en ze wist dat haar moeder net zo verdrietig was, al deed ze haar best om dat niet te tonen. Het kind wist niet precies wat er aan de hand was, maar wel dat het iets heel ergs moest zijn, en dat bezorgde haar een angstig gevoel in haar maag. Meer dan wat ook ter wereld wilde ze haar familie weer verenigd zien, haar 'Thona en Weemar en de Wolf en de paarden incluis. Misschien heeft Jondé je nodig, Wolf, wil hij je zien en bij je zijn, net als ik, dacht Jonayla.

Ayla had aan Jondalar lopen denken, preciezer gezegd, ze had erover gedacht de poel in de kleine rivier te gebruiken voor haar ceremoniële bad, en daardoor waren haar gedachten naar Jondalar gegaan. Ze verlangde naar de rust en de afzondering van de afgeschermde plek voor de ceremoniële reiniging, maar ze had zich er niet toe kunnen brengen daarheen te gaan sinds ze Jondalar daar met Marona had aangetroffen. Ze wist dat daar vuursteen te vinden was; Jondalar had het daar ontdekt, maar ze vond niets en dacht niet dat ze genoeg tijd had om verder weg ernaar te zoeken. Ze wist dat Jondalar altijd enkele goede brokken vuursteen had liggen, maar ze piekerde er niet over om naar hem toe te gaan. Hij wilde niet eens met haar praten. Ze zou het moeten doen met een Zelandonisch mes en een priem om een stukje huid af te snijden en gaatjes rond de rand te maken voor het trekkoord, ook al was ook dat afwijkend van Stam-gebruiken.

Ze vond een platte steen, nam die mee naar de poel in de kleine rivier en met een andere, rondere steen stampte ze de schuimende, zeepachtige bestanddelen op de platte steen uit het zeepkruid en vermengde die met een beetje water. Toen liep ze het rustige water in een bocht aan de rand van de poel in en zeepte ze haar lichaam in met het glibberige schuim. Ze liep iets verder van de oever naar het diepere gedeelte om zich af te spoelen. Ze trok haar hoofd onder water, zwom een paar slagen en zwom terug om haar haren te wassen. Terwijl Ayla zich in de poel baadde, dacht ze aan de Stam.

Ze herinnerde zich haar kindertijd bij Bruns Stam als vredig en veilig, met Iza en Creb die van haar hielden en voor haar zorgden. Alle leden van de Stam wisten vanaf hun geboorte wat van hen werd verwacht en daarvan werd nooit afgeweken. De regels waren duidelijk gedefinieerd.

Iedereen wist zijn of haar plaats, rang, en taak. Het leven was stabiel en veilig. Ze hoefden zich niet druk te maken over nieuwe ideeën die dingen veranderden.

Waarom was zij degene die veranderingen had moeten aandragen die iedereen beïnvloedden? Waardoor sommige mensen haar zouden haten? Terugkijkend leek haar leven bij de Stam zo rustgevend dat ze zich afvroeg waarom ze zich zo hevig had verzet tegen de beperkingen. Het geordende leven van de Stam sprak haar nu sterk aan. Een strikt en geregeld leven bood een geruststellende zekerheid.

Toch was ze blij dat ze zichzelf had leren jagen, al was dat in strijd met de tradities van de Stam. Ze was een vrouw en vrouwen van de Stam mochten niet jagen, maar als ze dat niet had gekund, zou ze nu niet meer in leven zijn, hoewel het haar bijna het leven had gekost toen ze erachter kwamen. De eerste keer dat ze werd vervloekt, toen Brun haar uit de Stam verbande, was dat maar voor één maan. Het was het begin van de winter en iedereen had verwacht dat ze het niet zou overleven, maar het jagen waarvoor ze was vervloekt had haar van de vloek gered. Misschien had ik toen beter kunnen sterven, dacht ze.

Ze was opnieuw tegen de gebruiken van de Stam in gegaan toen ze met Durc was weggelopen; ze kon gewoon niet toestaan dat ze haar pasgeboren zoon aan de genade van de elementen en roofdieren overleverden alleen maar omdat hij volgens hen mismaakt was. Brun had hen gespaard, ondanks Brouds tegenwerpingen. Hij had haar het leven moeilijk gemaakt. Toen hij leider werd en haar vervloekte, was dat voorgoed en zonder enige reden, en die keer werd ze gedwongen bij de Stam weg te gaan. Ook toen had de jacht haar gered. Ze zou het in het dal nooit hebben overleefd als ze niet had kunnen jagen en als ze niet had geweten dat ze helemaal alleen kon leven als ze daartoe gedwongen werd.

Toen Ayla terugging naar het kamp was ze met haar gedachten nog steeds bij de Stam en bij de gepaste rituelen die gepaard gingen met het gebruik van de wortels. Ze zag Jonayla bij Proleva en Marthona zitten. Ze wuifden en wenkten haar.

'Kom iets eten,' zei Proleva. Wolf had genoeg gekregen van wandelen met de zwaarmoedige man, die alleen maar voortsjokte, en was teruggegaan om Jonayla te zoeken. Hij lag aan de andere kant van het vuur op een bot te knagen en keek op. Ayla liep naar hen toe. Ze omhelsde haar dochter, hield haar toen op armlengte, keek naar haar met een vreemde droevige blik en omhelsde haar weer, bijna te stevig.

'Je haar is nat, moeder,' zei Jonayla, terwijl ze zich in bochten wrong om zich uit de armen van haar moeder te bevrijden.

'Ik heb het net gewassen,' zei Ayla. Ze streelde Wolf, die haar kwam begroeten. Ze nam de mooie kop tussen haar handen, keek hem diep in de ogen en omhelsde hem onstuimig. Toen ze zich oprichtte keek de wolf verwachtingsvol naar haar op. Ze klopte op haar schouder. Hij sprong op, legde zijn voorpoten op haar schouders, likte haar hals en gezicht en pakte toen voorzichtig haar kaak tussen zijn tanden. Toen hij losliet, beantwoordde ze het wolfse teken van de roedel door zijn snuit tussen haar tanden te nemen. Dat had ze al een tijdje niet meer gedaan en hij vond het duidelijk fijn.

Toen Wolf zich weer op de grond liet zakken, liet Proleva de adem ontsnappen die ze onwillekeurig had ingehouden. Dat specifieke stukje wolfs gedrag van Ayla bleef verontrustend, hoe vaak ze het ook al had gezien. Zien hoe de vrouw haar hals blootstelde aan de tanden van de grote wolf, bracht haar altijd van haar stuk en deed haar beseffen dat het vriendelijke, welgemanierde dier een krachtige wolf was die heel makkelijk de mensen met wie hij zo vrijelijk omging, kon doden.

Toen haar spanning weer was afgenomen zei Proleva: 'Tast toe, Ayla. Er is meer dan genoeg. Het ochtendmaal was makkelijk te bereiden. Er was een heleboel over van het feestmaal van gisteren. Ik ben blij dat we besloten om samen met de Lanzadoniërs een feestmaal te bereiden. Ik vond het leuk om met Jerika en Joplaya en de andere vrouwen samen te werken. We hebben elkaar beter leren kennen.'

Ayla voelde een steek van spijt. Ze wenste dat ze het niet zo druk had gehad met de zelandonia; ze zou graag met het feestmaal hebben geholpen. Samenwerken was een goede manier om mensen beter te leren kennen. Dat ze zo in beslag was genomen door haar eigen problemen had het er ook niet beter op gemaakt; ze had er eerder naartoe kunnen gaan, dacht ze, en ze pakte een van de extra drinknappen die waren klaargezet voor mensen die hun persoonlijke drinknap niet bij zich hadden, en ze vulde de nap uit de grote ingekerfde houten kookpot. Thee was altijd het eerste wat 's ochtends werd bereid.

'Vooral het oerosvlees is lekker sappig, Ayla. De dieren hebben al wat wintervet vergaard, en Proleva heeft het net opgewarmd. Je moet er echt wat van proberen,' spoorde Marthona haar aan, toen ze zag dat Ayla geen eten pakte. 'Daar liggen borden.' Ze wees naar een stapel vreemdvormige maar over het algemeen platte plaatjes hout, bot en ivoor die als bord werden gebruikt.

Bomen die waren omgehakt en tot brandhout verwerkt leverden dikwijls grote schilfers op die werden bijgewerkt en gladgeschaafd tot borden, en voor hetzelfde doel werden schouderbladen en bekkenbotten van herten, bizons en oerossen ruwweg tot een handzaam formaat bewerkt. De slagtanden van mammoeten konden worden afgebikt, net

als vuursteen, maar dan in grotere schilfers, die ook als bord werden gebruikt.
Mammoetivoor kon zelfs worden voorbewerkt door daar met een burijn een cirkelvormige groef in te kerven. Vervolgens werd het massieve uiteinde van een gewei of een hoorn in de juiste hoek in de cirkelvormige groef gezet, en met oefening en een beetje geluk was een klap van een hamersteen op het uiteinde genoeg om een ivoren schilfer met de ingekerfde vorm los te slaan. Maar zoveel moeite werd doorgaans alleen genomen voor voorwerpen die als geschenk waren bedoeld of voor andere speciale doeleinden. De gladde, ietwat geronde oppervlakken konden voor meer dan borden worden gebruikt. Er konden decoratieve afbeeldingen in worden gegraveerd.
'Bedankt, Marthona, maar ik moet wat spullen ophalen en naar Zelandoni,' zei Ayla. Ze ging op haar hurken voor de oudere vrouw zitten, die op een kleine kruk zat die was geweven van riet, lisdoddenbladeren en buigzame takken. 'Ik ben je oprecht dankbaar dat je vanaf het moment van mijn komst altijd zo aardig voor me bent geweest. Ik herinner me mijn eigen moeder niet, alleen Iza, de vrouw van de Stam die me heeft grootgebracht, maar ik stel me altijd voor dat mijn echte moeder zoals jij zou zijn geweest.'
'Ik beschouw jou als een dochter, Ayla,' zei Marthona, meer geroerd dan ze zou hebben verwacht. 'Mijn zoon mag zich gelukkig prijzen dat hij jou heeft gevonden.' Toen schudde ze haar hoofd. 'Soms zou ik willen dat hij meer was zoals jij.'
Ayla omhelsde haar en wendde zich toen tot Proleva. 'Ik wil jou ook bedanken, Proleva. Je bent altijd een goede vriendin geweest en ik ben je zeer dankbaar dat je voor Jonayla hebt gezorgd toen ik in de Negende Grot moest achterblijven en terwijl ik hier druk bezig was.' Ze omhelsde Proleva ook. 'Jammer dat Folara er niet is, maar ik weet dat ze druk bezig is met de voorbereidingen voor haar verbintenis. Ik geloof dat Aldanor een goed mens is; ik ben erg blij voor haar. Ik moet nu gaan,' zei ze plotseling. Ze omhelsde haar dochter nog eens en haastte zich met betraande ogen naar het onderkomen.
'Wat had zij nou opeens?' zei Proleva.
'Als ik niet beter wist, zou ik denken dat ze afscheid van ons nam,' zei Marthona.
'Gaat moeder ergens naartoe, 'Thona?' vroeg Jonayla.
'Niet dat ik weet.'

In het zomeronderkomen trof Ayla haar voorbereidingen. Eerst sneed ze een op het oog rond lapje uit de buik van de huid van het edelhert dat ze had meegebracht naar de Zomerbijeenkomst. Ze had de zachte huid de dag daarvoor opgevouwen op haar slaaprol aangetroffen. Toen ze Jonayla vroeg wie de huid had geprepareerd, zei het meisje 'iedereen'. Koord, vezeltouw, twijndraad, pezen en leren veters van verschillende dikten waren altijd handig en makkelijk te maken voor iemand die de techniek kende. De meeste mensen hielden zich bezig met dingen maken terwijl ze zaten te praten of naar verhalen te luisteren, uit materialen die altijd werden verzameld als ze ergens werden aangetroffen. Er was dus altijd koord en dergelijke beschikbaar als iemand dat nodig had. Ayla pakte enkele reepjes leer en een lang stuk dun, flexibel touw die naast de ingang op pinnen hingen. Nadat ze het ronde lapje uit de buik had gesneden, vouwde ze de huid weer op, rolde het touw op en legde dat boven op de huid. Ze mat een leren veter af rond haar hals, deed er wat extra lengte bij en reeg de veter door de gaatjes rond de rand van de leren cirkel.

Ze droeg nog maar zelden haar amulet, zelfs niet haar modernere. De meeste Zelandoniërs droegen halssnoeren en het was onhandig om tegelijkertijd een bobbelige leren buidel en een halssnoer te dragen. Haar amulet zat meestal in haar medicijnbuidel, die gewoonlijk aan een riem of een veter om haar middel hing. Het was geen Stam-medicijnbuidel. Ze had zich verscheidene keren voorgenomen een nieuwe te maken, maar leek daar nooit tijd voor te kunnen vinden. Ze maakte het trekkoord waarmee haar medicijnbuidel gesloten werd los en haalde het kleine versierde buideltje, haar amulet, tevoorschijn, dat een aantal vreemdvormige voorwerpen bevatte. Ze maakte de knopen los en liet de vreemde verzameling voorwerpen op haar hand vallen. Het waren de tekens van haar totem die de belangrijke momenten in haar leven vertegenwoordigden. De meeste waren haar gegeven door de geest van de Grote Holenleeuw nadat ze een belangrijke beslissing had genomen, als een teken dat ze de juiste beslissing had genomen. Maar niet allemaal.

Het klompje rode oker dat als eerste de buidel in ging was gladgesleten. Het was haar door Iza gegeven toen ze in de Stam werd geaccepteerd. Ayla stopte het in de nieuwe amulet. Het brokje zwart mangaandioxide dat haar was gegeven toen ze een medicijnvrouw werd was ook gladgesleten door zo lang met de andere voorwerpen in het kleine buideltje te hebben gezeten. Het rode en het zwarte materiaal die dikwijls werden gebruikt om iets in te kleuren, hadden afgegeven op de andere voorwerpen in het buideltje. De minerale voorwerpen konden worden schoongeveegd, zoals de fossiele afdruk van een zeeschelp, het teken van haar totem dat haar beslissing om te jagen juist was, hoewel ze een vrouw was.

Hij moet zelfs toen al hebben geweten dat ik zou moeten jagen om te overleven, dacht ze. Mijn Holenleeuw heeft zelfs tegen Brun gezegd dat hij me moest laten jagen, al was het toen alleen maar met de slinger. De schijf van mammoetivoor, haar jachttalisman die haar was gegeven toen ze werd uitgeroepen tot de Vrouw Die Jaagt, had kleur geabsorbeerd die niet kon worden afgeveegd, voornamelijk het rood van de oker.

Ze pakte het stukje pyriet en wreef het langs haar tuniek. Het was haar favoriete teken: het had haar gezegd dat ze gelijk had gehad om met Durc weg te lopen. Als ze dat niet had gedaan, zouden ze hem aan de genade van de elementen en roofdieren hebben overgeleverd, alleen maar omdat hij volgens hen mismaakt was. Toen ze met hem wegliep en zich verstopte, wetend dat ook zij zou kunnen sterven, hadden Brun en Creb zich bedacht.

Het kleurige stof kleefde aan het heldere kwartskristal, maar was er niet ingetrokken. Dat was het teken dat haar had verteld dat ze de juiste beslissing had genomen toen ze had besloten de zoektocht naar haar volk te staken en een tijd in het dal van de paarden te blijven. Ze voelde zich altijd ongemakkelijk als ze de zwarte mangaansteen zag. Ze pakte hem weer op en sloot haar hand eromheen. De steen bevatte de geest van alle mensen van de Stam en zij had een stukje van haar geest ervoor in ruil gegeven. Wanneer ze iemand het leven zou redden, zou diegene haar niets verplicht zijn, aangezien ze toch al een stukje van ieders geest had.

Toen Iza overleed, had Creb, De Mog-ur, haar voor ze werd begraven haar medicijnvrouwsteen afgenomen, zodat ze niet de hele Stam mee zou nemen naar de geestenwereld, maar niemand had haar haar steen afgenomen toen Broud een doodsvloek over haar had laten uitspreken. Goov was nog maar kort mog-ur en iedereen was zo geschokt toen Broud dat deed, dat niemand eraan had gedacht haar de steen af te nemen, en zij was vergeten hem terug te geven. Wat zou er met de Stam gebeuren als ze de steen nog steeds had als ze naar de volgende wereld overging?

Ze stopte al haar totemtekens in de nieuwe buidel en wist dat ze die van nu af aan daarin zou bewaren. Het voelde juist dat haar Stam-totemtekens in een Stam-amuletbuidel zaten. Toen ze het trekkoordje aantrok vroeg ze zich af, zoals al zo dikwijls eerder, waarom ze geen teken van haar totem had gekregen toen ze besloot de Mamutiërs te verlaten en met Jondalar mee te gaan. Was ze toen al een kind van de Moeder geworden? Had de Moeder tegen haar totem gezegd dat ze geen teken nodig had? Had ze een subtieler teken gekregen dat ze niet als zodanig had herkend? Of – een nieuwe en angstwekkendere gedachte kwam bij haar op – had ze de verkeerde beslissing genomen? Een koude rilling trok door haar lichaam. Voor het eerst in lange tijd omklemde Ayla haar amulet en ze zond een stille gedachte naar de geest van de Grote Holenleeuw waarmee ze zijn bescherming afsmeekte.

Ayla verliet het tijdelijke onderkomen met een opgevouwen hertenhuid, een leren rugbepakking, bobbelig door de voorwerpen die de bepakking bevatte, en haar Stam-medicijnbuidel. Er zaten verscheidene mensen rond het kampvuur en ze zwaaide naar hen, maar niet met de gebruikelijke 'ik kom terug'-beweging met haar handpalm naar binnen gedraaid, naar zichzelf, wat op een tijdelijke scheiding duidde en aangaf dat ze hen spoedig weer zou zien. Ze had haar hand geheven met de palm naar buiten gedraaid en die licht heen en weer bewogen. Marthona fronste haar wenkbrauwen toen ze dat zag.

Terwijl Ayla stroomopwaarts langs de kleine rivier liep, een kortere weg naar de grot die ze enkele jaren eerder had ontdekt, begon ze zich af te vragen of ze deze ceremonie wel zou moeten uitvoeren. Ja, Zelandoni zou teleurgesteld zijn, net als de overige zelandonia, die zouden assisteren, maar het was gevaarlijker dan ze beseften. Toen ze de dag daarvoor met de ceremonie had ingestemd, was ze zo neerslachtig geweest dat het haar niets kon schelen als ze in de zwarte leegte zou verdwijnen, maar ze voelde zich deze ochtend veel beter, vooral na haar bad in de Rivier en nu ze Jonayla had gezien, en Wolf, en natuurlijk Marthona en Proleva. Ze zag er nu tegenop om die angstaanjagende zwarte leegte tegemoet te gaan. Misschien moest ze Zelandoni maar vertellen dat ze van gedachten was veranderd.

Terwijl ze haar voorbereidingen trof had ze niet nagedacht over het gevaar dat ze tegemoet trad, maar ze had zich wel ongemakkelijk gevoeld bij het idee dat ze niet in staat was alle rituelen op de juiste manier uit te voeren. Dat was een uiterst belangrijk aspect van Stam-ceremonie, in tegenstelling tot de Zelandoniërs, die toleranter waren als iets een keer een beetje anders ging. Zelfs de woorden van *Het Lied van de Moeder* varieerden van Grot tot Grot, onder de zelandonia een gewild gespreksonderwerp, en dat was de belangrijkste Oude Legende van allemaal.

Als zo'n legende een heilig onderdeel van Stam-ceremoniën was geweest, zou die elke keer met exact dezelfde bewoordingen zijn herhaald, tenminste onder de stammen die regelmatig in direct contact met elkaar stonden. Zelfs de stammen die verder weg woonden zouden een versie hebben die daar nauwelijks van afweek. Daardoor kon ze met de stammen in deze regio communiceren in de heilige gebarentaal van de Stam, terwijl die op een afstand van een jaar reizen woonden van de stam waarbij ze was opgegroeid. Er waren onbeduidende verschillen, maar de taal was verbazend soortgelijk.

Aangezien de ceremonie die ze zou uitvoeren een Stam-ceremonie was, waarbij krachtige wortels volgens de Stam-methode moesten worden bereid, vond ze dat alles zo goed mogelijk volgens de Stam-traditie moest gebeuren. Ze geloofde dat dit de enige manier was om te kunnen hopen dat ze de zaak in de hand kon houden, en ze begon nu zelfs te betwijfelen of dat afdoende zou zijn.

In gedachten verzonken liep ze langs het beboste terrein toen ze bijna tegen iemand op botste die vanachter een boom tevoorschijn kwam. Ze schrok toen ze zag dat ze Jondalar bijna in de armen was gelopen. Hij schrok nog erger dan zij en wist niet wat hij moest doen. Zijn eerste impuls was om gebruik te maken van de situatie en zijn armen om haar heen te slaan. Daar verlangde hij al heel lang naar, maar toen hij haar geschokte gezicht zag, sprong hij achteruit, omdat hij haar schrik voor weerzin aanzag; dat ze niet wilde dat hij haar aanraakte. Haar reactie op zijn achteruitdeinzen was dat hij haar niet wilde, dat het voor hem onverdraaglijk was om in haar nabijheid te zijn.

Ze staarden elkaar secondenlang aan. Dit was de eerste keer sinds Ayla Jondalar met Marona had betrapt dat ze zo dicht in elkaars nabijheid waren, en allebei wilden ze niets liever dan dat moment verlengen en de emotionele afstand die hen leek te scheiden overbruggen. Maar een kind dat over het pad kwam aanrennen leidde hen af. Ze wendden allebei hun blik even af en het moment was voorbij.

'Eh, neem me niet kwalijk,' zei Jondalar. Hij wilde haar zo graag omhelzen, maar hij was bang dat ze hem zou afwijzen. Hij was ten einde raad en keek paniekerig om zich heen, als een dier dat in de val zat.

'Het doet er niet toe,' zei Ayla, en ze sloeg haar ogen neer om de tranen te verhullen die de afgelopen dagen maar al te snel op gang kwamen. Ze wilde niet dat hij zag hoe erg ze werd aangegrepen door het idee dat hij het onverdraaglijk vond om dicht bij haar te zijn, dat hij niet kon wachten om weg te komen. Zonder op te kijken vervolgde ze haar weg, haastig, voordat haar tranen haar zouden verraden. Jondalar moest vechten tegen zijn tranen toen hij haar nakeek, bijna rennend om zo snel mogelijk bij hem vandaan te zijn.

Ayla volgde het inmiddels vage pad in de richting van de nieuwe grot. Hoewel alle Zelandoniërs waarschijnlijk minstens één keer in de nieuwe grot waren geweest, werd die niet dikwijls gebruikt. De grot was zo mooi en zo bijzonder met zijn bijna witte stenen muren, dat die werd beschouwd als een bijzonder spirituele, bijzonder heilige plaats, en nog steeds min of meer onschendbaar. De zelandonia en de Grot-leiders bogen zich nog steeds over de gepaste tijden en manieren om de grot te gebruiken. Tradities waren nog niet ontstaan, daarvoor was de grot nog te nieuw.

Toen ze de voet van de heuvel die de grot bevatte bereikte, zag ze dat de struiken en de omgevallen boom, waarvan de wortels de opening tot de ondergrondse ruimte hadden blootgelegd, waren weggehaald. Ook de aarde en de stenen rond de opening waren verwijderd, waardoor de ingang was vergroot.

Hoewel ze niet naar de ceremonie uitkeek, had ze zich er wel op verheugd de grot weer te zien, maar de lichtere gemoedsstemming die haar bijna had doen besluiten van de gevaarlijke ceremonie af te zien, was vervlogen. Haar droefenis kwam overeen met de zwarte leegte die op haar wachtte. Wat deed het ertoe als ze zichzelf daarin verloor? Dat kon niet erger zijn dan wat ze op dit moment voelde. Ze worstelde om haar kalmte te hervinden die vandaag zo moeilijk was vast te houden.

Ze haalde een ondiepe stenen kom en een in vacht gewikkeld pakje uit haar leren rugzak. Het pakje bevatte een klein, bijna waterdicht zakje vet dat was dichtgebonden en in het stukje vacht was gewikkeld om te voorkomen dat doorlekkend vet de andere spullen in de zak zou beschadigen. Ze zocht haar pakje korstmospitten, goot een beetje olie in de kom, dompelde een pit in de olie, wachtte even, haalde de pit eruit en legde die tegen de rand van de komvormige lamp. Ze wilde net haar vonksteen pakken om de lamp aan te steken toen ze twee zelandonia over het pad naar boven zag komen.

Het zien van de zelandonia hielp Ayla haar zelfbeheersing te hervinden. Ze was nog steeds een nieuweling onder hen en wilde hun respect behouden. Ze begroetten elkaar en spraken over oppervlakkige zaken, en toen hield een van hen de lamp vast terwijl Ayla met haar vonksteen op de grond een klein vuur maakte. Toen de lamp brandde, doofde ze het vuur met aarde en liepen ze met z'n drieën de grot in.

De ruimte achter de ingang was betrekkelijk warm, maar toen ze de volslagen duisternis van het inwendige van de grot betraden, zakte de temperatuur tot die van de meeste grotten: om en nabij de twaalf graden. Er werd weinig gesproken terwijl ze voorzichtig een weg zochten langs blootliggende stenen en over glibberige klei, met slechts één lamp om hen bij te lichten. Tegen de tijd dat ze een grotere ruimte bereikten, waren hun ogen zo aan de duisternis gewend dat het licht van veel stenen lampen bijna te fel leek. De meeste zelandonia waren er al en wachtten op Ayla.

'Daar ben je dan eindelijk, Zelandoni van de Negende Grot,' zei de Eerste. 'Heb je alle noodzakelijke voorbereidingen getroffen?'

'Niet helemaal,' zei Ayla. 'Ik moet me nog verkleden. Tijdens de Stam-ceremonie moet ik eigenlijk naakt zijn, op mijn amulet na en de kleuren die de Mog-ur op mijn lichaam zou hebben geschilderd, terwijl ik het drankje bereid. Maar het is te koud in de grot om erg lang naakt te zijn, en bovendien droegen de mog-urs die het drankje dronken kleren, dus doe ik dat ook. Ik vind het belangrijk om de Stam-ceremonie zo nauwkeurig mogelijk na te doen, dus heb ik besloten een wikkeldoek te dragen in de stijl van een Stam-vrouw. Ik heb voor mijn totemsymbolen een Stam-amulet gemaakt, en om te laten zien dat ik een medicijnvrouw ben, zal ik mijn Stam-medicijnbuidel dragen, hoewel de voorwerpen in mijn amulet belangrijker zijn. Daardoor zullen de Stam-geesten me herkennen, niet alleen als een vrouw van de Stam, maar ook als medicijnvrouw.'

Terwijl alle zelandonia nieuwsgierig naar haar keken, trok Ayla haar kleren uit en wikkelde de zachte, soepele huid van het edelhert om haar lichaam. Ze bond de huid met een lang koord vast, op zo'n manier dat er buidels en plooien ontstonden die spullen konden bevatten. Ze dacht aan alle dingen die ze deed die niet volgens de gebruiken van de Stam waren, om te beginnen het bereiden van de drank voor zichzelf in plaats van voor de mog-urs. Ze was geen mog-ur, een vrouw van de Stam kon geen mog-ur zijn, en ze kende de rituelen niet die ze uitvoerden om zich voor deze ceremonie klaar te maken, maar ze was wel een Zelandoni en ze hoopte dat dat iets uit zou maken als ze eenmaal de geestenwereld had bereikt.

Ze haalde een klein buideltje uit haar medicijnbuidel. De vele lampen gaven genoeg licht om de dieprode okerkleur te kunnen zien, de voor de Stam heiligste kleur, en toen haalde ze een houten kom uit haar rugbepakking. Ze had de kom in de stijl van de Stam enige tijd geleden gemaakt om die aan Marthona te laten zien, die met haar gevoel voor esthetiek de eenvoud en het vakmanschap ervan hogelijk had gewaardeerd. Ayla was van plan geweest de kom aan Marthona te geven, maar nu was ze blij dat ze hem nog had. Het was dan wel niet de speciale kom die generaties lang door Iza's voorouders alleen voor deze wortel was gebruikt, maar het was tenminste een houten kom die op de manier van de Stam was gemaakt.

'Ik heb een beetje water nodig,' zei Ayla, terwijl ze de knopen van het rode buideltje losmaakte. Ze liet de inhoud van het buideltje op haar hand vallen.

'Mag ik even kijken?' vroeg Zelandoni.

Ayla stak haar hand uit, maar er was niets bijzonders aan de wortels te zien. Het waren gewoon gedroogde wortels. 'Ik weet niet precies hoeveel ik moet gebruiken,' zei ze, terwijl ze twee kleine stukjes uitzocht en hoopte dat het genoeg zou zijn en niet te veel. 'Ik heb het maar twee keer eerder gedaan, en ik heb niet Iza's herinneringen.'
Enkele zelandonia hadden haar weleens over de Stam-herinneringen horen vertellen, maar de meesten begrepen niet wat ze bedoelde. Ze had geprobeerd het Zelandoni Die Eerste Was uit te leggen, maar aangezien ze zelf niet precies wist wat het was, was het moeilijk om het aan anderen uit te leggen.
Iemand schonk water in haar houten kom en Ayla nam een slokje om haar mond vochtig te maken. Ze herinnerde zich dat de wortels erg droog waren en moeilijk fijn te kauwen. 'Ik ben klaar,' zei ze, en voor ze van gedachten kon veranderen stak ze de wortels in haar mond en begon ze te kauwen.
Het duurde enige tijd voor ze zacht genoeg waren om door te bijten en hoewel ze probeerde om haar speeksel niet door te slikken, was dat moeilijk te voorkomen. Aangezien ik het moet opdrinken zal dat misschien niets uitmaken, dacht ze bij zichzelf. Ze kauwde en kauwde en kauwde en kauwde. Het leek een eeuwigheid te duren tot ze een kleffe brij in haar mond had, die ze uitspuwde in de kom. Ze roerde erin met haar vinger en zag de vloeistof melkachtig wit worden.
Zelandoni keek over haar schouder. 'Hoort dat?' Ze leek te proberen de geur op te snuiven.
'Ja,' zei Ayla. Ze proefde de oersmaak in haar mond. 'Wil je eraan ruiken?'
'Het ruikt eeuwenoud,' zei de vrouw. 'Het ruikt naar een diep, koel, nat bos vol mos en paddenstoelen. Mag ik het proeven?'
Ze wilde weigeren. Het was voor de Stam zo heilig dat Iza het drankje niet eens mocht bereiden om haar te laten zien hoe het moest, en heel even was Ayla hevig ontsteld door het feit dat Zelandoni dat zelfs maar had kunnen vragen. Maar toen bedacht ze dat het hele experiment zo totaal anders was dan wat de Stam zou doen, dat het nauwelijks iets zou uitmaken als Zelandoni een slokje nam. Ayla bracht de kom naar de lippen van de vrouw, zag dat ze veel meer nam dan een klein slokje en trok de kom terug voor ze te veel zou nemen.
Toen bracht ze de kom naar haar eigen mond en dronk hem snel leeg zodat geen van de anderen ervan zou kunnen drinken. Zo was ze de eerste keer in de problemen geraakt. Iza had haar verteld dat er niets over mocht blijven, maar ze had te veel gemaakt, en na zijn eerste slok wist De Mog-ur dat het drankje te krachtig was. Hij lette goed op

hoeveel iedereen ervan dronk en liet een restje achter in de kom. Ayla had die later gevonden, nadat ze al te veel naar binnen had gekregen toen ze op de wortel kauwde en bovendien te veel van het drankje voor de vrouwen had gedronken. In haar verwarde toestand had ze het restje opgedronken. Deze keer zou ze ervoor zorgen dat niemand in de verleiding zou komen dat te proberen.

'Wanneer moeten we beginnen met zingen?' vroeg de Eerste.

Ayla was het zingen bijna vergeten. 'Dat hadden jullie waarschijnlijk al moeten doen,' zei ze; haar stem klonk al wat onduidelijker.

Ook de Eerste begon het effect te voelen van de nogal grote slok, en ze worstelde om zichzelf in de hand te houden toen ze de zelandonia het teken gaf om te gaan zingen. Die wortel is behoorlijk krachtig, dacht ze, en ik heb maar één slokje genomen. Wat moet Ayla wel niet voelen na die hele kom te hebben leeggedronken, dacht Zelandoni.

De eeuwenoude smaak was bekend en bracht bij Ayla gevoelens naar boven die ze nooit zou vergeten, herinneringen aan en associaties met de andere keren dat ze het drankje had geproefd en van tijden in een ver verleden. Ze ervoer de koude en vochtigheid van een diep bos, alsof ze erdoor omhuld was. De bomen waren zo groot dat het moeilijk was eromheen en er tussendoor te lopen terwijl ze langs de steile berghelling omhoogklom, gevolgd door het paard. Mos, klammig zacht en zilverachtig grijsgroen, hing van de bomen, en mos bedekte de grond en de stenen en stammen van dode bomen in een ononderbroken tapijt in allerlei tinten: van felgroen tot donkerdennengroen tot aardachtig bruingroen en alle tinten daartussen.

Ayla rook zwammen, paddenstoelen in allerlei soorten en maten: tere porseleinzwammen op omgevallen bomen, dikke lagen houtzwammen op oude boomstronken, groot en sponsachtig met bruine hoeden en dunne steeltjes. Kringen honingkleurige zwammen, glanzende rode hoedjes met witte stippen, hoge gladde hoedjes die versmolten tot een zwarte drab, spookachtig witte volmaakte hoedjes des doods, en nog veel meer. Ze kende ze allemaal, proefde ze allemaal, voelde ze allemaal.

Ze was in een grote delta van een immense rivier en werd meegevoerd door een stroom modderig bruin water, langs oevers dichtbegroeid met riet en lisdodden en drijvende eilandjes met bomen en wolven die daar in klommen, rondtollend in een kleine, met leer overtrokken komboot, die opsteeg en zweefde op een kussen van lucht.

Ayla was zich er niet van bewust dat haar knieën bezweken en dat ze krachteloos op de grond viel. Ze werd door een aantal zelandonia opgetild en op een bedrol gelegd die Zelandoni speciaal voor Ayla had meegebracht. Terwijl de Eerste zich op haar sterke, van een kussen voorziene rieten kruk liet neervallen, wilde ze maar dat ze voor zichzelf ook een bedrol had meegenomen. Ze spande zich in om helder te blijven, om Ayla goed in de gaten te kunnen houden, en voelde hoe een duister, verontrust gevoel zich achter in haar hoofd vastzette.

Ayla voelde zich vredig, rustig, terwijl ze wegzonk in een zachte nevel die haar steeds dieper naar binnen trok tot ze erdoor omringd was. De nevel verdichtte zich tot een voor het oog ondoordringbare mist en werd toen een zware, vochtige wolk. Ze werd erdoor opgeslokt. Ze stikte bijna, kreeg geen lucht, snakte naar adem, en toen voelde ze dat ze weer voortbewoog.

Ze vloog steeds sneller, gevangen in de verstikkende wolk, zo snel dat het haar de adem benam. De wolk wikkelde zich om haar heen, drukte haar samen, zette uit, vernauwde zich, als iets wat leefde. Ze versnelde nog meer, tot ze in een diepe, zwarte, lege ruimte viel, een oord zo zwart als het binnenste van een grot, geesteloos, angstaanjagend.

Het zou minder angstaanjagend zijn geweest als ze gewoon in slaap was gevallen, bewusteloos was geraakt, zoals het leek voor degenen die haar gadesloegen, maar dat was niet het geval. Ze kon zich niet bewegen, wilde dat eigenlijk ook niet, maar toen ze probeerde iets te bewegen, al was het maar een vinger, was ze daar niet toe in staat. Ze voelde haar vinger niet eens, ze voelde geen enkel deel van haar lichaam. Ze kon haar ogen niet opendoen, ze kon haar hoofd niet omdraaien, ze had geen wilskracht, helemaal geen wil, maar horen kon ze wel. Als van heel ver weg maar toch helder hoorde ze het gezang van de zelandonia, het zwakke gemompel van stemmen, al kon ze niet horen wat ze zeiden. Ze hoorde zelfs haar eigen hartslag.

Iedere doniër koos een geluid, een toonhoogte die ze lang konden vasthouden. Wanneer ze een ononderbroken gezang wilden laten voortduren begonnen enkele doniërs op een bepaalde toonhoogte te zingen. De combinatie was soms harmonisch en soms niet, maar dat deed er niet toe. Voordat de eerste buiten adem raakte, begon een ander te zingen en dan weer een ander en weer een ander met willekeurige tussenpozen. Het resultaat was een dreunende, dooreengevlochten fuga van tonen die voor onbepaalde tijd kon doorgaan als er genoeg mensen waren om degenen die even moesten stoppen de tijd te geven om bij te komen.

Voor Ayla was het een geruststellend geluid, maar het werd naar de achtergrond gedrukt terwijl haar geest taferelen bezag die zij alleen achter haar gesloten oogleden kon waarnemen, visioenen met de heldere onsamenhangendheid van levendige dromen. Ze had het gevoel dat ze wakend droomde. In het begin vloog ze met steeds hogere snelheid door de zwarte ruimte, dat voelde ze, hoewel de leegte niet veranderde. Ze was doodsbang en alleen. Moederziel alleen. Er waren geen zintuiglijke gewaarwordingen; geen smaak, geen reuk, geen gehoor, geen gezicht en geen gevoel, alsof die nooit hadden bestaan en nooit zouden bestaan, alleen haar bewuste, gierende geest.

Een eeuwigheid ging voorbij. Toen, heel ver weg, nauwelijks waarneembaar, een vaag sprankje licht. Ze reikte ernaar, worstelde om het te bereiken. Haar inspanning trok haar ernaartoe; het licht expandeerde tot een amorf waas, en ze vroeg zich onwillekeurig af of haar geest ook invloed kon uitoefenen op de toestand waarin ze verkeerde. Het vage licht verdichtte tot een wolk en verduisterde door kleuren, vreemde kleuren met onbekende namen.

Ze zonk weg in de wolk, viel erdoorheen, steeds sneller, en toen door de onderkant naar buiten. Een eigenaardig bekend landschap ontvouwde zich onder haar, een landschap vol met zich steeds herhalende geometrische vormen, vierkanten en scherpe hoeken, helder, glanzend, gevuld met licht, in een eindeloze, zich opstapelende herhaling. In haar vertrouwde natuurlijke wereld bestonden zulke rechte, rechthoekige vormen niet. In dit vreemde oord leken witte linten over de grond te vloeien. Ze strekten zich uit tot in de verte, en vreemde dieren renden eroverheen.

Toen ze dichterbij kwam zag ze mensen, massa's wriemelende mensen, die allemaal met hun vinger naar haar wezen. 'Jijjj, jijjj, jijjj,' zeiden ze, het was bijna een spreekkoor. Ze zag een gedaante die apart stond. Het was een man, een man van gemengde geesten. Toen ze dichterbij kwam, kwam hij haar bekend voor, maar niet helemaal. Eerst dacht ze dat het Echozar was, maar toen leek hij op Brukeval, en de mensen zeiden: 'Jijjjj, jijjjj hebt het gedaan, jijjjj hebt de Kennis gebracht, jij hebt het gedaan.'

'Nee!' schreeuwde haar geest. 'Het was de Moeder. Zij gaf me de Kennis. Waar is de Moeder?'

'De Moeder is weg. Alleen de zoon is overgebleven,' zeiden de mensen. 'Jij hebt het gedaan.' Ze keek naar de man en opeens wist ze wie hij was, hoewel zijn gezicht in de schaduw lag en ze hem niet duidelijk kon zien.

'Ik kon er niets aan doen. Ik was vervloekt. Ik moest mijn zoon achterlaten. Broud heeft me verjaagd,' riep haar geluidloze stem uit.

'De Moeder is weg. Alleen de Zoon is overgebleven.'

In haar gedachten fronste Ayla haar voorhoofd. Wat betekende dit? Plotseling veranderde de wereld onder haar, maar hij bleef dreigend en anderwerelds. De mensen en de vreemde geometrische vormen waren weg. Het was een lege, troosteloze, door de wind gegeselde vlakte. Twee mannen verschenen, broers die niemand als broers zou herkennen. De ene was lang en blond, zoals Jondalar, de andere, oudere, was Durc, dat wist ze, hoewel zijn gezicht nog steeds overschaduwd was. De twee broers liepen elkaar tegemoet en ze werd bang, alsof ze wist dat er iets afschuwelijks ging gebeuren, iets wat zij moest verhinderen. Ze werd bevangen door panische angst; ze wist dat de ene zoon de andere zou doden. Met een arm geheven, klaar voor de aanval, naderden ze elkaar. Ze zwoegde om ze te bereiken.

Opeens verscheen Mamut en hij hield haar tegen. 'Het is niet wat je denkt. Het is een symbool, een boodschap,' zei hij. 'Kijk ernaar en wacht.'

Op de door de wind gegeselde steppe verscheen een derde man. Het was Broud, en hij keek naar haar met een blik vervuld van haat. De eerste twee mannen bereikten elkaar en ze draaiden zich met hun gezicht naar Broud.

'Vervloek hem, vervloek hem, spreek de doodsvloek over hem uit,' zei Durc in gebarentaal.

'Maar hij is je vader, Durc,' dacht Ayla met stille vrees. 'Jij zou niet degene moeten zijn die hem vervloekt.'

'Hij is al vervloekt,' zei haar andere zoon. 'Dat heb jij gedaan; jij hebt de zwarte steen gehouden. Ze zijn allemaal vervloekt.'

'Nee! Nee!' gilde Ayla. 'Ik zal hem teruggeven. Ik kan hem nog teruggeven.'

'Er is niets wat je kunt doen, Ayla. Het is je lot,' zei Mamut.

Toen ze zich naar hem omdraaide, stond Creb naast hem. 'Je hebt ons Durc gegeven,' gebaarde de oude mog-ur. 'Ook dat was je lot. Durc is voor een deel van de Anderen, maar hij is ook Stam. De Stam is tot uitsterven gedoemd, alleen jouw soort zal voortleven, en mensen zoals Durc, de kinderen van gemengde geesten. Niet veel misschien, maar genoeg. Het zal niet hetzelfde zijn, hij zal als de Anderen worden, maar het is tenminste iets. Durc is de zoon van de Stam, Ayla. Hij is de enige zoon van de Stam.'

Ayla hoorde een vrouw huilen en toen ze keek, was het tafereel weer veranderd. Het was donker; ze waren in een diepe grot. De lampen brandden en ze zag een vrouw die een man in haar armen hield. De man was haar lange, blonde zoon, en toen de vrouw opkeek, zag Ayla tot haar verbazing zichzelf, maar niet duidelijk. Het was alsof ze zichzelf in een weerkaatser zag. Een man verscheen; hij keek op hen neer. Ze keek op en zag Jondalar.

'Waar is mijn zoon?' vroeg hij haar. 'Waar is mijn zoon?'
'Ik heb hem aan de Moeder gegeven,' riep de weerspiegelde Ayla. 'De Grote Aardmoeder wilde hem. Ze is machtig. Ze heeft hem me afgenomen.'
Plotseling hoorde Ayla de menigte en zag ze de vreemde geometrische vormen. 'De Grote Aardmoeder verzwakt,' zongen de stemmen. 'Haar kinderen veronachtzamen Haar. Wanneer ze Haar niet langer eren, zal Ze aan het leven ontrukt worden.'
'Nee,' jammerde de weerspiegelde Ayla. 'Wie zal ons voeden? Wie zal er voor ons zorgen? Wie zal ons onderhouden als we Haar niet eren?'
'De Moeder is weg. Alleen de Zoon is overgebleven. De kinderen van de Moeder zijn niet langer kinderen. Ze hebben de Moeder verlaten. Ze hebben de Kennis, ze zijn volwassen geworden, zoals ze wist dat het op een dag zou gebeuren.' De vrouw huilde nog steeds, maar ze was niet langer Ayla. Ze was de Moeder, en ze huilde omdat Haar kinderen weg waren.
Ayla voelde dat ze de grot uit werd getrokken; ook zij huilde. De zingende stemmen vervaagden, alsof ze van heel ver weg kwamen. Ze vloog weer, hoog boven een uitgestrekte grazige vlakte immens vol grote kuddes. Op hol geslagen oerossen en galopperende paarden die probeerden de oerossen bij te houden. Rennende bizons en herten, en steenbokken. Ze ging er dichter naartoe en kon nu individuele dieren zien, de dieren die ze had gezien toen ze tot de zelandonia werd geroepen, en de vermommingen die ze hadden gedragen tijdens de ceremonie toen ze de nieuwe Gave van de Moeder aan haar kinderen hadden doorgegeven, toen ze het laatste couplet van *Het Lied van de Moeder* had opgezegd.
Twee bizonstieren renden langs elkaar heen, grote oerosstieren liepen elkaar tegemoet, een reusachtige koe vloog bijna de lucht in en een andere baarde een kalf, een paard aan het eind van een gang viel van een rotswand, een heleboel paarden, de meeste gekleurd, bruin en rood en zwart, en Whinney met de gevlekte huid over haar rug en hoofd en het gewei dat uit twee stokken bestond.

40

Zelandoni was niet bij Ayla tijdens haar mysterieuze innerlijke reis, maar ze was zich er vaag van bewust en voelde zich ernaartoe getrokken worden. Als ze iets meer van het drankje had genomen, zou ze misschien samen met Ayla naar binnen getrokken zijn en zijn verdwaald in het raadselachtige landschap dat door de werking van de wortel tot leven was gebracht. Ze verloor wel enige tijd de controle over zichzelf en ondervond haar eigen problemen.

De zelandonia begrepen niet wat er gebeurde. Ayla leek buiten bewustzijn en de Eerste ook bijna. Ze sukkelde niet in slaap, maar zakte af en toe voorover met een glazige blik in haar ogen, alsof ze in een onzichtbare verte staarde. Dan vermande ze zich weer en zei ze dingen die niet altijd ergens op sloegen. Ze leek geen controle over het experiment te hebben, wat uitzonderlijk was, en ze was zichzelf beslist niet meester, wat iedereen zenuwachtig maakte. Degenen die haar het best kenden waren het meest gealarmeerd, maar die wilden de anderen niet verontrusten.

De Eerste schudde zichzelf wakker, naar het leek met al haar wilskracht. 'Koud... koud...' zei ze en toen zakte ze weer met een glazige blik in haar ogen voorover. De volgende keer dat ze zichzelf wakker maakte schreeuwde ze: 'Deken... vacht... voor Ayla... koud... zo koud. Haal heet...' Toen was ze weer weg.

Ze hadden warme vachten meegebracht omdat het in een grot altijd koud was. Ze hadden er al een over Ayla uitgespreid, maar de Elfde besloot er nog een op te leggen. Toen ze de jonge vrouw toevallig aanraakte, schrok ze.

'Ze is koud, bijna zo koud als de dood,' zei ze.

'Ademt ze wel?' vroeg de Derde.

De Elfde boog zich over Ayla heen en toen ze goed keek zag ze haar borst licht op en neer gaan en voelde ze een zuchtje lucht uit haar mond komen. 'Ja, ze ademt. Maar heel oppervlakkig.'

'Zou het goed zijn om hete thee te maken?' vroeg de Vijfde.

'Ja, dat denk ik wel, voor hen allebei,' zei de Derde.

'Een opwekkende thee of een kalmerende?' vroeg de Vijfde.
'Dat weet ik niet. Beide zouden een onverwachte reactie op die wortel kunnen hebben,' zei de Derde.
'Laten we proberen het de Eerste te vragen. Zij is degene die die beslissing moet nemen,' zei de Elfde.
De anderen knikten. Ze gingen met z'n drieën rond de grote vrouw staan die voorover gezakt op haar kruk zat. De Derde legde haar hand op de schouder van de Eerste en schudde er zachtjes aan, toen iets harder. Zelandoni schrok wakker. 'Wil je hete thee?' vroeg de Derde.
'Ja! Ja!' zei de Eerste, met stemverheffing, alsof schreeuwen haar hielp om wakker te blijven.
'Ayla ook?'
'Ja. Heet!'
'Opwekkende of kalmerende thee?' vroeg de Elfde, ook met stemverheffing. De Zelandoni van de Veertiende Grot kwam aanlopen, haar gezicht was vertrokken van bezorgdheid.
'Opwekk... Nee!' De Eerste zweeg en probeerde zich te concentreren. 'Water! Alleen heet water!' zei ze. Ze schudde zichzelf in een poging om wakker te blijven. 'Help me overeind!'
'Weet je zeker dat je kunt staan?' vroeg de Derde. 'Straks val je.'
'Help me overeind! Ik moet wakker blijven. Ayla heeft... hulp nodig.' Ze voelde zich weer wegzakken en schudde haar hoofd. 'Help me overeind. Haal heet... water. Geen thee.'
De Derde, Elfde en Veertiende gingen om de enorme vrouw staan die de Eerste Onder Hen Die De Moeder Dienden was, en hesen haar met enige moeite overeind. Ze zwaaide op haar benen alsof ze dronken was, leunde zwaar op twee van de Zelandonia en schudde weer haar hoofd. Ze sloot haar ogen en er verscheen een uitdrukking van opperste concentratie op haar gezicht. Toen ze haar ogen opendeed, knarsetandend van vastberadenheid, stond ze weer stevig op haar benen.
'Ayla is in moeilijkheden,' zei ze. 'Mijn schuld. Had het moeten weten.' Het kostte haar nog steeds moeite om zich te concentreren, helder te denken, maar nu ze stond en bewoog ging het al iets beter. Het hete water deed ook wonderen, al was het maar dat ze er weer warm van werd. Ze voelde koude, een kou die tot in haar botten trok, en ze wist dat dit niet alleen de temperatuur in de grot was. 'Te koud. Verplaats haar. Vuur nodig. Warmte.'
'Wil je dat we Ayla de grot uit dragen?' vroeg de Veertiende.
'Ja. Te koud.'
'Moeten we haar wakker maken?' vroeg de Elfde.
'Ik denk niet dat je dat lukt,' zei de Eerste, 'maar je kunt het proberen.'

Ze schudden zachtjes aan Ayla's schouder, toen iets minder zacht. Ayla verroerde zich niet. Toen praatten ze tegen haar, schreeuwden ze, maar ze werd niet wakker.

Zelandoni van de Derde vroeg de Eerste: 'Moeten we doorgaan met zingen?'

'Ja! Zing! Niet stoppen! Dat is het enige wat ze heeft!' schreeuwde de Zelandoni Die Eerste was.

De zelandonia die het hoogst in rang waren gaven instructies. Een aantal haastte zich de grot uit en rende naar de zelandoniahut om een vuur op te poken voor heet water en een draagbaar te halen om de jonge vrouw de grot uit te dragen. De overgeblevenen hervatten het gezang.

Er stond een groep mensen bij de zelandoniahut. Er was voor later op de dag een bijeenkomst gepland voor de paartjes die tijdens de late Verbinteniseceremonie een verbintenis wilden aangaan en enkelen hadden zich al verzameld. Folara en Aldanor waren daar ook bij. Toen de zelandonia aan kwamen rennen keken Folara en Aldanor elkaar ongerust aan.

'Wat is er? Waarom al die haast?' vroeg Folara.

'Het is de nieuwe Zelandoni,' antwoordde een jonge man, een van de nieuwste acolieten.

'Bedoel je Ayla? Zelandoni van de Negende?' vroeg Folara.

'Ja. Ze heeft van een wortel een speciaal drankje gemaakt, en de Eerste zei dat we haar de grot uit moeten dragen omdat het daarbinnen te koud is. Ze wordt maar niet wakker,' antwoordde de acoliet.

Ze hoorden iets en draaiden zich om. Ze zagen de Eerste, die ondersteund door een paar sterke jonge doniërs terugkwam van de grot. Ze kon nauwelijks haar evenwicht bewaren en struikelde voortdurend. Folara had Zelandoni nog nooit zo onvast ter been gezien. Ze werd overspoeld door vrees. De Ene Die Eerste Was was altijd zo zelfverzekerd. Ondanks haar enorme omvang bewoog ze zich altijd met enorm veel zelfvertrouwen en gemak. Het was voor de jonge vrouw al erg naar geweest om haar eigen moeder te zien verzwakken, maar om iemand die ze altijd als onwankelbaar had beschouwd, een bolwerk van zekerheid en kracht, zo zwak te zien, joeg haar de stuipen op het lijf.

Tegen de tijd dat de Eerste de hut bereikte verscheen een andere groep zelandonia op het pad dat naar de nieuwe grot voerde. Ze droegen een draagbaar waarop een hoge stapel vachten lag. Toen de stoet naderbij kwam hoorden Folara en Aldanor de dooreengeweven klanken van zelandoniagezang. Toen de draagbaar voorbijkwam keek Folara naar de jonge vrouw van wie ze was gaan houden, de gezellin van haar

broer. Ayla's gezicht was ziekelijk wit en ze ademde zo oppervlakkig dat haar borst niet eens leek te bewegen.
Folara was tot in haar ziel geschokt en Aldanor zag dat. 'We moeten moeder halen, en Proleva, en Joharran,' zei ze. 'En Jondalar.'

Hoewel het zwaar was en ook een beetje gênant, was Zelandoni's hoofd tijdens de wandeling van de grot naar de hut weer helder geworden. Ze liet zich dankbaar op haar grote, gerieflijke kruk vallen en was blij met de drinknap heet water. Ze had het niet aangedurfd om met een kruid of medicijn te proberen het effect van de wortel te neutraliseren; niet toen ze niet helder kon denken, omdat ze bang was dat de reactie in combinatie met de wortel het effect juist zou kunnen versterken. Nu haar hoofd was opgeklaard, al ervoer haar lichaam nog steeds het effect van de krachtige wortel, besloot ze op zichzelf te experimenteren. Ze voegde opwekkende kruiden aan een tweede drinknap heet water toe, dronk ervan met kleine slokjes en wachtte even om te zien of ze iets zou voelen. Ze wist niet of ze hielpen, maar ze leken het effect niet te versterken.
Ze stond op en liep met een beetje hulp naar het bed waarop ze Ayla hadden gelegd en waarin tot voor kort Laramar had gelegen. 'Heb je geprobeerd haar warm water te laten drinken?' vroeg ze.
'We krijgen haar mond niet open,' zei een jonge acoliet die vlak naast haar stond.
De Eerste probeerde Ayla's mond open te duwen, maar haar kaken zaten stevig op elkaar geklemd, alsof ze zich uit alle macht tegen iets verzette. De doniër sloeg de dekens terug en zag dat Ayla's hele lichaam verstijfd was. Ze voelde ijskoud en klam aan, ondanks de vachten waaronder ze lag.
'Giet wat heet water in die grote kom,' zei ze tegen de jonge man. Een paar anderen die in de buurt stonden, schoten hem te hulp.
De Eerste had Ayla's mond niet open kunnen krijgen. Als ze geen warmte naar binnen kon krijgen, zou ze moeten proberen haar van buitenaf te verwarmen. Ze dompelde een paar stukken verbandmateriaal, zowel van zachte huid als van weefsel in de kom kokend heet water. Ze wrong ze uit en legde een warm kompres op Ayla's arm. Tegen de tijd dat ze er ook een op de andere arm had gelegd, was het eerste koud.
'Haal meer heet water,' zei ze.
Ze maakte het koord los dat om de wikkeldoek van hertenhuid om haar lichaam zat, en terwijl enkele zelandonia Ayla optilden verwijderde ze de huid. Het viel de Eerste onwillekeurig op hoe ingenieus

Ayla de huid om haar lichaam had gedrapeerd en vastgemaakt. Ayla was niet geheel naakt, zag de Eerste. Ze droeg een soort gordel van banden die het absorberende leren omhulsel gevuld met lisdoddenpluis tussen haar benen op zijn plaats hield.

Het is haar maanperiode of ze bloedt nog van de miskraam, dacht Zelandoni. Dat betekent tenminste dat Laramar geen nieuw leven in haar is begonnen. De doniër controleerde automatisch of ze verschoond moest worden, maar ze leek aan het eind van haar periode te zijn. Het omhulsel was nauwelijks bevuild en ze liet het ongemoeid.

Met behulp van enkele andere doniërs legde ze warme, vocht absorberende huiden en doeken op Ayla's lichaam in een poging de diepe koude te verdrijven. Zelf had ze slechts een spoortje van de inwendige koude ervaren, maar dat was genoeg om te beseffen hoe koud Ayla het moest hebben. Eindelijk, na keer op keer de warme kompressen te hebben vernieuwd leek Ayla's verstijfde lichaam iets te verslappen, haar kaken ontspanden tenminste. Zelandoni hoopte dat dit een goed teken was, maar zeker wist ze dat niet. Ze spreidde persoonlijk warme vachten over Ayla uit. Meer kon ze op dat moment niet doen.

Haar grote, stevige kruk werd gebracht en de Ene Die Eerste Was ging naast de nieuwste Zelandoni zitten en begon aan haar angstige wake. Voor het eerst werd ze zich bewust van het gezang dat vanaf het begin onafgebroken had geklonken, waarbij sommigen invielen en anderen stopten als ze moe werden.

We zullen misschien meer mensen moeten inzetten om dit vol te kunnen houden als het wachten lang gaat duren. Zelandoni wilde niet eens denken aan wat er na het wachten zou gebeuren. Wanneer ze dat deed klampte ze zich vast aan de hoop dat Ayla uiteindelijk zou ontwaken en weer helemaal de oude zou zijn. Een andere afloop was te pijnlijk om bij stil te staan. Als ik niet zo nieuwsgierig was geweest naar die intrigerende nieuwe wortels, zou ik dan opmerkzamer zijn geweest, vroeg de Eerste zich af. Ayla had van streek en zenuwachtig geleken toen ze arriveerde, maar alle zelandonia waren daar verzameld en hadden uitgekeken naar de unieke ceremonie in de nieuwe grot. Ze had toegekeken terwijl Ayla de wortels lange tijd fijnkauwde om ze uiteindelijk uit te spuwen in de kom met water, en toen had ze besloten zelf een slok te nemen.

Dat was de eerste waarschuwing geweest. Het effect van die ene slok was veel intenser geweest dan ze had verwacht. Hoewel ze nare momenten had ervaren, was ze nu blij dat ze die slok had genomen. Het gaf haar een idee van wat Ayla doormaakte. Wie zou hebben gedacht dat zulke onschuldig ogende gedroogde wortels zo krachtig konden zijn? Wat waren het voor wortels? Groeide de plant ergens vlakbij? Hij had duidelijk unieke eigenschappen, en sommige zouden misschien heel nuttig zijn voor specifieke doeleinden, maar als ze er verder mee gingen experimenteren, moest dat veel zorgvuldiger gebeuren en onder scherp toezicht. Het was een uiterst gevaarlijke wortel.

Ze had zichzelf nauwelijks in de meditatieve staat gebracht die ze doorgaans aannam als ze voor een lange wake stond, toen een van de zelandonia haar benaderde. Marthona, Proleva en Folara waren aangekomen en vroegen of ze binnen mochten komen.

'Natuurlijk mogen ze binnenkomen,' zei de Eerste. 'Misschien kunnen ze helpen, en voordat dit voorbij is hebben we waarschijnlijk alle hulp die we kunnen krijgen hard nodig.'

Toen de drie vrouwen naar binnen werden geleid, zagen ze een aantal zelandonia die naast een bed achter in de hut stonden te zingen. Zelandoni zat naast het bed.

'Wat is er met Ayla gebeurd?' vroeg Marthona, toen ze haar ziekelijk bleek en roerloos op het bed zag liggen.

'Wist ik dat maar,' zei Zelandoni. 'Maar ik vrees dat ik er in hoge mate schuld aan draag. In de afgelopen paar jaar heeft Ayla af en toe iets gezegd over een wortel die werd gebruikt door de... mog-urs, zoals ze die geloof ik noemde, de mannen van haar Stam die met de geestenwereld in contact stonden. Ze gebruikten de wortel om hen te helpen de geestenwereld binnen te gaan, maar alleen als onderdeel van speciale ceremoniën, als ik haar goed heb begrepen. Door de manier waarop ze over de wortel sprak, kreeg ik sterk de indruk dat ze die zelf had gebruikt, maar ze deed er altijd erg geheimzinnig over. Ze zei wel dat het effect bijzonder krachtig was. Ik was natuurlijk geïntrigeerd. Alles wat de zelandonia kan helpen om met de volgende wereld te communiceren is interessant.'

Voor de drie vrouwen werden krukken gebracht en drinknappen kamillethee. Toen ze zich hadden geïnstalleerd vertelde de Eerste verder.

'Ik ben pas kortgeleden te weten gekomen dat Ayla nog wat van die wortels in haar bezit had en dat ze geloofde dat ze nog steeds werkzaam zouden zijn. Eerlijk gezegd betwijfelde ik dat. De meeste kruiden en medicijnen verliezen na verloop van tijd hun kracht. Ze beweerde dat als de wortels op de juiste manier werden bewaard, ze juist krachtiger werden. Ik dacht dat een klein experiment haar misschien zou helpen even aan iets anders dan haar zorgen te denken. Ik wist dat ze erg verdrietig was over Jondalar en dat trieste incident op de avond van het feest, en natuurlijk over de miskraam toen ze werd geroepen...'

'Je wilt niet geloven hoe moeilijk ze het daarmee heeft gehad, Zelandoni,' zei Marthona. 'Ik weet dat geroepen worden nooit makkelijk is, dat hoort er waarschijnlijk bij, maar met die miskraam en zo... Ik kan je wel vertellen dat er momenten waren dat ik bang was dat we haar zouden verliezen. Ze heeft zo zwaar gebloed dat ik bang was dat ze leegbloedde. Ik heb op het punt gestaan jou te laten komen. Als het nog langer had geduurd, zou ik dat beslist hebben gedaan, al betwijfel ik of je op tijd zou zijn gekomen.'

Zelandoni knikte. 'Misschien had je haar beter niet zo snel naar de Zomerbijeenkomst kunnen laten gaan,' zei ze.

'Ik kon haar echt niet tegenhouden. Je weet hoe ze is als ze heeft besloten dat ze iets wil doen,' zei Marthona. Zelandoni knikte. 'Ze kon niet wachten om Jondalar te zien, en Jonayla. Vooral na de miskraam verlangde ze naar haar kind, en ik geloof dat ze een nieuw kind wilde beginnen. En ze wist precies hoe ze dat moest doen. Ik denk dat dat ook de reden is dat ze Jondalar zo graag wilde zien.'

'En gezien heeft ze hem,' zei Proleva. 'Met Marona.'

'Som begrijp ik Jondé niet,' zei Folara. 'Uitgerekend Marona. Waarom kon hij haar niet met rust laten?'

'Waarschijnlijk omdat zij hem niet met rust liet,' zei Proleva. 'Hij heeft altijd bijzonder sterke behoeften gehad. Ze heeft het hem te gemakkelijk gemaakt.'

'En wat doet hij dan als ze besluit om zelf een keer voor een ander te kiezen?' zei Folara. 'Terwijl ze evenveel recht had als hij?'

'Of ze het recht had of niet, ze deed het niet om de Moeder te eren,' zei Zelandoni. 'Ze deed het uit pijn en woede. Daarom heeft ze die man gekozen. Ze wilde Laramar helemaal niet; ze wilde het Jondalar betaald zetten. Dat is geen eerbewijs aan de Moeder en dat weet ze. Ze zijn geen van beiden vrij van schuld, maar ik geloof dat ze allebei alle schuld op zichzelf proberen te nemen en dat helpt de situatie niet.'

'Ongeacht wie de schuld op zich neemt, Jondalar zal er zwaar voor moeten boeten,' zei Marthona.

'Ik kan het Laramar niet kwalijk nemen dat hij niet terug wil naar de Negende Grot, en ik ben blij dat de Vijfde bereid was hem op te nemen, maar zijn gezellin wil niet verhuizen,' zei Proleva. 'Ze zegt dat de Negende Grot haar thuis is. Ze heeft een goed onderkomen, maar als ze zonder levensgezel blijft, wie moet dan voor die kinderen zorgen?'

'Of de barma leveren die ze elke dag drinkt,' zei Folara.

'Dat zal haar er misschien toe brengen toch maar naar de Vijfde te verhuizen,' zei Zelandoni.

'Tenzij haar oudste zoon het overneemt,' zei Proleva. 'Hij oefent zich al jaren in barma maken. Sommigen zeggen dat die van hem beter is

dan de barma van Laramar, en er wonen genoeg mensen aan ons deel van de Rivier die liever een bron vlakbij hebben.'
'Nou, breng hem maar niet op het idee,' zei Marthona.
'Dat maakt niets uit. Als wij het kunnen bedenken, kan een ander dat ongetwijfeld ook,' zei Proleva.
Zelandoni zag dat twee mensen zich aansloten bij degenen die zongen en dat er een wegging. Ze knikte goedkeurend naar hen en wierp toen een blik op Ayla. Leek haar gezicht grauwer? Ze had zich niet verroerd, maar toch leek ze dieper in het bed te zijn gezonken. De doniër was verontrust door wat ze zag. Ze vervolgde haar uitleg.
'Ik zei dus dat ik wilde proberen Ayla af te leiden van haar problemen door haar aan de praat te krijgen over dingen waarin ze doorgaans erg geïnteresseerd is. Daarom vroeg ik haar naar die Stam-wortel, maar ik ben ook niet vrij van schuld. Ik was er veel te nieuwsgierig naar. Ik had beter op haar moeten letten. Ik had moeten zien hoezeer ze van streek was. En ik had moeten geloven wat ze zei over de kracht van de Stam-wortel. Ik heb slechts één slok genomen en ik moest worstelen om mezelf meester te blijven. De wortel is veel krachtiger dan ik me ooit heb kunnen voorstellen,' zei Zelandoni.
'Ik vrees dat Ayla ergens in de geestenwereld is verdwaald. Het enige wat ik me echt herinner is dat ze zei dat zingen het enige was wat haar aan deze wereld gebonden kon houden. Ik kon de trekkracht ervan voelen toen ik na niet meer dan die ene slok ietwat verdwaald raakte. Ik zal eerlijk zijn. Ik weet niet wat ik nog meer voor haar kan doen dan haar warm houden en zingen en hopen dat het snel is uitgewerkt.'
'De Stam-wortel, daar heeft ze me iets over verteld,' zei Marthona. 'De man die ze Mamut noemt zei dat hij die wortel nooit meer zou gebruiken omdat hij bang was dat hij voor altijd verloren zou zijn. Hij zei dat de wortel te krachtig was en hij waarschuwde Ayla om die nooit meer te gebruiken.'
De Eerste fronste haar voorhoofd. 'Waarom heeft ze me niet verteld dat Mamut haar heeft gewaarschuwd die wortel nooit meer te gebruiken? Hij was Een Die Dient, híj kan het weten. Ayla was in het begin wel wat onwillig om ermee te experimenteren, maar ze heeft me nooit verteld waarom. En plotseling was ze wel bereid en voerde ze eraan voorafgaand zelfs Stam-rituelen uit. Ze heeft me niet verteld dat Mamut haar had gewaarschuwd,' zei Zelandoni verontrust.
De Eerste stond op en onderzocht Ayla weer. Ze voelde nog steeds koud en klam aan en haar ademhaling was nauwelijks waarneembaar. Als de doniër alleen naar haar had gekeken en haar had aangeraakt, zou ze hebben gedacht dat Ayla dood was. Ze trok een van haar oog-

leden omhoog. Er was een lichte reactie. Zelandoni had gedacht, gehoopt, dat als het effect was uitgewerkt, Ayla na verloop van tijd vanzelf weer bij zou komen. Nu begon ze zich af te vragen of ze ooit weer wakker zou worden.

Ze keek om zich heen en wenkte een acoliet. 'Masseer haar, zachtjes. Probeer wat kleur in haar huid terug te brengen, en we moeten proberen haar wat warme thee te laten drinken, iets opwekkends.' En toen luider, zodat iedereen haar kon horen. 'Weet iemand waar Jondalar is?'

'Hij maakt tegenwoordig dikwijls lange wandelingen, meestal langs de Rivier,' zei Marthona.

'Ik heb hem een tijdje geleden praktisch rennend die kant op zien gaan,' zei een acoliet.

Zelandoni stond op en klapte in haar handen om ieders aandacht te trekken. 'Ayla's geest is verdwaald in de leegte en ze kan de terugweg niet vinden. Mogelijk kan ze niet eens de weg naar de Moeder vinden. We moeten Jondalar zoeken. Als Jondalar niet komt zal ze nooit de weg terug vinden, dan zal ze dat niet eens willen proberen. Doorzoek het kamp, alle tenten, laat iedereen naar hem op zoek gaan. Doorzoek het bos, langs de Rivier, zo nodig in de Rivier. Breng hem hier. Snel.' Zelandoni was opgewonden en erg van streek, meer dan de meesten ooit van haar hadden gezien.

Afgezien van degenen die moesten zingen rende iedereen naar buiten, en de mensen waaierden over het kamp uit. Toen ze weg waren onderzocht de Ene Die Eerste Was Om De Moeder Te Dienen Ayla nog eens. Ze voelde nog steeds koud aan, en haar huid werd grauw. Ze geeft het op, dacht de doniër. Ik geloof niet dat ze wil leven. Jondalar komt misschien te laat.

Een van de acolieten stormde de vreghut binnen die door Jondalar en de twee Mamutische bezoekers werd gebruikt. Willamar en Dalanar waren ook in de hut om Jondalar te zoeken. De jonge acoliet had de lange roodharige man alleen van een afstand gezien en had niet beseft hoe groot hij van nabij was. Hij voelde zich overweldigd.

'Weet jij waar Jondalar is?' vroeg de jonge man.

'Nee. Ik heb hem vanochtend vroeg voor het laatst gezien,' antwoordde Danug. 'Hoezo?'

'Het is de nieuwe Zelandoni. Ze heeft een drankje gedronken dat ze van een wortel had gemaakt en nu is haar geest in een donkere leegte en de Eerste zei dat we Jondalar moeten zoeken en hem onmiddellijk naar haar toe moeten brengen omdat ze anders zal sterven en haar geest voor altijd verloren zal zijn,' zei hij, in één adem. Hij stopte ein-

delijk even om adem te halen. 'We moeten overal zoeken en iedereen vragen om te helpen zoeken,' zei de acoliet.
'Kan het die wortel zijn die ze samen met Mamut heeft gebruikt?' vroeg Danug, met een ontstelde blik naar Druwez.
'Welke wortel is dat?' vroeg Dalanar, die hun ontsteltenis zag.
'Ayla had wortels bij zich die ze had meegenomen van haar Stam-volk,' legde Danug uit. 'Kennelijk werden die gebruikt door de mensen die met de geestenwereld communiceerden. Mamut wilde de wortel proberen, dus bereidde Ayla die op de manier die haar was geleerd. Ik weet niet precies wat er gebeurde, maar niemand kon ze wakker maken. Iedereen maakte zich ongerust en we moesten allemaal zingen. Uiteindelijk kwam Jondalar en die smeekte Ayla om terug te komen. Hij vertelde haar hoeveel hij van haar hield. Ze hadden problemen gehad, net zoiets als nu. Ik begrijp niet hoe twee mensen die zoveel van elkaar houden zo blind kunnen zijn voor elkaars gevoelens.'
'Hij heeft altijd zulke problemen met vrouwen gehad. Ik weet niet of het trots of gebrek aan inzicht is,' zei Willamar hoofdschuddend. 'Toen hij Ayla meebracht dacht ik dat hij dat achter zich had gelaten. Er is niets aan de hand als hij niet echt om een vrouw geeft, maar als hij verliefd is lijkt hij zijn verstand te verliezen en niet meer te weten wat hij moet doen. Maar dat is nu niet belangrijk. Wat is er gebeurd?'
'Jondalar bleef steeds maar herhalen dat hij van haar hield en hij bleef haar smeken om terug te komen. Eindelijk werd ze wakker en Mamut ook. Mamut vertelde ons later dat ze voor altijd in een zwarte leegte verloren zouden zijn geraakt als Jondalars liefde niet zo sterk was geweest dat die haar had kunnen vinden. Hij bracht haar terug, en Mamut ook. Mamut zei dat de wortels te krachtig waren, dat hij ze niet meester kon blijven en dat hij ze nooit meer zou proberen. Hij zei dat hij bang was dat zijn geest voor altijd in dat gruwelijke oord verloren zou zijn, en hij waarschuwde Ayla ook om ze niet meer te gebruiken.'
Danug voelde het bloed uit zijn gezicht wegtrekken. 'Ze heeft het weer gedaan,' zei hij, en toen rende hij de hut uit. Hij wist niet waar hij naartoe moest. Toen kreeg hij een idee, en hij rende naar het kamp van de Negende Grot.
Er liepen verscheidene mensen rond de grote kookvuurplaats en tot zijn opluchting zag hij Jonayla. Hij kon zien dat ze had gehuild, en Wolf jankte en probeerde de tranen van haar gezicht te likken. Marthona en Folara probeerden haar ook te troosten. Ze begroetten de grote Mamutiër toen hij voor het meisje op zijn hurken ging zitten. Hij streelde Wolfs kop toen het dier dichter naar de bekende man toe kroop.
'Hoe gaat het met je, Jonayla?' vroeg hij.

'Ik wil mijn moeder, Danug,' zei ze, en ze barstte weer in huilen uit. 'Mijn moeder is ziek. Ze wordt niet wakker.'
'Dat weet ik. Ik denk dat ik weet hoe we haar kunnen helpen,' zei Danug.
'Hoe dan?' zei ze, terwijl ze met grote ogen naar hem keek.
'Ze is al eens eerder zo ziek geweest, toen ze bij ons woonde in het Leeuwenkamp. Ik denk dat Jondalar haar wakker kan maken. Hij is degene die haar toen wakker heeft gemaakt. Weet jij waar Jondalar is, Jonayla?'
Ze schudde haar hoofd. 'Ik zie Jondé bijna nooit meer. Hij gaat weg, soms de hele dag.'
'Weet je waar hij dan naartoe gaat?'
'Hij gaat heel vaak wandelen langs de Rivier.'
'Neemt hij Wolf weleens mee?'
'Ja, maar vandaag niet.'
'Denk je dat Wolf hem kan vinden als je hem dat vraagt?'
Jonayla keek naar Wolf en toen weer naar Danug. 'Misschien wel,' zei ze, en toen met een beverige glimlach: 'Ja, dat denk ik wel.'
'Als jij tegen Wolf zegt dat hij Jondalar moet zoeken, zal ik hem volgen zodat ik tegen Jondalar kan zeggen dat hij terug moet komen om je moeder wakker te maken,' zei Danug.
'Moeder en Jondé praten niet met elkaar. Misschien wil hij niet komen,' zei Jonayla, met een bezorgde frons. Danug zag dat ze dan precies op Jondalar leek.
'Daar hoef je niet bang voor te zijn, Jonayla. Jondalar houdt heel veel van je moeder en je moeder van Jondalar. Als hij wist dat ze ziek was, dan zou hij zo snel mogelijk hiernaartoe komen rennen. Dat weet ik zeker,' zei Danug.
'Als hij van haar houdt, waarom praat hij dan niet tegen haar, Danug?'
'Omdat je soms, zelfs als je van iemand houdt, die persoon niet begrijpt. Soms begrijp je jezelf niet eens. Wil je tegen Wolf zeggen dat hij Jondalar moet zoeken?'
'Wolf, kom hier,' zei het meisje. Ze stond op en nam de grote kop tussen haar handen, precies zoals haar moeder altijd deed. Ze leek op een kleine uitvoering van Ayla, en Danug moest een glimlach verbergen. Hij was niet de enige. 'Moeder is ziek en Jondalar moet komen om haar te helpen, Wolf. Je moet hem zoeken.' Ze haalde haar handen weg en wees in de richting van de Rivier. 'Zoek Jondalar, Wolf. Zoek Jondalar,' zei ze.
Het was niet de eerste keer dat de wolf dat commando hoorde. Wolf en Ayla hadden al een keer eerder Jondalars spoor moeten volgen, toen

hij tijdens hun Tocht naar de Negende Grot door Attaroa's jagers gevangen was genomen. Het dier likte Jonayla's gezicht en rende in de richting van de Rivier.

Hij draaide zich een keer om en wilde naar haar terug rennen, maar ze zei nog eens: 'Ga, Wolf! Zoek Jondalar!' Hij keek nog eens achterom toen Danug de achtervolging inzette, en met zijn neus vlak boven de grond volgde hij in een snelle draf Jondalars spoor.

Jondalar kon niet snel genoeg uit de buurt van het kamp komen na zijn korte treffen met Ayla. Toen hij de Rivier had bereikt en stroomopwaarts liep, kon hij het niet uit zijn hoofd zetten. Hij had het bijna gedaan, hij had haar bijna in zijn armen genomen. Hij had het willen doen, waarom deed hij het dan niet? Wat zou ze hebben gedaan? Zou ze kwaad zijn geworden? Zou ze hem hebben weggeduwd? Of niet? Ze had hem zo onthutst aangekeken, zo geschokt, maar had het hem niet net zo verbaasd haar opeens te zien?

Waarom had hij het niet gedaan? Wat was het ergste dat had kunnen gebeuren? Als ze kwaad was geworden en hem had weggeduwd, zou dat de zaak dan erger hebben gemaakt dan die nu al was? Dan zou hij tenminste de zekerheid hebben gehad dat ze hem niet meer wilde. Die zekerheid wil je helemaal niet, hè? Maar zo kunnen we niet doorgaan. Huilde ze toen ze wegrende? Of heb ik me dat verbeeld? Waarom zou ze hebben gehuild? Omdat ze van streek was, natuurlijk. Maar waardoor was ze dan zo van streek? Alleen maar doordat ze jou had gezien? Waarom zou ze daardoor van streek raken? Op de avond van het feest heeft ze me duidelijk verteld wat ze voelde. Dat heeft ze me laten zien, nietwaar? Ze houdt niet meer van je, maar waarom huilde ze dan?

Wanneer Jondalar langs de rivier liep keerde hij meestal om tegen de tijd dat de zon zijn hoogste punt bereikte. Maar op deze dag werden zijn gedachten beziggehouden door die korte ontmoeting. Hij doorliep in zijn hoofd elke kleine nuance, elke bijzonderheid en hij was zo diep in gedachten verzonken dat hij helemaal niet lette op het verstrijken van de tijd of de stand van de zon.

Danug moest flink doorlopen om de wolf bij te houden en hij begon zich af te vragen of het dier wel het juiste spoor volgde. Kon Jondalar zo ver zijn gelopen? Het was ver na het middaguur toen Danug stopte om water te drinken alvorens verder te gaan. Toen hij zijn dorst had gelest en zich weer oprichtte, meende hij in de verte langs een betrekkelijk recht stuk van de bochtige rivier iemand te zien lopen. Hij hield zijn hand boven zijn ogen en tuurde, maar hij kon niet verder kijken dan wat een bocht in de waterweg leek. De wolf was doorgerend toen

Danug was gestopt om water te drinken en was uit het zicht verdwenen. Danug hoopte dat hij hem nog in kon halen en ging weer op weg, sneller nu.

Jondalar werd eindelijk uit zijn gepeins gerukt door beweging in de struiken bij het water. Toen zag hij weer iets bewegen. Het is een wolf! Zou hij me besluipen, dacht hij, en hij reikte naar zijn speerwerper. Maar hij had zijn speerwerper niet meegenomen. Hij zocht op de grond naar een wapen, een zware tak of een groot afgeworpen gewei of een flinke steen, iets waarmee hij zich kon verdedigen, maar toen het grote dier tevoorschijn sprong, kon hij alleen maar zijn arm voor zijn gezicht zwaaien toen hij door de aanval omver werd gegooid.

Maar de wolf beet hem niet, hij likte hem. Toen zag hij het oor met de vreemde knik. Het was helemaal geen wilde wolf. 'Wolf! Ben jij dat? Wat doe je hier?' Hij ging overeind zitten en moest de uitbundige begroeting van het opgewonden dier afweren. Hij aaide de wolf, krabbelde hem achter zijn oren en probeerde hem te kalmeren. 'Waarom ben je niet bij Jonayla, of Ayla? Waarom ben je me dit hele eind achterna gekomen?' zei Jondalar. Hij begon vaag het idee te krijgen dat er iets mis moest zijn.

Toen hij opstond en zijn weg wilde vervolgen sprong Wolf zenuwachtig voor hem op en neer en rende toen een eindje terug in de richting waaruit hij was gekomen. 'Wil je teruggaan, Wolf? Ga maar. Ga maar terug.' Maar toen Jondalar weer op weg ging, sprong de wolf weer voor hem. 'Wat is er, Wolf?' Jondalar keek naar de hemel en merkte toen pas dat de zon ver over zijn hoogste punt was. 'Wil je dat ik met je meega?'

'Ja, dat wil hij, Jondalar,' zei Danug.

'Danug! Wat doe jíj hier?' zei Jondalar.

'Jou zoeken.'

'Zoek je mij? Maar waarom?'

'Het is Ayla, Jondalar. Je moet onmiddellijk meekomen.'

'Ayla? Wat is er met Ayla, Danug?'

'Weet je nog die wortel waarvan ze sap heeft gemaakt voor zichzelf en Mamut? Dat heeft ze weer gedaan, om het Zelandoni te laten zien, maar deze keer heeft ze het zelf opgedronken. Niemand kan haar wakker maken. Zelfs Jonayla niet. De doniër zegt dat jij meteen moet komen omdat Ayla anders sterft en haar geest voor altijd verloren zal zijn,' zei Danug.

Jondalar verbleekte. 'Nee! Niet die wortel! O Grote Moeder, laat haar alstublieft niet sterven. Ze mag niet sterven,' zei hij, en hij rende terug in de richting waaruit hij was gekomen.

Zo verdiept in gedachten als hij op de heenweg was geweest, zo supergeconcentreerd was hij toen hij terugrende. Hij vloog over de oever van de Rivier, dwars door struiken die zijn blote benen en armen en zijn gezicht openhaalden. Hij voelde het niet eens. Hij rende door tot hij naar adem snakte en zijn keel rauw aanvoelde, tot hij het gevoel had dat zijn zijde met een heet mes werd doorboord, tot zijn beenspieren pijnlijk verzuurden. Hij voelde het nauwelijks; de pijn in zijn geest was erger. Hij liet zelfs Danug achter zich; alleen de wolf kon hem bijhouden.

Hij kon niet geloven dat hij zo ver had gelopen, en erger nog dat hij er zo lang over deed om het kamp te bereiken. Hij moest een paar keer afremmen om op adem te komen, maar stopte niet, en hij ging zelfs nog sneller rennen toen de struiken minder dicht werden en hij het kamp naderde.

'Waar is ze?' vroeg hij aan de eerste persoon die hij zag.

'De zelandoniahut,' kreeg hij als antwoord.

Alle deelnemers aan de Zomerbijeenkomst hadden naar hem gezocht, wachtten op hem, en toen hij naar de hut rende, begonnen enkele mensen zelfs te juichen. Hij hoorde het niet en hij stopte pas toen hij door de voorhang voor de ingang naar binnen was gevlogen en haar op het door lampen omringde bed zag liggen. En het enige wat hij toen kon doen was hijgend haar naam uitbrengen.

'Ayla!'

41

Jondalar kon nauwelijks ademhalen en elke keer wanneer hij naar lucht hapte voelde zijn keel rauw aan. Het zweet liep in straaltjes van zijn lichaam. Hij stond dubbelgevouwen van de pijn in zijn zij. Zijn benen trilden en hielden hem nauwelijks toen hij naar het bed achter in de hut liep. Wolf was met hem mee naar binnen gerend en stond met zijn tong uit zijn bek zwaar te hijgen.

'Hier, Jondalar, ga zitten,' zei Zelandoni, terwijl ze opstond en hem haar eigen kruk gaf. Ze kon zien dat hij onder zware spanning stond en wist dat hij heel ver had moeten rennen. 'Haal water voor hem,' zei ze tegen de acoliet die het dichtst bij haar stond. 'En ook voor de wolf.'

Toen hij naast het bed stond zag hij dat Ayla's huid een grauwe doodskleur had. 'Ayla, o Ayla, waarom heb je het weer gedaan?' vroeg hij schor, nauwelijks in staat te praten. 'Je weet toch dat je de vorige keer bijna bent doodgegaan.' Hij dronk werktuiglijk toen hem de drinknap werd aangereikt, zich er nauwelijks van bewust dat hij die had aangepakt, en toen klom hij op het bed. Hij sloeg de dekens terug en nam Ayla in zijn armen; hij schrok toen hij voelde hoe koud ze was. 'Ze is ijskoud,' snikte hij. Hij besefte niet dat de tranen over zijn wangen stroomden. Had hij dat wel beseft, dan had het hem niet kunnen schelen.

De wolf keek naar de twee mensen op het bed, stak zijn snuit in de lucht en huilde, een langgerekt spookachtig wolvenlied dat de zelandonia in de hut en de mensen buiten koude rillingen bezorgde. De zelandonia die zongen schrokken zo dat de fuga een hartenklop lang werd onderbroken. Toen pas werd Jondalar zich bewust van de zingende zelandonia. De wolf legde zijn voorpoten op het bed en jankte om Ayla's aandacht.

'Ayla, Ayla, kom alsjeblieft terug,' smeekte Jondalar. 'Je mag niet sterven. Wie moet me dan een zoon schenken? O Ayla, hoe kan ik zoiets zeggen. Het kan me niet schelen of je me een zoon geeft. Ik wil jou. Ik hou van je. Het kan me zelfs niet schelen als je nooit meer tegen me wilt praten, als ik af en toe maar naar je mag kijken. Kom alsjeblieft terug. O Grote Moeder, stuur haar terug. Stuur haar alstublieft terug. Ik zal alles doen wat U van me vraagt als U haar niet van me afpakt.'

Zelandoni keek naar de lange, knappe man met de bloederige schrammen op zijn gezicht, borst, armen en benen, die op het bed zat met de bijna levenloze vrouw als een baby in zijn armen, heen en weer wiegend, terwijl de tranen over zijn gezicht stroomden en hij haar smeekte terug te komen. Ze had hem niet meer zien huilen sinds hij een klein jongetje was geweest. Jondalar huilde nooit. Hij worstelde om zijn emoties in toom te houden, zich te beheersen. Er waren maar weinig mensen voor wie hij zich ooit echt had opengesteld, behalve voor zijn familie en haarzelf, en na het bereiken van zijn mannelijkheid was er ook tussen hen altijd sprake geweest van een zekere afstand en terughoudendheid.

Toen hij terugkwam na zijn verblijf bij Dalanar had ze zich dikwijls afgevraagd of hij ooit nog echt van een vrouw zou kunnen houden, en daarvan gaf ze zichzelf de schuld. Ze wist dat hij toen nog van haar hield en ze was meer dan eens in de verleiding gekomen de zelandonia te verlaten en zijn gezellin te worden, maar naarmate de tijd verstreek en ze nooit zwanger raakte, wist ze dat ze de juiste keuze had gemaakt. Ze was ervan overtuigd dat hij op een dag een verbintenis aan zou gaan, en hoewel ze er dikwijls aan had getwijfeld of hij zich volledig aan een vrouw zou kunnen geven, wist ze dat Jondalar kinderen nodig had. Van kinderen kon je vrijelijk houden, volledig, onvoorwaardelijk, en dat had hij nodig.

Ze was oprecht blij voor hem geweest toen hij terugkwam van zijn Tocht met een vrouw die hij duidelijk liefhad, een vrouw die zijn liefde waard was. Maar tot op dat moment had ze niet beseft hoe diep zijn liefde voor haar was. De Eerste voelde een steek van schuld. Misschien had ze niet zoveel druk op Ayla moeten uitoefenen om een Zelandoni te worden. Misschien had ze die twee met rust moeten laten. Maar het was per slot van rekening de keus van de Moeder.

'Ze is zo koud. Waarom is ze zo koud?' vroeg Jondalar. Hij legde haar op het bed, ging naast haar liggen, ging half over haar heen liggen en trok de vachten over hen heen. De wolf sprong op het bed en ging aan de andere kant dicht tegen haar aan liggen. Jondalars warmte vulde de ruimte snel en Wolfs warmte hielp mee die vast te houden. Zo bleven ze lange tijd liggen. De man keek naar haar, kuste haar bleke, roerloze gezicht, praatte tegen haar, smeekte haar, smeekte de Moeder om Ayla's leven, tot zijn stem, zijn tranen en de warmte van zijn lichaam en het lichaam van de wolf eindelijk begonnen door te dringen in haar diepe koude.

Ayla huilde geluidloos. 'Jij hebt het gedaan! Jij hebt het gedaan!' riepen de mensen beschuldigend. Toen stond alleen Jondalar daar. Ze hoorde vlakbij een wolf huilen.

'Het spijt me, Jondalar,' riep ze huilend. 'Het spijt me dat ik je pijn heb gedaan.'

Hij strekte zijn armen naar haar uit. 'Ayla,' zei hij met een snik. 'Geef me een zoon. Ik hou van je.'

Ze liep in de richting van de gedaante van Jondalar die naast Wolf stond en toen ze tussen hen in stond, voelde ze iets aan zich trekken. Opeens vloog ze, sneller, veel sneller dan voorheen, hoewel ze het gevoel had dat ze als aan de grond genageld stond. De geheimzinnige vreemde wolken verschenen en verdwenen weer in een oogwenk, die een eeuwigheid leek te duren. De diepe zwarte leegte schoot voorbij en overspoelde haar met een onaardse duisternis die tot in het oneindige doorging. Ze viel door de mist en heel even zag ze zichzelf en Jondalar liggen, op een bed omringd door lampen. Toen bevond ze zich in een ijskoud en klam omhulsel. Ze probeerde zich te bewegen, maar ze was verstijfd en had het ijskoud. Eindelijk trilden haar oogleden. Ze deed haar ogen open en keek op in het betraande gezicht van de man van wie ze hield, en toen voelde ze de warme likkende tong van de wolf.

'Ayla! Ayla! Je bent terug! Zelandoni! Ze is wakker! O Doni, Grote Moeder, dank U. Dank U dat U haar aan mij hebt teruggegeven,' zei Jondalar snikkend. Hij hield haar in zijn armen, huilde van opluchting en liefde. Hij durfde haar niet te stevig vast te houden omdat hij bang was haar pijn te doen, maar hij wilde haar nooit meer loslaten. En zij wilde niet dat hij haar ooit zou loslaten.

Eindelijk liet hij haar los zodat de donier haar kon onderzoeken. 'Van het bed af, Wolf,' zei Jondalar, terwijl hij het dier naar de rand duwde. 'Je hebt haar geholpen, maar nu moet je Zelandoni de ruimte geven.' De wolf sprong van het bed, ging op de grond zitten en keek naar hen op.

De Eerste Onder Hen Die Dienden boog zich over Ayla heen en zag open grijsblauwe ogen en een vermoeide glimlach. Ze schudde verwonderd haar hoofd. 'Ik geloofde er niet meer in. Ik dacht echt dat ze weg was, reddeloos verloren in een donker oord, waar zelfs ik niet naartoe kon om haar naar de Moeder te leiden. Ik was bang dat het zingen geen nut had, dat we niets konden doen om haar te redden. Ik betwijfelde of er iets was wat haar terug zou kunnen brengen, niet mijn vurige hoop, niet de transcendente wens van iedere Zelandoniër, zelfs niet jouw liefde, Jondalar. Alle zelandonia met elkaar hadden niet kunnen doen wat jij hebt gedaan. Ik ben bijna bereid te geloven dat je haar uit Doni's diepste onderwereld had kunnen terughalen. Ik heb altijd gezegd dat de Grote Aardmoeder je nooit iets zou weigeren wat je Haar vroeg. Ik geloof dat dit het bewijs is.'

Het nieuws ging als een lopend vuurtje door het kamp. Jondalar had haar teruggebracht. Jondalar had iets gedaan wat de zelandonia niet hadden gekund. Onder de deelnemers aan de Zomerbijeenkomst was er geen enkele vrouw die niet in haar hart wenste dat ze iemand had die zoveel van haar hield: en er was geen enkele man die niet wenste een vrouw te kennen van wie hij zoveel zou kunnen houden. Er ontstonden al verhalen die jarenlang rond vuurplaatsen en kampvuren verteld zouden worden, verhalen over Jondalars liefde, zo groot dat die zijn Ayla uit de dood had gewekt.

Jondalar dacht na over wat Zelandoni had gezegd. Hij had het eerder gehoord, al wist hij niet precies wat het betekende. Het idee dat hij zo door de Moeder werd begunstigd dat geen vrouw hem kon weigeren, ook Doni Zelf niet, zo begunstigd dat de Moeder hem alles zou geven waarom hij Haar vroeg, bezorgde hem een ongemakkelijk gevoel. Hij was ook gewaarschuwd voorzichtig te zijn met wat hij wenste omdat een wens ook zou kunnen worden ingewilligd, als hij zelf niet echt begreep wat dat betekende.

De eerste paar dagen was Ayla volledig uitgeput. Ze kon zich nauwelijks bewegen en was zo zwak dat de doniër zich nu en dan afvroeg of ze ooit volledig zou herstellen. Ze sliep veel en lag soms zo stil dat het moeilijk te zien was of ze nog ademde, maar haar slaap was altijd rustgevend. Af en toe raakte ze in een ijltoestand en dan lag ze te woelen en te draaien en hardop te praten, maar elke keer wanneer ze haar ogen opendeed, was Jondalar bij haar. Sinds ze wakker was, was hij geen moment van haar zijde geweken, behalve om te voldoen aan de meest basale behoeften. Hij sliep op zijn slaapvachten die hij op de vloer naast haar bed had uitgespreid.

Elke keer wanneer Ayla leek terug te vallen, vroeg Zelandoni zich af of hij misschien het enige was wat haar in de wereld van de levenden vasthield. In wezen was hij dat inderdaad, samen met haar eigen wil om te leven en haar jaren van jagen en lichamelijke inspanning die haar een sterk, gezond lichaam hadden opgeleverd dat in staat was te herstellen van verwoestende ervaringen, zelfs ervaringen die haar dicht bij de dood brachten.

Ook Wolf bleef meestal bij haar, en hij leek altijd aan te voelen als ze wakker werd. Nadat Jondalar hem had verboden op te springen en zijn vieze poten op het bed te leggen, had Wolf ontdekt dat de hoogte van het bed precies goed was om zijn kop erop te kunnen leggen en naar haar te kijken, vlak voor ze haar ogen opendeed. Jondalar en Zelandoni konden aan het dier zien wanneer ze wakker werd.

Jonayla was zo blij dat haar moeder weer wakker was en dat Jondé en zij weer bij elkaar waren, dat ze dikwijls naar de zelandoniahut kwam om bij hen te zijn. Ze sliep daar niet, maar als ze allebei wakker waren, ging ze soms een poosje op Jondalars schoot zitten of naast haar moeder liggen; soms deed ze zelfs een dutje met haar. Andere keren kwam ze alleen maar even binnen rennen alsof ze zich ervan wilde overtuigen dat alles nog steeds goed ging. Toen het weer wat beter met haar ging stuurde Ayla meestal Wolf met Jonayla mee, die in het begin in tweestrijd verkeerde en niet wist of hij bij de vrouw moest blijven of met het kind mee moest gaan.

Ook de doniër bleef in de buurt. De Eerste nam het zichzelf kwalijk dat ze niet meer aandacht had besteed aan de gesteldheid van de jonge vrouw nadat ze was gearriveerd. Maar Zomerbijeenkomsten eisten erg veel van haar tijd en aandacht op, en Ayla was altijd moeilijk te doorgronden geweest. Ze sprak zelden over zichzelf of haar moeilijkheden en ze verborg haar gevoelens veel te goed. Het was makkelijk om haar symptomen van verdriet over het hoofd te zien.

Ayla keek op en glimlachte naar de roodharige bebaarde reus die op haar neer keek. Hoewel ze nog niet volledig hersteld was, was ze kort daarvoor naar het kamp van de Negende Grot overgebracht. Ze was wakker geweest toen Jondalar haar vertelde dat Danug op bezoek wilde komen, maar ze was even ingedommeld en werd wakker toen ze iemand zachtjes haar naam hoorde zeggen. Jondalar zat naast haar en hield haar hand vast. Jonayla zat op zijn schoot. Wolf sloeg ter begroeting van de jonge Mamutiër met zijn staart op de vloer naast het bed.

'Ik moest je vertellen, Jonayla, dat Bokovan en enkele andere kinderen naar Levela's vuurplaats gaan om te spelen en iets te eten. Ze heeft ook een paar botten voor Wolf,' zei Danug.

'Ga maar, Jonayla, en neem Wolf maar mee,' zei Ayla, terwijl ze overeind ging zitten. 'Ze vinden het altijd leuk om je te zien en deze Zomerbijeenkomst is bijna afgelopen. Als we weer thuis zijn zul je ze waarschijnlijk pas de volgende zomer weer zien.'

'Goed, moeder. Ik begin honger te krijgen en Wolf misschien ook.' Het kind omhelsde haar vader en moeder en liep met Wolf naar de ingang. Hij jankte even tegen Ayla en liep toen achter Jonayla aan naar buiten.

'Ga zitten, Danug,' zei Ayla, gebarend naar een kruk. Toen keek ze om zich heen. 'Waar is Druwez?'
Danug ging naast Ayla's bed zitten. 'Aldanor had een vriend nodig die geen familie van hem is voor iets wat met zijn verbintenis te maken heeft. Druwez heeft zich daarvoor beschikbaar gesteld, aangezien ik de plaats moet innemen van een aangenomen familielid,' zei Danug.
Jondalar knikte begrijpend. 'Het is erg moeilijk om nieuwe gebruiken te leren. Ik weet nog heel goed hoe het was toen Thonolan besloot een verbintenis aan te gaan met Jetamio. Omdat ik zijn broer was, was ik ook verwant aan de Sharamudiërs, en aangezien ik zijn enige bloedverwant was, moest ik een rol spelen in de ceremoniën.'
Hoewel hij nu makkelijker kon praten over de broer die hij had verloren, zag Ayla een schaduw van verdriet over zijn gezicht trekken. Ze wist dat hij altijd om zijn broer zou blijven treuren.
Jondalar schoof dichter naar Ayla toe en sloeg zijn arm om haar heen. Danug glimlachte haar hen. 'Om te beginnen moet ik iets tegen jullie zeggen,' zei hij zogenaamd ernstig. 'Wanneer gaan jullie eindelijk beseffen van wie jullie houden? Jullie moeten ophouden het elkaar moeilijk te maken. Luister goed: Ayla houdt van Jondalar en van geen andere man. Jondalar houdt van Ayla en van geen andere vrouw. Kunnen jullie dat onthouden? Voor jullie allebei geldt: er was nooit een ander en er zal nooit een ander zijn. Ik ga een regel instellen waaraan jullie je voor de rest van je leven moeten houden. Het kan me niet schelen wie er paart met wie, maar jullie mogen dat alleen maar met elkaar. Als ik ooit te horen krijg dat jullie je daar niet aan hebben gehouden, kom ik terug om jullie aan elkaar vast te binden. Is dat begrepen?'
'Ja, Danug,' zeiden Jondalar en Ayla in koor. Ayla lachte naar Jondalar, die haar glimlach beantwoordde, en toen grijnsden ze allebei naar Danug.
'En ik zal je een geheim verklappen. Zodra dat kan gaan we samen een nieuwe baby beginnen,' zei Ayla.
'Maar nu nog niet,' zei Jondalar. 'Pas als Zelandoni zegt dat je voldoende hersteld bent. Maar vrouw, berg je maar als je zover bent.'
'Ik weet eigenlijk niet welke gave beter is,' zei Danug met een brede glimlach. 'De Gave van Genot of de Gave van Kennis. De Moeder moet wel erg veel van ons houden om van het beginnen van nieuw leven zo'n genot te maken!'
'Ik ben het helemaal met je eens,' zei Jondalar.
'Ik heb geprobeerd *Het Lied van de Moeder* in het Mamutisch te vertalen zodat ik het iedereen kan vertellen, en zodra ik thuis ben ga ik op zoek naar een gezellin zodat ik een zoon kan beginnen,' zei Danug.

'Wat is er mis met een dochter?' vroeg Ayla.
'Helemaal niets, maar een dochter kan ik geen naam geven. Ik wil een zoon zodat ik hem een naam kan geven. Ik heb nog nooit een kind een naam gegeven,' zei Danug.
'Je hebt nog nooit een kind gehad,' zei Ayla lachend.
'Nou ja, dat klopt,' zei Danug een tikje teleurgesteld. 'Tenminste niet dat ik weet, maar je weet wat ik bedoel. Die mogelijkheid bestond vroeger niet.'
'Ik begrijp wat hij bedoelt. Het maakt mij niet uit of we een meisje of een jongen krijgen, maar ik vraag me af hoe het zou zijn om een zoon een naam te geven,' zei Jondalar. 'Maar, Danug, stel dat de Mamutiërs het idee dat mannen de jongens een naam moeten geven, niet accepteren?'
'Ik moet er gewoon voor zorgen dat de vrouw die ik als gezellin kies dat wel accepteert,' zei Danug.
'Dat is waar,' zei Ayla. 'Maar waarom moet je teruggaan om een gezellin te zoeken, Danug? Waarom blijf je niet hier, zoals Aldanor? Ik weet zeker dat je een Zelandonische vrouw zou kunnen vinden die maar al te graag je gezellin wil zijn.'
'En Zelandonische vrouwen zijn erg mooi, maar in veel opzichten lijk ik op Jondalar. Reizen kan opwindend zijn, maar ik moet terug naar mijn eigen volk om een geregeld leven te leiden. Bovendien is er hier maar één vrouw voor wie ik zou willen blijven, Ayla,' zei Danug, met een knipoog naar Jondalar, 'en zij is al vergeven.'
Jondalar grinnikte, maar Ayla zag iets in Danugs ogen en hoorde iets in zijn stem waardoor ze zich afvroeg of zijn schertsende opmerking alleen maar grappig was bedoeld.
'Ik ben blij dat ze bereid was met me mee te gaan,' zei Jondalar. De manier waarop hij met zijn helderblauwe ogen naar haar keek bezorgde haar tintelingen tot in haar intiemste plekje. 'Danug heeft gelijk. Doni moet veel van ons houden om van kinderen beginnen zo'n Genot te maken.'
'Voor een vrouw is het niet allemaal Genot, Jondalar. Een kind baren kan bijzonder pijnlijk zijn,' zei Ayla.
'Maar ik dacht dat je zei dat Jonayla baren makkelijk was geweest, Ayla,' zei Jondalar met de voor hem kenmerkende frons in zijn voorhoofd.
'Zelfs een makkelijke bevalling is pijnlijk, Jondalar. Het was alleen minder erg dan ik had verwacht,' zei Ayla.
'Ik heb je geen pijn willen bezorgen,' zei hij, en hij draaide zijn hoofd om haar aan te kijken. 'Weet je zeker dat we er nog een moeten ne-

men?' Jondalar moest er opeens aan denken dat Thonolans gezellin was gestorven terwijl ze een kind ter wereld bracht.
'Doe niet zo mal, Jondalar. Natuurlijk nemen we nog een kind. Ik wil het ook, weet je. Niet alleen jij. En zo erg is het niet. Maar als je geen baby wilt beginnen, kan ik natuurlijk altijd een andere man zoeken die dat wel wil,' zei ze met een plagerig lachje.
'Nee, dat kun je niet,' zei Jondalar, terwijl hij haar een kneepje in haar schouder gaf. 'Danug heeft je net gezegd dat je met niemand anders mag paren dan met mij, weet je nog?'
'Ik heb nooit met iemand anders dan jou willen paren, Jondalar. Jij hebt me de Gave van Genot geleerd. Niemand zou me meer kunnen geven, misschien omdat ik zoveel van je hou,' zei Ayla.
Jondalar wendde zijn hoofd af om de tranen die in zijn ogen opwelden te verbergen, en Danug keek de andere kant op en deed alsof hij niets had gezien. Toen Jondalar zijn hoofd weer draaide keek hij Ayla ernstig aan. 'Ik heb je nog nooit verteld hoezeer het me spijt dat ik met Marona ben begonnen. Ik verlangde helemaal niet naar haar. Ze maakte het me gewoon erg makkelijk. Ik wilde het jou niet vertellen omdat ik je geen pijn wilde doen. Toen je ons betrapte dacht ik maar steeds dat je me zou haten. Ik wil dat je weet dat jij de enige bent van wie ik hou.'
'Ik weet dat je van me houdt, Jondalar,' zei Ayla. 'Iedereen hier bij de Zomerbijeenkomst weet dat je van me houdt. Ik zou hier niet zijn als je niet van me hield. In tegenstelling tot wat Danug zei: als je ooit de behoefte voelt, zelfs als je het alleen maar wilt, kun je paren met wie je maar wilt, Jondalar. Ik haat zelfs Marona niet meer. Ik neem haar niet kwalijk dat ze jou wilde. Wie zou jou niet willen? Het delen van Genot is niet wat liefde maakt. Het maakt baby's, maar geen liefde. Liefde kan Genot beter maken, maar als je van iemand houdt, wat maakt het dan uit of je af en toe met iemand anders paart? Paren duurt maar even. Hoe kan dat belangrijker zijn dan een levenslange liefde? Zelfs bij de Stam werd alleen maar gepaard om de behoeften van een man te bevredigen. Je zou toch niet willen dat ik onze verbintenis verbreek, alleen maar omdat je met een ander had gepaard?'
Danug lachte. 'Als dat een reden was zou iedereen zijn verbintenis moeten verbreken. Mensen verheugen zich op feesten waarbij de Moeder wordt geëerd en ze af en toe Genot met een ander kunnen delen. Ik heb horen vertellen dat Talut tijdens feesten nog steeds met wel zes vrouwen achter elkaar kan paren. Moeder zei altijd dat zij tijdens feesten de kans kreeg om te zien of een andere man hem kon evenaren. Dat is niemand gelukt.'

'Talut is een betere man dan ik,' zei Jondalar. 'Vroeger misschien, maar ik hou het niet meer zo lang vol. En eerlijk gezegd verlang ik daar ook niet naar.'
'Het kunnen gewoon verhalen zijn,' zei Danug. 'Ik kan niet zeggen dat ik hem ooit met een andere vrouw dan mijn moeder heb gezien. Hij brengt veel tijd door met andere leiders en zij brengt de meeste tijd door met bijeenkomsten en bezoeken aan verwanten en vrienden. Ik denk dat de meeste mensen gewoon graag verhalen vertellen.'
Er viel een stilte in het gesprek en de drie jonge mensen keken elkaar aan. Toen zei Danug: 'Ik zou mijn verbintenis niet verbreken, maar eerlijk gezegd zou ik het prettiger vinden als mijn gezellin alleen met mij Genot zou delen.'
'Ook niet tijdens feesten om de Grote Aardmoeder te eren?' vroeg Jondalar.
'Ik weet dat ieder van ons tijdens feesten en zo de Moeder hoort te eren, maar hoe kan ik weten of de kinderen die mijn gezellin naar mijn vuurplaats brengt mijn kinderen zijn als ze met anderen Genot deelt?' zei Danug.
Ayla keek hem aan en dacht aan de woorden van de Eerste. 'Als een man nu van de kinderen houdt die een vrouw naar zijn vuurplaats brengt, waarom zou het dan iets moeten uitmaken wie ze is begonnen?'
'Dat zou misschien niet zo moeten zijn, maar toch zou ik liever willen dat het mijn kinderen waren,' zei Danug.
'Als je een kind begint, wordt dat kind dan van jou? Jouw eigendom? Een persoonlijk bezit?' vroeg Ayla. 'Zou je niet van een kind houden dat niet jouw eigendom is, Danug?'
'Ik bedoel niet "van mij" in de zin van "bezit", maar dat het kind uit mij is voortgekomen,' probeerde Danug uit te leggen. 'Ik zou waarschijnlijk van ieder kind van mijn vuurplaats gaan houden, ook als ik die niet was begonnen en zelfs als die niet van mijn gezellin was. Ik hield van Rydag als een broer, meer dan een broer, en hij was niet van Talut of van Nezzie, maar ik zou graag willen weten of een kind van mijn vuurplaats door mij was begonnen. Een vrouw hoeft zich dat nooit af te vragen. Zij weet het altijd.'
'Ik begrijp wat Danug bedoelt, Ayla. Ik vind het fijn om te weten dat Jonayla van mij komt. En iedereen weet dat omdat iedereen weet dat je nooit een ander dan mij hebt gekozen. We hebben op feesten altijd de Moeder geëerd, maar altijd met elkaar.'
'Ik vraag me af of je ook zo graag kinderen van jezelf zou hebben als je samen met je gezellin de pijn moest doorstaan,' zei Ayla. 'Sommige

vrouwen zouden blij zijn als ze nooit kinderen hoefden te baren. Niet veel, maar sommigen.'

De mannen keken elkaar aan, maar geen van beiden keken ze Ayla aan; ze geneerden zich een beetje voor het uitspreken van persoonlijke gedachten die in tegenspraak leken met de gebruiken en overtuigingen van hun volk.

'Trouwens, hebben jullie gehoord dat Marona weer een verbintenis aangaat?' zei Danug, om op een ander onderwerp over te gaan.

'O ja?' zei Jondalar. 'Nee, dat wist ik niet. Wanneer?'

'Over enkele dagen, tijdens de late Verbintenisceremonie, tegelijk met Folara en Aldanor,' zei Proleva, die op dat moment binnenkwam. Joharran kwam vlak achter haar aan.

'Dat is wat ik van Aldanor hoorde,' zei Danug.

Begroetingen werden uitgewisseld, de vrouwen omhelsden elkaar, en de leider van de Negende Grot boog zich voorover en drukte zijn wang tegen Ayla's wang. Lage krukken werden naast Ayla's bed geschoven.

'Wie wordt haar levensgezel?' vroeg Ayla toen iedereen zat.

'Een vriend van Laramar die met hem en dat stelletje drinkebroers in de vreghut verbleef, die hut die niet meer wordt gebruikt,' zei Proleva. 'Hij is een vreemde, maar een Zelandoniër, naar ik heb gehoord.'

'Hij komt van een groep Grotten die ten westen van hier aan de Grote Rivier wonen. Ik heb gehoord dat hij naar onze Zomerbijeenkomst kwam met een boodschap voor iemand en dat hij toen besloot te blijven. Ik weet niet of hij ze al kende, maar hij kon goed opschieten met Laramar en de rest van dat stel drinkebroers,' zei Joharran.

'Ik geloof dat ik weet wie je bedoelt,' zei Jondalar.

'Sinds ze die vreghut hebben verlaten, logeert hij in het kamp van de Vijfde Grot, en Marona had daar ook haar intrek genomen. Daar heeft hij haar leren kennen,' zei Proleva.

'Ik had niet gedacht dat Marona weer een verbintenis zou willen aangaan, en hij lijkt me nogal jong. Waarom zou ze hem hebben gekozen?' zei Jondalar.

'Misschien had ze niet veel keuze,' zei Proleva.

'Maar iedereen zegt dat ze zo mooi is dat ze bijna iedereen kan krijgen die ze maar wil,' zei Ayla.

'Voor een nacht, maar niet als levensgezel,' zei Danug. 'Ik heb de mensen horen praten. De mannen met wie ze eerder een verbintenis is aangegaan, hebben geen goed woord voor haar over.'

'En ze heeft nooit kinderen gekregen,' zei Proleva. 'Sommige mensen zeggen dat ze die niet kan krijgen. Dat kan haar voor sommige mannen minder aantrekkelijk maken, maar ik vermoed dat haar aanstaan-

de dat niets uitmaakt. Ze gaat met hem mee naar zijn Grot.'
'Ik geloof dat ik hem heb ontmoet,' zei Ayla, 'toen ik die avond met Echozar terugliep van het Lanzadonische kamp naar ons kamp. Ik kan niet zeggen dat ik hem erg sympathiek vond. Waarom is hij uit die vreghut getrokken?'
'Dat deed de hele groep nadat hun persoonlijke spullen weg waren,' zei Joharran.
'Daar heb ik iets over gehoord, maar ik heb er op dat moment eigenlijk geen aandacht aan besteed,' zei Jondalar.
'Heeft iemand dingen gestolen?' zei Ayla.
'Van zo'n beetje iedereen die in die vreghut verbleef,' zei Joharran.
'Waarom zou iemand zoiets doen?' vroeg Ayla.
'Dat weet ik niet, maar Laramar was behoorlijk van streek toen hij erachter kwam dat de nieuwe winterkleding die hij kort daarvoor had verworven weg was, en ook zijn rugbepakking en bijna al zijn barma. Iemand anders miste nieuwe wanten, een ander een goed mes, en bijna al het eten was weg,' zei Joharran.
'Weet iemand wie het heeft gedaan?' vroeg Jondalar.
'Er zijn twee mensen weg: Brukeval en Madroman,' zei Joharran. 'Voor zover iedereen weet is Brukeval zonder iets vertrokken. Volgens de andere mannen die in de vreghut verbleven lagen al zijn spullen er nog na zijn vertrek, maar later was bijna alles weg, en ook Madromans spullen.'
'Ik hoorde Zelandoni iemand vertellen dat Madroman de heilige voorwerpen die hij als acoliet had gekregen, niet heeft ingeleverd,' zei Proleva.
'Ik heb Madroman zien vertrekken!' zei Ayla. Het schoot haar plotseling te binnen.
'Wanneer was dat?' vroeg Joharran.
'Op de dag dat de Negende Grot met de Lanzadoniërs een feestmaal deelde. Ik was als enige in het kamp achtergebleven en kwam net het onderkomen uit. Toen hij naar me keek lag er zo'n intense haat in zijn blik dat ik er bang van werd, maar hij leek erg veel haast te hebben. Ik weet nog dat ik meende iets vreemds aan hem te zien. Toen besefte ik dat ik hem bijna nooit zonder zijn acoliettuniek had gezien en dat hij deze keer gewone kleren droeg. Ik vond het wel vreemd dat die waren versierd met symbolen van de Negende Grot en niet de Vijfde Grot.'
'Daar zijn Laramars nieuwe kleren dus gebleven,' zei Joharran. 'Ik vroeg me al af of hij het kon zijn.'
'Denk je dat Madroman die heeft meegenomen?' vroeg Ayla.
'Ja, en ook alle andere spullen die weg zijn.'

'Je zou weleens gelijk kunnen hebben, Joharran,' zei Jondalar.
'Ik vermoed dat hij de mensen niet meer onder ogen durft te komen na de schande verstoten te zijn door de zelandonia, althans de mensen die hem kennen,' zei Danug.
'Waar zou hij naartoe zijn?' zei Proleva.
'Hij zal waarschijnlijk een ander volk zoeken om bij te wonen,' zei Joharran. 'Daarom heeft hij al die spullen meegenomen. Hij weet dat de winter eraan komt en hij wist niet waar hij dan zou zijn.'
'Wat zou hij doen om een vreemde groep ertoe over te halen hem te accepteren? Hij heeft geen ambacht en van jagen heeft hij ook nooit veel terechtgebracht. Volgens zeggen is hij nooit meer op jacht geweest sinds hij zich bij de zelandonia had aangesloten, zelfs niet mee op een drijfjacht,' zei Jondalar.
'Dat kan iedereen en bijna iedereen doet het ook. Kinderen vinden het geweldig om op struiken te slaan en een hoop kabaal te maken om konijnen en andere dieren uit hun schuilplaats te verjagen en ze vervolgens in de richting van de jagers of een net te drijven,' zei Proleva.
'Madroman heeft wel een ambacht. Daarom heeft hij de heilige voorwerpen die hij van de zelandonia heeft gekregen, niet ingeleverd,' zei Joharran. 'Dat gaat hij doen: een Zelandoni zijn.'
'Maar hij is geen Zelandoni!' zei Ayla. 'Hij heeft gelogen over geroepen zijn.'
'Maar een groep vreemden weet dat niet,' zei Danug.
'Hij is zoveel jaren met de zelandonia meegelopen dat hij weet hoe hij zich als een Zelandoni moet gedragen. Hij zal weer liegen,' zei Proleva.
'Denk je echt dat hij dat zou doen?' vroeg Ayla geschokt.
'Je moet Zelandoni vertellen dat je hem hebt zien vertrekken, Ayla,' zei Proleva.
'En de andere leiders moeten het ook weten,' zei Joharran. 'Misschien kunnen we het morgen tijdens de bijeenkomst ter sprake brengen voor we jouw zaak gaan bespreken, Jondalar. Het zal de mensen iets anders geven om over te praten dan alleen jou.'
Ayla's ogen werden groot. 'Zo snel?' zei ze. 'Proleva, daar wil ik bij zijn.'

Ze waren buiten op het vlakke veld voor de hellende zijkanten van het grote, natuurlijke amfitheater. Laramar zat, en hoewel zijn gezicht nog een beetje gezwollen was, leek hij grotendeels te zijn hersteld van het pak slaag dat hij van de man tegenover hem had gekregen, op de littekens en de gehavende neus na, waarvan hij nooit zou herstellen. Jondalar probeerde rustig te blijven terwijl hij in het felle licht van de middagzon stond en naar de man keek wiens gezicht zo ernstig was beschadigd. Hij zou niet eens zijn herkend door mensen die hem goed kenden als ze niet hadden geweten wie hij was. Er was even sprake van geweest dat Laramar een oog zou kunnen verliezen en Jondalar was blij dat dat niet het geval was.

Het was officieel een bijeenkomst van de Negende Grot en de Vijfde Grot met de zelandonia als bemiddelaars, maar het stond betrokkenen vrij om de bijeenkomst bij te wonen. Bijna iedereen die naar de Zomerbijeenkomst was gekomen, was benieuwd naar de afloop en had blijk gegeven van 'betrokkenheid'. Hoewel de Negende Grot de confrontatie liever had uitgesteld tot na de Zomerbijeenkomst van de Zelandoniërs, had de Vijfde Grot niet willen wachten. Aangezien hun werd gevraagd om Laramar te accepteren, wilden ze weten wat zij en Laramar als compensatie konden verwachten van Jondalar en de Negende Grot.

Jondalar en Laramar hadden elkaar vlak voor de openbare bijeenkomst voor het eerst na het incident gezien in de zelandoniahut, in het bijzijn van Joharran, Kemordan, de leider van de Vijfde Grot, de Zelandoni van beide Grotten en verscheidene andere leiders en zelandonia. Ze wisten dat Marthona niet sterk was en haar was gezegd dat ze de bijeenkomst niet hoefde bij te wonen, vooral omdat Laramars moeder niet meer leefde, maar daar had ze niets van willen horen. Jondalar was haar zoon en ze wilde erbij zijn. De gezellinnen van beide mannen waren ook niet bij de eerste samenkomst aanwezig aangezien ze allebei complicaties meebrachten. Ayla omdat ze zo'n grote rol had gespeeld in het incident, en Laramars gezellin omdat ze niet met hem mee wilde verhuizen naar de Vijfde Grot, wat ook een aspect was waarvoor een oplossing moest worden gezocht.

Jondalar putte zich uit in verontschuldigingen en toonde oprecht berouw voor zijn daden, maar Laramar had niets dan minachting voor de lange, knappe broer van de leider van de Negende Grot. Het was een van de weinige keren in zijn hele leven dat Laramar het recht aan zijn kant had. Hij had niets verkeerds gedaan en piekerde er niet over om ook maar iets van zijn voordeel prijs te geven.

Uit het publiek steeg geroezemoes op toen de partijen de hut uit kwamen en het nieuwtje de ronde deed dat Ayla Madroman het kamp had zien verlaten in de kleren die hij waarschijnlijk van Laramar had gestolen. Dit werd gevolgd door een onderstroom van speculaties ten aanzien van de diverse verwikkelingen: de problemen tussen Jondalar, de Eerste en Madroman in het verleden, Madromans verwerping door de zelandonia en Ayla's rol daarin, en waarom zij de enige was die hem had zien vertrekken. De mensen bereidden zich vol verwachting voor op het verloop van de bijeenkomst. Het kwam maar zelden voor dat ze de gelegenheid kregen getuige te zijn van een bijeenkomst met zo'n hoog dramagehalte. De zomer had zoveel opwinding gebracht dat die voor veel lange, saaie winterdagen voer voor gesprekken zou leveren, gekruid met verhalen.

'Er zijn vandaag ernstige zaken waarover een beslissing genomen moet worden,' begon de Eerste. 'Het zijn geen zaken van de geestenwereld, maar problemen tussen Doni's kinderen, en we vragen Haar om onze beraadslagingen te volgen en ons te helpen de waarheid te spreken, helder te denken en rechtvaardige uitspraken te doen.'

Ze haalde een klein gebeeldhouwd figuurtje tevoorschijn en hield het omhoog. Het was de gestalte van een gezette vrouw wier benen taps toeliepen in nauwelijks aangegeven voeten. Hoewel de toeschouwers het voorwerp niet duidelijk konden zien, wist iedereen dat het een donii was, een rustplaats voor de allesomvattende geest van de Grote Aardmoeder, of op zijn minst een essentieel deel van Haar aard. Midden op het vlakke veld was een steenhoop opgericht, bijna een pilaar, met een breed draagvlak dat taps toeliep tot aan een afgevlakte top van rul grind.

Met veel vertoon plantte De Eerste Onder Hen Die De Moeder Dienden de voeten van de donii in het grind en zette Haar rechtop zodat iedereen Haar goed kon zien. De voornaamste reden voor de aanwezigheid van de donii was om opzettelijk liegen te voorkomen, en Zij was een krachtig afschrikmiddel. Nu de geest van de Moeder uitdrukkelijk werd aangeroepen om toe te kijken, wist iedereen dat leugens door Haar zouden worden doorzien en aan het licht zouden worden gebracht. Iemand zou kunnen liegen en daar voor het moment mee weg kunnen komen, maar de waarheid zou op den duur bekend worden, en doorgaans met veel onaangenamere gevolgen. Het gevaar dat iemand vandaag zou liegen bleef natuurlijk bestaan, maar de donii zou toch een beperkende invloed kunnen hebben op de neiging tot overdrijven.

'Laten we maar beginnen,' zei de Eerste. 'Er waren veel getuigen, dus ik geloof niet dat we tot in de kleine bijzonderheden op de omstandigheden hoeven in te gaan. Tijdens het onlangs gehouden feest om de Moeder te eren zag Jondalar dat zijn gezellin Ayla de Gave van Genot deelde met Laramar. Ayla en Laramar hadden daar uit vrije wil voor gekozen. Er was geen sprake van dwang. Is dat juist, Ayla?'

Ze had niet verwacht dat haar zo snel iets gevraagd zou worden en ze ieders aandacht op zich gevestigd zou zien. Ze werd erdoor overrompeld, maar liegen kon ze niet, zelfs als ze dat had gewild.

'Ja, Zelandoni. Dat is waar.'
'Is dat waar, Laramar?'
'Ja, ze was maar al te bereid. Ze zat achter mij aan,' zei hij.
De Eerste moest de neiging onderdrukken om hem te waarschuwen tegen overdrijving, en ging verder: 'En wat gebeurde er toen?' Ze had nog niet besloten of ze de vraag tot Ayla of Jondalar zou richten, maar Laramar reageerde meteen.
'Je kunt zien wat er is gebeurd. Voor ik wist wat er gebeurde plantte Jondalar zijn vuist in mijn gezicht,' zei hij.
'Jondalar?'
De lange man boog het hoofd en slikte krampachtig. 'Dat is wat er is gebeurd. Ik zag hem met Ayla, trok hem van haar af en begon hem te slaan. Ik weet dat het verkeerd was. Ik heb geen excuus,' zei Jondalar. Terwijl hij dat zei, wist hij in zijn hart dat hij het weer zou doen.
'Weet je waarom je hem hebt geslagen, Jondalar?' vroeg de Eerste.
'Ik was jaloers,' mompelde hij.
'Je was jaloers, is dat wat je zei?'
'Ja, Zelandoni.'
'Als je je jaloezie niet de baas kon, had je hem dan niet gewoon van haar af kunnen trekken, Jondalar? Moest je hem slaan?'
'Ik had mezelf niet in de hand. En toen ik eenmaal was begonnen...' Jondalar schudde zijn hoofd.
'Toen hij eenmaal was begonnen, kon niemand hem tegenhouden. Hij heeft zelfs mij geslagen!' zei de leider van de Vijfde. 'Hij was buiten zichzelf, hij was in de greep van waanzin. Ik weet niet wat er zou zijn gebeurd als die reus van een Mamutiër hem niet had vastgegrepen.'
'Vandaar dat hij zo gewillig is om Laramar op te nemen,' fluisterde Folara tegen Proleva, maar zo hard dat iedereen om hen heen het kon horen. 'Hij is kwaad omdat hij er niet in slaagde om Jondé tegen te houden en tijdens zijn poging een klap kreeg.'
'Hij is tevens een liefhebber van Laramars barma, maar hij zal er al snel achter komen dat Laramar geen glanzend stukje barnsteen is,' zei Proleva. 'Hij is bepaald niet de eerste die ik zou vragen om zich aan te sluiten bij mijn Grot.' Ze richtte haar aandacht weer op Zelandoni.
'Dit is de reden,' zei Zelandoni net, 'dat we proberen om iedereen te laten inzien hoe gevaarlijk jaloezie kan zijn. Jaloezie kan uit de hand lopen. Begrijp je dat, Jondalar?'
'Ja, dat begrijp ik. Het was stom van me en het spijt me verschrikkelijk. Ik zal alles doen wat je zegt om het goed te maken. Ik wil schadevergoeding betalen.'
'Hij kan het niet goedmaken,' zei Laramar. 'Hij kan mijn gezicht niet

herstellen, net zomin als hij Madromans tanden weer in zijn mond kon stoppen.'

De Eerste keek Laramar geërgerd aan. Dat was ongepast, dacht ze. Het was nergens voor nodig om dat weer ter sprake te brengen. Hij heeft geen flauw benul hoezeer Jondalar in die situatie werd getergd, maar ze hield haar gedachten voor zich.

'Maar er is schadevergoeding betaald,' zei Marthona luid.

'En dat verwacht ik nu ook!' zei Laramar.

'Wat verwacht je eigenlijk?' vroeg de Eerste. 'Welke vergoeding eis je? Wat wil je, Laramar?'

'Wat ik wil is mijn vuist in zíjn mooie gezicht planten,' zei Laramar.

De toeschouwers hapten naar lucht.

'Dat zal ongetwijfeld zo zijn, maar dat is niet iets wat de Moeder toestaat. Kun je niets anders bedenken?' vroeg de doniër.

Laramars gezellin stond op. 'Hij maakt voortdurend grote onderkomens voor zichzelf. Waarom vraag je hem niet om een groot nieuw onderkomen voor je familie te maken, Laramar?' riep ze uit.

'Dat is misschien een mogelijkheid, Tremeda,' zei de Eerste, 'maar waar wil je die laten bouwen: bij de Negende Grot of bij de Vijfde Grot, Laramar?'

'Dat is geen compensatie voor mij,' zei Laramar. 'Wat kan het me schelen in wat voor soort onderkomen zij woont. Ze zal het toch binnen de kortste keren in een smerige bende veranderen.'

'Kan het je niet schelen waar je kinderen wonen, Laramar?' vroeg de Eerste.

'Mijn kinderen? Die kinderen zijn niet van mij, niet als wat jij zegt waar is. Als paren de manier is om ze te beginnen, ben ik geen enkele begonnen... behalve misschien de eerste. Ik heb al in geen jaren met haar gepaard, laat staan "Genot" met haar gedeeld. Geloof me, ze is geen Genot. Ik weet niet hoe, waar of wanneer die kinderen zijn begonnen, misschien tijdens Moederfeesten – geef een man genoeg te drinken en zelfs zij ziet er goed uit – maar wie ze ook is begonnen, ik was het in elk geval niet. Het enige waar die vrouw goed voor is, is mijn barma drinken,' zei Laramar hatelijk.

'Laramar, het zijn nog altijd de kinderen van je vuurplaats. Het is je plicht om voor ze te zorgen,' zei de Ene Die Eerste Was. 'Je kunt niet gewoon beslissen dat je ze niet wilt.'

'Waarom niet? Ik wil ze echt niet. Ze hebben nooit iets voor me betekend. Zij geeft niet eens om die kinderen, dus waarom zou ik dat moeten?'

De leider van de Vijfde Grot leek net zo diep geschokt als iedereen door Laramars harteloze verwerping van de kinderen van zijn vuurplaats, en onder de toeschouwers fluisterde Proleva: 'Ik zei toch dat hij geen glanzend stukje barnsteen is.'

'Van wie verwacht je dan dat ze zorgen voor de kinderen van je vuurplaats, Laramar?' vroeg Zelandoni.

De man fronste zijn voorhoofd. 'Wat mij betreft mag Jondalar dat doen. Hij kan me niets geven wat ik wil. Hij kan me mijn gezicht niet teruggeven, en de genoegdoening van hem met gelijke munt terugbetalen wordt niet toegestaan. Hij wil het toch zo graag goedmaken, me schadeloosstellen? Laat hem maar voor die luie, luidruchtige, manipulerende feeks en haar gebroed zorgen,' zei Laramar.

'Hij mag je dan veel schuldig zijn, Laramar, maar het is te veel gevraagd van een man die zelf een gezin heeft, om de verantwoordelijkheid van een familie zo groot als die van jou op zich te nemen,' zei Joharran.

'Laat maar, Joharran. Ik doe het,' zei Jondalar. 'Als dat is wat hij van me vraagt, dan doe ik het. Als hij niet de verantwoordelijkheid voor zijn eigen vuurplaats op zich wil nemen, dan moet iemand anders dat doen. Die kinderen hebben iemand nodig die om hen geeft.'

'Vind je niet dat je dat eerst met Ayla moet bespreken?' riep Proleva vanuit het publiek. 'Zoveel verantwoordelijkheid zal ten koste gaan van haar eigen gezin.' Al heeft zij nu al veel meer gedaan voor dat gezin dan Laramar of Tremeda ooit had gedaan, dacht de vrouw, maar dat zei ze niet hardop.

'Nee, Proleva. Hij heeft gelijk,' zei Ayla. 'Ik draag ook schuld aan wat Jondalar Laramar heeft aangedaan. Ik heb niet beseft waartoe het zou leiden, maar ik draag evenveel schuld als hij. Als de verantwoordelijkheid voor zijn gezin op ons nemen Laramar tevredenstelt, dan moeten we dat doen.'

'Laramar, is dat wat je wilt?' vroeg de Eerste.

'Ja, als iedereen me verder met rust laat, waarom niet?' zei Laramar, en toen lachte hij. 'Je mag haar hebben, Jondalar.'

'En jij, Tremeda? Is dat bevredigend voor jou?' zei Zelandoni.

'Zal hij een nieuw onderkomen voor me bouwen, net zoiets als wat hij voor haar bouwt?' vroeg ze, naar Ayla wijzend.

'Ja, ik zal ervoor zorgen dat je een nieuw onderkomen krijgt,' zei Jondalar. 'Wil je dat bij de Negende Grot of bij de Vijfde?'

'Nou, Jondalar, als ik je tweede vrouw word,' zei ze, in een poging tot koketterie, 'dan kan ik beter bij de Negende blijven. Dat is toch al mijn thuis.'

'Luister goed, Tremeda,' zei Jondalar, waarbij hij haar recht in de ogen keek. 'Ik neem je niet tot mijn tweede vrouw. Ik zei dat ik de verantwoordelijkheid op me neem om voor jou en je kinderen te zorgen. Ik zei dat ik een onderkomen voor je zal bouwen. Dat is de volle omvang van mijn verplichting aan jou. Ik doe dit als schadeloosstelling voor wat ik je levensgezel heb aangedaan. In geen enkel opzicht kom je zelfs maar in de buurt van een tweede vrouw voor mij, Tremeda! Is dat begrepen?'

Laramar lachte. 'Je kunt niet zeggen dat ik je niet heb gewaarschuwd, Jondalar. Ik zei toch dat ze een manipulerende feeks is?' Hij lachte weer. 'Weet je, misschien is dit echt zo beroerd nog niet. Het zal mij waarschijnlijk heel wat genoegdoening geven om te zien hoe jij nu alles van haar moet pikken.'

'Weet je zeker dat je daar wilt gaan zwemmen, Ayla?' vroeg Jondalar.

'Het was ons plekje voor je Marona daar mee naartoe hebt genomen, en het is nog steeds de fijnste plek om te zwemmen, vooral nu de rivier stroomafwaarts zo modderig is. Ik heb sinds ik hier ben nog geen enkele gelegenheid gehad om lekker te gaan zwemmen, en we vertrekken binnenkort,' zei Ayla.

'Maar weet je zeker dat je daar sterk genoeg voor bent?'

'Ja, dat weet ik zeker. Maar wees gerust. Ik ben van plan om vooral lekker op de oever in de zon te gaan liggen. Het enige wat ik wil is wegkomen uit deze hut en wat tijd met jou doorbrengen, alleen met jou, ver van alle drukte, nu ik Zelandoni er eindelijk toe heb kunnen overhalen te zeggen dat ik voldoende ben hersteld,' zei Ayla. 'Ik was toch al van plan binnenkort op Whinney ergens heen te rijden. Ik weet dat ze zich zorgen maakt, maar ik voel me prima. Het enige wat ik nodig heb is weg uit die hut en een beetje beweging.'

Zelandoni had het zichzelf kwalijk genomen dat ze niet genoeg aandacht aan Ayla had besteed en was – geheel tegenstrijdig met haar aard – overbezorgd. Ze voelde zich verantwoordelijk voor het feit dat ze de jonge vrouw bijna waren kwijtgeraakt en dat zou ze niet nog eens laten gebeuren. Jondalar was het daar helemaal mee eens en een tijdlang genoot Ayla van hun zorgzame aandacht, maar naarmate ze weer op krachten kwam, ging ze zich steeds meer aan al die overdreven bezorgdheid ergeren. Ayla had haar best gedaan om de doniër ervan te overtuigen dat ze helemaal was hersteld en sterk genoeg was om weer te rijden en te zwemmen, maar pas toen de Eerste Wolf een poosje kwijt wilde, gaf ze eindelijk toestemming.

Jonayla en de kinderen van haar leeftijd waren weer door de zelandonia opgetrommeld en bereidden zich nu voor op een kleine rol die ze zouden spelen bij de afscheidsceremoniën die ter afsluiting van de Zomerbijeenkomst werden georganiseerd. Wolf was niet alleen een afleidend element als alle kinderen bijeen waren, waardoor ze zich moeilijk konden concentreren, maar het was voor Jonayla erg moeilijk om tegelijkertijd hem in de gaten te houden en te leren wat ze moest doen. Zelandoni had laten doorschemeren dat hoewel de wolf altijd welkom was het prettig zou zijn als Ayla het dier een poosje bij zich zou willen houden. Ayla had daarvan gebruikgemaakt om de doniër ervan te overtuigen dat ze misschien beter met Wolf en de paarden weg kon gaan uit het kamp, zodat de dieren wat lichaamsbeweging kregen.

Ayla wilde de volgende ochtend zo vroeg mogelijk vertrekken, voordat Zelandoni van gedachten kon veranderen. Jondalar had voor het ochtendmaal de paarden water gebracht en geborsteld, en toen hij de rijdekens op Whinney en Renner legde en Renner en Grijs een halster omdeed, wisten ze dat ze uit rijden gingen en steigerden ze van opwinding. Hoewel ze haar niet zouden berijden, wilde Ayla de jonge merrie niet alleen achterlaten. Grijs zou zich eenzaam voelen als ze alleen werd gelaten; paarden hielden van gezelschap, vooral van hun eigen soort, en ook Grijs had beweging nodig.

De wolf keek verwachtingsvol op toen Jondalar de manden pakte die waren gemaakt om over de rug van een paard te hangen. Ze waren gevuld met diverse gebruiksvoorwerpen en geheimzinnige pakjes gewikkeld in het lichtbruine weefsel van vlasvezels dat Ayla, terwijl ze herstellende was, als proeflapjes had gemaakt om de tijd te doden. Marthona had een klein weefgetouw laten maken en leerde haar weven. Een van de manden was toegedekt met een leren huid die op de grond kon worden uitgespreid en de andere met de zachte geelachtige drooghuiden, geschenken van de Sharamudiërs.

Wolf rende voor hem uit toen de man hem het teken gaf dat hij mee mocht toen ze de hut verlieten. Vlak bij de paardenwei plukte Ayla wat rijpe bessen die aan roodstelige struiken hingen. Ze poetste de ronde, doffe vruchtjes op aan haar tuniek, zag de donkerblauwe schil tevoorschijn komen, stopte ze in haar mond en genoot van de zoete, sappige smaak. Toen ze via een boomstronk op Whinneys rug klom verheugde ze zich op de rit. Het was een heerlijk gevoel om buiten te zijn en niet meteen weer naar de hut terug te moeten. Ze kende inmiddels elk barstje in elk geschilderd of uitgesneden symbool op de stevige houten palen die het dak ondersteunden, elke roetvlek langs de randen van het rookgat. Ze wilde naar de hemel en de bomen kijken, naar een landschap zonder hutten.

Toen ze op weg gingen was Renner erg onstuimig en een beetje onwillig. Dit werkte aanstekelijk op de twee merries, die daardoor ook moeilijker in toom te houden waren. Zodra ze het beboste gebied achter zich hadden gelaten, deed Ayla Grijs de halster af zodat ze haar eigen tempo kon bepalen, en toen spoorden Ayla en Jondalar hun rijdier aan tot galop. Tegen de tijd dat de dieren uit eigen beweging vaart minderden, hadden ze hun overtollige energie weggewerkt en waren ze meer ontspannen; maar Ayla niet. Ze voelde zich gestimuleerd. Ze had altijd intens genoten van een snelle rit te paard en na zo lang aan het kamp gekluisterd te zijn geweest, was het nu extra opwindend.

Ze reden in een rustiger tempo verder door een landschap met de contouren van hoge bergen, kalkstenen rotswanden en door rivieren uitgesleten valleien. Hoewel de middagzon op de meeste dagen nog heet was, had het seizoen een keerpunt bereikt. De ochtenden waren dikwijls fris en de avonden bewolkt of regenachtig. Bladeren verloren het zomerse groen en namen gele en rode herfsttinten aan. De kleur van het gras op de open vlakten varieerde van diep goud en warm bruin tot het vale geel van het natuurlijke hooi dat tijdens het grootste deel van de winter op de velden zou staan, maar de bladeren van bepaalde kruidachtige planten vertoonden verschillende tinten rood. Alleenstaande planten of kleine pollen vormden kleurige onderbrekingen in het landschap die Ayla verrukten, maar de op het zuiden gerichte beboste hellingen benamen haar de adem met hun oogverblindende pracht. Van een afstand wekten de kleurrijke struiken en bomen de indruk van grote boeketten bonte bloemen.

Grijs vond het heerlijk om zonder berijder mee te lopen, en ze stopte nu en dan om te grazen, en Wolf stak zijn neus in holletjes, struiken en pollen hoog gras en volgde sporen van onzichtbare geuren en geheimzinnige geluiden. Hun route liep in een grote kring die uiteindelijk terugvoerde in de richting van het kamp van de Zomerbijeenkomst uit de stroomopwaartse richting van de Rivier. Maar ze gingen niet terug naar het kamp. Ze volgden de kleinere rivier die zich door het bos kronkelde naar de noordkant van het kamp van de Negende Grot, en tegen de tijd dat de zon zijn hoogste punt had bereikt, waren ze bij de diepe zwempoel in de scherpe bocht van de kleine waterweg. De bomen wierpen vlekkerige schaduwen over het afgezonderde strand van rul grind.

De zon was aangenaam warm toen Ayla haar been over Whinneys rug zwaaide en zich op de grond liet glijden. Ze verloste Whinney van de pakmanden en de rijdeken, en terwijl Jondalar de grote huid op de grond uitspreidde, haalde ze een leren zak met een trekkoord uit een van de manden en voerde ze de hooikleurige merrie gemengde granen, voornamelijk haver, waarna ze haar liefdevol streelde en krabbelde. Daarna was Grijs aan de buurt, die met zachte stootjes van haar neus om Ayla's aandacht had gebedeld.

Jondalar voerde en liefkoosde Renner. De hengst was nog steeds weerspanniger dan normaal, al werd hij wel wat rustiger door het voer en het geliefkoos, maar Jondalar wilde voorkomen dat hij de hengst achterna moest lopen als hij besloot aan de wandel te gaan, en met een lang touw aan zijn halster zette hij het paard aan een kleine boom vast. Jondalar herinnerde zich opeens dat hij had overwogen de hengst de vrijheid te geven om een plek voor zichzelf te zoeken bij andere paarden op de open vlakten, en hij vroeg zich weer af of hij dat zou moeten doen, maar hij voelde dat hij nog niet bereid was om afstand te doen van het prachtige dier.

Wolf, die zijn eigen opwellingen had gevolgd, kwam opeens tevoorschijn van achter een rij struiken. Ayla had een vlezig bot voor hem meegebracht, maar voor ze dat uit de pakmand haalde, zou ze de wolf ook wat aandacht geven. Ze klopte op haar schouder en zette zich schrap tegen het gewicht van de grote wolf toen hij op zijn achterpoten ging staan en zijn voorpoten op haar schouders legde. Hij likte haar hals en nam voorzichtig haar kaak tussen zijn tanden. Ze deed hetzelfde bij hem en gaf hem een teken om zijn voorpoten weer op de grond te zetten. Toen ging ze voor hem op haar hurken zitten en nam zijn kop tussen haar handen. Ze wreef en krabbelde hem achter zijn oren en woelde door de dichte vacht om zijn nek. Toen ging ze op de grond zitten en sloeg haar armen om hem heen. Ze wist dat niet alleen Jondalar maar de wolf er ook voor haar was geweest toen ze herstellende was van haar levensgevaarlijke reis naar de wereld van de geesten. Hoe vaak de lange man het ook had gezien, hij verwonderde zich nog steeds over de manier waarop ze met de wolf omging, en hoewel hij zich helemaal op zijn gemak voelde bij het dier kwam het toch af en toe bij hem op dat Wolf een jager was. Een roofdier. Zijn soortgenoten beslopen, doodden en aten dieren die groter waren dan zijzelf. Wolf kon net zo makkelijk Ayla's keel openrijten als die voorzichtig tussen zijn tanden nemen, en toch vertrouwde hij het dier volledig met zijn vrouw en zijn kind. Hij had met eigen ogen de liefde gezien die Wolf voor hen beiden voelde, en al ging dat in wezen zijn bevattingsvermogen te boven, op een elementair niveau begreep hij het wel. Hij geloofde oprecht dat de gevoelens van Wolf ten opzichte van hem gelijk waren aan zijn gevoelens voor de wolf. Het dier vertrouwde hem met de vrouw en het kind van wie hij hield, maar Jondalar twijfelde er niet aan dat als Wolf ooit het idee zou krijgen dat de man een van beiden kwaad zou doen, hij niet zou aarzelen om dat koste wat kost te voorkomen, zelfs als dat betekende dat hij hem zou moeten doden. Hij zou hetzelfde doen.

Jondalar genoot ervan om Ayla met de wolf bezig te zien. Eigenlijk vond hij het altijd heerlijk om naar haar te kijken, wat ze ook deed, vooral nu ze weer bijna de oude was en ze weer bij elkaar waren. Hij had het verschrikkelijk gevonden om haar achter te moeten laten toen hij met de Negende Grot naar de Zomerbijeenkomst was afgereisd en hij had haar vreselijk gemist, ondanks zijn verzetje met Marona. Na de overtuiging dat hij haar kwijt was, eerst door zijn eigen daden en toen, letterlijk, door het sap van de wortels dat ze had gedronken, kon hij nauwelijks geloven dat ze weer samen waren. Hij was er zo van overtuigd geweest dat ze voor hem voor altijd verloren was dat hij steeds naar haar moest kijken, naar haar moest glimlachen, haar zien terug lachen om te geloven dat ze nog steeds zijn gezellin was, zijn vrouw; dat ze paardreden, gingen zwemmen, weer samen waren alsof er niets was gebeurd.

Het deed hem denken aan hun lange Tocht, hun avonturen en de mensen die ze onderweg hadden ontmoet: de Mamutiërs, de mammoetjagers die Ayla hadden geadopteerd, de Sharamudiërs, bij wie zijn broer Thonolan een gezellin had gevonden, hoewel haar dood zijn geest had vermoord. Tholie en Markeno en alle anderen hadden gewild dat Ayla en hij bij hen bleven, vooral toen ze haar genezende gaven had aangewend om Roshario's gebroken arm recht te zetten, die zo slecht genas. Ze hadden zelfs Jeran ontmoet, een jager van de Hadumiërs, het volk dat Thonolan en hij hadden bezocht. En natuurlijk de S'Armuniërs, waarvan de jagers, de Wolfvrouwen, hem gevangen hadden genomen, en Attaroa, hun hoofdvrouw, die had geprobeerd Ayla te doden, tot Wolf haar tegenhield op de enig mogelijke manier: door haar te doden. En de Losaduniërs...

Hij dacht aan hun bezoek aan de Losaduniërs tijdens de lange Tocht vanuit het land van de mammoetjagers. Ze woonden aan de andere kant van het gletsjerhoogland in het oosten, waar de Grote Moederrivier begon, en hun taal vertoonde zoveel gelijkenis met het Zelandonisch dat hij het meeste kon verstaan, hoewel Ayla met haar gave voor vreemde talen het al snel nog beter had geleerd. De Losaduniërs behoorden tot de bekendsten van alle buren van de Zelandoniërs, al kon het oversteken van de gletsjer een obstakel zijn.

Er was tijdens hun bezoek een Moederfeest gehouden en vlak voor de aanvang van het feest hadden Jondalar en Losaduna een speciale ceremonie gehouden. Jondalar had de Grote Moeder om een kind gevraagd, door Ayla gebaard, een kind van zijn vuurplaats, van zijn geest, of van zijn sap zoals Ayla altijd zei. Hij had ook een bijzonder verzoek gedaan: als Ayla ooit zwanger zou raken van een kind van zijn geest, dan wilde hij zeker weten dat het zijn kind was. Jondalar was dikwijls verteld dat hij was begunstigd door de Moeder, zozeer dat geen vrouw hem zou afwijzen, zelfs Doni niet.

Hij geloofde oprecht dat toen Ayla na de gevaarlijke wortels weer te hebben gebruikt in de leegte was verdwaald, de Grote Moeder zijn vurige smeekbede had verhoord: Ze had hem gegeven waarnaar hij verlangde, waarom hij had gevraagd, en in zijn hart bedankte hij Haar weer. Maar plotseling drong het tot hem door dat de Moeder ook het verzoek had ingewilligd dat hij tijdens de speciale ceremonie bij de Losaduniërs had gedaan. Hij wist dat Jonayla zijn kind was, het kind van zijn sap, en dat maakte hem gelukkig.

Hij wist dat alle kinderen die Ayla zou baren van zijn geest, van zijn sap zouden zijn, door wie ze was, omdat ze alleen van hem hield, en dat deed hem genoegen. En hij wist dat hij altijd alleen van haar zou houden, wat er ook gebeurde. Hij wist echter dat de nieuwe Gave van Kennis de dingen zou veranderen en hij vroeg zich onwillekeurig af in welke mate.

Hij was niet de enige. Iedereen was daar in gedachten mee bezig, maar één iemand in het bijzonder. De vrouw die de Eerste Onder Hen Die De Grote Aardmoeder Dienden was, zat in de zelandoniahut te peinzen over de nieuwe Gave van Kennis, en ze wist dat die de wereld zou veranderen.